博伽梵歌原意

[印度] AC. 巴克提维丹塔 · 斯瓦米 · 帕布帕德 \ 著
李建霖 \ 译

海南出版社
· 海口 ·

Bhagavad Gita As It Is
by AC.Bhaktivedanta Swami Prabhupada
简体中文版权经巴克提维丹塔图书（北京）有限公司授权

图书在版编目（CIP）数据

博伽梵歌原意 / (印) AC. 巴克提维丹塔 · 斯瓦米 · 帕布帕德著 ; 李建霖译 . -- 海口 : 海南出版社 , 2025. 1. -- ISBN 978-7-5730-1880-9

Ⅰ . I351.22

中国国家版本馆 CIP 数据核字第 20247HA380 号

博伽梵歌原意

BOJIAFANGE YUANYI

作　　者：［印度］AC. 巴克提维丹塔 · 斯瓦米 · 帕布帕德
译　　者：李建霖
责任编辑：张　雪
责任印制：郄亚喃
印刷装订：三河市中晟雅豪印务有限公司
读者服务：张西贝佳
出版发行：海南出版社
总社地址：海口市金盘开发区建设三横路 2 号
邮　　编：570216
北京地址：北京市朝阳区黄厂路 3 号院 7 号楼 101 室
电　　话：0898-66812392　010-87336670
电子邮箱：hnbook@263.net
经　　销：全国新华书店
版　　次：2025 年 1 月第 1 版
印　　次：2025 年 1 月第 1 次印刷
开　　本：787 mm × 1 092 mm　1/16
印　　张：51.25
字　　数：890 千字
书　　号：ISBN 978-7-5730-1880-9
定　　价：128.00 元

印度梵文大学者、瑜伽宗师 AC. 巴克提维丹塔 · 斯瓦米 · 帕布帕德

（*A.C.Bhaktivedanta Swami Prabhupada*）

谨献给

圣巴拉戴瓦·维迪亚布善
（*Śrīla Baladeva Vidyābhūṣaṇa*）

他写下了隽永的维丹塔哲学评述
《论哥文达》
（*Govinda-bhāṣya*）

世界各国名人学者对《博伽梵歌》的评论

AC. 巴克提维丹塔·斯瓦米·帕布帕德释著的《博伽梵歌原意》一书，在全世界已译成80多种语言，是《博伽梵歌》这一世界性古典文献最具权威的版本。以下是世界上一些著名学者对此书的评论：

千百年来印度几乎所有的教派、所有的哲人，都对这一部圣书发表过意见，做过注释。但是结果都是：仁者见仁，智者见智，异说纷纭，莫衷一是。……像《歌》这样的内容复杂的书，应该从各方面去探讨，去分析。然后集众家之观点，加以对比，加以评判，去粗取精，去浅存深，庶能逐步了解它的真正含义，把对印度哲学史的研究向前推进一步。

——季羡林

国际著名东方学大师、语言学家、文学家、国学家

五天竺之学，有由人而圣而希天者乎？有之，薄伽梵歌是已，——世间，一人也；古今，一理也，至道又奚其二？江汉朝宗于海，人类进化必有所诣，九流百家必有所归，奚其归？曰：归至道！如何诣？曰内觉！——六大宗教皆出亚洲，举其信行之所证会，贤哲之所经纶，祛其名相语言之表，则皆若合符契。谅哉！垂之竹、帛、泥、革、金、石、木、叶，同一书也；写以纵行、横列、悬针、倒薤之文，同一文也；推而广之，人生之途，百虑而一致，殊途而同归，可喻已。

——徐梵澄

中国著名哲学家、印度学研究者、翻译家

《薄伽梵歌》至今仍是印度最流行的一部宗教哲学经典，几乎每年都有新的译本和注本出现。因此，《薄伽梵歌》在世界上常被喻称为印度的《圣经》。可见，《薄伽梵歌》具有一种超越时空的思想魅力。

——黄宝生

中国著名翻译家、梵文巴利文学家、印度学和佛教学专家

《博伽梵歌》世界四大古典之一，梵文谓之“*Bhagavad-Gita*”，此印度梵典与中华古典《道德经》齐名，年代更为久远。世人常说人类文明有“上下五千年”，而此梵典恰源于五千年前。“博伽梵”（*Bhagavan*），意为“宇宙真理、万物真理之人格”，其有六种世间全然富裕（财富、美貌、知识、力量、声誉、弃绝）展示，故谓之“绝对者、至尊者”。这部《博伽梵歌原意》即“由至尊者歌咏宇宙真理之原本奥义”。本书由印度著名阿阇黎、梵文大学者帕布帕德（*Prabhupada*）著释。

——李建霖

檀摩书院院长、梵文哲学学者、东方心理学者

在纷扰尘世，我们总渴求心灵指引。这本全新的《博伽梵歌原意》宛如启明灯塔。它是古印度智慧结晶，将哲学、宗教、道德教诲精妙融合，用诗性文字勾勒生命的深邃意义。书中殊胜的对话，拆解灵魂困惑，为迷茫的现代人输送笃定力量，助我们超脱琐碎，寻内心安宁，深度启迪，不容错过！

——王志成

浙江大学哲学系教授、《瑜伽哲学》作者

这部《博伽梵歌原意》是古印度思想和文化的渊薮，数千年来一直对东西方文明演进有着持久深刻影响。自上世纪由徐梵澄先生译介入中国，越来越受到中国文化界关注。其“合于道、通乎儒、契于释”的综合性特征为溯源、整合中国文化提供了无可替代的独特视角；其超越性、神圣性品质又与西方宗教精神相贯通，故此书将为打通中西印文化、建设人类命运共同体、消弭全球文明冲突提供深厚、博大思想、道德和信仰资源。尤其《博伽梵歌原意》出自当代瑜伽大师帕布帕德手笔，被赋予强大灵性能量，是领悟《博伽梵歌》的最佳读本之一。

——徐达斯

北京三智书院．东方文化研究院副院长、印度学学者

每当疑惑萦心、失望蒙面、在水平线上看不到一丝希望的曙光时，我便翻开《博伽梵歌》，找个诗节来抚慰自己；顷刻间，我泛起笑容，放下了忧伤的心情。把《博伽梵歌》铭记于心的人每天都能从中找到新的喜悦与意义。

——圣雄 M.K. 甘地

印度独立运动领袖

《博伽梵歌》思想是普遍和永恒的，因为它令人满意地解答了有关生命的三个基本问题：

我们是什么？我们应该做什么？我们应该如何生活？

在每个时代、每个社会中，人类都会面对这些问题。《博伽梵歌》通过智慧瑜伽（*Budhi Yoga*），业报瑜伽（*Karma Yoga*）和奉爱瑜伽（*Bhakti Yoga*）的融合回答了这些问题。印度文化的妙处就在于它使最低下者和最高尚的探索者都能领受到这三条瑜伽之途的精髓。

——瓦杰帕伊

印度前总理

每天清晨，我都沐浴在《博伽梵歌》的智慧中；与那触目惊心、广阔无垠的哲理相比，我们现代的文艺、学术显得如此渺小、苍白。

——H. D. 梭罗

美国思想家

毫无疑问，《博伽梵歌》的这一版本是现在能见到的最好的版本之一，其中充满了奉爱精神。巴克提维丹塔·斯瓦米的翻译把语言上的精确和宗教上的洞见完美地结合了起来。

——托马斯·J. 霍普金斯

富兰克林和马歇尔学院

宗教学系主任

在西方，人们引用最多的印度文献还是《博伽梵歌》，因为它最为人们喜爱。这样一部著作的翻译不仅仅需要梵文的知识，更需要精湛的语言艺术，以及对其内在主题的认同和理解。因为这一诗歌是一曲宏伟的交响乐，在这一乐曲中能处处感受到神的存在。

当然，巴克提维丹塔·斯瓦米深深理解并赞同《博伽梵歌》的主题。他对奉爱（Bhakti）传统的论证是令人信服的，并且他的解释具有一种特殊的洞见，雄辩有力。……斯瓦米赋予了这部人人喜爱的诗篇以崭新的意义，确确实实地对学生们大有裨益。无论我们的世界观如何，我们都应当感谢他，是他的努力使这部极具启发意义的著作得以面世。

——克德斯·麦克·格雷格尔博士

南加利福尼亚大学荣誉哲学教授

在这一优美的译著中，巴克提维丹塔·斯瓦米紧紧把握住了《博伽梵歌》的奉爱精神，书中的诗节以及释论确确实实地属于圣奎师那·采坦尼亚的真传。采坦尼亚是印度史上极其重要、影响广泛的圣哲之一。

——J. 斯蒂文森·犹大博士

贝克莱神学研究协会图书馆馆长、

宗教史名誉教授

如果根据皮尔士及实用主义者们的主张，真理就是有用的，那么，《博伽梵歌原意》中肯定包含了某种真理。因为那些遵从其教导的人都表现出一种快乐恬静的风范，而这恰恰是当代人在凄凉刺耳的生活中求而不得的。

——爱尔文·H. 鲍威尔博士

纽约州立大学社会学教授

目　录

中译序
序　言
背　景
使徒传系表
导　言

第 一 章　库茹之野视察军情　001

库茹之野两军对峙，列阵待战。伟大的武士阿诸纳（Arjuna）看到敌我阵中的亲友和师长们将生死置之度外，准备互相厮杀，不禁悲恻顿生，心迷意乱，斗志消沉，无心作战。

第 二 章　《博伽梵歌》内容概要　037

阿诸纳皈依世尊奎师那（Krishna），做他的门徒。奎师那对阿诸纳循循善诱，教导他如何分辨短暂的物质躯体和永恒的灵魂。绝对真理解释了轮回的过程，为博伽梵无私服务的性质以及自我觉悟者的特征。

第 三 章　业报瑜伽　117

物质世界里，人人都要从事某种活动。活动能使人束缚于物质世界，也能使人从中解脱出来。心底无私地为博伽梵的喜悦而从事活动，便可从业报规律中解脱出来，获得有关自我和博伽梵的超然知识。

中译序

最新的《博伽梵歌原意》（梵汉对照版）终于出版发行，为此我们巴克提维丹塔国际图书（BBT）中国团队努力了两年时间。这部世界上最古老的梵文经典由AC.巴克提维丹塔·斯瓦米·帕布帕德释著，已在全球用50多种语言翻译出版，他来自印度5000年的瑜伽使徒传系，是世界著名的梵文学者、瑜伽导师。

《博伽梵歌原意》最早的中文译本产生于20世纪80年代，在之后的二十多年中有四五个中译版本，其中的韦达哲学梵文词汇都没有统一的汉译标准。虽然该书在国内广受读者好评，但各种版本的梵文汉译词给中国读者带来很多混乱，并由此产生了诸多哲学理解上的困惑与分歧。我越来越感到解决这一问题的紧迫性。2013年在巴克提维丹塔国际图书（BBT）的授权下，我们正式成立了中国BBT，特别邀请了一批在国内多年从事梵文经典研究，并身体力行坚定修习瑜伽的专家、老师，成立了"梵文汉译标准审定委员会"，开始对所有印度韦达哲学经典文献的梵文词汇进行汉译标准的审定工作。在历时半年的时间里，经过编委们一次次审定会议的激烈讨论，这本《博伽梵歌原意》（梵汉对照版）中所涉的1000多个梵文哲学词终于确定了汉译标准。最终正式发布了《韦达哲学梵文汉译词汇表》（BBT第一版），为未来所有阅读、翻译、学习印度韦达哲学的中国人扫清了障碍。对于编译这样一部旷世梵文巨著，我们深感肩上的责任重大。在随后的几个月中，由整个编译团队成员经过多达十几遍的编译勘校，终于将巴克提维丹塔·斯瓦米的这部典籍呈现给所有中国读者，特别是那些瑜伽爱好者们。如果该书在编译中还存在任何疏漏或不足的话，我们将会在再版时进行补充与修订。我相信，借着巴克提维丹塔·斯瓦米的祝福与世尊奎师那的仁慈，我们会完整地展现这一超然的知识。

近十年来，风靡世界的印度瑜伽（Yoga）也在中国盛行，一时间各种所谓自创的瑜伽流派开始大作宣传。中国人对瑜伽的热爱，使得瑜伽教师成为新的热门职业。而有些丝毫不懂瑜伽、更无任何规范修行的人士，则开办各种“瑜伽导师速成培训班”，吹嘘短时间就能培训出一位“高级瑜伽导师”来。《博伽梵歌》是所有印度瑜伽传承与流派公认的原始权威经典，五千年前世尊奎师那就在《博伽梵歌》中向阿诸纳一一解释了瑜伽体系的各种流派方法，解答了人们的各种疑惑，并明确阐明所有瑜伽指向的终极目标就是奉爱（Bhakti）——对奎师那纯粹的爱。圣帕布帕德作为从博伽梵奎师那而来的瑜伽使徒传系（paramparā）中的权威导师，对《博伽梵歌》进行了最完整的解释，使任何人都能读懂这部玄奥的梵文圣典。因此所有热爱瑜伽的人士应该以《博伽梵歌》的权威教导为依据去学习，用智慧分辨各种假象与欺骗，真正从瑜伽（Yoga）的科学与超然知识中获得生命的启迪与完美。

最后我要感谢所有参与该书梵文汉译词汇审定的编委们与出版编译团队的同事们，如果我们的服务有任何成绩的话，都归于我永恒的灵性导师—圣檀摩·奎师那·哥斯瓦米·古茹戴瓦（Śrīla Tamal Krsna Gosvāmī Gurudeva）的仁慈，他是圣帕布帕德最亲密的助手，是他第一个将奎师那知觉（Bhakti Yoga 瑜伽奉爱之道）带到中国。

新的《博伽梵歌原意》（梵汉对照版）的出版还要特别感谢黄涛女士，她在所有梵文诗节、梵汉词汇对照的勘校工作中所付出的一次次辛勤努力，使得这部最完整的梵汉对照经典能够展示给中文读者。

2015 年 5 月 3 日

尼星哈博伽梵日 Narasimha Caturdasi

李建霖 于北京

序　言

我最初写的《博伽梵歌原意》就是现在出版的这种形式。但当本书首次出版时，原稿被不幸地删至不足400页，删去了插图及对《博伽梵歌》原诗节的大部分解释。我在其他书——《圣典博伽瓦谭》(*Śrīmad-Bhāgavatam*)、《至尊奥义书》(*Isopanisad*)等所采用的写作体例是，先列出原文诗节，然后是相应的英文音译，逐字梵英对应词、翻译及要旨。这种体例使该书忠实于原作，有很高的学术价值，而且意义自明。因此，我对被迫删削原稿感到很遗憾。但后来，读者对《博伽梵歌原意》的需求大增，很多学者和奉献者要求我以原来的形式出版。为了巩固和发展奎师那知觉运动，现在我将这部满载着使徒传系(paramparā)阐释的知识巨著以原稿的形式呈现给读者。

奎师那知觉运动根基于《博伽梵歌原意》，所以它真确、自然，具有历史性权威，而且是超然的。它逐渐成了全世界最盛行的运动，特别是受到年轻一代的拥护和支持。年长的一代也兴趣日增。我的一些门徒的父亲和祖父欣然成为我们国际奎师那知觉协会的终身会员，令人鼓舞。在洛杉矶，很多父母来跟我说，他们感谢我在全世界开创奎师那知觉运动。有的说我首先在美国发动奎师那知觉运动，实是美国人之大幸。但事实上，这运动的始祖是圣奎师那本人，而且年代久远，通过使徒传系传至人类社会，如果我在这方面有任何成绩，这功劳不属于我个人，而是归于我永恒的导师——嗅姆・维施努帕德・帕茹阿玛汉萨・帕瑞瓦佳卡查尔亚・一〇八・施瑞・施瑞玛提・巴克提希丹塔・萨拉斯瓦提・哥斯瓦米・玛哈拉佳・帕布帕德(*Oṁ Viṣṇupāda Paramahaṁsa Parivrājakācārya 108 Śrī Śrīmad Bhaktisiddhānta Sarasvatī Gosvāmī Mahārāja Prabhupāda*)。

如果问我个人在这件事情上有何建树，那只是我尽力把《博伽梵歌》按照其本来的面目毫无歪曲地呈献出来。在我的《博伽梵歌原意》问世之前，几乎所有的《博伽梵歌》英译本都是为了满足个人欲望而介绍进来的。我们出版《博伽梵歌原意》，目的在于阐明博伽梵奎师那（Krishna）的使命。我们传达的是奎师那的意旨，而不是诸如政治家、哲学家或科学家、世俗思辨者的旨意。虽然他们有其他方面的知识，但关于奎师那的知识却一无所知。当奎师那说"恒常想着我，成为我的奉献者，顶拜我，崇拜我（*man-manā bhava mad-bhakto mad-yājī māṁ namaskuru*）"（《博伽梵歌》18.65）时，我们不像那些所谓的学者一样，认为奎师那和他内在的灵魂有所不同。奎师那是绝对的，奎师那的名字、奎师那的形体、奎师那的品质、奎师那的逍遥时光，凡此种种，全无分别。不是使徒传系的奉献者难以理解奎师那的这种绝对地位。通常那些所谓的学者、政治家、哲学家、斯瓦米（可控制心意和感官的人），缺乏对奎师那的完整知识。在写《博伽梵歌》评注时，他们不是排斥就是企图抹杀奎师那。这种未经授权的释论被称为假象宗评论。绝对真理采坦尼亚（Caitanya）提醒我们要警惕和防止那些未经授权的人。博伽梵清楚地说明了，谁依照假象宗的观点来理解《博伽梵歌》，谁就会铸成大错。这种错误导致的结果是，被误导的《博伽梵歌》的学子们在灵修道路上迷惘彷徨，不能重返家园，回归神首。

奎师那在布茹阿玛（Brahma 梵天）的每一天（86 亿年）便降临地球一次。他的用意与我们呈献《博伽梵歌原意》的唯一目的完全一致，就是要引导被条件限制了的学生。《博伽梵歌原意》中论述了这一目的，我们必须原原本本地接受。否则，所谓去了解《博伽梵歌》及其宣讲者世尊奎师那便毫无意义了。亿万年前，绝对真理首先向太阳神讲说了《博伽梵歌》。我们必须接受这个事实，这样才能基于奎师那的权威，毫无误会地理解《博伽梵歌》的历史意义。不依照奎师那的意志去解读《博伽梵歌》，是最大的冒犯。要使自己免于这种冒犯，就必须像奎师那的第一个门徒阿诸纳一样，把博伽梵理解为博伽梵。这样理解《博伽梵歌》对于造福人类社会，完成人生的使命，实有裨益，而且是权威之道。

奎师那知觉运动对于人类社会大有必要，因为它提供了最完美的人生境界。《博伽梵歌》详尽地道出了其中原委。不幸的是，俗世中的好辩之徒却利用《博伽梵歌》来扩展他们的邪恶倾向，在正确地理解人生的朴素道理方面误导人们。每个人都应该认识神——奎师那的伟大，了解生物的真实地位。人人都应明白生物永远是仆人，除非服务于奎师那，否则必然被种种物质自然三形态的假象奴役，而不断地徘徊于生死之圈中，即使是那些所谓解脱了的假象宗思辨者也不得不经历这个程序。这门知识是一门伟大的科学，每一生物，为了自身的利益，都应仔细聆听。

一般人，特别是在卡利（Kali 铁器）年代，迷恋于奎师那的外在能量，他们误以为增进物质安逸，就会使众生幸福，却不知道物质或外在的自然何其强顽，不知道人人都被物质自然的严酷定律牢牢捆绑。幸而生物是博伽梵的所属部分，他的天职就是立即为博伽梵服务。

人被假象迷惑，追求种种不同的个人感官满足，想因此而快乐，但是这些感官的满足永远不能使他幸福。因此应该放弃个人物质感官的满足，去满足世尊奎师那的感官，这是人生最完美的境界。博伽梵是这样想也是这样要求的。人人都应了解《博伽梵歌》的这一中心思想。我们的奎师那知觉运动就是要向全世界传播这个思想。我们丝毫没有玷污《博伽梵歌》的主题，任何真正有兴趣研读《博伽梵歌》并想从中获益的人，都需在绝对真理的直接指导下，借助奎师那知觉运动的帮助，切切实实地理解这本书。有鉴于此，我们真挚地希望人们能从我们现在呈献的这本《博伽梵歌原意》中获得最大的裨益，即使只有一个人成为绝对真理的纯粹奉献者，我们都将认为自己的努力是成功的。

AC. 巴克提维丹塔·斯瓦米·帕布帕德

1971 年 5 月 12 日于澳大利亚悉尼

背 景

《博伽梵歌》一直流传甚广，广为传颂。然而，《博伽梵歌》原是描写世界古史的梵文史诗《摩诃婆罗多》（*Mahābhārata*）中的哲理插话。《摩诃婆罗多》中叙述的事件一直延续到现今的卡利（Kali 铁器）年代。在卡利年代的开端，距今大约五千年前，圣奎师那（Krishna）向他的朋友及奉献者阿诸纳讲述了《博伽梵歌》。

他们的谈话——人类所知的最伟大的宗教哲学对话之一——就发生在一触即发的战争前，兑塔拉施陀（Dhrtarastra）百子与堂亲潘度之子——潘达瓦五兄弟们即将大肆骨肉相残。

兑塔拉施陀和潘度两兄弟，生于库茹王朝，是从前地球上的统治者巴拉塔王（Bharata）的后裔。“摩诃婆罗多”一名就源于巴拉塔大君。因为兑塔拉施陀生而目盲，结果本应属于他的王位就传给了他的幼弟潘度。

潘度英年早逝，他的五个儿子——尤帝士提尔（Yudhiṣṭhira）、毕玛（Bhīma）、阿诸纳、纳库拉（Nakula）和萨哈戴瓦（Sahadeva）——就交由兑塔拉施陀护佑，实际上，兑塔拉施陀成了一时的国王。因此，兑塔拉施陀之子和潘度之子便在同一王室长大。他们一起在军事天才杜荣拿师那儿学习军事，受到族中令人尊敬的祖父彼士玛（Bhīṣma）的管教。

然而，兑塔拉施陀众子，尤其是杜尤丹（Duryodhana）对潘达瓦五兄弟（Pāṇḍava）又是嫉妒又是憎恨，而且双目失明、意志薄弱的兑塔拉施陀想扶植自己的儿子，而非潘度之子继承王位。

因此，杜尤丹得到了兑塔拉施陀的同意，便密谋杀害潘度五子。在叔父维杜拉（Vidura）和表兄弟圣奎师那（Krishna）的精心保护下，潘达瓦五兄弟一次又一次逢凶化吉，死里逃生。

圣奎师那（Krishna）并不是凡夫俗子，而是博伽梵本人，他降临人世，在同一时代的王朝中扮演一名王子。在这个角色中，奎师那也是潘度之妻琨缇（Kuntī）——即潘达瓦五兄弟之母菩瑞塔（Prtha）的外甥。作为宗教永恒的支持者，也作为亲戚，奎师那支持正义的潘达瓦五兄弟并处处保护他们。

但最后，狡猾的杜尤丹却挑起潘达瓦五兄弟赌博。在这场生死攸关的赌博中，杜尤丹赢得了潘达瓦五兄弟贞洁的妻子朵帕蒂（Draupadī），并企图在国王和所有王子面前剥光她的衣服，当众侮辱她。奎师那从中干预，才使她免受凌辱。然而，这场早有预谋的赌赛却骗走了潘达瓦五兄弟的王位，并迫使他们被流放了十三年之久。

流放归来，潘达瓦五兄弟正当地要求杜尤丹归还王位，却遭到断然拒绝。身为王子，管理公务是义不容辞的责任，于是潘达瓦五兄弟便将要求减为五个村落，但杜尤丹狂妄地回答说连立锥之地都不能给。

面对这些，潘达瓦五兄弟始终克制忍让，但现在看来，战争已不可避免。

当时的王侯分成两派，一派站在兑塔拉施陀诸子那边，一派支持潘达瓦五兄弟。奎师那亲自出任潘度五子的使者，去兑塔拉施陀宫廷议和，但遭拒绝，至此战争已成定局。

潘度五子德高望重，知道奎师那就是博伽梵，而邪恶的兑塔拉施陀诸子则不然。奎师那愿意根据敌对双方的愿望介入战争。但作为神，奎师那不能亲自征战；然而，谁若愿意，即可调用奎师那的军队，而另一方则可邀请奎师那本人充当军师和助手。政治天才杜尤丹夺取了奎师那的军队，而潘度诸子则同样热切地请到了奎师那本人。

就这样，奎师那成了阿诸纳的御者，亲自驾驭这位著名弓箭手的马车。现在，我们回到开始讲说《博伽梵歌》的那一刻，两军对峙，严阵以待。兑塔拉施陀焦虑地询问近臣桑佳亚（Sañjaya）："他们做了些什么？"

背景就是这样，现在只需对本书的翻译和评述稍事说明。

一般的翻译者所遵循的《博伽梵歌》翻译模式抛开了人格的奎师那，却留出空间任意发挥自己的观念和哲学。《摩诃婆罗多》所记叙的历史被当成离奇的神话，而奎师那则成了无名天才表达思想时所借用的诗化工具，至多也不过是一位无关紧要的历史人物。

但是《博伽梵歌》本身表明，博伽梵奎师那是《博伽梵歌》的目的和实质。因而，本书的翻译及评述旨在把读者引向奎师那而不是背离他。就这方面而言，《博伽梵歌原意》是通篇连贯且便于理解的一个整体。奎师那既是《博伽梵歌》的讲述者也是其终极目标，因此，本书是对这一伟大经典的真实呈现。

——译　者

使徒传系表

布茹阿玛·玛德瓦·高迪亚使徒传系

Brahma Madhva Gaudiya Sampradaya

在《博伽梵歌》(*Bhagavad-gītā*)第四章第2诗节中，世尊奎师那说："这门至高无上的瑜伽科学就这样通过使徒传系传授下来，那些圣王也以这种方式接受(*evaṁ paramparā-prāptam imaṁ rājarṣayo viduḥ*)。"

这使徒传系一直延续至今天，世尊奎师那——博伽梵——便是它最初的灵性导师。就如一条完好的电线可以输送电能，同样，为了全人类的福祉，这从未中断的使徒传系，从太初以来一直传授着《博伽梵歌》的灵性知识。

1. 奎师那(Krsna)
2. 布茹阿玛(Brahma 梵天)
3. 拿拉达(Narada)
4. 维亚萨(Vyasa)
5. 玛德瓦(Madhva)
6. 帕德玛拿巴(Padmanabha)
7. 尼拉哈利(Nrhari)
8. 玛达瓦(Madhava)
9. 阿克首比亚(Aksobhya)
10. 佳亚·提尔塔(Jaya Tirtha)
11. 格亚纳辛度(Jnanasindhu)
12. 达亚尼迪(Dayanidhi)

13. 维迪亚尼迪（Vidyanidhi）
14. 腊坚卓（Rajendra）
15. 佳亚达摩（Jayadarma）
16. 菩茹首塔玛（Purusottama）
17. 布茹阿曼亚·提尔塔（Brahmanya Tirtha）
18. 维亚萨·提尔塔（Vyasa Tirtha）
19. 拉克施蜜·帕缇（Laksmi Pati）
20. 玛达文卓·普瑞（Madhavendra Puri）
21. 伊施瓦拉·普瑞，尼提阿南达，阿兑塔（Isvara Puri，Nityananda，Advaita）
22. 圣采坦尼亚（Lord Caitanya）
23. 茹帕，斯瓦茹帕，萨拿坦（Rupa，Svarupa，Sanatana）
24. 腊古纳特，吉瓦（Raghunatha，Jiva）
25. 奎师那达斯（Krsnadasa）
26. 拿洛塔玛（Narottama）
27. 维施瓦纳塔（Visvanatha）
28. 巴拉戴瓦，佳格纳塔（Balaveva，Jagannatha）
29. 巴克提维诺德（Bhaktivinoda）
30. 高尔克首（Gaurakisora）
31. 巴克提希丹塔·萨拉斯瓦提（Bhaktisidanta Sarasvati）
32. AC. 巴克提维丹塔·斯瓦米·帕布帕德

导　言

oṁ ajñāna-timirāndhasya jñānāñjana-śalākayā cakṣur unmīlitaṁ yena tasmai śrī-gurave namaḥ

śrī-caitanya-mano-'bhīṣṭaṁ
sthāpitaṁ yena bhū-tale
svayaṁ rūpaḥ kadā mahyaṁ
dadāti sva-padāntikam

“我诞生在最黑暗的愚昧中，灵性导师啊，您以知识的火炬启亮我的眼睛。我要虔诚地顶拜您！”

“圣茹帕·哥斯瓦米·帕布帕德啊！您为实现圣采坦尼亚的愿望，在这个物质世界建立了传道使命，何时我才能托庇在您的莲花足下？”

vande 'haṁ śrī-guroḥ śrī-yuta-pada-kamalaṁ śrī-gurūn vaiṣṇavāṁś ca
śrī-rūpaṁ sāgrajātaṁ saha-gaṇa-raghunāthānvitaṁ taṁ sa-jīvam
sādvaitaṁ sāvadhūtaṁ parijana-sahitaṁ kṛṣṇa-caitanya-devaṁ
śrī-rādhā-kṛṣṇa-pādān saha-gaṇa-lalitā-śrī-viśākhānvitāṁś ca

“我虔诚地顶拜我的灵性导师和所有外士那瓦的莲花足；我虔敬地顶拜圣茹帕·哥斯瓦米（*Śrīla Rūpa Gosvāmī*）和他的长兄萨拿坦·哥斯瓦米（*Sanātana Gosvāmī*），以及腊古纳特·达斯（*Raghunātha Dās*），腊古纳特·巴塔（*Raghunātha Bhaṭṭa*），哥帕拉·巴塔（*Gopāla Bhaṭṭa*），圣吉瓦·哥斯瓦米（*Śrīla Jīva Gosvāmī*）的莲花足。我虔敬地顶拜圣奎师那·采坦尼亚，圣尼提阿南达（*Nityānanda*），阿兑塔·阿查亚（*Advaita Ācārya*），嘎达达尔（*Gadādhara*），施瑞瓦萨（*Śrīvāsa*）及其同游。我虔敬地顶拜圣女茹阿达兰妮

（*Śrīmatī Rādhārāṇī*）、圣奎师那（*Krishna*）及其同游圣拉丽塔（*Śrī Lalitā*）和维莎卡（*Viśākhā*）。”

he kṛṣṇa karuṇā-sindho
dīna-bandho jagat-pate
gopeśa gopikā-kānta
rādhā-kānta namo 'stu te

“亲爱的奎师那呀！您是苦恼者的朋友，创造的泉源。您是牧牛姑娘（*gopi*）的圣人，茹阿达兰妮的爱侣，我虔敬地顶拜您。”

tapta-kāñcana-gaurāṅgi
rādhe vṛndāvaneśvari
vṛṣabhānu-sute devi
praṇamāmi hari-priye

“茹阿达兰妮呀，肤如熔金的温达文（*Vṛndāvana*）之后，我要向您致敬；您是维沙巴努王的女儿，圣奎师那非常宠爱您。”

vāñchā-kalpatarubhyaś ca
kṛpā-sindhubhya eva ca
patitānāṁ pāvanebhyo
vaiṣṇavebhyo namo namaḥ

“我要虔敬地顶拜绝对真理的外士那瓦奉献者，他们好比如愿树，满足每个人的愿望，对堕落的灵魂充满怜悯之心。”

śrī-kṛṣṇa-caitanya
prabhu-nityānanda
śrī-advaita gadādhara
śrīvāsādi-gaura-bhakta-vṛnda

“我虔敬地顶拜圣奎师那·采坦尼亚，圣尼提阿南达，阿兑塔·阿查亚，嘎达达尔，施瑞瓦萨以及所有奉献传系中的人。”

hare kṛṣṇa hare kṛṣṇa
kṛṣṇa kṛṣṇa hare hare
hare rāma hare rāma
rāma rāma hare hare

“哈瑞·奎师那，哈瑞·奎师那，奎师那·奎师那，哈瑞·哈瑞／哈瑞·茹阿玛，哈瑞·茹阿玛，茹阿玛·茹阿玛，哈瑞·哈瑞。”

《博伽梵歌》又称《梵歌奥义书》(*Gitopanisad*)，是所有韦达知识的精华，最重要的奥义书之一。当然，英语《博伽梵歌》注释本很多，难免有人要问，为什么还需要一本呢？这可从以下的事例中得到解释。

最近，有一位美国女士要我推荐一本英译本《博伽梵歌》。诚然，美国有很多《博伽梵歌》英译本，但就我所看过的，不仅在美国，就连印度也没有一个版本严格地说来称得上具有权威性。因为所有的译注者都只是发表个人的见解，而并未触及《博伽梵歌》原书的精神。

《博伽梵歌》的精神在《博伽梵歌》中有所论述，我们接受《博伽梵歌》就应该依照其解说者的指示。这就像服药得依照药物的说明一样，不能凭自己想当然或是按朋友的指示服用，而必须按照药物服用说明或遵照医嘱。《博伽梵歌》的讲述者是世尊奎师那。《博伽梵歌》的每页都称他是"Bhagavān"——即博伽梵。"博伽梵(Bhagavān)"一词有时用来指任何强大的人或半神人，当然，"博伽梵"一词无疑表明奎师那是位伟人，但我们同时也应知道世尊奎师那即是人格神。这点已被所有伟大的灵性导师所证实，包括商羯罗师(Śaṅkarācārya)、腊玛努佳师(Rāmānujācārya)、玛达瓦师(Madhvācārya)、宁巴卡·斯瓦米(Nimbārka Svāmī)、圣采坦尼亚·玛哈帕布以及印度其他许多韦达知识的权威。绝对真理也在《博伽梵歌》中亲自证实他本人就是博伽梵。《梵天本集》及所有《宇宙古史》(旧译《往世书》)，尤其是又称为《宇宙古史·博伽梵之部》的《圣典博伽瓦谭》(*Śrīmad-Bhāgavatam*)都接受绝对真理为博伽梵(*kṛṣṇas tu bhagavān svayam*)(《圣典博伽瓦谭》1.3.28)。因此，我们应该依照博伽梵给我们的指示来接受《博伽梵歌》。绝对真理在《博伽梵歌》第四章第1-3诗节说：

śrī-bhagavān uvāca
imaṁ vivasvate yogaṁ
proktavān aham avyayam
vivasvān manave prāha
manur ikṣvākave 'bravīt

evaṁ paramparā-prāptam
imaṁ rājarṣayo viduḥ
sa kāleneha mahatā
yogo naṣṭaḥ parantapa

sa evāyaṁ mayā te 'dya
yogaḥ proktaḥ purātanaḥ
bhakto 'si me sakhā ceti
rahasyaṁ hy etad uttamam

博伽梵在这里告诉阿诸纳，《博伽梵歌》这门瑜伽体系首先是向太阳神讲说的，太阳神便向玛努（Manu）传述，而又传述给伊士瓦库（Ikṣvāku），就这样这门瑜伽体系通过使徒传系，一个接一个地传了下来。然而，年深日久，以至失传。因此，圣奎师那必须重新宣讲，这次是在库茹之野向阿诸纳讲说的。

奎师那告诉阿诸纳，给他讲述这至高无上的奥秘是因为他是绝对真理的奉献者和朋友。这里的要义是，《博伽梵歌》这部著作是特别为博伽梵的奉献者阐述的。超然主义者分为三类：非人格主义者（Jñānī）、冥想者（Yogī）和奉献者（Bhakta）。博伽梵在这里清楚地告诉阿诸纳，由于旧的传系已经中断，因此要立他为新的使徒传系的第一位接受者。因此，博伽梵的意旨是要遵循从太阳神传下来的思想，另建一个使徒传系，让阿诸纳重新传布博伽梵的教诲，博伽梵希望阿诸纳成为透悟《博伽梵歌》的权威。由此可见，阿诸纳之所以获授《博伽梵歌》，最主要的原因是，他既是博伽梵的奉献者又是绝对真理的直接学生和亲密朋友。因此《博伽梵歌》最能被与阿诸纳品性相仿的人理解。也就是说，这个人须是奉献者，跟绝对真理有直接的关系。人一旦成了绝对真理的奉献者，跟绝对真理就有了直接的关系。这是一个精微复杂的题旨，但简而言之，可以说奉献者与博伽梵有以下五种关系中的一种：

① 被动状态中的奉献者
② 主动状态中的奉献者
③ 朋友身份的奉献者
④ 父母身份的奉献者
⑤ 爱侣关系的奉献者

阿诸纳与绝对真理是朋友关系。这种友谊同物质世界的友谊有着天壤之别。这是超然友谊，不是谁都能享有的。当然，每个人都与博伽梵有着独特的关系，而这种关系可通过圆满的奉爱服务得到唤醒。但在目前的生命状态中，我们不仅忘记了博伽梵，而且忘记了与博伽梵的永恒关系。芸芸众生，每一位都与博伽梵有着一种永恒的特定关系，这就叫作灵魂的原本地位（Svarūpa）。通过奉爱服务，便可恢复个人的地位。这一阶段称为“圆满实现原本地位”（Svarūpa-siddhi）。阿诸纳是奉献者，他跟博伽梵以朋友关系交往。

《博伽梵歌》第十章12-14诗节说明了阿诸纳接受《博伽梵歌》的态度，我们要注意这一点。

arjuna uvāca
paraṁ brahma paraṁ dhāma
pavitraṁ paramaṁ bhavān
puruṣaṁ śāśvataṁ divyam
ādi-devam ajaṁ vibhum

āhus tvām ṛṣayaḥ sarve
devarṣir nāradas tathā
asito devalo vyāsaḥ
svayaṁ caiva bravīṣi me

sarvam etad ṛtaṁ manye
yan māṁ vadasi keśava
na hi te bhagavan vyaktiṁ
vidur devā na dānavāḥ

“阿诸纳说：您是博伽梵，终极的居所，最纯粹者，绝对真理。您是永恒、超然的原初者，您是非生者，您最为伟大。所有伟大圣贤如拿拉达、阿西塔、德瓦拉、维亚萨都证实这关于您的真理，现在，您又亲自向我宣说。奎师那呀！您告诉我的一切，我完全接受为真理。绝对真理啊！无论是半神人还是恶魔，都无法理解您的人格性。”

听罢博伽梵讲述《博伽梵歌》，阿诸纳接受奎师那为至尊梵（Paraṁ brahma）。每一个生物都是梵，但至尊生物——博伽梵——是至尊梵。梵文“paraṁ dhāma”是说绝对真理是万物至高无上的居所或息止地，“pavitram”是指博伽梵是纯粹的，不受物质污染，“puruṣam”指绝对真理是至尊享乐者，“śāśvatam”意为原初，“divyam”是神圣的，“ādi-devam”指原始的博伽梵，“ajam”指非生者，“vibhum”意为最伟大的。

或许有人会认为，因为圣奎师那是阿诸纳的朋友，阿诸纳才这样称颂绝对真理，不过是奉承而已。但阿诸纳为了打消《博伽梵歌》读者心中的这种疑虑，便在接下来的诗节中证实了这些颂扬之辞。他说不仅他本人，而且像拿拉达、阿西塔、德瓦拉和维亚萨这样的权威圣人，都接受奎师那为博伽梵。这些伟大的人物传播着所有先辈灵性导师们所共同接受的韦达知识。因此阿诸纳告诉奎师那，他承认奎师那所说的一切都是全然完美的。“您告诉我的一切，我完全接受为真理（*sarvam etad ṛtaṁ manye*）。”阿诸纳还说，绝对真理的人格性很难了解，即使是伟大的半神人也不了解。这就是说高于人类的生物也不了解绝对真理。所以，一个人若不成为绝对真理的奉献者，又怎能了解世尊奎师那呢？

因此应该以奉献的精神接受《博伽梵歌》。千万不要以为自己与圣奎师那是平等的，或认为奎师那只是凡夫俗子，或最多是个伟人而已。圣奎师那是博伽梵。因此，根据《博伽梵歌》中的陈述，或者阿诸纳——这位努力理解《博伽梵歌》的人的陈述，我们至少应当在理论上承认奎师那是博伽梵。而且只有以恭顺的态度，我们才可能读懂《博伽梵歌》，否则极难理解，因为这是至深的奥秘。

那么，《博伽梵歌》究竟是什么？《博伽梵歌》的目的就是要把人类从物质生存的愚昧之中拯救出来。正如阿诸纳在库茹之野陷入必须作战的困境，我们每个人也都有多方面的困难。阿诸纳皈依了圣奎师那，于是有了这部《博伽梵歌》。其实，不只是阿诸纳，我们每个人都因为生存而充满焦虑。我们真实的存在被不真实的存在所笼罩，而实际上，真正的我们并不会受到不真实存在的威胁。我们的存在是永恒的。但不知怎地，我们被抛进了“asat”之中，“asat”是指非永恒的短暂事物。

在受苦难的芸芸众生之中，实际上只有少数人会探究自己的地位，思考自己是什么，因何陷入这般窘境之中等问题。除非人觉醒到去探求自己受苦的原因，觉悟到自己不仅不想受苦，而且要找到解除一切痛苦的方法，否则便算不上是一个完美的人。人之为人始于这类探询在心中的觉醒。《大梵经》（*Brahma-sūtra*）称这种探求为对梵的探究（brahma jijñāsā），即“应该询问有关绝对真理的知识（*Athāto brahma jijñāsā*）”。除非人去探询绝对的本质，否则他的活动都是枉然的。因此，透悟《博伽梵歌》的恰当学生，就是那些开始询问他们为什么受苦，从哪里来，死后又向何处去等问题的人。诚恳的学生还应该对博伽梵有坚定的敬意。阿诸纳就是这样的学生。

当人类忘记了人生的真正目的时，圣奎师那便特意降临世上，重新树立这个目的。即便如此，在无数觉醒者中，或许只有一人真正有志去了解自己的地位，这本《博伽梵歌》便是为他解说的。实际上，我们都被无知的恶虎吞噬，但绝对真理对生物，尤其是人类，非常仁慈。为此，他讲说了《博伽梵歌》，并接受他的朋友阿诸纳当他的学生。

阿诸纳是圣奎师那的同游，绝非愚氓之辈，但在库茹之野，阿诸纳被置于愚蒙之中，这样便能不断向圣奎师那询问人生问题，好让绝对真理一一作答，定下人生大计，裨益后世。从而人类能够相应而行，实现人生使命的完美。

《博伽梵歌》的主题是教人认识五项基本真理，首先阐明神的科学，然后解释生物（jīva 吉瓦）的原本地位。宇宙之中有至尊控制者（īśvara）和受主宰的生物（jīva）。如果一个生物说他不受控制，自由自主，那他一定是神志不清。最起码，在受限制的生命状态下，他是处处受到控制的。所以，《博伽梵歌》的论题便涉及至尊控制者（īśvara）、受主宰的生物（jīva）、物质自然（prakṛti）、时间（kāla 整个宇宙存在或物质自然展示的期间）以及业报（karma），这些都在讨论之列。宇宙的展示包含着种种活动。所有生物无不处于种种活动之中。学习《博伽梵歌》，我们要明白神是什么，生物是什么，物质自然是什么，宇宙的展示是什么，以及它怎样受时间的主宰，还有生物的活动是怎么回事等。

在《博伽梵歌》的这五个基本主题中，博伽梵或奎师那，或称梵、至尊主宰、超灵——随便你用哪个名字——被确立为最伟大的。生物在本质上与博伽梵一样。例如，主控制着物质自然中的一切事物，这些在《博伽梵歌》后面的章节里进一步会说明。物质自然不是独立的，而是依照博伽梵的指示而活动。正如奎师那所说："这物质自然是我的能量之一，在我的指挥下运作（*mayādhyakṣeṇa prakṛtiḥ sūyate sa-carācaram*）。"当我们在宇宙自然中看到奇妙的景象时，我们应该知道，在这个宇宙展示的后面有一位主宰者。任何事物的展示都离不开主宰。认为没有主宰者的想法是幼稚可笑的。例如，一个孩子看到汽车没有马和其他动物牵引却能奔跑，会感到惊奇，然而一个有理智的人却知道汽车的结构和运转原理，他知道在这机械之后总有人——即司机在操纵着。同样，博伽梵就好比司机，万物都在他的操纵下运作。我们将在后面的章节看到，生物体被绝对真理接受为他的所属部分。金子的微粒仍是金子，一滴海水照样咸，同样，生物作为至尊控制者（īśvara），即博伽梵（Bhagavān）——圣奎师那的所属部分，有着博伽梵所有的品质，只不过在量上非常微小罢了。因此我们也是微小的主宰（īśvara），从属的主宰（īśvara）。我们总是想控制自然，譬如，当今人类想控制太空和星系。我们有这种主宰的倾向，因为这是奎师那的一种品质。尽管人类想做物质自然的主人，但须知我们不是至尊的主宰者。《博伽梵歌》阐释了这一点。

物质自然是什么？《博伽梵歌》将它解释为低等能量（Prakṛti），而将生物解释为高等能量，无论是低等能量还是高等能量，皆永受主宰。能量是阴性的，受绝对真理的控制，正如妻子的活动受丈夫的主宰，能量永为从属，受绝对真理的辖治。绝对真理是支配者，生物和物质自然受辖治，受到博伽梵的主宰。根据《博伽梵歌》所说，生物虽为博伽梵的所属部分，却仍属能量范畴。《博伽梵歌》第七章清楚讨论了这一点，除了这些低等能量之外，我还有另一种高等能量（Prakṛti）——个体灵魂（Jīva-bhūtām）。（*apareyam itas tv anyāṁ prakṛtiṁ viddhi me parām/ jīva-bhūtām.*）

物质自然本身由三种形态构成：善良形态（sattva-guṇā）、激情形态（raja-guṇā）、愚昧形态（tama-guṇā）。三种形态之上是永恒的时间（kāla）。这些形态在永恒时间的控制范围内，纵横交错，就产生了活动，即业报（karma）。亘古至今，这些活动都在进行着，我们因一己活动的果报，或是享乐或是受苦。举例来说，假设我是商人勤奋精明，积存了大笔钱，因此我是享乐者。但不久，假如我在生意中赔了本，这样我又变成了受苦者。同样的道理，在人生的各个方面，我们享受工作的成就，或吞下自己种下的苦果，这就叫作业报（karma）。

博伽梵（īśvara）、生物（jīva）、物质自然（prakṛti）、永恒时间（kāla）、业报（karma），在《博伽梵歌》中都一一解释了。五者之中，博伽梵、生物、物质自然、永恒时间四者都是永恒的。物质自然（prakṛti）的展示可能短暂，但并非假象。有些哲学家说，物质自然的展示是虚假的，但根据《博伽梵歌》的哲学，即外士那瓦哲学，则不是这样。世界的展示并非虚假，而是真实的，只不过短暂易逝罢了。好比云朵飘浮空中，又似雨季来临，滋润五谷。一待雨季过去，云朵散尽，五谷便又干枯。物质自然展示也是如此，每隔一段时间便展示一次，持续一段时间，便又消失殆尽。这就是物质自然（prakṛti）的运作。这种运作，周而复始，永无休止。所以，物质自然（prakṛti）是永恒的而不是虚假的。绝对真理称之为“我的 prakṛti”。物质自然是与博伽梵隔离了的能量，同样，生物也是博伽梵的能量，但不是隔离的，而是与博伽梵永恒相连的。所以，博伽梵、生物、物质自然、永恒时间四者互相关联，均为永恒。然而，业报（karma）却不是永恒的。业报的影响可能旷古久远。自古以来，我们即因自己活动的结果或享乐或受苦，但我们可以改变业报活动的结果，而这种改变有赖于我们知识的完美程度。我们都从事种种不同的活动，毫无疑问，我们不知道应该如何正当行事，以便脱离这些活动的作用和反作用。对此《博伽梵歌》也作出了明确的阐述。

博伽梵处于至尊知觉的地位。生物是博伽梵的所属部分，也具有知觉。生物和物质自然均被解释为“prakṛti”——即博伽梵的能量，但两者之中生物有知觉，另一种能量却没有，这便是两者的区别。所以，生物能量（jīva-prakṛti）又叫作高等能量，因为生物具有与博伽梵相似的知觉。博伽梵具有至高无上的知觉，然而，人不可妄称生物（jīva）也具有至高无上的知觉，因为生物无论在哪个完美的阶段都不具备至尊的知觉，说他具备至尊知觉的理论实是误人的理论。他虽具有知觉，但不是完美或至高无上的知觉。

生物（jīva）和至尊控制者（īśvara）的区别在《博伽梵歌》第十三章中有所解说，博伽梵是场地知悉者（kṣetra-jña），是有知觉的，生物也有知觉，但生物只能知觉到自己特有的躯体，而博伽梵则知觉到所有的躯体，因为博伽梵处于每一生物的心中，所以他能知觉到每一生物的心理动向，我们不能忘了这一点。博伽梵，以超灵（Paramātmā）形体居于每一个生物的心中，作为控制者指示着生物随其所愿行事，可是生物忘记了应该怎么做。一开始，他下决心以某种方式行事，但随后就又陷入自己业报反应的束缚之中不能自拔。他放弃一种身体，却又进入另一个身体，就好像穿衣脱帽一般。随着灵魂如此这般地移居，他承受着过去活动的因果反应。然而，这些活动是可以改变的。当生物处于善良形态，在明达之时，他就懂得应当采取何种活动。如果他这样做的话，便可改变一已过往活动的种种业报反应。由此可见，业报并不是永恒的。所以我们说这五者（博伽梵、生物、物质自然、永恒时间和业报）之中，四者永恒，唯业报不永恒。

具有至高知觉的控制者（īśvara）与生物有一相似之处，两者之知觉均属超然。知觉并不是与物质相结合的产物，这是一个错误概念。认为知觉是某种情况下物质结合的产物，这样的理论不为《博伽梵歌》所接受。物质环境的覆盖会让知觉表现反常，正如光通过有色玻璃会透射出某种颜色的光一样。然而，博伽梵的知觉却不受物质影响。圣奎师那说：“这物质自然是我的能量之一，在我的指挥下运作（*mayādhyakṣeṇa prakṛtiḥ*）。”（《博伽梵歌》9.10）当他降临物质宇宙时，他的知觉是不受物质影响的。如果他受到物质的影响，那他就不配在《博伽梵歌》中讲述超然的内容。只要一个人的知觉还没有脱离物质的污染，就没有资格谈论超然世界。所以，绝对真理不受物质污染。但现在，我们的知觉全被物质污染了。因此，《博伽梵歌》教导我们如何去净化被物质污染了的知觉。在纯粹的知觉中，我们的活动就会契合至尊控制者（īśvara）的意愿，因而获得快乐。并不是要我们停止一切活动，相反，我们应该净化活动。这净化了的活动叫奉爱

(bhakti)，看似普通却全无污染。愚昧的人可能认为奉献者活动也好，工作也好，与俗人做的并无两样，但这些知识浅薄的人哪里知道，绝对真理的活动或奉献者的活动不受不洁知觉或物质的污染。它超然于自然的三形态之外。不过，应该明白，我们目前的知觉是受到污染的。

当我们受到物质的污染时，便可说我们被限制了。错误的知觉便表现在人认为自己是物质自然的产物。这就是假我。沉浸于躯体化概念的人无法了解自己的处境。绝对真理宣讲《博伽梵歌》是为了把人从生命的躯体化概念中解脱出来。阿诸纳将自己置于这一位置，正是为了接受绝对真理的训示。人必须将自己从生命的躯体化概念中解脱出来，这便是超然者的初期活动。谁想获得自由，谁想获得解脱，谁就必须首先认识到他不是这个躯体。“解脱（mukti）”意味着不受物质知觉的束缚。《圣典博伽瓦谭》[1]（2.10.6）也对“解脱”一词下了定义：“mukti的意思是指从这个物质世界中受污染的知觉中解脱出来，而稳处于纯粹的知觉之中（*Muktir hitvānyathā-rūpaṁ svarūpeṇa vyavasthitiḥ*）。”《博伽梵歌》的所有训示都旨在唤醒这纯粹的知觉，所以我们在《博伽梵歌》的最后部分可以读到，奎师那问阿诸纳是否处于净化了的知觉中。净化了的知觉意味着依照绝对真理的训示行事。这才是净化了的知觉的真正要点。我们是绝对真理的所属部分，原本就有知觉，但对于我们来说，易受低等形态的影响。然而至高无上的绝对真理却从来不受影响。这就是博伽梵与微小的个体灵魂的区别。

那么，这种知觉是什么？这知觉便是“我是”。“我是”什么呢？在被污染了的知觉中，“我是”意味着“我就是我所观察到的一切的主人，我就是享乐者”。世界转个不停，是因为每个生物都认为自己就是物质世界的主人和创造者。物质知觉在心理上可分为两类：一类是“我是创造者”，一类是“我是享乐者”。但实际上，博伽梵既是创造者又是享乐者，而生物作为博伽梵不可分割的部分，则既非创造者，也非享乐者，而是合作者，他是被创造者和被享乐者。例如，机器的部分与整台机器合作，躯体的部分与整个躯体合作，手、脚、眼等只是躯体的部分，但都不是实际的享乐者，只有胃才是享乐者。腿行走，手送食物入口，牙咀嚼，身体的各个部分都为满足胃而工作，因为胃是补充身体营养的关键部位，所以每一样东西都给了胃。育树就得给树根浇水，养身就要饱胃。要维持身体的健康，身体各部分必须精诚合作地把食物送到胃里。同样，博伽梵既是创造者又是

1 《圣典博伽瓦谭》，简称《博伽瓦谭》，被称为外士纳瓦的《圣经》。

享乐者，而我们作为从属生物，也应该精诚合作地满足博伽梵。实际上，这种合作对我们将大有裨益，就像胃接受的食物实际上有益于身体各部分一样。如果手认为自己应该享用食物而不把食物送进胃里，结果必定失望。创造和享受的核心是博伽梵，生物都是合作者。他们通过合作而分享快乐。这种关系也像主仆关系一样。如果主人完全满足了，仆人也会满足。同样，虽然生物也有创造和享受物质世界的倾向，然而因为这些倾向源于创造了宇宙展示的博伽梵，所以生物应当去满足博伽梵。

所以，在《博伽梵歌》中我们会发现，完全的整体是由至尊控制者、受控制的生物、宇宙展示、永恒时间以及业报组成。本书解释了这一切。这一切全部算起来构成了完全的整体，而那个完全的整体就是——至尊绝对真理。完全的整体与全然的绝对真理都是全然的人格神——博伽梵奎师那。一切展示都是他的能量体现，他是全然的整体。

《博伽梵歌》也解释了非人格梵从属于全然的博伽梵（brahmaṇo hi pratiṣṭhāham）。《大梵经》（*Brahma-sūtra*）更清楚地把梵（Brahman）比作太阳的光芒。非人格梵是从博伽梵那里发出来的光芒。非人格梵是对完全的整体的不完全觉悟。超灵（Paramātmā）的概念也是如此。在第十五章，我们将看到博伽梵菩茹首塔玛（Puruṣottama）超越于非人格梵和对超灵的部分觉悟。博伽梵被称为博伽梵永恒、全知、极乐的完美形象（sac-cid-ānanda-vigraha）。《梵天本集》开首便这样说："哥文达——奎师那是万原之原，他是原初之因。他是永恒、知识和喜乐的形体（*īśvaraḥ paramaḥ kṛṣṇaḥ sac-cid-ānanda-vigrahaḥ/ anādir ādir govindaḥ sarva-kāraṇa-kāraṇam*）。"觉悟非人格梵是觉悟到他的"永恒（sat）"的特性，觉悟到超灵是觉悟到"永恒、知识（sat-cit）"的特性，但对博伽梵奎师那的真正觉悟是觉悟到他的一切超然的特性，即"永恒、知识、极乐（sat-cit-ānanda）的完美形象（vigraha）"。

智慧不高的人认为至尊真理是非人格的，但他却是超俗的人，所有韦达典籍都如是说，所有生物都是永恒的（*Nityo nityānāṁ cetanaś cetanānām*）。——《卡塔奥义书》（2.2.13）就像我们是个体生物，有着我们的个体性一样，至尊绝对真理，终极而言，也是一个人。觉悟人格神便是觉悟他全然的形体中的一切超然特性。全然的整体并非没有形体。如果他无形体，或比其他东西渺小，那他就称不上全然的整体。全然的整体必定拥有我们经验之内的和经验之外的一切，不然便不是完整的。

全然的整体人格神具有无边的神力（*parāsya śaktir vividhaiva śrūyate*）——[《永恒的采坦尼亚经》（*Caitanya-caritāmṛta*）要旨]。奎师那是怎样发挥不同的神力的？这在《博伽梵歌》中也有阐述。我们所处的这个现象或物质世界其本身也是完整的。根据数论学派（sankhya），物质宇宙是由二十四种元素所构成的短暂展示，这些元素被完满地调节到能产生足够的资源维系这个宇宙的存在。这里没有额外的东西，也不缺少任何东西。这个展示有自己既定的时间，这时间由至尊整体的能量决定；时间一到，这些展示就被全然整体的完美安排所毁灭。微小的整体单位，即生物，完全有条件觉悟到整体。生物之所以体验到各式各样的缺憾，是由于对整体缺乏全面的知识而造成的。因此，《博伽梵歌》包括了韦达智慧的完整知识。

所有的韦达知识都是一贯正确的。印度人认为韦达知识尽善尽美，绝无谬误。例如，牛粪是动物的粪便，根据《圣传经》（*Smṛti*）或韦达训谕，触摸了动物粪便须沐浴净身。但韦达经典认为牛粪是净化剂。或许有人认为这是自相矛盾的，但因为这是韦达训谕，所以为人接受。而事实上，人这样做便可以避免犯错误。后来，现代科学证明牛粪具有各种抗菌防腐的性能。因此，韦达知识是完美无误、不容怀疑的，而《博伽梵歌》则是一切韦达知识的精华。

韦达知识不存在研究的问题。我们的研究工作并不完美，因为我们在以不完美的感官研究事物。要接受完美的知识，我们就要像《博伽梵歌》所说的那样，去接受从使徒传系传下来的完美知识。我们必须从正确的源泉接受知识。这正确的源泉就是使徒传系，它始于至尊的灵性导师——圣奎师那（Krishna）本人，并由历代灵性导师代代相传。向圣奎师那学习的阿诸纳，毫无辩驳地接受绝对真理的一切教诲。只接受《博伽梵歌》中的一部分而拒绝另一部分是绝对不允许的。绝不能这样。我们必须不加个人解释、不随意删削、不妄自测度地去接受《博伽梵歌》。《博伽梵歌》应被视为对韦达知识的最完美呈现。韦达知识来源超然，最初由绝对真理亲自宣说。博伽梵的讲述（apauruṣeya），意即与一个受着四种缺陷影响的俗人所说的话截然不同。凡人有四种缺陷：（一）肯定会犯错；（二）常为假象迷惑；（三）有欺骗的倾向；（四）受不完整的感官限制。有这四种缺陷的人，便不能够完整地传达遍存万有的知识。

韦达知识并不是由这些有缺陷的生物传授下来的。它直接传授到第一个被造的生物布茹阿玛（Brahma 梵天）心里，梵天又原原本本地把从绝对真理那里接收的知识依次传给了他的儿子和众门徒。博伽梵是绝对完美的（pūrṇam），根本不受物质自然规律的限制。所以人应该学得聪明一些，以了解博伽梵是宇宙万物的唯一拥有者，是最原始的创造者，是布茹阿玛（Brahma 梵天）的创造者。《博伽梵歌》（11.39）称博伽梵为人类始祖的创造者（Prapitāmaha），因为梵天被称为始祖（Pitāmaha），而博伽梵创造了始祖。因此，谁也不要称自己是什么东西的拥有者。人应该只接受博伽梵赐给他的配额，维持生命。

如何去善用绝对真理赐给我们的一切，这里有很多例子可效仿。《博伽梵歌》也阐明了这一点。起先，阿诸纳决定放弃在库茹之野作战，这是他个人的决定。阿诸纳告诉绝对真理，杀了族人，即使得到了王国，他也不可能快乐。这个决定来自于躯体化的概念，因为他以为自己就是这个躯体；那些和他的躯体有关的或躯体的扩展便是他的兄弟、侄儿、姻兄弟、祖叔伯等。因此，他想满足他的躯体的要求。绝对真理宣说，《博伽梵歌》就是要改变这个看法，最后，阿诸纳决定在绝对真理的指挥下作战。他说："随时准备按照您的训令行动（*kariṣye vacanaṁ tava*）。"——《博伽梵歌》（18.73）

人活在世上并不是为了要像猫狗一样争斗吵闹。人类必须以智慧去了解人类生命的重要性，决不要像一般动物那样活着，而应该去实现人生的目标。所有韦达文献均是指南，而精华则在《博伽梵歌》中。韦达典籍是为人类，而不是为动物而设的。动物可以互相残杀，其中并无罪恶可言。但如果人为了满足一己难耐的食欲而诛杀动物的话，他就要为破坏自然法律而承担后果。《博伽梵歌》清楚地说明了在三种形态之下有三种活动：善良活动、激情活动、愚昧活动。同样，食物也可以分成三种：善良态食物、激情态食物和愚昧态食物。这些都解释得很清楚。如果我们正确地遵循《博伽梵歌》的训示，我们的整个生命就会得到净化，最终我们必能到达超越于这个物质天空的目的地（《博伽梵歌》15.6）。

这个目的地，叫作萨拿坦（sanātana）天空，即永恒的灵性天空。这个物质世界的一切都是短暂的。某物来到世上，停留一段时间，制造出一些副产品，衰落，最后消失。这便是物质世界的规律，无论以这个躯体或一个水果为例都是一样的。然而，我们知道，在这个短暂的世界之外还有另一个世界。那个世界是由另一本性所构成的，而这另一本性便是"永恒的（sanātana）"。《博伽梵歌》第十一章将生物和绝对真理都描述为"永恒的（sanātana）"。我们跟绝对真理关系亲密，因为我们本质上相同如一——永恒的灵性天空，永恒的至尊人格，永恒的生物——因此，全篇《博伽梵歌》的目的就是要恢复我们生物的永恒灵性职分（sanātana-dharma）。我们都从事种种短暂的活动，但当我们放弃这些活动，从事博伽梵所指定的活动时，所有这些活动都可得以净化。那便称为我们纯粹的生命。

博伽梵和他超然的居所都是永恒的，生物也是永恒的。生物与博伽梵在永恒的居所的相互交往乃是人生的完美境界。绝对真理对生物非常仁慈，因为生物是绝对真理的儿女。圣奎师那在《博伽梵歌》里说："我就是播下种子的父亲（*sarva-yoniṣu......ahaṁ bīja-pradaḥ pitā*）。"当然，由于不同的业报，生物的种类也不同，但博伽梵在这里声言他是一切生物的父亲。因此，博伽梵降临世间拯救这些堕落了的受限制的灵魂，召唤他们回归永恒的居所，让本是永恒的生物重获他们的永恒职分，永恒地伴随在博伽梵的身边。博伽梵以不同的化身亲自显现人间，或者差遣最可靠的仆人以他的儿子、同伴或灵性导师的身份来到世间拯救受限制的灵魂。

因此，梵文"永恒的灵性职分（sanātana-dharma）"并不专属于任何门派的宗教，而是永恒的生物在他与博伽梵关系中的永恒职责。如前所述，"（sanātana-dharma）萨拿坦·达摩"特指生物永恒的灵性职分。圣足腊玛努佳师（Śrīpāda Rāmānujācārya）解释道，"萨拿坦（sanātana）"为无始无终；所以，当我们讲到"永恒的灵性职分（sanātana-dharma）"时，便须不折不扣地接受圣足腊玛努佳师的权威，以之为无始无终。

"宗教"一词与"永恒的灵性职分"有所不同。"宗教"一词是指信仰的意思，而信仰是可能改变的。一个人可能在一特定过程中有某种信仰，但他可能改变这一信仰而转向另一种信仰。然而"永恒的职分"指的却是不可改变的活动。就如水不能与流动性分开，火不能与热量分开一样。同样，永恒生物的永恒职责也是不能与生物分开的。永恒的职责永远是生物的内在组成部分；所以，当我们谈到永恒职分时，我们必须不折不扣地接受圣腊玛努佳师的权威，视之为理所当然，永恒的职分无始无终。既然无始无终的事物不受任何界线所限制，那么宗派之言又从何谈起。那些持有保守的宗派信仰的人会错误地认为"永恒的灵性职分"也是有宗派性的。不过，我们若深入探索，并以现代科学来考虑，就可以看到，"永恒的灵性职分"是全世界所有人的事业——不，是全宇宙生物的事业。

非永恒性的宗教信仰可能始于人类的某个年代并有所记载，然而，"永恒的灵性职分（sanātana-dharma）"的历史却没有始端，因为它是与生物永为一体的。就生物来说，权威圣典（sastra）指出他是无生无死的，《博伽梵歌》也说生物从来就不会诞生出来，也永不会死去。他是永恒的，即使在短暂的物质身体毁灭之后仍继续存在。关于"永恒的灵性职分"这个概念的含义，我们必须从这个词的梵文的字根意义去理解。“达尔玛（dharma）”意指与某一特定对象共存的东西，我们得出结论：热和光与火共存，没有热和光，“火”字就没有了意义。同样，我们必须去发现生物的本质，那常与他相随的部分就是他永恒的属性，而这永恒的属性就是他的永恒宗教。

萨拿坦·哥斯瓦米（Sanātana Gosvāmī）曾询问圣采坦尼亚·玛哈帕布，生物的原本地位（svarūpa）如何，世尊回答说：“生物的本性地位是为博伽梵服务。”如果我们分析一下圣采坦尼亚这段话，我们很容易便看到每一生物都在恒常地为另一生物服务。一种生物以多种职分为其他生物服务。这样，生物便享受生命。低等的动物像仆人一样为人类服务。甲服务乙主人，乙为丙主人服务，丙又服务于丁主人，如此以往。在这些情形之下，我们看到，朋友为朋友服务，母亲为儿子服务，妻子为丈夫服务，丈夫为妻子服务等。如果我们这样追踪下去，就会发现，在生物的社会中，生物无一例外地都在从事服务这项活动。政治家发表宣言，以使公众相信他的服务能力。选民若认为他能对社会作出有价值的服务，便会投他一票。店主为顾客服务，工匠为资本家服务，资本家为家庭服务，家庭为国家服务。由此可见，生物无例外地要服务于其他的生物，因此我们可以有把握地得出结论：服务恒常伴随着生物，做服务是生物的永恒宗教。

然而在特定的时间和环境下，人们声称有某种信仰，因而自称是印度教徒、穆斯林、基督徒、佛教徒或其他宗派的追随者。如此，这些称号均非“永恒的灵性职分”（sanātana-dharma 永恒的宗教），一个印度教徒可能改变信仰而成为一名穆斯林，一位穆斯林可能改变信仰而成为一名印度教徒，基督徒也可能会改变信仰等。但是，在任何情况下，宗教信仰的改变并不影响做出服务的永恒职分。印度教徒、穆斯林或基督教徒在任何情况下都是他人的仆人。所以，信奉某种信仰并不等于已置身于永恒的灵性职分之中。从事服务才是永恒的宗教（sanātana-dharma）。

事实上，我们通过服务便与博伽梵联系在一起，博伽梵是至尊的享乐者，我们生物是他的仆人。我们之所以被创造，就是为了他的享受。如果我们和博伽梵一道共同参与那永恒的享乐，我们就会快乐，不然，我们就得不到快乐。独立的快乐是不可能的，正如不跟胃合作，身体的各个部分便不会快乐一样。不为博伽梵做超然的爱心服务，生物便不可能快乐。

《博伽梵歌》不赞成崇拜不同的半神人或为半神人服务。第七章第20诗节说：

kāmais tais tair hṛta-jñānāḥ

prapadyante 'nya-devatāḥ
taṁ taṁ niyamam āsthāya
prakṛtyā niyatāḥ svayā

"那些被物质欲望偷去智慧的人，皈依半神人，按照自己的习性，遵循特殊的崇拜规则。"

这里明白地揭示出，那些受欲望操纵的人，不崇拜博伽梵奎师那而崇拜半神人。当我们提到奎师那的圣名时，我们并不是指任何宗派的名字。奎师那的意思是最高的快乐，所有经典都说，博伽梵是快乐的宝库。人人都在寻求快乐。"至尊人格神首的本性是极乐的（*Ānanda-mayo 'bhyāsāt*）"（《终极韦达经》1.1.12）。生物如同博伽梵一样充满着知觉意识，追寻着幸福快乐。博伽梵是永恒快乐的，如果生物与博伽梵交往，同他协作，与他为伴，那么他们也会快乐无比。

绝对真理降临到这个物质世界，在温达文展现了那充满快乐的逍遥时光。当圣奎师那在温达文时，他与牧牛童朋友、少女朋友、乳牛以及温达文的其他居民在一起的逍遥时光，都充满了快乐。温达文的全体居民所知的只有奎师那。圣奎师那甚至劝阻他的父亲南达大君（Nanda Mahārāja）不要崇拜半神人因陀罗（Indra），因为他要确立人们无需崇拜半神人的事实，他们只需崇拜绝对真理，因为他们的目的是回归绝对真理的居所。

《博伽梵歌》第十五章第6诗节描绘了圣奎师那的居所：

na tad bhāsayate sūryo
na śaśāṅko na pāvakaḥ
yad gatvā na nivartante
tad dhāma paramaṁ mama

"我至高无上的居所不由日月照耀，也不用火电照明。到那里的人永不重返这个物质世界。"

这节诗描绘了那永恒的天空。当然，我们对天空的概念是物质的，每当我们想起天空，我们就会和日月星辰等联想起来。但在这节诗中绝对真理说明了，永恒天空无需日月电力或任何灯火来照明，因为从博伽梵那流衍的梵光（brahmajyoti）已把他的居所照耀得辉煌灿烂。到达其他星球很困难，然而了解博伽梵的居所却不困难。这个居所被称为高楼卡（goloka）。对此，《梵天本集》（5.37）里有精彩的描述："绝对真理的永恒居所在他的高楼卡（*goloka eva nivasaty akhilātma-bhūtaḥ*）。”尽管如此，然而我们可以从这个世界接近他。为此，他展示着自己真实的形体，博伽梵永恒、全知、极乐的完美形象（sac-cid-ānanda-vigraha）（《梵天本集》5.1）。当绝对真理展示这个形体时，就无需我们去想象他的样子了。为了阻止如此的心智想象，他以自己原本的夏玛逊达（Śyāmasundara）的身份降临。不幸的是，智慧不足的人却对他嗤之以鼻，因为他以人的身份来到我们中间，并且与我们一起嬉戏。然而我们却不应该因此而视绝对真理为一个像我们一样的凡人。全能的绝对真理以他的真形出现在我们面前，展示他美妙的逍遥时光，这时光就是他在自己居所的逍遥时光的复制。

在灵性天空的璀璨光芒中，漂浮着无数的星宿。梵光（brahmajyoti）流衍自至尊居所奎师那楼卡（krsna-loka），阿南达·玛亚（ānanda-maya）和琴·玛亚（cin-maya）那样的灵性星宿便浮游在这万丈光芒之中。绝对真理说“我至高无上的居所不由日月照耀，也不用火电照明。到那里的人永不重返这个物质世界（*na tad bhāsayate sūryo na śaśāṅko na pāvakaḥ/ yad gatvā na nivartante tad dhāma paramaṁ mama*）”（《博伽梵歌》15.6）。到达灵性天空的人便无需重返物质天空。在物质天空，即便是到最高的星宿（梵天星宿），我们也会发现同样的生命境况，仍要经历生、老、病、死，更不用说月亮上的生命了。物质宇宙内没有一个星宿能免于这四项物质存在的规律。

生物不停地从一个星宿游历到另一个星宿，但这并不是靠机械手段做到的。如果我们要到别的星宿去，自有去那儿的途径。这一点《博伽梵歌》也提到了，“崇拜半神人的人，投生在半神人中；崇拜祖先的人，到祖先那里去（*yānti deva-vratā devān pitṝn yānti pitṛ-vratāḥ*）”（《博伽梵歌》9.25）。不需要借助机械性手段就可以进行星际旅行。《博伽梵歌》训谕：“崇拜半神人的人，投生在半神人中（*yānti deva-vratā devān*）。”太阳、月亮和其他高等星宿均为光明星宿（svargaloka）。星宿分为三类：高等、中等、低等。地球属于中等星宿。《博伽梵歌》告诉我们到达高等星宿（devaloka）的简单方法：崇拜半神人（*yānti deva-vratā devān*）。人只需崇拜某星宿中的某一半神人，就可以到达太阳、月亮或其他任何高等星宿。

然而，《博伽梵歌》并不主张我们去物质世界的任何星宿。因为即使我们以机械装置经过四万年（谁又能活那么长呢），到了最高星宿梵天星宿，仍会遭遇生、老、病、死的物质磨难。然而，谁要是到了至尊的星宿奎师那楼卡或灵性天空里的其他任何星宿的话，他将免于这些物质世界的磨难。在灵性天空中，有一至高无上的星宿，叫作高楼卡·温达文，它是原始的博伽梵奎师那的居所中的原始星宿。所有这些信息《博伽梵歌》都给我们提供了，通过《博伽梵歌》训谕的信息，我们知道怎样离开物质世界，回到灵性天空去开始真正快乐的生活。

《博伽梵歌》第十五章第 1 诗节描述了物质世界的真相：

ūrdhva-mūlam adhaḥ-śākham
aśvatthaṁ prāhur avyayam
chandāṁsi yasya parṇāni
yas taṁ veda sa veda-vit

“博伽梵说：有一棵不腐不朽的榕树，根向上，枝向下，叶子就是韦达赞歌。了解这棵树的人，就了解韦达诸经。”

在这里，物质世界被描绘成一棵树，一棵树根朝上，树枝向下的树。我们见过根部向上的树：如果你站在河边池旁，就会看到树在水中的倒影，树枝向下，树根向上。同样物质世界也是灵性世界的倒影。物质世界只不过是实体的影子而已。影子中并无实体，但从影子里我们知道有实体的存在。沙漠本无水，但蜃景中却显出有水的存在。物质世界里没有水，没有快乐，真正快乐的源泉是在灵性世界。

博伽梵建议我们用下面的方式到达灵性世界（《博伽梵歌》15.5）：

nirmāna-mohā jita-saṅga-doṣā
adhyātma-nityā vinivṛtta-kāmāḥ
dvandvair vimuktāḥ sukha-duḥkha-saṁjñair
gacchanty amūḍhāḥ padam avyayaṁ tat

“那些脱离了虚假的名望、幻象和虚假联系的人，理解永恒的人，根绝了物质欲念的人，远离苦乐等二元性的人，以及不受迷惑，懂得怎样皈依至尊者的人，能到达永恒的国度。”

人只有远离假我与虚荣（nirmāna-moha），才能到达永恒的国度（padam avyayam）。这是什么意思呢？人们追求功名利禄。有人想封爵位，有人想成为贵族，有人想当总统、富豪、国王什么的。只要我们依附名位，便依附躯体，因为名位是属于躯体的。然而，我们不是这个躯体，觉悟到这一点便可晋升到灵性觉悟的初阶。我们与物质世界自然三形态连在一起，但必须通过对博伽梵的奉爱服务斩断依附。如果我们不从事对博伽梵的奉爱服务，那么我们就无法摆脱物质自然形态。功名和依附是因为我们有贪欲，有想主宰物质自然的欲望。只要我们仍不放弃这种倾向，就不可能重返博伽梵的国度，即永恒的居所（sanātanadhāma）。永恒国度从来不会毁灭。只有不为虚假的物质享乐所惑，恒常服务于博伽梵的人，才能到达永恒国度。这样的人，能轻易地到达博伽梵的居所。

《博伽梵歌》在第八章第 21 诗节中说：

avyakto 'kṣara ity uktas
tam āhuḥ paramāṁ gatim
yaṁ prāpya na nivartante
tad dhāma paramaṁ mama

“那个被终极韦达学者称为未展示的和绝无谬误的，那个以至高无上目的地而著称的，那个到达后便永不再回返的地方——就是我至高无上的居所。”

梵文“avyakta”意为“未展示的”。即使是物质世界，也没有完全展现在我们面前。我们的感官不完美，即便是这个物质宇宙中的点点繁星，我们也不能一览无遗。从韦达典籍中，我们能接受到更多有关所有这些星宿的众多知识。当然，信不信还在我们自己。所有重要的星宿在韦达典籍中都有记载，特别是《圣典博伽瓦谭》。超越于物质天空之外的灵性世界被描述为未展示的（avyakta）。我们应该渴望并追求至尊王国，因为到了那国度，便不会重返这个物质世界了。

接着有人问：怎样才能接近博伽梵的居所呢？第八章第 5 诗节便有答案：

anta-kāle ca mām eva
smaran muktvā kalevaram
yaḥ prayāti sa mad-bhāvaṁ
yāti nāsty atra saṁśayaḥ

“在生命的终点，谁离开躯体时只记着我，谁就能立即到达我的本性。这是无可置疑的。”

临死时想着奎师那便可到达奎师那那里。人应该铭记奎师那的形体，如果离开躯体时仍想着这形体，则必定到达灵性国度。“mad-bhāvam”是指至尊者的至尊本性，至尊者的形象是“是永恒、全知、极乐的完美形象（sac-cid-ānanda-vigraha）”。我们现在的躯体不是永恒的（sat），而是短暂易逝、非永恒的（asat）；不是充满知识的（cit），而是充满着愚昧；我们没有灵性王国的知识，甚至也没有完整的有关物质世界的知识。很多东西还是我们的未知领域。我们的躯体也毫无快乐（nirānanda）：不是充盈着快乐，而是充满了痛苦。我们在物质世界所经历的诸多愁苦全由躯体而来。但当我们离开这具躯体时，只要铭记奎师那——博伽梵，便能立即获得永恒、全知、极乐的躯体。

在这个物质世界里，离开一个躯体，进入另一个躯体的过程，也是有条理的。人在被决定下一世得到什么样的躯体之后便死亡。这个决定不是由生物自己作出的，而是由高等的权威作出的，根据我们今世的活动，我们来世或许得到提升或许堕入更低的层次。今世即为来世作着准备，因此，如果我们能在今世为晋升至神的国度作准备，那么在离开这个物质躯体之后，我们就必能得到如同绝对真理一样的灵性躯体。

前面说过，超然主义者分为不同类型——brahma-vādī（思辨家、梵觉者）、paramātma-vādī（瑜伽士，对超灵的觉悟者）、奉献者——而且提到，灵性天空（brahmajyoti）里有着无数灵性的星宿，这些星宿的数目远远超过了物质天空的所有星宿的总和。物质世界大约是创造的四分之一（*ekāṁśena sthito jagat*）（《博伽梵歌》10.42）。

物质世界这部分有数亿万宇宙，数以亿计的日月星辰，但整个物质创造也只不过是整个创造的片断而已。而大部分的创造则在灵性天空。谁想跟至尊梵融为一体，便可立即转入博伽梵的梵光，从而到达灵性天空。而那些想跟绝对真理在一起的奉献者则进入无忧星宿（外琨塔）。无忧星宿数目无尽，博伽梵通过他的全权扩展，那罗延（Nārāyaṇa）跟奉献者在一起，那罗延有四条手臂，并有不同的名字，如帕杜纳（Pradyumna）、阿尼茹达（Aniruddha）、哥文达（Govinda）等。因此，超然主义者临终时想着的不是梵光就是超灵，或者是博伽梵奎师那。在这些情况下，他们都能进入灵性天空。但只有与绝对真理息息相关的奉献者，才能进入无忧星宿（外琨塔）或高楼卡·温达文星宿。而且绝对真理更进一步地补充道："这是毫无疑问的。"我们应该深信不疑，而不要排斥与我们的想象不符的东西，我们的态度应该像阿诸纳一样："您说的一切，我全相信。"因此，既然绝对真理说谁临终时想着他为梵、超灵或博伽梵，都必能进入灵性天空，那就是毫无疑问的，是不能不相信的。

《博伽梵歌》第八章第6诗节也解释了临终时只要想着博伽梵便可进入灵性国度的普遍原则：

yaṁ yaṁ vāpi smaran bhāvaṁ
tyajaty ante kalevaram
taṁ tam evaiti kaunteya
sadā tad-bhāva-bhāvitaḥ

"人在离开现世的躯体时，无论想着哪样的情景，琨缇之子啊！在下一世，

他必能到达那样的境界。”

现在我们必须首先弄明白，物质自然是博伽梵众多能量的一种展示。《宇宙古史·维施努之部》（6.7.61）是这样描绘博伽梵的总能量的：

viṣṇu-śaktiḥ parā proktā
kṣetra-jñākhyā tathā parā
avidyā-karma-saṁjñānyā
tṛtīyā śaktir iṣyate

博伽梵的能量不计其数，超出了我们的想象能力。然而，学识渊博的伟大圣人和解脱了的灵魂研究过这些能量，并把它们归为三类。所有的能量都叫作维施努能量（viṣṇu-śakti），即世尊维施努（Viṣṇu）的不同的能量。第一种能量是超然的（parā）。如前所述，生物也属于高等能量。其他的能量，或物质能量，则尽在愚昧形态之中。死亡时我们或继续停留在这个物质世界的低等能量之中，或转升至灵性世界的高等能量里。正如《博伽梵歌》（8.6）所说：

yaṁ yaṁ vāpi smaran bhāvaṁ
tyajaty ante kalevaram
taṁ tam evaiti kaunteya
sadā tad-bhāva-bhāvitaḥ

“人在离开现世的躯体时，无论想着哪样的情景，琨缇之子啊！在下一世，他必能到达那样的境界。”

在生活中，我们的头脑不是想着物质能量就是想着灵性能量。那么，怎样才能把我们的思想从物质能量转向灵性能量呢？世上有这么多的文学作品，如报纸、杂志、小说等，以物质能量充斥着我们的思想。我们的思维已沉浸于这些读物之中，而现在则必须将它转到韦达文献那里去。所以，伟大的圣人们写下许多韦达文献，诸如《宇宙古史》（*Purāṇas*）等。《宇宙古史》并非虚构，而是历史的记载。《永恒的采坦尼亚经》（*Caitanya-caritāmṛta* 中篇 20.122）有诗云：

māyā-mugdha jīvera nāhi svataḥ kṛṣṇa-jñāna
jīvere kṛpāya kailā kṛṣṇa veda-purāṇa

“受限制的灵魂，不能凭自己的努力恢复奎师那知觉。圣奎师那布施无缘的恩慈，编撰了韦达典籍以及补充性的《宇宙古史》（*Purāṇas*）。”

健忘的生物（受限制的灵魂）忘却了他们与博伽梵的关系，全神贯注于物质活动之中。正是为了将他们的思想转升到灵性天空，奎师那·兑帕亚纳·维亚萨

（Kṛṣṇa-dvaipāyana Vyāsa）编撰了大量的文献。他先将韦达经分为四部，然后在《宇宙古史》中加以阐释，又为智慧稍逊的人写了《摩诃婆罗多》。《博伽梵歌》就是《摩诃婆罗多》中的一部分。接着，他在《终极韦达经》中总结了所有韦达文献，为《终极韦达经》撰写了自然的注解——《圣典博伽瓦谭》。我们必须用心研读这些韦达文献。物质主义者潜心阅读报纸、杂志和许多物质书刊，我们便须转而研读维亚萨留给我们的典籍。这样，我们才能在临终时铭记博伽梵。这是绝对真理所提出的唯一途径，而且他对结果作了保证："毫无疑问。"

tasmāt sarveṣu kāleṣu
mām anusmara yudhya ca
mayy arpita-mano-buddhir
mām evaiṣyasy asaṁśayaḥ

"因此，阿诸纳啊！你应该以奎师那的形象常想着我；同时履行你作战的赋定责任。将活动奉献给我，将心意和智性专注于我，毫无疑问，你必能达到我。"——《博伽梵歌》（8.7）

奎师那并不是劝告阿诸纳单纯地想着他而放弃职分。不，绝对真理从不提出任何不切实际的建议。在物质世界，为维持生活，谁都得工作。根据工作性质，人类社会分为四个阶层——婆罗门（Brāhmaṇa）、刹帝利（Kṣatriya）、外夏（Vaiśya）、庶陀（Śūdra）[1]。婆罗门（知识阶层）做一种工作，刹帝利（行政阶层）做另一种工作，外夏（工商阶层）和庶陀（劳动阶层）则履行着各自特殊的责任，在人类社会，无论是劳动者、商人、管理者或是农民，甚至于最高阶层的文人、科学家、神学家等，为了维持生计，都得工作。因而，博伽梵告诉阿诸纳，他无需放弃职分。而应在履行职分时，想着奎师那（mām anusmara）（《博伽梵歌》8.7）。如果人在为生计奔忙时不修习记住奎师那，那么在临终时便不可能想着奎师那。圣采坦尼亚也这样劝导。他说：人该时常唱颂绝对真理的圣名（*kīrtanīyaḥ sadā hariḥ*）[《永恒的采坦尼亚经》（*Caitanya-caritāmṛta* 初篇 17.31）]。绝对真理的圣名与绝对真理本人没有分别，所以，圣奎师那训谕阿诸纳"想着

1 《辞海》有"吠舍，梵语 Vaisya 的音译。""首陀罗，梵语 Sūdra 的音译。"笔者认为，外夏（Vaisya），代表着农民与商人阶层，不包括工人（工人则属于劳工阶层中，用劳动进行服务的人群）。"Vaisya"，瑜伽梵文经典将其译为"外夏"。过去被一些不明其义，带有佛教思想的译者翻译为"吠舍"，"吠"为狗叫，明显有歧视含义。（就如《吠陀经》无论从音译或意译，均应重译为《韦达经》，梵文"veda 韦达"，意为"知识"，不带有任何倾向性，是一个中性词。但"吠"又暗暗将其贬低。）

我”与圣采坦尼亚训谕我们的“常颂奎师那圣名”其实就是同一教诲，这没有什么分别。因为奎师那和他的名字是没有任何分别的。在绝对的层面，所谈到的事物本身与所谈到的事物的名字并没有区别。因此，我们必须练习常想着博伽梵，一天 24 小时唱颂绝对真理的圣名，塑造我们的活动，以便我们能永远记住他。

这怎么可能呢？灵性宗师们（ācārya）告诉给我们一个例子。如果一个已婚妇女爱上了另一个男人，或者一个已婚男人爱上了另一个女人，这种爱肯定是很强烈的。沉湎于这种爱恋中的人会常常想起情人。那位有夫之妇常想着她的情人，常想着跟他幽会，即使在做家务时也不免。事实上她做家务更细心，因为如此她的丈夫才不会发现她另有所爱。同样的，我们该时刻想着至高无上的情人——圣奎师那，同时又恰到好处地履行物质上的职责。这就需要强烈的爱。如果我们对博伽梵有着强烈的爱，我们就能一面履行职责，一面记着奎师那。但这种爱恋需要培养。例如，阿诸纳常常想着奎师那，他是奎师那恒久的同伴，又同时是一位武士。奎师那并没有劝他放弃作战，去森林冥想。当圣奎师那叙述了瑜伽体系之后，阿诸纳说修习这个体系对他来说是不可能的。

arjuna uvāca
yo 'yaṁ yogas tvayā proktaḥ
sāmyena madhusūdana
etasyāhaṁ na paśyāmi
cañcalatvāt sthitiṁ sthirām

“阿诸纳说：马度魔的屠者呀！您所描述的瑜伽体系，对我来说，似乎不切实际，而且难以忍受，因为心意总是不安不稳。”——《博伽梵歌》（6.33）

但博伽梵说：

yoginām api sarveṣāṁ
mad-gatenāntarātmanā
śraddhāvān bhajate yo māṁ
sa me yuktatamo mataḥ

“在所有的瑜伽士中，谁对我信心坚定，长处我中，内心时刻想着我，以超然的爱心服务我，谁就能通过瑜伽和我亲密地连接在一起，谁就是最高级的瑜伽士。这就是我的意见。”——《博伽梵歌》（6.47）

所以，一个经常想着博伽梵的人便是个伟大的瑜伽士，至上的思辨家，同时又是最伟大的奉献者。绝对真理进一步告诉阿诸纳，身为刹帝利，他不可放弃作战，但如果阿诸纳想着是为奎师那作战，那么，他临死时就会想着奎师那。因此，人须对绝对真理做超然的爱心服务，完全皈依绝对真理。

实际上，我们不是以躯体，而是以心意和智性工作。所以，如果心意和智性常想着博伽梵，那么感官也就自然从事于为博伽梵的服务。表面上看来，感官的活动是一样的，但是意识却改变了。《博伽梵歌》教导我们如何将心意和智性专注于博伽梵。如此专注，我们便能提升自己到博伽梵的国度。如果心意为奎师那服务，那么感官也自然而然地为圣奎师那服务。这就是诀窍，这也是《博伽梵歌》的秘诀：思想完全专注于圣奎师那。

现代人为了登上月球历尽艰辛，却不太努力在灵性上提升自己。如果一个人还有 50 年寿命，他就应该把这短暂的光阴用于培养时刻忆念着博伽梵的习惯。这种练习就是奉爱服务的方法：

śravaṇaṁ kīrtanaṁ viṣṇoḥ
smaraṇaṁ pāda-sevanam
arcanaṁ vandanaṁ dāsyaṁ
sakhyam ātma-nivedanam

“聆听和唱颂博伽梵超然的名字、形体、品质、附属物和逍遥时光，记住这些，服务博伽梵的莲花足，崇拜博伽梵，向绝对真理祷告，侍奉博伽梵，视博伽梵为挚友，向博伽梵献出一切。”——《圣典博伽瓦谭》（7.5.23）

这九种方式中最容易的方式是聆听（*śravaṇaṁ*）——从觉悟了的人那里聆听《博伽梵歌》——可以使人转而思想博伽梵，引导人去忆念博伽梵。这样，人在离开躯体时便会记住博伽梵，而获得适合于与绝对真理在一起的灵性身体。

绝对真理进一步说：

abhyāsa-yoga-yuktena
cetasā nānya-gāminā
paramaṁ puruṣaṁ divyaṁ
yāti pārthānucintayan

“谁冥想身为博伽梵的我，心意时刻想念我，不偏离正途，菩瑞塔之子啊！他必能臻达我。”——《博伽梵歌》（8.8）

这个程序不太困难，可是，必须向有经验的人学习。“人应该向一位已付诸实践的人学习（*Tad vijñānārthaṁ sa gurum evābhigacchet*）”——《蒙达卡奥义书》（1.2.12）。心意总是晃荡不定，因此，我们必须通过修习，使它专注于奎师那的形体或他的圣名的声音。心意本性焦躁不安，四处游荡，但绝对真理奎师那圣名的声音振荡却可使其专一安稳。人便须如此观想灵性天空或灵性王国里的博伽梵（Paramaṁ puruṣam），由此而到达他。《博伽梵歌》解说了获得终极觉悟和终极成就的方法和途径，且这知识之门为每个人敞开，不把任何人拒之门外。每个阶层的人均可以靠观想奎师那而接近他，因为聆听绝对真理，想念绝对真理对每个人都是可行的。绝对真理进一步说：

māṁ hi pārtha vyapāśritya
ye 'pi syuḥ pāpa-yonayaḥ
striyo vaiśyās tathā śūdrās
te 'pi yānti parāṁ gatim

kiṁ punar brāhmaṇāḥ puṇyā
bhaktā rājarṣayas tathā
anityam asukhaṁ lokam
imaṁ prāpya bhajasva mām

“菩瑞塔之子啊！即使出身卑微，妇女也好，外夏也好，庶陀也好，只要托庇于我，都能达到至高无上的目的地。正直的婆罗门、奉献者和圣洁的君王们，就更是如此。因此，既已来到这痛苦而短暂的物质世界，就为我做爱心服务吧！”——《博伽梵歌》（9.32-33）

绝对真理这样说，甚至商人、堕落的妇人或劳工，或最底层的人都可到达博伽梵。人并不需要高度发达的智慧。重要的是，人只要接受奉爱瑜伽的原则，接受博伽梵为生物的至善、最高目标，便能到达灵性天空，接近博伽梵。人如果能接受《博伽梵歌》所阐明的原则，便可使生命完美，从此彻底解决生命中的一切问题。这便是《博伽梵歌》全书的中心思想所在。

总之，《博伽梵歌》是一部值得仔细阅读的超然经典。一个人若是严格地遵循《博伽梵歌》的训谕，他就能超越生活中的种种痛苦和焦虑（*Gītā-śāstram idaṁ puṇyaṁ yaḥ paṭhet prayataḥ pumān*）。

《博伽梵歌的荣耀》（*Gītā-māhātmya*）诗节 1 说：“不仅此生免于一切恐慌，而且将获得灵性的来世（*Viṣṇoḥ padam avāpnoti bhaya-śokādi-varjitaḥ*）。”

《博伽梵歌的荣耀》（*Gītā-māhātmya*）诗节 2 还谈到进一步的好处：

gītādhyāyana-śīlasya

prāṇāyama-parasya ca
naiva santi hi pāpāni
pūrva-janma-kṛtāni ca

“人如果诚恳认真地研读《博伽梵歌》，借着博伽梵的恩典，以往的过错就不会报应在他身上。”

绝对真理在《博伽梵歌》的最后部分大声宣布（18.66）：

sarva-dharmān parityajya
mām ekaṁ śaraṇaṁ vraja
ahaṁ tvāṁ sarva-pāpebhyo
mokṣayiṣyāmi mā śucaḥ

“放弃一切宗教，直接皈依我，我会把你从所有恶报中解救出来，不要害怕。”

就这样，绝对真理对皈依他的人负起全责，赦免他的一切罪恶报应。

mala-nirmocanaṁ puṁsāṁ
jala-snānaṁ dine dine
sakṛd gītāmṛta-snānaṁ
saṁsāra-mala-nāśanam

“人每天都用水沐浴净身，但若在《博伽梵歌》这神圣的恒河圣水中，哪怕只沐浴一次，所有物质生活的污秽，便会全部洗净。”《博伽梵歌的荣耀》（*Gītā-māhātmya*）诗节3说。

《博伽梵歌的荣耀》（*Gītā-māhātmya*）诗节4：

gītā su-gītā kartavyā
kim anyaiḥ śāstra-vistaraiḥ
yā svayaṁ padmanābhasya
mukha-padmād viniḥsṛtā

因为《博伽梵歌》是博伽梵亲口讲说的，因此，读了它便无需再读其他韦达经典，人只需要仔细地阅读《博伽梵歌》。当今之世，世人沉迷于世俗活动中，不可能阅读所有的韦达文献，而且也没有必要。有这本《博伽梵歌》便足矣，因为它是全部韦达典籍的精华，而且特别由博伽梵亲自口述。

据《博伽梵歌的荣耀》（*Gītā-māhātmya*）诗节5说：

bhāratāmṛta-sarvasvaṁ
viṣṇu-vaktrād viniḥsṛtam

gītā-gaṅgodakaṁ pītvā
punar janma na vidyate

“人饮了恒河的水便得救赎，那么，畅饮了《博伽梵歌》的甘露的人就更不用说了。《博伽梵歌》是《摩诃婆罗多》的甘露，由圣奎师那本人，即原本的维施努亲自讲说。”

《博伽梵歌》是从博伽梵口中流出的甘露，据说恒河的水源自博伽梵的莲花足。当然，博伽梵的口和莲花足毫无分别，但就我们来说，《博伽梵歌》比恒河之水更为重要。《博伽梵歌的荣耀》（*Gītā-māhātmya*）诗节 6 说：

sarvopaniṣado gāvo
dogdhā gopāla-nandanaḥ
pārtho vatsaḥ su-dhīr bhoktā
dugdhaṁ gītāmṛtaṁ mahat

“这本《梵歌奥义书》（*Gitopanisad*）——《博伽梵歌》是所有奥义书之精华，就像一头乳牛，圣奎师那就是那著名的牧牛童，在给乳牛挤奶。阿诸纳就像小牛犊，还有渊博的学者和纯粹的奉献者，要饮《博伽梵歌》这甘露般的牛奶。”

《博伽梵歌的荣耀》（*Gītā-māhātmya*）诗节 7：

ekaṁ śāstraṁ devakī-putra-gītam
eko devo devakī-putra eva
eko mantras tasya nāmāni yāni
karmāpy ekaṁ tasya devasya sevā

“当今世界，人类渴望只有一本圣典，一位神，一种宗教，一种职分。”

就让《博伽梵歌》成为全世界共同的圣典（*ekaṁ śāstraṁ devakī-putra-gītam*）。

就让圣奎师那成为唯一崇拜的神（*eko devo devakī-putra eva*）。

让哈瑞·奎师那成为唯一的赞颂诗，唯一的曼陀，唯一的祷文（*eko mantras tasya nāmāni*）。

唱颂绝对真理的圣名：“哈瑞·奎师那，哈瑞·奎师那，奎师那·奎师那，哈瑞·哈瑞／哈瑞·茹阿玛，哈瑞·茹阿玛，茹阿玛·茹阿玛，哈瑞·哈瑞（*Hare Kṛṣṇa, Hare Kṛṣṇa, Kṛṣṇa Kṛṣṇa, Hare Hare/ Hare Rāma, Hare Rāma, Rāma Rāma, Hare Hare*）。”

让为博伽梵服务成为唯一的职分吧（*Karmāpy ekaṁ tasya devasya sevā*）！

第一章

库茹之野视察军情

库茹之野两军对峙，列阵待战。伟大的武士阿诸纳（Arjuna）看到敌我阵中的亲友和师长们将生死置之度外，准备互相厮杀，不禁悲恻顿生，心迷意乱，斗志消沉，无心作战。

诗节 1

धृतराष्ट्र उवाच
धर्मक्षेत्रे कुरुक्षेत्रे समवेता युयुत्सवः ।
मामकाः पाण्डवाश्चैव किमकुर्वत सञ्जय ॥ १ ॥

dhṛtarāṣṭra uvāca
dharma-kṣetre kuru-kṣetre
samavetā yuyutsavaḥ
māmakāḥ pāṇḍavāś caiva
kim akurvata sañjaya

dhṛtarāṣṭra—兑塔拉施陀王[1]；*uvāca*—说；*dharma-kṣetre*—在朝圣之地；*kuru-kṣetre*—在名叫库茹之野的地方；*samavetāḥ*—集结；*yuyatsavaḥ*—跃跃欲战；*māmakāḥ*—我方（的儿子们）；*pāṇḍavāḥ*—潘度的儿子们；*ca*—和；*eva*—必定；*kim*—什么；*akurvata*—他们做；*sañjaya*—桑佳亚啊！

译文 **兑塔拉施陀王（*Dhṛtarāṣṭra*）问道：桑佳亚（Sañjaya）啊！我众儿与潘度（Pāṇḍu）诸子陈兵圣地库茹之野（Kuru-kṣetre），跃跃欲战，他们做了些什么？**

要旨 《博伽梵歌》是一门关于神的科学，历来广为流传。《博伽梵歌的荣耀》（*Gītā-māhātmya*）一书总结了这门科学，并指出：读者应该在圣奎师那（Śrī Kṛṣṇa）奉献者的帮助下精读《博伽梵歌》，潜心揣摩其本义，丝毫不掺杂个人动机及见解地去理解。如何才能获得清晰透彻的理解，《博伽梵歌》本身就给出了例子。例如：阿诸纳，他直接从世尊奎师那那里聆听《博伽梵歌》的教诲。一个人如果有幸在使徒传系中，不加个人动机地理解《博伽梵歌》，将胜于研究所有韦达智慧和学习世上所有的经典。读者会发现《博伽梵歌》涵盖了其他所有经典的内容，而且还有其他经典中没有的内容。这就是《博伽梵歌》的特点。这是完美的有关神的科学，因为它是由博伽梵——圣奎师那亲自讲述的。

在《摩诃婆罗多》一书中，兑塔拉施陀与桑佳亚谈话的主题构成了这部伟大哲学作品的基本内容。库茹之野战场在太初的韦达时代已是朝圣之地，这门哲学

1 此部分为经文原文截取，不大写首字母，但正文中则大写首字母。

就产生于此。为了指导人类，博伽梵亲自降临世上，宣说了这门哲学。

“圣地”（dharma-kṣetra，举行宗教仪式之地）一词，颇有深意，因为在库茹之野战场上，博伽梵站在阿诸纳一边。库茹族之父兑塔拉施陀对他的儿子们能否取得最后的胜利深表怀疑。疑虑中，他问近臣桑佳亚：“他们做了些什么？”他确信自己的儿子与胞弟潘度的儿子们已陈兵库茹之野，要决一死战。他的询问另有深意。他不希望自己的儿子与侄儿们妥协休战。他想确切地知道儿子们在战场上的命运。战场选在库茹之野——韦达经典提及的朝圣之地（甚至天堂星宿的居民也来此朝圣），所以兑塔拉施陀害怕圣地会影响到战争的结果。他很清楚，圣地对阿诸纳等潘度诸子有利，因为他们天生品性高洁。桑佳亚是维亚萨（Vyāsa）的门生，蒙恩师的祝福，能坐在兑塔拉施陀的居室中目睹战场上的一切。所以兑塔拉施陀向他询问战场上的情况。

潘达瓦（Pāṇḍava）兄弟与兑塔拉施陀众子本属同族。但兑塔拉施陀在这里暴露出了他的用心。他有意只称自己的儿子们为库茹族人（kurus），而把潘度之子挤出家族谱系。从这里，我们可以看到兑塔拉施陀在与侄儿潘度诸子的关系中的特殊地位。正像稻田里的杂草要被铲除一样，在故事之初就可预料，当宗教之父——圣奎师那莅临库茹之野这片宗教之地上时，像兑塔拉施陀之子杜尤丹（Duryodhana）之流的杂草必被铲除，而以尤帝士提尔（Yudhiṣṭhira）为首的虔敬之士，必受博伽梵扶植。“圣地（dharma-kṣetre[1]）”和“库茹之野（Kuru kṣetre）”二词，除了其历史上和韦达文化上的重要性之外，还有如此深义。

诗节 2

सञ्जय उवाच
दृष्ट्वा तु पाण्डवानीकं व्यूढं दुर्योधनस्तदा ।
आचार्यमुपसङ्गम्य राजा वचनमब्रवीत् ॥ २ ॥

sañjaya uvāca
dṛṣṭvā tu pāṇḍavānīkaṁ
vyūḍhaṁ duryodhanas tadā

1 梵语中，词语会因为音长音短的不同而表现出不同的形式。如“圣地”一词会有“Dharma-kṣetra”和“Dharma-kṣetre”等表示方法。

ācāryam upasaṅgamya
rājā vacanam abravīt

sañjayaḥ[1]—桑佳亚；*uvāca*—说；*dṛṣṭvā*—视察后；*tu*—但；*pāṇḍava-anīkam*—潘达瓦兄弟的将士；*vyūḍham*—排兵布阵；*duryodhanaḥ*—杜尤丹王；*tadā*—那时；*ācāryam*—老师；*upasaṅgamya*—走近；*rājā*—君王；*vacanam*—话语；*abravīt*—讲。

译文　桑佳亚说：回禀我王，杜尤丹王视察了潘度诸子的阵列后，便走到老师处说：

要旨　兑塔拉施陀生而目盲。不幸的是，他的灵性视域也一起丧失了。他深知自己的儿子们在宗教方面也是同样地盲目，永远也达不到天生虔诚的潘达瓦五兄弟那样的领悟。但他仍对圣地的影响感到担心，故询问战场的情况。桑佳亚理解他的动机，想安抚这位沮丧的国王，让他放心，即使有圣地的影响，他的儿子也决不会妥协。接着，桑佳亚告诉国王，他的儿子杜尤丹视察了敌军实力之后，立即来到主将杜荣拿师（Droṇācārya）跟前报告了实情。尽管杜尤丹被称为王，但因为情况严重，所以他仍得去报告主将。他不愧为政治家。可是看过潘达瓦五兄弟的阵势后，他感到惧怕，就算他行事圆滑，也掩饰不住他的恐惧。

诗节 3

पश्यैतां पाण्डुपुत्राणामाचार्य महतीं चमूम् ।
व्यूढां द्रुपदपुत्रेण तव शिष्येण धीमता ॥ ३ ॥

paśyaitāṁ pāṇḍu-putrāṇām
ācārya mahatīṁ camūm
vyūḍhāṁ drupada-putreṇa
tava śiṣyeṇa dhīmatā

1　此部分遵循经典中梵文发音诵读的规则，并不是单词本身的展现，所以有不一致之处。

paśya—瞧；*etām*—这；*pāṇḍu-putrāṇām*—潘度诸子的；*ācārya*—老师啊；*mahatīm*—伟大的；*camūm*—军事力量；*vyuḍhām*—部署；*drupada-putreṇa*—由杜帕达的儿子；*tava*—您的；*śiṣyeṇa*—徒弟；*dhīmatā*—非常聪颖的。

译文 **老师啊！您看，潘度诸子的大军，阵法森严，部署巧妙，这可是您那聪颖的高徒——杜帕达之子的杰作呀！**

要旨 杜尤丹手段极其圆滑。他想指出伟大的婆罗门元帅杜荣拿师（Droṇācārya）所犯的错误。杜荣拿师曾与阿诸纳的妻子朵帕蒂（Draupadī）的父亲杜帕达（Drupada）王有过争执。因为这次争执，杜帕达举行了一次盛大的祭祀，求得一个祝福：他将得到一个能杀死杜荣拿师的儿子。杜荣拿师对此一清二楚。然而，当杜帕达把儿子兑士塔杜拿（Dhṛṣṭadyumna）送到杜荣拿师那里去学习兵法时，杜荣拿师表现出婆罗门的豁达大度，毫无保留地将军事兵法秘诀，倾囊以授。而现在，在库茹之野战场，兑士塔杜拿却站在潘达瓦五兄弟一方，并用从杜荣拿师那里学到的兵法，布下了赫赫阵势。杜尤丹指出杜荣拿师这个错误，好叫他作战时加倍警觉，不作妥协之想。杜尤丹知道潘达瓦五兄弟也是杜荣拿师的爱徒，阿诸纳更是他最得意的门生。他想以此提醒杜荣拿师作战时不可心慈手软，因为这会招致失败。

诗节 4

अत्र शूरा महेष्वासा भीमार्जुनसमा युधि ।
युयुधानो विराटश्च द्रुपदश्च महारथः ॥ ४ ॥

atra śūrā maheṣv-āsā
bhīmārjuna-samā yudhi
yuyudhāno virāṭaś ca
drupadaś ca mahā-rathaḥ

atra—这里；*śūrāḥ*—英雄们；*maheṣvāsāḥ*—强大有力的神箭手；*bhīma-ārjuna*—毕玛和阿诸纳；*samāḥ*—媲美；*yudhi*—在战争中；*yuyudhānaḥ*—尤由丹；*virāṭaḥ*—维拉塔；*ca*—也有；*drupadaḥ*—杜帕达；*ca*—也有；*mahārathaḥ*—伟大的战士。

译文 在这支军队里，有许多伟大的战士、弓箭手，如尤由丹（Yuyudhāna）、维拉塔（Virāṭa）、杜帕达等，个个骁勇善战，堪比毕玛（Bhīma）和阿诸纳。

要旨 在杜荣拿师伟大的军事韬略面前，兑士塔杜拿还算不上什么了不起的障碍，但带来威胁的还大有人在。杜尤丹认为这些人都是在夺取胜利之途上的巨大障碍，因为他们个个像毕玛和阿诸纳一样难以对付。他知道毕玛和阿诸纳的厉害，因此杜尤丹将其他人拿来与他们俩相比。

诗节 5

धृष्टकेतुश्चेकितानः काशिराजश्च वीर्यवान् ।
पुरुजित्कुन्तिभोजश्च शैब्यश्च नरपुङ्गवः ॥ ५ ॥

dhṛṣṭaketuś cekitānaḥ
kāśirājaś ca vīryavān
purujit kuntibhojaś ca
śaibyaś ca nara-puṅgavaḥ

dhṛṣṭaketuḥ—兑士塔凯图；*cekitānaḥ*—车格坦拿；*kāśirājaḥ*—卡西王；*ca*—和；*vīrya-vān*—很强大的；*purujit*—普鲁吉特；*kuntibhojaḥ*—琨缇博佳；*ca*—和；*śaibyaḥ*—赛比亚；*ca*—和；*nara-puṅgavaḥ*—人类社会中的英雄。

译文 还有英勇无畏、孔武有力的伟大战士，如兑士塔凯图（Dhṛṣṭaketu）、车格坦拿（Cekitāna）、卡西王（Kāśi）、普鲁吉特（Purujit）、琨缇博佳（Kuntibhoja）、赛比亚（Śaibya）。

诗节 6

युधामन्युश्च विक्रान्त उत्तमौजाश्च वीर्यवान् ।
सौभद्रो द्रौपदेयाश्च सर्व एव महारथाः ॥ ६ ॥

yudhāmanyuś ca vikrānta

uttamaujāś ca vīryavān
saubhadro draupadeyāś ca
sarva eva mahā-rathāḥ

yudhāmanyuḥ—尤达曼纽；*ca*—和；*vīrkrāntaḥ*—很强大的；*uttamaujāḥ*—乌塔茂佳；*ca*—和；*vīryavān*—很有力量的；*saubhadraḥ*—苏芭卓之子；*draupadeyāḥ*—朵帕蒂诸子；*ca*—和；*sarve*—所有；*eva*—肯定；*mahā-rathāḥ*—伟大的战车勇士。

译文 **还有威武的尤达曼纽（Yudhāmanyu）、强大的乌塔茂佳（Uttamaujā）、苏芭卓（Saubhadrā）之子和朵帕蒂之子，这些人都是英武的战车勇士。**

诗节 7

अस्माकं तु विशिष्टा ये तान्निबोध द्विजोत्तम ।
नायका मम सैन्यस्य संज्ञार्थं तान्ब्रवीमि ते ॥ ७ ॥

asmākaṁ tu viśiṣṭā ye
tān nibodha dvijottama
nāyakā mama sainyasya
saṁjñārthaṁ tān bravīmi te

asmākam—我们的；*tu*—但是；*viśiṣṭāḥ*—特别强大的；*ye*—那些；*tān*—他们；*nibodha*—请留意，听取；*dvija-uttma*—最杰出的婆罗门；*nāyakāḥ*—将领；*mama*—我的；*sainyasya*—士兵的；*saṁjñā-artham*—知悉；*tān*—他们；*bravīmi*—我讲述；*te*—向您。

译文 **但是，婆罗门中的俊杰啊！现在让我向您一一报告我军之中出类拔萃的将领吧！**

诗节 8

भवान्भीष्मश्च कर्णश्च कृपश्च समितिंजयः ।
अश्वत्थामा विकर्णश्च सौमदत्तिस्तथैव च ॥ ८ ॥

bhavān bhīṣmaś ca karṇaś ca
kṛpaś ca samitiṁ-jayaḥ
aśvatthāmā vikarṇaś ca
saumadattis tathaiva ca

bhavān—您本人；*bhīṣmaḥ*—祖父彼士玛；*ca*—和；*karṇaḥ*—卡尔纳；*ca*—和；*kṛpaḥ*—奎帕；*ca*—和；*samitiñjayaḥ*—百战百胜；*aśvatthāmā*—阿施瓦塔玛；*vikarṇaḥ*—维卡拿；*ca*—还有；*saumadattiḥ*—索玛达塔之子；*tathā*—和；*eva*—肯定地；*ca*—和。

译文 **著名的有您本人、彼士玛**（Bhīṣma）、**卡尔纳**（Karṇa）、**奎帕**（Kṛpa）、**阿施瓦塔玛**（Aśvatthāmā）、**维卡拿**（Vikarṇa），**还有索玛达塔**（Saumadatti）**之子布利斯拉瓦**（Bhūriśravā），**他们个个久经沙场，战无不胜。**

要旨 杜尤丹提到了战场上特别出色的常胜英雄。维卡拿是杜尤丹的胞弟，阿施瓦塔玛是杜荣拿师的儿子，布利斯拉瓦是巴力卡王之子。卡尔纳是阿诸纳同母异父的哥哥，是琨缇嫁给潘度王之前所生。奎帕师的孪生妹妹嫁给了杜荣拿师。

诗节 9

अन्ये च बहवः शूरा मदर्थे त्यक्तजीविताः ।
नानाशस्त्रप्रहरणाः सर्वे युद्धविशारदाः ॥ ९ ॥

anye ca bahavaḥ śūrā
mad-arthe tyakta-jīvitāḥ
nānā-śastra-praharaṇāḥ
sarve yuddha-viśāradāḥ

anye—许多其他；ca—还有；bahavaḥ—大量的；śūrāḥ—英雄；mad-arthe—为了我；tyakta-jīvitāḥ—准备捐躯；nānā—很多；śastra—武器；praharaṇāḥ—装备；sarve—他们所有人；yuddha—战役；viśāradāḥ—精通军事科学。

译文 **还有其他很多英雄准备为我效命沙场。他们配备有各式精良的武器，全都精于兵家之道。**

要旨 至于其他人，如佳雅铎塔（Jayadratha）、奎塔瓦玛（Kṛtavarmā）、沙力亚（Śalya）等，都决意为杜尤丹捐躯舍生。换句话说，因为参加了罪恶的杜尤丹一方，他们是注定要战死在库茹之野战场的。当然，杜尤丹认为有上述这些朋友合力奋战，他是稳操胜券的。

诗节 10

अपर्याप्तं तदस्माकं बलं भीष्माभिरक्षितम् ।
पर्याप्तं त्विदमेतेषां बलं भीमाभिरक्षितम् ॥ १० ॥

aparyāptaṁ tad asmākaṁ
balaṁ bhīṣmābhirakṣitam
paryāptaṁ tv idam eteṣāṁ
balaṁ bhīmābhirakṣitam

aparyāptam—难以估量；tat—那；asmākam—我们的；balam—力量；bhīṣma—由祖父彼士玛；abhirakṣitam—完全护佑；paryāptam—有限的；tu—但；idam—所有这些；eteṣām—潘达瓦兄弟的；balam—力量；bhīma—由毕玛；ābhirakṣitam—小心护卫。

译文 **我方实力强大，难以估量，兼有祖父彼士玛全力护佑。而潘达瓦兄弟们，虽有毕玛的小心护卫，毕竟有限。**

要旨 杜尤丹在这里对双方兵力进行了比较。他认为他的军队强大得无法估量，尤其是有最有经验的老将军彼士玛祖父护驾。而潘达瓦五兄弟的兵力非常有限，又只有经验不足的将军毕玛护卫。在彼士玛的面前，毕玛并不算什么。杜尤丹对毕玛素怀忌恨，因为他非常清楚，要是他被杀，杀死他的只有毕玛。但同时，有远胜一筹的将军彼士玛挂帅亲征，他对胜利又充满信心。所以他的结论是自己必胜无疑。

诗节 11

अयनेषु च सर्वेषु यथाभागमवस्थिताः ।
भीष्ममेवाभिरक्षन्तु भवन्तः सर्व एव हि ॥ ११ ॥

ayaneṣu ca sarveṣu
yathā-bhāgam avasthitāḥ
bhīṣmam evābhirakṣantu
bhavantaḥ sarva eva hi

ayaneṣu—在战略要点；*ca*—和；*sarveṣu*—阵中各处；*yathābhāgam*—按照不同的部署；*avasthitāḥ*—位于；*bhīṣmam*—向祖父彼士玛；*eva*—一定；*abhirakṣantu*—应给予支持；*bhavantaḥ*—你们；*sarve*—各自的；*eva hi*—肯定地。

译文　诸位将士，你们现在要镇守各自的战略要点，全力支持老祖父彼士玛。

要旨　杜尤丹称赞过彼士玛的才能之后，又想到其他人可能认为自己受到轻视。因此，他以一贯圆滑的态度，说了上面这番话，想调整众将士的情绪。他强调彼士玛是毫无疑问的最伟大的英雄，但毕竟年事已高，所以大家要特别注意，从各个方向保护他。彼士玛可能会亲自迎敌料阵，全力以赴，而敌军则可能伺机攻击他镇守之外的方向。因此，众位将官决不可擅自离开自己的战略位置，让敌人破了阵营。杜尤丹清楚地感觉到，库茹族人要想获胜，全赖彼士玛挂帅亲征。他深信彼士玛和杜荣拿师会全力支持他。因为他很清楚地知道，当阿诸纳的妻子朵帕蒂在所有大将面前被强行剥光衣服时，朵帕蒂曾在百般无助的情况下祈求他们为自己主持公道，但他们却一声都不吭。虽然杜尤丹知道两位将军对潘达瓦五兄弟眷情犹在，但他希望现在他们能把这些眷念彻底抛开，就像在那次赌博时表现的那样。

诗节 12

तस्य सञ्जनयन्हर्षं कुरुवृद्धः पितामहः ।
सिंहनादं विनद्योच्चैः शङ्खं दध्मौ प्रतापवान् ॥ १२ ॥

tasya sañjanayan harṣaṁ
kuru-vṛddhaḥ pitāmahaḥ
siṁha-nādaṁ vinadyoccaiḥ
śaṅkhaṁ dadhmau pratāpavān

tasya—他的；*sañjanayan*—增加；*harṣam*—喜悦；*kuru-vṛddhaḥ*—库茹王朝的元勋彼士玛；*pitāmahaḥ*—祖父；*siṁha-nādam*—如狮子般的吼声；*vinadya*—震荡；*uccaiḥ*—非常高声地；*śaṅkham*—海螺；*dadhmau*—吹奏；*pratāpavān*—骁勇的。

译文　于是，库茹王朝伟大骁勇的元勋、武士们的老祖父彼士玛吹起海螺，声音雄壮，响如狮吼，听得杜尤丹满心欢喜。

要旨　库茹王朝的老臣当然了解孙子杜尤丹的心思，怜悯之情自然流露。为了使他振作，彼士玛吹起了海螺，声音响亮，显示出他那雄狮般的威风。通过海螺的意象，他间接地告诉沮丧的孙子杜尤丹，胜利无望。因为博伽梵奎师那在与他们敌对的一方。然而，他仍会指挥作战，并将不遗余力。

诗节 13

ततः शङ्खाश्च भेर्यश्च पणवानकगोमुखाः ।
सहसैवाभ्यहन्यन्त स शब्दस्तुमुलोऽभवत् ॥ १३ ॥

tataḥ śaṅkhāś ca bheryaś ca
paṇavānaka-gomukhāḥ
sahasaivābhyahanyanta
sa śabdas tumulo 'bhavat

tataḥ—随后；*śaṅkhāḥ*—海螺；*ca*—和；*bheryaḥ*—大鼓；*ca*—和；*paṇava-ānaka*—小鼓和铜鼓；*go-mukhāḥ*—号角；*sahasā*—突然之间；*eva*—确定地；*ābhyahanyanta*—齐声响彻；*saḥ*—那；*śabdaḥ*—混合的声音；*tumulaḥ*—喧闹的；*abhavat*—变得。

译文 **顷刻间，海螺声声，鼓声一片，号角齐鸣，喧嚣异常。**

诗节 14

ततः श्वेतैर्हयैर्युक्ते महति स्यन्दने स्थितौ ।
माधवः पाण्डवश्चैव दिव्यौ शङ्खौ प्रदध्मतुः ॥ १४ ॥

tataḥ śvetair hayair yukte
mahati syandane sthitau
mādhavaḥ pāṇḍavaś caiva
divyau śaṅkhau pradadhmatuḥ

tataḥ—随后；*śvetaiḥ*—由白色的；*hayaiḥ*—马；*yukte*—拉着；*mahati*—在一辆巨大的；*syandane*—战车；*sthitau*—安处于；*mādhavaḥ*—玛达瓦（幸运女神的丈夫），即奎师那(Krishna)；*pāṇḍavaḥ*—潘度之子（阿诸纳）；*ca*—还有；*eva*—肯定；*divyau*—超然的；*śaṅkhau*—海螺；*pradadhmatuḥ*—吹响。

译文 **在另一边，在由几匹白马拉着的巨大战车上，幸运女神之夫——世尊奎师那和阿诸纳安坐其上，也吹响了超然的海螺。**

要旨 跟彼士玛所吹的海螺截然不同，奎师那和阿诸纳手中的海螺被形容为超然的。这超然的海螺表明敌方取胜无望。因为奎师那在潘达瓦五兄弟这边。胜利永远属于像潘度诸子那样的人，因为世尊奎师那与他们同在（Jayas tu pāṇḍuputrāṇāṁ yeṣāṁ pakṣe janārdanaḥ）。而且无论博伽梵在何时何地出现，幸运女神都会同时出现，因为幸运女神是永远不会离开丈夫而独处的。因此，胜利和幸运在等待着阿诸纳，正如圣维施努（即世尊奎师那）的海螺所发出的超然声音显示的一样。另外，两位朋友所乘的战车乃是火神（agni）赠送给阿诸纳的。这表明，这辆战车踏遍三个世界，所向披靡，攻无不克。

诗节 15

पाञ्चजन्यं हृषीकेशो देवदत्तं धनञ्जयः ।
पौण्ड्रं दध्मौ महाशङ्खं भीमकर्मा वृकोदरः ॥ १५ ॥

pāñcajanyaṁ hṛṣīkeśo
devadattaṁ dhanañjayaḥ
pauṇḍraṁ dadhmau mahā-śaṅkhaṁ
bhīma-karmā vṛkodaraḥ

pāñcajanyam—名为潘恰佳亚的海螺；*hṛṣīkeśaḥ*—瑞希凯施（奎师那，指引奉献者感官之主）；*devadattam*—神赐海螺；*dhanañjayaḥ*—财富的征服者，阿诸纳；*pauṇḍram*—名为鹏铎的海螺；*dadhmau*—吹响；*mahā-śaṅkham*—摄人心魄的海螺；*bhīma-karmā*—履行艰巨任务的人；*vṛkodaraḥ*—食量惊人者（即毕玛）。

译文 **感官之主——奎师那吹起他的潘恰佳亚海螺**（Pāñcajanya）**；财富的征服者——阿诸纳吹响了神赐海螺**（Devadatta）**；那位战功显赫、食量过人的毕玛，也吹响了他那摄人心魄的鹏铎海螺**（Pauṇḍra）**。**

要旨 在这个梵文诗节里，世尊奎师那被称为瑞希凯施（Hṛṣīkeśa），即感官之主。生物全是他不可缺少的所属部分，因而生物的感官也是他感官的所属部分。非人格神主义者无法解释生物的感官，他们总是喜欢把生物说成是没有感官的，或非人格的。绝对真理寓居于所有生物的心里，指导着生物的感官。然而，主指导的程度全视生物对他皈依的程度而定。对于一个纯粹的奉献者来说，绝对真理直接控制他的感官。在库茹之野战场上，世尊直接控制着阿诸纳的超然感官，因此博伽梵被称为瑞希凯施（感官之主）。根据不同的活动，绝对真理有不同的名字。例如，他杀死了名叫马度的恶魔，因此被称为马度苏丹（Madhusūdana 马度魔的屠者）；他赐予母牛和感官快乐，因此又叫哥文达（Govinda）；他降生为瓦苏戴瓦（Vasudeva）之子，故得到华苏戴瓦（Vāsudeva）之名；他接受迪瓦姬（Devakī）为母亲，所以又叫迪瓦姬的喜悦（devakī-nandana）；他把在温达文的逍遥时光赐给了雅首达（Yaśodā），所以又叫雅首达的喜悦（yaśodā-nandana）；他为朋友阿诸纳驾车，故得名阿诸纳的战车御者（partha-sarathi）。同样，博伽梵又名瑞希凯施（感官之主），因为他曾在库茹之野指导阿诸纳。

在这节诗中，阿诸纳被称为财富的征服者（dhanañjaya），因为每当他的长兄尤帝士提尔王要举行献祭时，他就帮他的长兄筹集费用。同样，毕玛又叫作食量无比者（vrkodara），因为他食量大得惊人，就像他能行人所不能之事一样，如杀死恶魔希顶霸（Hidimba）。于是潘度诸子这一方，从博伽梵开始，将领们各自吹响自己独特的海螺，极大地鼓舞着三军将士。而在另一方则没有这种荣耀，既无至高无上的指挥官圣奎师那，也无幸运女神。因此，他们注定要吃败仗，这就是海螺之声所发出的信号。

诗节 16-18

अनन्तविजयं राजा कुन्तीपुत्रो युधिष्ठिरः ।
नकुलः सहदेवश्च सुघोषमणिपुष्पकौ ॥ १६ ॥
काश्यश्च परमेष्वासः शिखण्डी च महारथः ।
धृष्टद्युम्नो विराटश्च सात्यकिश्चापराजितः ॥ १७ ॥
द्रुपदो द्रौपदेयाश्च सर्वशः पृथिवीपते ।
सौभद्रश्च महाबाहु" शङ्खान्दध्मु" पृथक्पृथक् ॥ १८ ॥

anantavijayaṁ rājā
kuntī-putro yudhiṣṭhiraḥ
nakulaḥ sahadevaś ca
sughoṣa-maṇipuṣpakau

kāśyaś ca parameṣv-āsaḥ
śikhaṇḍī ca mahā-rathaḥ
dhṛṣṭadyumno virāṭaś ca
sātyakiś cāparājitaḥ

drupado draupadeyāś ca
sarvaśaḥ pṛthivī-pate
saubhadraś ca mahā-bāhuḥ
śaṅkhān dadhmuḥ pṛthak pṛthak

ananta-vijayam—永胜海螺；*rājā*—国王；*kuntī-putraḥ*—琨缇之子；*yudhiṣṭhiraḥ*—尤帝士提尔；*nakulaḥ*—纳库拉；*sahadevaḥ*—萨哈戴瓦；*ca*—和；*sughoṣa-maṇipuṣpakau*—密音海螺和宝石花海螺；*kāśyaḥ*—卡希（瓦腊纳西）的国王；*ca*—和；*parama-iṣu-āsaḥ*—伟大的弓箭射手；*śikhaṇḍī*—史侃迪；*ca*—和；*mahā-rathaḥ*—能以一敌千者；*dhṛṣṭadyumnaḥ*—兑士塔杜拿（杜帕达王之子）；*virāṭaḥ*—维拉塔（曾庇护乔装改扮的潘达瓦兄弟的王子）；*ca*—和；*sātyakiḥ*—萨提亚奎（即杜尤丹，圣奎师那的战车夫）；*ca*—和；*aparājitaḥ*—从未被征服过的；*drupadaḥ*—潘查拉(*Pāncāla*)之王杜帕达；*draupadeyāḥ*—朵帕蒂诸子；*ca*—和；*sarvaśaḥ*—所有；*pṛthivī-pate*—国王啊；*saubhadraḥ*—苏芭卓之子（阿比曼纽）；*ca*—和；*mahā-bāhuḥ*—臂力强大的；*śaṅkhān*—海螺；*dadhmuḥ*—吹响；*pṛthak pṛthak*—各自的。

译文 **琨缇之子尤帝士提尔王吹响了永胜海螺**（Ananta-vijayam）；**纳库拉**（Nakula）**和萨哈戴瓦**（Sahadeva）**分别吹响了密音海螺**（Sughoṣa）**和宝石花海螺**（Maṇipuṣpaka）。**王啊！还有伟大的弓箭手卡西王、伟大的战士史侃迪**（Śikhaṇḍī）、**兑士塔杜拿、维拉塔**（Virāṭa）、**无敌的萨提亚奎**（Sātyaki）、**杜帕达、朵帕蒂诸子以及臂力强大的苏芭卓之子——阿比曼纽**（Abhimanyu）**等，都吹响了各自的海螺。**

要旨 桑佳亚巧妙地告诉兑塔拉施陀王，欺骗潘度诸子，拥立自己众子为王的做法，非但不明智，而且很不光彩。整个库茹王朝的人，从元勋彼士玛到孙辈的阿比曼纽（Abhimanyu）等所有在场的人（包括世上很多国家的君王），全都将在这场大战中折戟沉沙。这场浩劫的罪魁祸首是兑塔拉施陀，因为他纵子夺位，多行不义。

诗节 19

स घोषो धार्तराष्ट्राणां हृदयानि व्यदारयत् ।
नभश्च पृथिवीं चैव तुमुलोऽभ्यनुनादयन् ॥ १९ ॥

sa ghoṣo dhārtarāṣṭrāṇāṁ
hṛdayāni vyadārayat
nabhaś ca pṛthivīṁ caiva
tumulo 'bhyanunādayan

saḥ—那；*ghoṣaḥ*—震荡；*dhārtarāṣṭrāṇām*—兑塔拉施陀诸子的；*hṛdayāni*—心；*vyadārayat*—震碎；*nabhaḥ*—天空；*ca*—还有；*pṛthivīm*—地面；*ca*—还有；*eva*—无疑；*tumulaḥ*—喧嚣的；*abhyanunādayan*—响彻。

译文　这些各式各样的海螺声，震撼大地，响彻云霄，在天地间回荡着，让兑塔拉施陀诸子心胆俱裂。

要旨　当杜尤丹阵中的彼士玛和众将领吹响海螺时，潘达瓦一方并没有胆战心惊，《博伽梵歌》没有这种描述。但这节诗却描述了潘达瓦五兄弟军中的号角声震得兑塔拉施陀诸子心胆俱裂。这是潘达瓦五兄弟以及他们对圣奎师那的坚定信心所致。一个托庇于博伽梵的人，即使面临最大的灾难，也会泰然处之，无须丝毫恐慌。

诗节 20

अथ व्यवस्थितान्दृष्ट्वा धार्तराष्ट्रान्कपिध्वजः ।
प्रवृत्ते शस्त्रसम्पाते धनुरुद्यम्य पाण्डवः ।
हृषीकेशं तदा वाक्यमिदमाह महीपते ॥ २० ॥

atha vyavasthitān dṛṣṭvā
dhārtarāṣṭrān kapi-dhvajaḥ
pravṛtte śastra-sampāte
dhanur udyamya pāṇḍavaḥ
hṛṣīkeśaṁ tadā vākyam
idam āha mahī-pate

atha—就在这时；*vyavasthitān*—位于；*dṛṣṭvā*—凝望；*dhārtarāṣṭrān*—兑塔拉施陀诸子；*kapi-dhvajaḥ*—飘扬着哈努曼旗帜；*pravṛtte*—正要；*śastra-sampāte*—射箭；*dhanuḥ*—弓；*udyamya*—拿起；*pāṇḍavaḥ*—潘度之子阿诸纳；*hṛṣīkeśam*—对圣奎师那；*tadā*—在那时；*vākyam*—话语；*idam*—这番；*āha*—说；*mahī-pate*—国王啊！

译文　王啊！就在这时，潘度之子阿诸纳坐在飘扬着哈努曼（Hanumān）旗帜的战车上，挽弓搭箭，引满待放。他凝望着挥戈欲进的兑塔拉施陀诸子后，

便对感官之主——奎师那这样说：

要旨 战斗即将打响。从上述可知，潘达瓦五兄弟在世尊奎师那的直接指挥下，在战场上摆下出人意料的阵势，令兑塔拉施陀诸子的锐气多少受到了挫败。阿诸纳战旗上的哈努曼标记又是一个胜利的象征。因为在圣茹阿玛（Rama）与腊瓦拿（Ravana）作战时，哈努曼曾与圣茹阿玛联手，最后圣茹阿玛取得胜利。现在茹阿玛和哈努曼都在阿诸纳的战车上帮他。因为圣奎师那就是茹阿玛本人，而且，无论圣茹阿玛在哪里出现，他永恒的侍从哈努曼和永恒的伴侣幸运女神悉塔（Sita）也都会出现。所以，阿诸纳对任何敌人都无须畏惧。更何况有感官之主奎师那在亲临指导他。这样，所有制敌妙计、好的建议都随时可取。在博伽梵为他永恒的奉献者安排得如此吉祥的条件下，胜利已是必定无疑。

诗节 21-22

अर्जुन उवाच
सेनयोरुभयोर्मध्ये रथं स्थापय मेऽच्युत ।
यावदेतान्निरीक्षेऽहं योद्धुकामानवस्थितान् ॥ २१ ॥
कैर्मया सह योद्धव्यमस्मिन्रणसमुद्यमे ॥ २२ ॥

arjuna uvāca
senayor ubhayor madhye
rathaṁ sthāpaya me 'cyuta
yāvad etān nirīkṣe 'haṁ
yoddhu-kāmān avasthitān
kair mayā saha yoddhavyam
asmin raṇa-samudyame

arjunaḥ—阿诸纳；*uvāca*—说；*senayoḥ*—军队的；*ubhayoḥ*—两方；*madhye*—中间；*ratham*—战车；*sthāpaya*—请驶向；*me*—我的；*acyuta*—永不犯错的人啊；*yāvat*—只要；*etān*—所有这些；*nirīkṣe*—看看；*aham*—我；*yoddhu-kāmān*—跃跃欲战；*avasthitān*—在战场上列阵以待；*kaiḥ*—和谁；*mayā*—由我；*saha*—与；*yoddhavyam*—决战；*asmin*—在这场；*raṇa*—冲突；*samudyame*—努力。

译文 **永不犯错的人（acyuta）啊！请将战车驶到两军之间，让我看看是谁在这里跃跃欲战，是谁在这场大战中与我为敌。**

要旨 虽然圣奎师那是博伽梵，但出于无缘的恩慈，他为朋友服务。他对奉献者恩宠有加，从不忽略，因此这里称他为永不犯错、可信赖的人。御者要服从阿诸纳的命令。因为他毫不犹豫地执行命令，所以他被称为可信赖的人。奎师那虽为自己的奉献者驾车，但他至高无上的地位毫不动摇。在任何场合下，奎师那都是博伽梵，是所有感官之主瑞希凯施。绝对真理跟他仆从的关系永远是甜蜜而超然的。仆从随时准备服务于绝对真理；同样，绝对真理也总是寻找机会为奉献者做点事情。当博伽梵的奉献者处于假定的优越地位对绝对真理发号施令时，博伽梵从中得到的欢喜，比他自己作为发令者所得到的欢喜有过之无不及。因为他是博伽梵，人人都得服从他的命令，谁也不能凌驾于博伽梵之上发号施令。但当博伽梵发现纯粹的奉献者在命令他时，就会得到超然的快乐。虽然在任何情况下绝对真理始终是不败的主宰者。

作为绝对真理纯粹的奉献者，阿诸纳本不想和堂兄弟们同室操戈，但杜尤丹坚持不肯和谈，阿诸纳无奈被逼上了战场。所以，他急于想看有哪些主要将领上阵。诚然，战场上是不可能和谈的，但他想再看看，他们究竟有多大的渴望去打这场不该打的仗。

诗节 23

योत्स्यमानानवेक्षेऽहं य एतेऽत्र समागताः ।
धार्तराष्ट्रस्य दुर्बुद्धेर्युद्धे प्रियचिकीर्षवः ॥ २३ ॥

yotsyamānān avekṣe 'haṁ
ya ete 'tra samāgatāḥ
dhārtarāṣṭrasya durbuddher
yuddhe priya-cikīrṣavaḥ

yotsyamānān—那些将作战的人；*avekṣe*—让我看；*aham*—我；*ye*—谁；*ete*—那些；*atra*—这里；*samāgatāḥ*—集结；*dhārtarāṣṭrasya*—兑塔拉施陀诸子；*durbuddheḥ*—内心邪恶的；*yuddhe*—在战争中；*priya*—讨好的；*cikīrṣavaḥ*—愿望。

译文　让我看看，哪些人来这里参战，看看谁在讨好心如蛇蝎的兑塔拉施陀之子。

要旨　兑塔拉施陀与杜尤丹两父子串通一气，阴谋篡夺潘达瓦五兄弟的王国，这已是公开的秘密。因此，加入杜尤丹行列的人都是一丘之貉。阿诸纳在战争开始前，想看看他们，只不过想要知道一下他们是谁，并无意跟他们进行和谈。其实，他也想预估一下敌方的实力。虽然奎师那就坐在他身边，令他对胜利充满了信心。

诗节 24

एवमुक्तो हृषीकेशो गुडाकेशेन भारत ।
सेनयोरुभयोर्मध्ये स्थापयित्वा रथोत्तमम् ॥ २४ ॥

sañjaya uvāca
evam ukto hṛṣīkeśo
guḍākeśena bhārata
senayor ubhayor madhye
sthāpayitvā rathottamam

sañjayaḥ—桑佳亚；*uvāca*—说；*evam*—如此；*uktaḥ*—向……说话；*hṛṣīkeśaḥ*—圣奎师那；*guḍākeśena*—由阿诸纳；*bhārata*—巴拉塔的后裔啊；*senayoḥ*—军队的；*ubhayoḥ*—双方的；*madhye*—中间；*sthāpayitvā*—置于；*ratha-uttamam*—最精良的战车。

译文　桑佳亚说：巴拉塔的后裔啊！听罢睡眠的征服者——阿诸纳说完这番话后，感官之主——奎师那便驾着最精良的战车驶至两军之间。

要旨　在这节诗中，阿诸纳被称为古达凯施（guḍākeśa 睡眠的征服者），“古达卡（guḍākā）”意为睡眠，而一个征服睡眠的人就叫作古达凯施。睡眠也意味着愚昧。因此，阿诸纳借着与奎师那的友情，既征服了睡眠又征服了愚昧。身为奎师那的伟大奉献者，他一刻也不会忘记奎师那，这才是奉献者的本色。无论是醒是睡，绝对真理的奉献者决不会不想着奎师那的圣名、形体、品质和逍遥时光。于是，绝对真理的奉献者只要恒常想着博伽梵，就能征服睡眠和愚昧。这就叫奎师那知觉，或叫作神定（samadhi，三摩地，三昧）。作为瑞希凯施（Hṛṣīkeśa），即一切生物的感官与心意的控制者，奎师那明白阿诸纳驱车于两军阵间的用意。因此他依言而行，并道出下面一番话。

诗节 25

भीष्मद्रोणप्रमुखतः सर्वेषां च महीक्षिताम् ।
उवाच पार्थ पश्यैतान्समवेतान्कुरूनिति ॥ २५ ॥

bhīṣma-droṇa-pramukhataḥ
sarveṣāṁ ca mahī-kṣitām
uvāca pārtha paśyaitān
samavetān kurūn iti

bhīṣma—祖父彼士玛；*droṇa*—老师杜荣拿；*pramukhataḥ*—在面前；*sarveṣām*—所有；*ca*—和；*mahīkṣitām*—世界各国的首领；*uvāca*—说；*pārtha*—菩瑞塔之子啊；*paśya*—看；*etān*—他们全体；*samavetān*—集结；*kurūn*—库茹王朝的成员；*iti*—如此。

译文　在彼士玛、杜荣拿师及世界各国首领之前，感官之主说：看哪！菩瑞塔之子（Pārtha），所有库茹王朝的成员都齐集这里了。

要旨　博伽梵奎师那作为寓居于众生体内的超灵，当然知道阿诸纳在想什么。“瑞希凯施（感官之主）”在这里是指知道一切。用“Pārtha”一词来称呼阿诸纳，意味着“琨缇之子”“菩瑞塔之子”，在这里也有相同的深义。作为朋友，博伽梵想让阿诸纳知道，因为阿诸纳是他父亲瓦苏戴瓦的妹妹菩瑞塔之子，所以他才同意阿诸纳让做他的战车御者。那么，奎师那对阿诸纳说“看哪，这些库茹族人”时，有什么含意呢？难道阿诸纳想休战？奎师那不希望他姑母菩瑞塔的儿子这样想，因而以友善的玩笑之辞道出了阿诸纳的心思。

诗节 26

तत्रापश्यत्स्थितान्पार्थः पितॄनथ पितामहान् ।
आचार्यान्मातुलान्भ्रातॄन्पुत्रान्पौत्रान्सखींस्तथा ।
श्वशुरान्सुहृदश्चैव सेनयोरुभयोरपि ॥ २६ ॥

tatrāpaśyat sthitān pārthaḥ
pitṝn atha pitāmahān
ācāryān mātulān bhrātṝn
putrān pautrān sakhīṁs tathā
śvaśurān suhṛdaś caiva
senayor ubhayor api

tatra—那里；*apaśyat*—他看见；*sthitān*—站着；*pārthaḥ*—阿诸纳；*pitṝn*—叔伯们；*atha*—还有；*pitāmahān*—祖叔伯们；*ācāryān*—老师们；*mātulān*—舅父们；*bhrātṝn*—兄弟们；*putrān*—子侄们；*pautrān*—侄孙们；*sakhīn*—朋友们；*tathā*—还有；*śvaśurān*—岳父；*suhṛdaḥ*—祝福者；*ca*—和；*eva*—确实地；*senayoḥ*—军队的；*ubhayoḥ*—两方面的；*api*—包括。

译文　阿诸纳在两军之间，他看到祖叔伯、叔伯、老师、舅父、兄弟、子侄、侄孙、朋友，还有他的岳父和祝愿者们全都在场。

要旨　阿诸纳在战场上看到了所有的亲戚朋友。他看到的人中有父辈的布利斯拉瓦，有祖辈的彼士玛和索玛达塔，老师有杜荣拿师和奎帕师，舅父沙力亚（Śalya）和沙库尼（Śakuni），堂兄弟如杜尤丹，子侄如拉克施曼（Lakṣmaṇa），朋友如阿施瓦塔玛（Aśvatthāmā），祝愿者如奎塔瓦玛（Kṛtavarmā）等。当然，他也能看到由他的许多朋友组成的大军。

诗节 27

तान्समीक्ष्य स कौन्तेयः सर्वान्बन्धूनवस्थितान् ।
कृपया परयाविष्टो विषीदन्निदमब्रवीत् ॥ २७ ॥

tān samīkṣya sa kaunteyaḥ
sarvān bandhūn avasthitān
kṛpayā parayāviṣṭo
viṣīdann idam abravīt

tān—他们所有人；*samīkṣya*—看过以后；*saḥ*—他；*kaunteyaḥ*—琨缇之子；*sarvān*—各种各样；*bandhūn*—亲戚；*avasthitān*—处于；*kṛpayā*—出于怜悯；*parayā*—高度的；*āviṣṭaḥ*—沉浸于；*viṣīdan*—悲伤；*idam*—如此；*abravīt*—说。

译文　当琨缇之子阿诸纳看到所有这些辈分不同的亲人和朋友之后，不禁满怀悲恻，于是说——

诗节 28

अर्जुन उवाच
दृष्ट्वेमं स्वजनं कृष्ण युयुत्सुं समुपस्थितम् ।
सीदन्ति मम गात्राणि मुखं च परिशुष्यति ॥ २८ ॥

arjuna uvāca
dṛṣṭvemaṁ sva-janaṁ kṛṣṇa
yuyutsuṁ samupasthitam
sīdanti mama gātrāṇi
mukhaṁ ca pariśuṣyati

arjunaḥ—阿诸纳；*uvāca*—说；*dṛṣṭvā*—看了以后；*imam*—所有这些；*svajanam*—亲属；*kṛṣṇa*—奎师那啊；*yuyutsum*—全部杀气腾腾；*samupasthitam*—在场；*sīdanti*—颤抖；*mama*—我的；*gātrāṇi*—四肢；*mukham*—口；*ca*—和；*pariśuṣyati*—干涸。

译文　亲爱的奎师那啊！看到朋友和亲人全都在我面前，个个都杀气腾腾，我感到四肢颤抖，口涸唇焦。

要旨　任何一个真心奉献于博伽梵的人，肯定拥有圣人和半神人所具有的一切优良品格；而非奉献者，无论通过教育和学习在物质层面上获得了多高的资格，还是会缺乏神圣的品格。因此，阿诸纳一看到自己的族人、朋友、亲戚在战场上准备自相残杀，顿生恻隐之心。对自己的士兵，他从一开始就充满怜恤之情。然而即便是对敌方的士兵，当他看到死亡即将降临到他们头上时，也会感到悲戚。一想到这些，他就开始四肢发抖，口干舌燥。对方的杀气腾腾使他感到惊愕。实际上，整个跟他有血缘关系的宗族，都来与他交战。这的确让阿诸纳这样善良的奉献者难以承受。尽管这里没有描述，但我们很容易想到，阿诸纳不仅身体在颤抖，口在涸焦，心一定也在悲悯地哭泣。这种现象并不是阿诸纳脆弱的表现，而是他作为博伽梵纯粹的奉献者所具备的仁厚品格之流露。因而经典中说："博伽梵的坚定奉献者，有着半神人的全部优良品格。不是博伽梵的奉献者，就只有些不值一提的物质资格。因为他离不开心意的层面，必为令人眩惑的物质能量所吸引。"——《圣典博伽瓦谭》(5.18.12)

诗节 29

वेपथुश्च शरीरे मे रोमहर्षश्च जायते ।
गाण्डीवं स्रंसते हस्तात्त्वक्चैव परिदह्यते ॥ २९ ॥

vepathuś ca śarīre me
roma-harṣaś ca jāyate
gāṇḍīvaṁ sraṁsate hastāt
tvak caiva paridahyate

vepathuḥ—身体战栗；*ca*—和；*śarīre*—身上的；*me*—我的；*roma-harṣaḥ*—毛发直竖；*ca*—和；*jāyate*—正在发生；*gāṇḍīvam*—阿诸纳的弓；*sraṁsate*—滑落；*hastāt*—从手中；*tvak*—皮肤；*ca*—也；*eva*—的确；*paridahyate*—灼烧。

译文　我全身战栗，毛发直竖，皮肤灼烧，甘狄瓦弓也从手中滑落。

要旨　身体颤抖和头发直立有两种情况，一种是由于极大的灵性喜乐所致，另一种则是在物质环境下感到极大的恐慌所致。在超然的觉悟中并没有恐慌可言，阿诸纳在这里的表现是出于物质的恐慌——即害怕生命的丧失。其他的表现也证明了这一点。阿诸纳异常焦躁，连著名的甘狄瓦弓（gandiva）都从手中滑落了；而且因为他的内心在燃烧，皮肤也感到灼热如焚。这一切都是由物质化的生命概念所引起的。

诗节 30

न च शक्नोम्यवस्थातुं भ्रमतीव च मे मन" ।
निमित्तानि च पश्यामि विपरीतानि केशव ॥ ३० ॥

na ca śaknomy avasthātuṁ
bhramatīva ca me manaḥ
nimittāni ca paśyāmi
viparītāni keśava

na—不；*ca*—也；*śaknomi*—我能；*avasthātum*—站立；*bhramati*—忘却；*iva*—好像；*ca*—和；*me*—我的；*manaḥ*—心意；*nimittāni*—根源；*ca*—也；*paśyāmi*—我看到；*viparītāni*—恰恰相反；*keśava*—凯希魔的屠者（奎师那）。

译文　我再也无法站在这里。我恍然若失，心如乱麻。噢！凯希魔的屠者啊！我看到的只是种种不祥之兆。

要旨　这时阿诸纳焦灼不安，无法在战场上停留。因内心的脆弱他忘记了自己的身份。当人过分地执着于物质对象时，便会陷入这种生存的困惑中。《圣典博伽瓦谭》（11.2.37）上说：太受物质条件影响的人，才会表现出这样的恐慌和心理失衡（*Bhayaṁ dvitīyābhiniveśataḥ*）。在战场上，阿诸纳只看到令其痛苦不利的一面——即使胜敌也难快乐。这里的"原因（nimittāni）"和"恰恰相反（viparītāni）"两个词意味深长。当人展望前途，看到的只有惆怅时，便会自问：我为什么会落到这般境地呢？人人都在为自己的得失和利益而打算，忽略了"至尊自我"。按奎师那的意旨，阿诸纳表现出对他真正自我利益的无知。人真正的自我利益在于维施努，即奎师那。受限制的灵魂忘记了这一点，所以深受物质痛苦煎熬。阿诸纳认为，这场战争的胜利也只能给他带来忧伤。

诗节 31

न च श्रेयोऽनुपश्यामि हत्वा स्वजनमाहवे ।
न काङ्क्षे विजयं कृष्ण न च राज्यं सुखानि च ॥ ३१ ॥

na ca śreyo 'nupaśyāmi
hatvā sva-janam āhave
na kāṅkṣe vijayaṁ Krishna
na ca rājyaṁ sukhāni ca

na—不；*ca*—也；*śreyaḥ*—好处；*anupaśyāmi*—我预见；*hatvā*—杀死；*svajanam*—自己的族亲；*āhave*—在战争中；*na*—不；*kāṅkṣe*—我期求；*vijayam*—胜利；*Krishna*—奎师那啊；*na*—不；*ca*—也；*rājyam*—王国；*sukhāni*—随后的快乐；*ca*—也。

译文　我看不出在这场战争中杀死族亲会给我带来什么好处。亲爱的奎师那啊！我也不期求这样得来的任何胜利、王国或快乐。

要旨　受限制的灵魂不明白自我的利益在维施努（奎师那）中，却热衷于躯体的关系，希望从中找到幸福。这种盲目的生命概念，使他们连物质快乐的根源都忘了。阿诸纳甚至忘却了身为刹帝利的道德规范。据说只有两种人有资格进入光芒万丈、威力无穷的太阳星球，一种是在奎师那的亲自指挥下，战死沙场的刹帝利；另一种是处在生命的弃绝阶段，全然献身灵修的人。阿诸纳甚至不愿杀死他的敌人，更不用说自己的亲人了。他认为杀了族人，自己一生都不会快乐。他不愿作战，就像一个不饿的人不情愿做饭一样。沮丧之余，他决定去森林隐居。然而，身为刹帝利，他需要一个王国来维系，因为，刹帝利不可能去从事别的职分。但阿诸纳却没有王国，他获得王国的唯一机会就是跟堂兄弟作战，讨回父亲传给他的王国，而他并不想这样做。因此，他万念俱灭，认为不如去隐居森林。

诗节 32-35

किं नो राज्येन गोविन्द किं भोगैर्जीवितेन वा ।
येषामर्थे काङ्क्षितं नो राज्यं भोगा" सुखानि च ॥ ३२ ॥
त इमेऽवस्थिता युद्धे प्राणांस्त्यक्त्वा धनानि च ।
आचार्या" पितर" पुत्रास्तथैव च पितामहा" ॥ ३३ ॥
मातुला" श्वशुरा" पौत्रा" श्याला" सम्बन्धिनस्तथा ।
एतान्न हन्तुमिच्छामि घ्नतोऽपि मधुसूदन ॥ ३४ ॥
अपि त्रैलोक्यराज्यस्य हेतो" किं नु महीकृते ।
निहत्य धार्तराष्ट्रान्न" का प्रीति" स्याज्जनार्दन ॥ ३५ ॥

kiṁ no rājyena govinda
kiṁ bhogair jīvitena vā
yeṣām arthe kāṅkṣitaṁ no
rājyaṁ bhogāḥ sukhāni ca

ta ime 'vasthitā yuddhe
prāṇāṁs tyaktvā dhanāni ca
ācāryāḥ pitaraḥ putrās
tathaiva ca pitāmahāḥ
mātulāḥ śvaśurāḥ pautrāḥ

śyālāḥ sambandhinas tathā
etān na hantum icchāmi
ghnato 'pi madhusūdana

api trailokya-rājyasya
hetoḥ kiṁ nu mahī-kṛte
nihatya dhārtarāṣṭrān naḥ
kā prītiḥ syāj janārdana

kim—有什么用；*naḥ*—对我们；*rājyena*—王国；*govinda*—奎师那啊；*kim*—什么；*bhogaiḥ*—享乐；*jīvitena*—生活；*vā*—或者；*yeṣām*—谁；*arthe*—为了；*kāṅkṣitam*—欲求；*naḥ*—被

我们；*rājyam*—王国；*bhogāḥ*—物质的享乐；*sukhāni*—所有的快乐；*ca*—和；*te*—他们所有人；*ime*—这些；*avasthitāḥ*—处于；*yuddhe*—在这个战场上；*prāṇān*—生命；*tyaktvā*—放弃；*dhanāni*—财富；*ca*—也；*ācāryāḥ*—老师们；*pitaraḥ*—叔伯们；*putrāḥ*—子侄们；*tathā*—还有；*eva*—肯定地；*ca*—也；*pitāmahāḥ*—祖叔伯们；*mātulāḥ*—舅父们；*śvaśurāḥ*—岳父；*pautrāḥ*—侄孙们；*śyālāḥ*—姻兄弟们；*sambandhinaḥ*—亲属们；*tathā*—还有；*etān*—所有这些；*na*—永不；*hantum*—杀死；*icchāmi*—我愿；*ghnataḥ*—被杀死；*api*—甚至；*madhusūdana*—马度魔的屠者（奎师那）啊；*api*—即使；*trailokya*—三个世界的；*rājyasya*—为了王国；*hetoḥ*—作为交换；*kim*—更何况；*nu*—只是；*mahī-kṛte*—为了地球；*nihatya*—通过杀死；*dhārtarāṣṭrān*—兑塔拉施陀诸子；*naḥ*—我们的；*kā*—什么；*prītiḥ*—快乐；*syāt*—将会有；*janārdana*—众生的维系者啊。

译文　哥文达呀！王国、快乐，甚至生命本身对我们有什么用呢？我们希望得到这些，不都是为了战场上这些列阵以待的人吗？马度魔的屠者呀！当我们所爱的老师、叔伯、子侄、祖叔伯、舅父、岳父、侄孙、姻兄弟及所有（其他）亲人都准备豁出性命和财富，站在我面前时，即使他们要杀死我，我又岂愿杀死他们？众生的维系者呀！不要说给我这个世界，即使给我三个世界作交换，我也不愿与他们作战。杀死兑塔拉施陀诸子，我们何乐之有？

要旨　阿诸纳称呼世尊奎师那为哥文达，因为奎师那给乳牛和感官带来一切快乐，阿诸纳意味深长地使用这个名字来表明，奎师那应该知道如何满足他的感官。然而，哥文达并非意味着满足我们的感官；相反，如果我们努力去满足哥文达的感官，我们的感官就会自然而然地得到满足。凡人都想在物质的层面上满足自己的感官，希望神能有求必应，让自己获得满足。绝对真理会按生物所应得的来满足生物的感官，但绝不会令生物达到贪心的程度。然而，当一个人循着相反的途径——只求满足哥文达的感官而不理会自己的感官时，凭着哥文达的祝福，他所有的愿望亦会得到满足。

阿诸纳在此对社会及族人表露出深情，一部分原因是他天生具有怜悯之心。因此，他不准备作战。人人都想向亲友显示自己的富裕，阿诸纳担心他所有的亲友都将战死沙场，得胜之后他的富裕无人分享。这是一种典型的物质生活的谋算。超然生活则不然，因为奉献者只想满足绝对真理的欲望。如果绝对真理愿意，他可接受种种财富来服务博伽梵；如果博伽梵不愿意，他一点也不该接受。阿诸纳不想杀害亲人，如果非杀不可，他希望奎师那能亲自动手。关于这一点，阿诸纳不知道在来到战场之前，奎师那已杀死他们，他只是奎师那的工具而已。

这一点在以后的章节中会很清楚。身为博伽梵的天生奉献者，阿诸纳不想报复邪恶的堂兄弟，但他们全都注定要被杀。这是博伽梵的计划。绝对真理的奉献者不会向坏人报复，然而绝对真理不能容忍邪恶之人伤害奉献者。绝对真理会宽恕冒犯他自己的人，但谁要是伤害了奉献者，绝对真理决不会轻饶。因此，虽然阿诸纳想饶恕他们，绝对真理却决意要铲除邪恶。

诗节 36

पापमेवाश्रयेदस्मान्हत्वैतानाततायिनः ।
तस्मान्नार्हा वयं हन्तुं धार्तराष्ट्रान्सबान्धवान् ।
स्वजनं हि कथं हत्वा सुखिनः स्याम माधव ॥ ३६ ॥

pāpam evāśrayed asmān
hatvaitān ātatāyinaḥ
tasmān nārhā vayaṁ hantuṁ
dhārtarāṣṭrān sa-bāndhavān
sva-janaṁ hi kathaṁ hatvā
sukhinaḥ syāma mādhava

pāpam—罪恶；*eva*—肯定；*āśrayet*—会降临；*asmān*—我们；*hatvā*—通过杀死；*etān*—所有这些；*ātatāyinaḥ*—进犯者；*tasmāt*—所以；*na*—永不；*arhāḥ*—值得；*vayam*—我们；*hantum*—去杀死；*dhārtarāṣṭrān*—兑塔拉施陀诸子；*svabāndhavān*—和朋友们；*svajanam*—族亲；*hi*—肯定；*katham*—如何；*hatvā*—通过杀死；*sukhinaḥ*—快乐；*syāma*—将变得；*mādhava*—幸运女神之夫奎师那啊。

译文　如果我们杀了这些进犯者，罪恶便会降临到我们身上。因此，杀死兑塔拉施陀诸子和我们的朋友是不正当的。幸运女神之夫——奎师那呀！杀死自己的族人，我们能得到什么？又怎能快乐？

要旨　根据韦达训谕，侵犯者有六种：（1）投毒者；（2）纵火烧屋者；（3）以致命武器攻击他人者；（4）掠夺别人财富者；（5）侵占他人土地者；（6）夺人妻者。这些侵犯者须立即被处死。处死这样的侵犯者并没有罪。这对一个普通人来说是很恰当的。然而，阿诸纳不是普通凡人，他品性高洁。因此，他想以圣洁的方式解决他们。但这种圣洁却不适合刹帝利身份。负有管理国家之大任者固然要圣洁，但切不可怯懦。例如，世尊茹阿玛非常圣洁，今日之民仍渴望生活在圣茹阿玛的王国（Rama-rajya）里。然而，圣茹阿玛却没有怯懦的表现。腊瓦拿这个侵犯者抢走了世尊茹阿玛的妻子悉塔（Sita），圣茹阿玛给他的严厉教训，是空前绝后的。在阿诸纳面临的情况下，要考虑的却是特殊的侵犯者，这些人是他的长辈、老师、朋友、亲人等。正因为是这些人，所以阿诸纳不想采取用于对付普通侵犯者的严厉行动。何况，圣洁者应以宽容为怀。这样的训谕对圣洁者来说远比采取政治上的紧急行动来得重要。阿诸纳认为，与其以政治上的理由去杀自己的族人，倒不如以宗教和圣洁的行为宽恕他们。所以他认为，为短暂的躯体快乐而大开杀戒是毫无益处的。况且，由此而得到的王国和快乐并不永恒，他何必要冒着生命和永恒的救赎之险，去杀害自己的族人呢？在这里，阿诸纳称呼奎师那为玛达瓦（Mādhava 幸运女神之夫），也是有用意的。他想以此向奎师那指出，作为幸运女神之夫，奎师那不应该怂恿他去做最终会带来厄运的事。而奎师那永不会给任何人带来不幸，更何况是自己的奉献者呢？

诗节 37-38

यद्यप्येते न पश्यन्ति लोभोपहतचेतसः ।
कुलक्षयकृतं दोषं मित्रद्रोहे च पातकम् ॥ ३७ ॥
कथं न ज्ञेयमस्माभि" पापादस्मान्निवर्तितुम् ।
कुलक्षयकृतं दोषं प्रपश्यद्भिर्जनार्दन ॥ ३८ ॥

yady apy ete na paśyanti
lobhopahata-cetasaḥ
kula-kṣaya-kṛtaṁ doṣaṁ
mitra-drohe ca pātakam

kathaṁ na jñeyam asmābhiḥ
pāpād asmān nivartitum
kula-kṣaya-kṛtaṁ doṣaṁ
prapaśyadbhir janārdana

yadi—即便；api—甚至；ete—他们；na—不；paśyanti—看见；lobha—被贪婪；upahata—征服；cetasaḥ—他们的心；kula-kṣaya—杀死家人；kṛtam—犯；doṣam—错误；mitra-drohe—与朋友争执；ca—和；pātakam—罪恶反应；katham—为什么；na—不会；jñeyam—明知；asmābhiḥ—由我们；pāpāt—从罪恶而来的；asmāt—这些；nivartitum—停止；kula-kṣaya—王朝毁灭；kṛtam—这样做；doṣam—罪恶；prapaśyadbhiḥ—被有视域的人们；janārdana—奎师那啊。

译文 **众生的维系者（janārdana）啊！这些人利欲熏心，并不以毁灭别人家庭、与朋友争执为错，但是我们分明知道毁灭家庭罪恶深重，为何还要做出这样的罪行呢？**

要旨 身为刹帝利，对敌方的挑战按道理是不应拒绝的，无论是与敌方在战场上刀兵相见，还是在赌场上一决高低。在这种责任之下，阿诸纳不应该拒绝作战，因为杜尤丹已向他提出了挑战。阿诸纳认为对方可能看不到这种挑战的后果，但他自己却能看到这种挑战会带来不良的后果，因此不愿接受挑战。只有结果好，责任才有约束力；反之，谁都不会受约束。权衡利弊，阿诸纳决定不战。

诗节 39

कुलक्षये प्रणश्यन्ति कुलधर्मा" सनातना" ।
धर्मे नष्टे कुलं कृत्स्नमधर्मोऽभिभवत्युत ॥ ३९ ॥

kula-kṣaye praṇaśyanti
kula-dharmāḥ sanātanāḥ
dharme naṣṭe kulaṁ kṛtsnam
adharmo 'bhibhavaty uta

kula-kṣaye—毁灭家族；praṇaśyanti—瓦解；kula-dharmāḥ—家族传统；sanātanāḥ—永恒的；dharme—宗教；naṣṭe—被毁坏；kulam—家族；kṛtsnam—整个；adharmaḥ—非宗教；abhibhavati—转变；uta—据说。

译文 **王朝一旦崩溃，永恒的家族传统必然随之瓦解。那么，剩下的成员便会做出种种违反宗教原则的事情。**

要旨 在四社会分工与四灵性阶段体系中，有很多宗教传统原则，帮助家庭成员正确成长，培养灵性的价值观。家庭中的长者负责这种从出生到死亡的净化程序。但当长者去世后，这样的家庭净化传统就会终止，剩下的年轻成员就会沾上种种反宗教的恶习，从而失去获得灵性救赎的机会。因此，无论有什么样的理由，都不得诛杀长者。

诗节 40

अधर्माभिभवात्कृष्ण प्रदुष्यन्ति कुलस्त्रियः ।
स्त्रीषु दुष्टासु वार्ष्णेय जायते वर्णसङ्करः ॥ ४० ॥

adharmābhibhavāt kṛṣṇa
praduṣyanti kula-striyaḥ
strīṣu duṣṭāsu vārṣṇeya
jāyate varṇa-saṅkaraḥ

adharma—非宗教；*abhibhavāt*—泛滥；*kṛṣṇa*—奎师那呀；*praduṣyanti*—玷污；*kula-striyaḥ*—家族女子；*strīṣu*—由妇女；*duṣṭāsu*—这样玷污的；*vārṣṇeya*—维施尼的后裔啊；*jāyate*—出现；*varṇa-saṅkaraḥ*—不想要的后代。

译文 奎师那呀！当违反宗教原则的行为在家庭中泛滥时，家中的女子就会被玷污。维施尼的后裔啊！女子一旦堕落，就会带来不想要的人口。

要旨 高素质的人口，是人类社会和平昌盛及灵修生活进步的基础。社会阶层的宗教原则的制定，就是为了让人类社会充满高素质的人口，以利国家和社会的灵性进步。这样的人口有赖于女性的贞洁和忠诚。儿童极易受误导，女人也同样容易堕落。所以，女人和儿童均需要家中长者的保护。女人若从事种种宗教活动，则不会被诱通奸。查纳克雅·潘迪特（Canakya Pandita）认为，女性一般不很聪明，所以不可靠。因而需让她们经常从事种种家庭传统的宗教活动，以保持贞洁虔敬，生育高素质人口，加入四社会分工与四灵性晋阶制度（varṇāśrama-dharma）。四社会分工与四灵性晋阶制度一旦崩溃，女人自然行为随便，并与男人混在一起，因而易耽于淫乱之中，带来不想要的人口。不负责任的男人也是导致淫乱之由。这样就会导致人口泛滥，以至有战争和瘟疫的危险。

诗节 41

सङ्करो नरकायैव कुलघ्नानां कुलस्य च ।
पतन्ति पितरो ह्येषां लुप्तपिण्डोदकक्रियाः ॥ ४१ ॥

saṅkaro narakāyaiva
kula-ghnānāṁ kulasya ca
patanti pitaro hy eṣāṁ
lupta-piṇḍodaka-kriyāḥ

saṅkaraḥ—这些不想要的孩子；*narakāya*—走向地狱生活；*eva*—必定；*kula-ghnānām*—对于族人的屠杀者；*kulasya*—对于家族；*ca*—还有；*patanti*—堕落；*pitaraḥ*—祖先；*hi*—肯定；*eṣām*—他们的；*lupta*—停止；*piṇḍa*—供奉食物；*udaka*—和水；*kriyāḥ*—举行。

译文　不想要的人口一增多，家庭和破坏家庭传统的人都会陷入地狱般的生活。这些堕落的家庭不会供奉食物和水给祖先，因此祖先也会降格堕落。

要旨　根据业报活动规律，有必要定期向祖先供奉食物和水。这种供奉是通过崇拜维施努而进行的，因为品尝供奉给维施努的灵粮，可把人从一切罪恶活动中解脱出来。有时，祖先或因种种恶报而受苦。有时，有些祖先甚至连粗糙的物质躯体也没有，被迫停留在精微的躯体中，成为鬼魂。因此，当后人向祖先供奉灵粮（prasādam 帕萨达）时，祖先就能摆脱鬼魂或其他悲惨的生命境况。这样祭祖是家庭的传统。那些不过奉献生活的人，也要遵行这些仪式；而从事奉献生活的人则不须遵行这些仪规。人只要从事奉爱服务，就可帮助千万祖先摆脱各种苦境。《圣典博伽瓦谭》（11.5.41）说：

devarṣi-bhūtāpta-nṛṇāṁ pitṝṇāṁ
na kiṅkaro nāyam ṛṇī ca rājan
sarvātmanā yaḥ śaraṇaṁ śaraṇyaṁ
gato mukundaṁ parihṛtya kartam

"谁托庇于穆昆达（Mukunda 解脱的赐予者）的莲花足，放弃一切义务，无比认真地走下去，就不亏欠半神人、圣人、众生、家庭、人类及祖先任何责任和义务。”通过为博伽梵做奉爱服务，这些义务亦自动得以完成。

诗节 42

दोषैरेतैः कुलघ्नानां वर्णसङ्करकारकैः ।
उत्साद्यन्ते जातिधर्माः कुलधर्माश्च शाश्वताः ॥ ४२ ॥

doṣair etaiḥ kula-ghnānāṁ
varṇa-saṅkara-kārakaiḥ
utsādyante jāti-dharmāḥ
kula-dharmāś ca śāśvatāḥ

doṣaiḥ—由于这种错误；*etaiḥ*—所有这些；*kula-ghnānām*—家族毁灭者的；*varṇa-saṅkara*—不想要的孩子；*kārakaiḥ*—他们是根源；*utsādyante*—化为乌有；*jāti-dharmāḥ*—社会计划；*kula-dharmāḥ*—家族传统；*ca*—也；*śāśvatāḥ*—永恒的。

译文 **家庭传统破坏者的恶行带来不想要的后代，致使所有的社会计划及家庭福利均化为乌有。**

要旨 永恒的灵性职分（sanātana-dharma）或四社会分工与四灵性晋阶制度（varṇāśrama-dharma），是为人类社会的四个阶段设定的计划，再加上种种家庭福利活动，目的在于让人类获得最后的救赎。因此，社会上那些不负责的领袖打破永恒职分的传统，只会引起社会混乱，其结果就是人们忘记生命的目标——维施努。这些领袖可算是盲目的，追随他们的人肯定被误导，从而走向混乱。

诗节 43

उत्सन्नकुलधर्माणां मनुष्याणां जनार्दन ।
नरके नियतं वासो भवतीत्यनुशुश्रुम ॥ ४३ ॥

utsanna-kula-dharmāṇāṁ
manuṣyāṇāṁ janārdana
narake niyataṁ vāso
bhavatīty anuśuśruma

utsanna—破坏；*kula-dharmāṇām*—那些有家庭传统的；*manuṣyāṇām*—这些人的；*janārdana*—奎师那啊；*narake*—在地狱；*niyatam*—永远；*vāsaḥ*—居住；*bhavati*—变得；*iti*—如此；*anuśuśruma*—我从使徒传系中听说。

译文　众生的维系者——奎师那啊！我从使徒传系中听说，破坏家庭传统的人会永远住在地狱。

要旨　阿诸纳的论据并不是建立在他个人的经验上的，而是从权威那里聆听来的，这就是接受真正的知识的途径。人只有求助于已获得真知的人，才有可能获得真理。社会阶层制度中有一项死前赎罪净化仪式（prāyaścitta）。经常作恶的人必须举行赎罪仪式，不然，肯定转生地狱般的星球，去过悲惨的生活。

诗节 44

अहो बत महत्पापं कर्तुं व्यवसिता वयम् ।
यद्राज्यसुखलोभेन हन्तुं स्वजनमुद्यताः ॥ ४४ ॥

aho bata mahat pāpaṁ
kartuṁ vyavasitā vayam
yad rājya-sukha-lobhena
hantuṁ sva-janam udyatāḥ

ahaḥ—唉；*bata*—真是奇怪；*mahat*—极大的；*pāpam*—罪恶；*kartum*—犯下；*vyavasitāḥ*—决定；*vayam*—我们；*yat*—因为；*rājya-sukha-lobhena*—被贪求皇室快乐的动机驱使；*hantum*—去杀害；*svajanam*—族人；*udyatāḥ*—试图。

译文 **唉！真是奇怪，为了享受王者的快乐，我们竟然想杀害族人，犯弥天大罪！**

要旨 在自私动机的驱使下，一个人可能犯下杀死自己的父母、兄弟等罪行。历史上有很多这样的例子。但阿诸纳是博伽梵的圣洁奉献者，他时常铭记道德原则，谨慎避免这些罪行。

诗节 45

यदि मामप्रतीकारमशस्त्रं शस्त्रपाणयः ।
धार्तराष्ट्रा रणे हन्युस्तन्मे क्षेमतरं भवेत् ॥ ४५ ॥

yadi mām apratīkāram
aśastraṁ śastra-pāṇayaḥ
dhārtarāṣṭrā raṇe hanyus
tan me kṣemataraṁ bhavet

yadi—纵使；*mām*—对我；*apratīkāram*—不作反抗；*aśastram*—手无寸铁；*śastra-pāṇayaḥ*—手持武器者；*dhārtarāṣṭrāḥ*—兑塔拉施陀诸子；*raṇe*—在战场上；*hanyuḥ*—杀死；*tat*—那样；*me*—对我；*kṣemataram*—更好；*bhavet*—将会。

译文 **我宁愿放下武器，不作抵抗。在战场上，任由兑塔拉施陀诸子杀我，岂不更好！**

要旨 刹帝利的比武原则是不攻击手无寸铁者及不愿比武的敌手。然而，阿诸纳决定，即使在这样恶劣的境况下遭到敌人攻击，他也不会还手。他并不理会对方多么想打仗。所有这些表现都是因为阿诸纳是博伽梵的伟大奉献者、品性仁厚。

诗节 46

एवमुक्त्वार्जुनः सं: ये रथोपस्थ उपाविशत् ।
विसृज्य सशरं चापं शोकसंविग्नमानसः ॥ ४६ ॥

sañjaya uvāca
evam uktvārjunaḥ saṅkhye
rathopastha upāviśat
visṛjya sa-śaraṁ cāpaṁ
śoka-saṁvigna-mānasaḥ

sañjayaḥ—桑佳亚；*uvāca*—说；*evam*—这样；*uktvā*—说着；*arjunaḥ*—阿诸纳；*saṅkhye*—在战场上；*ratha*—战车；*upasthaḥ*—在座位上；*upāviśat*—重新坐下；*visṛjya*—放在一边；*sa-śaram*—连同箭；*cāpam*—弓；*śoka*—被悲伤；*saṁvigna*—所扰；*mānasaḥ*—心意中。

译文 **桑佳亚说：阿诸纳在战场上说完这番话后，将弓箭抛在一旁，颓然在战车上坐了下来，心中充满悲苦。**

要旨 在察看敌情时，阿诸纳是站在战车上的，但他哀伤交心，索性扔掉弓箭，坐了下来。在对博伽梵的奉爱服务中，这样仁慈的人，方可接受有关自我觉悟的知识。

巴克提维丹塔（Bhaktivedanta）阐释圣典《博伽梵歌》第一章“库茹之野视察军情”至此结束。

第二章

《博伽梵歌》内容概要

阿诸纳皈依世尊奎师那（Krishna），做他的门徒。奎师那对阿诸纳循循善诱，教导他如何分辨短暂的物质躯体和永恒的灵魂。绝对真理解释了轮回的过程，为博伽梵无私服务的性质以及自我觉悟者的特征。

诗节 1

सञ्जय उवाच

तं तथा कृपयाविष्टमश्रुपूर्णाकुलेक्षणम् ।

विषीदन्तमिदं वाक्यमुवाच मधुसूदनः ॥ १ ॥

sañjaya uvāca

taṁ tathā kṛpayāviṣṭam

aśru-pūrṇākulekṣaṇam

viṣīdantam idaṁ vākyam

uvāca madhusūdanaḥ

sañjayaḥ uvāca—桑佳亚说；*tam*—对阿诸纳；*tathā*—如此；*kṛpayā*—由于怜悯心；*āviṣṭam*—沉浸于；*aśru-pūrṇa-ākula*—饱含泪水；*īkṣaṇam*—双眼；*viṣīdantam*—哀伤；*idam*—这些；*vākyam*—话；*uvāca*—说；*madhusūdanaḥ*—马度魔的屠者。

译文 **桑佳亚说：看到阿诸纳满怀悲恻，心情沉郁，泪盈满眶，马度魔的屠者——奎师那说了如下这番话。**

要旨 物质层面的怜悯、哀伤和泪水都是对真正自我无知的表现。对永恒灵魂的怜悯才是真正的自我觉悟。在这一诗节中，“马度魔的屠者（Madhusūdana）”一词意味深长。圣奎师那（Kṛṣṇa）杀死恶魔马度。现在，阿诸纳希望奎师那杀死“误解”这一恶魔。正是这一恶魔，在阿诸纳履行职责时，降临在他身上，使他试图推卸责任。没有人知道悲悯之心该用在哪里。为溺水者的衣服而悲伤是没有意义的。对于一个落入无知之洋的人来说，只拯救穿在他外面的衣服——粗糙的物质身体，并不能救他。不懂得这一点，而为衣服悲伤的人叫作庶陀（Śūdra），这种人为一些不必要的事物而哀伤。阿诸纳乃是刹帝利（Kṣatriya），本不应该有这样的表现。不过，世尊奎师那能驱除愚昧者的哀伤，绝对真理就是为此而吟唱《博伽梵歌》的。这一章通过分析物质躯体和灵魂，圣奎师那（Śrī Kṛṣṇa）以至高无上的权威，教导我们自我觉悟。人只要不执着于成果，专注于真正的自我之中，便可达到觉悟的境界。

诗节 2

कुतस्त्वा कश्मलमिदं विषमे समुपस्थितम् ।
अनार्यजुष्टमस्वर्ग्यमकीर्तिकरमर्जुन ॥ २ ॥

śrī-bhagavān uvāca
kutas tvā kaśmalam idaṁ
viṣame samupasthitam
anārya-juṣṭam asvargyam
akīrti-karam arjuna

śrī bhagavān uvāca—博伽梵说；*kutaḥ*—从哪里；*tvā*—到你身上；*kaśmalam*—不洁；*idam*—这悲伤；*viṣame*—紧急关头；*samupasthitam*—到来；*anārya*—不了解生命价值的人；*juṣṭam*—所作所为；*asvargyam*—不会导向高等星宿；*akīrti*—恶名；*karam*—……的原因；*arjuna*—阿诸纳啊。

译文　博伽梵说：我亲爱的阿诸纳！你从哪里沾染上这些不洁？这些不洁与一个了解生命价值的人极不相称。它们不会将人导向高等星宿，却只会招来恶名。

要旨　奎师那即是博伽梵。所以《博伽梵歌》通篇都称圣奎师那为博伽梵（Bhagavān）。博伽梵是绝对真理的终极。绝对真理可通过三个阶段来认识，即（1）梵（Brahman）——遍存万有的非人格灵性；（2）超灵（Paramātmā）——博伽梵居于每一生物心中的局部展示；（3）博伽梵（Bhagavān）——博伽梵奎师那。关于绝对真理的概念，《圣典博伽瓦谭》（1.2.11）有这样的解释：

vadanti tat tattva-vidas
tattvaṁ yaj jñānam advayam
brahmeti paramātmeti
bhagavān iti śabdyate

“认识绝对真理者从三方面去了解绝对真理。这三方面实为一体，分别称为梵、超灵、博伽梵。”

以太阳为例可以说明这三方面。太阳也有三个不同的方面，即太阳光、太阳表面及太阳本身。只研究阳光的是初级学生；了解太阳表面的为中级水平；唯有进入太阳星球的才是最高境界。普通的学生只满足于了解太阳光全面遍透性及其非人格性的耀眼的光芒，这些学生可比作仅了解绝对真理的梵（Brahman）的知识的人；更进一步了解太阳表面的中级学生，可比作认识绝对真理的超灵（Paramātmā）特性的人；而进入太阳球体之中的学生，可比作那些觉悟到至尊真理的人格特征（bhagavān）的人。虽然所有探究绝对真理的学生所研究的题旨相同，但只有了解到绝对真理的博伽梵一面的奉献者（bhakta）才是顶尖的超然主义者。太阳光、太阳表面、太阳本身三者不可分割，可是，处于这三个阶段的学生的层次却不尽相同。

伟大的权威，维亚萨（Vyāsadeva）之父帕腊沙拉·牟尼（Parāśara Muni）阐释了梵语“博伽梵（Bhagavān）”一词的意义。拥有一切财富、一切力量、一切声名、一切美丽、一切知识、一切弃绝的至尊者即称为博伽梵。也有许多人很有力量、很美丽、很著名、很博学，而且很超脱，但谁也不能说自己拥有一切财富、一切力量等。只有奎师那能这样说，因为奎师那是博伽梵。任何生物，包括布茹阿玛（Brahmā 梵天）、希瓦（Śiva）神在内，甚至那罗延（Nārāyaṇa）都不能像奎师那一样拥有全部的富裕。因此，在《梵天本集》（*Brahma-saṁhitā*）中，梵天君断言，圣奎师那是博伽梵。没有谁能跟他比肩，更没有谁能超越他。他是最原初的绝对真理，他是博伽梵，是哥文达；他是至尊无上的万原之原。如诗所云：

īśvaraḥ paramaḥ kṛṣṇaḥ
sac-cid-ānanda-vigrahaḥ
anādir ādir govindaḥ
sarva-kāraṇa-kāraṇam

“很多人拥有博伽梵的品质，但奎师那是至高无上的，没有谁能超越他。他是至尊者，他的身体永恒、全知、极乐。他是原始的主哥文达，是万原之原。”——《梵天本集》（5.1）

《圣典博伽瓦谭》中罗列了博伽梵的众多化身，其中奎师那被认为是最原初的人格神首，许许多多的化身和人格神首都是由他扩展而来的：

ete cāṁśa-kalāḥ puṁsaḥ
kṛṣṇas tu bhagavān svayam
indrāri-vyākulaṁ lokaṁ
mṛḍayanti yuge yuge

“这里所列出的神的化身，或为博伽梵的全权扩展，或为全权扩展的部分，但唯有奎师那才是博伽梵本人。”——《圣典博伽瓦谭》(1.3.28)

因此，奎师那是原初的博伽梵，是绝对真理，是超灵和非人格梵的源头。

在博伽梵面前，阿诸纳为族人悲伤肯定是不合适的，所以，奎师那用“从哪里（kutaḥ）”表示了他的惊讶。这样不洁的想法是不应该出现在文明的雅利安人身上的。“雅利安（āryan）”一词是指懂得人生的目的、拥有灵性觉悟根基的文明人类。受生命物质化概念误导的人，不会明白生命的目的是要觉悟绝对真理维施努或博伽梵。他们为物质世界的外在现象所迷惑，不知解脱为何物。对解脱物质束缚一无所知的人被称为非雅利安人。阿诸纳虽身为刹帝利，却拒绝作战，试图逃避赋定责任。只有非雅利安人才有这种懦弱的行径。这种逃避责任的做法不会给人的灵修生活带来帮助，也不会使人闻名于世。圣奎师那并不赞许阿诸纳对族人的这种所谓的同情心。

诗节 3

क्लैब्यं मा स्म गमः पार्थ नैतत्त्वय्युपपद्यते ।
क्षुद्रं हृदयदौर्बल्यं त्यक्त्वोत्तिष्ठ परन्तप ॥ ३ ॥

klaibyaṁ mā sma gamaḥ pārtha
naitat tvayy upapadyate
kṣudraṁ hṛdaya-daurbalyaṁ
tyaktvottiṣṭha parantapa

klaibyam—懦弱；*mā sma*—不要；*gamaḥ*—沉湎于；*pārtha*—菩瑞塔之子啊；*na*—不；*etat*—这；*tvayi*—与你；*upapadyate*—相配；*kṣudram*—微不足道的；*hṛdaya*—心中；*daurbalyam*—软弱；*tyaktvā*—放弃；*uttiṣṭha*—站起来；*parantapa*—惩敌者啊。

译文　菩瑞塔之子啊！不要屈服于这可耻的懦弱。这与你的身份不配。快快放下你心中微不足道的软弱，站起来吧！惩敌者！

要旨　阿诸纳被称为“菩瑞塔（Pṛthā）之子”。菩瑞塔恰是奎师那的父亲瓦苏戴瓦的妹妹。所以，阿诸纳跟奎师那也有血缘关系。刹帝利的儿子要是拒绝作战，便只是徒有虚名。正如婆罗门的儿子若行为不虔诚，就不过是名义上的婆罗门一样。这样的刹帝利和婆罗门实在是不肖之子。奎师那不希望阿诸纳做不肖的刹帝利。阿诸纳是奎师那最亲密的朋友，奎师那又亲自在战车上指导他，情况是这样地有利。可如果阿诸纳仍是弃而不战，那他就会犯下大错，名誉扫地。因此，奎师那指出阿诸纳这样的态度与他的身份不符。阿诸纳可能会辩解，说放弃作战是出于对亲人和令人尊敬的彼士玛的宽宏大度，但奎师那却认为这种宽宏大度是内心软弱的表现。任何权威都不会赞同这种虚假的宽宏大量。因此，像阿诸纳这样的人，应在奎师那的指导之下，抛弃这种宽宏大度或所谓的非暴力。

诗节 4

अर्जुन उवाच
कथं भीष्ममहं सं: ये द्रोणं च मधुसूदन ।
इषुभिः प्रतियोत्स्यामि पूजार्हावरिसूदन ॥ ४ ॥

arjuna uvāca
kathaṁ bhīṣmam ahaṁ saṅkhye
droṇaṁ ca madhusūdana
iṣubhiḥ pratiyotsyāmi
pūjārhāv ari-sūdana

arjunaḥ uvāca—阿诸纳说；*katham*—怎能；*bhīṣmam*—对彼士玛；*aham*—我；*saṅkhye*—在战争中；*droṇam*—杜荣拿；*ca*—也；*madhu-sūdana*—杀死马度魔的人啊；*iṣubhiḥ*—以利箭；*pratiyotsyāmi*—反击；*pūjā-arhau*—值得崇拜的人；*ari-sūdana*—杀敌者啊。

译文　阿诸纳说：杀敌者啊！马度魔的屠者啊！彼士玛、杜荣拿师等全是我敬重的，我怎能在战场上以利箭反击他们呢？

要旨　令人尊敬的长者，如祖父彼士玛、杜荣拿师等永远值得敬重。即使受他们攻击，也不要还击。根据一般的礼节，跟长者争论都是不应该的，即使他们有时行为粗暴，也不应以粗暴对待他们。那么，阿诸纳又怎能反击他们呢？对于外祖父乌格森那（Ugrasena）、老师桑迪帕尼·牟尼（Sāndīpani Muni），奎师那自己又何曾攻击过他们呢？这是阿诸纳向奎师那提出的辩驳。

诗节 5

गुरूनहत्वा हि महानुभावान्
श्रेयो भोक्तुं भैक्ष्यमपीह लोके ।
हत्वार्थकामांस्तु गुरूनिहैव
भुञ्जीय भोगान्रुधिरप्रदिग्धान् ॥ ५ ॥

gurūn ahatvā hi mahānubhāvān
śreyo bhoktuṁ bhaikṣyam apīha loke
hatvārtha-kāmāṁs tu gurūn ihaiva
bhuñjīya bhogān rudhira-pradigdhān

gurūn—长辈；*ahatvā*—不要杀害；*hi*—肯定；*mahā-anubhāvān*—伟大的灵魂；*śreyaḥ*—比较好；*bhoktum*—享受生活；*bhaikṣyam*—靠求乞；*api*—即使；*iha*—在这一生中；*loke*—在这世上；*hatvā*—杀害；*artha*—利禄；*kāmān*—欲望；*tu*—但；*gurūn*—长辈；*iha*—在这个世界上；*eva*—无疑；*bhuñjīya*—不得不享受；*bhogān*—可供享受的东西；*rudhira*—血腥；*pradigdhān*—沾上。

译文　我宁愿在世上求乞为生，也不愿靠杀害这些伟大的灵魂——我的老师们而苟且偷生。他们虽然欲求尘世的利益，但毕竟还是长辈。杀了他们，我们所享受的一切，都会沾上血腥。

要旨　根据经典的准则，人应该离开是非不分、做出恶行的老师。彼士玛和杜荣拿师受禄于杜尤丹而不得不帮他，虽然他们本不应该只为了俸禄而站到他一边。在这种情况下，他们失去了师道尊严。不过，阿诸纳仍把他们视为长辈，所以，杀了他们而享受物质获益，无异于受用血腥的赃物。

诗节 6

न चैतद्विद्मः कतरन्नो गरीयो
यद्वा जयेम यदि वा नो जयेयुः ।
यानेव हत्वा न जिजीविषाम-
स्तेऽवस्थिताः प्रमुखे धार्तराष्ट्राः ॥ ६ ॥

na caitad vidmaḥ kataran no garīyo
yad vā jayema yadi vā no jayeyuḥ
yān eva hatvā na jijīviṣāmas
te 'vasthitāḥ pramukhe dhārtarāṣṭrāḥ

na—不；*ca*—也；*etat*—这；*vidmaḥ*—知道；*katarat*—哪个；*naḥ*—我们；*garīyaḥ*—更好；*yat vā*—或者；*jayema*—我们将征服；*yadi*—如果；*vā*—或者；*naḥ*—我们；*jayeyuḥ*—他们征服；*yān*—那些；*eva*—肯定；*hatvā*—杀死；*na*—不；*jijīviṣāmaḥ*—我们希望生存；*te*—他们所有人；*avasthitāḥ*—处于；*pramukhe*—在面前；*dhārtarāṣṭrāḥ*—兑塔拉施陀诸子。

译文　我们也不知道怎样更好，征服他们，还是被他们征服？如果杀了兑塔拉施陀诸子，我们会痛不欲生。可是现在，他们就在这战场上，站在我们面前。

要旨　虽然打仗是刹帝利的责任，但阿诸纳不知道是应该作战，去冒不必要的暴力之险，还是退而行乞，以此为生。如果不打败敌人，行乞就将是他唯一的生存之道。但能否获胜并不一定。因为双方都有可能获胜。即使胜利在望，行的又是正义之师，但如果兑塔拉施陀诸子阵亡，失却了他们，阿诸纳活下去也很艰难。从这个意义上讲，这对他将是另一种失败。阿诸纳的所有这些顾虑证明，他不仅是绝对真理伟大的奉献者，而且睿明洞达，能完全控制自己的心意和感官。他出身皇室，却欲行乞为生，也是他超脱的表现。他的这些品格，加上他对圣奎师那（他的灵性导师）教诲的信心，表明他品德高尚。结论是，阿诸纳非常适合获得解脱。感官得不到控制，就没有机会晋升到知识的层面，而没有知识和奉爱，就没有获得解脱的可能。阿诸纳除了基于血缘关系而在物质上有无量德行之外，还具备以上这些灵性方面的卓越品格。

诗节 7

कार्पण्यदोषोपहतस्वभावः
पृच्छामि त्वां धर्मसम्मूढचेताः ।
यच्छ्रेयः स्यान्निश्चितं ब्रूहि तन्मे
शिष्यस्तेऽहं शाधि मां त्वां प्रपन्नम् ॥ ७ ॥

kārpaṇya-doṣopahata-svabhāvaḥ
pṛcchāmi tvāṁ dharma-sammūḍha-cetāḥ
yac chreyaḥ syān niścitaṁ brūhi tan me
śiṣyas te ‹haṁ śādhi māṁ tvāṁ prapannam

kārpaṇya—吝啬；*doṣa*—因软弱；*upahata*—所苦恼；*svabhāvaḥ*—性格；*pṛcchāmi*—我请求；*tvām*—向您；*dharma*—宗教；*sammūḍha*—困惑；*cetāḥ*—心中；*yat*—什么；*śreyaḥ*—最好；*syāt*—将是；*niścitam*—确信无疑地；*brūhi*—告诉；*tat*—什么；*me*—对我；*śiṣyaḥ*—门徒；*te*—您的；*aham*—我是；*śādhi*—指示；*mām*—我；*tvām*—向您；*prapannam*—皈依。

译文　现在我对自己的责任感到困惑茫然，内心的懦弱教我不能泰然自若。在这种境况下，我请求您明确地告诉我，怎样做对我最好？现在我是您的门徒，是皈依您的灵魂，请您给我指示。

要旨　自然——整个物质活动系统，对每一个人，都是困惑的根源。困惑步步紧逼，因此，人应该接近真正的灵性导师，接受正确无误的指示，实践生命的目的。所有韦达圣典都劝谕我们寻求一位真正的灵性导师，以摆脱人生中非我们所愿的种种困惑。这些困惑就像森林之火，不纵自燃。在这个世上，生命中的困惑，尽管我们不想碰上，却自行出现。没有人希望有火灾，但火灾却发生了，我们便为困惑受苦。因此，韦达智慧指示我们，为了解决生命的困惑，了解消除困惑的科学，须寻求一位来自使徒传系的灵性导师。跟从灵性导师的人就可了然一切。那么，我们不该停留在物质困惑之中，而应该接近灵性导师。这就是本诗节的要旨所在。

谁是被物质困惑了的人呢？就是那些不了解生命问题的人。《大森林奥义书》（*Bṛhad-āraṇyaka Upaniṣad* 3.8.10）是这样描述这类人的："谁不了解自我觉悟的科学，不解决人生的问题，便像个可怜虫，最后会像猫狗一样离开这个世界（*yo vā etad akṣaraṁ gārgy aviditvāsmāl̐ lokāt praiti sa kṛpaṇaḥ*)。”对生物来说人体生命最为宝贵，可用来解决生命的难题。因此，不知善加利用这样的机会的人很可怜。好在世上有婆罗门（Brāhmaṇa），他们明智睿哲，善用这个躯体去解决所有生命的问题（*Ya etad akṣaraṁ gārgi viditvāsmāl̐ lokāt praiti sa brāhmaṇaḥ* ）。

吝啬鬼（kṛpaṇas），沉迷于物质化生命概念，过多地眷恋着家庭、社会、国家等，结果白白浪费了自己的光阴。因为这些“物质病患者”常常依恋家庭生活、依恋妻子、子女和其他家人。这些吝啬鬼以为自己能保护家人，使其免于一死；或者认为他们的家庭或社会可保护他们，不让他们死去。这种对家庭的依附，即使在懂得照顾幼崽的低等动物中也是常见的。阿诸纳有智慧，自然知道他对族人的眷恋及想保护他们免于一死的愿望正是他困惑的根源。他虽然明白作战的责任在等待着他，但那可怜的软弱却使他无法履行职责。因此，他请求至尊无上的灵性导师——圣奎师那给他明示。他皈依奎师那，自动提出做奎师那的门徒，不想再以朋友的身份跟奎师那说话。导师和门徒之间的谈话是严肃的。现在他想郑重其事地跟这位公认的灵性导师讲话。所以说，奎师那是讲述《博伽梵歌》原初的灵性导师，而阿诸纳则是第一个理解《博伽梵歌》的门徒。阿诸纳是怎样理解《博伽梵歌》的，这在《博伽梵歌》之中就有论述。然而，愚蠢的世俗学者们却说，人无须皈依人形的奎师那，只是皈依奎师那之内的“无生者”便可。其实，内在也好，外在也罢，对于奎师那并没有什么不同。没有这种理解力，而想去了解《博伽梵歌》的人可算是愚不可及的蠢材。

诗节 8

न हि प्रपश्यामि ममापनुद्या-
द्यच्छोकमुच्छोषणमिन्द्रियाणाम् ।
अवाप्य भूमावसपत्नमृद्धं
राज्यं सुराणामपि चाधिपत्यम् ॥ ८ ॥

na hi prapaśyāmi mamāpanudyād
yac chokam ucchoṣaṇam indriyāṇām
avāpya bhūmāv asapatnam ṛddhaṁ
rājyaṁ surāṇām api cādhipatyam

na—不；*hi*—肯定；*prapaśyāmi*—我看见；*mama*—我的；*apanudyāt*—能够驱除；*yat*—那；*śokam*—悲伤；*ucchoṣaṇam*—焦枯；*indriyāṇām*—感官的；*avāpya*—赢得；*bhūmau*—地球上；*asapatnam*—盖世无双的；*ṛddham*—繁荣的；*rājyam*—王国；*surāṇām*—半神人的；*api*—即使；*ca*—也；*ādhipatyam*—权柄。

译文　我无法驱除这令我感官焦枯的悲伤。即使赢得地球上盖世无双的王国，拥有天堂半神人般的权柄，这悲伤也不会消除。

要旨　尽管阿诸纳依据宗教原则（dharma 道德正法）和道德规范提出许多辩辞，但没有灵性导师圣奎师那的帮助，他似乎无力解决所面临的真正问题。阿诸纳明白，这些所谓的知识在解决那令他生命枯萎的问题时没有丝毫的用处。他还知道，若无奎师那这样的灵性导师指点，他是无法从这样的困惑中解脱出来的。学历、学术知识、显赫地位等对解决生命的问题都无济于事，只有像奎师那这样的灵性导师才能有帮助。因此，结论是，具有百分之百的奎师那知觉的人才是真正的灵性导师，只有他们才能解决生命的问题。圣采坦尼亚（Caitanya）说过，一个掌握了奎师那知觉科学的大师，不论他的社会地位如何，都是真正的灵性导师。

kibā vipra, kibā nyāsī, śūdra kene naya
yei kṛṣṇa-tattva-vettā, sei 'guru' haya

“无论是博学多识的韦达学者，还是出身低微的人，或是已在生命的弃绝阶段的人，只要掌握了奎师那知觉的科学，就是真正完美的灵性导师。”——《永恒的采坦尼亚经》（*Caitanya-caritāmṛta* 中篇）

所以，不掌握奎师那知觉的科学，就算不上真正的灵性导师。韦达经典也说：

ṣaṭ-karma-nipuṇo vipro
mantra-tantra-viśāradaḥ
avaiṣṇavo gurur na syād
vaiṣṇavaḥ śva-paco guruḥ

“博学多识，精通所有韦达知识的婆罗门，若不是精通奎师那知觉科学的专家，或是一位外士那瓦，就不配成为灵性导师。然而即使是出身低微的人，如果他是具有奎师那知觉的外士那瓦，也能成为灵性导师。”——《宇宙古史·莲花之部》（*Padma Purāṇa*）

物质生存的生老病死问题，不是积累财富和发展经济就可以解决的。世界上许多的国家都拥有发达的经济、丰厚的财富，以及充裕的生活设施等，但物质生存的问题却依然存在。这些国家以种种不同的方式寻找和平，殊不知，只有求教于奎师那，或者通过具有奎师那知觉的奎师那的真正代表，求教于构成奎师那知觉科学的《博伽梵歌》和《圣典博伽瓦谭》，才能获得真正的幸福。

如果经济发展和物质安逸果真能消除人们对弥漫于家庭、社会、国家或国家之间的醉生梦死的忧虑，那么阿诸纳绝不会说，举世无双的地上王国和天上半神人般的权柄也不能消除他的忧伤和悲哀了。因此，他向奎师那知觉寻求庇护，这才是追求和平、和谐的正道。经济发展或世界霸权，随时可能因物质自然的灾变而化为泡影。即使晋升到了更高的物质星球，如同人类现在探索月球的活动，也可能毁于一旦。《博伽梵歌》证实了这一点：“在耗尽自己虔诚活动的功德后，就会重返这个凡人星宿——地球（*kṣīṇe puṇye martya-lokaṁ viśanti*）。”世上很多政治家都这样掉下来了，这样的坠落只会给人带来更多的悲哀。

所以，我们如果要永远终止悲哀，就必须效法阿诸纳，托庇于奎师那。而阿诸纳则是请求奎师那切实地解决他的问题，这便是奎师那知觉之途。

诗节 9

सञ्जय उवाच
एवमुक्त्वा हृषीकेशं गुडाकेशः परन्तपः ।
न योत्स्य इति गोविन्दमुक्त्वा तूष्णीं बभूव ह ॥ ९ ॥

sañjaya uvāca
evam uktvā hṛṣīkeśaṁ
guḍākeśaḥ parantapaḥ
na yotsya iti govindam
uktvā tūṣṇīṁ babhūva ha

sañjayaḥ uvāca—桑佳亚说；*evam*—如此；*uktvā*—说话；*hṛṣīkeśam*—对感官之主奎师那；*guḍākeśaḥ*—征服愚昧的主人阿诸纳；*parantapaḥ*—惩敌者；*na yotsye*—我将不会作战；*iti*—如此；*govindam*—对赐予感官快乐者奎师那；*uktvā*—说；*tūṣṇīm*—沉默；*babhūva*—变得；*ha*—肯定。

译文 **桑佳亚说：惩敌者——阿诸纳说完这番话，告诉奎师那：“哥文达，我不会作战。”说罢便沉默下来。**

要旨 兑塔拉施陀得知阿诸纳不准备应战，却要退而行乞，心里很高兴。但当桑佳亚说阿诸纳有能力克敌制胜时，兑塔拉施陀又再次感到失望。阿诸纳虽然暂时对家族充满了错误的悲哀，但他已皈依了至高无上的灵性导师奎师那，并做了奎师那的门徒。这表明，他将很快得到有关自我觉悟（奎师那知觉）的完美知识的启迪，从这错误的悲哀之中走出来，坚定地战斗下去。这样，兑塔拉施陀满心的欢喜将化为泡影，因为阿诸纳将被奎师那启发，必将战斗到底。

诗节 10

तमुवाच हृषीकेशः प्रहसन्निव भारत
सेनयोरुभयोर्मध्ये विषीदन्तमिदं वचः ॥ १० ॥

tam uvāca hṛṣīkeśaḥ
prahasann iva bhārata
senayor ubhayor madhye
viṣīdantam idaṁ vacaḥ

tam—对他；*uvāca*—说；*hṛṣīkeśaḥ*—感官之主奎师那；*prahasan*—微笑着；*iva*—像那样；*bhārata*—巴拉塔的后裔，兑塔拉施陀啊；*senayoḥ*—军队的；*ubhayoḥ*—双方的；*madhye*—之间；*viṣīdantam*—对悲伤者；*idam*—以下的；*vacaḥ*—话。

译文 **巴拉塔的后裔呀！这时，奎师那微微一笑，在两军之间，对忧伤满怀的阿诸纳说了下面的话。**

要旨 谈话是在两个亲密的朋友，即瑞希凯施（Hṛṣīkeśa 感官之主）和古达凯施（guḍākeśa 睡眠的征服者）之间进行的。作为朋友，他们地位平等，但现在其中一个自愿做了另一个的学生。奎师那面带笑容，因为他的一个朋友自愿选择做了他的门徒。作为万物之主，他永远位居高位，主宰一切，但他却愿意按奉献者的心愿，做他们的朋友、儿子或爱侣。一旦接受导师这样的角色，他便带着应有的庄严，以导师的身份跟门徒说话。这次师徒对话在两军之间公开举行，看来是要让所有人都受益。因此，《博伽梵歌》的对话不是针对某个人、某个社会、某个团体，而是给所有人听的，无论是朋友还是敌人均有权聆听。

诗节 11

श्रीभगवानुवाच
अशोच्यानन्वशोचस्त्वं प्रज्ञावादांश्च भाषसे ।
गतासूनगतासूंश्च नानुशोचन्ति पण्डिताः ॥ ११ ॥

śrī-bhagavān uvāca
aśocyān anvaśocas tvaṁ
prajñā-vādāṁś ca bhāṣase
gatāsūn agatāsūṁś ca
nānuśocanti paṇḍitāḥ

śrī bhagavān uvāca—博伽梵说；*aśocyān*—不值得悲伤的；*anvaśocaḥ*—你在悲伤；*tvam*—你；*prajñā-vādāḥ*—有学识的话；*ca*—也；*bhāṣase*—说着；*gata*—逝去的；*asūn*—生命；*agata*—未逝去的；*asūn*—生命；*ca*—也；*na*—永不；*anuśocanti*—悲伤；*paṇḍitāḥ*—智者。

译文　博伽梵说：你一面说着有学识的话，一面却为不值得悲伤的事情而悲伤。智者不为生者悲戚，也不为死者哀伤。

要旨　博伽梵立即以导师的身份教训这个学生，间接骂他是愚才。博伽梵说："你说起话来像个博学多识的人，但你哪里知道，智者了解什么是躯体，什么是灵魂，不论是生是死，身体的任何阶段都不会令他哀痛。"后面的章节会清楚地解释，所谓有学识，就意味着明白物质、灵魂及两者的主宰者。阿诸纳辩称，宗教原则（dharma 道德正法）比政治学和社会学原则更重要。但他哪里知道，关于物质、灵魂及至尊者的知识甚至比遵守宗教原则更重要。他对此一无所知，所以不该自诩为有学识的人。正因为他不是个有识之人，所以才会为那些不值得哀伤的东西而哀伤。躯体生下来就注定迟早会毁灭，所以，躯体没有灵魂重要。了解这一点的才是真正的有识之士。这样的人，无论物质躯体的状况如何，都不会为之悲伤。

诗节 12

नत्वेवाहं जातु नासं न त्वं नेमे जनाधिपाः ।
न चैव नभविष्यामः सर्वे वयमतः परम् ॥ १२ ॥

na tv evāhaṁ jātu nāsaṁ
na tvaṁ neme janādhipāḥ
na caiva na bhaviṣyāmaḥ
sarve vayam ataḥ param

na—从未；*tu*—但是；*eva*—肯定；*aham*—我；*jātu*—任何时刻；*na*—不；*āsam*—存在；*na*—不；*tvam*—你；*na*—不[1]；*ime*—所有这些；*Jana-adhipāḥ*—国王；*na*—不；*ca*—也；*eva*—必定；*na*—不[2]；*bhaviṣyāmaḥ*—会存在；*sarve vayam*—我们所有人；*ataḥ param*—此后。

译文　过去，从未有这样一个时候——你、我及所有这些国王不曾存在；将来，我们任何人也不会不复存在。

要旨　韦达经典中的《卡塔奥义书》(*Kaṭha Upaniṣad*)和《室维陀奥义书》(*Śvetāśvatara Upaniṣad*)都说，博伽梵是无数生物的维系者，博伽梵根据个体生物的活动和业报，以不同的形式维系他们。博伽梵也以他的全权部分，寓居于每一生物心中。

nityo nityānāṁ cetanaś cetanānām
eko bahūnāṁ yo vidadhāti kāmān
tam ātma-sthaṁ ye 'nupaśyanti dhīrās
teṣāṁ śāntiḥ śāśvatī netareṣām

“至尊者即人格神。在一切生物中，他最重要。他也是博伽梵，维系无数其他的个体生物。圣人内外所见都是同一博伽梵，唯有他才能达到完美与永恒的平和。”——《卡塔奥义书》(*Kaṭha Upaniṣad* 2.2.13)

博伽梵传授给阿诸纳韦达真理，也同样传授给世上所有自命不凡而实际上孤陋寡闻的人。博伽梵清楚地说，他本人、阿诸纳和所有集结在战场上的国王，都

1　梵文“na”，单词基本意为“不”，但在不同语境或与不同词、句子组合的时候会表达出更具体的不同意思。我们在这一部分不做过多推敲，只展现原貌。详细意思则在诗句的译文中展现。

2　同上。

是永恒的个体生命；且无论个体生命是受制约还是获得解脱，博伽梵都是永恒的维系者。博伽梵是至高无上的个体，博伽梵永恒的同游阿诸纳，以及所有集结于战场的国王都是永恒的个体生命。这不是说他们在过去不是以个体形式存在的，也不是说在将来他们就不会是永恒的人，他们的个体性在过去就存在，将来还会继续存在下去。因此，谁也没有理由哀伤。

假象宗（māyāvādī）的理论说，个体灵魂在挣脱假象（māyā）的牢笼，获得解脱后，便会与非人格梵（Brahman）合为一体，从而失去存在的个体性。这里，至高无上的权威奎师那并不认同这种理论，个体性只存在于受限制状态下的理论，也未得到支持。在这里奎师那清楚地阐明，博伽梵和其他生物的个体性将永恒地存在下去，正如奥义诸书所证实的那样。奎师那的这一论断是权威性的。因为他不可能受假象所惑。如果个体性不是事实，那么，奎师那怎会如此强调，甚至说要延续至永远呢？假象宗人士也许会辩驳说，奎师那所说的个体性不是指灵性的，而是说物质的个体性。然而即便我们接受个体性是物质的论点，那么你又如何能够去分辨奎师那的个体性呢？奎师那肯定了他过去的个体性，也肯定了他将来的个体性。奎师那从很多方面确定了他的个体性，并宣称非人格梵从属于他。奎师那一直保持着灵性的个体性。如果我们认为奎师那只是一个具有个体知觉的受限制的普通灵魂，那么，他的《博伽梵歌》就不具备权威经典的价值了。一个身染人类四大弱点的普通人，没有能力传授值得聆听的知识。《博伽梵歌》超越普通的文献。任何世俗书籍都无法与之相提并论。如果我们将奎师那看作凡人，《博伽梵歌》就会失去其重要性。假象宗辩驳说，这节诗中提到的多元性是寻常意义上的概念，即就躯体而言。但是他们忘了，前面的诗节中已否定了这种躯体化的概念。奎师那既已否定了躯体化的生命概念，又怎么可能再提出一个有关躯体的泛泛之论呢？因此个体性是指灵性层面而言的。腊玛努佳师（Rāmānuja）等伟大的灵性宗师（ācārya）都肯定了这一点。《博伽梵歌》多处提到，这种灵性的个体性深为博伽梵的奉献者所理解。那些嫉妒奎师那是博伽梵的人，入不了这部伟大典籍的真正法门。非奉献者趋近《博伽梵歌》教诲的方式，就如同舔着蜂蜜瓶的蜜蜂，不打开瓶盖，就尝不到蜂蜜的滋味。同样，《博伽梵歌》的奥秘，只有奉献者才能领悟，其他人则无法品尝——《博伽梵歌》第四章阐述了这一点。谁嫉妒绝对真理，谁就无法理解《博伽梵歌》的精髓。因此，假象宗人士对《博伽梵歌》的解释是对完整真理彻头彻尾的歪曲。圣采坦尼亚禁止我们读任何假象宗人士所写的释论，而且警告说，一旦接受了假象宗哲学，就失去了洞彻《博伽梵歌》真正奥秘的所有能力。如果个体性仅指经验宇宙，那么至尊主又有何必要谆谆教诲？因此，个体灵魂和至尊灵魂的多元性是永恒的事实，如上所述，韦达经典证实了这一点。

诗节 13

देहिनोऽस्मिन्यथा देहे कौमारं यौवनं जरा ।
तथा देहान्तरप्राप्तिर्धीरस्तत्र न मुह्यति ॥ १३ ॥

dehino 'smin yathā dehe
kaumāraṁ yauvanaṁ jarā
tathā dehāntara-prāptir
dhīras tatra na muhyati

dehinaḥ—体困的；*asmin*—在这；*yathā*—正如；*dehe*—在躯体中；*kaumāram*—童年；*yauvanam*—青年；*jarā*—老年；*tathā*—同样地；*deha-antara*—转换躯体；*prāptiḥ*—获得；*dhīraḥ*—醒觉者；*tatra*—因此；*na*—永不；*muhyati*—受困惑。

译文　正如体困的灵魂在物质躯体中经历童年、青年、老年的变化，躯体死亡时，灵魂便进入另一躯体。醒觉的灵魂不会为此变化所困惑。

要旨　每一个生物都是个体灵魂，其身体每时每刻都在变化：先是小孩，后来是青年，再接着又是老人。但同一的灵魂常在，并无任何变易。死亡时，个体灵魂改变躯体，投生于另一躯体之中，不管这躯体是物质的还是灵性的，来世必得到一个躯体，这是确定无疑的。阿诸纳异常关心的彼士玛或杜荣拿师自然也不例外，所以他没有理由为他们的死亡而悲哀。相反，该为他们高兴才是，他们的躯体从旧到新，自然又恢复了活力。人的今世之为，决定着躯体的这种变化是带来享受还是招来折磨。彼士玛和杜荣拿师都是高尚的灵魂，下一世肯定可转入灵性之体，或者至少也会转入天堂半神人之躯，享受高级的物质存在。因此，无论是哪种情况，均无理由悲伤。

任何一个对个体灵魂、超灵以及对物质与灵性两种自然本性的构成有完整知识的人，都叫作醒觉者（dhīra）。他们永不会被躯体的变易所迷惑。

假象宗提出了灵魂单一理论，这是不能接受的，因为灵魂不能被分割成碎片。如果灵魂能被分割成不同的个体灵魂的话，那么至尊的灵魂也是可分割可变易的；这根本违反了至尊的灵魂不可变的原理。正如《博伽梵歌》所肯定的，至尊的碎片部分被称为“kṣara”，是永恒的（sanātana），但他们却有堕入物质自然的倾向。这些碎片部分永远如此，即使解脱后，依然不变，还是碎片。然而，一旦解脱之后，他便永恒地与博伽梵一起，生活在喜乐的知识之中。反射的原理可用到超灵（Paramātmā）上，超灵处于每一个个体之中，却又与个体生物迥然不同。水中反映的天空，有日月星辰。星辰可比作生物，日月可比作博伽梵。阿诸纳代表的是碎片的个体灵魂，博伽梵——圣奎师那就是超灵。他们并不属于同一层面，这一点在第四章的开篇会有更明确的阐述。如果他们处于同一层面，即奎师那不比阿诸纳所处的层面高的话，那么，他们之间施教者和受教者的关系就毫无意义。如果两者皆受虚幻能量（māyā 假象）所左右，又何必一个施教一个受教呢？这样的教导是毫无价值的，因为受假象钳制的人是不能成为权威的导师的。因此，要承认圣奎师那是博伽梵，在地位上高于生物体阿诸纳——一个被假象所惑的健忘的灵魂。

诗节 14

मात्रास्पर्शास्तु कौन्तेय शीतोष्णसुखदुःखदाः ।
आगमापायिनोऽनित्यास्तांस्तितिक्षस्व भारत ॥ १४ ॥

mātrā-sparśāḥ tu kaunteya
śītoṣṇa-sukha-duḥkha-dāḥ
āgamāpāyino 'nityās
tāṁs titikṣasva bhārata

mātrā-sparśāḥ—感官的感知；*tu*—只是；*kaunteya*—琨缇之子；*śīta*—冬天；*uṣṇa*—夏天；*sukha*—快乐；*duḥkha*—痛苦；*daḥ*—给予；*āgama*—出现；*apāyinaḥ*—消失；*anityāḥ*—不永恒；*tān*—他们全体；*titikṣasva*—只要容忍；*bhārata*—巴拉塔王朝的后裔。

译文　琨缇之子啊！痛苦和快乐时来时去，短暂不恒，犹如冬夏季节的交替。巴拉塔的后裔呀！它们源自感官的感知，人应学会容忍，不为所动。

要旨 人在正当地履行责任时，须学会忍受非永恒的、时隐时现的、时来时去的快乐和悲伤。根据韦达训谕，即使是玛嘎月（māgha 一月或二月），清晨也应沐浴。那时的天气十分寒冷，然而尽管如此，一个恪守宗教原则的人仍会毫不犹豫地沐浴。同样，在最炎热的五月或六月，女人们仍会毫不犹豫地下厨房。无论天气如何带来不便，仍必须履行职责。同样，作战是刹帝利的宗教原则，即使是和亲友对敌，也不能逃避责任。要想晋升到知识的层面，就必须遵行宗教规则，因为知识和奉献是把人从假象中解脱出来的唯一法门。

阿诸纳的两个不同的称呼也意味深长，"琨缇之子（kaunteya）"点出他伟大的母系血缘，"巴拉塔的后裔（bhārata）"又道出他父亲的伟大。两者都具有伟大的传统。伟大的传统意味着正确地履行赋定的责任。因此，他不能逃避作战。

诗节 15

यं हि न व्यथयन्त्येते पुरुषं पुरुषर्षभ ।
समदु"खसुखं धीरं सोऽमृतत्वाय कल्पते ॥ १५ ॥

yaṁ hi na vyathayanty ete
puruṣaṁ puruṣarṣabha
sama-duḥkha-sukhaṁ dhīraṁ
so 'mṛtatvāya kalpate

yam—谁；*hi*—肯定地；*na*—不；*vyathayanti*—苦恼的；*ete*—所有这些；*puruṣam*—对一个人；*puruṣa-rṣabha*—人中俊杰啊；*sama*—不变的；*duḥkha*—苦恼；*sukham*—快乐；*dhīram*—耐心的；*saḥ*—他；*amṛtatvāya*—获得解脱；*kalpate*—被认为有资格。

译文 人中俊杰阿诸纳呀！不为苦乐所扰、稳处两境之人，必有资格获得解脱。

要旨 任何坚定不移地追求灵性自我觉悟更高境界的人，定能苦乐如一，克服重重困难，取得真正的解脱。在四社会阶层及四灵性阶段制度中，生命的第四阶段——弃绝阶段（sannyāsa）境况非常艰苦。但一个认真地追求完美的人会不顾种种困难，毅然接受托钵僧生活。这些困难常常产生于要断绝家庭关系，离妻别子之时。弃绝阶段（托钵僧）既严谨又十分艰难。但如果谁能忍受这般困难，他的灵性觉悟之途必定完美无疑。同样，阿诸纳身为刹帝利，就该履行责任，虽然跟族人和至亲者作战是很痛苦的。圣采坦尼亚 24 岁就当了托钵僧（sannyāsī），他的娇妻、老母无人照顾。然而，为了更崇高的事业，他当了托钵僧，毅然履行更高的职责。这才是挣脱物质的束缚，得到解脱的途径。

诗节 16

नासतो विद्यते भावो नाभावो विद्यते सतः ।
उभयोरपि दृष्टोऽन्तस्त्वनयोस्तत्त्वदर्शिभि" ॥ १६ ॥

nāsato vidyate bhāvo
nābhāvo vidyate sataḥ
ubhayor api dṛṣṭo 'ntas
tv anayos tattva-darśibhiḥ

na—不曾；*asataḥ*—非存在者；*vidyate*—有；*bhāvaḥ*—持久性；*na*—不曾；*abhāvaḥ*—变化的属性；*vidyate*—有；*sataḥ*—永恒者；*ubhayoḥ*—两者的；*api*—真实地；*dṛṣṭaḥ*—观察；*antaḥ*—结论；*tu*—确实；*anayoḥ*—它们的；*tattva*—真理的；*darśibhiḥ*—由洞察者。

译文　那些真理的洞察者断言：非存在者（物质躯体）不会恒久，永恒者（灵魂）则无断灭。他们深究二者的本质，才得此结论。

要旨　变易的躯体是没有持久性的。现代医学承认由于细胞的作用与反作用，我们的身体时刻都在变化，因此身体既会生长又会衰老。但是，躯体和心意纵有诸多的变化，灵魂却始终如一，永恒地存在。这就是物质与灵魂的区别。从天性来说，躯体恒在变化，灵魂却为永存。各类真理的洞察者，无论是非人格神主义者还是人格神主义者都印证了这一论断。《宇宙古史・维施努之部》（*Viṣṇu Purāṇa* 2.12.38）中说，维施努和他的居所都是自放光芒的灵性存在（*jyotīṁṣi viṣṇur bhuvanāni viṣṇuḥ*）。“存在”与“不存在”两词只是对灵性和物质而言的，这是所有真理洞察者的描述。

这是绝对真理给所有被愚昧影响而迷惑的生物上的第一课。扫除愚昧包括重建崇拜者和被崇拜者之间的永恒关系，了解博伽梵和他不可缺少的一部分（生物）之间的区别。人可通过研究自我而明白至尊的本性。自我与至尊之间的区别可通过部分与整体之间的关系来加以领悟。《终极韦达经》（*Vedānta-sūtra*）和《圣典博伽瓦谭》都接受博伽梵为所有生物之本源这一论断。这些流衍可由高等与低等自然序列而得到体验。生物属于高等的自然本性，本书第七章将会揭示这一点。能量和能量源虽无分别，但能量源是至尊，而能量或自然则只是从属。因此，生物永远从属于博伽梵，一如仆人从属于主人，学生从属于老师。这样清晰的知识，在愚昧的影响下是不能明白的。为了驱除愚昧，启发过去、现在和未来的众生，绝对真理宣说了《博伽梵歌》。

诗节 17

अविनाशि तु तद्विद्धि येन सर्वमिदं ततम् ।
विनाशमव्ययस्यास्य न कश्चित्कर्तुमर्हति ॥ १७ ॥

avināśi tu tad viddhi
yena sarvam idaṁ tatam
vināśam avyayasyāsya
na kaścit kartum arhati

avināśi—不可毁灭的；*tu*—但是；*tat*—那；*viddhi*—要知道；*yena*—借此；*sarvam*—整个躯体；*idam*—这；*tatam*—遍布；*vināśam*—毁灭；*avyayasya*—不朽的；*asya*—它的；*na kaścit*—没有人；*kartum*—去做；*arhati*—能够。

译文　你要知道，遍透整个躯体的灵魂不会毁灭，没有人能摧毁不朽的灵魂。

要旨　这节诗更清楚地解释了遍透全身的灵魂的真正本性。人人都知道那遍透整个躯体的东西是什么，那就是知觉。躯体局部或全部的苦乐，是人人都可感受到的。这种知觉的遍布只局限于一己之身。一个躯体的苦乐，旁人并不能知觉到。因此，每个躯体都是个体灵魂的居所，而灵魂的存在是通过个体的知觉来体现的，而灵魂的大小则被形容为只有发尖的万分之一。《室维陀奥义书》（*Śvetāśvatara Upaniṣad* 5.9）确证了这一点：

bālāgra-śata-bhāgasya
śatadhā kalpitasya ca
bhāgo jīvaḥ sa vijñeyaḥ
sa cānantyāya kalpate

“把发尖分成一百份，将其中一份再分成一百份，结果就是灵魂的大小。”

同一段落还说道：

keśāgra-śata-bhāgasya
śatāṁśaḥ sādṛśātmakaḥ
jīvaḥ sūkṣma-svarūpo 'yaṁ
saṅkhyātīto hi cit-kaṇaḥ

“有无数灵性的原子微粒，其大小与发尖的万分之一相似。”

因此，个别的灵魂微粒是比物质原子更小的灵性原子，而且数之不尽。这微小的灵性火花正是物质身体的基础，其影响遍透周身，就像有些药物作用扩散到全身一样。灵魂的出现可通过遍透全身的知觉感受到，因此，知觉是灵魂存在的证据。任何人均能明白，缺了知觉的物质躯体只是一具死尸而已，躯体内的这种知觉靠物质方法是无法复苏的。所以，知觉不是任何物质结合的产物，而是来自灵魂。《蒙达卡奥义书》（*Muṇḍaka Upaniṣad* 3.1.9）对原子灵魂的大小有进一步的解释：

eṣo 'ṇur ātmā cetasā veditavyo
yasmin prāṇaḥ pañcadhā saṁviveśa
prāṇaiś cittaṁ sarvam otaṁ prajānāṁ
yasmin viśuddhe vibhavaty eṣa ātmā

“灵魂原子般大小；只有完美的智者才能察觉到。这原子灵魂寓居心里，在五气——上行气（呼气 *prāṇa*）、下行气（吸气 *apāna*）、遍行气（周气 *vyāna*）、平行气（平气 *samāna*）、上升气（魂气 *udāna*）中漂浮，其影响遍及体困生物的全身。当灵魂摆脱了五种物质之气的污染而得到净化后，其灵性影响始得展现。”

修习哈塔瑜伽（haṭha-yoga）的目的在于通过种种体位法（āsana），控制包围纯粹灵魂的五种生命之气。这样做不是为了任何物质上的利益，而是为了把微小的灵魂从物质之气的束缚中解脱出来。因此原子灵魂的原本地位为所有韦达典籍所接受。一个身心健康的人也能在实际的经验中切身感觉到。只有神智不清的人才认为原子灵魂属于遍存万有的维施努真像（Viṣṇu-tattva）范畴。

原子灵魂的影响可遍及某一特定的躯体。根据《蒙达卡奥义书》所说，它处于每个生物心里。因为原子灵魂的大小度量为物质科学家们所不理解，他们有些人就断言，灵魂不存在。个体原子灵魂肯定是与超灵一起处于心里的，身体运动的一切能量都来自这个部位。携带着氧气的红细胞，是从灵魂那里得到能量的。当灵魂离开这个位置时，造血合成功能即告终止。医学界承认红细胞的重要性，却不能肯定灵魂乃是能量的源泉。不过，医学界的确承认心脏是所有体能之来源。

整体灵魂的这些原子微粒，可比作太阳光线中的分子。阳光中有无数辐射分子。同样，博伽梵的碎片部分也是他光灿中的原子火花，称为高等能量（prabhā）。因此，无论韦达知识还是现代科学，都无法否认体内灵魂的存在。博伽梵亲自在《博伽梵歌》中详细地讲述了有关灵魂的科学。

诗节 18

अन्तवन्त इमे देहा नित्यस्योक्ताः शरीरिणः ।
अनाशिनोऽप्रमेयस्य तस्माद्युध्यस्व भारत ॥ १८ ॥

antavanta ime dehā
nityasyoktāḥ śarīriṇaḥ
anāśino ‹prameyasya
tasmād yudhyasva bhārata

anta-vantaḥ—易消亡的；*ime*—所有这些；*dehāḥ*—物质躯体；*nityasya*—永恒存在；*uktāḥ*—据说；*sarīriṇaḥ*—体困灵魂的；*anāśinaḥ*—不可毁灭；*aprameyasya*—无法测度；*tasmāt*—因此；*yudhyasva*—战斗；*bhārata*—巴拉塔的后裔。

译文　生物永恒，无法测度，不可毁灭，而物质躯体肯定会消亡。因此，战斗吧，巴拉塔的后裔！

要旨　物质躯体是注定要毁灭的，可立即毁灭，也可毁于百年之后。这只是时间早晚的问题而已，是不可能无限期地保持下去的。但灵魂异常微小，敌人看都看不见，又岂能杀戮它呢？如前一节所述，灵魂异常细小，没有人知道该如何度量其大小，从两方面来看都没有理由悲伤。因为生物本不可被杀，物质躯体的寿命也是无法延长，或受到永久的保护的。整体灵魂的微粒，根据其业报而得到这具物质躯体，因此应该恪守宗教原则。《终极韦达经》（*Vedānta-sūtra*）将生物形容为光，因为他是至尊光灿的所属部分。正如阳光维系着整个宇宙一样，灵魂之光也维系着整个躯体。一旦灵魂离开这个物质躯体，物质躯体就开始腐烂，因此，灵魂维系着躯体，躯体本身并不重要。绝对真理劝阿诸纳起来战斗，不要为物质躯体上的考虑而牺牲宗教原则。

诗节 19

य एनं वेत्ति हन्तारं यश्चैनं मन्यते हतम् ।
उभौ तौ न विजानीतो नायं हन्ति न हन्यते ॥ १९ ॥

ya enaṁ vetti hantāraṁ
yaś cainaṁ manyate hatam
ubhau tau na vijānīto
nāyaṁ hanti na hanyate

yaḥ—任何人；*enam*—这；*vetti*—知道；*hantāram*—杀手；*yaḥ*—任何人；*ca*—也；*enam*—这；*manyate*—认为；*hatam*—被杀；*ubhau*—两者；*tau*—他们；*na*—不；*vijānītaḥ*—处在知识中；*na*—不；*ayam*—这；*hanti*—杀死；*na*—也不；*hanyate*—被杀。

译文　自我不会杀戮，也不会被杀。认为生物是杀手，或生物能被其他生物所杀，都是无知之人的看法。

要旨　当生物受到致命武器所伤时，要知道体内的生物并未被杀。灵魂异常细小，任何物质的武器都不可能杀死灵魂，下一个诗节会明确地说明这一点。生物的灵性本质决定它不能被杀。被杀的，或以为被杀的只是躯体。然而，这绝不是鼓励人杀戮躯体。韦达训谕是：永不施暴于任何生物（mā hiṁsyāt sarvā bhūtāni）。了解到生物并不能被杀，也并不是鼓励人去屠戮动物。擅自杀害任何生物，是令人发指的罪行，必受到国法和博伽梵律法的严惩。然而，阿诸纳要进行的杀伐，不是随意而行，而是为了捍卫宗教原则。

诗节 20

न जायते म्रियते वा कदाचि-
न्नायं भूत्वा भविता वा न भूयः ।
अजो नित्यः शाश्वतोऽयं पुराणो
न हन्यते हन्यमाने शरीरे ॥ २० ॥

na jāyate mriyate vā kadācin
nāyaṁ bhūtvā bhavitā vā na bhūyaḥ
ajo nityaḥ śāśvato ‹yaṁ purāṇo
na hanyate hanyamāne śarīre

na—永不；*jāyate*—出生；*mriyate*—死亡；*vā*—或；*kadācit*—在任何时间（过去、现在或将来）；*na*—永不；*ayam*—这；*bhūtvā*—既已存在；*bhavitā*—将要存在；*vā*—或；*na*—不；*bhūyaḥ*—或再次存在；*ajaḥ*—非生的；*nityaḥ*—永恒的；*śāśvataḥ*—永久的；*ayam*—这；*purāṇaḥ*—最古老的；*na*—永不；*hanyate*—可杀；*hanyamāne*—被杀；*śarīre*—躯体。

译文　任何时候灵魂都无生无死。他过去存在，现在存在，将来也存在。他太始无生，永恒常存。躯体可杀，灵魂不可杀。

要旨　从性质方面来讲，至尊灵魂微小的原子碎片部分与至尊是完全一样的。他不像躯体那样，经历多种变化。有时，灵魂被称为“恒定者（kūṭa-stha）”。而躯体则有六种演变。它从母亲的肚子里出世，长大，繁殖，逐渐衰退，最后消失至湮没。灵魂则没有这些变化。灵魂不是诞生出来的，但他接受了物质的躯体，而物质躯体则有诞生。灵魂并不是在哪里出生，也不会死亡。凡有生，则必有死。因为灵魂没有诞生，因此，没有过去，没有现在，没有将来。他永恒、常存而原始；也就是说，灵魂产生的历史无可追溯。在躯体概念的影响下，我们追寻灵魂诞生之类的历史。灵魂在任何时候都不会像躯体一样变得老态龙钟。所以，一个所谓“老人”会感到他的精神状态和青年时甚至孩提时代一般。躯体的变易并不会影响到灵魂。灵魂并不会像树木或任何物质东西一样衰败腐朽，同时也没有副产品。孩子是躯体的副产品，其实也是不同的个体灵魂，只是由于躯体的关系，他们才以某人子女的身份出现。身体的发育成长，全靠灵魂的存在，但灵魂却既无旁枝也无变易。因此，灵魂没有躯体的六种变化。

在《卡塔奥义书》（*Kaṭha Upaniṣad* 1.2.18）中，我们找到与此节类似的段落：

na jāyate mriyate vā vipaścin
nāyaṁ kutaścin na babhūva kaścit
ajo nityaḥ śāśvato ‹yaṁ purāṇo
na hanyate hanyamāne śarīre

本诗节的意思和要旨与《博伽梵歌》中的一样，只有一个词特别，即：有学识或有知识（vipaścit）。

灵魂充满了知识，或永远充满着知觉。因此，知觉就是灵魂的表征。即使在灵魂寓居的心里找不到他，仍可以通过知觉明白灵魂的存在。有时，因浮云遮蔽，或别的原因，我们看不到天上的太阳，但阳光总是在那里的，我们因此确信是在白天。清晨，天空中只要露出一丝晨曦，我们就立刻能明白太阳已经出现在天空中。同样，各种躯体里——不论人或动物，或多或少都有些知觉，因此我们就知道有灵魂的存在。然而，灵魂的这种知觉却不同于至尊的知觉，因为至尊的知觉乃是全知的，即：知道过去、现在和未来。然而个体灵魂的知觉却有一种健忘的倾向。当忘记了自己的真正本性时，他就从奎师那崇高的教诲中获得教育和启发。奎师那可不像健忘的灵魂，不然，他所训说的《博伽梵歌》就毫无价值可言。

灵魂有两种：原子灵魂（aṇu-ātmā）和至尊灵魂（vibhu-ātmā）。《卡塔奥义书》（1.2.20）也肯定了这一点：

aṇor aṇīyān mahato mahīyān
ātmāsya jantor nihito guhāyām
tam akratuḥ paśyati vīta-śoko
dhātuḥ prasādān mahimānam ātmanaḥ

“超灵（*Paramātmā*）和原子灵魂都栖息于同一躯体之树上，寓居于生物的心里。只有摆脱了一切物质欲望和悲伤的人，在博伽梵的恩典下，才能理解灵魂的荣耀。”

奎师那也是超灵的源泉，往后几章将讨论这一点。阿诸纳是个忘记了自己真实本性的原子灵魂，因此，他需要接受奎师那，或奎师那的真正代表（灵性导师）的启迪。

诗节 21

वेदाविनाशिनं नित्यं य एनमजमव्ययम् ।
कथं स पुरुषः पार्थ कं घातयति हन्ति कम् ॥ २१ ॥

vedāvināśinaṁ nityaṁ
ya enam ajam avyayam
kathaṁ sa puruṣaḥ pārtha
kaṁ ghātayati hanti kam

veda—知道；*avināśinam*—不可毁灭；*nityam*—永存；*yaḥ*—谁；*enam*—这（灵魂）；*ajam*—无生；*avyayam*—亘古不变的；*katham*—怎能；*saḥ*—那个；*puruṣaḥ*—人；*pārtha*—菩瑞塔之子（阿诸纳）；*kam*—谁；*ghātayati*—致使伤害；*hanti*—杀死；*kam*—谁。

译文　菩瑞塔之子呀！一个懂得灵魂永恒常存，不毁不灭，无生无始且亘古不变的人，怎能杀人或引人杀戮呢？

要旨　天生万物各有其用。知识完备的人知道何时何地正当地运用。同样，暴力也有所用，有知识的人懂得怎样运用暴力。对于杀人犯，法官判处死刑，却没有人会指责他。因为法官是根据法律而诉之于暴力的。《玛努本集》（*Manu-saṁhitā*，旧译《摩奴法典》）同意将杀人犯处以死刑，这样这个人来生就无须为自己所犯的弥天大罪而承受痛苦。所以，国王将杀人犯吊死，实际上是大有益处的。同样，当奎师那下令作战时，我们就应明白这是为了至高无上的正义。因此，阿诸纳应该遵从指示，而且要明白，为奎师那作战而使用的暴力，其实根本不是暴力；因为，无论如何人，确切地说是灵魂，是无法杀死的。所以，为了伸张正义，这种暴力是容许的。外科手术不是要杀死病人，而是要医治他。因此，阿诸纳在奎师那的指挥之下作战，有着完备的知识，绝没有恶报的可能。

诗节 22

वासांसि जीर्णानि यथा विहाय
नवानि गृह्णाति नरोऽपराणि ।
तथा शरीराणि विहाय जीर्णा-
न्यन्यानि संयाति नवानि देही ॥ २२ ॥

vāsāṁsi jīrṇāni yathā vihāya
navāni gṛhṇāti naro 'parāṇi
tathā śarīrāṇi vihāya jīrṇāny
anyāni saṁyāti navāni dehī

vāsāṁsi—衣服；*jīrṇāni*—破旧的；*yathā*—仿佛；*vihāya*—放弃；*navāni*—新衣服；*gṛhṇāti*—接受；*naraḥ*——个人；*aparāṇi*—其他；*tathā*—同样地；*śarīrāṇi*—躯体；*vihāya*—放弃；*jīrṇāni*—衰老无用的；*anyāni*—不同的；*saṁyāti*—真正地接受；*navāni*——套新衣；*dehī*—体困的。

译文　仿佛脱下旧衣，换上新袍，灵魂离开衰老无用的旧身，进入新的躯体。

要旨　个体的原子灵魂变换躯体已是公认的事实。即使那些不相信灵魂存在的现代科学家，在他们无法解释心脏能量源泉之时，也不得不接受躯体从童年到少年、从少年到青年、再从青年到老年的不断演变。到了老年，就转变到另一躯体中。这已在本章诗节 13 中解释过。

个体的原子灵魂之所以能够转换躯体，实是出于超灵的恩赐。超灵满足原子灵魂的心愿，就如同一个朋友满足另一个朋友的心愿一样。《蒙达卡奥义书》与《室维陀奥义书》等韦达典籍，将超灵和个体灵魂比作同栖一树的两只友好的鸟。其中一只鸟（个体的原子灵魂）正啄食树上的果子，而另一只鸟（奎师那）则只是注视着朋友。虽然这两只鸟本性相同，但其中之一却为物质树上的果子所迷住，而另一只则在旁见证朋友的活动。奎师那是那只见证的鸟，而阿诸纳则是那只啄食的鸟。虽然他们是朋友，但一个是主人，另一个则是仆人。原子灵魂忘却了这种关系，因而从一棵树换到另一棵树，即从一个躯体转入另一躯体。个体灵魂（jīva）在物质躯体之树上苦苦挣扎，然而，一旦他同意接受另一只鸟为至尊的灵性导师，就好像阿诸纳自愿皈依接受奎师那的指示一样，从属的鸟儿所有的悲愁就立得解除。《蒙达卡奥义书》（3.1.2）和《室维陀奥义书》（4.7）均证实：

samāne vṛkṣe puruṣo nimagno
'nīśayā śocati muhyamānaḥ
juṣṭaṁ yadā paśyaty anyam īśam
asya mahimānam iti vīta-śokaḥ

“两鸟同树而栖，其中一鸟满是焦灼郁闷，啄食着树上的果实。但只要有朝一日把脸转向他的朋友——博伽梵，并认识绝对真理的荣耀，在苦难中遭罪的这只鸟就立即可从一切忧虑中解脱出来。”

阿诸纳现已把脸转向了他永恒的朋友奎师那，且从他那里学习领悟《博伽梵歌》。这样聆听奎师那的话，就能明白绝对真理的至尊荣耀，远离悲苦。

在这里，博伽梵劝告阿诸纳不要因他祖父和老师的躯体变化而哀伤。相反，他应该高兴才是，因为在正义之战中杀死他们的躯体，就立即洗脱了他们躯体种种活动的业报，在祭坛上或正义的战场上捐躯，可立即清除躯体的业报，而且晋升到生命的更高阶段。所以，阿诸纳无须悲伤。

诗节 23

नैनं छिन्दन्ति शस्त्राणि नैनं दहति पावकः ।
न चैनं ्चो दयन्त्यापो न शोषयति मारुतः ॥ २३ ॥

nainaṁ chindanti śastrāṇi
nainaṁ dahati pāvakaḥ
na cainaṁ kledayanty āpo
na śoṣayati mārutaḥ

na—永不；*enam*—这灵魂；*chindanti*—可戮碎；*śastrāṇi*—武器；*na*—永不；*enam*—这灵魂；*dahati*—灼烧；*pāvakaḥ*—火；*na*—永不；*ca*—也；*enam*—这灵魂；*kledayanti*—浸湿；*āpaḥ*—水；*na*—永不；*śoṣayati*—吹干；*mārutaḥ*—风。

译文　灵魂火不能烧，水不能浸，风不能蚀，永不会被任何武器戮碎。

要旨　所有武器如刀剑、火、雨、旋风等，全不能杀害灵魂——除了现代的火器外，似乎还包括用土、水、空气、以太等制造的许多其他的武器。现在的核武器亦属于火器，以前还有用各种不同类型的物质元素所制成的武器。火器可以用水器克之，这是现代科学所不知的。现代科学对旋风武器也一无所知。然而，无论武器的数量有多大，多么科学化，都不能把灵魂击碎或毁灭。

假象宗人士不能解释个体灵魂如何只因愚昧而来到这个世界，如何又被虚幻的能量所迷惑。个体灵魂永远不可能从原始的至尊灵魂那里被分割开；个体灵魂永远是至尊灵魂永恒分离的部分。因为他们是永恒（sanātana）的个体原子灵魂，容易为虚幻能量所蒙蔽，从而失去与博伽梵的联系。这正如火花一样，其性质虽与火同一，但离开火后，火花就很容易熄灭。《宇宙古史・瓦拉哈之部》（*Varāha Purāṇa*）上说，生物是与至尊分离了的所属部分。他们永远是这样的，《博伽梵歌》的结论也是这样。因此，即使摆脱了假象，生物仍然维持其独立的身份。在博伽梵给阿诸纳的训诲中，这一点讲得很清楚。阿诸纳接受了奎师那的知识而获解脱，但他永不能与奎师那融为一体。

诗节 24

अच्छेद्योऽयमदाह्योऽयमक्लेद्योऽशोष्य एव च ।
नित्यः सर्वगतः स्थाणुरचलोऽयं सनातनः ॥ २४ ॥

acchedyo 'yam adāhyo 'yam
akledyo 'śoṣya eva ca
nityaḥ sarva-gataḥ sthāṇur
acalo 'yaṁ sanātanaḥ

acchedyaḥ—无法割裂；*ayam*—这个灵魂；*adāhyaḥ*—烧不毁；*ayam*—这个灵魂；*akledyaḥ*—不能溶解；*aśoṣyaḥ*—烤不干；*eva*—肯定地；*ca*—和；*nityaḥ*—永存的；*sarva-gataḥ*—遍存万有；*sthāṇuḥ*—不变的；*acalaḥ*—不能移动的；*ayam*—这个灵魂；*sanātanaḥ*—始终如一。

译文　个体灵魂无法割裂，不能溶解，烧不毁，烤不干。灵魂永在，遍存万有，不变不动，始终如一。

要旨　原子灵魂的这一切品性都证明了个体灵魂永远是灵性整体的原子微粒，他永远是同一原子，从不改变。一元论在这里很难成立，因为个体灵魂从来就不可能成为物质的单一体。从物质的污染中解脱出来后，原子灵魂或许甘为博伽梵光辉中的一个灵性火花，但有智慧的灵魂则会进入灵性星球，与人格神首在一起。

“sarva-gata”（遍存万有）一词意义深远，因为生物无疑存在于神的所有创造之中。陆地、深水、空气、地球之内，甚至火中，都是他们生活的地方。他们在火中被灭绝的说法，是不能接受的，因为这里已明确地说明，火不能烧毁灵魂。因此，毫无疑问，太阳上有生物，他们有适合在那里生活的躯体。如果太阳上没有生物居住，那么“sarva-gata”（遍存万有）一词，就完全没有意义了。

诗节 25

अव्यक्तोऽयमचिन्त्योऽयमविकार्योऽयमुच्यते ।
तस्मादेवं विदित्वैनं नानुशोचितुमर्हसि ॥ २५ ॥

avyakto 'yam acintyo 'yam
avikāryo 'yam ucyate
tasmād evaṁ viditvainaṁ
nānuśocitum arhasi

avyaktaḥ—目不可见；*ayam*—这个灵魂；*acintyaḥ*—不可思议的；*ayam*—这个灵魂；*avikāryaḥ*—不变的；*ayam*—这个灵魂；*ucyate*—据说；*tasmāt*—所以；*evam*—如此；*viditvā*—明悉；*enam*—这个灵魂；*na*—不要；*anuśocitum*—悲伤；*arhasi*—你应该。

译文　灵魂目不能视，心不可思，永恒不变。了解这些，你便不该为躯体而悲伤。

要旨　如前所述，对于我们物质的量度来说，灵魂太小，即使用倍数最大的显微镜也是看不到的。所以，灵魂是不可见的。关于灵魂存在的问题，除了《神训经》（*Śruti*）等韦达文献证明外，没有人能用实验证明。我们要接受这一真理，因为尽管灵魂是可知觉的事实，但却没有别的途径了解他的存在。有许多东西我们都只能从高等的权威那里听取和接受。根据母亲的权威，谁也不能否认父亲的存在。因为除了母亲的权威之外，再也没有其他能明确父亲身份的途径了。同样，除了研习《神训经》韦达智慧外，再无其他了解灵魂的途径了。换句话讲，就人类的经验知识来说，灵魂是不可思议的。灵魂即是知觉，而且具有知觉，韦达经也这样证实，我们必须接受。跟无限的至尊灵魂相比，灵魂保持着永恒不变的原子状态。至尊的灵魂无限大，而原子的灵魂则无限小。所以，永无变化的无限小的原子灵魂，永远不能变得等同于无限大的灵魂——博伽梵。韦达经为了确立这个灵魂的概念，反复用了不同的方式加以阐述。反复地讲述某一事物是非常有必要的，因为这样，我们就能全面彻底、准确无误地理解它。

诗节 26

अथ चैनं नित्यजातं नित्यं वा मन्यसे मृतम् ।
तथापि त्वं महाबाहो नैनं शोचितुमर्हसि ॥ २६ ॥

atha cainaṁ nitya-jātaṁ
nityaṁ vā manyase mṛtam
tathāpi tvaṁ mahā-bāho
nainaṁ śocitum arhasi

atha—即使；*ca*—也；*enam*—这灵魂；*nitya-jātam*—永远出生；*nityam*—永远；*vā*—或；*manyase*—你这样想；*mṛtam*—死的；*tathā-api*—仍然；*tvam*—你；*mahā-bāho*—臂力强大的人；*na*—永不；*enam*—为灵魂；*śocitum*—悲伤；*arhasi*—应该。

译文　即使你认为灵魂（或生命的征象）总是不断重复生死，永无止境，臂力强大的人呀！你也没有理由悲伤。

要旨　常常有一派哲学家，他们跟佛教徒很相似，不相信灵魂在躯体之外单独存在。当世尊奎师那训说《博伽梵歌》的时候，这些哲学家似乎已经存在。他们被称作顺世论者（lokāyatikas）和分说论者（vaibhāṣikas）。这些哲学家认为，生命的迹象是在物质组合达到一定成熟的条件下才出现的。现代物质科学家和物质主义哲学家也有类似的想法。按照他们的说法，躯体是物理元素的组合，元素之间的物理和化学作用到了一定的阶段，就会出现生命的迹象，人类学也是以这种哲学为基础的。目前，在美国流行的许多假象宗教派也支持这种观点，同时也支持虚无和非奉献性的佛教宗派。

即使阿诸纳像分说论哲学家一样，不相信灵魂的存在，也还是没有理由悲伤。谁也不会为失去一堆化学品而悲苦，并停止履行赋定的责任。而在现代科学和现代化战争中，为了克敌制胜，也浪费了大量的化学品。根据分说论哲学，所谓的灵魂（ātmā），将随躯体的朽坏而消失。所以，不管阿诸纳是接受韦达经典的结论，相信有原子灵魂，还是不相信灵魂的存在，他均无理由悲伤。根据后一种理论，生物时时刻刻在大量地产生于物质，又时时刻刻在大量地消亡，有什么必要为这种寻常之事而悲伤呢？若灵魂不会再投生的话，阿诸纳就没有理由害怕杀了祖叔伯和老师之后，会带来恶报了。但在同时，奎师那语含讥讽地称阿诸纳为臂力强大的人（mahā-bāhu），因为至少他是不会接受遗弃了韦达智慧的分说论的。身为刹帝利，阿诸纳原属韦达文化，因此，遵守韦达原则义不容辞。

诗节 27

जातस्य हि ध्रुवो मृत्युर्ध्रुवं जन्म मृतस्य च ।
तस्मादपरिहार्येऽर्थे न त्वं शोचितुमर्हसि ॥ २७ ॥

jātasya hi dhruvo mṛtyur
dhruvaṁ janma mṛtasya ca
tasmād aparihārye 'rthe
na tvaṁ śocitum arhasi

jātasya—投生者；*hi*—必定；*dhruvaḥ*—一个事实；*mṛtyuḥ*—死亡；*dhruvam*—这也是一件事实；*janma*—诞生；*mṛtasya*—死者的；*ca*—还有；*tasmāt*—因此；*aparihārye*—无可推诿的；*arthe*—事关；*na*—不；*tvam*—你；*śocitum*—悲伤；*arhasi*—应该。

译文　有生必有死，死后必再生。因此，履行无可推诿的职责时，你不该悲伤。

要旨　人的投生是根据他前世的活动决定的。一段时期的活动终结后，人便死去并再度投生。人就这样不断轮回生死，不得解脱。然而，生死轮回并不鼓励毫无必要的谋杀、屠戮和战争。当然，为了维护社会的法纪和治安，暴力和战争在所难免。

库茹之野一战乃是至尊的意旨，实在是不可避免，更何况为正义而战正是刹帝利的职责。既然是履行正当的职责，阿诸纳为什么要为亲人之死而感到害怕和痛苦呢？他担心践踏了原则而受到恶报之苦。但是，如果他避开履行正当的职责，非但救不了亲人（他们难免一死），自己还会因选择了错误的行动而堕落。

诗节 28

अव्यक्तादीनि भूतानि व्यक्तमध्यानि भारत ।
अव्यक्तनिधनान्येव तत्र का परिदेवना ॥ २८ ॥

avyaktādīni bhūtāni
vyakta-madhyāni bhārata
avyakta-nidhanāny eva
tatra kā paridevanā

avyakta-ādīni—初为不显；*bhūtāni*—受造万物；*vyakta*—展示的；*madhyāni*—在中间；*bhārata*—巴拉塔的后裔；*avyakta*—不展示的；*nidhanāni*—毁灭后；*eva*—就是这样；*tatra*—因此；*kā*—何须；*paridevanā*—悲伤。

译文　受造万物初为不显，中而显现，未遭毁灭，又复归不显。既如此，又何须哀伤？

要旨　有两派哲学家，一派相信有灵魂存在，另一派不相信，无论信奉哪一派，均无理由悲伤。韦达智慧的追随者，称不相信灵魂存在的人为无神论者。纵使为论辩而论辩，我们承认无神论，那也没有理由悲伤。除了灵魂独立存在外，创造之前物质元素潜隐不显。从这精微的不显阶段才发展成展示阶段，恰如从以太中生出空气，从空气中生出火，从火中生出水，而从水中，土展示了，从土中，许多类型的展示相继出现。例如，摩天大楼就是从土而来的。当大楼毁损时，展示又复归于隐没，最终保留在原子状态中。能量守恒定律依然生效，只是在时间的长河之中，事物时而展示，时而隐没，仅此而已。那么，无论在展示阶段还是在未展示阶段，又有什么理由可哀伤的呢？况且即使在未展示的阶段，事物也并未流失。在起始和末尾，所有元素都处于未展示状态，只是在中间阶段，它们才展示出来，而这又没有任何真正的物质上的分别。

如果我们接受如《博伽梵歌》所表明的韦达结论的话，即所有物质躯体到了适当时候就要销毁，而灵魂则为永恒的。那么，我们就要经常记住躯体就像一件衣服一样。因此，我们又因何为换一件衣服而悲伤呢？与永恒的灵魂关联时，物质躯体并无实际存在可言，这就好像一场梦一样。在梦里，我们可能会在天空中，或又好像国王一样坐在马车上，然而醒来时方知，我们既不在天上也不在马车上。韦达智慧鼓励我们以物质躯体的非存在为基础，去寻找自我觉悟。所以，信不信灵魂的存在，都没有理由为失去躯体而悲切。

诗节 29

आश्चर्यवत्पश्यति कश्चिदेन-
माश्चर्यवद्वदति तथैव चान्यः ।
आश्चर्यवच्चैनमन्यः शृणोति
श्रुत्वाप्येनं वेद न चैव कश्चित् ॥ २९ ॥

āścarya-vat paśyati kaścid enam
āścarya-vad vadati tathaiva cānyaḥ
āścarya-vac cainam anyaḥ śṛṇoti
śrutvāpy enaṁ veda na caiva kaścit

āścarya-vat—叫人惊叹；*paśyati*—看待；*kaścit*—有人；*enam*—这灵魂；*āścarya-vat*—叫人惊叹；*vadati*—谈论；*tathā*—如此；*eva*—肯定地；*ca*—也；*anyaḥ*—另外的人；*āścarya-vat*—同样叫人惊叹；*ca*—也；*enam*—这灵魂；*anyaḥ*—别人；*śṛṇoti*—听闻；*śrutvā*—听说后；*api*—尽管；*enam*—这灵魂；*veda*—知道；*na*—根本不；*ca*—和；*eva*—肯定；*kaścit*—有人。

译文 **灵魂叫人惊叹，有人如此认为，有人如此形容，有人如此听闻，也有人听说后仍全然不知。**

要旨 因为《梵歌奥义书》（*Gītopaniṣad*）主要是基于奥义诸书的原则而作，所以在《卡塔奥义书》（1.2.7）中找到以下这一节，就不足为奇了：

śravaṇayāpi bahubhir yo na labhyaḥ
śṛṇvanto 'pi bahavo yaṁ na vidyuḥ

āścaryo vaktā kuśalo 'sya labdhā

āścaryo ‹sya jñātā kuśalānuśiṣṭaḥ

原子灵魂存在于庞大的动物躯体内，存在于大榕树的躯干里，也存在于微生物之中，亿兆的集合才占插针之地，这个事实的确令人惊叹不已。知识浅薄、不修苦行的人，不能理解个体灵性原子火花的奇妙，即使由曾向宇宙间第一生物布茹阿玛（Brahmā 梵天）传授教诲的最伟大的知识权威来解释，也无济于事。在这个年代，大多数人因满脑子的物质概念，无法想象这么小的微粒居然能变得巨大，同时，又可变得非常微小。因此，人们对灵魂本身无论是从其构成，或从有关他的描述，委实感到奇妙不已。人们为物质能量所迷惑，沉溺于感官满足之中，以至没有时间去思考自我觉悟的问题。不去认识自我，一切求生存的活动最终都将归于徒然。人须思考灵魂的问题，才能解除物质痛苦，对此他们或许毫无所知。

一些有兴趣聆听有关灵魂的人，或择良为友，或伴有良朋；但有时，出于无知，以为至尊灵魂和原子灵魂本属同一，而无大小之别，因而被误导。要找到一个完全了解超灵和灵魂的地位、各自的作用、相互间的关系，以及其他大小细节的人，真比大海捞针还难。而要再找到一个真正从灵魂的知识中完全获益，能从各方面描述灵魂地位的人，就更是难上加难。人若有幸了解灵魂的实质的话，他的生命就算成功了。

然而，了解自我本质的捷径，就是接受最伟大的权威世尊奎师那在《博伽梵歌》中所宣说的一切，且需不受其他理论的影响。但这也要求一个人在前世或今生，做过大量的赎罪苦行、献祭，始能接受奎师那为博伽梵。然而，要认识奎师那，除了通过纯粹奉献者的无缘恩慈外，别无他法。

诗节 30

देही नित्यमवध्योऽयं देहे सर्वस्य भारत ।
तस्मात्सर्वाणि भूतानि न त्वं शोचितुमर्हसि ॥ ३० ॥

dehī nityam avadhyo 'yaṁ
dehe sarvasya bhārata
tasmāt sarvāṇi bhūtāni
na tvaṁ śocitum arhasi

dehī—物质躯体的拥有者；*nityam*—永恒地；*avadhyaḥ*—不会被杀害；*ayam*—这灵魂；*dehe*—在躯体中；*sarvasya*—每个生物的；*bhārata*—巴拉塔的后裔啊；*tasmāt*—因此；*sarvāṇi*—所有；*bhūtāni*—（出生的）生物；*na*—永不；*tvam*—你；*śocitum*—悲伤；*arhasi*—值得。

译文　巴拉塔的后裔啊！灵魂寓居于躯体之中，永远不会被杀害。因此，你无须为任何生物悲伤。

要旨　现在，绝对真理总结他有关灵魂永恒不变的教诲。圣奎师那通过不同的方式对灵魂进行了描述，证实了躯体的短暂易逝以及灵魂的永恒不朽。因此，身为刹帝利的阿诸纳不应该因害怕自己的祖叔伯和老师——彼士玛和杜荣拿师将战死沙场，而放弃职责。本着圣奎师那的权威，我们该相信灵魂是存在的，且灵魂是不同于躯体的；而并不是没有灵魂这回事，更不能以为是化学物的相互作用使得物质达到某一成熟阶段后，才产生了生命的现象。虽然灵魂永恒不朽，但这并非要鼓励使用暴力。然而，在确实需要暴力的战争时期，就不该阻挠使用暴力。这须根据世尊的训令来决定，而绝不能任意妄为。

诗节 31

स्वधर्ममपि चावेक्ष्य न विकम्पितुमर्हसि ।
धर्म्याद्धि युद्धाच्छ्रेयोऽन्यत्क्षत्रियस्य न विद्यते ॥ ३१ ॥

sva-dharmam api cāvekṣya
na vikampitum arhasi
dharmyād dhi yuddhāc chreyo 'nyat
kṣatriyasya na vidyate

sva-dharmam—本身的宗教原则；*api*—真正的；*ca*—还有；*avekṣya*—考虑到；*na*—永不；*vikampitum*—犹豫；*arhasi*—你应该；*dharmyāt*—为宗教原则；*hi*—真的；*yuddhāt*—比作战；*śreyaḥ*—更好的职责；*anyat*—任何其他的；*kṣatriyasya*—刹帝利的；*na*—不；*vidyate*—存在。

译文　想一想作为刹帝利的特定职责。还有你该知道，没有什么比本着宗教原则而战对你更好了。所以，不要再犹豫了。

要旨　在四社会阶层中，第二阶层善理政务，称为刹帝利（Kṣatriya）。“kṣat”意为“伤害”，“trayate”意为“保护”。保护他人免受伤害的人称为刹帝利，刹帝利要在森林中训练其厮杀的本领。刹帝利到森林去向老虎挑战，用刀剑与老虎搏斗。被打死的老虎，就赐以皇族式的火化仪式。今天斋浦尔省的刹帝利国王仍然沿袭着这样的传统。刹帝利专门接受挑战和征杀的训练，因为有时为宗教使用武力在所难免。所以，刹帝利从来就不该直接晋升弃绝阶段。在政治上，非暴力或许是一种手段，然而这绝不是政治上的主要原则。宗教法典说：

āhaveṣu mitho 'nyonyaṁ
jighāṁsanto mahī-kṣitaḥ
yuddhamānāḥ paraṁ śaktyā
svargaṁ yānty aparāṅ-mukhāḥ

yajñeṣu paśavo brahman
hanyante satataṁ dvijaiḥ
saṁskṛtāḥ kila mantraiś ca
te 'pi svargam avāpnuvan

“国王或刹帝利在战场上跟另一嫉恨他的国王决斗，死后有资格进入天堂星宿，就像在祭祀的火坛上，以牺牲祭奉神的婆罗门，也有资格到达天堂星宿一样。”

因此，本着宗教的原则，在战场上的杀戮，以及在祭祀的火坛上杀戮动物，根本不被视为暴力，因为所有参与者都因宗教原则而受益。作牺牲的动物无须经过渐进的躯体演化，即获人体的生命；而在战场上被杀的刹帝利，也像主持祭祀的婆罗门一样，晋升天堂星宿。

赋定职责（sva-dharma）有两种，一种是在还未获得解脱的时候，人就须依照宗教原则，履行由自己躯体而来的责任，以求解脱；另一种是在解脱之后，这时人的赋定职责就灵性化了，而不再是物质躯体的概念。在躯体化的物质生命中，婆罗门和刹帝利各有其不可推诿的赋定职责。赋定职责（sva-dharma）是由博伽梵制定的，这将在第四章中加以说明。在躯体的层面上，赋定职责即指四社会阶层和四灵性阶段——也就是人类进入灵性领域的阶石。人类文明始于四社会阶层和四灵性阶段，始于履行依所得躯体的本性而赋定的特殊责任。在任何活动领域，依从高级权威的训令，履行一己赋定职责，就可将自己提升到更高的生命境况中。

诗节 32

यदृच्छया चोपपन्नं स्वर्गद्वारमपावृतम् ।
सुखिनः क्षत्रियाः पार्थ लभन्ते युद्धमीदृशम् ॥ ३२ ॥

yadṛcchayā copapannaṁ
svarga-dvāram apāvṛtam
sukhinaḥ kṣatriyāḥ pārtha
labhante yuddham īdṛśam

yadṛcchayā—自动地；*ca*—而且；*upapannam*—到来；*svarga*—天堂星宿；*dvāram*—门；*apāvṛtam*—大开；*sukhinaḥ*—很高兴；*kṣatriyāḥ*—皇族的成员；*pārtha*—菩瑞塔之子啊；*labhante*—获得；*yuddham*—战事；*īdṛśam*—像这样的。

译文 **菩瑞塔之子呀！那些刹帝利是多么幸运啊！这样的战事不请自来，通往天堂星宿的大门为他们开启了。**

要旨 阿诸纳说："我在这场战斗中得不到任何好处，它只会使我永住地狱。"这种态度遭到了至尊的导师奎师那的批评。阿诸纳这样说，只是出于无知。他想在履行赋定职责时，不使用暴力。刹帝利要在战场上不使用暴力，这是愚人的哲学。伟大的圣人维亚萨（Vyāsadeva）的父亲帕腊沙拉（Parāśara），在他所撰述的教典《帕腊沙拉录》（*Parāśara-smṛti*）中说：

kṣatriyo hi prajā rakṣan
śastra-pāṇiḥ pradaṇḍayan
nirjitya para-sainyādi
kṣitiṁ dharmeṇa pālayet

"刹帝利的职责，是保护国民免受一切危难。为此，在一定的情形下，他必须使用暴力，以维护法纪和安定。他必须战胜敌对国王的军队，并以宗教原则（*dharma* 道德正法）平治天下。"

因此，从各个方面考虑，阿诸纳都没有理由拒绝作战。胜敌，他可尽享王国；战死，他能荣升天堂。在两种情况下，作战对他都有好处。

诗节 33

अथ चेत्त्वमिमं धर्म्यं सङ्ग्रामं न करिष्यसि ।
ततः स्वधर्मं कीर्तिं च हित्वा पापमवाप्स्यसि ॥ ३३ ॥

atha cet tvam imaṁ dharmyaṁ
saṅgrāmaṁ na kariṣyasi
tataḥ sva-dharmaṁ kīrtiṁ ca
hitvā pāpam avāpsyasi

atha—所以；*cet*—如果；*tvam*—你；*imam*—这；*dharmyam*—作为宗教职责；*saṅgrāmam*—作战；*na*—不；*kariṣyasi*—履行；*tataḥ*—那么；*sva-dharmam*—你的宗教责任；*kīrtim*—美名；*ca*—还；*hitvā*—丧失；*pāpam*—罪恶反应；*avāpsyasi*—招致。

译文 **如果你不履行宗教职责奋起作战，则必因漠视责任而招致罪恶，失去战士的美名。**

要旨 阿诸纳是著名的战士，曾因与许多半神人作战，而声名大振。他击败了一身猎手装扮的希瓦神（Śiva）。希瓦大为喜悦，奖励阿诸纳一个三叉戟宝器（Pāśupata-astra）。他以伟大的战士而名扬天下。杜荣拿师嘉奖他一种特殊武器，阿诸纳甚至可用它来杀死自己的老师。他得到了许多褒扬，包括天帝因陀罗（Indra）对他的军事才能的褒扬。但如果他拒绝作战，对身为刹帝利的他，不仅是失职，他还会因此丧失他的美名，并把通向王室之路引向地狱。换句话说，不是因为作战，而是因为放弃作战，他将走向地狱。

诗节 34

अकीर्तिं चापि भूतानि कथयिष्यन्ति तेऽव्ययाम् ।
सम्भावितस्य चाकीर्तिर्मरणादतिरिच्यते ॥ ३४ ॥

akīrtiṁ cāpi bhūtāni
kathayiṣyanti te 'vyayām
sambhāvitasya cākīrtir
maraṇād atiricyate

akīrtim—臭名；*ca*—而且；*api*—除此之外；*bhūtāni*—所有人；*kathayiṣyanti*—会提起；*te*—你的；*avyayām*—永远地；*sambhāvitasya*—对一个备受尊敬的人；*ca*—而且；*akīrtiḥ*—恶名；*maraṇāt*—比死亡；*atiricyate*—更恶劣。

译文 人们会常常提起你的臭名。对一个备受尊敬的人来说，耻辱比死亡更可怕。

要旨 圣奎师那作为阿诸纳的朋友和导师，现在对他拒绝作战作最后定论。博伽梵说：“阿诸纳呀，如果仗还没打起来，你就先临阵脱逃，人们就会讥笑你是懦夫。如果你认为尽管人们可以去臭骂你，但你却因逃离战场而保全了性命，那么，我劝你最好战死沙场。像你这样一个令人尊敬的人，恶名比死亡更可怕。所以，你与其逃命，倒不如战死沙场。这样，你就不用背上误用我的友谊的臭名，也不会丧失社会威望。”所以，博伽梵最后的定论是要阿诸纳征战沙场，不要退缩。

诗节 35

भयाद्रणादुपरतं मंस्यन्ते त्वां महारथाः ।
येषां च त्वं बहुमतो भूत्वा यास्यसि लाघवम् ॥ ३५ ॥

bhayād raṇād uparataṁ
maṁsyante tvāṁ mahā-rathāḥ
yeṣāṁ ca tvaṁ bahu-mato
bhūtvā yāsyasi lāghavam

bhayāt—由于胆怯；*raṇāt*—从战场上；*uparatam*—逃离；*maṁsyante*—他们会认为；*tvām*—你；*mahā-rathāḥ*—伟大的将领们；*yeṣām*—对于谁；*ca*—和；*tvam*—你；*bahu-mataḥ*—异常景仰；*bhūtvā*—曾经；*yāsyasi*—你将；*lāghavam*—身败名裂。

译文　那些异常景仰你声名的伟大将领们会认为，你仅仅因为胆怯，才临阵脱逃。他们会蔑视你。

要旨　圣奎师那继续向阿诸纳下决断说："千万不要以为杜尤丹、卡尔纳（Karṇa）和别的将领会认为，你离开战场是出于对祖叔伯和堂兄弟的一片恻隐之心。他们只会觉得你是怕死才退出的。这样，他们对你的高度评价就化为泡影。"

诗节 36

अवाच्यवादांश्च बहून्वदिष्यन्ति तवाहिताः ।
निन्दन्तस्तव सामर्थ्यं ततो दुःखतरं नु किम् ॥ ३६ ॥

avācya-vādāṁś ca bahūn
vadiṣyanti tavāhitāḥ
nindantas tava sāmarthyaṁ
tato duḥkhataraṁ nu kim

avācya—恶毒的；*vādān*—捏造的话；*ca*—还有；*bahūn*—很多；*vadiṣyanti*—会说；*tava*—你的；*ahitāḥ*—敌人；*nindantaḥ*—诽谤；*tava*—你的；*sāmarthyam*—能力；*tataḥ*—比那；*duḥkhataram*—更加痛苦；*nu*—当然；*kim*—还有什么。

译文 **你的敌人将用恶毒的语言诋毁你，讥笑你的无能。还有什么比这使你更痛苦的呢？**

要旨 开始时，圣奎师那对阿诸纳莫明其妙的悲恻之辞感到诧异，博伽梵认为这悲恻只适合于非雅利安人。现在讲了这么多，博伽梵针对阿诸纳的所谓“悲恻”提出了确定的批判。

诗节 37

हतो वा प्राप्स्यसि स्वर्गं जित्वा वा भोक्ष्यसे महीम् ।
तस्मादुत्तिष्ठ कौन्तेय युद्धाय कृतनिश्चयः ॥ ३७ ॥

hato vā prāpsyasi svargaṁ
jitvā vā bhokṣyase mahīm
tasmād uttiṣṭha kaunteya
yuddhāya kṛta-niścayaḥ

hataḥ—被杀；*vā*—或；*prāpsyasi*—你赢得；*svargam*—天堂王国；*jitvā*—凭着征服；*vā*—或；*bhokṣyase*—你享受；*mahīm*—世界；*tasmāt*—所以；*uttiṣṭha*—起来；*kaunteya*—琨缇之子啊；*yuddhāya*—去作战；*kṛta*—坚决地；*niścayaḥ*—明确。

译文 **琨缇之子啊！战死，你将飞升天堂星宿；战胜，你将荣享地上王国。快快起来，下定决心作战吧。**

要旨 阿诸纳一方就算没有绝对获胜的把握，他仍需作战；因为，战死，他可飞升天堂。

诗节 38

सुखदुःखे समे कृत्वा लाभालाभौ जयाजयौ ।
ततो युद्धाय युज्यस्व नैवं पापमवाप्स्यसि ॥ ३८ ॥

sukha-duḥkhe same kṛtvā
lābhālābhau jayājayau
tato yuddhāya yujyasva
naivaṁ pāpam avāpsyasi

sukha—快乐；*duḥkhe*—和痛苦；*same*—平等地；*kṛtvā*—这样做；*lābhālābhau*—得失；*jayājayau*—胜败；*tataḥ*—此后；*yuddhāya*—为了作战；*yujyasva*—作战；*na*—永不；*evam*—这样做；*pāpam*—罪恶反应；*avāpsyasi*—你会招致。

译文　你要不计苦乐、得失、成败，为作战而作战。如此，你便不会招致罪恶。

要旨　现在，世尊奎师那直截了当地说，阿诸纳应该为战而战，因为奎师那希望打这场仗。在奎师那知觉中，没有必要去考虑苦乐、得失或成败。一切为了奎师那行事，这才是超然的知觉，且自然没有物质活动报应。然而，无论是在善良形态还是在激情形态中，谁追求一己的感官满足，谁就要得到或好或坏的业报。一个完全献身于奎师那知觉活动的人不用再像在一般事物中那样，要感激谁，或感觉欠谁什么了。据《圣典博伽瓦谭》（11.5.41）说：

devarṣi-bhūtāpta-nṛṇāṁ pitṝṇāṁ
na kiṅkaro nāyam ṛṇī ca rājan
sarvātmanā yaḥ śaraṇaṁ śaraṇyaṁ
gato mukundaṁ parihṛtya kartam

“一个人若完全皈依奎师那——穆昆达（Mukunda 解脱的赐予者），放弃了其他一切责任，就不再是负债者，或对任何人有义务：包括半神人、圣人、大众、族人、人类或祖先在内。”

这就是在这节诗中，奎师那给阿诸纳的间接提示。以下的诗节将有详细的解释。

诗节 39

एषा तेऽभिहिता सांः ये बुद्धिर्योगे त्विमां शृणु ।
बुद्ध्या युक्तो यया पार्थ कर्मबन्धं प्रहास्यसि ॥ ३९ ॥

eṣā te 'bhihitā sāṅkhye
buddhir yoge tv imāṁ śṛṇu
buddhyā yukto yayā pārtha
karma-bandhaṁ prahāsyasi

eṣā—所有这些；*te*—向你；*abhihitā*—描述；*śāṅkhye*—通过分析性研究；*buddhiḥ*—智慧；*yoge*—无业报的活动；*tu*—但是；*imām*—这；*śṛṇu*—请听；*buddhyā*—用智慧；*yuktaḥ*—契合；*yayā*—凭借；*pārtha*—菩瑞塔之子啊；*karma-bandham*—业报的束缚；*prahāsyasi*—你将免除。

译文 **至此，我已通过分析性研究向你讲述了这门知识。现在，我将从无业报活动的角度来解释，请仔细聆听。菩瑞塔之子呀！你若以这样的知识而活动，便可远离业报的束缚。**

要旨 根据韦达词典《尼茹提辞典》(*Nirukti*)，数论（sāṅkhya）意即“详细描述事物”。因此数论哲学是指描述灵魂本质的哲学。

瑜伽，涉及控制感官。阿诸纳不参战的提议是基于感官满足。他以为不杀亲人、族人，比击败堂兄弟兑塔拉施陀诸子后而享受王国，还要快乐一些，所以他忘记了自己的首要责任，不想作战。从两方面来看，基本的出发点都是为感官满足。不管是征服堂兄弟们带来的快乐，还是看到族人活着的快乐，都建立在个人的感官满足之上，甚至还牺牲了智慧和责任。所以，奎师那想向阿诸纳解释，杀了祖叔伯的躯体，不等于伤了他们的灵魂；他解释说，所有个体生物，包括绝对真理在内，都是永恒的个体；他们过去是个体，现在是个体，将来还是个体，因为我们都是永恒的个体灵魂。我们只是以不同的方式更换了灵魂的衣服而已，且实际上即使从物质衣服的束缚当中解脱出来了，我们仍将保持各自的个体性。

圣奎师那在此对躯体和灵魂作了很生动的分析研究。在《尼茹提辞典》的术语里，这种从不同角度描述灵魂和躯体的知识叫作数论哲学（sāṅkhya）。这门数论哲学与无神论者卡皮拉（Kapila）的数论哲学没有丝毫的关系。远在冒牌骗子卡皮拉的“数论分析”之前，博伽梵奎师那的化身——真正的圣卡皮腊已在《圣典博伽瓦谭》里，向母亲黛瓦瑚缇（Devahūti）讲述了“数论哲学（对物质世界的分析性研究）”。他清楚地解释说：作为至尊享乐者（puruṣa）的绝对真理是活跃的，他看了物质自然（prakṛti）一眼，就创造了一切。韦达经和《博伽梵歌》都接受这种说法。韦达经的描绘显明，绝对真理看了一眼物质自然，就孕育了个别原子灵魂。

所有这些个体都在物质世界寻求感官满足，而且在物质能量的迷惑下，自以为是享乐者。这种心态一直到获解脱时还存在：此时的生物竟想与绝对真理融合为一。这便是假象（māyā），或者说是为了满足感官所编织的最后一道罗网。只有经历很多生很多世这种感官满足的活动，伟大的灵魂才会皈依华苏戴瓦（Vāsudeva）——圣奎师那，从而实现对终极真理的探寻。

阿诸纳已经皈依奎师那，接受他为灵性导师。阿诸纳说：“现在我是您的门徒，是皈依您的灵魂，请您给我指示（*śiṣyas te ‹haṁ śādhi māṁ tvāṁ prapannam*）。”因此，现在奎师那要教授他智慧瑜伽（Buddhi-yoga），即业报瑜伽（Karma-yoga）的修习过程，换句话说，就是要教他只为满足世尊的感官，而做奉爱服务。第十章第 10 诗节清楚地解释了，智慧瑜伽，即与安处于众生心里的博伽梵——超灵（Paramātmā）相沟通的过程。然而，不做奉爱服务，就没有这样的沟通。因此，处于对至尊主的超然奉爱服务之中的人，或者说，在奎师那知觉中的人，得到博伽梵的特别恩惠，能达到智慧瑜伽（Buddhi-yoga）的阶段。因此，博伽梵说，只有以超然的爱心，常做奉爱服务，他才恩赐爱心奉献的纯粹知识。这样，奉献者就能很容易到达永远快乐的国度。由此可见，此诗节中所说的智慧瑜伽就是为博伽梵做奉爱服务。这里提到的“数论”一词，与冒牌骗子卡皮拉所述及的无神论的数论瑜伽毫无关系。我们不要误解了这一点。这套无神论数论哲学在当时并没有任何影响，而且圣奎师那也不屑谈这些无神论的哲学推敲。真正的数论哲学是由圣卡皮腊在《圣典博伽瓦谭》中阐述的，而且与无神论论题没有丝毫关系。这里的数论哲学是指对灵魂和躯体的分析性描述。圣奎师那为了将阿诸纳引到智慧瑜伽，或奉爱瑜伽（Bhakti-yoga）上来，对灵魂作了一次分析性描述。所以，世尊奎师那的数论，与圣卡皮腊在《圣典博伽瓦谭》所阐述的数论哲学，其实是一回事。他们都是奉爱瑜伽。所以圣奎师那说，只有智力不高的人才说数论瑜伽和奉爱瑜伽有分别（*sāṅkhya-yogau pṛthag bālāḥ pravadanti na paṇḍitāḥ*)。

当然，无神论的数论瑜伽跟奉爱瑜伽没有丝毫的关联。然而，愚人却妄称，《博伽梵歌》所说的就是无神论的数论瑜伽。

因此，我们要明白，智慧瑜伽（Buddhi-yoga）指的是在奎师那知觉中，在极乐和奉爱服务的知识中行事。只要是为满足博伽梵而工作，无论遇到多大的困难，都是在智慧瑜伽的原则下工作，而且常感到身处于超然的喜乐之中。通过这些超然的活动，在博伽梵的恩典之下，人就可自动获得所有超然的领悟，从而获得圆满的解脱，再也不需要努力去追求知识。在奎师那知觉中工作，与为追求功利，尤其是与为了家庭和物质快乐而得到的感官满足相比，实有天渊之别。所以，智慧瑜伽是指我们所从事工作的超然性质。

诗节 40

नेहाभिक्रमनाशोऽस्ति प्रत्यवायो न विद्यते ।
स्वल्पमप्यस्य धर्मस्य त्रायते महतो भयात् ॥ ४० ॥

nehābhikrama-nāśo ‹sti
pratyavāyo na vidyate
sv-alpam apy asya dharmasya
trāyate mahato bhayāt

na—没有；*iha*—以这种瑜伽；*abhikrama*—努力；*nāśaḥ*—损失；*asti*—有；*pratyavāyaḥ*—减少；*na*—永不；*vidyate*—有；*svalpam*—少许；*api*—虽然；*asya*—这；*dharmasya*—职业；*trāyate*—摆脱；*mahataḥ*—巨大的；*bhayāt*—危险。

译文　作此努力，绝无损失。沿这条道路前进少许，也能使人免于最危险的恐惧。

要旨　在奎师那知觉中，为奎师那的利益行事且不贪慕任何感官满足，这才是性质最超然的工作。这样的活动即使就只有一个小小的开端，也没有关系，且这小小的开端永不会丢失和废止。任何始于物质层面的活动，整个努力，都将归于失败。但在奎师那知觉中的任何活动，一旦开始，就有永恒的功效，即使未完成也无妨。所以，从事这种活动的人，尽管半途而废，也没有丝毫损失。在奎师那知觉中，即使只有百分之一的耕耘，也有永久的收获，下一次开始时，可从百分之二开始；而在物质活动中，不是百分之百地完成，就不会有收益。阿佳米拉（Ajāmila）并不是百分之百地在奎师那知觉中履行责任，但由于奎师那的恩典，他最后享有的结果却是百分之百的。《圣典博伽瓦谭》（1.5.17）有一优美的诗节称赞道：

tyaktvā sva-dharmaṁ caraṇāmbujaṁ harer
bhajann apakvo 'tha patet tato yadi
yatra kva vābhadram abhūd amuṣya kiṁ
ko vārtha āpto 'bhajatāṁ sva-dharmataḥ

“如果有人放弃俗世职分，在奎师那知觉中工作，即便是没有完成便掉下来，又有什么损失呢？而一个圆满地完成物质俗务的人，又能得到什么呢？”

或者，正如基督徒所说：“若赚得整个世界，却失去了永恒的灵魂，又有什么益处呢？”

物质的活动与结果都会随躯体的终结而终止、消失。在奎师那知觉中行事，即便躯体丧失，仍有重获奎师那知觉的机会。至少，他在下一世还有机会重生为人，或出生在伟大的、有教养的婆罗门家庭，或出生在富贵家庭，仍有进一步提升自己的机会。这就是奎师那知觉活动独有的特性。

诗节 41

व्यवसायात्मिका बुद्धिरेकेह कुरुनन्दन ।
बहुशाखा ह्यनन्ताश्च बुद्धयोऽव्यवसायिनाम् ॥ ४१ ॥

vyavasāyātmikā buddhir
ekeha kuru-nandana
bahu-śākhā hy anantāś ca
buddhayo 'vyavasāyinām

vyavasāyātmikā—在奎师那知觉中意志坚定；*buddhiḥ*—智慧；*ekā*—只有一个；*iha*—在这个世界上；*kuru-nandana*—库茹族的宠儿啊；*bahu-śākhāḥ*—有各种各样的枝干；*hi*—的确；*anantāḥ*—无尽的；*ca*—还有；*buddhayaḥ*—智慧；*avyavasāyinām*—不在奎师那知觉中的人的。

译文 **在这条道路上的人，意志坚定，目标专一。库茹族的宠儿啊！犹豫不决的人，其智慧如枝蔓丛生，多头乱绪。**

要旨 对奎师那知觉能将人提升到生命最完美境界的坚强信念，称为定信（vyavasāyātmikā）。《永恒的采坦尼亚经》（*Caitanya-caritāmṛta* 中篇 22.62）说：

'śraddhā'-śabde—viśvāsa kahe sudṛḍha niścaya
kṛṣṇe bhakti kaile sarva-karma kṛta haya

“为奎师那作超然的爱心服务，同时也自动蕴含了所有次要的活动。这坚定的信念对从事奉爱服务有利，称为定信。”

信仰是对崇高事物毫不动摇的信念。履行奎师那知觉中的责任时，无须为物质世界的家庭传统、人类、国家履行义务。过去的行为，无论好坏，都会带来一定的反应结果；为这些反应结果继续活动，就是业报活动。当人在奎师那知觉中醒觉过来时，就无须刻意追求好的活动、好的结果。因为在奎师那知觉中的所有活动尽在绝对的层面，不再受制于好坏之类的二重性。奎师那知觉最高的境界是弃绝生命的物质概念。这种境界可通过修习奎师那知觉自然而然地达到。

对奎师那知觉的坚定意志是建立在知识的基础之上的。一个在奎师那知觉中的人，是罕有的伟大灵魂，他完全知道华苏戴瓦（Vāsudeva）——奎师那是一切已展示的原因的根源（*vāsudevaḥ sarvam iti sa mahātmā su-durlabhaḥ*）。正如给树根浇水，水分自动分布到枝枝叶叶一样，一个人在奎师那知觉中活动，就是对个人、家庭、社会作最崇高的服务。人的行动若满足了奎师那，也就会满足每个人。

从事奎师那知觉的服务，最好在灵性导师的指导下进行，因为灵性导师是奎师那的真正代表，又了解学生的品性，故能给予指导。如此，要想熟悉奎师那知觉，就要坚定地活动，服从奎师那的代表，而且将真正灵性导师的指示铭刻在心，当作人生的使命。圣维施瓦纳塔·查夸瓦提·塔库（Śrīla Viśvanātha Cakravartī Ṭhākura），在一篇献给灵性导师的著名祷文中教导我们说：

yasya prasādād bhagavat-prasādo
yasyāprasādān na gatiḥ kuto 'pi
dhyāyan stuvaṁs tasya yaśas tri-sandhyaṁ
vande guroḥ śrī-caraṇāravindam

“满足了灵性导师，也就满足了博伽梵。不满足灵性导师，就没有机会晋升到奎师那知觉的层面。因此，灵性导师啊，我要每天冥想您三次，祈求您的恩赐，虔诚地顶拜您。”

然而，整个过程都有赖于超越躯体概念的有关灵魂的完美的知识——这不只是在理论上，而是要落实到实际中来。这样再没有在业报活动中满足感官的机会了。心意不坚定，人就很容易被误引向种种业报活动之中。

诗节 42-43

यामिमां पुष्पितां वाचं प्रवदन्त्यविपश्चितः ।
वेदवादरताः पार्थ नान्यदस्तीति वादिनः ॥ ४२ ॥
कामात्मानः स्वर्गपरा जन्मकर्मफलप्रदाम् ।
क्रियाविशेषबहुलां भोगैश्वर्यगतिं प्रति ॥ ४३ ॥

yām imāṁ puṣpitāṁ vācaṁ
pravadanty avipaścitaḥ
veda-vāda-ratāḥ pārtha
nānyad astīti vādinaḥ

kāmātmānaḥ svarga-parā
janma-karma-phala-pradām
kriyā-viśeṣa-bahulāṁ
bhogaiśvarya-gatiṁ prati

yām imām—所有这些；*puṣpitām*—华丽的；*vācam*—辞藻；*pravadanti*—说；*avipaścitaḥ*—知识贫乏的人；*veda-vāda-ratāḥ*—韦达经的乔装追随者；*pārtha*—菩瑞塔之子；*na*—没；*anyat*—其他的；*asti*—有；*iti*—如此；*vādinaḥ*—倡导者；*kāma-ātmānaḥ*—追求感官享乐的；*svarga-parāḥ*—旨在达到天堂星宿；*janma-karma-phala-pradām*—导致好的出身和其他果报；*kriyā-viśeṣa*—奢华的典礼；*bahulām*—各种；*bhoga*—对感官享乐；*aiśvarya*—富裕；*gatim*—进步；*prati*—向着。

译文 知识浅薄的人，过分执着韦达经中的华丽辞藻。这些夸饰文字教人通过各种功利性活动，晋升天堂星宿，得到高贵的出身，获取权柄等。他们渴求感官满足和生活奢华，就说除了这些，别无其他。

要旨 一般大众并不十分聪明，由于无知，他们特别迷恋韦达经·业报之部（Karma-kāṇḍa）所推荐的种种功利性活动。他们除了想去天堂星宿追求感官满足、享受生活外，别无其他欲求。因为天堂里有月露美酒、天堂女郎和物质的富裕。韦达经中推荐了许多献祭，尤其是星祭（jyotiṣṭoma）能叫人晋升天堂星宿。事实上，有这样的说法：如果一个人想晋升天上的星宿，必须进行这些祭祀。然而知识浅薄的人以为，这就是韦达智慧的全部目的之所在。对这些没有经验的人来说，要他们坚定于奎师那知觉活动是十分困难的。正如愚人眷恋毒树上的鲜花，却不知结果的惨痛；未受启蒙的人也会迷恋于天堂上的富裕和感官享乐。

韦达经·业报之部（Karma-kāṇḍa）说：履行四月苦行的人，方有资格品尝月露（Soma-rasa）而得长生不老，永远快乐（*apāma somam amṛtā abhūma and akṣayyaṁ ha vai cāturmāsya-yājinaḥ sukṛtaṁ bhavati*）。甚至在这个地球上，也有人梦想能畅饮月露，以便能变得身强力壮，尽情享受感官。这些人对挣脱物质的束缚没有信心，却一心依恋堂皇盛大的韦达祭典。他们一般都耽于肉欲，除了追求天堂般的快乐外，什么都不想要。谁都知道，天堂上有“天堂乐园（nandana-kānana）”，在那里可以尽情地与天堂女郎嬉戏，畅饮无尽的月露。这种躯体上的快乐定是肉欲的。因此，有人只向往这种短暂的物质快乐，渴望做物质世界的主人。

诗节 44

भोगैश्वर्यप्रसक्तानां तयापहृतचेतसाम् ।
व्यवसायात्मिका बुद्धिः समाधौ न विधीयते ॥ ४४ ॥

bhogaiśvarya-prasaktānāṁ
tayāpahṛta-cetasām
vyavasāyātmikā buddhiḥ
samādhau na vidhīyate

bhoga—对物质享乐；*aiśvarya*—和富裕；*prasaktānām*—对依附之人；*tayā*—被这些事物；*apahṛta-cetasām*—心意迷惑的；*vyavasāyātmikā*—决心坚定；*buddhiḥ*—对博伽梵的奉献服务；*samādhau*—在控制了的心意里；*na*—永不；*vidhīyate*—会发生。

译文 **心意过分依附感官享乐和物质富裕，并为二者所迷惑，也就不会坚定**

信心，为博伽梵做奉爱服务。

要旨　神定（samādhi 三摩地），即心意专定。韦达词典《尼茹提辞典》（*Nirukti*）说："心意全神贯注于觉悟自我，称为神定（*samyag ādhīyate 'sminn ātma-tattva-yāthātmyam*）。"

志在物质感官享乐并被短暂事物所迷惑的人，永远不可能达到神定（samādhi）的境界。他们多多少少都被物质能量所蒙蔽，在劫难逃。

诗节 45

त्रैगुण्यविषया वेदा निस्त्रैगुण्यो भवार्जुन ।
निर्द्वन्द्वो नित्यसत्त्वस्थो निर्योगक्षेम आत्मवान् ॥ ४५ ॥

trai-guṇya-viṣayā vedā
nistrai-guṇyo bhavārjuna
nirdvandvo nitya-sattva-stho
niryoga-kṣema ātmavān

traiguṇya—与物质自然三形态有关；*viṣayāḥ*—讨论的主题；*vedāḥ*—韦达文献；*nistrai-guṇyaḥ*—超越物质自然三种属性；*bhava*—应当；*arjuna*—阿诸纳；*nirdvandvaḥ*—摆脱二元性；*nitya-sattva-sthaḥ*—处于纯粹的灵性存在的状态中；*niryoga-kṣemaḥ*—脱离获利和防卫（的思想）；*ātmavān*—安住于自我之中。

译文　韦达经主要讨论的是物质自然三种形态。阿诸纳呀！你应当超越这三种属性，摆脱一切二元性的束缚，不为利益和安全而焦虑不安，安住于自我之中。

要旨　一切物质活动都牵涉物质自然三形态的作用与反作用。这些作用只会带来业报，使人受物质世界的束缚。韦达经主要讨论业报活动，指引大众逐渐从追求感官享乐转到追问思索至高无上的超然快乐领域，提升到超然的层面。奎师那劝导阿诸纳将自己提升至维丹塔哲学（vedānta 终极韦达）所述的超然境地。

维丹塔哲学的起点是对绝对真理的探究（brahma-jijñāsā），即追问思索至高无上的超然性。为了生存，物质世界里的一切生物都在苦苦奋斗。正是为了他们，博伽梵才在创世之后传下韦达智慧，教导他们如何生活，如何摆脱物质束缚。当满足感官的活动——亦即韦达经·业报之部（*Karma-kāṇḍa*）谈到的部分——终结后，人类就有机会研习奥义诸书，达到灵性觉悟。《博伽梵歌》是第五部韦达经——《摩诃婆罗多》的一部分，奥义诸书也是韦达经的部分。奥义书标志着超然生活的开始。

只要物质躯体存在，就有物质形态的作用和反作用。我们必须学会忍受二元性，如苦乐、冷暖等，这样能帮助我们脱离患得患失的忧虑。当我们完全依赖于奎师那的善意时，我们就能在奎师那知觉中，臻达超然的境地。

诗节 46

यावानर्थ उदपाने सर्वतः सम्प्लुतोदके ।
तावान्सर्वेषु वेदेषु ब्राह्मणस्य विजानतः ॥ ४६ ॥

yāvān artha udapāne
sarvataḥ samplutodake
tāvān sarveṣu vedeṣu
brāhmaṇasya vijānataḥ

yāvān—所有那些；*arthaḥ*—是为了；*udapāne*—对于水井；*sarvataḥ*—在各方面；*samp-lutaudake*—对于大水库；*tāvān*—同样地；*sarveṣu*—在所有；*vedeṣu*—韦达文献；*brāhmaṇasya*—了解至尊梵的人；*vijānataḥ*—处于完整知识中的人。

译文　大渊有小池之用。同样，韦达经的所有目的，对于了解其背后之意义的人而言，无不为其所用。

要旨　韦达经·业报之部所提及的仪式和献祭的目的在于，逐步培养自我觉悟。自我觉悟的目的，在《博伽梵歌》第十五章中有清楚的说明（15.15）；研习韦达经之目的在于认识万物的始因——博伽梵奎师那。所以，自我觉悟意味着认识奎师那，及自己与奎师那的永恒关系。在《博伽梵歌》（15.7）中也有论述。生物是圣奎师那的不可分割的所属部分，所以，个体生物恢复奎师那知觉就是韦达知识最完美的境界。《圣典博伽瓦谭》（3.33.7）也这样证实说：

aho bata śva-paco 'to garīyān
yaj-jihvāgre vartate nāma tubhyam
tepus tapas te juhuvuḥ sasnur āryā
brahmānūcur nāma gṛṇanti ye te

“我的主哇！唱颂您圣名的人，尽管出生于食狗者（*caṇḍāla*）那种低贱的家庭，也是处于自我觉悟的最高层面。这样的人，在所有朝圣之地沐浴后，一定是按照韦达仪式作过各种赎罪苦行和祭祀，而且一次又一次地研究韦达典籍的人。这样的人可算是雅利安（*āryan*）家庭的佼佼者。”

因此，一个人须有足够的智慧才能了解韦达经之目的，不要只拘泥于仪式；更不要渴望晋升到天国，追求更高的感官满足。在这个年代，普通人不可能遵行韦达仪式所有的规范，也不可能通习所有《终极韦达经》和奥义诸书。韦达经的训谕需要用时间、精力、知识和资源去执行。这在这个年代几乎是不可能的。然而，正如一切堕落灵魂的拯救者圣采坦尼亚所推荐的那样，唱颂博伽梵的圣名，便可实践韦达文化中最崇高的目的。当伟大的韦达学者帕卡沙南达·萨拉斯瓦提（Prakāśānanda Sarasvatī）问圣采坦尼亚，为什么他不去研习维丹塔哲学（终极韦达），而是像一个多愁善感的人唱颂博伽梵的圣名时，博伽梵回答说，他的灵性导师发现他是个大笨蛋，因此，只叫他唱颂世尊奎师那的圣名。他依言而行，便喜极如狂，如痴如醉。在这个虚伪纷争的卡利年代（kali-yuga 铁器年代），大多数人都愚昧无知，又缺乏适当的教育，根本不可能理解维丹塔哲学（终极韦达）。然而，通过无冒犯地唱颂绝对真理的圣名，人便实现了维丹塔哲学（终极韦达）之全部目的。终极韦达经是韦达智慧的结论。维丹塔哲学（终极韦达）的创始人及悉知者就是圣奎师那，而快乐地唱颂绝对真理的圣名的伟大灵魂就是最崇高的维丹塔学者。这就是一切韦达奥秘的终极目的所在。

诗节 47

कर्मण्येवाधिकारस्ते मा फलेषु कदाचन ।
मा कर्मफलहेतुर्भूर्मा ते सङ्गोऽस्त्वकर्मणि ॥ ४७ ॥

karmaṇy evādhikāras te
mā phaleṣu kadācana

mā karma-phala-hetur bhūr

mā te saṅgo 'stv akarmaṇi

karmaṇi—赋定的职责；*eva*—肯定；*adhikāraḥ*—权利；*te*—你；*mā*—没有；*phaleṣu*—对于结果；*kadācana*—在任何时间；*mā*—绝对不能；*karma-phala*—活动结果的；*hetuḥ*—原因；*bhūḥ*—成为；*mā*—绝对不能；*te*—你；*saṅgaḥ*—依附；*astu*—应当；*akarmaṇi*—不去履行责任。

译文　你有义务履行赋定的职责，但没有权利享有活动的成果。千万不要以为自己是活动成果的原因，也不可不去履行责任。

要旨　这里有三处需要考虑的地方：赋定的责任，任意的活动，不活动。赋定的责任，即人在物质自然属性中，依据自己的地位进行活动。任意的活动是未经权威批准的行为。不活动，是指不履行自己的赋定责任。博伽梵劝教阿诸纳不要无所事事，而要去履行自己赋定的责任，同时又不要执着于结果。人若执着于活动的成果，便会成为一己行动的原因，并成为该活动结果的享乐者或受害者。

赋定责任可分三类：常规活动、紧急活动、欲求的活动。根据经典的训谕，义务性地履行常规活动，且不贪欲成果，这就是善良形态的活动。求结果的活动就变成束缚之源，因此，这种活动不吉祥。人人都有权履行赋定的责任，但行使时却不该依附于结果。无私地履行义务肯定会将人带往解脱之路。

所以，博伽梵劝导阿诸纳把作战当成一种义务，而不要去计较结果。他不参战也是执着的另一面。这样的执着永远不能把人导向救赎之途。任何执着，正面的或反面的，都是束缚的原因。不活动是罪恶的。因此，履行作战的责任，是唯一吉祥的救赎之途。

诗节 48

योगस्थः कुरु कर्माणि सङ्गं त्यक्त्वा धनञ्जय ।
सिद्ध्यसिद्ध्योः समो भूत्वा समत्वं योग उच्यते ॥ ४८ ॥

yoga-sthaḥ kuru karmāṇi

saṅgaṁ tyaktvā dhanañjaya

siddhy-asiddhyoḥ samo bhūtvā

samatvaṁ yoga ucyate

yoga-sthaḥ— 平静地；*kuru*— 履行；*karmāṇi*— 你的职责；*saṅgam*— 依附；*tyaktvā*— 放弃；*dhanañjaya*— 阿诸纳呀；*siddhi-asiddhyoḥ*— 对成败；*samaḥ*— 平衡；*bhūtvā*— 变得；*samatvam*—泰然自若；*yogaḥ*—瑜伽；*ucyate*—被称为。

译文　阿诸纳呀！平静地履行你的职责，抛开对成败的一切执着。这样的心意平和，称为瑜伽。

要旨　奎师那告诉阿诸纳要在瑜伽中行事。那么什么是瑜伽呢？瑜伽，就是控制永无宁息的感官，将心意集中于至尊。那么至尊又是谁呢？至尊就是绝对真理。因为绝对真理亲自命令阿诸纳作战，所以阿诸纳与战斗的结果无关。胜利也好，失败也罢，那是奎师那的事，阿诸纳只要依令而行就是了。遵从奎师那的命令而行才是真正的瑜伽，瑜伽修习的过程叫作培养奎师那知觉。只有依靠奎师那知觉，人才能摒弃占有欲。人应去做奎师那的仆人，或做奎师那仆人的仆人，这才是在奎师那知觉中履行责任的正道。只有这样，人才能行在瑜伽中。

阿诸纳是刹帝利，是四社会阶层四灵性阶段制度中的一分子。据《宇宙古史·维施努之部》(*Viṣṇu Purāṇa*)，四社会阶层制度的全部目的在于满足维施努。谁也不应该只求满足自己，虽然这是物质世界的惯例；而应该去满足奎师那。除非我们满足奎师那，否则就不算正确地遵守四社会阶层与四灵性阶段的原则。阿诸纳间接地被劝告按奎师那的话去做。

诗节 49

दूरेण ह्यवरं कर्म बुद्धियोगाद्धनञ्जय ।
बुद्धौ शरणमन्विच्छ कृपणाः फलहेतवः ॥ ४९ ॥

dūreṇa hy avaraṁ karma

buddhi-yogād dhanañjaya

buddhau śaraṇam anviccha
kṛpaṇāḥ phala-hetavaḥ

dūreṇa—远远抛开；*hi*—一定；*avaram*—可恶的；*karma*—活动；*buddhi-yogāt*—基于奎师那知觉的力量；*dhanañjaya*—征服财富者啊；*buddhau*—在这种知觉中；*śaraṇam*—全然皈依；*anviccha*—欲求；*kṛpaṇāḥ*—吝啬者；*phala-hetavaḥ*—渴望功利性成果的人。

译文　财富的征服者啊！以奉爱服务远离一切可恶的业报活动。在这种知觉中皈依绝对真理吧！那些欲求享受活动成果的人既吝啬又可怜。

要旨　当一个人真正认识到了自己的构成地位是绝对真理永恒的仆人，就会放弃一切世俗活动，只在奎师那知觉中活动。如前所述，智慧瑜伽（Buddhi-yoga）为绝对真理做超然的爱心服务。这样的服务才是生物正确行事的方向。只有既吝啬又可怜的人才渴望享受一己的活动成果，结果是行为者反被物质束缚得更深。除了在奎师那知觉中活动，其他一切活动都叫人厌憎，因为它们只会不断地将活动者缚上生死之轮。因此，人千万不要渴求成为工作的原因。一切当行在奎师那知觉中，以满足奎师那。吝啬的人不知道如何使用靠他们交好运或辛勤劳动得来的财富。人的一切精力应该花在奎师那知觉中，这样的人生才是成功的人生。像吝啬鬼一样不幸的人们，不会用他们的精力去为绝对真理服务。

诗节 50

बुद्धियुक्तो जहातीह उभे सुकृतदुष्कृते ।
तस्माद्योगाय युज्यस्व योगः कर्मसु कौशलम् ॥ ५० ॥

buddhi-yukto jahātīha
ubhe sukṛta-duṣkṛte
tasmād yogāya yujyasva
yogaḥ karmasu kauśalam

buddhi-yuktaḥ—从事奉献服务的人；*jahāti*—能够摆脱；*iha*—在今生今世；*ubhe*—两者；*sukṛta-duṣkṛte*—善恶结果；*tasmāt*—因此；*yogāya*—为了奉献服务；*yujyasva*—这样保持；*yogaḥ*—奎师那知觉；*karmasu*—在所有的活动中；*kauśalam*—艺术。

译文 从事奉爱服务的人，即使在今生今世，也能够摆脱一切善恶活动的业报。因此，瑜伽是一切活动的艺术。努力修习瑜伽吧！

要旨 自太初以来，生物都累积了自己的各种善恶报应。因此，他对自己真正的法定构成性地位，一直茫然无知。《博伽梵歌》的教诲可以扫除这种愚昧无知，教人在各方面皈依博伽梵奎师那，以获解脱，不再生生世世成为因果报应的牺牲品。因此，奎师那劝告阿诸纳在奎师那知觉——净化活动的过程中工作。

诗节 51

कर्मजं बुद्धियुक्ता हि फलं त्यक्त्वा मनीषिणः ।
जन्मबन्धविनिर्मुक्ताः पदं गच्छन्त्यनामयम् ॥ ५१ ॥

karma-jaṁ buddhi-yuktā hi
phalaṁ tyaktvā manīṣiṇaḥ
janma-bandha-vinirmuktāḥ
padaṁ gacchanty anāmayam

karma-jam—由于果报活动；*buddhi-yuktāḥ*—从事奉献服务；*hi*—肯定地；*phalam*—结果；*tyaktvā*—放弃；*manīṣiṇaḥ*—伟大的圣贤或奉献者们；*janma-bandha*—从生死束缚中；*vinirmuktāḥ*—解脱；*padam*—位置；*gacchanti*—他们达到；*anāmayam*—没有苦难。

译文 伟大的圣贤、奉献者们，从事对绝对真理的奉爱服务，可以摆脱物质世界各种业报活动结果的束缚。如此，远离生死轮回，臻达一切超越悲苦的境界（回归神首）。

要旨 解脱了的生物追寻没有物质诸苦的地方。《圣典博伽瓦谭》（10.14.58）说：

samāśritā ye pada-pallava-plavaṁ
mahat-padaṁ puṇya-yaśo murāreḥ
bhavāmbudhir vatsa-padaṁ paraṁ padaṁ
padaṁ padaṁ yad vipadāṁ na teṣām

"绝对真理是宇宙展示的庇护所，绝对真理以穆昆达（Mukunda）——解脱的赐予者之名著称。对于那些踏上了绝对真理的莲花足之舟的人来说，物质世界之洋只不过是一洼在牛蹄印中的水。他们的目的地是永恒的居所（*paraṁ-padam*）或没有物质诸苦的地方，即外琨塔（*Vaikuṇṭha* 无忧星宿），而不是生命的每一步都危机四伏之地。”

人由于无知，并不知道这个物质世界是个悲惨的地方，处处都有危险。同样也只是由于无知，智慧不足的人才尽力试图通过业报活动调整自己的境况，以为业报活动可给他们带来快乐。他们哪里知道，宇宙之内，没有一种物质躯体能使生命无灾无难。生命诸苦：生、老、病、死，在物质世界中比比皆是。然而，若了解了自己真正的原本地位是绝对真理永恒的仆人，并因此而认识到博伽梵的地位，就会去从事对绝对真理的超然爱心服务，就会有资格进入无忧星宿（外琨塔）。那里既没有苦难的物质生活，也不受时间和死亡的影响。认识一己的法定构成地位即认识绝对真理的崇高地位。如果有人误以为生物的地位与绝对真理的地位属同一层面，这样的人处于黑暗之中，因此不会去为绝对真理做奉爱服务。他当起一己之主，结果却是在为重复的生死轮回铺路。然而人要是了解自己的地位是服务，并转而为绝对真理服务，就立即可进入无忧星宿（外琨塔）。业报瑜伽或智慧瑜伽（Buddhi-yoga），就是对绝对真理的爱心奉献服务。

诗节 52

यदा ते मोहकलिलं बुद्धिर्व्यतितरिष्यति ।
तदा गन्तासि निर्वेदं श्रोतव्यस्य श्रुतस्य च ॥ ५२ ॥

yadā te moha-kalilaṁ
buddhir vyatitariṣyati
tadā gantāsi nirvedaṁ
śrotavyasya śrutasya ca

yadā—当；*te*—你的；*moha*—假象的；*kalilam*—浓密的森林；*buddhiḥ*—以智慧所做的超然服务；*vyatitariṣyati*—超越；*tadā*—在那个时候；*gantāsi*—你将会；*nirvedam*—冷漠；*śrotavyasya*—对将来听闻的一切；*śrutasya*—已经听闻的一切；*ca*—还有。

译文 当你的智慧穿过假象的密林，对过去或将来听闻的一切，你都将不再动心。

要旨 有许多好的例子说明博伽梵伟大的奉献者如何不理会韦达仪式，而只为博伽梵从事奉爱服务。当一个人真正了解了奎师那以及自己与奎师那的关系时，即使是一个经历丰富的婆罗门，他也会自然而然地对业报活动或仪式全然不去理会，使徒传系中的灵性宗师（ācārya）、伟大的奉献者圣玛达文卓·普瑞（Śrīla Mādhavendra Purī）说：

sandhyā-vandana bhadram astu bhavato bhoḥ snāna tubhyaṁ namo
bho devāḥ pitaraś ca tarpaṇa-vidhau nāhaṁ kṣamaḥ kṣamyatām
yatra kvāpi niṣadya yādava-kulottaṁsasya kaṁsa-dviṣaḥ
smāraṁ smāram aghaṁ harāmi tad alaṁ manye kim anyena me

“主啊！我一日三次向您祈祷，一切荣耀归于您。沐浴时，我顶拜您。半神人啊！祖先啊！请原谅我不能向你们致敬。现在我无论坐在哪里，都思念着雅杜（*Yadu*）王朝伟大的后裔，康萨（*Kaṁsa*）的敌人奎师那。因此，我能摆脱所有罪恶的束缚。我觉得这对我来说已足够了。”

韦达礼仪，每日三次领悟各种祷文，清晨沐浴，向祖先致敬等，对初习者来说，非常重要。然而，一个完全处于奎师那知觉之中，并从事对奎师那超然爱心服务的人，对这些规则仪式，都漠然置之，因为他已达到完美境界。如果能通过为博伽梵服务而登临知识的层面，对启示圣典所倡行的各种赎罪苦行和祭祀，就不必再去执行了，相反，若不了解韦达经之目的在于接近奎师那，而一味奉行那些仪规，那只不过是在浪费时间而已。在奎师那知觉中的人，超越了经典的仪式原则（śabda-brahma），即：超越韦达经和众奥义书的限制。

诗节 53

श्रुतिविप्रतिपन्ना ते यदा स्थास्यति निश्चला ।
समाधावचला बुद्धिस्तदा योगमवाप्स्यसि ॥ ५३ ॥

śruti-vipratipannā te
yadā sthāsyati niścalā

samādhāv acalā buddhis
tadā yogam avāpsyasi

śruti—韦达经的启示；*vipratipannā*—不受果报结果的影响；*te*—你的；*yadā*—那时；*sthāsyati*—稳住；*niścalā*—不为所动；*samādhau*—在超然的知觉，即奎师那知觉中；*acalā*—毫不动摇的；*buddhiḥ*—智慧；*tadā*—在那个时候；*yogam*—自我觉悟；*avāpsyasi*—你会达到。

译文　当你的心意不再为韦达经的华丽辞藻所困扰，稳住于自我觉悟的神定之境，你便达到神圣的知觉。

要旨　说一个人在神定（samādhi）境界，就是说他已全然彻悟了奎师那知觉。也就是说，他完全觉悟了梵（Brahman）、超灵（Paramātmā）和博伽梵（Bhagavān）。自我觉悟最完美的境界是认识到我们是奎师那永恒的仆人，且我们人生唯一的大计就是在奎师那知觉中履行职责。一个具有奎师那知觉的人，一个坚定不移的奉献者，不该被韦达经里华丽的辞藻影响，也不该为晋升天堂的国度而作业报活动。人在奎师那知觉中，可直接与奎师那沟通，这样，奎师那的一切指示在此超然境界中便了解无遗了。通过这样的活动，人肯定可获得结果和结论性的知识。人只需去执行奎师那或他的代表——灵性导师的训令即可。

诗节 54

अर्जुन उवाच
स्थितप्रज्ञस्य का भाषा समाधिस्थस्य केशव ।
स्थितधीः किं प्रभाषेत किमासीत व्रजेत किम् ॥ ५४ ॥

arjuna uvāca
sthita-prajñasya kā bhāṣā
samādhi-sthasya keśava
sthita-dhīḥ kiṁ prabhāṣeta
kim āsīta vrajeta kim

arjuna uvāca—阿诸纳说；*sthita-prajñasya*—处于坚定的奎师那知觉的人；*kā*—什么；*bhāṣā*—语言；*samādhi-sthasya*—处于神定中的人；*keśava*—奎师那；*sthita-dhīḥ*—稳处于奎师那知觉的人；*kim*—什么；*prabhāṣeta*—说话；*kim*—怎样；*āsīta*—保持静止；*vrajeta*—行走；*kim*—怎样。

译文　阿诸纳问：凯希魔的屠者——奎师那啊！处于超然知觉中的人有何特征？他怎样说话？用什么语言？他如何安坐？又怎样行走？

要旨　正如每个人在特定的情形中有不同的表征一样，同样，具有奎师那知觉的人，不管说话、行走、思想、感觉等，都有他自己的特点。富人有富人的表现，病人有病人的体征，学者也有学者的风范。同样，在超然的奎师那知觉中的人在处理不同的事务时，也有独特的气质。从《博伽梵歌》中，我们可以了解到这些独特之处。最重要的一点是，此人如何说话，因为说话是一个人最重要的品质。据说，傻瓜要是不开口，没有人会知道他是傻瓜；衣着得体的傻瓜是不易辨认出来的，但只要他一说话，就显露无遗。奎师那知觉中人最显著的特征就是，他只谈及奎师那和与奎师那有关的话题。其他的特征表现会接踵而来，我们在下面将会看到。

诗节 55

श्रीभगवानुवाच
प्रजहाति यदा कामान्सर्वान्पार्थ मनोगतान् ।
आत्मन्येवात्मना तुष्टः स्थितप्रज्ञस्तदोच्यते ॥ ५५ ॥

śrī-bhagavān uvāca
prajahāti yadā kāmān
sarvān pārtha mano-gatān
ātmany evātmanā tuṣṭaḥ
sthita-prajñas tadocyate

śrī bhagavān uvāca—博伽梵说；*prajahāti*—放弃；*yadā*—当；*kāmān*—感官享乐的欲望；*sarvān*—各式各样的；*pārtha*—菩瑞塔之子啊；*manaḥ-gatān*—心意的虚构；*ātmani*—在灵魂的纯粹境界中；*eva*—肯定地；*ātmanā*—凭借净化了的心意；*tuṣṭaḥ*—满足的；*sthita-prajñaḥ*—超然地处于；*tadā*—在那时候；*ucyate*—被认为是。

译文　博伽梵说：菩瑞塔之子啊！种种感官享乐的欲望，都源于心意的虚构。当一个人能放弃一切感官享乐的欲望，净化心意，只在自我之中寻求满足，便可以说，他已处于纯粹的超然知觉之中。

要旨　《圣典博伽瓦谭》明确地说：一个全然处于奎师那知觉或全然为博伽梵做奉爱服务的人，拥有伟大圣人的一切崇高品质；而一个不是超然处之的人，则谈不上具有什么好的品质，因为这种人肯定会托庇于自己心意推究之中。这里也正确地指出，人必须放弃由心意构想策划的感官欲望。然而这些欲望不能以人为的办法制止得住。但要是修习奎师那知觉，这些欲望就会自然而然地平息，根本不需作额外的努力。所以，我们要毫不迟疑地去修习奎师那知觉，因为这种奉爱服务可立即助人到达超然知觉的层面。修行高深的灵魂，觉悟到自己是博伽梵的永恒仆人，常常处于自足的境界。这样处于超然境界的人，绝无由猥琐的物质主义而来的感官欲望，他快乐地处于永恒地为博伽梵服务的自然位置。

诗节 56

दुःखेष्वनुद्विग्नमनाः सुखेषु विगतस्पृहः ।
वीतरागभयक्रोधः स्थितधीर्मुनिरुच्यते ॥ ५६ ॥

duḥkheṣv anudvigna-manāḥ
sukheṣu vigata-spṛhaḥ
vīta-rāga-bhaya-krodhaḥ
sthita-dhīr munir ucyate

duḥkheṣu—在三种苦难中；*anudvigna-manāḥ*—心意不为所动；*sukheṣu*—在快乐中；*vigata-spṛhaḥ*—无动于衷；*vīta*—脱离；*rāga*—依附；*bhaya*—恐惧；*krodhaḥ*—和嗔怒；*sthita-dhīḥ*—心坚意稳的；*muniḥ*—哲人；*ucyate*—被称为。

译文 处三重苦中而心无所扰，虽临安乐而不扬扬自得；远离执着、恐惧和嗔怒，这就是心坚意稳的哲人。

要旨 “哲人”（muni 牟尼）一词是指那些能激发心意进行种种心智思辨，而得不出实质性结论的人。《摩诃婆罗多·森林篇》（*Mahābhārata Vana-parva*）中说：每个圣人都有独特的视角。且除非一个圣人与另一圣人观点不同，否则，从严格的意义上来说，他就算不上圣人（*Nāsāv ṛṣir yasya mataṁ na bhinnam*）。

但博伽梵在这里所说的“心坚意稳的哲人（*sthita-dhīr muni*）”不同于一般圣人。“心坚意稳的哲人”常处于奎师那知觉中，因为他已经停止了所有心意构造出来的思辨。他被《赞歌宝石》（*Stotra-ratna* 43）描述为：已经超越心智思辨的阶段（*praśānta-niḥśeṣa-mano-rathāntara*），得出世尊奎师那——华苏戴瓦即万物的结论（*vāsudevaḥ sarvam iti sa mahātmā su-durlabhaḥ*）。这样的人，被称为心坚意稳的哲人（muni）。这样一个具有奎师那知觉的人绝不受三重苦的侵袭，因为他接受一切苦难为博伽梵的恩慈，认为自己过去行为不当，本该受更多的苦难。他看到，因博伽梵的恩典，他所受的苦已减至最少。同样，当他快乐时，赞扬这是博伽梵的恩赐，觉得自己本不配得到这些快乐；他明白，是由于博伽梵的恩赐，他才能在这样舒适的环境中为博伽梵作出更好的服务。为博伽梵服务，他总是无畏无惧，活跃激昂，不执着，不厌离。“执着”的意思是为自己感官满足接受事物；“不执着”即无这些感官迷恋，因为他的生命已奉献给了对博伽梵的服务之中。因此，即使是尝试失败，也决不嗔怒。成功不成功，具有奎师那知觉的人都守志不移。

诗节 57

यः सर्वत्रानभिस्नेहस्तत्तत्प्राप्य शुभाशुभम् ।
नाभिनन्दति न द्वेष्टि तस्य प्रज्ञा प्रतिष्ठिता ॥ ५७ ॥

yaḥ sarvatrānabhisnehas
tat tat prāpya śubhāśubham
nābhinandati na dveṣṭi
tasya prajñā pratiṣṭhitā

yaḥ—谁；*sarvatra*—每一处地方；*anabhisnehaḥ*—不爱恋；*tat*—那；*tat*—那；*prāpya*—达到；*śubha*—好；*aśubham*—坏；*na*—既不；*abhinandati*—赞扬；*na*—也不；*dveṣṭi*—嫉妒；*tasya*—他的；*prajñā*—完美的知识；*pratiṣṭhita*—坚定地处于。

译文　在物质世界里，谁不受所得好坏的影响，既不崇仰也不鄙夷，谁就坚定地处于完美的知识之中。

要旨　物质世界常有善恶变化。人不受善恶的影响，不为变化所动，便算得上是专注于奎师那知觉。只要在物质世界中，就会有善有恶，有好有坏，因为这个世界充满二元相对性。但是，专注于奎师那知觉的人不受善恶的影响，因为他只关心绝对至善的奎师那。这样处于奎师那知觉中，就能达到完美的超然境界，即神定（samādhi 三摩地）。

诗节 58

यदा संहरते चायं कूर्मोऽङ्गानीव सर्वशः ।
इन्द्रियाणीन्द्रियार्थेभ्यस्तस्य प्रज्ञा प्रतिष्ठिता ॥ ५८ ॥

yadā saṁharate cāyaṁ
kūrmo 'ṅgānīva sarvaśaḥ
indriyāṇīndriyārthebhyas
tasya prajñā pratiṣṭhitā

yadā—当；*saṁharate*—收回；*ca*—也；*ayam*—他；*kūrmaḥ*—龟鳖；*aṅgāni*—肢体；*iva*—就像；*sarvaśaḥ*—全部；*indriyāni*—感官；*indriya-arthebhyaḥ*—从感官对象中；*tasya*—他的；*prajñā*—知觉；*pratiṣṭhitā*—坚定地处于。

译文　一如龟鳖将四肢缩回壳内，一个人能从感官对象中收摄感官，才算坚定地处于完美知觉之中。

要旨　检验瑜伽士、奉献者或自我觉悟的灵魂的标准是，看这些人能否按自己的计划控制住感官。然而，大多数人只是感官的奴仆，服从感官的指令。

这便是瑜伽士如何安处的答案。感官好比毒蛇，思想在毫无限制地活动。瑜伽士或奉献者须十分坚强，才能像驯蛇者一样，控制住毒蛇，不允许它们自由出动。在启示经典里有很多教诲，有些是“行”令，有些是“禁”令。人若不能遵行指令，限制自己的感官享乐，就不能专注于奎师那知觉。这里以龟鳖举了一个最好的例子。龟鳖能随时收摄感官，又能在任何时候为某些目的再伸展出去。同样，在奎师那知觉中的人，他们的感官只为对博伽梵服务的某些特定目的才用，不然就收摄起来。龟鳖收摄感官的类比，说明了人该常把感官留作为博伽梵服务。

诗节 59

विषया विनिवर्तन्ते निराहारस्य देहिनः ।
रसवर्जं रसोऽप्यस्य परं दृष्ट्वा निवर्तते ॥ ५९ ॥

viṣayā vinivartante
nirāhārasya dehinaḥ
rasa-varjaṁ raso 'py asya
paraṁ dṛṣṭvā nivartate

viṣayāḥ—感官享乐的对象；*vinivartante*—练习戒除；*nirāhārasya*—通过消极限制；*dehinaḥ*—对体困的；*rasa-varjam*—放弃那种滋味；*rasaḥ*—享乐感；*api*—虽然有；*asya*—他的；*param*—更高级的品味；*dṛṣṭvā*—通过体验；*nivartate*—他终止。

译文　体困的灵魂或许抑制感官享乐，然而对感官对象的嗜好依然存在。但若通过更高的品味体验来放弃感官享乐，便能处于稳固的知觉之中。

要旨　除非一个人安处于超然境界，否则，他不可能停止感官享乐。以规范守则限制感官享乐的过程，有点像限制病人进食某些食物。然而，病人既不喜欢受这种限制，也并未丧失对食物的味觉。同样，以八部瑜伽（aṣṭāṅga-yoga）中的持戒（yama）、奉行（niyama）、体位（āsana）、调息（prāṇāyāma）、收摄（pratyāhāra）、把持（dhāraṇā）、冥想（dhyāna 禅定）等限制感官的灵修方法，是为知识和智慧都比较欠缺的人而设的。但一个人若在修习奎师那知觉的进程中，品尝到博伽梵奎师那的甘美，就不会再对死一般的物质事物感兴趣。因此，这些规则限制是针对那些灵性进修中智慧稍欠的初习者而言的，其有效性到对奎师那知觉真正有体验为止。一旦人真正处于奎师那知觉当中，就会自然而然地对那些平淡无味的东西失去兴趣。

诗节 60

यततो ह्यपि कौन्तेय पुरुषस्य विपश्चितः ।
इन्द्रियाणि प्रमाथीनि हरन्ति प्रसभं मनः ॥ ६० ॥

yatato hy api kaunteya
puruṣasya vipaścitaḥ
indriyāṇi pramāthīni
haranti prasabhaṁ manaḥ

yatataḥ—努力；*hi*—肯定地；*api*—即使；*kaunteya*—琨缇之子啊；*puruṣasya*—一个人的；*vipaścitaḥ*—富有辨别的知识；*indriyāṇi*—感官；*pramāthīni*—激动的；*haranti*—抛；*prasabhaṁ*—用力；*manaḥ*—心意。

译文　感官强猛暴烈，阿诸纳呀！甚至是睿智之人，即使努力控制，也抵受不住冲击，心意也终会被感官掳走。

要旨　许多有学识的圣人、哲学家、超然主义者都试图征服感官。然而，尽管他费尽苦心，有时就是一些最卓绝者也会屈服于晃荡不定的心意，而成为物质感官满足的牺牲品。如伟大的圣人兼完美的瑜伽士维施瓦弥陀（Viśvāmitra），虽然倾力以种种苦行以及瑜伽修行来控制感官，结果还是经不住梅娜卡（Menakā）的色相诱惑。当然，世界史上类似的例子还有很多。所以说，没有完全的奎师那知觉，要想控制感官和心意，是十分困难的。心意不专注于奎师那，就必然为物质的活动所吸引。伟大的圣人及奉献者圣雅沐拿师（Śrī Yāmunācārya）举了一个实例，他说：

yad-avadhi mama cetaḥ kṛṣṇa-pādāravinde
nava-nava-rasa-dhāmany udyataṁ rantum āsīt

tad-avadhi bata nārī-saṅgame smaryamāne
bhavati mukha-vikāraḥ suṣṭhu niṣṭhīvanaṁ ca

“自从我专注为圣奎师那的莲花足服务，我便享受着一种久而弥新的永恒超然喜乐。因此每当我想到与女人欢合，就会立即转过脸去，唾弃这个念头。”

奎师那知觉是这样地超然美好，相形之下，物质享乐变得淡而无味，这是自然而然的。就好像一个饥饿的人，已经被足够数量的营养食品所满足了一样，安巴瑞施大君（Mahārāja Ambarīṣa）就因为心意专注于奎师那知觉，所以击败了伟大的瑜伽士杜尔瓦萨·牟尼（Durvāsā Muni）。（*sa vai manaḥ kṛṣṇa-padāravindayor vacāṁsi vaikuṇṭha-guṇānuvarṇane.*）

诗节 61

तानि सर्वाणि संयम्य युक्त आसीत मत्परः ।
वशे हि यस्येन्द्रियाणि तस्य प्रज्ञा प्रतिष्ठिता ॥ ६१ ॥

tāni sarvāṇi saṁyamya
yukta āsīta mat-paraḥ
vaśe hi yasyendriyāṇi
tasya prajñā pratiṣṭhitā

tāni—那些感官；*sarvāṇi*—所有；*saṁyamya*—置于控制之下；*yuktaḥ*—从事；*āsīta*—应当处于；*mat-paraḥ*—与我的关系中；*vaśe*—完全征服；*hi*—肯定地；*yasya*—谁的；*indriyāṇi*—感官；*tasya*—他的；*prajñā*—知觉；*pratiṣṭhitā*—坚定处于。

译文　遏制感官，将其完全调伏，将意识专注于我。这样的人，可谓有定慧。

要旨　这一节诗清楚地解释了完美瑜伽的最高境界就是奎师那知觉。一个人除非具备奎师那知觉，否则他根本不可能控制感官。如上所引，伟大的圣人杜尔瓦萨·牟尼向安巴瑞施大君挑衅，因骄横自大而无名大怒，结果控制不住自己的感官。而安巴瑞施大君虽然瑜伽修行不如这位圣人，却是绝对真理的奉献者，他默默地忍受着圣人所有的不恭，最后终于取得了胜利。安巴瑞施大君之所以能控制住自己的感官，是因为具有以下这些如《圣典博伽瓦谭》(9.4.18-20) 所提到的品格：

sa vai manaḥ kṛṣṇa-padāravindayor
vacāṁsi vaikuṇṭha-guṇānuvarṇane
karau harer mandira-mārjanādiṣu
śrutiṁ cakārācyuta-sat-kathodaye

mukunda-liṅgālaya-darśane dṛśau
tad-bhṛtya-gātra-sparśe 'ṅga-saṅgamam
ghrāṇaṁ ca tat-pāda-saroja-saurabhe
śrīmat-tulasyā rasanāṁ tad-arpite

pādau hareḥ kṣetra-padānusarpaṇe
śiro hṛṣīkeśa-padābhivandane
kāmaṁ ca dāsye na tu kāma-kāmyayā
yathottama-śloka-janāśrayā ratiḥ

"安巴瑞施大君以心意专注于世尊奎师那的莲花足，以言语描述绝对真理的居所，以双手打扫绝对真理的庙宇，双耳聆听绝对真理的逍遥时光，以双眼观看绝对真理的形象，以身体触碰奉献者的身体，以鼻子赏闻供奉在绝对真理莲花足下的花香；以舌头品尝给绝对真理供奉过的图拉茜(*Tulasī*)叶，以双足旅行前往神庙所在的圣地；以头顶拜绝对真理；以自己的心愿满足绝对真理的心愿……所有这些品德使他成了跟绝对真理有关系的(*mat-para*)纯粹奉献者。"

"跟绝对真理有关系(mat-para)"在这里最具深意，一个人如何才能成为"跟绝对真理有关系"的人，可从安巴瑞施大君的一生看出来。伟大的学者和"mat-para"传系中的灵性导师圣巴拉戴瓦·维迪亚布善(Śrīla Baladeva Vidyābhūṣaṇa)说："只有为奎师那做奉爱服务的力量，才能完全控制住感官。"也有时以火为喻。"正如熊熊大火可烧毁房子里的一切，处于瑜伽士心中的圣维施努，能烧尽种种不洁。"《瑜伽经》(*Yoga-sūtras*)也规定，要观想维施努，不可冥想虚无。那些冥想的对象不在维施努层面上的所谓瑜伽士，只不过是在白白浪费时间，追求幻影而已。我们应该具有奎师那知觉——献身于博伽梵。这才是真正的瑜伽目标。

诗节 62

ध्यायतो विषयान्पुंसः सङ्गस्तेषूपजायते ।
सङ्गात्सञ्जायते कामः कामात्क्रोधोऽभिजायते ॥ ६२ ॥

dhyāyato viṣayān puṁsaḥ
saṅgas teṣūpajāyate
saṅgāt sañjāyate kāmaḥ
kāmāt krodho 'bhijāyate

dhyayataḥ—心思；*viṣayān*—感官对象；*puṁsaḥ*—一个人；*saṅgaḥ*—依附；*teṣu*—对感官对象；*upajāyate*—产生；*saṅgāt*—从依附；*sañjāyate*—发展出；*kāmaḥ*—欲望；*kāmāt*—由欲望；*krodhaḥ*—愤怒；*abhijāyate*—展示。

译文　心思感官对象，即生贪恋；有贪恋，乃生色欲；有色欲，乃生嗔怒。

要旨　不在奎师那知觉中的人，冥思苦想着感官对象时，难免产生物质欲望。人的感官是需要从事一些真正的事务的。如果它们不去对博伽梵的超然爱心服务，就一定去追求物质性的事务。物质世界中的芸芸众生，包括希瓦神和梵天君，都会受到感官对象的影响，更不用提天堂星宿上的半神人了。要走出物质存在的困惑，唯一的道路就是奎师那知觉。有一次，希瓦神正在冥想，但当帕瓦缇（Pārvatī）挑逗他时，他就范了，生下了卡提凯亚（Kārtikeya）。当博伽梵的奉献者哈瑞达斯·塔库（Haridāsa Ṭhākura）还很年轻的时候，也同样受到玛亚黛薇（Māyā-devī，假象女神）化身的色诱，但他很轻易地就过了美人关，因为他对圣奎师那的爱纯粹无杂。如上述圣雅沐拿师的诗节所说，绝对真理虔敬的奉献者跟绝对真理在一起，享受高等的灵性快乐，所以远避了一切物质感官享乐。这就是成功的秘诀。因此，一个人若不在奎师那知觉中，无论他以多么强有力的方式人为地遏制感官，最后终归于徒劳，因为只要他有一丝感官享乐的念头，就会激起他去满足自己的欲望。

诗节 63

क्रोधाद्भवति सम्मोहः सम्मोहात्स्मृतिविभ्रमः ।
स्मृतिभ्रंशाद्बुद्धिनाशो बुद्धिनाशात्प्रणश्यति ॥ ६३ ॥

krodhād bhavati sammohaḥ
sammohāt smṛti-vibhramaḥ
smṛti-bhraṁśād buddhi-nāśo
buddhi-nāśāt praṇaśyati

krodhāt—由愤怒；*bhavati*—而来；*sammohaḥ*—完全的幻觉；*sammohāt*—由幻觉；*smṛti*—记忆的；*vibhramaḥ*—迷乱；*smṛti-bhraṁśāt*—记忆迷乱后；*buddhi-nāśaḥ*—失去智慧；*buddhi-nāśāt*—由于失去智慧；*praṇaśyati*—人堕落了。

译文　由嗔怒，导致幻念；幻念造成记忆迷乱；记忆迷乱，智慧乃失；智慧一失，则重堕物质泥潭。

要旨　圣茹帕·哥斯瓦米（Śrīla Rūpa Gosvāmi）在《奉爱的甘露海洋》（*Bhakti-rasāmṛta-sindhu*1.2.258 奉爱经）中这样训导我们：

prāpañcikatayā buddhyā
hari-sambandhi-vastunaḥ
mumukṣubhiḥ parityāgo
vairāgyaṁ phalgu kathyate

我们通过培养奎师那知觉可以知道，万物皆可用来服务于绝对真理。那些没有奎师那知觉知识的人，人为地想避开物质对象。尽管他们想解脱物质束缚，却无法达到弃绝的完美境界。

他们的所谓“弃绝”被称为“phalgu”，就是“无关紧要的”的意思。相反，在奎师那知觉中的人，懂得用万物去服务于奎师那，因此不致成为物质知觉的受害者。例如，对非人格主义者来说，博伽梵或绝对真理是非人格的，因此不能吃东西。就在非人格主义者力图避开美食时，奉献者却知道奎师那是至尊的享乐者，以爱心供奉给博伽梵的一切食物，博伽梵都接受。所以，奉献者供奉美食给博伽梵之后，才品尝灵粮（prasādam）。这样一来，一切都灵性化了，就没有堕落的危险了。奉献者在奎师那知觉中食用灵粮，非奉献者却把它当作物质而予以拒绝。因此，非人格主义者人为的弃绝使他们不能享受人生；也就是这个原因，心意只要有一丝半毫的刺激，就把他们重新拖下物质存在的泥沼。据说这样的灵魂，即使提升到了解脱的境地，也会因没有奉爱服务的支持而再次堕落。

诗节 64

रागद्वेषविमुक्तैस्तु विषयानिन्द्रियैश्चरन् ।
आत्मवश्यैर्विधेयात्मा प्रसादमधिगच्छति ॥ ६४ ॥

rāga-dveṣa-vimuktais tu
viṣayān indriyaiś caran
ātma-vaśyair vidheyātmā
prasādam adhigacchati

rāga—依附；*dveṣa*—弃绝；*vimuktaiḥ*—由一个脱离了这些事物的人；*tu*—但是；*viṣayān*—感官对象；*indriyaiḥ*—由感官；*caran*—遵守；*ātma-vaśyaiḥ*—置于控制；*vidheyātmā*—遵循规范限制内的自由的人；*prasādam*—博伽梵的仁慈；*adhigacchati*—获得。

译文　但人若能遵守通向自由的规范原则，控制感官，不依附，不厌离，便可获得神完全的仁慈。

要旨　前面已经讲过，通过某些人为的方法可以外在地控制感官。但是，感官若不是从事于对博伽梵的超然服务，随时都有堕落的可能。表面上看来，一个完全处于奎师那知觉中的人可能也是在感官的层面活动，但因为他具有奎师那知觉，他不会着迷于这些感官的活动。具有奎师那知觉者只关心能否满足奎师那而不在乎别的什么。所以，他超然于一切超脱与执着。如果奎师那愿意，他会去做那些不尽如人愿的寻常事。做或不做全在他的控制之下，因为他只在奎师那的指示下行事。这知觉是博伽梵无缘的恩慈，尽管奉献者仍然对感官的层面有所依恋，但他仍能达到这种知觉。

诗节 65

प्रसादे सर्वदुःखानां हानिरस्योपजायते ।
प्रसन्नचेतसो ह्याशु बुद्धिः पर्यवतिष्ठते ॥ ६५ ॥

prasāde sarva-duḥkhānāṁ
hānir asyopajāyate
prasanna-cetaso hy āśu
buddhiḥ paryavatiṣṭhate

prasāde—一旦取得博伽梵无缘的仁慈；*sarva*—所有的；*duḥkhānām*—物质痛苦；*hāniḥ*—毁灭；*asya*—他的；*upajāyate*—发生；*prasanna-cetasaḥ*—心意喜悦的；*hi*—肯定地；*āśu*—很快；*buddhiḥ*—智慧；*pari*—足够地；*avatiṣṭhate*—树立。

译文 如此满足（在奎师那知觉中），再无物质生命的三重苦，很快心乐慧定。

诗节 66

नास्ति बुद्धिरयुक्तस्य न चायुक्तस्य भावना ।
न चाभावयतः शान्तिरशान्तस्य कुतः सुखम् ॥ ६६ ॥

nāsti buddhir ayuktasya
na cāyuktasya bhāvanā
na cābhāvayataḥ śāntir
aśāntasya kutaḥ sukham

na asti—不会有；*buddhiḥ*—超然的智慧；*ayuktasya*—一个（与奎师那知觉）无关的人的；*na*—既不；*ca*—和；*ayuktasya*—一个没有奎师那知觉的人；*bhāvanā*—稳定的心意（处于喜乐中）；*na*—不；*ca*—和；*abhāvayataḥ*—一个并不坚定的；*śāntiḥ*—平和；*aśāntasya*—不平和的；*kutaḥ*—那里有；*sukham*—快乐。

译文 人若不（在奎师那知觉中）与至尊相联，既不会有超然的智慧，也不会有稳定的心意。没有这些，绝无平和可言。没有平和，又何来快乐？

要旨 没有奎师那知觉，就不可能有平静。所以本书第五章第 29 节诗强调，一个人只有了解到奎师那是一切祭祀和赎罪苦行所带来善果的唯一享乐者，了解到他是所有宇宙展示物的拥有者，了解到他是众生真正的朋友，他才能得到真正的平静。如果没有奎师那知觉，心意就没有最终的目标。内心的不安是由于没有终极目标。当我们肯定了奎师那才是万物众生的享乐者、拥有者和朋友后，内心才会安稳平静。因此，无论我们表面上显得多么平静，在灵修上显得多么进步，只要我们的活动跟奎师那全无关系，我们就肯定会经常沮丧抑郁，永无安宁。只有与奎师那联系在一起时，才能达到奎师那知觉这一自显的平和境界。

诗节 67

इन्द्रियाणां हि चरतां यन्मनोऽनुविधीयते ।
तदस्य हरति प्रज्ञां वायुर्नावमिवाम्भसि ॥ ६७ ॥

indriyāṇāṁ hi caratāṁ
yan mano 'nuvidhīyate
tad asya harati prajñāṁ
vāyur nāvam ivāmbhasi

indriyāṇām—感官；*hi*—肯定地；*caratām*—飘忽不定；*yat*—在那；*manaḥ*—心意；*anuvidhīyate*—变得恒常从事于；*tat*—那；*asya*—他的；*harati*—掠走；*prajñām*—智慧；*vāyuḥ*—风；*nāvam*—一艘船；*iva*—像；*ambhasi*—在水面上。

译文　正如强风卷走水面的船只，即使心意集中在某个飘忽不定的感官上，人的智慧也终会被这感官掠走。

要旨 除非所有感官都从事于对博伽梵的服务，不然，只要其中有一个在追求满足，奉献者就会偏离超然进修之途。如在安巴瑞施大君的生平中所提到的，所有的感官必须从事于知觉奎师那，这才是控制心意的正确技巧。

诗节 68

तस्माद्यस्य महाबाहो निगृहीतानि सर्वशः ।
इन्द्रियाणीन्द्रियार्थेभ्यस्तस्य प्रज्ञा प्रतिष्ठिता ॥ ६८ ॥

tasmād yasya mahā-bāho
nigṛhītāni sarvaśaḥ
indriyāṇīndriyārthebhyas
tasya prajñā pratiṣṭhitā

tasmāt—因此；*yasya*—谁的；*mahā-bāho*—臂力强大的人啊；*nigṛhītāni*—这样抑制；*sarvaśaḥ*—各方面；*indriyāṇi*—感官；*indriya-arthebhyaḥ*—追求感官对象；*tasya*—他的；*prajñā*—智慧；*pratiṣṭhitā*—坚定。

译文　因此，臂力强大的人啊！能约束感官，不使其追求感官对象的人，必有定慧。

要旨　我们只有通过奎师那知觉，即将所有感官置于对博伽梵的超然爱心服务之中，才能控制住感官享乐之力。克敌制胜要靠占优势的力量，同样，感官不是任何人力可以调伏的。只有将它们全部置于对博伽梵的服务之中方能有效。一个人了解到这一点，即了解到只有通过奎师那知觉，人的智慧才能真正地得以稳固。了解到修习这门艺术须有真正的灵性导师指导——这种人称得上是“适合解脱的人（sādhaka）”。

诗节 69

या निशा सर्वभूतानां तस्यां जागर्ति संयमी ।
यस्यां जाग्रति भूतानि सा निशा पश्यतो मुनेः ॥ ६९ ॥

yā niśā sarva-bhūtānām
tasyāṁ jāgarti saṁyamī
yasyāṁ jāgrati bhūtāni
sā niśā paśyato muneḥ

yā—什么；niśā—是黑夜；sarva—所有；bhūtānām—生物的；tasyām—在那；jāgarti—醒觉的；saṁyamī—自我控制者；yasyām—在……时；jāgrati—醒来；bhūtāni—众生；sā—那是；niśā—黑夜；paśyataḥ—对于内省者；muneḥ—圣人。

译文　众生在黑夜中沉睡之时，自我控制者正炯然觉醒；众生醒来的时候，便是内省圣人的黑夜。

要旨　聪明人有两种。一种精于满足感官的物质活动；另一种勤于内省，勤于对自我觉悟的修炼，极为醒觉。思想深刻的内省圣人活动时，对耽于物质事务的人来说，正是黑夜。物质主义者由于对自我觉悟的无知，在这样的黑夜中沉沉昏睡。然而，内省的圣人对物质主义者的“黑夜”却炯然警醒。圣人在灵修的循序渐进中感受到超然的快乐；而身在物质活动中的人，对自我觉悟却麻木不仁，梦想着种种感官满足。在睡意中有时感到高兴，有时感到忧伤。内省者对物质的快乐和忧烦总是无动于衷，他不受物质报应的影响，而且不断地修炼自我觉悟。

诗节 70

आपूर्यमाणमचलप्रतिष्ठं
समुद्रमापः प्रविशन्ति यद्वत् ।
तद्वत्कामा यं प्रविशन्ति सर्वे
स शान्तिमाप्नोति न कामकामी ॥ ७० ॥

āpūryamāṇam acala-pratiṣṭhaṁ
samudram āpaḥ praviśanti yadvat
tadvat kāmā yaṁ praviśanti sarve
sa śāntim āpnoti na kāma-kāmī

āpūryamāṇam—经常充满着；acala-pratiṣṭham—稳定地处于；samudram—海洋；āpaḥ—水；praviśanti—进入；yadvat—如；tadvat—这样；kāmāḥ—欲望；yam—向谁；praviśanti—进入；sarve—所有；saḥ—那个人；śāntim—平和；āpnoti—得到；na—不；kāma-kāmī—想满足色欲的人。

译文　不为欲望滔滔不尽之流所扰，一如海洋纳百川之水，依然波浪不扬。

如此之人才能达到平和；而试图满足色欲之人，则永不能达到。

要旨 大海常常充满了水，尤其在雨季，水更多。但大海依然是那么平静，没有激荡，也不会满溢。专注于奎师那知觉的人也是这样。只要人还有物质的躯体，躯体对感官满足的要求就不会停止。然而，奉献者却因着他的丰实而不为这些欲望所扰。一个有奎师那知觉的人再不需任何东西，因为绝对真理已经满足了他所有的物质需要。所以，他就像大海一样自身永远满盈。欲望可能会像江河入海那样涌向他，然而他却能专注于他的活动，甚至一点也不为追求感官满足的欲望所侵扰。虽然欲望仍然存在，但已没有去满足物质感官的倾向了——这便是人在奎师那知觉中的证明。因为他满足于对绝对真理的超然爱心服务，并能像大海一样保持稳定，因而享有完全的平和。而其他人，就算其欲望的满足达到了解脱这样高的地步，也得不到平和，更不用说其他追求物质方面成功的人了。追求功利者、救赎者，还有追求玄秘力量的瑜伽士，都毫无快乐，因为他们的欲望未能得到完全满足。但一个具有奎师那知觉的人却在为绝对真理的服务中感到快乐无比，因而他已没有其他欲望需要满足了。事实上，他甚至不欲求从所谓的物质束缚中获得解脱。奎师那的奉献者没有物质的欲望，因此享有完美的平和。

诗节 71

विहाय कामान्यः सर्वान्पुमांश्चरति निःस्पृहः ।
निर्ममो निरहङ्कारः स शान्तिमधिगच्छति ॥ ७१ ॥

vihāya kāmān yaḥ sarvān
pumāṁś carati niḥspṛhaḥ
nirmamo nirahaṅkāraḥ
sa śāntim adhigacchati

vihāya—放弃；*kāmān*—感官享乐的物质欲望；*yaḥ*—这个人；*sarvān*—所有；*pumān*—一个人；*carati*—生活；*niḥspṛhaḥ*—没有欲望；*nirmamaḥ*—没有拥有之念；*nirahaṅkāraḥ*—没有假自我；*saḥ*—他；*śāntim*—完全的平和；*adhigacchati*—达到。

译文 **放弃一切感官享乐的欲望，生活不为欲望所扰；抛弃拥有之念，消除**

假我。如此之人，始能获得真正的平和。

要旨 达到无欲境界，意味着不再为感官享乐而欲求。换句话说，渴求具有奎师那知觉，实际上就是无欲无求。了解自我的真实地位乃是奎师那永恒的仆人，不误称这物质躯体为自我，不错误地以为在这个世上拥有什么，这就是奎师那知觉的完美境界。处于这个完美境界中的人知道，因为奎师那是一切的拥有者，所以一切都必须用于满足奎师那。阿诸纳不想为自己的感官满足而战，但当他变得具有完全的奎师那知觉时，便挺身而战，因为奎师那要他这样做。尽管他自己无心作战，但为奎师那，同一个阿诸纳却全力以赴。真正的无欲求是欲求得到奎师那的满意，而不是人为地废除欲望。生物不可能没有欲望，不可能没有感觉。但他的确需要改变欲望的性质才行。一个在物质上没有欲望的人，肯定知道万物都属于奎师那（*īśāvāsyam idaṁ sarvam*），因此，他不会错误地宣称自己拥有什么。这超然的知识是基于自我觉悟的基础上的——即完整地理解每一生物的灵性身份都是奎师那永恒的所属部分，因此，生物永恒的地位永远不可能与奎师那相等或高于他。对奎师那知觉的这种了解，是真正平和的基本原则。

诗节 72

एषा ब्राह्मी स्थितिः पार्थ नैनां प्राप्य विमुह्यति ।
स्थित्वास्यामन्तकालेऽपि ब्रह्मनिर्वाणमृच्छति ॥ ७२ ॥

eṣā brāhmī sthitiḥ pārtha
naināṁ prāpya vimuhyati
sthitvāsyām anta-kāle 'pi
brahma-nirvāṇam ṛcchati

eṣā—这；*brāhmī*—灵性的；*sthitiḥ*—处境；*pārtha*—菩瑞塔之子啊；*na*—永不；*enām*—这；*prāpya*—达到；*vimuhyati*—迷惑；*sthitvā*—处于；*asyām*—这种境界；*anta-kāle*—在生命的尽头；*api*—也；*brahma-nirvāṇam*—神的灵性国度；*ṛcchati*—臻达。

译文 **这便是灵性而神圣的生命之途。到达后，人再无迷惑。即使在临终之**

时才达到这境界，也必能进入神的国度。

要旨 人既可能在一秒之内，立即达到奎师那知觉或神圣的生命——也可能历尽百万次的投生，仍不能达到这样的生命境地。这只是一个是否了解与是否接受事实的问题。卡特万嘎大君（Khaṭvāṅga Mahārāja）只在死前数分钟才皈依奎师那，结果达到了这一生命境地。涅槃（nirvāṇa）是指结束物质生命的过程。根据佛教哲学，物质生命完结后，就只有虚无，但《博伽梵歌》的教导则不以为然。真正的生命是在这物质生命完结后才开始的。对于十足的物质主义者来说，懂得该结束物质化的生命道路就已足够了，但对于在灵性上修行高深的人来说，物质生命之后还有另一生命。在结束此生前，如果谁幸运地有了奎师那知觉，谁就可立即达到梵涅槃（brahma-nirvāṇa 寂灭入梵或神的灵性国度）的境界。神的国度与为神做奉爱服务没有区别，因为这两者都在绝对的层面。所以，从事于对绝对真理的超然爱心服务，就已到达了灵性的国度。在物质世界里有满足感官的活动，在灵性世界里则有奎师那知觉活动。在这一世中臻达了奎师那知觉也即晋达了梵（Brahman）的境界，处于奎师那知觉中的人，已确实地进入了神的国度。

梵，是物质的反面，因此"灵性的处境（brāhmī sthiti）"，意即"非物质活动的层面"。《博伽梵歌》认为，为绝对真理做奉爱服务就是超越物质自然形态，并且到达梵的境界（*sa guṇān samatītyaitān brahma-bhūyāya kalpate*）。因此，"灵性的处境"就是从物质束缚中的解脱。

圣巴克提维诺德·塔库（Śrīla Bhaktivinoda Ṭhākura）认为，《博伽梵歌》第二章是全书的概要。《博伽梵歌》的主题是"业报瑜伽（Karma-yoga）"、"知识瑜伽（Jñāna-yoga）"和"奉爱瑜伽（Bhakti-yoga）"。第二章作为全书的概要，清楚地讨论了"业报瑜伽"和"知识瑜伽"，对"奉爱瑜伽"也略有提及。

巴克提维丹塔（Bhaktivedanta）阐释圣典《博伽梵歌》第二章"《博伽梵歌》内容概要"至此结束。

第三章

业报瑜伽

物质世界里，人人都要从事某种活动。活动能使人束缚于物质世界，也能使人从中解脱出来。心底无私地为博伽梵的喜悦而从事活动，便可从业报规律中解脱出来，获得有关自我和博伽梵的超然知识。

诗节 1

अर्जुन उवाच
ज्यायसी चेत्कर्मणस्ते मता बुद्धिर्जनार्दन ।
तत्किं कर्मणि घोरे मां नियोजयसि केशव ॥ १ ॥

arjuna uvāca
jyāyasī cet karmaṇas te
matā buddhir janārdana
tat kiṁ karmaṇi ghore māṁ
niyojayasi keśava

arjunaḥ—阿诸纳；*uvāca*—说；*jyāyasī*—更好；*cet*—如果；*karmaṇaḥ*—比功利性活动；*te*—您；*matā*—认为；*buddhiḥ*—智慧；*janārdana*—奎师那；*tat*—所以；*kim*—为什么；*karmaṇi*—活动；*ghore*—恐怖的；*mām*—我；*niyojayasi*—您使我从事；*keśava*—奎师那啊。

译文　阿诸纳说：佳纳丹（Janārdana）！凯希魔的屠者（Keśava）啊！您既然认为智慧比功利性活动更好，那为什么还要劝我参加这场可怕的战争呢？

要旨　在上一章里，博伽梵奎师那（Śrī Kṛṣṇa）已经很详尽地描述了灵魂的本质，为的是把他亲密的朋友阿诸纳从物质苦海中拯救出来。而已推荐的觉悟之途便是：智慧瑜伽（Buddhi-yoga），即奎师那知觉。有时，奎师那知觉被误解为不活动。有着这种误解的人常常隐居起来，唱颂绝对真理的圣名，希望由此而达到完全的奎师那知觉。然而未受奎师那知觉的哲学训练，隐居起来唱颂绝对真理的圣名，并不可取。这样做最多只能赚取无知大众的一点廉价的仰慕罢了。阿诸纳也以为奎师那知觉即智慧瑜伽（Buddhi-yoga）或培养灵修知识的智慧，便是隐居起来，而且在隐居之所作赎罪苦行。换句话说，他想以奎师那知觉为借口，巧妙地逃避作战。但他是个诚恳的学生，于是把事情摆到导师面前，询问奎师那他怎样做才最好。在回答中，圣奎师那便在这第三章中详尽地解释了业报瑜伽（Karma-yoga）——在奎师那知觉中的工作。

诗节 2

व्यामिश्रेणेव वाक्येन बुद्धिं मोहयसीव मे ।
तदेकं वद निश्चित्य येन श्रेयोऽहमाप्नुयाम् ॥ २ ॥

vyāmiśreṇeva vākyena
buddhiṁ mohayasīva me
tad ekaṁ vada niścitya
yena śreyo 'ham āpnuyām

vyāmiśreṇa—被模棱两可的；*iva*—肯定地；*vākyena*—话语；*buddhim*—智慧；*mohayasi*—您迷惑；*iva*—肯定地；*me*—我的；*tat*—因此；*ekam*—唯一的一个；*vada*—请告诉；*niścitya*—明确地；*yena*—借此；*śreyaḥ*—真正的得益；*aham*—我；*āpnuyām*—可以得到。

译文　您模棱两可的指示，使我陷入困惑之中。因此，请明确地告诉我，什么对我最有益？

要旨　前一章可说是《博伽梵歌》的序曲，解释了修习瑜伽的许多不同的途径，如数论瑜伽（Sāṅkhya-yoga）、智慧瑜伽（Buddhi-yoga）、以智慧控制感官、无功利性欲望的工作及初习者的地位等。这些都讲到了，但讲得凌乱，没有系统性。一份更为严谨的方法概要对于行动和理解都是必要的。因此，阿诸纳想理清这些明显含糊不清的概念。这样，普通人就能毫无曲解地接受了。虽然，奎师那并非有意要以文字游戏叫阿诸纳摸不着头脑，阿诸纳却无法追随奎师那知觉的程序。无论是从不活动方面，还是从积极去服务方面讲都是这样。换句话说，阿诸纳这样询问，是为所有想真正地理解《博伽梵歌》奥秘的学生扫除奎师那知觉之途上的障碍。

诗节 3

लोकेऽस्मिन्द्विविधा निष्ठा पुरा प्रोक्ता मयानघ ।
ज्ञानयोगेन सां: यानां कर्मयोगेन योगिनाम् ॥ ३ ॥

śrī-bhagavān uvāca
loke 'smin dvi-vidhā niṣṭhā
purā proktā mayānagha
jñāna-yogena sāṅkhyānāṁ
karma-yogena yoginām

śrī bhagavān uvāca—博伽梵说；*loke*—在世上；*asmin*—这；*dvi-vidhā*—两种；*niṣṭhā*—信仰；*purā*—以前；*proktā*—说过；*mayā*—由我；*anagha*—无罪业的人；*jñāna-yogena*—通过知识的连接方法；*sāṅkhyānām*—经验哲学家的；*karma-yogena*—通过奉爱的连接方法；*yoginām*—奉献者的。

译文　博伽梵说：无罪业的阿诸纳呀！我已解释过，致力于觉悟自我的人分两类。一类人倾向于通过哲学性分析和知识思辨，另一类人则通过奉献服务。

要旨　在第二章第39诗节绝对真理解说了两种程序——即数论瑜伽和业报瑜伽（即智慧瑜伽 Buddhi-yoga）。在这节诗中，绝对真理对此的解释就更清楚了。数论瑜伽，即关于灵性和物质本质的分析性研究，是那些倾向于通过经验性知识和哲学去推敲和理解事物的人所研究的主题。通过奉献服务，则如第二章第61诗节所解说的那样，在奎师那知觉中工作。绝对真理还在第39诗节中阐明，人以智慧瑜伽（Buddhi-yoga）即奎师那知觉的原则去工作，便可从活动的桎梏中解脱出来，而且这个过程并无瑕疵。同一原理在第61诗节中就解释得更清楚了：这种智慧瑜伽完全依赖于至尊（或者，更明确地说，依赖于奎师那），如此，所有的感官就能非常容易地被控制住。因此，宗教和哲学这两种瑜伽途径是相辅相成的。没有哲学的宗教只是感情用事而已，有时甚至只是狂热；而没有宗教的哲学就是心智思辨和臆测。终极的目标是奎师那，因为孜孜追求绝对真理的哲学家也以到达奎师那知觉而告终。《博伽梵歌》中也论述了这一点，整个过程在于去了解自我在与超灵的关系中的真实地位。间接的过程是哲学思辨，这一过程也可使人逐步地到达奎师那知觉的境界；而另一过程则是直接地将每一事物联接到奎师那知觉中。两种过程之中，奎师那知觉之途更佳，因为它不依赖于以哲学方式去进行感官净化。奎师那知觉本身就是净化的过程，奉爱服务的方法使该过程既简易又崇高。

诗节 4

न कर्मणामनारम्भान्नैष्कर्म्यं पुरुषोऽश्नुते ।
न च सन्न्यसनादेव सिद्धिं समधिगच्छति ॥ ४ ॥

na karmaṇām anārambhān
naiṣkarmyaṁ puruṣo 'śnute
na ca sannyasanād eva
siddhiṁ samadhigacchati

na—不；*karmaṇām*—赋定责任；*anārambhāt*—不履行；*naiṣkarmyam*—脱离业报；*puruṣah*—人；*aśnute*—达到；*na*—不；*ca*—还有；*sannyasanāt*—依靠弃绝；*eva*—只是；*siddhim*—成功；*samadhigacchati*—达到。

译文　单是避开工作，并不能达到远离业报的自由境界；仅依靠弃绝，亦无法达到完美。

要旨　责任的赋定是为了净化物质主义者的心。当一个人通过履行赋定责任而获得净化后，便可接受生命的弃绝。未经净化而突然接受生命中的第四阶段（弃绝阶段 sannyāsa），结果是不会成功的。按照经验哲学家的说法，一个人只需接受托钵僧，或者退出功利性的活动，就可立即跟那罗延（Nārāyaṇa）一样完美。但圣奎师那不赞成这种说法。一方面，心灵未净化当托钵僧只会给社会秩序带来骚扰。另一方面，如果有人为绝对真理作超然的服务，即使不去履行赋定的责任，无论他在此有多少进展，绝对真理也会接受（智慧瑜伽）。即使只是稍微实践一下这一原则，也能助人克服巨大的困难（*sv-alpam apy asya dharmasya trāyate mahato bhayāt*）。

诗节 5

न हि कश्चित्क्षणमपि जातु तिष्ठत्यकर्मकृत् ।
कार्यते ह्यवशः कर्म सर्वः प्रकृतिजैर्गुणैः ॥ ५ ॥

na hi kaścit kṣaṇam api
jātu tiṣṭhaty akarma-kṛt
kāryate hy avaśaḥ karma
sarvaḥ prakṛti-jair guṇaiḥ

na—不能；*hi*—肯定地；*kaścit*—任何人；*kṣaṇam*—即使片刻；*api*—也；*jātu*—即使；*tiṣṭhati*—保持；*akarma-kṛt*—不做事；*kāryate*—被迫工作；*hi*—必定；*avaśaḥ*—无可奈何；*karma*—工作；*sarvaḥ*——一切；*prakṛti-jaiḥ*—生于物质自然的属性；*guṇaiḥ*—按照品质。

译文　每个人都被迫按照物质自然属性所赋予的秉性而行事，皆无可奈何。因此，谁也休想停止任何活动，哪怕一刻也不行。

要旨　问题并不在于生命躯体化，而在于灵魂的本性永远是活跃的。没有灵魂，物质躯体便不能运动。灵魂永远是活跃的，一刻也不会停止；躯体不过是无生命的车辆，由灵魂驾驶。既然如此，灵魂就得好好地去从事奎师那知觉的有益工作，要不然，他就会在虚幻能量指使下做事。一旦跟物质能量接触，灵魂就陷入物质形态之中。要解除这种吸引，使灵魂重获净化，人必须履行经典（śāstra）中所赋定的责任才行。但如果灵魂从事在奎师那知觉中的原本职责，那他所能做的一切对他都有好处。《圣典博伽瓦谭》（1.5.17）证实了这一点：

tyaktvā sva-dharmaṁ caraṇāmbujaṁ harer
bhajann apakvo 'tha patet tato yadi
yatra kva vābhadram abhūd amuṣya kiṁ
ko vārtha āpto 'bhajatāṁ sva-dharmataḥ

"人若从事于奎师那知觉，即使不能履行圣典赋定的责任，或不恰当地履行奉爱服务，甚至可能因达不到标准中途而废，也并无损失、无罪过。但如果人遵行了圣典中所有有关净化的训谕，却没有奎师那知觉，又有何用？"

因此，要达到奎师那知觉的境地，净化程序是必要的，弃绝阶层也好，任何净化程序也罢，都是要助人达到终极的目标——奎师那知觉的；没有它，一切都属枉然。

诗节 6

कर्मेन्द्रियाणि संयम्य य आस्ते मनसा स्मरन् ।
इन्द्रियार्थान्विमूढात्मा मिथ्याचारः स उच्यते ॥ ६ ॥

karmendriyāṇi saṁyamya
ya āste manasā smaran
indriyārthān vimūḍhātmā
mithyācāraḥ sa ucyate

karma-indriyāṇi—五个工作感官；*saṁyamya*—控制；*yaḥ*—谁；*āste*—保持；*manasā*—用心意；*smaran*—想着；*indriya-arthān*—感官对象；*vimūḍha*—愚蠢的；*ātmā*—灵魂；*mithyā-ācāraḥ*—伪善者；*saḥ*—他；*ucyate*—被称为。

译文　遏制活动的感官，但心意却不离感官对象，实为自欺。如此之人，可谓伪善者。

要旨　有很多伪善者，拒绝在奎师那知觉中工作，却装模作样地冥想，其实心里装满了感官享乐。他们可能擅长搬弄一些枯燥的学说来吓唬那些精于世故的跟随者，但从这节诗中，我们可以看清楚，这些人是最大的骗子。人可以任何社会身份追求感官快乐。如果他能遵守在他那特定地位所应遵循的规则，便可在生存净化中逐渐取得进步。但如果他把自己装扮成瑜伽士，而实际上却在追求满足感官的对象，那就是最大的骗子，即使此人不时也胡诌几句哲学。他的知识毫无价值可言，因为这样一个罪人的知识影响力，已被绝对真理的虚幻能量带走。这样的伪善者的心意总是不纯的，因此，他的瑜伽冥想毫无价值，只不过是装模作样而已。

诗节 7

यस्त्विन्द्रियाणि मनसा नियम्यारभतेऽर्जुन ।
कर्मेन्द्रियैः कर्मयोगमसक्तः स विशिष्यते ॥ ७ ॥

yas tv indriyāṇi manasā
niyamyārabhate 'rjuna

karmendriyaiḥ karma-yogam
asaktaḥ sa viśiṣyate

yaḥ—谁；*tu*—但是；*indriyāṇi*—感官；*manasā*—用心意；*niyamya*—规范；*ārabhate*—开始；*arjuna*—阿诸纳；*karma-indriyaiḥ*—用活跃的感官；*karma-yogam*—奉爱；*asaktaḥ*—毫无依附；*saḥ*—他；*viśiṣyate*—远胜于。

译文 **相反，若一个人真诚地以心意控制活跃的感官，在奎师那知觉中毫无依附地修习业报瑜伽，他便崇高得多了。**

要旨 与其为了放荡地生活和感官享乐，装扮成超然主义者，远不如坚守自己的工作，践行生命的目的，以从物质的束缚中解脱出来，进入神的国度。首要的是“自我的最高利益（svārtha-gati）”，即臻达维施努（Viṣṇu），整个四社会阶层（varṇa）和四灵修阶段（āśrama）制度就是为了帮助我们到达生命这一目的而设置的。居家之人也可以通过在奎师那知觉中的规范服务而到达这一目的地。一个人若过圣典（śāstras）所规定的自律生活，继续做自己的事情而不执着于事，长此下去就会在自我觉悟的道路上不断进步。比起那些以灵性主义来粉饰自己以欺骗无知大众的佯装者，诚恳地遵循这个方法的人所处的地位要高得多。一个诚恳的马路清洁工，远比那些只为谋生而假装冥想的人要强得多。

诗节 8

नियतं कुरु कर्म त्वं कर्म ज्यायो ह्यकर्मणः ।
शरीरयात्रापि च ते न प्रसिद्ध्येदकर्मणः ॥ ८ ॥

niyataṁ kuru karma tvaṁ
karma jyāyo hy akarmaṇaḥ
śarīra-yātrāpi ca te
na prasiddhyed akarmaṇaḥ

niyatam—赋定的；*kuru*—做；*karma*—责任；*tvam*—你；*karma*—活动；*jyāyaḥ*—较好；*hi*—必定；*akarmaṇaḥ*—不活动；*śarīra*—身体的；*yātrā*—维持；*api*—连；*ca*—还有；*te*—你的；*na*—不；*prasiddhyet*—实现；*akarmaṇaḥ*—不工作。

译文 **履行赋定给你的职责吧！因为这比不活动更好；不工作，人甚至连物质躯体都维持不了。**

要旨 有很多假冥想者诈称出身高贵，也有很多有名的职业人士虚伪地摆出一副为了灵修生活的进步已经牺牲了一切的架势。圣奎师那并不想让阿诸纳成为伪善者，倒是希望他去履行刹帝利赋定的责任。阿诸纳既是居家之人又是军中大帅，所以他还是保持现状，履行居家刹帝利（Kṣatriya）的赋定宗教职责为好。这样的活动能逐步地洗净世俗人的心，使其脱离物质污染。为了维持生计的所谓弃绝，永远得不到绝对真理的允准，任何宗教经典也不会同意。要维持躯体健康，人毕竟得做些工作。因此，人若没有净化物质的习性，断不可任意放弃工作。任何在这物质世界之中的人，都必然有一些不洁的习性，如想做物质自然的主人等；或者，换句话说，要去追求感官享乐，这种污浊的习性必须清除干净。不通过赋定责任去作如此清除，人便永远不该弃绝工作，依赖别人过活，而试图成为一个所谓的“超然主义者”。

诗节 9

यज्ञार्थात्कर्मणोऽन्यत्र लोकोऽयं कर्मबन्धनः ।
तदर्थं कर्म कौन्तेय मुक्तसङ्गः समाचर ॥ ९ ॥

yajñārthāt karmaṇo 'nyatra
loko 'yaṁ karma-bandhanaḥ
tad-arthaṁ karma kaunteya
mukta-saṅgaḥ samācara

yajña-arthāt—只是为了祭祀（即维施努）履行；*karmaṇaḥ*—比工作；*anyatra*—否则；*lokaḥ*—世界；*ayam*—这；*karma-bandhanaḥ*—被工作束缚；*tat*—他；*artham*—为了；*karma*—工作；*kaunteya*—琨缇之子；*mukta-saṅgaḥ*—摆脱联系；*samācara*—十全十美地去做。

译文 **工作应当作为祭祀奉献给维施努；否则，工作只会将人束缚在物质世界。所以，琨缇之子啊！你要履行赋定给你的职责，去满足维施努。如此，你便永不受束缚。**

要旨　一个人只是为了维持这个身体，也得工作。对社会上处于任一特定地位的人来说，赋定责任都是为此目的而设。祭祀（yajña）是指世尊维施努，或者是献祭。所有的献祭都是为了满足圣维施努。韦达经训谕："祭祀即维施努（*yajño vai viṣṇuḥ*）"。换句话说，不管是举行赋定的祭祀，还是直接服务圣维施努，目的都是一致的。所以，如本诗节所言，奎师那知觉就是执行祭祀。《宇宙古史·维施努之部》（*Viṣṇu Purāṇa* 3.8.8）中也说："四社会阶层和四灵性阶段制度的目的也在于满足圣维施努（*varṇāśramācāravatā puruṣeṇa paraḥ pumān / viṣṇur ārādhyate*）。"

所以，一个人应该为满足维施努而工作。这个物质世界的其他工作都是束缚人的原因，因为不论工作为善为恶，均有报应，而任何业报都将束缚人。因此，人须在奎师那知觉中为满足奎师那（即维施努）而工作。人若如此行事，则已处解脱之境。这才是伟大的工作艺术，开始时，需要有非常卓越的指导才行。所以，一个人应该在世尊奎师那的奉献者的专门指导之下，或在世尊奎师那的直接教导下（阿诸纳得到这种机会工作），勤奋地工作。凡事不可为感官满足而行，而要去满足奎师那。这样去实践，不仅可免于工作的报应，而且更能逐渐将人提升到对博伽梵作出超然爱心服务的境界，这是晋升神的国度的唯一途径。

诗节 10

सहयज्ञाः प्रजाः सृष्ट्वा पुरोवाच प्रजापतिः ।
अनेन प्रसविष्यध्वमेष वोऽस्त्विष्टकामधुक् ॥ १० ॥

saha-yajñāḥ prajāḥ sṛṣṭvā
purovāca prajāpatiḥ
anena prasaviṣyadhvam
eṣa vo 'stv iṣṭa-kāma-dhuk

saha—连同；*yajñāḥ*—祭祀；*prajāḥ*—一代代；*sṛṣṭvā*—创造；*purā*—古代的；*uvāca*—说；*prajā-patiḥ*—万物之主；*anena*—通过这；*prasaviṣyadhvam*—越来越繁荣；*eṣaḥ*—肯定地；*vaḥ*—你们的；*astu*—让它成为；*iṣṭa*—所有想要的；*kāma-dhuk*—赐予者。

译文 创造之初，众生之主遣来一代又一代的人类和半神人，带着对维施努的种种祭祀，并祝福他们道："让祭祀（yajña）带给你们快乐。因为，举行献祭会赐予你们幸福生活和获得解脱所欲求的一切。"

要旨 万物之主（维施努）所创造的物质世界，给受限制的灵魂提供了一个重返家园的机会。物质创造之内的所有生物，因忘却了他们与维施努，即博伽梵奎师那的关系，而受到物质自然的条件限制。韦达原则在于帮助我们认识这永恒的关系，正如《博伽梵歌》中博伽梵所说，"研习所有韦达经的目的就是了解我（*vedaiś ca sarvair aham eva vedyaḥ*）"。韦达颂歌唱道："众生之主就是博伽梵维施努（*patiṁ viśvasyātmeśvaram*）。"在《圣典博伽瓦谭》（2.4.20）中，圣舒卡戴瓦·哥斯瓦米（Śrīla Śukadeva Gosvāmī）也从很多方面描述绝对真理为"pati"：

śriyaḥ patir yajña-patiḥ prajā-patir
dhiyāṁ patir loka-patir dharā-patiḥ
patir gatiś cāndhaka-vṛṣṇi-sātvatāṁ
prasīdatāṁ me bhagavān satāṁ patiḥ

"博伽梵奎师那啊！他是所有奉献者崇拜的绝对真理，所有雅杜王朝的国君如安达卡、维施尼等人的荣耀和保护者，全体幸运女神的丈夫，所有祭祀的指导者，众生的领袖，一切智慧的控制者，所有灵性和物质星宿的拥有者，地球上的至尊化身（一切至尊）。愿他对我恩慈。"

众生之主（prajā-pati）就是圣维施努，他是所有生物、所有世界和一切美的主宰，是每个人的保护者。主宰者创造了这个物质世界，使受限制的灵魂能学会从事祭祀（献祭），以满足维施努；这样当他们还生活在物质世界时，就可以过得舒舒服服，无忧无虑。在现有的物质躯体完结之后，便能进入神的国度。这便是受限制的灵魂的整个活动程序。通过祭祀的实施，受限制的灵魂会逐步变得具有奎师那知觉，且在各方面都具备神圣的品质。在这个充满纷争和虚伪的卡利年代（kali-yuga），韦达经典推荐"齐颂圣名祭祀（saṅkīrtana-yajña）"。

圣采坦尼亚为拯救这个年代所有的人，引介了这个超然的体系，齐颂圣名祭祀（saṅkīrtana-yajña）与奎师那知觉相辅相成。《圣典博伽瓦谭》（11.5.33）提及圣奎师那以他的奉献者形象——圣采坦尼亚显现时，也特别提及了齐颂绝对真理的圣名一事：

kṛṣṇa-varṇaṁ tviṣākṛṣṇaṁ
sāṅgopāṅgāstra-pārṣadam
yajñaiḥ saṅkīrtana-prāyair
yajanti hi su-medhasaḥ

“在这个充斥着纷争与虚伪的卡利年代（*kali-yuga* 铁器时代），天赋智慧充足的人会通过唱颂绝对真理的圣名，崇拜有同游相伴的绝对真理。”

韦达经所规定的其他祭祀，在这纷争的卡利年代（kali-yuga 铁器时代）不容易施行，但齐颂圣名祭祀在各方面都既简易又崇高，《博伽梵歌》（9.14）也这样推荐。

诗节 11

देवान्भावयतानेन ते देवा भावयन्तु वः ।
परस्परं भावयन्तः श्रेयः परमवाप्स्यथ ॥ ११ ॥

devān bhāvayatānena
te devā bhāvayantu vaḥ
parasparaṁ bhāvayantaḥ
śreyaḥ param avāpsyatha

devān—半神人；*bhāvayata*—满足后；*anena*—被这种祭祀；*te*—那些；*devāḥ*—半神人；*bhāvayantu*—将取悦；*vaḥ*—你们；*parasparam*—相互地；*bhāvayantaḥ*—彼此取悦；*sreyaḥ*—赐福；*param*—至尊的；*avāpsyatha*—你们会取得。

译文　祭祀满足了半神人，半神人亦会满足你们。人类与半神人如此合作，一切都会繁荣昌盛。

要旨　半神人是经过授权的物质事务的管理者。空气、阳光、水以及维持生物躯体和灵魂的所有其他恩赐的供给，全由半神人统管。这些数不胜数的半神人都是博伽梵身体各部位的助手，他们是否快乐取决于人类祭祀的施行，有些祭祀是为了满足某些特别的半神人。但就算这样做，圣维施努在所有祭祀中仍是受到尊拜的受益者。《博伽梵歌》也提到，奎师那本人就是所有祭祀的受益者（*bhoktāraṁ yajña-tapasām*）。所以，祭祀之主（yajña-pati）的最终满足才是所有祭祀的主要目的。当这些祭祀圆满地进行后，主管各部门供应的半神人自然高兴，自然物产的供应就不会匮乏了。

祭祀的施行有很多附带的好处，最终是引导人从物质束缚中解脱出来。举行祭祀，一切活动均可净化，如韦达经所说：

āhāra-śuddhau sattva-śuddhiḥ sattva-śuddhau

dhruvā smṛtiḥ smṛti-lambhe sarvagranthīnāṁ vipramokṣaḥ

举行祭祀，食物便得到圣化；吃了圣化的食物，人便得以净化；生存的净化又使精微的记忆组织获得圣化，而圣化的记忆则使人想到解脱之途。

所有这些结合在一起，便把人导向当今社会最需要的奎师那知觉。

诗节 12

इष्टान्भोगान्हि वो देवा दास्यन्ते यज्ञभाविताः ।
तैर्दत्तानप्रदायैभ्यो यो भुङ्क्ते स्तेन एव सः ॥ १२ ॥

iṣṭān bhogān hi vo devā
dāsyante yajña-bhāvitāḥ
tair dattān apradāyaibhyo
yo bhuṅkte stena eva saḥ

iṣṭān—想要的；*bhogān*—生活所需；*hi*—肯定地；*vaḥ*—给你们；*devāḥ*—半神人；*dāsyante*—将回馈；*yajña-bhāvitāḥ*—因祭祀而满足；*taiḥ*—由他们；*dattān*—给予的东西；*apradāya*—没有供奉；*ebhyaḥ*—给这些半神人；*yaḥ*—谁；*bhuṅkte*—享用；*stenaḥ*—窃贼；*eva*—肯定地；*saḥ*—他。

译文　半神人司掌各种生命所需品。举行祭祀来满足他们，他们就会供给人类生活所需的一切。但人若享用半神人的馈赠，却不报以祭祀，则与窃贼无异。

要旨　半神人被授权为博伽梵维施努的供应代理人。因此，必须举行规定的祭祀去满足他们。在韦达经中，对不同的半神人规定有不同的祭祀，但所有这些最终都是供奉给博伽梵的。对于那些不认识博伽梵的人，祭祀半神人值得推荐。韦达经根据人不同的物质品性，引介种类不同的祭祀。对不同半神人的崇拜也基于同一原则——也就是说，根据崇拜者的不同品性而举行不同的献祭。例如，肉食者被推荐去崇奉卡利（Kālī）女神——这一物质自然的可怕形体，而且须以动物祭祀女神。但对在善良形态中之人，韦达经典则推荐对维施努的超然崇拜。然而，一切祭祀最终都为的是逐渐地晋升至超然的境界。对于普通人，至少有五种祭祀是必需的，这五种祭祀被称为“五大祭（pañca-mahā-yajña）”。

须知，人类社会的一切生命必需品都是由至尊主的代理——半神人供应的。没有人能造出任何东西。以人类社会的食物为例，五谷、水果、蔬菜、牛奶、糖等善良形态者的食物，以及非素食者的食物，如肉类等，没有一样是人制造出来的。又例如，热、光、水、空气等也是生命的必需品，也没有一样是人类制造的。没有博伽梵，便没有充足的阳光、月光、雨水、微风等；没有这些，谁也活不成。很明显，我们的生命依赖于至尊主的维持。甚至我们的制造业也需要很多原料，如金属、硫黄、水银、锰和其他重要元素，这些都是由博伽梵的代理人供应的，目的是要我们好好利用，维持健康，以追求自我觉悟，走向生命的终极目标——从物质生存的苦苦挣扎中解脱出来。举行祭祀可以达到这一生命目标。如果我们忘记了人生目的，只是一味地从博伽梵的代理人那里获取供给，满足感官，就会越来越多地陷于物质生存之中，这并不是创造的目的；我们必然会堕为盗贼，并将受到物质自然律法的严惩。盗贼的社会永远不会有快乐，因为他们没有生命的目标。粗俗的物质主义盗贼缺乏生命的终极目标，也没有举行祭祀的知识，他们只是一味追求感官满足。然而，圣采坦尼亚发起了最简单易行的祭祀——齐颂圣名祭祀，世界上任何一个接受奎师那知觉原则的人都可实践。

诗节 13

यज्ञशिष्टाशिनः सन्तो मुच्यन्ते सर्वकिल्बिषैः
भुञ्जते ते त्वघं पापा ये पचन्त्यात्मकारणात् ॥ १३ ॥

yajña-śiṣṭāśinaḥ santo
mucyante sarva-kilbiṣaiḥ

bhuñjate te tv aghaṁ pāpā

ye pacanty ātma-kāraṇāt

yajña-śiṣṭa—举行祭祀后取用的食物；*aśinaḥ*—进食者；*santaḥ*—奉献者；*mucyante*—免除；*sarva*—各种各样的；*kilbiṣaiḥ*—罪恶；*bhuñjate*—享受；*te*—他们；*tu*—只是；*agham*—严重的罪过；*pāpāḥ*—罪人；*ye*—谁；*pacanti*—准备食物；*ātma-kāraṇāt*—为了感官享乐。

译文　绝对真理的奉献者免于一切罪恶，因为他只吃事先供奉给神的食物；其他人烹制的食物只是为了个人的感官享受。实际上，吃下去的只是罪恶。

要旨　博伽梵的奉献者，即在奎师那知觉中的人被称为“santa”，他们恒常地敬爱绝对真理，正如《梵天本集》（*Brahma-saṁhitā* 5.58）所言：“纯粹奉献者用涂了爱膏的眼睛总能在内心深处看到博伽梵（*premāñjana-cchurita-bhakti-vilocanena santaḥ sadaiva hṛdayeṣu vilokayanti*）。”奉献者恒常深深地爱着博伽梵哥文达（Govinda 一切快乐的赐予者），或穆昆达（Mukunda 解脱的赐予者），或奎师那（有无限吸引力的人）。他们不会接受未事先供奉给至尊者的任何东西。因此，这样的奉献者常以不同的奉爱服务举行祭祀。如聆听（śravaṇam）、唱颂（kīrtanam）、忆念（smara-ṇam）、崇拜（arcanam）等，这些祭祀的举行，使他们永远远离物质世界中的种种罪恶、污染。其他人则为了自己或为了感官享乐而准备食物，他们不仅是贼，而且是吞咽各种罪业的食客。一个满身罪孽的盗贼能获得快乐吗？这是不可能的。所以，为了让人们在各方面都快乐，就应该教他们在全然的奎师那知觉中进行最简易的祭祀程序——齐颂圣名祭祀（saṅkīrtana-yajña），否则，世上便不会有和平，不会有快乐。

诗节 14

अन्नाद्भवन्ति भूतानि पर्जन्यादन्नसम्भवः ।

यज्ञाद्भवति पर्जन्यो यज्ञः कर्मसमुद्भवः ॥ १४ ॥

annād bhavanti bhūtāni

parjanyād anna-sambhavaḥ

yajñād bhavati parjanyo

yajñaḥ karma-samudbhavaḥ

annāt—由谷类；*bhavanti*—生长；*bhūtāni*—物质躯体；*parjanyāt*—从雨水；*anna*—五谷；*sambhavaḥ*—产出；*yajñāt*—由于举行祭祀；*bhavati*—变得可能；*parjanyaḥ*—雨水；*yajñaḥ*—祭祀的举行；*karma*—赋定的责任；*samudbhavaḥ*—源于。

译文　众生食五谷而生，五谷赖雨水以长，甘霖因祭祀而降，祭祀则源于赋定的责任。

要旨　《博伽梵歌》的伟大评述家至尊主巴拉戴瓦·维迪亚布善（Śrīla Baladeva Vidyābhūṣaṇa）这样写道：

"天帝因陀罗（Indra）等半神人作为博伽梵维施努的四肢而存在；崇拜祭祀之主维施努，以给他供奉过的食物为生的奉献者们，摆脱从无法追溯的年代起就积累的一切罪恶，而这罪恶是认识自我和神的道路上的障碍（*ye indrādy-aṅgatayāvasthitaṁ yajñaṁ sarveśvaraṁ viṣṇum abhyarcya tac-cheṣam aśnanti tena tad deha-yātrāṁ sampādayanti, te santaḥ sarveśvarasya yajña-puruṣasya bhaktāḥ sarva-kilbiṣair anādi-kāla-vivṛddhair ātmānubhava-prati bandhakair nikhilaiḥ pāpair vimucyante*)。"

博伽梵被称为一切祭祀的享乐者（yajña-puruṣa），也是一切半神人的主人。半神人为绝对真理服务，犹四肢之为整体服务。天帝因陀罗（Indra）、月神禅陀罗（Candra）、水神瓦茹拿（Varuṇa）等半神人被授权掌管着物质事务，韦达经教导我们进行献祭以满足这些半神人，让他们乐于提供足够的空气、阳光、雨水等滋润五谷。每当圣奎师那受到崇奉，半神人也自然而然受到崇奉，因为他们是绝对真理的肢体，所以不必另行崇拜他们。为了这个原因，绝对真理的奉献者从事着一种在灵性上滋养身体的方法，即他们在奎师那知觉中，先将食物供奉，然后才吃。如此，不仅躯体过往的罪过消散弥尽，而且躯体还具有了对抗物质自然的一切污染的免疫力。当出现流行病时，接种抗菌疫苗可使人免于疾病的感染。同样，先把食物供奉给圣维施努，然后再吃，我们就对任何物质影响有着足够的抵抗力，一个习惯这样做的人称为至尊主的奉献者。因此在奎师那知觉中的人，只吃给奎师那供奉过的食物，便能抵挡阻碍自我觉悟进步的一切过往物质的感染。不这样做的人只会增加罪业活动，只配在下一生得到猪狗一般的躯体，饱受所有罪业的业报。物质世界充满了污染，但接受至尊主的灵粮（prasādam 供奉给维施努的食物）则可免除这些侵染，不然，必遭到污染。

五谷、蔬菜才是真正的食物。人类吃不同种类的谷物、蔬菜、水果等；动物则吃谷物、蔬菜的残渣、草等。人类中的肉食者，要想吃到肉，也得依赖于农作物的生产。因此，我们最终依靠的是田地的生产，而不是靠大工厂的生产。田地的出产要靠足够的雨水，而雨水又是由因陀罗、禅陀罗等半神人控制着的，他们全都是博伽梵的仆人。献祭可以满足至尊主，所以，不做祭祀的人会感到万物匮乏——这便是自然的律法。祭祀，特别是为这个年代而制定的齐颂圣名祭祀（saṅkīrtana-yajña）必须举行，这样，至少可使我们免于饥荒。

诗节 15

कर्म ब्रह्मोद्भवं विद्धि ब्रह्माक्षरसमुद्भवम् ।
तस्मात्सर्वगतं ब्रह्म नित्यं यज्ञे प्रतिष्ठितम् ॥ १५ ॥

karma brahmodbhavaṁ viddhi
brahmākṣara-samudbhavam
tasmāt sarva-gataṁ brahma
nityaṁ yajñe pratiṣṭhitam

karma—工作；*brahma*—从韦达经；*udbhavam*—由……产生；*viddhi*—你应该知道；*brahma*—韦达经；*akṣara*—至尊梵（人格神首）；*samudbhavam*—直接展示的；*tasmāt*—因此；*sarva-gatam*—遍存万有的；*brahma*—超然性；*nityam*—永恒地；*yajñe*—在祭祀中；*pratiṣṭhitam*—处于。

译文　规范活动由韦达经赋定，韦达经则由博伽梵直接展示。因此，遍存万有的超然性永存于献祭活动中。

要旨　这节诗更加清楚地说明了“只为满足奎师那而工作的必要性（yajñārtha-karma）”。要是我们须为满足一切祭祀的享受者（yajña-puruṣa）维施努而工作，便须在梵（Brahman）即超然的韦达经中找出工作的指示。因此，韦达经是工作指示的法典。没看韦达经的指示而行使的任何事情，称为违训业报（vikarma），即违背经典训示的活动，或罪恶活动。因此，为了免受工作报应之苦，我们须时常接受韦达经的指示。在日常生活中，一个人须按照国家的指示工作，同样，他也须按照世尊的至尊王国所颁发的指示工作。韦达经上的这些指示，直接出于伟大的人格神的一呼一吸。《大森林奥义书》（*Bṛhad-āraṇyaka Upaniṣad* 4.5.11）说："四部韦达经：《瑞歌韦达》（*Ṛg Veda*）、《亚诸韦达》（*Yajur Veda*）、《萨玛韦达》（*Sāma Veda*）、《阿塔瓦韦达》（*Atharva Veda*），全由伟大的博伽梵的呼吸流生（*asya mahato bhūtasya niśvasitam etad yad ṛg-vedo yajur-vedaḥ sāmavedo 'tharvāṅgirasaḥ*）。"

博伽梵是全能的，可以呼吸之气说话，正如《梵天本集》（*Brahma-saṁhitā*）所证实的，圣奎师那是全能的，每一感官都能做其他感官的工作。换句话说，圣奎师那可以用呼吸之气说话，可以眼目授精。事实上，他只是看了一眼物质自然就创造了所有的生物。创造之后，即将受限制的灵魂投进物质自然的子宫之中。圣奎师那又在韦达智慧中留下训示，教导这些灵魂重返家园。我们应该永远记住，受限制的灵魂都渴望物质享乐。但是韦达经的指示是这样制定的，就是人可以去满足这种颠倒的欲望，当他完结了这种所谓的享乐之后，就可以回归神首了。对受限制的灵魂来说，这是获得解脱的机会，因此，他们应通过培养圣奎师那知觉来遵从祭祀的过程。即使有人不能遵循韦达训谕，也可以采纳奎师那知觉的原则，这样就替代了韦达祭祀活动，即业报（karma）。

诗节 16

एवं प्रवर्तितं चक्रं नानुवर्तयतीह यः ।
अघायुरिन्द्रियारामो मोघं पार्थ स जीवति ॥ १६ ॥

evaṁ pravartitaṁ cakraṁ
nānuvartayatīha yaḥ
aghāyur indriyārāmo
moghaṁ pārtha sa jīvati

evam—如此；pravartitam—韦达经所确立；cakram—循环；na—不；anuvartayati—采纳；iha—在这一生；yaḥ—谁；aghāyuḥ—生活充满罪恶；indriya-ārāmaḥ—满足于感官享乐；mogham—虚度；pārtha—菩瑞塔之子（即阿诸纳）啊；saḥ—他；jīvati—生活。

译文　我亲爱的阿诸纳啊！谁在人生中不遵从韦达经所赋定的祭祀循环制度，谁的生命必然充满罪业。只为感官满足而活着，只是在虚耗生命。

要旨　拜金主义者"拼命工作、拼命享乐"的哲学在这里受到了世尊的批驳。因此，对那些欲享受这个物质世界的人来说，上述祭祀循环的举行，实有绝对的必要。不遵行这类规范的人，过的是一种非常危险的生活，且越来越会受到责难。根据自然的律法，人体生命的特别目的，就是要达到自我觉悟，遵循以下三种方式均可，即：业报瑜伽（Karma-yoga）、知识瑜伽（Jñāna-yoga）和奉爱瑜伽（Bhakti-yoga）。超然主义者超越了善恶，不必刻板地遵循规定的祭祀。但沉迷于感官满足的人，则需举行上述的周期性祭祀以求净化。活动可分多类。不具奎师那知觉的人必沉迷感官知觉，因此，他们需进行虔诚的工作。祭祀的制度就是为此目的建立的，既可满足感官知觉所有的愿望，又可同时使他们不受感官享乐事务报应的束缚。世界的繁荣并非取决于我们的努力，而是博伽梵在背后的安排，由半神人直接实行，所以，在韦达经里，祭祀的直接目标是特定的半神人。间接地说，是修习奎师那知觉。因为当一个人掌握了举行祭祀的方法，他就必定会具有奎师那知觉。但如果举行祭祀未能助人达到奎师那知觉，这样的原则就只能算是道德规范。因此，我们的进步不应该只局限于道德规范层面，应该超越这些，达到奎师那知觉。

诗节 17

यस्त्वात्मरतिरेव स्यादात्मतृप्तश्च मानवः ।
आत्मन्येव च सन्तुष्टस्तस्य कार्यं न विद्यते ॥ १७ ॥

yas tv ātma-ratir eva syād
ātma-tṛptaś ca mānavaḥ
ātmany eva ca santuṣṭas
tasya kāryaṁ na vidyate

yaḥ—谁；tu—只是；ātma-ratiḥ—在自我之中找到快乐；eva—肯定地；syāt—保持；ātma-tṛptaḥ—自我觉悟；ca—和；mānavaḥ—一个人；ātmani—在他自己之中；eva—只是；ca—和；santuṣṭaḥ—完全的满足；tasya—他的；kāryam—责任；na—并不；vidyate—存在。

译文　然而，人生只追求自我觉悟，在自我中找到快乐，而且只在自我中获得内在的喜乐和完全的满足。这样的人，再无任何责任可言。

要旨　全然知觉奎师那，全然满足于奎师那知觉中的活动，这样的人不再有任何责任需要履行。由于在奎师那知觉之中，他所有内在的不洁立即被清除，举行千千万万次祭祀才有此功效。经过这样的知觉清洗，人对于他与博伽梵的永恒关系，便有充分的信心。借着绝对真理的恩典，他们的责任变得自明，因此，对韦达训谕不再有任何的义务。这样的奎师那知觉者，对物质活动不再有兴趣，烟、酒、女人和类似的迷恋不会再使他快乐。

诗节 18

नैव तस्य कृतेनार्थो नाकृतेनेह कश्चन ।
न चास्य सर्वभूतेषु कश्चिदर्थव्यपाश्रयः ॥ १८ ॥

naiva tasya kṛtenārtho
nākṛteneha kaścana
na cāsya sarva-bhūteṣu
kaścid artha-vyapāśrayaḥ

na—永不；eva—肯定地；tasya—他的；kṛtena—通过履行职责；arthaḥ—目的；na—永不；akṛtena—不履行职责；iha—在这世上；kaścana—任何；na—永不；ca—和；asya—他的；sarva-bhūteṣu—在众生中；kaścit—任何；artha—目的；vyapa-āśrayaḥ—托庇于。

译文　自我觉悟者履行赋定责任时，并无所求。他也不会因任何理由而不履行职责，亦无须依赖任何生物。

要旨　自我觉悟者除了在奎师那知觉中活动外，再不必履行任何赋定责任。奎师那知觉不是不活动，这一点下面的诗节会解释清楚。有奎师那知觉的人，不用托庇于任何人——无论是人或是半神人。他在奎师那知觉中所做的任何事情，足以抵上他要履行的义务。

诗节 19

तस्मादसक्तः सततं कार्यं कर्म समाचर ।
असक्तो ह्याचरन्कर्म परमाप्नोति पूरुषः ॥ १९ ॥

tasmād asaktaḥ satataṁ
kāryaṁ karma samācara
asakto hy ācaran karma
param āpnoti pūruṣaḥ

tasmāt—因此；*asaktaḥ*—不执着；*satatam*—持久地；*kāryam*—作为责任；*karma*—工作；*samācara*—履行；*asaktaḥ*—不依附；*hi*—肯定地；*ācaran*—履行；*karma*—工作；*param*—至尊；*āpnoti*—臻达；*pūruṣaḥ*——个人。

译文 **因此，不要执着于活动的结果。人只应将活动作为要履行的责任，活动而无所依附，便能臻达至尊。**

要旨 奉献者的至尊就是人格神，而非人格神主义者的至尊则是解脱。因此，在正确的引导下，不依附工作结果地为奎师那工作，或处于奎师那知觉之中，这样做的人必在通往人生至高目标的大道上阔步迈进。阿诸纳得到训示，因为奎师那要他作战，为了奎师那，他应该在库茹之野（Kuru—kṣetra）作战，做善人或是不施暴力的人都是个人依附。但代表至尊而活动，就是不依附结果行动。那才是博伽梵奎师那所推荐的完美活动的最高境界。

韦达仪式，如经典规定的献祭，之所以举行，是为了净化追求感官享受所带来的一些不洁活动。然而，奎师那知觉中的活动超越了善恶活动的报应。奎师那知觉者不依附于结果，而只代表奎师那去活动，他从事种种活动，但毫无依附。

诗节 20

कर्मणैव हि संसिद्धिमास्थिता जनकादयः ।
लोकसङ्ग्रहमेवापि सम्पश्यन्कर्तुमर्हसि ॥ २० ॥

karmaṇaiva hi saṁsiddhim
āsthitā janakādayaḥ
loka-saṅgraham evāpi
sampaśyan kartum arhasi

karmaṇā—通过工作；*eva*—即使；*hi*—肯定地；*saṁsiddhim*—完美；*āsthitāḥ*—处于；*janaka-ādayaḥ*—佳纳卡和其他国王；*loka-saṅgraham*—普通大众；*eva api*—也；*sampaśyan*—考虑到；*kartum*—去活动；*arhasi*—应该。

译文　像佳纳卡（Janaka）那样的国王，也通过履行赋定责任就达到了完美。因此，为教化普罗大众，你应履行工作。

要旨　像佳纳卡（Janaka）这样的国王都是自我觉悟了的灵魂。因此，他们没有义务去履行韦达经规定的责任。然而，他们依然履行了所有的赋定责任，目的只是要为一般大众作出表率。佳纳卡是悉塔（Sītā）的父亲，圣茹阿玛（Śrī Rāma）的岳父。身为绝对真理的伟大奉献者，他超然自处，但作为米提拉（Mithilā 印度比哈省的一部分）的一国之君，他又必须教育臣民如何履行赋定责任。圣奎师那和他永恒的朋友阿诸纳本无须在库茹之野兴兵作战，但为了教导一般大众，当良言劝说无效时，暴力也是有必要的，所以他们奋勇而战。在库茹之野战役前，连博伽梵也尽了种种努力以避免战事，无奈对方不肯罢休，决意要战。因此为了正义，必然要开战。虽然处于奎师那知觉中的人对世界可能没有什么兴趣，但他仍然工作，以教导大众如何生活，如何行动。有经验的奎师那知觉者能以身作则，为人效法。下一节诗会说明这一点。

诗节 21

यद्यदाचरति श्रेष्ठस्तत्तदेवेतरो जनः ।
स यत्प्रमाणं कुरुते लोकस्तदनुवर्तते ॥ २१ ॥

yad yad ācarati śreṣṭhas
tat tad evetaro janaḥ
sa yat pramāṇaṁ kurute
lokas tad anuvartate

yat yat[1]—无论什么；*ācarati*—他怎样去做；*śreṣṭhaḥ*—可敬的领袖；*tat*—那；*tat*—只有那；*eva*—肯定地；*itaraḥ*—普通的；*janaḥ*—人；*saḥ*—他；*yat*—无论哪个；*pramāṇam*—榜样；*kurute*—这样执行；*lokaḥ*—整个世界；*tat*—那；*anuvartate*—追随足迹。

译文　伟人的一举一动，众人皆会追随效仿；伟人以模范行为建立的标准，整个世界都会遵行。

要旨　一般人常常需要以身作则、言传身教的领袖。领袖若自己抽烟，便不可教大众戒烟。圣采坦尼亚说，教师教人之前，自己要先做好榜样。这样施教的才称得上理想的导师（ācārya）。因此，要教导一般大众，导师须自己遵行圣典的原则。导师不能自创一些与启示经典相抵触的规则。《玛努本集》（*Manu-saṁhitā*）及其他相类似的启示经典，被公认为人类社会应遵循的标准法典。因此，领袖的教导应以这样的标准经典为准则。要改善自己，就必须如伟大导师那样，实践标准规则。《圣典博伽瓦谭》也肯定了应当追随伟大奉献者的步伐，这就是灵性觉悟进步的道路。国王、行政首长、为人父者、为人师者都可以算是一般大众当然的领袖，这些当然的领袖，对他们的从属有极大的责任。因此，他们须熟谙道德标准以及灵性规范的典籍。

1　梵文中，单独的词与在句中的发音会有区别。

诗节 22

न मे पार्थास्ति कर्तव्यं त्रिषु लोकेषु किञ्चन ।
नानवाप्तमवाप्तव्यं वर्त एव च कर्मणि ॥ २२ ॥

na me pārthāsti kartavyaṁ
triṣu lokeṣu kiñcana
nānavāptam avāptavyaṁ
varta eva ca karmaṇi

na—没有；*me*—我的；*pārtha*—菩瑞塔之子啊；*asti*—有；*kartavyam*—赋定的责任；*triṣu*—在三个；*lokeṣu*—星系；*kiñcana*—任何东西；*na*—没有；*anavāptam*—想要；*avāptavyam*—去得到；*varte*—我从事；*eva*—肯定地；*ca*—还；*karmaṇi*—赋定的职责。

译文　菩瑞塔之子啊！在三个世界之内，我并无赋定的工作。我不想要什么，也不需要什么；然而，我仍在履行赋定的职责。

要旨　韦达经典《室维陀奥义书》（*Śvetāśvatara Upaniṣad* 6.7-8）这样描述博伽梵：

tam īśvarāṇāṁ paramaṁ maheśvaraṁ
taṁ devatānāṁ paramaṁ ca daivatam
patiṁ patīnāṁ paramaṁ parastād
vidāma devaṁ bhuvaneśam īḍyam

“博伽梵是一切主宰的主宰，是众星宿领袖中之最伟大者，所有生物都受绝对真理的主宰。生物只是由绝对真理授予了某种特别力量，他们本身并不是至尊。博伽梵也受到半神人的崇拜，博伽梵是所有指导者的指导者。所以，博伽梵超然于一切物质领袖和主宰，受一切生物所崇拜。再没有谁比博伽梵更伟大了，绝对真理是至尊无上的万原之原。”

na tasya kāryaṁ karaṇaṁ ca idyate
na tat-samaś cābhyadhikaś ca dṛśyate
parāsya śaktir vividhaiva śrūyate
svābhāvikī jñāna-bala-kriyā ca

“绝对真理所拥有的躯体和一般生物的躯体不同。博伽梵的躯体与他的灵魂无二无别。博伽梵是绝对的，他的感官超然，任一感官都具有任何其他感官的功能。因此，没有谁比绝对真理伟大，或与绝对真理相等。绝对真理有多方面的能力，因此，绝对真理的行动依照自然的序列自动发生。”

既然博伽梵的一切都是全然的富裕，且都处于全然的真理之中，那么博伽梵没有责任要履行。人若要领受工作的结果，就要承担某些指定的责任，而一个无须在三个星系中得到任何东西的人，当然没有责任可言。然而，圣奎师那以刹帝利领袖的身份参与了库茹之野战役，因为刹帝利有责任保护困苦中的人。虽然绝对真理超越启示圣典的规范，却不会做出任何违犯启示经典的事来。

诗节 23

यदि ह्यहं न वर्तेयं जातु कर्मण्यतन्द्रितः ।
मम वर्त्मानुवर्तन्ते मनुष्याः पार्थ सर्वशः ॥ २३ ॥

yadi hy ahaṁ na varteyaṁ
jātu karmaṇy atandritaḥ
mama vartmānuvartante
manuṣyāḥ pārtha sarvaśaḥ

yadi—如果；*hi*—必定；*aham*—我；*na*—并不；*varteyam*—如此从事；*jātu*—无论何时；*karmaṇi*—履行赋定责任；*atandritaḥ*—极其谨慎地；*mama*—我的；*vartma*—途径；*anuvartante*—会跟随；*manuṣyāḥ*—所有人；*pārtha*—菩瑞塔之子啊；*sarvaśaḥ*—在各方面。

译文　如果我未能谨慎地履行赋定的责任，菩瑞塔之子啊！所有人必会争相效仿。

要旨　为了维护社会安定，促进灵修生活的进步，每个文明人都有传统的规范可循。尽管这些规范专为受限制的灵魂，而非为圣奎师那而设，绝对真理还是遵行这些规范，因为博伽梵降临世上，就是要建立宗教原则（dharma 道德正法）。博伽梵是最伟大的权威，如果博伽梵不遵行的话，一般人就会效仿。从《圣典博伽瓦谭》可知，圣奎师那无论在家或离家外出，都履行一个居家人应守的宗教责任。

诗节 24

उत्सीदेयुरिमे लोका न कुर्यां कर्म चेदहम् ।
सङ्करस्य च कर्ता स्यामुपहन्यामिमाः प्रजाः ॥ २४ ॥

utsīdeyur ime lokā
na kuryāṁ karma ced aham
saṅkarasya ca kartā syām
upahanyām imāḥ prajāḥ

utsīdeyuḥ—分崩离析；*ime*—所有这些；*lokāḥ*—世界；*na*—不；*kuryām*—履行；*karma*—赋定责任；*cet*—如果；*aham*—我；*saṅkarasya*—不想要的人口；*ca*—并且；*kartā*—创造者；*syām*—将会；*upahanyām*—摧毁；*imāḥ*—所有这些；*prajāḥ*—生物。

译文　如果我不履行赋定的责任，所有世界都将分崩离析。我便成为这些不想要履行职责之人口中之肇因，因而摧毁有情众生的和平。

要旨　梵文"varṇa-saṅkara"，是指骚扰社会安宁的"不想要的后代"。为了防止社会动荡不安，就有了规定的守则和规范以使人自动地趋于心灵平和及有组织，进而取得灵修生活上的进步。圣奎师那降临时，自然会执行这些守则规条，以确保履行这些重要原则的威严和必要。绝对真理是众生之父，如果生物被误导，那间接地要归咎到博伽梵身上。因此，每当这些规范遭到漠视，博伽梵便亲临世上，重导社会进入善途。不过要注意的是，我们虽然在追随博伽梵的步伐，但千万要记住不可模仿博伽梵。跟随和模仿并不在同一层面。博伽梵在童年时举起哥瓦丹（Govardhana）山，我们模仿不了，这对人类来说是不可能的。我们要遵从他的教导，但任何时候都切忌模仿。《圣典博伽瓦谭》（10.33.30-31）也确认：

naitat samācarej jātu
manasāpi hy anīśvaraḥ
vinaśyaty ācaran mauḍhyād
yathārudro 'bdhi-jaṁ viṣam

īśvarāṇāṁ vacaḥ satyaṁ
tathaivācaritaṁ kvacit

teṣāṁ yat sva-vaco-yuktaṁ
buddhimāṁs tat samācaret

“我们只该听命于绝对真理以及由博伽梵授权的仆人。他们的指示对我们是绝对有益的，智者会照着指示去做。但要切忌模仿他们活动。人不可模仿希瓦（*Śiva*）神去饮尽汪洋毒水。”

我们应该时刻谨记至尊控制者（iśvara）的地位，即那些实际能控制日月运行的高能者的地位。没有这样的力量，岂可去模仿那些能力超卓的控制者呢？希瓦神一下饮尽了一汪洋毒汁，而普通人若沾上一滴这种毒汁，即可毙命。许多希瓦神的冒牌奉献者，沉溺于吸大麻（ganji）和服用类似的兴奋剂，殊不知这样去模仿希瓦神的行径，只会把死亡招近。同样也有些圣奎师那的奉献者，只顾模仿绝对真理跳起茹阿莎之舞（rāsa-līlā），却忘记了他们不能学博伽梵那样举起哥瓦丹山。因此，最好不要去模仿大能者，而是要紧紧跟从他们的指示：也不要不够资格便占有他们的位置。没有博伽梵的力量却自称为神的“化身”，这种例子屡见不鲜。

诗节 25

सक्ताः कर्मण्यविद्वांसो यथा कुर्वन्ति भारत ।
कुर्याद्विद्वांस्तथासक्तश्चिकीर्षुर्लोकसङ्ग्रहम् ॥ २५ ॥

saktāḥ karmaṇy avidvāṁso
yathā kurvanti bhārata
kuryād vidvāṁs tathāsaktaś
cikīrṣur loka-saṅgraham

saktāḥ—依附；*karmaṇi*—赋定职责；*avidvāṁsaḥ*—愚昧的人；*yathā*—与……相同；*kurvanti*—他们做；*bhārata*—巴拉塔的后裔啊；*kuryāt*—必须做；*vidvān*—有学识的人；*tathā*—如此；*asaktaḥ*—并不依附；*cikīrṣuḥ*—渴望引导；*loka-saṅgraham*—普通大众。

译文 **无知的人履行责任时依附结果；有学识的人同样履行责任，却并不依附，为的是引导普罗大众走向正途。**

要旨　在奎师那知觉中与不在奎师那知觉中的区别在于欲望不同。奎师那知觉者不会去从事那些不利于发展奎师那知觉的事。他的行动甚至可能与愚昧者完全相同。愚昧的人过于依附物质活动，他是为了满足自己的感官享乐才从事这些活动的；而智者的投入却是要满足奎师那。因此，具有奎师那知觉的人需向人们示范如何活动，并如何将活动的成果用于奎师那知觉。

诗节 26

न बुद्धिभेदं जनयेदज्ञानां कर्मसङ्गिनाम् ।
जोषयेत्सर्वकर्माणि विद्वान्युक्तः समाचरन् ॥ २६ ॥

na buddhi-bhedaṁ janayed
ajñānāṁ karma-saṅginām
joṣayet sarva-karmāṇi
vidvān yuktaḥ samācaran

na—不；*buddhi-bhedam*—扰乱了智慧；*janayet*—他会导致；*ajñānām*—愚蠢之人；*karma-saṅginām*—依附于果报工作；*joṣayet*—他应当契合；*sarva*—所有；*karmāṇi*—工作；*vidvān*—有学识的人；*yuktaḥ*—从事；*samācaran*—修习。

译文　无知之人依附于赋定责任带来的果报；智者切不可扰乱他们的心意，更不该劝导他们停止工作。相反，倒要鼓励他们以奉献精神投入各种活动（以逐渐发展奎师那知觉）。

要旨　这是一切韦达仪式的目标。所有的仪式，所有的献祭，韦达经中的一切，包括一切对物质活动的指示，都是为了理解生命的终极目标——奎师那（*vedaiś ca sarvair aham eva vedyaḥ*）（本书第十五章第15诗节）。由于受限制的灵魂除了感官享乐事宜以外便一无所知，因而要为了这个目标而研习韦达经。通过从事由韦达仪式所规范的业报活动、感官满足等，可以逐步把人提升到奎师那知觉。因此，对于在奎师那知觉中自我觉悟的灵魂，不可搅乱他们的理解或活动，而应让其躬行实践，示范如何将工作的结果奉献给对奎师那的服务。一个有学识、处于奎师那知觉中的人应行动起来，以让那些为感官满足而工作的愚昧之人学会如何行事，如何做人。虽然不应去扰乱愚昧之人的活动，但稍有点奎师那知觉的人都可直接从事于为博伽梵服务的活动，而无须等待其他的韦达仪式。如此有幸的人就无须再去遵行韦达仪式。因为履行赋定责任得到的所有结果，都可以在直接的奎师那知觉中得到。

诗节 27

प्रकृतेः क्रियमाणानि गुणैः कर्माणि सर्वशः ।
अहङ्कारविमूढात्मा कर्ताहमिति मन्यते ॥ २७ ॥

prakṛteḥ kriyamāṇāni
guṇaiḥ karmāṇi sarvaśaḥ
ahaṅkāra-vimūḍhātmā
kartāham iti manyate

prakṛteḥ—物质自然的；*kriyamāṇāni*—所施行；*guṇaiḥ*—由三形态；*karmāṇi*—活动；*sarvaśaḥ*—各种各样的；*ahaṅkāra-vimūḍha*—受假我迷惑；*ātmā*—灵魂；*kartā*—作为者；*aham*—我；*iti*—如此；*manyate*—他以为。

译文　受假我迷惑的灵魂，误以为自己是活动的作为者。殊不知，活动实际上由物质自然三形态完成。

要旨　从事同等工作的两个人，一个在奎师那知觉之中，一个在物质知觉之中，看上去似乎在同一层面工作，其实两人的境界却有天壤之别。在物质知觉中的人，为假我所骗，以为自己就是一切的施行者，殊不知躯体的活动机制原来是物质自然所生，而物质自然作用着博伽梵监管。物质主义者不了解他最终受着奎师那的主宰。在假我中的人以为一切均可自作主张，并为此居功自傲，然而这正是他无知的表现。他不明白这粗糙躯体和精微躯体，是在博伽梵的指示下由物质自然所造，因此，他的躯体和心智活动应该从事于对奎师那的服务，即在奎师那知觉之中。无知的人忘记了博伽梵又被称为瑞希凯施（Hṛṣīkeśa），即物质躯体感官的主人。由于他长期误用感官追求感官上的享乐，所以实在受假我困惑，以致遗忘了自己与奎师那的永恒关系。

诗节 28

तत्त्ववित्तु महाबाहो गुणकर्मविभागयोः ।
गुणा गुणेषु वर्तन्त इति मत्वा न सज्जते ॥ २८ ॥

tattva-vit tu mahā-bāho
guṇa-karma-vibhāgayoḥ
guṇā guṇeṣu vartanta
iti matvā na sajjate

tattvavit—认识绝对真理的人；*tu*—但是；*mahā-bāho*—臂力强大的人啊；*guṇa-karma*—在物质影响下履行的工作；*vibhāgayoḥ*—区别；*guṇāḥ*—感官；*guṇeṣu*—于感官享乐；*vartante*—沉溺；*iti*—如此；*matvā*—想；*na*—永不；*sajjate*—变得依附。

译文　臂力强大的人啊！认识绝对真理的人，深知奉献性工作与功利性工作的区别，不会放纵自己的感官，沉溺于感官满足。

要旨　认识绝对真理的人确信自己在物质联系中所处的艰难地位。他明白自己是博伽梵奎师那的所属部分，地位不应在物质创造之中。他知道自己的真实身份是永恒、快乐、全知的博伽梵的所属部分，可是不知怎的沉陷于物质化的生命概念之中。在纯粹的存在状态下，他该以自己的活动契合对博伽梵奎师那的奉爱服务。因此，他从事奎师那知觉活动，自然而然地不再依附偶然而短暂的物质感官活动。他意识到自己的物质生命受着博伽梵至高无上的主宰，因此各种物质报应都不会干扰他，他明白这一切其实都是博伽梵的恩慈。根据《圣典博伽瓦谭》，认识绝对真理的三个不同特色——即梵、超灵和博伽梵——的人可称为觉悟真理者（tattva-vit），因为他也知道在与博伽梵的关系中自己所处的实际地位。

诗节 29

प्रकृतेर्गुणसम्मूढाः सज्जन्ते गुणकर्मसु ।
तानकृत्स्नविदो मन्दान्कृत्स्नविन्न विचालयेत् ॥ २९ ॥

prakṛter guṇa-sammūḍhāḥ
sajjante guṇa-karmasu
tān akṛtsna-vido mandān
kṛtsna-vin na vicālayet

prakṛteḥ—物质自然的；*guṇa*—被三形态；*sammūḍhāḥ*—被物质认同愚弄；*sajjante*—他们投身；*guṇa-karmasu*—物质活动；*tān*—那些；*akṛtsna-vidaḥ*—知识贫乏的人；*mandān*—懒于理解自我觉悟；*kṛtsna-vit*—处在真正知识中的人；*na*—不；*vicālayet*—应该试图去刺激。

译文　愚昧之人受物质自然迷惑，完全投身于物质活动，而且变得依附。他们所履行的责任，因他们的无知而归于低等，但有智慧的人不该搅扰他们。

要旨　无知的人错误地认同粗俗的物质意识，满脑子装的都是物质的称谓。躯体乃是物质自然赐予的礼物，一个太依附于躯体知觉的人叫作“不了解灵魂的懒人（manda）”。无知的人将躯体当成自我，因而他们把与他人的躯体联系看成是亲眷关系，获得躯体之地便成了受崇拜的对象，而宗教仪式的程序本身就成了目的。于是，社会工作、国家主义、利他主义就成了这些在物质称谓中的人的一部分活动。在这些名称的蛊惑下，这些人便在物质领域忙得团团转，在他们眼里，灵性觉悟不过是神话而已，因此他们对其根本就没有兴趣。然而，那些洞明灵性生活的人不应去鼓动这些沉溺于物质生活中的人，最好默默地执行自己的灵修活动。这些困惑的人或许也会遵守一些基本的人生道德准则，如从事不用暴力及类似的物质慈善工作等。

无知者不明白奎师那知觉活动的意义，因此圣奎师那劝诫我们不要去惊动他们，以免浪费自己宝贵的时间。但绝对真理的奉献者比绝对真理更仁慈，因为他们了解博伽梵的目的；因此，便冒着种种危险，甚至去接近无知的人，力图使他们也从事奎师那知觉的活动，因为这些活动对于人类是绝对不可欠缺的。

诗节 30

मयि सर्वाणि कर्माणि सन्न्यस्याध्यात्मचेतसा ।
निराशीर्निर्ममो भूत्वा युध्यस्व विगतज्वरः ॥ ३० ॥

mayi sarvāṇi karmāṇi
sannyasyādhyātma-cetasā
nirāśīr nirmamo bhūtvā
yudhyasva vigata-jvaraḥ

mayi—给我；*sarvāṇi*—各种各样的；*karmāṇi*—活动；*sannyasya*—完全放弃；*adhyātma*—怀着关于自我的完整知识；*cetasā*—怀着知觉；*nirāśīḥ*—没有获利的欲望；*nirmamaḥ*—不声称拥有什么；*bhūtvā*—这样地；*yudhyasva*—作战；*vigata-jvaraḥ*—不要倦怠。

译文　因此，阿诸纳啊！你要将工作全部奉献给我，全然认识我，不存任何利己之欲，不声称拥有什么。振作起来，作战吧！

要旨　这节诗清楚地点明了《博伽梵歌》的主旨。博伽梵教导我们要在全然的奎师那知觉中履行责任，如同遵守军纪一样。这样的训谕也许使事情有点难做，但无论如何，得依靠奎师那去完成责任，因为这是生物的原本地位。没有博伽梵的合作，生物不会快乐，因为生物永恒的赋定地位就是要服从绝对真理的愿望。圣奎师那因此命令阿诸纳作战，绝对真理仿佛是阿诸纳的长官似的。为了绝对真理的意旨，人该牺牲一切，同时该履行责任，不生拥有之念。阿诸纳不必去考虑绝对真理的命令是否正确，他只要执行就是了。博伽梵是一切灵魂的灵魂。因此，不加个人考虑，完全依靠至尊灵魂的人，或者说，具有全然奎师那知觉的人，堪称完全认识自我者（adhyātma-ceta）。

"没有利己的欲望（nirāśīḥ）"，即必须按导师的命令而行事，而不应期待获利性结果。出纳员可能要为雇主清点几百万美金，但他不把一分据为己有。同样，人必须明白世上没有一样东西属于任何一个人，一切都属于博伽梵。这就是"给我（mayi）"一词的真正含义。当人有如此奎师那知觉时，他必定不会说有什么东西是属于他的。这种意识叫作毫无拥有之念，即"没有一样东西是我的（nirmama）"。去执行这样一道严肃的命令是不容置疑的，用不着考虑躯体关系中的所谓亲眷族人。如果这方面有任何勉强，那么这种勉强应该抛掉，这样人才能变得“不狂热也不无精打采（vigata-jvara）”。根据人的性质和地位，人人都有特定的工作要做，所有这些责任，都可如上面所讲的一样，在奎师那知觉中履行。这将把人引向解脱之途。

诗节 31

ये मे मतमिदं नित्यमनुतिष्ठन्ति मानवाः ।
श्रद्धावन्तोऽनसूयन्तो मुच्यन्ते तेऽपि कर्मभिः ॥ ३१ ॥

ye me matam idaṁ nityam
anutiṣṭhanti mānavāḥ
śraddhāvanto 'nasūyanto
mucyante te 'pi karmabhiḥ

ye—谁；*me*—我的；*matam*—训示；*idam*—这；*nityam*—作为永恒的职能；*anutiṣṭhanti*—有规律地执行；*mānavāḥ*—人类；*śraddhāvantaḥ*—以信心及奉献；*anasūyantaḥ*—毫不妒忌；*mucyante*—摆脱；*te*—所有这些；*api*—甚至；*karmabhiḥ*—果报活动定律的束缚。

译文　遵照我的训示履行责任，忠实追随我的教诲，无羡无妒。这样的人，便可摆脱业报活动的束缚。

要旨　博伽梵奎师那的训示是一切韦达智慧的根本，因而是永恒和绝对的真理。正如韦达经是永恒的，奎师那知觉这一真理也是永恒不朽的。人该不生妒意，坚信这个训示。有很多哲学家对《博伽梵歌》大书特书，为其阐释作注，却对奎师那全无信仰。他们永不能摆脱业报活动的束缚。而一个普通人，即使不能执行这些命令，却对绝对真理的永恒训示信念坚定，则可摆脱业报定律的束缚。开始时，他也许不能完全履行绝对真理的训示，但他对这个原则毫无怨言，虔信地工作，且置失败和失望于度外。这样，一定会提升至纯粹的奎师那知觉境地。

诗节 32

ये त्वेतदभ्यसूयन्तो नानुतिष्ठन्ति मे मतम् ।
सर्वज्ञानविमूढांस्तान्विद्धि नष्टानचेतस" ॥ ३२ ॥

ye tv etad abhyasūyanto
nānutiṣṭhanti me matam
sarva-jñāna-vimūḍhāṁs tān
viddhi naṣṭān acetasaḥ

ye—谁；*tu*—但是；*etat*—这；*abhyasūyantaḥ*—出于妒忌；*na*—不；*anutiṣṭhanti*—有规律地执行；*me*—我的；*matam*—训示；*sarva-jñāna*—所有各类的知识；*vimūḍhān*—完全愚昧的；*tān*—他们是；*viddhi*—很清楚知道；*naṣṭān*—完全被毁的；*acetasaḥ*—没有奎师那知觉。

译文　人若出于嫉妒，对这些教诲不加理会、不予遵从，可谓毫无知识，愚昧受惑，他们对生命完美的追求必遭毁灭。

要旨　这里清楚地说明了没有奎师那知觉的弊端。违反最高执行长官的命令，必受惩罚。同样，不听博伽梵的命令，也必受惩罚。一个不服从的人，不论如何了不起，由于内心一片空白，对自我，对至尊梵，对超灵，对博伽梵都茫然无知。因此，生命的完美对他来说是毫无希望的。

诗节 33

सदृशं चेष्टते स्वस्याः प्रकृतेर्ज्ञानवानपि ।
प्रकृतिं यान्ति भूतानि निग्रह" किं करिष्यति ॥ ३३ ॥

sadṛśaṁ ceṣṭate svasyāḥ
prakṛter jñānavān api
prakṛtiṁ yānti bhūtāni
nigrahaḥ kiṁ kariṣyati

sadṛśam—按照；*ceṣṭate*—试图；*svasyāḥ*—个人自己的；*prakṛteḥ*—自然三形态；*jñānavān*—有学识的人；*api*—即使；*prakṛtim*-–自然；*yānti*—经受；*bhūtāni*—众生；*nigrahaḥ*—压制；*kim*—什么；*kariṣyati*—能够做。

译文　人皆需遵循从物质自然三形态中得到的本性活动，即使有知识的人也不例外。抑制又有何用？

要旨　除非一个人处于奎师那知觉的超然境界中，否则，他不能幸免于物质自然形态的影响，绝对真理在第七章第14诗节中确认了这一点。因此，就算是世俗层面上最有教养的人，也不能光凭理论知识，或者靠将灵魂和躯体加以分别，就摆脱假象（māyā）的桎梏。有很多所谓的“灵性主义者”，表面上摆出一副对这门学科很有研究的架势，而内在或私底下却完全受制于他们无法超越的某种自然形态。在学术上，一个人可能很有学问，见地深透，但因为长期与物质绞在一起，反受其束缚。奎师那知觉助人摆脱物质的桎梏，即使他可能为了物质的生存而要履行其规定的责任也无妨。因此，人若不是全然地处于奎师那知觉中，就不要放弃自己的职责。谁也不应该突然放弃自己的赋定责任而人为地扮成一名所谓的“瑜伽士（yogī）”或“超然主义者”。人最好保持原位，接受高等的训练，以臻达奎师那知觉。如此，人便可脱离奎师那的假象（māyā）的钳制。

诗节 34

इन्द्रियस्येन्द्रियस्यार्थे रागद्वेषौ व्यवस्थितौ ।
तयोर्न वशमागच्छेत्तौ ह्यस्य परिपन्थिनौ ॥ ३४ ॥

indriyasyendriyasyārthe
rāga-dveṣau vyavasthitau
tayor na vaśam āgacchet
tau hy asya paripanthinau

indriyasya—感官的；*indriyasya arthe*—对感官对象的；*rāga*—依附；*dveṣau*—和弃绝；*vyavasthitau*—置于规则之下；*tayoḥ*—它们；*na*—永不；*vaśam*—控制；*āgacchet*—人应该来到；*tau*—那些；*hi*—肯定地；*asya*—他的；*paripanthinau*—绊脚石。

译文 对感官和感官对象的依附或厌恶均有规范原则可循。人不应受制于这些依附和厌恶，因为这些都是自我觉悟之途上的绊脚石。

要旨 在奎师那知觉中的人，自然不愿意追求物质上的感官享乐。而那些不在奎师那知觉中的人则必须遵循启示经典的规范守则。无节制的感官享乐是陷身物质牢笼的原因。但人若遵循启示经典的规范守则，就不致为感官对象绊倒。例如，性享乐对受限制的灵魂来说是必需的，因此婚姻内的性享乐是允许的。根据经典的训示，男人不许跟妻子以外的女人发生性关系，而要将其他所有女性看作自己的母亲一般。然而，尽管有这样的训示，还是有人要与婚外女人发生性关系。人一定要遏制这些倾向，不然，这些倾向会成为自我觉悟路途上的严重障碍。只要还有物质躯体存在，物质躯体的需求是容许的，但应受到规范守则的制约。但我们不应依靠这些特许的控制，而是要在遵循规范守则的同时，不依附于规范守则。因为即使是在规范控制下的感官满足也会把人引向迷途：就像行进在康庄大道上，也总有意外事故的可能。尽管你可能处处小心，但即使是走在最安全的路上，又有谁能保证绝对没有危险呢？由于与物质的接触，追求感官享乐的歪风由来已久。所以，尽管感官享乐受到制约，仍有可能堕落。因此要尽一切可能避免受制约的感官享乐。然而，依附于奎师那知觉，恒常为奎师那做爱心服务，则可使人超越所有的感官活动。因此，无论在生命的哪一个阶段，谁也不应离弃奎师那知觉。摆脱种种感官依附的全部目的，就在于最终能处于奎师那的境界。

诗节 35

श्रेयान्स्वधर्मो विगुणः परधर्मात्स्वनुष्ठितात् ।
स्वधर्मे निधनं श्रेयः परधर्मो भयावहः ॥ ३५ ॥

śreyān sva-dharmo viguṇaḥ
para-dharmāt sv-anuṣṭhitāt
sva-dharme nidhanaṁ śreyaḥ
para-dharmo bhayāvahaḥ

śreyān—远胜于；*sva-dharmaḥ*—自己的赋定责任；*viguṇaḥ*—即使有错误；*para-dharmāt*—比起别人的赋定责任；*svanuṣṭhitāt*—完美地做；*sva-dharme*—自己的赋定责任；*nidhanam*—灾祸临头；*śreyaḥ*—胜过；*para-dharmaḥ*—赋定给别人的责任；*bhaya-āvahaḥ*—危险的。

译文　履行自己的赋定职责，即使有差错，也远比完美地履行别人的职责为佳。在履行自己的职责时，即使灾祸临头，也强过履行他人的职责。因为，走别人的路是很危险的。

要旨　所以，人在全然的奎师那知觉中要履行的是赋定给他的职责，而不是赋定给别人的职责。从物质层面上来说，赋定职责是根据人在物质自然形态影响下的心理状态而赋予的，灵性的职责则是灵性导师指令的对奎师那的超然服务。但不论是物质上的还是灵性上的赋定职责，人应该一直到死都要坚持，而不要去模仿别人的赋定职责。灵性层面的职责与物质层面的职责也许不尽相同，但跟随权威的指导这条原则，对施行者总是有百益而无一害的。当人受到特定自然形态的影响时，他就应该恪守为他的特定情况而规定的规则，不该去模仿他人。例如，婆罗门（Brāhmaṇa）处于善良形态之中，因而不用暴力；而刹帝利是在激情形态之中，允许使用暴力。如此看来，一个刹帝利宁愿在使用武力时被杀死，也不要模仿不使用暴力的婆罗门。人心的净化是一个循序渐进的过程，是不可能一蹴而就的。然而，当人超越了物质自然形态，全然稳处于奎师那知觉之中时，就可在真正的灵性导师的指导下，做任何事情。在那种彻底的奎师那知觉阶段，刹帝利可做婆罗门，婆罗门也可行刹帝利之职。在超然境界中，物质世界里的区别就不再适用了。例如，维施瓦弥陀（Viśvāmitra）原是刹帝利，后来却做了婆罗门的事情；而圣帕拉苏腊玛（Paraśurāma）本是婆罗门，后来却做起了刹帝利的事情。他们之所以能这样做，是因为他们已处于超然境界之中。但只要人还处在物质的层面，就必须按照自己的物质形态履行职责，同时还必须对奎师那知觉完全了解。

诗节 36

अथ केन प्रयुक्तोऽयं पापं चरति पूरुषः ।
अनिच्छन्नपि वार्ष्णेय बलादिव नियोजितः ॥ ३६ ॥

arjuna uvāca
atha kena prayukto 'yaṁ
pāpaṁ carati pūruṣaḥ
anicchann api vārṣṇeya
balād iva niyojitaḥ

arjunaḥ uvāca—阿诸纳说；*atha*—那么；*kena*—由于什么；*prayuktaḥ*—被迫使；*ayam*—人；*pāpam*—罪恶；*carati*—犯；*pūruṣaḥ*—一个人；*anicchan*—没有欲望；*api*—即使；*vārṣṇeya*—维施尼的后裔啊；*balāt*—强行；*iva*—就像；*niyojitaḥ*—从事。

译文　阿诸纳问：维施尼（Vṛṣṇi）的后裔啊！人即使不愿为恶，却身不由己，是什么力量在驱使他呢？

要旨　生物作为至尊的所属部分，本来是有灵性的，纯洁无瑕，没有半点物质污染。因此，生物的本性是不受物质世界罪业影响的。但当他与物质自然接触时，便肆无忌惮地犯下许多罪业，有时甚至违背自己的意愿。因此，对于本性被扭曲了的生物来说，阿诸纳向奎师那的提问是满怀希望的。虽然生物有时并不想作恶，但却迫不得已而为之。然而，罪业的活动不是受了内在超灵的驱使而为的，却是另有原因的，世尊在下一诗节中将给予解答。

诗节 37

श्रीभगवानुवाच
काम एष क्रोध एष रजोगुणसमुद्भवः ।
महाशनो महापाप्मा विद्ध्येनमिह वैरिणम् ॥ ३७ ॥

śrī-bhagavān uvāca
kāma eṣa krodha eṣa

rajo-guṇa-samudbhavaḥ
mahāśano mahā-pāpmā
viddhy enam iha vairiṇam

śrī bhagavān uvāca—博伽梵说；*kāmaḥ*—色欲；*eṣaḥ*—这；*krodhaḥ*—愤怒；*eṣaḥ*—这；*rajo-guṇa*—激情形态；*samudbhavaḥ*—产生于；*mahā-śanaḥ*—吞没一切的；*mahā-pāpmā*—罪大恶极的；*viddhi*—知道；*enam*—这；*iha*—在物质世界中；*vairiṇam*—最大的敌人。

译文　博伽梵说：仅仅只是色欲（kāma），阿诸纳啊！色欲产生于灵魂与物质激情形态的接触，之后又转为嗔怒。它邪恶，是这个世界上吞噬一切的大敌。

要旨　当生物与物质创造接触时，他对奎师那的永恒的爱便因与激情形态的联系而转变成了色欲。换句话说，就是对神的爱转变成了色欲，就如牛奶接触到酸的罗望子后而转变成酸奶一样。接着，当色欲得不到满足时，它便转化成为嗔怒；而嗔怒又转化为幻觉，幻觉则导致生物继续停留在物质存在之中。因此，色欲是生物的头号大敌，也只是色欲的引诱才使得生物继续束缚于这个物质世界。嗔怒是愚昧形态的体现，愚昧形态常以嗔怒以及其他的必然结果展示自身。因此，如果在激情形态，能通过赋定的生活和活动方式，不堕落到愚昧形态，而是升晋到善良形态，就能通过灵性的依附，避免堕落到嗔怒。

博伽梵为了他那永远增长的灵性喜乐扩展成无数的生物，而众生都是这灵性喜乐的部分。他们同时也具有部分的独立性，但当众生误用了他们的独立性，当他们由原本的服务姿态转变成嗜好追求感官享乐时，便得受制于色欲。博伽梵创造了这个物质自然，为的是给这些受限制的灵魂提供便利条件以满足他们这些色欲的嗜好，但当众生在长期的色欲活动中受到挫折之后，便会开始询问自己真实的地位。

这种询问便是《终极韦达经》（*Vedānta-sūtra*）的开首：人应探究至尊（*athāto brahma jijñāsā*）。《圣典博伽瓦谭》将至尊定义为“万物的始源是至尊梵（*janmādy asya yato 'nvayād itarataś ca*）”。因此，色欲的始源也是至尊。所以，如果色欲能转变成对博伽梵的爱，即转变成知觉奎师那，换句话说只为奎师那去欲求，那么色欲和嗔怒都能灵性化。圣茹阿玛（Rāma）伟大的仆人哈努曼（Hanumān），通过烧毁腊瓦拿（Rāvaṇa）黄金之城展示了一己的嗔怒。正因为哈努曼这样做，他才成为博伽梵最伟大的奉献者。《博伽梵歌》也是这样。博伽梵诱导阿诸纳为了满足博伽梵而将嗔怒向敌人发泄。因此，当色欲和嗔怒用于奎师那知觉中时，便成为我们的朋友，而不是敌人。

诗节 38

धूमेनाव्रियते वह्निर्यथादर्शो मलेन च ।
यथोल्बेनावृतो गर्भस्तथा तेनेदमावृतम् ॥ ३८ ॥

dhūmenāvriyate vahnir
yathādarśo malena ca
yatholbenāvṛto garbhas
tathā tenedam āvṛtam

dhūmena—被烟；*āvriyate*—遮蔽；*vahniḥ*—火；*yathā*—正如；*ādarśaḥ*—镜子；*malena*—被尘埃；*ca*—还有；*yathā*—正如；*ulbena*—被子宫；*āvṛtaḥ*—所遮盖；*garbhaḥ*—胎儿；*tathā*—这样；*tena*—被那色欲；*idam*—这；*āvṛtam*—被遮盖。

译文　正如浓烟蔽火，尘土封镜，子宫包裹胎儿，生物被不同程度的色欲笼罩。

要旨　生物纯粹的知觉受蒙蔽的程度可分为三类。这种蒙蔽只不过是色欲在不同程度上的展示而已，恰如火中的烟、镜上的尘土以及包裹胎儿的子宫。将色欲比作烟表明生命的火花只可隐约察见。换句话说，当生物稍微显露出一点奎师那（Krishna）知觉时，他便被比作有烟笼罩着的火一般。尽管有火才有烟，但在最初的阶段，火并未明显地展现出来。这一阶段就好像奎师那知觉的最初阶段。尘镜之喻指的是用种种灵性的方法擦拭我们心镜的过程，而唱颂博伽梵的圣名便是擦拭我们心镜的最佳办法。子宫中的胎儿也是一种比喻，说明了一种无助的处境。子宫中的胎儿是全然无助的，甚至都动弹不得。这一境地的生命状况和树木的十分相似。树木也是生物，但由于色欲太过广泛展现，以至几乎失去了知觉，被迫处于如此的生命境况中。尘土覆盖着的镜子好比鸟兽。而被烟遮蔽的火则好比人类。在人类形体中，生物可恢复一点点的奎师那知觉。

若作进一步的发展，那灵性生命之火便能在人体生命形式中被点燃。只要小心处置好烟，火便能熊熊燃烧。因此，人体生命形式是生物从物质存在的束缚中解脱出来的大好机会。人在英明的指导下，通过培养奎师那知觉便能战胜敌人——物质欲望（kāma 色欲）。

诗节 39

आवृतं ज्ञानमेतेन ज्ञानिनो नित्यवैरिणा ।
कामरूपेण कौन्तेय दुष्पूरेणानलेन च ॥ ३९ ॥

āvṛtaṁ jñānam etena
jñānino nitya-vairiṇā
kāma-rūpeṇa kaunteya
duṣpūreṇānalena ca

āvṛtam—覆盖着；*jñānam*—纯粹的知觉；*etena*—被这；*jñāninaḥ*—知悉者的；*nitya-vairiṇā*—永恒的敌人；*kāma-rūpeṇa*—以色欲的形式；*kaunteya*—琨缇之子啊；*duṣpūreṇa*—永无餍足；*analena*—被火；*ca*—也。

译文　因此，智慧生物的纯粹知觉便被他永恒的敌人——色欲（kāma）所蒙蔽。这色欲永无餍足，焚如烈火。

要旨　据《玛努法论》（*Manu-smṛti*），色欲（物质欲望）是不能通过任何分量的感官享乐所满足的，就像火不会由于不断地加燃料而熄灭一样。性，是物质世界里一切活动的中心。因此，这个世界又被称为“有性生活枷锁的地方（*maithunya-āgāra*）”。在普通的监狱里，罪犯都被囚禁于铁窗之内；同样地，那些不服从绝对真理的律法的罪犯便被套上了性生活的枷锁。基于感官享乐层面上的物质文明进步，意味着延长生物物质存在的期限。因此，这色欲（物质欲望）便是生物被困于物质世界的愚昧中的象征。人在享受感官之乐时，或许有些快乐之感，但实际上，那所谓的快乐之感终究是感官享乐者最大的敌人。

诗节 40

इन्द्रियाणि मनो बुद्धिरस्याधिष्ठानमुच्यते ।
एतैर्विमोहयत्येष ज्ञानमावृत्य देहिनम् ॥ ४० ॥

indriyāṇi mano buddhir
asyādhiṣṭhānam ucyate
etair vimohayaty eṣa
jñānam āvṛtya dehinam

indriyāṇi—感官；*manaḥ*—心意；*buddhiḥ*—智慧；*asya*—色欲的；*adhiṣṭhānam*—据点；*ucyate*—名为；*etaiḥ*—由所有这些；*vimohayati*—迷惑；*eṣaḥ*—这色欲；*jñānam*—知识；*āvṛtya*—蒙蔽；*dehinam*—有物质身体的。

译文　色欲盘踞于感官、心意、智性之上，并通过它们蒙蔽了生物真正的知识，使生物迷惑。

要旨　在受限制灵魂的身体上，敌人已占据了不同的战略要点，因此，圣奎师那提示了这些要点的位置，以便克敌者能找到敌人在哪里。心意是一切感官活动的中心。因此，每当我们听到有关感官事物的描述时，心意自然而然成了一切感官享乐主义的源头。结果，心意和感官便成了色欲的储藏库。接着，智性成了这些色欲习性的首府。智性是灵魂的邻居。这色欲的智性令灵魂接受假我，并将自己认同于物质，认同于心意和感官。因此，灵魂便沉醉于物质的感官享乐之中，并误以为这些是真正的快乐。《圣典博伽瓦谭》（10.84.13）就有关灵魂对这一虚假的身份认同有着非常精彩的描述：

yasyātma-buddhiḥ kuṇape tri-dhātuke
sva-dhīḥ kalatrādiṣu bhauma ijya-dhīḥ
yat-tīrtha-buddhiḥ salile na karhicij
janeṣv abhijñeṣu sa eva go-kharaḥ

“一个人若将自我认同于这由三种元素组成的躯体，若认为由这躯体产生的副产品是自己的亲眷族人，若认为自己的出生地值得崇拜，若去朝圣地只是为了在那里沐浴而非会晤具有超然知识的人，则他被认作与驴子、母牛无异。”

诗节 41

तस्मात्त्वमिन्द्रियाण्यादौ नियम्य भरतर्षभ ।
पाप्मानं प्रजहि ह्येनं ज्ञानविज्ञाननाशनम् ॥ ४१ ॥

tasmāt tvam indriyāṇy ādau
niyamya bharatarṣabha
pāpmānaṁ prajahi hy enaṁ
jñāna-vijñāna-nāśanam

tasmāt— 因此；*tvam*— 你；*indriyāṇi*— 感官；*ādau*— 在开始时；*niyamya*— 通过规范；*bharatarṣabha*—巴拉塔后裔中的俊杰啊；*pāpmānam*—罪恶的大敌；*prajahi*—遏制；*hi*—肯定地；*enam*—这；*jñāna*—知识；*vijñāna*—和纯粹灵魂的科学知识；*nāśanam*—毁灭者。

译文　因此，巴拉塔后裔中的俊杰——阿诸纳啊！首先，要规范节制感官，去遏制这罪恶的大敌（色欲）；然后，再铲除这知识与自我觉悟的毁灭者。

要旨　博伽梵劝谕阿诸纳一开始便应节制感官，这样便能抑制头号的罪恶大敌——色欲。就是这色欲毁灭了我们对自我觉悟的强烈追求，毁灭了我们有关自我的特有知识。梵文“jñāna”意指有关自我的知识，这和非自我的知识迥然不同。换句话说，就是有关灵魂不是身体的知识。“vijñāna”是指有关灵魂与至尊灵魂的知识。《圣典博伽瓦谭》（2.9.31）如此解释道：

jñānaṁ parama-guhyaṁ me
yad vijñāna-samanvitam
sa-rahasyaṁ tad-aṅgaṁ ca
gṛhāṇa gaditaṁ mayā

“有关自我和至尊自我的知识十分机密神奇，但只要博伽梵亲自从不同的角度加以阐述，人便可明白这知识，并获得特有的领悟。”

《博伽梵歌》便为我们提供了总体和明确的有关自我的知识。每一个生物都是博伽梵的所属部分，因此，他们便只该去服务博伽梵。这知觉被称为奎师那知觉。所以，人从生命开始便要去培养奎师那知觉，这样便可获得完全的奎师那知觉，并依此行事。

对神的爱是每一生物的本性，物质欲望只不过是生物这一本性扭曲的反映。

人若一开始便接受奎师那知觉的教育，那他爱神的本性就不会堕落为色欲。可一旦对神的爱堕落成了色欲，要想再回到正常的状况就十分困难了。然而，奎师那知觉却非常强大有力，即使一个人起步很晚，也能通过遵循奉爱服务的规范守则成为一个爱神的人。所以，从生命的任何阶段开始，或从领悟到爱神的紧迫性时起，人都可开始在奎师那知觉中节制规限感官，去从事对博伽梵的奉爱服务，这样，便能将色欲转变为对神的爱——人生最崇高、最完美的境界。

诗节 42

इन्द्रियाणि पराण्याहुरिन्द्रियेभ्यः परं मनः ।
मनसस्तु परा बुद्धिर्यो बुद्धेः परतस्तु सः ॥ ४२ ॥

indriyāṇi parāṇy āhur
indriyebhyaḥ paraṁ manaḥ
manasas tu parā buddhir
yo buddheḥ paratas tu saḥ

indriyāṇī—感官；*parāṇi*—高级；*āhuḥ*—据说；*indriyebhyaḥ*—比感官；*param*—高级；*manaḥ*—心意；*manasaḥ*—比心意；*tu*—还；*parā*—高级；*buddhiḥ*—智慧；*yaḥ*—谁；*buddheḥ*—比智慧；*paratāḥ*—高级；*tu*—但是；*saḥ*—他。

译文　活跃的感官高于昏昧的物质；心意高于感官；智性则高于心意；而他（灵魂）却比智性还要高。

要旨　感官是色欲活动的各个出口。色欲藏于身体之内，并通过感官发泄。因此，感官高于整个身体。当人具有高等的知觉，即奎师那知觉时，这些出口便没有用了。在奎师那知觉中，灵魂直接与博伽梵联系。因此，如本诗节所述，各不相同的躯体功能自下而上形成梯级，最终止于博伽梵——至尊灵魂。身体的活动意味着感官的作用，而停止感官作用便意味着停止一切身体的活动。然而，心意是活跃的。因此尽管身体可能处于休止的状态，心意却仍在活动，就如心意在梦中活动一样。但心意之上，却有智性的决定，而智性之上则有灵魂本身。所以，如果灵魂直接从事于服务博伽梵，灵魂的一切从属——智性、心意及感官，也自然都会从事于服务博伽梵。《卡塔奥义书》(*Kaṭha Upaniṣad*)就有一段类似的论述：感官享乐的对象高于感官，而心意则高于感官的对象。因此，如果心意恒常直接地从事对绝对真理的奉爱服务，那么感官就没有误入歧途的机会。这种心态已经有过解释。如果心意在从事对绝对真理的超然服务，那么心意便没有机会去满足那些较低等的习性了(*paraṁ dṛṣṭvā nivartate*)。《卡塔奥义书》将灵魂描述为"伟大的(mahān)"。因此，灵魂高于一切——高于感官的对象，高于感官，高于心意，高于智性。所以，直接弄明白灵魂的原本地位便能解决整个问题。

因此，人应以智性去探寻出灵魂的律定地位，恒常地让心意从事奎师那知觉的活动。这样做能够解决整个问题。一个灵修初习者通常应尽量避免感官对象。但除此之外，人应利用自己的智性以使心意更加坚强。人若以智性使心意从事于奎师那知觉的活动，并完全皈依博伽梵，心意便自然而然变得坚强起来。这时，即使感官如毒蛇那样恶毒，也会由于毒蛇毒牙的断裂而不会有任何效力。尽管灵魂是智性、心意及感官的主人，但人除非在奎师那知觉中与奎师那联谊使自身变得坚强有力，否则仍然随时会因为焦灼不安的心意而堕落。

诗节 43

एवं बुद्धेः परं बुद्ध्वा संस्तभ्यात्मानमात्मना ।
जहि शत्रुं महाबाहो कामरूपं दुरासदम् ॥ ४३ ॥

evaṁ buddheḥ paraṁ buddhvā
saṁstabhyātmānam ātmanā
jahi śatruṁ mahā-bāho
kāma-rūpaṁ durāsadam

evam—因此；*buddheḥ*—比智慧；*param*—高级；*buddhvā*—知道；*saṁstabhya*—通过巩固；*ātmānam*—心意；*ātmanā*—通过审慎的智慧；*jahi*—征服；*śatrum*—敌人；*mahā-bāho*—臂力强大的人；*kāma-rūpam*—以色欲的形式；*durāsadam*—顽强有力的。

译文　因此，臂力强大的阿诸纳啊！了解自我超越物质的感官、心意和智性后，应该以审慎的灵性智慧（奎师那知觉）去巩固心意，并以灵性的力量克服这

永无餍足的敌人——色欲。

要旨 《博伽梵歌》第三章斩钉截铁，对奎师那知觉富有指导意义。人应该弄明自我是博伽梵的永恒仆人，并且不应以非人格的虚无作为终极目标。在生命的物质存在状况下，生物定会受到色欲以及支配物质自然习性的影响。统治欲以及感官享乐欲是受限制的灵魂最大的敌人。然而，人借着奎师那知觉的力量，便可控制住物质的感官、心意及智性。人不必突然放弃工作和赋定职责；反之，通过逐渐培养奎师那知觉，通过将智性专注于纯粹的自我，便能够安处于超然的境界，不受物质感官和心意的影响。这便是本章的全部内容。在物质存在未臻成熟的阶段，哲学推敲以及人为地通过练习所谓的瑜伽姿式以试图控制感官的方法，都是永远无法助人走上灵性生命之途的。人必须以更高的智慧接受奎师那知觉的训练才行。

巴克提维丹塔（Bhaktivedanta）阐述圣典《博伽梵歌》第三章“业报瑜伽”至此结束。

第四章

超然知识

超然知识即关于灵魂、神以及两者关系的灵性知识。它既能净化人，又能助人获得解脱。这种知识是无私奉献活动（业报瑜伽）培育出来的硕果。绝对真理讲述了《博伽梵歌》的悠久历史，阐明了其周期性降临物质世界的目的和意义，以及求助于一位觉悟了的灵性导师的必要性。

诗节 1

श्रीभगवानुवाच
इमं विवस्वते योगं प्रोक्तवानहमव्ययम् ।
विवस्वान्मनवे प्राह मनुरिक्ष्वाकवेऽब्रवीत् ॥ १ ॥

śrī-bhagavān uvāca
imaṁ vivasvate yogaṁ
proktavān aham avyayam
vivasvān manave prāha
manur ikṣvākave 'bravīt

śrī bhagavān uvāca—博伽梵说；*imam*—这；*vivasvate*—向太阳神；*yogam*—个人与至尊关系的科学；*proktavān*—传授；*aham*—我；*avyayam*—不朽的；*vivasvān*—维瓦斯万（太阳神的名字）；*manave*—向人类的父亲（名叫瓦外斯瓦塔）；*prāha*—告诉；*manuḥ*—人类的父亲；*ikṣvākave*—向伊士瓦库王；*abravīt*—讲说。

译文　博伽梵奎师那说：我将这门不朽的瑜伽科学传给太阳神维瓦斯万（Vivasvān），**维瓦斯万将其传授给人类的始祖玛努**（Manu），**玛努又传授给伊士瓦库**（Ikṣvāku）。

要旨　我们从这里寻到了《博伽梵歌》源远流长的历史，它始于太阳星宿，并依次传给了众星诸王的皇族。众星诸王是特别为了保护臣民而设，因此为了统治臣民，使他们免受物质贪欲的束缚，王族成员应该懂得《博伽梵歌》这门科学。人生的目的在于培养灵性知识，洞达与博伽梵的永恒关系。所有国家和所有星宿的行政首脑都有责任把这门功课通过教育、文化、奉献传授于民。换句话说，各国行政首脑都应以传播奎师那知觉为己任，让人民得以充分利用这门伟大的科学，走上成功之途，而不至于浪费人体生命的宝贵时光。

在这一年代，太阳神被称为维瓦斯万，他是太阳之王，而太阳又是太阳系中所有星宿的始源。《梵天本集》（*Brahma-saṁhitā* 5.52）一书中梵天君（Brahmā）说：

yac-cakṣur eṣa savitā sakala-grahāṇāṁ
rājā samasta-sura-mūrtir aśeṣa-tejāḥ
yasyājñayā bhramati sambhṛta-kāla-cakro

govindam ādi-puruṣaṁ tam ahaṁ bhajāmi

“让我崇拜博伽梵哥文达（Govinda）——奎师那，这原初的人，奉他的旨令，位列众星之王的太阳才呈现出无限的热和力量。太阳代表着世尊的眼睛，并在他的命令下于轨道上运行着。”

太阳是群星之王，而太阳神（名为维瓦斯万）统治着太阳，通过提供光和热，支配着群星。他奉奎师那之命而运行。圣奎师那起初便收了他为自己的第一个门徒，并将《博伽梵歌》传授给他。因此，《博伽梵歌》并不是由微不足道的世俗学者所作的思辨性专论，而是一部从太初传授下来的知识的范本。

在《摩诃婆罗多》（平静篇 348.51-52）中，我们可追溯《博伽梵歌》的历史如下：

tretā-yugādau ca tato
vivasvān manave dadau
manuś ca loka-bhṛty-arthaṁ
sutāyekṣvākave dadau

ikṣvākuṇā ca kathito
vyāpya lokān avasthitaḥ

“在特塔年代（*tretā-yuga* 白银年代）之初，这门阐明与至尊之关系的科学，便由维瓦斯万传给了玛努。玛努作为人类始祖又把它传给了儿子伊士瓦库大君（*Ikṣvāku Mahārāja*）——这地球的国王和茹阿古（*Raghu*）王朝的祖先。圣茹阿玛（*Rāmacandra*）就显世于这个王朝。”因此，从伊士瓦库大君开始，《博伽梵歌》就存在于人类社会了。

卡利年代（kali-yuga 铁器年代）共四十三万两千年，我们现在刚过了五千年。在这之前是杜瓦帕年代（dvāpara-yuga 青铜年代）共八十万年，再往前才是特塔年代（tretā-yuga 白银年代）共一百二十万年。这样，大概在两百万零五千年前，玛努（Manu）向他的儿子兼门徒伊士瓦库大君——这个地球的国王，讲述了《博伽梵歌》。现时的玛努年代为期三亿五百二十万年，已过了一亿两千零四十万年。如果从玛努出世之前，世尊向门徒太阳神维瓦斯万讲述《博伽梵歌》时算起，粗略的估计是至少在一亿两千零四十万年前，《博伽梵歌》已在流传。而在人类社会，《博伽梵歌》已流传了两百万年。绝对真理再次向阿诸纳重述《博伽梵歌》，则是大约五千年前的事。

这是根据《博伽梵歌》本身以及讲述者圣奎师那的说法，对《博伽梵歌》历史的估算。太阳神维瓦斯万之所以得闻《博伽梵歌》，是因为他不但是一名刹帝利，而且是太阳神的刹帝利后裔（sūrya-vaṁśa kṣatriya）的祖先。《博伽梵歌》由博伽梵亲自训说，堪与韦达经媲美。因而，这门知识是“超凡的（apauruṣeya）”。对于韦达训谕尚须原本地去接受，不可妄加半点个人解释，因此，接受《博伽梵歌》更不能加半点世俗解释。世俗的争论者，可能会凭一己之见，对《博伽梵歌》妄加断想，但那已不是本来的《博伽梵歌》了。因此，我们必须照其本义，从使徒传系中接受《博伽梵歌》。这里对使徒传系作了描述：绝对真理将《博伽梵歌》传授给太阳神，太阳神传授给玛努，玛努又传授给了伊士瓦库。

诗节 2

एवं परम्पराप्राप्तमिमं राजर्षयो विदुः ।
स कालेनेह महता योगो नष्टः परन्तप ॥ २ ॥

evaṁ paramparā-prāptam
imaṁ rājarṣayo viduḥ
sa kāleneha mahatā
yogo naṣṭaḥ parantapa

evam—如此；*paramparā*—通过使徒传系；*prāptam*—被接受；*imam*—这门科学；*rājarṣayaḥ*—圣王们；*viduḥ*—了解；*saḥ*—那门知识；*kālena*—时光流逝；*iha*—在这个世界上；*mahatā*—伟大的；*yogaḥ*—人与至尊关系的科学；*naṣṭaḥ*—失传；*parantapa*—惩敌者阿诸纳啊。

译文　这门至高无上的瑜伽科学就这样通过使徒传系传授下来，那些圣王也以这种方式接受。然而，时光流逝，传系中断，这门科学的本来面目仿佛已被湮没。

要旨　这里清楚地说明了《博伽梵歌》是特为圣王而讲，因为他们在管理人民时，会实现《博伽梵歌》的宗旨。毫无疑问，《博伽梵歌》从来就不会讲给那些邪恶之徒。他们不顾及任何人的利益，又根据个人的妄念，作出种种解释，使

《博伽梵歌》的价值丧失殆尽。《博伽梵歌》原本的宗旨一旦被肆无忌惮的诠释者出于种种动机弄得支离破碎，就有必要重建使徒传系。五千年前，绝对真理本人亲自察觉到使徒传系的中断，因而他宣称《博伽梵歌》的宗旨看来被湮没了。同样地，现在也出现了许多《博伽梵歌》版本（特别是英文本），但几乎全不是根据权威的使徒传系而作。不同的世俗学者提出了无数的解释，但几乎全不承认博伽梵奎师那，反倒利用圣奎师那的话大做文章。这种精神邪恶透顶，因为恶魔并不相信神，只晓得享用至尊的财富。当前迫切需要一本为使徒传系接受的英文《博伽梵歌》，本书就是为这个目的而作。《博伽梵歌》如果原原本本被接受，便是人类的大福祉，可是，若人们将它视为一本哲学推敲的论著，那不过是浪费时间而已。

诗节 3

स एवायं मया तेऽद्य योगः प्रोक्तः पुरातनः ।
भक्तोऽसि मे सखा चेति रहस्यं ह्येतदुत्तमम् ॥ ३ ॥

sa evāyaṁ mayā te 'dya
yogaḥ proktaḥ purātanaḥ
bhakto 'si me sakhā ceti
rahasyaṁ hy etad uttamam

saḥ—这同一门；*eva*—确定；*ayam*—这；*mayā*—由我；*te*—向你；*adya*—今天；*yogaḥ*—瑜伽的科学；*proktaḥ*—讲述；*purātanaḥ*—很古老的；*bhaktaḥ*—奉献者；*asi*—你是；*me*—我的；*sakhā*—朋友；*ca*—还；*iti*—因此；*rahasyam*—秘密的；*hi*—必定；*etat*—这；*uttamam*—超然的。

译文　我今天就告诉你这门关于个体灵魂与至尊者关系的古老瑜伽科学。因为你既是我的朋友，又是我的奉献者，必能了解这超然科学的奥秘。

要旨　人分两类，即奉献者和恶魔。绝对真理选定阿诸纳来传授这门伟大的科学，是因为他是绝对真理的奉献者。然而，恶魔是不可能了解这伟大而神秘的科学的。这本伟大的知识宝典有大量版本。有些是奉献者的释论，有些是恶魔的释论。其中前者才是真实的，而后者则全无价值。阿诸纳接受圣奎师那为博伽梵，循着阿诸纳的足迹对《博伽梵歌》所作的任何释论，都是对这门伟大科学的事业所做的真正的奉爱服务。但是恶魔们并不接受博伽梵奎师那的本来面目，而是捏造出一些关于奎师那的东西，把一般读者引到了偏离奎师那教诲的道路上。在此给予警告，以免误入歧途。人应该尽力追随从阿诸纳那里传授下来的使徒传系，并由此而从《博伽梵歌》中获得真正的裨益。

诗节 4

अर्जुन उवाच
अपरं भवतो जन्म परं जन्म विवस्वतः ।
कथमेतद्विजानीयां त्वमादौ प्रोक्तवानिति ॥ ४ ॥

arjuna uvāca
aparaṁ bhavato janma
paraṁ janma vivasvataḥ
katham etad vijānīyāṁ
tvam ādau proktavān iti

arjunaḥ uvāca—阿诸纳说；*aparam*—晚于；*bhavataḥ*—您的；*janma*—诞生；*param*—早于；*janma*—诞生；*vivasvataḥ*—太阳神的；*katham*—如何；*etat*—这；*vijānīyām*—我应该理解；*tvam*—您；*ādau*—在开始时；*proktavān*—传授；*iti*—如此。

译文　阿诸纳问：太阳神维瓦斯万的出生早于您，这叫我怎能明白，最初是由您将这门科学传授给他的呢？

要旨　阿诸纳是公认的绝对真理的奉献者，他又怎会不相信绝对真理的话呢？事实上，阿诸纳不是为自己发问，而是替那些不信奉博伽梵的人发问，替那些不喜欢接受奎师那为博伽梵这一观念的恶魔而发问。为了他们，阿诸纳发此一问，好像他自己对博伽梵奎师那不识不知。读者在第十章会明显地看到，阿诸纳其实完全知道，奎师那就是博伽梵，是万物的源头，是超然真理的终极。当然，奎师那也曾以迪瓦姬儿子的身份降临人世，那么奎师那怎么还能是博伽梵——永恒原初的人呢？这对普通人而言，很难理解。因此，为弄清这一点，阿诸纳向奎师那提出此问，让奎师那本人作出权威性的回答。奎师那是举世公认的至高无上的权威，不仅在现在，太初以来就如是，只有恶魔才拒不接纳。因为所有人都公认奎师那是权威，阿诸纳便向奎师那提出此问，为的是让奎师那亲身描述自己，使恶魔无法歪曲。恶魔常以他们和他们的信徒可理解的方式歪曲奎师那。每一个人，为了自身的利益，都有必要懂得有关奎师那的科学。所以，当奎师那自己讲述自己时，诸界一片吉祥。对于恶魔，奎师那本人的解释则显得奇怪，因为恶魔总是以自己的出发点去研究奎师那；但奉献者则衷心地欢迎奎师那亲自讲述自己。奉献者对奎师那所作的这些权威论述，会时时敬奉，铭记于心，因为他们常常渴望对他多一分认识。视奎师那为常人的无神论者，或许通过这个途径便能认识到奎师那是超乎人类的，他是永恒、全知、极乐的完美形象（*sac-cid-ān-anda-vigraha*）[《梵天本集》（*Brahma samita* 5.1）]；他超然，不受物质自然形态的支配，不受时空的影响。像阿诸纳一样的奎师那的奉献者绝不会对奎师那的超然地位有一丝半毫的误解。持无神论观点的人认为，奎师那不过是受物质自然形态影响的普通凡人。阿诸纳向绝对真理发此一问，是奉献者努力抵制这种无神论倾向的具体体现。

诗节 5

श्रीभगवानुवाच
बहूनि मे व्यतीतानि जन्मानि तव चार्जुन ।
तान्यहं वेद सर्वाणि न त्वं वेत्थ परन्तप ॥ ५ ॥

śrī-bhagavān uvāca
bahūni me vyatītāni
janmāni tava cārjuna
tāny ahaṁ veda sarvāṇi
na tvaṁ vettha parantapa

śrī bhagavān uvāca—博伽梵说；*bahūni*—很多；*me*—我的；*vyatītāni*—经历过；*janmāni*—诞生；*tava*—你的；*ca*—还有；*arjuna*—阿诸纳啊；*tāni*—那些；*aham*—我；*veda*—知道；*sarvāṇi*—所有；*na*—不；*tvam*—你；*vettha*—知道；*parantapa*—克敌者啊。

译文 **博伽梵说：你我都已经历过无数世的诞生，每一世我全能记得，而你却不能，克敌者呀！**

要旨 《梵天本集》(5.33）为我们提供了关于绝对真理的许许多多化身的信息。有诗云：

advaitam acyutam anādim ananta-rūpam
ādyaṁ purāṇa-puruṣaṁ nava-yauvanaṁ ca
vedeṣu durlabham adurlabham ātma-bhaktau
govindam ādi-puruṣaṁ tam ahaṁ bhajāmi

"我崇拜博伽梵·哥文达（奎师那），他是原初之人，绝对者，从无开始，永无谬误。他虽然扩展为无限的形体，但仍是原初的那位。他虽最为古老，却永远显得青春年少。绝对真理的这些永恒、极乐、全知的形体通常仅为最优秀的韦达学者所了解，但却总是显现给纯洁无污的奉献者。"

《梵天本集》(5.39）又说：

rāmādi-mūrtiṣu kalā-niyamena tiṣṭhan
nānāvatāram akarod bhuvaneṣu kintu
kṛṣṇaḥ svayaṁ samabhavat paramaḥ pumān yo
govindam ādi-puruṣaṁ tam ahaṁ bhajāmi

"我崇拜博伽梵哥文达（奎师那），他总是处于种种化身——如圣茹阿玛、尼星哈等——之中，但他依然是原初的神首奎师那，而且他又亲自化身"。

韦达经也说，绝对真理虽独一无二，却展示为无数形体。他就好比猫眼石（vaidūrya），颜色流转变化，可仍是同一块宝石。绝对真理的所有这些形体均可为纯洁的奉献者了解，但只研习韦达经的人是不得其解的（*vedeṣu durlabham adurlabham ātma-bhaktau*）。像阿诸纳这样的奉献者是绝对真理永恒的同伴，绝对真理无论何时化身显现，同游的奉献者也都以不同的能量化身相伴相随，服务于博伽梵。阿诸纳就是这样一个奉献者。而且从这节诗中，我们得知，几百万年前当圣奎师那对太阳神维瓦斯万宣说《博伽梵歌》时，阿诸纳也在场，只是身份不同。但绝对真理和阿诸纳的区别在于，绝对真理能记得这件事，而阿诸纳却不能。这就是博伽梵与他的所属个体生物之间的区别。尽管阿诸纳在这里被称为勇武的英雄，能克敌制胜，但他却无法记起发生在他过去生生世世的往事。所以，生物若以物质的尺度来衡量的话，无论其多么伟大，多么了不起，都不能与博伽梵同日而语，相提并论。博伽梵的永恒随从必定是已获解脱之人，但他并不能与博伽梵相提并论。《梵天本集》描述绝对真理永不犯错（acyuta 阿秋塔），就是说，即使是与物质相接触，他也永不会忘记自己。所以说生物与博伽梵在各个方面都不能相等，纵然生物如阿诸纳一般，已获解脱。阿诸纳身为绝对真理的奉献者，有时也会忘记绝对真理的本性，可是借着神圣恩典，奉献者能立即明白博伽梵是永无错误的。非奉献者，或者恶魔就不能明白这超然的本性了。因此，恶魔的大脑是不能理解《博伽梵歌》的这些描述的。奎师那能记住他在几百万年前做的事，但阿诸纳则不行，虽然两者在本性上都是永恒的。我们或可在这里注意到，生物之所以遗忘一切，是因为躯体在不断变换，而绝对真理能记得一切，则是因为绝对真理永不变换他那永恒、全知、极乐（sac-cid-ānanda）的躯体。他就是"阿兑塔（advaita）"，即：他自己与他的身躯是没有区别的，跟他有关的一切都是灵性的。相反，受限制的灵魂与物质躯体并不相同。因为绝对真理的身躯与绝对真理的自我无二无别，所以他的地位永远跟普通的生物不同，即使他降临到物质的层面也是如此。恶魔们无法认识到博伽梵的这一超然本性。关于这超然本性，博伽梵在下一诗节中会亲自解说。

诗节 6

अजोऽपि सन्नव्ययात्मा भूतानामीश्वरोऽपि सन् ।
प्रकृतिं स्वामधिष्ठाय सम्भवाम्यात्ममायया ॥ ६ ॥

ajo 'pi sann avyayātmā
bhūtānām īśvaro 'pi san
prakṛtiṁ svām adhiṣṭhāya
sambhavāmy ātma-māyayā

ajaḥ—无生；*api*—虽然；*san*—是这样；*avyaya*—永不朽坏；*ātmā*—身体；*bhūtānām*—所有诞生者的；*īśvaraḥ*—博伽梵；*api*—虽然；*san*—是这样；*prakṛtim*—以超然的形体；*svām*—我原始的；*adhiṣṭhāya*—如此处于；*sambhavāmi*—我化身；*ātma-māyayā*—凭借我的内在能量。

译文　虽然我无生，但我超然的躯体永不朽坏；虽然我是有情众生之主，但

我仍以原始的超然形体显现于每一个年代。

要旨 博伽梵已经讲过他诞生的特别性：他可以显得像普通人一样，但却能记得他过去许许多多世中的一切事情，而一般人甚至对几小时前自己做过的事情都难以记起。如果被问起头一天的这个时候他在做什么，一般人也很难立即作答，甚至可能要绞尽脑汁才能回忆得起。然而，仍有人自诩为神，或以奎师那自比。我们切不可被这些无聊的自诩所误导。接着，博伽梵再次解说了他的形象（prakṛti）。梵语的“prakṛti”意即“本性”，也指“svarūpa”，即“自身形象”。博伽梵说，他永远以他自己的躯体出现。用不着像一般生物一样，要由一个躯体转至另一个躯体。受限制的灵魂今生拥有这具躯体，来世又会有一具不同的躯体。在物质世界中，生物没有固定的躯体，而要从一个躯体转世投入另一个躯体之中。然而，博伽梵则不然。无论何时显现，他都依自己内在的能量，以同一原初身躯显现。换句话说，奎师那以他永恒的原初形体，即手持笛子的双臂形体，显现于这个物质世界。他确确实实是以永恒的身躯出现，不受物质世界的污染。虽然他以同一的超然之躯显现于世，而且是宇宙之主，但他仍像普通的生物一样出生。虽然他的身躯并不像物质躯体一样会朽坏，但看上去圣奎师那也从童年长到少年，又从少年长到青年。但令人惊讶的是绝对真理永远年轻。在库茹之战时，他已有了许多儿孙，换句话说，以物质世界的尺度来衡量，他已经非常高龄了。但他看上去仍像二十四五岁的年轻人一样。我们从未见过奎师那貌如老人的画像，因为他永不像我们那样，会衰老腐朽。尽管在整个创造历程——过去、现在和未来中，他是最古老的人，但他的躯体和智性永不损坏和改变。因此，很显然，虽然他身处这个物质世界，却依然是原本的那位非生者。他永恒的形体充满喜乐与知识，他超然的躯体和智慧永不改变。

事实上，他的显现和隐迹，恰如太阳，在我们眼前冉冉升起、移动，然后又从我们的视域中消失。当太阳越出视野，我们便认为太阳落山了；当太阳现于眼前，我们又认为太阳在地平线上。实际上，太阳自有太阳恒常固定的位置，可是因为我们那残缺不全的感官，我们便推究出，太阳在天空中有时存在有时消失。圣奎师那的显隐与普通生物截然不同，显而易见，通过他的内在能量，他永恒、全知、极乐，且永不被物质自然所污染。韦达经也说，博伽梵无生无始，然而在多次的显现中，却仿佛经过了孕育而生。韦达补充文献也证实，绝对真理看似经历出生的过程，却并无躯体变化。据《博伽瓦谭》记载，他以那罗延

（Nārāyaṇa）的身份现身于母亲面前，展现其有六种全然富裕装饰着的四臂形象。他以自己原初的永恒形体出现，完全是为了赐给生物无缘的恩慈，好让他们专注于博伽梵的本原形体，而不致迷失于心智的玄思或想象等这些非人格神主义者对绝对真理的形体的错误构想之中。根据《维施瓦词典》（*Viśva-kośa*）记载，“玛亚（māyā）”或者“阿特玛 - 玛亚（ātma-māyā）”一词是指绝对真理无缘的恩慈。绝对真理对他过去的显隐全都一清二楚，而普通生物一旦进入新的躯体，便将先前躯体的一切事情忘得一干二净。博伽梵在这世上，以神奇的超人活动显示他是众生之主。他永远是同一的绝对真理，他的形体和自我毫无区别，亦即博伽梵的躯体和博伽梵的本性无二无别。说到这儿，你或许会问：为什么绝对真理要在这个世界显现和隐没呢？答案便在下一诗节中。

诗节 7

यदा यदा हि धर्मस्य ग्लानिर्भवति भारत ।
अभ्युत्थानमधर्मस्य तदात्मानं सृजाम्यहम् ॥ ७ ॥

yadā yadā hi dharmasya
glānir bhavati bhārata
abhyutthānam adharmasya
tadātmānaṁ sṛjāmy aham

yadā yadā—无论何时何地；*hi*—肯定地；*dharmasya*—宗教；*glāniḥ*—不符合；*bhavati*—出现；*bhārata*—巴拉塔的后裔啊；*abhyutthānam*—盛行；*adharmasya*—反宗教；*tadā*—在那个时候；*ātmānam*—自己；*sṛjāmi*—展示；*aham*—我。

译文　无论何时何地，每当宗教衰落，反宗教盛行，巴拉塔的后裔啊！我便亲自降临。

要旨　“sṛjāmi”（展示）一词在此有深意。“sṛjāmi”不可用于创造之中，因为根据前一诗节可知，绝对真理的形体或身躯非创造而得，所有形体都是永恒存在的。因此，“sṛjāmi”是指绝对真理原本地展示自己。绝对真理虽然如期显现，即在布茹阿玛（Brahma 梵天）一天中第七代玛努的第 28 个年代中的杜瓦帕年代（dvāpara-yuga 青铜年代）末显现，但博伽梵无须遵守这些规则，他可完全随意，自由行动。因此，每当反宗教活动猖獗，真正的宗教没落时，他就会按照自己的意愿显现。

韦达经制定了宗教的原则，任何违背韦达经原则的便是反宗教的。《博伽瓦谭》说，这些原则是神的律法。只有神才能创建一套宗教体系。韦达经被认为是绝对真理最初向梵天心中宣说的。因此，宗教原则（道德正法），即“dharma”也是博伽梵的直接训令（*dharmaṁ tu sākṣād bhagavat-praṇītam*）——《圣典博伽瓦谭》（6.3.19）。整部《博伽梵歌》清楚地说明了这些原则。韦达经的宗旨在于依照绝对真理的命令，建立这些原则。在《博伽梵歌》的结尾，绝对真理更直接指出，最高的宗教原则（dharma 道德正法）是皈依他，而不是别的。韦达原则推动人彻底地皈依绝对真理，但当这些原则被恶魔搅乱时，绝对真理便显现出来。

从《博伽瓦谭》中我们得知，佛陀（Buddha）乃是奎师那的一个化身，出现在物质主义盛行和物质主义者滥用韦达经权威肆意杀生的时代。尽管韦达经对为特别目的而进行的动物献祭有特定的严格限制，但邪恶的人仍无视韦达原则，举行动物牺牲。佛陀显世就是为了制止这种胡作非为的行为，重建非暴力的韦达原则。因此，绝对真理的每一化身（avatāra），皆有其特殊的使命，这在启示经典上都有记载。若非依经典记载，谁也不得滥充化身。绝对真理并不是只在印度显现。他可以显现于任何地方，而且他想显现的话，任何时候都可显现。绝对真理的每一个化身都会根据特定环境下特定的人民所能理解的程度，尽量地宣讲宗教。但使命只有一个——引导人达到对神的知觉，教人服从宗教的原则。有时他亲临世上，有时又派遣他的真正代表，以他的儿子或仆人的身份降临；有时他又以隐秘的身份降临。

《博伽梵歌》的原理是绝对真理对阿诸纳的教导，而且也是对其他崇高之人的教导，因为跟世界其他地方的一般人相比，阿诸纳素养极高。虽然“二加二等于四”的数学原则，在初级算术班是正确的，在高级班中也是正确的，但仍有高等数学和初等数学的分别。因此，绝对真理所有的化身都宣讲了同一个原则，但是，因环境的不同，他们也显示了高级和初级的分别。高级的宗教原则（dharma 道德正法）始于接受四灵性阶段和四社会阶层，以下会有详论。众多化身之使命的一致目的，是要在世界各地唤醒众生的奎师那知觉。这种知觉因环境的差别，或展示，或不展示。

诗节 8

परित्राणाय साधूनां विनाशाय च दुष्कृताम् ।
धर्मसंस्थापनार्थाय सम्भवामि युगे युगे ॥ ८ ॥

paritrāṇāya sādhūnāṁ
vināśāya ca duṣkṛtām
dharma-saṁsthāpanārthāya
sambhavāmi yuge yuge

paritrāṇāya—为了拯救；*sādhūnām*—奉献者；*vināśāya*—为了消灭；*ca*—和；*duṣkṛtām*—恶徒；*dharma*—宗教原则；*saṁsthāpana-arthāya*—重建；*sambhavāmi*—我降临；*yuge*—一个年代；*yuge*—一个年代。

译文　为拯救虔信者，消灭恶徒，重建宗教原则，一个年代复一个年代，我降临世上。

要旨　根据《博伽梵歌》，“圣人（sādhu）”就是有奎师那知觉的人。一个人可能看上去无宗教信仰，但如果他完全彻底地具备了奎师那知觉的品格，便可算作圣人（sādhu）。“邪恶之徒（duṣkṛtām）”是指那些不理会奎师那知觉的人。这些邪恶之徒可谓是愚不可及，是人类的渣滓，虽然他们以世俗的教育粉饰自己。而人若是百分之百地投入奎师那知觉，即使没有学识，缺乏教养，仍可成为“圣人”。至于无神论者，博伽梵大可不必像对待腊瓦拿（Rāvaṇa）和康萨（Kaṁsa）那样亲自降临将其铲除。博伽梵有很多代表堪当此任，但是博伽梵会专门为抚慰他经常受到恶魔侵扰折磨的纯粹奉献者而降临世间。恶魔侵扰奉献者，即使奉献者是他们的亲眷，也不会放过。虽然帕拉德大君（Prahlāda Mahārāja）是黑冉亚卡希普（Hiraṇyakaśipu）的儿子，他却仍受到父亲的迫害。奎师那的母亲迪瓦姬虽是康萨的妹妹，只因奎师那要由她而生，她和丈夫也都遭受到了康萨的迫害。因此，圣奎师那的显现主要是为了拯救迪瓦姬，而不是为了杀康萨，但两者同时发生，各得其所。因此，这里说到，为了拯救奉献者，铲除邪恶之徒，绝对真理才以不同的化身降临世间。

诗圣奎师那达斯·卡维拉佳（Kṛṣṇadāsa Kavirāja）在《永恒的采坦尼亚经》（*Caitanya-caritāmṛta* 中篇 20.263-264）中以下列诗节总结了这些化身降世的原则：

sṛṣṭi-hetu yei mūrti prapañce avatare
sei īśvara-mūrti 'avatāra' nāma dhare
māyātīta paravyome sabāra avasthāna
viśve avatari' dhare 'avatāra' nāma

"神之化身从神的国度降临，为的是作物质展示。神降临此世所采取的特别形体，称为化身（*avatāra*）。这些化身原处于灵性世界——神的国度。当他们降临物质世界时，才冠以化身之名。"

化身有很多类：如主宰化身（puruṣāvatāra）、形态化身（guṇāvatārs）、逍遥化身（līlāvatāra）、能量化身（śakty-āveśa avatāra）、玛努年代化身（manvantara-avatāra）、年代化身（yugāvatāra）等——全按时遍临宇宙。但圣奎师那是原初的主宰，是一切化身的始源。博伽梵奎师那降世的特别目的，就是要抚慰纯粹奉献者的焦虑，他们迫切渴望在他原初的温达文逍遥时光中看到他。所以，奎师那化身的主要目的在于满足他的纯粹奉献者。

至尊主说，他在每个年代都化身现世。绝对真理表明他在卡利年代（kali-yuga 铁器年代）也有化身。正如《圣典博伽瓦谭》所说，卡利年代的化身是圣采坦尼亚·玛哈帕布（Caitanya Mahāprabhu），他提倡齐颂圣名运动（saṅkīrta-na），推广对奎师那的崇拜，并在全印度传播奎师那知觉。他预言，这个齐颂圣名运动会传播到全世界，从这个城镇传到那个城镇，从这个乡村传到那个乡村。圣采坦尼亚作为博伽梵奎师那的化身，在如诸奥义书、《摩诃婆罗多》《博伽瓦谭》等启示经典的机密部分，有隐密的而不是直接的描述。博伽梵奎师那的奉献者深深地被圣采坦尼亚倡导的齐颂圣名运动所吸引。绝对真理化身为采坦尼亚并不是为了铲除邪恶之徒，相反，是为了以无缘的恩慈拯救他们。

诗节 9

जन्म कर्म च मे दिव्यमेवं यो वेत्ति तत्त्वतः ।
त्यक्त्वा देहं पुनर्जन्म नैति मामेति सोऽर्जुन ॥ ९ ॥

janma karma ca me divyam
evaṁ yo vetti tattvataḥ
tyaktvā dehaṁ punar janma
naiti mām eti so 'rjuna

janma—诞生；*karma*—活动；*ca*—还有；*me*—我的；*divyam*—超然的；*evam*—如此；*yaḥ*—任何人；*vetti*—知道；*tattvataḥ*—真正地；*tyaktvā*—离开；*deham*—这具躯体；*punaḥ*—再次；*janma*—诞生；*na*—不；*eti*—得到；*mām*—我；*eti*—臻达；*saḥ*—他；*arjuna*—阿诸纳。

译文　人若了解我显现和活动的超然本质，离开躯体后，再也不用降生到这个物质世界。阿诸纳啊！他将晋升到我永恒的居所。

要旨　诗节 6 已经解释了绝对真理从他的超然居所降临的事迹。人若了解人格神首显现的本质真相，就已从物质束缚中获得了解脱。因此，一旦离开目前的物质躯体，他便会立即回到神的国度。生物要从物质束缚中获得如此解脱，并非易事。非人格主义者和瑜伽士要经历千辛万苦，经过许许多多次的投生，才能最终获得解脱。即便如此，他们所获得的解脱——汇入绝对真理的非人格梵光（brahmajyoti）之中——也只是部分性的解脱，仍有重堕这个物质世界的危险。然而，奉献者只需了解绝对真理的躯体和活动的超然本质，便可在这具躯体结束之后，到达绝对真理的居所，更无重堕这一物质世界的危险。《梵天本集》（5.33）中说到：博伽梵有许许多多的形体和化身（*advaitam acyutam anādim ananta-rūpam*）。博伽梵的超然形体虽数量繁多，却都是同一个博伽梵。虽然这对于世俗的学者和经验哲学家来说，是无法了解的，但我们却要以确信的态度了解这个事实。如韦达经《菩茹沙奥义书》（*Puruṣa-bodhinī Upaniṣad*）所言：

eko devo nitya-līlānurakto
bhakta-vyāpī hṛdy antar-ātmā

“同一的博伽梵永远以许许多多超然的形体，与他纯洁的奉献者在一起。”

韦达经的这一说法，在《博伽梵歌》的这一诗节中，由博伽梵亲自证实了。

借助韦达经的权威和博伽梵的大能，接受这个真理，而不浪费时间去作无谓的哲学推敲，这样的人便能获得最高的和最完善的解脱。人只要以毫无疑虑的信心去接受这个真理，便可获得解脱。韦达经所说“生物是至尊灵魂的灵性微粒（*tat tvam asi*）”，则可应用于此。谁要是明白圣奎师那就是至尊，或对绝对真理说“您是同一的至尊梵，人格神首”，谁便可立即获得解脱，而且，这也预示着绝对真理超然居所的大门已悄然向他打开。换句话说，绝对真理的这些虔诚的奉献者定能到达完美的境界，下面的韦达断语也确认了这一点：

tam eva viditvāti mṛtyum eti
nānyaḥ panthā vidyate 'yanāya

“只要了解绝对真理，博伽梵，便可脱离生死，达到解脱的完美境地。舍此别无他途。”——《室维陀奥义书》（*Śvetāśvatara Upaniṣad* 3.8）

那些不了解圣奎师那是博伽梵的人，必定处于愚昧形态之中，最终无法获得救赎。可以说，这样的人不能只通过舔蜜糖瓶的外壁——凭世俗的学术知识解读《博伽梵歌》而获解脱。这种经验哲学家在物质世界或许地位显赫，却未必可获得解脱。这种恃才自负的世俗学者，须等待博伽梵的奉献者无缘恩慈才行。因此，人应该以信心和知识培养奎师那知觉，如此便能到达完美的境界。

诗节 10

वीतरागभयक्रोधा मन्मया मामुपाश्रिताः ।
बहवो ज्ञानतपसा पूता मद्भावमागताः ॥ १० ॥

vīta-rāga-bhaya-krodhā
man-mayā mām upāśritāḥ
bahavo jñāna-tapasā
pūtā mad-bhāvam āgatāḥ

vīta—远离；*rāga*—依附；*bhaya*—恐惧；*krodhāḥ*—愤怒；*mat-mayā*—完全专注于我；*mām*—向我；*upāśritāḥ*—完全地处于；*bahavaḥ*—很多；*jñāna*—知识；*tapasā*—通过苦行；*pūtāḥ*—变得纯洁；*mat-bhāvam*—对我超然的爱；*āgatāḥ*—达到。

译文 **过去许多人，因为得到关于我的知识，纷纷得到净化，远离执着、恐**

惧、嗔怒，全神贯注于我，托庇我，进而达到对我的超然之爱。

要旨 如上所述，过分受到物质影响的人，很难了解至高无上的绝对真理的人格本质。一般来说，执着于生命躯体化概念的人，念念不离物质主义，他们几乎不能理解至尊何以为人。这些物质主义者甚至不能想象还存在着一种永不朽坏、充满知识和永恒快乐的超然躯体。在物质主义的概念中，躯体是要衰败腐朽的，是充满了无知和无尽悲苦的。因此，当告知一般大众绝对真理的人类形体时，他们仍在心底存着这份同样的躯体概念。在这些人的心目中，巨大的物质展示之形才是至高无上的，因此，他们认为博伽梵是非人格的，且由于他们过分迷恋物质，因此对于从物质中解脱后仍旧获得人格的事实令他们十分害怕。当他们得知灵性生命原来也是个体性和人格性的时候，便害怕起来，生怕再变为人。所以，他们自然更乐意融入非人格的虚无之中。他们通常将生物比作大海中的泡沫，终归会与大海融为一体。这是无个体人格的灵性存在所能达到的最高的完美境界。其实，这是生命的恐惧境界，这是由于对灵性存在缺乏完备的知识。更有许多人对灵性存在一无所知。大量的理论和种种哲学推敲的矛盾困扰了他们，他们感到厌倦，愤慨，于是便愚蠢地作出结论：世上并无至高无上的动因，一切最终都归于虚无。这种人处于病态的生命之中。有些人对物质过于依附，因而对灵性生命毫不重视；有的则想融入终极灵性起因中；而有的出于无望对各种灵性推敲心怀怨愤，干脆什么都不相信。最后这种人往往从麻醉剂中寻求安慰，且有时他们把药物幻觉误认为是灵视。因此，人必须摆脱对物质世界依附的这三个阶段：漠视灵性生命，畏惧灵性生命的人格性，以及由对生命悲观失望和灰心丧气而产生的“虚无”念头。要摆脱这三个生命的物质化概念阶段，必须全然地托庇于绝对真理，并在真正的灵性导师的引导下，遵循奉献生活的戒律和规范原则。奉献生活的最后一个阶段，就是巴瓦（bhava），即对神超然的爱。

阐释奉爱服务科学的《奉爱的甘露海洋》（*Bhakti-rasāmṛta-sindhu* 1.4.15-16）一书说道：

ādau śraddhā tataḥ sādhu-
saṅgo 'tha bhajana-kriyā
tato 'nartha-nivṛttiḥ syāt
tato niṣṭhā rucis tataḥ

athāsaktis tato bhāvas
tataḥ premābhyudañcati
sādhakānām ayaṁ premṇaḥ
prādurbhāve bhavet kramaḥ

“首先，人对于自我觉悟起码须有渴望。这种渴望会把人带到想跟灵性修行高深的人联谊的阶段。在下一个阶段，便要接受修行高深的灵性导师的启迪，成为初入门的奉献者，并在灵性导师的指导下，踏上奉爱服务之途。在灵性导师的指导下从事奉爱服务，便可远离一切物质依附，专注于自我觉悟，并且品尝到聆听有关绝对人格神奎师那的故事的甘美。这品味引人对奎师那知觉更进一步地依附，并达到成熟的巴瓦（*bhāva*）阶段，即超然爱神的初级阶段。对神真正的爱叫作普瑞玛（*prema*），是生命之最高、最完美的阶段。”

处于普瑞玛（prema）阶段的奉献者恒常地为绝对真理从事着超然的爱心服务。因此，在真正的灵性导师的指导下，通过奉爱服务的缓慢过程，便可渐入佳境，登临最高的境界，抖掉一切物质依附，一扫对个体灵性人格性的恐惧，驱散虚无哲学带来的令人灰心丧气的阴云，最终必能到达博伽梵的居所。

诗节 11

ये यथा मां प्रपद्यन्ते तांस्तथैव भजाम्यहम् ।
मम वर्त्मानुवर्तन्ते मनुष्याः पार्थ सर्वशः ॥ ११ ॥

ye yathā māṁ prapadyante
tāṁs tathaiva bhajāmy aham
mama vartmānuvartante
manuṣyāḥ pārtha sarvaśaḥ

ye— 所有人；*yathā*— 按照；*mām*— 向我；*prapadyante*— 皈依；*tān*— 对他们；*tathā*— 如此；*eva*— 肯定地；*bhajāmi*— 我会报答；*aham*— 我；*mama*— 我的；*vartma*— 道路；*anuvartante*—追随；*manuṣyāḥ*—所有人；*pārtha*—菩瑞塔之子啊；*sarvaśaḥ*—在各个方面。

译文　所有皈依我的人，我全按其情况，施以回报，沐以恩泽。菩瑞塔之子啊！在各个方面，每一个人都走在追随我的道路上。

要旨 人人都在奎师那展示的不同方面追寻他。通过非人格梵光（brahma-jyoti），或通过居于一切事物之中，包括原子里的无所不在的超灵，人们可以部分地认识博伽梵奎师那，但只有纯粹的奉献者才能完全觉悟到他。

因为奎师那是每个人觉悟的对象，所以人人都可以根据其所拥有的愿望而得到满足。在超然的世界里，奎师那也以超然的态度回应他的纯粹奉献者，恰如奉献者渴求的那样。有的奉献者希望他是至高无上的导师，有人希望他是朋友，有人希望他是儿子，还有人希望他是情人。奎师那则根据奉献者爱他的强烈程度对等地回应他们。在物质世界也有这种对等的感情交流，对种种不同的崇拜者，绝对真理也是平等地和他们交流着。在物质世界和在超然居所的纯粹奉献者亲身跟博伽梵交往，亲自为博伽梵服务，并在对他的爱心服务之中，领略到了超然的极乐。至于那些非人格主义者，那些企图诋毁生物的个体存在而作灵性自杀者，奎师那亦施以恩泽，将他们纳入他的光灿中。这些非人格主义者，不接受永恒极乐的人格神首，由于他们否认自己的个体性，因此不能品味到为博伽梵亲身做超然服务的快乐。他们有些甚至不能坚定地存在于非人格的梵光中，而不得不重返物质领域，继续展现他们潜在的活动欲望。他们进不了灵性星宿，但能再次得到机缘，在物质星宿活动。对于追求功利者，博伽梵以“一切祭祀的控制者”（yajñeśvara 雅格亚斯瓦尔）赐予他们在赋定的责任中所欲求的结果；对追求神秘力量的瑜伽士，博伽梵赐予他们这些力量。换句话说，只有依赖博伽梵的恩慈才能成功。各种灵修程序，都在同一道路上，只是成功的程度不同而已。因此，除非到达奎师那知觉最高的完美境界，否则一切努力皆不完美。正如《圣典博伽瓦谭》（2.3.10）所言：

akāmaḥ sarva-kāmo vā
mokṣa-kāma udāra-dhīḥ
tīvreṇa bhakti-yogena
yajeta puruṣaṁ param

“人或无欲（奉献者的情况），或渴望一切获利性结果，或是追求解脱，都须尽心尽力，崇拜博伽梵，以达到全然的完美——奎师那知觉之巅。”

诗节 12

काङ्क्षन्तः कर्मणां सिद्धिं यजन्त इह देवताः ।
क्षिप्रं हि मानुषे लोके सिद्धिर्भवति कर्मजा ॥ १२ ॥

kāṅkṣantaḥ karmaṇāṁ siddhiṁ
yajanta iha devatāḥ
kṣipraṁ hi mānuṣe loke
siddhir bhavati karma-jā

kāṅkṣantaḥ—渴望；*karmaṇām*—功利性活动的；*siddhim*—完美；*yajante*—以祭祀崇拜；*iha*—在物质世界；*devatāḥ*—半神人；*kṣipram*—很快地；*hi*—肯定；*mānuṣe*—在人类社会中；*loke*—在这个世界；*siddhiḥ*—成功；*bhavati*—变得；*karmajā*—从功利性活动。

译文　在这个物质世界里，人们都渴望在功利活动中获得成功，因此就去崇拜半神人。当然，人们很快就会在世间得到业报活动的结果。

要旨　人们对这个物质世界的神明或半神人，存在着一个极大的概念错误。智力较差的人，虽然貌似大学问家，也都把这些半神人误认作博伽梵的不同形体。实际上，半神人并不是神的不同形体，而是神不同的所属部分。神只有一位，而其所属个体就数量繁多了。韦达经说：神只有一位（*nityo nityānām*）；博伽梵只有一位——奎师那（*Īśvaraḥ paramaḥ kṛṣṇaḥ*），而半神人则被授权管理这个物质世界。这些半神人全是生物（nityānām），拥有的物质能力各不相同。他们不可能等同于博伽梵——那罗延、维施努或奎师那。凡认为神和半神人在同一层次的，就是无神论者（pāṣaṇḍī）。即使是布茹阿玛（Brahma 梵天）和希瓦（Śiva）这样伟大的半神人，也不能与博伽梵相比。其实，像梵天和希瓦这样的半神人也崇拜绝对真理（śiva-viriñci-nutam）——《圣典博伽瓦谭》（11.5.33）。

可是愚昧的人受神人同形和兽形神论的错误观点的影响，竟崇奉起许多人类的领袖来，真是奇怪。梵文"iha devatāḥ"是指有大能的人，或这个物质世界上的半神人。而那罗延、维施努或博伽梵奎师那，并不属于这个世界。他们在物质创造之上，或超然于物质创造。就连非人格主义者之父圣商羯罗师（Śrīpāda Śaṅkarācārya）也坚持说，那罗延，或奎师那是超越了这个物质创造的。然而，愚人［hṛta-jñāna（《博伽梵歌》7.20）］则去崇拜半神人，只求获得即刻的成果。他们得到了成果，却不知如此获得的成果实属短暂，而且只有智慧较低的人才会去这样做。有智慧的人在奎师那知觉之中，无须为眼前短暂的利益，崇拜无足轻重的半神人。物质世界的半神人，连同他们的崇拜者，将随着物质世界的毁灭而毁灭。半神人赐予的恩惠是物质性的，而且短暂易逝。物质世界及其居民，包括半神人及其崇拜者，都是宇宙海洋中的泡沫。然而，在这个世界上，人类社会却在疯狂地追求短暂的事物，如追求土地、家庭及其他可供享乐的附属物。要获得这些如过眼云烟般的东西，人们便崇拜半神人或社会上有特殊能力的人。如果有人崇拜政治领袖而进入政府内阁，他便自认为获得了极大的恩惠。因此，他们便对所谓的政治领袖或“巨头”拱手作揖，以求得短暂的恩惠，他们也的确能得到这些东西。这些愚人，对奎师那知觉不感兴趣，不知道寻求彻底解决物质生存之苦的办法，而是纵情于感官享乐，为了得到一点点感官享乐的便利，他们便迷恋于崇拜那些获得钦授权柄的生物——半神人。这一诗节指出了，很少有人对奎师那知觉感兴趣。人们大多钟情于物质的享乐，因而崇拜一些强大有力的生物。

诗节 13

चातुर्वर्ण्यं मया सृष्टं गुणकर्मविभागशः ।
तस्य कर्तारमपि मां विद्ध्यकर्तारमव्ययम् ॥ १३ ॥

cātur-varṇyaṁ mayā sṛṣṭaṁ
guṇa-karma-vibhāgaśaḥ
tasya kartāram api māṁ
viddhy akartāram avyayam

cātur-varṇyam—人类社会的四种划分；*mayā*—由我；*sṛṣṭam*—创立；*guṇa*—品质；*karma*—和工作；*vibhāgaśaḥ*—按照划分；*tasya*—那；*kartāram*—父亲；*api*—虽然；*mām*—我；*viddhi*—你应该知道；*akartāram*—是无为者；*avyayam*—无变化。

译文 **我根据物质自然三形态和赋定给每一个形态的工作，将人类社会划分为四个阶层。虽然我是这个制度的创建者，但你须明白，我并无变化，而且无为。**

要旨 博伽梵是万物的创造者。一切皆由他而生，由他维持，毁灭后又归于他。因此博伽梵也是社会四个阶层的创建者。第一阶层的人处于善良形态，属于知识阶层，被称为婆罗门（Brāhmaṇa）；第二阶层是管理阶层，被称为刹帝利（Kṣatriya），处于激情形态；工商之人称为外夏（Vaiśya），处于激情与愚昧混杂的状态，是第三阶层；第四阶层是庶陀（Śudra），即劳动阶层，处于物质自然的愚昧形态。尽管圣奎师那创造了人类社会的这四个阶层，他自己却并不属于任何阶层。一部分受限制的灵魂形成人类社会，而博伽梵却不是受限制的灵魂。

人类社会与其他动物社会相类似，但为了将人从动物的地位上提升起来，有系统地培养发展奎师那知觉，至尊主便创造了上述四个阶层。某个人对工作的倾向，是由他所获得的物质自然形态所决定的。这种根据物质自然形态的不同而表现出来的生命征象，将在本书的第十八章详论。然而，在奎师那知觉中的人，甚至要高于婆罗门。虽然婆罗门就其本质来讲应当了解梵（Brahman）——至高无上的绝对真理，但他们大多数只了解圣奎师那展示的非人格梵的一面。然而超越了婆罗门拥有的有限知识，并领悟到博伽梵奎师那的人，才是在奎师那知觉中——换句话说，才是外士那瓦（Vaiṣṇava）。奎师那知觉包括对奎师那所有不同的全权扩展，即茹阿玛（Rāma）、尼星哈（Nṛsiṁha）、瓦拉哈（Varāha）等的知识。就像奎师那超然于人类社会的四阶层体制一样，一个在奎师那知觉中的人亦超然于人类社会的所有阶层，无论是社团的、国家的，还是种族的。

诗节 14

न मां कर्माणि लिम्पन्ति न मे कर्मफले स्पृहा ।
इति मां योऽभिजानाति कर्मभिर्न स बध्यते ॥ १४ ॥

na māṁ karmāṇi limpanti
na me karma-phale spṛhā
iti māṁ yo ‹bhijānāti
karmabhir na sa badhyate

na—不；*mām*—我；*karmāṇi*—各种各样的工作；*limpanti*—会影响；*na*—也不；*me*—我的；*karma-phale*—果利活动；*spṛhā*—渴求；*iti*—如此；*mām*—我；*yaḥ*—谁；*abhijānāti*—知道；*karmabhiḥ*—被这种工作的反应；*na*—永不；*saḥ*—他；*badhyate*—缠扰其中。

译文 **我不受工作的影响，也不追求活动的成果。人若了解这关于我的真理，便不再受活动业报的缠扰。**

要旨 如同物质世界的国家宪法所说，国王不会犯错，或者说，国王不受国家法律约束。同样，博伽梵虽然是这个物质世界的创造者，但他却不受物质世界活动的影响。他创造，却又独处于创造物之上，而生物则因嗜好支配物质资源，结果却被物质活动的业报所束缚。企业主无须对工人的对错活动负责，而工人自己则必须承担责任。生物纵情于各自的感官享乐之中，这些活动并非出自博伽梵的命令。为了更进一步的感官享乐，生物从事这样的工作，并且渴望死后得到天堂的快乐。博伽梵由于自身全然的满足，对所谓的天堂般的快乐并无兴趣。天堂的半神人只不过是博伽梵殷勤的仆人。企业主永不会追求手下的工人所追求的低级快乐。博伽梵超然于物质的活动和报应。譬如，雨水并不对生长在地上的某种植物承担责任，虽然没有雨水，植物不可能生长。韦达《圣传经》（*Smṛti*）如是证实：

nimitta-mātram evāsau
sṛjyānāṁ sarga-karmaṇi
pradhāna-kāraṇī-bhūtā
yato vai sṛjya-śaktayaḥ

“在物质创造中，绝对真理只是至高无上的远因。近因是物质自然，宇宙之展示便出于此。”

被造生物有多种，如半神人、人类、低等动物等，且他们都受制于各自过去善事或恶事的报应。绝对真理只赐给他们从事这些活动的适当的便利设施和自然形态的规范，但他永不对他们过去和现在的活动负责。《终极韦达经》（*Vedānta-sūtra* 2.1.34）说：绝对真理从不偏袒任何生物，生物须对自己的行为负责（*vaiṣamya-nairghṛṇye na sāpekṣatvāt*）。绝对真理通过外在能量——物质自然，只给他们提供便利设施。谁要是完全熟知这条业报法则的所有巨细，谁便可不受活动后果的影响。换句话说，谁了解绝对真理超然的本质，谁便是对奎师那知觉有经验的人，因此，也就永不受业报法则的约束。一个人要是不了解绝对真理的超然本质，以为博伽梵的活动也志在功利性结果上，与普通生物的活动一样，他便定会深受业报的束缚。然而，了解至尊真理的人，便是专注于奎师那知觉的解脱了的灵魂。

诗节 15

एवं ज्ञात्वा कृतं कर्म पूर्वैरपि मुमुक्षुभिः ।
कुरु कर्मैव तस्मात्त्वं पूर्वैः पूर्वतरं कृतम् ॥ १५ ॥

evaṁ jñātvā kṛtaṁ karma
pūrvair api mumukṣubhiḥ
kuru karmaiva tasmāt tvaṁ
pūrvaiḥ pūrvataraṁ kṛtam

evam—如此；*jñātvā*—清楚地知道；*kṛtam*—执行；*karma*—工作；*pūrvaiḥ*—由过往的权威；*api*—确实；*mumukṣubhiḥ*—达到解脱的；*kuru*—只要履行；*karma*—赋定责任；*eva*—肯定；*tasmāt*—因此；*tvam*—你；*pūrvaiḥ*—由前辈；*pūrvataram*—在古代；*kṛtam*—依样履行。

译文　古昔，所有解脱的灵魂都带着对我超然本性的领悟去行事。因此，你该追随他们的脚步，履行你的职责。

要旨　人分两类，一类人心里塞满了污秽的物质事物，另一类人则超然于物质事物之外。奎师那知觉对两者均有裨益。前者若遵循奉爱服务的规范原则，便能走上奎师那知觉之途，逐渐净化自己。后者已无污染，可继续在奎师那知觉中活动，以自身的榜样教益他人。愚昧的人和初习奎师那知觉者，没有奎师那知觉知识，便常想放弃活动。阿诸纳欲在战场上放弃活动，却未得到博伽梵的同意。人要知道的只是如何活动便可，放弃奎师那知觉的活动，袖手观望，摆出一副奎师那知觉的架势，实不如为奎师那而从事活动。博伽梵劝阿诸纳效法他以前的门徒，如前面提过的太阳神维瓦斯万，在奎师那知觉之中从事活动。博伽梵知道自己过去的一切活动，也知道过去一切在奎师那知觉之中的人所进行的活动。太阳神于数百万年前，从博伽梵那儿学得这门艺术，因此，绝对真理赞扬他的行为。绝对真理的这些从事于奎师那赋定职责的学生，在这里被称为已经解脱了的人。

诗节 16

किं कर्म किमकर्मेति कवयोऽप्यत्र मोहिताः ।
तत्ते कर्म प्रवक्ष्यामि यज्ज्ञात्वा मोक्ष्यसेऽशुभात् ॥ १६ ॥

kiṁ karma kim akarmeti
kavayo 'py atra mohitāḥ
tat te karma pravakṣyāmi
yaj jñātvā mokṣyase 'śubhāt

kim—什么是；*karma*—活动；*kim*—什么是；*akarma*—不活动；*iti*—如此；*kavayaḥ*—智者；*api*—也；*atra*—在这件事中；*mohitāḥ*—困惑；*tat*—那；*te*—向你；*karma*—活动；*pravakṣyāmi*—我将会解释；*yat*—什么；*jñātvā*—知道；*mokṣyase*—你将解脱；*aśubhāt*—从厄运中。

译文　在决断什么是活动，什么是不活动时，即使智者也深感困惑。现在，我将告诉你，什么是活动。懂得它，你定会从一切厄运中得到解脱。

要旨　在奎师那知觉中的活动，须与过去真正的奉献者的活动相一致。本章第 15 诗节已这样提过。那么，这些活动为什么不可独立而行呢？后面自有解释。

要在奎师那知觉中活动，就必须追随权威人士的引导，本章开篇所说的使徒传系中之人士就是这样的权威。奎师那知觉体系最早是向太阳神宣说的，太阳神又向儿子玛努传授，玛努再传授给儿子伊士瓦库（Ikṣvāku），这个体系从非常遥远的年代起就在地球上流传。因此，我们必须效仿使徒传系中的先辈权威。否则，就算是最有智慧的人，也会对标准的奎师那知觉活动深感疑惑。有鉴于此，绝对真理决定直接教导阿诸纳（Arjuna）奎师那知觉。因为阿诸纳接受的是博伽梵的直接教导，所以，任何效法阿诸纳的人，必不再疑惑。

据说，人不可仅以不完美的经验知识去验明宗教的道路。实际上，“宗教原则只能由博伽梵亲自创立（*Dharmaṁ tu sākṣād bhagavat-praṇītam*）。”——《圣典博伽瓦谭》(6.3.19）。谁也不能以不完美的推敲，制定出宗教原则，而必须效法那些伟大的权威，如布茹阿玛（Brahma 梵天）、希瓦、拿拉达（Nārada）、玛努、库玛尔（Kumāras）四兄弟、卡皮腊、帕拉德（Prahlāda）、彼士玛、舒卡戴瓦·哥斯瓦米、阎罗王（Yamarāja）、佳纳卡、巴利大君（Bali Mahārāja）等。凭心智推敲，我们无法肯定，什么是宗教，什么是自我觉悟。因此，博伽梵出于对奉献者的无缘恩慈，便直接向阿诸纳解释什么是活动，什么是不活动。只有在奎师那知觉中履行的活动，才能使人摆脱物质生存的缠扰，获得解脱。

诗节 17

कर्मणो ह्यपि बोद्धव्यं बोद्धव्यं च विकर्मणः ।
अकर्मणश्च बोद्धव्यं गहना कर्मणो गतिः ॥ १७ ॥

karmaṇo hy api boddhavyaṁ
boddhavyaṁ ca vikarmaṇaḥ
akarmaṇaś ca boddhavyaṁ
gahanā karmaṇo gatiḥ

karmaṇaḥ—活动；*hi*—肯定地；*api*—也；*boddhavyam*—应该明白；*boddhavyam*—去了解；*ca*—还有；*vikarmaṇaḥ*—被禁止的活动；*akarmaṇaḥ*—不活动；*ca*—还有；*boddhavyam*—应该明白；*gahanā*—很困难；*karmaṇaḥ*—活动；*gatiḥ*—进入。

译文　活动错综复杂，极难理解。因此，人该正确地去认识，什么是活动，什么是被禁止的活动，什么是不活动。

要旨　人如果严肃认真地寻求物质束缚的解脱之道，则必须对活动、不活动及未授权的活动之间的分别，有清醒的认识。他应该下苦功夫去分析活动、报应以及不正当的活动。因为这是一个很棘手的问题。要理解奎师那知觉，并根据形态去了解活动，人就必须知道自己跟博伽梵的关系，待完全理解后，就会清楚地知道，每一种生物都是博伽梵永恒的仆人，因此人必须在奎师那知觉中活动。整部《博伽梵歌》就是为了导出这一结论。与这一知觉及其相应活动相左的任何其他结论，都叫作“vikarma”，即被禁止的活动（违背经典训示的活动）。要理解所有这些活动，人就必须与奎师那知觉的权威在一起，并向他们讨教这些奥秘；这跟直接从博伽梵那里学习没有什么两样。不然的话，就是最具智慧的人也要陷于疑惑之中。

诗节 18

कर्मण्यकर्म यः पश्येदकर्मणि च कर्म यः ।
स बुद्धिमान्मनुष्येषु स युक्तः कृत्स्नकर्मकृत् ॥ १८ ॥

karmaṇy akarma yaḥ paśyed
akarmaṇi ca karma yaḥ
sa buddhimān manuṣyeṣu
sa yuktaḥ kṛtsna-karma-kṛt

karmaṇi— 在活动中；*akarma*— 不活动；*yaḥ*— 谁；*paśyet*— 观察到；*akarmaṇi*— 在不活动中；*ca*— 还；*karma*— 果报活动；*yaḥ*— 谁；*saḥ*— 他；*buddhimān*— 是有智慧的；*manuṣyeṣu*—在人类社会中；*saḥ*—他；*yuktaḥ*—是处于超然的地位；*kṛtsna-karma-kṛt*—虽然从事种种活动。

译文　能在活动中见不活动，在不活动中见活动，如此之人，乃人中智者。他虽也从事种种活动，却已达到超然境界。

要旨　在奎师那知觉中活动的人，自然远离业报（karma）的束缚。他所做的活动全都为了奎师那，因此，活动的结果，他既不享受，也不因之受苦。所以在人类社会中，他是智者，虽然他为奎师那从事种种活动。梵文“akarma”意为无业报。非人格主义者因为畏惧而停止了业报活动，以免业报活动成为自我觉悟路途上的障碍，然而，人格主义者则能正确地认识到，他是博伽梵永恒的仆人，这是他的真实地位。因此，他从事奎师那知觉的活动。因为一切都是为奎师那而做，所以他在进行服务时，感受到的只是超然的快乐。从事这种活动的人没有丝毫的欲望去寻求感官满足。为奎师那永远服务的意识，使人免除了能带来活动业报的种种因素。

诗节 19

यस्य सर्वे समारम्भाः कामसङ्कल्पवर्जिताः ।
ज्ञानाग्निदग्धकर्माणं तमाहुः पण्डितं बुधाः ॥ १९ ॥

yasya sarve samārambhāḥ
kāma-saṅkalpa-varjitāḥ
jñānāgni-dagdha-karmāṇaṁ
tam āhuḥ paṇḍitaṁ budhāḥ

yasya—谁；*sarve*—各种各样的；*samārambhāḥ*—企图；*kāma*—基于感官满足的欲望；*saṅkalpa*—决心；*varjitāḥ*—毫无；*jñāna*—完美的知识；*āgni*—被火；*dagdha*—烧；*karmāṇam*—谁的工作；*tam*—他；*āhuḥ*—宣布；*paṇḍitam*—智者；*budhāḥ*—那些知道的人。

译文　人若每一份努力均无感官享乐的欲望，便处于完全的知识之中。圣人说，这样的工作者，其工作的业报已被完美知识之火焚为灰烬。

要旨　只有具备完全知识的人，才能了解处于奎师那知觉中的人的活动。因为在奎师那知觉中的人全无种种追求感官满足的习性，他们深知自己的原本地位是博伽梵的永恒仆人。因此，这种完备的知识，焚化了他在活动中带来的报应。只有达到这样完美的知识境界，他才是真正的博学之士。可以把培养做博伽梵的永恒仆人的这种知识比作火焰。这个火焰一旦燃起，便能烧尽一切活动的业报。

诗节 20

त्यक्त्वा कर्मफलासङ्गं नित्यतृप्तो निराश्रयः ।
कर्मण्यभिप्रवृत्तोऽपि नैव किञ्चित्करोति सः ॥ २० ॥

tyaktvā karma-phalāsaṅgaṁ
nitya-tṛpto nirāśrayaḥ
karmaṇy abhipravṛtto 'pi
naiva kiñcit karoti saḥ

tyaktvā—放弃；*karma-phala-āsaṅgam*—对功利性结果的依附；*nitya*—永远；*tṛptaḥ*—满足；*nirāśrayaḥ*—不托庇；*karmaṇi*—活动；*abhipravṛttaḥ*—完全投入；*api*—尽管；*na*—不；*eva*—肯定；*kiñcit*—任何事情；*karoti*—做；*saḥ*—他。

译文　放弃对活动结果的一切执着与依附，永远心满意足，且自足自立。这样的人，虽忙于种种事务，却并非功利性活动。

要旨　从活动的束缚中解脱出来，只有在奎师那知觉中，当一切皆为了奎师那而行时，才有可能。具有奎师那知觉的人，做人行事，无不出于对博伽梵纯粹的爱，因此，活动的成果对他并无吸引力。他甚至不关心个人的生计，因为一切都已交托给了奎师那。他不会为获得什么而心急如焚，也不会为保护已经得到的而焦虑不安，而是竭尽全力履行职责，把一切托付给奎师那。如此毫无依附的人，总能远离好和坏的果报反应，仿佛他没做任何事情。这就是“无果报活动（akarma）”。所以，任何其他背离奎师那知觉的活动，只会令活动者深受束缚，这便是“被禁止的活动（vikarma 违背经典训示的活动）”的真实的一面，这一点前面已有说明。

诗节 21

निराशीर्यतचित्तात्मा त्यक्तसर्वपरिग्रहः ।
शारीरं केवलं कर्म कुर्वन्नाप्नोति किल्बिषम् ॥ २१ ॥

nirāśīr yata-cittātmā
tyakta-sarva-parigrahaḥ
śārīraṁ kevalaṁ karma
kurvan nāpnoti kilbiṣam

nirāśīḥ—不追求成果；*yata*—被控制的；*citta-ātmā*—心意和智性；*tyakta*—放弃；*sarva*—所有；*parigrahaḥ*—对财富的拥有之念；*śārīram*—保持躯体和灵魂在一起；*kevalam*—只为；*karma*—工作；*kurvan*—这样做；*na*—永不；*āpnoti*—获得；*kilbiṣam*—罪业。

译文　具有这种理解力的人在活动时能完全控制心意和智性，摒弃一切对财

富的拥有之念，只求生命的基本所需。如此工作，人可不受罪业影响。

要旨 具有奎师那知觉的人，并不期待活动结果的好坏。他能全然控制住心意和智性。他知道，他是至尊的所属部分。作为整体的不可分割的部分，他所扮演的角色的活动，并不是他自己的活动，而是至尊通过他而进行的。当手移动时，并不是出于手的意思而动，而是整个躯体的努力所致。具有奎师那知觉的人常常与至尊的欲望相契合，因为他没有个人的感官享受的欲望。他恰如机器的一个部件一样活动。机器零件的保养需要上油和清洁，同样，具有奎师那知觉的人通过活动维持自己的生存，以便适合于为绝对真理做超然的爱心服务。因此，他能免于一己工作的种种报应。就像动物一样，他甚至并不拥有自己的躯体。凶残的主人有时会杀死自己拥有的动物，但动物并不抗议。而且，动物也没有真正的独立性。在奎师那知觉中的人，全心全意从事于自我觉悟，根本没有时间去虚假地占有任何物质。他不会为了仅仅维持身心健康而以不公正的手段积累财富。因此，他不会被物质罪恶所污染，从而远离一切活动的报应。

诗节 22

यदृच्छालाभसन्तुष्टो द्वन्द्वातीतो विमत्सरः ।
समः सिद्धावसिद्धौ च कृत्वापि न निबध्यते ॥ २२ ॥

yadṛcchā-lābha-santuṣṭo
dvandvātīto vimatsaraḥ
samaḥ siddhāv asiddhau ca
kṛtvāpi na nibadhyate

yadṛcchā—自动到来的；*lābha*—收益；*santuṣṭaḥ*—满足于；*dvandva*—二元性；*atītaḥ*—超越；*vimatsaraḥ*—毫不妒忌；*samaḥ*—平稳；*siddhau*—成功；*asiddhau*—失败；*ca*—还有；*kṛtvā*—做；*api*—虽然；*na*—永不；*nibadhyate*—受影响。

译文 **满足于自然所得，远离相对性，不怀嫉妒，不为成败所动。这样的人，虽从事活动，却永不受束缚。**

要旨 具有奎师那知觉的人甚至不会费尽心机去维持自己的身体。他满足于自然而来的得益。他既不乞讨，也不借贷，而是尽自己的力量，勤勉地工作，而且满足于自己诚实的劳动换来的得益。因此，他自食其力，不让别人的服务妨碍他自己在奎师那知觉中的服务。然而，在为绝对真理服务时，他又能从事任何活动，而不受物质世界二元性的干扰。物质世界的二元性可从冷热、苦乐等现象中见诸一斑。具有奎师那知觉的人却能超越它，因为为了满足奎师那，以任何方式去行动他都不会迟疑。因此他能安然稳处，成败不惊。当人彻底地处于超然知识之中时，这些表现就显而易见了。

诗节 23

गतसङ्गस्य मुक्तस्य ज्ञानावस्थितचेतसः ।
यज्ञायाचरतः कर्म समग्रं प्रविलीयते ॥ २३ ॥

gata-saṅgasya muktasya
jñānāvasthita-cetasaḥ
yajñāyācarataḥ karma
samagraṁ pravilīyate

gata-saṅgasya—不依附物质自然形态；*muktasya*—解脱的；*jñāna-avasthita*—处于超然性中；*cetasaḥ*—谁的智慧；*yajñāya*—为了祭祀（奎师那）；*ācarataḥ*—活动；*karma*—工作；*samagram*—整体；*pravilīyate*—完全融汇于。

译文　人若不依附物质自然形态，且全然安住于超然知识，则他的工作也全融汇于超然之中。

要旨 彻底具备奎师那知觉的人，远离一切二元性，因此，不受物质形态的污染。他能获得解脱，因为他深知在与奎师那的关系之中，自己所处的原本地位，而且他的心意不会被引离于奎师那知觉。因此，无论他做什么，都是为了奎师那——这位原初的维施努而做的。所以，他的一切工作，用专门的字眼来说，都是祭祀，因为祭祀的目的，乃在于满足至尊者维施努——奎师那。这样活动的结果自然融汇于超然之中，且活动者决不会因物质的影响而受苦。

诗节 24

ब्रह्मार्पणं ब्रह्म हविर्ब्रह्माग्नौ ब्रह्मणा हुतम् ।
ब्रह्मैव तेन गन्तव्यं ब्रह्मकर्मसमाधिना ॥ २४ ॥

brahmārpaṇaṁ brahma havir
brahmāgnau brahmaṇā hutam
brahmaiva tena gantavyaṁ
brahma-karma-samādhinā

brahma—本质是灵性的；*arpaṇam*—贡献；*brahma*—至尊的；*haviḥ*—黄油；*brahma*—灵性的；*agnau*—在完美之火中；*brāhmaṇā*—由灵魂；*hutam*—供奉；*brahma*—灵性的国度；*eva*—肯定地；*tena*—由他；*gantavyam*—达到；*brahma*—灵性的；*karma*—活动；*samādhinā*—凭借完全的专注。

译文　人若完全专注于奎师那知觉，必可通过对灵性活动的全然奉献而到达灵性国度。因为灵性活动的结果是绝对的，所以供奉的一切亦是灵性的。

要旨　这里描述了奎师那知觉的活动如何最终将人引至灵性的目标。奎师那知觉中的活动多种多样，在下面的诗节将会逐一说明。这里只描述了奎师那知觉的原则。受限制的灵魂，被物质污染所束缚，注定要在物质氛围中活动，然而其又必须离开这样的氛围。这借以离开物质氛围的途径就是奎师那知觉。例如，饮食过量的牛乳制品而引起腹泻的病人，可用另一种牛乳制品——凝乳来治疗。同样，深陷于物质之中的受限制的灵魂，也可用《博伽梵歌》在这里提出的奎师那知觉而得到医治。这一途径通称为祭祀（yajña），即满足维施努或奎师那的活动。越是在奎师那知觉中，或仅仅为维施努而从事活动，物质氛围就越能被这种彻底的专注灵性化。

“梵（Brahman）”一词意为灵性的。绝对真理是灵性的主宰者，他的超然之躯所发出的光芒叫作梵光（brahmajyoti），那是他的灵性光辉。一切存在的，都处于这梵光之中，但当光芒被假象（māyā）或感官享乐所遮蔽时，就叫作物质了。这层物质的面纱可立即被奎师那知觉除去。因此，为奎师那知觉所做的供奉，享用供奉的人，享用的过程，供奉者，以及结果，全合在一起，便是梵或是绝对真理。被假象遮蔽的绝对真理叫作物质。与绝对真理之源相契合的物质，又重获其灵性本性。奎师那知觉就是把虚幻的知觉转化为梵即至尊者的方法和过程。心意全然专注于奎师那知觉，便是神定（samādhi 三摩地或三昧）。在这样的超然知觉中所做的一切，都叫作祭祀（yajña），或叫作对绝对者的献祭。在那种灵性知觉的境况下，供奉者、供奉、享用、执行者或主祭者，结果或最终得益，这一切的一切——都与绝对者至尊梵融为一体。这就是奎师那知觉的方法。

诗节 25

दैवमेवापरे यज्ञं योगिनः पर्युपासते ।
ब्रह्माग्नावपरे यज्ञं यज्ञेनैवोपजुह्वति ॥ २५ ॥

daivam evāpare yajñaṁ
yoginaḥ paryupāsate
brahmāgnāv apare yajñaṁ
yajñenaivopajuhvati

daivam—崇拜半神人；*eva*—如此；*apare*—其他人；*yajñam*—祭祀；*yoginaḥ*—神秘主义者；*paryupāsate*—完美地崇拜；*brahma*—绝对真理；*agnau*—在火中；*apare*—其他人；*yajñam*—祭祀；*yajñena*—通过祭祀；*eva*—如此；*upajuhvati*—供奉。

译文　有些瑜伽士崇拜半神人，向他们供奉种种礼节备至的祭祀；有些瑜伽士则在对至尊梵的祭祀之火中进行供奉。

要旨　如上所述，在奎师那知觉中履行责任的人被称为完美的瑜伽士，或卓越的神秘主义者。然而也有人进行同样的献祭，崇拜半神人；还有人供奉牺牲给至高无上的梵——博伽梵非人格的一面。因此，范畴不同，祭祀也不同。不同类型的祭祀者遵从不同种类的祭祀，这些只不过是对祭祀种类的表面界定而已。实际上，祭祀是为了满足被称为祭祀（yajña）的博伽梵（维施努）。所有的祭祀可分为两大基本类别，即为俗世所得的献祭和追求超然知识的献祭。在奎师那知觉中的人，牺牲一切物质拥有，以满足博伽梵；而其他人，醉心于短暂的物质快乐，牺牲自己的物质拥有，以满足半神人，如因陀罗、太阳神等。还有一些非人格主义者，则牺牲自己的个体性，以融入非人格梵之中。半神人是博伽梵委任的权力很大的生物，他们维持和掌管着所有物质功能，如宇宙间的热、水和光等。醉心于物质得益的人，根据韦达仪式，以各种献祭，崇拜半神人。他们被称为多神论者（bahv-īśvara-vādī）。而另一些人则崇拜绝对真理非人格的一面，且视半神人形体为短暂之物，他们把个体性的自我作为献祭投入至尊之火中，如此通过将自己融入至尊存在，而结束自己的个体存在。这些非人格主义者，为了理解博伽梵的超然本质，把时间都浪费在哲学思辨上。换句话来说，追求功利者牺牲物质拥有以求物质享乐，而非人格主义者则牺牲其物质名位以求融入至尊存在之中。对非人格主义者来说，祭祀牺牲的火坛就是至高无上的梵，所供奉的便是由为梵所焚化的自我。然而，像阿诸纳这样的具有奎师那知觉的人，牺牲一切，以满足奎师那，因此，他的一切物质所有以及他自己一切的一切，全都牺牲供奉给奎师那。因此，他是一流的瑜伽士，但却不丧失个体的存在。

诗节 26

श्रोत्रादीनीन्द्रियाण्यन्ये संयमाग्निषु जुह्वति ।
शब्दादीन्विषयानन्य इन्द्रियाग्निषु जुह्वति ॥ २६ ॥

śrotrādīnīndriyāṇy anye
saṁyamāgniṣu juhvati
śabdādīn viṣayān anya
indriyāgniṣu juhvati

śrotra ādīni—例如聆听的方法；*indriyāṇi*—感官；*anye*—其他人；*saṁyama*—受控制的；*agniṣu*—在火中；*juhvati*—供奉；*śabda-ādīn*—声音震荡等；*viṣayān*—感官满足的对象；*anye*—其他人：*indriya*—感官的；*agniṣu*—在火中；*juhvati*—他们祭祀。

译文 **有些人（纯粹的贞守生）在心智控制的祭祀之火中，以聆听和感官为献祭；有些人（恪守规范的居士）在感官的祭祀之火中，以感官对象为献祭。**

要旨 人类生命四阶段中的成员，即贞守生（brahmacārī）、居士（grhasthas）、退隐者（vanaprastha）、托钵僧（sannyāsī），都意味着应成为完美的瑜伽士，或超然主义者。人类生命不同于动物，其目的不在感官享乐，因此，生命四阶段的制定，便是为了教人在灵性生命中获得完美。贞守生（在真正的灵性导师指导下的学生）靠避开感官享乐而控制心意。贞守生只聆听有关奎师那知觉的话语，因为聆听是理解的基础，所以纯粹的贞守生全然专注于唱颂和聆听绝对真理的荣耀中（*harer nāmānukīrtanam*）。他约束自己，不听物质的声响，只聆听哈瑞·奎师那，哈瑞·奎师那的超然音振。同样，在一定准则下感官享乐的居士，也是极力克制一己之欲，不妄纵享乐之中，性生活、服用兴奋剂、麻醉剂以及吃肉等均为人类社会的一般倾向，但是，守规范的居士决不会沉溺于无节制的性生活和其他感官享乐之中。所以，建立于宗教生活原则之上的婚姻通行于一切文明的人类社会，因为那是节制性生活的途径。这种节制有度的性生活也是一种祭祀，因为节制严谨的居士为了更高的超然生活，牺牲了追求感官享乐的普遍嗜好。

诗节 27

सर्वाणीन्द्रियकर्माणि प्राणकर्माणि चापरे ।
आत्मसंयमयोगाग्नौ जुह्वति ज्ञानदीपिते ॥ २७ ॥

sarvāṇīndriya-karmāṇi
prāṇa-karmāṇi cāpare
ātma-saṁyama-yogāgnau
juhvati jñāna-dīpite

sarvāṇi—所有的；*indriya*—感官；*karmāṇi*—功能；*prāṇa-karmāṇi*—生命之气的功能；*ca*—和；*apare*—其他的；*ātma-saṁyama*—控制心意；*yoga*—连接方法；*agnau*—在……的火中；*juhvati*—供奉；*jñāna-dīpite*—因为觉悟自我的动力。

译文　有些人则有志于通过控制心意和感官而获得自我觉悟。他们把一切感官和生命之气的功能都作为祭品，供奉于已受控制的心意之火中。

要旨　这里提到了帕昙佳里·牟尼（Patañjali）[1]所表述的瑜伽系统。在帕昙佳

1　关于“Patanjali”，有不同译法，《辞海》为“钵颠阇利”。

里的《瑜伽经》(*Yoga-sūtras*)中，灵魂有两种称谓：依附感官享乐的灵魂（parāg-ātmā）和不依附感官享乐的灵魂（pratyag-ātmā）。灵魂受运行于躯体之内的十种生命之气的影响。这些生命之气功能各不相同，而且我们可从呼吸系统中感觉到。帕昙佳里瑜伽体系教人如何巧妙地控制身体生命之气的功能，以使体内之气最终有利于净化依附于物质的灵魂。这种瑜伽系统的最终目标是：使灵魂不留恋感官享乐（pratyag-ātmā）。这样的不依附感官享乐的灵魂（pratyag-ātmā）已从物质的活动中撤回。感官与感官对象交互作用，就像耳之于听，眼之于视，鼻之于嗅，舌之于味，手之于触一样，它们全都从事于自我以外的活动。它们都依靠体内生命之气的运行才能起作用。这些生命之气包括：上行气（prāṇa-vāyu 呼气）；下行气（apāna-vāyu 吸气）；遍行气（vyāna-vāyu 周气），负责收缩及扩展；平行气（samāna-vāyu 平气），负责调整平衡；上升气（udāna-vāyu 魂气）。当人受启发后，便会将这些都用以追求自我觉悟。

诗节 28

द्रव्ययज्ञास्तपोयज्ञा योगयज्ञास्तथापरे ।
स्वाध्यायज्ञानयज्ञाश्च यतयः संशितव्रताः ॥ २८ ॥

dravya-yajñās tapo-yajñā
yoga-yajñās tathāpare
svādhyāya-jñāna-yajñāś ca
yatayaḥ saṁśita-vratāḥ

dravya-yajñāḥ—献出自己的财富；*tapo-yajñāḥ*—苦行的祭祀；*yoga-yajñāḥ*—八部瑜伽的玄秘祭祀程序；*tathā*—如此；*apare*—其他人；*svādhyāya*—研读韦达经的祭祀；*jñāna-yajñāḥ*—以超然知识进步为祭祀；*ca*—还有；*yatayaḥ*—启迪者；*saṁśita-vratāḥ*—立下严格的誓言。

译文　有些人立下严格的誓言，通过献出自己的财富与物质拥有，获得启迪；有些人实行严酷的苦行；有些人修习八部瑜伽的玄秘程序；有些人则研习韦达经，在超然知识方面取得进步。

要旨　这些祭祀可分为多类。有些人以不同的慈善形式，牺牲自己的所有。

在印度，富商或贵族阶层往往开设各种慈善机构，如朝圣者寓所（dharma-śālā）、施饭堂（anna-kṣetra）、免费旅舍（atithi-śālā）、穷人住所（anāthālaya）、学校（vidyā-pīṭha）等。其他国家也有很多医院、老人院以及类似的慈善基金会，免费为穷人提供食物，兴办教育并给予医务治疗。所有这些慈善活动都叫作物质的祭祀牺牲（dravyamaya-yajña）。另外有些人为了将自己的生命提升得更高，或晋升至宇宙中更高的星宿，自愿接受诸如满月苦行（candrāyaṇa）或四月苦行（cātur-māsya）之类的种种苦行。这些途径需要立下庄严的誓言以适应在某些严格的规则下的生活。例如，发下四月苦行誓言者，在四个月内（七月到十月期间）不得剃发，不得进食某些食物，且一天不得吃两顿，也不得离开家。这种牺牲生活中的安逸的献祭，就叫作苦行祭祀（tapomaya-yajña）。还有些人修习种种玄秘瑜伽，如帕昙佳里（Patañjali）瑜伽体系（以融入绝对的存在之中）或哈塔瑜伽（haṭha-yoga），或八部瑜伽（aṣṭāṅga-yoga）以求达到特定的完美境界。有些人则到所有的圣地去朝圣。所有这些修习都被称为瑜伽祭祀（yoga-yajña），即为在物质世界中达到某种圆满而作的牺牲。还有一些人则研习不同的韦达经典，特别是诸奥义书和《终极韦达经》，或数论哲学（sāṅkhya），这些又被称为把研究作为祭品的祭祀（svādhyāya-yajña）。所有这些瑜伽士都坚定地从事不同的献祭，为的是寻求更高的生命境界。

然而，奎师那知觉与这些献祭不同，是直接地服务于博伽梵。奎师那知觉不能靠上述的任何一种献祭获得，而只有靠绝对真理和他真正的奉献者的恩慈才能获得。所以，奎师那知觉是超然的。

诗节 29

अपाने जुह्वति प्राणं प्राणेऽपानं तथापरे ।
प्राणापानगती रुद्ध्वा प्राणायामपरायणा" ।
अपरे नियताहारा" प्राणान्प्राणेषु जुह्वति ॥ २९ ॥

apāne juhvati prāṇaṁ
prāṇe ‹pānaṁ tathāpare
prāṇāpāna-gatī ruddhvā
prāṇāyāma-parāyaṇāḥ
apare niyatāhārāḥ

prāṇān prāṇeṣu juhvati

apāne—向下行气；*juhvati*—供奉；*prāṇam*—呼气；*prāṇe*—向呼气中；*apānam*—下行气；*tathā*—也像；*apare*—其他人；*prāṇa*—呼气；*apāna*—和下行气；*gatī*—运动；*ruddhvā*—停止；*prāṇāyāma*—停止一切呼吸而引至的神定；*parāyaṇāḥ*—倾向于；*apare*—其他人；*niyata*—控制了；*āhārāḥ*—进食；*prāṇān*—呼气；*prāṇeṣu*—在呼气中；*juhvati*—祭祀。

译文　一些人为了长处神定，倾向于呼吸控制的方法，练习反呼为吸，反吸为呼，最后无呼无吸而达到神定。还有人以断食为法，以停止呼吸作为祭祀。

要旨　这个用以控制呼吸过程的瑜伽系统称为调息（prāṇāyāma 呼吸控制），这起初是在哈塔瑜伽系统中通过不同的坐势来进行练习的。所有这些程序都是推荐用来控制感官，促进灵性自我觉悟的。这项练习包括控制体内之气以使其反向而行，吸气（apāna）下行，呼气（prāṇa）上行。调息瑜伽士（prāṇāyāma-yogī）练习逆式呼吸，直到气息被中和并达到气息均衡（pūraka）。当反呼气为吸气时即为气尽（recaka）。在两气完全停止后，就练成了停息瑜伽（kumbhaka-yoga）。修行停息瑜伽可延年益寿，以达灵性自我觉悟的完美。聪颖的瑜伽士有志于此生到达圆满，无须等待来生。通过修炼停息瑜伽（kumbhaka-yoga），瑜伽士的寿命可延长很多很多年。然而，具有奎师那知觉的人，常为绝对真理做超然的爱心服务，自然而然地就成了感官的主宰者。他的感官常为奎师那服务，根本就没有时间转做其他事情。因此在生命终结时，他自然被提升到圣奎师那的超然境界，所以他就不会去为增寿努力，如《博伽梵歌》（14.26）所述，他立即被提升到解脱的境界。

māṁ ca yo 'vyabhicāreṇa
bhakti-yogena sevate
sa guṇān samatītyaitān
brahma-bhūyāya kalpate

“完全从事奉爱服务，在任何情况下都不停止，就立即超越物质自然形态，并且到达梵的境界。”

具有奎师那知觉的人从超然境界开始，并恒常处于这知觉之中。因此他不会沉沦，而且最终毫无耽搁地进入绝对真理的居所。至于节食的修炼，当人只吃奎师那的灵粮（kṛṣṇa-prasādam 帕萨达，“恩慈”之意），即事先供奉给博伽梵的食物时，节食就自动能修成。节食对控制感官很有帮助。而不控制感官，就不能解除物质的束缚。

诗节 30

सर्वेऽप्येते यज्ञविदो यज्ञक्षपितकल्मषाः ।
यज्ञशिष्टामृतभुजो यान्ति ब्रह्म सनातनम् ॥ ३० ॥

sarve 'py ete yajña-vido
yajña-kṣapita-kalmaṣāḥ
yajña-śiṣṭāmṛta-bhujo
yānti brahma sanātanam

sarve—所有；*api*—虽然表面不同；*ete*—所有这些；*yajña-vidaḥ*—精通举祭的意义；*yajña*—祭祀；*kṣapita*—因为举行这些祭祀洗清了；*kalmaṣāḥ*—罪恶的反应；*yajña-śiṣṭa*—祭祀的结果；*amṛta-bhujaḥ*—那些品尝过这些甘露的人；*yānti*—去接近；*brahma*—至高无上；*sanātanam*—永恒的天穹。

译文　这些奉行者了解献祭的真义，全获净化，再无罪业，品尝到了祭祀之果的甘露，向着至高无上的永恒天穹迈进。

要旨　前面解释了种种献祭，如牺牲一己之拥有、钻研韦达经或哲学理论、践行瑜伽系统等。我们从中可以看出，这一切的共同目的都在于控制感官。感官享乐是物质存在的根源。因此，一个人除非远离感官享乐，否则，就绝无机会晋升到充满知识、充满喜乐以及充满生命力的永恒层面。这个境界便处于永恒的氛围，或梵的氛围之中。上述所有献祭都能助人清除物质生存的罪业。生命若如此精进，人不仅在此生喜乐和富有，而且也将在最后进入神的永恒国度，或融入非人格梵之中，或与博伽梵奎师那亲身交往。

诗节 31

नायं लोकोऽस्त्ययज्ञस्य कुतोऽन्यः कुरुसत्तम ॥ ३१ ॥

nāyaṁ loko 'sty ayajñasya
kuto 'nyaḥ kuru-sattama

na—不；ayam—这；lokaḥ—星球；asti—有；ayajñasya—不做祭祀者；kutaḥ—哪有；anyaḥ—其他的；kuru-sat-tama—库茹族王朝的俊杰啊！

译文　**库茹王朝的俊杰啊！不做祭祀，人无法在这个星球或在这一世快乐地生活，更何况下一生呢？**

要旨　无论身处何种物质存在形式，人对自己的真实情况都一无所知。换句话说，生存于物质世界，乃是我们罪恶生命的种种报应所致。无知是罪恶生命的原因，而罪恶的生命又是苟延于物质存在之中的原因。人体生命是摆脱这一束缚的唯一机会。因此，韦达经给我们指明了通过宗教、经济发展、规范化的感官享乐以及最终完全摆脱苦境的种种方法，给了我们一个解脱的机会。宗教之途即上述种种献祭，可自行解决我们的经济问题。即便有所谓人口增长的问题，只要进行祭祀，我们就能获得足够的食物，充足的牛奶。当温饱问题解决之后，下一步自然就是感官享乐了。因此，韦达经为规范化的感官享乐颁定了神圣婚姻。如此，人便逐渐被提升至远离物质束缚的境界，而生命解脱的最完美境界就是亲身与博伽梵交往。完美的境界，可通过进行如上所述的祭祀（献祭）达到。既然如此，如果一个人不愿意根据韦达经进行祭祀，他怎么能够指望以今生之躯获得快乐呢？更不用说另一躯体或在另一星宿之上了。在不同的天堂星宿上有着不同程度的物质安逸，在种种情况之下，进行不同的祭祀的人都能获得极大的幸福快乐。但人所达到的最高快乐境界，乃是通过修习奎师那知觉而被提升到灵性的星宿之上。因此，奎师那知觉的生活是解决一切物质存在问题的妙方。

诗节 32

एवं बहुविधा यज्ञा वितता ब्रह्मणो मुखे ।
कर्मजान्विद्धि तान्सर्वानेवं ज्ञात्वा विमोक्ष्यसे ॥ ३२ ॥

evaṁ bahu-vidhā yajñā
vitatā brahmaṇo mukhe
karma-jān viddhi tān sarvān
evaṁ jñātvā vimokṣyase

evam—如此；bahu-vidhāḥ—各种的；yajñāḥ—祭祀；vitatāḥ—传播；brahmaṇaḥ—韦达经；mukhe—通过……的口；karma-jān—由工作而产生；viddhi—你应该知道；tān—他们；sarvān—所有；evam—如此；jñātvā—知道了；vimokṣyase—你将获得解脱。

译文　这种种不同的祭祀，产生于种种不同的工作，均为韦达经所认可。若能了解这些献祭，便可获得解脱。

要旨　如上所论，韦达经所说的种种献祭，都是为了适应种种不同的活动者。因为人们如此沉迷于躯体化的概念，所以安排这些献祭，使人无论用躯体、心意还是智性都能去做，而所推荐的这一切，最终都是为了从躯体的束缚中得到解脱。绝对真理在这里亲口证实了这一点。

诗节 33

श्रेयान्द्रव्यमयाद्यज्ञाज्ज्ञानयज्ञः परन्तप ।
सर्वं कर्माखिलं पार्थ ज्ञाने परिसमाप्यते ॥ ३३ ॥

śreyān dravya-mayād yajñāj
jñāna-yajñaḥ parantapa
sarvaṁ karmākhilaṁ pārtha
jñāne parisamāpyate

śreyān—更伟大；dravyamayāt—比牺牲物质财富；yajñāt—比祭祀；jñāna-yajñaḥ—在知识中献祭；parantapa—惩敌者啊；sarvam—所有；karma—活动；akhilam—全部的；pārtha—菩瑞塔之子啊；jñāne—在知识；parisamāpyate—以……为顶点。

译文　惩敌者啊！在知识中献祭比牺牲物质财富更好。菩瑞塔之子呀！一切祭祀活动终究都以获得超然知识为顶点。

要旨　种种献祭的目的全在获得完整的知识，然后远离物质诸苦，最终为博伽梵进行超然的爱心服务（奎师那知觉）。然而，这种种献祭活动有一个奥秘，我们应该知道这个奥秘。根据献祭者的特别信仰，有时献祭形式不同。当信仰到达超然知识的阶段，献祭的执行者远比那些不具备这样的知识，而仅以物质拥有作牺牲的人要高明，因为没有知识，献祭停留在物质层面，不会带来任何灵性益处。真正的知识高峰乃是奎师那知觉——超然知识之最高阶段。没有知识的增进，祭祀牺牲不过是物质活动而已。然而，当它升到超然知识的层面，所有这些活动也就进入了灵性的层面。根据知觉的不同，献祭活动有时被称为业报性活动（karma-kanda），有时称为对绝对真理的知识性研究（jnana-kanda）。当终极的目标是知识时，最为有利。

诗节 34

तद्विद्धि प्रणिपातेन परिप्रश्नेन सेवया ।
उपदेक्ष्यन्ति ते ज्ञानं ज्ञानिनस्तत्त्वदर्शिनः ॥ ३४ ॥

tad viddhi praṇipātena
paripraśnena sevayā
upadekṣyanti te jñānaṁ
jñāninas tattva-darśinaḥ

tat—那门不同祭祀的知识；*viddhi*—努力去理解；*praṇipātena*—通过接近一位灵性导师；*paripraśnena*—通过恭顺的询问；*sevayā*—通过服务；*upadekṣyanti*—他们将启迪；*te*—你；*jñānam*—进入知识之中；*jñāninaḥ*—自我觉悟的；*tattva*—真理；*darśinaḥ*—见证者。

译文　努力接近灵性导师，学习真理，询以疑难，全然顺从，而且为他服务。自我觉悟的灵魂，因见到了真理，故能授你以知识。

要旨　灵性自我觉悟的道路无疑困难重重。因此，绝对真理劝告我们，接近一位从博伽梵本人那儿传下来的使徒传系中的灵性导师。不遵从这一使徒传系的原则，谁也不可能是真正的灵性导师。博伽梵是原初的灵性导师，在使徒传系中的人能将博伽梵的讯息原原本本地传给门徒。谁也不能以自创的途径获得灵性自我觉悟，就像那些愚昧的假冒者一样。《圣典博伽瓦谭》（6.3.19）说：“宗教之途是由博伽梵直接颁布的（*dharmaṁ tu sākṣād bhagavat-praṇītam*）。”所以，心智思辨和枯燥的论辩，都不能助人走上正确的道路。同样，独立地研习知识之书也不能使人在灵修生活中进步。要接受知识，就必须接近真正的灵性导师。人必须以全然皈依的态度接受这样的灵性导师，并且应像一个卑微的仆人一样，毫无虚荣地为灵性导师服务。让灵性导师满意就是在灵修生活上进步的秘诀。“询以疑难”和“全然顺从”对灵性觉悟至为重要，缺一不可。除非全然顺从，勤于服务，否则求教于有学识的灵性导师便不会有效果。一个人须能接受灵性导师的考验，当他看到了门徒纯正的愿望时，自然会赐以真正的灵性理解力。在这节诗里，盲从和瞎问，皆在摒弃之列。一个人不仅要恭顺地聆听灵性导师的教诲，而且要以顺从、服务和求询的态度去理解从灵性导师那里听到的一切。一位真正的灵性导师对于门徒本性仁慈。因此，当学生恭顺，并随时准备做出服务时，询疑和知识的回应就会完美无缺。

诗节 35

यज्ज्ञात्वा न पुनर्मोहमेवं यास्यसि पाण्डव ।
येन भूतान्यशेषाणि द्रक्ष्यस्यात्मन्यथो मयि ॥ ३५ ॥

yaj jñātvā na punar moham
evaṁ yāsyasi pāṇḍava
yena bhūtāny aśeṣāṇi
drakṣyasy ātmany atho mayi

yat—那；*jñātvā*—知道；*na*—永不；*punaḥ*—再；*moham*—幻觉；*evam*—像这样的；*yāsyasi*—你会去；*pāṇḍava*—潘度之子啊；*yena*—通过这；*bhūtāni*—所有的生物；*aśesāṇi*—完全地；*drakṣyasi*—你将会见到；*ātmani*—在至尊灵魂中；*atho*—或换句话说；*mayi*—在我之中。

译文　当你从一位自我觉悟的灵魂那里得到了真正的知识，就永不会再度堕入虚幻之中。因为这知识会使你看到，一切众生都只是至尊的部分。换言之，他们都从属于我。

要旨　接受了自我觉悟的灵魂，或认识事物真相的人所传授的知识，便能让我们认识到一切生物都是博伽梵奎师那的所属部分。游离于奎师那之外而存在的感觉就是假象（māyā：mā - 不是；yā - 这）。有些人认为，我们与奎师那没有丝毫关系，奎师那只是一位伟大的历史人物，而绝对便是非人格的梵。事实上，正如《博伽梵歌》所说，非人格梵是奎师那个人的光灿。博伽梵奎师那是一切的动因。《梵天本集》（*Brahma-saṁhitā*）清楚地说明了，奎师那就是博伽梵，是万原之原。即便那数百万的化身也只是他的不同扩展而已。同样，生物也是奎师那的扩展。假象宗（māyāvādī）的哲学家们误认为，奎师那在众多的扩展中，丧失了自己的独立存在性。这种思想的本质是物质的。在物质世界，我们有这种经验，当一样东西被分解后，其本来的身份就丧失了。然而，假象宗哲学家们不能理解，绝对意味着一加一仍等于一，一减一也还是一。这便是绝对世界的情形。

因为缺乏足够的绝对知识，我们现在被假象所遮蔽，因而以为我们游离于奎师那之外。虽然我们是奎师那的隔离了的部分，但跟他并没有任何不同。生物在躯体上的不同就是假象，亦即不是真实的事实。我们都应去满足奎师那。仅仅因为假象的迷惑，阿诸纳便认为，他跟族人在躯体上的短暂关系，比他跟奎师那的永恒灵性关系更为重要。《博伽梵歌》的全部教诲均指向一个目的：作为奎师那永恒仆人的生物，与奎师那不可分割，而当他感觉自己是一个脱离了奎师那的个体时，他便处于假象之中。生物作为博伽梵游离的所属部分，须完成一个目标，然而这个目标自太初以来就被遗忘了，因此，生物便处于不同的躯体之中，如人、动物、半神人等。这些躯体上的不同，乃是因为忘记了对博伽梵的超然服务。但当人通过奎师那知觉，从事于超然的服务时，便会立即从假象中获得解脱。人只有从真正的灵性导师那里才能获得这样纯粹的知识，如此，便不会受蒙蔽，以为生物的地位跟绝对真理一样。真正完美的知识是，至尊灵魂奎师那是一切生物至高无上的庇护所，放弃这个庇护所，生物就会受物质能量蒙蔽，想象着自己有一分离的身份。这样一来，他们便在物质身份的不同标准中，遗忘了奎师那。但是，当这些受蒙蔽的生物处于奎师那知觉中时，便可说已踏上解脱之途，正如《圣典博伽瓦谭》（2.10.6）所证实的：解脱即处于自己的本性构成地位，做奎师那的永恒仆人，即奎师那知觉（*muktir hitvānyathā-rūpaṁ svarūpeṇa vyavasthitiḥ*）。

诗节 36

अपि चेदसि पापेभ्यः सर्वेभ्यः पापकृत्तमः ।
सर्वं ज्ञानप्लवेनैव वृजिनं सन्तरिष्यसि ॥ ३६ ॥

api ced asi pāpebhyaḥ
sarvebhyaḥ pāpa-kṛt-tamaḥ
sarvaṁ jñāna-plavenaiva
vṛjinaṁ santariṣyasi

api—即使；*cet*—如果；*asi*—你是；*pāpebhyaḥ*—罪人的；*sarvebhyaḥ*—所有的；*pāpa-kṛttamaḥ*—最大的罪人；*sarvam*—所有这些罪恶活动；*jñāna-plavena*—凭着超然知识之舟；*eva*—肯定地；*vṛjinam*—痛苦的海洋；*santariṣyasi*—你会完全地渡过。

译文　即使你是恶中之恶，一旦登上超然知识之舟，便能渡过苦海。

要旨　正确地认识自己在与奎师那的关系之中的原本地位，奇妙非常，它能立时把人从无知之洋的挣扎求生中拯救出来。这个物质世界，有时被当作无知之洋，有时被视为燃烧着的森林。身陷茫茫大海，游泳技术再精，恐怕也难以挣扎求生。如果有人前来，将挣扎的落水者从海中提起，他就是最伟大的救主。博伽梵所传授的完美的知识乃是解脱之途。奎师那知觉之舟，十分简便，但同时也最为崇高。

诗节 37

यथैधांसि समिद्धोऽग्निर्भस्मसात्कुरुतेऽर्जुन ।
ज्ञानाग्निः सर्वकर्माणि भस्मसात्कुरुते तथा ॥ ३७ ॥

yathaidhāṁsi samiddho ‹gnir
bhasma-sāt kurute ‘rjuna
jñānāgniḥ sarva-karmāṇi
bhasma-sāt kurute tathā

yathā—就像；edhāṁsi—木柴；samiddhaḥ—熊熊燃烧的；agniḥ—火；bhasmasāt—变为灰烬；kurute—如此；arjuna—阿诸纳啊；jñāna-agniḥ—知识之火；sarva-karmāṇi—所有物质活动的反应；bhasmasāt—成为灰烬；kurute—它变化；tathā—相似地。

译文 **正如熊熊烈火焚木成烬，阿诸纳呀，超然知识的火焰也能将一切物质活动的报应化为灰烬。**

要旨 这里将有关自我与超我，以及两者之间关系的完整知识比作火焰。这火焰不仅焚毁一切不虔诚活动的业报，而且也将一切虔诚活动的业报焚为灰烬。业报反应可分很多阶段：形成中的业报、正在结果的业报、已形成的业报、潜在的业报。但有关生物原本地位的知识之火，能将一切焚为灰烬。当人处于完全的知识之中，所有的业报，展示的和未展示的，全被烧得干干净净。韦达经《大森林奥义书》（*Bṛhad-āraṇyaka Upaniṣad* 4.4.22）说："人克服了虔诚活动和不虔诚活动的业报（*ubhe uhaivaiṣa ete taraty amṛtaḥ sādhv-asādhūnī*）"。

诗节 38

न हि ज्ञानेन सदृशं पवित्रमिह विद्यते ।
तत्स्वयं योगसंसिद्धः कालेनात्मनि विन्दति ॥ ३८ ॥

na hi jñānena sadṛśaṁ
pavitram iha vidyate
tat svayaṁ yoga-saṁsiddhaḥ
kālenātmani vindati

na—没有；hi—肯定地；jñānena—和知识；sadṛśam—相比较；pavitram—圣神的；iha—在这个世界上；vidyate—存在；tat—那；svayam—本身；yoga—奉爱；saṁsiddhaḥ—精通……的他；kālena—总有一天；ātmani—在他内心；vindati—享受。

译文 **在这个世界上，超然的知识至为崇高、至为纯粹。这知识是一切神秘主义的成熟之果。人若在修习奉爱服务中达到完美，不久便可在内心享受这门知识。**

要旨　当我们谈到超然知识时，我们指的是对灵性的理解而言的。这样，便没有什么比超然知识更崇高、更纯粹的了。无知是我们受束缚的原因，而知识则是我们获得解脱的原因。这种知识是奉爱服务的成熟之果，且当人处于超然知识之中时，便无需寻求什么平静了，因为他享有内在的平静。换句话说，这知识和平静的最高境界就在奎师那知觉之中。这便是《博伽梵歌》的结论。

诗节 39

श्रद्धावाँल्लभते ज्ञानं तत्परः संयतेन्द्रियः ।
ज्ञानं लब्ध्वा परां शान्तिमचिरेणाधिगच्छति ॥ ३९ ॥

śraddhāvāl labhate jñānaṁ
tat-paraḥ saṁyatendriyaḥ
jñānaṁ labdhvā parāṁ śāntim
acireṇādhigacchati

śraddhāvān—虔信之人；*labhate*—得到；*jñānam*—知识；*tat-paraḥ*—很依附它；*saṁyata*—控制了；*indriyaḥ*—感官；*jñanam*—知识；*labdhvā*—得到了；*parām*—超然的；*śāntim*—平和；*acireṇa*—很快地；*adhigacchati*—达到。

译文　献身于超然知识，并能抑制住感官的虔信之人，有资格得到这门知识。一旦得到这门知识，便能很快达到至高无上的灵性平和。

要旨　奎师那知觉中的这种知识，只有坚定地信仰奎师那的虔信者才能获得。认为仅在奎师那知觉中活动，便可达到最高的完美境界的人，可算是虔信者。这虔信的取得乃是通过履行奉爱服务，通过唱颂荡涤心中一切物质污秽的曼陀（mantra）：哈瑞·奎师那，哈瑞·奎师那，奎师那·奎师那，哈瑞·哈瑞／哈瑞·茹阿玛，哈瑞·茹阿玛，茹阿玛·茹阿玛，哈瑞·哈瑞（*Hare Kṛṣṇa, Hare Kṛṣṇa, Kṛṣṇa Kṛṣṇa, Hare Hare/ Hare Rāma, Hare Rāma, Rāma Rāma, Hare Hare*）——来实现。除此之外，人还应该控制感官。对奎师那坚信不移，并控制住感官，人便可毫无迟延地轻易达到奎师那知觉的完美知识境界。

诗节 40

अज्ञश्चाश्रद्दधानश्च संशयात्मा विनश्यति ।
नायं लोकोऽस्ति न परो न सुखं संशयात्मनः ॥ ४० ॥

ajñaś cāśraddadhānaś ca
saṁśayātmā vinaśyati
nāyaṁ loko 'sti na paro
na sukhaṁ saṁśayātmanaḥ

ajñaḥ—对标准经典无知的愚人；*ca*—并且；*aśraddadhānaḥ*—对启示经典没有信心；*ca*—也；*saṁśaya*—怀疑；*ātmā*—人；*vinaśyati*—堕落回去；*na*—永不；*ayam*—这个；*lokaḥ*—世界；*asti*—有；*na*—也不；*paraḥ*—下一世；*na*—不；*sukham*—快乐；*saṁśaya*—怀疑的；*ātmanaḥ*—那个人。

译文　愚昧而无信仰之人，怀疑启示经典，无法获得神的知觉，反而会沉沦堕落。心存怀疑的灵魂，无论在现世，还是来生，皆无快乐可言。

要旨　在众多标准且权威的启示经典中，《博伽梵歌》是最好的，那些几乎与动物一样的人不相信也不明白启示经典。有些人虽然知道并且能够大段引述启示经典，但实际上，他们对这些真言根本就不相信。还有些人虽然相信像《博伽梵歌》这样的经典，但他们不相信，更不崇拜博伽梵奎师那。这些人在奎师那知觉中绝无地位。他们堕落沉沦。在上述各种人中，那些没有信心常生疑虑的人，绝不会进步。不相信神和神的启示的人，在现世或来世，均得不到好处。无论怎样，他们都没有快乐幸福可言。因此，人应该充满信心地去遵循启示经典的原则，以使自己提升到知识的层面。只有这种知识才能帮助人到达灵性领悟的超然层面。换句话说，满腹疑虑的人无论如何也得不到灵性的拯救。所以，我们应该以使徒传系中伟大导师为榜样，这样，才能获得成功。

诗节 41

योगसन्न्यस्तकर्माणं ज्ञानसञ्छिन्नसंशयम् ।
आत्मवन्तं न कर्माणि निबध्नन्ति धनञ्जय ॥ ४१ ॥

yoga-sannyasta-karmāṇaṁ
jñāna-sañchinna-saṁśayam
ātmavantaṁ na karmāṇi
nibadhnanti dhanañjaya

yoga—通过在行动瑜伽中的奉献服务；*sannyasta*—谁弃绝了；*karmāṇam*—功利性活动；*jñāna*—以知识；*sañchinna*—砍断；*saṁśayam*—疑惑；*ātma-vantam*—处于自我中；*na*—永不；*karmāṇi*—活动；*nibadhnanti*—束缚；*dhanañjaya*—财富的征服者啊。

译文　从事奉爱服务，弃绝活动的结果，以超然知识消除疑虑，实际上已稳处自我之中。财富的征服者啊！这样的人，不再受活动业报的束缚。

要旨　遵循博伽梵亲自在《博伽梵歌》中传授的训示的人，沐浴着超然知识的恩泽，能脱尽一切疑虑。人身为绝对真理的不可分割的部分，若具有全然的奎师那知觉，就已坚定于自我的知识之中了。这样，他毫无疑问地超越了活动的束缚。

诗节 42

तस्मादज्ञानसम्भूतं हृत्स्थं ज्ञानासिनात्मन" ।
छित्त्वैनं संशयं योगमातिष्ठोत्तिष्ठ भारत ॥ ४२ ॥

tasmād ajñāna-sambhūtaṁ
hṛt-sthaṁ jñānāsinātmanaḥ
chittvainaṁ saṁśayaṁ yogam
ātiṣṭhottiṣṭha bhārata

tasmāt—因此；ajñāna-sambhūtam—由于愚昧；hṛt-stham—处于心中；jñāna—知识；asinā—以……武器；ātmanaḥ—自我的；chittvā—砍除；enam—这；saṁśayam—怀疑；yogam—在瑜伽中；ātiṣṭha—处于；uttiṣṭha—站起来作战；bhārata—巴拉塔的后裔啊。

译文　因此，以知识为武器，挥砍你心中由无知带来的怀疑。巴拉塔的后裔啊！以瑜伽为武器，起来战斗吧！

要旨　本章所教导的瑜伽体系叫作永恒的瑜伽（sanātana-yoga）——即生物所从事的永恒活动。这种瑜伽有两类献祭活动：一类是以一己物质拥有作牺牲；另一类被称为有关自我的知识，即纯粹的灵性活动。牺牲一己所拥有的物质，若与灵性觉悟不契合，那么，这种牺牲就成为物质性的了。但是，若怀有灵性目标，或在奉爱服务中进行献祭，这样的献祭即为完美的献祭。说到灵性活动，也可将其归为两类：一类是对自我（或人的自我的原本地位）的领悟，一类是关于博伽梵的真理。踏上《博伽梵歌》的道路，便很容易了解这两类重要的灵性活动。这样的人，能毫无困难地完全了解自我是绝对真理的不可分割的部分。这种领悟十分有益，因为有了它，人就可轻易地了解绝对真理的超然活动。在本章的开始，博伽梵亲自讨论了自己的超然活动。不理解《博伽梵歌》的训示，必流于无信仰，可谓误用了绝对真理恩赐的微小独立性。已有了这些训示，却仍不了解绝对真理的真正本质为永恒、极乐和全知的博伽梵，这样的人肯定是头号的笨蛋。

逐渐接受奎师那知觉的原则，可消除人的愚昧无知。奎师那知觉可由种种献祭唤醒。这些献祭包括：祭祀崇奉半神人、祭祀崇拜梵、独身、做居士（grhasthas）、控制感官、修行玄秘瑜伽、苦行、弃绝物质拥有、研习韦达经、遵行四社会阶层制度，这一切都叫作献祭，且都是以规范的行动为基础的。然而，这一切活动中，最重要的因素仍是自我觉悟。追求这一目标的人才是《博伽梵歌》的真正学生。但是，谁要是怀疑奎师那的权威，谁就要倒退。因此，人应该以勤于服务，全然皈依的态度，在真正的灵性导师指导下，学习《博伽梵歌》或其他圣典。

真正的灵性导师，属于由太初迄今的使徒传系，他决不会背离博伽梵的训示，这训示数百万年前传给了太阳神，而太阳神又将《博伽梵歌》的训示传到了这地球的国度。因此，人应该遵行《博伽梵歌》本身所指明的道路，并且小心防范那些自私自利的人。他们为了一己之利，常把人引入歧途。绝对真理的确是至尊者，他的活动均属超然。了解了这一点的人，从研读《博伽梵歌》开始，就已获解脱。

巴克提维丹塔（Bhaktivedanta）阐释圣典《博伽梵歌》第四章“超然知识”至此结束。

第五章

业报瑜伽

——在奎师那知觉中活动

智者外在从事各种活动，内在则弃绝活动的成果。如此，便被超然知识的火焰所净化，从而获得平和、超脱、忍耐、灵视和喜乐。

诗节1

अर्जुन उवाच
सन्न्यासं कर्मणां कृष्ण पुनर्योगं च शंससि ।
यच्छ्रेय एतयोरेकं तन्मे ब्रूहि सुनिश्चितम् ॥ १ ॥

arjuna uvāca
sannyāsaṁ karmaṇāṁ kṛṣṇa
punar yogaṁ ca śaṁsasi
yac chreya etayor ekaṁ
tan me brūhi su-niścitam

arjunaḥ uvāca—阿诸纳说；*sannyāsam*—弃绝；*karmaṇām*—所有活动；*kṛṣṇa*—奎师那啊；*punaḥ*—再次；*yogam*—奉献服务；*ca*—又；*śaṁsasi*—您在称赞；*yat*—哪一个；*śreyaḥ*—更有益；*etayoḥ*—这两者间；*ekam*—一个；*tat*—那；*me*—对我；*brūhi*—请告诉；*suniścitam*—明确地。

译文　阿诸纳问：奎师那呀！您先是要我弃绝工作，然后又让我以奉献精神工作。现在，我恳请您确切地告诉我，两者之中，孰更为有益？

要旨　在《博伽梵歌》的这一章，绝对真理说在奉爱服务中工作比枯燥的心智思辨更好。奉爱服务比心智思辨更为容易，因为其本质超然，能解除人的业报。第二章已解释了有关灵魂的基本知识及其在物质躯体中所受的束缚，也解释了如何以智慧瑜伽（Buddhi-yoga）或奉爱服务冲出这个樊笼。第三章则指明，处于知识层面的人再无任何责任必须履行。在第四章，绝对真理告诉阿诸纳各种献祭活动在知识中达到顶峰。然而，在第四章的结尾，绝对真理又劝导已处于完美知识之中的阿诸纳清醒过来去战斗。这样，奎师那一面强调在奉爱服务中工作的重要性，一面又强调在知识中不活动的重要性，这使得阿诸纳大惑不解、迟疑不决。阿诸纳明白，在知识中的弃绝（sannyāsa）包括停止一切感官活动。但若以奉爱服务工作，那怎么才能不作为呢？换言之，在阿诸纳看来，在知识中的弃绝应该完全脱离各种活动，因为工作和弃绝对阿诸纳来说是互不相容的。他似乎还不明白，在完全的知识中工作没有业报，因此与不作为是一回事。所以，他询问博伽梵，他是该停止工作，还是以完全的知识去工作。

诗节 2

श्रीभगवानुवाच
सन्न्यासः कर्मयोगश्च निःश्रेयसकरावुभौ ।
तयोस्तु कर्मसन्न्यासात्कर्मयोगो विशिष्यते ॥ २ ॥

śrī-bhagavān uvāca
sannyāsaḥ karma-yogaś ca
niḥśreyasa-karāv ubhau
tayos tu karma-sannyāsāt
karma-yogo viśiṣyate

śrī bhagavān uvāca—博伽梵说；*sannyāsaḥ*—弃绝工作；*karma-yogaḥ*—以奉献精神工作；*ca*—还有；*niḥśreyasa-karau*—导向解脱之途；*ubhau*—两者；*tayoḥ*—二者之中；*tu*—但是；*karma-sannyāsāt*—与弃绝果报性工作相比较；*karma-yogaḥ*—以奉献精神工作；*viśiṣyate*—更好。

译文　博伽梵答道：弃绝工作和以奉献精神工作，对解脱均有裨益。然而，二者之中，以奉献精神工作比弃绝工作更好。

要旨　追求感官享乐的业报活动是物质束缚的根源。若人的活动旨在改善躯体舒适的标准，就不可避免地要流转于种种躯体之中，继续不停地为物质所捆绑。《圣典博伽瓦谭》(5.5.4-6) 如是证实道：

nūnaṁ pramattaḥ kurute vikarma
yad indriya-prītaya āpṛṇoti
na sādhu manye yata ātmano 'yam
asann api kleśa-da āsa dehaḥ

parābhavas tāvad abodha-jāto
yāvan na jijñāsata ātma-tattvam
yāvat kriyās tāvad idaṁ mano vai
karmātmakaṁ yena śarīra-bandhaḥ

evaṁ manaḥ karma-vaśaṁ prayuṅkte

avidyayātmany upadhīyamāne
prītir na yāvan mayi vāsudeve
na mucyate deha-yogena tāvat

“人们疯狂地追求感官享乐，却不知道现时这充满痛苦的躯体，乃是他们过去业报活动的结果。这躯体虽然短暂易逝，却常常给人带来种种烦恼。因此，追求感官享乐实不足取。人若不探究自己真实的身份，这样的人生终是一场失败。不明白自己的真实身份，人就必然会为感官享乐而从事获利性工作；只要人仍沉湎于感官满足，便会从一个躯体转生到另一个躯体。尽管心意可能会沉湎于业报活动，而且受无知的影响，但仍须培养服务华苏戴瓦的奉爱精神。只有如此，人才有机会摆脱物质存在的束缚。”

因此，知识（jnana）——仅认识到自己不是这物质之躯而是灵魂，还不足以获得解脱。一个人须以灵魂的身份活动，否则，便无法逃脱物质的束缚。然而，奎师那知觉中的活动并不是业报层面上的活动。在完全的知识中活动，能巩固人在真正知识方面的进步。仅仅是弃绝业报活动，而没有奎师那知觉，实际上无法净化受限制灵魂的心灵。只要心灵得不到净化，人就必然在业报的层面上工作。但奎师那知觉中的活动，能自动助人脱离活动的业报，使人不再堕落到物质层面。因此，以奎师那知觉活动，总是比弃绝好，因弃绝之中往往隐藏着堕落的危险。不具备奎师那知觉的弃绝是不圆满的。圣茹帕・哥斯瓦米（Śrīla Rūpa Gosvāmī）在《奉爱的甘露海洋》（*Bhakti-rasāmṛta-sindhu* 1.2.258）中也这样证实说：

prāpañcikatayā buddhyā
hari-sambandhi-vastunaḥ
mumukṣubhiḥ parityāgo
vairāgyaṁ phalgu kathyate

“渴望获得解脱，却弃绝跟博伽梵有关联的东西，认为它们只是物质的东西，这种弃绝是不圆满的。”

圆满的弃绝是：了解存在的一切本属于博伽梵，谁也不该自称拥有什么。人应该明白，事实上，任何东西都不属于任何人。这样又哪有弃绝可言呢？认识到一切都属于奎师那的人，便恒常处于弃绝之中。因为一切皆属于奎师那，因此，一切都应用于为奎师那服务。这种在奎师那知觉中的活动，形式完美，远比假象宗（māyāvādī）托钵僧任何人为的弃绝要好得多。

诗节 3

ज्ञेयः स नित्यसन्न्यासी यो न द्वेष्टि न काङ्क्षति ।
निर्द्वन्द्वो हि महाबाहो सुखं बन्धात्प्रमुच्यते ॥ ३ ॥

jñeyaḥ sa nitya-sannyāsī
yo na dveṣṭi na kāṅkṣati
nirdvandvo hi mahā-bāho
sukhaṁ bandhāt pramucyate

jñeyaḥ—应该知道；*saḥ*—他；*nitya*—恒常；*sannyāsī*—弃绝者；*yaḥ*—谁；*na*—既不；*dveṣṭi*—厌恶；*na*—也不；*kāṅkṣati*—渴求；*nirdvandvaḥ*—脱离了一切二元性；*hi*—肯定地；*mahā-bāho*—臂力强大的人啊；*sukham*—快乐地；*bandhāt*—从束缚中；*pramucyate*—彻底解脱了。

译文　对活动的结果，既不厌恶，也不渴求，即是长处弃绝。臂力强大的阿诸纳呀！这样的人，远离一切二元性的影响，能轻易克服物质束缚，达到彻底的解脱。

要旨　一个具有圆满的奎师那知觉的人总是一名弃绝者，因为他对活动的结果，既不厌憎也不渴求。这样的弃绝者，献身为博伽梵做超然的爱心服务，在知识上已完全合格，因为他明了在与奎师那的关系中自己的法定地位。他深知奎师那是整体，而自己是奎师那的所属部分。这种认识圆满无缺，在质和量上都是正确的。与奎师那等同一致的概念是不正确的，因为部分不等于整体。在质上一致而量上相异的认识，才是正确的超然知识，这样的知识令人充实满足，不再渴求他物，也不为事物哀伤。只要人所做的一切都是为了奎师那，他的心中就不会有二元性。如此远离二元性，人即便是在这个物质世界，也已处在解脱之境。

诗节 4

सांः ययोगौ पृथग्बालाः प्रवदन्ति न पण्डिताः ।
एकमप्यास्थितः सम्यगुभयोर्विन्दते फलम् ॥ ४ ॥

sāṅkhya-yogau pṛthag bālāḥ
pravadanti na paṇḍitāḥ
ekam apy āsthitaḥ samyag
ubhayor vindate phalam

sāṅkhya—对物质世界的分析性研究；*yogau*—奉献服务；*pṛthak*—不同；*bālāḥ*—欠缺智慧的；*pravadanti*—说；*na*—永不；*paṇḍitāḥ*—有学识的人；*ekam*—其中之一；*api*—即使；*āsthitaḥ*—处于；*samyak*—完整；*ubhayoḥ*—二者；*vindate*—享受；*phalam*—结果。

译文　只有无知的人，才会认为奉爱服务（业报瑜伽）与物质世界的分析性研究（数论哲学）有所不同。有真知的人说，致力于两者之一，都会取得两者的结果。

要旨　分析研究物质世界的目的，是要找出存在的灵魂。物质世界的灵魂是维施努（Viṣṇu）或超灵。对博伽梵的奉爱服务包含着对超灵的服务。一条途径是寻找树根，另一途径是给树根浇水。数论哲学（sāṅkhya）的真正学生找寻到物质世界的根源——维施努；然后，在圆满的知识中，为博伽梵服务。因此，从根本上来说，两者之间并无不同，因为两者的目的都是维施努。不认识终极目标的人说，数论瑜伽和业报瑜伽并不相同；但一个有学识的人则知道这些不同途径的目的是一致的。

诗节 5

यत्सांः यैः प्राप्यते स्थानं तद्योगैरपि गम्यते ।
एकं सांः यं च योगं च यः पश्यति स पश्यति ॥ ५ ॥

yat sāṅkhyaiḥ prāpyate sthānaṁ
tad yogair api gamyate

ekaṁ sāṅkhyaṁ ca yogaṁ ca
yaḥ paśyati sa paśyati

yat—什么；*sāṅkhyaiḥ*—以数论哲学的方法；*prāpyate*—达到；*sthānam*—地方；*tat*—那；*yogaiḥ*—通过奉献服务；*api*—也；*gamyate*—一个人能够达到；*ekam*—同一；*sāṅkhyam*—分析性研究；*ca*—和；*yogam*—在奉爱中的活动；*ca*—和；*yaḥ*—谁；*paśyati*—看到；*saḥ*—他；*paśyati*—真实地看见。

译文　认识到分析性研究达到的境界也可通过奉爱服务达到，视分析性研究与奉爱服务为同一层面，这样的人便能看到事物的真相。

要旨　哲学研究的真正目的，在于找到生命的终极目标。生命的终极目标乃是觉悟自我。因此，这两条途径所达到的结论之间并无不同。通过数论哲学研究得到的结论是：生命并非物质世界的所属部分，而是至尊灵魂整体的所属部分。因此，灵魂与物质世界并无关系，其活动必定跟至尊者有某种联系。当他在奎师那知觉中活动时，实际上他便是处于自己的原本地位上了。在数论过程中，人必须不依附物质；而在奉爱瑜伽的过程中，人则要依附奎师那知觉的活动。虽然表面上看来一种途径要依附，另一途径却不要依附，但实际上两条途径都是相同的。不依附物质和依附奎师那并无区别。若能看到这一点，便能看到事物的真相。

诗节 6

सन्न्यासस्तु महाबाहो दुःखमाप्तुमयोगतः ।
योगयुक्तो मुनिर्ब्रह्म नचिरेणाधिगच्छति ॥ ६ ॥

sannyāsas tu mahā-bāho
duḥkham āptum ayogataḥ
yoga-yukto munir brahma
na cireṇādhigacchati

sannyāsaḥ—人生的弃绝阶层；*tu*—但是；*mahā-bāho*—臂力强大的人啊；*duḥkham*—痛苦；*āptum*—受……的感染；*ayogataḥ*—不做奉献服务；*yoga-yuktaḥ*—从事奉献服务的；*muniḥ*—思想家；*brahma*—至尊者；*na*—没有；*cireṇa*—延误；*adhigacchati*—达到。

译文　仅仅弃绝所有活动，而不为博伽梵做奉爱服务，不会使人快乐。但是，有思想的人从事奉爱服务，却能立即达到至尊。

要旨　托钵僧（sannyāsī）——在生命弃绝阶段的人，分为两类：假象宗托钵僧（mayavadi sannyasi）和外士那瓦托钵僧（vaisnava sannyasi）。前者研习数论哲学，后者研习对《终极韦达经》作出正确注释的《圣典博伽瓦谭》（*Śrīmad-Bhāgavatam*）哲学。假象宗托钵僧也研习《终极韦达经》，但用的是自己的注解——商羯罗所撰的《原子灵魂论》（*Śārīraka-bhāṣya*）。博伽梵学派（bhāgavata）的学生，根据《五礼典》（*Pāñcarātrikī*）的规定，从事对博伽梵的奉献活动。因此，外士那瓦托钵僧虽与物质活动毫不相干，却仍然为博伽梵的奉爱服务，从事着各种活动。但是假象宗托钵僧，一面研习数论和维丹塔，一面潜心推敲，不可能品味到对博伽梵的超然服务的甘美。由于他们的研习冗长乏味，有时他们便会厌倦于对梵（Brahman）的推测，而不求甚解地托庇于《圣典博伽瓦谭》。因此，他们对《圣典博伽瓦谭》的研究只是造成麻烦。枯燥的推敲和矫揉造作的非人格性释论，对这些假象宗托钵僧没有丝毫的益处。置身于奉爱服务的外士那瓦托钵僧快乐地履行超然的职责，他们得到了保证，最终可进入神的国度。有时假象宗托钵僧会从自我觉悟之途上堕落下来，跌回物质活动之中，这些活动可能出于博爱和利他的动机，但仍只是物质性的。因此，结论就是，从事奎师那知觉活动的人，比单纯推敲什么是梵，什么不是梵的托钵僧处境更佳，虽然后者经历许多生世以后，也可达到奎师那知觉。

诗节 7

योगयुक्तो विशुद्धात्मा विजितात्मा जितेन्द्रियः ।
सर्वभूतात्मभूतात्मा कुर्वन्नपि न लिप्यते ॥ ७ ॥

yoga-yukto viśuddhātmā
vijitātmā jitendriyaḥ
sarva-bhūtātma-bhūtātmā
kurvann api na lipyate

yoga-yuktaḥ—从事奉献服务；*viśuddha-ātmā*—一个纯净的灵魂；*vijita-ātmā*—自我控制的；*jita-indriyaḥ*—已征服了感官；*sarva-bhūta*—对众生；*ātmabhūta-ātmā*—怜悯；*kurvan api*—尽管从事工作；*na*—永不；*lipyate*—受束缚。

译文 **纯净的灵魂，以奉爱精神工作，控制心意和感官，为众人所爱，亦爱众人。他虽恒常工作，却永不受束缚。**

要旨 以奎师那知觉踏上解脱之途的人，深得众生之爱，也爱众生。这是他有奎师那知觉的缘故。这样的人不把任何生物看作是与奎师那分离的，就像树枝和树叶不能跟树分离一样。他深知，给树根浇水，水便可被输送到枝枝叶叶上去；食物进到胃里，能量自然便扩散到全身。以奎师那知觉工作的人，是众生的仆人，因此他深为众生所爱。他的工作令众生满意，所以他的知觉变得纯粹。知觉纯粹，他便能完全控制住心意。控制了心意，感官也就控制住了。因为心意常专注于奎师那，便不会背离奎师那，也没有机会把感官用于服务博伽梵之外的事务上。不听与奎师那无关的话题，不接受未供奉过奎师那的食物，不参与和奎师那无关的活动，因此，他的感官受到控制。一个能控制住感官的人不会冒犯任何人。或许有人会问："为什么阿诸纳在战场上进犯他人呢？难道他不在奎师那知觉中吗？"其实，阿诸纳只是表面上与人为敌，因为（如第二章已解释清楚的）灵魂不能被杀，集结在战场上的人会以个体灵魂的身份继续活下去。因此从灵性的角度上来看，库茹之野无人被杀。他们不过是在亲临战场的奎师那的命令下，更换了外衣罢了。因此，阿诸纳虽在库茹之野征杀，其实根本就未作战，他只是在全然的奎师那知觉中执行奎师那的命令罢了。这样的人永不受工作业报的束缚。

诗节 8-9

नैव किञ्चित्करोमीति युक्तो मन्येत तत्त्ववित् ।
पश्यञ्शृण्वन्स्पृशञ्जिघ्रन्नश्नन्गच्छन्स्वपन्श्वसन् ॥ ८ ॥
प्रलपन्विसृजन्गृह्णन्नुन्मिषन्निमिषन्नपि ।
इन्द्रियाणीन्द्रियार्थेषु वर्तन्त इति धारयन् ॥ ९ ॥

naiva kiñcit karomīti
yukto manyeta tattva-vit
paśyañ śṛṇvan spṛśañ jighrann
aśnan gacchan svapan śvasan

pralapan visṛjan gṛhṇann
unmiṣan nimiṣann api
indriyāṇīndriyārtheṣu
vartanta iti dhārayan

na—不；*eva*—肯定；*kiñcit*—任何事情；*karomi*—我做；*iti*—如此；*yuktaḥ*—身处神圣的知觉；*manyeta*—想；*tattvavit*—一个认识真理的人；*paśyan*—看；*śṛṇvan*—听；*spṛśan*—触；*jighran*—嗅；*aśnan*—进食；*gacchan*—走动；*svapan*—做梦；*śvasan*—呼吸；*pralapan*—说话；*visṛjan*—放弃；*gṛhṇan*—接受；*unmiṣan*—打开；*nimiṣan*—关闭；*api*—虽然；*indriyāṇi*—感官；*indriya-artheṣu*—感官满足；*vartante*—让它们这样从事；*iti*—如此；*dhārayan*—考虑到。

译文　身处神圣知觉中的人，虽然在目视、耳闻、身触、鼻嗅、进食、走动、睡觉、呼吸，但他内心常知道，自己说话、排泄、收受、睁眼和闭眼时，只是物质感官和感官对象在相互产生作用，而他自己则远离这些，并未参与。

要旨　在奎师那知觉中的人处世纯洁，因而，任何有赖于五种近因和远因的活动，跟他全无关系。这五种近因和远因是：活动者、活动、处境、努力和运气。这是因为他从事对奎师那的超然爱心服务。虽然他似乎也是以躯体和感官活动，但他时刻能意识到，自己的真正地位乃是从事灵性服务。在物质知觉中，感官忙于感官享乐；但在奎师那知觉中，感官则到处致力于满足奎师那的感官。因此，具有奎师那知觉的人是永远自由的，虽然表面看上去，他似乎也忙于感官事务。视听之类的感官活动，为的是接受知识；至于走动、说话、排泄等感官活动，为的则是工作。具有奎师那知觉的人永不受感官活动的影响。除了为博伽梵服务之外，他不会做任何事情，因为他知道，他是博伽梵的永恒仆人。

诗节 10

ब्रह्मण्याधाय कर्माणि सङ्गं त्यक्त्वा करोति यः ।
लिप्यते न स पापेन पद्मपत्रमिवाम्भसा ॥ १० ॥

brahmaṇy ādhāya karmāṇi
saṅgaṁ tyaktvā karoti yaḥ
lipyate na sa pāpena
padma-patram ivāmbhasā

brahmaṇi—博伽梵；*ādhāya*—向……献出；*karmāṇi*—所有工作；*saṅgam*—依附；*tyaktvā*—放弃；*karoti*—履行；*yaḥ*—谁；*lipyate*—受影响；*na*—永不；*saḥ*—他；*pāpena*—被罪恶；*padma-patram*—莲叶；*iva*—就像；*ambhasā*—被水。

译文　履行责任而无所依附，将活动的结果奉献给博伽梵，人便不受罪业的影响，正如莲叶不沾水一样。

要旨　这里的“brahmaṇi”是指在奎师那知觉中。物质世界是物质自然三形态的展示之总和，称为：帕丹（pradhāna）。在一些韦达赞美诗中，比如：《曼都卡奥义书》（*Māṇḍūkya Upaniṣad* 2）说到“一切都是梵的扩展（*sarvaṁ hy etad brahma*）”。《蒙达卡奥义书》（1.2.10）说到“这个梵是名字、形象和食物的来源（*tasmād etad brahma nāma-rūpam annaṁ ca jāyate*）”。《博伽梵歌》（14.3）中亦说道：“整个物质实体被称为梵，是诞生的始源（*mama yonir mahad brahma*）。”这些诗句都指明，物质世界的一切全是梵的展示；虽然展示出来的结果有差异，但展示的动因却无区别。《至尊奥义书》（*Isopanisad*）说，“一切都跟至尊梵或奎师那相关联，一切也都只属于他”。

一个人完全明白，一切都属于奎师那，绝对真理是一切的拥有者，因此一切都该用以服务绝对真理，那么，他自然就与善恶好坏活动的结果没有关系。即便是绝对真理恩赐于人的用于完成某种特定活动的物质之躯，也可从事奎师那知觉活动。这样，便不受罪业报应的污染，正如莲叶居于水中却不被浸湿一样。绝对真理在《博伽梵歌》(3.30)中也说：“你要将工作全部奉献给我，全然认识我(*mayi sarvāṇi karmāṇi sannyasya*)。”结论是：没有奎师那知觉的人，按照物质躯体和感官的概念活动；但在奎师那知觉中的人则根据知识活动，认识到躯体本是奎师那的，因此，便该从事对奎师那的服务。

诗节 11

कायेन मनसा बुद्ध्या केवलैरिन्द्रियैरपि ।
योगिनः कर्म कुर्वन्ति सङ्गं त्यक्त्वात्मशुद्धये ॥ ११ ॥

kāyena manasā buddhyā
kevalair indriyair api
yoginaḥ karma kurvanti
saṅgaṁ tyaktvātma-śuddhaye

kāyena—以躯体；*manasā*—以心意；*buddhyā*—以智性；*kevalaiḥ*—纯洁的；*indriyaiḥ*—以感官；*api*—即使；*yoginaḥ*—奎师那知觉者；*karma*—活动；*kurvanti*—他们履行；*saṅgam*—依附；*tyaktvā*—放弃；*ātma*—自我；*śuddhaye*—为了净化。

译文　瑜伽士放弃依附，以躯体、心意、智性甚至感官来活动，为的只是净化自己。

要旨　在奎师那知觉中，为满足奎师那的感官所进行的任何活动，无论是躯体、心意、智性的活动，还是感官的活动，都是对物质污染的净化。以奎师那知觉活动的人，其活动不会招致物质上的业报。因此，在奎师那知觉中非常容易从事纯洁的活动(sad-acara)。圣茹帕·哥斯瓦米在《奉爱的甘露海洋》(1.2.187)中这样说：

īhā yasya harer dāsye
karmaṇā manasā girā
nikhilāsv apy avasthāsu

jīvan-muktaḥ sa ucyate

“用躯体、心意、智性和语言，在奎师那知觉中活动（换句话说，服务于奎师那）的人，即使在物质世界，也是解脱了的人，尽管他可能从事许多所谓的物质活动。”

这样的人摒弃了假我，相信他既不是这具物质躯体，也不拥有它。他深知自己是属于奎师那的，这具躯体也是。当他把躯体、心意、智性、言语、生命、财富等，所带来的一切——无论他拥有什么——都用来服务奎师那时，他立即便与奎师那契合，与奎师那保持一致了。那使人相信自己就是这躯体的假我，便会消失得无影无踪。这就是奎师那知觉的完美境界。

诗节 12

युक्तः कर्मफलं त्यक्त्वा शान्तिमाप्नोति नैष्ठिकीम् ।
अयुक्त” कामकारेण फले सक्तो निबध्यते ॥ १२ ॥

yuktaḥ karma-phalaṁ tyaktvā
śāntim āpnoti naiṣṭhikīm
ayuktaḥ kāma-kāreṇa
phale sakto nibadhyate

yuktaḥ—从事奉献服务的人；*karma-phalam*—所有活动的结果；*tyaktvā*—放弃；*śāntim*—完全的平和；*āpnoti*—达到；*naiṣṭhikīm*—坚定不移的；*ayuktaḥ*—不在奎师那知觉的人；*kāma-kāreṇa*—为了享受工作的结果；*phale*—结果；*saktaḥ*—依附；*nibadhyate*—变得受束缚。

译文　坚定奉献的灵魂将一切活动的结果都供奉给我，因此达到至纯至粹的平和；相反，那些不与神相连，贪求一己工作结果的人，必受物质束缚。

要旨　在奎师那知觉中的人与在躯体知觉中的人的区别就在于，前者皈依奎师那，而后者则执着于自己活动的结果。依附奎师那，只为奎师那工作的人，必定是解脱者，因此对自己工作的结果毫无担忧。《圣典博伽瓦谭》将担心活动结果的原因解释为，在二元性的概念下活动，也就是说，对绝对真理一无所知。奎师那是至高无上的真理，也是人格神首。奎师那知觉之中没有二元性。存在的一切都是奎师那能量的产物，且奎师那就是至善。因此，奎师那知觉活动位及绝对层面，是超然而没有物质结果的。人在奎师那知觉中，平和就充满心间。然而，要是陷于利益计较，追求感官享乐，人就不会有那平和的感觉。奎师那知觉的奥秘就是——觉悟到除了奎师那之外，别无其他存在，如此便达到了平静无畏的境界。

诗节 13

सर्वकर्माणि मनसा सन्न्यस्यास्ते सुखं वशी ।
नवद्वारे पुरे देही नैव कुर्वन्न कारयन् ॥ १३ ॥

sarva-karmāṇi manasā
sannyasyāste sukhaṁ vaśī
nava-dvāre pure dehī
naiva kurvan na kārayan

sarva—所有；*karmāṇi*—活动；*manasā*—用心意；*sannyasya*—放弃了；*āste*—保持；*sukham*—在快乐中；*vaśī*—自我控制的人；*nava-dvāre*—在九门之城；*pure*—在城里；*dehī*—体困的灵魂；*na*—没有；*eva*—肯定；*kurvan*—在做着任何事情；*na*—不；*kārayan*—引起活动。

译文　当体困的生物控制住本性，并在心底弃绝一切活动时，他便快乐地居于九门之城（物质躯体），既不活动，也不引起活动。

要旨　体困的灵魂居于九门之城。躯体的（或比喻为躯体之城的）活动，依其特别的自然形态，自动发生。灵魂虽然受制于躯体的境况，但如果他愿意的话，也能超越这些境况。只是因为遗忘了自己的高等本性，以为自己是这个物质的躯体，他才饱受诸苦。他的真正地位可依靠奎师那知觉恢复，从而冲出这具躯体的樊笼。因此，当人接受了奎师那知觉时，便立即完全远离躯体的活动。在这种自律的生活中，他发生了思维上的转变，并在这九门之城中快乐地生活。对这九门的描述如下：

nava-dvāre pure dehī

haṁso lelāyate bahiḥ
vaśī sarvasya lokasya
sthāvarasya carasya ca

"博伽梵寓居于生物体内，主宰着整个宇宙的一切生物。躯体有九门：两眼、两鼻孔、两耳、一嘴、肛门和生殖器。生物在受限制的情况下，以为躯体就是自己；然而，一个人一旦认同了自己与心中之主的关系，就变得像绝对真理一样自由自在，即便仍在这躯体之中。"——《室维陀奥义书》（3.18）

因此，一个身处奎师那知觉的人，远离物质躯体的内外活动。

诗节 14

न कर्तृत्वं न कर्माणि लोकस्य सृजति प्रभुः ।
न कर्मफलसंयोगं स्वभावस्तु प्रवर्तते ॥ १४ ॥

na kartṛtvaṁ na karmāṇi
lokasya sṛjati prabhuḥ
na karma-phala-saṁyogaṁ
svabhāvas tu pravartate

na—永不；*kartṛtvam*—拥有权；*na*—也不；*karmāṇi*—活动；*lokasya*—人们的；*sṛjati*—创造；*prabhuḥ*—躯体之城的绝对真理人；*na*—也不；*karma-phala*—活动的结果；*saṁyogam*—联系；*svabhāvaḥ*—物质自然形态；*tu*—只是；*pravartate*—行动。

译文　体困的灵魂——躯体之城的主人，既不创造活动，也不诱导他人活动，更不创造活动的结果。这一切，全由物质自然形态所为。

要旨　如同第七章将要说明的，生物是博伽梵的一种能量，或博伽梵的本性，却不同于绝对真理的另一种低等本性——物质。由于某些原因，从太初开始，生物就与物质自然相接触。他获得的短暂躯体，或物质寓所，就是种种活动及其果报的根源。生活在这样受限制的环境里，生物在无知中认为躯体就是自己，并承受躯体活动的结果。躯体受苦受难之根源在于生物自太初以来就染上的无知。一旦生物远离了躯体活动，便同时脱离了诸般业报，只要他还在躯体之城内，就俨然一副城主的架势。其实，他既不拥有躯体，也无法控制躯体的活动和业报。他只不过在茫茫物质汪洋中挣扎求生。海浪一会儿把他抛到空中，一会儿把他拖到海下，他哪里能控制得住。要离开海水得到解脱，最好的方法就是超然的奎师那（Krishna）知觉。只有奎师那知觉才能使他摆脱一切磨难。

诗节 15

नादत्ते कस्यचित्पापं न चैव सुकृतं विभु"।
अज्ञानेनावृतं ज्ञानं तेन मुह्यन्ति जन्तव" ॥ १५ ॥

nādatte kasyacit pāpaṁ
na caiva sukṛtaṁ vibhuḥ
ajñānenāvṛtaṁ jñānaṁ
tena muhyanti jantavaḥ

na—永不；*ādatte*—接受；*kasyacit*—任何人的；*pāpam*—罪恶；*na*—也不；*ca*—还有；*eva*—肯定地；*sukṛtam*—虔诚活动；*vibhuḥ*—博伽梵；*ajñānena*—被愚昧；*āvṛtam*—遮盖着；*jñānam*—知识；*tena*—被那；*muhyanti*—困惑的；*jantavaḥ*—生物。

译文　博伽梵也不对任何人的活动负责，无论是善行还是恶行。然而，体困的生物之所以感到迷惑，是因为愚昧遮蔽了他们真正的知识。

要旨　梵文“vibhu”一词意即至尊灵魂，他拥有无限的知识、富裕、力量、声名、美丽和弃绝。他恒常自足，不受罪恶的或虔诚活动的干扰。他不为任何生物设置特别境况，但生物为愚昧所惑，总是渴望进入某种生命状态，活动和业报之链就从这里开始了。生物由于其高等本性，因此是充满知识的。然而，他力量有限，易受愚昧的影响。绝对真理无所不能，生物却不然。绝对真理是至尊灵魂（vibhu），无所不知，但生物是原子微粒（aṇu）。因为他是有生命的灵魂，所以能按其自由意志，欲其所欲。这些欲望只有全能的绝对真理才能予以满足。因此，当生物惶惑于欲望之中时，绝对真理便允许他满足那些欲望，不过，绝对真理永不对生物所欲之境况中的活动和果报负责。身陷困惑之中，体困的灵魂便将自己认同于一定条件下产生的物质之躯，因而受制于生命的短暂苦乐。绝对真理以超灵的身份，恒常为生物的友伴，所以能了解个体灵魂的欲望，正如靠近鲜花，必能闻到花的芬芳一样。欲望是生物体受局限的精微形式。对于生物的欲望，绝对真理按其应得而予满足。正所谓：谋事在人，成事在神。因此，个体生物不是全能的，自然也不能随心所欲。但绝对真理能满足一切欲望，而且对谁都是不偏不倚，不去干涉有微小独立性的生物的欲望。然而，当一个人渴望奎师那时，绝对真理便会对他特别照顾，鼓励他以正确的方法去渴求，以使这个人到达他身边，得到永恒的快乐。所以韦达颂歌宣布："绝对真理置生物于虔诚的活动之中，以使他得到提升。绝对真理置生物于不虔诚活动中，他便沉沦地狱（*eṣa u hy eva sādhu karma kārayati taṁ yam ebhyo lokebhya unninīṣate. eṣa u evāsādhu karma kārayati yam adho ninīṣate*）。"

ajño jantur anīśo 'yam
ātmanaḥ sukha-duḥkhayoḥ
īśvara-prerito gacchet
svargaṁ vāśv abhram eva ca

"生物于苦乐之中，全无自主。凭着至尊者的意志，他可升天堂，也可入地狱，正如云由风吹动一般。"——《考斯塔基奥义书》（*Kausitaki Upanisad* 3.8）

因此，体困的灵魂自太初以来就想避开奎师那知觉，反而困惑了自己。生物虽然在构成上乃是永恒、快乐和充满知识的，但存在的渺小使他忘记了服务于绝对真理的法定地位，掉进了无知的陷阱。而且，在无知的迷惑下，生物竟然声称绝对真理应该对他受限制的存在负责。《终极韦达经》（*Vedānta-sūtra* 2.1.34）也肯定地说："绝对真理既不憎恨谁，也不喜欢谁，虽然他似乎有所好恶（*vaiṣamya-nairghṛṇye na sāpekṣatvāt tathā hi darśayati*）。"

诗节 16

ज्ञानेन तु तदज्ञानं येषां नाशितमात्मनः ।
तेषामादित्यवज्ज्ञानं प्रकाशयति तत्परम् ॥ १६ ॥

jñānena tu tad ajñānaṁ
yeṣāṁ nāśitam ātmanaḥ
teṣām āditya-vaj jñānaṁ
prakāśayati tat param

jñānena—凭借知识；tu—但是；tat—那；ajñānam—无知；yeṣām—谁的；nāśitam—被毁灭；ātmanaḥ—生物的；teṣām—他们的；ādityavat—就像旭日东升；jñānam—知识；prakāśayati—展示；tat param—奎师那知觉。

译文 **当人接受知识的启迪，驱除无知后，这知识昭示一切，正如旭日东升，照亮一切。**

要旨 那些遗忘了奎师那的人，必定困惑，而那些在奎师那知觉中的人，却毫无困惑。《博伽梵歌》(4.36)说："一旦登上超然知识之舟，便能渡过苦海(*sarvaṁ jñāna-plavena*)。"(4.37)说："超然知识的火焰也能将一切物质活动的报应化为灰烬(*jñānāgniḥ sarva-karmāṇi*)。"(4.38)又说："在这个世界上，超然的知识至为崇高、至为纯粹(*na hi jñānena sadṛśam*)。"

知识总是受到高度的尊重。但那知识是什么呢？完美的知识只有当人完全地皈依了奎师那后才能得到。正如《博伽梵歌》第七章第19诗节所说："经历无数轮回生死之后，处于真正知识境界的人，会皈依我(*bahūnāṁ janmanām ante jñānavān māṁ prapadyate*)。"经历许多生世之后，知识完美的人便皈依奎师那，或者当人具有了奎师那知觉后，一切就会向他昭示，就像白天的阳光会照亮一切。生物有种种困惑。例如，当他荒唐地认为自己就是神的时候，他实际上已陷入无知的渊底。如果生物是神的话，那他怎会被无知困惑住呢？难道神也会被无知困惑住吗？如果是这样的话，那么无知或撒旦岂不比神更伟大？奎师那知觉完美的人可教授真正的知识。因此，人必须寻找到这样一位完美的灵性导师，并在他的指导之下学习奎师那知觉，因为奎师那知觉必能扫除一切无知，恰如太阳光能驱散黑暗一样。即使一个人完全了解，自己并非这个躯体，而是超然于躯体的，他仍可能无法分辨灵魂和超灵。不过，如果他愿意求教于一位拥有奎师那知觉的真正完美的灵性导师的话，他便能完全地领悟一切。实际上，只有遇上神的代表，才能了解神，领悟人与神的关系。神的代表从来就不会自诩为神，虽然，因他拥有对神的知识而得到神一般的尊敬。一个人必须学会分辨神和生物。因此圣奎师那在第二章第12诗节说，生物是个体，绝对真理也是个体。他们在过去、现在、将来，即便是解脱之后，都是个体。黑夜，我们看一切都是漆黑一团；白天，当太阳升起时，我们便看到一切事物的原本面目。在灵修生活中，察知到生物的个体性，方能获得真正的知识。

诗节 17

तद्बुद्धयस्तदात्मानस्तन्निष्ठास्तत्परायणाः
गच्छन्त्यपुनरावृत्तिं ज्ञाननिर्धूतकल्मषाः ॥ १७ ॥

tad-buddhayas tad-ātmānas
tan-niṣṭhās tat-parāyaṇāḥ
gacchanty apunar-āvṛttiṁ
jñāna-nirdhūta-kalmaṣāḥ

tad-buddhayaḥ—智慧总在至尊处的人；*tad-ātmānaḥ*—心意总在至尊处的人；*tat-niṣṭhāḥ*—信心只托庇至尊的人；*tat-parāyaṇāḥ*—完全求庇于他的人；*gacchanti*—去；*apunaḥ-āvṛttim*—解脱；*jñāna*—被知识；*nirdhūta*—洗涤；*kalmaṣāḥ*—疑惑。

译文　当人总是将智性和心意专注于至尊，只信仰至尊，全然托庇于至尊时，便能通过完全的知识彻底清除疑虑。因此，他便能在解脱之途上，向前迈进。

要旨　至高无上的超然真理是博伽梵奎师那。整部《博伽梵歌》都宣称奎师那为博伽梵。这是一切韦达经典的通论。梵文“para-tattva”意即绝对真理，认识至尊的人从梵、超灵和博伽梵三方面去认识他。博伽梵是绝对的极点。除此别无他物。《博伽梵歌》（7.7）博伽梵说：“财富的征服者啊！我是至高无上的真理（*mattaḥ parataraṁ nānyat kiñcid asti dhanañjaya*）。”奎师那也支持非人格梵（14.27）：“我是非人格梵的基础（*brahmaṇo hi pratiṣṭhāham*）。”因此，在各方面，奎师那都是绝对真理。心意、智性、信心、托庇恒在奎师那的人，或完全在奎师那知觉中的人，毫无疑问地洗净了心中的一切疑虑，而且具有一切有关超然性的完美知识。具有奎师那知觉的人彻底了解奎师那的二重性（既是同一又是个别）。具备了这超然知识的人，便可在解脱之途上稳步前进。

诗节 18

विद्याविनयसम्पन्ने ब्राह्मणे गवि हस्तिनि ।
शुनि चैव श्वपाके च पण्डिताः समदर्शिनः ॥ १८ ॥

vidyā-vinaya-sampanne
brāhmaṇe gavi hastini
śuni caiva śva-pāke ca
paṇḍitāḥ sama-darśinaḥ

vidyā—以教育；*vinaya*—和文雅；*sampanne*—充分具备；*brāhmaṇe*—在婆罗门中；*gavi*—在母牛中；*hastini*—在大象中；*śuni*—在狗中；*ca*—和；*eva*—肯定地；*śvapāke*—在吃狗肉的人（在四阶层外的人）中；*ca*—个别地；*paṇḍitāḥ*—睿智的人；*sama-darśinaḥ*—谁以同等的眼光看待。

译文　谦恭的圣者，具有真知，会以同等的眼光看待渊博文雅的婆罗门、母牛、大象、狗和食狗者（四阶层以外的人）。

要旨　具有奎师那知觉的人并不去区分物种或社会等级。从社会的观点上来看，婆罗门与四阶层以外的人或许不同；从物种的观点上来看，狗、母牛和大象也不尽相同，但这些躯体的差异，在知识渊博的超然主义者眼中，并没有什么意义。这是由于他们跟至尊的关系，因为博伽梵以超灵这一完整扩展，存在于每个生物心里。这样去理解至尊才是真正的学问。至于不同的社会等级或不同的生命物种所具有的躯体，博伽梵均同样善待，不论生物的处境如何，他都一方面待众生如朋友，一方面仍保持超灵的身份。博伽梵以超灵的身份，同样存在于四阶层以外的人和婆罗门心中，尽管两者的躯体并非同一。躯体是不同物质自然形态的产物，但躯体内的灵魂和超灵却具有同样的灵性性质。尽管凡灵和超灵在性质上相似，但这并不意味着两者在量上也相等无异，因为个体灵魂只存在于某一特定的躯体之内，而超灵则存在于每一个躯体之中。知觉奎师那的人完全认识这一点，因此是真正的博学，也因此才具有等视的眼光。凡灵与超灵的相似之处就在于两者都有知觉，而且永恒极乐。但区别在于，个体灵魂只知觉到一己躯体的有限范围，而超灵则知觉到所有躯体。超灵毫无分别地存在于所有躯体之内。

诗节 19

इहैव तैर्जितः सर्गो येषां साम्ये स्थितं मनः ।
निर्दोषं हि समं ब्रह्म तस्माद्ब्रह्मणि ते स्थिताः ॥ १९ ॥

ihaiva tair jitaḥ sargo
yeṣāṁ sāmye sthitaṁ manaḥ
nirdoṣaṁ hi samaṁ brahma
tasmād brahmaṇi te sthitāḥ

iha—在这一生中；*eva*—肯定地；*taiḥ*—被他们；*jitaḥ*—征服了；*sargaḥ*—生与死；*yeṣām*—那些；*sāmye*—平静；*sthitam*—这样地处于；*manaḥ*—心意；*nirdoṣam*—没有瑕疵；*hi*—肯定地；*samam*—平静；*brahma*—像至尊一样；*tasmāt*—因此；*brahmaṇi*—在至尊中；*te*—他们；*sthitāḥ*—处于。

译文　心意平和纯一的人，已摆脱生与死的制约。他们如梵一样完美无瑕，而且已处于梵之中。

要旨　如上所述，心意平和乃是自我觉悟的征兆。真正能达到这境界，人便算克服了物质状态，特别是生死轮回。只要人将自己认同于躯体，他便仍是个受限制的灵魂；然而一旦他通过自我觉悟将自己提升到平和的境界，就从受限制的生命状态中解脱出来。换言之，死后他便不用投生到这个物质世界，而是进入灵性天空。博伽梵纯洁无瑕，因为他无喜好，无憎恨。同样地，当生物能无喜好，无憎恨时，他亦能变得纯洁无瑕，从而有资格晋升至灵性天空。这样的人可算已获解脱，他们的特征在下文有描述。

诗节 20

न प्रहृष्येत्प्रियं प्राप्य नोद्विजेत्प्राप्य चाप्रियम् ।
स्थिरबुद्धिरसम्मूढो ब्रह्मविद्ब्रह्मणि स्थितः ॥ २० ॥

na prahṛṣyet priyaṁ prāpya
nodvijet prāpya cāpriyam

sthira-buddhir asammūḍho
brahma-vid brahmaṇi sthitaḥ

na—从不；*prahṛṣyet*—兴高采烈；*priyam*—令人欢悦的事物；*prāpya*—得到；*na*—不；*udvijet*—激动不安；*prāpya*—得到；*ca*—还有；*apriyam*—令人不悦的事物；*sthira-buddhiḥ*—自我有智慧的；*asammūḍhaḥ*—不被迷惑的；*brahmavit*—完全认识至尊者的人；*brahmaṇi*—在超然性中；*sthitaḥ*—处于。

译文　遇乐不喜，逢忧不悲，慧定自知，了无困惑，而且了解神之科学，这样的人，已安处超然境界。

要旨　这里指出了自我觉悟者的征候。第一个征候就是不误将躯体当作真正的自我，从而产生错觉。自我觉悟者完全了解他并不是这个躯体，而是博伽梵的所属部分。因此，跟躯体有关的事物，他得之不喜、失之不忧。这种心意的平和称为“定慧（sthira-buddhi）”。自我觉悟者永不会因误将粗糙的躯体当成灵魂而困惑；也不会认为躯体具有永恒性，而不去关心灵魂的存在。这种认识把他提升到认识绝对真理的完整科学的阶段，即认识到梵、超灵、博伽梵的阶段。因此，他完全了解自己的本质地位，不会错误地试图从各方面成为博伽梵。这便称为梵觉或自我觉悟。这种稳定的知觉称为奎师那知觉。

诗节 21

बाह्यस्पर्शेष्वसक्तात्मा विन्दत्यात्मनि यत्सुखम् ।
स ब्रह्मयोगयुक्तात्मा सुखमक्षयमश्नुते ॥ २१ ॥

bāhya-sparśeṣv asaktātmā
vindaty ātmani yat sukham
sa brahma-yoga-yuktātmā
sukham akṣayam aśnute

bāhya-sparśeṣu—外在的感官快乐；*asakta-ātmā*—谁不依附；*vindati*—享受；*ātmani*—在自我中；*yat*—那；*sukham*—快乐；*saḥ*—他；*brahma-yoga*—通过专注于梵；*yukta-ātmā*—自我连接；*sukham*—快乐；*akṣayam*—无限的；*aśnute*—享受。

译文 这样的解脱者，不为物质感官快乐所吸引，而且常处神定，尽享内在快乐。如此，自我觉悟者专注于博伽梵，得享无限喜乐。

要旨 伟大的奎师那知觉奉献者圣雅沐拿师（Śrī Yāmunācārya）说：

yad-avadhi mama cetaḥ kṛṣṇa-pādāravinde
nava-nava-rasa-dhāmany udyataṁ rantum āsīt
tad-avadhi bata nārī-saṅgame smaryamāne
bhavati mukha-vikāraḥ suṣṭhu niṣṭhīvanaṁ ca

"因为我已从事对奎师那的超然爱心服务，并从他那里感受到恒久弥新的快乐，因此，每当想到性快感时，我便厌恶轻蔑地唾弃这个念头。"

处在梵瑜伽（brahma-yoga），或奎师那知觉中的人，因为专注于为博伽梵做奉爱服务，完全失去了对物质感官快乐的胃口。物质方面的最高快乐是性快乐。整个世界都在这根魔棒下转动，没有这种动机，物质主义者根本就无法工作。但具有奎师那知觉的人却能避开性快乐，而以更大的热情工作。这便是灵性自我觉悟的考验。灵性自我觉悟与性快乐不能并存。具有奎师那知觉的人已是解脱了的灵魂，故不受任何感官快乐的吸引。

诗节 22

ये हि संस्पर्शजा भोगा दुःखयोनय एव ते ।
आद्यन्तवन्तः कौन्तेय न तेषु रमते बुधः ॥ २२ ॥

ye hi saṁsparśa-jā bhogā
duḥkha-yonaya eva te
ādy-antavantaḥ kaunteya
na teṣu ramate budhaḥ

ye—那些；*hi*—肯定地；*saṁsparśajāḥ*—由于与物质感官的接触；*bhogāḥ*—享乐；*duḥkha*—痛苦；*yonayaḥ*—的缘由；*eva*—肯定地；*te*—它们是；*ādi*—有开始；*antavantaḥ*—有终点；*kaunteya*—琨缇之子啊；*na*—永不；*teṣu*—在那些；*ramate*—从中取乐；*budhaḥ*—智者。

译文 **痛苦来自与物质感官的接触，明智的人不会沾染这些痛苦之源。琨缇之子啊！这样的快乐有始有终，智者不会以此为乐。**

要旨 物质感官快乐，源于与物质感官的接触，这些都不过是过眼烟云而已，因为躯体本身就是短暂的。解脱的灵魂对任何短暂的东西都不感兴趣。既已深悉超然的快乐，解脱的灵魂哪会甘于享受虚假的快乐呢？《宇宙古史·莲花之部》（*Padma Purāṇa*）说：

ramante yogino 'nante
satyānande cid-ātmani
iti rāma-padenāsau
paraṁ brahmābhidhīyate

"神秘主义者从绝对真理中获得无限的超然快乐。因此，至高无上的绝对真理——人格神首，也称为茹阿玛（*Rāma*）。"

《圣典博伽瓦谭》（5.5.1）上也说：

nāyaṁ deho deha-bhājāṁ nṛ-loke
kaṣṭān kāmān arhate viḍ-bhujāṁ ye
tapo divyaṁ putrakā yena sattvaṁ
śuddhyed yasmād brahma-saukhyaṁ tv anantam

"我亲爱的儿子们，在这人体生命中，绝无理由为感官快乐而辛苦劳作；这种快乐，吃粪便的动物（猪）也可以得到。相反，你们此生应该去苦修，以净化自己的存在，如此，便能享受无限的超然快乐。"

感官快乐引起连绵不断的物质存在，因此，真正的瑜伽士或有学识的超然主义者，不会为其所吸引。人越纵情于物质快乐，便越是身陷物质诸苦之中。

诗节 23

शक्नोतीहैव यः सोढुं प्राक्शरीरविमोक्षणात् ।
कामक्रोधोद्भवं वेगं स युक्तः स सुखी नरः ॥ २३ ॥

śaknotīhaiva yaḥ soḍhuṁ
prāk śarīra-vimokṣaṇāt

kāma-krodhodbhavaṁ vegaṁ
sa yuktaḥ sa sukhī naraḥ

śaknoti—能够；*iha eva*—在现世躯体中；*yaḥ*—谁；*soḍhum*—容忍；*prāk*—在……之前；*śarīra*—躯体；*vimokṣaṇāt*—放弃；*kāma*—欲望；*krodha*—和愤怒；*udbhavam*—来自；*vegam*—冲动；*saḥ*—他；*yuktaḥ*—在神定中；*saḥ*—他；*sukhī*—快乐；*naraḥ*—人类。

译文　在离开现世躯体之前，人若能经受住物质感官的强烈冲动，克制住欲望与嗔怒，便会泰然安处，快乐于世。

要旨　人若想在自我觉悟之途上稳步前进，就必须控制住物质感官的冲动。人往往会有说话的冲动、嗔怒的冲动、心意的冲动、胃的冲动、生殖器的冲动以及口舌的冲动。能控制所有这些不同感官的冲动以及心意的人被称为哥斯瓦米（gosvāmī）或斯瓦米（svāmī）。这样的哥斯瓦米过着严格自律的生活，且完全摒弃了种种感官冲动。物质欲望若不能得到满足，便会产生嗔怒。于是心意、身体便被搅得不得安宁。因此，在放弃物质躯体之前，人须刻苦修习，控制住它们。这样做的人可谓自我觉悟之士，并因而在自我觉悟中快乐幸福。全力以赴控制欲望和嗔怒，这是超然主义者的职责。

诗节 24

योऽन्तःसुखोऽन्तरारामस्तथान्तर्ज्योतिरेव यः ।
स योगी ब्रह्मनिर्वाणं ब्रह्मभूतोऽधिगच्छति ॥ २४ ॥

yo 'ntaḥ-sukho 'ntar-ārāmas
tathāntar-jyotir eva yaḥ
sa yogī brahma-nirvāṇaṁ
brahma-bhūto 'dhigacchati

yaḥ—谁；*antaḥ-sukhaḥ*—内在的快乐；*antaḥ-ārāmah*—内在的活跃享乐；*tathā*—和；*antaḥ-jyotiḥ*—内在的目标；*eva*—肯定地；*yaḥ*—任何人；*saḥ*—他；*yogī*—神秘主义者；*brahma-nirvāṇam*—在至尊处解脱；*brahma-bhūtaḥ*—觉悟了自我；*adhigacchati*—达到。

译文　**内心快乐、活跃，且追求内在喜悦与内在目标的人，实为完美的瑜伽士（神秘主义者）。他在至尊处获得解脱，最终到达至尊。**

要旨　如果不能品尝到内在的快乐，人又怎会退出意在追求表面快乐的外在活动呢？解脱者能靠切实的体验享受到快乐。因而，他能在任何地方安坐，尽享内在的生命活动。这样的解脱者不再慕念外在的物质快乐。这个境界叫作梵觉（brahma-bhūta）。登临此境，就必能回归神首，重返家园。

诗节 25

लभन्ते ब्रह्मनिर्वाणमृषय" क्षीणकल्मषा" ।
छिन्नद्वैधा यतात्मान" सर्वभूतहिते रता" ॥ २५ ॥

labhante brahma-nirvāṇam
ṛṣayaḥ kṣīṇa-kalmaṣāḥ
chinna-dvaidhā yatātmānaḥ
sarva-bhūta-hite ratāḥ

labhante—达到；*brahma-nirvāṇam*—在至尊处的解脱；*ṛṣayaḥ*—那些内心活跃的人；*kṣīṇa-kalmaṣāḥ*—毫无罪恶的人；*chinna*—撕掉；*dvaidhāḥ*—二元性；*yata-ātmānaḥ*—从事觉悟自我；*sarva-bhūta*—对众生物的；*hite*—福利工作；*ratāḥ*—从事。

译文　**那些超越了因疑虑而生二元性的人；那些心意专注于内在追求的人；那些常忙于造福众生的人；那些远离一切罪恶的人，可在至尊处获得解脱。**

要旨　只有完全在奎师那知觉中的人，才能称得上是在为一切生灵造福。当一个人真正知道奎师那就是万物的源头，并以这种精神去行事时，他便是为万物行事。人类蒙受痛苦，乃是因为忘记了奎师那是至高无上的享乐者，是至高无上的拥有者和至高无上的朋友。因此，为了整个人类恢复这种知觉而行动，就是最崇高的福利工作。没有在至尊处获解脱，人便不能胜任这种一流的福利工作。具有奎师那知觉的人，对奎师那的至尊地位深信不疑，因为他完全脱尽了一切罪恶。这就是神爱境界。

在人类社会，仅推行物质福利，实际上帮不了谁。外在躯体和内在心意的短暂抚慰并不会令人满足。人为生活艰苦奋斗，困难重重，究其真正的原因，乃是遗忘了自己跟博伽梵的关系。当人完全知觉到自己与奎师那的关系时，他实际上是一个解脱了的灵魂，虽然他仍可能处在物质躯体之中。

诗节 26

कामक्रोधविमुक्तानां यतीनां यतचेतसाम् ।
अभितो ब्रह्मनिर्वाणं वर्तते विदितात्मनाम् ॥ २६ ॥

kāma-krodha-vimuktānāṁ
yatīnāṁ yata-cetasām
abhito brahma-nirvāṇaṁ
vartate viditātmanām

kāma—欲望；*krodha*—和愤怒；*vimuktānām*—那些解脱出；*yatīnām*—圣人们；*yata-cetasām*—谁完全控制住心意；*abhitaḥ*—保证在不久的将来；*brahma-nirvāṇam*—在至尊处解脱；*vartate*—在那里；*vidita-ātmanām*—那些觉悟了自我的人。

译文　那些远离嗔怒及一切物质欲望的人，那些自悟自律并恒常追求完美的人，必能很快在至尊处得到解脱。

要旨　在不断为救赎而奋斗的圣人之中，具有奎师那知觉者最为神圣。《圣典博伽瓦谭》（4.22.39）这样确认：

yat-pāda-paṅkaja-palāśa-vilāsa-bhaktyā
karmāśayaṁ grathitam udgrathayanti santaḥ
tadvan na rikta-matayo yatayo 'pi ruddha-
sroto-gaṇās tam araṇaṁ bhaja vāsudevam

"以奉爱服务去崇拜华苏戴瓦（Vāsudeva）——博伽梵吧！即使是伟大的圣人，也不能像因服务博伽梵的莲花足而沉浸在超然喜乐之中的人一样，有效地控制住感官的冲动，将根深蒂固的业报活动欲望连根拔除。"

受限制的灵魂，享受工作成果的欲望如此地根深蒂固。就是伟大的圣人，费尽努力，也难以控制这些欲望。博伽梵的奉献者在奎师那知觉中恒常地从事着奉爱服务，已处完美的自我觉悟境界，很快就在至尊那里，获得解脱。他拥有完全的自我觉悟知识，便常处于神定境界之中。举一个类似的例子：

darśana-dhyāna-saṁsparśair
matsya-kūrma-vihaṅgamāḥ
svāny apatyāni puṣṇanti
tathāham api padma-ja

“鱼、龟、鸟仅以视觉、沉思、触摸维持其后代。帕德玛佳（*Padmaja*）呀！我也如此。”

鱼只靠看便能将后代养大；龟只靠冥思亦能将后代养大。龟蛋生在陆地上，而龟则在水中想着龟蛋。同样，在奎师那知觉中的奉献者，尽管远离博伽梵的居所，但只要不断地想着绝对真理——沉浸在奎师那知觉之中，便可将自己提升到绝对真理的居所。他不会感到物质诸苦的剧痛——这种生命境界叫作梵涅槃（brahma-nirvāṇa 寂灭入梵）；或因恒常地沉浸于至尊之中，而免于种种物质痛苦。

诗节 27-28

स्पर्शान्कृत्वा बहिर्बाह्यांश्चक्षुश्चैवान्तरे भ्रुवोः ।
प्राणापानौ समौ कृत्वा नासाभ्यन्तरचारिणौ ॥ २७ ॥
यतेन्द्रियमनोबुद्धिर्मुनिर्मोक्षपरायण” ।
विगतेच्छाभयक्रोधो य” सदा मुक्त एव स” ॥ २८ ॥

sparśān kṛtvā bahir bāhyāṁś
cakṣuś caivāntare bhruvoḥ
prāṇāpānau samau kṛtvā
nāsābhyantara-cāriṇau

yatendriya-mano-buddhir
munir mokṣa-parāyaṇaḥ
vigatecchā-bhaya-krodho
yaḥ sadā mukta eva saḥ

sparśān—诸如声音等感官对象；*kṛtvā*—保持；*bahiḥ*—外在的；*bāhyān*—不必要的；*cakṣuḥ*—双眼；*ca*—还有；*eva*—肯定地；*antare*—在……之间；*bhruvoḥ*—两眉；*prāṇa-apānau*—上行与下行气；*samau*—停止；*kṛtvā*—保持；*nāsā-abhyantara*—在鼻孔内；*cāriṇau*—呼；*yata*—控制；*indriya*—感官；*manaḥ*—心意；*buddhiḥ*—智性；*muniḥ*—超然主义者；*mokṣa*—解脱；*parāyaṇaḥ*—旨在；*vigata*—抛弃；*icchā*—愿望；*bhaya*—恐惧；*krodhaḥ*—愤怒；*yaḥ*—谁；*sadā*—恒常；*muktaḥ*—解脱了；*eva*—肯定的；*saḥ*—他是。

译文　旨在解脱的超然主义者，摒弃一切外在的感官对象，将眼神集中于两眉之间，呼吸屏于鼻孔之内，控制心意、感官和智性，远离色欲、恐惧与嗔怒。常处此境之人，必获解脱无疑。

要旨　从事奎师那知觉的活动，人能立刻了解自己的灵性身份；然后，通过奉爱服务，他便能了解博伽梵。当人已安处奉爱服务之中时，他便到达了超然的境界，有资格在自己的活动领域内感受到绝对真理的存在。这一特定的境界被称为博伽梵处的解脱。

在解释了于至尊处解脱的上述原则后，绝对真理接着便教导阿诸纳，人是如何通过修习神秘主义或称为八部瑜伽而达到那一境界的。八部瑜伽（aṣṭāṅga-yoga）分为持戒（yama）、奉行（niyama）、体位（asana）、调息（pranayama）、收摄（pratyahara）、把持（dharana）、禅定（dhyana）、神定（samadhi）。有关瑜伽的这个论题在第六章将有详尽的阐述，而本章结尾部分对此只是作初步的解释。人得通过修炼瑜伽的收摄法（pratyāhāra）以驱除如声、触、形、味、嗅等感官对象，然后，半闭双眼，将眼神集中于鼻尖上。两眼紧闭是没有益处的，因为你随时会打瞌睡。两眼完全睁开也是没有益处的，因为会有被感官对象吸引的危险。通过中和体内的上气和下气，呼吸运动也被控制于鼻孔内。通过修炼这样的瑜伽，人便能控制住感官，摒弃外在的感官对象，从而为自己解脱于博伽梵处作好准备。

这一瑜伽修行能助人远离一切恐惧和愤怒，并因此让人在这超然的境界中感受到超灵的存在。换句话说，奎师那知觉是执行瑜伽原则的最容易的方法。这将在下一章作全面的阐述。一个具有奎师那知觉的人总是从事奉爱服务，他的感官就不会有去从事其他活动的危险。因此，这比通过修习八部瑜伽（aṣṭāṅga-yoga）来控制感官要好得多。

诗节 29

भोक्तारं यज्ञतपसां सर्वलोकमहेश्वरम् ।
सुहृदं सर्वभूतानां ज्ञात्वा मां शान्तिमृच्छति ॥ २९ ॥

bhoktāraṁ yajña-tapasāṁ
sarva-loka-maheśvaram
suhṛdaṁ sarva-bhūtānāṁ
jñātvā māṁ śāntim ṛcchati

bhoktāram—受益者；*yajña*—祭祀；*tapasām*—和赎罪苦修；*sarva-loka*—所有星系和之上的半神人们；*maheśvaram*—博伽梵；*suhṛdam*—赐福者；*sarva*—所有；*bhūtānām*—生物；*jñātvā*—这样地知道；*mām*—我（圣奎师那）；*śāntim*—脱离物质的痛苦折磨；*ṛcchati*—人达到。

译文　一个完全知觉我的人，知道我是一切祭祀和苦修的最终受益者；知道我是一切星宿和半神人的博伽梵；知道我是一切众生的赐福者和祝愿者。这样的人，必达平和，远离物质痛苦的折磨。

要旨　在虚幻能量控制下的受限制的灵魂，全都渴望在这个物质世界里达到平和的境界。但他们却不懂《博伽梵歌》这一部分所描述的平和途径。这最为有效的途经便只在于此：要懂得圣奎师那是一切人类活动的受益者。人该将一切奉献于对绝对真理的超然服务之中，因为绝对真理是一切星宿以及在其上的半神人的拥有者。没有谁比绝对真理更伟大。绝对真理比最伟大的半神人希瓦（Śiva）和布茹阿玛（Brahmā 梵天）还要伟大。在韦达经《室维陀奥义书》（*Śvetāśvatara Upaniṣad 6.7*）中，博伽梵被描述为“控制者中的控制者（*tam īśvarāṇāṁ paramaṁ maheśvaraṁ*）”。在假象的迷惑下，生物试图主宰他们所看到的一切；但实际上，他们却是受绝对真理的物质能力所控制的。绝对真理是物质自然的主人，而受限制的灵魂则受制于严酷的物质自然法则。除非明白了这些铁的事实，否则人便不可能在这个世界上获得平和，无论是单独地行动还是集体地行动。奎师那知觉的观念便是：奎师那是至高无上的主宰，一切生物，包括伟大的半神人都是他的从属。人只有具备了完全的奎师那知觉，才有可能获得完美的平和。

本章是对奎师那知觉的实用性的解释，通常被称为业报瑜伽（Karma-yoga）。

这里回答了业报瑜伽如何能带给人解脱，这样的心智思辨问题。在奎师那知觉中工作便是以绝对真理是主宰这样的完美知识去工作。这样的工作与超然的知识并无分别。直接的奎师那知觉是奉爱瑜伽（Bhakti-yoga），而思辨瑜伽（Jñāna-yoga 知识瑜伽）则是导向奉爱瑜伽的一条途径。奎师那知觉意味着去完全领悟人与至尊绝对的关系，并在这样的完美领悟中行事，而这知觉的完美境界便是完全了解奎师那或博伽梵。一个纯粹的灵魂，作为神的所属个体，是神永恒的仆人。由于他想主宰假象（māyā），便与假象接触，而这便是他饱受诸苦的原因所在。只要跟物质接触，便要为物质上的需要而工作。然而，尽管人在物质的境况中，奎师那知觉却能将人带到灵性的生活层面。因为，通过在这物质世界里修习奎师那知觉就能唤醒我们的灵性存在。人越是进步，便越能远离物质的束缚。绝对真理并不会偏袒某一个人。一切取决于一个人在奎师那知觉中对自己责任的践行情况，这将有助于从各个方面控制住一己的感官，并消除欲望和嗔怒的影响。而一个坚定于奎师那知觉并控制住了上述激情的人，实际上已处于超然的境界或梵涅槃（brahma-nirvāṇa）。在奎师那知觉中，八部神秘瑜伽也自动得到了修习，因为其最终的目的已经达到。八部瑜伽是个渐进的修习过程：持戒（yama）、奉行（niyama）、体位（asana）、调息（pranayama）、收摄（pratyahara）、把持（dharana）、禅定（dhyana）、神定（samadhi），而这些只不过是圆满的奉爱服务的开始。只有圆满的奉爱服务才能赐人类以和平。这便是生命最崇高的完美境界。

巴克提维丹塔（Bhaktivedanta）阐释圣典《博伽梵歌》第五章“业报瑜伽——在奎师那知觉中活动”至此结束。

第六章

禅定瑜伽

禅定瑜伽（八部瑜伽）是机械式的观想修炼方法，它能控制心意、感官，并使其专注于超灵——绝对真理处于每一生物心中的展示。这一修习活动的顶峰是达到神定（samadhi 三摩地、三昧）境界，全然知觉博伽梵。

诗节1

श्रीभगवानुवाच
अनाश्रितः कर्मफलं कार्यं कर्म करोति यः ।
स सन्न्यासी च योगी च न निरग्निर्न चाक्रियः ॥ १ ॥

śrī-bhagavān uvāca
anāśritaḥ karma-phalaṁ
kāryaṁ karma karoti yaḥ
sa sannyāsī ca yogī ca
na niragnir na cākriyaḥ

śrī bhagavān uvāca—博伽梵说；*anāśritaḥ*—不托庇于；*karma-phalam*—工作的结果；*kāryam*—义务的；*karma*—工作；*karoti*—履行；*yaḥ*—谁；*saḥ*—他；*sannyāsī*—在弃绝的阶层；*ca*—也；*yogī*—玄秘主义者；*ca*—也；*na*—不是；*nir*—不生；*agniḥ*—火；*na*—不；*ca*—也；*akriyaḥ*—没有责任。

译文　博伽梵说：不依附工作成果，履行应尽的义务，就已经处于生命的弃绝阶段。这样的人才是真正的瑜伽士（神秘主义者），而不是那些不生烟火、不尽职责的人。

要旨　绝对真理在这一章里要解释，八部瑜伽（aṣṭāṅga-yoga）是控制心意和感官的方法。但一般大众很难做到，尤其是在卡利年代（kali-yuga 铁器年代）。虽然这一章推荐八部瑜伽的系统，但绝对真理强调业报瑜伽（Karma-yoga）——以奎师那知觉行动更好。

人生在世，要养家糊口，人人都夹带着某种自我利益，为了个人满足而工作，无论其表现为个体形式，还是群体形式。完美的标准是：在奎师那知觉中行动，不求享受工作的成果。在奎师那知觉中行动，是每个生物的职责，因为他们在本性构成上都是至尊者的所属部分。躯体的部分为满足整个躯体而工作。四肢活动不是为了自己娱乐，而是为了满足整个躯体。同样，不追求自己的满足，而为了满足至高无上的整体而活动，这样的生物才是完美的弃绝者（sannyāsī），这才是完美的瑜伽士。

弃绝者有时自以为他们已经从所有物质职责中解脱了，因而停止火祭

（agnihotra yajña）。而事实上，他们只是自私自利，他们的目标是与非人格梵（Brahman）融为一体。诚然，这种欲望比任何物质欲望都伟大，但却不是无私的。同样，双眼半开半合，停止一切物质活动，修习瑜伽的神秘主义者，企望的也是个人的某些满足。然而，在奎师那知觉中活动的人，为整体的满足而活动，没有丝毫自私的妄念。奎师那知觉者不求自我满足。他成功的标准是奎师那的满足。这样的人才是完美的托钵僧，才是完美的瑜伽士。圣采坦尼亚——弃绝的完美典范在《永恒的采坦尼亚经》（*Caitanya-caritāmṛta* 末篇）中，这样祈祷：

na dhanaṁ na janaṁ na sundarīṁ
kavitāṁ vā jagad-īśa kāmaye
mama janmani janmanīśvare
bhavatād bhaktir ahaitukī tvayi

“全能的至尊主啊！我无意累积财富，也不想追求漂亮的女人，更不稀罕任何追随者。我只希望一世复一世为您做没有缘故的奉爱服务。请将您无缘的恩慈赐予我。”——《采坦尼亚八训经》第 4 节

诗节 2

यं सन्न्यासमिति प्राहुर्योगं तं विद्धि पाण्डव ।
न ह्यसन्न्यस्तसङ्कल्पो योगी भवति कश्चन ॥ २ ॥

yaṁ sannyāsam iti prāhur
yogaṁ taṁ viddhi pāṇḍava
na hy asannyasta-saṅkalpo
yogī bhavati kaścana

yam—所谓的；*sannyāsam*—弃绝；*iti*—如此；*prāhuḥ*—他们说；*yogam*—与至尊相连接；*tam*—那；*viddhi*—你应该知道；*pāṇḍava*—潘度之子啊；*na*—永远不能；*hi*—肯定地；*asannyasta*—不放弃；*saṅkalpaḥ*—自我满足的欲望；*yogī*—神秘的超然主义者；*bhavati*—成为；*kaścana*—任何人。

译文 **潘度之子啊！你当知道，所谓弃绝，实与瑜伽一样，即自我与至尊相连接。若不弃绝感官享乐的欲望，人永远不能成为瑜伽士。**

要旨 真正的弃绝瑜伽（Sannyasa yoga）或奉爱瑜伽，意味着人应该明白他作为生物的原本地位，并且相应地活动。生物并没有可以分离的独立身份，而是至尊的边际能量。陷入物质能量中，生物就受局限了；当处于奎师那知觉中时，或者意识到灵性能量时，便处于真实而自然的生命状态。所以，当我们有了完备的知识时，就会停止一切物质感官享乐，即弃绝各种感官享乐活动。不让感官依附物质的瑜伽士正是这样修行的。然而在奎师那知觉中的人，没有机会将感官用于不以奎师那为目的的任何事情之中。因此，奎师那知觉者同时是弃绝者和瑜伽士。知识和控制感官的目的，如同在知识和瑜伽程序中所规定的，能在奎师那知觉中自动地实现。如果人不能放弃出于自私本性的活动，那么所谓知识，所谓瑜伽，都形同虚设，全无效用。真正的目的是让生物放弃一切自私的满足感，以满足至尊。奎师那知觉者并不欲求任何自我享乐，而是经常为了至尊者的满足而活动。因此，那些对至尊者一无所知的人，必耽于自我满足，因为谁也不可能不活动。奎师那知觉的修习，完美实现了这些目的。

诗节 3

आरुरुक्षोर्मुनेर्योगं कर्म कारणमुच्यते ।
योगारूढस्य तस्यैव शमः कारणमुच्यते ॥ ३ ॥

ārurukṣor muner yogaṁ
karma kāraṇam ucyate
yogārūḍhasya tasyaiva
śamaḥ kāraṇam ucyate

ārurukṣoḥ—初习瑜伽的；*muneḥ*—圣人；*yogam*—八部瑜伽体系；*karma*—工作；*kāraṇam*—手段；*ucyate*—可谓是；*yoga*—八部瑜伽；*ārūḍhasya*—谁实现了；*tasya*—他的；*eva*—肯定地；*śamaḥ*—终止所有物质活动；*kāraṇam*—手段；*ucyate*—可谓是。

译文 对初习八部瑜伽的人，工作是手段；对已在瑜伽中得到更高晋升的人，停止一切物质活动乃是手段。

要旨 将自我与至尊相联系的过程称为瑜伽（yoga）。这可比作一架达到最高灵性觉悟的梯子。这梯子以生物最低的物质状态为起点，递升到纯粹灵性生命的圆满自我觉悟。根据升高的程度不同，梯子不同的部分便有不同的称谓。但总的来说，整架梯子叫瑜伽（yoga），可分为三部分，即知识瑜伽（Jñāna-yoga 思辨瑜伽）、禅定瑜伽（Dhyāna-yoga）和奉爱瑜伽（Bhakti-yoga）。梯子之始被称为瑜伽初级阶段（yogārurukṣu），梯子之终被称为瑜伽的最高阶段（yogārūḍha）。

至于八部瑜伽体系，开始时是通过恪守练习生命的规范原则和修习不同的体位（类似体操）来进入冥想状态，这些努力可说是物质的业报活动。所有这些活动引导人达到完美的心意平和，控制住感官。当观想的修习完成之后，各种干扰性的心意活动便会停止。

然而，奎师那知觉者一开始就处于观想境界，因为他一直想着奎师那。而且，他不断地为奎师那服务，停止了一切物质活动。

诗节 4

यदा हि नेन्द्रियार्थेषु न कर्मस्वनुषज्जते ।
सर्वसङ्कल्पसन्न्यासी योगारूढस्तदोच्यते ॥ ४ ॥

yadā hi nendriyārtheṣu
na karmasv anuṣajjate
sarva-saṅkalpa-sannyāsī
yogārūḍhas tadocyate

yadā—当；*hi*—肯定地；*na*—不；*indriya-artheṣu*—感官享乐；*na*—不；*karmasu*—功利性活动；*anuṣajjate*—必要地从事；*sarva-saṅkalpa*—一切物质欲望；*sannyāsī*—弃绝者；*yoga-ārūḍhaḥ*—在瑜伽中提升；*tadā*—在那时候；*ucyate*—可谓。

译文　弃绝一切物质欲望，既不追求感官享乐，也不从事功利性活动，这样的人已在瑜伽中得到提升。

要旨　当人完全投入绝对真理超然的奉爱服务时，便自得其乐，再不会追求感官享乐或业报活动。否则，就必去追求感官享乐，因为人活着不能无所事事。没有奎师那知觉，人必追求以自我为中心的或扩展的自私性活动，但奎师那知觉者，能为满足奎师那而做任何事情。因此，完全不依附感官满足，没有这种觉悟的人，须机械地摆脱物质欲望，以期登临瑜伽的最高阶梯。

诗节 5

उद्धरेदात्मनात्मानं नात्मानमवसादयेत् ।
आत्मैव ह्यात्मनो बन्धुरात्मैव रिपुरात्मनः ॥ ५ ॥

uddhared ātmanātmānaṁ
nātmānam avasādayet
ātmaiva hy ātmano bandhur
ātmaiva ripur ātmanaḥ

uddharet—人需要拯救；*ātmanā*—用心意；*ātmānam*—受限制的灵魂；*na*—永不；*ātmānam*—受限制的灵魂；*avasādayet*—置于堕落；*ātmā*—心意；*eva*—肯定；*hi*—的确；*ātmanaḥ*—受限制的灵魂的；*bandhuḥ*—朋友；*ātmā*—心意；*eva*—肯定；*ripuḥ*—敌人；*ātmanaḥ*—受限制的灵魂的。

译文　人须借助心意解救自己，不要因心意而堕落沉沦。心意，对于受限制的灵魂来说，既是朋友，也是敌人。

要旨　梵语“ātmā”一词，根据不同的情况可指躯体、心意、灵魂。在瑜伽系统中，心意及受限制的灵魂特别重要。心意是瑜伽练习的中心点。因此，这里的“ātmā”指的就是心意。瑜伽体系的目的就是要控制心意，把它从对感官对象的依附中引离出来。这里强调，心意必须得到训练，以使其能把受限制的灵魂从泥沼中解救出来。在物质存在中，人易受心意和感官的影响。事实上，纯粹的灵魂之所以纠缠于物质世界，就是因为心意受渴望主宰物质自然的假我影响。因此，应该调伏心意，使其不为物质自然的眩光所吸引，如此，受限制的灵魂就可能得救。人切不可经不住感官对象的诱惑，沉沦堕落。越是受感官对象的吸引，就越深陷于物质存在的束缚之中。解除桎梏的最佳办法就是恒将心意置于奎师那知觉中。“hi”一字用在这里就是为了强调这一点，即人必须这样做。《甘露滴奥义书》（*Amrta-bindu upanisad*）说：

mana eva manuṣyāṇāṁ
kāraṇaṁ bandha-mokṣayoḥ
bandhāya viṣayāsaṅgo
muktyai nirviṣayaṁ manaḥ

“心意既是人受束缚的原因，也是人得解脱的原因。心意沉迷于感官对象，人便会受到束缚；心意不依附感官对象，人便会获得解脱。”

因此，心意常从事奎师那知觉活动，这心意便是至高无上的解脱之因。

诗节 6

बन्धुरात्मात्मनस्तस्य येनात्मैवात्मना जितः ।
अनात्मनस्तु शत्रुत्वे वर्तेतात्मैव शत्रुवत् ॥ ६ ॥

bandhur ātmātmanas tasya
yenātmaivātmanā jitaḥ
anātmanas tu śatrutve
vartetātmaiva śatru-vat

bandhuḥ—朋友；*ātmā*—心意；*ātmanaḥ*—生物的；*tasya*—他的；*yena*—由谁；*ātmā*—心意；*eva*—肯定地；*ātmanā*—由生物；*jitaḥ*—征服；*anātmanaḥ*—那些不能控制心意的人的；*tu*—但是；*śatrutve*—因为敌意；*varteta*—作为；*ātmā eva*—同样的心意；*śatruvat*—像敌人。

译文　征服心意，心意便是最好的朋友；征服不了心意，心意就是最大的敌人。

要旨　修习八部瑜伽（aṣṭāṅga-yoga）的目的是控制心意，使其成为我们完成人生使命的朋友。除非调伏了心意，否则，装模作样地修习瑜伽只是浪费时间而已。不能控制住自己心意的人，经常与最大的敌人共处共存。因此，其人生和人生的使命常遭毁坏。而生物的本质地位就是要执行尊长的训令。只要心意仍旧是未被征服的敌人，人就得听命于色欲、嗔怒、贪婪和假象等。一旦征服了心意，人就会自觉自愿地遵行至尊者的旨令，他以超灵寓居于众生心中。要真正地修习瑜伽，就得见到心中的超灵（Paramātmā），并听从他的旨令。直接修习奎师那知觉的人，会自动地全然顺从绝对真理的旨令。

诗节 7

जितात्मनः प्रशान्तस्य परमात्मा समाहितः ।
शीतोष्णसुखदुःखेषु तथा मानापमानयोः ॥ ७ ॥

jitātmanaḥ praśāntasya
paramātmā samāhitaḥ
śītoṣṇa-sukha-duḥkheṣu
tathā mānāpamānayoḥ

jita-ātmanaḥ—谁征服了心意；*praśāntasya*—因为如此控制了心意而得到平和；*paramātmā*—超灵；*samāhitaḥ*—完全接近；*śīta*—冷；*uṣṇa*—热；*sukha*—快乐；*duḥkheṣu*—痛苦；*tathā*—还有；*māna*—荣誉；*apamānayoḥ*—玷辱。

译文　征服心意，因心意达到完全的平和稳定，所以能彻底觉悟到超灵。这样的人对待苦乐、冷热、荣辱时均无分别。

要旨　实际上，每个生物都应该遵守以超灵身份寓居于众生心中的人格神首的旨令。但当心意被奎师那的外在虚幻能量误导时，生物就受到物质活动的束缚。因此，一旦通过任何一种瑜伽系统控制了心意，就达到了目的。生物必须遵从尊长者的旨令。心意一旦稳处于高等的本性，生物就能心无旁骛，一心一意地遵从至尊者的旨令。控制心意的结果是，人自动地遵从超灵的旨令。因为奎师那知觉者可以立即达到这种超然境界，所以，绝对真理的奉献者不受苦乐、冷热等物质自然二元性的影响。这境界就是实际的神定（samādhi）——专注于至尊。

诗节 8

ज्ञानविज्ञानतृप्तात्मा कूटस्थो विजितेन्द्रियः ।
युक्त इत्युच्यते योगी समलोष्ट्राश्मकाञ्चनः ॥ ८ ॥

jñāna-vijñāna-tṛptātmā
kūṭa-stho vijitendriyaḥ
yukta ity ucyate yogī
sama-loṣṭrāśma-kāñcanaḥ

jñāna—因为得到的知识；*vijñāna*—和觉悟到的知识；*tṛpta*—满足；*ātmā*—生物；*kūṭasthaḥ*—处在灵性境界；*vijita-indriyaḥ*—控制了感官；*yuktaḥ*—有能力觉悟自我；*iti*—如此；*ucyate*—堪称；*yogī*—神秘主义者；*sama*—平等看待；*loṣṭra*—碎石；*aśma*—石块；*kāñcanaḥ*—黄金。

译文　因得到知识和觉悟而完全满足的人，可谓觉悟了自我，堪称瑜伽士（或神秘主义者）。这样的人能控制自我，安处超然境界，视万物如一——无论是沙砾、石头，还是金子。

要旨　对绝对真理毫无觉悟的书本知识，一无用处。正如以下所云：

ataḥ śrī-kṛṣṇa-nāmādi
na bhaved grāhyam indriyaiḥ
sevonmukhe hi jihvādau
svayam eva sphuraty adaḥ

“谁也无法通过被物质污染了的感官，了解圣奎师那的名字、形体及其逍遥时光的超然本质。只有当人为绝对真理做超然服务而充满灵性时，绝对真理超然的名字、形体、属性和逍遥时光才向他显现。”——《奉爱服务的甘露之洋》（1.2.234）

《博伽梵歌》这本书是关于奎师那知觉的。靠世俗的学术研究，谁也不可能具有奎师那知觉。人必须足够幸运，与知觉纯净的人联谊交往。因奎师那的恩典，有奎师那知觉的人获得了觉悟的知识，因为他满足于纯粹的奉爱服务。觉悟的知识能使人完美。超然的知识使人坚信自己的信仰；单纯的学术知识则易使人被表面矛盾所迷惑而莫衷一是。觉悟的灵魂才是真正的自我控制者，因为他皈依奎师那。他与世俗的学术研究无关，所以他是超然的。别人把这些世俗学问和心智思辨视若黄金，而在觉悟的灵魂看来，它们并不比石块更珍贵。

诗节 9

सुहृन्मित्रार्युदासीनमध्यस्थद्वेष्यबन्धुषु ।
साधुष्वपि च पापेषु समबुद्धिर्विशिष्यते ॥ ९ ॥

suhṛn-mitrāry-udāsīna-
madhyastha-dveṣya-bandhuṣu
sādhuṣv api ca pāpeṣu
sama-buddhir viśiṣyate

suhṛt—对天生的祝福者；*mitra*—挚爱的恩人；*ari*—敌人；*udāsīna*—交战双方的中立者；*madhyastha*—交战双方的调解者；*dveṣya*—嫉妒者；*bandhuṣu*—以及亲属或祝福者；*sādhuṣu*—对虔诚者；*api*—还有；*ca*—和；*pāpeṣu*—对罪人；*sama-buddhiḥ*—具有平等的智慧；*viśiṣyate*—远为高超。

译文 **平等看待所有人——诚恳的祝愿者、挚爱的恩人、中立者、调解者、嫉妒者、朋友和敌人、虔信者和罪人，这样的人更为进步。**

诗节 10

योगी युञ्जीत सततमात्मानं रहसि स्थितः ।
एकाकी यतचित्तात्मा निराशीरपरिग्रहः ॥ १० ॥

yogī yuñjīta satatam
ātmānaṁ rahasi sthitaḥ
ekākī yata-cittātmā
nirāśīr aparigrahaḥ

yogī——一位超然主义者；*yuñjīta*——一定要专注于奎师那知觉；*satatam*—始终地；*ātmānam*—他自己（以身体、心意和自我）；*rahasi*—僻静的地方；*sthitaḥ*—这样地处于；*ekākī*—独自；*yata-cittātmā*—随时小心谨慎；*nirāśīḥ*—不受外物吸引；*aparigrahaḥ*—摒弃拥有之念。

译文　超然主义者应始终将躯体、心意和自我置于与至尊的联系之中；应该独自隐居，随时小心谨慎地控制心意；应远离欲望，摒弃拥有之念。

要旨　奎师那可通过三种不同的境界来认识：梵、超灵、博伽梵。简而言之，奎师那知觉就是恒常为绝对真理做超然的奉爱服务。但那些执迷于非人格梵，或执迷于区限化超灵的人，也部分地具有奎师那知觉，因为非人格梵是奎师那的灵性光芒，而超灵则是奎师那无所不在的扩展部分。因此，非人格主义者和观想者也间接地具有奎师那知觉。具有直接的奎师那知觉者，是最高的超然主义者，因为这样的奉献者了解梵和超灵的意义。他对绝对真理的认识是完美的，而非人格主义者和冥想瑜伽士则仅有不完美的奎师那知觉。

然而，这段内容在此教导上述这些人，各自不断地努力追求下去，迟早都会达到最完美的境界。超然主义者的当务之急是恒将心意专注于奎师那。要常常想着奎师那，不可有片刻遗忘。心意专注于至尊被称为神定（samadhi）。为了心意集中专注，人应该居住在清静的地方，避免外在的干扰。他应该非常谨慎地选择有利于自我觉悟的境况，避免不利自我觉悟的境况。而且要下定决心，不去追求不必要的物质事物，免受拥有之念的束缚。

当一个人在直接的奎师那知觉中时，所有这些圆满境界全能达到。所有这些要小心预防的，亦能一一避免，因为直接的奎师那知觉意味着克己，不给物质拥有之念有半点可乘之机。

茹帕·哥斯瓦米（Rūpa Gosvāmī）这样描述奎师那知觉：

anāsaktasya viṣayān
yathārham upayuñjataḥ
nirbandhaḥ kṛṣṇa-sambandhe
yuktaṁ vairāgyam ucyate

prāpañcikatayā buddhyā
hari-sambandhi-vastunaḥ
mumukṣubhiḥ parityāgo

vairāgyaṁ phalgu kathyate

“当人不依附于任何事物，但同时又接受与奎师那有关的一切时，便是超越了拥有之念。而当人对事物与奎师那的关系一无所知，摒弃一切事物，这种弃绝并不彻底。”——《奉爱的甘露海洋》(1.2.255-256)

奎师那知觉者深知，万物均属奎师那，因此，他总是杜绝个人的拥有欲。不会为自己追求任何东西。他懂得如何接受有利于奎师那知觉的事物，懂得如何摒弃不利于奎师那知觉的事物。他总是处于超然之中，所以他也总是远离物质事物；他恒常独自一人，与不在奎师那知觉中的人没有任何关系，所以奎师那知觉者是完美的瑜伽士。

诗节 11-12

शुचौ देशे प्रतिष्ठाप्य स्थिरमासनमात्मनः ।
नात्युच्छ्रितं नातिनीचं चैलाजिनकुशोत्तरम् ॥ ११ ॥
तत्रैकाग्रं मनः कृत्वा यतचित्तेन्द्रियक्रियः ।
उपविश्यासने युञ्ज्याद्योगमात्मविशुद्धये ॥ १२ ॥

śucau deśe pratiṣṭhāpya
sthiram āsanam ātmanaḥ
nāty-ucchritaṁ nāti-nīcaṁ
cailājina-kuśottaram

tatraikāgraṁ manaḥ kṛtvā
yata-cittendriya-kriyaḥ
upaviśyāsane yuñjyād
yogam ātma-viśuddhaye

śucau—在圣洁的；*deśe*—地方；*pratiṣṭhāpya*—处于；*sthiram*—稳固的；*āsanam*—座位；*ātmanaḥ*—他自己的；*na*—不；*ati*—太过；*ucchritam*—高；*na*—也不；*ati*—太过；*nīcam*—低；*caila-ajna*—软布和鹿皮；*kuśa*—和古撒草；*uttaram*—铺；*tatra*—随后；*ekāgram*—专注；*manaḥ*—心意；*kṛtvā*—使；*yata-citta*—控制心意；*indriya*—感官；*kriyaḥ*—和活动；*upaviśya*—坐在；*āsane*—在座上；*yuñjyāt*—进行；*yogam*—瑜伽修习；*ātma*—心；*viśuddhaye*—为了纯净。

译文 修习瑜伽，须选择一处幽静之地，地上铺上古撒草，再铺上鹿皮和软布。坐垫须在圣地，不高不低。瑜伽士坐于其上，稳若磐石，修炼瑜伽，控制感官、心意及活动，并将心意专注于一点，如此纯化内心。

要旨 “圣地”是指朝圣之地。在印度，瑜伽士、超然主义者或奉献者会离开家庭，住在帕雅嘎（Prayaga）、马图拉（Mathura）、温达文（Vrndavana）、瑞施凯诗（Rishikesh）、哈瑞多瓦（Hardwar）等有雅沐拿（Yamunā）河、恒河等圣河流经的圣地，独自修炼瑜伽。但这常常是可望而不可及的，尤其是对于印度以外的人，更是如此。大城市里的所谓“瑜伽协会”，在赚取物质利益方面或许很成功，但并不真的适合瑜伽修习。不自我控制，心意受干扰的人，不能修习冥想。因此，《宇宙古史 - 拿拉达大作之部》（*Brhan-naradiya Purana*）说，在卡利年代（目前的铁器时代），人一般短寿，灵性知觉迟钝，且常为种种焦虑困扰，要获得灵性觉悟，最好的方法便是唱颂绝对真理的圣名。

harer nāma harer nāma
harer nāmaiva kevalam
kalau nāsty eva nāsty eva
nāsty eva gatir anyathā

“在这虚伪纷争的年代，救赎的唯一方法，就是唱颂绝对真理的圣名，唱颂绝对真理的圣名，唱颂绝对真理的圣名。除此，别无他途，别无他途，别无他途。”——《永恒的采坦尼亚经》（*Caitanya-caritāmṛta* 初篇）

诗节 13-14

समं कायशिरोग्रीवं धारयन्नचलं स्थिरः ।
सम्प्रेक्ष्य नासिकाग्रं स्वं दिशश्चानवलोकयन् ॥ १३ ॥
प्रशान्तात्मा विगतभीर्ब्रह्मचारिव्रते स्थितः ।
मन” संयम्य मच्चित्तो युक्त आसीत मत्पर” ॥ १४ ॥

samaṁ kāya-śiro-grīvaṁ
dhārayann acalaṁ sthiraḥ
samprekṣya nāsikāgraṁ svaṁ

diśaś cānavalokayan

praśāntātmā vigata-bhīr
brahmacāri-vrate sthitaḥ
manaḥ saṁyamya mac-citto
yukta āsīta mat-paraḥ

samam— 竖立；*kāya*— 躯；*śiraḥ*— 头；*grīvam*— 颈；*dhārayan*— 保持；*acalam*— 不动；*sthiraḥ*— 静止；*samprekṣya*— 凝视；*nāsikā*— 鼻子的；*agram*— 尖端；*svam*— 自己的；*diśaḥ*—各个方向；*ca*—也；*anavalokayan*—不看着；*praśānta*—不冲动的；*ātmā*—心意；*vigata-bhīḥ*— 摒除恐惧；*brahmacāri-vrate*— 贞守的誓言；*sthitaḥ*— 处于；*manaḥ*—心意；*saṁyamya*—完全征服；*mat*—我（奎师那）；*cittaḥ*—将心意集中于；*yuktaḥ*—真正的瑜伽师；*āsīta*—应当把；*mat*—我；*paraḥ*—终极的目标。

译文 **头、颈、躯干竖立成一条直线，两眼凝视鼻尖。然后控制心意，免予焦虑，柔和顺服，摒除恐惧，完全摆脱性生活，在内心观想我，以我为生命的终极目标。**

要旨 人生的目的就是要了解奎师那。他以四臂维施努（Viṣṇu）的超灵形式寓居于众生心中。修炼瑜伽就是为了发现这一区限化的维施努形象，而不是为了其他的任何目的。区限化的维施努形象（Viṣṇu-mūrti）是寓居于生物心里的奎师那的全权代表。不打算认识这一维施努形象而装模作样地修习瑜伽，只是浪费时间，万般徒劳。奎师那是人生的终极目的，居于生物心里的维施努形象则是修习瑜伽的目的所在。要觉悟心内的维施努形象，必须彻底戒除性生活。因此，要离开家庭，独自隐居，按上述之法稳坐。如果一方面每天在家或其他地方过性生活，一方面又去参加所谓的“瑜伽训练班”，如此而想成为瑜伽士，是不可能的。要成为瑜伽士，就必须孜孜苦修，控制心意，避免各种感官享乐，特别是性生活。伟大圣人雅格亚瓦克亚（Yājñavalkya）撰写的独身贞守规范中说：

karmaṇā manasā vācā
sarvāvasthāsu sarvadā
sarvatra maithuna-tyāgo
brahmacaryaṁ pracakṣate

“发下贞守的誓言，目的是帮助人在活动、言语、心意上完全禁绝性欲——

在任何时候、任何地方、任何处境中。”

放纵性欲，谁也不能正确地修习瑜伽。从童年开始，当人还不知道性生活是怎么回事时，就要教育他们洁身贞守。儿童5岁便需送交灵师学校（guru-kula）或被带到灵性导师那里，由导师训练儿童成为严格遵守纪律的贞守生。不经这样修行，谁也不能在瑜伽方面获得进步，无论是禅定瑜伽（Dhyāna yoga）、思辨瑜伽（Jñāna yoga）还是奉爱瑜伽（Bhakti yoga）。然而，一个人若遵守婚姻生活的规范守则，只与妻子发生性关系（这也是受规范限制的），也可称为贞守生（brahmacārī）。这样有节制的居士贞守生，可被奉爱宗接受，但却不被思辨宗和禅定宗接纳。思辨宗和禅定宗要求彻底地、不折不扣地禁绝性生活。奉爱宗允许贞守的居士过有节制的性生活，因为奉爱瑜伽的崇拜力量强大，人一旦为绝对真理做更高等服务，就会自然而然地失去对性的兴趣。《博伽梵歌》（2.29）说：

viṣayā vinivartante
nirāhārasya dehinaḥ
rasa-varjaṁ raso 'py asya
paraṁ dṛṣṭvā nivartate

“体困的灵魂或许抑制感官享乐，然而对感官对象的嗜好依然存在。但若通过更高的品味体验来放弃感官享乐，便能处于稳固的知觉之中。”

其他人被迫限制自己的感官享乐，与此相反，绝对真理的奉献者则是体会到高等的品味，自然而然地选择限制。除了奉献者，没有人知道这些高等品味。

只有完全在奎师那知觉中，才能毫无恐惧（vigata-bhīḥ）。受限制的灵魂之所以有恐惧，是因为记忆迷乱，忘记了与奎师那的永恒关系。《圣典博伽瓦谭》（11.2.37）说：“奎师那知觉是无畏的唯一基础（*bhayaṁ dvitīyābhiniveśataḥ syād īśād apetasya viparyayo 'smṛtiḥ*）。”因此，只有奎师那知觉者能够进行完美的修行。而且，由于瑜伽修习的终极目的是看见内在的绝对真理，因此，奎师那知觉者已是最好的瑜伽士。这里所论及的瑜伽系统的原则，与时下流行的所谓“瑜伽协会”的原则是不一样的。

诗节 15

युञ्जन्नेवं सदात्मानं योगी नियतमानसः ।
शान्तिं निर्वाणपरमां मत्संस्थामधिगच्छति ॥ १५ ॥

yuñjann evaṁ sadātmānaṁ
yogī niyata-mānasaḥ
śāntiṁ nirvāṇa-paramāṁ
mat-saṁsthām adhigacchati

yuñjan—修习；*evam*—如上所述；*sadā*—持久地；*ātmānam*—躯体、心意及灵魂；*yogī*—神秘的超然主义者；*niyata-mānasaḥ*—以规律的心意；*śāntim*—平和；*nirvāṇa-paramām*—终结物质存在；*mat-saṁsthām*—灵性的天空（神的国度）；*adhigacchati*—达到。

译文　神秘的超然主义者常训练自己，控制身体、心意和活动，使心意规范化。这样，便终结了物质存在，到达神的国度（奎师那的居所）。

要旨　修习瑜伽的终极目的现在已解释清楚了。修习瑜伽并非要得到任何物质的便利，而是要终结一切物质的存在。寻求强身健体，或慕求物质完美的人，都不是《博伽梵歌》所说的瑜伽士。终结物质存在也不包含进入"虚无之境"。"虚无"不过是虚构的神话，在博伽梵的创造之内没有一处是"虚无"。相反，物质存在的终结却助人进入灵性天空，进入博伽梵的居所。关于博伽梵的居所，《博伽梵歌》也有清晰的描述，那里无需太阳、月亮或电力。灵性国度的每一星宿都是自明的，就像物质天空的太阳一样。神的国度无处不在，但灵性天空和那里的星宿，则称为至尊居所（paraṁ dhāma）。

在这里，奎师那亲自说明了，完全了解博伽梵奎师那的完美的瑜伽士（mat-cittaḥ，mat-paraḥ，mat-sthānam），可获得真正的平和，而且最终到达他至高无上的居所——以高楼卡·温达文（Goloka Vṛndāvana）著称的奎师那星宿。《梵天本集》（5.37）清楚地说：绝对真理虽总是住在他的居所高楼卡（Goloka），却凭着他的高等灵性能量，显示为遍存万有的梵和区限化的超灵（*goloka eva nivasaty akhilātma-bhūtaḥ*）。若不能正确地理解奎师那和他的全权扩展维施努，谁也不能到达无忧星宿（Vaikuṇṭha 外琨塔），或进入绝对真理永恒的居所（Goloka Vṛndāvana）。以奎师那知觉活动的人才是完美的瑜伽士，因为他的心意总是专注于奎师那的活动之中（*sa vai manaḥ kṛṣṇa-pādāravindayoḥ*）——《圣典博伽瓦谭》（9.4.18）。在韦达经《室维陀奥义书》（*Śvetāśvatara Upaniṣad* 3.8）中我们也了解到："只有了解博伽梵奎师那的人，才能克服生死之途（*tam eva viditvāti mṛtyum eti*）。"换言之，瑜伽系统的完美境界，就是达到远离物质存在，获得自由，而不是用一些魔术戏法或体操绝技，来愚弄善良天真的大众。

诗节 16

नात्यश्नतस्तु योगोऽस्ति न चैकान्तमनश्नतः ।
न चातिस्वप्नशीलस्य जाग्रतो नैव चार्जुन ॥ १६ ॥

nāty-aśnatas 'tu yogo 'sti
na caikāntam anaśnataḥ
na cāti-svapna-śīlasya
jāgrato naiva cārjuna

na—没有；*ati*—太多；*aśnataḥ*—谁吃的；*tu*—但是；*yogaḥ*—与至尊者相连接；*asti*—有；*na*—没；*ca*—也；*ekāntam*—过度；*anaśnataḥ*—节食；*na*—不；*ca*—也；*ati*—太多；*svapna-śīlasya*—谁睡得；*jāgrataḥ*—谁熬夜太多；*na*—不；*eva*—永远；*ca*—和；*arjuna*—阿诸纳。

译文　阿诸纳呀！吃得太多或太少，睡得太多或太少，都不可能成为瑜伽士。

要旨　这里向瑜伽士推荐了饮食和睡眠的规则。吃得太多，是指吃的东西超过了维持健康所需。人类实在没有必要吃动物，因为有大量的谷物、蔬菜、水果和牛奶可供应。根据《博伽梵歌》可知，这些简单的食物属于善良形态。动物食品是给那些在愚昧形态中的生物吃的。所以，那些耽于吃肉、饮酒、吸烟和吃未先供奉给奎师那的食物的人，会承受罪恶的业报，因为他们所吃的只是污染了的东西。谁为感官满足而吃，或为自己而烹饪，不把食物供奉给奎师那，谁吃下的就只是罪孽（*bhuñjate te tv aghaṁ pāpā ye pacanty ātma-kāraṇāt*）。进食罪孽及饮食无度，都不能修行完美的瑜伽。最好只吃供奉过奎师那的食物。在奎师那知觉中的人不吃任何未先供奉给奎师那的食物。因此，只有奎师那知觉者方能在瑜伽修习中达到完美。若一个人人为地禁食，自己制定断食程序，是修不成瑜伽的。

奎师那知觉者遵循经典所推荐的程序断食。他不自行断食或吃太多，因此能修习瑜伽。吃得过多的人睡觉时常做梦，而且睡眠过多。人每天的睡眠不得多于6小时。一天24小时中，睡眠若超过6小时，肯定是受了愚昧形态的影响。在愚昧形态中的人懒惰贪睡。这样的人不能修习瑜伽。

诗节 17

युक्ताहारविहारस्य युक्तचेष्टस्य कर्मसु ।
युक्तस्वप्नावबोधस्य योगो भवति दुःखहा ॥ १७ ॥

yuktāhāra-vihārasya
yukta-ceṣṭasya karmasu
yukta-svapnāvabodhasya
yogo bhavati duḥkha-hā

yukta—规律的；*āhāra*—进食；*vihārasya*—娱乐；*yukta*—规律的；*ceṣṭasya*—谁为了生存而工作；*karmasu*—履行责任；*yukta*—规律的；*svapna-avabodhasya*—睡眠和清醒；*yogaḥ*—瑜伽的修习；*bhavati*—成为；*duḥkha-hā*—减少痛苦。

译文　饮食、睡眠、娱乐和工作均有规律的人，修习瑜伽，可减轻种种物质痛苦。

要旨　饮食、睡眠、防卫、交配，这些都是躯体的需要，但若过度，就会妨碍瑜伽修习的进步。就饮食而言，人只有培养自己只进食或接受灵粮（prasādam 帕萨达）——圣化的食物，才能做到饮食有节制、有规律。根据《博伽梵歌》，供奉给圣奎师那的是蔬菜、鲜花、水果、谷物、牛奶等食物。因此，在奎师那知觉中的人，就自然而然地受到训练，不吃不属于人类的食品，即不在善良之列的食物。而在睡眠方面，奎师那知觉中的人，对履行在奎师那知觉中的责任，十分警觉。因此，把时间浪费在不需要的睡眠之中，这在奎师那知觉者看来，实在是很大的损失。在奎师那知觉者的一生中，即使有一分钟的时间没有为奎师那服务，他也会感到难以忍受。因此，他的睡眠时间保持在最低限度（avyartha-kālatvam）。——《永恒的采坦尼亚经》（*Caitanya-caritāmṛta* 中篇）

这方面的典范是圣茹帕·哥斯瓦米。这位圣人总是不停地为绝对真理服务，每天睡眠不超过两个小时，有时甚至不睡。哈瑞达斯·塔库（Ṭhākura Haridāsa）每日手执念珠唱颂绝对真理的圣名三十万遍，未念完之前，他甚至不接受灵粮，也不会睡上片刻。至于工作，奎师那知觉者也不会做任何与奎师那无关的事情。因此，他的工作不为感官享乐所污染。人在奎师那知觉中便无所谓感官享乐，因而也就无所谓世俗的闲暇了。他的工作、言语、睡眠、觉醒和其他身体活动均有规律，符合规范，所以就没有物质之苦了。

诗节 18

यदा विनियतं चित्तमात्मन्येवावतिष्ठते ।
निस्पृहः सर्वकामेभ्यो युक्त इत्युच्यते तदा ॥ १८ ॥

yadā viniyataṁ cittam
ātmany evāvatiṣṭhate
nispṛhaḥ sarva-kāmebhyo
yukta ity ucyate tadā

yadā—当；*viniyatam*—特殊训练；*cittam*—心意及其活动；*ātmani*—超然性中；*eva*—肯定地；*avatiṣṭhate*—变得处于；*nispṛhaḥ*—不渴求；*sarva*—所有各类的；*kāmebhyaḥ*—物质感官满足；*yuktaḥ*—稳定地处于瑜伽中；*iti*—这样；*ucyate*—可谓；*tadā*—在那时候。

译文　瑜伽士修炼瑜伽，规范心意活动，安处超然境界，再无物质欲望，可谓已坚定地处于瑜伽境界。

要旨　终止种种物质欲望——特别是性欲，是瑜伽士有别于一般人活动的独特之处。完美的瑜伽士善于控制心意的活动，不再受任何物质欲望的干扰。这种完美的境界，在奎师那知觉中的人可自然而然地达到。正如《圣典博伽瓦谭》（9.4.18-20）所说：

sa vai manaḥ kṛṣṇa-padāravindayor
vacāṁsi vaikuṇṭha-guṇānuvarṇane
karau harer mandira-mārjanādiṣu

śrutiṁ cakārācyuta-sat-kathodaye

mukunda-liṅgālaya-darśane dṛśau
tad-bhṛtya-gātra-sparśe 'ṅga-saṅgamam
ghrāṇaṁ ca tat-pāda-saroja-saurabhe
śrīmat-tulasyā rasanāṁ tad-arpite

pādau hareḥ kṣetra-padānusarpaṇe
śiro hṛṣīkeśa-padābhivandane
kāmaṁ ca dāsye na tu kāma-kāmyayā
yathottama-śloka-janāśrayā ratiḥ

“首先，安巴瑞施大君（*Ambarīṣa*）将心意专注于博伽梵奎师那的莲花足；然后逐一地，以言语描述绝对真理的超然属性，以双手洗擦绝对真理的庙宇，用双耳聆听关于绝对真理的活动，用双眼注视绝对真理的超然形体，以身体接触奉献者的身体，以嗅觉去闻供奉给绝对真理的莲花的清香，用舌头品尝供奉在绝对真理莲花足下的图拉茜（*Tulasi*）叶，用双足前往圣地和绝对真理的庙宇，用额头顶拜绝对真理；而他的欲望在于执行绝对真理的使命。所有这些超然的活动都十分适合纯粹的奉献者。”

在主观上，非人格主义者难以用语言表述这一超然境界，但对在奎师那知觉中的人来说，却非常容易而且切实可行，这在以上对安巴瑞施大君活动的描述中可以清楚地看到。除非心意不断想念并专注于绝对真理的莲花足，不然，这些超然的活动便无法实行。因此，在为绝对真理的超然服务中，这些规定的活动被称为“神像崇拜（arcana）”，即用所有的感官为绝对真理服务。感官和心意均有所从事，简单地克制是不切实际的。因此，对于一般人来说，特别是那些不在生命弃绝阶段的人，将感官和心意如上述那样用于从事超然的活动，便是臻达超然成就的完美程序。这在《博伽梵歌》中叫作坚定（yukta），即“坚定地处于瑜伽之中”。

诗节 19

यथा दीपो निवातस्थो नेङ्गते सोपमा स्मृता ।
योगिनो यतचित्तस्य युञ्जतो योगमात्मनः ॥ १९ ॥

yathā dīpo nivāta-stho
neṅgate sopamā smṛtā
yogino yata-cittasya
yuñjato yogam ātmanaḥ

yathā—就像；*dīpaḥ*——一盏灯；*nivātasthaḥ*—在没有风的地方；*na*—不会；*iṅgate*—摇动；*sā*—这个；*upamā*—比喻；*smṛtā*—被视为；*yoginaḥ*—瑜伽师；*yata-cittasya*—心意受到控制的；*yuñjataḥ*—持久地投入；*yogam*—冥想；*ātmanaḥ*—超然。

译文　正如灯在无风处不再飘忽晃荡，超然主义者控制了心意，便常安处于对超然自我的观想之中。

要旨　真正的奎师那知觉者，常专注于超然境界，毫不分神地观想他那值得人们崇拜的绝对真理，就好像无风之处的一盏灯那样安然稳定。

诗节 20-23

यत्रोपरमते चित्तं निरुद्धं योगसेवया ।
यत्र चैवात्मनात्मानं पश्यन्नात्मनि तुष्यति ॥ २० ॥
सुखमात्यन्तिकं यत्तद्बुद्धिग्राह्यमतीन्द्रियम् ।
वेत्ति यत्र न चैवायं स्थितश्चलति तत्त्वत" ॥ २१ ॥
यं लब्ध्वा चापरं लाभं मन्यते नाधिकं तत" ।
यस्मिन्स्थितो न दु"खेन गुरुणापि विचाल्यते ॥ २२ ॥
तं विद्याद्दु"खसंयोगवियोगं योगसंज्ञितम् ॥ २३ ॥

yatroparamate cittaṁ
niruddhaṁ yoga-sevayā
yatra caivātmanātmānaṁ

paśyann ātmani tuṣyati

sukham ātyantikaṁ yat tad
buddhi-grāhyam atīndriyam
vetti yatra na caivāyaṁ
sthitaś calati tattvataḥ

yaṁ labdhvā cāparaṁ lābhaṁ
manyate nādhikaṁ tataḥ
yasmin sthito na duḥkhena
guruṇāpi vicālyate

taṁ vidyād duḥkha-saṁyoga-
viyogaṁ yoga-saṁjñitam

yatra—在那状态之中；*uparamate*—（因为感到超然的快乐）停止；*cittam*—心智活动；*niruddham*—摒除了物质；*yoga-sevayā*—通过修炼瑜伽；*yatra*—在那；*ca*—还有；*eva*—肯定地；*ātmanā*—以纯洁的心意；*ātmānam*—自我；*paśyan*—觉悟到……的地位；*ātmani*—于自我；*tuṣyati*—变得满足；*sukham*—快乐；*ātyantikam*—至尊的；*yat*—在那；*tat*—那；*buddhi*—智性；*grāhyam*—进入；*atīndriyam*—超然的；*vetti*—知道；*yatra*—在那里；*na*—永不；*ca*—还有；*eva*—必定地；*ayam*—他；*sthitaḥ*—处于；*calati*—移动；*tattvataḥ*—从真理中；*yam*—那；*labdhvā*—通过得到；*ca*—还有；*aparam*—任何其他的；*lābham*—得益；*manyate*—认为；*na*—不；*adhikam*—还要多；*tataḥ*—比那；*yasmin*—那；*sthitaḥ*—处于；*na*—永不；*duḥkhena*—被痛苦；*guruṇāpi*—虽然非常困难；*vicālyate*—变得动摇；*tam*—那；*vidyāt*—你一定要知道；*duḥkha-saṁyoga*—物质接触的痛苦；*viyogam*—消除；*yoga-samjñitam*—称为在瑜伽中的神昏。

译文 在被称为神定（samādhi）的完美境界中，人的心意通过瑜伽修习，彻底摒除了物质性的心智活动。这完美境界的特点是：人能以纯净的心意看见自我，并在自我中品尝到快乐。在这种喜悦状态下，人便可通过超然的感官，处于无限的超然喜乐中；达到这境界，人永远不会背离真理，再不会认为还有比这更大的收获了；安处于这境界，即使陷于最大的困境中，也永不会动摇。这才是摆脱一切来自与物质接触而产生的苦难后，得到的真正自由。

要旨 人们通过修习瑜伽，会逐步地不依附物质概念。这是瑜伽原理的初步特征。然后，便进入神定（samādhi 三摩地、三昧）。也就是说，瑜伽士通过超然的心意和智性觉悟到了超灵，而且无须为将自我与超我混淆而有任何担忧。瑜伽的修习或多或少是基于帕昙佳里（Patañjali）体系的原理之上的。有些未获授权的释论者试图把个体灵魂与超灵等同，而一元论者认为这就是解脱之境，但他们都不了解帕昙佳里瑜伽体系的真正目的。帕昙佳里承认有超然喜乐一说，但一元论者害怕因此危及一元的理论，拒不承认超然喜乐的存在。知识和知者的二重性，非二元论者不能接受，但超然喜乐——通过超然感官而觉悟的——在这节诗中得到承认。这一点得到了著名的瑜伽体系倡导者帕昙佳里的进一步确证。这位伟大的圣人在他所著的《瑜伽经》（*Yoga-sūtras*）第三章第 34 节中说："追求物质享乐的宗教信仰和经济发展带来束缚和空虚之感。于是人努力与至尊合一，坚处于原来的地位，便能享有内在的超然快乐（*puruṣārtha-śūnyānāṁ guṇānāṁ pratiprasavaḥ kaivalyaṁ svarūpa-pratiṣṭhā vā citi-śaktir iti*）。"

梵文"citi-śakti"，意为内在能量，是超然的。"puruṣārtha"是指物质的宗教信仰、经济发展、感官满足，以及最终致力于与至尊合一的努力。一元论者将这种"与至尊合一"叫作"kaivalyam"。然而帕昙佳里则认为，"kaivalyam"是一种内在而超然的能力，生物就是借助此力而认识到自己的原本地位的。用圣采坦尼亚的话来说，这种状态叫作"拭净不洁的心镜（*ceto-darpaṇa-mārjanam*）"——《永恒的采坦尼亚经》（*Caitanya-caritāmṛta* 下篇 20.12）。实际上，"拭净"就是解脱，或"扑灭物质存在的森林大火（bhava-mahā-dāvāgni-nirvāpaṇam）"。涅槃（nirvāṇa）这一初级理论也符合这个原则。这在《圣典博伽瓦谭》（2.10.6）中被叫作"生物真正的生命（svarūpeṇa vyavasthitiḥ）"。《博伽梵歌》这节诗也肯定了这种情况。

涅槃（nirvana）——物质终结——之后，跟着展示的是灵性活动，或对绝对真理的奉爱服务——称为奎师那知觉。用《圣典博伽瓦谭》的话说：这是"生物真正的生命（*svarūpeṇa vyavasthitiḥ*）"。"māyā"即假象，是灵性生命受到物质污染后的情形。从这种物质侵染中获得解脱，并不意味着毁坏生物原始而永恒的地位。帕昙佳里也接受这一点，他说："于是人努力与至尊合一，坚处于原来的地位，便能享有内在的超然快乐（*kaivalyaṁ svarūpa-pratiṣṭhā vā citi-śaktir iti*）。"这个"超然快乐（citi-śakti）"，就是真正的生命。《终极韦达经》（1.1.12）也说："生命原是快乐的（*ānanda-mayo 'bhyāsāt*）。"这自然的超然快乐是瑜伽的终极目标，通过做奉爱服务，即奉爱瑜伽，就能轻易地得到这种快乐。关于奉爱瑜伽（bhakti-yoga），《博伽梵歌》第七章将有生动的描述。

如本章所述，瑜伽体系中的神定（samadhi 三摩地、三昧）可分为两类：有觉神定（samprajñāta-samādhi）和无觉神定（asamprajñāta-samādhi）。通过不同的哲学研究而处于超然境界，这就达到了有觉神定（samprajñāta-samādhi）。而在无觉神定（asamprajñāta-samādhi）中，便不再迷恋任何世俗的快乐，因为在此境界中的人已超然于一切来自感官的快乐。瑜伽士一旦进入这种超然的境界，就永远不会动摇。如果瑜伽士达不到这个境界，便不算取得了成功。今天的所谓瑜伽修习，常涉及不同的感官快乐，是自相矛盾的，沉溺于性和刺激品的所谓瑜伽士，只是贻笑大方。就是那些被瑜伽程序中瑜伽玄秘力量（siddhi）所吸引的瑜伽士，其境界也并不圆满。要是瑜伽士们纷纷为瑜伽的副产品所倾倒，他们就到不了本节所描述的完美境界。因此那些耽于炫耀体操绝技的人要知道，瑜伽的目的在这种装模作样中已完全失去了。

这个年代最佳的瑜伽修习是奎师那知觉，奎师那知觉不会令人困惑沮丧。一个奎师那知觉者在其职分中自得其乐，他不会去追求任何其他的快乐。在这个充满虚伪的年代，修习哈塔瑜伽（Haṭha-yoga）、禅定瑜伽（Dhyāna-yoga）及思辨瑜伽（Jñāna-yoga 知识瑜伽）都有很多障碍。但修习业报瑜伽（Karma-yoga）或奉爱瑜伽（Bhakti-yoga）就没有这样的困难。

只要物质躯体仍然存在，人就得满足躯体的要求，即饮食、睡眠、交配和防卫。然而，人若在纯粹的奎师那知觉（Bhakti-yoga 奉爱瑜伽）中，便能一方面满足躯体的需求，另一方面又不会刺激感官。他处境虽坏，仍然善加利用，只接受生命的基本所需，从而在奎师那知觉中享受超然的快乐。对于偶发事件，如事故、疾病、贫困，甚至是最挚爱的亲人去世，都无动于衷，但对履行奎师那知觉或奉爱瑜伽中的责任则时时警醒，不敢怠慢。意外事件永远不能使他离开职责。正如《博伽梵歌》（2.14）所说："巴拉塔的后裔呀！它们源自感官的感知，人应学会容忍，不为所动（*āgamāpāyino 'nityās tāṁs titikṣasva bhārata*）。"他忍受着所有这些偶发的事件，因为他知道，这些事件来而复去，并不影响他的职责。这样，他就能在瑜伽的修习中达到最高的完美境界。

诗节 24

स निश्चयेन योक्तव्यो योगोऽनिर्विण्णचेतसा ।
सङ्कल्पप्रभवान्कामांस्त्यक्त्वा सर्वानशेषतः ।
मनसैवेन्द्रियग्रामं विनियम्य समन्ततः ॥ २४ ॥

sa niścayena yoktavyo
yogo 'nirviṇṇa-cetasā
saṅkalpa-prabhavān kāmāṁs
tyaktvā sarvān aśeṣataḥ
manasaivendriya-grāmaṁ
viniyamya samantataḥ

saḥ—那；*niścayena*—以坚定的决心；*yoktavyaḥ*—必须修习；*yogaḥ*—瑜伽体系；*anirviṇṇa-cetasā*—不偏离；*saṅkalpa*—心智推敲；*prabhavān*—生于；*kāmān*—物质欲望；*tyaktvā*—放弃；*sarvān*—所有；*aśeṣatah*—完全地；*manasā*—由心意；*eva*—肯定地；*indriya-grāmam*—全套感官；*viniyamya*—规范；*samantataḥ*—从各方面。

译文　人应该以决心和信念修习瑜伽，不可偏离正道。对一切由心智推敲而产生的物质欲望，要一概摒弃，毫无例外。这样，心意就能从各方面控制住所有感官。

要旨　瑜伽修习者应该决心坚定，不屈不挠，没有偏差地修习瑜伽。对最终的成功要充满信心，要持之以恒地走瑜伽之路，就算不成功，也不灰心，不气馁。要知道刻苦修习，必能成功。关于奉爱瑜伽，茹帕·哥斯瓦米说：

utsāhān niścayād dhairyāt
tat-tat-karma-pravartanāt
saṅga-tyāgāt sato vṛtteḥ
ṣaḍbhir bhaktiḥ prasidhyati

“一个人若在与奉献者的联谊中履行赋定的责任，完全投入善良的活动之中，并以满腔的热忱、持久的毅力和坚定的决心修习奉爱瑜伽，便能走向成功。”——《教诲的甘露》（*Upadesamrita* 诗节 3）

谈到决心，人应该以下面这只麻雀为榜样。一只麻雀把蛋生在海滩上，但涛涛海浪卷走了它的雀蛋。这只麻雀非常悲伤，它要大海归还雀蛋。但大海根本就不理会它的请求。于是，这只麻雀下决心要喝干大海。它开始用小嘴啄取海水。它的行为被众人视为不可能的事情，遭到大家的讥笑。它的举动传开了，最后传到了圣维施努的座驾大鸟嘎茹达（Garuḍa）那里。这只麻雀的行动赢得了他的同情，于是他便想去看个究竟。嘎茹达很欣赏小麻雀的决心，便答应帮助它。因此，嘎茹达立即要求大海把雀蛋还给麻雀，不然，他就要亲自接替麻雀的工作。这一下，大海吓坏了，归还了雀蛋。这样，由于嘎茹达（Garuḍa）的恩典，小麻雀就快乐起来了。

同样，瑜伽的修习，特别是在奎师那知觉中修习奉爱瑜伽，看起来十分困难。但人如果下定决心，遵行原则，博伽梵肯定会帮助他的，因为神助自助者。

诗节 25

शनैः शनैरुपरमेद्बुद्ध्या धृतिगृहीतया ।
आत्मसंस्थं मनः कृत्वा न किञ्चिदपि चिन्तयेत् ॥ २५ ॥

śanaiḥ śanair uparamed
buddhyā dhṛti-gṛhītayā
ātma-saṁsthaṁ manaḥ kṛtvā
na kiñcid api cintayet

śanaiḥ—渐渐地；*śanaiḥ*—一步一步；*uparamet*—人应该收摄；*buddhyā*—以智慧；*dhṛti-gṛhītayā*—带着坚定信念；*ātma-saṁstham*—处于超然性中；*manaḥ*—心意；*kṛtvā*—使；*na*—不；*kiñcit*—任何别的事情；*api*—甚至；*cintayet*—应当想着。

译文　人应凭着建立在坚定信念之上的智性，逐步达到神定境界。因此，心意只去专注自我，再不应想任何事情。

要旨　凭着信心和智性，人可以逐渐停止感官活动。这就叫作收摄感官（pratyāhāra）。心意受到信念、观想、感官息止的控制，就应该处于神定状态。这时，就不再有投入物质化生命概念的危险了。换言之，虽然人因物质躯体的存在，必然涉及物质的事情，但不应再考虑感官满足之类的事情了。除了至尊自我的快乐之外，人应再无别的快乐了。直接修习奎师那知觉便可轻易达到这境界。

诗节 26

यतो यतो निश्चलति मनश्चञ्चलमस्थिरम् ।
ततस्ततो नियम्यैतदात्मन्येव वशं नयेत् ॥ २६ ॥

yato yato niścalati
manaś cañcalam asthiram
tatas tato niyamyaitad
ātmany eva vaśaṁ nayet

yataḥ yataḥ——无论哪里；*niścalati*—变得躁动不安；*manaḥ*—心意；*cañcalam*—飘忽；*asthiram*—摇摆不定；*tataḥ tataḥ*—从那里；*niyamya*—规范；*etat*—这；*ātmani*—自我的；*eva*—肯定地；*vaśam*—控制；*nayet*—必须置于……之下。

译文　心意飘忽摇摆不定，躁动不安，无论漫游到哪里，人都必须将它收摄回来，置于自我的控制之下。

要旨　飘忽不定、变化无常是心意的本性。但自我觉悟的瑜伽士必须控制住心意，不能反受其控制。能控制心意，也能控制感官的人被称为哥斯瓦米（gosvāmī 感官的主人）或斯瓦米（Svāmī）；而被心意所控制的人叫作哥达斯（go-dāsa 感官的仆人）。哥斯瓦米知道感官快乐的标准。在超然的感官快乐中，感官全部投入了对至高无上的感官之主（Hṛṣīkeśa 瑞希凯施），或对奎师那的服务之中。以净化的感官服务奎师那就叫作奎师那知觉。这便是完全控制感官的方法，而且，更是瑜伽修习的最完美境界。

诗节 27

प्रशान्तमनसं ह्येनं योगिनं सुखमुत्तमम् ।
उपैति शान्तरजसं ब्रह्मभूतमकल्मषम् ॥ २७ ॥

praśānta-manasaṁ hy enaṁ
yoginaṁ sukham uttamam
upaiti śānta-rajasaṁ
brahma-bhūtam akalmaṣam

praśānta—平和，专注于奎师那的莲花足；*manasam*—谁的心意；*hi*—肯定地；*enam*—这位；*yoginam*—瑜伽士；*sukham*—快乐；*uttamam*—最高的；*upaiti*—达到；*śānta-rajasam*—他的激情平静了；*brahma-bhūtam*—与至尊者认同的解脱；*akalmaṣam*—脱离所有过往罪恶的反应。

译文　心意专注于我的瑜伽士，真正得到最完美的超然快乐。他超越激情形态，觉悟到自己与至尊在本性上的一致性（梵觉），因而摆脱过去一切行为带来的报应。

要旨　梵觉（brahma-bhūta），是指人摆脱了物质污染，处于对博伽梵超然服务的状态。《博伽梵歌》（18.54）："在这种状态下，他达到为我做纯粹奉爱服务的境界。"心意若不能专注于博伽梵的莲花足，人不可能保持梵，即绝对者的品质（*mad-bhaktiṁ labhate parām*）。《圣典博伽瓦谭》（9.4.18）称，常为博伽梵从事超然的爱心服务，或常处奎师那知觉，实际上，已从激情形态和一切物质污染中得到解脱（*Sa vai manaḥ kṛṣṇa-pādāravindayoḥ*）。

诗节 28

युञ्जन्नेवं सदात्मानं योगी विगतकल्मषः ।
सुखेन ब्रह्मसंस्पर्शमत्यन्तं सुखमश्नुते ॥ २८ ॥

yuñjann evaṁ sadātmānaṁ
yogī vigata-kalmaṣaḥ

sukhena brahma-saṁsparśam
atyantaṁ sukham aśnute

yuñjan—修习瑜伽；*evam*—如此；*sadā*—始终；*ātmānam*—自我；*yogī*—与至尊自我相接触的人；*vigata*—脱离；*kalmaṣaḥ*—所有的物质污染；*sukhena*—在超然的快乐中；*brahma-saṁsparśam*—因为与至尊者的恒久接触；*atyantam*—最崇高的；*sukham*—喜乐；*aśnute*—达到。

译文　如此，善于自我控制的瑜伽士，坚定不懈地修习瑜伽，摆脱了一切物质污染。在对博伽梵的超然爱心服务中，领略到最完美、最崇高的快乐。

要旨　自我觉悟，即认识自己在与至尊的关系中的原本地位。个体灵魂是至尊的所属部分，他的职责是为博伽梵做超然服务。与至尊的这种超然的关系就叫作“与至尊（梵）相联”（brahma-saṁsparśa）。

诗节 29

सर्वभूतस्थमात्मानं सर्वभूतानि चात्मनि ।
ईक्षते योगयुक्तात्मा सर्वत्र समदर्शनः ॥ २९ ॥

sarva-bhūta-stham ātmānaṁ
sarva-bhūtāni cātmani
īkṣate yoga-yuktātmā
sarvatra sama-darśanaḥ

sarva-bhūta-stham—处于一切众生中；*ātmānam*—超灵；*sarva*—所有；*bhūtāni*—生物；*ca*—和；*ātmani*—在自我中；*īkṣate*—会看见；*yoga-yukta-ātmā*—吻合于奎师那知觉的人；*sarvatra*—每一处地方；*sama-darśanaḥ*—平等地看到。

译文　真正的瑜伽士，在众生中看到我，亦在我中看到众生。的确，自我觉悟者无处不看到我，看到同一个博伽梵。

要旨　具有奎师那知觉的瑜伽士是完美的观察者，因为他看见至尊者奎师那以超灵的身份居于每一生物心中。“阿诸纳呀！博伽梵在每一生物的心里（*Īśvaraḥ sarva-bhūtānāṁ hṛd-deśe ‹rjuna tiṣṭhati*）。”博伽梵以超灵的身份，既在狗的心里，也在婆罗门的心里。完美的瑜伽士知道博伽梵永远超然。无论是在狗的心里，还是在婆罗门的心里，都不受物质影响。这就是绝对真理至尊的中立性。个体灵魂也在生物心里，但不在所有生物心里。这是个体灵魂与超灵的区别。不实际修习瑜伽的人，不能清楚地看到这一点。奎师那知觉者在信者与不信者心里，都能看到奎师那。《圣传经》（*Smṛti*）中这样说：作为万物之源的博伽梵就像母亲和维系者（*ātatatvāc ca mātṛtvāc ca ātmā hi paramo hariḥ*）。正如母亲对所有儿女都无偏心，至尊父亲（母亲）也是这样。因此，超灵常在每一生物之中。

从外在来说，正如第七章将会解释的，每一生物都处在博伽梵的能量之中。博伽梵基本上有两种能量——灵性的（高等的）和物质的（低等的）。生物虽是高等能量的一部分，但受到低等能量的制约。每一生物都以这种或那种方式处于绝对真理之中。所以说，生物总在博伽梵的能量中。

瑜伽士一视同仁，因为他看到一切生物虽然因业报的不同处在不同的境况中，但在任何情形下，都同是神的仆人。处于物质能量中，生物为物质感官效劳，而在灵性能量中，生物便直接服务于博伽梵。在这两种情况下，生物都是神的仆人。只有奎师那知觉者才能完美地做到一视同仁。

诗节 30

यो मां पश्यति सर्वत्र सर्वं च मयि पश्यति ।
तस्याहं न प्रणश्यामि स च मे न प्रणश्यति ॥ ३० ॥

yo māṁ paśyati sarvatra
sarvaṁ ca mayi paśyati
tasyāhaṁ na praṇaśyāmi
sa ca me na praṇaśyati

yaḥ—无论谁；*mām*—我；*paśyati*—看到；*sarvatra*—每一处地方；*sarvam*—每一样事物；*ca*—和；*mayi*—在我之中；*paśyati*—看到；*tasya*—对于他；*aham*—我；*na*—不会；*praṇaśyāmi*—失去；*saḥ*—他；*ca*—也；*me*—对我；*na*—不会；*praṇaśyati*—失去。

译文　**看到我无处不在，又看到一切都在我之中。这样的人，永不会失去我，我也永远不会失去他。**

要旨　在奎师那知觉中的人，肯定到处能看见圣奎师那，而且能在奎师那中看到一切。这样的人似乎看到的一切都是与奎师那分离的物质自然展示，但在每一事物中，他都能知觉到奎师那，他知道一切都是奎师那的能量的展示。没有奎师那，便没有存在，奎师那是万物之主——这是奎师那知觉的基本原则。奎师那知觉就是培养对奎师那的爱——这种境界甚至比物质解脱更为超然。这是在自我觉悟之后，处于奎师那知觉的阶段，对于奉献者，奎师那就是一切，奉献者也在对奎师那的爱恋中变得完美。从这种意义上来说，奉献者与奎师那是合二为一的。到这时，绝对真理和奉献者的亲密关系就产生了。在这境界中，生物体就不会毁灭，人格神首也永不会离开奉献者的视域。融入奎师那之中，就是灵魂的毁灭。奉献者无此危险。《梵天本集》（5.38）说：

premāñjana-cchurita-bhakti-vilocanena
santaḥ sadaiva hṛdayeṣu vilokayanti
yaṁ śyāmasundaram acintya-guṇa-svarūpaṁ
govindam ādi-puruṣaṁ tam ahaṁ bhajāmi

“我崇拜原始的主哥文达（Govinda）。奉献者常以涂满了爱膏的眼睛看着他。奉献者看见博伽梵在他的心里以夏玛逊达（Śyāmasundara）的永恒形象出现。”

在这个境界中，圣奎师那永不会从奉献者的视域中消失，奉献者也永不会看不见博伽梵。对在心里看到超灵（Paramātmā）的瑜伽士，情形也是一样的。这样的瑜伽士已成为纯粹的奉献者，不堪忍受在自己心里片刻见不到博伽梵。

诗节 31

सर्वभूतस्थितं यो मां भजत्येकत्वमास्थितः ।
सर्वथा वर्तमानोऽपि स योगी मयि वर्तते ॥ ३१ ॥

sarva-bhūta-sthitaṁ yo māṁ
bhajaty ekatvam āsthitaḥ
sarvathā vartamāno 'pi
sa yogī mayi vartate

sarva-bhūta-sthitam—处于众生的心中；*yaḥ*—谁；*mām*—我；*bhajati*—在奉爱服务中侍奉；*ekatvam*——一体；*āsthitaḥ*—处于；*sarvathā*—在所有方面；*vartamānaḥ*—因为处于；*api*—尽管；*saḥ*—他；*yogī*—这位超然主义者；*mayi*—在我之中；*vartate*—处于。

译文　这样的瑜伽士，虔诚地为超灵服务，知道我和超灵无二无别，因此在任何情况下，总在我之中。

要旨　修习观想的瑜伽士，能在自身之中看见奎师那（Krishna）的全权的四臂扩展维施努（Viṣṇu），分别拿着海螺、神碟、莲花、神杵，这样的瑜伽士应该明白维施努与奎师那并无不同。奎师那以超灵形象居于每个人心中。而且，在无数生物之中的无数超灵也没有分别。恒常为奎师那做超然爱心服务的奎师那知觉者与观想超灵并臻达完美境界的瑜伽士之间，并没有差别。在奎师那知觉中的瑜伽士，即使在物质存在中从事种种活动，仍常处奎师那知觉之中。圣茹帕·哥斯瓦米在《奉爱的甘露海洋》（1.2.187）中说："博伽梵的奉献者，常以奎师那知觉活动，自然而然地获得解脱（*nikhilāsv apy avasthāsu jīvan-muktaḥ sa ucyate*）。"《拿拉达五礼典》（*Nārada-pañcarātra*）也说：

dik-kālādy-anavacchinne
kṛṣṇe ceto vidhāya ca
tan-mayo bhavati kṣipraṁ
jīvo brahmaṇi yojayet

"人若凝神专注于奎师那遍存万有、超越时空的超然形象，念念不离奎师那，便可与他超然同在，得享快乐。"

在瑜伽修习中，奎师那知觉是神定的最高阶段。对奎师那以超灵身份处在每个人心里的领悟，使瑜伽士完美无瑕。韦达经《哥帕拉奥义书》（*Gopāla-tāpanī Upaniṣad* 3.2）这样证实绝对真理这种不可思议的能力："绝对真理虽是一，但却以众多存于无数人心中（*eko 'pi san bahudhā yo 'vabhāti*）。"

韦达《圣传经》（*Smṛti*）中也说道：

eka eva paro viṣṇuḥ
sarva-vyāpī na saṁśayaḥ
aiśvaryād rūpam ekaṁ ca
sūrya-vat bahudheyate

"维施努是一个，却遍存万有。尽管形体是一个，由于不可思议的能力，他无处不在，就像太阳同时出现在许多地方一样。”

诗节 32

आत्मौपम्येन सर्वत्र समं पश्यति योऽर्जुन ।
सुखं वा यदि वा दुःखं स योगी परमो मतः ॥ ३२ ॥

ātmaupamyena sarvatra
samaṁ paśyati yo 'rjuna
sukhaṁ vā yadi vā duḥkhaṁ
sa yogī paramo mataḥ

ātma—与他自己；*aupamyena*—通过比较；*sarvatra*—每一处地方；*samam*—平等；*paśyati*—看到；*yaḥ*—谁；*arjuna*—阿诸纳啊；*sukham*—快乐；*vā*—或；*yadi*—如果；*vā*—或；*duḥkham*—痛苦；*saḥ*—这样的；*yogī*—超然主义者；*paramaḥ*—完美的；*mataḥ*—被认为。

译文　阿诸纳呀！完美的瑜伽士通过反观自我，认识到一切生物，不论处于快乐还是痛苦之中，皆为平等。

要旨　奎师那知觉者就是完美的瑜伽士，他通过自己的个人经历，觉察到每个人的苦乐悲欢。生物悲苦的根源在于其忘记了自己跟神的关系；而快乐的原因则是知道奎师那是人类活动的至高无上的享用者，是一切国度和星宿的拥有者，是生物最诚挚的朋友。完美的瑜伽士知道，生物因忘记了自己与奎师那的关系而受到物质自然形态的限制，结果饱受三重物质之苦。然而奎师那知觉者则快乐无边，因此，他到处宣传关于奎师那的知识。完美的瑜伽士倾力传扬奎师那知觉的重要性，所以是世上最好的慈善家，是绝对真理最亲爱的仆人。《博伽梵歌》18.69 说：“没有任何仆人比他对我更亲切（*na ca tasmān manuṣyeṣu kaścin me priya-kṛttamaḥ*）。”换言之，绝对真理的奉献者总是关注一切生物的福利，这样，他实际上是每一生物的朋友。他是最好的瑜伽士，因为他并不追求瑜伽的境界以谋取个人利益，而是为他人谋利益。他对其他人并无妒意。在这一点上绝对真理的纯粹奉献者与只对自我提升感兴趣的瑜伽士形成了对比。奉献者总是尽最大努力使每个人都转向奎师那知觉，而瑜伽士隐遁幽处，只为冥想上的方便，相形之下，实在不够完美。

诗节 33

योऽयं योगस्त्वया प्रोक्तः साम्येन मधुसूदन ।
एतस्याहं न पश्यामि चञ्चलत्वात्स्थितिं स्थिराम् ॥ ३३ ॥

arjuna uvāca
yo 'yaṁ yogas tvayā proktaḥ
sāmyena madhusūdana
etasyāhaṁ na paśyāmi
cañcalatvāt sthitiṁ sthirām

arjunaḥ uvāca—阿诸纳说；*yaḥ ayam*—这门体系；*yogaḥ*—神秘主义；*tvayā*—由您；*proktaḥ*—描述；*sāmyena*—大体上；*madhusūdana*—马度魔的屠者呀；*etasya*—这；*aham*—我；*na*—并不；*paśyāmi*—看见；*cañcalatvāt*—由于浮躁不安；*sthitim*—处境；*sthirām*—稳定的。

译文　阿诸纳说：马度魔的屠者呀！您所描述的瑜伽体系，对我来说，似乎不切实际，而且难以忍受，因为心意总是不安不稳。

要旨　圣奎师那以“在一个圣洁之地（śucau deśe）”开始，用“完美的瑜伽士（yogī paramaḥ）”结束，向阿诸纳描述了神秘瑜伽体系。阿诸纳对这种瑜伽体系感到无能为力，在此予以拒绝。在这个卡利年代（kali-yuga 铁器年代），离开家庭到幽僻的山岭或丛林去修习瑜伽，对一个普通人来说是不可能的。这个年代的特色，就是为短暂的生命而苦苦挣扎。人们对简便易行的自我觉悟方式都不甚认真，更何况这种困难的瑜伽体系呢！它既要求生活方式的规范，又要求坐姿、地点的选择，还讲究心意不依附物质活动。作为现实的人，阿诸纳认为他无法遵循这个瑜伽体系，虽然他在很多方面天资很高。他属于王族，有很多高贵的品质；他是伟大的战士，而且寿命很长。最重要的是他还是博伽梵奎师那最亲密的朋友。五千年前的阿诸纳比今天的我们有更好的条件，然而，他没有接受这一瑜伽系统。事实上，我们也没有发现历史上有任何记载表明他在某个时候曾练习过这种瑜伽。因此说，这种瑜伽在卡利年代（kali-yuga 铁器年代）一般被认为是不可行的。当然，这对某些为数很少的人或许是可行的，但对一般大众，却是不可能的一项建议。五千年前尚且如此，又何况今天呢？那些在不同的所谓“学校”

或“协会”之中仿习这一瑜伽体系的人，虽然自鸣得意，其实是在浪费时间。对理想的目标，他们一无所知。

诗节 34

चञ्चलं हि मनः कृष्ण प्रमाथि बलवद्दृढम् ।
तस्याहं निग्रहं मन्ये वायोरिव सुदुष्करम् ॥ ३४ ॥

cañcalaṁ hi manaḥ kṛṣṇa
pramāthi balavad dṛḍham
tasyāhaṁ nigrahaṁ manye
vāyor iva su-duṣkaram

cañcalam—飘忽不定；*hi*—肯定地；*manaḥ*—心意；*kṛṣṇa*—奎师那啊；*pramāthi*—躁动的；*balavat*—强大的；*dṛḍham*—顽固的；*tasya*—它的；*aham*—我；*nigraham*—征服；*manye*—想；*vāyoḥ*—风的；*iva*——样；*suduṣkaram*—困难。

译文 **奎师那呀！心意不安不稳，狂暴顽固，异常强大。我觉得，征服它比控制狂风还难。**

要旨 心意强猛而顽固，有时能击败智性，虽然心意理应听命于智性。现实世界中的人，要对付那么多敌对的因素，要控制住心意必定很困难。人或可达到一种人为的心理平衡，敌友无别，但最终而言，世俗之人是做不到这一点的，因为这比控制怒吼的狂风还要困难。韦达经典《卡塔奥义书》（*Kaṭha Upaniṣad* 1.3.3-4）说：

ātmānaṁ rathinaṁ viddhi
śarīraṁ ratham eva ca
buddhiṁ tu sārathiṁ viddhi
manaḥ pragraham eva ca

indriyāṇi hayān āhur
viṣayāṁs teṣu gocarān
ātmendriya-mano-yuktaṁ
bhoktety āhur manīṣiṇaḥ

“在物质躯体之车上，个体灵魂是乘客，智性是车夫。心意是驾车的工具，感官是马。因此，自我跟心意和感官在一起，或快乐或受苦。伟大的思想家都理解这一点。”

智性理应指导心意，但心意强猛顽固，常击败自己的智性，就像急性传染病有可能战胜药效一样。这样强猛的心意理当通过修习瑜伽来控制，然而，这样的修习，对于像阿诸纳一样的世间之人，是万万不切实际的。那么我们对现代人又能说些什么呢？这里用的比喻恰到好处：人捉不住怒吼的狂风，而要捕获狂烈的心意就更是难上加难了。圣采坦尼亚所倡导的控制心意的最简便方法，便是谦卑恭顺地唱颂哈瑞·奎师那这首伟大的救赎曼陀。规定的方法是：“人必须将心意完全专注于奎师那（*sa vai manaḥ kṛṣṇa-pādāravindayoḥ*）。”——《圣典博伽瓦谭》（9.4.18）。只有这样，才不会再有其他活动可扰乱心意。

诗节 35

श्रीभगवानुवाच
असंशयं महाबाहो मनो दुर्निग्रहं चलम् ।
अभ्यासेन तु कौन्तेय वैराग्येण च गृह्यते ॥ ३५ ॥

śrī-bhagavān uvāca
asaṁśayaṁ mahā-bāho
mano durnigrahaṁ calam
abhyāsena tu kaunteya
vairāgyeṇa ca gṛhyate

śrī bhagavān uvāca—博伽梵说；*asaṁśayam*—毫无疑问；*mahā-bāho*—臂力强大的人啊；*manaḥ*—心意；*durnigraham*—难以征服；*calam*—飘忽不定的；*abhyāsena*—通过练习；*tu*—但是；*kaunteya*—琨缇之子啊；*vairāgyeṇa*—通过不依附；*ca*—和；*gṛhyate*—可以受到控制。

译文　博伽梵奎师那说：臂力强大的琨缇之子啊！驾驭这躁动不安的心意，无疑非常困难；但通过适当的修习，而又无所依附，却有可能达到。

要旨 博伽梵承认，要控制顽固的心意，就像阿诸纳所说的，是困难的。但同时，他表明，通过修习和不依附，又是可能做到的。修习什么呢？在眼下这个年代，没有人能够遵行严格的规范——在圣地居住，将心意专注于超灵，约束感官和心意，奉行独身、独处等。然而，修习奎师那知觉，就可使人投身于对绝对真理的九种奉爱服务之中。在这些奉献活动中，头等重要的是聆听有关奎师那的一切，这是洗净心意中一切疑虑的非常有力的超然方法。关于奎师那，聆听得越多，就越受启发，越不依附使心意偏离奎师那的事情。收摄心意，使其摆脱对奎师那没有奉爱的活动，便能很容易地学到“不执着（vairāgya）”。梵文“vairāgya”说的是不依附物质而将心意投入灵性之中。非人格的灵性弃绝，比将心意依附于奎师那的活动，更为艰难。后者之所以切实可行，是因为通过聆听奎师那的一切，人便能自然而然地依附至尊灵魂。这种依附叫作“灵性满足（pareśānubhava）”。这就像饥饿者吃每一口食物所感受到的满足一样。饥饿之时吃得越多，就越能感觉到满足和力量。同样，进行奉爱服务，当心意不依附物质对象时，人就领略到超然的满足。这就好比用专业的治疗和适当的饮食治愈疾病。因此，聆听圣奎师那的超然活动对疯狂的心意是专业治疗；而供奉过奎师那的食物，就是给予痛苦中的病人的适当的饮食。这种疗法就是奎师那知觉的程序。

诗节 36

असंयतात्मना योगो दुष्प्राप इति मे मतिः ।
वश्यात्मना तु यतता शक्योऽवाप्तुमुपायतः ॥ ३६ ॥

asaṁyatātmanā yogo
duṣprāpa iti me matiḥ
vaśyātmanā tu yatatā
śakyo ‹vāptum upāyataḥ

asaṁyata—不受约束的；*ātmanā*—以心意；*yogaḥ*—自我觉悟；*duṣprāpaḥ*—很难达到；*iti*—如此；*me*—我的；*matiḥ*—意见；*vaśya*—控制的；*ātmanā*—以心意；*tu*—但是；*yatatā*—凭借努力；*śakyaḥ*—实际的；*avāptum*—去达到；*upāyataḥ*—以适当的方法。

译文 **不约束心意，难以达到自我觉悟。控制心意，以恰当的方法努力，必**

能获成功。这就是我的意见。

要旨 博伽梵宣布，不接受正当的疗法，使心意不依附物质活动，很难成功地获得自我觉悟。一面修习瑜伽，一面让心意放纵于物质享乐之中，就好比一面点火，一面在火上浇水。修习瑜伽而不控制心意，只是浪费时间。这样的瑜伽表演在物质上或许会大获利益，但对于灵性上自我觉悟，实在一无用处。因此，人必须控制心意，使心意不断地为博伽梵做超然的奉爱服务。若非置身于奎师那知觉之中，人就不能稳健地控制住心意。奎师那知觉者无须另作努力，便能轻易地取得瑜伽的成果，而瑜伽的修习者们，若不具备奎师那知觉，就不能取得成功。

诗节 37

अर्जुन उवाच
अयतिः श्रद्धयोपेतो योगाच्चलितमानसः ।
अप्राप्य योगसंसिद्धिं कां गतिं कृष्ण गच्छति ॥ ३७ ॥

arjuna uvāca
ayatiḥ śraddhayopeto
yogāc calita-mānasaḥ
aprāpya yoga-saṁsiddhiṁ
kāṁ gatiṁ kṛṣṇa gacchati

arjunah uvāca—阿诸纳说；*ayatih*—不成功的超然主义者；*śraddhayā*—凭信心；*upetah*—从事；*yogāt*—从神秘的链接；*calita*—偏离；*mānasah*—有此念头；*aprāpya*—未能达到；*yoga-samsiddhim*—神秘主义最高级的圆满；*kām*—哪种；*gatim*—归宿；*krsna*—奎师那；*gacchati*—达到。

译文 **阿诸纳说：奎师那啊！那些不成功的超然主义者，开始时，凭信心走上自我觉悟之途，后来却由于凡心俗念半途而废，未能达到神秘主义的圆满境界。他们的归宿又将如何呢？**

要旨　自我觉悟之途或神秘主义，在《博伽梵歌》中有所描述。自我觉悟的根本原则是要知道：生物并非这具物质躯体，而是与之有别的；生物的快乐在永恒的生命、极乐和知识之中。这些都属超然，在躯体与心意之外。自我觉悟可通过知识之途，通过八部瑜伽修习，或通过奉爱瑜伽来实现。在每种途径中，人都必须了解生物的本质地位，生物与神的关系，以及为重建失去的联系而达到奎师那知觉之最完美境界的种种活动。遵行上述三者中之任一种，人必能或迟或早达到至高无上的目标。博伽梵在第二章肯定了这一点：即使只在超然之途上稍加努力，也有极大的希望得救。三条道路之中，奉爱瑜伽（Bhakti-yoga）之途尤其适合于这个年代，因为这是觉悟神的最直接的方法。为了再获保证，阿诸纳请示圣奎师那确证之前的声明。或许有人会诚心诚意地接受自我觉悟之途，但在这个年代培养知识和修习八部瑜伽（aṣṭāṅga-yoga）体系，一般来说，非常困难。因此，尽管人们不断地努力，但仍可能由于种种原因而失败。最重要的是，人们对遵循这一程序或许还不够严肃认真。在超然之途上行进，几乎是在向虚幻能量宣战。因此，每当有人试图逃出虚幻能量的魔掌时，虚幻能量必以种种诱惑，力图击败修习者。受限制的灵魂本已受了物质能量形态的诱惑，即便是践行超然的修行，仍时时有可能再次受惑。这就叫作“偏离超然之途（*yogāc calita-mānasaḥ*）”。阿诸纳寻根究底要弄清楚偏离自我觉悟之途的结果。

诗节 38

कच्चिन्नोभयविभ्रष्टश्छिन्नाभ्रमिव नश्यति ।
अप्रतिष्ठो महाबाहो विमूढो ब्रह्मण” पथि ॥ ३८ ॥

kaccin nobhaya-vibhraṣṭaś
chinnābhram iva naśyati
apratiṣṭho mahā-bāho
vimūḍho brahmaṇaḥ pathi

kaccit—究竟；*na*—不；*ubhaya*—两者；*vibhraṣṭaḥ*—偏离于；*chinna*—撕裂的；*abhram*—浮云；*iva*—就像；*naśyati*—被毁灭；*apratiṣṭhaḥ*—没有任何位置；*mahā-bāho*—臂力强大的奎师那啊；*vimūḍhaḥ*—困惑的；*brahmaṇaḥ*—超然性的；*pathi*—在路途上。

译文 臂力强大的奎师那啊！这样的人，从超然之途走入迷惘，会不会在灵性成功和物质成功两方面都败下阵来，如同飞散的浮云消失殆尽，在任何领域中均无地位呢？

要旨 进步之途有二。那些物质主义者对超然境界不感兴趣，因此更热衷于追求经济发展而带来的物质进步，或通过适当的手段登上更高的星宿。但当人们走上超然之途，就要停止所有物质活动，牺牲一切形式的所谓物质快乐。如果一个有抱负的超然主义者失败了，从表面上看，他两方面都失去了；换言之，他既不能享受物质的快乐，也不能享受灵性的成功。他没有地位了，就像一片撕裂的浮云。天上的云，有时一小簇云会飘离而去，融进大片的云团中。要是它不能融入大片云中，便为风吹散，在广袤的天空中消失得无影无踪。超然觉悟之途（*brahmaṇaḥ pathi*），就是觉悟到自己本质上是灵性的，是博伽梵的所属部分，而博伽梵则展示为梵、超灵、博伽梵。博伽梵奎师那是至高无上的绝对真理的圆满展示。因此，皈依至尊者的人便是成功的超然主义者。通过觉悟梵和超灵而达到生命的这一目的，需经历无数轮回生死（*bahūnāṁ janmanām ante*）《博伽梵歌》（7.19）。因此，最高的超然觉悟之途是奉爱瑜伽，或奎师那知觉这条最直接的途径。

诗节 39

एतन्मे संशयं कृष्ण छेत्तुमर्हस्यशेषतः ।
त्वदन्यः संशयस्यास्य छेत्ता न ह्युपपद्यते ॥ ३९ ॥

etan me saṁśayaṁ kṛṣṇa
chettum arhasy aśeṣataḥ
tvad-anyaḥ saṁśayasyāsya
chettā na hy upapadyate

etat—这是；*me*—我的；*saṁśayam*—疑虑；*kṛṣṇa*—奎师那啊；*chettum*—打消；*arhasi*—您被请求；*aśeṣataḥ*—彻底；*tvat*—您；*anyaḥ*—除了；*saṁśayāsya*—疑虑的；*asya*—这；*chettā*—铲除者；*na*—再不能；*hi*—肯定；*upapadyate*—找到。

译文　**这就是我的疑虑呀，奎师那啊！我请求您彻底打消这疑虑。除了您，再找不到能消除这疑虑的人了。**

要旨　奎师那完全知道过去、现在和未来。在《博伽梵歌》的开首，绝对真理曾说一切生物均以个体形式存在于过去、现在和将来。即使从物质的束缚中获得了解脱，也继续保持个体身份。因此，他已解释了个体生物将来的问题。现在，阿诸纳想知道不成功的超然主义者的未来。没有人能获得与奎师那相等或高于奎师那的地位。当然，受物质自然支配的所谓伟大圣人和哲学家们，不能与他相比。因此，奎师那的断语是彻底消除疑虑的具有决定性的答案，因为他完全知道过去、现在和未来——但没有人知道他。只有奎师那和奎师那知觉的奉献者才知道事情的真相。

诗节 40

श्रीभगवानुवाच
पार्थ नैवेह नामुत्र विनाशस्तस्य विद्यते ।
न हि कल्याणकृत्कश्चिद्दुर्गतिं तात गच्छति ॥ ४० ॥

śrī-bhagavān uvāca
pārtha naiveha nāmutra
vināśas tasya vidyate
na hi kalyāṇa-kṛt kaścid
durgatiṁ tāta gacchati

śrī bhagavān uvāca—博伽梵说；*pārtha*—菩瑞塔之子啊；*na eva*—永不会如此；*iha*—在这个物质世界；*na*—永不；*amutra*—在下一世；*vināśaḥ*—毁灭；*tasya*—他的；*vidyate*—存在；*na*—永不；*hi*—肯定地；*kalyāṇa-kṛt*—谁从事吉祥活动；*kaścit*—任何人；*durgatim*—堕落；*tāta*—我的朋友；*gacchati*—去。

译文　**博伽梵说：菩瑞塔之子啊！置身于吉祥活动中的超然主义者，无论在这个世界，还是在灵性世界，都不会遭受毁灭。我的朋友啊！行善之人永不会被邪恶击败。**

要旨 在《圣典博伽瓦谭》(1.5.17)中，圣拿拉达·牟尼(Śrī Nārada Muni)这样教导维亚萨(Vyasādeva)：

tyaktvā sva-dharmaṁ caraṇāmbujaṁ harer
bhajann apakvo 'tha patet tato yadi
yatra kva vābhadram abhūd amuṣya kiṁ
ko vārtha āpto 'bhajatāṁ sva-dharmataḥ

“如果有人放弃一切物质期望，完全托庇于博伽梵，那么他在任何方面都不会有损失或堕落。而如果一个人不做奉爱服务哪怕完全履行他的一己职责，也仍将是一无所得。”

为了达到物质的期望，可以从事很多活动，包括遵循经典的和依照习俗的。超然主义者应放弃一切物质活动，追求生命的灵性进步——奎师那知觉。或许有人会争辩说，一个人如果能够实现奎师那知觉，就能够借此达到最完美的境界；但若是达不到这样完美的境界，那么，他在物质上和灵性上都将蒙受损失。据经典训示，不履行赋定的职责，就必承受业报。因此，没能适当地履行超然活动的人，便要承受业报。《博伽瓦谭》向不成功的超然主义者保证，他们无需忧虑。即使因为未能圆满地履行责任而可能遭受业报，他们仍不会有任何损失。因为奎师那知觉安泰吉祥，永远不会被遗忘。一个曾经这样履行职责的人，下一世即使出生低贱，仍将继续下去。而一个人仅仅是严格地遵行赋定职责，如果缺乏奎师那知觉，未必就能得到吉祥的结果。

这要旨可以作如下的理解：人类可分两类，即守规范的和不守规范的。那些只耽于动物性的感官享乐，而不知道其来生或灵性救赎的人，属于不守规范的一类。而那些遵行经典赋定职责的人，则归为守规范的一类。不守规范的人，无论是文明的或未开化的，受过教育的或未受教育的，强壮的或软弱的，全充满了动物习性。他们的活动从来就不是吉祥的，因为在享受吃、睡、防卫和交配等动物习性时，他们永远停留在总是充满痛苦的物质存在中。而那些按经典训示规范生活，从而逐步晋升到奎师那知觉的人，必定能在生命中取得进步。

遵行吉祥之途的人可分为三类：(一)遵行经典规范而享受物质繁荣的人；(二)致力于从物质存在中寻找终极解脱的人；(三)在奎师那知觉中的奉献者。为物质快乐而遵守经典规范的，又可再分成两类：获利性工作者和并不为了感官满足而贪图成果的人。为满足感官而去追求获利性成果的人，可能会晋升到更高水平的生命中——甚至到达最高的星宿——但因没有脱离物质存在，他们走的不是真正的吉祥之路。能引导人获得解脱的才是吉祥活动。任何活动，若不以最终的自我觉悟或摆脱物质躯体化生命概念为目的，就根本不是吉祥活动。只有在奎师那知觉中的活动才是唯一的吉祥活动。任何自愿承受一切身体的不适，而求在奎师那知觉的道路上进步的人，可称为严格苦修的完美的超然主义者。因为八部瑜伽体系直接指向对奎师那知觉的终极觉悟，所以这样的修习也是吉祥的。如果一个人致力于此，实在不必担心堕落这一说。

诗节 41

प्राप्य पुण्यकृतां लोकानुषित्वा शाश्वतीः समाः ।
शुचीनां श्रीमतां गेहे योगभ्रष्टोऽभिजायते ॥ ४१ ॥

prāpya puṇya-kṛtāṁ lokān
uṣitvā śāśvatīḥ samāḥ
śucīnāṁ śrīmatāṁ gehe
yoga-bhraṣṭo 'bhijāyate

prāpya—达到了以后；*puṇya-kṛtām*—从事虔诚活动的人；*lokān*—星球；*uṣitvā*—在居住了以后；*śāśvatīḥ*—很多；*samāḥ*—年；*śucīnām*—虔诚者的；*śrīmatām*—繁荣者的；*gehe*—家庭中；*yoga-bhraṣṭaḥ*—从觉悟自我之途堕落的人；*abhijāyate*—投生于。

译文　不成功的瑜伽士，在虔诚生物居住的星宿上享受很多很多年后，便投生到正直的人家，或投生到富有的贵族家庭。

要旨　不成功的瑜伽士分为两类：稍有进步就掉下来的和修习瑜伽很久之后才掉下来的。短时间修习后掉下来的瑜伽士，到较高的星宿上去，那里是虔诚生物才允许进入的地方。经过长寿的一生后，他被送回这个星宿，投生于正义的婆罗门外士那瓦奉献者（*brāhmaṇa vaiṣṇava*）家庭，或贵族商人家庭。

正如本章最后一节诗所阐明的，瑜伽修习的真正目的是到达奎师那知觉的最完美境界。但那些没有如此毅力坚持下去的和受物质诱惑而失败的人，蒙神的恩典，获准充分利用他们的物质心性。之后，他们有机会在正义的家庭或贵族家庭度过荣华的一生。那些在这样的家庭出生的人，当善用方便，争取将自己提升到完全的奎师那知觉境界。

诗节 42

अथवा योगिनामेव कुले भवति धीमताम् ।
एतद्धि दुर्लभतरं लोके जन्म यदीदृशम् ॥ ४२ ॥

atha vā yoginām eva
kule bhavati dhīmatām
etad dhi durlabhataraṁ
loke janma yad īdṛśam

athavā— 或者；*yoginām*— 有学识的超然主义者；*eva*— 必定会；*kule*— 在……家庭中；*bhavati*— 降生；*dhīmatām*— 那些天赋崇高智慧的人的；*etat*— 这；*hi*— 确实地；*durlabhataram*—很罕有；*loke*—在这个世界；*janma*—诞生；*yat*—那；*īdṛśam*—像这样。

译文 **或者，（如果经过长时间的瑜伽修习而未获成功）他会投生在拥有崇高智慧的超然主义者之家，而这样的出生，在这个世界上极为罕见。**

要旨 出生在拥有崇高智慧的瑜伽士或超然主义者之家，在此备受推崇，因为生于这样家庭的孩子，从生命的开始就获得一种灵性的推动力。尤其是在灵性宗师（ācārya 阿查亚）或哥斯瓦米（gosvāmī）之家，更是如此。生在这样家庭的人，接受传统和训练，非常有学问而且非常虔诚，因此，能成为灵性导师。在印度，有许多这样的灵性导师家庭，但由于教育和训练不够，他们现在都退化了。蒙绝对真理的恩典，仍有些家庭，培育出一代又一代的超然主义者。投生于这样的家庭，无疑是非常幸运的。值得庆幸的是我们的灵性导师欧姆·维施努帕德·施瑞·施瑞玛德·巴克提希丹塔·萨拉斯瓦提·哥斯瓦米·玛哈拉佳（*Oṁ Viṣṇupāda Śrī Śrīmad Bhaktisiddhānta Sarasvatī Gosvāmī Mahārāja*）和卑微的我就出生在这样的家庭，蒙绝对真理的恩典，从生命的开始，我们就得以接受为绝对真理做奉爱服务的训练。后来，在超然系统安排之下，我们相遇在一起。

诗节 43

तत्र तं बुद्धिसंयोगं लभते पौर्वदेहिकम् ।
यतते च ततो भूयः संसिद्धौ कुरुनन्दन ॥ ४३ ॥

tatra taṁ buddhi-saṁyogaṁ
labhate paurva-dehikam
yatate ca tato bhūyaḥ
saṁsiddhau kuru-nandana

tatra—于是；*tam*—那；*buddhi-saṁyogam*—知觉的复苏；*labhate*—获得；*paurva dehikam*—来自上一世躯体的；*yatate*—他努力；*ca*—也；*tataḥ*—此后；*bhūyaḥ*—再次；*saṁsiddhau*—追求完美；*kuru-nandana*—库茹族的宠儿啊。

译文　如此投生之后，他重新唤起前世的神圣知觉，为获得彻底成功，努力精进。库茹族的宠儿啊！

要旨　巴拉塔（Bharata）大君就是一个例子。他在第三世投生于一个优越的婆罗门家庭，凭借着良好的出生，恢复了以前的超然知觉。巴拉塔大君曾是世界之帝王，从他的时代开始，这个星宿在半神人中间叫作“巴拉塔之地（Bhārata-varṣa）”。而在此之前，则称为“伊拉瑞塔之地（Ilāvṛta-varṣa）”。巴拉塔大君年轻的时候，就隐遁起来，去追求灵性的完美，但未能成功。在接下来的一世，他投生于一个优越的婆罗门家庭。他常默默隐居，又不跟任何人说话，人称沉默的巴拉塔（Jaḍa Bharata）。后来腊胡嘎拿王（Rahūgaṇa）发现他是伟大的超然主义者。从他的身世可知，超然努力或瑜伽修习是永不会白费的。蒙绝对真理的恩典，超然主义者得到一次次机会，攀登奎师那知觉最完美的高峰。

诗节 44

पूर्वाभ्यासेन तेनैव ह्रियते ह्यवशोऽपि सः ।
जिज्ञासुरपि योगस्य शब्दब्रह्मातिवर्तते ॥ ४४ ॥

pūrvābhyāsena tenaiva
hriyate hy avaśo 'pi saḥ
jijñāsur api yogasya
śabda-brahmātivartate

pūrva—过往的；*abhyāsena*—由于修习；*tena*—由于那影响；*eva*—必定地；*hriyate*—被吸引；*hi*—肯定地；*avaśaḥ*—自动地；*api*—也；*saḥ*—他；*jijñāsuḥ*—希望去认识；*api*—即使；*yogasya*—瑜伽的；*śabda-brahma*—韦达经典的仪式原则；*ativartate*—超越于。

译文　由于前世生命的神圣知觉，他对于瑜伽的原理，虽不刻意追求，却自然神往。这样一位求知的超然主义者，总是超越经典仪规。

要旨　高级的瑜伽士们并不怎么把经典仪规放在心上，却是自然而然地被瑜伽原则吸引。这些瑜伽原则能将他们提升到完全的奎师那知觉——瑜伽的无上完美境界。关于精进的超然主义者超越韦达仪式，《圣典博伽瓦谭》（3.3.37）中这样解释说：

aho bata śva-paco 'to garīyān
yaj-jihvāgre vartate nāma tubhyam
tepus tapas te juhuvuḥ sasnur āryā
brahmānūcur nāma gṛṇanti ye te

"我的主啊！唱颂您的圣名的人，即使出生于食狗者（*candāla*）的家庭，在灵性生活中也是非常进步的。这样的唱颂者无疑实践了种种苦行和献祭，在所有圣地都沐浴过，而且研习了所有的经典。"

圣采坦尼亚在这方面树立了著名的榜样。他接受了哈瑞达斯·塔库为最重要的门徒之一。虽然哈瑞达斯·塔库（Haridāsa Ṭhākura）生于穆斯林家庭，但圣采坦尼亚仍将他提升到颂圣名师（nāmācārya）的位置，因为他严守原则，每天念颂30万遍绝对真理的圣名：哈瑞·奎师那，哈瑞·奎师那，奎师那·奎师那，哈瑞·哈瑞／哈瑞·茹阿玛，哈瑞·茹阿玛，茹阿玛·茹阿玛，哈瑞·哈瑞（*Hare Kṛṣṇa*，*Hare Kṛṣṇa*，*Kṛṣṇa Kṛṣṇa*，*Hare Hare/ Hare Rāma*，*Hare Rāma*，*Rāma Rāma*，*Hare Hare*）。从他不停地念颂绝对真理的圣名可知，他在前世一定经历了称为音梵（śabda-brahma）的一切韦达经仪式。因此，一个人若非得到净化，是断不会修持奎师那知觉的原则或唱颂绝对真理的圣名哈瑞·奎师那的。

诗节 45

प्रयत्नाद्यतमानस्तु योगी संशुद्धकिल्बिषः ।
अनेकजन्मसंसिद्धस्ततो याति परां गतिम् ॥ ४५ ॥

prayatnād yatamānas tu
yogī saṁśuddha-kilbiṣaḥ
aneka-janma-saṁsiddhas
tato yāti parāṁ gatim

prayatnāt—经过严格的修炼；*yatamānaḥ*—努力；*tu*—和；*yogī*—这样的一个超然主义者；*saṁśuddha*—洗尽；*kilbiṣaḥ*—所有各种的罪恶；*aneka*—经过很多很多；*janma*—诞生；*saṁsiddhaḥ*—达到完美；*tataḥ*—此后；*yāti*—达到；*parām*—最高的；*gatim*—目的地。

译文　瑜伽士竭诚修行，勇猛精进，污垢除尽。在经过累世修行之后，达到终极目标，进入完美境界。

要旨　一个生于特别正义、高贵、神圣的家庭的人，会意识到自己有着修习瑜伽的得天独厚的条件。因此，他便会坚定决心去完成自己未竟的大业，从而彻底除尽一切物质污染。当他最后摆脱了一切污染时，他就达到了至高无上的完美境界——奎师那知觉。奎师那知觉是远离一切污染的完美境界。《博伽梵歌》（7.28）这样说：

yeṣāṁ tv anta-gataṁ pāpaṁ
janānāṁ puṇya-karmaṇām
te dvandva-moha-nirmuktā
bhajante māṁ dṛḍha-vratāḥ

“今生前世，行事虔诚，彻底根除罪恶的人，不再受二元性的迷惑。他们坚定不移地为我服务。”

诗节 46

तपस्विभ्योऽधिको योगी ज्ञानिभ्योऽपि मतोऽधिकः ।
कर्मिभ्यश्चाधिको योगी तस्माद्योगी भवार्जुन ॥ ४६ ॥

tapasvibhyo 'dhiko yogī
jñānibhyo 'pi mato 'dhikaḥ
karmibhyaś cādhiko yogī
tasmād yogī bhavārjuna

tapasvibhyaḥ—比苦行者；*adhikaḥ*—更伟大；*yogī*—瑜伽士；*jñānibhyaḥ*—比智者；*api*—还；*mataḥ*—被认为；*adhikaḥ*—更伟大；*karmibhyaḥ*—比业报工作者；*ca*—还；*adhikaḥ*—更伟大；*yogī*—瑜伽士；*tasmāt*—因此；*yogī*—一位超然主义者；*bhava*—成为；*arjuna*—阿诸纳啊。

译文　瑜伽士比苦行者伟大，比经验主义者伟大，比业报工作者伟大。因此，阿诸纳啊！无论如何，要立志成为瑜伽士。

要旨　当我们谈到“瑜伽”时，我们是指把我们的知觉与至尊绝对真理连接起来。这一过程依照不同修习者所采用的特定方法被赋予了不同的名字。若连接过程主要体现于业报活动之中，就叫作业报瑜伽（Karma-yoga）；若主要是经验主义的，就叫作思辨瑜伽（Jñāna-yoga）；若主要体现在跟博伽梵的奉爱关系中，就叫作奉爱瑜伽（Bhakti-yoga）。奉爱瑜伽或奎师那知觉，正如下一诗节所解释的，是所有瑜伽中最完美的境界。绝对真理在这里确认了瑜伽的优越地位，但并没有提到这比奉爱瑜伽更好。奉爱瑜伽是圆满的灵性知识，因此，没有什么能超过它。没有关于自我知识的苦行是不完美的。没有对博伽梵的皈依，经验知识也同样是不完美的。没有奎师那知觉，业报活动不过是浪费时间。因此，这里所提及的最受称道的瑜伽修习方式是奉爱瑜伽。这一点在下一诗节中会有更加清楚的解释。

诗节 47

योगिनामपि सर्वेषां मद्गतेनान्तरात्मना ।
श्रद्धावान्भजते यो मां स मे युक्ततमो मतः ॥ ४७ ॥

yoginām api sarveṣām
mad-gatenāntar-ātmanā
śraddhāvān bhajate yo mām
sa me yuktatamo mataḥ

yoginām—瑜伽士；*api*—还有；*sarveṣām*—所有各类的；*mat-gatena*—长处我中，时刻想着我；*antaḥ-ātmanā*—在他内心；*śraddhāvān*—以完全的信心；*bhajate*—作出超然的爱心服务；*yaḥ*—谁；*mām*—向我（博伽梵）；*saḥ*—他；*me*—被我；*yuktatamaḥ*—最伟大的瑜伽士；*mataḥ*—认为是。

译文　在所有的瑜伽士中，谁对我信心坚定，长处我中，内心时刻想着我，以超然的爱心服务我，谁就能通过瑜伽和我亲密地连接在一起，谁就是最高级的瑜伽士。这就是我的意见。

要旨　梵文“bhajate”一词在此有深意。“bhajate”的词根是动词“bhaj”，当要表达“服务”之意时便用这个动词。中文“崇拜”一词与“bhaj”意义不尽相同。“崇拜”即“敬慕或尊敬值得的对象”。但以爱和信心所做的服务，则是专对博伽梵而言的。一个人不崇拜值得尊敬的人或半神人，可能被斥为不恭不敬，但人如果逃避为博伽梵做服务，必将备受谴责。每一生物都是博伽梵的所属部分，因此，每一生物从其构成性角度来看就是要为博伽梵服务。若非如此，便会堕落。《圣典博伽瓦谭》（11.53）这样证实说：

ya eṣāṁ puruṣaṁ sākṣād
ātma-prabhavam īśvaram
na bhajanty avajānanti
sthānād bhraṣṭāḥ patanty adhaḥ

“原始的绝对真理是一切生物的根源，谁若忽视对他的责任，不侍奉他，则必从自己的本质地位上落下来。”

这一诗节也用了“bhajanti”这个词。可见“bhajanti”一词只适用于博伽梵，而“崇拜”一词则可用于半神人或任何其他普通的生物。《圣典博伽瓦谭》在这里所用的“avajānanti”一词，也能在《博伽梵歌》（9.11）中找到：“我以人的形体降临时，愚人向我冷嘲热讽（*avajānanti māṁ mūḍhāḥ*）。”这些人不想为博伽梵服务，竟也以阐释《博伽梵歌》为己任，因此，他们不能正确分辨“bhajanti”一词和“崇拜”一词。

各类瑜伽修习的顶峰就是奉爱瑜伽。所有其他瑜伽都只是达到奉爱瑜伽（Bhakti-yoga）之“奉爱（bhakti）”的不同方式。瑜伽的实际含义就是“奉爱瑜伽”。其他各种瑜伽都是通向奉爱瑜伽这一终点的渐进阶段。从业报瑜伽开始到奉爱瑜伽为止，是觉悟自我的漫长道路。不追求获利性成果的业报瑜伽，是这条道路的起点。当业报瑜伽带来知识的增加和弃绝的增进时，就进入了思辨瑜伽（Jñāna-yoga）阶段。当不同的身体姿式促进了思辨瑜伽对超灵的观想，而且心意专注于超灵时，就被称为“八部瑜伽（aṣṭāṅga-yoga）”。越过八部瑜伽而来到博伽梵奎师那跟前，人就到了最高顶点——奉爱瑜伽。事实上，奉爱瑜伽是终极目标，但要细微地分析奉爱瑜伽，我们还须了解其他那些瑜伽。不断进步的瑜伽士就是走在永恒福乐的光明大道上。停留在某一点上，不能更上一层楼的人，就以那一点而得名，如业报瑜伽士（karma-yogī）、思辨瑜伽士（jñāna-yogī）、禅定瑜伽士（dhyāna-yogī）、王道瑜伽士（rāja-yogī）、哈塔瑜伽士（haṭha-yogī）等。如果一个人足够幸运，达到了奉爱瑜伽的境界，就可以认为他已超越了其他所有的瑜伽形式。因此奎师那知觉是瑜伽的最高境界。这就好比我们说到喜玛拉雅山，指的是世界上最高的山脉，而珠穆朗玛峰则是最高峰。

人若根据韦达的训示，在奉爱瑜伽之途上走到奎师那知觉的境地并稳处其中，是何等地幸运啊！理想的瑜伽士将自己的意念集中于奎师那。奎师那又称为夏玛逊达（Śyāmasundara），其肤色美丽如云，莲花般的面庞辉煌如日，衣着华美，珠宝闪烁，又花环加身。他烨烨四射的灿烂光彩被称为“梵光（brahmajyoti）”。他化身为不同的形象，如茹阿玛（Rāma）、尼星哈（Nṛsiṁha）、瓦拉哈（Varāha）和博伽梵奎师那。他以人形降临世上，如同人一样，做了雅首达（Yaśodā）的儿子，人称奎师那、哥文达（Govinda）、华苏戴瓦（Vāsudeva）。他是十全十美的儿童、孩子、丈夫、朋友和主人，他拥有一切超然的品质。如果人能完全知觉他这些特点，便是最高级的瑜伽士。

瑜伽中这一无上完美的境界只有通过奉爱瑜伽才能达到，恰如一切韦达经典所证实：

yasya deve parā bhaktir
yathā deve tathā gurau
tasyaite kathitā hy arthāḥ
prakāśante mahātmanaḥ

“韦达知识的全部含义，只会自然而然地启示给那些对博伽梵和灵性导师都有着毫无保留的信心的伟大灵魂。”——《室维陀奥义书》（6.23）

Bhaktir asya bhajanaṁ tad ihāmutropādhi-nairāsyenāmuṣmin manaḥ-kalpanam, etad eva naiṣkarmyam. “bhakti”是指对博伽梵的爱心奉爱服务，这种服务既不想获取今生的物质利益，也不想获取来世的物质利益。人应该消除这些倾向，将心意完全专注于至尊。这就是无果业报（naiṣkarmya）的目的。——《哥帕拉奥义书》（1.15）

这些都是修习奉爱瑜伽，即瑜伽体系之最完美境界——奎师那知觉的一些方法。

巴克提维丹塔（Bhaktivedanta）阐释圣典《博伽梵歌》第六章“禅定瑜伽”至此结束。

第七章

关于绝对真理的知识

圣奎师那是至高无上的真理，至高无上的始因，是维系一切物质和灵性事物的伟大力量。高尚的灵魂以奉爱精神皈依他，不虔诚的灵魂则转向其他崇拜的对象。

诗节 1

श्रीभगवानुवाच
मय्यासक्तमनाः पार्थ योगं युञ्जन्मदाश्रयः ।
असंशयं समग्रं मां यथा ज्ञास्यसि तच्छृणु ॥ १ ॥

śrī-bhagavān uvāca
mayy āsakta-manāḥ pārtha
yogaṁ yuñjan mad-āśrayaḥ
asaṁśayaṁ samagraṁ māṁ
yathā jñāsyasi tac chṛṇu

śrī bhagavān uvāca—博伽梵说；*mayi*—于我；*āsakta-manāḥ*—心意依附；*pārtha*—菩瑞塔之子啊；*yogam*—自我觉悟；*yuñjan*—修习；*mat-āśrayaḥ*—在对我的知觉（奎师那知觉）中；*asaṁśayam*——无疑惑；*samagram*—彻底；*mām*—我；*yathā*—如何；*jñāsyasi*—你能够知道；*tat*—那；*śṛṇu*—努力聆听。

译文　博伽梵说：菩瑞塔之子啊！你听我讲，如何修习瑜伽：全然知觉我，心意系于我，这样你就能彻底了解我，一无疑惑。

要旨　《博伽梵歌》第七章，对奎师那知觉的性质给予了充分的描述。奎师那拥有全部的富裕，这里描述了他是如何展示这些富裕的。本章还描述了四种热爱奎师那的幸运者和四种根本不爱奎师那的不幸者。

在《博伽梵歌》前六章的描述中，生物被形容为非物质的灵魂，能通过种种瑜伽，将自我提升到觉悟的层面。第六章的结尾清楚地表明，在所有形式的瑜伽之中，最高级的瑜伽就是将心意专注于奎师那，换句话说，即奎师那知觉。只有将心意专注于奎师那才能彻底认识绝对真理，舍此别无他途。觉悟到非人格梵光（brahmajyoti）或区限化的超灵（Paramatma）只是偏而不全的认识，谈不上是关于绝对真理的完整知识。全面而科学的知识就是奎师那。人若在奎师那知觉中，一切便向他昭然揭示。进入完全的奎师那知觉中，便知道奎师那就是超越一切疑惑的终极知识。各式各样的瑜伽都只是通向奎师那知觉之途的阶石。直接修习奎师那知觉的人，会自然而然地彻悟梵光和超灵。修习奎师那知觉的瑜伽能够彻底通晓一切——即绝对真理、生物、物质自然及其相伴的一切展示。

因此，应该按照第六章最后一诗节的教导开始修习瑜伽。要将心意专注于博伽梵奎师那，必须实践奉爱服务的九种规范方式，其中聆听（śravaṇam）是最首要的。因此博伽梵对阿诸纳说："你听我讲（tac chṛṇu）。"

没有谁是比奎师那还高的权威。从他那儿聆听是造就完美的奎师那知觉者的绝好机会。因此，人们应该直接向奎师那学习或向他的纯粹的奉献者学习，而不可师从那些有点学问就自命不凡、不可一世的非奉献者。《圣典博伽瓦谭》（1.2.17-21）描述了理解博伽梵——绝对真理奎师那的方法。

śṛṇvatāṁ sva-kathāḥ kṛṣṇaḥ
puṇya-śravaṇa-kīrtanaḥ
hṛdy antaḥ-stho hy abhadrāṇi
vidhunoti suhṛt satām

naṣṭa-prāyeṣv abhadreṣu
nityaṁ bhāgavata-sevayā
bhagavaty uttama-śloke
bhaktir bhavati naiṣṭhikī

tadā rajas-tamo-bhāvāḥ
kāma-lobhādayaś ca ye
ceta etair anāviddhaṁ
sthitaṁ sattve prasīdati

evaṁ prasanna-manaso
bhagavad-bhakti-yogataḥ
bhagavat-tattva-vijñānaṁ
mukta-saṅgasya jāyate

bhidyate hṛdaya-granthiś
chidyante sarva-saṁśayāḥ
kṣīyante cāsya karmāṇi
dṛṣṭa evātmanīśvare

"从韦达圣典中听闻奎师那，或通过《博伽梵歌》直接聆听奎师那，本身就是正义的行为。奎师那寓居于众人心中，对于那些经常聆听的奉献者来说，他就像朋友一样致以最美好的祝福，而且会帮助奉献者得到净化。这样，奉献者潜在的超然知识便自然得到开发。越是从《圣典博伽瓦谭》和奉献者处聆听奎师那，就越是坚定于对博伽梵的奉爱服务之中。而奉爱服务的增进又有助于人远离激情和愚昧形态，从而消除物质的色欲和贪婪。除尽不洁，人就能够泰然稳处于纯粹善良状态，奉爱服务又使他生气勃勃，这样就能够完美地理解有关神的科学。因此，奉爱瑜伽切断了物质情缘的死结，使人能够达到理解至尊绝对真理人格神的境界（*asaṁśayaṁ-samagram*）。”

因此，聆听自奎师那或处于奎师那知觉中的奉献者，才是领悟奎师那科学的必由之路。

诗节 2

ज्ञानं तेऽहं सविज्ञानमिदं वक्ष्याम्यशेषतः ।
यज्ज्ञात्वा नेह भूयोऽन्यज्ज्ञातव्यमवशिष्यते ॥ २ ॥

jñānaṁ te 'haṁ sa-vijñānam
idaṁ vakṣyāmy aśeṣataḥ
yaj jñātvā neha bhūyo 'nyaj
jñātavyam avaśiṣyate

jñānam—表面现象知识；*te*—向你；*aham*—我；*sa*—和；*vijñānam*—深层灵性知识；*idam*—这；*vakṣyāmi*—将会解释；*aśeṣataḥ*—完全地；*yat*—那；*jñātvā*—知道；*na*—不；*iha*—在这个世界；*bhūyaḥ*—更多；*anyat*—其他的东西；*jñātavyam*—可以认识的；*avaśiṣyate*—剩下。

译文　我现在就向你全面昭示这门知识，包括表面现象知识和深层灵性知识。懂得这门知识，对你来说，再无其他需要知道的了。

要旨　完备的知识包括：现象世界的知识，现象世界背后的灵性知识以及两者本源的知识，亦即超然的知识。奎师那要详细解说这套知识系统，因为阿诸纳是他最亲密的奉献者和朋友。博伽梵在第四章开始部分已作出了解释，这里又再次证实——只有直接源于博伽梵的使徒传系中的奉献者才能获得完备的知识。因此，要善用智慧去辨明何为一切知识之源，去认清谁是万原之原，去了解各种瑜伽修行所观想的唯一对象又是什么。认识了万原之原，一切可知的事情都会变得清楚明了，不会再有不知道的了。韦达经《蒙达卡奥义书》（*Muṇḍaka Upaniṣad* 1.3）说：知此则一切皆知（*kasminn u bhagavo vijñāte sarvam idaṁ vijñātaṁ bhavati*）。

诗节 3

मनुष्याणां सहस्रेषु कश्चिद्यतति सिद्धये ।
यततामपि सिद्धानां कश्चिन्मां वेत्ति तत्त्वतः ॥ ३ ॥

manuṣyāṇāṁ sahasreṣu
kaścid yatati siddhaye
yatatām api siddhānāṁ
kaścin māṁ vetti tattvataḥ

manuṣyāṇām—人；*sahasreṣu*—在数千的；*kaścit*—有一个人；*yatati*—努力；*siddhaye*—追求完美；*yatatām*—在如此努力者当中；*api*—真正地；*siddhānām*—在达到完美的人之中；*kaścit*—有一个人；*mām*—我；*vetti*—真正了解；*tattvataḥ*—事实上。

译文　在千千万万人之中，或许只有一人努力追求完美；而在达到完美的人之中，几乎没有一个人能真正了解我。

要旨　人有多种层次之分，万人之中，或许仅有一人会对超然觉悟产生足够的兴趣，对何谓自我，何谓躯体，何谓绝对真理等问题，想弄个究竟。一般而言，人类趋向的是动物习性的活动，即吃、睡、防卫和交配，难得有人会对超然知识感兴趣。《博伽梵歌》的前六章为的是那些对超然知识感兴趣的人，他们想通过修习思辨瑜伽（Jñāna-yoga）和禅定瑜伽（Dhyāna-yoga）来理解自我、超我以及觉悟的程序，辨别清楚自我和物质的不同。然而，只有在奎师那知觉中的人才能认识奎师那。其他的超然主义者也许能够获得对非人格梵的觉悟，因为这觉悟比认识奎师那要容易一些。奎师那是至尊之人，同时又超出梵和超灵的知识之外。瑜伽士和思辨家在试图理解奎师那时都感到茫然无措。最著名的非人格主义者商羯罗师（Śrīpāda Śaṅkarācārya），在他的《博伽梵歌评注》中承认了奎师那就是博伽梵，但他的追随者却不这样看，原因就在于即便有了非人格梵的超然觉悟，要认识奎师那仍然非常困难。奎师那是博伽梵，是万原之原，是原初之主哥文达。“奎师那又被称为哥文达，是博伽梵。他的形体永恒、全知、极乐。他是万物之根源。他自己再无根源。他是万原之原（*Isvarah paramah krsnah sac-cid-ananda-vigrahah / anadir adir govindah sarva-karana-karanam*）。”非奉献者要想认识奎师那实在是难上加难。他们把奉爱（Bhakti）之途或奉爱服务说成是轻而易举的事。他们说得容易，可就是做不到。若奉爱之途果真如非奉献者所说的那么容易，他们为什么要舍易取难呢？其实，奉爱之途并不容易。未经授权且不知奉爱为何物的人走的所谓“奉爱之途”也许很容易；但如果真要按规范规则去修习，那么这些善于思辨的大学者和大哲学家会从这条道路上撤退下来。圣茹帕·哥斯瓦米在《奉爱的甘露海洋》（1.2.101）中写道：

śruti-smṛti-purāṇādi-
pañcarātra-vidhiṁ vinā
aikāntikī harer bhaktir
utpātāyaiva kalpate

“为博伽梵做奉爱服务，却无视诸奥义书、《宇宙古史》和《拿拉达五礼典》等权威性韦达圣典，只会是对社会的不必要的骚扰。”

觉悟了梵的非人格梵主义者或觉悟到超灵的瑜伽士，都不可能理解奎师那——作为雅首达妈妈的儿子或阿诸纳的马车夫的博伽梵。就是伟大的半神人有时也对奎师那感到困惑（*muhyanti yat sūrayaḥ*）。博伽梵说：“无人识我的真相（*māṁ tu veda na kaścana*）。”如果真有人认识他，那么“这样伟大的灵魂实在罕见（*sa mahātmā su-durlabhaḥ*）”。因此，无论是大学者还是大哲学家，不从事对博伽梵的奉爱服务，就不能如其所如地理解奎师那（tattvataḥ）。只有纯粹的奉献者才对奎师那，对万原之原，对他的全能，对他的财富、声名、力量、美丽、知识和弃绝等不可思议的超然品质有所了解，因为奎师那青睐眷顾他的奉献者。他是梵觉的顶点，唯有奉献者才能全面完整地理解他。因此，有诗云：

ataḥ śrī-kṛṣṇa-nāmādi
na bhaved grāhyam indriyaiḥ
sevonmukhe hi jihvādau
svayam eva sphuraty adaḥ

“谁也不能凭迟钝的物质感官理解原本的奎师那。但奎师那会把自己昭示给奉献者，因为奉献者所做的超然爱心服务令他喜悦。”（《奉爱的甘露海洋》1.2.234）

诗节 4

भूमिरापोऽनलो वायुः खं मनो बुद्धिरेव च ।
अहङ्कार इतीयं मे भिन्ना प्रकृतिरष्टधा ॥ ४ ॥

bhūmir āpo 'nalo vāyuḥ
khaṁ mano buddhir eva ca
ahaṅkāra itīyaṁ me
bhinnā prakṛtir aṣṭadhā

bhūmiḥ—土；*āpaḥ*—水；*analaḥ*—火；*vāyuḥ*—空气；*kham*—以太；*manaḥ*—心意；*buddhiḥ*—智性；*eva*—肯定；*ca*—和；*ahaṅkāraḥ*—假我；*iti*—如此；*iyam*—所有这些；*me*—我的；*bhinnā*—分离的；*prakṛtiḥ*—能量；*aṣṭadhā*—八者。

译文 **土、水、火、空气、以太、心意、智性、假我——这八者合起来便构成与我分离的物质能量。**

要旨 神的科学是一门分析神的本质地位及其各种能量的科学。物质自然叫作“原质”（prakrti），或如以下《萨特瓦塔·昙陀罗》（*Sātvata-tantra*）所描绘的博伽梵在不同主宰化身（扩展）中的能量：

viṣṇos tu trīṇi rūpāṇi
puruṣākhyāny atho viduḥ
ekaṁ tu mahataḥ sraṣṭṛ
dvitīyaṁ tv aṇḍa-saṁsthitam
tṛtīyaṁ sarva-bhūta-sthaṁ
tāni jñātvā vimucyate

“为了物质创造，博伽梵奎师那的全权扩展展示成为三重维施努。第一个是大维施努（Maha-Visnu），他创造了全部的物质能量，名为“物质大实体”

（*mahat-tattva*）；第二个是孕诞之洋维施努（*Garbodakasayi Visnu*），他进入各个宇宙并在其间，使其多姿多彩；第三个是牛奶之洋维施努（*Ksirodakasayi Visnu*），即遍存万有的超灵（*Paramātmā*），他遍布各个宇宙之中，即使在原子之中也不例外。认识三重维施努，就可望从物质束缚之中获得解脱。"

这个物质世界只是绝对真理的一种能量分支的短暂展示。物质世界里的一切活动都受绝对真理的三重维施努扩展支配。这些"主宰（purusa）"称为化身。不了解神（奎师那）的科学的人，一般总认为物质世界的创造是为了满足生物的享乐，生物本身就是"purusa"——即物质能量的原因、控制者和享乐者。但是，由《博伽梵歌》便可知，这种无神论的论调是错误的。奎师那是物质展示的始因，本诗节这样说，《圣典博伽瓦谭》也如是说。物质展示的成分是绝对真理分离的能量。即便是被非人格主义者视为终极目的的梵光（brahmajyoti），也只是一种展示在灵性天空的灵性能量。在梵光中并不像在无忧星宿（Vaikuṇṭhaloka 外琨塔）那样多姿多彩，但仍被非人格主义者奉为永恒的终极目的。超灵的展示也只是牛奶之洋维施努的一个短暂的遍存万有的容貌。须知在灵性世界里，超灵展示并非是永恒的。因此，真正的绝对真理是博伽梵奎师那。他是拥有完整能量的人，他拥有种种分离的和内在的能量。

物质能量之中，主要的展示有如上所述的八种。前五种，土、火、水、空气和以太被称为五大创造，或粗糙创造。五种感官对象就包括在其中，也就是物质的声、触、形、味和嗅的展示。物质科学包含了这十项，也仅此而已，再无别的什么了。另外的三种，即心意、智性及假我却被物质主义者忽视。研究精神活动的哲学家们的知识也不完全，因为他们不知道终极的始因是奎师那。构成物质存在的基本原则是假我，即"我是"和"这是我的"。假我之中包含了从事物质活动的十种器官。智性则是指总的物质创造（mahat-tattva 物质大实体）。因此物质世界的二十四种元素展示是从绝对真理的这八种分离能量而来的。无神论的数论哲学（sāṅkhya）研究的就是这些元素。这八种能量本是从奎师那分离出来的能量分支，但无神论数论哲学家们知识浅薄，不知道奎师那乃是万原之原。数论哲学所讨论的只是《博伽梵歌》中描述的奎师那的外在能量的展示而已。

诗节 5

अपरेयमितस्त्वन्यां प्रकृतिं विद्धि मे पराम् ।
जीवभूतां महाबाहो ययेदं धार्यते जगत् ॥ ५ ॥

apareyam itas tv anyāṁ
prakṛtiṁ viddhi me parām
jīva-bhūtāṁ mahā-bāho
yayedaṁ dhāryate jagat

aparā—低等；*iyam*—这；*itaḥ*—除此以外；*tu*—却；*anyām*—另一种；*prakṛtim*—能量；*viddhi*—只是努力去理解；*me*—我的；*parām*—高等；*jīva-bhūtām*—由生物构成；*mahā-bāho*—臂力强大的人啊；*yayā*—被谁；*idam*—这；*dhāryate*—利用和剥削；*jagat*—物质世界。

译文　臂力强大的阿诸纳呀，除了这些低等能量之外，我还有另一种高等能量，由开发利用低等能量——物质自然的生物构成。

要旨　这里明确地讲明了生物是属于博伽梵的高等能量的。绝对真理的低等能量是物质，展示为不同的元素，即土、水、火、空气、以太及心意、智性和假我。粗糙的（如土等）和精微的（心意等）两种物质自然形式，都是低等能量的产物。为着不同目的而开发利用这些低等能量的是生物。生物是博伽梵的高等能量，正是由于这种能量，整个物质世界才得以运行不止。宇宙之展示无力自行运作，非得要高等能量的生物去推动方可。能量总是在有能力者的控制之下，因此，生物永远都在绝对真理的掌握之中，无所谓独立于绝对真理的存在。他们从来就不是势均力敌、不分伯仲的，并不像无智慧的人所想象的那样。生物与博伽梵的分别，在《圣典博伽瓦谭》（10.87.30）中有以下描述：

aparimitā dhruvās tanu-bhṛto yadi sarva-gatās
tarhi na śāsyateti niyamo dhruva netarathā
ajani ca yan-mayaṁ tad avimucya niyantṛ bhavet
samam anujānatāṁ yad amataṁ mata-duṣṭatayā

“噢，永恒的至尊啊！倘若体困的生物像您一样既永恒又遍存万有，那他们怎么也不会在您的掌握之中。但如若承认生物是您的细微能量，他们便会立刻皈依于您至高无上的控制之下。因此，真正的解脱是生物皈依您的控制，这样皈依必给他们带来快乐。生物只有在他们的原本地位上才能是控制者。知识有限的人叫喊的所谓生物与神在各方面都相等的一元论，其实是受错误和污秽的看法所引导的理论。”

博伽梵奎师那是唯一的至尊控制者，所有生物都在他的控制之中。生物之所以是博伽梵的高等能量，是因为生物的存在性质与博伽梵的本质完全相同，同出一辙；但在能量上却永远不及博伽梵。高等能量（生物）在开发利用粗糙和精微的低等能量（物质）时，是受了物质的影响，忘记了其真正的灵性心意和灵性智慧。摆脱这虚幻的物质能量的影响，便可达到解脱（mukti）的境界。在物质虚幻中的假我会这样想，“我是物质，物质所得都是我的”。只有从所有物质观念（包括在各方面人神合一的概念中）解脱出来，才会对一己真正的地位看得明白。因此，可下结论，《博伽梵歌》肯定了生物仅为奎师那众多能量中的一种；当物质污染荡然无存时，这种能量就完全奎师那知觉化了，就获得了解脱。

诗节 6

एतद्योनीनि भूतानि सर्वाणीत्युपधारय ।
अहं कृत्स्नस्य जगतः प्रभवः प्रलयस्तथा ॥ ६ ॥

etad-yonīni bhūtāni
sarvāṇīty upadhāraya
ahaṁ kṛtsnasya jagataḥ
prabhavaḥ pralayas tathā

etat—这两种本性；*yonīni*—诞生的源头；*bhūtāni*—受造万物；*sarvāṇi*—一切；*iti*—如此；*upadhāraya*—知道；*aham*—我；*kṛtsnasya*—包括一切的；*jagataḥ*—世界的；*prabhavaḥ*—展示的源头；*pralayaḥ*—毁灭；*tathā*—和。

译文 **一切受造之物都源于这两种本性。你要知道，对于世界上一切灵性与物质的事物，我既是起源，又是瓦解。**

要旨 存在着的一切都是物质与灵性的产物。灵性是创造的基本场，物质为灵性所造。灵性能量并不是物质发展到一定阶段的产物，恰恰相反，灵性能量是物质世界展示的基础。物质躯体得以发展是因为有灵魂在其中。孩童长成少年、青年，也是有了高等能量灵魂的缘故。同样，巨大的宇宙之所以发展成为完整的巨大展示，也是超灵——维施努（Viṣṇu）存在的缘故。所以，联合展示为巨大宇宙形体的灵性能量与物质能量，原本就是博伽梵的两种能量，所以说博伽梵是万物的起始原因。作为博伽梵的所属部分的生物，或许会是一幢摩天大楼、一家大工厂、一座大城市的原因，却不可能成为大宇宙的原因。大宇宙的原因是大灵魂——超灵。而博伽梵奎师那，既是大灵魂的起因，也是小灵魂的起因，因此是初始的万原之原。这在《卡塔奥义书》（2.2.13）中亦有证实：他是永恒中最主要的永恒，生物中至尊的生物（*nityo nityanam cetanas cetananam*）。

诗节 7

मत्तः परतरं नान्यत्किञ्चिदस्ति धनञ्जय ।
मयि सर्वमिदं प्रोतं सूत्रे मणिगणा इव ॥ ७ ॥

mattaḥ parataraṁ nānyat
kiñcid asti dhanañjaya
mayi sarvam idaṁ protaṁ
sūtre maṇi-gaṇā iva

mattaḥ—超越于我；*prataram*—高于；*na*—没；*anyat kiñcit*—其他任何东西；*asti*—有；*dhanañjaya*—财富的征服者啊；*mayi*—在我之中；*sarvam*—一切存在；*idam*—我们看见的；*protam*—系于；*sūtre*—在一根线上；*maṇi-gaṇāḥ*—珍珠；*iva*—就像。

译文　财富的征服者啊！我是至高无上的真理。我是万物的依系，如线串珠。

要旨　关于至尊绝对真理是人格的还是非人格的这一问题，存在着普遍的争议。从《博伽梵歌》来看，绝对真理即博伽梵奎师那。《博伽梵歌》处处证实着这一点。这一诗节特别强调绝对真理是一个人。博伽梵就是绝对真理。这也是《梵天本集》（*Brahma-saṁhitā*）的论断："至尊绝对真理人格神首就是奎师那，他是原始的主，他是快乐的源泉，他是哥文达，拥有永恒、全知、极乐的完美形象（*isvarah paramah krsnah sac-cid-ananda-vigrahah*）。"这些权威经典不容置疑地确认绝对真理即至尊之人，是万原之原。然而，非人格主义者肢解《室维陀奥义书》（3.10）的这段韦达经文，断章取义，原文如下："宇宙中的原初生物布茹阿玛（Brahma 梵天）被公认为物质世界里的半神人、人和低级动物的至高者。然后，梵天之上，有超然性的存在，没有物质形体，远离物质污染。认识他的也能超超然然，不识者却要饱受物质世界的苦难（*tato yad uttarataraṁ tad arūpam anāmayam/ ya etad vidur amṛtās te bhavanti athetare duḥkham evāpiyanti*）。"

非人格主义者对"无形（arupam）"一词强调得过了头。然而，这个"arupam"却并不是非人格的，而是指如上面所引《梵天本集》中所描述的永恒、极乐和知识的超然形体。《室维陀奥义书》的其他诗节（3.8-9）对此作了具体的证实：

vedāham etaṁ puruṣaṁ mahāntam
āditya-varṇaṁ tamasaḥ parastāt
tam eva viditvāti mṛtyum eti
nānyaḥ panthā vidyate 'yanāya

"我认识超然于一切物质概念的博伽梵。只有认识他的人才能超越生死桎梏。除了认识至尊者之外，别无解脱之途。"

yasmāt paraṁ nāparam asti kiñcid
yasmān nāṇīyo no jyāyo 'sti kiñcit
vṛkṣa iva stabdho divi tiṣṭhaty ekas
tenedaṁ pūrṇaṁ puruṣeṇa sarvam

"没有高于至尊者的真理，因为他就是最高的了。他比最小的更小，比最大的还大。他超然安处如同静止的大树，他灵性的光灿照亮了整个超然的天空，如同大树树根蔓延，他巨大的能量四处扩展。"

从这两个诗节中可以得出结论：至尊绝对真理就是博伽梵，以物质和灵性的众多的能量，遍存万有。

诗节 8

रसोऽहमप्सु कौन्तेय प्रभास्मि शशिसूर्ययोः ।
प्रणवः सर्ववेदेषु शब्दः खे पौरुषं नृषु ॥ ८ ॥

raso 'ham apsu kaunteya

prabhāsmi śaśi-sūryayoḥ
praṇavaḥ sarva-vedeṣu
śabdaḥ khe pauruṣaṁ nṛṣu

rasaḥ—味道；*aham*—我；*apsu*—水的；*kaunteya*—琨缇之子啊；*prabhā*—光；*asmi*—我是；*śaśi-sūryayoḥ*—太阳和月亮的；*praṇavaḥ*—*a-u-m* 这三个字母；*sarva*—在所有；*vedeṣu*—韦达经中；*śabdaḥ*—音震；*khe*—以太的；*pauruṣam*—能力；*nṛṣu*—人的。

译文　琨缇之子啊！我是水之甘味，我是日月之光，我是韦达曼陀中最神圣的音节——噢姆（oṁ）；我是以太中的声音和人的能力。

要旨　这节诗解释了博伽梵是如何以其种种物质和灵性能量遍存万有的。从不同的能量中可初步感知到博伽梵，不过这样得到的是非人格化的认识。这就好像太阳上的半神人是人，通过他普照遍透的能量——阳光，便可感知到他的存在。所以博伽梵虽身在永恒的居所中，也可从他遍存万有散播渗透的能量中去感知。水的滋味基于水的活跃本质。海水无人喜爱饮用，因为水的纯味与盐味混杂了。水的魅力正在于味的纯正，这纯正之味就是绝对真理的一种能量。非人格主义者从水的味道中感知到绝对真理的存在，人格神主义者也礼赞神赐水解渴。这就是感知至尊之道。从实践来讲，两者并无冲突。认识神的人知道非人格的和人格化的概念并存于万物之中，并不互相抵触。因此，圣采坦尼亚（Caitanya）建立了崇高的理论："不可思议的即一即异论（*acintya bheda-abheda-tattva*）"。

日月之光本来也来自绝对真理非人格的梵光（brahmajyoti）。

每一首韦达赞歌开头的超然原音"帕纳瓦（praṇava）"或"噢姆卡尔（oṁkāra）"，都是称谓博伽梵的。非人格主义者惧怕用博伽梵奎师那（Kṛṣṇa）的无数名字称呼他，转而吟诵超然之音"oṁkāra"，却不知"oṁkāra"就是奎师那的声音的代表。奎师那知觉处处即是，认识奎师那的人是有福的，不认识奎师那的人则处于假象中。所以，认识者得解脱，不识者遭束缚。

诗节 9

पुण्यो गन्धः पृथिव्यां च तेजश्चास्मि विभावसौ ।
जीवनं सर्वभूतेषु तपश्चास्मि तपस्विषु ॥ ९ ॥

puṇyo gandhaḥ pṛthivyāṁ ca
tejaś cāsmi vibhāvasau
jīvanaṁ sarva-bhūteṣu
tapaś cāsmi tapasviṣu

puṇyaḥ—原始的；*gandhaḥ*—芬芳；*pṛthivyām*—土地的；*ca*—也；*tejaḥ*—热量；*ca*—也；*asmi*—我是；*vibhāvasau*—火中的；*jīvanam*—生命；*sarva*—所有；*bhūteṣu*—生物；*tapaḥ*—苦行；*ca*—也；*asmi*—我是；*tapasviṣu*—苦行者的。

译文　我是土地原始的芬芳，我是火中的热量；我是一切众生的生命，我是一切苦行者的赎罪苦行。

要旨　梵文“punya”是指未经分解的、原有的。物质世界的一切无不具有一定的气息或芳香，如花的芳香，或土、水、火、空气等的气息。那透入万物之中的没有污染的原有气息就是奎师那。同样，万物各具原味，与化学品混合，原味就会变化。原初的万物都有气味，有芳香，有滋味。

梵文“vibhavasu”指火，没有火开不了工厂，做不熟饭。而这火就是奎师那。奎师那是火中的热量。按照韦达医学的说法，消化不良起因于肠胃的温度低。连消化也不可没有“火”。在奎师那知觉中，我们就会意识到土、水、火、空气，每种活性元素、化学制品和物质元素都源于奎师那。人的寿命长短也归于奎师那。人可凭借奎师那的恩慈延长或缩短自己的寿命。可见，奎师那知觉在每方面都是能动活跃的。

诗节 10

बीजं मां सर्वभूतानां विद्धि पार्थ सनातनम् ।
बुद्धिर्बुद्धिमतामस्मि तेजस्तेजस्विनामहम् ॥ १० ॥

bījaṁ māṁ sarva-bhūtānāṁ
viddhi pārtha sanātanam
buddhir buddhimatām asmi
tejas tejasvinām aham

bījam—种子；*mām*—我；*sarva-bhūtānām*—众生的；*viddhi*—努力去理解；*pārtha*—菩瑞塔之子啊；*sanātanam*—原初的、永恒的；*buddhiḥ*—智性；*buddhimatām*—智者的；*asmi*—我是；*tejaḥ*—威力；*tejasvinām*—强者的；*aham*—我是。

译文　菩瑞塔之子啊！要知道我是一切存在的原初种子，一切智者的智性，一切强者的威力。

要旨　梵文"bījam"的意思是种子。奎师那是万物的种子。生物种类繁多，有可动的和不可动的。飞禽走兽、人类和许多生物都属可动生物；花草树木则属不可动生物，只能站立，不能移动。所有生物都在840万种生命形式之内，一些可动，一些不可动。情形虽不同，但生命的种子都是奎师那。据韦达经典记载，梵或至尊绝对真理，乃是万物衍生之源。奎师那是至尊梵（Parabrahman），是至尊灵魂。梵是非人格化的，而至尊梵却是人格性的。《博伽梵歌》的论断是：至尊梵的人格特性中已经包含了非人格的梵。因此，从根本上说，奎师那是万物之源，是根。树根维系着树，奎师那是万物的总根，维系着物质展示中的一切。韦达经典《卡塔奥义书》（2.2.13）证实：

nityo nityānāṁ cetanaś cetanānām
eko bahūnāṁ yo vidadhāti kāmān

"至尊者即人格神。在一切生物中，他最重要。他也是博伽梵，维系无数其他的个体生物。"

没有智慧，万事难为。奎师那也说他是全部智慧的根。没有智慧就不能认识博伽梵——奎师那。

诗节 11

बलं बलवतां चाहं कामरागविवर्जितम् ।
धर्माविरुद्धो भूतेषु कामोऽस्मि भरतर्षभ ॥ ११ ॥

balaṁ balavatāṁ cāhaṁ
kāma-rāga-vivarjitam
dharmāviruddho bhūteṣu
kāmo 'smi bharatarṣabha

balam—力量；*balavatām*—强者的；*ca*—和；*aham*—我是；*kāma*—激情；*rāga*—和依附；*vivarjitam*—丝毫没有；*dharma-aviruddha*—不违背宗教原则；*bhūteṣu*—在所有生物中；*kāmaḥ*—性生活；*asmi*—我是；*bharatarṣabha*—巴拉塔族之主啊。

译文 **巴拉塔之主（阿诸纳）呀！我是强者的力量，却不带激情和欲望。我是不违背宗教原则的性生活。**

要旨 强者的力量应用于保护弱者，而不应去攻击他人。同样，按照宗教原则（dharma 道德正法）性生活是为了繁育后代，而不在其他。父母的责任是培养子女的奎师那知觉。

诗节 12

ये चैव सात्त्विका भावा राजसास्तामसाश्च ये ।
मत्त एवेति तान्विद्धि न त्वहं तेषु ते मयि ॥ १२ ॥

ye caiva sāttvikā bhāvā
rājasās tāmasāś ca ye
matta eveti tān viddhi
na tv ahaṁ teṣu te mayi

ye—所有那些；*ca*—和；*eva*—肯定地；*sāttvikāḥ*—在善良中；*bhāvāḥ*—存在状况；*rājasāḥ*—在激情形态；*tāmasāḥ*—在愚昧形态；*ca*—和；*ye*—所有那些；*mattaḥ*—来自

我；*eva*—肯定地；*iti*—如此；*tān*—那些；*viddhi*—努力去认识；*na*—不；*tu*—但是；*aham*—我；*teṣu*—在它们；*te*—它们；*mayi*—在我。

译文　要知道，一切存在状况，无论处于善良、激情还是愚昧形态，都是我能量的展示。我既是万物，却又独立自在。我不在物质自然形态中；相反，它们都在我之内。

要旨　世上的一切物质活动都是在物质自然三形态中进行的。三形态虽由博伽梵奎师那流衍而来，奎师那却不受其役。例如，人若违法，就要受国家法律的制裁。但立法者国王却不受其约束。同样，物质自然形态——善良、激情和愚昧形态，来自奎师那，却不能约束奎师那。所以，奎师那"无物质属性（nirguna）"，意思是说这些"物质属性（guṇas 形态）"源于他，却不能影响他。这是博伽梵（Bhagavān）的特性之一。

诗节 13

त्रिभिर्गुणमयैर्भावैरेभि" सर्वमिदं जगत् ।
मोहितं नाभिजानाति मामेभ्य" परमव्ययम् ॥ १३ ॥

tribhir guṇa-mayair bhāvair
ebhiḥ sarvam idaṁ jagat
mohitaṁ nābhijānāti
mām ebhyaḥ param avyayam

tribhiḥ—三种；*guṇamayaiḥ*—由物质形态；*bhāvaiḥ*—被存在状态；*ebhiḥ*—所有这些；*sarvam*—整个；*idam*—这；*jagat*—宇宙；*mohitam*—被蒙蔽了；*na abhijānāti*—并不知道；*mām*—我；*ebhyaḥ*—超越；*param*—至尊者；*avyayam*—无穷无尽。

译文　整个世界被三种物质形态（善良、激情、愚昧）所蒙骗，对我一无所知。而我，超越这三种属性，而且无穷无尽。

要旨　物质自然三形态迷惑了整个世界，使人困而不得其解，无法理解那超然于物质自然的就是博伽梵奎师那。

物质自然中的生物各具独特的躯体，各有其相应的独特的心理和生态活动。人生于三种物质自然形态中，分为四类。完全处于善良形态中的称为婆罗门（Brāhmaṇas）；完全处于激情形态中的称为刹帝利（Kṣatriyas）；居于激情与愚昧形态两者之间的叫作外夏（Vaiśyas），完全处于愚昧形态的叫作庶陀（Śūdras）。庶陀下面就是动物或过着动物般生活的人。但是，这些称谓并不是一成不变的。此生或为婆罗门，或为刹帝利，或为外夏或他类，无论是什么，此生都短暂易逝，只在瞬息之间。尽管人生短暂而我们又不知道来世将是什么，我们却在虚幻能量的魔力驱使下，仍将躯体化的生命概念当成自我，于是我们把自己看成是美国人、印度人、中国人，或婆罗门、印度教徒、穆斯林、佛教徒等，不一而足。受物质自然形态的束缚就会忘记这些形态后面的博伽梵。因此，圣奎师那说，受物质形态迷惑的生物不能理解在物质背景之后的是博伽梵。

生物种类繁多，如人、半神人、动物等，每一个种类中的每一生物都在物质自然的影响之下，都忘记了超然的博伽梵。那些在激情形态和愚昧形态之中的人，甚至包括在善良形态中的人，对绝对真理的认识，都不超越非人格梵的概念。博伽梵所展示的具有全部富裕、美丽、知识、力量、声名和弃绝的人格特色，使他们茫然不解，如堕云雾。处于善良形态中的人尚且不解，更何况处于激情形态和愚昧形态中之人呢？奎师那知觉超然于物质自然三形态，真正稳处于奎师那知觉的，实际上就获得了解脱。

诗节 14

वी ह्येषा गुणमयी मम माया दुरत्यया ।
मामेव ये प्रपद्यन्ते मायामेतां तरन्ति ते ॥ १४ ॥

daivī hy eṣā guṇa-mayī
mama māyā duratyayā
mām eva ye prapadyante
māyām etāṁ taranti te

daivī—超然的；hi—肯定地；eṣā—这；guṇa-mayī—由三种物质自然形态组成；mama—我的；māyā—能量；duratyayā—难以克服；mām—向我；eva—肯定地；ye—谁；prapadyante—皈依；māyām etām—这迷幻能量；taranti—征服；te—他们。

译文　我的神圣能量由三种物质自然形态组成，难以克服。但皈依我的人，却能轻易跨越。

要旨　博伽梵的能量数不胜数，而且都是神圣的。生物既然是其中的一种能量，当然也是神圣的，但问题在于在与物质能量接触时，原有的高等能力被覆盖了。这样被物质能量覆盖的人，不容易克服它的影响。如前所述，灵性与物质都来自博伽梵，都是永恒的。生物属于绝对真理永恒的高等本性，但受到低等本性——物质的污染，也永恒地受虚幻迷惑。所以受限制的灵魂又被叫作“永恒的受制约者（nityabaddha）”。谁能找出自己是哪一天开始受物质制约的呢？因此，要想冲破物质自然的魔掌很不容易，因为物质自然虽是一种低等能量，但最终掌握其运行的却是生物无法跨越的至高无上的意志。这里之所以把低等的物质自然说成是神圣的，是因为它与神圣意志有联系，按神圣意志运作。物质自然虽属低等能量，但在神圣意志指挥下，也能在宇宙展示的构成和毁灭中出神入化地活动。韦达经上证明说：

māyāṁ tu prakṛtiṁ vidyān māyinaṁ tu maheśvaram.

“假象（māyā）虽然虚假和短暂，但其背后却是至为高明的魔术师——至尊控制者（Mahesvara）。”——《室维陀奥义书》（Śvetāśvatara Upaniṣad 4.10）

梵文“guna”的另一层意思是绳索。受限制的灵魂已被假象的绳索捆得严严实实。手脚受缚的人怎能自得解脱呢？必须得到解脱束缚的人的帮助。因为受缚的帮不了受缚的。解缚还须解脱者。所以，只有世尊奎师那或真正能代表他的灵性导师，才能解救受限制的灵魂。若非这些高能者的帮助，人绝不能挣脱物质自然的束缚。奉爱服务或奎师那知觉能助人得到这样的解救。奎师那是虚幻能量之主，能命令这不可攻克的能量，释却对灵魂的制约。这道赦免令的发出，是奎师那对皈依的灵魂无缘的恩慈，是出于奎师那对他原本的爱子（即生物）的父亲般的慈爱。所以，皈依绝对真理的莲花足，才是挣脱物质自然铁掌的唯一妙门。

梵文“mām eva”两字也颇有深意。“mām”指仅向奎师那（维施努），而非布茹阿玛（Brahma 梵天）或希瓦。梵天和希瓦虽地位崇高，近乎维施努的层面，但这些激情形态（rajo-guṇa）和愚昧形态（tamo-guṇa）的化身是不可能从假象（māyā）的手掌中解救出受限制的灵魂的。换句话说，梵天和希瓦本身也在虚幻的影响之中。只有奎师那才是假象的主人，也只有他才能解救受限制的灵魂。韦达经《室维陀奥义书》（3.8）的诗句“只有理解了奎师那，才能获得自由（*tam eva viditvā*）”，也证实了这点。就连希瓦也证实说，只有通过维施努的仁慈，才能获得解脱。希瓦神说：“毫无疑问，维施努才是众生解脱的救主（*mukti-pradātā sarveṣāṁ viṣṇur eva na saṁśayaḥ*）。”

诗节 15

न मां दुष्कृतिनो मूढाः प्रपद्यन्ते नराधमाः ।
माययापहृतज्ञाना आसुरं भावमाश्रिताः ॥ १५ ॥

na māṁ duṣkṛtino mūḍhāḥ
prapadyante narādhamāḥ
māyayāpahṛta-jñānā
āsuraṁ bhāvam āśritāḥ

na—不；*mām*—向我；*duṣkṛtinaḥ*—无赖恶徒；*mūḍhāḥ*—愚蠢的；*prapadyante*—皈依；*narādhamāḥ*—人类中最低劣的；*māyayā*—由于迷幻的能量；*apahṛta*—盗去；*jñānāḥ*—知识；*asuram*—恶魔的；*bhāvam*—品性；*āśritāḥ*—接受。

译文　那些愚不可及的人，那些人类中最低劣的人，那些知识被假象盗去的人，那些沾有恶魔般无神论品性的人，这些恶徒都不会皈依我。

要旨　《博伽梵歌》指出，仅靠皈依博伽梵奎师那的莲花足，便能超越于物质自然的铁律。这里出现一个问题，那些受过教育的哲学家、科学家、经商者、管理者和平民百姓的领导者，为什么不皈依全能的博伽梵奎师那呢？梵文“mukti”，即从物质自然中解脱出来，正是人类的领袖们以不同的方式做出的宏伟计划，世世代代锲而不舍追求的目标。如果只需皈依博伽梵的莲花足就能获得解脱，为什么这些勤劳智慧的领袖不采纳这简单的方法呢？

《博伽梵歌》直截了当地回答了这个问题。真正的社会领袖，如布茹阿玛

（Brahma 梵天）、希瓦（Śiva）、卡皮腊（Kapila）、库玛尔四兄弟（Kumāra）、玛努（Manu）、维亚萨（Vyāsa）、德瓦拉（Devala）、阿西塔（Asita）、佳纳卡（Janaka）、帕拉德（Prahlāda）、巴利（Bali）和后来的玛达瓦师（Madhvācārya）、腊玛努佳师（Rāmānujācārya）、圣采坦尼亚（Śrī Caita-nya）及许多其他人，才是值得信赖的哲学家、政治家、教育家和科学家，他们都无例外地皈依于至尊者全能权威的莲花足下。而那些为获取物质利益而装腔作势、道貌岸然的所谓哲学家、科学家、教育家、管理者，他们不会接受博伽梵的计划或道路。这些人没有神的观念，只是苦心经营着世俗计划。结果，弄巧成拙，不但没有解决物质生存的问题，反倒把问题弄复杂化了。因为物质能量无比强大，能抵制无神论者擅自的规划，使“计划委员会”的知识变得不堪一击。

这里把无神论的规划者描述为“恶徒（duṣkṛtī）”。梵文“kṛtī”意指行善者。无神论的规划者有的很聪明，也成就斐然。因为任何大型计划，无论好坏，要实施就必须有智慧。然而，无神论者的心思不恰当地用到对抗博伽梵的计划上去了。把无神论的规划者叫作恶徒，是说他们的智慧和努力用错了地方。

《博伽梵歌》清晰地谈道，物质能量完全在博伽梵的指导下运行，没有自主权，像影子一样，随形而动。但物质能量仍无比强大，一点也不敬神的无神论者不知其所以然，也不知道博伽梵的计划。无神论者在假象虚幻和激情与愚昧形态中不能自拔，所有计划一一受挫，就像黑冉亚卡希普（Hiraṇyakaśipu）和腊瓦拿（Rāvaṇa）的情形一样。在物质层面上，二人都是有学识的科学家、哲学家、管理者和教育家，但其计划却受挫粉碎。这些邪恶之徒，有四种类型，现概述如下：

一、“愚人（mūḍha）”，愚不可及的蠢货，像负重的牲畜。他们想独享自己劳动的成果，不愿献给至尊。重压在负的最典型的牲畜是驴子。憨厚的驴子在主人的驱赶下没日没夜拼命地干活，不知道为的是谁。有一把干草填肚就感到满足了；尽管担心主人鞭打，提心吊胆，要是能睡上片刻也自得其乐；哪怕是冒着再三被对方踢打的危险，只要是能满足性欲，驴子都会心满意足。有时也吟诗作赋，搬弄哲学，但驴子的叫声只会骚扰他人。这就是功利性工作者的处境，他们愚昧无知，不知道应为谁工作，不知道业报活动（Karma）是为着祭祀（yajña 献祭）的。

经常听到那些日夜劳碌，以减轻自己给自己制造的责任、负担的人说，没有时间听关于生物的永恒性的问题。对于这些“愚人（mūḍha）”，短暂易逝的物质所得，就是他们生命中的一切。而事实上，“愚人（mūḍha）”享用的只是很小的一部分劳动成果。有时，利益驱使他们通宵达旦，日夜不眠地工作，有的可能得了胃溃疡或出现消化不良的症状，或者即使肚子空空，也无怨言，为了假象中的主人之利益，他们顾不得什么白天黑夜。这些愚蠢的劳作者，不知道谁是真正的主人，把宝贵的时间浪费到侍奉财神上去了。不幸的是，他们根本就不皈依博伽梵不说，也不花时间从正当的来源聆听博伽梵。吃屎的猪猡不会理会酥油和糖做的甜品。同样，愚昧的劳作者会继续四处打听摇曳不宁的俗世中能刺激感官的消息，却不会去聆听那推动物质世界的永恒的生命力。

二、另一类恶徒（duṣkṛtī），被称为“人中最低劣者（narādhama）”。梵文“nara”指人类，“adhama”指最堕落的。840万种生命中，有40万人种。其中大多是未开化的低级人类生命形式。政治、社会和宗教生活规范化了的才是文明人。政治和社会都充分发展但缺乏宗教规范的也应算作“人中最低劣者（narādhama）”一类。没有神的宗教不是宗教，因为遵守宗教规范原则的目的在于认识至尊真理以及人与他的关系。在《博伽梵歌》中，奎师那清楚地表明，在他之上没有别的权威，他就是至高无上的真理。文明的人生是为了恢复失落了的与至尊真理、全能的博伽梵的永恒关系。谁丧失了这个机会，谁就应被归为人类中最低劣者（narādhama）。我们从启示经典知道，当婴儿还在母亲子宫里时（一个极不舒服的环境），就向神祈求降生，保证出生后只崇拜他。有难时向神求救，这是每种生物都有的自然本能，因为生物与神是永远相连的。但孩子出世后，受到虚幻能量的影响，忘记了出世前的困苦，也忘记了解救他的人。

帮助孩子恢复沉睡的神圣知觉，是监护人的天职。宗教原则宝典《玛努本集》（*Manu-smṛti* 摩奴法典）所训示的改造仪式有十项程序，是为四社会阶层及四灵性阶段中恢复神觉的。然而，当今之世，无一严格遵行，所以，百分之九十九点九的人都是人中最低劣者（narādhama）。

人中最低劣者（narādhama）充斥整个社会，无怪乎其所谓的教育在强大的物质自然能量中变得毫无效用了。从《博伽梵歌》的标准来看，所谓博学的人，即平等看待博学的婆罗门、狗、奶牛、大象和食狗者的人。这才是一个真正奉献者的眼界。以神圣导师降世的神之化身圣尼提阿南达·帕布（Śrī Nityānanda Prabhu）拯救了两个典型的人中最低劣者：佳盖（Jagāi）和玛戴（Mādhāi）两兄弟，显示出真正的奉献者如何给予那些最低劣的人以仁慈。所以，受到博伽梵谴责的最低劣的人，只要得到奉献者的恩慈，也能重新恢复灵性知觉。

圣采坦尼亚·玛哈帕布（Śrī Caitanya Mahāprabhu）在推广博伽梵大法（Bhāgavata-dharma），即奉献者的活动时，倡导人们恭顺地聆听人格神首的讯息。精华就是《博伽梵歌》。最低劣的人只有恭顺地聆听才能获得解脱。遗憾的是，他们连听这些讯息都拒绝，哪还会皈依博伽梵的意志呢？最低劣的人类，是完全无视人生首要责任的邪恶之徒。

三、第三类恶徒（duṣkṛtī），称为“知识被假象盗去者（mayayapahrta-jnanah）”。在虚幻的物质能量影响下，这些人眼中渊博的知识也全无价值。他们大都是些有学识的人物，伟大的哲学家、诗人、文人、科学家等。然而，他们被虚幻能量误导，不服从博伽梵。

这类知识被假象盗去者（mayayapahrta-jnanah）现在为数不少，在《博伽梵歌》学者中也不乏其人。《博伽梵歌》以简单明白的语言宣布，圣奎师那就是博伽梵。没有等同于或比他更伟大的权威了。他是梵天之父。事实上，奎师那不仅是梵天之父，也是一切生命种族之父。他是非人格梵和超灵（Paramatma）的根源，每个生物中的超灵都是其全权部分。奎师那是万物的源头，人应皈依到他的莲花足下。虽然说得这么清楚，知识被假象盗去者（māyayāpahṛta-jñānāḥ）对博伽梵仍是冷嘲热讽，视其为常人。他们不知道，蒙福的人体生命正是按博伽梵永恒超然的形貌设计的。

不在使徒传系（Parampara）内的，即知识被假象盗去者（māyayāpahṛta-jñānāḥ）妄自对《博伽梵歌》作的种种解释，都是灵性理解道路上的障碍。这些受蒙骗的阐释者不会皈依圣奎师那的莲花足，也不教导其他人遵行这条原则。

四、第四类恶徒（duskrti）叫作“邪恶的无神论者（asuram bhavam asritah）”。这一类人是公然的无神论者，有的振振有辞地争辩说，博伽梵绝不可能降临物质世界，却又提不出确切的理由来说明。还有人置《博伽梵歌》的宣言于不顾，硬要把博伽梵说成是从属于非人格形象的。无神论者嫉妒博伽梵，便在大脑工厂中炮制出许多非法化身来。他们以诋毁贬低人格神为其生活目标，是不可能皈依圣奎师那的莲花足下的。

南印度的圣·雅沐拿师·阿班达茹（Śrī Yāmunācārya Albandaru）说：“我的主啊！尽管您有非凡的品质、形象、活动；尽管所有真善的启示圣典都证实了您的人格性；尽管品质神圣且精通超然科学的著名权威都承认您的存在，我的主啊！您却是无神论者所不可知的”。

因此，（1）愚人；（2）人中最低劣者；（3）知识被假象盗去者；（4）邪恶的无神论者，此四者，如上所述，虽有灵性和权威的规劝，根本不会皈依在人格神的莲花足下。

诗节 16

चतुर्विधा भजन्ते मां जनाः सुकृतिनोऽर्जुन ।
आर्तो जिज्ञासुरर्थार्थी ज्ञानी च भरतर्षभ ॥ १६ ॥

catur-vidhā bhajante māṁ
janāḥ sukṛtino ‹rjuna
ārto jijñāsur arthārthī
jñānī ca bharatarṣabha

catur-vidhāḥ—四种；*bhajante*—作出服务；*mām*—向我；*janāḥ*—人；*su-kṛtinaḥ*—虔诚的；*arjuna*—阿诸纳啊；*ārtaḥ*—苦恼者；*jijñāsuḥ*—好奇好问者；*artha-arthī*—追求物质利益者；*jñānī*—了解事物真相的人；*ca*—和；*bharata-ṛṣabha*—巴拉塔后裔中的俊杰啊。

译文　巴拉塔的俊杰啊！有四种虔诚的人，为我做奉爱服务：有苦恼者、追求财富者、好奇爱问者、探求绝对知识者。

要旨　与邪恶之徒不同，这些都是拥护圣典的规范原则的，因此称他们为“虔诚之人（sukrtinah）”，即遵循圣典的规范守则，遵守社会和道德法律，在一定程度上敬爱博伽梵的人。他们中有四种人，即：有苦恼的人，求钱财的人，好奇好问的人及探究绝对真理知识的人。他们在不同的情形下为绝对真理做奉爱服务，但不是纯粹的奉献者，为的是通过服务换取个人愿望的实现。而纯粹的奉爱服务是没有私念，不求获取物质利益的。

《奉爱的甘露海洋》（1.1.11）这样定义纯粹的奉献：

anyābhilāṣitā-śūnyaṁ
jñāna-karmādy-anāvṛtam
ānukūlyena kṛṣṇānu-
śīlanaṁ bhaktir uttamā

“欣然为博伽梵奎师那做超然爱心服务，而不欲求从业报活动或哲学思辨中获取任何物质利益，这就是纯粹的奉爱服务。”

这四种人为博伽梵做奉爱服务，在与纯粹奉献者的联谊中将得到彻底净化，也会成为纯粹奉献者。至于那些邪恶之徒，他们自私自利，不守规则，又没有灵性目标，奉爱服务对他们来说是很难的。但也不尽然，有些邪恶之徒碰巧接触到了纯粹奉献者，也成了纯粹奉献者。

常在业报活动中忙忙碌碌的人，遇到物质烦恼时，便会来到绝对真理跟前，就会在这个时候与纯粹奉献者打上交道，也会在烦恼之中成为绝对真理的奉献者。那些沮丧受挫的人有时也会去找纯粹奉献者倾谈，会向奉献者询问起神。同样，当冷漠清高的哲学家们才竭智疲，在知识的每一个领域碰得焦头烂额时，有时会想起去了解神。于是会来到博伽梵面前，献上一份奉爱服务。在博伽梵或他的纯粹奉献者的恩慈下，他们会超出非人格梵和区限化超灵的知识范围，直接迈进神的人格概念之中。总的来说，当苦恼者、好奇者、知识的追求者及追求财富者，远离了一切物质欲望，完全明白了物质收益与灵修进步毫无关系时，他们就成了纯粹奉献者。只要还没有达到这净化了的境界，为绝对真理做超然服务的奉献者身上就难免不打上获利性活动、追求世俗知识等的烙印。因此，必须放下这一切，才能达到纯粹奉爱服务的境界。

诗节 17

तेषां ज्ञानी नित्ययुक्त एकभक्तिर्विशिष्यते ।
प्रियो हि ज्ञानिनोऽत्यर्थमहं स च मम प्रियः ॥ १७ ॥

teṣāṁ jñānī nitya-yukta
eka-bhaktir viśiṣyate
priyo hi jñānino 'tyartham
ahaṁ sa ca mama priyaḥ

teṣām—在他们中；*jñānī*—具有完全知识的人；*nitya-yuktaḥ*—恒常地从事；*eka*—纯一的；*bhaktiḥ*—奉献服务；*viśiṣyate*—特别地；*priyaḥ*—非常亲切；*hi*—肯定地；*jñāninaḥ*—对处在知识中的人；*atyartham*—高度地；*aham*—我是；*saḥ*—他；*ca*—也；*mama*—对我；*priyaḥ*—亲爱。

译文 **在这些人当中，具有完全的知识，又恒常做纯粹奉爱服务的最为优秀。他对我笃爱至深，我对他也是钟爱备至。**

要旨 如果能完全远离所有物质欲望的污染，那么苦恼者、好奇者、追求财富者和探求知识者，便都能成为纯粹的奉献者。他们当中，认识了绝对真理，脱尽了物质欲望的，就真真实实地成了绝对真理纯粹的奉献者。而在这四种人当中，有了完全的知识，同时又做奉爱服务的奉献者，世尊说他是最为优秀的。他们在求索之中会逐渐明白，真正的自我不同于物质躯体，再进一步，就会认识非人格梵和超灵（Paramatma）。而只有完全净化之后，才能觉悟到其本质地位原来是神永恒的仆人。所以跟纯粹奉献者联谊，好奇者、苦恼者、追求财富者以及探求知识者，都会变得纯粹。但在准备阶段，对于完全知道博伽梵，同时履行奉爱服务的人，绝对真理会十分宠爱他。对超然的博伽梵拥有纯粹的知识，又受到奉爱服务的保护的人，任何物质都休想污染到他。

诗节 18

उदाराः सर्व एवैते ज्ञानी त्वात्मैव मे मतम् ।
आस्थितः स हि युक्तात्मा मामेवानुत्तमां गतिम् ॥ १८ ॥

udārāḥ sarva evaite
jñānī tv ātmaiva me matam
āsthitaḥ sa hi yuktātmā
mām evānuttamāṁ gatim

udārāḥ—雅量豁达的；*sarve*—所有；*eva*—肯定地；*ete*—这些；*jñānī*—在知识中的人；*tu*—但是；*ātmā eva*—就像我自己一样；*me*—我的；*matam*—意见；*āsthitaḥ*—处于；*saḥ*—他；*hi*—的确地；*yukta-ātmā*—投身于奉献服务；*mām*—向我；*eva*—肯定地；*anuttamām*—最高的目标；*gatim*—目的地。

译文 **所有这些奉献者，毫无疑问，都是高尚的灵魂。但一个处于认识我的知识中的人，我把他看得就像我自己。他投入对我的超然服务中，必能到达我——最高最完美的目标。**

要旨 这并不是说，知识不完全的奉献者，就不是绝对真理所喜爱的了。绝对真理说这些奉献者都是高尚的灵魂，不管是何目的，能来到绝对真理面前的都可称为“伟大灵魂（mahatma）”。有的奉献者想从奉爱服务中得到一些好处，绝对真理也不拒绝接受他们，因为这里有爱的交流。因为爱，他们求博伽梵赐一些物质利益，如果得到了，他们会欣喜满足，也会在奉爱服务中向前迈进。但是博伽梵最钟爱的，还是知识完备的奉献者，因为他们只求以爱和奉献为博伽梵服务。对于这样的奉献者，片刻离开或不服务博伽梵，也是不可想象的。同样，博伽梵也很喜欢他的奉献者，怎么也不会与他们分离的。

博伽梵在《圣典博伽瓦谭》（9.4.68）中说：

sādhavo hṛdayaṁ mahyaṁ
sādhūnāṁ hṛdayaṁ tv aham
mad-anyat te na jānanti
nāhaṁ tebhyo manāg api

“奉献者常在我心中，我也常在奉献者心中。奉献者除了我，不认识别的，我也不可能忘记奉献者。我和纯粹奉献者心心相印，十分亲密。知识完备的纯粹奉献者，永不会脱离灵性，因此，我格外钟爱他们。”

诗节 19

बहूनां जन्मनामन्ते ज्ञानवान्मां प्रपद्यते ।
वासुदेवः सर्वमिति स महात्मा सुदुर्लभः ॥ १९ ॥

bahūnāṁ janmanām ante
jñānavān māṁ prapadyate
vāsudevaḥ sarvam iti
sa mahātmā su-durlabhaḥ

bahūnām—很多；*janmanām*—生死轮回；*ante*—以后；*jñānavān*—拥有完全知识的人；*mām*—向我；*prapadyate*—皈依；*vāsudevaḥ*—人格神首奎师那；*sarvam*—万事万物；*iti*—如此；*saḥ*—这样；*mahātmā*—伟大的灵魂；*sudurlabhaḥ*—极为罕见。

译文 **经历无数轮回生死之后，处于真正知识境界的人，会皈依我，认识到**

我是万原之原，是一切存在之因。这样的伟大灵魂，极为罕见。

要旨 经过许许多多生世的奉爱服务或履行超然仪式，生物最终可能会处于超然纯粹的知识中，认识到博伽梵才是灵性觉悟的终极目标。灵性觉悟之初，当人试图放弃对物质主义的依附时，总会有一些非人格主义的倾向。再进一步，就会明白原来灵性生命中也充满活动，这些活动构成了奉爱服务。有了这种觉悟，自然就会对博伽梵笃爱不移，全心皈依。这时就会明白，圣奎师那的恩慈就是一切。他是万原之原，物质的展示不可能独立于他。也会认识到，物质世界其实是纷繁多姿的灵性世界的倒影，万事万物都与博伽梵奎师那有着联系。这样，人就会在与华苏戴瓦（Vāsudeva）——圣奎师那的联系中看待一切。对华苏戴瓦的这种普遍性认识使人顿开茅塞，全然皈依博伽梵奎师那，以世尊为最高目标。这样皈依的伟大灵魂实为罕见。

这节诗在《室维陀奥义书》（*Śvetāśvatara Upaniṣad*）第三章的诗节 14 和 15 中有精辟的阐释：

sahasra-śīrṣā puruṣaḥ
sahasrākṣaḥ sahasra-pāt
sa bhūmiṁ viśvato vṛtvā-
tyātiṣṭhad daśāṅgulam

puruṣa evedaṁ sarvaṁ
yad bhūtaṁ yac ca bhavyam
utāmṛtatvasyeśāno
yad annenātirohati

《唱赞奥义书》（*Chandogya Upanisad* 5.1.15）中说："生物之躯中，口说、目视、耳闻和思考的能力都不是主要因素，一切活动的中心是生命（*na vai vāco na cakṣūṁṣi na śrotrāṇi na manāṁsīty ācakṣate prāṇa iti evācakṣate prāṇo hy evaitāni sarvāṇi bhavanti*）。"

同样，圣华苏戴瓦或博伽梵奎师那是万事万物的核心。躯体具有的视、听、思、说的能力，若不与博伽梵联系起来，便都无关紧要。因为华苏戴瓦遍透万有，一切都是华苏戴瓦，所以奉献者在完整的知识中皈依他。（参照《博伽梵歌》7.17 和 11.40）

诗节 20

कामैस्तैस्तैर्हृतज्ञानाः प्रपद्यन्तेऽन्यदेवताः ।
तं तं नियममास्थाय प्रकृत्या नियताः स्वया ॥ २० ॥

kāmais tais tair hṛta-jñānāḥ
prapadyante 'nya-devatāḥ
taṁ taṁ niyamam āsthāya
prakṛtyā niyatāḥ svayā

kamaiḥ—被欲望；*taiḥ taiḥ*—各种各样的；*hṛta*—被剥夺了；*jñānāḥ*—知识；*prapadyante*—皈依；*anya*—其他；*devatāḥ*—半神人；*tam tam*—按照；*niyamam*—规则；*āsthāya*—遵循；*prakṛtyā*—本性；*niyatāḥ*—所控制；*svayā*—被他们自己的。

译文　那些被物质欲望偷去智慧的人，皈依半神人，按照自己的习性，遵循特殊的崇拜规则。

要旨　除尽一切物质污染的人，皈依博伽梵，向他做奉爱服务。只要物质污染未彻底洗尽，在本质上仍旧是非奉献者。但即便是那些仍存有物质欲望而向博伽梵求助的人，也不怎么为外界自然所吸引了，因为他们接近的是正确的目标，很快，物质欲望就烟消云散了。《圣典博伽瓦谭》倡言，无论是脱尽了一切物质欲望的纯粹奉献者，还是充满物质欲望或是想从物质污染中解脱出来的人，在任何情形下，都应该皈依崇拜华苏戴瓦。《圣典博伽瓦谭》（2.3.10）上说：

akāmaḥ sarva-kāmo vā
mokṣa-kāma udāra-dhīḥ
tīvreṇa bhakti-yogena
yajeta puruṣaṁ param

智性不足的人，丧失了灵性判断力，就去向半神人寻求庇护，求得物质欲望的即时满足。一般说来，这种人不会来到博伽梵面前，因为他们在低级的激情和愚昧形态中，所以他们崇拜各种各样的半神人。遵循崇拜的规范守则，他们就会得到满足。半神人的崇拜者为小欲所驱，哪里会知道如何到达最高的目标呢？但博伽梵的奉献者不会被引入歧途。韦达经典中确有介绍，为不同目的要崇拜不同的半神人（如建议病人崇拜太阳）。于是，非奉献者便以为，就某些目的而言，半神人胜过博伽梵。但绝对真理的纯粹奉献者知道，博伽梵奎师那是一切的主人。

《永恒的采坦尼亚经》(*Caitanya-caritamrta* 初篇 5.142）上说：只有博伽梵奎师那才是主人，其他人都是仆人（*ekale īśvara kṛṣṇa*，*āra saba bhṛtya*）。因此，一个纯粹的奉献者是不会为了满足物质需要而到半神人那里去的。他只依靠博伽梵。无论博伽梵赐予什么，纯粹的奉献者都心满意足。

诗节 21

यो यो यां यां तनुं भक्तः श्रद्धयार्चितुमिच्छति ।
तस्य तस्याचलां श्रद्धां तामेव विदधाम्यहम् ॥ २१ ॥

yo yo yāṁ yāṁ tanuṁ bhaktaḥ
śraddhayārcitum icchati
tasya tasyācalāṁ śraddhāṁ
tām eva vidadhāmy aham

yaḥ yaḥ—无论谁；*yām yām*—无论哪个；*tanum*—半人神的形象；*bhaktaḥ*—奉献者；*śraddhayā*—以信念；*arcitum*—去崇拜；*icchati*—渴望；*tasya tasya*—对他；*acalām*—坚定；*śraddhām*—信仰；*tam*—那；*eva*—肯定的；*vidadhāmi*—给予；*aham*—我

译文　我以超灵的身份居于众生心中。人一旦渴望崇拜某个半神人，我就会坚定他的信仰，让他全心全意把自己奉献给这一特定的神祇。

要旨　神已把独立性赐给了每一个人。如果想得到物质享乐，十分急切地想从物质世界半神人那里得到这些便利，那么，以超灵的身份居于众生心中的博伽梵，会了解到这一点，并赐予这些便利。作为生物至高无上的父亲，他不会干涉生物的独立性，相反，会赐给一切便利，好满足他们的物质欲望。或许有人要问，全能的神为什么要赐方便给生物，让其享受物质世界，让其跌进虚幻能量的陷阱呢？答案是，若化为超灵的博伽梵不给予这些方便，那么，独立性的意义又何在呢？因此，对每个生物，他都赐予完全的独立性——喜欢什么就干什么——但我们在《博伽梵歌》中找到了主最终极的指示：放弃其他一切活动，全然皈依他。这将使人幸福快乐。

事实上，生物和半神人均从属于博伽梵的意志，因此，生物不可能随心所欲地崇拜半神人，半神人也不可能超越博伽梵的意志，随心所欲地施以任何恩赐。据说，若非博伽梵的意愿，就连一片小草也休想动弹分毫。一般来说，在物质世界有烦恼的人，便按韦达经典的劝勉，去找半神人。所求东西的不同，所敬的半神人也就不一样了。比方说，病人应崇拜太阳神；想受教育的就可能崇拜知识女神萨拉斯瓦提（Sarasvatī）；想娶美貌的妻子的可以崇拜希瓦神之妻乌玛（Uma）女神。

就这样，针对不同的半神人，韦达经典（śāstras）推荐了不同类型的崇拜方式。因为特殊的生命个体想要享受特殊的物质设施，所以，绝对真理就强化他从特定的半神人那里得到这一特别恩慈的欲望，这样，他就能如愿以偿了。生物对某类半神人的特别奉献态度，也是由博伽梵定下的。半神人自己是不可能对生物产生什么吸引力的。激起人去崇拜某一特定的半神人的是奎师那，因为他是博伽梵，又以超灵的身份居于众生心中。实际上，半神人是博伽梵宇宙身体的不同部位，本身无所谓真正的独立性可言。韦达经典说："博伽梵也以超灵身份居于半神人心中，是他安排半神人来满足生物的欲望的。生物和半神人都仰赖至尊的意旨，本身都不是独立的。"

诗节 22

स तया श्रद्धया युक्तस्तस्याराधनमीहते ।
लभते च ततः कामान्मयैव विहितान्हितान् ॥ २२ ॥

sa tayā śraddhayā yuktas
tasyārādhanam īhate
labhate ca tataḥ kāmān
mayaiva vihitān hi tān

saḥ—他；*tayā*—那种；*śraddhayā*—信心；*yuktaḥ*—被赋予；*tasya*—那位半神人；*ārādhanam*—崇拜；*īhate*—他渴望；*labhate*—获得；*ca*—和；*tataḥ*—从那；*kāmān*—他的欲望；*mayā*—由我；*eva*—独自；*vihitān*—安排；*hi*—肯定地；*tān*—那些。

译文 **怀着这样的信仰，人努力崇拜某一特定的半神人，满足自己的欲望。但实际上，一切得益全都由我赐予。**

要旨 半神人在没得到博伽梵恩准时，不可能给他的崇拜者任何恩惠。一切都是博伽梵的财产，人可能会忘记，但半神人不会忘记。所以，崇拜半神人，得其所欲，此安排并不在半神人，而在博伽梵。智力稍欠的生物不了解这一点，所以愚昧地去找半神人求取恩惠。纯粹的奉献者，需要什么时，只会向博伽梵祈求。但求取物质利益，绝不是纯粹奉献者之所为。跪倒在半神人脚下，通常都是想满足欲望想得发狂的表现。在生物体的非分之想得不到绝对真理的准许而满足时，就会有这种表现。《永恒的采坦尼亚经》上说，既想崇拜博伽梵，同时又要得到物质享乐，这是自相矛盾的两种欲望。对绝对真理做奉爱服务与崇拜半神人，不在同一层面，前者完全是灵性的，而后者却是物质的。

对想回归神首的生物来说，物质欲望是屏障。因此，浅见薄识的人所欲求的物质利益，不会赐给纯粹奉献者。所以，这些见识短浅的人便一味地去崇拜物质世界的半神人，而不愿从事对至尊的奉爱服务。

诗节 23

अन्तवत्तु फलं तेषां तद्भवत्यल्पमेधसाम् ।
देवान्देवयजो यान्ति मद्भक्ता यान्ति मामपि ॥ २३ ॥

antavat tu phalaṁ teṣāṁ
tad bhavaty alpa-medhasām
devān deva-yajo yānti
mad-bhaktā yānti mām api

anta-vat—易逝的；*tu*—但是；*phalam*—果实；*teṣām*—他们的；*tat*—那；*bhavati*—成为；*alpa-medhasām*—那些只有少许智慧之人；*devān*—半神人；*deva-yajaḥ*—半神人的崇拜者；*yānti*—达到；*mat*—我的；*bhaktāḥ*—奉献者；*yānti*—达到；*mām*—到我；*api*—也。

译文 **小智之人崇拜半神人，所得有限，而且短暂易逝。崇拜半神人的，便**

到半神人的星宿去；但我的奉献者，最终会到达我至高无上的星宿。

要旨 有些《博伽梵歌》的释论者说，崇拜半神人的，也能到达博伽梵。然而，这里明确指出，半神人的崇拜者的去向，是各种各样的半神人所在的不同星宿系统。就好像崇拜太阳神的到太阳那儿去，崇拜月神禅陀罗的就去月亮那儿一样。同样，如果有人崇拜天帝因陀罗（Indra）这样的半神人，那他充其量只能到因陀罗的天堂星宿去。并不是无论崇拜什么样的半神人，都能到达博伽梵的。这里否定了这种说法，而且明白无误地指出，崇拜半神人的，到物质世界里的不同星宿去，而博伽梵的奉献者却能直接到达人格神首至高无上的星宿去。

或许会有人在这里提出疑问：既然半神人是博伽梵身体的不同部位，那么崇拜他们也应该能达到同一目的。真是不幸得很，半神人的崇拜者常常并不是什么很聪明的人，他们弄不清应该向身体的哪个部分提供食物。有的蠢到了家，竟然说许多部位都能进食，而且方法很多。这未免太过于天真了。谁能把食物从耳朵或从眼睛吃进去呢？他们根本就不知道半神人只是博伽梵宇宙之躯的不同部分而已，而是愚昧地相信每个半神人都是一位独立的神，是与博伽梵平起平坐的。

实际上，不仅仅半神人是博伽梵的所属部分，普通的生物也不例外。《圣典博伽瓦谭》指出，婆罗门是博伽梵的头，刹帝利是臂膀，外夏是腰部，庶陀是脚，各有不同的功用。无论在什么情形下，知道了半神人也好，自我也好，都是博伽梵不可分割的所属部分，知识就完美了。不能理解这一点，就只能到达半神人居住的星宿上去。这可不是奉献者的目的地。

半神人所赐的恩惠是要毁朽的，因为在物质世界中，星宿、半神人及其崇拜者都是要毁朽的。所以这节诗开宗明义就指出，崇拜半神人的结果有限而易逝，只有小智的人才会有这样的崇拜。而在奎师那知觉中做奉爱服务的纯粹奉献者，获得的是充满知识、快乐和永恒的存在。普通的半神人崇拜者所获得的岂能与此同日而语。博伽梵是无限的；他的宠爱是无限的；他的恩慈也是无限的！所以，博伽梵对纯粹奉献者的恩慈也是无限的。

诗节 24

अव्यक्तं व्यक्तिमापन्नं मन्यन्ते मामबुद्धयः ।
परं भावमजानन्तो ममाव्ययमनुत्तमम् ॥ २४ ॥

avyaktaṁ vyaktim āpannaṁ
manyante mām abuddhayaḥ
paraṁ bhāvam ajānanto
mamāvyayam anuttamam

avyaktam—不展示的；*vyaktim*—人格；*āpannam*—获得了；*manyante*—想；*mām*—我；*abuddhayaḥ*—智慧较低的人；*param*—至尊无上；*bhāvam*—存在；*ajānantaḥ*—不知道；*mama*—我的；*avyayam*—永不消逝；*anuttamam*—最高级的。

译文 **无智慧者，不能全面认识我，认为我——博伽梵奎师那，以前是非人格的，现在才以人格的形象出现。由于知识浅薄，他们不认识我永不消逝、至尊无上的高等本性。**

要旨 半神人的崇拜者已被描述为不怎么聪明的人，这里又把非人格主义者划入了同类。在这里，圣奎师那是以人的形象在跟阿诸纳说话，但无知的非人格主义者仍辩称，终极而言，博伽梵并无形体。在腊玛努佳传系中绝对真理伟大的奉献者雅沐拿师，就这点在《赞歌宝石》（*Stotra-ratna*）第 12 节诗中恰当地说：

tvāṁ śīla-rūpa-caritaiḥ parama-prakṛṣṭaiḥ
sattvena sāttvikatayā prabalaiś ca śāstraiḥ
prakhyāta-daiva-paramārtha-vidāṁ mataiś ca
naivāsura-prakṛtayaḥ prabhavanti boddhum

“亲爱的绝对真理，如维亚萨（*Vyāsadeva*）和拿拉达（*Nārada*）这样的奉献者，知道您是人格神首。认识了不同的韦达经典，便能认识您的特性、形体、活动，因而了解您是博伽梵。然而，在激情形态和愚昧形态中的人、恶魔及非奉献者，无法理解您。他们没有能力理解您。无论这些非奉献者在谈论《终极韦达经》（*Vedānta*）、诸奥义书（*Upaniṣad*）和其他韦达经典时如何头头是道，仍然不可能理解人格神首。”

《梵天本集》说，只研习《终极韦达经》等经典，并不能理解人格神首。唯有通过博伽梵的恩慈，始能认识博伽梵。因此，这个诗节清楚地指明了，不仅是半神人的崇拜者不怎么聪明，就是那些整天浸泡在《终极韦达经》之中，抱着韦达经典冥思苦想，却毫无半点奎师那知觉的非奉献者，也是不怎么聪明的，这些人绝不可能理解神的人格本质。以为绝对真理是非人格的，这种人叫作“无智慧者（abuddhayah）”，是说这种人不认识绝对真理的基本特征。《圣典博伽瓦谭》上虽说，最高的觉悟始于非人格化的梵，然后升至区限化的超灵，但绝对真理中最终极的却是人格神首。

现代非人格主义者就更不聪明了，连自己的伟大先祖商羯罗师（Śaṅkarācārya）也不跟随了。商羯罗已明确说明，奎师那就是博伽梵。然而，现代非人格主义者，却不认识至高无上的真理，认为奎师那不过是迪瓦姬（Devakī）和瓦苏戴瓦（Vasudeva）的儿子，是一个王子，一个有能力的生物而已。这种思想也受到《博伽梵歌》（9.11）的谴责：“我以人的形体降临时，愚人向我冷嘲热讽（*avajānanti māṁ mūḍhā mānuṣīṁ tanum āśritam*）。”事实上，不做奉爱服务，不培养奎师那知觉，是无法理解奎师那的。《圣典博伽瓦谭》（10.14.29）确认了这点：

athāpi te deva padāmbuja-dvaya-
prasāda-leśānugṛhīta eva hi
jānāti tattvaṁ bhagavan-mahimno
na cānya eko 'pi ciraṁ vicinvan

“世尊啊！您莲花足的恩泽，哪怕只是点点滴滴，都能使人领悟到您人格的伟大。冥思苦想，哪怕研习韦达经已多年，仍无法认识您是博伽梵。”

博伽梵奎师那，他的形体，品质或圣名，不是仅靠心智思辨，或谈论韦达经典就可以理解的。真正的理解，必定来自奉爱服务。以唱颂伟大的曼陀（Mahāmantra）开始：哈瑞·奎师那，哈瑞·奎师那，奎师那·奎师那，哈瑞·哈瑞／哈瑞·茹阿玛，哈瑞·茹阿玛，茹阿玛·茹阿玛，哈瑞·哈瑞（*Hare Kṛṣṇa, Hare Kṛṣṇa, Kṛṣṇa Kṛṣṇa, Hare Hare/ Hare Rāma, Hare Rāma, Rāma Rāma, Hare Hare*）——只有完全进入奎师那知觉后，始能理解博伽梵，非人格主义一派的非奉献者认为，奎师那的身体是由物质自然构成的，他的活动，形体，他的一切，全都是假象（māyā）。这些非人格主义者就是那些以假象宗（māyāvādī）见称的人。他们哪里认识终极真理。

第 20 节清楚地指出：“那些被物质欲望偷去智慧的人，皈依半神人（*kāmais tais tair hṛta-jñānāḥ prapadyante ‹nya-devatāḥ*）。”经典确认，除了博伽梵有自己的星宿外，半神人也各有其不同的星宿。如第23节所述，半神人的崇拜者的去向是不同的半神人星宿，而圣奎师那的奉献者则到奎师那的星宿（Krsna-loka）去。这已说得清清楚楚，可愚蠢的非人格主义者却仍坚持说绝对真理是没有形体的，这些形体都是强加的。稍微翻一翻《博伽梵歌》，难道半神人及其居所像是非人格化的吗？很清楚，半神人也好，博伽梵奎师那也好，都不是非人格化的，而全都是人格的存在。圣奎师那是博伽梵，有自己的星宿，半神人也有半神人的星宿。

因此，一元论关于终极真理无形，其形体是强加上去的论调，显然是站不住脚的。这里明确断言，不是强加的。从《博伽梵歌》，我们可以清楚地认识到，半神人与博伽梵的形体同时存在。圣奎师那是"永恒、全知、极乐的（sac-cid-ananda）"。韦达经也证实了，至尊绝对真理是"本性充满喜乐，是无数吉祥品质的源泉（*ananda-mayo'bhyasat*）"。博伽梵在《博伽梵歌》中说，他是"非生者（aja）"，但他仍现身于世。从《博伽梵歌》中，我们应弄清楚这些事实。本着《博伽梵歌》所言，我们无法理解，博伽梵会是非人格化的；而《博伽梵歌》所言，非人格化一元论的所谓强加理论也是错误的。本诗节说得再清楚不过了，至尊绝对真理奎师那既有形象，又有人格。

诗节 25

नाहं प्रकाशः सर्वस्य योगमायासमावृतः ।
मूढोऽयं नाभिजानाति लोको मामजमव्ययम् ॥ २५ ॥

nāhaṁ prakāśaḥ sarvasya
yoga-māyā-samāvṛtaḥ
mūḍho ‹yaṁ nābhijānāti
loko mām ajam avyayam

na—不；*aham*—我；*prakāśaḥ*—展示；*sarvasya*—向每一个人；*yoga-māyā*—被内在的能量；*samāvṛtaḥ*—掩蔽；*mūḍhaḥ*—愚蠢的；*ayam*—这些；*na*—不；*abhijānāti*—可以理解；*lokaḥ*—人；*mām*—我；*ajam*—非生自在；*avyayam*—无穷无尽。

译文　我从不向愚昧无知之人展示自己。对他们而言，我被我的内在能量

（yoga-maya 瑜伽玛亚）所掩蔽。因此，他们并不认识我非生自在、无穷无尽。

要旨 或许有人会提出疑问，既然奎师那曾经在这个地球上出现过，而且能为人所见，为什么现在不向人们显现呢？实际上，他并不曾向每个人都显现过。当时，只有很少一些人明白，奎师那就是博伽梵。在库茹族的集会上奎师那被选为首领。希舒帕拉（Sisupala）不服，出言相难，而彼士玛（Bhīṣma）则表示支持奎师那，并且当场宣布，他就是博伽梵。知道奎师那就是至尊者的，还有潘达瓦兄弟和少数其他几个人，并不是随便什么人都知道。他并不向非奉献者和凡夫俗子展现自己。所以，奎师那在《博伽梵歌》中说，除了他的纯粹奉献者，所有的人都把他看得和他们没有什么两样。他只向奉献者显示他是快乐之源。对其他人，对缺乏智慧的非奉献者，他却为自己的内在能量掩蔽着。

琨缇（Kuntī）皇后在祈祷中说（《圣典博伽瓦谭》1.8.19），博伽梵为“瑜伽玛亚（yoga-maya 内在能量）”的帷幕遮住了，因此，一般人无法悟透他。《至尊奥义书》（*Isopanisad* 曼陀 15）中也证实了这层帷幕。奉献者这样祈祷：

hiraṇmayena pātreṇa
satyasyāpihitaṁ mukham
tat tvaṁ pūṣann apāvṛṇu
satya-dharmāya dṛṣṭaye

“世尊啊！您是整个宇宙的维系者，最高宗教原则（*dharma* 道德正法）就是为您做奉爱服务。祈求您也看顾我。您超然的形体被瑜伽玛亚（*Yoga-maya*）所蔽，梵光（*brahmajyoti*）就是这内在能量的帷幕。这光灿烨烨眩目，阻隔了我的视域，求您恩慈地撤去，让我能得见您喜乐全知的永恒形体。”

博伽梵喜乐全知的超然形体，被梵光这层内在能量遮蔽，因此，智慧稍欠的非人格主义者无以得见至尊。还有在《圣典博伽瓦谭》（10.14.7）中，布茹阿玛（Brahma 梵天）有这样一首颂诗：

“博伽梵啊！超灵啊！神秘的主啊！有谁能度量您的能力和您在这世上的逍遥时光呢？您不断扩展您内在的能力，谁也不能理解您。知识渊博的科学家和才情卓越的学者，能分析尘世甚至星辰的原子结构，却算不出您的能力，尽管您就在他们面前。”

博伽梵奎师那，不仅非生自在，而且是无穷无尽（avyaya）的，他永恒的形象充满喜乐和知识，他的能量无穷无尽。

诗节 26

वेदाहं समतीतानि वर्तमानानि चार्जुन ।
भविष्याणि च भूतानि मां तु वेद न कश्चन ॥ २६ ॥

vedāhaṁ samatītāni
vartamānāni cārjuna
bhaviṣyāṇi ca bhūtāni
māṁ tu veda na kaścana

veda—知道；*aham*—我；*samatītāni*—全部过去；*vartamānāni*—现在；*ca*—和；*arjuna*—阿诸纳啊；*bhaviṣyāṇi*—将来；*ca*—还有；*bhūtāni*——一切生物；*mām*—我；*tu*—但是；*veda*—知道；*na*—不；*kaścana*—任何人。

译文 **阿诸纳啊！作为博伽梵，我知道过去发生的一切，知道正在发生的一切，知道未来将要发生的一切。我了解所有生物，但我却无人能识。**

要旨 奎师那是人格的还是非人格的问题，这里说得很清楚了。倘若博伽梵的形体奎师那是假象，是非人格主义者所认为的物质之躯，那他就会像生物一样，变化躯体，忘记过去生命中的一切。以物质为躯体的人，无法想起前生的生命，不能预见来生，也不可能预言今生的结果；所以不知道过去、现在和将来发生的事。若不能从物质污染中解脱出来，是不可能知道过去、现在、将来的。

和一般人不一样，圣奎师那明确地说，他完全知道过去发生的，现在正在发生着的，和将要发生的一切。我们在第四章已经看到，圣奎师那仍然能记得数百万年以前，教诲太阳神维瓦斯万（Vivasvān）的事。奎师那也认识每一个生物，因为他以超灵的形体，存在于众生心里，尽管他以超灵存在于众生心中，也作为博伽梵存在着。然而，智慧稍欠的人，纵能觉悟到非人格化的梵，也无法认识到博伽梵奎师那是至高无上的人格存在。他的超然形体当然不会毁朽。他就好像太阳，假象就像云雾。在物质世界，有日月星辰，有叠叠云层。有时，云层可能暂时地遮住了天空的一切，但这只是我们有限的视觉所看到的。实际上，日月星辰并没有被遮住。同样，假象就像一片云，是遮不住博伽梵的。对不聪明的一类人，绝对真理为内在的能量遮掩，不向他们显现。正如本章第 3 诗节所说，万人之中，或偶有一人追求人生的完美，完美者中，知道圣奎师那是何人的，难有一人。即使通过觉悟非人格化的梵或区限化的超灵而达到完善境界，如果不在奎师那知觉中，也不可能理解博伽梵奎师那。

诗节 27

इच्छाद्वेषसमुत्थेन द्वन्द्वमोहेन भारत ।
सर्वभूतानि सम्मोहं सर्गे यान्ति परन्तप ॥ २७ ॥

icchā-dveṣa-samutthena
dvandva-mohena bhārata
sarva-bhūtāni sammohaṁ
sarge yānti parantapa

icchā—欲望；*dveṣa*—和憎恨；*samutthena*—来自；*dvandva*—二元性；*mohena*—被……迷惑；*bhārata*—巴拉塔的后裔啊；*sarva*—所有；*bhūtāni*—生物；*sammoham*—在幻觉中；*sarge*—出生时；*yānti*—去；*parantapa*—克敌者啊。

译文　巴拉塔的后裔，克敌者啊！一切生物都生而受蒙蔽，被爱欲和憎恨中产生的二元性所迷惑。

要旨　生物真正的原本地位，是从属于纯粹的知识——博伽梵。人受蒙蔽，离开这至纯至粹的知识，就会受到虚幻能量的控制，不能认识博伽梵。这虚幻的能量，就展示在爱欲与憎恨的二元性之中。怀着欲念和厌恨，愚妄者想与博伽梵合而为一，嫉妒奎师那的博伽梵地位。纯粹的奉献者，未受蒙蔽，也未受欲望和憎恨的污染，所以能明白凭内在能量显现的博伽梵奎师那；而那些受到二元性和无知蒙蔽的愚妄者，竟认为博伽梵是受造于物质能量的。这是何等的悲哀不幸。陷于荣辱、苦乐、男女、好坏等之中，认为“这是我的妻子”“这是我的房子”“我是这房子的主人”“我是妻子的丈夫”。这就是受蒙蔽者的征候。这就是二元性的蒙骗。那些受二元性蒙骗的人是十足的愚昧的，是不可能认识博伽梵的。

诗节 28

येषां त्वन्तगतं पापं जनानां पुण्यकर्मणाम् ।
ते द्वन्द्वमोहनिर्मुक्ता भजन्ते मां दृढव्रताः ॥ २८ ॥

yeṣāṁ tv anta-gataṁ pāpaṁ
janānāṁ puṇya-karmaṇām
te dvandva-moha-nirmuktā
bhajante māṁ dṛḍha-vratāḥ

yeṣām—谁的；*tu*—但是；*anta-gatam*—彻底根除了；*pāpam*—罪恶；*janānām*—人；*puṇya*—虔诚的；*karmaṇām*—谁的过往活动；*te*—他们；*dvandva*—二元性的；*moha*—迷惑；*nirmuktāḥ*—脱离；*bhajante*—从事奉献爱服务；*mām*—为我；*dṛḍha-vratāḥ*—以决心。

译文　今生前世，行事虔诚，彻底根除罪恶的人，不再受二元性的迷惑。他们坚定不移地为我服务。

要旨　这节诗谈到了哪些人能晋升超然境界的问题。罪恶的人，不信神的人，愚蠢和欺诈的人，很难超出爱欲和憎恨的二元性。只有用生命实践宗教原则，行为虔诚，征服了恶报的人，才会接受奉爱服务，逐渐提升到博伽梵的纯粹知识层面。然后，就能逐渐进入神定（samādhi），观想博伽梵。这就是灵性层面的进程。在奎师那知觉中，与纯粹奉献者联谊，就可能得以晋升；因为在联谊中，伟大的奉献者能救人于迷惑之中。

《圣典博伽瓦谭》（5.5.2）上说：真要想获得解脱，就必须服务奉献者（*mahat-sevāṁ dvāram āhur vimukteḥ*）。与物质主义者绞在一起，就是走在通向最黑暗的路上（*tamo-dvāraṁ yoṣitāṁ saṅgi-saṅgam*）。所有绝对真理的奉献者周游世界，只是为使受限制的灵魂消除迷惑。非人格主义者不知道，忘记自己从属于博伽梵的原本地位，触犯了神最大的律法。如果不能恢复到一己的原本地位，是不可能理解，也不能完全坚定地以爱心服务博伽梵的。

诗节 29

जरामरणमोक्षाय मामाश्रित्य यतन्ति ये ।
ते ब्रह्म तद्विदुः कृत्स्नमध्यात्मं कर्म चाखिलम् ॥ २९ ॥

jarā-maraṇa-mokṣāya
mām āśritya yatanti ye
te brahma tad viduḥ kṛtsnam
adhyātmaṁ karma cākhilam

jarā—从老年；*maraṇa*—和死亡；*mokṣāya*—旨在摆脱出；*mām*—我；*āśritya*—托庇于；*yatanti*—努力；*ye*—所有这些；*te*—这样的人；*brahma*—梵；*tat*—实际上；*viduḥ*—他们知道；*kṛtsnam*—所有事情；*adhyātmam*—超然的；*karma*—活动；*ca*—也；*akhilam*—完全地。

译文　智者努力追求解脱，免受老死之苦，在奉爱服务之中托庇于我。他们完全懂得有关超然活动的一切，所以是真正的梵（Brahman）。

要旨　生、老、病、死，能影响物质躯体，却不能对灵性躯体产生影响。灵性躯体是无生无死，无老无病的。真正解脱了的是那些获得灵性之躯，成为博伽梵的同游，从事永恒的奉爱服务的人。“*ahaṁ brahmāsmi*”：我是梵（灵魂）。生而为人，就应该明白，自己是梵（Brahman 灵魂）。这种梵的生命概念，如本节所描述的，也在奉爱服务之中。纯粹的奉献者超然地处于梵的层面，懂得超然活动的一切。

四种不纯粹的奉献者，为绝对真理做超然服务，会各得其所。借着博伽梵的仁慈，等到他们具备完全的奎师那知觉时，会真正地享受与博伽梵的灵性联谊。但是，半神人的崇拜者永远到不了至高无上星宿上的博伽梵。就是觉悟了梵的并不怎么聪明的人，也到不了奎师那的至高星宿高楼卡·温达文（Goloka Vrndavana）。只有在奎师那知觉中活动的（mām āśritya），才真正有资格称为“梵”，他们孜孜以求的，其实就是要到达奎师那星宿。他们对奎师那毫无疑虑，已是事实上的“梵”了。

崇拜绝对真理的形象（arcā），或仅为解脱物质束缚而观想博伽梵，得蒙博伽梵的恩典的人，也会知道梵、物质展示（adhibhuta）等的含义。这些绝对真理在下一章自有解说。

诗节 30

**साधिभूताधिदैवं मां साधियज्ञं च ये विदुः ।
प्रयाणकालेऽपि च मां ते विदुर्युक्तचेतसः ॥ ३० ॥**

sādhibhūtādhidaivaṁ māṁ
sādhiyajñaṁ ca ye viduḥ
prayāṇa-kāle 'pi ca māṁ
te vidur yukta-cetasaḥ

sa-adhibhūta—和物质展示的统御原则；*adhidaivam*—统御所有半神人；*mām*—我；*sa-adhiyajñam*—并且统御着一切祭祀；*ca*—也；*ye*—谁；*viduḥ*—知道；*prayāṇa*—死亡的；*kāle*—在……时刻；*api*—即使；*ca*—和；*mām*—我；*te*—他们；*viduḥ*—知道；*yukta-cetasaḥ*—心意专注于我。

译文　全然知觉我，认识我是博伽梵，是掌管一切物质展示的决定原则，知道我统御所有半神人，维系一切祭祀牺牲。这样的人，即使在临终之时，也能理解我、认识我——博伽梵。

要旨　在奎师那知觉中行动的人，永远不会偏离完整理解博伽梵的道路。在奎师那知觉的超然联谊中，人们会懂得，博伽梵不仅是物质展示，而且还是半神人的统治者。有了超然的联谊，逐步逐步地，对博伽梵的信念就会无比坚定。临终时，这样一个有奎师那知觉的人，是怎么都忘不了奎师那的，会自然而然地提升到博伽梵的星宿——高楼卡·温达文。

第七章特别说明了，如何成为完全的奎师那知觉者。与奎师那知觉者联谊，是获得奎师那知觉的开始。这样的联谊是灵性的，使人直接与博伽梵接触。得蒙绝对真理的恩典，就会明白，奎师那就是博伽梵。同时，也能真正理解生物的原本地位，弄清楚生物是怎样遗忘奎师那而受缚于物质活动之中的。在有益的联谊中，逐步培养奎师那知觉，能明白生物是由于忘记了奎师那，才受到物质自然规律制约的。而且会明白，人形生命是重获奎师那知觉的良机，应充分完全地利用，以求得博伽梵无缘的恩慈。

本章讨论的内容很多：苦恼者、好奇者、追求财富者、梵的知识、超灵的知识、摆脱生老病死以及崇拜博伽梵等。然而，实际晋升入奎师那知觉之中的人，不会在意种种途径。他们只是直接在奎师那知觉中活动，因此，实际上已恢复了他们的原本地位，做了圣奎师那永恒的仆人。这种情形下，他们在纯粹的奉爱服务中，聆听荣耀博伽梵，快乐无比。他们深信，一切目标会尽在这奉献之中得到实现。这坚定的信念，梵文称为“drdha-vrata”，这是奉爱瑜伽（Bhakti-yoga 超然奉爱服务）的开始。这是所有经典的定论。《博伽梵歌》第七章，正是这一信仰的要义。

巴克提维丹塔（Bhaktivedanta）阐释圣典《博伽梵歌》第七章“关于绝对真理的知识”至此结束。

第八章

臻达至尊

在整个生命的旅程中，尤其在临终时，人若以奉献精神铭记着圣奎师那，就能到达博伽梵超然于物质世界的至高无上的居所。

诗节 1

अर्जुन उवाच
किं तद्ब्रह्म किमध्यात्मं किं कर्म पुरुषोत्तम ।
अधिभूतं च किं प्रोक्तमधिदैवं किमुच्यते ॥ १ ॥

arjuna uvāca
kiṁ tad brahma kim adhyātmaṁ
kiṁ karma puruṣottama
adhibhūtaṁ ca kiṁ proktam
adhidaivaṁ kim ucyate

arjunaḥ uvāca—阿诸纳说；*kim*—什么；*tat*—那；*brahma*—梵；*kim*—什么；*adhyātmam*—自我；*kim*—什么；*karma*—果报活动；*puruṣottama*—至尊者啊；*adhibhūtam*—物质的展示；*ca*—和；*kim*—什么；*proktam*—被称为；*adhidaivam*—半神人；*kim*—什么；*ucyate*—被称为。

译文　阿诸纳询问：主啊，至尊者啊！什么是梵？什么是自我？什么是业报活动？这物质展示是什么？半神人又是什么？请给我解释分明。

要旨　在这一章，圣奎师那回答了阿诸纳以“什么是梵”起问的一系列不同的问题。同时，也解说了何谓“业报活动（karma 果报性活动）”，何谓奉爱服务和何谓瑜伽原则，以及何谓纯粹形式的奉爱服务。《圣典博伽瓦谭》阐明了至尊绝对真理以梵（Brahman）、超灵（Paramātmā）和博伽梵（Bhagavān 至尊梵）见称。可是个体灵魂的生物也叫作梵。阿诸纳也询问“自我（atma）”。梵文“atma”指的是躯体、灵魂和心意。根据韦达字典，“atma”一字既指躯体、灵魂、心意，也指感官。

阿诸纳称博伽梵为“菩茹首塔玛（Purusottama 至尊者）”，这意味着他不是拿这些问题随便问一个朋友，而是在向博伽梵询问，知道他是能给出确切答案的至高无上的权威。

诗节 2

अधियज्ञः कथं कोऽत्र देहेऽस्मिन्मधुसूदन ।
प्रयाणकाले च कथं ज्ञेयोऽसि नियतात्मभिः ॥ २ ॥

adhiyajñaḥ kathaṁ ko 'tra
dehe 'smin madhusūdana
prayāṇa-kāle ca kathaṁ
jñeyo 'si niyatātmabhiḥ

adhiyajñaḥ—祭祀的主人；*katham*—怎样；*kaḥ*—谁；*atra*—这里；*dehe*—在躯体内；*asmin*—这；*madhusūdana*—马度魔的屠者啊；*prayāṇa-kāle*—在死亡时；*ca*—和；*katham*—如何；*jñeyaḥ asi*—您能够被知道；*niyata-ātmabhiḥ*—被自我控制者。

译文　马度魔的屠者（Madhusūdana）啊！谁是献祭之主？他如何住在躯体之中？那些从事奉爱服务的人，如何才能在临死时认识你呢？

要旨　“献祭之主”或指因陀罗（Indra）或指维施努（Viṣṇu）。维施努是原始的半神人之首，包括布茹阿玛（Brahma 梵天）和希瓦神（Śiva）在内；而因陀罗则是专司管理的半神人之首。因陀罗和维施努都是通过祭祀被崇拜的。但阿诸纳在这里是问谁才是真正的祭祀（献祭）之主，博伽梵又怎样住在生物之躯内。

阿诸纳称主为马度苏丹（Madhusūdana），因为奎师那曾杀死了名为马度的恶魔。实际上，这些怀疑性的问题本不应出自阿诸纳心意中，因为他是一位有奎师那知觉的奉献者。这些怀疑就像一个个恶魔一般。而奎师那又如此擅长诛杀恶魔，因此，阿诸纳就以马度魔的屠者来称呼奎师那。这样，奎师那就会杀灭阿诸纳心意中出现的一个个恶魔般的怀疑。

这节诗中“死亡时刻（prayāṇa-kāle）”一词非常重要，因为我们一生无论做过什么，死时定会受到查验。阿诸纳迫切地想知道，那些恒常地处于奎师那知觉者，在最后一刻的地位会是怎样的。临死时，躯体的所有功能都崩溃了，心意状态不佳。躯体的状况这么糟糕，人或许不能记住博伽梵了。一位伟大的奉献者库拉谢卡大君（Mahārāja Kulaśekhara）向博伽梵祷告：“我至爱的主啊！现在我正当身强力壮，让我立即死去吧！这样，我心意的天鹅就能寻找到您莲花足之梗的入口处。”这里，以天鹅为喻，因为天鹅这种水鸟就是乐于钻入莲花丛中戏游。

库拉谢卡大君对博伽梵说："现在我身体强壮，心意也不紊乱。如果我即刻死去，想着您的莲花足，我所做的奉爱服务就肯定会圆满无憾。但我若等待自然死亡，情况如何我无从知晓，因为那时躯体各种功能都趋崩裂，我的喉咙也许会咽塞，不知道还能不能唱颂您的圣名。最好让我即刻死去。"阿诸纳问的是在这个时候，人怎么才能将心意专注于奎师那的莲花足。

诗节 3

अक्षरं ब्रह्म परमं स्वभावोऽध्यात्ममुच्यते ।
भूतभावोद्भवकरो विसर्गः कर्मसंज्ञितः ॥ ३ ॥

śrī-bhagavān uvāca
akṣaraṁ brahma paramaṁ
svabhāvo 'dhyātmam ucyate
bhūta-bhāvodbhava-karo
visargaḥ karma-saṁjñitaḥ

śrī bhagavān uvāca——博伽梵说；*akṣaram*——不可毁灭的；*brahma*——梵；*paramam*——超然的；*svabhāvaḥ*——永恒的本性；*adhyātmam*——自我；*ucyate*——被称为；*bhūta-bhāva-udbhava- karaḥ*——产生生物的物质躯体；*visargaḥ*——创造；*karma*——果报活动；*saṁjñitaḥ*——被称为。

译文 **博伽梵说：不可毁灭的超然的生物叫作梵（Brahman），其永恒的本性谓之自我（Adhyātmam）。与生物的物质躯体发展有关的活动谓之业报（karma），亦即功利性活动。**

要旨 梵不可毁灭，永恒存在，其本性任何时候都不会改变。但在梵之外还有至尊梵（Parabrahman）。梵指生物体，至尊梵则指博伽梵。生物的本性地位不同于其在物质世界所居的地位。在物质知觉上，生物本性上力争做物质的主人，但在灵性知觉即奎师那知觉中，生物的地位便只是为至尊服务。当生物体还处在物质知觉中时，就只能在物质世界接受不同的躯体了。这就叫作业报（karma）——物质知觉的力量所产生的种种结果。

在韦达典籍中，生物被称为个体灵魂（jīvātmā）和梵。但从未被称为至尊梵。生物（jīvātmā 个体灵魂）有种种不同的地位：有时融入黑暗的物质自然，与物质认同；有时又认同于高等的灵性自然。所以，生物又叫作博伽梵的边际能量。生物是得到物质躯体还是灵性躯体，取决于他所认同的对象。认同物质，便要在 840 万种生命形式中获得任一躯体；认同灵性，则只有一种躯体。在物质本性中，生物或展示为人，或为半神人、动物、野兽、飞禽等，视其业报而定。为了达到物质天堂星宿，享受天堂之乐，生物有时会做献祭（祭祀），一旦功德耗尽，他又得坠落尘世再度为凡人。这个过程就叫作业报（karma）。

《唱赞奥义书》（*Chandogya Upanisad*）描述了韦达祭祀的程序。在祭坛上摆上五种供品。把这五种供品燃成五种火。五种火分别代表天堂星宿、云彩、地球、男人、女人，五种供品依次是信心、雨、谷物、精液和月亮上的享乐者。

在祭祀过程中，生物为到达特定的天堂星宿而做特定牺牲，随后便能如愿以偿。当这种祭祀的功德耗尽，生物便以雨的形式降于地上，然后以谷物之形出现，谷物被男人吃下去后又转变成精液，令妇人受孕，如此生物可再获人形，重做献祭，重复同样的过程。这样，生物便成了物质路途上来往不停的过客。然而，奎师那知觉者却远避这种祭祀牺牲，直接培养奎师那知觉，为回归神首做准备。

《博伽梵歌》的非人格主义阐释者们，引用《博伽梵歌》第十五章诗节 7，大肆发挥，毫无道理地认为梵在这个物质世界是以个体灵魂（jiva 个体灵魂）的形式出现的。但就在这一诗节中，博伽梵也说道，生物是“我永恒的部分”。神的碎片部分——生物，可能会堕入物质世界，但博伽梵（acyuta 永不犯错的人）永不会堕落下来。因此这种把至尊梵假定为个体灵魂的看法是不能接受的。在韦达典籍中，梵（生物）与至尊梵（博伽梵）是有区别的，记住这一点，非常重要！

诗节 4

अधिभूतं क्षरो भावः पुरुषश्चाधिदैवतम् ।
अधियज्ञोऽहमेवात्र देहे देहभृतां वर ॥ ४ ॥

adhibhūtaṁ kṣaro bhāvaḥ
puruṣaś cādhidaivatam
adhiyajño 'ham evātra
dehe deha-bhṛtāṁ vara

adhibhūtam—物质的展示；*kṣaraḥ*—变化不止的；*bhāvaḥ*—自然；*puruṣaḥ*—包括诸如日月在内的全体半神人的宇宙形体；*ca*—和；*adhidaivatam*—称为宇宙形体；*adhiyajñaḥ*—超灵；*aham*—我（奎师那）；*eva*—肯定地；*atra*—在这；*dehe*—躯体；*deha-bhṛtām*—体困生物中的；*vara*—俊杰啊。

译文　体困生物中的俊杰啊！变化不止的物质自然，谓之物质展示（adhibhūta）**；包括所有半神人，如日月之神在内的博伽梵的展示，谓之宇宙形体**（adhidaivata）**。而我，以超灵形式居于每一体困生物心中的博伽梵，则被称作祭祀之主**（adhiyajña）。

要旨　物质自然恒处于不断变化之中。物质躯体通常要经过六个阶段：出生、生长、停留一段时期、产生副产品、衰退、消失。这种物质自然就叫作物质展示（adhibhūta）。其创造于某一时刻，在某一时刻也必毁灭。博伽梵宇宙形体的概念，包括所有半神人和其不同的星宿，称之为宇宙形体（adhidaivata）。与个体灵魂同处一体的是超灵——圣奎师那的全权代表。超灵被称为“Paramatma”或祭祀之主（adhiyajña），处在心中。梵文“eva”（必定）一词在这节诗中尤其重要，因为博伽梵用这个词强调祭祀之主与他并无两样。超灵——博伽梵，坐在个体灵魂身旁，见证着个体灵魂的活动，也是灵魂各种知觉的来源。超灵给个体灵魂自由行动的机会，又见证着其一切活动。博伽梵所有这些不同展示的各种功能，只有对博伽梵做超然服务的纯粹奉献者才自然明了。初习者不能接近以超灵形式展示的博伽梵，就被建议观想绝对真理的宏大宇宙形体（adhidaivata）或被称为“virāṭ-puruṣa”，其腿部被视为是低等星宿，眼睛被视为太阳和月亮，头部被视为高等星系。

诗节 5

अन्तकाले च मामेव स्मरन्मुक्त्वा कलेवरम् ।
यः प्रयाति स मद्भावं याति नास्त्यत्र संशयः ॥ ५ ॥

anta-kāle ca mām eva
smaran muktvā kalevaram

yaḥ prayāti sa mad-bhāvaṁ
yāti nāsty atra saṁśayaḥ

anta-kāle—在生命的终点；*ca*—还；*mām*—我；*eva*—肯定地；*smaran*—记住；*muktvā*—离开；*kalevaram*—躯体；*yaḥ*—谁；*prayāti*—去；*saḥ*—他；*mad-bhāvam*—我的本性；*yati*—得到；*na*—不；*asti*—有；*atra*—这里；*saṁśayaḥ*—怀疑。

译文　在生命的终点，谁离开躯体时只记着我，谁就能立即到达我的本性。这是无可置疑的。

要旨　这节诗突出强调了奎师那知觉的重要性。无论谁在奎师那知觉中离开躯体，必立即转升到博伽梵的超然居所。博伽梵是纯粹中之最纯粹者。因此，任何恒常怀着奎师那知觉的人是纯粹中之至纯者。“忆念（smaran）”一词十分重要。未在奉爱服务中修习奎师那知觉的不洁灵魂不可能记得住奎师那。因此，必须从生命一开始就修习奎师那知觉。如果谁想在临终时获得成功，那么记住奎师那的程序就十分重要了。

因此，要经常不停地唱颂玛哈·曼陀（mahā-mantra）——哈瑞·奎师那，哈瑞·奎师那，奎师那·奎师那，哈瑞·哈瑞／哈瑞·茹阿玛，哈瑞·茹阿玛，茹阿玛·茹阿玛，哈瑞·哈瑞（*Hare Kṛṣṇa*，*Hare Kṛṣṇa*，*Kṛṣṇa Kṛṣṇa*，*Hare Hare/ Hare Rāma*，*Hare Rāma*，*Rāma Rāma*，*Hare Hare*）。圣采坦尼亚告诫人们应当像树一样宽容（taror iva sahiṣṇunā）。唱颂哈瑞·奎师那的人也许会碰到重重障碍。但无论如何，人应该予以容忍，继续持之以恒地唱颂：*Hare Kṛṣṇa*，*Hare Kṛṣṇa*，*Kṛṣṇa Kṛṣṇa*，*Hare Hare/ Hare Rāma*，*Hare Rāma*，*Rāma Rāma*，*Hare Hare*，到临终的时候必能得享奎师那知觉的全部益处。

诗节 6

यं यं वापि स्मरन्भावं त्यजत्यन्ते कलेवरम् ।
तं तमेवैति कौन्तेय सदा तद्भावभावितः ॥ ६ ॥

yaṁ yaṁ vāpi smaran bhāvaṁ
tyajaty ante kalevaram

taṁ tam evaiti kaunteya
sadā tad-bhāva-bhāvitaḥ

yam yam—无论什么；*vā api*—终究；*smaran*—想着；*bhāvam*—本性；*tyajati*—放弃；*ante*—最后；*kalevaram*—这具躯体；*tam tam*—同样的；*eva*—肯定地；*eti*—得到；*kaunteya*—琨缇之子啊；*sadā*—恒常地；*tat*—那；*bhāva*—存在状态；*bhāvitaḥ*—记着。

译文　人在离开现世的躯体时，无论想着哪样的情景，琨缇之子啊！在下一世，他必能到达那样的境界。

要旨　这里解释了人在临死的关键时刻改变其本性的程序。在死亡时想着奎师那的人能获得博伽梵的超然本质，所想的不是奎师那而是别的什么的人，是无法到达同样的超然境界的。这一点我们应该谨记。怎样才能在正确的心态中死去呢？巴拉塔大君是何等的伟人，死亡时心里却牵挂着一头鹿儿，结果下一世转生于鹿的躯体之中。尽管他为鹿，仍能记起前世的活动，但难免也还得接受动物之躯。当然，人一生中的想法累积起来，结果会影响到死亡时的想法，所以下一世其实是这一世创造的。如果人在当前的一生，驻守于善良形态之中，时刻想着奎师那，这就助人转升至奎师那的超然本质中。谁超然地专注于对奎师那的服务之中，那他的下一个躯体将不再是物质的，而是超然的（灵性的）。而唱颂哈瑞·奎师那，哈瑞·奎师那，奎师那·奎师那，哈瑞·哈瑞／哈瑞·茹阿玛，哈瑞·茹阿玛，茹阿玛·茹阿玛，哈瑞·哈瑞（*Hare Kṛṣṇa*，*Hare Kṛṣṇa*，*Kṛṣṇa Kṛṣṇa*，*Hare Hare/ Hare Rāma*，*Hare Rāma*，*Rāma Rāma*，*Hare Hare*），就是死亡时成功地改变一已存在状态的最佳途径。

诗节 7

तस्मात्सर्वेषु कालेषु मामनुस्मर युध्य च ।
मय्यर्पितमनोबुद्धिर्मामेवैष्यस्यसंशयः ॥ ७ ॥

tasmāt sarveṣu kāleṣu
mām anusmara yudhya ca

mayy arpita-mano-buddhir
mām evaiṣyasy asaṁśayaḥ

tasmāt— 因 此; *sarveṣu*— 在 所 有; *kāleṣu*— 时 间; *mām*— 我; *anusmara*— 持 续 想 着; *yudhya*— 作 战; *ca*— 还 有; *mayi*— 向 我; *arpita*— 皈 依; *manaḥ*— 心 意; *buddhiḥ*— 智 性; *mām*—向我; *eva*—必定地; *eṣyasi*—你将达到; *asaṁśayaḥ*—毫无疑问。

译文　因此，阿诸纳啊！你应该以奎师那的形象常想着我；同时履行你作战的赋定责任。将活动奉献给我，将心意和智性专注于我，毫无疑问，你必能达到我。

要旨　这则给阿诸纳的训示，对于所有从事物质活动的人都是十分重要的。绝对真理并不是说要人们放弃其赋定职责或所从事的事业。人们可以一如既往，但同时唱颂哈瑞·奎师那，想着奎师那，就能使人脱去物质的污染，将心意和智性专注于奎师那。唱着奎师那的圣名，人必被引到至高无上的星宿奎师那星宿，这一点毫无疑问。

诗节 8

अभ्यासयोगयुक्तेन चेतसा नान्यगामिना ।
परमं पुरुषं दिव्यं याति पार्थानुचिन्तयन् ॥ ८ ॥

abhyāsa-yoga-yuktena
cetasā nānya-gāminā
paramaṁ puruṣaṁ divyaṁ
yāti pārthānucintayan

abhyāsa—通过修习; *yoga-yuktena*—从事冥想; *cetasā*—用心意和智性; *na anya-gāminā*—没有偏离地; *paramam*—至尊者; *puruṣam*—人格神首; *divyam*—超然的; *yāti*—人达到; *pārtha*—菩瑞塔之子啊; *anucintayan*—时刻想念我。

译文　谁冥想身为博伽梵的我，心意时刻想念我，不偏离正途，菩瑞塔之子啊！他必能臻达我。

要旨 圣奎师那在这一诗节中强调了忆念他的重要性。唱颂哈瑞-奎师那·玛哈曼陀（Hare Kṛṣṇa Mahā-mantra），可以恢复我们对奎师那的记忆。通过唱颂和聆听博伽梵圣名的音振，人的耳、舌、心都投入了。这一神秘的冥想法极易修习，能助人臻达博伽梵。梵文“Puruṣam”意味着至尊享乐者。虽然生物属于博伽梵的边际能量，但身受物质污染。生物自认为自己是享乐者，但他们不是至高无上的享乐者。这里清楚地指明了，至尊的享乐者是博伽梵的各个展示体和全权扩展，如那罗延、华苏戴瓦等。

奉献者可以唱着哈瑞·奎师那，不断地想着崇拜的对象——博伽梵的任一形体——那罗延、奎师那、茹阿玛等。这样去修习能净化人。人在临终之时，由于不断地念诵着圣名，就会转升到神的国度。瑜伽修习是要冥想内在的超灵；同样，通过唱颂哈瑞·奎师那，心意就能常专注于博伽梵。心意是飘忽不定的，因此有必要强迫它去想着奎师那。有一个常为人引用的例子是毛虫。毛虫想着要变成蝴蝶，于是在同一生中就变成了蝴蝶。同样，如果我们常想着奎师那，就可以肯定，在我们生命终了时，我们将拥有与奎师那相同的身体构造。

诗节 9

कविं पुराणमनुशासितार-
मणोरणीयांसमनुस्मरेद्यः ।
सर्वस्य धातारमचिन्त्यरूप-
मादित्यवर्णं तमसः परस्तात् ॥ ९ ॥

kavim̐ purāṇam anuśāsitāram
aṇor aṇīyām̐sam anusmared yaḥ
sarvasya dhātāram acintya-rūpam
āditya-varṇam̐ tamasaḥ parastāt

kavim—全知者；*purāṇam*—最古老的；*anuśāsitāram*—控制者；*aṇoḥ*—比原子；*aṇīyām̐sam*—还要小；*anusmaret*—总是想着；*yaḥ*—谁；*sarvasya*—万事万物的；*dhātāram*—维系者；*acintya*—不可思议的；*rūpam*—谁的形体；*āditya-varṇam*—像太阳一样光芒万丈；*tamasaḥ*—于黑暗；*parastāt*—超越。

译文　人应该这样观想至尊者：他全知，他最古老，他是主宰者，他比最小的还小；他是万物的维系者，他超出所有物质概念，他不可思议，他永远是人。他像太阳一样光芒万丈，他超然，在物质自然之外。

要旨　这节诗谈到了想念博伽梵的过程。首要的一点是：他不是非人格的，也不是虚无的。人不可能去观想某些非人格的或虚无的东西。那太困难了。但是，想奎师那的过程却异常容易，事实上这里已作了说明。首先，绝对真理是"人（Puruṣa）"——我们想的是茹阿玛这个人和奎师那这个人。不论是想着茹阿玛还是想着奎师那，他是怎样的都已在《博伽梵歌》的这一诗节作了描述。绝对真理是"全知者（kavi）"，他知道过去、现在和将来，所以知道一切。他最年长，因为他是一切的始源，一切都由他而生。他又是宇宙至尊控制者，他是人类的维系者和导师。他比最小的还要小。生物的大小为发尖的万分之一，但绝对真理是那么不可思议的小，竟然还能进入这个微粒的心中。因此绝对真理又被描述为比最小的还要小，作为博伽梵，他能进到原子之中，能进到最小者的心中，以超灵来控制他。虽然小到如此地步，他却仍遍透一切，维系着一切。一切星系都是由他维系着的。那么多庞大的星宿飘浮在空中，我们常常感叹不已，不知其所以然。这里有明确的说明——是博伽梵以其不可思议的能量在维系着所有这些庞大的星宿和星系。

这节诗中的"acintya"（不可思议）一词富有深意，耐人寻味。神的能量超出了我们的想象，越出了我们思维判断的范围，因此谓之"不可思议"。能有谁对此提出异议呢？神既遍透这物质世界又超越物质世界。我们甚至对这个物质世界无法理解，而这个世界与灵性世界相比又是何等地微不足道——那我们怎么能够理解这一世界之外是什么呢？"不可思议（acintya）"一词指的是超越这个物质世界之外的东西，指的是我们的论辩逻辑和哲学思辨所不能及的。

因此，聪明的人不作无用的论辩和臆测，而会去接受圣典如诸韦达经、《博伽梵歌》和《圣典博伽瓦谭》上所说的，并遵行圣典所规定的原则。这样才能导向真正的理解。

诗节 10

प्रयाणकाले मनसाचलेन
भक्त्या युक्तो योगबलेन चैव ।
भ्रुवोर्मध्ये प्राणमावेश्य सम्य-
क्स तं परं पुरुषमुपैति दिव्यम् ॥ १० ॥

prayāṇa-kāle manasācalena
bhaktyā yukto yoga-balena caiva
bhruvor madhye prāṇam āveśya samyak
sa taṁ paraṁ puruṣam upaiti divyam

prayāṇa-kāle—临死的时候；*manasā*—用心意；*acalena*—没有偏离地；*bhaktyā*—在全然奉爱之中；*yuktaḥ*—从事；*yoga-balena*—以神秘瑜伽的力量；*ca*—也；*eva*—肯定地；*bhruvoḥ*—两眉；*madhye*—在……之间；*prāṇam*—生命之气；*āveśya*—安置；*samyak*—完全地；*saḥ*—他；*tam*—那；*param*—超然的；*puruṣam*—人格神首；*upaiti*—达到；*divyam*—在灵性王国。

译文　人临死的时候，借助瑜伽的玄秘力量，将生命之气灌注两眉之间，一心一意，在全然奉爱之中想着博伽梵，就必然能到达博伽梵。

要旨　这节诗清楚地说明了，人临死时必须将心意以奉爱精神专注于博伽梵。对那些修习瑜伽的人，这里推荐他们将生命之气提至两眉之间，即眉心轮（ajna cakra）。在这里提到了六轮瑜伽（ṣaṭ-cakra-yoga）修习法，其中包括对六个"脉轮（cakra）"的冥想。而一位纯粹的奉献者并不修习这种瑜伽，但因为他总在奎师那知觉中，死亡时便能借着绝对真理的恩慈想着博伽梵。这将在第 14 诗节解释。

这节诗中特别用了"瑜伽玄秘力量"（yoga-balenai）一词，这也是极富深意的，因为若不修习瑜伽——无论是六轮瑜伽或是奉爱瑜伽——人在临死时，都无法到达这种超然境界。临死时猛然间想起了博伽梵，这是不可能的，一定要修习过某些瑜伽，特别是奉爱瑜伽。死亡时的心意非常紊乱，因此，人在有生之年，应当通过瑜伽修习超然。

诗节11

यदक्षरं वेदविदो वदन्ति
विशन्ति यद्यतयो वीतरागाः ।
यदिच्छन्तो ब्रह्मचर्यं चरन्ति
तत्ते पदं सङ्ग्रहेण प्रवक्ष्ये ॥ ११ ॥

yad akṣaraṁ veda-vido vadanti
viśanti yad yatayo vīta-rāgāḥ
yad icchanto brahmacaryaṁ caranti
tat te padaṁ saṅgraheṇa pravakṣye

yat—那；*akṣaram*—音节嗅姆；*veda-vidaḥ*—精通韦达经的人；*vadanti*—说；*viśanti*—进入；*yat*—在那；*yatayaḥ*—伟大的圣哲们；*vīta-rāgāḥ*—在人生的弃绝阶段；*yat*—那；*icchantaḥ*—渴求；*brahmacaryam*—贞守；*caranti*—修习；*tat*—那；*te*—向你；*padam*—处境；*saṅgraheṇa*—概括地；*pravakṣye*—我将会解释。

译文　精通韦达经的人，念颂神圣音节嗅姆卡尔（oṁkāra）的人，在弃绝阶段中的伟大圣哲们，会进入梵。一个人若想追求这种完美，须奉行独身贞守。我现在就简单地向你解释这一救赎的程序。

要旨　世尊奎师那向阿诸纳推荐过修习六轮瑜伽，即将生命之气置于两眉之间。绝对真理认为阿诸纳可能不知道如何修炼六轮瑜伽（ṣaṭ-cakra-yoga），所以在接下来的诗节中对这一程序作了解释。绝对真理解释说，梵虽独一无二，但却有许多展示和特性。特别是对非人格主义者，“原始音节（akṣara）”或“嗅姆卡尔（oṁkāra）”——音节“oṁ”——是与梵同一的。奎师那在这里解释了弃绝阶段的圣哲能进入的非人格梵。

在韦达知识系统中，从一开始，学生们就被教授朗诵嗅姆（oṁ 唵），跟灵性导师在一起，在完全的贞守中，学习终极的非人格梵的知识。他们这样认识到梵的两项特性。这种修习对学生们的灵修进步是十分重要的。但现在贞守生（brahmacārī）的生活已完全不可能。世界的社会结构变化太大，从学生生活一开始就学习贞守根本不可能。世界上有形形色色的机构，研究种种不同的知识，但没有一所认可的机构能教学生贞守的原则。除非奉行贞守，否则要在灵性方面进步，异常困难。所以圣采坦尼亚（Caitanya）宣告，根据经典对这个卡利年代（kali-yuga 铁器年代）的训谕，要在这个年代觉悟博伽梵，除了念颂博伽梵奎师那的圣名外，别无可能：哈瑞·奎师那，哈瑞·奎师那，奎师那·奎师那，哈瑞·哈瑞／哈瑞·茹阿玛，哈瑞·茹阿玛，茹阿玛·茹阿玛，哈瑞·哈瑞（*Hare Kṛṣṇa*，*Hare Kṛṣṇa*，*Kṛṣṇa Kṛṣṇa*，*Hare Hare/ Hare Rāma*，*Hare Rāma*，*Rāma Rāma*，*Hare Hare*）。

诗节 12

सर्वद्वाराणि संयम्य मनो हृदि निरुध्य च ।
मूर्ध्न्याधायात्मनः प्राणमास्थितो योगधारणाम् ॥ १२ ॥

sarva-dvārāṇi saṁyamya
mano hṛdi nirudhya ca
mūrdhny ādhāyātmanaḥ prāṇam
āsthito yoga-dhāraṇām

sarva-dvārāṇi—躯体的所有门户；*saṁyamya*—控制；*manaḥ*—心意；*hṛdi*—在心中；*nirudhya*—关在；*ca*—还有；*mūrdhni*—在头上；*ādhāya*—固定于；*ātmanaḥ*—灵魂的；*prāṇam*—生命之气；*āsthitaḥ*—处于；*yoga-dhāraṇām*—瑜伽的境界。

译文　瑜伽的境界是摆脱一切感官享乐活动的状态。关闭所有感官之门，将意念集中于心，将生命之气贯注于头顶，便已立于瑜伽之境。

要旨　按照这里所说的去修习瑜伽，第一步就是要关闭所有感官享乐之门。这称为“收摄感官（pratyāhāra）”，即从感官对象中收摄感官。摄取知识的感官——眼、耳、鼻、舌、触——应完全控制，不容许感官享乐。这样，意念才能专注于心中的超灵，生命之气便可提至头顶。这套程序第六章已有详述。正如前述，这种修行在今天这个年代是很不现实的。最佳的瑜伽程序是奎师那知觉。如果人能在奉爱服务中常将心意专注于奎师那，要长住于不受干扰的超然神定（samādhi 三摩地，三昧），实在轻而易举。

诗节 13

ॐ इत्येकाक्षरं ब्रह्म व्याहरन्मामनुस्मरन् ।
यः प्रयाति त्यजन्देहं स याति परमां गतिम् ॥ १३ ॥

oṁ ity ekākṣaraṁ brahma
vyāharan mām anusmaran
yaḥ prayāti tyajan dehaṁ
sa yāti paramāṁ gatim

oṁ—字母的组合噢姆（*oṁkāra*）；*iti*—如此；*eka-akṣaram*—一个音节；*brahma*—绝对的；*vyāharan*—朗诵；*mām*—我（奎师那）；*anusmaran*—观想着；*yaḥ*—谁；*prayāti*—离开；*tyajan*—离去；*deham*—这个躯体；*saḥ*—他；*yāti*—达到；*paramām*—至尊的；*gatim*—目的地。

译文　已处在这门瑜伽的修习之中，朗诵神博伽梵的音节噢姆（oṁ）——至高无上的字母组合，观想着博伽梵，在离开躯体时，必能到达灵性的星宿。

要旨　这里清楚地说明了 oṁ、梵和博伽梵奎师那并无不同。奎师那的非人格声音——噢姆（oṁ 唵），但哈瑞·奎师那（Hare Kṛṣṇa）的声音中包含了噢姆（oṁ 唵）。哈瑞·奎师那曼陀的颂念是推荐给这个时代的，这是很清楚明白的。所以，如果谁在离开躯体时唱着：哈瑞·奎师那，哈瑞·奎师那，奎师那·奎师那，哈瑞·哈瑞／哈瑞·茹阿玛，哈瑞·茹阿玛，茹阿玛·茹阿玛，哈瑞·哈瑞（*Hare Kṛṣṇa, Hare Kṛṣṇa, Kṛṣṇa Kṛṣṇa, Hare Hare/ Hare Rāma, Hare Rāma, Rāma Rāma, Hare Hare*），谁必定能达到某一灵性星宿，人所能达到的星宿由其修行形态而定。奎师那的奉献者会进入奎师那星宿——高楼卡·温达文（Goloka Vṛndāvana）。对人格主义者而言，灵性天空里还有无数被称为无忧星宿（Vaikuṇṭha 外琨塔）的其他星宿，而非人格主义则停留在梵光（brahmajyoti）之中。

诗节 14

अनन्यचेताः सततं यो मां स्मरति नित्यशः ।
तस्याहं सुलभः पार्थ नित्ययुक्तस्य योगिनः ॥ १४ ॥

ananya-cetāḥ satataṁ
yo māṁ smarati nityaśaḥ
tasyāhaṁ sulabhaḥ pārtha
nitya-yuktasya yoginaḥ

ananya-cetāḥ—心意没有偏差地；*satatam*—恒常地；*yaḥ*—谁；*mām*—我（奎师那）；*smarati*—想着；*nityaśaḥ*—有规律地；*tasya*—对他；*aham*—我是；*sulabhaḥ*—很容易达到；*pārtha*—菩瑞塔之子啊；*nitya*—有规律地；*yuktasya*—从事；*yoginaḥ*—对这样的奉献者。

译文　谁不偏不离，常想着我，谁就可轻而易举地接近我。菩瑞塔之子呀！因为他常从事奉爱服务。

要旨　这节诗特别道出了在奉爱瑜伽中服务于博伽梵的纯粹奉献者到达的最终目的地。前面的诗节中提到过四种奉献者——烦恼者、好奇者、谋求财富者和探求绝对知识者，也谈及了不同的解脱途径：业报瑜伽（Karma-yoga）、思辨瑜伽（Jñāna-yoga）、哈塔瑜伽（Haṭha-yoga）。这些瑜伽体系的原则中都加入了某些奉爱成分，但这节诗是特别谈到不混杂任何思辨（Jñāna）、业报（Karma）或哈塔（Haṭha）的纯粹奉爱瑜伽。正如梵文"ananya-cetāḥ"所指明的，在纯粹奉爱瑜伽中的奉献者，除了奎师那外，什么也不渴求。纯粹奉献者并不期望晋升到天堂星宿上去，也不追求与梵光融为一体，或是从物质的束缚中解脱出来。纯粹的奉献者不渴求任何东西。《永恒的采坦尼亚经》称纯粹的奉献者为"无私欲的（niṣkāma）"，意思是说他没有任何自利的欲望。真正完美的平和只属于这样的人，而不属于那些为了个人的得益而奋斗的人。思辨瑜伽士、业报瑜伽士或哈塔瑜伽士都不无各自利己的目的，但完美的奉献者除了让博伽梵喜悦以外，别无所求。因此绝对真理说，只要坚定不移地为他做奉献，要臻达他非常容易。

纯粹的奉献者总是在对奎师那的任一人格形象做奉爱服务。奎师那有许多全权扩展和化身，如茹阿玛（Rāma）、尼星哈（Nṛsiṁha）等，奉献者可以选取博伽梵的任一超然形象，将心意专注于对这一形象的爱心服务之中。这样的奉献者不会遇到困扰其他瑜伽修习者的困难。奉爱瑜伽简单，纯粹，易行。只需唱颂哈瑞·奎师那（Hare Kṛṣṇa）就可以开始了。绝对真理对众生都很仁慈，但如我们已解释过的，对那些忠心不二地常为他做奉爱服务的人，他特别喜欢，会以不同的方式帮助这些奉献者。正如韦达经《卡塔奥义书》（*Kaṭha Upaniṣad* 1.2.23）上所说：全然皈依并从事于对博伽梵的奉爱服务之中的人，能悟透博伽梵的真谛（*yam evaiṣa vṛṇute tena labhyas/ tasyaiṣa ātmā vivṛṇute tanuṁ svām*）。又如《博伽梵歌》（10.10）所述：对这样的奉献者，绝对真理赐予足够的智慧，让奉献者最终能在他的灵性王国臻达他。

纯粹奉献者的特质是不论何时何地，他总是想着奎师那，忠心不贰，不偏不离。不应有任何障碍。纯粹奉献者应该能不拘时间地点去完成他应做的服务。有人说，奉献者应该停留在像温达文（Vṛndāvana）这样的圣地，或博伽梵曾住过的某些圣城。但纯粹的奉献者可以在任何地方居住，以自己的奉爱服务创造出温达文的氛围。圣阿兑塔师（Śrī Advaita）曾对圣采坦尼亚说："主啊！您在哪里，哪里就是温达文。"

正如梵文"satatam"和"nityaśaḥ"的意思是"总是""常常"或"每天"，纯粹的奉献者总是想着奎师那，总是观想着他。这就是纯粹奉献者的资格；对于纯粹的奉献者，主是很容易接近的。在所有瑜伽体系中，《博伽梵歌》对奉爱瑜伽最为推崇。一般来说，奉爱瑜伽士以五种方式做出服务，即：

（1）中性关系的奉爱服务（śānta-bhakta）；

（2）仆人关系的奉爱服务（dāsya-bhakta）；

（3）朋友关系的奉爱服务（sakhya-bhakta）；

（4）父母关系的奉爱服务（vātsalya-bhakta）；

（5）爱侣关系的奉爱服务（mādhurya-bhakta）。

在以上任一方式之中，纯粹的奉献者总是在从事于对博伽梵的超然爱心服务，不可能忘记博伽梵，所以很容易臻达绝对真理。纯粹的奉献者一刻也不可能忘记绝对真理，同样，博伽梵也一刻都忘不了他的纯粹奉献者。这就是念颂玛哈·曼陀的奎师那知觉途径最大的福恩——哈瑞·奎师那，哈瑞·奎师那，奎师那·奎师那，哈瑞·哈瑞／哈瑞·茹阿玛，哈瑞·茹阿玛，茹阿玛·茹阿玛，哈瑞·哈瑞（*Hare Kṛṣṇa*，*Hare Kṛṣṇa*，*Kṛṣṇa Kṛṣṇa*，*Hare Hare/ Hare Rāma*，*Hare Rāma*，*Rāma Rāma*，*Hare Hare*）。

诗节 15

मामुपेत्य पुनर्जन्म दुःखालयमशाश्वतम् ।
नाप्नुवन्ति महात्मानः संसिद्धिं परमां गताः ॥ १५ ॥

mām upetya punar janma
duḥkhālayam aśāśvatam
nāpnuvanti mahātmānaḥ
saṁsiddhiṁ paramāṁ gatāḥ

mām—我；*upetya*—到达；*punaḥ*—再次；*janma*—诞生；*duḥkha-ālayam*—痛苦之地；*aśāśvatam*—短暂的；*na*—永不；*āpnuvanti*—达到；*mahātmānaḥ*—伟大的灵魂；*saṁsiddhim*—完美；*paramām*—终极的；*gatāḥ*—达到。

译文　到达我后，伟大的灵魂——处于奉爱中的瑜伽士，永不再重返这充满痛苦的短暂世界，因为他们已达到最高的完美境界。

要旨　因为这个短暂的物质世界充满着生、老、病、死的苦难，很自然地，一个达到了最高完美境界的人，一个达到至高无上的星宿奎师那星宿——高楼卡·温达文的人，是不愿再回来的。在韦达典籍中，至高无上的星宿被称为“avyakta”、“akṣara”和“paramā gati”；换句话说，这个星宿超出我们的物质视野，令人费解，但却是最高的目标，是“mahātmās（伟大灵魂）”的目的地。伟大的灵魂从觉悟了的奉献者处接受到超然的讯息，于是在奎师那知觉中逐步培养奉爱服务，变得十分专注于超然服务，再不渴望晋升到任何物质的星宿，甚至也不想升转到任何灵性星宿。他们只要奎师那和跟奎师那在一起，别的什么也不要。这是生命的最完美的境界。这节诗特别提及博伽梵奎师那的人格主义奉献者。这些在奎师那知觉中的奉献者到达了生命最完美的境界。换言之，他们是最卓越的灵魂。

诗节 16

आब्रह्मभुवनाल्लोकाः पुनरावर्तिनोऽर्जुन ।
मामुपेत्य तु कौन्तेय पुनर्जन्म न विद्यते ॥ १६ ॥

ā-brahma-bhuvanāl lokāḥ
punar āvartino 'rjuna
mām upetya tu kaunteya
punar janma na vidyate

ābrahma-bhuvanāt—上至梵天星宿；*lokāḥ*—星球体系；*punaḥ*—再次；*āvartinaḥ*—返回；*arjuna*—阿诸纳啊；*mām*—到我；*upetya*—到达；*tu*—但是；*kaunteya*—琨缇之子啊；*punaḥ janma*—再次投生；*na*—永不；*vidyate*—发生。

译文　在物质世界，从最高星宿到最低星宿，全是生死轮回不休的痛苦之地。琨缇之子啊！谁到达我的居所，就永不再投生。

要旨　所有瑜伽士——业报瑜伽士、思辨瑜伽士、哈塔瑜伽士等——最终都必须在奉爱瑜伽中达到完美的奉爱境界，或获得奎师那知觉，然后才能去奎师那的超然居所，永不再回来。那些到达了最高的物质星宿——半神人星宿的，仍旧得重复生死。地球上的人往高等星宿上升晋，高等星宿如梵天星宿（Brahmaloka）、禅陀罗星宿（Candraloka）和因陀罗星宿（Indraloka）上的人又跌落到地球上。奉行《唱赞奥义书》（*Chandogya Upanisad*）所推荐的"五火祭（pañcāgni-vidyā）"的祭祀，能使人到达梵天星宿，但如果人到了梵天星宿后，不培养奎师那知觉，那他就必须回到地球上来。那些在高等星宿上在奎师那知觉中不断进取的人，会逐步晋升至更高的星宿，在宇宙毁灭时便升转到永恒的灵性王国中去。施瑞达尔·斯瓦米（Śrīdhara Svāmī）在阐释《博伽梵歌》时引用了以下的诗：

brahmaṇā saha te sarve
samprāpte pratisañcare
parasyānte kṛtātmānaḥ
praviśanti paraṁ padam

"在这个物质宇宙毁灭时，梵天和他的奉献者，因为常处于奎师那知觉中，会升转至灵性宇宙，随各自的愿望到达特别的灵性星宿。"

诗节 17

सहस्रयुगपर्यन्तमहर्यद्ब्रह्मणो विदुः ।
रात्रिं युगसहस्रान्तां तेऽहोरात्रविदो जनाः ॥ १७ ॥

sahasra-yuga-paryantam
ahar yad brahmaṇo viduḥ
rātriṁ yuga-sahasrāntāṁ
te 'ho-rātra-vido janāḥ

sahasra—一千个；*yuga*—周期年代；*prayantam*—包括；*ahaḥ*—白昼；*yat*—那；*brahmaṇaḥ*—梵天的；*viduḥ*—他们知道；*rātrim*—黑夜；*yuga*—周期年代；*sahasra-antām*—同样地，一千个之后；*te*—那；*ahaḥ-rātra*—昼夜；*vidaḥ*—了解；*janāḥ*—人们。

译文　人类的一千个周期年代之和，才等于布茹阿玛（Brahma 梵天）的一昼，也就是他一夜的长短。

要旨　物质宇宙的持续时间是有限的。展示的方式是“劫（kalpa）”的循回。劫，就是布茹阿玛（Brahma 梵天）的一个白昼；梵天的一昼由四个年代的一千次循环构成，即：黄金年代（satya-yuga 萨提亚年代）、白银年代（tretā-yuga 特塔年代）、青铜年代（dvāpara-yuga 杜瓦帕年代）和铁器年代（kali-yuga 卡利年代）。

黄金年代的特色是：德行、智慧、宗教，而且实际上根本没有愚昧和邪恶，为期一百七十二万八千年；白银年代，邪恶开始为患，为期一百二十九万六千年；在青铜年代，德行和宗教更加衰落，邪恶为患更甚，为期八十万四千年；最后是铁器年代（现已过了五千多年），充满了争斗、愚昧、反宗教、邪恶，真正的德行实际上已荡然无存，这个年代为期是四十三万两千年。卡利年代，邪恶日甚一日，到年代之末，博伽梵本人会以卡尔基（Kalki）化身显现，除灭恶魔，拯救他的奉献者，重新开始另一黄金年代。然后，整个过程重新轮转。这四个年代轮转一千次，合梵天的一昼，再轮转一千次构成梵天的一夜。布茹阿玛（Brahma 梵天）活上一百个这样的“年”才死去。

若按地球年计算，这“一百年”等于三百一十一兆四百亿年。照这个算法，布茹阿玛（Brahma 梵天）的寿命简直是令人难以置信地漫长，但从永恒的视角去看，不过短如闪电。在原因之洋中有无数的布茹阿玛（Brahma 梵天）出现和消失，就像大西洋里泡沫的闪灭一样。梵天及其创造都是物质宇宙的一部分，所以也就一直变化不居。

在物质宇宙之内，即使布茹阿玛（Brahma 梵天）也难免有生老病死。然而，他直接为博伽梵服务——掌管这个宇宙，因此他能立即得到解脱。崇高的托钵僧被提升到梵天的特别星宿——梵天星宿——物质宇宙中之最高星宿。当位于星系高层的天堂星宿毁灭时，梵天星宿依旧存在，但时间一到，布茹阿玛（Brahma 梵天）和梵天星宿上的所有居民，按照物质自然的律法，仍不免一死。

诗节 18

अव्यक्ताद्व्यक्तयः सर्वाः प्रभवन्त्यहरागमे ।
रात्र्यागमे प्रलीयन्ते तत्रैवाव्यक्तसंज्ञके ॥ १८ ॥

avyaktād vyaktayaḥ sarvāḥ
prabhavanty ahar-āgame
rātry-āgame pralīyante
tatraivāvyakta-saṁjñake

avyaktāt—从未展示的；*vyaktayaḥ*—生物；*sarvāḥ*—所有；*prabhavanti*—开始展示；*ahaḥ-āgame*—在一天开始时；*rātri-āgame*—当黑夜降临时；*pralīyante*—被毁灭；*tatra*—进入那；*eva*—肯定地；*avyakta*—未展示的；*saṁjñake*—被称为。

译文 **布茹阿玛（Brahma 梵天）白昼之始，众生从未展示状态中展示；布茹阿玛（Brahma 梵天）黑夜降临，众生又遭毁灭，融入未展示之中。**

诗节 19

भूतग्रामः स एवायं भूत्वा भूत्वा प्रलीयते ।
रात्र्यागमेऽवशः पार्थ प्रभवत्यहरागमे ॥ १९ ॥

bhūta-grāmaḥ sa evāyaṁ
bhūtvā bhūtvā pralīyate
rātry-āgame 'vaśaḥ pārtha
prabhavaty ahar-āgame

bhūta-grāmaḥ—众生的集合体；*saḥ*—这些；*eva*—肯定地；*ayam*—这；*bhūtvā bhūtvā*—反复诞生；*pralīyate*—遭到毁灭；*rātri*—黑夜；*āgame*—降临；*avaśaḥ*—自动地；*pārtha*—菩瑞塔之子啊；*prabhavanti*—展示；*ahaḥ*—白天；*āgame*—来临。

译文　菩瑞塔之子呀！梵天白昼再来临时，众生又活跃起来，得以展现；黑夜再次降临时，众生全无助地遭毁灭，如此反反复复，周而复始。

要旨　智慧不足想继续停留在这物质世界的人，可能被提升到更高的星宿，然后又必须再回到地球上来。在布茹阿玛（Brahma 梵天）的白天，他们在物质世界之内的高等或在低等星宿上忙忙碌碌，但一到梵天的夜晚，就都被毁灭。白天，他们以各种不同的躯体去从事物质活动，但在黑夜里便不再有躯体，而只是收缩在维施努的身体内。然后在梵天的白天到来之际又都展示出来。最后，当梵天的生命结束时，他们都被毁灭，等上千百万年不再展示。当布茹阿玛（Brahma 梵天）在另一周期诞生时，他们才再度展示出来。生物就是这样被物质世界的魔力镇住了。但聪明的人却会培养奎师那知觉，把人体生命完全用于对绝对真理的奉爱服务之中，念颂哈瑞·奎师那，哈瑞·奎师那，奎师那·奎师那，哈瑞·哈瑞／哈瑞·茹阿玛，哈瑞·茹阿玛，茹阿玛·茹阿玛，哈瑞·哈瑞（*Hare Kṛṣṇa, Hare Kṛṣṇa, Kṛṣṇa Kṛṣṇa, Hare Hare/ Hare Rāma, Hare Rāma, Rāma Rāma, Hare Hare*）。这样即便是在这一生，也能使自己升转到奎师那的灵性星宿，在那得享永恒的喜乐，不再投生。

诗节 20

परस्तस्मात्तु भावोऽन्योऽव्यक्तोऽव्यक्तात्सनातनः ।
यः स सर्वेषु भूतेषु नश्यत्सु न विनश्यति ॥ २० ॥

paras tasmāt tu bhāvo 'nyo
'vyakto 'vyaktāt sanātanaḥ
yaḥ sa sarveṣu bhūteṣu
naśyatsu na vinaśyati

paraḥ—超然；*tasmāt*—对于那；*tu*—但是；*bhāvaḥ*—自然；*anyaḥ*—另外一个；*avyaktaḥ*—未展示的；*avyaktāt*—对未展示的；*sanātanaḥ*—永恒的；*yaḥ saḥ*—其；*sarveṣu*—所有；*bhūteṣu*—展示；*naśyatsu*—被毁灭；*na*—永不；*vinaśyati*—遭到毁灭。

译文　但还有另一永恒的、未展示的自然，超越这个展示和不展示的物质自然。这自然，至高无上，永不毁灭。当整个物质世界一切都被毁灭时，那永恒自然仍存在。

要旨　奎师那的高等灵性能量是超然而永恒的。这能量超越物质自然的一切变化，物质自然在布茹阿玛（Brahma 梵天）的白天和黑夜之间展示和毁灭。而奎师那的高等能量在性质上与物质本性完全相反。高等和低等本性第七章已有解释。

诗节 21

अव्यक्तोऽक्षर इत्युक्तस्तमाहुः परमां गतिम् ।
यं प्राप्य न निवर्तन्ते तद्धाम परमं मम ॥ २१ ॥

avyakto 'kṣara ity uktas
tam āhuḥ paramāṁ gatim
yaṁ prāpya na nivartante
tad dhāma paramaṁ mama

avyaktaḥ—未展示的；*akṣaraḥ*—绝无谬误的；*iti*—如此；*uktaḥ*—据说；*tam*—那；*āhuḥ*—被称为；*paramām*—终极的；*gatim*—目的地；*yam*—那；*prāpya*—得到；*na*—永不；*nivartante*—回来；*tat*—那个；*dhāma*—居所；*paramam*—至高无上的；*mama*—我的。

译文　那个被终极韦达学者称为未展示的和绝无谬误的，那个以至高无上目的地而著称的，那个到达后便永不再回返的地方——就是我至高无上的居所。

要旨　博伽梵奎师那的至高无上居所在《梵天本集》中被称为：满足所有愿望的地方（cintāmaṇi-dhāma 如意圣地）。博伽梵奎师那的至高无上居所叫作高楼卡・温达文，全是由点金石砌成的宫殿。那里也有树，谓之“如愿”树，要吃什么都可提供；也有奶牛，名叫苏拉比（Surabhi 无量奶牛），能源源不断地供应牛奶。在这个居所，有千千万万的幸运女神侍奉着绝对真理。绝对真理的名字叫作哥文达（Govinda），他是原初之主，是万原之原。绝对真理常吹响横笛维努・夸南塔（Veṇuṁ kvaṇantam）。他的超然形体是所有宇宙中最富吸引力的——眼睛就像莲花瓣一样美丽，肤色如云。他魅力无限，美丽胜过千万个丘比特。绝对真理身上穿的是橘黄的衣裳，颈脖上戴着花环，头发上插着孔雀的翎毛。

在《博伽梵歌》中，博伽梵奎师那只是稍稍透露了一点点他的居所（高楼卡・温达文）的胜景。这居所是灵性王国中最高的星宿。在《梵天本集》里则能看到更生动的描绘。韦达典籍《卡塔奥义书》（1.3.11）上说，再无高于博伽梵居所的地方了，这居所是终极的目的地（*puruṣān na paraṁ kiñcit sā kāṣṭhā paramā gati*）。当一个人到了这居所，便永不会重堕物质世界。奎师那至高无上的居所和奎师那本人性质相同，因而无二无别。在地球上，位于印度首都新德里东南 90 英里处的温达文，就是灵性天空中至高无上的高楼卡・温达文的摹本。当奎师那降临地球时，就是在这块位于印度玛图拉（Mathura）区方圆 84 平方英里的温达文嬉戏逍遥。

诗节 22

पुरुषः स परः पार्थ भक्त्या लभ्यस्त्वनन्यया ।
यस्यान्तःस्थानि भूतानि येन सर्वमिदं ततम् ॥ २२ ॥

puruṣaḥ sa paraḥ pārtha
bhaktyā labhyas tv ananyayā
yasyāntaḥ-sthāni bhūtāni
yena sarvam idaṁ tatam

puruṣaḥ—博伽梵；*saḥ*—他；*paraḥ*—至尊者，没有谁比他更伟大；*pārtha*—菩瑞塔之子啊；*bhaktyā*—通过奉献服务；*labhyaḥ*—可以被获得；*tu*—但是；*ananyayā*—纯粹、没有偏差的；*yasya*—他的；*antaḥsthāni*—内在的；*bhūtāni*—整个物质展示；*yena*—由他；*sarvam*—所有；*idam*—我们所能看见的一切；*tatam*—遍布。

译文　博伽梵比一切都伟大，可通过纯粹的奉爱臻达。他虽住在自己的居所，却遍存万有，一切都在他之内。

要旨　这里清楚地说明了一去不复返的至高无上的目的地就是至尊的居所。《梵天本集》把这个至尊的居所描述为“一切充满灵性喜乐之地（*ānanda-cinmaya-rasa*）”。在那里，缤纷多样的所有展示无不具有灵性喜乐的性质——那里绝无任何物质性的东西。这多姿多彩的扩展都是博伽梵自己的灵性扩展，正如第七章所阐释的，那里的展示全部由灵性能量构成。至于这个物质世界，绝对真理是以他的物质能量而遍存万有的，虽然他永远在自己至高无上的居所里。因此他通过灵性能量和物质能量无所不在——既在物质宇宙里又在灵性宇宙里。梵文“yasyāntaḥ-sthāni”的意思是一切都在他之内得以维系，不在他的灵性能量就在他的物质能量之内。绝对真理以这两种能量遍存万有。

这里所用的梵文“bhaktyā”一词已清楚显明，要进入奎师那至高无上的居所或进入无以数计的无忧星宿（Vaikuṇṭha 外琨塔）只有通过奉爱服务才有可能。其他任何途径都不能助人到达这至高无上的居所。韦达经《哥帕拉奥义书》（*Gopāla-tāpanī Upaniṣad 3.2*）也描述了至高无上的居所和博伽梵。“在那个居所里只有一位博伽梵，名字叫作奎师那（*Eko vaśī sarva-gaḥ kṛṣṇaḥ*）”。他是最仁慈的神，他虽然以个体身份居住在自己的居所中，却又同时扩展为千千万万数不胜数的全权扩展。韦达经把绝对真理比作一棵树，静静地立着，却挂满了各种果实、鲜花和不断更新的树叶。绝对真理的全权扩展中管辖着无忧星宿的都是四臂形体，他们的名字很多，有菩茹首塔玛（Puruṣottama 至尊者）、垂维夸玛（Trivikrama）、凯沙瓦（Keśava 凯希魔的屠者）、玛达瓦（Mādhava）、阿尼茹达（Aniruddha）、瑞希凯施（Hṛṣīkeśa 感官之主）、山卡珊拿（Saṅkarṣaṇa）、帕杜纳（Pradyumna）、施瑞达尔（Śrīdhara）、华苏戴瓦（Vāsudeva）、达摩达尔（Dāmodara）、佳纳丹（Janārdana 众生的维系者）、那罗延（Nārāyaṇa）、瓦玛纳（Vāmana）、帕德玛拿巴（Padmanābha）等，不一而足。

《梵天本集》也证实虽然绝对真理总在至尊居所高楼卡·温达文里，却遍存万有，所以一切才运转正常（*goloka eva nivasaty akhilātma-bhūtaḥ*）。韦达经《室维陀奥义书》（6.8）说：博伽梵虽然极为遥远，但他的能量极为广大，能毫无缺陷地、系统地指挥宇宙展示中的一切（*parāsya śaktir vividhaiva śrūyate/ svābhāvikī jñāna-bala-kriyā ca*）。

诗节 23

यत्र काले त्वनावृत्तिमावृत्तिं चैव योगिनः ।
प्रयाता यान्ति तं कालं वक्ष्यामि भरतर्षभ ॥ २३ ॥

yatra kāle tv anāvṛttim
āvṛttiṁ caiva yoginaḥ
prayātā yānti taṁ kālaṁ
vakṣyāmi bharatarṣabha

yatra—在哪个；*kāle*—时间；*tu*—和；*anāvṛttim*—无需返回；*āvṛttim*—回来；*ca*—还有；*eva*—肯定地；*yoginaḥ*—各种神秘主义者；*prayātāḥ*—离开；*yānti*—达到；*tam*—那；*kālam*—时间；*vakṣyāmi*—我将描述；*bharatarṣabha*—巴拉塔族的俊杰啊。

译文 **巴拉塔人中的俊杰啊！我现在向你说明，瑜伽士在什么时间离开这个世界，还会再回来；什么时间离开这个世界，就不会再回来。**

要旨 博伽梵的纯粹奉献者是全然皈依的灵魂，并不在乎什么时候离开躯体，也不在乎以什么方式。他们把一切交托奎师那，因此轻易喜乐地回归神首。但那些不纯粹的奉献者，依靠的是灵性觉悟的各种方法，诸如：业报瑜伽、思辨瑜伽和哈塔瑜伽，他们必须在某一适当时候才可离开躯体，以确保是不是还要重返轮回生死的苦地。

若是完美的瑜伽士，便能自由选择离开这个物质世界的时间和情景。他若不那么娴熟，那么成功与否便取决于他是否能碰巧在适当的时间离开。在哪个时间离开后不再回来，世尊在下一诗节予以阐明。按照灵性宗师巴拉戴瓦·维迪亚布善（Ācārya Baladeva Vidyābhūṣaṇa）的解说，梵文“kāla”在这里指的是掌握时间的神。

诗节 24

अग्निर्ज्योतिरह” शुचा ” षण्मासा उत्तरायणम् ।
तत्र प्रयाता गच्छन्ति ब्रह्म ब्रह्मविदो जना” ॥ २४ ॥

agnir jyotir ahaḥ śuklaḥ
ṣaṇ-māsā uttarāyaṇam
tatra prayātā gacchanti
brahma brahma-vido janāḥ

agniḥ—火；*jyotiḥ*—光；*ahaḥ*—白天；*śuklaḥ*—上弦月的半个月；*ṣaṭ-māsāḥ*—六个月；*uttarāyaṇam*—太阳运行于北方时；*tatra*—那里；*prayātāḥ*—离开；*gacchanti*—去；*brahma*—到绝对者；*brahma-vidaḥ*—谁认识绝对者；*janāḥ*—人们。

译文　在月盈的十四天中，或在太阳运行于北方的六个月中，在光明中，在白日吉时，在火神的影响下，认识至尊梵的人离开世界，便能到达至尊。

要旨　在提到火、光、白日和从新月到满月的十四天时，就该明白有各种神祇掌握着这些因素，为灵魂的通行作出安排。临死时，心意把灵魂带到通向新生命的路途。如果凑巧或安排在上面指定的时间离开了躯体，就有可能到达非人格梵光。高深的玄秘瑜伽士能自己安排好离开躯体的时间和地点。其他人则无力控制，如果凑巧在吉时离开，就不会再返生死轮回之圈，不然的话，重返物质世界则大有可能。然而，对在奎师那知觉中的纯粹奉献者，无论是在吉时或不在吉时离开躯体，是出于偶然还是经过安排的，都绝无重返的恐惧。

诗节 25

धूमो रात्रिस्तथा कृष्णः षण्मासा दक्षिणायनम् ।
तत्र चान्द्रमसं ज्योतिर्योगी प्राप्य निवर्तते ॥ २५ ॥

dhūmo rātris tathā kṛṣṇaḥ
ṣaṇ-māsā dakṣiṇāyanam
tatra cāndramasaṁ jyotir
yogī prāpya nivartate

dhūmaḥ—烟；*rātriḥ*—黑夜；*tathā*—还有；*kṛṣṇaḥ*—月亏的十四天；*ṣaṭ-māsāḥ*—六个月；*dakṣiṇa-ayanam*—太阳运行于南方时；*tatra*—那里；*cāndramasam*—月球；*jyotiḥ*—光，*yogī*—神秘主义者；*prāpya*—达到；*nivartate*—再回来。

译文　在月亏的十四天中，或在太阳运行于南方的六个月中，在有烟时，在黑夜中，神秘主义者离开这个世界后，能到达月亮星宿，但还会再回来。

要旨　在《圣典博伽瓦谭》第三篇，卡皮腊·牟尼（Kapila Muni）谈到那些精于功利活动和祭祀牺牲方法的地球人，死时能到月亮上去。这些高升的灵魂在月亮上大约生活一万年（按半神人计算），品饮月露（soma-rasa），享受生命。他们最终还得重返地球。这说明月亮上有高级生物，虽然粗糙的感官察觉不到。

诗节 26

शुक्लकृष्णे गती ह्येते जगतः शाश्वते मते ।
एकया यात्यनावृत्तिमन्ययावर्तते पुनः ॥ २६ ॥

śukla-kṛṣṇe gatī hy ete
jagataḥ śāśvate mate
ekayā yāty anāvṛttim
anyayāvartate punaḥ

śukla—光明；*kṛṣṇe*—和黑暗；*gatī*—离开的方法；*hi*—肯定地；*ete*—这两种；*jagataḥ*—物质世界的；*śāśvate*—韦达经；*mate*—依据……的观点；*ekayā*—按照一种；*yāti*—去；*anāvṛttim*—不用回返；*anyayā*—按照另一种；*āvartate*—回来；*punaḥ*—再次。

译文 **依据韦达经的观点，离开世界的方法有二：一在光明中，一在黑暗中。在光明中离开的，不再回来；但在黑暗中离开的，必重返这个物质世界。**

要旨 巴拉戴瓦·维迪亚布善从《唱赞奥义书》（*Chandogya Upanisad*5.10.3-5）中所引述的关于离去和重返的描述与此一致。功利性工作者和哲学臆测者们从远古以来就不停地来了又去，去了又来。事实上，他们得不到终极的救赎，因为他们不皈依奎师那。

诗节 27

नैते सृती पार्थ जानन्योगी मुह्यति कश्चन ।
तस्मात्सर्वेषु कालेषु योगयुक्तो भवार्जुन ॥ २७ ॥

naite sṛtī pārtha jānan
yogī muhyati kaścana
tasmāt sarveṣu kāleṣu
yoga-yukto bhavārjuna

na—永不；ete—这两种；sṛtī—不同的途径；pārtha—菩瑞塔之子啊；jānan—虽然他知道；yogī—绝对真理的奉献者；muhyati—被迷惑；kaścana—任何；tasmāt—因此；sarveṣu kāleṣu—总是；yoga-yuktaḥ—从事奎师那知觉；bhava—只是成为；arjuna—阿诸纳啊。

译文　阿诸纳啊！虽然奉献者（瑜伽士）知道这两条途径，但他们绝不会迷惑，因此永远专注于奉爱之中。

要旨　奎师那在这里劝告阿诸纳不要为灵魂离开物质世界时有不同途径而心烦意乱。博伽梵的奉献者不该为离开物质世界是出于安排还是出于偶然而担忧。奉献者应坚定于奎师那知觉之中，唱颂哈瑞·奎师那（Hare Kṛṣṇa）。应该知道，心忧两种途径实在是庸人自扰。专注于奎师那知觉中的最好方法是：总是在对他的服务中求契合，这样，通向灵性世界的道路就必安全、可靠、直接。梵文“yoga-yukta”一词在这节诗中有特别的意义，坚定于瑜伽的人在所有的活动中都总是在奎师那知觉中。圣茹帕·哥斯瓦米倡言：“人应超脱物质事务，一切行在奎师那知觉中（*anāsaktasya viṣayān yathārham upayuñjataḥ*）。”通过这种被称为“弃绝中的连接（yukta-vairāgya）”的体系，就能达到完美境况。因此，奉献者不受这类说法的干扰，因为他知道自己去到至尊居所的通道是有保证的——有奉爱服务的保障。

诗节 28

वेदेषु यज्ञेषु तपःसु चैव
दानेषु यत्पुण्यफलं प्रदिष्टम् ।
अत्येति तत्सर्वमिदं विदित्वा
योगी परं स्थानमुपैति चाद्यम् ॥ २८ ॥

vedeṣu yajñeṣu tapaḥsu caiva
dāneṣu yat puṇya-phalaṁ pradiṣṭam
atyeti tat sarvam idaṁ viditvā
yogī paraṁ sthānam upaiti cādyam

vedeṣu—研读韦达经；yajñeṣu—举行祭祀；tapaḥsu—进行各种不同的苦修；ca—和；eva—肯定地；dāneṣu—布施；yat—那；puṇya-phalam—虔诚工作的结果；pradiṣṭam—指向；atyeti—超越；tat—所有那些；sarvam idam—上述的；viditvā—知道；yogī—奉献者；param—至尊的；sthānam—居所；upaiti—得到平静；ca—还有；ādyam—原本的。

译文　一个接受奉爱服务之途的人，并不会失去由研习韦达经、举行祭祀、修习苦行、慈善布施、探究哲学与果报活动所带来的成果。仅仅通过从事奉爱服务，他就能得到这一切，而且最终到达至高无上的永恒居所。

要旨　这节诗是第七、第八章的总结，特别讨论了奎师那知觉和奉爱服务。韦达经的学习须有灵性导师的指导，并且要在灵性导师的照顾下生活，进行许多苦修和赎罪苦行。贞守生（brahmacārī）必须像仆人一样住在灵性导师家里，必须挨门逐户去乞讨，并把乞讨所得交给灵性导师。他们只在得到了灵性导师命令时才进食。如果某一天导师忘了让他进食，学生就得戒食。这是奉行贞守（brahmacarya）生活的韦达原则。

学生在导师的指导下研读韦达经——至少在 5 岁到 20 岁之间——便可成为一个人格完美的人。研读韦达经的目的并不是为了坐在安乐椅中的心智臆测家的消遣，而是为了性格的塑造。受过这样训练的贞守生允许进入家庭生活，结婚生育。做了居士之后，还得举行许多献祭，以求获得进一步的启迪。他也必须根据国别、时间和对象进行布施，按照《博伽梵歌》的描述，布施可分为善良、激情和愚昧形态。然后，他将退出家居生活，进入退隐者（vanaprastha）阶段，进行种种严格苦行——住进森林里，以树皮为衣，不剃须发等。人经过贞守生、居士、退隐者，最后到托钵僧，经过这四个阶段，就能上升到生命的完美境界。然后有些人升转至天堂，当他们更进步时便获得解脱，进入灵性天空，或在非人格梵光中，或在无忧星宿（外琨塔）或奎师那星宿中。这是韦达典籍勾画的道路。

然而，奎师那知觉之美妙就在于从事奉爱服务便可一举超越不同生命阶段的一切仪式。

梵文“idaṁ viditvā”表明，人应该领会世尊奎师那在《博伽梵歌》第七章和这一章所给的教诲。不要以学术研究的方式或心智臆测的方法去领会这些章节，而要跟奉献者一起仔细聆听。从第七章到第十二章是《博伽梵歌》的精华部分。

前六章和后六章就像中间六章的封面封底似的，中间六章特别受到绝对真理的保护。如果一个人有幸跟奉献者在一起，去领会《博伽梵歌》——尤其是中间的六章，他的生命立即光辉灿烂，超越所有赎罪苦行、献祭、布施、臆测等，因为他能仅靠奎师那知觉而取得所有活动的结果。

对《博伽梵歌》略有信心的人应该从奉献者那里学习《博伽梵歌》，因为在第四章一开始已清楚地说明了，只有奉献者才真正懂得《博伽梵歌》，其他人谁也不能完全领会《博伽梵歌》的真义。因此，人应该向奎师那的奉献者学习《博伽梵歌》，而不要师从心智臆测家。这是信心的表现。当人寻找奉献者并最终得到奉献者的联谊时，学习和领会《博伽梵歌》的过程就真正开始了。一个人在奉献者的联谊中求进步，便会被置于奉爱服务中，通过奉爱服务便可扫除一切关于奎师那或神的活动、形体、逍遥时光、名字和其他特色的所有疑惑。完全扫除这些疑惑后，就会坚定于学习之中，然后就能品尝到学习《博伽梵歌》的甘美，至达长处于奎师那知觉的境界。到高级阶段，就会完全爱上奎师那。这生命最高的完美境界使奉献者能转升到灵性天空奎师那的居所——高楼卡·温达文，在那里得享永恒的喜乐。

巴克提维丹塔（Bhaktivedanta）阐释圣典《博伽梵歌》第八章“臻达至尊”至此结束。

第九章

最机密的知识

圣奎师那是博伽梵和至高无上的崇拜对象。通过超然的奉爱服务（Bhakti），灵魂与他永恒相联；借着恢复纯粹奉爱，我们就能够回到灵性王国，回到奎师那身边。

诗节 1

श्रीभगवानुवाच
इदं तु ते गुह्यतमं प्रवक्ष्याम्यनसूयवे ।
ज्ञानं विज्ञानसहितं यज्ज्ञात्वा मोक्ष्यसेऽशुभात् ॥ १ ॥

śrī-bhagavān uvāca
idaṁ tu te guhyatamaṁ
pravakṣyāmy anasūyave
jñānaṁ vijñāna-sahitaṁ
yaj jñātvā mokṣyase 'śubhāt

śrī bhagavan uvāca—博伽梵说；*idam*—这门；*tu*—但是；*te*—向你；*guhyatamam*—最机密的；*pravakṣyāmi*—我将告诉；*anasūyave*—向不嫉妒的；*jñānam*—知识；*vijñāna*—觉悟到的知识；*sahitam*—与；*yat*—那；*jñātvā*—知道；*mokṣyase*—你将免除；*aśubhāt*—这个痛苦的物质存在。

译文　博伽梵说：我亲爱的阿诸纳，因为你从不嫉妒我，我要传授你这门最机密的知识与觉悟。你知道后，将会免除物质生活的种种苦难。

要旨　奉献者越多地聆听奎师那，就会获得越多的灵性领悟。这一聆听的途径是《圣典博伽瓦谭》所推荐的："博伽梵的讯息充满力量，如果奉献者之间讨论博伽梵的话题，就能觉察到这种力量。与心智臆测家或学究们在一起，不能获得这种力量，因为这是觉悟得来的知识。"

奉献者不断地为绝对真理服务，绝对真理知晓在奎师那知觉中的每一生物的心态和诚意，会赐给他智慧，让他和奉献者在一起，领会奎师那的科学。讨论奎师那极具力量，如果人有幸得到这样的联谊，努力吸取知识，肯定会在灵性觉悟上进步。圣奎师那为了鼓励阿诸纳在强有力的服务中提升得更高，特意在这一章中详细解说了比他所揭示过的一切更为机密的内容。

《博伽梵歌》之始，即第一章，大致上是全书其他部分的引言。第二章和第三章中所描述的灵性知识被形容为"秘密"。第七章和第八章特别谈到了奉爱服务，因为奉爱服务能在奎师那知觉中带来启蒙，所以称为"更机密"。但第九章谈的是至纯至粹的奉爱，因此称为"最机密"。处于奎师那的最机密知识中的人自然超脱，他虽在物质世界，却绝无任何物质痛苦。《奉爱的甘露之洋》（*Bhakti-rasāmṛta-sindhu*）说，怀有诚恳的愿望为博伽梵做爱心服务的人，虽然身受物质存在所限，却已是解脱了的灵魂。同样，我们还将在《博伽梵歌》第十章中发现，谁这样从事奉爱服务，谁就是一个解脱者。

这第一节诗有特别的意义。梵文“idaṁ jñānam（这门知识）”指的是纯粹的奉爱服务，由九种活动组成：聆听、唱颂、忆念、服务、崇拜、祷告、服从、保持友谊、奉献一切。修习这九种奉爱服务，便可将自己提升到灵性知觉——奎师那知觉。当内心清除了所有物质污染，人就能理解这门奎师那的科学。仅仅明白生物不是物质的还不够。这或许是灵性觉悟的开始，然而我们更应该认识到躯体活动与了解自我不是躯体的人的灵性活动之间的区别。

在第七章，我们已经讨论过博伽梵富裕的力量、绝对真理不同的能量、低等和高等本性，以及所有这些物质展示。现在要描述绝对真理的荣耀。

梵文“anasūyave”在这节诗中也很重要。通常，阐释者们就算是很有学问的人，都嫉妒博伽梵奎师那。最饱学的学者写出来的《博伽梵歌》的阐释也极不准确。因为他们嫉妒奎师那，他们的阐释毫无用处；博伽梵奉献者的释论才是真实可信的。如果心怀嫉妒，谁也不能解说《博伽梵歌》，谁也不能给出关于奎师那的完美知识。根本就不认识奎师那，却对他大肆批评的人是笨蛋。所以要谨慎小心地避开这些释论。人若认识奎师那是博伽梵，是纯粹而超然之人，阅读这些章节，必获益匪浅。

诗节 2

राजविद्या राजगुह्यं पवित्रमिदमुत्तमम् ।
प्रत्यक्षावगमं धर्म्यं सुसुखं कर्तुमव्ययम् ॥ २ ॥

rāja-vidyā rāja-guhyaṁ
pavitram idam uttamam
pratyakṣāvagamaṁ dharmyaṁ
su-sukhaṁ kartum avyayam

rāja-vidyā—教育之王；*rāja-guhyam*—机密的知识之王；*pavitram*—最纯粹的；*idam*—这；*uttamam*—超然的；*pratyakṣa*—透过直接的体验；*avagamam*—明白；*dharmyam*—宗教原则；*susukham*—很快乐；*kartum*—去实践；*avyayam*—永恒的。

译文　这门知识是教育之王，是最秘密的秘密，是至纯至粹的知识，因为它令人直接觉悟到自我。这是宗教的圆满境界。它永恒不息，实践时喜乐盈人。

要旨　《博伽梵歌》的这一章被称为“教育之王”，因为它是前面解说过的所有义理和哲学的核心。印度主要的哲学家有：乔达摩（Gautama）、卡纳达（Kaṇāda）、卡皮腊（Kapila）、雅格亚瓦克亚（Yājñavalkya）、桑迪利亚（Śāṇḍilya）和外斯瓦那尔（Vaiśvānara），最后是维亚萨戴瓦（Vyāsadeva）——《终极韦达经》的作者。由此可见，哲学或超然知识领域绝不缺乏知识。博伽梵在这里说，第九章是所有这些知识之王，是研习韦达经和各种哲学而得的所有知识的精华，所以称为“最机密的”，因为机密的和超然的知识涉及认清灵魂和躯体的区别。机密知识之王的最高境界是奉爱服务。

通常，人们接受的是外在的知识，而不是这门机密知识。普通的教育有政治学、社会学、物理学、化学、数学、天文学、工程学等。大学林立，知识的分类繁多，但不幸的是，没有一所大学或教育机构教授灵魂的科学。然而，灵魂却是躯体最重要的部分，没有灵魂，躯体就无价值可言。但人们仍极其强调躯体生存的需求，而对至关重要的灵魂置之不理。

《博伽梵歌》从第二章开始，就强调灵魂的重要性。绝对真理在一开始就说，这躯体要毁坏，灵魂却不会毁坏。仅仅知道灵魂不同于躯体，其本性不变不易，不毁不灭，而且永恒，这是机密知识的一部分，但却没有给出灵魂的正面内容。有时候人们有一种观念，认为灵魂不同于躯体，因此当躯体完结时或当人从躯体中解脱出来时，灵魂一片虚空，成为非人格性的东西。事实并非如此。如此活跃的灵魂从躯体中解脱出来后，怎么会变得不活跃了呢？灵魂永远是活跃的。如果灵魂永恒，那它就永恒地活跃，其在灵性世界的活动是灵性知识中最机密的部分。因此这里指出，灵魂的这些活动构成了所有知识之王——所有知识中最机密的知识。

正如韦达经典所解释的，这门知识是所有活动中至纯至粹的形式。在《宇宙古史·莲花之部》（*Padma Purāṇa*）中分析了人类的罪恶活动，结果显明，这是一次次罪恶的结果。那些从事业报活动的人受缚于恶报的不同阶段和不同形式。就好像种下一粒树种，并不会立即长出树来，而是需要一段时间。起初是茁壮的小芽，然后初具树形，开花结果。树长成后，播种者便可享受花果。同样，人从事了罪恶活动，就好比播下了一粒种子，一段时间后便能开花结果。这里有着不同的阶段。一个人也许已经停止了罪恶的行为，但依然得承担罪恶活动的结果。有些罪恶仍处在种子阶段，有些已经开始开花结果，让我们自食其果，品尝痛苦。

第七章第28节中解释到，完全终止了所有罪恶活动反应的人，完全从事虔诚活动的人，因远离了这物质世界的二元性，从而能从事对博伽梵的奉爱服务。换言之，凡实际从事于对博伽梵的奉爱服务的人，已解除了一切报应。《宇宙古史·莲花之部》证实了这一点：

aprārabdha-phalaṁ pāpaṁ
kūṭaṁ bījaṁ phalonmukham
krameṇaiva pralīyeta
viṣṇu-bhakti-ratātmanām

凡从事对博伽梵的奉爱服务的人，他的一切罪恶报应，无论是已结果的，是现存的，还是在种子之中的，都将逐步消失。所以说奉爱服务的净化力量非常强大，被称为“至纯至粹的（pavitram uttamam）”。梵文“uttama”指超然的，“tamas”指黑暗的、愚昧的，“uttama”指的是超然于物质活动。奉爱服务永不可视为物质活动，虽然有时奉献者的举动如同常人。然而洞察和熟悉奉爱服务的人必定知道，这些服务并不是物质活动，而是完全灵性的和完全奉爱性的，不受物质自然形态的污染。

履行奉爱服务非常完美，可直接看到结果，这种直接结果可实际地感受到。我们有这样的实际经历，一个人没有冒犯地唱颂奎师那的圣名——哈瑞·奎师那，哈瑞·奎师那，奎师那·奎师那，哈瑞·哈瑞／哈瑞·茹阿玛，哈瑞·茹阿玛，茹阿玛·茹阿玛，哈瑞·哈瑞（*Hare Kṛṣṇa*，*Hare Kṛṣṇa*，*Kṛṣṇa Kṛṣṇa*，*Hare Hare*/ *Hare Rāma*，*Hare Rāma*，*Rāma Rāma*，*Hare Hare*）——便能感觉到超然的喜乐，所有物质污染很快会得到净化。这是实在的经历。要是再进一步，不只停留在聆听上，而且也努力去传播奉爱服务的讯息，或参与奎师那知觉的传播活动，就会逐渐感到有灵性的进步。灵修生活的这种进步无需依靠任何事先的教育和资格。这方法本身已是至纯至粹，人只要投入，便能变得纯粹。

《终极韦达经》(3.2.26)也说过这样的话:“奉爱服务有无限的力量,人只需从事奉爱服务的活动,便可毫无疑问地得到启迪(*prakāśaś ca karmaṇy abhyāsāt*)。”圣哲拿拉达(Nārada)是这方面的一个实际例子。拿拉达前生是一个女仆的儿子,而不是贵族子弟,也没有接受过教育。但他的母亲在服务一些伟大的奉献者时,拿拉达也这样做了,有时母亲不在,他就自己侍奉那些伟大的奉献者。拿拉达亲自说道:

ucchiṣṭa-lepān anumodito dvijaiḥ
sakṛt sma bhuñje tad-apāsta-kilbiṣaḥ
evaṁ pravṛttasya viśuddha-cetasas
tad-dharma evātma-ruciḥ prajāyate

在《圣典博伽瓦谭》(1.5.25)的这一诗节中,拿拉达向门徒维亚萨戴瓦讲述了自己的前生。他说他在给那些要节夏安居逗留四个月的纯粹奉献者当童仆时,与他们的交往非常亲密。有时,圣人们的盘子里还剩一点食物,而这洗盘子的孩子想尝一尝。所以他就求得圣人们的允许,圣人们把剩下的东西给他,拿拉达吃了这些剩下的食物,随后就免除了一切恶报。他就这样吃,心逐渐变得和那些圣人一样净化了。这些伟大的奉献者以聆听和唱颂的形式不停地为绝对真理做奉爱服务,品尝到无尽的甘露,拿拉达也逐渐培养了这相同的品味。拿拉达接着说:

tatrānvahaṁ kṛṣṇa-kathāḥ pragāyatām
anugraheṇāśṛṇavaṁ manoharāḥ
tāḥ śraddhayā me 'nupadaṁ viśṛṇvataḥ
priyaśravasy aṅga mamābhavad ruciḥ

与圣哲们联谊,拿拉达喜欢上了聆听和唱颂绝对真理的荣耀,培养了对奉爱服务的强烈愿望。因此,正如《终极韦达经》所说:“*prakāśaś ca karmaṇy abhyāsāt.*”人若仅仅做奉爱服务,一切都会自动地向他揭示,而且他能理解。这就叫作“直接感受到(pratyakṣa)”。

梵文“dharmyam”是指“宗教道路”。拿拉达实际上只是女仆之子。又没有机会上学,而只是帮母亲的忙。幸好他母亲做伟大的奉爱服务,小拿拉达因此也得到机会,仅靠联谊就达到了一切宗教的最高境界。如《圣典博伽瓦谭》所述:“一切宗教的最高目标是奉爱服务(*sa vai puṁsāṁ paro dharmo yato bhaktir adhokṣaje*)。”一般信奉宗教的人却并不知道宗教的最高完美境界就是奉爱服务。

要获得自我觉悟，正如我们已在第八章最后一节讨论过的：“韦达知识对于自我觉悟来说，通常是必不可少的（*vedeṣu yajñeṣu tapaḥsu caiva*）”。但这里我们看到，拿拉达既没上过灵师学校，也没受过韦达原则的教育，但仍得到了研读韦达经的最高结果。这条途径充满力量，人即使不经常参与宗教程序，也能提升到最高的完美境界。怎么可能呢？这在韦达经典中也有证实：“ācāryavān puruṣo veda.”人若能与伟大的阿查亚（以身作则的灵性导师）在一起，即使没有受过教育，又从未学习过韦达经，也能知晓觉悟所需的一切知识。

奉爱服务之途是非常快乐的（susukham）。为什么呢？因为奉爱服务由聆听、唱颂和记忆（*śravaṇaṁ kīrtanaṁ viṣṇoḥ*）组成，所以一个人只需聆听荣耀绝对真理的唱颂，或聆听由授权的灵性导师主持的超然知识哲学讲座即可。只要坐下来便可学习，然后可以吃到供奉过神的灵粮，美味可口的食物。奉爱服务的每个阶段都是快乐的。即使是最贫困潦倒时，也仍能做奉爱服务。博伽梵说：他接受奉献者供奉的任何供品，不在乎供奉的是什么。即使是一片叶、一朵花、一个水果、一点水，这些世界上任何地方都有，任何人都可以拿来供奉，无论其社会地位如何，只要以爱心供奉，绝对真理都会接受。历史上有很多例子。仅靠品尝了供奉在博伽梵莲花足前的图拉茜（Tulasī）树叶，伟大的圣贤如萨拿特·库玛尔（Sanat-kumāra）就成了伟大的奉献者。因此，奉献之途非常之好，做起来心情也无比愉快。神只接受以爱心供奉给他的东西。

这里所说的奉爱服务是永恒存在的，而不是假象宗（māyāvādī）哲学家所宣称的那样。有时，他们也做些所谓的“奉爱服务”，他们心里想的是只要未获解脱，就继续做下去，但最后，当他们获得解脱后，就要“与神合一”。这种一时的所谓奉爱服务，不能被认为是纯粹的奉爱服务。真正的奉爱服务即使在解脱后也会继续。当奉献者到了神的王国的灵性星宿上时，也会从事对博伽梵的奉爱服务，而不奢望与博伽梵合一。

我们将在《博伽梵歌》中看到，真正的奉爱服务从解脱时开始。获得解脱后，当人处于梵觉（Brahma-bhūta）时，奉爱服务就开始了（*samaḥ sarveṣu bhūteṣu mad-bhaktiṁ labhate parām*）。单独修习业报瑜伽、思辨瑜伽、八部瑜伽（aṣṭāṅga-yoga）或任何其他瑜伽的人，都不能认识博伽梵。这些瑜伽修习方法，可以使人更进一步靠近奉爱瑜伽，但达不到奉爱服务的层面，是不可能了解博伽梵的。《圣典博伽瓦谭》也证实，人通过奉爱服务，特别是通过从觉悟的灵魂处聆听《圣典博伽瓦谭》和《博伽梵歌》而获得净化时，才能够理解奎师那的科学，或神的科学。当心中的邪说一扫而空时，人才能明白何谓神（*Evaṁ prasanna-manaso bhagavad-bhakti yogataḥ*）。所以奉爱服务的程序，或者说奎师那知觉的程序，是一切教育之王，是一切机密知识之王。它是至纯至粹的宗教，做起来充满喜乐，毫无困难。因此，我们应当选择奎师那知觉的道路。

诗节 3

अश्रद्दधानाः पुरुषा धर्मस्यास्य परन्तप ।
अप्राप्य मां निवर्तन्ते मृत्युसंसारवर्त्मनि ॥ ३ ॥

aśraddadhānāḥ puruṣā
dharmasyāsya parantapa
aprāpya māṁ nivartante
mṛtyu-saṁsāra-vartmani

aśraddadhānāḥ—没有信心的人；*puruṣāḥ*—这些人；*dharmasya*—对宗教法门；*asya*—这；*parantapa*—克敌者啊；*aprāpya*—不能到达；*mām*—我；*nivartante*—返回；*mṛtyu*—死亡；*saṁsāra*—在物质存在中；*vartmani*—到路途上。

译文　克敌者啊！那些在奉爱服务中没有信心的人不能到达我，他们要重返物质世界，轮转生死。

要旨　没有信心的人无法从事这一奉爱服务的程序，这是本诗节的要旨。信心是靠与奉献者联谊产生的。不幸的人听过了伟大人物讲说的韦达经典的所有证据后，对神仍没有信心。他们彷徨犹豫，不能专注于对绝对真理的奉爱服务。所以，信心是在奎师那知觉中进步的最重要的因素。据《永恒的采坦尼亚经》（*Caitanya-caritāmṛta*）所说，信心就是完全地相信，只要服务博伽梵奎师那就能实现最大的完美。这称为真正的信心。

《圣典博伽瓦谭》（4.31.14）上说：

yathā taror mūla-niṣecanena
tṛpyanti tat-skandha-bhujopaśākhāḥ
prāṇopahārāc ca yathendriyāṇām

tathaiva sarvārhaṇam acyutejyā

“给树根浇水，枝枝叶叶全得满足，给胃里送食，躯体的各个感官全部得到了满足。同样，通过从事对博伽梵的超然服务，所有半神人和所有其他生物也全都会自动地得到满足。”

因此，读罢《博伽梵歌》，人应立即到达《博伽梵歌》的结论：放弃所有其他的活动，转而开始对博伽梵奎师那的服务！如果人对这门生命哲学坚信不疑，这就是有了信心。

培养这信心的程序就是奎师那知觉。奎师那知觉者可分为三类。第三类是那些没有信心的人。他们即使堂而皇之地做奉爱服务，也不能达到最高的完美境界。一段时间后，他们极有可能溜走。他们可能身处其中，但因为没有完全的信服和信心，很难在奎师那知觉中坚持。我们在传教过程中感受过这样的实例，有些人带着某些不可告人的动机投身于奎师那知觉运动，一待在经济上稍稍好转，他们就放弃了这条道路而重蹈旧辙。只有信心才能使人在奎师那知觉中进步。就信心而言，一个精通奉爱服务的经典，且已达到信心坚定境界的人，可谓奎师那知觉中第一类人。第二类是那些对奉爱经典不精通，却自然而然对服务奎师那有着坚定的信心，认定这是最佳道路，坚定地走在上面的人。因此，他们比第三类要好。第三类人既无全面的经典知识，也没有坚定的信心，只是因为有联谊、性情质朴才努力追随。奎师那知觉中的第三类人可能会掉下来，但第二类却不会掉下来，第一类则绝无掉下的可能。第一类人必定进步，并在最终取得成果。至于第三类人，他们倒是相信对奎师那的奉爱服务是很好的，但他们没有从《圣典博伽瓦谭》和《博伽梵歌》这样的经典中学到适当的关于奎师那的知识，他们有时会倾向于业报瑜伽和知识瑜伽，有时会打不定主意，心烦意乱，一旦业报瑜伽或知识瑜伽的影响消尽，他们就会变成第二类或第三类奎师那知觉者。

《圣典博伽瓦谭》中将对奎师那的信心也分成三个层面。《圣典博伽瓦谭》第11篇也解释了什么是一流的依附、二流的依附和三流的依附。那些即使在听过许多关于奎师那和奉爱服务的好处后仍没有信心的人认为这些不过是溢美之辞，他们会觉得道路艰难。他们到达完美境界的希望微乎其微。所以，信心对于奉爱服务非常重要。

诗节 4

मया ततमिदं सर्वं जगदव्यक्तमूर्तिना ।
मत्स्थानि सर्वभूतानि न चाहं तेष्ववस्थितः ॥ ४ ॥

mayā tatam idaṁ sarvaṁ
jagad avyakta-mūrtinā
mat-sthāni sarva-bhūtāni
na cāhaṁ teṣv avasthitaḥ

mayā—由我；*tatam*—遍布；*idam*—这；*sarvam*—整个；*jagat*—宇宙展示；*avyakta-mūrtinā*—由不展示的形体；*mat-sthāni*—在我中；*sarva-bhūtāni*—一切众生；*na*—不；*ca*—也；*aham*—我；*teṣu*—在他们中；*avasthitaḥ*—处于。

译文　我以未展示的形体，遍透整个宇宙。一切众生尽在我中，我却不在他们之内。

要旨　通过粗糙的物质感官是无法感知博伽梵的。《奉爱服务的甘露之洋》（17.136）中说：

ataḥ śrī-kṛṣṇa-nāmādi
na bhaved grāhyam indriyaiḥ
sevonmukhe hi jihvādau
svayam eva sphuraty adaḥ

"物质感官不能理解世尊奎师那的名字、声名、逍遥活动等。人只有在正确的引导下，从事纯粹的奉爱服务，绝对真理才会揭示"。

《梵天本集》（5.38）中谈道："如果人培养起了对绝对真理的超然爱心态度，他就能从自己之内和自己之外，看到博伽梵哥文达（*premāñjana-cchurita-bhakti-vilocanena santaḥ sadaiva hṛdayeṣu vilokayanti*）。"而对一般的人，绝对真理是不可见的。这里说道：绝对真理虽然无处不在，却不是以物质感官所能察知的。这里的"通过未展示的形体（avyakta-mūrtinā）"一词表明了这一点。但实际上，我们虽然看不见他，一切却都安处于他之中。正如我们在第七章讨论的，整个物质宇宙展示只不过是他的两种能量——高等灵性能量和低等物质能量的组合。就像太阳光遍布整个宇宙一样，绝对真理的能量也遍布整个创造之中，一切均安处于这种能量之中。

然而，千万不要因为绝对真理无处不在就下结论说，绝对真理丧失了个人的存在。绝对真理这样驳斥这种论辩：“我无所不在，一切均在我之内，但我却高高在上。”例如，国王领导政府，政府不过是国王能力的展示而已。不同的政府部门代表的只是国王不同方面的能力，而每一个部门都在国王的权力掌握之中，但是人们并不指望国王亲临每一部门。这只是一个粗略的例子。同样，我们所看到的一切展示，存在的一切，灵性世界也好，物质世界也罢，全部依赖博伽梵的能量。创造是由他的不同能量扩散而成的，这正如《博伽梵歌》所说：他通过自己的个人代表——他的不同能量扩展而无处不在（*viṣṭabhyāham idaṁ kṛtsnam*）。

诗节 5

न च मत्स्थानि भूतानि पश्य मे योगमैश्वरम् ।
भूतभृन्न च भूतस्थो ममात्मा भूतभावनः ॥ ५ ॥

na ca mat-sthāni bhūtāni
paśya me yogam aiśvaram
bhūta-bhṛn na ca bhūta-stho
mamātmā bhūta-bhāvanaḥ

na—不；*ca*—也；*mat-sthāni*—处在我之中；*bhūtāni*—所有创造；*paśya*—看哪；*me*—我的；*yogam aiśvaram*—不可思议的神秘力量；*bhūta-bhṛt*—众生的维系者；*na*—不；*ca*—也；*bhūta-sthaḥ*—在宇宙展示中；*mama*—我的；*ātmā*—自我；*bhūta-bhāvanaḥ*—所有展示的源头。

译文　然而，一切受造之物又不处在我之中。看哪，这就是我的神秘富裕！虽然我是一切众生的维系者，虽然我无处不在，我却不属于这宇宙展示中的一部分，因为我自己就是创造的根源。

要旨　《博伽梵歌》（9.4）说，“一切众生尽在我中，我却不在他们之内（*mat-sthāni sarva-bhūtāni*）”。对此不该误解。绝对真理并不直接维系和维持物质展示。我们有时会看到一张阿特拉斯（Atlas）肩负地球的图片。他托着地球显得很疲倦。这个图像不可加在创造宇宙的奎师那身上。奎师那说，虽然万物都依赖他，他却远离万物。星系浮在空中，而这太空也是博伽梵的能量。但绝对真理不同于太空，绝对真理所处的地方不同。因此，绝对真理说："虽然他们都处在我不可思议的能量中，但作为博伽梵的我却远离他们。"这便是博伽梵不可思议的富裕。

韦达字典《尼茹提辞典》(*Nirukti*）里有云："博伽梵展示他的能量，上演了不可思议的奇妙的逍遥活动（*yujyate 'nena durghaṭeṣu kāryeṣu*)。"博伽梵可以这样去理解，绝对真理作为人，充满了种种能力，而他的决心本身就是确凿的事实。我们可能想着做某些事情，但会遇到很多阻力，有时，我们无法如愿以偿。但当奎师那想要做事情时，仅凭他的意志，一切便彻底地完成了，谁也无法想象是怎么完成的。绝对真理解释了这个事实：虽然他是整个物质展示的维系者，但却并不碰触物质的展示。仅凭他至高无上的意志，万物就被创造，被维系，最后被毁灭。绝对真理的心意和绝对真理本人没有区别，因为绝对真理是绝对的灵魂（但我们自己和我们现在的物质心意是有区别的）。绝对真理在同一时刻无所不在，但普通人却无法明白他是怎样亲自存在于万物之中的。他不同于物质展示，但一切却都依赖于他。这一点，这里也有解释，即"博伽梵的神秘力量（*yogam aiśvaram*)"。

诗节 6

यथाकाशस्थितो नित्यं वायुः सर्वत्रगो महान् ।
तथा सर्वाणि भूतानि मत्स्थानीत्युपधारय ॥ ६ ॥

yathākāśa-sthito nityaṁ
vāyuḥ sarvatra-go mahān
tathā sarvāṇi bhūtāni
mat-sthānīty upadhāraya

yathā—正如；*ākāśa-sthitaḥ*—处于天空；*nityam*—恒常地；*vāyuḥ*—风；*sarvatra-gaḥ*—在各处吹动；*mahān*—伟大的；*tathā*—同样的；*sarvāṇi bhūtāni*—所有被创造的生物；*mat-sthāni*—处于我之中；*iti*—这样地；*upadhāraya*—努力去理解。

译文 **要知道，就像强风处处吹遍，却总是处于天空中一样，所有被造生物亦处在我之中。**

要旨 如此庞大的物质创造竟然安处在博伽梵之中，这对任何常人都是不可思议的。但博伽梵给出的例子也许能帮助我们理解。天空是我们能想象的最大的展示了。在天空中，风或者空气是宇宙中最大的展示。风的运动能影响万物的运动。风虽巨大，仍行于天空之内，不能超出天空。同样，所有奇妙的宇宙展示的存在都是神的至尊意志的体现，全部从属于这至高无上的意志。我们常说，没有博伽梵的意志，一片小草也动弹不得。所以，一切均在他的意志下运行：一切由他的意志创造、维系和毁灭。然而，他却远离万物，就像天空总是远离风的活动一样。

《鹧鸪氏奥义书》（*Taittiriya Upanisad* 2.8.1）上说："风因害怕博伽梵才吹动（*yad-bhīṣā vātaḥ pavate*）。"

《大森林奥义书》（3.8.9）中也说："日月星辰得到至高无上的旨令，在博伽梵的监督下运行（*etasya vā akṣarasya praśāsane gārgi sūrya-candramasau vidhṛtau tiṣṭhata etasya vā akṣarasya praśāsane gārgi dyāv-āpṛthivyau vidhṛtau tiṣṭhataḥ*）。"

《梵天本集》（5.52）也说：

yac-cakṣur eṣa savitā sakala-grahāṇāṁ
rājā samasta-sura-mūrtir aśeṣa-tejāḥ
yasyājñayā bhramati sambhṛta-kāla-cakro
govindam ādi-puruṣaṁ tam ahaṁ bhajāmi

这是关于太阳运行的一段描述。据说太阳被看成是博伽梵的一只眼睛，有无限发光发热的能力。但他仍按哥文达（Govinda）的至尊意志和命令，运行在规定的轨道上。所以，从韦达经典中，我们能找到证据说明这个在我们面前显得非常奇妙和庞大的物质展示完全在博伽梵的控制之中。这一点在本章往后的诗节中还会有更进一步的解释。

诗节 7

सर्वभूतानि कौन्तेय प्रकृतिं यान्ति मामिकाम् ।
कल्पक्षये पुनस्तानि कल्पादौ विसृजाम्यहम् ॥ ७ ॥

sarva-bhūtāni kaunteya
prakṛtiṁ yānti māmikām
kalpa-kṣaye punas tāni
kalpādau visṛjāmy aham

sarva-bhūtāni—所有被创造的生物；*kaunteya*—琨缇之子啊；*prakṛtim*—自然；*yānti*—进入；*māmikām*—我的；*kalpa-kṣaye*—在年代周期的终结；*punaḥ*—再次；*tāni*—所有那些；*kalpa-ādau*—在年代周期的开端；*visṛjāmi*—创造；*aham*—我。

译文　琨缇之子啊！在年代周期之末，所有物质展示都进入我的自然中；在另一年代周期之始，我以自己的能力再度创造它们。

要旨　这物质宇宙展示的创造、维系和毁灭完全依赖博伽梵至高无上的意志。“在年代末期”是指梵天死去的时候。布茹阿玛（Brahma 梵天）的寿命是一百年。他的一个白天是我们地球的四十三亿年。他们的一个夜晚也是这么长。三十个这样的昼夜组成他的一个月，十二个这样的月构成他的一年。一百个这样的年之后，就到了梵天的死期，宇宙毁灭的时候也就到了。这意味着由博伽梵展示出来的能量又要重新收回去。然后，当需要展示宇宙的时候，就通过他的意志展示。“我虽是一个，却能变成多个（Bahu syām）。”这是一句出自《唱赞奥义书》（*Chandogya Upanisad* 6.2.3）的韦达格言。他在这物质能量中扩展自己，整个宇宙展示便再度出现。

诗节 8

प्रकृतिं स्वामवष्टभ्य विसृजामि पुनः पुनः ।
भूतग्राममिमं कृत्स्नमवशं प्रकृतेर्वशात् ॥ ८ ॥

prakṛtiṁ svām avaṣṭabhya
visṛjāmi punaḥ punaḥ
bhūta-grāmam imaṁ kṛtsnam
avaśaṁ prakṛter vaśāt

prakṛtim—物质自然；*svām*—我个人的；*avaṣṭabhya*—进入；*visṛjāmi*—我创造；*punaḥ punaḥ*—反反复复；*bhūta-grāmam*—所有宇宙展示；*imam*—这些；*kṛtsnam*—进入整体；*avaśam*—自动地；*prakṛteḥ*—自然的力量；*vaśāt*—有义务。

译文　整个宇宙的秩序受我控制。因为我的旨意，宇宙再三地自动展示；在我的旨意之下，最终又归于毁灭。

要旨　这个物质世界是博伽梵低等能量的展示。这一点已解释过多次了。创造之时，物质能量以物质大实体（mahat-tattva）的形式释放出来，绝对真理则以他的第一个主宰化身（Puruṣa）——大维施努（Mahā-Viṣṇu 原因之洋维施努）进入其中，他躺在原因之洋上，呼出无以数计的宇宙；绝对真理又以孕诞之洋维施努（Garbhodakaśāyī-Viṣṇu）进入每个宇宙。每个宇宙都是这样被创造的；他还将自己进一步展示为牛奶之洋维施努（Kṣīrodakaśāyī-Viṣṇu 超灵），进到万物之中，甚至进入微小的原子之中。这里解释了这一事实。他进入万物之中。

至于生物，他们是被注入这物质自然之中的，他们根据过去的活动获得不同的地位。于是，物质自然的活动就开始了。不同生物种类的活动都始于创造之始，绝无进化其事。不同种类的生命是与宇宙一同被创造的。人、动物、飞禽走兽——一切都是同时被创造的，因为不论生物在毁灭的最后时刻有何愿望，都会再度展示出来。这里通过“自动地（avaśam）”一词清楚地表明，生物与这个过程没有丝毫的关系。生物在上一次创造中的存在状况又再次展示出来，而且全都是由博伽梵的意志完成的。这是博伽梵的不可思议的力量。绝对真理创造完各种生命之后，便与他们没有关系了。所有创造的发生，只是为了适应各种生物的嗜好，绝对真理并不介入其中。

诗节 9

न च मां तानि कर्माणि निबध्नन्ति धनञ्जय ।
उदासीनवदासीनमसक्तं तेषु कर्मसु ॥ ९ ॥

na ca māṁ tāni karmāṇi
nibadhnanti dhanañjaya
udāsīna-vad āsīnam
asaktaṁ teṣu karmasu

na—不；*ca*—也；*mām*—我；*tāni*—所有那些；*karmāṇi*—活动；*nibadhnanti*—束缚；*dhanañjaya*—财富的征服者啊；*udāsīnavat*—仿佛中立；*āsīnam*—处于；*asaktam*—不受吸引；*teṣu*—受那些；*karmasu*—活动。

译文　财富的征服者（Dhanañjaya）啊！所有这些活动都不能束缚我。我永远超越所有这些物质活动，保持中立。

要旨　我们切不可因此就认为博伽梵无事可做。实际上在他的灵性世界里，他总是忙个不停。《梵天本集》（5.6）中说："他总是忙于他永恒的、喜乐的灵性活动，但与这些物质活动没有关系（*ātmārāmasya tasyāsti prakṛtyā na samāgamaḥ*）。"物质活动是由他不同的能力进行的。在受造世界物质活动中，博伽梵始终是中立的。在这里，梵文"udāsīna-vat"表示中立性。虽然他主宰着物质活动的每一个细枝末节，却似乎保持中立。坐在法官席上的高级法院的法官可以作为这方面的一个例子。法官的指令会使很多事发生——捆绑某人、把某人投入监狱、判给某人大笔财富——但法官是中立的。他与这些得失没有关系。同样，绝对真理总是中立的，虽然他掌控着每一个活动领域。《终极韦达经》（2.1.34）说："他不在物质世界的二元相对性中（*vaiṣamya-nairghṛṇye na*）。"他超然于这些二元性。他也不依恋这物质世界的创造和毁灭。生物是根据其过去的行为而得到不同形体的生命种类的，绝对真理并不干预他们。

诗节 10

मयाध्यक्षेण प्रकृतिः सूयते सचराचरम् ।
हेतुनानेन कौन्तेय जगद्विपरिवर्तते ॥ १० ॥

mayādhyakṣeṇa prakṛtiḥ
sūyate sa-carācaram
hetunānena kaunteya
jagad viparivartate

mayā—由我；*adhyakṣeṇa*—在监管下；*prakṛtiḥ*—物质自然；*sūyate*—展示；*sa*—两者；*carācaram*—动和不动的；*hetunā*—由于这个原因；*anena*—这；*kaunteya*—琨缇之子啊；*jagat*—宇宙展示；*viparivartate*—运作。

译文　琨缇之子啊！这物质自然是我的能量之一，在我的指挥下运作，产生了所有动和不动的一切，在物质自然的控制之下，这展示再三创造，再三毁灭。

要旨　这里清楚地断言，博伽梵虽然远离物质世界的一切活动，仍旧是至高无上的指挥者。博伽梵是至高无上的意志，是这物质展示的背景，但管理施行却是物质自然所为。奎师那在《博伽梵歌》中还宣称，在所有不同形式、不同种类的生物中，“我是父亲”。父亲将种子置于母亲腹中，然后便有了孩子。同样，博伽梵只凭目视便将生物之种注入物质自然的子宫中，他们便根据前世的欲望和活动，以不同的形式和种类出现。所有这些生物虽然受博伽梵的目视而生，但却依据过去的欲望和行为而各具躯体。所以绝对真理与物质创造并无直接联系。他只是向物质自然投去了目光，物质自然就因此而动了起来，万物便立即被创造了。博伽梵看了物质自然，毫无疑问是活动了，但他与物质世界的展示没有直接的关系。韦达《圣传经》(*Smṛti*)上有这么一个例子：在一个人的眼前有一朵鲜花，香气扑鼻，但人的嗅觉与鲜花之间互不相关。物质世界与博伽梵的联系与此类似。他实际上与物质世界毫不相干，但他以目光和旨令创造一切。总之，没有博伽梵的监督，物质自然什么也做不了。然而，至尊人格也不依附所有的物质活动。

诗节 11

अवजानन्ति मां मूढा मानुषीं तनुमाश्रितम् ।
परं भावमजानन्तो मम भूतमहेश्वरम् ॥ ११ ॥

avajānanti māṁ mūḍhā
mānuṣīṁ tanum āśritam
paraṁ bhāvam ajānanto
mama bhūta-maheśvaram

avajānanti—讥笑；*mām*—我；*mūḍhāḥ*—愚蠢的人；*mānuṣīm*—以人的形体；*tanum*—身体；*āśritam*—采用；*param*—超然的；*bhāvam*—本性；*ajānantaḥ*—不知道；*mama*—我的；*bhūta*—万事万物；*maheśvaram*—至尊的拥有者。

译文　我以人的形体降临时，愚人向我冷嘲热讽。他们不认识我作为万事万物之博伽梵所具有的超然本性。

要旨　从本章前几节的解释中已能清楚地看到，博伽梵虽然以人的形体显现，但绝非普通人。创造、维系、毁灭整个宇宙展示的博伽梵绝不是普通常人。然而，很多愚蠢的人却只把奎师那看作一个很有力量的人，仅此而已。实际上，他是原初的至尊者，正如《梵天本集》所说“他是博伽梵（*īśvaraḥ paramaḥ kṛṣṇaḥ*）。”

有很多控制者（īśvaras），一个比一个大。在物质世界一般事务的管理中，有行政官员，在他之上有处长，处长之上有部长，部长之上是总统。这些人个个都是控制者，但又受另一个人的控制。毫无疑问，在灵性世界和物质世界都有许多控制者，但奎师那是至尊控制者（*īśvaraḥ paramaḥ kṛṣṇaḥ*），他的身体是永恒的、全知的和极乐的（sac-cid-ānanda），绝非物质的。

前几节诗所谈及的种种神奇活动，物质躯体是做不出来的。而奎师那的身体是永恒、喜乐而又全知的。他显然不是普通人，但愚人却嘲笑他，视他为普通人。这里称他的身体为“以人的形体（mānuṣīm）”，因为他扮演的是人的角色，阿诸纳的朋友，卷入库茹之战的政治家。在许多方面，他的确行如普通人，但他是永恒喜乐、全知而绝对的（*sac-cid-ānanda-vigraha*）。韦达文献中也这样证实，《哥帕拉奥义书》（*Gopāla-tāpanī Upaniṣad* 1.1）中说：“我顶拜博伽梵奎师那，他是永恒喜乐的知识形体（*Sac-cid-ānanda-rūpāya kṛṣṇāya*）。”在《哥帕拉奥义书》（1.35）中还有如此描述：“您是哥文达，感官和奶牛的快乐（*Tam ekaṁ govindam*）。”“您的形体超然，充满知识、喜乐和永恒（*Sac-cid-ānanda-vigraham*）。”

尽管圣奎师那的身体本质超然，充满喜乐和知识，但仍有许多所谓的学者和《博伽梵歌》释论者嘲笑奎师那为普通人。学者们可能由于前世的善行而成为不寻常的人，但这样去想圣奎师那，则纯粹是知识浅陋的表现。所以这种人被称为愚人（mūḍha），因为只有愚人才会认为奎师那是一般人。愚人们这样看奎师那，是因为不了解博伽梵和他的不同能量的机密活动。他们不知道奎师那的身体是完全的知识和喜乐的象征，不知道他是存在万物的所有者，能赐人以解脱。他们认识不到奎师那这许许多多超然的品质，所以才嘲笑他。

他们也不知道，博伽梵在这个物质世界的显现也是其内在能量的展示。博伽梵是物质能量之主，正如我们在好几个地方都解释过的，他宣称，物质能量虽然强大，仍在他的控制之下，皈依他，就能摆脱物质能量的控制。如果皈依了奎师那的灵魂能摆脱物质能量的影响，那么，创造、维系、毁灭整个宇宙自然的博伽梵又怎么会像我们一样有着一具物质躯体呢？所以，对奎师那的这种认识是彻头彻尾的愚昧的认识。然而，愚人不能想象，表面上像我们一样的普通人——博伽梵奎师那，怎么会是所有原子和宇宙形体的庞大展示的控制者。最大和最小都已超出了他们的概念，所以，他们无法想象一个形体像人类一样的人，能同时控制无穷大和无穷小。而实际上，他虽控制最大和最小，却又远在所有这些展示之外。关于他的不可思议的超然能量（yogam aiśvaram）有明确的说明：他能同时控制有限和无限，又能远离它们。这在愚人是不可想象的，但纯粹奉献者却接受这一点，因为他们知道奎师那是博伽梵。所以，他们完全地皈依他，在奎师那知觉中为绝对真理做奉爱服务。

在绝对真理以人形显现的问题上，非人格主义者与人格主义者有很多争议。但如果我们求教于《博伽梵歌》和《圣典博伽瓦谭》——有关奎师那的科学之权威经典，就能理解，奎师那就是博伽梵。他虽以普通人的身份显现于世，但绝非普通人。在《圣典博伽瓦谭》第一篇第一章，当以绍纳卡（Śaunaka）为首的圣人询问奎师那的活动时，他们说：

kṛtavān kila karmāṇi
saha rāmeṇa keśavaḥ

ati-martyāni bhagavān

gūḍhaḥ kapaṭa-mānuṣaḥ

“世尊奎师那——博伽梵和巴拉茹阿玛（*Balarāma*）像普通人一样嬉戏，在这样的掩饰下，他行了许多超人之举。”——《圣典博伽瓦谭》（1.1.20）

绝对真理显现为人，令愚人大惑不解。奎师那曾在父母瓦苏戴瓦和迪瓦姬面前，以四臂形体显现，但在父母的祈祷之后，又变成一个普通孩子的样子。正如《圣典博伽瓦谭》（10.3.4）所说：“他变得正像一个普通的孩子，一个普通人（*babhūva prākṛtaḥ śiśuḥ*）。”这里再次指明，绝对真理以普通人的形象显现正是他超然躯体的一个特色。《博伽梵歌》第十一章也说道，阿诸纳祷告，想看奎师那的四臂形体（*tenaiva rūpeṇa catur-bhujena*），奎师那展示了那个形体后，在阿诸纳的祈求下，又回到原来人的形体（mānuṣaṁ rūpam）。博伽梵这些不同的特征，显然不是普通人的特征。

在那些嘲笑奎师那的人和那些受了假象宗（māyāvādī）哲学污染的人中，有人从《圣典博伽瓦谭》中引述以下诗节（3.29.21），来证明奎师那是一个普通人：“至尊者在每一生物内（*Ahaṁ sarveṣu bhūteṣu bhūtātmāvasthitaḥ sadā*）。”我们不可听从那些未经授权嘲笑奎师那的人的解释，而应注意外士那瓦灵性导师吉瓦·哥斯瓦米（Jīva Gosvāmī）和维施瓦那特·查夸瓦尔提·塔库（Viśvanātha Cakravartī Ṭhākura）对这节诗所作的解释。吉瓦·哥斯瓦米在解说这节诗时说，奎师那以其全权扩展超灵形式处在可动和不可动的生物心中，所以任何只对庙中博伽梵的形象表示敬意而不尊重其他生物的初习奉献者，即使是崇拜绝对真理在庙里的形体也是无用的。至尊主的奉献者有三种，这样的初习者属于最低阶段的一种奉献者。初习奉献者通常对庙里的神像更为关注，而对其他奉献者则不那么留心，所以维施瓦那特·查夸瓦尔提·塔库警告说，必须纠正这种心态。奉献者应该看到，因为奎师那以超灵存在于众生之中，所以每个躯体都是博伽梵的体现或博伽梵的神庙，那么，人若崇拜至尊主的神庙，同样也应该对每一个躯体给予适当的尊敬，因为那是超灵居住的地方。因此，应给人人以尊敬，而不应该忽视。

也有许多非人格主义者，对庙宇崇拜嗤之以鼻。他们说既然神无所不在，那人为什么还要将自己限定于神庙崇拜呢？但如果神无所不在，难道他不能在庙中或在神像中吗？非人格主义者和人格主义者会无休止地争辩下去，但奎师那知觉中完美的奉献者知道，虽然奎师那是至尊者，却无所不在，如《梵天本集》所确证的。虽然绝对真理个人的居所是高楼卡·温达文（Goloka Vṛndāvana），他永远住在那里，但至尊者以自己能量的不同展示和全权扩展，在物质和灵性创造的任何地方无所不在。

诗节 12

मोघाशा मोघकर्माणो मोघज्ञाना विचेतसः ।
राक्षसीमासुरीं चैव प्रकृतिं मोहिनीं श्रिताः ॥ १२ ॥

moghāśā mogha-karmāṇo
mogha-jñānā vicetasaḥ
rākṣasīm āsurīṁ caiva
prakṛtiṁ mohinīṁ śritāḥ

moghāśāḥ—希望受挫；*mogha-karmāṇaḥ*—在果报活动中受挫；*mogha-jñānāḥ*—在知识方面受挫；*vicetasaḥ*—被迷惑了；*rākṣasīm*—恶魔的；*āsurīm*—无神论的；*ca*—和；*eva*—确实地；*prakṛtim*—自然；*mohinīm*—迷惑；*śritāḥ*—托庇于。

译文　如此受到迷惑的人便为邪恶的无神论观点所吸引。在这种被蒙蔽的状态下，他们追求解脱的希望，从事的业报活动，培养的知识，全是徒然的。

要旨　有许多奉献者，认为自己在奎师那知觉中从事奉爱服务，但心底里却不接受博伽梵奎师那为绝对真理。他们永远品尝不到奉爱服务的甜美果实——回归神首。同样，那些从事虔诚的业报活动的人，那些希望最终能从物质束缚中解脱出来的人，也永远不会成功，因为他们嘲笑博伽梵奎师那。换句话说，嘲笑奎师那的人就是邪恶的或是不虔诚的。正如《博伽梵歌》第七章所述，这些邪恶的恶魔般的恶徒永不会皈依奎师那，所以他们用心智臆测去寻找绝对真理，只能得到错误的结论，即：普通人与奎师那同一，没有分别。有了这样的错误结论，他们就认为人类的躯体现在只是为物质自然蒙蔽。一旦从这物质躯体中获得解脱，就与神没什么两样了。这种要与奎师那合而为一的企图必将失败，因为这只是假象而已。以这种无神论的和邪恶的方式培养灵性知识永远只能是徒劳的。这就是本节诗要说明的。对这样的人，要在韦达经典，如《终极韦达经》和诸奥义书方面培养知识，永远只会困难重重，遭到挫败。

因此，认为博伽梵奎师那是普通人是极大的冒犯。那些持有这种想法的人必是受了蒙蔽，因为他们不理解奎师那的永恒形体。

《大维施努经》（*Bṛhad-viṣṇu-smṛti*）清楚地指出：

yo vetti bhautikaṁ dehaṁ
kṛṣṇasya paramātmanaḥ
sa sarvasmād bahiṣ-kāryaḥ
śrauta-smārta-vidhānataḥ
mukhaṁ tasyāvalokyāpi
sa-celaṁ snānam ācaret

"认为奎师那的躯体是物质的人，应该被赶出启示经典规定的所有仪式和活动。若偶然看到了这人的脸，就应该立即在恒河沐浴，以消除污染。"

人们嘲笑奎师那，是因为嫉妒博伽梵。他们的命运必定是在无神论的和邪恶的生命种类中轮回。他们真正的知识永远地陷入假象之中，逐步会倒退至创造中最黑暗的地方。

诗节 13

महात्मानस्तु मां पार्थ दैवीं प्रकृतिमाश्रिताः ।
भजन्त्यनन्यमनसो ज्ञात्वा भूतादिमव्ययम् ॥ १३ ॥

mahātmānas tu māṁ pārtha
daivīṁ prakṛtim āśritāḥ
bhajanty ananya-manaso
jñātvā bhūtādim avyayam

mahātmānaḥ—伟大的灵魂；*tu*—但是；*mām*—向我；*pārtha*—菩瑞塔之子啊；*daivīm*—神圣的；*prakṛtim*—自然；*āśritāḥ*—托庇于；*bhajanti*—作出服务；*ananya-manasaḥ*—心意不偏不离；*jñātvā*—知道；*bhūta*—创造的；*ādim*—源头；*avyayam*—无穷无尽。

译文　菩瑞塔之子啊！伟大的灵魂不受蒙蔽，受到神性自然的护佑。他们知道，我是原初的、无穷无尽的博伽梵，所以全然地投入到奉爱服务之中。

要旨 这节诗清楚地描述了“伟大灵魂（mahātmā）”。伟大灵魂的第一个表征是已处在神性自然中。他不在物质自然的控制下。这是怎么取得的呢？这在第七章已有解释：皈依博伽梵奎师那的人，立即摆脱物质自然的控制。这就是资格。只要将自己的灵魂皈依博伽梵，就立即能从物质自然的控制中解脱出来，这是最初级的定式。生物作为边际能量，一旦摆脱了物质自然的控制，便立即被置于灵性自然的指引之下。这灵性自然的指引被称为“神性自然（daivī prakṛti）”。所以，当人通过皈依博伽梵提升自己时，就可达到伟大灵魂的境界。

伟大的灵魂不会把注意力转向奎师那之外，因为他确切无误地知道，奎师那是原初的至尊者，万原之原。这是毋庸置疑的。这样的伟大灵魂在与其他纯粹奉献者的联谊中成长。纯粹奉献者甚至也不会被奎师那的其他特性所吸引，如大维施努（Mahā-Viṣṇu）的四臂形体。他们只被奎师那的双臂形体所吸引。他们不会被奎师那其他的特性所吸引，也不会关注半神人或人类的任何形体。他们只在奎师那知觉中冥想奎师那。他们永远在奎师那知觉中不懈地为绝对真理服务。

诗节 14

सततं कीर्तयन्तो मां यतन्तश्च दृढव्रताः ।
नमस्यन्तश्च मां भक्त्या नित्ययुक्ता उपासते ॥ १४ ॥

satataṁ kīrtayanto māṁ
yatantaś ca dṛḍha-vratāḥ
namasyantaś ca māṁ bhaktyā
nitya-yuktā upāsate

satatam—恒常；*kīrtayantaḥ*—赞颂；*mām*—我；*yatantaḥ*—全力以赴；*ca*—也；*dṛḍha-vratāḥ*—以决心；*namasyantaḥ*—顶拜；*ca*—和；*mām*—我；*bhaktyā*—以奉爱；*nitya-yuktāḥ*—永恒地从事；*upāsate*—崇拜。

译文 这些伟大的灵魂恒常赞颂我的荣耀，信心坚定，勤奋努力。他们顶拜我，永远以奉爱精神崇拜我。

要旨 给普通人盖上橡皮图章无法造出伟大灵魂来。伟大灵魂的特征在这里有所描述：伟大灵魂恒常唱颂博伽梵奎师那，博伽梵的荣耀。他没有其他事要做，只有不断地荣耀世尊。换言之，他不是非人格主义者。当要荣耀的时候，他就荣耀博伽梵，赞颂他的圣名、他的永恒形体、他的超然品质以及不同寻常的逍遥活动。是人就必须去荣耀这一切，所以，一个伟大的灵魂无限依附博伽梵。

依附博伽梵的非人格特征——梵光（brahmajyoti）的人，《博伽梵歌》并没有描述他是伟大灵魂。这样的人在下一诗节里有不同的描述。伟大的灵魂恒常从事不同的奉爱服务，正如《圣典博伽瓦谭》所述，他们常聆听和唱颂维施努，而不是别的什么人或半神人。奉爱就是聆听、唱颂、荣耀、记忆着维施努（*śravaṇaṁ kīrtanaṁ viṣṇoḥ smaraṇam*）。这样的一位伟大灵魂有着坚定的决心，最终以五种超然的“茹阿莎（rasa 情悦）”中的任何一种与博伽梵在一起。为了成功，他将一切活动——心智的、躯体的和言语的，一切都用于对博伽梵奎师那，至尊者的服务之中。这便叫作完全的奎师那知觉。

在奉爱服务中，有些活动是固定的，如在某些日子断食，如爱卡达西（Ekādaśī）日，即：月圆或月缺后的第 11 日或博伽梵的显现日。这些规范守则，是伟大的以身作则的灵性导师们为那些真正立志于获准在超然世界和博伽梵在一起的人制订的。伟大的灵魂们能严格地遵守这些规范守则，因此，必能得到所欲的成果。

如本章第 2 节所介绍的，这样的奉爱服务不仅简单易行，而且做起来别有一番乐趣，根本不必严酷苦修。人在杰出的灵性导师的指导下，可终生处于奉爱服务之中，无论其地位如何——是居士，是托钵僧，还是贞守生——也无论在什么地方，人人都能向博伽梵做出这样的奉爱服务，真正成为伟大的灵魂。

诗节 15

ज्ञानयज्ञेन चाप्यन्ये यजन्तो मामुपासते ।
एकत्वेन पृथक्त्वेन बहुधा विश्वतोमुखम् ॥ १५ ॥

jñāna-yajñena cāpy anye
yajanto mām upāsate
ekatvena pṛthaktvena
bahudhā viśvato-mukham

jñāna-yajñena—通过培养知识；*ca*—还有；*api*—肯定地；*anye*—其他人；*yajantaḥ*—献祭；*mām*—我；*upāsate*—崇拜；*ekatvena*—以一元整体；*pṛthaktvena*—在二元性中；*bahudhā*—在多样性中；*viśvataḥ-mukham*—以及在宇宙形体中。

译文　其他人则以培养知识作为献祭，或将我视为一元不二之尊来崇拜；或将各种各异的形象当作我来崇拜；或崇拜我——博伽梵的宇宙形体。

要旨　这节诗是对前几节诗的总结。博伽梵告诉阿诸纳，那些完全在奎师那知觉之中的人，那些除了奎师那不知道还有任何存在的人叫伟大灵魂（mahātmā）；其他人虽地位不及他们，但也以不同的方式崇拜奎师那。有些已经讲过，有烦恼者、贫困者、好奇者和培养知识者。但还有地位更低的三类人：（一）将自己当作博伽梵一样的崇拜者；（二）虚构博伽梵的某种形体而大加崇拜者；（三）接受博伽梵的宇宙形象（viśvarūpa）而加以崇拜者。

上述三种人之中，地位最低的是那些把自己等同于博伽梵来崇拜的人，他们自认是一元论者，占绝大多数。这些人认为自己就是博伽梵，而且以这种心态崇拜自己。这也称得上是一种对神的崇拜，他们能明白自己不是物质躯体，而是灵魂。至少，这种感觉很突出。通常，非人格主义者就是以这种方式崇拜博伽梵的。第二类人包括半神人的崇拜者及那些凭想象认为任何形体都是博伽梵的形体的人。第三类包括那些无法想象任何超越这个物质宇宙展示的东西的人。他们认为宇宙就是至高无上的生物，或者就是神祇，因而加以崇拜。宇宙其实也是博伽梵的一种形体。

诗节 16

अहं क्रतुरहं यज्ञः स्वधाहमहमौषधम् ।
मन्त्रोऽहमहमेवाज्यमहमग्निरहं हुतम् ॥ १६ ॥

ahaṁ kratur ahaṁ yajñaḥ
svadhāham aham auṣadham
mantro 'ham aham evājyam
aham agnir ahaṁ hutam

aham—我；*kratuḥ*—韦达仪式；*aham*—我；*yajñaḥ*—*smṛti* 祭祀；*svadhā*—供奉；*aham*—我；*aham*—我；*auṣadham*—治病的药草；*mantraḥ*—超然的唱颂；*aham*—我；*aham*—我；*eva*—肯定地；*ajyam*—融化的黄油；*aham*—我；*agniḥ*—火；*aham*—我；*hutam*—供奉。

译文　我就是韦达仪式，我就是祭祀，是祭祖的供品，治病的药草，也是超然的唱颂。我是奶油，我是火，也是供奉。

要旨　称为“星祭（Jyotiṣṭoma）”的韦达祭祀也是奎师那，他还是《圣传经》中提到的“大祭（Mahā-yajña）”，为取悦祖先星宿（Pitrloka）的居民而做的祭祀中的祭品，被认为是以纯净的黄油展示的药物，这也是奎师那。在祭祀中唱颂的曼陀也是奎师那。在祭祀中用于供奉的各种奶制品也全都是奎师那。祭火也是奎师那，因为火是五种物质元素之一，是奎师那的一种分离的能量。换言之，《韦达经·业报之部》（*Karma-kāṇḍa*）所推荐的韦达祭祀都是奎师那。凡对奎师那做奉爱服务者，均可理解为已做过韦达经所推荐的所有祭祀。

诗节 17

पिताहमस्य जगतो माता धाता पितामहः ।
वेद्यं पवित्रम् ॐकार ऋक् साम यजुरेव च ॥ १७ ॥

pitāham asya jagato
mātā dhātā pitāmahaḥ
vedyaṁ pavitram oṁkāra
ṛk sāma yajur eva ca

pitā—父亲；*aham*—我；*asya*—这个；*jagataḥ*—宇宙的；*mātā*—母亲；*dhātā*—支柱；*pitāmahaḥ*—祖父；*vedyam*—知识的对象；*pavitram*—净化者；*omkāraḥ*—音节“噢姆”；*ṛk*—瑞歌韦达；*sāma*—萨玛韦达；*yajuḥ*—亚诸韦达；*eva*—肯定地；*ca*—和。

译文　我是这个宇宙之父、之母、支柱和始祖。我是知识的对象、净化者和神圣的音节噢姆（oṁ）。我也是《瑞歌韦达》、《萨玛韦达》和《亚诸韦达》。

要旨　整个宇宙展示——动的和不动的，都是奎师那能量的不同活动的展示。在物质存在中，我们和不同的生物产生了不同的联系，而这些生物只是奎师那的边际能量；在物质自然（Prakṛti）的创造中，他们有些以我们的父亲的形象出现，有些以母亲、祖父、创造者等身份出现，但实际上，他们全都是奎师那的不可分割的部分。因此，这些以我们的父母等身份出现的生物，也是奎师那。这节诗中的“dhātā”一词，是指“支撑者”。不仅我们的父母是奎师那的不可分割的部分，就是创造者、祖母、祖父等也都是奎师那。实际上所有的生物，全是奎师那的不可分割的部分，所以都是奎师那。因此，所有韦达经的唯一目标都指向奎师那。无论我们想从韦达经中明白什么，都只不过是对奎师那的进一步了解。能够帮助净化我们原本地位的主题特别指的就是奎师那。同样，热衷于了解所有韦达原则的生物，也是奎师那不可分割的部分，这样也可看作是奎师那。在所有韦达曼陀中，称为“原音（praṇava 帕纳瓦）”的“噢姆（oṁ 唵）”一字，是超然的音振，而且也是奎师那。因为在四韦达——《萨玛韦达》《亚诸韦达》《瑞歌韦达》《阿塔瓦韦达》的所有赞歌中，这“原音（praṇava 帕纳瓦）”即“噢姆卡尔（oṁkāra）”是非常突出的，因此也被认为是奎师那。

诗节 18

गतिर्भर्ता प्रभुः साक्षी निवासः शरणं सुहृत् ।
प्रभवः प्रलयः स्थानं निधानं बीजमव्ययम् ॥ १८ ॥

gatir bhartā prabhuḥ sākṣī
nivāsaḥ śaraṇaṁ suhṛt
prabhavaḥ pralayaḥ sthānaṁ
nidhānaṁ bījam avyayam

gatiḥ—目标；*bhartā*—维系者；*prabhuḥ*—主人；*sākṣī*—见证者；*nivāsaḥ*—居所；*śaraṇam*—庇护者；*suhṛt*—最亲密的朋友；*prabhavaḥ*—创造；*pralayaḥ*—毁灭；*sthānam*—根基；*nidhānam*—栖息的地方；*bījam*—种子；*avyayam*—不可毁灭的。

译文　我是目标、维系者、主人、见证者、居所、庇护者、最亲密的朋友。我是创造，也是毁灭。我是万物的根基，是息止之地，也是永恒的种子。

要旨　梵文“gati”一词是指我们想要去的目的地。最终极的目标是奎师那，尽管人们并不知道。不认识奎师那的人已被误导，那种所谓的“进步”，不是不完全的就是幻想的。有许多人以不同的半神人为他们的目的地，遵行严格的方法。他们最终能到达不同的星宿，如禅陀罗星宿（Candraloka 月亮）、苏瑞亚星宿（Sūryaloka 太阳）、因陀罗星宿（Indraloka 天堂星宿）、圣贤星宿（Maharloka）等。但这些星宿都是奎师那创造的，同时是奎师那又不是奎师那。这些星宿，作为奎师那能量的展示，也是奎师那，但实际上，他们只是向觉悟奎师那的方向迈进一步而已。接近奎师那的能量只是间接地走向奎师那。人应该直接走近奎师那，这会节约时间和精力。比方说，如果乘电梯可直达房顶，那又何苦拾级而上呢？一切都依赖奎师那的能量。所以，没有奎师那的庇护，任何东西都无法存在。奎师那是至高无上的统治者，因为一切都属于他，都依靠他的能量而存在。奎师那居于众生心中，所以又是至高无上的见证者。我们的住所，我们生活的国度及星宿也都是奎师那。奎师那是托庇的最高目标，因此，人应该托庇于奎师那，或寻求保护，或寻求消除烦恼。当我们要寻求保护时，我们应明白，保护我们的必是一股生命力。奎师那是至尊生物。他是我们这一代的根源，是至尊的父亲，再没有比奎师那更好的朋友了，也没有比他更好的祝愿者了。奎师那是创造的始源，是毁灭之后最终的息止之地。所以说奎师那是永恒的万原之原。

诗节 19

तपाम्यहमहं वर्षं निगृह्णाम्युत्सृजामि च ।
अमृतं चैव मृत्युश्च सदसच्चाहमर्जुन ॥ १९ ॥

tapāmy aham ahaṁ varṣaṁ
nigṛhṇāmy utsṛjāmi ca
amṛtaṁ caiva mṛtyuś ca
sad asac cāham arjuna

tapāmi—提供热量；*aham*—我；*aham*—我；*varṣam*—雨水；*nigṛhṇāmi*—阻留；*utsṛjāmi*—遣发；*ca*—和；*amṛtam*—不朽；*ca*—和；*eva*—肯定地；*mṛtyuḥ*—死亡；*ca*—和；*sat*—灵性；*asat*—物质；*ca*—和；*aham*—我阻止和；*arjuna*—阿诸纳啊。

译文　阿诸纳呀！我提供热量，也遣发雨水；我既是不朽，也化身为死亡；灵性与物质皆在我之中。

要旨　奎师那以不同的能量，通过电、太阳等媒介，散发着光和热。夏季，是奎师那使雨水留在空中；到了雨季，他又下起无休止的倾盆大雨。维系我们，使我们延年益寿的能量是奎师那，最终我们死亡时会见到奎师那。从这些对奎师那的能量的分析中，我们可以肯定，对奎师那来说：物质与灵性是无所谓区别的，或者换句话说，他既是物质又是灵性。因此，到了奎师那知觉的高级阶段，便不会作这种区分，而只在万事万物中看到奎师那。

既然奎师那是物质又是灵性，那么包含所有物质展示的巨大的宇宙形体也是奎师那。在温达文，手持横笛的两臂形体——夏玛逊达（Śyāmasundara）的逍遥活动，也就是博伽梵的逍遥活动。

诗节 20

त्रैविद्या मां सोमपाः पूतपापा
यज्ञैरिष्ट्वा स्वर्गतिं प्रार्थयन्ते ।
ते पुण्यमासाद्य सुरेन्द्रलोक-
मश्नन्ति दिव्यान्दिवि देवभोगान् ॥ २० ॥

trai-vidyā māṁ soma-pāḥ pūta-pāpā
yajñair iṣṭvā svar-gatiṁ prārthayante
te puṇyam āsādya surendra-lokam
aśnanti divyān divi deva-bhogān

trai-vidyāḥ—三部韦达经的了解者；*mām*—我；*soma-pāḥ*—月露的饮者；*pūta*—净化；*pāpāḥ*—罪恶；*yajñaiḥ*—以祭祀；*iṣṭvā*—崇拜；*svargatim*—通往天堂之路；*prārthayante*—祈求；*te*—他们；*puṇyam*—虔诚的；*āsādya*—达到；*surendra*—因陀罗的；*lokam*—世界；*aśnanti*—享受；*divyān*—天仙的；*divi*—在天堂中；*deva-bhogān*—半神人般的快乐。

译文　那些探寻天堂之路的人，研习韦达经，喝饮月露，是在间接地崇拜我。他们洗清罪恶业报之后，便会有虔诚的出生，投生因陀罗的天堂星宿上，享受半神人般的快乐。

要旨　“trai-vidyāḥ”一词指的是三部韦达经——《萨玛韦达》《瑞歌韦达》《亚诸韦达》。研习过这三韦达经的婆罗门叫作“三韦达学者（tri-vedī）”。任何一个非常喜爱源于这三韦达经知识的人，都会受到社会大众的尊重。可悲的是，有很多韦达经的大学者们，却不知研习的最终要义。因此，奎师那在这里宣布他就是三韦达学者的终级目标。真正的三韦达学者会托庇于奎师那的莲花足，从事纯粹的奉爱服务，以满足绝对真理。奉爱服务开始于一面唱颂哈瑞·奎师那（Hare Kṛṣṇa）曼陀，一面尽力去了解真正的奎师那。不幸的是，有很多研究韦达经的学生，只讲究形式，变得对祭祀更感兴趣，一味去供奉像因陀罗和禅陀罗这样的半神人。经过这样的努力，半神人的崇拜者肯定能净化由自然低等属性带来的污染，因而得以晋升到高等星系或天堂星宿，如圣贤星宿（Maharloka）、神人星宿（Janaloka）、功德星宿（Tapoloka）等。一旦处于这些高等星宿之上，人就能以强过这个星球百万倍的程度更好地满足自己的感官。

诗节 21

ते तं भुक्त्वा स्वर्गलोकं विशालं
क्षीणे पुण्ये मर्त्यलोकं विशन्ति ।
एवं त्रयीधर्ममनुप्रपन्ना
गतागतं कामकामा लभन्ते ॥ २१ ॥

te taṁ bhuktvā svarga-lokaṁ viśālaṁ
kṣīṇe puṇye martya-lokaṁ viśanti
evaṁ trayī-dharmam anuprapannā
gatāgataṁ kāma-kāmā labhante

te—他们；*tam*—那；*bhuktvā*—享受；*svarga-lokam*—天堂；*viśālam*—巨大的；*kṣīṇe*—耗尽以后；*puṇye*—虔诚活动的功德；*martya-lokam*—到必有一死的地球；*viśanti*—坠落；*evam*—如此；*trayī*—三韦达的；*dharmam*—教义；*anuprapannāḥ*—追随；*gata-agatam*—死与生；*kāma-kāmāḥ*—追求感官享乐；*labhante*—得到。

译文　他们在天堂星宿享受巨大的感官快乐，在耗尽自己虔诚活动的功德后，就会重返这个凡人星宿——地球。因此，那些借着遵循三韦达原则而追求感官享乐的人，得到的只是轮回生死。

要旨　一个人晋升到更高的星球后，寿命会更长，追求感官享乐也更方便，但却不可能永远地留在那里。当虔诚活动的果报用完之后，他便得重返这个地球。没有完美知识的人，即《终极韦达经》所说的“了解奎师那是万原之原（*janmādy asya yataḥ*）”，那些不认识万原之原——奎师那的人，在追求生命的终极目标时必遭挫败。他始终走不出先提升到高级星宿，然后又掉下来的框框，仿佛坐在摩天轮上忽上忽下。这里的要义指出，这些人并没有转升到永远不会再掉下来的灵性世界，他们仍旧在高等和低等星系上轮转生死。人最好进入灵性世界，享受充满喜乐和知识的永恒生命，永不重返这苦难的物质存在。

诗节 22

अनन्याश्चिन्तयन्तो मां ये जनाः पर्युपासते
तेषां नित्याभियुक्तानां योगक्षेमं वहाम्यहम् ॥ २२ ॥

ananyāś cintayanto māṁ
ye janāḥ paryupāsate
teṣāṁ nityābhiyuktānāṁ
yoga-kṣemaṁ vahāmy aham

ananyāḥ— 别无其他目标；*cintayantaḥ*— 专注；*mām*— 于我；*ye*— 谁；*janāḥ*— 人；*paryupāsate*—正确地崇拜；*teṣām*—他们；*nitya*—永远；*abhiyuktānām*—专一于奉献中；*yoga*—需求；*kṣemam*—保护；*vahāmi*—给予；*aham*—我。

译文　永远以专一的奉爱崇拜我，冥想我的超然形体。对于这样的人，无者我赐予，有者我保存。

要旨　不能一刻没有奎师那知觉的人，一天24小时都会想着奎师那，沉浸在奉爱服务之中，聆听、唱颂、忆念、祷告、崇拜、服务绝对真理的莲花足，做其他服务，培养友情，完全地皈依绝对真理。这些活动全都吉祥，充满灵性能量，能使奉献者的自我觉悟完美化，因而，他唯一的愿望就是想得到博伽梵的联谊。这样的奉献者定能毫无困难地接近绝对真理。这就是瑜伽。由于绝对真理的仁慈，这样的奉献者永远不会重返这物质的生命境况。“保护（kṣema）”指的是绝对真理仁慈的庇护。绝对真理以瑜伽帮助奉献者获得奎师那知觉，当他有了完全的奎师那知觉时，绝对真理便保护他，不让其掉进受制约的痛苦的生命境况中。

诗节 23

येऽप्यन्यदेवताभक्ता यजन्ते श्रद्धयान्विताः ।
तेऽपि मामेव कौन्तेय यजन्त्यविधिपूर्वकम् ॥ २३ ॥

ye 'py anya-devatā-bhaktā
yajante śraddhayānvitāḥ

te 'pi mām eva kaunteya
yajanty avidhi-pūrvakam

ye—那些；*api*—还有；*anya*—其他的；*devatā*—半神人；*bhaktāḥ*—奉献者；*yajante*—崇拜；*śraddhaya-anvitāḥ*—以信心；*te*—他们；*api*—也；*mām*—我；*eva*—只是；*kaunteya*—琨缇之子啊；*yajanti*—他们崇拜；*avidhi-pūrvakam*—以一种错误的方式。

译文　琨缇之子啊！其他半神人的奉献者，满怀信心地崇拜那些半神人，实际上崇拜的只是我，只是他们崇拜的方式错了。

要旨　奎师那说："崇拜半神人的人并不很聪明，虽然这也是在间接地崇拜我。"例如，给树浇水时，只往树枝和树叶上浇，而不往树根上浇，这样做要么就是知识匮乏，要么就是不守规则。同样，对躯体各个部分服务的方式就是将食物送到胃里。可以这样说，半神人是博伽梵的政府里的不同官员。人们要遵守的是政府制定的法律，而不是某些官员的法律。同样，人人都只应崇拜博伽梵。这样就可自动满足绝对真理的不同官员。官员是政府的代表，向他们行贿是违法的，就像这里指出的"以错误的方式（*avidhi-pūrvakam*）"。换句话说，奎师那不允许对半神人做不必要的崇拜。

诗节 24

अहं हि सर्वयज्ञानां भोक्ता च प्रभुरेव च ।
न तु मामभिजानन्ति तत्त्वेनातश्च्यवन्ति ते ॥ २४ ॥

ahaṁ hi sarva-yajñānāṁ
bhoktā ca prabhur eva ca
na tu mām abhijānanti
tattvenātaś cyavanti te

aham—我；*hi*—肯定地；*sarva*—所有的；*yajñānām*—祭祀；*bhoktā*—享受者；*ca*—和；*prabhuḥ*—主人；*eva*—还有；*ca*—和；*na*—不；*tu*—但是；*mām*—我；*abhijānanti*—他们知道；*tattvena*—真正地；*ataḥ*—因此；*cyavanti*—堕落；*te*—他们。

译文　我是祭祀之主，是所有献祭的唯一享受者。而那些不认识我真正超然本性的人，必会堕落。

要旨　这里清楚地指出了，韦达经典中所推荐的种种祭祀（yajña）的真正目的在于满足博伽梵。祭祀指的是维施努（Viṣṇu）。《博伽梵歌》第三章有明确的断言，人的工作只应为满足祭祀，即只为维施努而工作。人类文明的完美形式——四社会分工及四灵性晋阶制度（varṇāśrama-dharma）是特别为了使维施努满意。因此，奎师那在这节诗中说："我是所有祭祀的享受者，因为我是至高无上的主人。"然而，智力不足的人不知道这个事实，为了一些短暂的利益纷纷崇拜半神人。所以他们要堕落至物质生存层面，得不到所欲求的生命目标。就算有些物质欲望，也最好向博伽梵祈求，虽然这不是纯粹奉献，他们也会因此而得到想要的结果。

诗节 25

यान्ति देवव्रता देवान्पितॄन्यान्ति पितृव्रताः ।
भूतानि यान्ति भूतेज्या यान्ति मद्याजिनोऽपि माम् ॥ २५ ॥

yānti deva-vratā devān
pitṝn yānti pitṛ-vratāḥ
bhūtāni yānti bhūtejyā
yānti mad-yājino 'pi mām

yānti—去；*deva-vratāḥ*—半神人的崇拜者；*devān*—到半神人那里；*pitṝn*—到祖先那里；*yānti*—去；*pitṛ-vratāḥ*—祖先的崇拜者；*bhūtāni*—到鬼魂和精灵那里；*yānti*—去；*bhūtejyāḥ*—鬼魂和精灵的崇拜者；*yānti*—去；*mat*—我的；*yājinaḥ*—奉献者；*api*—但是；*mām*—到我这里。

译文　崇拜半神人的人，投生在半神人中；崇拜祖先的人，到祖先那里去；崇拜鬼魂和幽灵的人，则投生到这些生物之中；而那些崇拜我的人，便和我生活在一起。

要旨 如果谁想去月亮、太阳或其他星宿，只要遵守能达到这一目标的特定韦达原则，术语上称“天人朔望祭（Darśa-paurṇamāsī）”程序，便能轻而易举地达到目的。这在《韦达经·业报之部》里有生动的记载，所推荐的方法是崇拜处在不同天堂星宿上的半神人。同样，做特定的祭祀便能到祖先星宿（pitṛloka）去。人也同样能去鬼魂星宿而成为夜叉（yakṣa）、罗刹（rakṣa 食人魔）或妖怪（piśāca 食肉魔）。对妖怪（食肉魔）的崇拜叫作“巫术”或“魔法”。有许多修炼这种“巫术”的人，把它视为灵性之术，但这些活动完全是物质的。同样，只崇拜博伽梵的纯粹奉献者，当然也能毫无疑问地到达外琨塔星宿（Vaikuṇṭha）和奎师那星宿（Kṛṣṇaloka）。从这一重要的诗节中，我们不难明白，既然崇拜半神人便能到达天堂星宿，崇拜祖先便能到达祖先星宿（Pitṛloka），修炼“巫术”便能到达鬼魂星宿，那为什么纯粹奉献者就不可以到达奎师那或维施努的星宿呢？不幸的是，许多人对奎师那或维施努所居住的崇高星宿一无所知，就因为他们不知道这些星宿，所以难免要堕落下来。甚至非人格主义者，也会从梵光上堕落下来。而奎师那知觉运动传播这崇高的讯息给全人类，目的就是让人们了解，只需唱颂哈瑞-奎师那（Hare Kṛṣṇa）曼陀便可在此生达到完美，重返家园，回归神首。

诗节 26

पत्रं पुष्पं फलं तोयं यो मे भक्त्या प्रयच्छति ।
तदहं भक्त्युपहृतमश्नामि प्रयतात्मनः ॥ २६ ॥

patraṁ puṣpaṁ phalaṁ toyaṁ
yo me bhaktyā prayacchati
tad ahaṁ bhakty-upahṛtam
aśnāmi prayatātmanaḥ

patram——一片叶；*puṣpam*——一朵花；*phalam*——一个水果；*toyam*—水；*yaḥ*—无论谁；*me*—向我；*bhaktyā*—以奉献之心；*prayacchati*—供奉；*tat*—那；*aham*—我；*bhakti-upahṛtam*—以爱心供奉；*aśnāmi*—接受；*prayata-ātmanaḥ*—从一个在纯粹知觉中的人。

译文 **以爱和奉献之心，无论向我供奉一片叶、一朵花、一个水果，还是一**

杯水，我都接受。

要旨 有智慧的人若要达到永恒喜乐的居所，享受永恒的幸福快乐，最为关键的是要在奎师那知觉中，从事对绝对真理的超然爱心服务。达到这奇妙境界的途径非常简单，即便是没有任何资格的最穷的人也可尝试。这里所需要的唯一资格是要成为绝对真理的纯粹奉献者，而不在乎是什么人或处在什么地位。这个途径异常简单，即便是一片叶、一朵花、一个水果或一点水都可用来供奉给博伽梵，只要发自真诚的爱心，绝对真理都会欣然接受。所以，在奎师那知觉方面，谁也不会有什么障碍，因为太简单又太具普遍性了。会有谁愚蠢到不想以这种简单的方式去获得奎师那知觉而一举到达永恒、喜乐、充满知识的最完美的生命境界呢？奎师那只要爱心服务而不要别的。奎师那甚至接受他的纯粹奉献者供上的一朵小花。他不需要非奉献者供奉的任何东西。他是自足的，并不需要任何人的任何东西，但是他接受他的奉献者在爱和情感的交流中供奉的任何东西。人生最高最完美的境界就是发展奎师那知觉。这节诗中两次提到“奉爱服务”一词，为的是更突出地强调，只有奉爱服务才是接近奎师那的唯一方法。而其他的任何条件，如成为婆罗门、学者、富人或大哲学家等，均不能触动奎师那接受某些供奉。没有奉爱服务的基本原则，就不可能促使博伽梵同意接受任何人的任何东西，奉爱绝不是有动机的。这条途径是永恒的，是服务绝对整体的直接行动。

圣奎师那在这里确立了，他是唯一的享受者，原始的博伽梵，所有祭祀供奉的真正对象，而且还透露了哪些祭祀是他希望供奉的。如果一个人想在对至尊的奉爱服务中净化自己，达到生命的目标——对神的超然爱心服务，那他就应该弄清楚，绝对真理希望他做什么。爱奎师那的人无论奎师那要什么，都会给他什么，同时会避免供奉任何不合需要或没有要求的东西。所以，肉、鱼、蛋不应供奉给奎师那。如果他想要这些供品的话，他会这样说的。但他明确想要的是：花、果、叶、水，他说这样的供品“我会接受”。因此，我们应该明白，他不接受肉、鱼、蛋，而蔬菜、五谷、水果、牛奶、水都是适合于人类的食物，是由圣奎师那亲自规定的。我们所吃的其他任何食物，都不能供奉给绝对真理，因为他不会接受。如果我们供奉这样的食物，是绝不可能处在爱心奉献的层面上的。

在第三章第13诗节中，世尊奎师那详细说明了，只有祭祀后留下的供品才是净化了的食物，适合寻求生命进步、摆脱物质束缚的人食用。他在同一诗节中还说，那些不将食物先供奉就吃下去的人，吃下去的只是罪恶。换句话说，他们每吃下一口，受物质自然复杂的捆绑也更紧一层。预备了简单美味的素食，供奉在绝对真理奎师那的画像或神像面前，深深跪拜，祈求绝对真理接受这卑微的供奉，如此一来，我们就会在生命中稳步前进，躯体也得到净化，大脑组织也变得更好，思想也会变得清晰起来。至为重要的是，应以爱的态度供奉。奎师那并不需要食物，因为他已拥有了存在的一切，但他接受想以这种方式取悦于他的供奉。在烹制和供奉时重要的一点是，一举一动都要带着对奎师那的奉爱。

非人格主义的哲学家们坚持认为绝对真理是没有感官的，因此，理解不了这节诗。对他们来说，这不是一个比喻，而是《博伽梵歌》的讲述者奎师那的人格的一个证明。事实上，博伽梵奎师那有感官，而且他的感官可以互用，就是说一个感官能执行其他任何一个感官的功能。所谓"奎师那是绝对的"指的就是这个意思。要是缺少感官，就很难认为他拥有所有的富裕。在第七章，奎师那详细解释了，是他将生物注入了物质自然，他只是看了物质自然一眼就完成了这项工作。所以在这件事上，奎师那听奉献者在供奉食物时充满爱的言语，完全等同于他实际地吃下，实际地品尝。只有不加解释，按照奎师那本人的描述而接受奎师那的奉献者，才能理解至尊绝对真理能享用食物。

诗节 27

यत्करोषि यदश्नासि यज्जुहोषि ददासि यत् ।
यत्तपस्यसि कौन्तेय तत्कुरुष्व मदर्पणम् ॥ २७ ॥

yat karoṣi yad aśnāsi
yaj juhoṣi dadāsi yat
yat tapasyasi kaunteya
tat kuruṣva mad-arpaṇam

yat—无论什么；*karoṣi*—你做；*yat*—无论什么；*aśnāsi*—你吃；*yat*—无论什么；*juhoṣi*—你供奉；*dadāsi*—你施予；*yat*—无论什么；*yat*—无论什么；*tapasyasi*—你做的苦行；*kaunteya*—琨缇之子啊；*tat*—那；*kuruṣva*—做；*mat*—对我；*arpaṇam*—当作供品。

译文 **无论你做什么，吃什么；无论你供奉什么，施舍什么；无论你做什么苦行，琨缇之子啊！你都应该当作履行对我的奉献。**

要旨 因此，人的生活应该规范化，以便在任何情况下都不会忘记奎师那。这里奎师那推荐人们为他而工作。人人都得吃饭，然后才能活下去，因此，他应该接受向奎师那供奉过的灵粮为食。任何文明的人都须进行宗教仪式，于是奎师那说："为我而做"，这谓之崇拜（arcana）。人人都有慷慨布施的倾向，奎师那说："布施给我。"这就是说，所有累积起来的金钱都应用于进一步推进奎师那知觉运动。今天的人们很喜欢冥想的程序，而这种程序对当今年代是不实际的。但如果能一天 24 小时在念珠上唱颂哈瑞 - 奎师那（Hare Kṛṣṇa）曼陀，如此修习冥想奎师那的人必定是最伟大的冥想者，必定是最伟大的瑜伽士，《博伽梵歌》第六章证实了这一点。

诗节 28

शुभाशुभफलैरेवं मोक्ष्यसे कर्मबन्धनैः ।
सन्न्यासयोगयुक्तात्मा विमुक्तो मामुपैष्यसि ॥ २८ ॥

śubhāśubha-phalair evaṁ
mokṣyase karma-bandhanaiḥ
sannyāsa-yoga-yuktātmā
vimukto mām upaiṣyasi

śubha—来自吉祥的；*aśubha*—和不吉祥的；*phalaiḥ*—结果；*evam*—如此；*mokṣyase*—你将摆脱；*karma*—活动的；*bandhanaiḥ*—束缚；*sannyāsa*—弃绝的；*yoga*—瑜伽；*yukta-ātmā*—将心意牢牢专注于；*vimuktaḥ*—解脱的；*mām*—我；*upaiṣyasi*—你会到达。

译文 **如此，你便能摆脱一切善恶活动报应的束缚。以这条弃绝的原则将心意专注于我，你必会得到解脱，必会到达我。**

要旨 一个在更高指导下在奎师那知觉中活动的人，称为"坚定（yukta）"。专门的名称叫"坚定的弃绝（yukta-vairāgya）"。以下是茹帕·哥斯瓦米（Rūpa

Gosvāmī）在《奉爱服务的甘露之洋》（1.2.255）中进一步的解释：

anāsaktasya viṣayān
yathārham upayuñjataḥ
nirbandhaḥ kṛṣṇa-sambandhe
yuktaṁ vairāgyam ucyate

茹帕·哥斯瓦米说，只要我们在物质世界，便不得不活动。我们无法停止活动。如果从事活动，并将结果献给奎师那，那就叫作“坚定的弃绝（yukta-vairāgya）”。实际上，活动者处于弃绝之中，那么，这样的活动便能拭净心镜。而且，随着活动者在灵性觉悟上的不断增进，便会完全皈依博伽梵，最终他会获得解脱。这解脱也是特定的，这样解脱之后，他不是与梵光融为一体，而是直接进入博伽梵的星宿。这里清楚地指明了“他来到我这里（mām upaiṣyasi）”，重返家园，回归神首。解脱的境界有五种，这里特指终生按照博伽梵的指示活动的奉献者，如上所述，已发展到这一特定阶段。他在离开躯体后，能回归神首，直接和博伽梵联谊。

终生奉献于对绝对真理的服务而别无他求，实际上已经是托钵僧（sannyāsī）。这样的人始终认为自己是永恒的仆人，完全依靠博伽梵至高无上的意志。他无论做什么，都是为了博伽梵。他无论采取什么行动，都将其当成对博伽梵的服务。对于业报活动或韦达经所提到的赋定责任，他并不怎么在意。一般人必须履行韦达经所赋定的责任。纯粹奉献者全心全意为博伽梵服务，虽然有时好像违背了赋定的韦达责任，但实际上并不是这样。所以，在《永恒的采坦尼亚经》（*Caitanya-caritāmṛta* 中篇）23.39 中，外士那瓦（Vaiṣṇava）权威说：即使最有智慧的人也无法了解纯粹奉献者的计划和活动（*tāṅra vākya*, *kriyā*, *mudrā vijñeha nā bujhaya*）。

恒常对博伽梵做奉爱服务的人，常想着、计划着怎样去服务绝对真理的人，可算是从那时起就已完全解脱了，将来也保证能重返家园，回归神首。他超越一切物质的批评，就像奎师那超越所有的批评一样。

诗节 29

समोऽहं सर्वभूतेषु न मे द्वेष्योऽस्ति न प्रियः ।
ये भजन्ति तु मां भक्त्या मयि ते तेषु चाप्यहम् ॥ २९ ॥

samo 'haṁ sarva-bhūteṣu
na me dveṣyo 'sti na priyaḥ
ye bhajanti tu māṁ bhaktyā
mayi te teṣu cāpy aham

samaḥ—平等对待；*aham*—我；*sarva-bhūteṣu*—所有生物；*na*—没有谁；*me*—对我；*dveṣyaḥ*—可憎恶的；*asti*—是；*na*—也不；*priyaḥ*—可亲的；*ye*—谁；*bhajanti*—作出超然服务；*tu*—但；*mām*—为我；*bhaktyā*—在奉献中；*mayi*—在我之中；*te*—这样的人；*teṣu*—在他们之中；*ca*—也；*api*—肯定地；*aham*—我。

译文　我不嫉妒谁，也不偏袒谁。对一切众生，我皆平等对待。但谁为我做奉爱服务，谁就是我的朋友，谁就在我之中，而我也是他的朋友。

要旨　这里或许有人会问，既然奎师那对众生都平等，不偏不倚，谁也不是他的特殊朋友，那他又为什么会对常为他做超然服务的奉献者格外有兴趣呢？其实这并不是什么不公平，而是自然而然的。物质世界的任何人都可能很慷慨大度，但对自己的孩子仍是格外关心。博伽梵宣称，所有生物——不管形体如何——都是他的儿女，因此，他给每一个人都慷慨地提供生活的必需品。他就像浮云，四处散发雨水，无论洒在石头上，土地上，还是水里。但对他的奉献者，他是特别的留意。

这里提供了奉献者的画像：他们常在奎师那知觉中，因而常超然地处于奎师那之中。"奎师那知觉"一词表明，在这种知觉中的人，是活着的超然主义者，处于奎师那之中。博伽梵在这里清楚明白地说："他们在我之中（mayi te）。"结果自然地，绝对真理也在他们之中。这是互相的。这也解释了诗句："所有皈依我的人，我全按其情况，施以回报，沐以恩泽（*ye yathā māṁ prapadyante tāṁs tathaiva bhajāmy aham*）。"

这种超然的相互依存之所以存在，是因为奉献者和绝对真理都是有知觉的。在金戒指上镶上钻石，戒指看上去就非常漂亮了。金子增色，同时钻石也添色不少。博伽梵和生物都永恒地闪烁，当生物倾向于为博伽梵服务时，他看上去就像黄金。而绝对真理就是钻石，这样的组合当然是美不胜收了。在纯粹状态中的生物叫奉献者。博伽梵成了他的奉献者的奉献者。如果奉献者和绝对真理之间，不存在什么相互的关系，那就根本谈不上什么人格主义哲学。在非人格主义哲学里，至尊与生物之间无相互依存的关系，而在人格主义哲学里，这种关系是存在的。

常引用的一个例子是，绝对真理就像一棵如愿树，无论想从这棵树上得到什么，绝对真理都提供。但这里解释得更彻底。这里说绝对真理偏爱奉献者。这是绝对真理对奉献者特别仁慈的展示。绝对真理的回应不应该看作是受业报规律控制的。它属于超然层面——绝对真理和奉献者在这个层面上各尽其责。对绝对真理的奉爱服务不是这物质世界的活动，而是属于充满永恒、喜乐和知识的灵性世界的活动。

诗节 30

अपि चेत्सुदुराचारो भजते मामनन्यभाक् ।
साधुरेव स मन्तव्यः सम्यग्व्यवसितो हि सः ॥ ३० ॥

api cet su-durācāro
bhajate mām ananya-bhāk
sādhur eva sa mantavyaḥ
samyag vyavasito hi saḥ

api—即使；*cet*—如果；*sudurācāraḥ*—人犯了滔天大恶；*bhajate*—从事奉献服务；*mām*—为我；*ananya-bhāk*—没有偏离的；*sādhuḥ*—圣人；*eva*—肯定地；*saḥ*—他；*mantavyaḥ*—被认为是；*samyak*—完全地；*vyavasitaḥ*—决心坚定；*hi*—肯定地；*saḥ*—他。

译文　人即使行了最大的恶，如果从事奉爱服务，则仍算是圣洁，因为他已经有了正确的信念。

要旨　这个诗节中的“人行了最大的恶事（su-durācāraḥ）”一句非常重要，我们应该正确地理解。当生物受制约时，其活动有两类：一类是受限制的活动，一类是原本地位上的活动。另外，完全知觉到自己的灵性属性，献身于奎师那知觉，为绝对真理做奉爱服务的人所从事的活动是属于超然性的。这些活动是在其原本地位的层面上的活动，专门的说法就是奉爱服务。在受限制状况下，有时奉爱服务与跟躯体相关的受限制性服务是并行的，但有时，又是相互冲突、背道而驰的。奉献者应尽可能小心谨慎地避免做任何妨害自己的良好状态的事情，他知道他所做的活动，要想做得完美，完全取决于对奎师那知觉的觉悟程度。但有时，一个奎师那知觉者可能做一些从社会角度或政治角度来看极为不当的事。这样的一时堕落无损于他的资格。

《圣典博伽瓦谭》上说，如果一个堕落了的人仍全心全意地从事于对博伽梵的超然服务，处在他心中的博伽梵就会净化、宽恕他的恶行。物质污染十分强大，即使是完全地投入为绝对真理服务的瑜伽士，有时也难免受其诱惑，但奎师那知觉更为强大，这一时失足能立即得到纠正。因此，奉爱服务的程序永远成功，人们不应该为某个奉献者一时失足，从理想之途上掉下去而大加嘲讽，因为这样的失足，正如下一诗节将解释的，在适当的时候，当奉献者完全处在奎师那知觉中时，会立即停下来。

因此，处于奎师那知觉之中，已做出选择唱颂：哈瑞・奎师那，哈瑞・奎师那，奎师那・奎师那，哈瑞・哈瑞／哈瑞・茹阿玛，哈瑞・茹阿玛，茹阿玛・茹阿玛，哈瑞・哈瑞（*Hare Kṛṣṇa*，*Hare Kṛṣṇa*，*Kṛṣṇa Kṛṣṇa*，*Hare Hare/ Hare Rāma*，*Hare Rāma*，*Rāma Rāma*，*Hare Hare*）程序的人，应该认为是处在超然的位置上，即使他偶尔或意外地掉了下来，梵文“他仍是圣洁的（sādhur eva）”语气十分肯定，这是对非奉献者的警告，有人因奉献者一时的堕落而冷嘲热讽，即使他偶尔掉下来，仍该算是圣洁的。“坚定不移（mantavyaḥ）”一词语气更为强调。如果谁不遵照这条规则，因奉献者一时的失足而取笑嘲讽，那谁就是在违抗博伽梵的旨令。奉献者唯一的资格就是要坚定不移，不遗余力地做奉爱服务。

在《宇宙古史・尼星哈之部》（*Nrsimha Purana*）中有这样的话：

bhagavati ca harāv ananya-cetā
bhṛśa-malino 'pi virājate manuṣyaḥ
na hi śaśa-kaluṣa-cchabiḥ kadācit
timira-parābhavatām upaiti candraḥ

这意思是说，即便是一个完全从事对绝对真理的奉爱服务的人，有时候也被发现在做些极坏的事情，这些活动只应看成与月亮上兔子的影子相似的斑点。月亮上的斑点不会成为月光照射的障碍。同样，一个奉献者即便在圣洁之途上偶有过失，并不意味着他可恶透顶。

另一方面，也不该有这样的误解，以为在超然的奉爱服务之中的奉献者能以各种方式行恶。这诗节指的只是由于物质联系的强大力量而引起的偶然过失。从事奉爱服务说得上是对虚幻能量宣战。如果不足够强大，跟虚幻能量作战时，就难免有意外的过失，就像前面讲过的一样，谁也不该钻这诗节的空子，去干些无聊的事，而且还以为自己仍是奉献者。如果他不通过奉爱服务去陶冶自己的人格，很明显，就算不上一个高尚的奉献者。

诗节 31

क्षिप्रं भवति धर्मात्मा शश्वच्छान्तिं निगच्छति ।
कौन्तेय प्रतिजानीहि न मे भक्तः प्रणश्यति ॥ ३१ ॥

kṣipraṁ bhavati dharmātmā
śaśvac-chāntiṁ nigacchati
kaunteya pratijānīhi
na me bhaktaḥ praṇaśyati

kṣipram—很快地；*bhavati*—变得；*dharma-ātmā*—正直；*śaśvat-śāntim*—持久的平和；*nigacchati*—得到；*kaunteya*—琨缇之子啊；*pratijānīhi*—宣布；*na*—永不；*me*—我的；*bhaktaḥ*—奉献者；*praṇaśyati*—毁灭。

译文　他很快就会变得正直，而且获得永久的平和。琨缇之子啊！你要勇敢地宣布，我的奉献者永不毁灭。

要旨　千万不可有误解，绝对真理在第七章说，作恶之徒不会成为博伽梵的奉献者。不是博伽梵的奉献者的人绝不可能有什么好的品质，但问题是，一个行恶之人——偶尔也好，有意也罢——怎么能是一个纯粹奉献者呢？这个问题提的可谓正当合理。正如第七章所述，从不为博伽梵做奉爱服务的邪恶之徒，没有任何好的品质，《圣典博伽瓦谭》也这样证实。一般来说，从事九种奉爱服务的奉献者，正处在清洗心中一切物质污染的过程中，一切罪恶的污染自然得以洗尽。不断地想着博伽梵，本性就会得到净化。根据韦达经，一个人要是从崇高的地位上掉下来，他必须循着一定的仪式才能净化自己。但这里并无这样的条件，因为奉献者如能经常不断地想着博伽梵，那么，净化的程序已在他心中。因此，哈瑞·奎师那，哈瑞·奎师那，奎师那·奎师那，哈瑞·哈瑞／哈瑞·茹阿玛，哈瑞·茹阿玛，茹阿玛·茹阿玛，哈瑞·哈瑞（*Hare Kṛṣṇa*，*Hare Kṛṣṇa*，*Kṛṣṇa Kṛṣṇa*，*Hare Hare/ Hare Rāma*，*Hare Rāma*，*Rāma Rāma*，*Hare Hare*），这首曼陀的念颂不应该停止。这会保护奉献者，不再有任何偶然的过失。这样，奉献者便得以永远地免去一切物质污染。

诗节 32

मां हि पार्थ व्यपाश्रित्य येऽपि स्युः पापयोनयः ।
स्त्रियो वैश्यास्तथा शूद्रास्तेऽपि यान्ति परां गतिम् ॥ ३२ ॥

mām hi pārtha vyapāśritya
ye 'pi syuḥ pāpa-yonayaḥ
striyo vaiśyās tathā śūdrās
te 'pi yānti parām gatim

mām—我；*hi*—肯定地；*pārtha*—菩瑞塔之子啊；*vyapāśrītya*—唯独托庇于；*ye*—谁；*api*—也；*syuḥ*—是；*pāpa-yonayaḥ*—诞生于一个低下的家庭；*striyaḥ*—女人；*vaiśyāḥ*—商人；*tathā*—还有；*śūdrāḥ*—低等阶层的人；*te api*—即使他们；*yānti*—去；*parām*—至尊的；*gatim*—目的地。

译文　菩瑞塔之子啊！即使出身卑微，妇女也好，外夏也好，庶陀也好，只要托庇于我，都能达到至高无上的目的地。

要旨　博伽梵在这里清楚地宣布，在奉爱服务方面，没有高低贵贱之分，在生命的物质化概念下，这是有分别的。但对在超然的奉爱服务之中的人来说，并不存在这种区分，人人都有资格到达至高无上的目的地。《圣典博伽瓦谭》（2.4.18）上说，即便被称为食狗者（caṇḍāla）的人，也能在纯粹奉献者的联谊下得到净化。所以，奉爱服务和纯粹奉献者的指导力量强大，并不区别人的什么高低贵贱，这是谁都可以追求的。

最单纯的人若托庇于纯粹奉献者，在其正确的指导下，也能得到净化。根据物质自然的不同形态，大可分为：善良形态（婆罗门）、激情形态（刹帝利）、激情和愚昧形态的混合（外夏）和愚昧形态（庶陀），比这些还低的叫食狗者，他们出生在罪恶之家。通常，高贵的人不屑于与这些出生于罪恶之家的人为伍。但奉爱服务的程序强大有力，使所有低下的人都能在纯粹奉献者的指导下，臻达生命最完美的境界。只有托庇于奎师那才会有这种可能。如“托庇于（vyapāśritya）”一词所指明的，人必须完全托庇于奎师那。这样，才会成为比伟大的思辨家和瑜伽士更伟大的人。

诗节 33

किं पुनर्ब्राह्मणाः पुण्या भक्ता राजर्षयस्तथा ।
अनित्यमसुखं लोकमिमं प्राप्य भजस्व माम् ॥ ३३ ॥

kiṁ punar brāhmaṇāḥ puṇyā
bhaktā rājarṣayas tathā
anityam asukhaṁ lokam
imaṁ prāpya bhajasva mām

kim—何况；*punaḥ*—又；*brāhmaṇāḥ*—婆罗门；*puṇyāḥ*—正直的；*bhaktāḥ*—奉献者；*rājarṣayaḥ*—圣洁的君王；*tathā*—还有；*anityam*—短暂的；*asukham*—充满痛苦的；*lokam*—星球；*imam*—这；*prāpya*—得到；*bhajasva*—从事爱心服务；*mām*—对我。

译文　正直的婆罗门、奉献者和圣洁的君王们，就更是如此。因此，既已来到这痛苦而短暂的物质世界，就为我做爱心服务吧！

要旨　在这个物质世界，有各式各样的人，但这个世界对谁都不是一块乐土。这里明确地说：这世界短暂无常，又充满痛苦（*anityam asukhaṁ lokam*），实不适合健全高尚的人居住。博伽梵说这个世界短暂易逝，充满痛苦。然而，有些哲学家特别是假象宗（māyāvādī）的哲学家却说，这世界是不真实的。我们从《博伽梵歌》中可以明白，这世界并非不真实，而是短暂的。短暂和不真实之间是有区别的。这世界是短暂的，但有另一永恒的世界存在。这世界是痛苦不堪的，但另一世界却是永恒而喜乐的。

阿诸纳出身于圣洁的皇室。博伽梵也这样对他说："为我做奉爱服务，快快回归神首，重返家园。"谁也不应留在这个充满痛苦的短暂世界中。人人都应该依偎到博伽梵的怀抱里，享受永恒的快乐。为博伽梵做奉爱服务，是不同阶层的人们的所有问题得以解决的唯一途径。因此，人人都该修习奎师那知觉，使自己的生命臻于完美。

诗节 34

मन्मना भव मद्भक्तो मद्याजी मां नमस्कुरु ।
मामेवैष्यसि युक्त्वैवमात्मानं मत्परायणः ॥ ३४ ॥

man-manā bhava mad-bhakto
mad-yājī māṁ namaskuru
mām evaiṣyasi yuktvaivam
ātmānaṁ mat-parāyaṇaḥ

mat-manāḥ—恒常想着我；*bhava*—成为；*mat*—我的；*bhaktaḥ*—奉献者；*mat*—我的；*yājī*—崇拜者；*mām*—向我；*namaskuru*—顶拜；*mām*—向我；*eva*—完全地；*eṣyasi*—你将来到；*yuktvā*—专注于；*evam*—如此；*ātmānam*—你的灵魂；*mat-parāyaṇaḥ*—奉献给我。

译文　心意恒常想着我，成为我的奉献者，顶拜我，崇拜我。全然专注于我，你必回归我。

要旨　本诗节清楚地指出，奎师那知觉是摆脱这个污浊的物质世界束缚的唯一途径。有时，一些无耻的释论者曲解了这已很清楚的意思：一切奉爱服务都该奉献给博伽梵奎师那。很不幸，这些无耻的释论者把人的心意误导到那些不切实际的方面去了。这些释论者不明白，奎师那的心意与奎师那本人没有区别。奎师那不是普通常人，他是绝对真理。他的身体、心意和他本人是一致而绝对的。《宇宙古史·库尔玛之部》（*Kūrma Purāṇa*）证实了这一点："博伽梵奎师那他本人与他的躯体没有区别（*deha-dehi-vibhedo 'yaṁ neśvare vidyate kvacit*）。"巴克提希丹塔·萨拉斯瓦提·哥斯瓦米（Bhaktisiddhānta Sarasvatī Gosvāmī）在他的《永恒的采坦尼亚经·释论》(*Anubhāṣya*)中评论《永恒的采坦尼亚经》(*Caitanya-caritāmṛta* 上篇 5.41-48)时引用了这段话。

但是有些释论者不了解奎师那的科学，他们把奎师那隐藏起来，而且将他的人格与他的心意或躯体分割开来。这纯属是对奎师那的科学一无所知导致的，但有人却用此去误导他人，从中谋取好处。

有些人邪恶不堪，他们也想着奎师那，不过充满了嫉妒，就好像奎师那的舅父康萨王（Kaṁsa）一样。康萨也常想着奎师那，但是把奎师那视为敌人一样去想。他焦虑不安，不知道奎师那什么时候会来杀死他。这种想念对我们无益。我们应该以奉爱之心想着奎师那。这就是奉爱服务。我们应该不断地培养奎师那知觉的知识。什么是有益的培养呢？就是向真正的导师学习。奎师那是博伽梵，我们多次解释过，他的躯体不是物质的，而是永恒、喜乐的知识。这样的谈论会帮助我们成为奉献者。不然的话，从错误的根源去了解奎师那，是不会有成果的。

我们应该将心意沉浸在奎师那永恒的原初形体中。要坚信奎师那就是至尊，要崇拜奎师那。在印度，崇拜奎师那的神庙成千上万，奉爱服务在那里也很盛行。要这样去修习，就必须顶拜奎师那。我们应该在神像前俯首，将心意、躯体、活动——一切都投入进来，这样，才会全然专注于奎师那，不偏不离。这才能助人提升到奎师那星宿（Kṛṣṇa-loka）。千万不可被无耻的释论者迷惑而偏废。以唱颂和聆听开始的九种奉爱服务，是我们必须从事的。纯粹的奉爱服务是人类社会最高的成就。

《博伽梵歌》第七、八两章解说了，什么是为绝对真理做奉爱服务，它远离臆测性的知识、神秘瑜伽和业报活动。未完全圣化的人可能会被绝对真理的不同特性所吸引，如非人格化的梵光和区限化的超灵，但纯粹奉献者直接为博伽梵服务。

有一首关于奎师那的美丽的诗作清楚地说，崇拜半神人的是不聪明的，任何时候都得不到奎师那至高无上的赏赐。奉献者在开始时可能会堕落，够不上标准，但被认为是优于所有其他哲学家和瑜伽士。恒在奎师那知觉中的人，应算作完美的圣人。他偶尔发生的非奉献活动，会消失殆尽，很快就能处在全然的完美之中。纯粹奉献者实际上没有堕落的机会，因为博伽梵会亲自照看他的纯粹奉献者。因此，聪明的人应该直接修习奎师那知觉，快乐地生活在这个世界上。最终，他将得到奎师那至高无上的赏赐。

巴克提维丹塔（Bhaktivedanta）阐释圣典《博伽梵歌》第九章“最机密的知识”至此结束。

第十章

绝对者的富裕

无论在物质世界或灵性世界，一切展示权力、美丽、崇高或庄严的瑰丽景象，都不过是奎师那神圣能量和富裕的部分展示。奎师那是所有原因的终极原因，是一切事物的本质支柱，所以也是一切存在的至高无上的崇拜对象。

诗节 1

श्रीभगवानुवाच
भूय एव महाबाहो शृणु मे परमं वचः ।
यत्तेऽहं प्रीयमाणाय वक्ष्यामि हितकाम्यया ॥ १ ॥

śrī-bhagavān uvāca
bhūya eva mahā-bāho
śṛṇu me paramaṁ vacaḥ
yat te 'haṁ prīyamāṇāya
vakṣyāmi hita-kāmyayā

śrī bhagavān uvāca—博伽梵说；*bhūyaḥ*—再次；*eva*—肯定地；*mahā-bāho*—臂力强大的人啊；*śṛṇu*—聆听；*me*—我的；*paramaṁ*—至尊的；*vacaḥ*—教导；*yat*—那；*te*—对你；*aham*—我；*prīyamāṇāya*—认为你是我亲密的；*vakṣyāmi*—说；*hita-kāmyayā*—为了你的利益。

译文　博伽梵说：臂力强大的阿诸纳呀！你再听我说，因为你是我亲密的朋友，为了你的益处，我要进一步向你讲述比我已解说过的更好的知识。

要旨　帕腊沙拉·牟尼（Parāśara Muni）这样解释“博伽梵（Bhagavān）”一词：一个全然拥有六种富裕的人，即：拥有所有的力量、所有的声名、所有的财富、所有的知识、所有的美丽和所有的弃绝的人就是“博伽梵（Bhagavān）”。当奎师那在地球显现时，他展示了这六种富裕。所以像帕腊沙拉·牟尼这样的伟大圣哲们，都接受奎师那为博伽梵。现在，奎师那向阿诸纳传授有关他的富裕和活动的更为机密的知识。在前面，从第七章开始，绝对真理已解释过他的不同能量及这些能量的活动方式。在这一章，他要向阿诸纳讲述他特别的富裕。在以前的章节中，为了建立对奉爱的信心，他清楚地解释了他不同的能量。在这一章，他再次告诉阿诸纳他的种种展示和不同的富裕。

越多聆听博伽梵，就会越坚定于奉爱服务之中。一个人应该经常和奉献者在一起，聆听有关绝对真理的话题，这样会促进我们的奉爱服务。只有真正渴望进入奎师那知觉的人才会与奉献者一起讨论。其他的人不会参与这样的谈论。博伽梵清楚地告诉阿诸纳，因为阿诸纳和他很亲近，为了阿诸纳的好处，才会有这样的谈论。

诗节 2

न मे विदुः सुरगणाः प्रभवं न महर्षयः ।
अहमादिर्हि देवानां महर्षीणां च सर्वशः ॥ २ ॥

na me viduḥ sura-gaṇāḥ
prabhavaṁ na maharṣayaḥ
aham ādir hi devānāṁ
maharṣīṇāṁ ca sarvaśaḥ

na—永不；*me*—我的；*viduḥ*—知道；*sura-gaṇāḥ*—半神人们；*prabhavam*—起源、富裕；*na*—不；*maharṣayaḥ*—伟大的圣贤；*aham*—我是；*ādiḥ*—始源；*hi*—肯定地；*devānām*—半神人的；*maharṣīṇām*—伟大圣贤的；*ca*—也；*sarvaśaḥ*—在所有方面。

译文　半神人和伟大圣哲们都不知道我的始源或富裕。因为，在每一方面，我都是半神人和圣者的始源。

要旨　据《梵天本集》（*Brahma-saṁhitā*）所说，圣奎师那是博伽梵。没有谁比他更伟大，他是万原之原。在这里，博伽梵又亲自说，他是半神人和圣哲们的来源。即使是半神人和圣哲，也理解不了奎师那，他们既不理解他的圣名，也不理解他的人格性。那么，这个渺小的星球上的所谓学者之流又有什么地位呢？谁也不明白博伽梵为什么以一个普通人的身份来到地球，从事这样奇妙超凡的活动。因此，我们要明白，世俗学术不是理解奎师那的必要资格。甚至半神人和圣哲都曾试图凭心智臆测去了解奎师那，却无不以失败告终。《圣典博伽瓦谭》也清楚地说，甚至连伟大的半神人也无法了解博伽梵。他们的臆测超不过他们不完美的感官所能达到的极限，充其量能达到非人格神主义的结论，即："想像出与物质自然三属性所展示的事物相反的事物"。但凭借这种愚蠢的臆测绝不可能了解奎师那。

博伽梵在这里间接地说道，如果想要认识绝对真理，"我就是以博伽梵的身份出现在这里的。我就是至尊者”。我们应该明白这一点。虽然我们不能了解亲自显世的不可思议的博伽梵，但他仍存在。实际上，只要研习博伽梵在《博伽梵歌》和《圣典博伽瓦谭》中所说的话，我们就能实际地了解永恒的、充满喜乐和知识的博伽梵。把神看作某种统治力量或非人格梵（Brahman），这是在绝对真理的低级能量中可达到的对神的概念，但要想象出人格神，非处于超然境界不可。

因为大多数人都无法理解处于实际状况的奎师那，由于无缘的仁慈，他降临并施恩于这些思辨家们。尽管博伽梵有着非凡的活动，然而由于在物质能量中深受污染，这些臆测家们仍认为非人格梵就是至尊。只有完全皈依博伽梵的奉献者，才能通过至尊人格的仁慈明白他就是奎师那。绝对真理的奉献者并不会为了绝对真理的非人格梵概念而烦心。他们的信心和奉献会使他们立即皈依博伽梵，并通过奎师那的无缘仁慈了解奎师那。其他任何人都不认识奎师那。所以，即使是伟大的圣哲也同意这点：至尊自我（atma）是什么？他就是我们必须崇拜的那一位。

诗节 3

यो मामजमनादिं च वेत्ति लोकमहेश्वरम् ।
असम्मूढः स मर्त्येषु सर्वपापैः प्रमुच्यते ॥ ३ ॥

yo mām ajam anādiṁ ca
vetti loka-maheśvaram
asammūḍhaḥ sa martyeṣu
sarva-pāpaiḥ pramucyate

yaḥ—谁；*mām*—我；*ajam*—非生的；*anādim*—无始；*ca*—还有；*vetti*—知道；*loka*—星球的；*maheśvaram*—至尊的主人；*asaṁmūḍhaḥ*—不受迷惑的；*saḥ*—他；*martyeṣu*—在那些不免一死的人中；*sarva-pāpaiḥ*—从所有的罪恶反应中；*pramucyate*—被拯救。

译文　认识我无生，无始，是诸界的博伽梵。众人之中，只有这样不受迷惑的人，才能脱离一切罪恶。

要旨　如第七章第3诗节所述：那些致力于将自己提升到灵性觉悟层面的人不是等闲之人，他们胜过千千万万对灵性觉悟一无所知的凡夫俗子（*manuṣyāṇām* *sahasreṣu kaścid yatati siddhaye*）。但在真正试图了解自己灵性境界的人之中，能认识到奎师那是博伽梵，是万物的拥有者，是无生者，这样的人是最成功的灵性觉悟者。也只有在此境界中完全明白奎师那的至尊地位的人才能彻底摆脱所有罪恶报应。

绝对真理被描述为"无生非生（aja）"，意思是"未经出生就存在"，但他不同于在第二章也被描述为"无生非生（aja）"的生物。不同的地方就在于，生物由于物质依附而轮回生死。受限制的灵魂不停地变更躯体，但绝对真理的身躯并无变化。就是来到这个物质世界时，他也是以同样的非生者身份而来。因此，第十四章中说道，凭借自己的内在能量，绝对真理不受低级物质能量的支配而恒处于高级能量之中。

这节诗中"vetti loka-maheśvaram"表明，人应该知道世尊奎师那是宇宙星系的至高拥有者。他存在于创造之前，与创造不同。在这个物质世界中，所有的半神人都是创造出来的。但奎师那不是被创造出来的，奎师那甚至还不同于像布茹阿玛（Brahma 梵天）和希瓦（Śiva）那样最伟大的半神人。因为他是梵天、希瓦和所有其他半神人的创造者，所以，他是一切星宿的至尊者。

因此，世尊奎师那不同于受造的万物，这样去认识他的人，可立即从所有罪恶报应中解脱出来。要想处于博伽梵的知识之中，我们就必须从一切罪恶活动中解脱出来。正如《博伽梵歌》所说，认识他的方法只有一个，那就是奉爱服务。

我们千万不要将奎师那视为凡人。如前所述，只有愚人才这么理解，这里又一次以另一种方式表达了同样的意思。一个不愚蠢的人，一个有足够智慧了解博伽梵原本地位的人，永远免除所有恶报。

如果奎师那是迪瓦姬（Devakī）的儿子，那他怎么会不经出生就存在呢？这在《圣典博伽瓦谭》也有解释：当他显现在迪瓦姬和瓦苏戴瓦（Vasudeva）面前时，不像普通的孩子那样降生；他以其原初形象显现，然后再变成普通的婴孩。

任何在奎师那的指示下所做的事情，都是超然的，绝不会被物质业报——吉祥的或不吉祥的——所污染。那种认为在物质世界里有凶有吉的概念，其实是一种心智虚构，因为在物质世界里根本就没有吉祥的事物。一切都是不吉祥的，因为物质自然本身就是不吉祥的。只是我们将其想象为吉祥的而已。真正的吉祥仰赖以全然的奉爱和服务在奎师那知觉中的活动。因此，如果我们真的想使我们的活动吉祥，那就应该在博伽梵的指示下活动。这些指示在权威经典《圣典博伽瓦谭》和《博伽梵歌》中有说明，也可来自一位真正的灵性导师。因为灵性导师是博伽梵直接的代表，所以他的指示直接就是博伽梵的指示。灵性导师、圣人和经典所指导的方向是一致的。三者之间并无矛盾。在这样的指导下进行的一切活动，都脱离了物质世界里的虔诚活动或不虔诚活动所带来的报应。奉献者在从事活动时的超然态度，实际上是“弃绝（sannyāsa）”的态度，他们也可被称为“弃绝者（sannyāsī）”。如第六章第1节诗所说，听从博伽梵的训令，把事情当作责任去完成而不依附工作成果（*anāśritaḥ karma-phalaṁ*），这样的人才是真正的弃绝者。任何按照博伽梵的指示去行事的人，是真正的托钵僧和瑜伽士；而不是只穿上托钵僧外衣的人或冒牌瑜伽士。

诗节 4-5

बुद्धिर्ज्ञानमसम्मोहः क्षमा सत्यं दमः शमः ।
सुखं दुःखं भवोऽभावो भयं चाभयमेव च ॥ ४ ॥
अहिंसा समता तुष्टिस्तपो दानं यशोऽयशः ।
भवन्ति भावा भूतानां मत्त एव पृथग्विधा" ॥ ५ ॥

buddhir jñānam asammohaḥ
kṣamā satyaṁ damaḥ śamaḥ
sukhaṁ duḥkhaṁ bhavo 'bhāvo
bhayaṁ cābhayam eva ca

ahiṁsā samatā tuṣṭis
tapo dānaṁ yaśo 'yaśaḥ
bhavanti bhāvā bhūtānāṁ
matta eva pṛthag-vidhāḥ

buddhiḥ—智慧；*jñānam*—知识；*asam-mohaḥ*—没有疑惑；*kṣamā*—宽恕；*satyam*—真诚；*damaḥ*—控制感官；*śamaḥ*—控制心意；*sukham*—快乐；*duḥkham*—痛苦；*bhavaḥ*—生；*abhāvaḥ*—死；*bhayam*—恐惧；*ca*—还有；*abhayam*—没有恐惧；*eva*—还有；*ca*—和；*ahiṁsā*—非暴力；*samatā*—平等；*tuṣṭiḥ*—满足；*tapaḥ*—苦行；*dānam*—布施；*yaśaḥ*—名誉；*ayaśaḥ*—耻辱；*bhavanti*—产生；*bhāvāḥ*—品性；*bhūtānām*—生物的；*mattaḥ*—由我；*eva*—确实地；*pṛthak-vidhāḥ*—不同地安排。

译文 智慧、知识、远离疑惑与妄想、宽容、真诚、控制感官与心意、苦与乐、生与死、恐惧与无畏、非暴力、平和、知足、苦行、布施、名誉与耻辱——生物的所有这些不同品质，全由我一人创造。

要旨 生物的不同品性，无论好坏，都由奎师那创造，这里对这些品质有详尽的描述。“智慧（buddhi）”是指以正确的观点分析事物的能力；“知识（jñāna）”是指理解什么是灵性，什么是物质。通过大学教育得到的只是关于物质的一般性知识，这里并不把它视为知识。知识意味着认识物质与灵性的分别。在现代教育中，没有有关灵性的知识，而只是关注物质元素和躯体需要。因此，学术性的知识是不完整的。

“远离怀疑与迷惑（asammoha）”，人可在不犹豫彷徨，且明白了超然哲学时达到。过程缓慢，但终必远离迷惑。不可盲目接受任何事物，凡事都要小心谨慎。应该做到“宽容（kṣamā）”，要学会容忍和原谅别人的小冒犯。

“真诚（satyam）”，是指为了他人的利益尊重事实。不应该歪曲事实。按照社会常规，只有在能迎合他人口味时，人们才会说实话。但这不是真诚。真正的真诚是说话直截了当，好让他人明白事实的真相。如果某人是贼，人们得到了警告，这才是真话。有时真言逆耳，但是实话就应该实说。说真话就是为了别人的利益实话实说。这就是真诚的定义。

“控制感官（dama）”是说不应把感官用于不必要的个人享受，不是禁止满足感官的正当需要，但不必要的感官享乐却对灵修进步有害。因此，应该控制感官，不作无益的滥用。同样，我们也要“控制心意（śama）”，不作无益之想。一个人不应该无时无刻总在绞尽脑汁思考如何赚钱。这是对思维力的误用。心意应该用以理解人类的首要需求，而这应该权威性地展示。思维力应该在与那些在经典、圣人和灵性导师方面具备权威的人，以及那些思想高度发达的人的联谊中得到发展。

“快乐（sukham）”，是要永远处在有利于培养奎师那知觉的灵性知识中。那些痛苦的或引起忧伤的事务都不利于培养奎师那知觉。有利于奎师那知觉的事情就应该接受，不利的就得摒弃。

“出生（bhava）”，是指躯体而言的。对灵魂来说，既无生也无死，我们已在《博伽梵歌》的开始就讨论过。生死仅适用于一个人在物质世界的情况而已。

“恐惧（bhaya）”是出于对未来的担忧。一个处于奎师那知觉中的人没有恐惧，因为他的所作所为肯定能使他回归灵性天空、重返家园、回归神首。因此，他的未来一片光明。而其他人却对自己的未来一无所知。他们没有关于来世的知识，因而常处于永无休止的焦虑之中。要摆脱这种焦虑，最佳的途径就是去了解奎师那，始终处于奎师那知觉之中。这样自然就会摆脱一切恐惧。《圣典博伽瓦谭》(11.2.37)说：沉浸在虚幻能量中是恐惧的原因(*bhayaṁ dvitīyābhiniveśataḥ syāt*)。但那些摆脱了虚幻能量的人，那些坚信自己不是这具物质躯体，而是博伽梵的灵性部分的人，那些因此而从事对博伽梵超然服务的人无所畏惧。他们的将来十分光明。不在奎师那知觉中的人便处于这种恐惧的状态。"无畏(abhayam)"只有在奎师那知觉中的人才有可能做到。

"非暴力(ahiṁsā)"，是指不做任何使人痛苦的事情。许多政治家、社会学家、慈善家等允诺的物质活动，不会带来善果，因为政治家和慈善家没有超然的眼光，他们不知道什么能真正有益于人类社会。"非暴力"也指人们应该受到训练，让躯体得到充分的运用。人体生命的目的在于灵性觉悟，所以，任何不能进一步接近这个目标的运动或委员会，都是对人体的施暴。能促进一般大众未来的灵性快乐的，便称为"非暴力"。

"平和(samatā)"，是指摆脱依恋和厌恶。极度依恋或极度厌离都不是最好的。应该本着一种既不依附也不厌离的态度去接受这个物质世界。凡有利于推行奎师那知觉的就应该接受，凡不利于此的就应该摒弃，这就叫作"平和"。处于奎师那知觉者无所排斥，无所接受，唯一的条件是看其是否有益于推行奎师那知觉。

"知足(tuṣṭi)"，是指不要渴求以不必要的活动囤积大量的物质财富。人应该满足于靠博伽梵的恩典所获得的任何东西，这就叫作"知足"。梵文"tapas"是指苦行。韦达经中有许多规范守则可适用于此条，如早起、沐浴。有时早起很麻烦，但一个人若自愿承受这种麻烦，就叫苦行。也有在每个月的某些日子戒食的规定。我们可能不愿遵守这些禁食，但若有在奎师那知觉上求得进步的坚定决心，就应该接受这些推荐的躯体磨炼。但是，我们却不可进行不必要的或有违韦达训谕的禁食。不应该为政治目的禁食。《博伽梵歌》把这种禁食称为愚昧中的禁食。任何在愚昧中或激情中所做的事，都不会导致灵性进步。而在善良形态中所做的一切，则使人进步。依据韦达训示进行的禁食，能丰富人的灵性知识。

至于"布施(dāna)"，一个人应该献出收入的一半用于某些善事。什么是善事呢？就是以奎师那知觉行事。这不仅是善事，而且是最崇高的善事。因为奎师那是善良的，所以他的事业也是善良的。因此，要布施，就应该布施给处于奎师那知觉中的人。根据韦达文献，布施应给予婆罗门。虽然根据韦达训谕，这一做法并不很好，但是仍被遵循奉行。训示仍要求人们向婆罗门布施。为什么呢？因为婆罗门致力于培养更高的灵性知识。婆罗门应该毕其一生去了解梵。“了解梵的人被称为婆罗门（*brahma jānātīti brāhmaṇaḥ*）”。因此，布施给婆罗门，是因为他们总是从事着更高的灵性服务，没有时间自谋生计。根据韦达文献，也可对在生命的弃绝阶段的托钵僧布施。托钵僧挨门逐户地化缘，并非为了金钱，而是为了传道。这项制度是这样制定的，托钵僧挨门逐户化缘，以唤醒在愚昧中昏睡的居士。因为居士忙于操持家务而忘记了他们生命的真正目的——唤醒自己的奎师那知觉——这就是托钵僧的责任，以乞士身份走近居士，鼓励他们恢复奎师那知觉。韦达经说，人应该醒悟，完成人体生命的使命。这项知识和方法由托钵僧广为传播，因此，应该布施给那些在生命弃绝阶段的人，应该布施给婆罗门和类似的善举，而不应把布施用于任何荒唐之举。

“名誉（yaśas）”，按照圣采坦尼亚的说法，只有当一个人被称为“伟大的奉献者”时，他才有名誉。这才是真正的名誉。如果人在奎师那知觉中成为伟人，那他才真正有声誉。没有这样的声誉的人并不光彩。

所有这些品质在整个宇宙中展现于人类社会和半神人社会。在其他星宿上有很多人类形式，那里也有这些品质。为了那些想在奎师那知觉中进步的人，奎师那创造了这些品质，但人须从自己内心深处培养这些品质。从事于对博伽梵的奉爱服务中的人，在博伽梵的安排下，能培养出所有这些好的品质。

无论好坏，我们发现，一切始源都是奎师那。绝对没有任何不在奎师那之内而能展示在这个物质世界的事物。这便是知识，我们知道，虽然事事所处均不同，但我们更知道，一切都来自奎师那。

诗节 6

महर्षयः सप्त पूर्वे चत्वारो मनवस्तथा ।
मद्भावा मानसा जाता येषां लोक इमाः प्रजाः ॥ ६ ॥

maharṣayaḥ sapta pūrve
catvāro manavas tathā
mad-bhāvā mānasā jātā
yeṣāṁ loka imāḥ prajāḥ

maharṣayaḥ—伟大的圣贤；*sapta*—七位；*pūrve*—以前的；*catvāraḥ*—四位；*manavaḥ*—玛努；*tathā*—还有；*mat-bhāvāḥ*—由我所生；*mānasāḥ*—由心意；*jātāḥ*—所生出；*yeṣām*—他们的；*loke*—在星球上；*imāḥ*—所有这些；*prajāḥ*—众生。

译文　七大圣贤和他们之前的四大圣贤及诸玛努（Manu 人类的祖先），都由我而来，由我的心意所生。而遍布各个星宿上的所有生物，都是他们的后裔。

要旨　绝对真理在这里概要地给出了宇宙人口的宗谱。布茹阿玛（Brahma 梵天）是从金胎（hiraṇyagarbha 至尊的能量）产生的最初的生物。从梵天产生了七大圣贤（七大圣贤指喀夏帕、阿特瑞、瓦希施塔、维施瓦弥陀、高塔玛、佳玛达格尼和巴尔杜瓦佳这七位先知，他们住在组成小熊星座的七颗星宿上），在他们之前显现的是四大圣贤［萨拿卡（Sanaka）、萨南达（Sananda）、萨拿坦（Sanātana）和萨拿特·库玛尔（Sanat-kumāra）］以及十四位玛努。这二十五大圣贤就是宇宙内所有生物的始祖。有无数的宇宙，每个宇宙之内又有无数的星球，而每个星球上又满是不同种类的人口。这些全都生自这二十五位始祖。布茹阿玛（Brahma 梵天）进行了半神人的一千年的苦行，才得到奎师那的恩典，了解如何创造。于是从梵天产生了上述四大圣贤，接着是茹陀罗（Rudra），然后是七大圣贤。这样，所有婆罗门和刹帝利便都由博伽梵的能量而生。梵天又被称为始祖（Pitāmaha），而奎师那就是创造始祖的人（Prapitāmaha）。这在《博伽梵歌》第十一章第 39 诗节有具体说明。

诗节 7

एतां विभूतिं योगं च मम यो वेत्ति तत्त्वतः ।
सोऽविकल्पेन योगेन युज्यते नात्र संशयः ॥ ७ ॥

etāṁ vibhūtiṁ yogaṁ ca

mama yo vetti tattvataḥ

so 'vikalpena yogena

yujyate nātra saṁśayaḥ

etām—所有这些；*vibhūtim*—富裕；*yogam*—神秘力量；*ca*—还有；*mama*—我的；*yaḥ*—谁；*vetti*—知道；*tattvataḥ*—真正；*saḥ*—他；*avikalpena*—不分心的；*yogena*—奉献服务；*yujyate*—从事；*na*—毋庸；*atra*—这；*saṁśayaḥ*—置疑。

译文　谁真正信服了我的这般富裕和神秘力量，谁就能为我做纯粹的奉爱服务，这是毋庸置疑的。

要旨　灵性完美境界的顶峰是认识博伽梵。若不能坚信博伽梵的种种富裕，是绝不会做奉爱服务的。通常，人们知道神伟大，但究竟如何伟大，他们不知巨细。这里说的就是细节，如果人实际地知道了神有多伟大，那他就自然而然地会成为皈依的灵魂，并从事对绝对真理的奉爱服务。当人实际地了解了至尊的富裕，就只会皈依他而不作他求。这实在的知识可通过阅读《圣典博伽瓦谭》《博伽梵歌》和类似的经典获得。

在这个宇宙的管理机构中，有很多半神人遍布在整个星系中，为首的是布茹阿玛（Brahma 梵天）、希瓦神、四库玛尔和其他始祖。宇宙人口的始祖很多，都从博伽梵奎师那而生。博伽梵奎师那是所有祖先中最原始的祖先。

这些只是博伽梵的部分富裕，如果一个人坚信这些富裕，便会以极大的信心，不存任何疑惑地去做奉爱服务。要增强对绝对真理做爱心服务的兴趣，就需要这些特别的知识。我们切不可掉以轻心，不去彻底了解奎师那的伟大，因为知道了奎师那的伟大，必能更加专注于真诚的奉爱服务。

诗节 8

अहं सर्वस्य प्रभवो मत्तः सर्वं प्रवर्तते ।
इति मत्वा भजन्ते मां बुधा भावसमन्विताः ॥ ८ ॥

ahaṁ sarvasya prabhavo
mattaḥ sarvaṁ pravartate
iti matvā bhajante māṁ
budhā bhāva-samanvitāḥ

aham—我；*sarvasya*—所有的；*prabhavaḥ*—诞生根源；*mattaḥ*—由我；*sarvam*—万事万物；*pravartate*—流衍；*iti*—如此；*matvā*—知道；*bhajante*—奉献于；*mām*—我；*budhāḥ*—智者；*bhāva-samanvitāḥ*—全心全意地。

译文　我是灵性世界和物质世界的根源，一切都流衍自我。完全认识到这一点的智者，为我做奉爱服务，全心全意地崇拜我。

要旨　精通韦达经的学者，从圣采坦尼亚这样的权威之处获得讯息，又知道该怎样实践这些教导，他们能明白奎师那是物质世界和灵性世界中一切的根源。因为他们完全了解这一点，所以在对博伽梵的奉爱服务中特别坚定，特别专注。任何愚人或任何的无理释论，都永不会使他们偏离正途。所有韦达经典都一致认为，奎师那是布茹阿玛（Brahma 梵天）、希瓦和所有半神人的源头。

据《阿塔瓦韦达经》（*Atharva Veda*）中的《哥帕拉奥义书》（*Gopāla-tāpanī Upaniṣad* 1.24）记载："起初，是奎师那将韦达知识传授给梵天；在过去，是奎师那将韦达知识广为传播。"《那罗延奥义书》（*Nārāyaṇa Upaniṣad*.1）中又说："然后，至尊人格那罗延想创造生物。"奥义书继续又写道："从那罗延诞生出了梵天，也诞生出了众生的始祖。从那罗延诞生出了因陀罗；从那罗延诞生出了八瓦苏（Vasu），从那罗延诞生出了十一茹陀罗，从那罗延诞生出了十二个阿迪缇的儿子（Ādityas）（*nārāyaṇād brahmā jāyate*，*nārāyaṇād prajāpatiḥ prajāyate*，*nārāyaṇād indro jāyate*，*nārāyaṇād aṣṭau vasavo jāyante*，*nārāyaṇād ekādaśa rudrā jāyante*，*nārāyaṇād dvādaśādityāḥ*）。"这个那罗延是奎师那的扩展。

同一部韦达经又说："迪瓦姬之子奎师那是至尊人格（brahmaṇyo devakī-putraḥ）。"——《那罗延奥义书》（*Nārāyaṇa Upaniṣad*. 4）

接着在《大奥义书》(*Maha Upaniṣad* 1)中说:“创造之始,只有至尊人格那罗延。没有布茹阿玛(Brahma 梵天),没有希瓦,没有水,没有火,没有月亮,没有天上的星星,没有太阳(*eko vai nārāyaṇa āsīn na brahmā na īśāno nāpo nāgni-samau neme dyāv-āpṛthivī na nakṣatrāṇi na sūryaḥ*)。”

《大奥义书》(*Maha Upaniṣad*)中还说,希瓦神是从博伽梵的额头所生。所以,韦达经说,应受到崇拜的是博伽梵——梵天和希瓦的创造者。

在《解脱经》(*Mokṣa-dharma*)中,奎师那也说,

prajāpatiṁ ca rudraṁ cāpy
aham eva sṛjāmi vai
tau hi māṁ na vijānīto
mama māyā-vimohitau

“族长、希瓦和其他人都由我创造。由于他们被我的虚幻能量所迷惑,他们不知道他们自己是由我创造的。”

《宇宙古史·瓦拉哈之部》(*Varāha Purāṇa*)上也说,

nārāyaṇaḥ paro devas
tasmāj jātaś caturmukhaḥ
tasmād rudro 'bhavad devaḥ
sa ca sarva-jñatāṁ gataḥ

“那罗延是博伽梵,梵天从他而生,希瓦从他而生。”

圣奎师那是各世各代的根源,所以称他为最高效的万物之因。他说:“因为一切都从我而生,所以我是万物的根源。万物都在我之下,无人在我之上。”除了奎师那,再无至尊控制者了。人若追随真正的灵性导师,这样研习韦达经典去理解奎师那,就会将全部精力投入到奎师那知觉中,并成为真正博学的人。与这样的人相比,所有其他不能正确认识奎师那的人,不过是蠢人。只有蠢人才会认为奎师那是普通常人。一个奎师那知觉者不应该为蠢人所迷惑。应该避免所有对《博伽梵歌》非权威性的论述和解说,坚定不移地在奎师那知觉中勇往直前。

诗节 9

मच्चित्ता मद्गतप्राणा बोधयन्तः परस्परम् ।
कथयन्तश्च मां नित्यं तुष्यन्ति च रमन्ति च ॥ ९ ॥

mac-cittā mad-gata-prāṇā
bodhayantaḥ parasparam
kathayantaś ca māṁ nityaṁ
tuṣyanti ca ramanti ca

mat-cittāḥ—他们的心意全然专注于我；*mat-gata-prāṇāḥ*—他们的生活奉献于我；*bodhayantaḥ*—传道；*parasparam*—在他们中间；*kathayantaḥ*—讲述；*ca*—也；*mām*—有关我；*nityam*—永恒地；*tuṣyanti*—感到满足；*ca*—还有；*ramanti*—享受超然的喜乐；*ca*—也。

译文　我的纯粹奉献者，思我想我，倾其毕生为我服务；他们从谈论我，从相互的启迪中得到极大的满足和喜乐。

要旨　这里解释了纯粹奉献者的品质，他们全然投身于对绝对真理的超然爱心服务中。他们的心意绝不会偏离奎师那的莲花足。他们的谈话也只限于超然的话题。这节诗特别描述了纯粹奉献者的特征。博伽梵的奉献者一天 24 小时沉浸在颂扬博伽梵的品质和逍遥活动中。他们的内心和灵魂不停地沉浸于奎师那，他们和其他奉献者一起讨论奎师那，喜乐无边。

在奉爱服务的初级阶段，他们从服务本身品尝到超然的喜乐。在成熟的阶段，实际上已处于神爱之中，一旦处于那超然的境界，就能品尝到绝对真理在他的居所才展示的最高完美。圣采坦尼亚将超然奉爱服务比作在生物心中播下种子。有无数生物在整个宇宙的不同星宿上漫游，其中只有少数生物能幸运地遇上纯粹奉献者，获得了解奉爱服务的良机。奉爱服务好比种子，如果播在生物的心里，而他们又不断地聆听和念颂：哈瑞・奎师那，哈瑞・奎师那，奎师那・奎师那，哈瑞・哈瑞／哈瑞・茹阿玛，哈瑞・茹阿玛，茹阿玛・茹阿玛，哈瑞・哈瑞（*Hare Kṛṣṇa, Hare Kṛṣṇa, Kṛṣṇa Kṛṣṇa, Hare Hare/ Hare Rāma, Hare Rāma, Rāma Rāma, Hare Hare*）——种子就会开花结果，就像只要经常给树的种子浇水，就会结果一样。奉爱服务的灵性植物，慢慢长大，终将刺透物质宇宙的外壳，进入灵性天空的梵光中。在灵性天空，这株植物还继续成长，一直到达最高的星宿高楼卡・温达文（Goloka Vṛndāvana）——奎师那至高无上的星宿。最终，这株植物会托庇于奎师那的莲花足，息止在那里。像一般的植物会逐步开花结果一样，奉爱服务的植物也会结果，这里所浇的水是不断地聆听和念颂。《永恒的采坦尼亚经》（*Caitanya-caritāmṛta* 中篇）第十九章，详细地描述了这株奉爱服务的植物。书中说，当整株植物托庇于博伽梵的莲花足下时，人便会完全沉浸于对绝对真理的爱之中，这时，一刻不与博伽梵接触，便不能活下去，就像鱼没有水就无法活下去一样。在这样的状况下，在与博伽梵的接触中，奉献者已实际获得了超然的品质。

《圣典博伽瓦谭》中也到处是这样的关于博伽梵和他的奉献者之间的关系的描述。因此，奉献者很喜爱《圣典博伽瓦谭》。正如《圣典博伽瓦谭》（12.13.18）本身所说的一样。这些描述与物质活动、经济发展、感官满足或者解脱全无关系。《圣典博伽瓦谭》是唯一完全描述博伽梵的超然本性和他的奉献者的书。就好像青年男女在一起时很快乐，在奎师那知觉中自我觉悟的灵魂，聆听这超然经典时，也喜乐无边。

诗节 10

तेषां सततयुक्तानां भजतां प्रीतिपूर्वकम् ।
ददामि बुद्धियोगं तं येन मामुपयान्ति ते ॥ १० ॥

teṣāṁ satata-yuktānāṁ
bhajatāṁ prīti-pūrvakam
dadāmi buddhi-yogaṁ taṁ
yena māṁ upayānti te

teṣām—对他们；*satata-yuktānām*—恒常地从事；*bhajatām*—奉献服务；*prīti-pūrvakam*—在爱的狂喜中；*dadāmi*—我给予；*buddhi-yogam*—真正的智慧；*tam*—那；*yena*—凭着它；*mām*—我这里；*upayānti*—来到；*te*—他们。

译文 **对于那些恒常以爱心服务我的人，我便赐予他们理解力，使他们能来到我这里。**

要旨 在这节诗中，“真正的智慧（buddhi-yogam）”一词很重要。我们可能还记得，在第二章绝对真理教导阿诸纳说，他曾跟他谈过许多事情，他会以智慧瑜伽的方式教导他。现在便要解释智慧瑜伽（Buddhi-yoga）了。智慧瑜伽本身就是在奎师那知觉中活动，这是最高的智慧。梵文“buddhi”是智慧的意思，“yoga”可解释为神秘活动或神秘阶段：当人努力重返家园，回归神首，而完全以奉爱服务投入奎师那知觉时，其行为就称为智慧瑜伽。换言之，智慧瑜伽是走出这物质世界束缚的一条途径。前进的终极目标是奎师那。人们并不知道这一点，因此，与奉献者联谊，与真正的灵性导师交往才非常重要，我们应该明白，生命的目标是奎师那。目标确定后，行进虽慢，但步步向前，肯定会达到终极目标。

当人知道了生命的目标，但仍沉溺于活动的结果时，便是在业报瑜伽（Karma-yoga 行动瑜伽）中活动。虽明白了目标是奎师那，却以心智臆测去了解奎师那，乐此不疲，便是在思辨瑜伽（Jñāna-yoga 知识瑜伽）中活动。人明白了目标所在，完全在奎师那知觉和奉爱服务中寻求奎师那，便是在奉爱瑜伽（Bhakti-yoga）或智慧瑜伽（Buddhi-yoga）中活动。这是完全的瑜伽，是人生最完美的境界。

一个人可能有真正的灵性导师，可能热衷于某个灵性组织，但仍可能智慧不足，难以进步。这时，奎师那就会在他的内心指示他，让他毫无困难地能在最终走近他。所要求的资格是：人要恒常地处在奎师那知觉中，以爱和奉献做各种服务。他应该为奎师那做某种工作，而且是要满怀爱心地去工作。如果奉献者智力不足，难以在自我觉悟之途上进步，但却诚诚恳恳，倾注于奉爱服务的活动之中，绝对真理就会给他机会进步，并最终到达他。

诗节 11

तेषामेवानुकम्पार्थमहमज्ञानजं तमः ।
नाशयाम्यात्मभावस्थो ज्ञानदीपेन भास्वता ॥ ११ ॥

teṣām evānukampārtham
aham ajñāna-jaṁ tamaḥ
nāśayāmy ātma-bhāva-stho
jñāna-dīpena bhāsvatā

teṣām—向他们；*eva*—肯定地；*anukampā-artham*—为了展示特别的仁慈；*aham*—我；*ajñāna-jam*—生于愚昧的；*tamaḥ*—黑暗；*nāśayāmi*—驱除；*ātma-bhāva*—在他们心中；*sthaḥ*—居于；*jñāna*—以知识的；*dīpena*—灯；*bhāsvatā*—光明的。

译文　为向他们显示特别的仁慈，我居于他们心中，以知识的明灯，驱除生于愚昧的黑暗。

要旨　当圣采坦尼亚在贝拿勒斯（Benares 瓦拉纳西）传播唱颂：哈瑞·奎师那，哈瑞·奎师那，奎师那·奎师那，哈瑞·哈瑞/哈瑞·茹阿玛，哈瑞·茹阿玛，茹阿玛·茹阿玛，哈瑞·哈瑞（*Hare Kṛṣṇa*，*Hare Kṛṣṇa*，*Kṛṣṇa Kṛṣṇa*，*Hare Hare*/ *Hare Rāma*，*Hare Rāma*，*Rāma Rāma*，*Hare Hare*）的时候，成千上万的人追随他。当时，贝拿勒斯有一位很有影响力的学者帕卡沙南达·萨拉斯瓦提（Prakāśānanda Sarasvatī）嘲笑圣采坦尼亚，说他是感情用事者。有时，假象宗哲学家会批评奉献者，在他们看来，大多数奉献者处于无知的黑暗中，在哲学上是幼稚的感情用事者。其实不然。有很多博学的学者提倡奉爱哲学。但即使某个奉献者不能善用经典，不能善于依靠灵性导师，如果他诚恳地从事奉爱服务，奎师那就会从他内心深处帮助他。因此，在奎师那知觉中的诚恳的奉献者，不会没有知识。唯一的资格是要在完全的奎师那知觉中，履行奉爱服务。

假象宗哲学家认为，没有辨别力就不会获得纯粹知识。博伽梵回答了他们：那些从事纯粹奉爱服务的人，即使没有受过足够的教育，甚至连足够的韦达原则的知识也没有，博伽梵仍会帮助他们，这节诗正说明了这一点。

绝对真理告诉阿诸纳，仅靠臆测去了解至尊真理、绝对真理、博伽梵，这基本上是不可能的。因为至尊真理太伟大了，只靠心智的努力，是不可能理解他、达到他的。人可一直推敲，但如果不奉献，不成为热爱至尊真理的人，就永远不可能理解奎师那——至尊真理。只有奉爱服务才能取悦奎师那——至尊真理，他才会以其不可思议的能量，在奉献者的心中揭示自己。纯粹奉献者的心里恒常装着奎师那，而奎师那就像太阳，有他的存在，愚昧的黑暗就会立即被驱散。这是奎师那赐予纯粹奉献者的特殊仁慈。

经过千百万次投生，人在物质之中受到污染，内心常覆盖着物质主义的灰尘，但只要从事奉爱服务，不断地唱颂哈瑞·奎师那，灰尘很快就会被拭净，纯粹知识的层面就会现于眼前。终极的目标——维施努（Viṣṇu），只有通过唱颂和奉爱服务才能达到，心智臆测或论辩都无济于事。纯粹奉献者无需为生计而忧愁，他不必焦虑，因为当他除净了心中的黑暗，一切便会由博伽梵自动地提供，因为奉献者的爱心服务深得博伽梵的喜欢。这是《博伽梵歌》的教诲之精髓。研习《博伽梵歌》能使人成为完全皈依博伽梵的灵魂，将自己置于纯粹的奉爱服务之中。在绝对真理的监护下，人会逐渐彻底地摆脱所有物质化的举动。

诗节 12-13

अर्जुन उवाच
परं ब्रह्म परं धाम पवित्रं परमं भवान् ।
पुरुषं शाश्वतं दिव्यमादिदेवमजं विभुम् ॥ १२ ॥
आहुस्त्वामृषयः सर्वे देवर्षिर्नारदस्तथा ।
असितो देवलो व्यासः स्वयं चैव ब्रवीषि मे ॥ १३ ॥

arjuna uvāca
paraṁ brahma paraṁ dhāma
pavitraṁ paramaṁ bhavān
puruṣaṁ śāśvataṁ divyam
ādi-devam ajaṁ vibhum

āhus tvām ṛṣayaḥ sarve
devarṣir nāradas tathā
asito devalo vyāsaḥ
svayaṁ caiva bravīṣi me

arjunaḥ uvāca—阿诸纳说；*param*—至尊的；*brahma*—真理；*param*—至尊的；*dhāma*—维系；*pavitram*—纯洁的；*paramam*—至尊的；*bhavān*—您；*puruṣam*—人格；*śāśvatam*—原初的；*divyam*—超然的；*ādi-devam*—原初的主；*ajam*—非生的；*vibhum*—最伟大的；*āhuḥ*—说；*tvām*—您；*ṛṣayaḥ*—圣贤们；*sarve*—所有；*devarṣiḥ*—半神人中的圣贤；*nāradaḥ*—拿拉达；*tathā*—还有；*asitaḥ*—阿西塔；*devalaḥ*—德瓦拉；*vyāsaḥ*—维亚萨；*svayam*—亲自地；*ca*—又；*eva*—肯定地；*bravīṣi*—解释；*me*—向我。

译文　阿诸纳说：您是博伽梵，终极的居所，最纯粹者，绝对真理。您是

永恒、超然的原初者，您是非生者，您最为伟大。所有伟大圣贤如拿拉达、阿西塔、德瓦拉、维亚萨都证实这关于您的真理，现在，您又亲自向我宣说。

要旨 在这两节诗中，博伽梵给了现代哲学家一个机会，因为可以很清楚地知道，博伽梵不同于个体灵魂。阿诸纳聆听过《博伽梵歌》这一章最重要的四个诗节后，疑虑一空，立即接受奎师那为博伽梵。他大胆地宣布："您就是至尊梵（Paraṁ Brahma）。"而在这之前，奎师那曾说过，他是万事万物的根源。半神人和人无不依赖着他。但由于无知愚昧，人类和半神人都认为自己是绝对的，独立于博伽梵。从事奉爱服务便能完全扫除愚昧无知。这点，绝对真理在前一诗节已有过说明。现在，由于他的仁慈，阿诸纳接受他为至尊真理，这是符合韦达训谕的，并不是因为奎师那是阿诸纳亲密的朋友，阿诸纳才称他为博伽梵，赞扬他，荣耀他。阿诸纳在这两节诗中所说的，全得到韦达真理的证实。韦达训谕肯定，只有为博伽梵做奉爱服务的人才能了解他，其他人绝不可能。阿诸纳在这节诗中所说的每一个字，都为韦达训谕所证实。

据《何故奥义书》（*Kena Upaniṣad*）所载，至尊梵是万物息止之所，而奎师那已说过，万物都息止在他那里。《蒙达卡奥义书》（*Muṇḍaka Upaniṣad*）也说，博伽梵是万物息止之所，只有常想着他的人才能认识他。常思常想奎师那就叫作"忆念（smaraṇam）"，是奉爱服务的一种方法。只有通过奉爱服务，人才能了解自己的地位，摆脱这个物质躯体。

在韦达经中，博伽梵被认为是纯粹者中最纯粹者，能明白这一点，便可获净化，清除一切罪恶报应。人不可能不受罪恶报应的污染，除非皈依博伽梵。阿诸纳接受奎师那为至高无上的纯粹者，与韦达经典的训谕一致。这也被（以拿拉达为首的）伟大的人格主义者所证实。

奎师那是博伽梵。我们应该常常冥想他，享受和他的超然关系。他是至高无上的存在，他远离躯体需要，远离生死。不仅阿诸纳这样说，所有韦达经典，如《宇宙古史》（*Purāṇas*）和其他经典也这样说。所有韦达经典均这样描述奎师那，而且博伽梵在第四章也亲自说："我虽不经出生，却显现在这个地球，重建宗教原则（dharma 道德正法）。"他是至高无上的原因，他没有原因，因为他是万原之原，一切都流衍自他。通过博伽梵的仁慈，便可得到这完美的知识。

在这里，阿诸纳通过奎师那的仁慈说出了这番话。我们若想了解《博伽梵歌》，就该接受这两节诗的陈述，这就叫作使徒传系：从使徒传系去接受。除非人在使徒传系中，否则理解不了《博伽梵歌》。通过所谓的“学术教育”是无济于事的。很不幸，那些以“学术教育”为傲的人，竟置韦达经典中那么多的证据于不顾，仍固执地相信奎师那是一个普通人。

诗节 14

सर्वमेतदृतं मन्ये यन्मां वदसि केशव ।
न हि ते भगवन्व्यक्तिं विदुर्देवा न दानवाः ॥ १४ ॥

sarvam etad ṛtaṁ manye
yan māṁ vadasi keśava
na hi te bhagavan vyaktiṁ
vidur devā na dānavāḥ

sarvam—所有；*etat*—这些；*ṛtam*—真理；*manye*—我接受；*yat*—那；*mām*—我；*vadasi*—您告诉；*keśava*—奎师那啊；*na*—永不；*hi*—肯定地；*te*—您的；*bhagavan*—博伽梵啊；*vyaktim*—启示；*viduḥ*—能知道；*devaḥ*—半神人；*na*—或；*dānavāḥ*—恶魔。

译文　奎师那呀！您告诉我的一切，我完全接受为真理。绝对真理啊！无论是半神人还是恶魔，都无法理解您的人格性。

要旨　阿诸纳在这里证实了，没有信心的人和品性邪恶的人都不能理解奎师那。即使是半神人也不理解他，更何况当今世界的所谓学者呢？由于博伽梵的恩典，阿诸纳明白了至尊真理就是奎师那，而他是完美的。因此，应该追随阿诸纳所走的道路。他接受《博伽梵歌》的权威性。就如第四章所述，由于理解《博伽梵歌》的使徒传系已经失传，奎师那就以阿诸纳重建使徒传系，他认为阿诸纳是他亲密的朋友和伟大的奉献者。所以，正如我们在《梵歌奥义书》(*Gitopanisad*)的引言中所述，《博伽梵歌》应该在使徒传系内去理解。在使徒传系失传时，阿诸纳被挑选出来，恢复传系。我们应该效仿阿诸纳，接受奎师那所说的一切。这样，我们就能理解《博伽梵歌》的实质，唯有这样，我们才能明白，奎师那就是博伽梵。

诗节 15

स्वयमेवात्मनात्मानं वेत्थ त्वं पुरुषोत्तम ।
भूतभावन भूतेश देवदेव जगत्पते ॥ १५ ॥

svayam evātmanātmānaṁ
vettha tvaṁ puruṣottama
bhūta-bhāvana bhūteśa
deva-deva jagat-pate

svayam—亲身地；*eva*—肯定地；*ātmanā*—由您自己；*ātmānam*—您自己；*vettha*—知道；*tvam*—您；*puruṣottama*—所有人中最伟大的人啊；*bhūta-bhāvana*—所有事物的始源；*bhūteśa*—所有事物的主人啊；*deva-deva*—所有半神人的主人啊；*jagat-pate*—整个宇宙的主人啊。

译文　至尊者！万物之原！众生之主！众神之神！宇宙之主啊！的确，只有您本人，才能以您的内在能量，认识您自己。

要旨　只有像阿诸纳和他的追随者那样，通过奉爱服务而处在某种与博伽梵奎师那的关系中的人，才能认识他。恶魔般的人或无神论者无法认识奎师那。把人引离博伽梵的心智臆测是严重的罪恶。不认识奎师那的人，不应该试图评价《博伽梵歌》。《博伽梵歌》是奎师那的宣言，是有关奎师那的科学，所以，应该像阿诸纳那样，从奎师那那里去理解，而不可从无神论者那里接受《博伽梵歌》。

正如《圣典博伽瓦谭》（1.2.11）所述：

vadanti tat tattva-vidas
tattvaṁ yaj jñānam advayam
brahmeti paramātmeti
bhagavān iti śabdyate

至尊真理可从三个方面去觉悟：非人格梵，区限化的超灵，以及博伽梵。在理解绝对真理的最后阶段，就会走近博伽梵。一般常人可能是已觉悟到非人格梵或区限化超灵的解脱者，但也可能无法理解神的人格性。因此，这些人可以努力从奎师那亲自宣说的《博伽梵歌》诗节中去理解至尊者。

有时，非人格主义者接受奎师那为博伽梵（Bhagavān），或者接受他的权威性，然而，很多解脱者却无法理解作为至尊者的奎师那，因此，阿诸纳就直接称他为菩茹首塔玛（Puruṣottama 至尊者）。人们仍可能不明白奎师那就是众生之父。因此，阿诸纳直呼他为众生之父（bhūta-bhāvana）。人们或许能认识到他是众生之父，仍可能不知道他就是至尊的控制者，因此，他在这里又被称为众生之主（bhūteśa）——众生至尊的控制者。即使认识到奎师那是众生至尊的控制者，仍可能不知道他是半神人的始源，因此又称他为众神之神（devadeva），所有半神人崇拜的神。可是，即使知道了他是半神人崇拜的至尊神，仍未必知道他是万事万物至尊的拥有者，因此，他又被称为宇宙之主（jagatpati）。这样，关于奎师那的真理，就在这节诗中通过阿诸纳的觉悟而建立起来了。我们应该追随阿诸纳的步伐，真实地去了解奎师那。

诗节 16

वक्तुमर्हस्यशेषेण दिव्या ह्यात्मविभूतयः ।
याभिर्विभूतिभिर्लोकानिमांस्त्वं व्याप्य तिष्ठसि ॥ १६ ॥

vaktum arhasy aśeṣeṇa
divyā hy ātma-vibhūtayaḥ
yābhir vibhūtibhir lokān
imāṁs tvaṁ vyāpya tiṣṭhasi

vaktum—说；*arhasi*—您应该；*aśeṣeṇa*—详细地；*divyā*—神圣的；*hi*—肯定地；*ātma*—您自己的；*vibhūtayaḥ*—富裕；*yābhiḥ*—凭借那；*vibhūtibhiḥ*—富裕；*lokān*—所有的星球；*imān*—这些；*tvam*—您；*vyāpya*—遍布；*tiṣṭhasi*—保持。

译文　请您详尽地告诉我，您遍及所有世界的神圣富裕。

要旨　在这节诗中，阿诸纳为自己对博伽梵奎师那的理解显得心满意足。借着奎师那的仁慈，阿诸纳有个人体验、智慧、知识以及通过这三者能得到的一切，他已经明白了奎师那就是博伽梵。对他来说，已毫无疑惑，但他仍要求奎师那解释他遍透万物的本性。一般人，特别是非人格主义者关心的主要还是至尊遍透万物的本性。所以，阿诸纳询问奎师那，他是怎样通过不同的能量而无所不在的。我们应该知道，阿诸纳是代表普通人如此询问的。

诗节 17

कथं विद्यामहं योगिंस्त्वां सदा परिचिन्तयन् ।
केषु केषु च भावेषु चिन्त्योऽसि भगवन्मया ॥ १७ ॥

kathaṁ vidyām ahaṁ yogiṁs
tvāṁ sadā paricintayan
keṣu keṣu ca bhāveṣu
cintyo 'si bhagavan mayā

katham—怎样；*vidyām aham*—我会知道；*yogin*—至尊的玄秘者啊；*tvām*—您；*sadā*—恒常地；*paricintayan*—观想着；*keṣu*—以哪些；*keṣu*—以哪些；*ca*—还有；*bhāveṣu*—本性；*cintyaḥ asi*—您被记起；*bhagavan*—至尊者啊；*mayā*—由我。

译文　奎师那呀！至尊的玄秘者啊！我应该如何才能恒常地观想您？如何才能认识您？博伽梵啊！我该以何种形象记忆您？

要旨　如前一章所述，博伽梵被他的瑜伽玛亚（yogamāyā 内在能量）所遮蔽。只有皈依的灵魂和奉献者才能看见他。现在，阿诸纳确信，他的朋友奎师那就是博伽梵，但他想知道普通人了解无所不在的主的一般程序。包括恶魔和无神论者在内的普通人，无法认识奎师那，因为奎师那为自己的瑜伽玛亚守护着。为了普通人的利益，阿诸纳又提出了这些问题。高级的奉献者关心的不单是自己的理解，而且也关心全人类的理解。阿诸纳是外士那瓦（Vaiṣṇava），是奉献者，出于仁慈，为普通人理解博伽梵的无所不在开了一扇门。他特别称奎师那为“yogin”，因为圣奎师那是瑜伽玛亚能量的主人，对于普通人，他以这种能量遮蔽或不遮蔽自己。不爱奎师那的普通人，无法想着奎师那，因此只能作些物质之想。阿诸纳考虑到了这个世界上的物质主义者的思想定式。梵文“keṣu keṣu ca bhāveṣu”指的就是物质自然（“bhāva”指物质事物），因为物质主义者无法从灵性角度了解奎师那，所以，奉劝这些人将心意专注于物质事物，力争明白奎师那是如何以物质来展示自己的。

诗节 18

विस्तरेणात्मनो योगं विभूतिं च जनार्दन ।
भूयः कथय तृप्तिर्हि शृण्वतो नास्ति मेऽमृतम् ॥ १८ ॥

vistareṇātmano yogaṁ
vibhūtiṁ ca janārdana
bhūyaḥ kathaya tṛptir hi
śṛṇvato nāsti me 'mṛtam

vistareṇa—详细地；*ātmanaḥ*—您的；*yogam*—神秘力量；*vibhūtim*—富裕；*ca*—还有；*janārdana*—杀死无神论者的人啊；*bhūyaḥ*—再次；*kathaya*—描绘；*tṛptiḥ*—满足；*hi*—的确；*śṛṇvataḥ*—聆听；*na asti*—并没有；*me*—我的；*amṛtam*—甘露。

译文　众生的维系者（janārdana）呀！请再次详细地描述您富裕的神秘力量。聆听您的话语，我永不餍足，因为我越听越想品尝您言语的甘露。

要旨　在奈弥萨冉亚森林（Naimiṣāraṇya），以绍纳卡（Śaunaka）为首的圣人们对苏塔·哥斯瓦米（Sūta Gosvāmī）也说过类似的话。

vayaṁ tu na vitṛpyāma
uttama-śloka-vikrame
yac chṛṇvatāṁ rasa-jñānāṁ
svādu svādu pade pade

“即使是不断地聆听由优美的祷文所荣耀的奎师那的超然逍遥活动，也永不会厌倦，那些进入了与奎师那的超然关系的人，处处能品尝到绝对真理的逍遥活动。”——《圣典博伽瓦谭》（1.1.19）

因此，阿诸纳对聆听有关奎师那的事情，尤其是他如何维持无所不在的博伽梵的身份兴趣盎然。

任何与奎师那有关的叙述都恰似甘露（amṛtam）。这甘露可以在实际体验中品尝到。现代故事、小说、历史记载等，均不同于绝对真理的逍遥活动，世俗故事令人厌倦，而聆听奎师那永不厌倦。就是因为这个缘故，整个宇宙的历史记载都充满了神化身的逍遥活动，《宇宙古史》（*Purāṇas*《诸往世书》）就是过去年代的史书，叙述了绝对真理的不同化身的逍遥活动。如此，这些阅读材料虽被反复诵读，却永恒常新。

诗节 19

श्रीभगवानुवाच
हन्त ते कथयिष्यामि दिव्या ह्यात्मविभूतयः ।
प्राधान्यतः कुरुश्रेष्ठ नास्त्यन्तो विस्तरस्य मे ॥ १९ ॥

śrī-bhagavān uvāca
hanta te kathayiṣyāmi
divyā hy ātma-vibhūtayaḥ
prādhānyataḥ kuru-śreṣṭha
nāsty anto vistarasya me

śrī bhagavān uvāca—博伽梵说；*hanta*—好吧；*te*—向你；*kathayiṣyāmi*—我将讲述；*divyāḥ*—神圣的；*hi*—肯定地；*ātma-vibhūtayaḥ*—个人的富裕；*prādhānyataḥ*—主要的；*kuruśreṣṭha*—库茹族的俊杰啊；*na asti*—并没有；*antaḥ*—界限；*vistarasya*—至……程度；*me*—我的。

译文　博伽梵说：好吧，我就告诉你我绚丽璀璨的展示，但只提显著的部分。因为，阿诸纳呀！我的富裕无穷无尽。

要旨　要理解奎师那的伟大和富裕是不可能的。个体灵魂的感官有限，他们不能理解奎师那的一切。奉献者仍努力了解奎师那，但并不认为，到了某一特定时间或在生命的某一阶段，便能理解奎师那。倒是有关奎师那的话题叫人听得津津有味，在奉献者看来，美如甘露，奉献者为之陶醉。在讨论奎师那的富裕和他的种种能量时，纯粹奉献者感到超然的快乐，因此希望聆听和讨论这些话题。奎师那知道生物理解不了他的富裕程度，因而同意只讲他不同能量的主要展示。梵文“prādhānyataḥ（主要的）”一词寓意深刻，因为我们只能认识博伽梵很少的主要细节，而博伽梵的特性是无限的，要全部理解是不可能的。这节诗中用的“vibhūti”一词指的是他控制整个展示的富裕。据《不朽词典》（*Amara-kośa*）解释，“vibhūti”指的是一种非凡的富裕。

非人格主义者或泛神论者，既不了解博伽梵的罕见富裕，也不了解他神圣能量的展示。在物质世界和灵性世界里，绝对真理的能量分布在每一类展示中。现在，奎师那正准备描述能为普通人所觉知到的富裕，如此，绝对真理多姿多彩的部分能量通过这种方式得到了描述。

诗节 20

अहमात्मा गुडाकेश सर्वभूताशयस्थितः ।
अहमादिश्च मध्यं च भूतानामन्त एव च ॥ २० ॥

aham ātmā guḍākeśa
sarva-bhūtāśaya-sthitaḥ
aham ādiś ca madhyaṁ ca
bhūtānām anta eva ca

aham—我；*ātmā*—灵魂；*guḍākeśa*—阿诸纳啊；*sarva-bhūta*—所有生物的；*āśaya-sthitaḥ*—处于内心；*aham*—我是；*ādiḥ*—始源；*ca*—也；*madhyam*—中间；*ca*—也；*bhūtānām*—所有生物的；*antaḥ*—终末；*eva*—肯定地；*ca*—和。

译文　阿诸纳啊！我是超灵，居于众生心中。我是众生之始、之中、之末。

要旨　在这节诗中，阿诸纳又被称为“睡眠的征服者（guḍākeśa）”。沉睡在愚昧黑暗之中的人，无法了解博伽梵是怎样在灵性世界和物质世界以不同的方式自我展示的。因此，奎师那对阿诸纳的这个称谓蕴含深义。因为阿诸纳超越了这种黑暗，所以博伽梵才同意描述自己的种种富裕。

奎师那首先告诉阿诸纳，他是以其基本扩展而存在于整个宇宙展示的灵魂。在物质创造之前，博伽梵以其全权扩展，接受了至尊享乐者身份的诸多化身（Puruṣa），并从他产生了万物。因此，他是灵魂（ātmā），是物质大实体（mahat-tattva），即总体物质能量的灵魂。总体物质能量并不是创造的原因，实际上，大维施努进入了总体物质能量（mahat-tattva）。当大维施努进到已展示的宇宙之中时，他再次以超灵在每一生物中展示自己。我们有经验，知道生物躯体的存在是因为有灵性火花之故。没有灵性火花的存在，躯体就不会成长。同样，没有至尊灵魂奎师那的进入，物质展示也不会发展。

《苏巴拉奥义书》（*Subāla Upaniṣad*）中说：“博伽梵以超灵存在于所有已展示的宇宙之内（*prakṛty-ādi-sarva-bhūtāntar-yāmī sarva-śeṣī ca nārāyaṇaḥ*）。”

《圣典博伽瓦谭》描述了三个至尊享乐者，《萨特瓦塔·昙陀罗》（*Sātvata-tantra*）中也有描述：*Viṣṇos tu trīṇi rūpāṇi puruṣākhyāny atho viduḥ*，博伽梵在物质展示中展示为三个形体——原因之洋维施努（Kāraṇodakaśāyī Viṣṇu）、孕诞之洋维施努（Garbhodakaśāyī Viṣṇu）、牛奶之洋维施努（Kṣīrodakaśāyī Viṣṇu）。

《梵天本集》（5.47）这样描述大维施努：博伽梵奎师那，万原之原，以大维施努之躯躺在宇宙之洋上（*yaḥ kāraṇārṇa-va-jale bhajati sma yoga-nidrām*）。所以，博伽梵是这个宇宙的始创者，是宇宙展示的维系者和一切能量的终结者。

诗节 21

आदित्यानामहं विष्णुर्ज्योतिषां रविरंशुमान् ।
मरीचिर्मरुतामस्मि नक्षत्राणामहं शशी ॥ २१ ॥

ādityānām ahaṁ viṣṇur
jyotiṣāṁ ravir aṁśumān
marīcir marutām asmi
nakṣatrāṇām ahaṁ śaśī

ādityānām—阿迪缇诸子中；*aham*—我是；*viṣṇuḥ*—博伽梵；*jyotiṣām*—所有发光体中；*raviḥ*—太阳；*aṁśumān*—光芒万丈的；*marīciḥ*—玛瑞祺；*marutām*—雷电诸仙中；*asmi*—我是；*nakṣatrāṇām*—群星中；*aham*—我是；*śaśī*—月亮。

译文　在阿迪缇诸子（Āditya）中，我是维施努；发光星体中，我是光芒四射的太阳；雷电诸仙（Maruts 玛茹）中，我是玛瑞祺（Marīci）；群星之中，我是月亮。

要旨　阿迪缇之子共有十二个，奎师那是最重要的一个。在闪烁于天空的发光体中，太阳最重要。《梵天本集》认为太阳是博伽梵辉煌的眼睛。风有五十种，这些风的控制半神人玛瑞祺（Marīci），代表着奎师那。

群星之中，月亮在黑夜最皎洁，因此，月亮代表奎师那。从这节诗中可见，月亮也是群星之一。因此，在天空中闪烁的星星也反射着太阳的光芒。宇宙之中存在着很多太阳的理论不为韦达经典所接受。太阳只有一个，是因为反射太阳光，月亮才闪亮，群星也是这样。《博伽梵歌》在这里指出，月亮是繁星之一，所以，闪闪的群星并不是太阳，而和月亮同属一类。

诗节 22

वेदानां सामवेदोऽस्मि देवानामस्मि वासवः ।
इन्द्रियाणां मनश्चास्मि भूतानामस्मि चेतना ॥ २२ ॥

vedānāṁ sāma-vedo 'smi
devānām asmi vāsavaḥ
indriyāṇāṁ manaś cāsmi
bhūtānām asmi cetanā

vedānām—韦达诸经中；*sāma-vedaḥ*—《萨玛韦达》；*asmi*—我是；*devānām*—所有半神人中；*asmi*—我是；*vāsavaḥ*—天帝；*indriyāṇām*—所有感官中；*manaḥ*—心意；*ca*—还有；*asmi*—我是；*bhūtānām*—所有生物的；*asmi*—我是；*cetanā*—生命力。

译文 **韦达经中，我是《萨玛韦达》(*Sāma Veda*)；半神人中，我是天帝因陀罗 (Indra)；感官之中，我是心意；生物之中，我是生命力 (知觉)。**

要旨 物质和灵性的区别在于，物质没有知觉，不同于生物。因此，这知觉至高无上、永恒不灭。知觉无法由物质的组合产生。

诗节 23

रुद्राणां शङ्करश्चास्मि वित्तेशो यक्षरक्षसाम् ।
वसूनां पावकश्चास्मि मेरुः शिखरिणामहम् ॥ २३ ॥

rudrāṇāṁ śaṅkaraś cāsmi
vitteśo yakṣa-rakṣasām
vasūnāṁ pāvakaś cāsmi
meruḥ śikhariṇām aham

rudrāṇām—众茹陀罗中；śaṅkaraḥ—主希瓦；ca—还有；asmi—我是；vitteśaḥ—半神人的财库之主；yakṣa-rakṣasām—夜叉和罗刹中；vasūnām—众瓦苏中；pāvakaḥ—火；ca—还有；asmi—我是；meruḥ—梅茹；śikhariṇām—所有山脉中；aham—我是。

译文 **在众茹陀罗**（Rudras）**中，我是希瓦神**（Śiva）；**在夜叉**（Yakṣas）**和罗刹**（Rākṣasas）**中，我是财富之主库维拉**（Kuvera）；**在众瓦苏中，我是火**（Agni）；**在群山之中，我是梅茹山**（Meru）。

要旨 有十一个茹陀罗（Rudra），其中商羯罗（Śaṅkara）——希瓦神居于支配地位。他是博伽梵的化身，掌管宇宙中的愚昧形态。夜叉和罗刹的首领是库维拉——半神人的财富之主，是博伽梵的代表；梅茹山是一座以其丰富的自然资源闻名遐迩的大山。

诗节 24

पुरोधसां च मुख्यं मां विद्धि पार्थ बृहस्पतिम् ।
सेनानीनामहं स्कन्दः सरसामस्मि सागरः ॥ २४ ॥

purodhasāṁ ca mukhyaṁ māṁ
viddhi pārtha bṛhaspatim
senānīnām ahaṁ skandaḥ
sarasām asmi sāgaraḥ

purodhasām—所有祭师中；ca—还有；mukhyam—首领；mām—我；viddhi—了解；pārtha—菩瑞塔之子啊；bṛhaspatim—毕哈斯帕提；senānīnām—所有将帅中；aham—我是；skandaḥ—卡提凯亚；sarasām—所有水体中；asmi—我是；sāgaraḥ—海洋。

译文 **阿诸纳呀！要知道在祭师中，我是祭师之首毕哈斯帕提**（Bṛhaspati）；**将领之中，我是卡提凯亚**（Kārtikeya）；**水系之中，我是海洋。**

要旨 因陀罗是天堂星宿的半神人之首，被称为天堂的国王。他统辖的星宿叫因陀罗星宿（Indraloka）。毕哈斯帕提（Bṛhaspati）是因陀罗的祭师，而因陀罗是众王之首，所以毕哈斯帕提就是祭师之首。正如因陀罗是众王之王，同样，帕瓦缇和主希瓦之子斯康达（Skanda）——卡提凯亚（Kārtikeya），是所有元帅中的元帅。在一切水系之中，海洋最大。对于奎师那的伟大性，他的这些代表仅显露出点滴而已。

诗节 25

महर्षीणां भृगुरहं गिरामस्म्येकमक्षरम् ।
यज्ञानां जपयज्ञोऽस्मि स्थावराणां हिमालयः ॥ २५ ॥

maharṣīṇāṁ bhṛgur ahaṁ
girām asmy ekam akṣaram
yajñānāṁ japa-yajño ‹smi
sthāvarāṇāṁ himālayaḥ

maharṣīṇām—在所有伟大的圣贤中；*bhṛguḥ*—布瑞古；*aham*—我是；*girām*—声音中；*asmi*—我是；*ekam akṣaram*—*pranava*—原始的声音嗅姆；*yajñānām*—祭祀中；*japa-yajñaḥ*—念诵；*asmi*—我是；*sthāvarāṇām*—不可移动的物体中；*himālayaḥ*—喜玛拉雅山。

译文　在众伟大的圣贤中，我是布瑞古（Bhṛgu）；在众音振之中，我是超然的嗅姆（oṁ）；在祭祀中，我是圣名的念诵（japa）；在不可移动的物体中，我是喜玛拉雅山。

要旨　宇宙中第一个生物布茹阿玛（Brahma 梵天），为繁衍不同种类的生命，育有数子。其中，布瑞古是最有力量的圣人。在所有超然的声音之中，嗅姆（oṁkāra）代表了奎师那。在所有的祭祀中，唱颂“哈瑞·奎师那，哈瑞·奎师那，奎师那·奎师那，哈瑞·哈瑞／哈瑞·茹阿玛，哈瑞·茹阿玛，茹阿玛·茹阿玛，哈瑞·哈瑞（*Hare Kṛṣṇa*，*Hare Kṛṣṇa*，*Kṛṣṇa Kṛṣṇa*，*Hare Hare/ Hare Rāma*，*Hare Rāma*，*Rāma Rāma*，*Hare Hare*）”是奎师那最为纯粹的代表。祭祀动物，有时也受到推荐。但在以唱颂哈瑞·奎师那为形式所做的祭祀中根本不存在暴力的问题。它最为简单、至为纯粹。世上任何崇高的事物，都是奎师那的代表。因此，世上最巍峨的喜玛拉雅山，也代表了奎师那。前一节诗提到名为梅茹的大山。梅茹山有时可动，但喜玛拉雅山永不移动。因此，喜玛拉雅山比梅茹山更伟大。

诗节 26

अश्वत्थः सर्ववृक्षाणां देवर्षीणां च नारदः ।
गन्धर्वाणां चित्ररथः सिद्धानां कपिलो मुनिः ॥ २६ ॥

aśvatthaḥ sarva-vṛkṣāṇāṁ
devarṣīṇāṁ ca nāradaḥ
gandharvāṇāṁ citrarathaḥ
siddhānāṁ kapilo muniḥ

aśvatthaḥ—榕树；*sarva-vṛkṣāṇām*—在所有树木中；*devarṣīṇām*—所有半神人的圣贤当中；*ca*—和；*nāradaḥ*—拿拉达；*gandharvāṇām*—歌仙星球的居民中；*citrarathaḥ*—祺陀拉塔；*siddhānām*—在所有臻达完美的人中；*kapilaḥ muniḥ*—卡皮腊·牟尼。

译文　在树木中，我是榕树；在半神人的圣贤之中，我是拿拉达；在歌仙（Gandharvas 甘达瓦）中，我是祺陀拉塔（Citraratha）；在所有臻达完美的人中，我是圣人卡皮腊。

要旨　榕树（aśvattha）是最高、最美的树之一。在印度，人们把崇拜它作为每天早晨的仪式之一。在半神人之中，他们也崇拜拿拉达。拿拉达被公认为宇宙间最伟大的奉献者。因此，他是以奉献者的身份代表着奎师那。歌仙星宿上的生物都善于唱歌，最好的歌手是祺陀拉塔（Citraratha）。在完美的生物之中，黛瓦瑚缇之子卡皮腊是奎师那的代表，他被公认为是奎师那的化身，《圣典博伽瓦谭》提到了他的哲学。后来，出现了另一个闻名于世的卡皮拉，但他的哲学是无神论的哲学。这两者之间有着天壤之别。

诗节 27

उच्चैःश्रवसमश्वानां विद्धि माममृतोद्भवम् ।
ऐरावतं गजेन्द्राणां नराणां च नराधिपम् ॥ २७ ॥

uccaiḥśravasam aśvānāṁ
viddhi mām amṛtodbhavam
airāvataṁ gajendrāṇāṁ
narāṇāṁ ca narādhipam

uccaiḥśravasam—乌柴刷瓦；*aśvānām*—在马群中；*viddhi*—知道；*mām*—我；*amṛta-udbhavam*—诞生于搅拌甘露的；*airāvatam*—艾拉瓦塔；*gajendrāṇām*—尊贵的大象中；*narāṇām*—人类中；*ca*—和；*narādhipam*—君王。

译文 **要知道，在马群中，我是乌柴刷瓦（Uccaiḥśravā），生于搅拌甘露的海洋；在尊贵的大象中，我是艾拉瓦塔（Airāvata）；在人类之中，我为君王。**

要旨 半神人（奉献者）和恶魔（asuras 阿修罗）一起搅拌海洋，结果海洋中产出了甘露和毒液。希瓦神喝下了毒液。从甘露之中，生出了许多生物，其中有一匹叫乌柴刷瓦（Uccaiḥśravā）的马。另一个从甘露中产生的动物是大象艾拉瓦塔（Airāvata）。这两个动物都生于甘露之中，意义特别，是奎师那的代表。

人类之中，一国之君是奎师那的代表，因为奎师那是宇宙的维系者；因其神性品质而获君权的国王是王国的维系者。像尤帝士提尔大君（Mahārāja Yudhiṣṭhira）、帕瑞士大君（Mahārāja Parīkṣit）和主茹阿玛（Rāma）那样的国君都是非常公正的国君，总是想着人民的疾苦。在韦达经典中，国王被认为是神的代表。但在这个年代，随着宗教原则（dharma 道德正法）的瓦解，君王腐化变质，最终被废除了。然而我们要明白，在过去，人们在公正的国王治理下更为快乐幸福。

诗节 28

आयुधानामहं वज्रं धेनूनामस्मि कामधुक् ।
प्रजनश्चास्मि कन्दर्पः सर्पाणामस्मि वासुकिः ॥ २८ ॥

āyudhānām ahaṁ vajraṁ
dhenūnām asmi kāmadhuk
prajanaś cāsmi kandarpaḥ
sarpāṇām asmi vāsukiḥ

āyudhānām—所有武器中；*aham*—我是；*vajram*—霹雳；*dhenūnām*—母牛中；*asmi*—我是；*kāmadhuk*—苏拉比母牛；*prajanaḥ*—生儿育女的原因中；*ca*—和；*asmi*—我是；*kandarpaḥ*—丘比特（坎达琶）；*sarpāṇām*—蛇类中；*asmi*—我是；*vāsukiḥ*—瓦苏奎。

译文　在武器之中，我是雷电霹雳；在奶牛之中，我是苏拉比（Surabhi）；**在生殖的原因中，我是爱神坎达琶**（Kandarpa）；**在天蛇**（Sarpāṇa）**之中，我是瓦苏奎**（Vāsuki）。

要旨　霹雳的确是威力强大的武器，它代表着奎师那的力量。在灵性世界的奎师那楼卡（Kṛṣṇaloka），有可以随时供奶的无量奶牛，按需供应。这样的无量奶牛当然不会存在于这个物质世界，但在奎师那楼卡却是存在的。绝对真理有很多这种奶牛，他们的名字叫作苏拉比无量奶牛（Surabhi）。据说博伽梵也牧养这些无量奶牛。坎达琶（Kandarpa）是生育优秀子女的性欲，因此坎达琶是奎师那的代表。性有时候仅仅被用于感官享乐，这样的性不能代表奎师那。但为了生育优秀儿女的性叫坎达琶，代表了奎师那。

诗节 29

अनन्तश्चास्मि नागानां वरुणो यादसामहम् ।
पितॄणामर्यमा चास्मि यमः संयमतामहम् ॥ २९ ॥

anantaś cāsmi nāgānāṁ
varuṇo yādasām aham

pitṝṇām aryamā cāsmi
yamaḥ saṁyamatām aham

> *anantaḥ*—阿南塔；*ca*—还有；*asmi*—我是；*nāgānām*—多头天龙中；*varuṇaḥ*—水神；*yādasām*—所有水生物中；*aham*—我是；*pitṝṇām*—祖先中；*aryamā*—阿延玛；*ca*—还有；*asmi*—我是；*yamaḥ*—死亡的控制者；*saṁyamatām*—所有管理者中；*aham*—我是。

译文　在天龙（Nāga）中，我是阿南塔（Ananta）；在水生物中，我是半神人瓦茹拿（Varuṇa）；在已逝的祖先中，我是阿延玛（Aryamā）；在执法者中，我是死亡之主阎罗王（Yama）。

要旨　在多头天龙（Nāga 那嘎）中，阿南塔最大；在水生物中，半神人瓦茹拿最伟大。两者都代表了奎师那。还有一个祖先星宿（Pitrloka），由阿延玛（Aryamā）统治，他代表了奎师那。有很多惩罚恶徒的生物，阎罗王（Yama）是其首领。阎罗王处在离地球不远的星宿上。那些罪大恶极者死后要在那里投生，接受阎罗王对他们的不同惩罚。

诗节 30

प्रह्लादश्चास्मि दैत्यानां कालः कलयतामहम् ।
मृगाणां च मृगेन्द्रोऽहं वैनतेयश्च पक्षिणाम् ॥ ३० ॥

prahlādaś cāsmi daityānāṁ
kālaḥ kalayatām aham
mṛgāṇāṁ ca mṛgendro ‹haṁ
vainateyaś ca pakṣiṇām

> *prahlādaḥ*—帕拉德；*ca*—还有；*asmi*—我是；*daityānām*—恶魔中；*kālaḥ*—时间；*kalayatām*—征服者中；*aham*—我是；*mṛgāṇām*—在动物中；*ca*—和；*mṛgendraḥ*—狮子；*aham*—我是；*vainateyaḥ*—嘎茹达；*ca*—还有；*pakṣiṇām*—飞禽中。

译文　在迪缇亚（Daityas）恶魔中，我是虔诚的帕拉德（Prahlāda）；在征服者中，我是时间；在走兽中，我是狮子；在飞禽中，我是嘎茹达（Garuḍa）。

要旨 迪缇（Diti）和阿迪缇（Āditi）是两姊妹。阿迪缇之子叫作阿迪缇亚（Ādityas 天人），迪缇之子叫作迪缇亚（Daityas 恶魔）。所有阿迪缇亚都是绝对真理的奉献者，而所有迪缇亚都是无神论者。虽然帕拉德出生于迪缇之家，却从童年起，就是一位伟大的奉献者。因为他的奉爱服务和神圣的天性，他被认为是奎师那的代表。

征服的力量有很多，但时间能磨灭物质宇宙中的一切，所以代表了奎师那。在走兽之中，狮子最凶猛有力；在千百万种飞禽之中，圣维施努的座驾嘎茹达（Garuḍa）最为伟大。

诗节 31

पवनः पवतामस्मि रामः शस्त्रभृतामहम् ।
झषाणां मकरश्चास्मि स्रोतसामस्मि जाह्नवी ॥ ३१ ॥

pavanaḥ pavatām asmi
rāmaḥ śastra-bhṛtām aham
jhaṣāṇāṁ makaraś cāsmi
srotasām asmi jāhnavī

pavanaḥ—风；*pavatām*—所有净化物中；*asmi*—我是；*rāmaḥ*—茹阿玛；*śastra-bhṛtām*—持武器者中；*aham*—我是；*jhaṣāṇām*—所有鱼类中；*makaraḥ*—鲨鱼；*ca*—也；*asmi*—我是；*sro-tasām*—所有河流中；*asmi*—我是；*jāhnavī*—恒河。

译文 在净化物中，我是风；在持武器者中，我是茹阿玛；在鱼群之中，我是鲨鱼；在河流之中，我是恒河。

要旨 所有水族中，鲨鱼是庞然大物之一，最具危险性。这样，鲨鱼代表了奎师那。

诗节 32

सर्गाणामादिरन्तश्च मध्यं चैवाहमर्जुन ।
अध्यात्मविद्या विद्यानां वादः प्रवदतामहम् ॥ ३२ ॥

sargāṇām ādir antaś ca
madhyaṁ caivāham arjuna
adhyātma-vidyā vidyānāṁ
vādaḥ pravadatām aham

sargāṇām——一切创造中；*ādiḥ*—开始；*antaḥ*—结束；*ca*—和；*madhyam*—中间；*ca*—还有；*eva*—肯定地；*aham*—我是；*arjuna*—阿诸纳啊；*adhyātma-vidyā*—灵性知识；*vidyānām*—所有教育中；*vādaḥ*—自然的结论；*pravadatām*—辩论中；*aham*—我是。

译文 **阿诸纳啊！在一切创造中，我是开始，是结束，也是中间。在所有科学中，我是有关自我的灵性科学；对逻辑家来说，我是结论性真理。**

要旨 在被创造的展示中，最初创造的是全部的物质元素。如前所述，宇宙展示由大维施努、孕诞之洋维施努和牛奶之洋维施努创造和维系，然后再由希瓦神毁灭。梵天是第二个创造者。所有创造、维系和毁灭的代理，都是博伽梵物质品质的化身。因此，他是创造之始、之中、之末。

对于高级教育，有很多不同的知识宝典，如四韦达经及其六部增补文献、《终极韦达经》、逻辑学书籍、宗教书籍以及《宇宙古史》。教育书籍共分十四个类别。呈现关于自我觉悟灵性知识（adhyātma-vidyā）的所有这些书籍中——特别是《终极韦达经》——代表着奎师那。

逻辑学家中有多种不同的论辩。一方的论据在支持自己观点的同时，也支持对方的观点，叫“支持双方论据（jalpa）”；仅想击败反方，叫 vitaṇḍā；但最后真正的结论，叫 vāda。这结论性的真理是奎师那的代表。

诗节 33

अक्षराणामकारोऽस्मि द्वन्द्वः सामासिकस्य च ।
अहमेवाक्षयः कालो धाताहं विश्वतोमुखः ॥ ३३ ॥

akṣarāṇām a-kāro 'smi
dvandvaḥ sāmāsikasya ca
aham evākṣayaḥ kālo
dhātāhaṁ viśvato-mukhaḥ

akṣarāṇām—在字母中；*akāraḥ*—首字母；*asmi*—我是；*dvandvaḥ*—双韵词；*sāmāsikāsya*—复合词中；*ca*—和；*aham*—我是；*eva*—肯定；*akṣayaḥ*—永恒的；*kālaḥ*—时间；*dhātā*—创造者；*aham*—我是；*viśvato-mukhaḥ*—梵天。

译文　在字母中，我是字母之首“A”；在合成词中，我是双韵复合词。我也是无穷无尽的时间；在创造者中，我是布茹阿玛（Brahma 梵天）。

要旨　梵文“A-kāra”，是韦达经典之始，没有“A-kāra”，什么音都发不出来。因此，它也是声音之始。梵文里也有很多复合词，如“茹阿玛 - 奎师那（rāma-kṛṣṇa）”，叫作双韵复合词（dvandva）。在这个复合词中，茹阿玛（rāma）和奎师那（kṛṣṇa）具有同样的形式，因此，这种复合词被称为双韵复合词。

在一切杀手中，时间是最终极的，因为时间能毁灭一切。时间是奎师那的代表，因为时间一到，烈火就会燃烧，毁灭一切。

创造者和生物以四首梵天为首。因此，他是博伽梵奎师那的代表。

诗节 34

मृत्युः सर्वहरश्चाहमुद्भवश्च भविष्यताम् ।
कीर्तिः श्रीर्वाक्च नारीणां स्मृतिर्मेधा धृतिः क्षमा ॥ ३४ ॥

mṛtyuḥ sarva-haraś cāham
udbhavaś ca bhaviṣyatām
kīrtiḥ śrīr vāk ca nārīṇām

smṛtir medhā dhṛtiḥ kṣamā

mṛtyuḥ—死亡；*sarva-haraḥ*—吞灭一切的；*ca*—还有；*aham*—我是；*udbhavaḥ*—创造；*ca*—还有；*bhaviṣyatām*—未来的展示中；*kīrtiḥ*—声名；*śrīḥ vāk*—动听的言语；*ca*—还有；*nārīṇām*—女性的；*smṛtiḥ*—记忆；*medhā*—智慧；*dhṛtiḥ*—坚定；*kṣamā*—忍耐。

译文　我是吞没一切的死亡，我是未来一切事物的创造原则。在女性中，我是声名、幸运、嘉言、记忆、智慧、坚韧、忍耐。

要旨　人从降生起，每时每刻都在死亡。因此，死亡每时每刻都在吞没每一个生物，但最后的一切才叫作死亡本身，那个死亡就是奎师那。在未来的发展中，一切生物都要经过六种基本变化——出生，成长，持续一段时间，繁殖，衰退，最后消失。在这些变化中，从子宫中分娩是第一个，这一变化就是奎师那。最初的出生是所有未来活动的开始。

所列的七种富裕——声名、幸运、嘉言、记忆、智慧、坚韧、忍耐——都是阴性的。一位女性若全部或部分地拥有这些富裕，就会变得光彩照人。人若以正义之士而闻名，则会声名显赫。梵文是一种完美的语言，因而显得无比荣耀。如果研习之后能记住一个题旨，便是天赋记忆好（smṛt）的人。无需博览群书，却能融会贯通，并适时应用的人，就拥有另一种富裕——智慧（medhā）。克服动摇的能力叫作坚韧（dhṛti）。品格完全，谦卑文雅，苦乐不惊，平稳持重，这样的人拥有忍耐（kṣamā）这种富裕。

（女性——在韦达文献中我们发现，许许多多事物都有人格化身。就像物质能量的人格化身是被称为玛亚的女性，知识的人格化身是被称为萨茹阿斯瓦缇的女性一样，这节诗中提到的名望、幸运、记忆等的人格化身也都是女性。）

诗节 35

बृहत्साम तथा साम्नां गायत्री छन्दसामहम् ।
मासानां मार्गशीर्षोऽहमृतूनां कुसुमाकरः ॥ ३५ ॥

bṛhat-sāma tathā sāmnāṁ
gāyatrī chandasām aham
māsānāṁ mārga-śīrṣo 'ham
ṛtūnāṁ kusumākaraḥ

bṛhat-sāma—《大萨玛颂》; *tathā*—还有; *sāmnām*—《萨玛韦达》的颂歌中; *gāyatrī*—嘎雅垂赞歌; *chandasām*—所有赞诗中; *aham*—我是; *māsānām*—月份中; *mārga-śīrṣo 'ham*—十一月至十二月; *aham*—我是; *ṛtūnām*—所有季节中; *kusumākaraḥ*—春天。

译文　在《萨玛韦达》的颂歌中，我是《大萨玛颂》(*Bṛhat-sāma*)；在诗歌中，我是嘎雅垂曼陀 (Gāyatrī mantra)。在月份中，我是玛嘎月 (Mārga-śīrṣa 十一到十二月)；在季节中，我是鲜花盛开的春天。

要旨　博伽梵已经解释过，在韦达经中，他是《萨玛韦达》(*Sāma Veda*)。不同的半神人演唱的美妙歌曲，在《萨玛韦达》中比比皆是。其中一种是《大萨玛颂》(*Bṛhat-sāma*)，曲调别致，唱于午夜之时。

在梵文中，诗歌是有一定的规则的，节奏和韵律都不是像许多现代诗一样可任意乱写的。在格律诗中，由够资格的婆罗门念颂的嘎雅垂曼陀 (Gāyatrī mantra) 最为重要。《圣典博伽瓦谭》提到过它。因为这个嘎雅垂曼陀是特别用于觉悟神的，因此，它代表了博伽梵。这个曼陀是为灵性上已有相当进步的人而设的。成功地念颂这个曼陀，就能进入绝对真理的超然所在。要念颂嘎雅垂曼陀，首先必须获得完美安处者的品质，即在物质自然法律下的善良品质。嘎雅垂曼陀在韦达文明中非常重要，被认为是梵的声音化身。由梵天初创，又通过他在使徒传系中传下来。

十一到十二月份是一年之中最好的时期。因为在印度，这正是收割五谷的时节，人们都兴高采烈。当然，谁都不会不喜欢春天，因为天气不太冷又不太热，树木抽芽，百花盛开，姹紫嫣红。春天里，也有很多忆念奎师那的逍遥活动的庆典，因此，春季是四季中最欢乐的季节，是博伽梵奎师那的代表。

诗节 36

द्यूतं छलयतामस्मि तेजस्तेजस्विनामहम् ।
जयोऽस्मि व्यवसायोऽस्मि सत्त्वं सत्त्ववतामहम् ॥ ३६ ॥

dyūtaṁ chalayatām asmi
tejas tejasvinām aham
jayo 'smi vyavasāyo 'smi
sattvaṁ sattvavatām aham

dyūtam—赌博；*chalayatām*—所有骗术中；*asmi*—我是；*tejaḥ*—壮丽辉煌；*tejasvinām*—在一切华丽的事物中；*aham*—我是；*jayaḥ*—胜利；*asmi*—我是；*vyavasāyaḥ*—进取心，冒险精神；*asmi*—我是；*sattvam*—力量；*sattvavatām*—强者的；*aham*—我是。

译文　在欺骗中，我是赌博；我是华丽事物中的辉煌；我是胜利；我是冒险，我是强者的力量。

要旨　宇宙之中，有形形色色的骗子。骗术之中，赌博居首，因此代表了奎师那。身为至尊，奎师那的骗术可以比任何凡人的更高明。如果奎师那选择骗人，无人能高过他。他的伟大不是单方面的，而是全方位的。

他是赢者的胜利。他是豪华中的富丽堂皇。在进取和实干者之中，他最富进取心，最实干。在冒险家中，他最能冒险。在强者当中，他最强健。当奎师那显现在地球上时，无人能在力量上胜过他。他在童年时就举起了哥瓦丹山（Govardhana）。谁也不能在骗术上赢过他，谁也不能在富丽上超过他；谁也不能在胜利方面优于他；谁也不能在进取之中胜过他，谁也不能在力量上大过他。

诗节 37

वृष्णीनां वासुदेवोऽस्मि पाण्डवानां धनञ्जयः ।
मुनीनामप्यहं व्यासः कवीनामुशना कविः ॥ ३७ ॥

vṛṣṇīnāṁ vāsudevo 'smi
pāṇḍavānāṁ dhanañjayaḥ

munīnām apy ahaṁ vyāsaḥ
kavīnām uśanā kaviḥ

vṛṣṇīnām—维施尼的后裔中；*vāsudevaḥ*—在杜瓦卡的奎师那；*asmi*—我是；*pāṇḍavānām*—潘达瓦兄弟的；*dhanañjayaḥ*—阿诸纳；*munīnām*—圣贤中；*api*—还有；*aham*—我是；*vyāsaḥ*—所有韦达经典的撰作者维亚萨；*kavīnām*—所有伟大思想家中；*uśanā*—乌善拿；*kaviḥ*—思想家。

译文　在维施尼的后裔中，我是华苏戴瓦（Vāsudeva）**；在潘达瓦兄弟中，我是阿诸纳；在圣哲之中，我是维亚萨；在伟大的思想家中，我是乌善拿**（Uśanā）。

要旨　奎师那是原初的博伽梵，巴拉戴瓦（Baladeva）是奎师那的直接扩展。圣奎师那和巴拉戴瓦都显现为瓦苏戴瓦（Vasudeva）的儿子，所以，他们两个都可称为华苏戴瓦（Vāsudeva）。从另一个角度来看，因为奎师那从未离开过温达文，那么在其他地方显现的奎师那的所有形体，便都是他的扩展。华苏戴瓦是奎师那的直接扩展，所以，华苏戴瓦与奎师那无二无别。不言而喻，《博伽梵歌》这节诗中的华苏戴瓦，指的是巴拉戴瓦或巴拉茹阿玛（Balarāma），因为他是所有化身的始源，所以，他是华苏戴瓦的来源。博伽梵有直接的“个人扩展（svāṁśa）”，还有“分离扩展（vibhinnāṁśa 生物）”。

潘度诸子中，阿诸纳以达南佳亚（Dhanañjaya）闻名于世。他是人中俊杰，因此代表着奎师那。在有学识的精通韦达知识的圣哲中，维亚萨最伟大，为了帮助这个卡利（Kali 铁器）年代的众生了解韦达知识，他从很多方面作了解释。维亚萨也被认为是奎师那的化身，因此，维亚萨也代表了奎师那。“思想家（kavis）”是那些对任何题旨都能思考透彻的人。“思想家（kavis）”之中乌善拿（Uśanā）——舒卡查亚（Śukrācārya）是恶魔的灵性导师，他聪明绝顶，目光远大，堪称政治家，因此，舒卡查亚是奎师那富裕的另一代表。

诗节 38

दण्डो दमयतामस्मि नीतिरस्मि जिगीषताम् ।
मौनं चैवास्मि गुह्यानां ज्ञानं ज्ञानवतामहम् ॥ ३८ ॥

daṇḍo damayatām asmi
nītir asmi jigīṣatām
maunaṁ caivāsmi guhyānāṁ
jñānaṁ jñānavatām aham

daṇḍaḥ—惩罚；*damayatām*—在所有抑制方法中；*asmi*—我是；*nītiḥ*—道德；*asmi*—我是；*jigīṣatām*—在追求成功者中；*maunam*—沉默；*ca*—和；*eva*—还有；*asmi*—我是；*guhyānām*—在秘密中；*jñānam*—知识；*jñānavatām*—智者中；*aham*—我是。

译文　在抑制不法行为的所有方法中，我是惩罚；在追求成功者中，我是道德；在秘密中，我是沉默；在智者中，我是智慧。

要旨　对付不法行为，有很多办法，其中最重要的是杀掉邪恶之徒。当邪恶之徒受惩时，惩罚者就代表了奎师那。那些想在某个活动领域求取成功的人中，最无往不利的因素是道德。在聆听、思想、冥想的机密活动中，沉默最为重要，因为沉默能助人大步前进。智者指的是能区分物质与灵性，能区分神的高等本性和低等本性的人。这些知识就是奎师那本人。

诗节 39

यच्चापि सर्वभूतानां बीजं तदहमर्जुन ।
न तदस्ति विना यत्स्यान्मया भूतं चराचरम् ॥ ३९ ॥

yac cāpi sarva-bhūtānāṁ
bījaṁ tad aham arjuna
na tad asti vinā yat syān
mayā bhūtaṁ carācaram

yat—无论什么；*ca*—还有；*api*—或许；*sarva-bhūtānām*—一切创造中；*bījam*—种子；*tat*—那；*aham*—我是；*arjuna*—阿诸纳啊；*na*—不；*tat*—那；*asti*—有；*vinā*—没有；*yat*—那；*syāt*—存在；*mayā*—我；*bhūtam*—创造；*carācaram*—动的和不动的。

译文　还有，阿诸纳呀！我是孕育一切存在的种子。没有我，就没有任何生物的存在，无论动的或不动的。

要旨　凡事皆有因，那个因或展示的种子就是奎师那。没有奎师那的能量，什么都不存在；因此，他被称为“无所不能”。没有他的全能，不论是动的还是不动的，全都不存在。不是以奎师那的能量为基础的存在，叫作假象（māyā），即“那不是真的”。

诗节 40

नान्तोऽस्ति मम दिव्यानां विभूतीनां परन्तप ।
एष तूद्देशतः प्रोक्तो विभूतेर्विस्तरो मया ॥ ४० ॥

nānto 'sti mama divyānāṁ
vibhūtīnāṁ parantapa
eṣa tūddeśataḥ prokto
vibhūter vistaro mayā

na—永无；*antaḥ*—止境；*asti*—有；*mama*—我的；*divyānām*—神圣的；*vibhūtīnam*—富裕；*parantapa*—敌人的征服者啊；*eṣaḥ*—所有这；*tu*—只是；*uddeśataḥ*—作为例子；*proktaḥ*—说及；*vibhūteḥ*—富裕；*vistaraḥ*—扩展；*mayā*—由我。

译文　强大的克敌者啊！我神圣的展示永无止境。我对你说的，只是我无限富裕的一点提示。

要旨　如韦达经典所言，至尊的富裕和能量虽然可用各种方式理解，但这些富裕无穷无尽，所以不可能解释全部的富裕和全部的能量。给阿诸纳描述的，仅为极少数几个例子，为的是要满足他的好奇心。

诗节 41

यद्यद्विभूतिमत्सत्त्वं श्रीमदूर्जितमेव वा ।
तत्तदेवावगच्छ त्वं मम तेजोऽंशसम्भवम् ॥ ४१ ॥

yad yad vibhūtimat sattvaṁ
śrīmad ūrjitam eva vā
tat tad evāvagaccha tvaṁ
mama tejo-'ṁśa-sambhavam

yat yat—无论什么；*vibhūti*—富裕；*mat*—拥有；*sattvam*—存在；*śrīmat*—美丽的；*ūrjitam*—光荣的；*eva*—肯定地；*vā*—或；*tat tat*—所有那些；*eva*—肯定地；*avagaccha*—必须知道；*tvam*—你；*mama*—我的；*tejaḥ*—辉煌；*aṁśa*—一部分；*sambhavam*—生于。

译文 **要知道，一切富裕、美丽、灿烂的创造，全来自我辉煌的一闪。**

要旨 应该明白，任何灿烂、美丽的存在，无论是在灵性世界，还是在物质世界，都是奎师那富裕的零星展示。任何不同寻常的富裕都该认为代表了奎师那的富裕。

诗节 42

अथवा बहुनैतेन किं ज्ञातेन तवार्जुन ।
विष्टभ्याहमिदं कृत्स्नमेकांशेन स्थितो जगत् ॥ ४२ ॥

atha vā bahunaitena
kiṁ jñātena tavārjuna
viṣṭabhyāham idaṁ kṛtsnam
ekāṁśena sthito jagat

athavā—或；*bahunā*—很多；*etena*—由这种；*kim*—什么；*jñātena*—知道；*tava*—你的；*arjuna*—阿诸纳啊；*viṣṭabhya*—遍透；*aham*—我；*idam*—这；*kṛtsnam*—整个；*eka*—由一；*aṁśena*—部分；*sthithaḥ*—处于；*jagat*—宇宙。

译文 **阿诸纳，你又何须逐一认识这一切呢？我的一小部分就足以遍透和维系整个宇宙。**

要旨 在整个物质宇宙中，代表博伽梵的是他进入万物的超灵。绝对真理在这里告诉阿诸纳，只理解事物在其游离的富裕和宏伟中是怎样存在的，毫无意义。应该明白，事物之所以存在，是由于奎师那以超灵进入其中。从最庞大的生物布茹阿玛（Brahma 梵天）到最小的蚂蚁，一切的存在都是因为绝对真理进入了每一个生物中，并且维系着一切。

有一个宗教团体经常宣称，对任何一个半神人的崇拜都将导向博伽梵，或达到至高无上的目标。但在这里完全不鼓励崇拜半神人，因为即使是最伟大的半神人如梵天和希瓦，都仅代表了博伽梵的部分富裕。奎师那是每一个生物的根源，没有人比他更伟大。他是谁也无法超越，谁也无法等同于他的那一位（asamaurdhva）。《宇宙古史·莲花之部》（*Padma Purāṇa*）中说，那些认为博伽梵奎师那与半神人同属一类——即使是梵天或希瓦这样的半神人——的人，立即会成为无神论者。但是，如果谁透彻地研习描述奎师那能量的富裕和扩展的不同内容，谁就能毫无疑惑地了解博伽梵奎师那的地位，将心意专注于崇拜奎师那，不偏不离。绝对真理以超灵的身份无所不在，超灵进入万物之中，是奎师那的部分扩展。因此，纯粹奉献者在全然的奉爱服务中，将心意专注于奎师那知觉，因此他们的地位永远超然。奉爱服务和崇拜奎师那在这一章 8-11 诗节，有清楚的指示。那是纯粹的奉爱服务之道。如何能达到奉爱的最高、最完美的境界？与博伽梵直接联谊，在这一章里有详细的解释。圣巴拉戴瓦·维迪亚布善（Śrīla Baladeva Vidyābhūṣaṇa），一位处在从奎师那起始的使徒传系中的灵性宗师（ācārya），对这一章有这样的评述：即使是强大的太阳，也是从圣奎师那的强大能量中获得力量的，奎师那的部分扩展维系了整个世界。因此，博伽梵奎师那是最值得崇拜的。

巴克提维丹塔（*Bhaktivedanta*）阐释圣典《博伽梵歌》第十章“绝对者的富裕”至此结束。

第十一章

宇宙形体

世尊奎师那把神圣的视域赐给阿诸纳，而且展示了恢宏壮观的宇宙形体，确定无疑地证实了他的神圣性。奎师那阐明他那完美无缺的人类形体就是神的原始形体，只有通过纯粹的奉爱服务才能知觉到这一形体。

诗节 1

अर्जुन उवाच
मदनुग्रहाय परमं गुह्यमध्यात्मसंज्ञितम् ।
यत्त्वयोक्तं वचस्तेन मोहोऽयं विगतो मम ॥ १ ॥

arjuna uvāca
mad-anugrahāya paramaṁ
guhyam adhyātma-saṁjñitam
yat tvayoktaṁ vacas tena
moho 'yaṁ vigato mama

arjunaḥ uvāca—阿诸纳说；*mat-anugrahāya*—只是为了向我展示仁慈；*paramam*—至尊的；*guhyam*—机密的主题；*adhyātma*—灵性的；*saṁjñitam*—在……问题上；*yat*—什么；*tvayā*—由您；*uktam*—讲说；*vacaḥ*—话语；*tena*—借此；*mohaḥ*—幻象；*ayam*—这；*vigataḥ*—被消除；*mama*—我的。

译文　阿诸纳说：您仁慈地把这些机密的灵性知识传授给我。聆听了您的教导，我幻念尽消。

要旨　本章揭示了奎师那即是万原之原。他甚至是流生出这个物质宇宙的大维施努（Mahā-Viṣṇu）的源头。奎师那不是化身，而是所有化身之源。这在上一章已有彻底的解释。

现在，阿诸纳说自己的幻念已被一扫而空。这意味着阿诸纳不再认为奎师那只是普通常人，是他的朋友而已，而是万物的根源。阿诸纳深受启悟，并为有奎师那这么伟大的朋友而高兴，但现在他在想，虽然自己可能接受奎师那为万物之源，其他人则未必如此。所以，为了向所有的人确立奎师那的神性，在这一章，他要请求奎师那显示他的宇宙形体。实际上，看到奎师那的宇宙形体的人，就会像阿诸纳一样变得恐惧起来，但奎师那很仁慈，展示宇宙形象后，又恢复了原初形象。奎师那说过好几次，这些讲述全是为了阿诸纳好，对此阿诸纳由衷地赞同。阿诸纳承认，在他身上所发生的这一切，全都是奎师那的恩典。他现在已确信，奎师那是万原之原，并且作为超灵，居于众生心中。

诗节 2

भवाप्ययौ हि भूतानां श्रुतौ विस्तरशो मया ।
त्वत्तः कमलपत्राक्ष माहात्म्यमपि चाव्ययम् ॥ २ ॥

bhavāpyayau hi bhūtānāṁ
śrutau vistaraśo mayā
tvattaḥ kamala-patrākṣa
māhātmyam api cāvyayam

bhava—显现；*apyayau*—隐没；*hi*—肯定地；*bhūtānām*—所有生物的；*śrutau*—已经听过；*vistaraśaḥ*—详细的；*mayā*—由我；*tvattaḥ*—从您；*kamala-patrākṣa*—眼如莲花的人啊；*māhātmyam*—荣耀；*api*—还有；*ca*—和；*avyayam*—无穷无尽的。

译文　眼如莲花的人啊！我已详尽地聆听了您对一切众生显现与隐没的讲述，我已认识到您无穷无尽的荣耀。

要旨　阿诸纳按捺不住喜乐，称博伽梵奎师那为"眼如莲花的人"（奎师那的眼睛就像莲花瓣一样），因为奎师那已在前一章使他确信了："对于世界上一切灵性与物质的事物，我既是起源，又是瓦解（*ahaṁ kṛtsnasya jagataḥ prabhavaḥ pralayas tathā*）。"阿诸纳已详尽地从绝对真理那里聆听过这些，而且还进一步地知道，虽然他是一切显现和隐没的根源，他却远离一切。像绝对真理在第九章所说的一样，他虽遍存万有，却不亲临各处。这就是奎师那不可思议的富裕，阿诸纳自己说对此已是彻底地了解了。

诗节 3

एवमेतद्यथात्थ त्वमात्मानं परमेश्वर ।
द्रष्टुमिच्छामि ते रूपमैश्वरं पुरुषोत्तम ॥ ३ ॥

evam etad yathāttha tvam
ātmānaṁ parameśvara
draṣṭum icchāmi te rūpam
aiśvaraṁ puruṣottama

evam—如此；*etat*—这；*yathā*—原本地；*āttha*—讲说；*tvam*—您；*ātmānam*—您自己；*parameśvara*—博伽梵啊；*draṣṭum*—被看见；*icchāmi*—我希望；*te*—您的；*rūpam*—形象；*aiśvaram*—神圣的；*puruṣottama*—最优秀的人啊。

译文　最伟大的人啊！至尊无上的形体啊！虽然我在这里看到了真实地位中的您，就如同您自己描述的一样，但我仍想看看您是怎样进入这宇宙展示的。我想看到您的宇宙形体。

要旨　博伽梵说，因为他以亲身代表进入了物质宇宙，宇宙展示才成为可能，而且延续不断。现在，阿诸纳本人已被奎师那的话启迪。然而，后人或许会以为奎师那不过是普通常人；为了说服他们，阿诸纳想实际地看到奎师那的宇宙形体，看到奎师那如何在宇宙之内活动，尽管奎师那是在宇宙之外。阿诸纳称博伽梵为最伟大的人——菩茹首塔玛（Puruṣottama 至尊者），这也是意蕴深刻的。博伽梵是博伽梵，因此也在阿诸纳之内，知道阿诸纳的愿望。他能明白，阿诸纳只是看到奎师那的个人形体，已是完全满足，并没有看到奎师那宇宙形体的特别愿望。但博伽梵也明白，阿诸纳想看宇宙形体，为的是说服其他人。他自己并没有任何需要证实的念头。奎师那也明白，阿诸纳想看宇宙形体是为了建立标准，因为将来定会有很多自诩为神的化身的假冒者。因此，人们应该小心，一个自称是奎师那的人，应该随时准备展示他的宇宙形体，向人们证实他所说的话。

诗节 4

मन्यसे यदि तच्छक्यं मया द्रष्टुमिति प्रभो ।
योगेश्वर ततो मे त्वं दर्शयात्मानमव्ययम् ॥ ४ ॥

manyase yadi tac chakyaṁ
mayā draṣṭum iti prabho
yogeśvara tato me tvaṁ
darśayātmānam avyayam

manyase—您认为；*yadi*—如果；*tat*—那；*śakyam*—能够；*mayā*—由我；*draṣṭum*—看见；*iti*—如此；*prabho*—主啊；*yogeśvara*—一切神秘力量之主啊；*tataḥ*—那么；*me*—向我；*tvam*—您；*darśaya*—展示出；*ātmānam*—您自己；*avyayam*—永恒的。

译文　我的主，一切玄秘力量之主啊！如果您认为我能看您的宇宙形体，那就请您仁慈地向我显示您那无限的宇宙自我吧！

要旨　据说，以物质的感官，人既不能看到、听到，也不能理解或感知博伽梵奎师那。但如果从一开始就从事于对博伽梵的超然爱心服务，就会通过启示而看到主。每一生物都只是灵性火花，因此不可能看见，也不能理解博伽梵。作为奉献者，阿诸纳并不依靠他的思辨能力，相反，他承认自己作为生物的局限性，承认奎师那的不可思议的地位。阿诸纳明白，生物无法理解无边无际的无限。如果无限者自己显示，那么由于这份恩慈，才有可能理解绝对真理的无限性。“yogeśvara（一切玄密力量之主）”一词也很有意义，因为绝对真理有不可思议的力量。如果他喜欢，他可以透过他的恩典展示自己，尽管他无边无际。所以，阿诸纳祈求得到奎师那不可思议的恩典。他并不是在对奎师那发号施令。除非人在奎师那知觉中完全皈依，并从事奉爱服务，否则，奎师那并无义务展示自己。因此，凭仗心智思辨的人，不可能看见奎师那。

诗节 5

श्रीभगवानुवाच
पश्य मे पार्थ रूपाणि शतशोऽथ सहस्रशः ।
नानाविधानि दिव्यानि नानावर्णाकृतीनि च ॥ ५ ॥

śrī-bhagavān uvāca
paśya me pārtha rūpāṇi
śataśo ‹tha sahasraśaḥ
nānā-vidhāni divyāni
nānā-varṇākṛtīni ca

śrī bhagavān uvāca—博伽梵说；*paśya*—瞧；*me*—我的；*pārtha*—菩瑞塔之子啊；*rūpāṇi*—形体；*śataśaḥ*—数百的；*atha*—还有；*sahasraśaḥ*—数千的；*nānā-vidhāni*—奇异多姿的；*divyāni*—神圣的；*nānā*—缤纷各异的；*varṇa*—色彩；*akṛtīni*—形体；*ca*—还有。

译文　博伽梵说：我亲爱的阿诸纳，菩瑞塔之子呀！你现在看我的富裕吧——成千上万的形体，种类殊多，神圣而多彩。

要旨　阿诸纳想看到奎师那的宇宙形体，这形体虽超然，但只是为了宇宙展示而展示的，因而也受制于物质自然的短暂时间。物质自然又展示又未展示，同样，奎师那的这个宇宙形体也展示也不展示。这并不像奎师那的其他形体那样永恒地处在灵性天空。对奉献者来说，谁也不会急切地想看到这宇宙形体，但因为阿诸纳想这样来看看奎师那，奎师那就显示了这一形体。普通人不可能看到这个宇宙形体，必须要奎师那赐予他看的能力才行。

诗节 6

पश्यादित्यान्वसून्रुद्रानश्विनौ मरुतस्तथा ।
बहून्यदृष्टपूर्वाणि पश्याश्चर्याणि भारत ॥ ६ ॥

paśyādityān vasūn rudrān
aśvinau marutas tathā
bahūny adṛṣṭa-pūrvāṇi
paśyāścaryāṇi bhārata

paśya—看；*ādityān*—阿迪缇的十二个儿子；*vasūn*—八位瓦苏；*rudrān*—茹陀罗的十一个形象；*aśvinau*—两位阿士维尼；*marutaḥ*—四十九位玛茹祺（雷电仙）；*tathā*—还有；*bahūni*—很多；*adṛṣṭa*—你没有看见过的；*pūrvāṇi*—以前；*paśya*—看到；*āścaryāṇi*—所有奇妙的景象；*bhārata*—巴拉塔人中的俊杰。

译文　巴拉塔的俊杰呀！你会看这里不同的展示：有阿迪缇诸子、诸瓦苏、众茹陀罗、两位阿士维尼·库玛尔，还有所有其他的半神人。看哪！这许许多多的奇妙事物，对谁都是见所未见，闻所未闻的。

要旨 阿诸纳虽然是奎师那的密友，而且是有学问的人中最进步的一个，他也无法了解奎师那的一切。这里说，所有这些形体和展示，都是人们闻所未闻的。现在，奎师那显示了这些奇妙的形体。

诗节 7

इहैकस्थं जगत्कृत्स्नं पश्याद्य सचराचरम् ।
मम देहे गुडाकेश यच्चान्यद्द्रष्टुमिच्छसि ॥ ७ ॥

ihaika-sthaṁ jagat kṛtsnaṁ
paśyādya sa-carācaram
mama dehe guḍākeśa
yac cānyad draṣṭum icchasi

iha—在这；*ekastham*—在一个地方；*jagat*—宇宙；*kṛtsnam*—完整地；*paśya*—看见；*adya*—立即；*sa*—与；*cara*—能动的；*acaram*—不能动的；*mama*—我的；*dehe*—在这个身体中；*guḍākeśa*—阿诸纳啊；*yat*—那；*ca*—还有；*anyat*—其他的；*draṣṭum*—看见；*icchasi*—你希望。

译文 **阿诸纳啊！无论你想看什么，都能立即在我的这个躯体中看到！这宇宙形体能呈现你现在想看和将来想看的一切。动的和不动的一切全都在这里，在这一个地方展现。**

要旨 没有人能在一个地方看到整个宇宙。即使是最杰出的科学家，也无法看到宇宙其他部分的情况。但像阿诸纳这样的奉献者却能看见存在于宇宙任何部分的一切事物。奎师那赐他能力可以看他想看的万物，过去的、现在的和将来的。这样，凭着奎师那的恩慈，阿诸纳就能看见万物。

诗节 8

न तु मां शक्यसे द्रष्टुमनेनैव स्वचक्षुषा ।
दिव्यं ददामि ते चक्षुः पश्य मे योगमैश्वरम् ॥ ८ ॥

na tu māṁ śakyase draṣṭum
anenaiva sva-cakṣuṣā
divyaṁ dadāmi te cakṣuḥ
paśya me yogam aiśvaram

na—不；*tu*—但是；*mām*—我；*śakyase*—能够；*draṣṭum*—看见；*anena*—用这双；*eva*—肯定地；*sva-cakṣuṣā*—以你自己的眼睛；*divyam*—神圣的；*dadāmi*—我赐予；*te*—你；*cakṣuḥ*—眼睛；*paśya*—看见；*me*—我的；*yogam aiśvaram*—不可思议的神秘力量。

译文　但你无法用你现在的眼睛看我。因此，我要给你一双神圣的眼睛。请看我神秘的富裕吧！

要旨　纯粹的奉献者除了奎师那双臂的形体外，并不想看其他任何形体中的奎师那。奉献者必须在他的恩典之下才能看到他的宇宙形体，不是用心意，而是用灵性的眼睛。阿诸纳要看到奎师那的宇宙形体，需要改变的不是他的心意，而是眼力。奎师那的宇宙形体并不很重要，这点在以下的诗节中将很清楚地予以说明。然而，因为阿诸纳想看，绝对真理也就赐给了他看那宇宙形体的独特眼力。

对于恰当地处于和奎师那的超然关系的奉献者而言，吸引他们的是挚爱的形象，而不是种种非神性的富裕展示。奎师那的游戏伙伴，奎师那的朋友，奎师那的父母，从来就不需要奎师那展现他的富裕。他们完全沉醉于纯粹的爱之中，甚至不知道奎师那就是博伽梵。在爱的交融之中，他们忘记了奎师那就是博伽梵。《圣典博伽瓦谭》上说，跟奎师那一起玩耍的孩童，全都是高度虔诚的灵魂，只有经历了许多次投生之后，才获得机会与奎师那一起玩耍。这些孩童不知道奎师那就是博伽梵。他们把他当成自己的朋友。所以舒卡戴瓦・哥斯瓦米（Śukadeva Gosvāmī）引颂了这节诗：

itthaṁ satāṁ brahma-sukhānubhūtyā
dāsyaṁ gatānāṁ para-daivatena

māyāśritānāṁ nara-dārakeṇa
sākaṁ vijahruḥ kṛta-puṇya-puñjāḥ

"这就是至尊之人，在伟大的圣贤眼里他是非人格的梵（*Brahmā*），在奉献者眼中他是博伽梵，在常人看来只是物质自然的产物。现在这些以前已做过许许多多虔诚活动的孩童，正在与博伽梵玩耍。"——《圣典博伽瓦谭》（10.12.11）

事实上，奉献者并不关心看不看"Viśva-rūpa（宇宙形象）"的问题，但阿诸纳之所以想看，是要证实奎师那的话，以便将来人们能够了解到，奎师那不仅在理论上，或者说哲学上以至尊者呈现了他本人，而且实际上也这样把自己呈现在阿诸纳面前。阿诸纳必须证实这些，因为他是使徒传系的开始。那些真正有志于了解博伽梵奎师那，并追随阿诸纳的步伐的人应该明白，奎师那不仅在理论上呈现了自己为至尊者，而且也切切实实地以至尊显示了自己。

绝对真理之所以赐阿诸纳看他的宇宙形体所必需的眼力，是因为他知道阿诸纳并不特别想看。这点我们已作了解释。

诗节 9

सञ्जय उवाच
एवमुक्त्वा ततो राजन्महायोगेश्वरो हरि"।
दर्शयामास पार्थाय परमं रूपमैश्वरम् ॥ ९ ॥

sañjaya uvāca
evam uktvā tato rājan
mahā-yogeśvaro hariḥ
darśayām āsa pārthāya
paramaṁ rūpam aiśvaram

sañjayaḥ uvāca—桑佳亚说；*evam*—如此；*uktvā*—说完；*tataḥ*—此后；*rājan*—君王啊；*mahā-yogeśvaraḥ*—最强大的神秘力量者；*hariḥ*—博伽梵奎师那；*darśayāmāsa*—展示；*pārthāya*—向阿诸纳；*paramam*—神圣的；*rūpam aiśvaram*—宇宙形体。

译文　桑佳亚说：王啊，说罢这些，一切玄秘力量之主的——博伽梵，向阿诸纳展示了他的宇宙形体。

诗节 10-11

अनेकवक्त्रनयनमनेकाद्भुतदर्शनम् ।
अनेकदिव्याभरणं दिव्यानेकोद्यतायुधम् ॥ १० ॥
दिव्यमाल्याम्बरधरं दिव्यगन्धानुलेपनम् ।
सर्वाश्चर्यमयं देवमनन्तं विश्वतोमुखम् ॥ ११ ॥

aneka-vaktra-nayanam
anekādbhuta-darśanam
aneka-divyābharaṇaṁ
divyānekodyatāyudham

divya-mālyāmbara-dharaṁ
divya-gandhānulepanam
sarvāścarya-mayaṁ devam
anantaṁ viśvato-mukham

aneka—各式各样的；*vaktra*—口；*nayanam*—眼睛；*aneka*—各式各样的；*adbhuta*—奇异的；*darśanam*—景象；*aneka*—很多；*divya*—神圣的；*ābharaṇam*—装饰品；*divya*—神圣的；*aneka*—各式各样的；*udyata*—高举；*āyudham*—武器；*divya*—神圣的；*mālya*—花环；*ambara*—衣服；*dharam*—穿着；*divya*—神圣的；*gandha*—芳香；*anulepanam*—涂着；*sarva*—一切；*aścaryamayam*—神奇的；*devam*—光芒万丈的；*anantam*—无限的；*viśvataḥ-mukham*—全面遍布的。

译文 **在那宇宙形体里，阿诸纳看到了无数张嘴，无数双眼睛，无数的奇景。这形体佩戴着许多天神的饰物，高举着许多神圣的武器。他戴着神圣的花环，穿着神圣的衣装，躯体上涂满了神圣的香水。一切都是那么神奇，辉煌，无限，向四处扩展。**

要旨 这两节诗中，“许多”一词反复使用表明，阿诸纳所看到的手、口、腿及其他展示都是无穷无尽的。这些展示布满整个宇宙，但由于奎师那的恩典，阿诸纳能坐在一个地方就看遍一切。这是奎师那不可思议的能力使然。

诗节 12

दिवि सूर्यसहस्रस्य भवेद्युगपदुत्थिता ।
यदि भाः सदृशी सा स्याद्भासस्तस्य महात्मनः ॥ १२ ॥

divi sūrya-sahasrasya
bhaved yugapad utthitā
yadi bhāḥ sadṛśī sā syād
bhāsas tasya mahātmanaḥ

divi—在天空；*sūrya*—太阳；*sahasrasya*—数千的；*bhavet*—有；*yugapat*—同时；*utthitā*—出现；*yadi*—如果；*bhāḥ*—光芒；*sadṛśī*—像那；*sā*—那；*syāt*—或许；*bhāsaḥ*—光辉；*tasya*—他的；*mahātmanaḥ*—伟大的主。

译文　如果千万个太阳同时在天空升起，其光辉或许与博伽梵在宇宙形体中的光芒相仿。

要旨　阿诸纳所看到的，非语言所能描述。但桑佳亚仍试图将那伟大的启示描述成一幅心中的图景，告诉兑塔拉施陀。桑佳亚和兑塔拉施陀均不在场，但由于维亚萨的恩典，桑佳亚能看见所发生的一切。因此，为尽可能便于理解，他现在将这情景比作一个可以想象的现象（即千万个太阳）。

诗节 13

तत्रैकस्थं जगत्कृत्स्नं प्रविभक्तमनेकधा ।
अपश्यद्देवदेवस्य शरीरे पाण्डवस्तदा ॥ १३ ॥

tatraika-sthaṁ jagat kṛtsnaṁ
pravibhaktam anekadhā
apaśyad deva-devasya
śarīre pāṇḍavas tadā

tatra— 那 里；ekastham— 一 处；jagat— 宇 宙；kṛtsnam— 完 整；pravibhaktam— 分 为；anekadhā—很 多；apaśyat—能 看 到；deva-devasya—在 博 伽 梵 的；śarīre—宇 宙 形 体 中；pāṇḍavaḥ—阿诸纳；tadā—在那时候。

译文 **当时，阿诸纳能在博伽梵的宇宙形体中看到，宇宙的无限扩展虽在一处，却扩展成千千万万的宇宙。**

要旨 “tatra（那里）”一词非常重要。表明在阿诸纳看宇宙形体时，他和奎师那都坐在马车上。在战场上的其他人看不见这形体，因为奎师那只将灵视给了阿诸纳。阿诸纳能在奎师那的躯体中看到成千上万的星宿。我们从韦达经典中得知，有许多宇宙和许多星宿。有的由泥土造成，有的由黄金造成，有的由珠宝造成，有的很大，有的不很大等。阿诸纳坐在战车上，就看到了所有这一切。但谁也不能理解发生在阿诸纳和奎师那之间的事。

诗节 14

ततः स विस्मयाविष्टो हृष्टरोमा धनञ्जयः ।
प्रणम्य शिरसा देवं कृताञ्जलिरभाषत ॥ १४ ॥

tataḥ sa vismayāviṣṭo
hṛṣṭa-romā dhanañjayaḥ
praṇamya śirasā devaṁ
kṛtāñjalir abhāṣata

tataḥ—此后；saḥ—他；vismayāviṣṭaḥ—充满着惊异；hṛṣṭa-romā—出 于 巨 大 的 狂 喜 以 至 毛 发 直 竖；dhanañjayaḥ—阿 诸 纳；praṇamya—顶 拜；śirasā—以 头；devam—向 博 伽 梵；kṛtāñjaliḥ—双手合十；abhāṣata—开始说。

译文 **阿诸纳迷惑不解，大为惊奇，毛发直竖。他叩首顶拜，双手合十，开始向博伽梵祷告。**

要旨 一旦这神圣的美景显现，奎师那和阿诸纳的关系便立即发生了变化。

在此之前，奎师那和阿诸纳的关系是建立在朋友关系之上的，但在这里，启示之后，阿诸纳怀着无比的敬意向奎师那顶拜，双手合十向奎师那祈祷。他在颂扬宇宙形体。阿诸纳与奎师那的关系成了一种惊奇的关系，而不再是友情关系。伟大的奉献者视奎师那为一切关系的宝库。经典中提到了十二种基本关系，这些关系全在奎师那之中。据说，他是一切情悦关系的海洋，包括两个生物之间的，半神人之间的，以及博伽梵与他的奉献者之间的关系。

在这里，阿诸纳受到惊奇关系的感悟，虽然他天性冷静沉着，但在这惊奇之中，他兴奋到了极点，毛发直竖，双手合十，顶拜博伽梵。他当然不会恐惧。他为博伽梵的种种奇观所感动。接踵而来的就是惊奇，他那自然而然的朋友之情在惊奇之中受到震撼，所以他有了这样的反应。

诗节 15

अर्जुन उवाच
पश्यामि देवांस्तव देव देहे
सर्वांस्तथा भूतविशेषसङ्घान् ।
ब्रह्माणमीशं कमलासनस्थ-
मृषींश्च सर्वानुरगांश्च दिव्यान् ॥ १५ ॥

arjuna uvāca
paśyāmi devāṁs tava deva dehe
sarvāṁs tathā bhūta-viśeṣa-saṅghān
brahmāṇam īśaṁ kamalāsana-stham
ṛṣīṁś ca sarvān uragāṁś ca divyān

arjunaḥ uvāca—阿诸纳说；*paśyāmi*—我看到；*devān*—所有的半神人；*tava*—您的；*deva*—主啊；*dehe*—在身体里；*sarvān*—所有；*tathā*—还有；*bhūta*—生物；*viśeṣa-saṅghān*—就汇集在；*brahmāṇam*—主梵天；*īśam*—神希瓦；*kamala-āsana-stham*—坐在莲花上；*ṛṣīn*—伟大圣贤们；*ca*—还有；*sarvān*—所有的；*uragān*—蛇；*ca*—还有；*divyān*—神圣的。

译文　阿诸纳说：我亲爱的圣奎师那（Krishna）啊！我看到，在您的躯体里聚集着所有的半神人和各种不同种类的生物。我看到坐在莲花上的布茹阿玛

（Brahma 梵天），**还有神希瓦、天蛇和全体圣人。**

要旨 阿诸纳在宇宙形体中看到了一切，他看到了宇宙中的第一个生物梵天，也看到了天蛇。在宇宙的较低之处，孕诞之洋维施努就躺在天蛇上。这张蛇床叫作瓦苏奎（Vāsuki）。也有其他一些叫作瓦苏奎的蛇。阿诸纳能从孕诞之洋维施努看到宇宙的最高部分莲花星宿——宇宙第一生物布茹阿玛（Brahma 梵天）住的地方。这意味着由始至终，一切阿诸纳都能看见。而他只是坐在战车上，便能看遍一切。这之所以可能，是因为有了博伽梵奎师那的恩典。

诗节 16

अनेकबाहूदरवक्त्रनेत्रं
पश्यामि त्वां सर्वतोऽनन्तरूपम् ।
नान्तं न मध्यं न पुनस्तवादिं
पश्यामि विश्वेश्वर विश्वरूप ॥ १६ ॥

aneka-bāhūdara-vaktra-netraṁ
paśyāmi tvāṁ sarvato ‹nanta-rūpam
nāntaṁ na madhyaṁ na punas tavādiṁ
paśyāmi viśveśvara viśva-rūpa

aneka—很多；*bāhū*—手臂；*udara*—肚腹；*vaktra*—口；*netram*—眼；*paśyāmi*—我看见；*tvām*—您；*sarvataḥ*—四面八方；*ananta-rūpam*—无限的形象；*na antam*—没有尽头的；*na madhyam*—没有中间的；*na punaḥ*—而且也没有；*tava*—您的；*ādim*—开始；*paśyāmi*—我看见；*viśveśvara*—宇宙的主人啊；*viṣva-rūpa*—在宇宙形体中。

译文　宇宙之主啊！宇宙形体啊！在您的躯体里，我看到无数手臂、无数腹部、无数嘴、无数眼睛，向各处无限地扩展。在您之中，这一切我看不到起始、中间、终结。

要旨 奎师那是博伽梵，无边无际；因此，通过他便可看到一切。

诗节 17

किरीटिनं गदिनं चक्रिणं च
तेजोराशिं सर्वतो दीप्तिमन्तम् ।
पश्यामि त्वां दुर्निरीक्ष्यं समन्ता-
द्दीप्तानलार्कद्युतिमप्रमेयम् ॥ १७ ॥

kirīṭinaṁ gadinaṁ cakriṇaṁ ca
tejo-rāśiṁ sarvato dīptimantam
paśyāmi tvāṁ durnirīkṣyaṁ samantād
dīptānalārka-dyutim aprameyam

kirīṭinam—佩戴头盔；*gadinam*—手持神杵；*cakriṇam*—手旋神碟；*ca*—并且；*tejorāśim*—光芒；*sarvataḥ*—向四面八方；*dīptimantam*—发光；*pasyāmi*—我看见；*tvām*—您；*durnirīkṣyam*—难以看清；*samantāt*—无处不在；*dīpta-anala*—熊熊烈火；*arka*—太阳的；*dyutim*—阳光；*aprameyam*—无限的。

译文 您的形体，光辉灿烂，烨烨四射，不易看清；恰如熊熊烈火，又似太阳散发无尽光芒。而我却看见这光辉的形象，无处不在，头饰王冠，手持神杵，转动神碟。

诗节 18

त्वमक्षरं परमं वेदितव्यं
त्वमस्य विश्वस्य परं निधानम् ।
त्वमव्ययः शाश्वतधर्मगोप्ता
सनातनस्त्वं पुरुषो मतो मे ॥ १८ ॥

tvam akṣaraṁ paramaṁ veditavyaṁ
tvam asya viśvasya paraṁ nidhānam
tvam avyayaḥ śāśvata-dharma-goptā
sanātanas tvaṁ puruṣo mato me

tvam—您；*akṣaram*—永无谬误的；*paramam*—至尊；*veditavyam*—被理解为；*tvam*—您；*asya*—这个；*viśvasya*—宇宙的；*param*—至尊；*nidhānam*—基础；*tvam*—您是；*avyayaḥ*—无穷无尽的；*śāśvata-dharma-goptā*—永恒宗教的维系者；*sanātanaḥ*—永恒的；*tvam*—您的；*puruṣaḥ*—至尊人格；*mataḥ me*—这是我的意见。

译文　您是至高无上的原初目标，您是全宇宙终极的息止之地。您无穷无尽，最为古老。您是永恒宗教的维系者——人格神首。这就是我的看法。

诗节 19

अनादिमध्यान्तमनन्तवीर्य-
मनन्तबाहुं शशिसूर्यनेत्रम् ।
पश्यामि त्वां दीप्तहुताशवक्त्रं
स्वतेजसा विश्वमिदं तपन्तम् ॥ १९ ॥

anādi-madhyāntam ananta-vīryam
ananta-bāhuṁ śaśi-sūrya-netram
paśyāmi tvāṁ dīpta-hutāśa-vaktraṁ
sva-tejasā viśvam idaṁ tapantam

anādi—没有开始；*madhya*—中间；*antam*—终结；*ananta*—无边无际；*vīryam*—荣耀；*ananta*—无数的；*bāhum*—手臂；*śaśi*—月亮；*sūrya*—太阳；*netram*—双眼；*paśyāmi*—我看见；*tvām*—您；*dīpta*—熊熊燃烧的；*hutāśa-vaktram*—火从您口中喷出；*sva-tejasā*—用您的熠熠光辉；*viśvam*—宇宙；*idam*—这个；*tapantam*—烧灼。

译文　您无始，无中，无末。您的荣耀无边无际。您有无数的手臂，日月是您的双眼。我看见熊熊大火从您口中喷出，您以自己的光辉，烧灼整个宇宙。

要旨　博伽梵的六种富裕无穷无尽。这里和在其他很多地方的描述是重复的。但根据经典，重复奎师那的荣耀并不是文学上的不足。据说，在迷惑不解，在万分惊奇，或极度兴奋时，说话就会一再重复。这并不是缺点。

诗节 20

द्यावापृथिव्योरिदमन्तरं हि
व्याप्तं त्वयैकेन दिशश्च सर्वाः ।
दृष्ट्वाद्भुतं रूपमुग्रं तवेदं
लोकत्रयं प्रव्यथितं महात्मन् ॥ २० ॥

dyāv ā-pṛthivyor idam antaraṁ hi
vyāptaṁ tvayaikena diśaś ca sarvāḥ
dṛṣṭvādbhutaṁ rūpam ugraṁ tavedaṁ
loka-trayaṁ pravyathitaṁ mahātman

dyau—从外太空；*āpṛthivyoḥ*—到地球；*idam*—这；*antaram*—之间；*hi*—肯定地；*vyāptam*—遍布；*tvayā*—由您；*ekena*—独自；*diśaḥ*—各个方向；*ca*—和；*sarvāḥ*—所有；*dṛṣṭvā*—看到；*adbhutam*—奇妙的；*rūpam*—形体；*ugram*—恐怖的；*tava*—您的；*idam*—这；*loka*—星系；*trayam*—三个；*pravyathitam*—骚动不安；*mahātman*—伟大的人啊。

译文　虽然您是一，却布满天空、星宿和其间的所有空间。伟大的人啊！看到这奇妙可怕的形体，所有的星系都惊慌失措了。

要旨　“dyāvā-pṛthivyoḥ（天堂与地球之间的太空）”和“loka-trayam（三个世界）”在这节诗中都很重要，因为，这表明，看到博伽梵的宇宙形体的，似乎不仅仅是阿诸纳一个人，其他星系上的人也看到了。阿诸纳看到的宇宙形体并不是一场空梦。博伽梵赋予了神圣视域的每一个人，都看到了战场上的这个宇宙形体。

诗节 21

अमी हि त्वां सुरसङ्घा विशन्ति
केचिद्भीताः प्राञ्जलयो गृणन्ति ।
स्वस्तीत्युक्त्वा महर्षिसिद्धसङ्घाः
स्तुवन्ति त्वां स्तुतिभिः पुष्कलाभिः ॥ २१ ॥

amī hi tvāṁ sura-saṅghā viśanti
kecid bhītāḥ prāñjalayo gṛṇanti
svastīty uktvā maharṣi-siddha-saṅghāḥ
stuvanti tvāṁ stutibhiḥ puṣkalābhiḥ

amī—所有那些；*hi*—肯定地；*tvām*—您；*sura-saṅghāḥ*—半神人群；*viśanti*—进入；*kecit*—他们有些；*bhītāḥ*—由于恐惧；*prāñjalayaḥ*—双手合十；*gṛṇanti*—供奉祈祷；*svasti*—和平万岁；*iti*—如此；*uktvā*—说；*maharṣi*—伟大的圣贤；*siddha-saṅghāḥ*—完美的生物；*stuvanti*—唱着颂歌；*tvām*—向您；*stutibhiḥ*—以祷文；*puṣkalābhiḥ*—韦达颂歌。

译文　所有的半神人都皈依您，进入您之中。有的显得很恐惧，正合掌祈祷。一群群伟大圣人和完美的生物呼喊着“和平万岁！”他们唱着韦达颂诗向您祈祷。

要旨　所有各星系上的半神人都惧怕宇宙形体的可怕展示和耀眼光芒，因此祈祷，请求保护。

诗节 22

रुद्रादित्या वसवो ये च साध्या
विश्वेऽश्विनौ मरुतश्चोष्मपाश्च ।
गन्धर्वयक्षासुरसिद्धसङ्घा
वीक्षन्ते त्वां विस्मिताश्चैव सर्वे ॥ २२ ॥

rudrādityā vasavo ye ca sādhyā
viśve 'śvinau marutaś coṣmapāś ca
gandharva-yakṣāsura-siddha-saṅghā
vīkṣante tvāṁ vismitāś caiva sarve

rudra—希瓦神的众展示；*ādityāḥ*—阿迪缇诸子；*vasavaḥ*—众瓦苏；*ye*—所有那些；*ca*—和；*sādhyāḥ*—萨亚仙；*viśve*—维施瓦诸子；*aśvinau*—阿施维尼·库玛尔；*marutaḥ*—雷电诸仙；*ca*—和；*uṣmapāḥ*—祖先；*ca*—和；*gandharva*—歌仙；*yakṣa*—众夜叉；*asura*—恶魔；*siddha*—和完美的半神人；*saṅghāḥ*—集会；*vīkṣante*—看着；*tvām*—您；*vismitāḥ*—在惊异中；*ca*—也；*eva*—肯定地；*sarve*—所有。

译文 希瓦神（Śiva）的各个展示，阿迪缇诸子（Āditya）、众瓦苏（Vasu）、萨亚仙（Sādhya）、维施瓦诸子（Viśvadeva）、两位骑仙阿士维尼·库玛尔（Aśvin）、雷电诸仙（Maruts 玛茹祺）、祖先们、歌仙（Gandharvas）、夜叉（Yakṣas）、阿修罗（Asura）和完美的半神人们，都惊奇地看着您。

诗节 23

रूपं महत्ते बहुवक्त्रनेत्रं
महाबाहो बहुबाहूरुपादम् ।
बहूदरं बहुदंष्ट्राकरालं
दृष्ट्वा लोकाः प्रव्यथितास्तथाहम् ॥ २३ ॥

rūpaṁ mahat te bahu-vaktra-netraṁ
mahā-bāho bahu-bāhūru-pādam
bahūdaraṁ bahu-daṁṣṭrā-karālaṁ
dṛṣṭvā lokāḥ pravyathitās tathāham

rūpam—形体；*mahat*—非常庞大的；*te*—您的；*bahu*—很多；*vaktra*—脸孔；*netram*—眼睛；*mahā-bāho*—臂力强大的人啊；*bahu*—很多；*bāhu*—手臂；*ūru*—大腿；*pādam*—小腿；*bahu-udaram*—很多肚腹；*babu-daṁṣṭrā*—很多牙齿；*karālam*—恐怖的；*dṛṣṭvā*—看见；*lokāḥ*—所有星球；*pravyathitāḥ*—惊惶不安；*tathā*—同样地；*aham*—我。

译文 臂力强大的人啊！您巨大的形体上生有无数面孔、眼睛、手臂、腿股和肚腹，还有无数可怕的牙齿。目睹这一切，所有星宿和其上的半神人们都惊惶不安，我也是如此。

诗节 24

नभःस्पृशं दीप्तमनेकवर्णं
व्यात्ताननं दीप्तविशालनेत्रम् ।
दृष्ट्वा हि त्वां प्रव्यथितान्तरात्मा
धृतिं न विन्दामि शमं च विष्णो ॥ २४ ॥

nabhaḥ-spṛśaṁ dīptam aneka-varṇaṁ
vyāttānanaṁ dīpta-viśāla-netram
dṛṣṭvā hi tvāṁ pravyathitāntar-ātmā
dhṛtiṁ na vindāmi śamaṁ ca viṣṇo

nabhaḥ spṛśam—直触及天穹的；*dīptam*—发光的；*aneka*—很多；*varṇam*—色彩；*vyāttā*—张开的；*ānanam*—口；*dīpta*—闪亮的；*viśāla*—巨大的；*netram*—眼睛；*dṛṣṭvā*—看见；*hi*—肯定地；*tvām*—您；*pravyathitā*—心惊胆颤；*antaḥ*—里面；*ātmā*—灵魂；*dhṛtim*—镇定自若；*na*—不；*vindāmi*—我保持；*śamam*—心意平静；*ca*—也；*viṣṇo*—圣维施努啊。

译文 遍存万有的维施努啊！看着您直触天穹的熠熠光彩，看着您张开的大口和闪亮的巨眼，我心惊胆颤，再不能沉着冷静下来。

诗节 25

दंष्ट्राकरालानि च ते मुखानि
दृष्ट्वैव कालानलसन्निभानि ।
दिशो न जाने न लभे च शर्म
प्रसीद देवेश जगन्निवास ॥ २५ ॥

daṁṣṭrā-karālāni ca te mukhāni
dṛṣṭvaiva kālānala-sannibhāni
diśo na jāne na labhe ca śarma
prasīda deveśa jagan-nivāsa

damṣṭrā—牙齿；karālāni—可怕的；ca—还有；te—您的；mukhāni—脸孔；dṛṣṭvā—看着；eva—如此；kālānala—死亡之火；sannibhāni—仿佛；diśaḥ—方向；na—不；jāne—我知道；na—不；labhe—我得到；ca—和；śarma—仁慈；prasīda—满意；Deva-īśa—众神之主；jagat-nivāsa—宇宙的庇护所。

译文 众神之主啊！宇宙的庇护所！请对我仁慈。看到您死亡一般眩目的面孔和可怕的牙齿，我再也无法保持平静。无论看向哪个方向，我都感到困惑迷惘。

诗节 26-27

अमी च त्वां धृतराष्ट्रस्य पुत्राः सर्वे सहैवावनिपालसङ्घैः ।
भीष्मो द्रोणः सूतपुत्रस्तथासौ सहास्मदीयैरपि योधमुः यैः ॥ २६ ॥
वक्त्राणि ते त्वरमाणा विशन्ति दंष्ट्राकरालानि भयानकानि ।
केचिद्विलग्ना दशनान्तरेषु सन्दृश्यन्ते चूर्णितैरुत्तमाङ्गैः” ॥ २७ ॥

amī ca tvāṁ dhṛtarāṣṭrasya putrāḥ
sarve sahaivāvani-pāla-saṅghaiḥ
bhīṣmo droṇaḥ sūta-putras tathāsau
sahāsmadīyair api yodha-mukhyaiḥ

vaktrāṇi te tvaramāṇā viśanti
daṁṣṭrā-karālāni bhayānakāni
kecid vilagnā daśanāntareṣu
sandṛśyante cūrṇitair uttamāṅgaiḥ

amī—这些；ca—还有；tvām—您；dhṛtarāṣṭasya—兑塔拉施陀的；putrāḥ—儿子们；sarva—所有；saha—连同；eva—确实；avanipāla—武士君王；saṅghaiḥ—盟友；bhīṣmaḥ—彼士玛戴瓦；droṇaḥ—杜荣拿师；sūta-putraḥ—卡尔纳；tathā—还有；asau—那；saha—与；asmadīyaiḥ—我们的；api—还有；yodha-mukhyaiḥ—将领；vaktrāṇi—口；te—您的；tvaramāṇāḥ—冲进；viśanti—进入；daṁṣṭrā—牙齿；karālāni—可怖的；bhayānakāni—非常恐怖的；kecit—他们有些；vilagnāḥ—粘在；daśanāntareṣu—牙齿中间；sandṛśyante—被看见；cūrṇitaiḥ—粉碎的；uttama-aṅgaiḥ—头颅。

译文 **兑塔拉施陀诸子，连同与他们结盟的国王们、彼士玛、杜荣拿、卡尔纳，还有我们的主将，全都涌进您可怕的口中。我看到有的头颅在您牙齿间化为碎末。**

要旨 在前一个诗节，博伽梵应允过让阿诸纳看他很想看的事。现在，阿诸纳看到敌方的将领彼士玛、杜荣拿、卡尔纳、兑塔拉施陀诸子和战士们，还有己方的士兵全都被消灭了。这表明，聚集库茹之野的人差不多都战死后，阿诸纳将取得胜利。这里也提到了，被视为不可征服的彼士玛也会被毁灭，卡尔纳也是。即将被毁灭的不仅有敌方的大将，如彼士玛，而且阿诸纳一方的一些大将也要战死沙场。

诗节 28

यथा नदीनां बहवोऽम्बुवेगाः समुद्रमेवाभिमुखा द्रवन्ति ।
तथा तवामी नरलोकवीरा विशन्ति वक्त्राण्यभिविज्वलन्ति ॥ २८ ॥

yathā nadīnāṁ bahavo ‹mbu-vegāḥ
samudram evābhimukhā dravanti
tathā tavāmī nara-loka-vīrā
viśanti vaktrāṇy abhivijvalanti

yathā—就像；*nadīnām*—河流的；*bahavaḥ*—很多；*ambu-vegāḥ*—波浪；*samudram*—海洋；*eva*—肯定地；*abhimukhāḥ*—向着；*dravanti*—滑去；*tathā*—同样地；*tava*—您的；*amī*—所有这些；*nara-lokavīrāḥ*—人类社会的君王；*viśanti*—进入；*vaktrāṇi*—口中；*abhivijvalanti*—燃烧着。

译文 **如江河百川流入大海，所有这些伟大的武士都燃烧着涌入您的口中。**

诗节 29

यथा प्रदीप्तं ज्वलनं पतङ्गा विशन्ति नाशाय समृद्धवेगाः ।
तथैव नाशाय विशन्ति लोका- स्तवापि वक्त्राणि समृद्धवेगाः ॥ २९ ॥

yathā pradīptaṁ jvalanaṁ pataṅgā
viśanti nāśāya samṛddha-vegāḥ
tathaiva nāśāya viśanti lokās
tavāpi vaktrāṇi samṛddha-vegāḥ

yathā—就像；*pradīptam*—炽烈；*jvalanam*—火焰；*pataṅgāḥ*—飞蛾；*viśanti*—进入；*nāśāya*—毁灭；*samṛddha*—完全的；*vegāḥ*—速度；*tathā eva*—同样地；*nāśāya*—毁灭；*viśanti*—进入；*lokāḥ*—所有人；*tava*—您的；*api*—也；*vaktrāṇi*—口中；*samṛddha- vegāḥ*—以全速。

译文 我看见所有人正极快地冲进您的口中，好似飞蛾扑向烈焰，瞬间毁灭。

诗节 30

लेलिह्यसे ग्रसमानः समन्ता- ल्लोकान्समग्रान्वदनैर्ज्वलद्भिः ।
तेजोभिरापूर्य जगत्समग्रं भासस्तवोग्राः प्रतपन्ति विष्णो ॥ ३० ॥

lelihyase grasamānaḥ samantāl
lokān samagrān vadanair jvaladbhiḥ
tejobhir āpūrya jagat samagraṁ
bhāsas tavogrāḥ pratapanti viṣṇo

lelihyase—您在舐着；*grasamānaḥ*—吞噬着；*samantāt*—来自四面八方的；*lokān*—人们；*samagrān*—所有；*vadanaiḥ*—用口；*jvaladbhiḥ*—燃烧着的；*tejobhiḥ*—以光芒；*āpūrya*—覆盖；*jagat*—宇宙；*samagram*—全部；*bhāsaḥ*—光线；*tava*—您的；*ugrāḥ*—恐怖的；*pratapanti*—烧焦；*viṣṇo*—全面遍透的博伽梵啊。

译文 维施努啊！我看到，您以喷焰吐火的大口吞没了来自四面八方的人。以您的辉煌覆盖着整个宇宙，以可怕的炽热光线展示着自己。

诗节 31

आख्याहि मे को भवानुग्ररूपो नमोऽस्तु ते देववर प्रसीद ।
विज्ञातुमिच्छामि भवन्तमाद्यं न हि प्रजानामि तव प्रवृत्तिम् ॥ ३१ ॥

ākhyāhi me ko bhavān ugra-rūpo
namo 'stu te deva-vara prasīda
vijñātum icchāmi bhavantam ādyaṁ
na hi prajānāmi tava pravṛttim

ākhyāhi—请解释；*me*—向我；*kaḥ*—谁；*bhavān*—您；*ugra-rūpaḥ*—凶猛的形象；*namaḥ astu*—揖拜；*te*—向您；*deva-vara*—半神人中的伟人啊；*prasīda*—赐予仁慈；*vijñātum*—知道；*icchāmi*—我想；*bhavantam*—您；*ādyam*—原初的；*na*—不；*hi*—肯定；*prajānāmi*—我知道；*tava*—您的；*pravṛttim*—使命。

译文 半神人之主啊！如此凶猛的形体，请告诉我您是谁。我顶拜您，请对我仁慈。您是原初之主。我想了解您，因为我不知道您的使命是什么。

诗节 32

श्रीभगवानुवाच ।
कालोऽस्मि लोकक्षयकृत्प्रवृद्धो लोकान्समाहर्तुमिह प्रवृत्तः ।
ऋतेऽपि त्वां न भविष्यन्ति सर्वे येऽवस्थिताः प्रत्यनीकेषु योधाः ॥ ३२ ॥

śrī-bhagavān uvāca
kālo 'smi loka-kṣaya-kṛt pravṛddho
lokān samāhartum iha pravṛttaḥ
ṛte ‹pi tvāṁ na bhaviṣyanti sarve
ye 'vasthitāḥ pratyanīkeṣu yodhāḥ

śrī bhagavān uvāca—博伽梵说；*kālaḥ*—时间；*asmi*—我是；*loka*—世界的；*kṣaya-kṛt*—毁灭者；*pravṛddhaḥ*—伟大的；*lokān*—所有人；*samāhartum*—去毁灭；*iha*—在这个世界；*pravṛttaḥ*—从事；*ṛte*—没有，除了；*api*—甚至；*tvām*—你们；*na*—不；*bhaviṣyanti*—将会；*sarve*—所有；*ye*—谁；*avasthitāḥ*—处于；*pratyanīkeṣu*—双方的；*yodhāḥ*—兵士。

译文 **博伽梵说：我就是时间（kāla）——世界最大的毁灭者，我到这里就是要毁灭所有人 。除了你们（潘达瓦兄弟）外，这里双方的士兵都将丧生。**

要旨 虽然阿诸纳知道，奎师那是他的朋友，是博伽梵，但奎师那展示的种种形体已使他迷惑不解。因此，他进而探问这毁灭力量的真正使命。韦达经上记载说，至尊真理毁灭一切，甚至连婆罗门（Brāhmaṇa）也一样遭到毁灭。《卡塔奥义书》（1.2.25）上说：

yasya brahma ca kṣatraṁ ca
ubhe bhavata odanaḥ
mṛtyur yasyopasecanaṁ
ka itthā veda yatra saḥ

最终，所有婆罗门，刹帝利和其他人都将被博伽梵像一顿饭一样吞没。博伽梵的这一形体是吞没一切的巨人，而在这里，奎师那以吞没一切的时间形体呈现自己。除了潘达瓦兄弟等少数几个人外，在战场上的每一个人都将被他吞灭。阿诸纳不乐意作战，他认为不战更好，因为这样一来就不会有挫败了。博伽梵在回答他时说，即便阿诸纳不作战，每个人仍将毁灭，因为这是他的计划。如果阿诸纳不作战，他们不过以另一种方式死去而已。即便他不战，也不能阻止死亡。事实上，他们都已死了。时间即毁灭，一切展示都将随博伽梵的愿望而被征服。这是自然法则。

诗节 33

तस्मात्त्वमुत्तिष्ठ यशो लभस्व जित्वा शत्रून्भुंक्ष्व राज्यं समृद्धम् ।
मयैवैते निहताः पूर्वमेव निमित्तमात्रं भव सव्यसाचिन् ॥ ३३ ॥

tasmāt tvam uttiṣṭha yaśo labhasva
jitvā śatrūn bhuṅkṣva rājyaṁ samṛddham
mayaivaite nihatāḥ pūrvam eva
nimitta-mātraṁ bhava savya-sācin

tasmāt—因此；*tvām*—你；*uttiṣṭha*—起来；*yaśaḥ*—荣誉；*labhasva*—赢得；*jitvā*—征服；*śatrūn*—敌人；*bhuṅkṣva*—享受；*rājyam*—王国；*samṛddham*—强盛的；*mayā*—由我；*eva*—肯定地；*ete*—所有这些；*nihatāḥ*—被杀死了；*pūrvam eva*—按照事先的安排；*nimitta-mātram*—只是原因；*bhava*—成为；*savyasācin*—神射手啊。

译文　因此，起来，准备作战吧，去赢得光荣！征服你的敌人，去荣享强盛的王国吧！在我的安排下他们已死去，神射手（savyasāci）啊！而你，在战斗中只是工具而已。

要旨　梵文“savya-sācin”是指神射手。因此，阿诸纳被称为能够射箭杀敌的擅射武士。“nimitta-mātram（只是成为工具）”这一词也很有意义。整个世界都按照博伽梵的计划而运转。愚人没有足够的知识，以为自然的运转并无计划，一切展示不过是偶然形成而已。有很多所谓科学家提出可能是这样，或许是那样，但是根本就没有什么“可能”“或许”一说。在这物质世界，有一特定的计划在执行。这是什么计划？这一宇宙展示是受限制的灵魂回归神首，重返家园的一次机会。只要他们一天还存有骄横的心态，想主宰物质自然，他们就一天受条件限制。然而，谁了解博伽梵的计划，培养奎师那知觉，这样的人就是最聪明的。宇宙展示的创造和毁灭都在神的权威指示之下进行。所以，库茹之战是根据神的计划而打的一仗。阿诸纳拒绝作战，但奎师那告诉他，要按照博伽梵的愿望去作战。这样才会有快乐可言。如果人在完全的奎师那知觉中，献身于对博伽梵的超然服务，这样的人就是完美的人。

诗节 34

द्रोणं च भीष्मं च जयद्रथं च कर्णं तथान्यानपि योधवीरान् ।
मया हतांस्त्वं जहि माव्यथिष्ठा युध्यस्व जेतासि रणे सपत्नान् ॥ ३४ ॥

droṇaṁ ca bhīṣmaṁ ca jayadrathaṁ ca
karṇaṁ tathānyān api yodha-vīrān
mayā hatāṁs tvaṁ jahi mā vyathiṣṭhā
yudhyasva jetāsi raṇe sapatnān

droṇam ca—还有杜荣拿；*bhīṣmam ca*—还有彼士玛；*jayadratham ca*—还有佳雅铎塔；*karṇam*—卡尔纳；*tathā*—还有；*anyān*—其他人；*api*—肯定地；*yodha-vīrān*—伟大的战士；*mayā*—被我；*hatān*—已经被杀死；*tvam*—你；*jahi*—摧毁；*mā*—不；*vyathiṣṭhāḥ*—慌乱；*yudhyasva*—只管战斗；*jetāsi*—你将征服；*raṇe*—在战斗中；*sapatnān*—敌人。

译文　杜荣拿、彼士玛、佳雅铎塔、卡尔纳以及其他的伟大战士早已被我毁灭。因此，去杀死他们，不要慌乱。只管去战斗吧！你必在战斗中征服你的敌人。

要旨　每一个计划都是博伽梵制定的，但他对他的奉献者十分亲切，十分仁慈，只要按照他的意愿去实行他的计划，他就将功劳归于这样的奉献者。人的一生该这样度过，即在奎师那知觉中行动，而且通过灵性导师去理解博伽梵。得到博伽梵的仁慈就能明白他的计划。而且奉献者的计划实际上就与他的计划一样好。应该遵行这样的计划，这样便可在生存竞争中无往而不胜。

诗节 35

सञ्जय उवाच ।
एतच्छ्रुत्वा वचनं केशवस्य कृताञ्जलिर्वेपमानः किरीती ।
नमस्कृत्वा भूय एवाह कृष्णं सगद्गदं भीतभीतः प्रणम्य ॥ ३५ ॥

sañjaya uvāca
etac chrutvā vacanaṁ keśavasya
kṛtāñjalir vepamānaḥ kirītī
namaskṛtvā bhūya evāha kṛṣṇaṁ
sa-gadgadaṁ bhīta-bhītaḥ praṇamya

sañjayaḥ uvāca—桑佳亚说；*etat*—这样；*śrutvā*—聆听完；*vacanam*—讲话；*keśavasya*—奎师那的；*kṛtāñjaliḥ*—双手合十；*vepamānaḥ*—颤抖着的；*kirītī*—阿诸纳；*namaskṛtvā*—揖拜；*bhūyaḥ*—再次；*eva*—也；*āha kṛṣṇam*—向奎师那；*sa-gadgadam*—声音颤抖地；*bhīta-bhītaḥ*—诚惶诚恐地；*praṇamya*—揖拜。

译文 **桑佳亚对兑塔拉施陀说：王啊！听罢博伽梵这番话，战栗中的阿诸纳双手合十，再三顶拜。他以颤抖的声音，诚惶诚恐地对圣奎师那说了下面的话。**

要旨 一如前述，阿诸纳看到博伽梵宇宙形体展示的情景，不禁大为惊奇。因此一而再、再而三地向奎师那虔敬顶拜。他声音颤抖，不是以朋友的身份，而是以奉献者的身份在惊奇中祈祷。

诗节 36

अर्जुन उवाच ।
स्थाने हृषीकेश तव प्रकीर्त्या जगत्प्रहृष्यत्यनुरज्यते च ।
रक्षांसि भीतानि दिशो द्रवन्ति सर्वे नमस्यन्ति च सिद्धसङ्घाः ॥ ३६ ॥

arjuna uvāca
sthāne hṛṣīkeśa tava prakīrtyā
jagat prahṛṣyaty anurajyate ca
rakṣāṁsi bhītāni diśo dravanti
sarve namasyanti ca siddha-saṅghāḥ

arjunaḥ uvāca—阿诸纳说；*sthāne*—恰当地；*hṛṣīkeśa*—所有感官的主人啊；*tava*—您的；*prakīrtya*—由于荣耀；*jagat*—整个世界；*prahṛṣyati*—喜悦；*anurajyate*—变得依附；*ca*—和；*rakṣāṁsi*—恶魔；*bhītāni*—由于恐惧；*diśaḥ*—向各方向；*dravanti*—逃走；*sarve*—所有；*namasyanti*—表达敬意；*ca*—还有；*siddha-saṅghāḥ*—完美的人类。

译文 **阿诸纳说：感官之主（Hṛṣīkeśa）啊！听到您的名字，世界一片欢腾，人人都依恋您。完美者顶拜您，恶魔却害怕您，四处逃避。这一切都恰到好处。**

要旨 阿诸纳听罢奎师那讲述库茹之战的结果，顿时觉悟。作为博伽梵的朋友和伟大奉献者，他说奎师那所做的一切都相当合适。阿诸纳证实了：奎师那是奉献者的维系者和崇拜对象；是不良分子的毁灭者。他的活动对谁都一样有好处。阿诸纳在这里明白了，当库茹之野战争注定要发生时，由于有奎师那在场，在外太空，很多半神人、玄秘仙（siddha）及高级星宿上的智慧生命都在观战。当阿诸纳看到绝对真理的宇宙形体时，半神人乐在其中，但其他的恶魔和无神论者则不能容忍博伽梵受到礼赞。出于对博伽梵的毁灭形体的自然恐惧，他们四处逃散。奎师那对待奉献者和无神论者的不同态度，得到了阿诸纳的赞颂。无论是什么情况，奉献者都礼赞博伽梵，因为他们知道，博伽梵所做的一切都有益于所有的人。

诗节 37

कस्माच्च ते न नमेरन्महात्मन् गरीयसे ब्रह्मणोऽप्यादिकर्त्रे ।
अनन्त देवेश जगन्निवास त्वमक्षरं सदसत्तत्परं यत् ॥ ३७ ॥

kasmāc ca te na nameran mahātman
garīyase brahmaṇo 'py ādi-kartre
ananta deveśa jagan-nivāsa
tvam akṣaraṁ sad-asat tat paraṁ yat

kasmāt—为什么；*ca*—也；*te*—向您；*na*—不；*nameran*—作出正确的顶拜；*mahātman*—伟大者啊；*garīyase*—更加伟大；*brahmaṇaḥ*—比梵天；*api*—虽然；*ādi-kartre*—向至尊的创造者；*ananta*—无限者啊；*deveśa*—众神之神啊；*jagat-nivāsa*—宇宙的庇护所啊；*tvam*—您是；*akṣaram*—不能被毁灭的；*sat-asat*—原因和结果；*tat-param*—超然的；*yat*—因为。

译文　伟大的人啊！比布茹阿玛（Brahma 梵天）还伟大的人。您是原初的创造者，他们怎能不敬拜您呢？无限者啊！众神之神，宇宙的庇护所！您是不可战胜的源头，万原之原，您超然于这个物质展示。

要旨　通过这次顶拜献礼，阿诸纳表明奎师那值得每一个人崇敬。他遍存万有，是每一个灵魂的灵魂。阿诸纳称奎师那为伟大灵魂（mahātmā），是说他至为崇高而且又无穷无尽。

"ananta（无穷无尽）"是说没有什么不被博伽梵的能量所影响、所覆盖。"deveśa"是说他是所有半神人的主宰，而且高于他们。他是整个宇宙的庇护所。

如果所有完美的生物和强大的半神人都敬拜他，这是再合适不过的，阿诸纳也这样认为，因为没有谁比他更伟大。阿诸纳特别提到奎师那比梵天更伟大，因为梵天是由奎师那造出来的。梵天生于孕诞之洋维施努肚脐上长出的莲花茎上，而孕诞之洋维施努是奎师那的全权扩展。因此，无论是梵天还是从梵天生出来的希瓦神，以及其他所有的半神人，都必须敬拜奎师那。

《圣典博伽瓦谭》说博伽梵受到希瓦、梵天和其他半神人的崇敬。"akṣaram（不会毁灭）"一字也非常有意义，因为这个物质创造注定要毁灭，但博伽梵却是超越这个物质创造的。他是万原之原。正因为如此，他高于这个物质自然之间受条件限制的灵魂，也高于物质宇宙本身。因此，他是最伟大的至尊。

诗节 38

त्वमादिदेवः पुरुषः पुराण- स्त्वमस्य विश्वस्य परं निधानम् ।
वेत्तासि वेद्यं च परं च धाम त्वया ततं विश्वमनन्तरूप ॥ ३८ ॥

tvam ādi-devaḥ puruṣaḥ purāṇas
tvam asya viśvasya paraṁ nidhānam
vettāsi vedyaṁ ca paraṁ ca dhāma
tvayā tataṁ viśvam ananta-rūpa

tvam—您；*ādi-devaḥ*—原初至尊神；*puruṣaḥ*—人格；*purāṇaḥ*—古老的；*tvam*—您；*asya*—这个；*viśvasya*—宇宙；*param*—超然的；*nidhānam*—庇护所；*vettā*—知悉者；*asi*—您是；*vedyam*—可知的；*ca*—和；*param*—超然的；*ca*—和；*dhāma*—庇护所；*tvayā*—由您；*tatam*—遍布；*viśvam*—宇宙；*ananta-rūpa*—无限的形体啊。

译文　您是原初的人格神首，您最古老，您是这个宇宙展示的终极息止地。您是一切的知悉者，您又是可知的一切。您是至高无上的庇护所，超越物质形态。无限的形体啊！您遍透整个宇宙展示！

要旨　一切都依托于博伽梵，因此他是"nidhā-nam（终极息止之地）"。这是指：一切，即使是梵光，也都依托于博伽梵奎师那。他是知道发生在这个世界的一切事情的人。如果知识有什么终结的话，那么，他就是所有知识的终结；因此，他既是认知的主体也是认知的客体。他是知识的对象，因为他遍透一切。因为他是灵性世界的原因，所以，他是超然的。他也是超然世界里的主要人物。

诗节 39

वायुर्यमोऽग्निर्वरुणः शशाङ्कः प्रजापतिस्त्वं प्रपितामहश्च ।
नमो नमस्तेऽस्तु सहस्रकृत्वः पुनश्च भूयोऽपि नमो नमस्ते ॥ ३९ ॥

vāyur yamo 'gnir varuṇaḥ śaśāṅkaḥ
prajāpatis tvaṁ prapitāmahaś ca
namo namas te 'stu sahasra-kṛtvaḥ
punaś ca bhūyo 'pi namo namas te

vāyuḥ—空气；*yamaḥ*—控制者；*agniḥ*—火；*varuṇaḥ*—水；*śaśāṅkaḥ*—月亮；*prajāpatiḥ*—梵天；*tvam*—您；*prapitāmahaḥ*—曾祖父；*ca*—还有；*namaḥ*—我的顶礼；*namaḥ te*—我再次敬礼；*te*—向您；*astu*—让……；*sahasra-kṛtvaḥ*——一千次；*punaḥ ca*—再次；*bhūyaḥ*—再次；*api*—还有；*namaḥ*—献上我的敬礼；*namaḥ te*—向您献上我的敬意。

译文 **您是空气，是至高无上的主宰！您是火，是水，是月亮，您是第一个生物布茹阿玛（Brahma 梵天），您是伟大的始祖。我要一再地向您虔敬地顶拜千次。**

要旨 这里把绝对真理称为空气，因为空气遍存万有，是所有半神人的最重要的代表。阿诸纳也称奎师那为伟大的始祖，因为他还是宇宙间第一个生物梵天之父。

诗节 40

नमः पुरस्तादथ पृष्ठतस्ते नमोऽस्तु ते सर्वत एव सर्व ।
अनन्तवीर्यामितविक्रमस्त्वं सर्वं समाप्नोषि ततोऽसि सर्वः ॥ ४० ॥

namaḥ purastād atha pṛṣṭhatas te
namo 'stu te sarvata eva sarva
ananta-vīryāmita-vikramas tvaṁ
sarvaṁ samāpnoṣi tato 'si sarvaḥ

namaḥ—顶礼；*purastāt*—从前面；*atha*—还有；*pṛṣṭhataḥ*—从后面；*te*—向您；*namaḥ astu*—献上我的敬意；*te*—向您；*sarvataḥ*—从各个方面；*eva*—确实；*sarva*—因为您是一切；*ananta-vīrya*—无限的能量；*amita-vikramaḥ*—和无限的能力；*tvam*—您；*sarvam*——一切事物；*samāpnoṣi*—您遮盖；*tataḥ*—因此；*asi*—您是；*sarvaḥ*——一切事物。

译文　我在您之前顶拜，在您之后顶拜，在各个方向顶拜您！无限的力量啊，您是无限力量的主人，您遍透一切，因此，您就是一切！

要旨　阿诸纳出于对奎师那强烈的爱，从各方各面顶拜他，接受他为一切能量与技能的主人，远远高于集结在战场上的所有伟大武士。《宇宙古史·维施努之部》（1.9.69）说：

yo 'yaṁ tavāgato deva
samīpaṁ devatā-gaṇaḥ
sa tvam eva jagat-sraṣṭā
yataḥ sarva-gato bhavān

"博伽梵啊！凡到您面前来的，就算是半神人，也是由您创造的。"

诗节 41-42

सखेति मत्वा प्रसभं यदुक्तं हे कृष्ण हे यादव हे सखेति ।
अजानता महिमानं तवेदं मया प्रमादात्प्रणयेन वापि ॥ ४१ ॥
यच्चावहासार्थमसत्कृतोऽसि विहारशय्यासनभोजनेषु ।
एकोऽथवाप्यच्युत तत्समक्षं तत्क्षामये त्वामहमप्रमेयम् ॥ ४२ ॥

sakheti matvā prasabhaṁ yad uktaṁ
he kṛṣṇa he yādava he sakheti
ajānatā mahimānaṁ tavedaṁ
mayā pramādāt praṇayena vāpi

yac cāvahāsārtham asat-kṛto 'si
vihāra-śayyāsana-bhojaneṣu
eko 'tha vāpy acyuta tat-samakṣaṁ
tat kṣāmaye tvām aham aprameyam

sakhā—朋友；*iti*—如此；*matvā*—以为；*prasabham*—胆大妄为的；*yat*—无论什么；*uktam*—说；*he kṛṣṇa*—奎师那啊；*he yādava*—雅达瓦啊；*he sakhā iti*—我亲爱的朋友啊；*ajānatā*—不知道；*mahimānam*—荣誉；*tava*—您的；*idam*—这；*mayā*—由我；*pramādāt*—出于愚昧；*pranayena*—出于爱念；*vā api*—或；*yat*—无论什么；*ca*—还有；*avahāsārtham*—开玩笑；*asatkṛtaḥ*—不尊重；*asi*—您被；*vihāra*—在休息中；*śayyā*—在躺下时；*āsana*—在坐着时；*bhojaneṣu*—或共同进餐时；*ekaḥ*—单独；*athavā*—或；*api*—还有；*acyuta*—永无谬误的人啊；*tat-samakṣam*—在伙伴们中间；*tat*—所有那些；*kṣāmaye*—恳求宽恕；*tvām*—向您；*aham*—我；*aprameyam*—不可估量的。

译文 **在过去，我不知道您的荣耀，只当您是我的朋友，冒昧地称您为“奎师那呀”“雅达瓦（Yadava）呀”“我的朋友呀”。无论我在狂热中、在友爱中做了什么，都请您原谅。我曾多次失敬于您，在我们休息时，在同床而卧、同坐同食时，有时是单独相处，有时在众多朋友面前，彼此打趣逗笑。永不犯错的人啊！请宽恕我所有那些冒犯。**

要旨 虽然奎师那以宇宙形体展现在阿诸纳之前，但阿诸纳仍记得他和奎师那的朋友之情，所以，他请求恕罪，恳求奎师那原谅他因朋友之情而来的很多不规矩的举止。他承认，他以前并不知道奎师那能展示这种宇宙形体，尽管作为他亲密的朋友，奎师那曾向他解释过。阿诸纳不知道自己有多少次失敬于奎师那，称他为"我的朋友呀""奎师那呀""雅达瓦呀"等，不承认他的富裕。但奎师那是那样亲切仁慈，纵有如此的富裕藏身，仍像朋友一样与阿诸纳嬉戏。这就是奉献者与绝对真理之间互相交流的超然之爱。生物和奎师那的关系是永恒固定的，不可能被遗忘，我们从阿诸纳的举止中便可见一斑。虽然阿诸纳在宇宙形体中见过奎师那的富裕，但他不能忘记他与奎师那的朋友关系。

诗节 43

पितासि लोकस्य चराचरस्य त्वमस्य पूज्यश्च गुरुर्गरीयान् ।
न त्वत्समोऽस्त्यभ्यधिकः कुतोऽन्यो लोकत्रयेऽप्यप्रतिमप्रभाव ॥ ४३ ॥

pitāsi lokasya carācarasya
tvam asya pūjyaś ca gurur garīyān
na tvat-samo 'sty abhyadhikaḥ kuto 'nyo
loka-traye 'py apratima-prabhāva

pitā—父亲；*asi*—您是；*lokasya*—全世界的；*cara*—能动的；*acarasya*—和不能动的；*tvam*—您是；*asya*—这；*pūjyaḥ*—值得崇拜的；*ca*—也；*guruḥ*—师尊；*garīyān*—荣耀的；*na*—永不；*tvat-samaḥ*—相等于您；*asti*—有；*abhyadhikaḥ*—更为伟大的；*kutaḥ*—怎可能；*anyaḥ*—其他的；*loka-traye*—在三个星系中；*api*—还有；*apratima prabhāva*—不可估量的力量啊！

译文　您是整个宇宙展示之父，能动者与不动者之父。您是最值得崇拜的博伽梵，至高无上的灵性导师。无人能等同于您，也无人能与您合一。无限力量之主啊，三个世界之内还有谁能比您更伟大？

要旨　博伽梵奎师那之令人崇拜，正如父亲值得儿子崇敬一样。他是灵性导师，因为他最初把韦达训谕传给梵天，现在又向阿诸纳讲述《博伽梵歌》。因此他是原初的灵性导师，当今之世的任何真正的灵性导师，都必须是源于奎师那的使徒传系中的后来者。若不是奎师那的代表，任何人都不可能成为传授超然课题的教师或灵性导师。

绝对真理在各方面都受到敬拜。他无限伟大。谁也没有博伽梵奎师那伟大，因为在灵性的或物质的展示之内，没有谁与奎师那平等，或高于奎师那。人人都在他之下。谁也不能超过他。据《室维陀奥义书》（*Śvetāśvatara Upaniṣad* 6.8）记载：

na tasya kāryaṁ karaṇaṁ ca vidyate
na tat-samaś cābhyadhikaś ca dṛśyate

博伽梵奎师那像常人一样有感官，有躯体，但对他来说，他的感官、躯体、心意和他本人没有区别。而对他知之不全的愚人，却说奎师那与他的灵魂、心意、内心和别的一切均不一样。而奎师那是绝对的；因此，他的活动和能力都是至高无上的。据说，虽然他没有像我们这样的感官，但也能进行一切感官活动，因此他的感官就无所谓不完美或有限了。没有谁比他更伟大，没有谁与他平等，人人都在他之下。

至尊者的知识、力量和活动都是超然的。如《博伽梵歌》（4.9）所说：

janma karma ca me divyam
evaṁ yo vetti tattvataḥ
tyaktvā dehaṁ punar janma
naiti mām eti so 'rjuna

"人若了解我显现和活动的超然本质，离开躯体后，再也不用降生到这个物质世界。阿诸纳啊！他将晋升到我永恒的居所。"谁了解奎师那的超然的躯体、活动和完美，他离开躯体后，就不再重返这苦难的世界。所以，我们应明白，奎师那的活动与其他人不一样。遵行奎师那的原则能使人完美。谁也不是奎师那的主人，人人都是他的仆人。

《永恒的采坦尼亚经》（*Caitanya-caritāmṛta* 上篇 5.142）证实：唯有奎师那是神，其他人都是他的仆从（*ekale īśvara kṛṣṇa*，*āra saba bhṛtya*）。人人都在遵行他的旨令。没有人能违反他的旨令。人人都在奎师那的监督之下，按照奎师那的旨令而行动。正如《梵天本集》（*Brahma-saṁhitā*）所说，奎师那是万原之原。

诗节 44

तस्मात्प्रणम्य प्रणिधाय कायं प्रसादये त्वामहमीशमीड्यम् ।
पितेव पुत्रस्य सखेव सः युʼʼ प्रियʼʼ प्रियायार्हसि देव सोढुम् ॥ ४४ ॥

tasmāt praṇamya praṇidhāya kāyaṁ
prasādaye tvām aham īśam īḍyam
piteva putrasya sakheva sakhyuḥ
priyaḥ priyāyārhasi deva soḍhum

tasmāt—因此；*praṇamya*—顶拜；*praṇidhāya*—俯下；*kāyam*—身体；*prasādaye*—乞求仁慈；*tvām*—向您；*aham*—我；*īśam*—向博伽梵；*īḍyam*—值得崇拜的；*pitā iva*—像父亲；*putrasya*—对待儿子；*sakhā iva*—像朋友；*sakhyuḥ*—对待朋友；*priyaḥ*—爱人；*priyāyāḥ*—对待最亲爱的人；*arhasi*—您应该；*deva*—我的主；*soḍhum*—容忍。

译文　您是博伽梵，为每一生物所崇拜。因此我俯身敬拜您，乞求您的仁慈。就像父亲容忍儿子的不周，朋友容忍朋友的鲁莽，丈夫容忍妻子的随意一样，请容忍我可能对您做出的不当之举。

要旨　奎师那的奉献者与奎师那的关系各不相同。有的视奎师那为亲子，有的视他为丈夫，朋友或主人。奎师那与阿诸纳是朋友关系。就像父亲会容忍，丈夫或主人会容忍一样，奎师那也容忍。

诗节 45

अदृष्टपूर्वं हृषितोऽस्मि दृष्ट्वा भयेन च प्रव्यथितं मनो मे ।
तदेव मे दर्शय देव रूपं प्रसीद देवेश जगन्निवास ॥ ४५ ॥

adṛṣṭa-pūrvaṁ hṛṣito 'smi dṛṣṭvā
bhayena ca pravyathitaṁ mano me
tad eva me darśaya deva rūpaṁ
prasīda deveśa jagan-nivāsa

adṛṣṭa-pūrvam—从未见过；*hṛṣitaḥ*—感到喜悦；*asmi*—我是；*dṛṣṭvā*—因为看到；*bhayena*—出于恐惧；*ca*—还有；*pravyathitam*—不安宁的；*manaḥ*—心意；*me*—我的；*tat*—那；*eva*—肯定地；*me*—向我；*darśaya*—展示；*deva*—主啊；*rūpam*—形象；*prasīda*—请垂赐恩泽；*Deva-īśa*—众主之主啊；*jagat-nivāsa*—宇宙的庇护所啊。

译文　看到这从未见过的宇宙形体，我分外高兴，但同时我的心又惶恐不安。众主之主，宇宙的居所啊！请垂恩于我，再次向我展示您人格神首的形体。

要旨　阿诸纳是奎师那的挚友，所以永远对奎师那充满信心，就像一位挚友为朋友的富裕而欣喜一样，阿诸纳看到朋友奎师那是博伽梵，能展示如此奇妙的宇宙形体，也分外高兴。但同时，在看过宇宙形体之后，他又忧心忡忡，为自己出于纯真的友情而对奎师那造成的冒犯而担忧。因此，他由于恐惧而心绪不宁，尽管他没有什么值得恐惧。于是，他请求奎师那展示他的那罗延（Nārāyaṇa）形体，因为他能以任何形体出现。正如物质世界是短暂的一样，这个宇宙形体也是物质的、短暂的。但在无忧星宿（Vaikuṇṭha 外琨塔）有像那罗延一样的四臂超然形体。在灵性天空有无数的星宿，奎师那都以不同名字的全权展示而莅临每一个星宿。所以，阿诸纳又想看看在无忧星宿上展示的某一种形体。当然，在每一个无忧星宿上，那罗延的形体都是四臂的，但四手所持的标志——海螺、神杵、莲花、神碟——排布各不一样。根据手持这四样东西的排列不同，那罗延的名字也各不相同。所有这些形体都与奎师那同为一体，因此阿诸纳请求一瞥绝对真理的四臂形象。

诗节 46

किरीटिनं गदिनं चक्रहस्त- मिच्छामि त्वां द्रष्टुमहं तथैव ।
तेनैव रूपेण चतुर्भुजेन सहस्रबाहो भव विश्वमूर्ते ॥ ४६ ॥

kirīṭinaṁ gadinaṁ cakra-hastam
icchāmi tvāṁ draṣṭum ahaṁ tathaiva
tenaiva rūpeṇa catur-bhujena
sahasra-bāho bhava viśva-mūrte

kirīṭinam— 戴着头盔；*gadinam*— 神杵；*cakra-hastam*— 手持神碟；*icchāmi*— 我想要；*tvām*— 您；*draṣṭum*— 看看；*aham*— 我；*tathā eva*— 在那个地位；*tena eva*— 以那个；*rūpeṇa*— 形象；*catur-bhujena*— 四只手的；*sahasra-bāho*— 千手者啊；*bhava*— 请变成；*viśva-mūrte*—宇宙形象啊。

译文　宇宙形体啊！千手之主啊！我想看您四臂的形体——头戴王冠，手持神杵、神碟、海螺和莲花。我渴望一睹您的那个形体。

要旨　据《梵天本集》(5.39) 说：绝对真理永恒地处在千千万万的形体之中（*rāmādi-mūrtiṣu kalā-niyamena tiṣṭhan*），而主要的形体有茹阿玛、尼星哈、那罗延等形体。形体之多，真是难以数计。但阿诸纳知道，奎师那是原初的人格神首，现在以他短暂的宇宙形体出现。阿诸纳现在想看灵性的形体——那罗延。这节诗不可置疑地确证了《圣典博伽瓦谭》的论述，奎师那即原初的人格神，所有其他形象都源于他。他与他的全权扩展没有两样，在无以数计的任一形体中，他都是神。在所有这些形体中，他都像年轻人一样朝气蓬勃，青春焕发。这是博伽梵恒常的形象。一旦认识了奎师那，就能立即脱尽物质世界的污染。

诗节 47

श्रीभगवानुवाच ।
मया प्रसन्नेन तवार्जुनेदं रूपं परं दर्शितमात्मयोगात् ।
तेजोमयं विश्वमनन्तमाद्यं यन्मे त्वदन्येन न दृष्टपूर्वम् ॥ ४७ ॥

śrī-bhagavān uvāca
mayā prasannena tavārjunedaṁ
rūpaṁ paraṁ darśitam ātma-yogāt
tejo-mayaṁ viśvam anantam ādyaṁ
yan me tvad anyena na dṛṣṭa-pūrvam

śrī bhagavān uvāca— 至尊的人格神首说；*mayā*— 由我；*prasannena*— 快乐地；*tava*— 向你；*arjuna*— 阿诸纳啊；*idam*— 这；*rūpam*— 形体；*param*— 超然的；*darśitam*— 展示；*ātma-yogāt*—以我的内在能量；*tejomayam*— 充满着光芒；*viśvam*— 整个宇宙；*anantam*—

无限的；*ādyam*—原本的；*yat*—那；*me*—我的；*tvat-anyena*—除了你以外；*na dṛṣṭa-pūrvam*—从未有人看过。

译文　博伽梵说：亲爱的阿诸纳，我很高兴能以内在能量，在物质世界之内向你显示这一至高无上的宇宙形体。在你之前，从未有谁见过这无限且辉煌灿烂的原始形象。

要旨　阿诸纳想看博伽梵的宇宙形体，所以，世尊奎师那出于对他的奉献者的仁慈，就显示了他灿烂辉煌、富裕卓绝的宇宙形体。这形体像太阳一样明亮，众多的面孔飞快地变化着。奎师那显示这形体，为的只是满足他的朋友阿诸纳的愿望。这形体是奎师那以他的内在能量展示出来的，对人类来说是不可思议的。在阿诸纳以前，没有谁看到过绝对真理的这一宇宙形体，但因为给阿诸纳看了，所以天堂星宿和外太空其他星宿上的奉献者也能看到这一形体。他们以前没有见过这宇宙形体，但因为阿诸纳，他们也能看到。换句话说，博伽梵所有使徒传系内的奉献者，都能看见由奎师那的仁慈而展示给阿诸纳看的宇宙形体。有人评述说，当奎师那去找杜尤丹（Duryodhana）议和时，他也向杜尤丹展示过这一形体。不幸的是，杜尤丹没有接受和平提议，但奎师那在那时只展示了他的部分宇宙形体。但那些形体与显示给阿诸纳看的这一形体是不一样的。这里很清楚地说明了，以前也没有谁见过这一形体。

诗节 48

न वेदयज्ञाध्ययनैर्न दानै- र्न च क्रियाभिर्न तपोभिरुग्रैः ।
एवंरूपः शक्य अहं नृलोके द्रष्टुं त्वदन्येन कुरुप्रवीर ॥ ४८ ॥

na veda-yajñādhyayanair na dānair
na ca kriyābhir na tapobhir ugraiḥ
evaṁ-rūpaḥ śakya ahaṁ nṛ-loke
draṣṭuṁ tvad anyena kuru-pravīra

na—不；*veda yajña*—依靠祭祀；*adhyayanaiḥ*—或研读韦达经典；；*na*—不；*dānaiḥ*—通过布施；*na*—不；*ca*—还有；*kriyābhiḥ*—通过虔诚的活动；*na*—永不；*tapobhiḥ*—通过严格的修行；*ugraiḥ*—严酷的；*evam rūpaḥ*—以这个形体；*śakyaḥ*—可以；*aham*—我；*nṛloke*—在这个物质世界；*draṣṭum*—目睹；*tvat*—除你之外；*anyena*—由另外一个人；*kuru-pravīra*—库茹武士之骁雄啊！

译文　库茹武士之骁雄啊！在你之前没有谁见过我的这一宇宙形体，因为无论是靠研习韦达经、举行献祭、布施，还是靠虔诚活动，或严格苦修，都不能在物质世界之内见到我的这一形体。

要旨　应该在这里对神圣的视域有清楚的了解。谁能具有神圣视域呢？“神圣的”即“神性的”。除非人达到了半神人的神圣地位，否则不可能有神圣视域。那么什么是半神人呢？韦达经典宣布，凡是圣维施努的奉献者就是半神人（*viṣṇu-bhaktāḥ smṛtā devāḥ*）。凡属无神论者，即不信仰维施努的，或只承认奎师那的非人格部分为至尊的，不会有神圣视域。一面诋毁奎师那，一面又有神圣视域，这是不可能的。自己不成为神圣的人，就不可能拥有神圣的视域。换言之，凡有神圣视域的也能像阿诸纳一样去看。

《博伽梵歌》对宇宙形体进行了描述。尽管在阿诸纳之前的每个人都对这种描述一无所知，但现在，在这个事件之后，人们对“宇宙形象（Viśva-rūpa）”可能会有些概念。那些真正神圣的人能看见绝对真理的宇宙形体。但不成为奎师那的纯粹奉献者，是不可能神圣起来的。然而，本性神圣、拥有神圣视域的奉献者，却对看绝对真理的宇宙形体兴趣不大。如上一诗节所述，阿诸纳想看圣奎师那作为维施努的四臂形体，他对宇宙形体实际上是感到畏惧的。

在这一诗节中，有些字眼很有意义，如“研习韦达经典和祭祀规则”，韦达经是指各种韦达典籍，如四韦达经（《瑞歌韦达》《亚诸韦达》《萨玛韦达》《阿塔瓦韦达》）、十八部《宇宙古史》、诸奥义书和《终极韦达经》。人们可以在家或在其他任何地方研习这些典籍。同样的，还有一些经典，如《劫波经》（*Kalpa-sūtras*）、《弥漫差经》（*Mīmāṁsā-sūtras*）等用以研究献祭的方法。

“布施（Dānaiḥ）”，即捐赠给某一合适的团体，如那些从事于对绝对真理做超然爱心服务的婆罗门和外士那瓦们。“虔诚活动”是指火祭（Agni-hotra）和不同的阶层应尽的赋定责任。而自愿接受某些躯体的痛苦就叫作“苦行（Tapasya）”。因此，一个人可做这一切——承受躯体苦修、布施、研习韦达经等，但若不是像阿诸纳这样的奉献者，仍不可能看到那宇宙形体。那些非人格主义者也想入非非，以为他们在看绝对真理的宇宙形体。但从《博伽梵歌》中我们得知，非人格主义者不是奉献者，因此，他们不可能看到绝对真理的宇宙形体。

有很多人在制造化身。他们错误地宣称某一普通人为化身。但这是愚昧至极的举动。我们应该遵循《博伽梵歌》的原则，不然不能获得完美的灵性知识。虽然《博伽梵歌》被视为研究神科学的最初阶段，但已非常完美，使人能分清是非。假化身的跟随者可能会说他们也看到了神的超然化身——宇宙形体，但这是不能接受的，因为这里清楚地断言：若不是奎师那的奉献者，便不能看到神的宇宙形体。所以人必须首先成为奎师那的纯粹奉献者，然后才能宣称自己能够描述他所看到的宇宙形体。奎师那的奉献者不承认假化身或假化身的追随者。

诗节 49

मा ते व्यथा मा च विमूढभावो दृष्ट्वा रूपं घोरमीदृङ्‌ममेदम् ।
व्यपेतभीः प्रीतमनाः पुनस्त्वं तदेव मे रूपमिदं प्रपश्य ॥ ४९ ॥

mā te vyathā mā ca vimūḍha-bhāvo
dṛṣṭvā rūpaṁ ghoram īdṛṅ mamedam
vyapeta-bhīḥ prīta-manāḥ punas tvaṁ
tad eva me rūpam idaṁ prapaśya

mā—不要有；*te*—对你；*vyathā*—麻烦；*mā*—不要有；*ca*—也；*vimūḍha-bhāvaḥ*—困惑；*dṛṣṭvā*—通过看；*rūpam*—形体；*ghoram*—恐怖的；*īdṛk*—原本地；*mama*—我的；*idam*—这；*vyapetabhīḥ*—脱离所有的恐惧；*prīta-manāḥ*—心满意足；*punaḥ*—再次；*tvam*—你；*tat*—那；*eva*—如此；*me*—我的；*rūpam*—形象；*idam*—这；*prapaśya*—瞧。

译文　看了我这可怕的容貌，你已凄惶不宁，迷惑不解，现在让它结束吧！我的奉献者，重新免除所有烦扰吧！你现在可以怀着平静的心情来看你想看的形象。

要旨　在《博伽梵歌》的开始，阿诸纳为要杀死彼士玛（Bhīṣma）和杜荣拿（Droṇa）——他尊敬的祖父和老师而发愁。但奎师那说他大可不必为杀死他的祖父而担忧。当兑塔拉施陀诸子想在库茹族的集会上剥光朵帕蒂（Draupadī）的衣服时，彼士玛和杜荣拿都默不作声，他们这样疏忽职责，理当诛杀。奎师那向阿诸纳展现他的宇宙形体，只想让他知道，这些人因其不法的行为早已被杀。这一场景之所以被展示给阿诸纳，是因为奉献者永远平和，不可能有这种可怕的举动。展示宇宙形体的目的已经达到。现在阿诸纳想看四臂的形体，奎师那也显示给他看。奉献者对宇宙形体并没有太大的兴趣，它不能使人跟他互相交流爱的情感，奉献者要么想奉上一份崇敬之情，要么想看到两臂的奎师那形体，好在爱心服务中与博伽梵交流。

诗节 50

सञ्जय उवाच ।
इत्यर्जुनं वासुदेवस्तथोक्त्वा स्वकं रूपं दर्शयामास भूयः ।
आश्वासयामास च भीतमेनं भूत्वा पुनः सौम्यवपुर्महात्मा ॥ ५० ॥

sañjaya uvāca
ity arjunaṁ vāsudevas tathoktvā
svakaṁ rūpaṁ darśayām āsa bhūyaḥ
āśvāsayām āsa ca bhītam enaṁ
bhūtvā punaḥ saumya-vapur mahātmā

sañjayaḥ uvāca—桑佳亚说；*iti*—如此；*arjunam*—向阿诸纳；*vāsudevaḥ*—奎师那；*tathā*—那样；*uktvā*—说完；*svakam*—他自己的；*rūpam*—形体；*darśayām āsa*—展示；*bhūyaḥ*—再次；*āśvāsayāmāsa*—鼓励；*ca*—也；*bhītam*—恐惧的；*enam*—他；*bhūtvā*—变成；*punaḥ*—再次；*saumya-vapuḥ*—俊美形象；*mahātmā*—伟大者。

译文　桑佳亚对兑塔拉施陀说：博伽梵奎师那对阿诸纳说罢这些，便展示了他真正的四臂形象，最后又展示了他的两臂形象，以鼓励惊恐失色的阿诸纳。

要旨　当奎师那显现为瓦苏戴瓦和迪瓦姬的儿子时，他最先是显现为四臂的那罗延。但在父母的要求下，他又变成了看似普通孩子的模样。同样，奎师那知道，阿诸纳对四臂形体不会有太多的兴趣，但既然阿诸纳要求了，他也就再次以此形象显示给阿诸纳，然后又显现为两臂的形体。梵文“saumya-vapuḥ”一词很有意义。“saumya-vapuḥ”是一个非常美妙的形体，而此形为最美妙之形。当奎师那显现时，人人都为他的形体倾倒。而且因为奎师那是宇宙的指导者，为了消除他的奉献者阿诸纳的惊恐，便再次显示了奎师那的这一美丽的形体。《梵天本集》（5.38）上有言：“只有双眼涂上了爱的油膏的人，才能看到博伽梵奎师那的奇美之形象（*premāñjana-cchurita-bhakti-vilocanena*）。”

诗节 51

अर्जुन उवाच ।
दृष्ट्वेदं मानुषं रूपं तव सौम्यं जनार्दन ।
इदानीमस्मि संवृत्त" सचेता" प्रकृतिं गत" ॥ ५१ ॥

arjuna uvāca
dṛṣṭvedaṁ mānuṣaṁ rūpaṁ
tava saumyaṁ janārdana
idānīm asmi saṁvṛttaḥ
sa-cetāḥ prakṛtiṁ gataḥ

arjunaḥ uvāca—阿诸纳说；*dṛṣṭvā*—看了；*idam*—这；*mānuṣam*—人类；*rūpam*—形体；*tava*—您的；*saumyam*—非常俊美的；*janārdana*—惩敌者啊；*idānīm*—现在；*asmi*—我变得；*saṁvṛttaḥ*—平静了；*sa-cetāḥ*—我的知觉；*prakṛtim*—我自己的本性；*gataḥ*—恢复。

译文　阿诸纳看到奎师那的原初形体，说道：众生的维系者呀！看到您如此这般美丽的人体形象，我的心现在已平静下来，我又恢复了原初的本性。

要旨　这里的“mānusam rūpam（人形）”一词清楚地指明，博伽梵原来是两臂的。这里揭露了那些嘲笑奎师那为普通人的人，他们对奎师那的神性一无所知。如果奎师那真像是普通人一样，那他又怎能展示宇宙之形和再次展示四臂的那罗延形体呢？所以《博伽梵歌》明断，谁认为奎师那为普通常人，谁宣称是非人格梵在奎师那之内说话，以此误导别人，谁就在冒天下之大不韪。实际上，奎师那显示了他的宇宙形体和四臂维施努形象。那么，他怎么可能是普通常人呢？

纯粹的奉献者不会为那些把人导入歧途的《博伽梵歌》诠释所迷惑，因为他们知道真实的情况。《博伽梵歌》的原诗已像太阳一样清清楚楚，用不着愚蠢的诠释者的灯光。

诗节 52

श्रीभगवानुवाच ।
सुदुर्दर्शमिदं रूपं दृष्टवानसि यन्मम ।
देवा अप्यस्य रूपस्य नित्यं दर्शनकाङ्क्षिणः ॥ ५२ ॥

śrī-bhagavān uvāca
su-durdarśam idaṁ rūpaṁ
dṛṣṭavān asi yan mama
devā apy asya rūpasya
nityaṁ darśana-kāṅkṣiṇaḥ

śrī bhagavān uvāca—博伽梵说；*sudur-darśana*—很难看到；*idam*—这；*rūpam*—形象；*dṛṣṭavān asi*—像你所看到的；*yat*—那；*mama*—我的；*devāḥ*—众半神人；*api*—也；*asya*—这；*rūpasya*—形象；*nityam*—永恒地；*darśana-kāṅkṣiṇaḥ*—渴求观看。

译文　博伽梵说：我亲爱的阿诸纳，你现在看到的我的这一形体极难看到。即使是半神人也一直在寻找机会一睹这无比亲切的形象。

要旨　在本章第48节，世尊奎师那结束了对宇宙形体的展示，并且告诉阿诸纳，这一形体不可能通过无数的虔诚活动、献祭等看到。而在这里用了“su-durdarśam（难得一见）”一词，表明奎师那的两臂形体更为机密。给苦修、韦达研习和哲学思辨等各种活动打上一点奉爱服务的色彩，人们就有可能看到奎师那的宇宙形体。这或许可能，但没有奉爱的色彩，人是无法看见宇宙形体的，这已有过解释。不过，超越宇宙形体之外的两臂奎师那的形体，更难看见，即使梵天和希瓦神这样的半神人也看不见。他们渴望看见他，这在《世尊典博伽瓦谭》中已有证据表明。当他被认为是在母亲迪瓦姬腹中的时候，所有半神人都从天而降，想一睹奇妙的奎师那，他们向绝对真理献上优美的祷文，虽然当时还看不见他。他们就这样等着看他。愚蠢的人可能取笑奎师那，认为他是普通人，也可能会对他之内的非人格的“什么东西”致以敬意，而不对他行礼，但这些都是荒谬的主张。两臂形体的奎师那恰恰是梵天和希瓦这样的半神人孜孜以求的形体。

《博伽梵歌》(9.11)也证实：我以人的形体降临时，愚人向我冷嘲热讽(*avajānanti māṁ mūḍhā mānuṣīṁ tanum āśritam*)。奎师那的躯体完全是灵性的，充满极乐和永恒，这一点为《梵天本集》所证实，也由奎师那本人在《博伽梵歌》中所证实。他的躯体永不会像物质躯体一样。但对那些通过研读《博伽梵歌》或类似的韦达经典来研究奎师那的人来说，奎师那是一个难题。对使用物质方式来理解奎师那的人来说，奎师那被看作是一个伟大的历史人物和学识渊博的哲学家，但他仍不过是普通人，尽管他那么有力量，他还得接受物质的躯体。最终，他们认为绝对真理是非人格化的；他们认为，从奎师那的非人格特征产生了附着于物质自然的人格特征。这是对博伽梵的物质性推断。另一种推断是臆测性的。那些探寻知识的人也臆测奎师那，认为他不如博伽梵的宇宙形体重要。因此，有人认为展示给阿诸纳的奎师那之宇宙形体比他的人形更为重要。根据他们的说法，至尊者的人形是凭空虚想的。他们相信，终极来说，绝对真理不会是人。然而，《博伽梵歌》第四章描述了一种超然的程序：从权威处聆听奎师那。这是真正的韦达程序，那些真正处在韦达知识传承中的人，从权威处聆听奎师那，通过反复地聆听，奎师那变得亲切可爱起来。我们已论述过多次，奎师那被他的瑜伽玛亚(yoga-māyā 内在能量)的能力所覆盖。他不会被任何人看见，也不是向每一个人都展示的。只有他亲自显示给那个人看，那个人才能看见他。这一点为韦达典籍所证实：一个皈依的灵魂，肯定能理解绝对真理。超然主义者，靠持续不断地知觉到奎师那以及为奎师那做奉爱服务，灵性的眼睛得以开启，能通过启示看到奎师那。连半神人也得不到这样的启示；因此即便是半神人也难以理解奎师那，而且，高级的半神人总是想看到奎师那的两臂形体。因此，结论便是，虽然要看到奎师那的宇宙形体已是非常非常困难，不是什么人都可以看见的，但是要明白他以夏玛逊达(Śyāmasundara)身份出现的人类形象就更难上加难。

诗节 53

नाहं वेदैर्न तपसा न दानेन न चेज्यया ।
शक्य एवंविधो द्रष्टुं दृष्टवानसि मां यथा ॥ ५३ ॥

nāhaṁ vedair na tapasā
na dānena na cejyayā
śakya evaṁ-vidho draṣṭuṁ
dṛṣṭavān asi māṁ yathā

na—永不；*aham*—我；*vedaiḥ*—通过研习韦达经；*na*—永不；*tapasā*—通过严格的苦修；*na*—永不；*dānena*—通过布施；*na*—永不；*ca*—还有；*ijyayā*—通过崇拜；*śakyaḥ*—可能；*evam-vidhaḥ*—像这；*draṣṭum*—看；*dṛṣṭavān*—见到；*asi*—你是；*mām*—我；*yathā*—如。

译文　你以超然的眼睛看到的形体，仅凭研习韦达经、严格苦修、布施或崇拜，都无法理解。通过这些方式，永远不能看到我的原本形象。

要旨　奎师那起初以四臂的形体出现在父母迪瓦姬和瓦苏戴瓦面前，然后变回两臂的形体。这其中的奥秘，对无神论者和不做奉爱服务的人而言，是很难理解的。对那些以文法知识或学术资格去研究韦达典籍的学者们来说，奎师那是不可能理解的。例行公事似地到神庙做崇拜的人也不能理解他。这些人来来往往，但不能理解奎师那的真实面貌。只有通过奉爱服务的途径才能理解奎师那，这一点奎师那在下一节诗中亲自有解释。

诗节 54

भक्त्या त्वनन्यया शक्य अहमेवंविधोऽर्जुन ।
ज्ञातुं द्रष्टुं च तत्त्वेन प्रवेष्टुं च परन्तप ॥ ५४ ॥

bhaktyā tv ananyayā śakya
aham evaṁ-vidho 'rjuna
jñātuṁ draṣṭuṁ ca tattvena
praveṣṭuṁ ca parantapa

bhaktyā—通过奉献服务；*tu*—只有；*ananyayā*—没有混杂果报活动或推敲知识；*śakyaḥ*—可能；*aham*—我；*evam-vidhaḥ*—像这样；*arjuna*—阿诸纳啊；*jñātum*—认识；*draṣṭum*—看到；*ca*—和；*tattvena*—真实地；*praveṣṭum*—进入；*ca*—还有；*parantapa*—臂力强大的人啊。

译文　我亲爱的阿诸纳，只有通过专一的奉爱服务才能按我的真实面貌了解我，我就站在你面前，如此，你便能直接看到我。只有这样，你才能进入领悟我的奥秘之中。

要旨　只有通过专一的奉爱服务之途才能理解奎师那。奎师那在这节诗中作了清晰明了的解释，这样，那些试图以思辨途径去理解《博伽梵歌》的未经授权的诠释者们就可以知道，他们所做的只是浪费时间。谁也无法明白奎师那，以及他怎样以四臂形体从父母而来，而又立即变成两臂形体的。这些事情靠研究韦达经或哲学性玄思是很难弄明白的。所以这里明确地断言，谁也不能看见他，也不能进入对这些事情的领悟之中。然而，那些非常有经验的韦达典籍的学生，能从很多方面通过韦达典籍去了解他。有很多这方面的规范，如果谁真正想理解奎师那，那就必须遵循权威典籍上记载的规范原则。人们可以依从这些原则进行苦修。例如：要履行严格的苦修，人们可以在奎师那的显现日（Janmāṣṭamī 佳玛斯塔米），以及两个爱卡达西日（Ekadasi 新月后的第 11 天和满月后的第 11 天）断食。至于布施，显而易见，应该对奎师那的奉献者予以布施，他们投入对绝对真理的奉爱服务之中，在全世界广为传播奎师那哲学，即奎师那知觉。奎师那知觉是人类的福祉。圣采坦尼亚（Caitanya）深受茹帕・哥斯瓦米（Rūpa Gosvāmī）称道，茹帕・哥斯瓦米颂扬他是最为慷慨的布施者，因为他广传奎师那的爱，而这种爱是很难获得的。所以，如果有人对从事奎师那知觉的传播者捐上一些钱，那么这份为传播奎师那知觉而捐的布施，实为世上最伟大的布施。如果人们依从规例在神庙里崇拜（印度的神庙里常有神像，一般不是维施努就是奎师那），通过敬拜博伽梵，人们就得到进步的机会。对刚开始为绝对真理做奉爱服务的人来说，庙宇崇拜至为重要，韦达典籍《室维陀奥义书》（*Śvetā-śvatara Upaniṣad* 6.23）中有证实：

yasya deve parā bhaktir
yathā deve tathā gurau
tasyaite kathitā hy arthāḥ
prakāśante mahātmanaḥ

“一个坚定地为博伽梵做奉献，接受灵性导师的指导，而且对灵性导师同样坚信的人，能通过启示看到博伽梵。”

人们无法靠心智臆测来理解奎师那（Krishna）。而对于一个没得到真正的灵性导师亲自训练的人，则无法理解奎师那。这里特别用了“只有”一词，表明在理解奎师那方面没有其他的途径可供选用，可以推荐，或可获成功。

奎师那的人体形象——两臂和四臂的形象——与展现给阿诸纳的短暂宇宙形体完全不同。四臂的那罗延形体和两臂的奎师那形体都是永恒而且超然的，而展示给阿诸纳的宇宙形体则是短暂的。“难得一见（su-durdarśam）”，是说没有谁见过那一宇宙形体。也等于说，在奉献者之中没必要显示它。那一形体是奎师那在阿诸纳的要求下展现的，这样，将来倘若有人自称是神的化身，人们就可以要求看一看他的宇宙形体。

“永不（na）”一词在前一诗节中频繁使用，表明在韦达典籍方面的学术资历，不应成为人们引以为傲的凭证，要切实地为奎师那做奉爱服务，只有这样才能尝试着去诠释《博伽梵歌》。

奎师那从宇宙形体变成了四臂的形体那罗延，然后又变回他自然的两臂形象。这表明，四臂形体和其他韦达典籍中提到的形体，都流生于奎师那原始的两臂形体。他是一切流生之源。奎师那并不等同于这些形体，就更不用说非人格梵的形式了。就奎师那的四臂形体而言，也有了然的断言，即使是奎师那的与自己最相近的四臂形体（称为大维施努，躺在宇宙之洋上，呼气时，无数宇宙随之而生，吸气时，又随之而入），也是博伽梵的一个扩展。如《梵天本集》（5.48）所言：

yasyaika-niśvasita-kālam athāvalambya
jīvanti loma-vila-jā jagad-aṇḍa-nāthāḥ
viṣṇur mahān sa iha yasya kalā-viśeṣo
govindam ādi-puruṣaṁ tam ahaṁ bhajāmi

“大维施努，只在他的呼吸之间，无数的宇宙便入而复出，是奎师那的全权扩展。因此，我崇拜哥文达（Govinda）——奎师那，万原之原。”

因此，一个人最终该崇拜奎师那的人体形象，崇拜作为博伽梵，充满永恒的极乐和知识的他。他是维施努的所有形体之源，他是所有化身形体之源，正如《博伽梵歌》所证实的，他是原始的博伽梵。

在韦达典籍《哥帕拉奥义书》（*Gopāla-tāpanī Upaniṣad* 1.1）中有如下论述：

sac-cid-ānanda-rūpāya
kṛṣṇāyākliṣṭa-kāriṇe
namo vedānta-vedyāya
gurave buddhi-sākṣiṇe

"我顶拜奎师那，他有着永恒、极乐和知识的超然形体。我向他致敬，因为认识了他就意味着理解了韦达经。因此，他是至尊无上的灵性导师。"

然后《哥帕拉奥义书》(1.3)又说："奎师那是博伽梵（*kṛṣṇo vai paramaṁ daivatam*)。"《哥帕拉奥义书》(1.21)还说到："那个奎师那是博伽梵，他受人敬拜（*Eko vaśī sarva-gaḥ kṛṣṇa īḍyaḥ*)"。"奎师那是一，但他以无限的形体展示，而且扩展为很多化身（*Eko 'pi san bahudhā yo 'vabhāti*)。"

《梵天本集》(5.1)上说：

īśvaraḥ paramaḥ kṛṣṇaḥ
sac-cid-ānanda-vigrahaḥ
anādir ādir govindaḥ
sarva-kāraṇa-kāraṇam

"博伽梵就是奎师那，他拥有永恒，知识和极乐的躯体。他没有开始，因为他是一切的开始。他是万原之原。"

在其他地方还有："至尊绝对真理是一个人，他的名字是奎师那，他有时降临地球（*yatrāvatīrṇaṁ kṛṣṇākhyaṁ paraṁ brahma narākṛti*)"。同样，在《圣博伽瓦谭》中，我们也能找到关于博伽梵的各种化身的描述，在这个名册上也有奎师那（Krishna）的名字。但接着说明，这个奎师那不是神的化身，而是原初的博伽梵（*ete cāṁśa-kalāḥ puṁsaḥ kṛṣṇas tu bhagavān svayam*)。

同样，在《博伽梵歌》中，绝对真理说："我是至高无上的真理（*mattaḥ parataraṁ nānyat*)。"他也在《博伽梵歌》的其他地方说他是所有半神人之源（*aham ādir hi devānām*)。当阿诸纳从奎师那那里理解了《博伽梵歌》之后，他也说了如下的话证实这一点："您是博伽梵，终极的居所（*paraṁ brahma paraṁ dhāma pavitram-paramaṁ bhavān*)。"所以，奎师那向阿诸纳展现的宇宙形体不是神的原形。原始形体是奎师那。千头万臂的宇宙形体的展现，只是为了吸引那些不爱神的人。那不是神的原形。

纯粹的奉献者均在不同的超然关系中爱着博伽梵，所以，宇宙形体对他们并不富有吸引力。博伽梵在奎师那的原始之形中，交流着超然的爱。因此，对于与奎师那友情至深的阿诸纳来说，这一宇宙展示的形体并不令人愉悦，反而令人害怕。阿诸纳是奎师那永恒的友伴，他一定有超然的眼睛，他不是一个普通人。因此他并未被宇宙形体迷住。对通过业报活动提升自己的人来说，这一形体也许看起来奇妙无比，但对于从事奉爱服务的人来说，奎师那的两臂形体最为亲切。

诗节 55

मत्कर्मकृन्मत्परमो मद्भक्तः सङ्गवर्जितः ।
निर्वैरः सर्वभूतेषु यः स मामेति पाण्डव ॥ ५५ ॥

mat-karma-kṛn mat-paramo
mad-bhaktaḥ saṅga-varjitaḥ
nirvairaḥ sarva-bhūteṣu
yaḥ sa mām eti pāṇḍava

mat-karma-kṛt—为我工作；*mat-paramaḥ*—以我为至尊目标；*mat-bhaktaḥ*—从事对我的奉献服务；*saṅga-varjitaḥ*—脱离果报活动和心智臆测的污染；*nirvairaḥ*—没有敌人；*sarva-bhūteṣu*—在众生中；*yaḥ*—谁；*saḥ*—他；*mām*—到我这里；*eti*—来；*pāṇḍava*—潘度之子啊。

译文　我亲爱的阿诸纳，谁为我做纯粹的奉爱服务，远离业报活动和心智臆测的污染，谁为我工作，以我为生命的最高目标，与众生为友——谁必能来到我这里。

要旨　谁想接近灵性天空中奎师那星宿（Kṛṣṇaloka）上的博伽梵，想与至尊人格奎师那亲切相连，谁就必须走这个定式，按至尊本人的述说去做。因此，这节诗被认为是《博伽梵歌》的核心所在。《博伽梵歌》这部书是为指导受条件限制的灵魂而作。受条件限制的灵魂置身于物质世界，试图支配自然，并不了解真正灵性的生命。《博伽梵歌》的目的在于教导人们如何去理解自己的灵性存在及其与至尊灵性人格的永恒关系，教导人们怎样重返家园，回归神首。这节诗在这里清楚地解释了人在灵性活动中能获得成功的程序——奉爱服务。

说到工作，要将人的精力来一个彻底的转移，转移到奎师那知觉活动中去。

正如《奉爱的甘露海洋》(*Bhakti-rasāmṛta-sindhu* 1.2.255)所说,

anāsaktasya viṣayān
yathārham upayuñjataḥ
nirbandhaḥ kṛṣṇa-sambandhe
yuktaṁ vairāgyam ucyate

与奎师那(Krishna)有关的事情要去做,与奎师那无关的事情谁也不应该做。这就叫作奎师那知觉的活动(kṛṣṇa-karma)。人们可以从事不同的活动,但不可依附工作的结果,所得到的结果只能是为了奎师那。例如:一个人可以经商,但要将这种活动转变成奎师那知觉,就必须为奎师那经商。如果奎师那是生意的所有者,那他就应该享受生意的利润。一个商人腰缠万贯,如果他必须将这些钱奉献给奎师那,那他就可以这样做。这就是为奎师那工作。他不必为个人的感官享乐而大兴土木,却可以为奎师那建一座宏伟的神庙,可以按照奉爱服务的权威经典上的描述,在庙中供设奎师那的神像,安排为神像服务。这都是奎师那知觉的活动(kṛṣṇa-karma)。人不可依附工作的结果,应将结果供奉给奎师那,而只接受供奉过奎师那的帕萨达(prasādam 灵粮)。如果谁为奎师那建一座宏伟的大庙,在里面供设奎师那的神像,并不禁止他住在里面,只是要弄清楚,大庙的所有者是奎师那,这就叫作奎师那知觉。但是,如果人无力为奎师那营建神庙,他可以打扫奎师那的神庙,这也是奎师那知觉的活动。人可修建花园。谁有土地(至少在印度,任何穷人都有一点土地),就可把它用来种植花卉,供奉给奎师那。人们可以种图拉茜(tulasī)树,因为图拉茜树叶非常重要,而且奎师那在《博伽梵歌》中说,人如果怀着奉爱之心向他供奉一片叶、一朵花、一个水果或一些水,他都会接受(*patraṁ puṣpaṁ phalaṁ toyam*)——这样的供奉会令奎师那满意。这一片叶就是特指图拉茜而言。所以,人皆可种下图拉茜,浇水养植。这样,即使是最穷的人就也能服务奎师那了。这些是教人如何为奎师那工作的例子。

"mat-paramaḥ(以我为至尊目标)"是指那些把在奎师那的至尊居所与奎师那的联谊视为生命最完美境界的人。这样的人并不想被提升到月亮、太阳或天堂星宿这样的高等星宿上去,甚至对这个宇宙的最高星宿梵天星宿(Brahma-loka)也没有心思。他对此没有兴趣,而只追求转升到灵性世界。即便是在灵性世界,他也并不满足于融入梵光之中,因为他一心只想进入最高的灵性星宿,即奎师那星宿——高楼卡·温达文(Goloka Vṛndāvana)。他全然知道这个星宿的一切,因而对其他的星宿提不起兴趣来。正如“mad-bhaktaḥ（为我做奉爱服务）”所指明的，他完全投入奉爱服务之中，特别是九种奉献法：聆听法、念诵法、忆念法、崇拜法、侍奉绝对真理的莲花足法、祈祷法、执行绝对真理的旨令法、与绝对真理为友法、一切奉献给绝对真理。可以从事所有的九种奉献法，也可以从事八种、七种，或至少一种，这肯定会使人完美。

“saṅga-varjitaḥ（远离功利性活动和心智臆测的污染）”在此非常重要。一个人千万不要与反对奎师那的人混在一起。反对奎师那的不仅有无神论者，那些执迷于业报活动和心智臆测的人也是如此。因此，《奉爱的甘露海洋》（1.1.11）诗节中，描述纯粹奉爱服务的形式：

anyābhilāṣitā-śūnyaṁ
jñāna-karmādy-anāvṛtam
ānukūlyena kṛṣṇānu-
śīlanaṁ bhaktir uttamā

《永恒的采坦尼亚经》（中篇 19.167）

在这节诗中，茹帕·哥斯瓦米（Rūpa Gosvāmī）清晰地说明：谁若想做纯一的奉爱服务，谁就必须远离各种物质污染。他必须杜绝与那些执着于业报活动和心智臆测的人联谊。当有害的联谊和物质欲望的污染一扫而空时，一个人才能善意地培养有关奎师那的知识，这就叫作纯粹的奉爱服务。

《哈瑞奉爱之美》（*Hari-bhakti-vilāsa* 11.676）中说“接受有利于为奎师那做奉爱服务的事物，拒绝不利于为奎师那做奉爱服务的事物（*Ānukūlyasya saṅkalpaḥ prātikūlyasya varjanam*）”。人应该善意地想着奎师那，善意地去为奎师那工作，而不能心怀恶意。康萨（Kaṁsa）是奎师那的一个敌人。从奎师那的降生开始，康萨就一直算计着杀死他，他也一直在想着奎师那，因为他一直没有得逞。这样一来，无论是做事情，是吃饭，还是睡觉，他都在各方面想着奎师那，但是，那种奎师那知觉不是善意的。所以尽管他一天 24 小时想着奎师那，他仍然被看成一个恶魔，而且到最后，奎师那杀死了他。当然，被奎师那所杀的任何人都立即获得了救赎。但那不是纯粹奉献者的目标。纯粹的奉献者甚至连救赎也不想要。他甚至还不想被转升到最高的星宿高楼卡·温达文。他的唯一目的是，无论在哪里都要为奎师那服务。

奎师那的奉献者对谁都友善。因此这里说，他没有敌人（nirvairaḥ）。怎么会是这样呢？在奎师那知觉中的奉献者知道，只有为奎师那做奉爱服务才能解除人生的所有问题。他们有这方面的切身体验，所以想把这一体系——奎师那知觉——介绍给整个人类社会。为了传播神知觉而敢冒生命之险的绝对真理的奉献者，历史上屡见不鲜。最为人称道的是耶稣基督。他被非奉献者钉死在十字架上，为传播神的知识而牺牲了自己的生命。当然，认为他被杀害了，这种理解太流于肤浅。在印度也同样有很多例子，如哈瑞达斯·塔库（Haridāsa Ṭhākura）和帕拉德大君（Prahlāda）。为什么要冒这么大的危险呢？因为他们想传播奎师那知觉，而这是很困难的。奎师那知觉者知道，如果一个人在受苦，那是因为他忘记了他和奎师那的永恒关系。因此，对人类所能做出的最大贡献就是将他人从所有的物质问题中解救出来。纯粹的奉献者就是这样在为绝对真理做奉爱服务。现在，我们可以想象奎师那对那些为他服务，甘愿为他冒一切危险的人，该是多么恩慈。因此，可以肯定，这些人离开躯体后一定能达到至高无上的星宿。

总之，奎师那的宇宙形体（只是短暂的展示），吞没一切的时间形体，甚至四臂的维施努形象，全由奎师那展现了。所以说奎师那是一切展示之源，而不是说奎师那只是原始的（viśva-rūpa）维施努展示。奎师那是所有形体的渊源。维施努的数量千千万万，但对于奉献者来说，除了奎师那原本形象——两臂的夏玛逊达（Śyāmasundara）之外，奎师那的其他形象都不重要。据《梵天本集》记载，那些以爱和奉献眷恋着奎师那的夏玛逊达形象的人，可常在心中看到他，而看不到任何别的东西。所以，我们要明白第十一章的要旨，那就是奎师那的形体是最基本，最重要的，而且至高无上。

巴克提维丹塔（Bhaktivedanta）阐释圣典《博伽梵歌》第十一章“宇宙形体”至此结束。

第十二章

奉爱服务

奉爱瑜伽（Bhakti-yoga）——为圣奎师那做纯粹奉爱服务，是臻达灵性存在的最高目标——对奎师那纯粹之爱的最高深、最简捷的途径。那些沿着这条道路前进的人，就能培养出神圣的品质。

诗节 1

अर्जुन उवाच ।
एवं सततयुक्ता ये भक्तास्त्वां पर्युपासते ।
ये चाप्यक्षरमव्यक्तं तेषां के योगवित्तमाः ॥ १ ॥

arjuna uvāca
evaṁ satata-yuktā ye
bhaktās tvāṁ paryupāsate
ye cāpy akṣaram avyaktaṁ
teṣāṁ ke yoga-vittamāḥ

arjunaḥ uvāca—阿诸纳说；*evam*—这样；*satata*—总是；*yuktāḥ*—从事；*ye*—那些；*bhaktāḥ*—奉献者；*tvām*—您；*paryupāsate*—恰当地崇拜；*ye*—那些；*ca*—还有；*api*—再次；*akṣaram*—超越感官以外；*avyaktam*—不展示的；*teśām*—他们；*ke*—谁；*yoga-vittamāḥ*—在瑜伽知识方面最完美的。

译文　阿诸纳询问道：哪种人更完美，是那些恒常正确地为您做奉爱服务的，还是那些崇拜未展示的非人格梵的人呢？

要旨　到此为止，奎师那已经解释了人格、非人格和宇宙，对各种各类的奉献者和瑜伽士也有了详细的描述。一般来说，超然主义者可分为两类，即非人格神主义者和人格神主义者。崇奉人格神首的奉献者以全部的精力投入对博伽梵的服务之中。非人格神首主义者也自我投入，但不是直接为奎师那服务，而是冥想非人格梵（Brahman）——未展示的存在。

我们将在这一章里看到，在所有觉悟绝对真理的途径中，奉爱瑜伽（Bhakti-yoga）——奉爱服务，是最高的。如果人真心渴望与博伽梵相连，就必须从事奉爱服务。

通过奉爱服务直接崇拜博伽梵的人叫作人格神主义者。那些冥想非人格梵的人则叫作非人格神主义者。阿诸纳在此询问哪一种更好。觉悟绝对真理有不同的方法，但奎师那在本章明确指出，奉爱瑜伽（Bhakti-yoga），即为他做奉爱服务，是最高的。这是与博伽梵沟通的最直接、最简易的方式。

博伽梵在《博伽梵歌》第二章解说了，生物不是物质躯体，而是灵性的火花。绝对真理是灵性整体。在第七章，博伽梵说，生物是至尊整体的所属部分，并劝导生物把注意力转向整体。他在第八章又说，谁在离开躯体时想着奎师那，谁就会立即转升至灵性天穹，到达奎师那的居所。在第六章结尾，博伽梵清楚地说，在所有瑜伽士中，总是在内心想着奎师那的最为完美。因此，实际上每一章的结论都是，人应该眷依奎师那的人格形体，因为这是最高的灵性觉悟。

然而，还有些人不依恋奎师那的人体形象。他们对此是那样漠然，甚至在评注《博伽梵歌》时，都想把其他人从奎师那那里引开，转而全心奉献给非人格的梵光（brahmajyoti），他们更愿意冥想绝对真理的非人格形体，而这非人格形体超出感官之外并且是未展示的。

因此，实际上，超然主义者有两类。阿诸纳想问明白，哪种程序更容易，哪一类超然主义者更完美。换句话说，他想澄清自己的位置，因为他依恋奎师那的人体形象。他不依附非人格梵。他想知道自己的地位是否牢固安全。非人格的展示，无论是在物质世界还是在博伽梵的灵性世界，对冥想来说都是一个问题。实际上，人无法全面地设想出绝对真理的非人格特征。因此，阿诸纳想说："这样浪费时间有什么用？"阿诸纳在第十一章体会到眷依奎师那的人格形体是最好的，因为能借此同时理解所有其他形体，这样在爱奎师那时就无纷扰。阿诸纳询问奎师那的这一重要问题，将澄清绝对真理的人格与非人格概念的区别。

诗节 2

श्रीभगवानुवाच ।
मय्यावेश्य मनो ये मां नित्ययुक्ता उपासते ।
श्रद्धया परयोपेतास्ते मे युक्ततमा मताः ॥ २ ॥

śrī-bhagavān uvāca
mayy āveśya mano ye māṁ
nitya-yuktā upāsate
śraddhayā parayopetās
te me yuktatamā matāḥ

śrī bhagavān uvāca—博伽梵说；*mayi*—于我；*āveśya*—专注；*manaḥ*—心意；*ye*—谁；*mām*—我；*nitya*—总是；*yuktāḥ*—从事；*upāsate*—崇拜；*śraddhayā*—以信心；*parayā*—超然的；*upetāḥ*—具有；*te*—他们；*me*—被我；*yuktatamāḥ*—在瑜伽方面最完美；*matāḥ*—视为。

译文　博伽梵说：我认为，心意专注于我的人格形象，恒常以强大而超然的信念崇拜我，在我看来就是最完美的。

要旨　在回答阿诸纳的问题时，奎师那清楚地说，专注于他的人格形体，以信心和奉献崇拜他的人，算是瑜伽中最完美的了。因为在这样的奎师那知觉中的人，没有任何物质的活动，因为一切都是为奎师那而做。纯粹奉献者总是不停地在活动。有时念诵、聆听或阅读有关奎师那的书；有时烹饪灵粮（prasādam 帕萨达）或到市场上为奎师那购物；有时还会打扫神庙或洗刷碗碟——无论做什么，他都把自己的一切活动用来服务奎师那，不虚度一分一秒。这样的活动就是完全的神定（samadhi 三摩地，三昧）。

诗节 3-4

ये त्वक्षरमनिर्देश्यमव्यक्तं पर्युपासते ।
सर्वत्रगमचिन्त्यं च कूटस्थमचलं ध्रुवम् ॥ ३ ॥
सन्नियम्येन्द्रियग्रामं सर्वत्र समबुद्धयः ।
ते प्राप्नुवन्ति मामेव सर्वभूतहिते रता" ॥ ४ ॥

ye tv akṣaram anirdeśyam
avyaktaṁ paryupāsate
sarvatra-gam acintyaṁ ca
kūṭa-stham acalaṁ dhruvam

sanniyamyendriya-grāmaṁ
sarvatra sama-buddhayaḥ
te prāpnuvanti mām eva
sarva-bhūta-hite ratāḥ

ye—那些；tu—但是；akṣaram—超越感官感知；anirdeśyam—无限的；avyaktam—不展示的；paryupāsate—完全从事于崇拜；sarvatra-gam—遍透一切的；acintyam—不可思议的；ca—还有；kūṭa-stham—无变化；acalam—不移动的；dhruvam—固定的；sanniyamya—控制；indriya-grāmam—所有感官；sarvatra—每一处；sama-buddayaḥ—平等对待；te—他们；prāpnuvanti—达到；mām—我；eva—肯定地；sarva-bhūta-hite—造福众生；ratāḥ—从事于。

译文　但那些全然崇拜未展示的存在——那超出感官感知之外，遍透一切，不可思议，并无变化，固定不移的——即绝对真理非人格概念的人，控制各种感官，平等对待每个人。这样的人，致力于造福众生，最终也能到达我。

要旨　那些不直接崇拜博伽梵奎师那，而试图循着间接途径达到同一目标的人，最终也达到同一目标——世尊奎师那。“经历过很多生世之后，智者才明白华苏戴瓦就是一切，因此在我这里寻求庇护。”当一个人经过很多生世后获得全然的知识时，就会皈依圣奎师那。如果人以这节诗提到的方法去接近神，他必须控制感官，服务每个人，造福于众生。因此，可推断出，人必须接近世尊奎师那，否则就无所谓完美的觉悟可言。在人完全地皈依世尊之前，常常要做很多苦修。

要在个体灵魂之内感知到超灵，就必须停止视听、品尝、工作等感官活动，然后才能明白至尊灵魂无所不在。觉悟到了这一点，便不再妒忌任何生物，看到动物和人没有分别，因为他只看到灵魂，不看外壳。但对于普通人，这种非人格觉悟的方法是非常难的。

诗节 5

क्लेशोऽधिकतरस्तेषामव्यक्तासक्तचेतसाम् ।
अव्यक्ता हि गतिर्दुःखं देहवद्भिरवाप्यते ॥ ५ ॥

kleśo 'dhikataras teṣām
avyaktāsakta-cetasām
avyaktā hi gatir duḥkhaṁ
dehavadbhir avāpyate

kleśaḥ—困难；*adhika-taraḥ*—非常；*teṣām*—他们的；*avyakta*—不展示的；*āsakta*—依附；*cetasām*—那些心意……的人；*avyaktā*—不展示的；*hi*—肯定地；*gatiḥ*—进步；*duḥkham*—麻烦的；*dehavadbhiḥ*—体困的；*avāpyate*—取得。

译文　心意执着于至尊者不展示的非人格特征的人，要想进步，困难重重。对于那些体困的灵魂来说，要在这种修习中取得进步总是很困难的。

要旨　遵循博伽梵不可思议的、未展示的、非人格特性道路的超然主义者，叫作思辨瑜伽士（jñāna-yogī），而在完全的奎师那知觉中，为博伽梵做奉爱服务的人，称为奉爱瑜伽士（bhakti-yogī）。思辨瑜伽和奉爱瑜伽的区别在这里有明确的表述。思辨瑜伽的途径，虽然最终也能引导人到达同一目标，却是非常麻烦的，而奉爱瑜伽之途是对博伽梵的直接服务，所以对体困的灵魂来说更为容易，而且自自然然。从亘古以来，个体灵魂就为躯体所困。人们很难在理论上明白自己不是这具躯体。因此，奉爱瑜伽士崇拜奎师那的神像，因为心意里固有的一些躯体化概念，可以这样施以应用。当然，在神庙里崇拜博伽梵的形体并非偶像崇拜。韦达典籍中有明证，对至尊的崇拜可以是“具有特征的（saguṇa）”或“不具特征的（nirguṇa）”。崇拜神庙中的神像是“具有特征的（saguṇa）”崇拜，因为博伽梵以物质属性代表自己。但博伽梵的形体，纵使由石头、木材、油彩等物质所代表，实际上却不是物质的。这就是博伽梵的绝对本性。

这里可举一个粗略的例子。我们可以在街上发现一些邮筒，如果把信投进去，信就会毫无困难地送到目的地。但任何废弃的邮筒，或仿制的未经邮局许可的邮筒，却不能奏效。同样，神像是“博伽梵授权接受崇拜的形象（arcā-vigraha）”。这种授权的代表是博伽梵的化身。神通过那形体接受服务。博伽梵无所不能，因此，通过神像化身，他接受奉献者的服务。这样做是为了照顾到受限制者。

因此，对于奉献者，迅速直接地接近至尊，毫不困难，但对那循着非人格的途径去获取灵性觉悟的人，则是道路遥远，困难重重，他们必须通过《奥义书》（*Upaniṣad*）这样的韦达经典去理解至尊者未展示的代表，要学习特定的语言，理解非感性的感受，而且要体悟这些过程。这对普通人来说，是很不容易的。而在奎师那知觉中的人，只要做奉爱服务，只需由真正的灵性导师引导，只需向神像做规定的顶拜，只需聆听博伽梵的荣耀，只需吃供奉给博伽梵的灵粮，便能轻而易举地觉悟博伽梵。毫无疑问，非人格主义者不必要地走上了一条艰难之路，而且还冒着最终可能觉悟不到绝对真理之险。但是，人格主义者，没有任何艰难险阻，直接接近至尊者。《圣典博伽瓦谭》有段类似的话，如果一个人最终必须皈依博伽梵，这皈依过程称为奉爱（bhakti），但却自寻烦恼地想要了解什么是梵，什么不是梵，这样了却一生，其结果只是令人苦恼。因此，这里劝教世人不要走这条布满荆棘的自我觉悟之途，因为最终的结果难予肯定。

生物永远是个体灵魂。如果他想融入灵性整体之中，或许能成功地觉悟到本性中的永恒和知识这两方面，但觉悟不到极乐的部分。这样的超然主义者，在思辨瑜伽方面已极有学识，由于某位奉献者的仁慈，可能达到奉爱瑜伽——奉爱服务的境地。即使到了那时，长期非人格方面的修炼也会成为烦恼的原因，因为人无法放弃那个念头。所以，对于体困的灵魂，这未展示的存在无论在修炼时，还是觉悟时都是一个困扰。

每个活跃的灵魂都是部分独立的，人人都该清楚地知道，这种对未展示的觉悟有违极乐的灵性自我的本性。切莫走上这条道路。对每个生物来说，使人全然从事奉爱服务的奎师那知觉之途是最佳途径。人若忽视这种奉爱服务，必有转向无神论的危险。因此，凝神于超出感官之外的未展示和不可思议的途径，正如本节诗表明的，在任何时候都不可鼓励，特别是在这个年代。这不是圣奎师那所提倡的。

诗节 6-7

ये तु सर्वाणि कर्माणि मयि सन्न्यस्य मत्पराः ।
अनन्येनैव योगेन मां ध्यायन्त उपासते ॥ ६ ॥
तेषामहं समुद्धर्ता मृत्युसंसारसागरात् ।
भवामि न चिरात्पार्थ मय्यावेशितचेतसाम् ॥ ७ ॥

ye tu sarvāṇi karmāṇi
mayi sannyasya mat-parāḥ
ananyenaiva yogena

mām dhyāyanta upāsate

teṣām ahaṁ samuddhartā
mṛtyu-saṁsāra-sāgarāt
bhavāmi na cirāt pārtha
mayy āveśita-cetasām

ye—谁；*tu*—但是；*sarvāṇi*—所有；*karmāṇi*—活动；*mayi*—给我；*sannyasya*—放弃；*mat-parāḥ*—依附我；*ananyena*—心无旁骛；*eva*—肯定地；*yogena*—通过修习这种奉爱瑜伽；*mām*—我；*dhyāyantaḥ*—冥想着；*upāsate*—崇拜；*teṣām*—对于他们；*aham*—我；*samuddhartā*—拯救者；*mṛtyu*—死亡的；*saṁsāra*—在物质存在中；*sāgarāt*—从海洋；*bhavāmi*—我成为；*na*—不；*cirāt*—经过长时间；*pārtha*—菩瑞塔之子啊；*mayi*—向我；*āveśita*—专注；*cetasām*—那些心意如此的人。

译文　崇拜我——将一切活动奉献于我，心无旁骛，侍奉我，观想我，心意专注于我，菩瑞塔之子啊！对于这样的人，我是迅速拯救他们脱离生死苦海的救主。

要旨　这里明确说明奉献者十分幸运，绝对真理迅速地把他们从物质存在中解救出来。在纯粹奉爱服务中，人可悟到神是伟大的，个体灵魂从属于他。个体的职责是为绝对真理服务——如果不为绝对真理服务，就会服务假象（māyā）。

如前所述，只有通过奉爱服务才能了解博伽梵。因此，人应该全然奉献。要获得奎师那就该将心意全然专注于他。人只应为奎师那工作。做哪种工作并没什么关系，关键是工作只应为奎师那而做。这是奉爱服务的标准。除了取悦博伽梵外，奉献者不企求任何成就。他的人生使命就是取悦奎师那，为了满足奎师那，他可以牺牲一切，就像阿诸纳在库茹之战中所为。程序很简单，人可以一面投身于工作之中，一面唱颂：哈瑞·奎师那，哈瑞·奎师那，奎师那·奎师那，哈瑞·哈瑞／哈瑞·茹阿玛，哈瑞·茹阿玛，茹阿玛·茹阿玛，哈瑞·哈瑞（*Hare Kṛṣṇa*，*Hare Kṛṣṇa*，*Kṛṣṇa Kṛṣṇa*，*Hare Hare*/ *Hare Rāma*，*Hare Rāma*，*Rāma Rāma*，*Hare Hare*），这样的超然唱颂把奉献者吸引到人格神首那里。

博伽梵在这里允诺了，他会毫不迟疑地把这样做的纯粹奉献者从物质存在中拯救出来。那些瑜伽修行高深的人，能以这个瑜伽程序任意将灵魂转升到他们喜欢的星宿去，其他人以不同的方式利用这个机会。但是，就奉献者而言，这里清楚地说明，绝对真理会亲自带他们去。若要将自己转升到灵性天穹，奉献者无需等到经验丰富之后。

在《宇宙古史·瓦拉哈之部》（*Varāha Purāṇa*）有这样一个诗节：

nayāmi paramaṁ sthānam
arcir-ādi-gatiṁ vinā
garuḍa-skandham āropya
yatheccham anivāritaḥ

这节诗的要旨是，奉献者无需通过修习八部瑜伽（aṣṭāṅga-yoga）转升到灵性星宿。博伽梵亲自负起这个责任。他在这里清楚地宣告，他自己做拯救者。孩子完全由父母看护，这样，他的位置才能得以保证。同样，奉献者不必试图以瑜伽修行，把自己转升到其他星宿。相反，博伽梵出于巨大的仁慈，乘着嘎茹达（Garuḍa）大鸟疾飞而来，立即将奉献者解救出物质存在。虽然误落大海的人奋然挣扎或精于泳术，但他救不了自己。但是，如果有人过来，把他从水中提起，他就会轻易得救。同样，绝对真理从这物质存在中提起奉献者。人只需修习简易的奎师那知觉程序，将自己完全置于奉爱服务中即可。任何智者都该更乐于奉爱服务之途，而不在其他任何道路上逗留，浪费时间。对此，《那罗延传》（*Narayaniya*）如下确证说：

yā vai sādhana-sampattiḥ
puruṣārtha-catuṣṭaye
tayā vinā tad āpnoti
naro nārāyaṇāśrayaḥ

这节诗的要旨是，人不可从事各类不同的业报活动，或通过心智臆测的途径去培养知识。奉献于至尊人格的人，能获得从其他瑜伽程序——思辨、仪式、献祭、布施等所能得到的全部裨益。这就是奉爱服务独特的福祉。

只需唱颂：哈瑞·奎师那，哈瑞·奎师那，奎师那·奎师那，哈瑞·哈瑞／哈瑞·茹阿玛，哈瑞·茹阿玛，茹阿玛·茹阿玛，哈瑞·哈瑞（*Hare Kṛṣṇa, Hare Kṛṣṇa, Kṛṣṇa Kṛṣṇa, Hare Hare/ Hare Rāma, Hare Rāma, Rāma Rāma, Hare Hare*），绝对真理的奉献者便能轻易而快乐地到达最高目的地，而这个目的地是任何其他宗教途径所不能到达的。

《博伽梵歌》的结论在第十八章 66 诗节有述：

sarva-dharmān parityajya

mām ekaṁ śaraṇaṁ vraja
ahaṁ tvāṁ sarva-pāpebhyo
mokṣayiṣyāmi mā śucaḥ

“放弃一切宗教，直接皈依我，我会把你从所有恶报中解救出来，不要害怕。”

我们应该放弃所有其他的自我觉悟途径，而只在奎师那知觉中做奉爱服务。这能使我们达到生命最高的完美境界。我们无需顾虑自己前世的罪恶活动，因为博伽梵完全照顾了我们。因此，我们不必枉费心思试图在灵修觉悟中自己拯救自己。让我们每个人都托庇于无所不能的博伽梵奎师那吧！这才是生命最完美的境界。

诗节 8

मय्येव मन आधत्स्व मयि बुद्धिं निवेशय ।
निवसिष्यसि मय्येव अत ऊर्ध्वं न संशयः ॥ ८ ॥

mayy eva mana ādhatsva
mayi buddhiṁ niveśaya
nivasiṣyasi mayy eva
ata ūrdhvaṁ na saṁśayaḥ

mayi—我；*eva*—肯定地；*manaḥ*—心意；*ādhatsva*—专注于；*mayi*—我；*buddhim*—智慧；*niveśaya*—应用于；*nivasiṣyasi*—你将驻在；*mayi*—我之中；*eva*—肯定地；*ataḥ-ūrdhvam*—此后；*na*—永不；*saṁśayaḥ*—怀疑。

译文　只要将你的心意专注于我——博伽梵，将你的全部智慧奉献给我。如此，毫无疑问，你必永驻我中。

要旨　为世尊奎师那做奉爱服务的人，生活在与博伽梵的直接关系中，因此，毫无疑问，他的地位从一开始就是超然的。奉献者并非活在物质层面上，而是活在奎师那中。奎师那的圣名跟奎师那本人没有分别。因此，当奉献者唱颂哈瑞·奎师那（Hare Kṛṣṇa）时，奎师那和他的内在能量就在奉献者的舌头上跳舞。奉献者向奎师那供奉食物，奎师那也直接接受。奉献者吃过灵粮就变得奎师那化了。不从事这项服务的人无法明白为什么会这样，虽然这是《博伽梵歌》和其他韦达典籍所推荐的一个程序。

诗节 9

अथ चित्तं समाधातुं न शक्नोषि मयि स्थिरम् ।
अभ्यासयोगेन ततो मामिच्छाप्तुं धनञ्जय ॥ ९ ॥

atha cittaṁ samādhātuṁ
na śaknoṣi mayi sthiram
abhyāsa-yogena tato
mām icchāptuṁ dhanañjaya

atha—因此，如果；*cittam*—心意；*samādhātam*—专注；*na*—不；*śaknoṣi*—你能够；*mayi*—于我；*sthiram*—稳定地；*abhyāsa-yogena*—通过修习奉献服务；*tataḥ*—那么；*mām*—我；*icchā*—欲望；*āptum*—取得；*dhanañjaya*—财富的得主，阿诸纳啊。

译文　亲爱的阿诸纳，财富的得主啊！如果你不能心无旁骛，将心意专注于我，那么，就遵行奉爱瑜伽的规范守则吧！这样，你会培养想到达我的渴望。

要旨　这节诗说明奉爱瑜伽的两种不同程序：如果一个人实际上已经以超然的爱培养了对博伽梵奎师那的眷依，就适合于第一种程序；如果还没能以超然的爱培养起对至尊者的眷依，就适合于第二种程序。对第二类人，有不同的规范守则，人奉行后，最终也能晋升至眷依奎师那的境界。

奉爱瑜伽即感官的净化。在当下的物质存在中，感官从事感官享乐，所以总是不纯净的。然而，通过修习奉爱瑜伽，这些感官能得到净化。在净化的状态中，感官直接跟博伽梵接触。在这物质存在中，我会为某雇主做某种服务，但实际上，我并不真的喜欢为雇主服务。我服务，只是为了赚钱。雇主也无爱心可言，他接受我的服务，然后给我酬劳。因此，其中并无爱的交流。但至于灵修生活，人须提升自己，以到达纯爱的境界。这种爱的境界可通过以现有的感官从事奉爱服务的修习来达到。

现在，这种对神的爱在每个人的心中处于休眠状态。在人们心里，他们对神的爱以不同的形式展示，但一跟物质接触，便会受到污染。现在，这种物质联系必须经过净化，那休眠着的对奎师那自然的爱必须要得以恢复。这就是整个过程。

修习奉爱瑜伽的规范原则，应该在资深灵性导师的指引下，遵行某些守则：清晨早起，沐浴，进庙，祈祷，唱颂哈瑞·奎师那（Hare Kṛṣṇa），采集鲜花供奉给神像，烹饪食物供奉给神像，吃帕萨达（prasādam 灵粮）等。有很多规范必须予以遵行。此外，还应该不断聆听纯粹奉献者讲解《博伽梵歌》和《圣典博伽瓦谭》。如此修行，有助于任何人到达爱神的境界，这样，必能升至神的灵性国度。在灵性导师的指引下遵行规范，修习这种奉爱瑜伽，必将人引至爱神的境界。

诗节 10

अभ्यासेऽप्यसमर्थोऽसि मत्कर्मपरमो भव ।
मदर्थमपि कर्माणि कुर्वन्सिद्धिमवाप्स्यसि ॥ १० ॥

abhyāse 'py asamartho 'si
mat-karma-paramo bhava
mad-artham api karmāṇi
kurvan siddhim avāpsyasi

abhyāse— 修 习；*api*— 即 使；*asamarthaḥ*— 不 能；*asi*— 你；*mat-karma*— 我 的 工 作；*paramaḥ*— 献 身 于；*bhava*— 变 得；*mat-artham*— 为 了 我；*api*— 即 使；*karmāṇi*— 工 作；*kurvan*—履行；*siddhim*—完美；*avāpsyasi*—你将达到。

译文　如果你不能修行奉爱瑜伽的规范，那么就努力为我工作吧！这样，你也能够达到完美的境界。

要旨　即使不能够在灵性导师的指引下遵行奉爱瑜伽的规范守则，仍可通过为博伽梵工作而被带至完美的境界。关于如何去做这种工作，本书第十一章 55 诗节已解释了。对于传播奎师那知觉应抱有善意和同情。很多奉献者为传播奎师那知觉而努力，他们需要帮助。因此，即使不能直接遵行奉爱瑜伽规范守则，但可以设法帮助他人这么做。每一项努力都需要土地、资金、组织、劳工。就像在商业活动中，人需要地方驻足，需要资金周转，需要劳工，需要组织以作扩充。为奎师那服务也是这样。两者唯一的分别是，在物质主义中，人为求感官享乐而工作。然而，同样的工作，若为满足奎师那而做，那就是灵性活动了。如果一个人有足够的资金，他可帮助建造办事处或庙宇，用以传播奎师那知觉。或者，他可在出版方面帮忙。有很多方面的活动，而人们应对这些活动感兴趣。要是他不能牺牲这些活动的成果，仍可牺牲一部分，用以传播奎师那知觉。自愿为奎师那知觉的事业服务，可把自己提升到爱神的高深境界，从而变得完美。

诗节 11

अथैतदप्यशक्तोऽसि कर्तुं मद्योगमाश्रितः ।
सर्वकर्मफलत्यागं ततः कुरु यतात्मवान् ॥ ११ ॥

athaitad apy aśakto 'si
kartuṁ mad-yogam āśritaḥ
sarva-karma-phala-tyāgaṁ
tataḥ kuru yatātmavān

atha—即使；*etat*—这；*api*—也；*aśaktaḥ*—不能够；*asi*—你；*kartum*—执行；*mat*—于我；*yogam*—在奉献服务中；*āśritaḥ*—托庇；*sarva-karma*—所有活动的；*phala*—结果；*tyāgam*—弃绝；*tataḥ*—那么；*kuru*—做；*yata-ātmavan*—安处自我。

译文　然而，如果你不能以此种知觉我的方式工作，那么，就尝试放弃一切工作的结果，力求安处自我。

要旨　或许，由于社会、家庭或宗教的缘故，或者由于其他障碍，一个人甚至不能够对奎师那知觉的活动怀有善意和同情。如果一个人直接依恋奎师那知觉的活动，可能引起家人的反对或有很多其他困难。有这些困难的人，最好把他活动累积的结果奉献给某些正当的事业。这些程序在韦达经的规则中已有描述。有很多关于献祭和虔诚活动（punya）的特殊功能的描述。

虔诚活动（punya）是指可将一个人过往活动的结果加以应用的特殊工作。借此，人可把自己提升到知识的境界。我们也时常发现，有些人甚至对奎师那知觉活动不感兴趣，却给医院或其他社会机构捐献财物，以此放弃辛苦赚来的活动结果。这里也推荐这种做法，因为修行放弃活动结果，必能逐渐净化心灵。当心灵纯净，就有能力理解奎师那知觉。

诚然，奎师那知觉不受任何其他经验的影响，因为奎师那知觉本身就能净化人的心灵，但是，如果修行奎师那知觉有障碍，那么可尝试放弃活动的结果。就这方面而言，社会服务、社群服务、国家服务、为国牺牲等均可，如此，终有一天，人可到达为博伽梵做纯粹奉爱服务的境界。在《博伽梵歌》中，我们找到这样的诗节：如果人决定为至高无上的原因牺牲，即使不知道至高无上的原因就是奎师那，他也可通过牺牲性的途径逐渐认识到奎师那乃是至高无上的原因（*yataḥ pravṛttir bhūtānāṁ*）。

诗节 12

श्रेयो हि ज्ञानमभ्यासाज्ज्ञानाद्ध्यानं विशिष्यते ।
ध्यानात्कर्मफलत्यागस्त्यागाच्छान्तिरनन्तरम् ॥ १२ ॥

śreyo hi jñānam abhyāsāj
jñānād dhyānaṁ viśiṣyate
dhyānāt karma-phala-tyāgas
tyāgāc chāntir anantaram

śreyaḥ—胜过；*hi*—肯定地；*jñānam*—知识；*abhyāsāt*—比修行；*jnānāt*—比知识；*dhyānam*—冥想；*viśiṣyate*—被视为更胜一筹；*dhyānāt*—比冥想；*karma-phala-tyāgaḥ*—弃绝果报活动的结果；*tyāgāt*—由于这样的弃绝；*śāntiḥ*—平和；*anantaram*—此后。

译文　如果你无法做这种修行，那么培养知识吧！然而，比知识更好的是冥想；比冥想更好的是弃绝活动的结果。因为如此弃绝，能达到心意的平和。

要旨　一如前面的诗节所述，奉爱服务有两种：一是遵行规范守则，二是在爱之中对博伽梵全然依恋。那些不能真正遵行奎师那知觉守则的人，最好培养知识，因为通过知识，就能认识自己的真正地位。逐渐地，知识会发展到冥想的阶段。通过冥想能逐渐认识博伽梵。有很多程序会使人自认为是至尊，人若不能从事奉爱服务，选择这种冥想也无妨。如果人不能够作这种冥想，那么，还有赋定责任。这些赋定责任由韦达典籍颁订给婆罗门（Brāhmaṇa）、刹帝利（Kṣatriya）、外夏（Vaiśya）、庶陀（Śūdra），这些我们将会在本书最后一章读到。然而，在一切情况中，人应该放弃辛苦工作（karma 业报）的成果，这意味着把业报的结果用于崇高的事业。

总而言之，要接近最高的目标博伽梵，有两条途径：一条途径是逐渐发展的，另一条途径是直接的。在奎师那知觉中做奉爱服务是直接方法，另一方法是致力于弃绝活动的结果。然后，人可到达知识的境界，接着到达冥想的境界，再到达认识超灵的境界，最后才到达接近博伽梵的境界。可以走循序渐进的途径，也可以走直接的道路。直接的途径不是人人都能修习的。因此，间接途径也是好的。然而，人须了解，奎师那不向阿诸纳推荐间接途径，因为他已到达为至尊做爱心奉爱服务的境地。间接途径是为其他不在这境界中的人而设的。这样的人该遵行：弃绝、知识、冥想、证悟超灵和梵的渐进过程。《博伽梵歌》强调的是直接方法。奉告每一个人修习直接方法，皈依博伽梵奎师那（Krishna）。

诗节 13-14

अद्वेष्टा सर्वभूतानां मैत्रः करुण एव च ।
निर्ममो निरहङ्कारः समदुःखसुखः क्षमी ॥ १३ ॥
सन्तुष्टः सततं योगी यतात्मा दृढनिश्चयः ।
मय्यर्पितमनोबुद्धिर्यो मद्भक्तः स मे प्रियः ॥ १४ ॥

adveṣṭā sarva-bhūtānāṁ
maitraḥ karuṇa eva ca
nirmamo nirahaṅkāraḥ
sama-duḥkha-sukhaḥ kṣamī

santuṣṭaḥ satataṁ yogī
yatātmā dṛḍha-niścayaḥ
mayy arpita-mano-buddhir
yo mad-bhaktaḥ sa me priyaḥ

adveṣṭā—不怀嫉妒；*sarva-bhūtānām*—对众生；*maitraḥ*—友善的；*karuṇaḥ*—仁慈的；*eva*—肯定地；*ca*—还有；*nirmamaḥ*—没有拥有感；*nirahaṅkāraḥ*—没有虚假的自我；*sama*—平等地；*duḥkhaḥ*—苦恼；*sukhaḥ*—快乐；*kṣamī*—宽恕；*santuṣṭaḥ*—满足；*satatam*—总是；*yogī*—从事奉献；*yatā-atmā*—自我控制的；*dṛḍhaniścayaḥ*—以决心；*mayi*—向我；*arpita*—从事；*manaḥ*—心意；*buddhiḥ*—和智慧；*yaḥ*—谁；*mat-bhaktaḥ*—我的奉献者；*saḥ*—他；*me*—对我；*priyaḥ*—很亲切。

译文　不怀嫉妒，作众生的良友，不以拥有者自居，远离假我，苦乐如一，宽厚容忍，永远满足，善于自律，坚决地从事奉爱服务，心意和智慧都专注于我。这样的奉献者我很珍爱。

要旨　再次回到纯粹奉爱服务这点上，博伽梵在这两节诗描述了纯粹奉献者的超然品质。纯粹奉献者在任何情况下都不受干扰。他们不嫉妒谁，也不与人为敌。他们认为，由于自己过去的错误行为，别人才变成自己的敌人。因此，承受比抗辩好。据《圣典博伽瓦谭》(10.14.8)，每当奉献者在苦难中，或遇上困难时，他们认为这是博伽梵赐给他们的恩慈（*tat te 'nukampāṁ su-samīkṣamāṇo bhuñjāna evātma-kṛtaṁ vipākam*）。他们想："由于过去错误的行为，我们该受的苦，远较现在所受的为甚。正是由于博伽梵的恩慈，我没有得到应得的一切惩罚。我所得的惩罚，由于博伽梵的恩慈，只是一点点。"因此，他们永远冷静、沉默、忍耐，不管情况如何让人苦恼。奉献者永远对每一个人仁慈，即使对敌人也是如此。

"nirmama（毫无拥有之念）"的意思是，奉献者不认为跟躯体有关的痛苦和烦恼有太大的重要性，因为他们完全知道自己不是物质躯体。他们不把自己看成身体。因此，他们远离假我的概念，苦乐如一。他们宽厚容忍，而且满足于博伽梵所恩赐给他们的一切。他们不穷竭心力地刻意求取什么，因而永远快乐。他们是完美的玄秘主义者，因为他们能够严格遵守灵性导师给的训示。他们的感官完全得以控制，所以坚定不移。错误的论证不能动摇他们，因为谁也不能动摇他们做奉爱服务的坚定决心。他们完全知觉到，奎师那是永恒的绝对真理，因此，谁也不能困扰他们。他们的一切品质使他们能将心意和智慧完全专注于博伽梵。奉爱服务到这程度，毫无疑问，十分罕有，但奉献者通过遵行奉爱服务的规范守则，能稳处此境。博伽梵还说道，这样的奉献者，他十分珍爱，因为他们在完全的奎师那知觉中做的一切活动，永远让博伽梵满意。

诗节 15

यस्मान्नोद्विजते लोको लोकान्नोद्विजते च यः ।
हर्षामर्षभयोद्वेगैर्मुक्तो यः स च मे प्रियः ॥ १५ ॥

yasmān nodvijate loko
lokān nodvijate ca yaḥ
harṣāmarṣa-bhayodvegair
mukto yaḥ sa ca me priyaḥ

yasmāt—从谁；*na*—永不；*udvijate*—不安；*lokaḥ*—人；*lokāt*—受人；*na*—永不；*advijate*—困扰；*ca*—还有；*yaḥ*—任何人；*harṣa*—快乐；*amarṣa*—痛苦；*bhaya*—恐惧；*udvegaiḥ*—和焦虑；*muktaḥ*—摆脱；*yaḥ*—谁；*saḥ*—任何人；*ca*—也；*me*—对我；*priyaḥ*—很亲切。

译文　不置人于困境，不为人所困扰，在苦乐、恐惧和焦虑中均保持平静。这样的人我很钟爱。

要旨　这里进一步描述奉献者的一些品质。这样的奉献者绝不会把一个人置于困难、焦虑、恐惧、不满之中。一方面，这样的奉献者，对谁都很仁慈，不把他人置于焦虑之中。另一方面，如果其他人试图让奉献者焦虑，奉献者也不受困扰。由于博伽梵的恩慈，他们非常成熟，不为外界所扰。实际上，因为奉献者永远全神贯注于奎师那知觉，从事奉爱服务，一切物质的情况都不能动摇他们。一般来说，奉行物质主义的人在得到满足感官和躯体的东西时，会变得十分快乐，但当他们看到其他人得到满足感官的东西而自己没有时，会觉得难受，萌生嫉妒之情。当知道敌人要报复时，便感到恐惧不安。当他们不能够做好一些事情时，会变得沮丧。永远超然于这一切困扰的奉献者，奎师那对他们十分亲切。

诗节 16

अनपेक्षः शुचिर्दक्ष उदासीनो गतव्यथः ।
सर्वारम्भपरित्यागी यो मद्भक्तः स मे प्रियः ॥ १६ ॥

anapekṣaḥ śucir dakṣa
udāsīno gata-vyathaḥ
sarvārambha-parityāgī
yo mad-bhaktaḥ sa me priyaḥ

anapekṣaḥ—中立的；*śuciḥ*—纯洁的；*dakṣaḥ*—干练的；*udāsīnaḥ*—免于顾虑；*gata-vyathaḥ*—脱离一切痛苦；*sarva-ārambha*—一切努力；*parityāgī*—弃绝者；*yaḥ*—谁；*mat-bhaktaḥ*—我的奉献者；*saḥ*—他；*me*—对我；*priyaḥ*—很亲切。

译文　不受活动的常轨影响，纯粹、干练、无忧无虑，远离一切痛苦，不为成果苦苦奋斗。这样的奉献者我非常钟爱。

要旨　奉献者会得到金钱的捐献，但不应拼命攫取金钱。如果由于至尊者的恩慈，金钱自动到他们手里，他们也不会激动不安。奉献者自然而然地一天至少沐浴两次，而且清晨即起做奉爱服务。因此，无论外在内在，他们都自然清洁。奉献者永远精干老练，因为他们完全了解生命活动的精髓，而且确信权威经典。奉献者永不参与任何党派，所以自由自在；他们远离一切名号，所以永不痛苦；他们知道，躯体不过是名号而已，所以如果有躯体之痛，他们也不受扰。纯粹奉献者不努力追求任何违反奉爱服务原则的东西。例如，建造一幢高楼大厦，需要很大的精力，如果这件事情无助于奉献者在奉爱服务上取得进步，他就不会做。他会为博伽梵建造庙宇，而且，为了建造庙宇，他会接受一切麻烦，然而，他不会为自己建造豪宅。

诗节 17

यो न हृष्यति न द्वेष्टि न शोचति न काङ्क्षति ।
शुभाशुभपरित्यागी भक्तिमान्यङ्क स मे प्रियङ्क ॥ १७ ॥

yo na hṛṣyati na dveṣṭi
na śocati na kāṅkṣati
śubhāśubha-parityāgī
bhaktimān yaḥ sa me priyaḥ

yaḥ—谁；*na*—永不；*hṛṣyati*—欣喜；*na*—永不；*dveṣṭi*—悲伤；*na*—永不；*śocati*—哀伤；*na*—永不；*kāṅkṣati*—欲求；*śubha*—吉祥之事；*aśubha*—和不祥之事；*parityāgī*—弃绝者；*bhaktimān*—奉献者；*yaḥ*—谁；*saḥ*—他；*me*—对我；*priyaḥ*—很亲切。

译文　不欣喜，不悲哀，不痛惜，不欲求，一切吉凶之事，均在弃绝之列。这样的奉献者，我分外钟爱。

要旨　纯粹奉献者对于物质的得失，不忧不喜。他不热衷于收门徒或求子，也不为得不到他们而痛苦。如果他失去十分宝贵的东西，也不会悲伤。同样，如果他得不到想要的，也不沮丧。他面对一切吉祥的、不吉祥的、罪恶的活动，都超然自若。他时刻准备为满足博伽梵而接受种种危险。在他做奉爱服务时，任何东西都不会成为障碍。这样的奉献者，奎师那十分珍爱。

诗节 18-19

समः शत्रौ च मित्रे च तथा मानापमानयोः ।
शीतोष्णसुखदुःखेषु समः सङ्गविवर्जितः ॥ १८ ॥
तुल्यनिन्दास्तुतिर्मौनी सन्तुष्टो येन केनचित् ।
अनिकेत” स्थिरमतिर्भक्तिमान्मे प्रियो नर” ॥ १९ ॥

samaḥ śatrau ca mitre ca
tathā mānāpamānayoḥ
śītoṣṇa-sukha-duḥkheṣu

samaḥ saṅga-vivarjitaḥ
tulya-nindā-stutir maunī
santuṣṭo yena kenacit
aniketaḥ sthira-matir
bhaktimān me priyo naraḥ

samaḥ—平等的；*śatrau*—对敌人；*ca*—还有；*mitre*—对朋友；*ca*—也；*tatha*—这样；*māna*—面对荣誉；*apamānayoḥ*—和侮辱；*śīta*—身处冷；*uṣṇa*—热；*sukha*—快乐；*duḥkheṣu*—和苦恼；*samaḥ*—处之泰然；*saṅga-vivarjitaḥ*—脱离所有的联系；*tulya*—平等的；*nindā*—面对毁誉；*stutiḥ*—和名誉；*maunī*—沉默；*santuṣṭaḥ*—满足；*yena kenacit*—对任何事情；*aniketaḥ*—没有居所；*sthira*—坚定；*matiḥ*—决心；*bhaktimān*—从事于奉献；*me*—对我；*priyaḥ*—亲切的；*naraḥ*—人。

译文　对敌友皆一视同仁，对荣辱、冷热、苦乐、毁誉皆超然不惊，保持平衡，远离不洁的联谊，保持沉静，事事满足，不计较居于何处，专注于知识，从事于奉爱服务。对这样的人，我十分钟爱。

要旨　奉献者永远免除不良的交往。人有时被称赞，有时遭诽谤，这就是人类社会的特质。但是，奉献者永远超然于人为的毁誉苦乐。他们十分有耐性。他们不说任何跟奎师那无关的话。因此，他们被形容为保持沉默。“沉默”不是不说话，而是不胡言乱语。人只该说重要的话，对于奉献者来说，最重要的话语是为了博伽梵而说。奉献者在任何情况下都快乐。有时他们得到美味的食物，有时得不到，但他们同样满足。他们也不计较家居设施。他们或睡在树下，或生活在像宫殿一样的建筑物内。两者都吸引不了他们。他们被形容为“专注”，因为他们决心坚定，专注于知识。

我们有时会发现，在描述奉献者的品质时，往往有重复的地方。然而，这只是强调奉献者须具有所有这些品质。若没有好品质，就不能够成为纯粹奉献者。“不是奉献者，就没有好品质（*Harāv abhaktasya kuto mahad-guṇāḥ*）。”一个人想被承认为奉献者，就应培养好品质。当然，他不必额外地刻意追求这些品质，但是在奎师那知觉中的活动和奉爱服务会自然而然地帮助他培养这些品质。

诗节 20

ये तु धर्मामृतमिदं यथोक्तं पर्युपासते।
श्रद्दधाना मत्परमा भक्तास्तेऽतीव मे प्रियाः॥ २०॥

ye tu dharmāmṛtam idaṁ
yathoktaṁ paryupāsate
śraddadhānā mat-paramā
bhaktās te 'tīva me priyāḥ

ye—谁；*tu*—但是；*dharmya*—宗教的；*amṛtam*—甘露；*idam*—这；*yathā*—正如；*uktam*—所说的；*paryupāsate*—完全地投入；*sraddadhānāḥ*—以信心；*mat-paramāḥ*—视我，博伽梵为一切；*bhaktāḥ*—奉献者；*te*—他们；*atīva*—非常、非常；*me*—对我；*priyāḥ*—亲切的。

译文　遵行这一不朽的奉爱服务之途，彻底投入，满怀信心，以我为最崇高的目标。这样的人，我非常非常地钟爱。

要旨　在这一章，从诗节 2 到结尾——从“心意专注于我（*mayy āveśya mano ye māṁ*）”到“这一不朽的奉爱服务（*ye tu dharmāmṛtam idaṁ*）”——博伽梵解释了接近他的超然服务之途。这程序，对博伽梵来说，十分亲切。他接受修习这个程序的人。从事非人格梵之途的人和为博伽梵做亲身服务的人，两者孰优？阿诸纳提出这个问题。博伽梵给的答复很明显，毫无疑问，为博伽梵做奉爱服务，在一切灵性觉悟的方法中，是最好的。换句话说，这一章描述了，通过好的联谊，一个人培养起对纯粹奉爱服务的依恋并因此接受真正的灵性导师，接着开始以信心、依恋、奉献精神跟随他聆听、唱颂和遵行奉爱服务的规范守则，如此逐渐为博伽梵做超然的服务。本章推荐这条途径。因此，毋庸置疑，奉爱服务是绝无仅有的一条觉悟自我、到达博伽梵的绝对道路。

一如本章所述，对至尊绝对真理的非人格概念被认为在一个人全心全意追求自我觉悟之后就不适用，换句话说，只要一个人没有机会跟纯粹奉献者在一起，非人格概念是有帮助的。在绝对真理的非人格概念中，一个人不为功利性结果而工作，他通过冥想和培养知识以了解灵性和物质的分别。要是人得不到纯粹奉献者的联谊，这一切是有必要的。要是他有幸培养了一种愿望，要直接在奎师那知觉中做纯粹奉爱服务，就无需在灵性觉悟上只是一步一步地前进了。正如《博伽梵歌》的中间六章描述的，奉爱服务更适合。一个人无需为找寻物质以维持生命而烦恼，因为由于博伽梵的恩慈，一切都自然而然地安排妥当。

巴克提维丹塔（Bhaktivedanta）阐释圣典《博伽梵歌》第十二章“奉爱服务”至此结束。

第十三章

自然、享乐者、知觉

认识到躯体与灵魂的分别，以及两者之外还有超灵的存在，就能远离物质世界，获得解脱。

诗节 1-2

अर्जुन उवाच
प्रकृतिं पुरुषं चैव क्षेत्रं क्षेत्रज्ञमेव च ।
एतद्वेदितुमिच्छामि ज्ञानं ज्ञेयं च केशव ॥ १ ॥
श्रीभगवानुवाचइदं
शरीरं कौन्तेय क्षेत्रमित्यभिधीयते ।
एतद्यो वेत्ति तं प्राहु" क्षेत्रज्ञ इति तद्विद" ॥ २ ॥

arjuna uvāca
prakṛtiṁ puruṣaṁ caiva
kṣetraṁ kṣetra-jñam eva ca
etad veditum icchāmi
jñānaṁ jñeyaṁ ca keśava

śrī-bhagavān uvāca
idaṁ śarīraṁ kaunteya
kṣetram ity abhidhīyate
etad yo vetti taṁ prāhuḥ
kṣetra-jña iti tad-vidaḥ

arjunaḥ uvāca—阿诸纳说；*prakṛtim*—自然；*puruṣam*—享受者；*ca*—还有；*eva*—肯定地；*kṣetram*—场；*kṣetrajñam*—场地知悉者；*eva*—肯定地；*ca*—还有；*etat*—所有这些；*veditum*—去理解；*icchāmi*—我希望；*jñānam*—知识；*jñeyam*—知识的对象；*ca*—还有；*keśava*—奎师那啊；*śrī bhagavān uvāca*—博伽梵说；*idam*—这；*śarīram*—躯体；*kaunteya*—琨缇之子啊；*kṣetram*—场地；*iti*—如此；*abhidhīyate*—称为；*etat*—这；*yaḥ*—谁；*vetti*—知道；*tam*—他；*prāhuḥ*—称为；*kṣetrajñaḥ*—场地知悉者；*iti*—如此；*tat-vidaḥ*—被知道这一点的人。

译文 **阿诸纳说：我亲爱的奎师那啊！我想了解自然（Prakṛti）、享乐者（Puruṣa）、场（Kṣetra）、场地知悉者（Kṣetra-jña），以及知识和知识的对象。博伽梵说：琨缇之子啊！这个躯体称为"场"，悉觉躯体的人称为"场地知悉者"。**

要旨 对自然（Prakṛti）、享乐者（Puruṣa）、场（Kṣetra）、场地知悉者

（Kṣetra-jña）、知识和知识的对象，阿诸纳要寻根究底。他询问这一切的时候，奎师那（Krishna）说，这个躯体称为“场”，了解这个躯体者称为“场地知悉者”。对受限制的灵魂，这个躯体就是活动的场。受限制的灵魂堕入物质存在的牢笼中，试图支配自然。因此，按照他控制物质自然的能力，他得到了一个活动的场。这个活动的场就是“躯体”。

而躯体又是什么？躯体由感官组成。受限制的灵魂想享受感官快乐。按照享受感官快乐的能力，获赐躯体，也就是活动的场。因此，躯体对于受限制的灵魂来说，可称为“活动的场（Kṣetra）”。那么，把自我跟躯体认同的人称为“场地知悉者（Kṣetra-jña）”。了解场和场地知悉者的分别，也就是了解躯体和认识躯体者的分别，并不十分困难。任何人都可以这样细想。从童年到老年，他的身躯已有无数变化，但他仍是同一个人，仍存在着。因此，活动场的知悉者和实际活动场有分别。活着的受限制的灵魂由此可了解，他们与躯体有分别。

在开始时，本书已描述了生物在躯体之内（dehino 'smin），而躯体从儿童至少年，从少年至青年，从青年到老年，不停在变。拥有躯体的人知道躯体在变。很明显，拥有者就是场地知悉者。有时，我们想，“我是男人”“我快乐”“我是女人”“我是狗”“我是猫”：这些就是场地知悉者的躯体化名号。但场地知悉者是不同于躯体的。虽然我们使用很多东西，例如衣服等，但我们知道，我们跟使用的东西不同。同样，只要仔细想一想，我们也就会了解，我们跟躯体不同。你、我或任何有躯体的人都叫作“Kṣetra-jña”，即认识活动场的人，而躯体叫作“Kṣetra”，是活动场本身。

《博伽梵歌》前六章已描述了躯体的知悉者（生物），以及生物该处于什么地位才能理解博伽梵。《博伽梵歌》的中间六章则描述了博伽梵以及个体灵魂与超灵在奉爱服务基础上的相互关系。这些章节也明确地为博伽梵的至高地位和个体灵魂的从属地位下了定义。在一切情况中，生物都是从属的；但由于他们遗忘一切，所以身陷痛苦之中。受了虔诚活动的启迪，他们以不同的处境接近博伽梵——他们可能在失望中，可能需要金钱，可能要寻根究底，也可能追求知识。这些都谈到了。现在，由第十三章开始，则要说明生物如何与物质自然接触，如何通过业报活动、知识的培养和奉爱服务等不同的方法，被博伽梵拯救。虽然生物跟物质躯体完全不同，但不知怎的，却跟物质躯体发生了关联。这也做了说明。

诗节 3

क्षेत्रज्ञं चापि मां विद्धि सर्वक्षेत्रेषु भारत ।
क्षेत्रक्षेत्रज्ञयोर्ज्ञानं यत्तज्ज्ञानं मतं मम ॥ ३ ॥

kṣetra-jñaṁ cāpi māṁ viddhi
sarva-kṣetreṣu bhārata
kṣetra-kṣetrajñayor jñānaṁ
yat taj jñānaṁ mataṁ mama

kṣetrajñam—场地知悉者；*ca*—也；*api*—肯定地；*mām*—我；*viddhi*—知道；*sarva*—所有；*kṣetreṣu*—在躯体的场地；*bhārata*—巴拉塔之子啊；*kṣetra*—活动场（躯体）；*kṣetrajñayoḥ*—场地知悉者；*jñānam*—知识；*yat*—……的；*tat*—那；*jñānam*—知识；*matam*—见解；*mama*—我的。

译文　巴拉塔的后裔啊！你该了解，我也是一切躯体之内的知悉者。对躯体和躯体知悉者的了解称为“知识（jñāna）”。这就是我的意见。

要旨　在讨论躯体和躯体知悉者，灵魂和超灵的时候，我们会有三个不同的研究项目：博伽梵、生物、物质。在每一活动场，在每一躯体内，都有两个灵魂：个体灵魂（atmā）和超灵（Paramātmā）。因为超灵是博伽梵奎师那的全权扩展，所以奎师那说：我也是知悉者，但不是躯体的个体知悉者。我是超级的知悉者。我以超灵的身份存在于每一躯体中。

通过这部《博伽梵歌》，十分仔细地研究活动场和场地知悉者的人，能达到知识的境界。博伽梵说：在每一个别躯体中，我是活动场所的知悉者。个体可以是自己躯体的知悉者，但他不能认识其他躯体。博伽梵以超灵的身份临在于所有躯体中，知悉所有躯体内的一切事情。他知悉一切不同种类生物的不同躯体。一位平民也许知道自己那一小块土地上的一切，但国王不单对王宫了如指掌，对单个平民的一切财产，也所知甚详。同样，一个人可以是个别躯体的拥有者。然而，博伽梵是一切躯体的至高无上拥有者。国王是王国的原本拥有者，平民是较次的拥有者。同样，博伽梵是一切躯体的至高无上的拥有者。

躯体由感官组成。博伽梵是瑞希凯施（Hṛṣīkeśa），即“感官之主”。他是感官的原始主宰，正如国王是王国内一切活动的原始主宰，平民则是次等主宰。博伽梵也说："我也是知悉者。"这就是说，他是超级的知悉者。个体灵魂只知道自己的特殊躯体。韦达经典中有以下的说法：

kṣetrāṇi hi śarīrāṇi
bījaṁ cāpi śubhāśubhe
tāni vetti sa yogātmā
tataḥ kṣetra-jña ucyate

这躯体称为场（Kṣetra），在躯体之内居住了躯体的主人和博伽梵。博伽梵知道躯体和躯体主人，因此被称为一切场地的知悉者。活动场、活动知悉者和活动的最高知悉者，三者的分别，现述如下：对关于躯体的本性，个体灵魂的本性和超灵的本性的完美知识，韦达典籍称之为知识（jñāna）。这是奎师那的意见。了解灵魂和超灵既同一又有别，这就是知识。一个人不了解活动场和活动的知悉者，就不在完美的知识中。他必须了解自然（Prakṛti），自然的享乐者（Puruṣa）以及主宰或控制自然和个体灵魂的知悉者（Iśvara）三者的地位。三者的地位不同，他不该混淆。人不应混淆画家、画和画架。这个物质世界是活动场，也就是自然；自然的享乐者是生物；在两者之上是至高无上的主宰——人格神首。

在韦达文献中，《室维陀奥义书》（*Śvetāśvatara Upani-ṣad* 1.12）有言，梵（Brahman）有三层概念：原质（Prakṛti 物质自然）是作为活动场的梵；个体灵魂（jīva）也是梵，总是试图控制物质自然；此两者的控制者也是梵，但他是真正的控制者（*bhoktā bhogyaṁ preritāraṁ ca matvā/ sarvaṁ proktaṁ tri vidham-brahmam etat*）。

这一章将解释，在两种知悉者中，一个会犯错，另一个则永远不会犯错。一个是绝对真理，另一个是从属。把两个场地的知悉者理解为同一的，就违背了博伽梵的意思。他在这里很清楚地声明：我也是活动场的知悉者。一个人误把绳子看成蛇，就是没有知识。躯体的种类不同，躯体的主人也不同。因为每个个体灵魂有支配物质自然的个别能力，所以有不同的躯体。然而，至尊也以主宰的身份，存在于他们之内。"ca"很重要，因为它说明躯体的总数。以下是圣巴拉戴瓦·维迪亚布善（Śrīla Baladeva Vidyābhūṣaṇa）的意见：奎师那是存在于每一躯体之内，且不同于个体灵魂的超灵。奎师那在这里很明确地说，超灵既主宰活动场，也主宰有限的享乐者。

诗节 4

तत्क्षेत्रं यच्च यादृक्च यद्विकारि यतश्च यत् ।
स च यो यत्प्रभावश्च तत्समासेन मे शृणु ॥ ४ ॥

tat kṣetraṁ yac ca yādṛk ca
yad-vikāri yataś ca yat
sa ca yo yat-prabhāvaś ca
tat samāsena me śṛṇu

tat—那；*kṣetram*—活动场；*yat*—什么；*ca*—还有；*yādṛk*—原本的；*ca*—还有；*yat*—有什么；*vikāri*—变化；*yataḥ*—从何；*ca*—还有；*yat*—什么；*saḥ*—他；*ca*—还有；*yaḥ*—谁；*yat*—有什么；*prabhāvaḥ*—影响；*ca*—还有；*tat*—那；*samāsena*—概括地；*me*—从我；*śṛṇu*—理解。

译文　现在请听我简单描述这个活动场如何构成，有何变化，因何产生，谁是场地知悉者，他有什么影响。

要旨　博伽梵在此处描述了活动场和在构成地位中的场地知悉者。一个人须知道，这个躯体如何构成，由什么物质组成，在谁的主宰下活动，变化如何产生，变化从何而来，原因何在，理由何在，个体的终极目标是什么，个体灵魂的真正形体又怎样。一个人该知道，活着的个体灵魂和超灵的分别，两者的不同影响，两者的能力等。他只需理解这部直接由博伽梵描述的《博伽梵歌》，一切便会很清楚。然而，人须小心，不要把在每一个躯体中的博伽梵看成是与个体灵魂一致的，否则就把有能力者和无能力者划了等号。

诗节 5

ऋषिभिर्बहुधा गीतं छन्दोभिर्विविधैः पृथक् ।
ब्रह्मसूत्रपदैश्चैव हेतुमद्भिर्विनिश्चितैः ॥ ५ ॥

ṛṣibhir bahudhā gītaṁ
chandobhir vividhaiḥ pṛthak

brahma-sūtra-padaiś caiva
hetumadbhir viniścitaiḥ

ṛṣibhiḥ—由睿智的圣贤；*bahudhā*—在很多方面；*gītām*—描述；*chandobhiḥ*—被韦达颂歌；*vividhaiḥ*—各种；*pṛthak*—分别地；*brahma-sūtra*—《终极韦达经》的；*padaiḥ*—箴言；*ca*—也；*eva*—肯定地；*hetumadbhiḥ*—关于因果关系；*viniścitaiḥ*—确定的。

译文　关于活动场与活动知悉者的知识，在不同的韦达典籍中，不同圣人各有所述；特别是《终极韦达经》中对其中的因果关系进行了全面的论证。

要旨　尽管博伽梵奎师那（Krishna）是阐释这门学问的最高权威。但按照惯例，博学学者和标准权威总是从以往的权威处引述论据，所以奎师那引证公认的权威经典《终极韦达经》（*Vedānta-sūtra*），阐释灵魂、超灵的二元性和非二元性这一最具争议的论题。首先，他说："据不同圣人所述"。

说到圣人，除了绝对真理自己，《终极韦达经》的作者维亚萨（Vyāsadeva）也是一位伟大的圣人。《终极韦达经》很完美地说明了灵魂与超灵的二元性。维亚萨的父亲帕腊沙拉·牟尼（Parāśara）也是一位伟大的圣人，他在自己的作品中说："*ahaṁ tvaṁ ca tathānye.*"我们——你、我和其他不同的生物，虽然在物质躯体中，却全都是超然的。现在，我们按照不同的业报，陷入物质自然的三种形态里。就是这样，有些生物在较高的层面上，有些则在较低的本性中。较高和较低本性的出现是由于无知，而两者都展示在无数生物的身上。然而，超灵永无错误，不受自然三形态的污染，而且超然。同样，在最初的韦达经，尤其是《卡塔奥义书》中，对灵魂、超灵和躯体作出了区分。有很多伟大的圣人都解释了这一点，帕腊沙拉是其中最主要的一位。

梵文"韦达赞歌（chandobhiḥ）"一词指的是不同的韦达文献、典籍。例如，《亚诸韦达》（*Yajur Veda*）的一个分支《鹧鸪氏奥义书》（*Taittiriya Upanisad*），就描述了自然、生物和博伽梵。

如前所述，"Kṣetra"是活动场，而场地知悉者"Kṣetra-jña"则有两种：个体生物和至尊生物。恰如《鹧鸪氏奥义书》（*Taittiriya Upanisad* 2.9）所言："梵的觉悟有五个阶段（*brahma pucchaṁ pratiṣṭhā*）。"博伽梵能量的第一阶段展示，称为"进食本能（anna-maya）"，当生物觉悟到自己依赖食物而生存时，就对至尊真理有了物质性觉悟；接着是第二阶段"气息本能（prana-maya）"，即在食物当中觉悟到至尊绝对真理之后，就能通过生命征候——即生命形式——觉悟绝对真理；在第三阶段，“知性本能（jnana-maya）”阶段，觉悟就超出生命征候范畴，到达觉悟思想、感情和意志；接下来，第四阶段对梵的觉悟，称为“自觉本能（vijnana-maya）”，即觉悟到生物体的心意、生命征候与生物体自身有区别；下一个至高无上的阶段，是第五阶段“喜乐本能（ananda-maya）”，即觉悟到至尊真理的极乐本性。

因此，梵觉有五个阶段，称为梵觉五阶（Brahma puccham）。这五个阶段中，最初三个：“进食本能（anna-maya）”“气息本能（prana-maya）”“知性本能（jnana-maya）”，牵涉生物的活动场。超然于这一切活动场之上的是称为“喜乐本能（ananda-maya）”的博伽梵。

在《终极韦达经》中，博伽梵又将其称为“极乐本性（ānanda-mayo 'bhyāsāt）”。博伽梵的本性充满喜乐。为了享受自己的超然喜乐，扩展为“自觉本能”“知性本能”“气息本能”“进食本能”。在活动场中，生物被认为是享乐者，与生物不同的是“极乐本性”——博伽梵。这也就是说，要是生物决定在契合“喜乐本能（ananda-maya）”的情况下享乐，那么，他就变得完美了。这就是真实的画面：博伽梵是至高无上的场地知悉者，生物是从属的知悉者；除此之外，还有作为活动场的自然。人们应该在《终极韦达经》或《梵天本集》中寻找这条真理。

这里提到，《梵天本集》中的格言是根据因果关系精心编排的。如：第二篇第三章中，诗节 2“*na viyad aśruteḥ*”是指活动场；诗节 18“nātmā śruteḥ”是指生物；诗节 40“*parāt tu tac-chruteḥ*（各种生物展示中的至善者）”是指博伽梵。

诗节 6-7

महाभूतान्यहङ्कारो बुद्धिरव्यक्तमेव च ।
इन्द्रियाणि दशैकं च पञ्च चेन्द्रियगोचराः ॥ ६ ॥
इच्छा द्वेषः सुखं दुःखं सङ्घातश्चेतना धृतिः ।
एतत्क्षेत्रं समासेन सविकारमुदाहृतम् ॥ ७ ॥

mahā-bhūtāny ahaṅkāro
buddhir avyaktam eva ca
indriyāṇi daśaikaṁ ca
pañca cendriya-gocarāḥ

icchā dveṣaḥ sukhaṁ duḥkhaṁ
saṅghātaś cetanā dhṛtiḥ
etat kṣetraṁ samāsena
sa-vikāram udāhṛtam

mahā-bhūtāni—重大的元素；*ahaṅkāraḥ*—假自我；*buddhiḥ*—智性；*avyaktam*—不展示者；*eva*—肯定地；*ca*—还有；*indriyāṇi*—感官；*daśa ekam*—十一个；*ca*—还有；*pañca*—五个；*ca*—还有；*indriya-gocarāḥ*—感官的对象；*icchā*—欲望；*dveṣaḥ*—憎恨；*sukham*—快乐；*duḥkham*—苦恼；*saṅghataḥ*—集合；*cetanā*—生命的征候；*dhṛtiḥ*—信念；*etat*—所有这；*kṣetram*—活动场；*samāsena*—总而言之；*sa-vikāram*—相互作用；*udāhṛtam*—是……的例证。

译文　五大元素、假我、智性、不展示者、十感官、心意、五感官对象、欲望、憎恨、快乐、苦恼、聚合、生命的征候、信念，这一切，总而言之，可算是活动场及其相互间的作用。

要旨　从伟大圣人的权威说法，韦达颂歌及《终极韦达经》中的格言可知，这个世界是由土、水、火、空气、以太组成的，这就是五大物质元素（Mahā-bhūta）。接着是假我、智性、自然三形态的不展示阶段。然后是获取知识的五感官：眼、耳、鼻、舌、肤。再是五操作感官：声、腿、手、肛门、生殖器官。之后是在感官之上的心意。心意是内在的，可以称为内感官。于是，把心意算在一起，一共有十一感官。还有五感官对象：嗅、味、形、触、声。这二十四项元素的聚合体称为活动场。如果一个人对这二十四项元素进行分析研究，就能十分了解活动场了。跟着是欲望、憎恨、快乐、痛苦。这些是粗糙躯体中的五大元素的相互作用和体现。生命的征象，表现为知觉和信念，是精微躯体——心意、自我、智性的展示。这些精微的元素包括在活动场之内。

五大元素是假我的粗糙体现，反过来又体现了假我的初级阶段，术语上称为物质化概念，或愚昧的智性（tāmasa-buddhi）。除此之外，还体现了物质自然三形态的未展示阶段。未展示的物质总体称为帕丹（pradhāna）。

一个人想详细地认识二十四项元素及其相互影响的结果，就该更详尽地研究这门哲学。《博伽梵歌》只给了我们一个概括性的介绍。

躯体是这一切因素的体现。躯体有六种变化：诞生、成长、延续、产生副产品、开始衰退、最后消失。因此，场，是非永久性的物质事物。然而，场地知悉者，也就是场的拥有者，有所不同。

诗节 8-12

अमानित्वमदम्भित्वमहिंसा क्षान्तिरार्जवम् ।
आचार्योपासनं शौचं स्थैर्यमात्मविनिग्रहः ॥ ८ ॥
इन्द्रियार्थेषु वैराग्यमनहङ्कार एव च ।
जन्ममृत्युजराव्याधिदुःखदोषानुदर्शनम् ॥ ९ ॥
असक्तिरनभिष्वङ्गः पुत्रदारगृहादिषु ।
नित्यं च समचित्तत्वमिष्टानिष्टोपपत्तिषु ॥ १० ॥
मयि चानन्ययोगेन भक्तिरव्यभिचारिणी ।
विविक्तदेशसेवित्वमरतिर्जनसंसदि ॥ ११ ॥
अध्यात्मज्ञाननित्यत्वं तत्त्वज्ञानार्थदर्शनम् ।
एतज्ज्ञानमिति प्रोक्तमज्ञानं यदतोऽन्यथा ॥ १२ ॥

amānitvam adambhitvam
ahiṁsā kṣāntir ārjavam
ācāryopāsanaṁ śaucaṁ
sthairyam ātma-vinigrahaḥ

indriyārtheṣu vairāgyam

anahaṅkāra eva ca
janma-mṛtyu-jarā-vyādhi-
duḥkha-doṣānudarśanam

asaktir anabhiṣvaṅgaḥ
putra-dāra-gṛhādiṣu
nityaṁ ca sama-cittatvam
iṣṭāniṣṭopapattiṣu

mayi cānanya-yogena
bhaktir avyabhicāriṇī
vivikta-deśa-sevitvam
aratir jana-saṁsadi

adhyātma-jñāna-nityatvaṁ
tattva-jñānārtha-darśanam
etaj jñānam iti proktam
ajñānaṁ yad ato 'nyathā

amānitvam—谦卑；*adambhitvam*—不骄傲；*ahiṁsā*—非暴力；*kṣāntiḥ*—容忍；*ārjavam*—简朴；*ācārya-upāsanam*—接近一位真正的灵性导师；*śaucam*—洁净；*sthairyam*—坚定；*ātma-vinigrahaḥ*—自律；*indriya-artheṣu*—有关感官方面；*vairāgyam*—弃绝；*anahaṅkāraḥ*—无假我；*eva*—肯定地；*ca*—还有；*janma*—诞生；*mṛtyu*—死亡；*jarā*—老年；*vyādhi*—和疾病；*duḥkha*—困苦；*doṣa*—过错；*anudarśanam*—遵守；*asaktiḥ*—不依附；*anabhiṣvaṅgaḥ*—没有关系；*putra*—对于儿子；*dāra*—妻子；*gṛha-ādiṣu*—家庭等；*nityam*—恒常地；*ca*—还有；*sama-cittatvam*—心平气和；*iṣṭa*—想要的；*aniṣṭaḥ*—不理想的；*upapattiṣu*—得到了以后；*mayi*—向我；*ca*—还有；*ananya-yogena*—通过纯粹的奉献服务；*bhaktiḥ*—奉爱；*avyabhicāriṇī*—不间断地；*vivikta*—僻静的；*deśa*—地方；*sevitvam*—渴望；*aratiḥ*—不依附；*jana saṁsadi*—普通大众；*adhyātma*—有关自我的；*jñāna*—知识；*nityatvam*—永恒性；*tattva-jñāna*—真理的知识；*artha*—为了；*darśanam*—哲学；*etat*—所有这些；*jñānam*—知识；*iti*—如此；*proktam*—宣布；*ajñānam*—愚昧；*yat*—那；*ataḥ*—除此以外；*anyathā*—其他的。

译文 谦卑，不傲，非暴力，容忍，纯朴，接近一位真正的灵性导师，清洁，坚定，自律，弃绝感官享乐的对象，无假我，认识到生老病死的不幸，超

脱，不受妻儿家庭等的羁绊，遇好坏之事皆心平气和，恒常纯粹地奉献于我；有志独居于幽寂之地；远离普罗大众；知道自我觉悟的重要性；在哲学上探求绝对真理。我宣布上述一切皆属知识，除此之外则属无知。

要旨 这个知识程序有时被智慧欠佳的人误解为活动场的相互影响。但实际上，这才是真正的知识程序。如果人接受了这个程序，就有可能接近绝对真理。这并不是前面讲过的二十四种元素的相互作用。而是脱离那些元素束缚的方法。被体困的灵魂陷入由这二十四种元素组成的躯体中时，这里所描述的知识之途就是从中走出的方法。在所有对知识程序的描述中，第 11 诗节的第一行谈到了最重要的一点：知识进程的终点是为绝对真理作纯一的奉爱服务（*mayi cānanya-yogena bhaktir avyabhicāriṇī*）。因此，如果人不逐渐开始为绝对真理做超然的服务，或不能够做服务，那么，其他十九项并无特别的价值。然而，如果一个人在全然的奎师那知觉中从事奉爱服务，其他十九项自然而然会在他身上培养起来。《圣典博伽瓦谭》（5.18.12）说："一切源于知识的优秀品质都会在已达到奉爱服务境界的人身上得到发展（*yasyāsti bhaktir bhagavaty akiñcanā sarvair guṇais tatra samāsate surāḥ*）。"正如诗节 8 所说，接受灵性导师这一原则是很重要的。即使对从事奉爱服务的人来说，这原则也最为重要。超然生命始于接受真正的灵性导师。博伽梵奎师那在这里清楚说明了，这条知识的途径是真实的道路。在这以外的臆断都是毫无意义的。

就这里所概述的知识而论，其细项可分析如下：

"谦卑（amānitva）"的意思就是一个人不该以渴望得到别人的尊敬为满足。生命的物质化概念使我们非常渴望得到别人的尊敬。然而，在具有完美知识的人（知道他不是躯体的人）眼中，任何跟这躯体有关的东西，荣耀也好，耻辱也好，全无价值。一个人不该追求这种物质的欺惑。人们十分渴望以自己的宗教信仰而闻名于世。于是有时情况是，一个人并未理解宗教原则（dharma 道德正法），就加入某某宗教团体。这个团体实际上是不遵行宗教原则的。他跟着就以宗教教师爷自我标榜。因此在灵性科学上的实际进步方面，应该做一个测验，看看自己进步到哪个阶段，可以根据这些细项来下判断。

一般来说，"非暴力（ahimsa）"不是指不杀害或不毁灭躯体，但实际上真正的非暴力是指不置别人于困苦之中。一般人由于无知陷入物质化的生命概念中，永远受物质的痛苦。因此，除非能把一般人提升至灵性知识的境界，否则，他的行为就是行暴。一个人应该尽最大的努力，把真正的知识传播给人们，使人们受到启蒙，脱离物质的纠缠。这就是非暴力的含义。

“容忍（ksanti）”的意思是一个人应该加强自身修养，容忍别人对自己的侮辱和不敬。如果一个人努力在灵性知识方面求取进步，就会有很多人对其进行侮辱和做出不敬的行为。这是可预料的，因为物质自然的结构正是如此。即便是才 5 岁的男童帕拉德（Prahlāda），由于他培养灵性的知识，引起了父亲对他的奉献精神的不满和反对，他也遭遇了危险。他父亲试图以种种方法杀害他，但帕拉德仍然容忍。因此，在灵性知识方面进步，会遇上很多障碍。不过，我们应该容忍，而且坚定地继续前进。

“纯朴（arjava）”的意思是一个人不用外交手腕，直截了当，甚至可向敌人吐露真情。接受灵性导师十分重要，因为没有真正的灵性导师指导，就不能在灵性科学方面有任何进步。一个人该以谦恭的心态接近灵性导师，为灵性导师服务，这样，灵性导师就会乐于赐福门徒。因为真正的灵性导师是奎师那的代表，如果他赐福予门徒，门徒就会立即得到进步，不用遵行规范原则。或者，对于一个毫无保留地为灵性导师服务的人，规范守则会很容易遵行。

“清洁（sauca）”对于在灵性生活上求取进步很重要。清洁有两种：外在的和内在的。外在的清洁即沐浴；至于内在的清洁，则须常常想着和唱颂：哈瑞·奎师那，哈瑞·奎师那，奎师那·奎师那，哈瑞·哈瑞／哈瑞·茹阿玛，哈瑞·茹阿玛，茹阿玛·茹阿玛，哈瑞·哈瑞（*Hare Kṛṣṇa*，*Hare Kṛṣṇa*，*Kṛṣṇa Kṛṣṇa*，*Hare Hare/ Hare Rāma*，*Hare Rāma*，*Rāma Rāma*，*Hare Hare*）。这个过程能从心意上拭净过去业报累积下来的尘埃。

“坚定（sthairya）”的意思是一个人该坚决在灵性生活上求取进步。没有决心，就没有真正的进步。“自律”的意思是一个人不该接受任何阻碍他在灵性之途上进步的事物。他该习惯如此，拒绝任何跟灵性进步相抵触的事物。这就是真正的弃绝。感官太顽强，常渴望得到满足。一个人不该满足这些不必要的需求。满足感官应当只是为了维持身体的健康，如此便能履行责任——追求灵性生活上的进步。最重要而又最难控制的就是舌头。要是一个人能控制舌头，就很有可能控制其他感官了。舌头是用来尝味和发音的。因此，根据系统化的规范，舌头该时常用来品尝给圣奎师那供奉过的食物，唱颂“哈瑞·奎师那（Hare Kṛṣṇa）”。至于眼睛，就该只用来看奎师那的美丽形体，除此以外，什么也不该看。这样就可控制眼睛。同样，耳朵该用来聆听关于奎师那的事情，鼻子则该用来嗅给奎师那供奉过的花香。这就是奉爱服务的程序。从这里可理解，《博伽梵歌》只是在阐释奉爱服务这门科学。奉爱服务是主要而唯一的目的。没有智慧的《博伽梵歌》释论者试图把读者的心意误导到其他主题，然而，除了奉爱服务，《博伽梵歌》并无其他主题。

"假我（ahankara）"，是指把躯体看成自己。当一个人理解自己不是躯体而是灵魂时，他就找到了真正的自我。自我就在那里。应受到谴责的是假我，而非真我。韦达经典《大森林奥义书》（*Bṛhad-āraṇyaka Upaniṣad* 1.4.10）说："我是梵，我是灵性（*ahaṁ brahmāsmi*）。"这个"我是"——自我意识，在自我觉悟的解脱阶段也存在。可是，当"我是"的意识应用到虚假的躯体上时，那就是假我。当自我的意识用于真实时，那就是真我。有些哲学家说我们该放弃自我，但我们不能够放弃自我，因为自我意味着本体。当然，我们该放弃将躯体误认为自我的错误概念。

一个人该努力了解、接受生（janma）、老（jara）、病（vyadhi）、死（mrtyu）之苦。很多韦达典籍都描述到出生的情况。《圣典博伽瓦谭》对于未降生者的世界、胎儿在母体里的停留、胎儿的痛苦等，都有生动的描述。我们应该彻底了解出生是痛苦的。因为我们忘了在母亲的肚子里有多痛苦，所以就不会为轮回生死这个问题寻求解决方法。同样，死亡时也有各种痛苦，这在权威圣典中也有提及。这些应该好好讨论。至于老和病，每一个人都有实际经验。谁也不想生病，谁也不想变老，但两者都无法避免。除非我们对这物质生命持悲观的看法，考虑生老病死的痛苦，否则就没有动力推动我们向灵性生活方面求取进步。

不依附（anabhis-vanga）妻儿家庭，并不等于说人对这一切全无感情。这些都是倾注感情的天然对象，但当他们不利于灵性的进步时，就不必依附留恋。使家庭和睦幸福的最好方法就是奎师那知觉。一个人如果完全在奎师那知觉中，就能使家庭快乐，因为奎师那知觉的程序十分容易。人只需唱颂：（*Hare Kṛṣṇa, Hare Kṛṣṇa, Kṛṣṇa Kṛṣṇa, Hare Hare/ Hare Rāma, Hare Rāma, Rāma Rāma, Hare Hare*）；吃给奎师那供奉过的食品；讨论诸如《博伽梵歌》和《圣典博伽瓦谭》一类的书籍；崇拜供奉神像。这四者会令人快乐。一个人该如此训练他的家人。使整个家庭可早晚坐在一起唱颂：哈瑞·奎师那，哈瑞·奎师那，奎师那·奎师那，哈瑞·哈瑞／哈瑞·茹阿玛，哈瑞·茹阿玛，茹阿玛·茹阿玛，哈瑞·哈瑞（*Hare Kṛṣṇa, Hare Kṛṣṇa, Kṛṣṇa Kṛṣṇa, Hare Hare/ Hare Rāma, Hare Rāma, Rāma Rāma, Hare Hare*）。人能如此建立家居生活，遵循这四项原则，培养奎师那知觉，就无需放下家庭生活，过弃绝生活。但如果家庭生活并不合适，不利于灵性修炼，那么就该放弃。为了觉悟或服务奎师那，人须放弃一切，像阿诸纳所做的一样。阿诸纳并不想杀害亲属，但当知道亲属阻碍他了解奎师那，便接受奎师那的指示，参加战争，最后杀了他们。在所有情况下，一个人都该不依附家庭生活，因为这个世界不会有完全的快乐，也不会有完全的痛苦。

苦（dukha）与乐（sukha）是物质生活的伴随物。一个人该如《博伽梵歌》所说的那样学会忍受。既无法控制苦乐的往来，就该不依附物质的生活方式，自然而然就可在两境之中保持平衡。一般来说，得到想要的东西就快乐，得到不想要的东西就痛苦不堪。但如果我们真正处在灵性境界，这一切都不会刺激我们。要到达这境地，我们须不断做奉爱服务。毫无偏离地为奎师那做奉爱服务就是从事九种奉爱服务：唱颂、聆听、崇拜、顶礼等，一如第九章最后一个诗节所述，应该遵循那条途径。

一个人习惯了灵性生活，自然就不愿意和物质化的人混在一起。这与他的意愿相违。我们可以考验自己，看自己到底有多愿意幽居独处，远离无益的交游。奉献者自然而然对不必要的运动，如去电影院，参加社交活动等不感兴趣，因为他了解这样只会浪费时间。有很多从事研究的学者和哲学家在研究性生活或其他问题，但根据《博伽梵歌》，这些研究工作或哲学思辨并无价值。大多是荒谬之谈。根据《博伽梵歌》的教导，人应该以哲学性的审慎力去研究灵魂的本质。他须从事研究，以了解自己是怎样一回事。这里就提出上述建议。

至于"自我觉悟"，这节诗清楚说明了，奉爱瑜伽（Bhakti-yoga）最有实效。一旦有关奉献的问题出现，就须考虑超灵及个体灵魂的关系。个体灵魂和超灵不可能一体，至少在奉爱的概念，即奉献性的生命概念中不可能如此。个体灵魂为至尊灵魂做服务是永恒的（nityam），对此已经说得很清楚。因此，奉爱（bhakti）或奉爱服务是永恒的。我们应该牢固树立这一哲学信念。

《圣典博伽瓦谭》（1.2.11）解释了这一点："真正了解绝对真理的人知道，自我觉悟分三阶段：梵（Brahman）、超灵（Paramātmā）、博伽梵（Bhagavān）。（*Vadanti tat tattva-vidas tattvaṁ yaj jñānam advayam.*）"——博伽梵是觉悟绝对真理的最高阶段。因此，一个人须达到了解博伽梵，为绝对真理奉献、为绝对真理服务的层面。这就是知识的完美境界。

从实践谦卑开始，到觉悟绝对真理为人格神首为止，这一历程好像从底层到顶楼的阶梯。在这个阶梯上，很多人已达二楼、三楼或四楼等，但除非到达顶楼，了解奎师那，否则知识就停留在较低的阶段。任何人如果想与神争高低，同时又要在灵性知识方面进步，必定失败。本节很清楚地说明了，没有谦卑，是不可能有真正的理解力的。将自己看成神，这是最大的狂傲。虽然生物总是受物质自然的铁律支配，由于无知，他们仍这样想：我就是神。因此，知识的开端便是谦卑（amānitva）。一个人须谦卑，而且认识到自己是从属于博伽梵的。因为反叛博伽梵，他才受物质自然支配。一个人须认识这一真理，确信这一真理。

诗节 13

ज्ञेयं यत्तत्प्रवक्ष्यामि यज्ज्ञात्वामृतमश्नुते ।
अनादिमत्परं ब्रह्म न सत्तन्नासदुच्यते ॥ १३ ॥

jñeyaṁ yat tat pravakṣyāmi
yaj jñātvāmṛtam aśnute
anādi mat-paraṁ brahma
na sat tan nāsad ucyate

jñeyam—可认知的；*yat*—那；*tat*—那；*pravakṣyāmi*—我现在要说明；*yat*—那；*jñātvā*—知道后；*amṛtam*—甘露；*aśnute*—人品味到；*anādi*—没有开始；*mat-param*—从属于我；*brahma*—灵性；*na*—无论；*sat*—原因；*tat*—那；*na*—还是；*asat*—结果；*ucyate*—据说。

译文　现在，我要说明什么是可认知的，你知道后就会品味到永恒。就是“梵（Brahman）”，也就是灵性，它无始，从属于我，在这个物质世界的因果之外。

要旨　绝对真理已解释过活动场和场的知悉者，还解释了了解活动场知悉者的方法。现在，他在解释什么是可认知的，首先是灵魂，然后是超灵。通过了解知悉者：灵魂和超灵，就可品味到生命的甘露。正如第二章所解释的，生物是永恒的。这里肯定了这一点。谁也无法确定个体灵魂的出生日期，谁也不能追溯个体灵魂（jīvātmā）从博伽梵处展示出来的历史。因此，它是无始的。韦达经典也肯定了这一点，《卡塔奥义书》（*Kaṭha Upaniṣad* 1.2.18）中说：“躯体的知悉者永远无生无死，充满知识（*na jāyate mriyate vā vipaścit*）。”

韦达文献《室维陀奥义书》（*Śvetāśvatara Upaniṣad* 6.16）也把作为超灵

的博伽梵描述为："博伽梵是躯体的首要知悉者，也是物质自然三形态的主人（*pradhāna-kṣetrajña-patir guṇeśaḥ*）。"《圣传经》（*Smṛti*）中也说："生物永远在为博伽梵服务（*dāsa-bhūto harer eva nānyasvaiva kadācana*）。"圣采坦尼亚在他的教义中也肯定了这一点。因此，本节诗对梵的描述涉及个体灵魂。当梵（Brahman）一词应用于生物身上时，意思即为觉悟之"梵（vijñāna-brahma）"，而非喜乐之梵（ānanda-brahma）。喜乐之梵（ānanda -brahma）是至尊梵人格神。

诗节 14

सर्वतः पाणिपादं तत्सर्वतोऽक्षिशिरोमुखम् ।
सर्वतः श्रुतिमल्लोके सर्वमावृत्य तिष्ठति ॥ १४ ॥

sarvataḥ pāṇi-pādaṁ tat
sarvato 'kṣi-śiro-mukham
sarvataḥ śrutimal loke
sarvam āvṛtya tiṣṭhati

sarvataḥ—每一处地方；*pāṇi*—手；*pādam*—腿；*tat*—那；*sarvataḥ*—每一处地方；*akṣi*—眼睛；*śiraḥ*—头；*mukham*—脸孔；*sarvataḥ*—每一处地方；*śruti-mat*—拥有听觉；*loke*—在世界上；*sarvam*—万事万物，*āvṛtya*—遮盖着；*tiṣṭhati*—存在。

译文　他的手、腿、眼、头、脸无处不在，他的听觉无处不在。超灵，就是这样存在，遍透万物。

要旨　超灵，即博伽梵，好像太阳一般，放射无限的光线。他以遍透万有的形式存在。一切个体生物，从第一个伟大的导师梵天（Brahma 梵天）至渺小的蚂蚁，都存在于他之内；有无数的手、腿、眼、脸，无数的生物。一切都存在于超灵之内，依靠超灵。因此，超灵是遍透万有的。然而个体灵魂不能说他的手、腿、眼、脸无处不在。那是不可能的。如果他认为，由于无知，他意识不到自己的手、腿、眼、脸四处扩散，可是，当他得到正确的知识时，就可以到达这样的境界，那么这种想法本身就自相矛盾。这就等于说，个体灵魂会被物质自然限制，并非至高无上。至尊与个体灵魂不同。博伽梵可无限地延长他的手臂，个体灵魂则不能。在《博伽梵歌》中，绝对真理说，如果任何人向他献上一朵花、一个水果、一点水，他都接受。如果绝对真理在很遥远的地方，他又怎可能接受供品呢？这就是绝对真理无所不能的明证：虽然他在自己的居所之内，距离地球很远很远，他仍可以伸手接受任何人的供品。这就是他的力量。《梵天本集》（5.37）说："虽然他常在自己超然的星宿上上演逍遥时光，他仍是遍存万有的（*goloka eva nivasaty akhilātma-bhūtaḥ*）。"个体灵魂不能够宣布自己是遍存万有的。因此，这节诗描述的是至尊灵魂博伽梵，而不是个体灵魂。

诗节 15

सर्वेन्द्रियगुणाभासं सर्वेन्द्रियविवर्जितम् ।
असक्तं सर्वभृच्चैव निर्गुणं गुणभोक्तृ च ॥ १५ ॥

sarvendriya-guṇābhāsaṁ
sarvendriya-vivarjitam
asaktaṁ sarva-bhṛc caiva
nirguṇaṁ guṇa-bhoktṛ ca

sarve—所有；*indriya*—感官；*guṇa*—品质；*ābhāsam*—始源；*sarva*—所有；*indriya*—感官；*vivarjitam*—没有；*asaktam*—无所依附；*sarva-bhṛt*—众生的维系者；*ca*—也；*eva*—肯定地；*nirguṇam*—没有物质品质；*guṇa-bhoktṛ*—一切物质形态的主人；*ca*—也。

译文　超灵是一切感官的始源，但他却没有感官。他虽是一切生物的维系者，却无所依附。他超越自然形态，同时又是一切物质自然形态之主。

要旨　博伽梵虽然是一切生物的感官之源，但跟生物并不一样，并没有物质感官。实际上，个体灵魂有灵性的感官，但在受限制的生命中，他们为物质元素所笼罩，因此，感官活动就通过物质展现。博伽梵的感官不会如此被笼罩。他的感官是超然的，因此称为无自然属性（nirguṇa）。梵文"guṇa"意味着物质属性，博伽梵的感官不受物质覆盖。我们须了解，他的感官跟我们的并不一样。虽然他是我们一切感官活动之源，他却有不受污染的超然感官。这一点《室维陀奥义书》（3.19）的诗节中有很好的说明："博伽梵没有受物质污染的手。他有手，而且用手来接受奉献给他的祭品（*apāṇi-pādo javano grahītā*）。”这就是受限制的灵魂跟超灵的分别。他也没有物质的眼睛，但他有眼睛——否则他怎能看东西呢？他看见一切——现在、过去、未来。他居于生物的心里。他知道我们在过去做过的一切，我们现在所做的一切，以及未来将发生的一切。《博伽梵歌》肯定了这一点：他知悉一切，但谁也不知悉他。据说，博伽梵没有像我们一样的腿，但他可以在太空旅行，因为他的腿是灵性的。换言之，绝对真理不是非人格的。他有眼，有腿，有手，一切都有。因为我们是博伽梵的所属部分，所以他也有这些东西。然而，绝对真理的眼、腿、手和感官并不受物质自然的污染。

《博伽梵歌》也肯定了，博伽梵是透过内在能量以本来面目显现的。他不会受物质能量污染，因为他是物质能量之主。在韦达典籍中，我们发觉他整个躯体都是灵性的。博伽梵拥有永恒、全知、极乐的完美形象（*sac-cid-ānanda-vigraha*）（《梵天本集》5.1）。博伽梵充满了富裕。他是一切财富的拥有者，也是一切能量的主人。他最聪明，充满知识。这些是博伽梵的一些特征。他是一切生物的维系者，一切活动的见证人。就我们从韦达典籍了解所得，博伽梵永远是超然的。虽然我们看不见他的头、面、手、腿，但他是有的。当我们将自己提升到超然的境界时，就可看到博伽梵的形体了。由于感官被物质污染了，我们无法看见他的形体。因此，非人格主义者仍受到物质的影响，而无法了解人格神首。

诗节 16

बहिरन्तश्च भूतानामचरं चरमेव च ।
सूक्ष्मत्वात्तदविज्ञेयं दूरस्थं चान्तिके च तत् ॥ १६ ॥

bahir antaś ca bhūtānām
acaraṁ caram eva ca
sūkṣmatvāt tad avijñeyaṁ
dūra-sthaṁ cāntike ca tat

bahiḥ—在外面；*antaḥ*—在里面；*ca*—也；*bhūtānām*—所有生物的；*acaram*—不动的；*caram*—动的；*eva*—也；*ca*—和；*sūkṣmatvāt*—因为精微；*tat*—那；*avijñeyam*—不可知的；*dūrasthaṁ*—遥远的；*ca*—也；*antike*—很近；*ca*—和；*tat*—那。

译文　**至尊真理既在众生之内，又在众生之外，亦动亦静。他如此精微，凭我们物质的感官能力无法看到或认识。他遥不可及，却又近在咫尺。**

要旨　从韦达经典中我们了解到，至尊者那罗延既存在于一切生物之内，又存在于一切生物之外。他既在灵性世界，又在物质世界。虽然他很远很远，却跟我们很接近。这些都是韦达典籍中的声明。《卡塔奥义书》（*Kaṭha Upaniṣad* 1.2.21）说："他坐于一处，却能同时到达很远的另一处；他躺在一处，却能同时周游四方。（*Āsīno dūraṁ vrajati śayāno yāti sarvataḥ.*）"而且，因为他永远在超然的喜乐中，我们无法了解他如何享用自己的富裕。我们无法以物质感官看到他、了解他。因此，用韦达的语言来说，要了解他，我们物质的心意和感官无济于事。然而，奉行奎师那知觉，实践奉爱服务，净化了心意和感官，就可不断看到他。《梵天本集》确认，奉献者培养对博伽梵的爱，就可永远看到他，不会中断。《博伽梵歌》（11.54）肯定了："只有通过专一的奉爱服务才能按我的真实面貌了解我（*bhaktyā tv ananyayā śakya*）。"

诗节 17

अविभक्तं च भूतेषु विभक्तमिव च स्थितम् ।
भूतभर्तृ च तज्ज्ञेयं ग्रसिष्णु प्रभविष्णु च ॥ १७ ॥

avibhaktaṁ ca bhūteṣu
vibhaktam iva ca sthitam
bhūta-bhartṛ ca taj jñeyaṁ
grasiṣṇu prabhaviṣṇu ca

avibhaktam—没有分割；*ca*—也；*bhūteṣu*—在所有生物中；*vibhaktam*—分割；*iva*—就像；*ca*—又；*sthitam*—处于；*bhūta-bhartṛ*—众生的维系者；*ca*—也；*tat*—那；*jñeyam*—应该明白；*grasiṣṇu*—吞噬；*prabhaviṣṇu*—培育；*ca*—又。

译文　**超灵看似分散在众生之中，但其实未被分割。他一直安处如一。他是众生的维系者，但我们须明白，他培育一切，又吞噬一切。**

要旨　博伽梵以超灵的形式，安处于每一个人的心里。这是否等于说他是被分割了呢？不，实际上，他仍是一个整体。就以太阳为例，正午时分，太阳稳处于天空中自己的位置上。如果人向各方向走五千里然后问："太阳在哪里？"每一个人都会说，太阳就照耀在他的头顶上。韦达经典举这个例子说明超灵虽然不可分割，但其所在却似被分割了一般。此外，韦达经典又说，维施努是一个，他凭借全能，遍存万有，就好像太阳在不同的地方向不同的人显现一般。博伽梵虽是一切生物的维系者，但在毁灭的时刻却吞噬一切。博伽梵在第十一章说，他到库茹之野来是要吞噬所有战士，就肯定了这一点。博伽梵也提到，他也以时间的形式吞噬一切。他是毁灭者，杀灭一切。创造伊始，他从原始状态开始培育一切；在毁灭的时候，他吞噬一切。《鹧鸪氏奥义书》（*Taittiriya Upanisad* 3.1）肯定了："他是一切生物的始源，一切生物息止之所。在创造之后，一切生物息止于他的全能之内，在毁灭之后，一切生物再次回归，息止于他之内。（*Yato vā imāni bhūtāni jāyante yena jātāni jīvanti yat prayanty abhisaṁ-viśanti tad brahma tad vijijñāsasva.*）"这些都为韦达赞歌所确证。

诗节 18

ज्योतिषामपि तज्ज्योतिस्तमसः परमुच्यते ।
ज्ञानं ज्ञेयं ज्ञानगम्यं हृदि सर्वस्य विष्ठितम् ॥ १८ ॥

jyotiṣām api taj jyotis
tamasaḥ param ucyate
jñānaṁ jñeyaṁ jñāna-gamyaṁ
hṛdi sarvasya viṣṭhitam

jyotiṣām—所有发光体的；*api*—也；*tat*—那；*jyotiḥ*—光源；*tamasaḥ*—黑暗；*param*—超越；*ucyate*—据说；*jñānam*—知识；*jñeyam*—知识的对象；*jñāna-gamyam*—通过知识而接近；*hṛdi*—在心中；*sarvasya*—众生的；*viṣṭhitam*—处于。

译文　他是一切发光体的光源。他超越物质黑暗，而且并不展示。他是知识、知识的对象和知识的目标。他处于每一个人的心中。

要旨　超灵，亦即博伽梵，是一切发光体，如太阳的光源。在韦达经典中，我们发现，灵性国度无需太阳，因为有博伽梵的光灿。在物质世界，博伽梵的灵性光灿——梵光（brahmajyoti）为物质整体能量（Mahat-tattva）笼罩，所以我们需要太阳、月亮、电力等的帮助才有光。然而，灵性世界无需这些东西。韦达经典清楚地说明了，因为他辉煌的光灿，一切都被照得通明。他并不处于物质世界中。他处于灵性世界，在很远很远的灵性天穹。韦达典籍《室维陀奥义书》（3.8）也肯定了这一点："他像太阳一样永恒地照耀着，但却远离这个物质世界的黑暗。"

他的知识是超然的。韦达经典肯定了，梵（Brahman）是浓缩的超然知识。博伽梵就在每一个人的心里；他会将知识赐予渴望将自己提升到灵性世界的人。韦达经典《室维陀奥义书》（*Śvetāśvatara Upaniṣad* 6.18）说："一个人如果真的想得到解脱，就须皈依博伽梵（*taṁ ha devam ātma-buddhi-prakāśaṁ mumukṣur vai śaraṇam ahaṁ prapadye*）。"至于终极知识的目标，《室维陀奥义书》（6.18）也有证实："只有认识你，才能超越生死（*tam eva viditvāti mṛtyum eti*）。"

他以至高无上的主宰的身份处于每一个人的心里。至尊的手腿分布各地，但个别灵魂则不可能如此。因此，活动场有两位认知者：个体灵魂和超灵；这是必须承认的。一个人的手腿只在自己的躯体上，但奎师那的手腿遍布各方。《室维陀奥义书》（3.17）也肯定了这一点："博伽梵是帕布（prabhu），即一切生物的主人，因此，他是一切生物的终极庇护所（*sarvasya prabhum īśānaṁ sarvasya śaraṇaṁ bṛhat*）。"不容否认，至尊超灵与个体灵魂永远是不同的。

诗节 19

इति क्षेत्रं तथा ज्ञानं ज्ञेयं चोक्तं समासतः ।
मद्भक्त एतद्विज्ञाय मद्भावायोपपद्यते ॥ १९ ॥

iti kṣetraṁ tathā jñānaṁ
jñeyaṁ coktaṁ samāsataḥ
mad-bhakta etad vijñāya
mad-bhāvāyopapadyate

iti—如此；*kṣetram*—活动场（躯体）；*tathā*—还有；*jñānam*—知识；*jñeyam*—可知的；*ca*—还有；*uktam*—描述；*samāsataḥ*—概括地；*mat-bhaktaḥ*—我的奉献者；*etat*—所有这些；*vijñāya*—在认识了以后；*mat-bhāvāya*—我的本性；*upapadyate*—达到。

译文　至此，我已经概述了活动场（躯体）、知识、可知的。只有我的奉献者才能彻底明了这些，从而到达我的本性。

要旨　绝对真理已经概述了躯体、知识、可知的。这门知识包括三种成分：认知者、可知者和认知过程。三者合在一起称为有关灵魂与至尊灵魂知识的科学（vijñāna）。绝对真理纯一的奉献者可直接了解完美的知识。其他人无法了解。一元论者说，在终极阶段，这三者结合为一，但奉献者不接受这种说法。知识和培养知识即在奎师那知觉中了解自己。我们为物质知觉所导引，但一旦将全部知觉转到奎师那的活动中，认识奎师那就是一切，我们就得到了真正的知识。换言之，知识只是完美地了解奉献活动的最初阶段。第十五章对此会有非常清楚的解释。

现在我们来总结一下，诗节 6 和诗节 7，即从“五大元素（mahā-bhūtāni）”一直到“生命的表征和信念（cetanā dhṛtiḥ）”，分析了物质元素和生命征象的某些展示。这些合起来形成躯体，即活动场。从诗节 8 到诗节 12，即从“谦卑（amānitvam）”到“在哲学上探求绝对真理（*tattva-jñānārtha-darśanam*）”，描述了了解两种活动场的认知者即个体灵魂和超灵的知识途径。然后，诗节 13 到 18，从“它无始，从属于我（*anādi mat-paraṁ*）”一直到“他处于每一个人的心中（*hṛdi sarvasya viṣṭhitam*）”，描述了灵魂和博伽梵（超灵）。

这样，活动场（躯体），理解的途径，灵魂和超灵等三项知识有了描述。这里特别说明，只有绝对真理的纯粹奉献者才能清晰地理解这三项。对这样的奉献者，《博伽梵歌》有充分的用处；他们能到达至高无上的目标——博伽梵奎师那的本性。换言之，只有奉献者，而非其他人，能理解《博伽梵歌》，并得到所欲的结果。

诗节 20

प्रकृतिं पुरुषं चैव विद्ध्यनादी उभावपि ।
विकारांश्च गुणांश्चैव विद्धि प्रकृतिसम्भवान् ॥ २० ॥

prakṛtiṁ puruṣaṁ caiva
viddhy anādī ubhāv api
vikārāṁś ca guṇāṁś caiva
viddhi prakṛti-sambhavān

prakṛtim—物质自然；*puruṣam*—生物；*ca*—还有；*eva*—肯定地；*viddhi*—你必须知道；*anādī*—没有开始；*ubhau*—两者；*api*—也；*vikārān*—转变；*ca*—还有；*guṇān*—物质自然三形态；*ca*—也；*eva*—肯定地；*viddhi*—知道；*prakṛti*—物质自然；*sambhavān*—产生自。

译文　应该理解，物质自然和众生都是无始的。其变化和物质形态也都是物质自然的产物。

要旨　通过本章介绍的这门知识，人能认识躯体（活动场）和躯体的认知者（个体灵魂和超灵）。躯体是活动场，由物质自然构成。享受躯体活动的体困个体灵魂是享乐者（Puruṣa），即生物。他是其中一个认知者，另一个是超灵，当然，我们得了解，超灵和个体生物都是博伽梵的不同展示。生物属于博伽梵的能量范畴，超灵属于博伽梵个人扩展的范畴。

物质自然和生物两者都是永恒的。那就是说，他们在创造之前就存在了。物质展示是从博伽梵的能量来的，生物也是如此，但生物属于高等的能量。两者都在这个宇宙展示之前就存在了。物质自然被吸纳在博伽梵——大维施努（Mahā-Viṣṇu）之内。需要的时候，它就透过物质能量大实体（mahat-tattva）这一媒介展示。同样，生物也在他之内。因为他们受条件限制，所以不喜欢为博伽梵服务。因此，他们不被容许进入灵性天穹。随着物质自然的涌现，这些生物再度获得机会在物质世界中活动，为自己进入灵性世界做准备。这就是物质创造的玄奥之处。实际上，生物原本是博伽梵灵性所属部分，然而，由于他们的反叛本性，所以受物质自然的条件限制。至于博伽梵的这些生物（即高等存在），怎样跟物质自然产生接触，并不重要。博伽梵知道，这种情况实际上是怎样的，为什么会发生。博伽梵在圣典上说，受物质自然吸引的人将为生存而苦苦挣扎。然而从这些诗篇的描述中，我们该确定地知道，物质自然通过三种形态所引起的一切转变和影响，都是物质自然的产物。生物的一切变化和多样性都是由躯体引起的。就灵性而论，所有生物全都一样。

诗节 21

कार्यकारणकर्तृत्वे हेतुः प्रकृतिरुच्यते ।
पुरुषः सुखदुःखानां भोक्तृत्वे हेतुरुच्यते ॥ २१ ॥

kārya-kāraṇa-kartṛtve
hetuḥ prakṛtir ucyate
puruṣaḥ sukha-duḥkhānāṁ
bhoktṛtve hetur ucyate

kārya—结果；*kāraṇa*—和原因；*kartṛtve*—在创造方面；*hetuḥ*—工具；*prakṛtiḥ*—物质自然；*ucyate*—据说；*puruṣaḥ*—生物；*sukha*—快乐；*duḥkhānām*—和痛苦的；*bhoktṛtve*—享受；*hetuḥ*—工具；*ucyate*—据说。

译文　据说，物质自然是所有物质因果的原因，而生物则是这个世界诸种痛苦和享受的原因。

要旨　生物的躯体和感官的种种展示是物质自然引起的。生物有 840 万种；这些种类都是物质自然的创造，从生物不同的感官快乐中产生，生物就这样想在这个或那个躯体中生活。生物被放置在不同的躯体内，会享受不同的快乐，但也要承受不同的痛苦。生物的物质苦乐由躯体引起，并非由原本的自我引起。毫无疑问，生物在原本的状况中可享受快乐，那才是生物的真正状况。生物因为欲求支配物质自然，所以沦落在物质世界。在灵性世界没有这样的事。灵性世界是纯净的。物质世界里的众生都在为获得躯体的各种快乐而苦苦挣扎。这躯体是感官的结果，这样说更为清楚。感官是满足欲望的工具，而总体——躯体和工具般的感官——均由物质自然给予，生物的境遇好坏，由自己过去的欲望和活动决定。这一点在下一节将予以解释。物质自然根据一个人的欲望和活动，将他放在不同的居所里。生物之所以被放置在某一居所里，承受与之而来的苦乐，是由自己造成的。一旦被放置于某种躯体里，他就受自然的控制，因为躯体是物质的，要根据自然规则而活动。这时，生物无力改变自然规则。假设生物被放置在狗的躯体里，他一被放置在狗的躯体里，就须像狗那般活动，不可能以其他方式活动。如果生物被放置在猪的躯体里，就被迫要像猪那样活动。同样，生物如果被放置在半神人的躯体里，也得按照半神人的躯体活动，这就是自然定律，然而，在所有情况下，超灵都跟个体灵魂在一起。

韦达经典《蒙达卡奥义书》(*Muṇḍaka Upaniṣad* 3.1.1)有以下解释："躯体中的超灵和个体灵魂被比喻为落在同一棵树上的两只友好的鸟儿(*dvā suparṇā sayujā sakhāyaḥ*)。"博伽梵对生物十分仁慈，他永远伴随着个体灵魂，而且，在所有的情况下，都以超灵的身份出现。

诗节 22

पुरुषः प्रकृतिस्थो हि भुङ्क्ते प्रकृतिजान्गुणान् ।
कारणं गुणसङ्गोऽस्य सदसद्योनिजन्मसु ॥ २२ ॥

puruṣaḥ prakṛti-stho hi
bhuṅkte prakṛti-jān guṇān
kāraṇaṁ guṇa-saṅgo 'sya
sad-asad-yoni-janmasu

puruṣaḥ—生物；*prakṛti-sthaḥ*—因为处于物质能量中；*hi*—肯定地；*bhuṅkte*—享受；*prakṛti-jān*—由物质自然带来的；*guṇān*—自然三形态；*kāraṇam*—原因；*guṇa-saṅgaḥ*—与自然三形态的联谊；*asya*—生物的；*sat-asat*—好与坏；*yoni*—生命种类；*janmasu*—诞生。

译文　物质自然中的生物就这样循着生命的道路，享受自然的三形态。这是由于生物与物质自然接触的缘故，于是，便在不同的生命种类中遭遇善恶诸事。

要旨　这节诗对了解生物如何从一个躯体转到另一个去非常重要。第二章解释了，生物从一个躯体转到另一个去，正如换衣服一般。这样换装是由于他们迷恋物质存在。只要他们受这个虚假展示的支配，就会继续由一个躯体转到另一个去。由于他们渴望支配物质自然，所以被放置到这样不理想的情况中。在物质自然的影响下，生物有时出生为半神人，有时为人，有时为兽，有时为鸟，有时为虫，有时为水生生物，有时为圣人，有时为臭虫，就这样生生不息。在所有的情况下，生物都认为自己是环境的主宰，其实却是处在物质自然的影响之下。

这里解释了生物如何被放置到不同的躯体里。这是由于与自然的不同形态接触。因此，一个人必须超越物质三形态，处于超越的地位中。这就称为奎师那知觉。除非一个人处于奎师那知觉中，否则他的物质知觉会迫使他从一个躯体转到另一个去，因为从太初以来他就有物质欲望。然而，他须改变这个观念。只有从权威之源处聆听才会有效果。这里有最好的例证：阿诸纳从奎师那那里聆听有关神的知识。生物一旦进入了这个聆听的过程，就会消除长期以来存有的要控制物质自然的欲望，随着这种欲望的减退，逐渐地，此消彼长，他就会尝到灵性的快乐。有一首韦达赞歌［曼陀（Mantra）］说，当生物跟博伽梵在一起而变得有学识时，他会相应地体验到永恒喜乐的生活。

诗节 23

उपद्रष्टानुमन्ता च भर्ता भोक्ता महेश्वरः ।
परमात्मेति चाप्युक्तो देहेऽस्मिन्पुरुषः परः ॥ २३ ॥

upadraṣṭānumantā ca
bhartā bhoktā maheśvaraḥ
paramātmeti cāpy ukto
dehe 'smin puruṣaḥ paraḥ

upadraṣṭā—监察者；*anumantā*—准许者；*ca*—还有；*bhartā*—主人；*bhoktā*—至尊享受者；*maheśvaraḥ*—博伽梵；*paramātmā*—超灵；*iti*—还有；*ca*—和；*api*—确实；*uktaḥ*—据说；*dehe*—在躯体中；*asmin*—这；*puruṣaḥ*—享受者；*paraḥ*—超然的。

译文　但在这个躯体中，还有另一超然的享乐者。他就是绝对真理，至高无上的拥有者，以监察者和准许者的身份存在，被称为超灵（Paramātmā）。

要旨　这里断言，与个体灵魂恒常在一起的超灵是博伽梵的代表。他并不是普通的生物。因为一元论的哲学家把躯体的认知者看成一体，所以认为超灵和个体灵魂没有分别。为了澄清这一点，绝对真理说他在每一躯体中以超灵的身份存在。绝对真理与个体灵魂不同，他是“超然的（para）”。个体灵魂享受着某一特定场所的活动，但超灵并不是以有限享乐者或从事躯体活动者的身份存在的，他是以见证者、监察者、准许者和至高无上的享乐者的身份存在的。他的名字是超灵（Paramātmā），而非个体灵魂（ātmā）。他是超然的。很显然，个体灵魂和超灵是有分别的。超灵的手腿无处不在，但个体灵魂则非如此。因为他是博伽梵，他存在于躯体之内，准许个体灵魂欲求的物质快乐。没有至尊灵魂的准许，个体灵魂不能够做任何事情。个体是“被维系者（bhukta）”，绝对真理则是“维系者（bhoktā）”。宇宙中有无数生物，超灵以朋友的身份存在于生物之内。

事实上，每一个体生物都永远是博伽梵的所属部分，而且两者的关系非常密切，犹如朋友。然而，生物有拒绝博伽梵安排的倾向，要独立地活动，试图控制自然。因为他们有这种倾向，所以被称为博伽梵的边际能量。生物不是处于物质能量之中，就是处于灵性能量之中。只要他们受制于物质能量，博伽梵就以他们朋友——超灵的身份，跟他们在一起，帮助他们回归灵性能量。绝对真理常常渴望把生物带回灵性能量，但由于生物渺小的独立性，他们不断拒绝与灵性之光的联谊。这样误用独立性就是他们在受限制的自然中作物质挣扎的原因。所以，绝对真理时常从内从外发出指示。从外，他所发的指示，就如在《博伽梵歌》中所说明的；从内，他试图说服他们，在物质场地的活动并不会带来真正的快乐。他说：“放弃它，将信心转向我。这样，你便会快乐。”这样，聪明的人就会把信心置于超灵或博伽梵之上，便在喜乐永恒的知识生命中迈开了第一步。

诗节 24

य एवं वेत्ति पुरुषं प्रकृतिं च गुणैः सह ।
सर्वथा वर्तमानोऽपि न स भूयोऽभिजायते ॥ २४ ॥

ya evaṁ vetti puruṣaṁ
prakṛtiṁ ca guṇaiḥ saha
sarvathā vartamāno 'pi
na sa bhūyo 'bhijāyate

yaḥ—任何人；*evam*—如此；*vetti*—理解；*puruṣam*—生物；*prakṛtim*—物质自然；*ca*—和；*guṇaiḥ*—物质自然三形态；*saha*—与；*sarvathā*—以所有方法；*vartamānaḥ*—处于；*api*—不管；*na*—永不；*saḥ*—他；*bhūyaḥ*—再次；*abhijāyate*—投生。

译文　这一哲学涉及物质自然、生物和自然形态之间的相互作用，理解它，必能获得解脱。无论现在地位如何，他都不会再次投生。

要旨　对物质自然、超灵、个体灵魂及三者的相互关系有了清楚的了解，就有资格获得解脱，转到灵性的环境，不用被迫返回这个物质自然。这就是知识的结果。知识的目的在于清楚地明白，生物是偶然堕落到物质存在中的。把个人的努力和权威、圣人、灵性导师结合在一起，必能了解自己的地位，然后再去理解人格神首所解释的《博伽梵歌》，这样就可以恢复灵性知觉，即奎师那知觉。那么，生物肯定不再返回物质存在中，而是升转到灵性世界，享受充满快乐和知识的永恒生活。

诗节 25

ध्यानेनात्मनि पश्यन्ति केचिदात्मानमात्मना ।
अन्ये सांः येन योगेन कर्मयोगेन चापरे ॥ २५ ॥

dhyānenātmani paśyanti
kecid ātmānam ātmanā
anye sāṅkhyena yogena
karma-yogena cāpare

dhyānena—通过冥想；*ātmani*—在自我心中；*paśyanti*—看见；*kecit*—有些人；*ātmānam*—超灵；*ātmanā*—通过心意；*anye*—其他的人；*sāṅkhyena*—哲学讨论的；*yogena*—通过瑜伽体系；*karma-yogena*—通过不求果报的活动；*ca*—还有；*apare*—其他的人。

译文　有些人通过冥想，从内在觉知到超灵；有些人则通过培养知识；还有些人通过不求果报的工作。

要旨 绝对真理告诉阿诸纳，从人们寻求自我觉悟的角度，受限制的灵魂，可分为两类。第一类是无神论者、不可知论者、怀疑论者，这一类人无灵性理解力。至于另外一类，对了解灵性生命深具信心，包括内省的奉献者，哲学家和弃绝业报的活动者。试图建立一元论学说者可归入无神论者及不可知论者一类。换言之，只有博伽梵的奉献者才具有最佳的灵性领悟力，因为他们了解在物质自然之外还有灵性世界和博伽梵，而且博伽梵扩展为超灵，处于每一个人的心中，是遍透万有的神。当然，有人试图通过培养知识来了解至尊绝对真理，他们可算作第二类。数论学派哲学家把这物质世界分为二十四种元素，又将个体灵魂视为第二十五种元素。当他们能了解个体灵魂超越物质元素之上时，也就能了解在个体灵魂之上还有博伽梵。绝对真理是第二十六种元素。于是，他们就逐渐接近在奎师那知觉中从事奉爱服务的标准。不带功利性欲望而工作的人在态度方面也是正确的。他们获得可以提升到在奎师那知觉中从事奉爱服务的机会。这里说明了，有些人知觉纯粹，试图通过冥想找寻超灵；当他们发现超灵就在他们心中时，就会处于超然境界。同样，也有人培养知识，试图了解超灵；另外一些人则修习哈塔瑜伽（Haṭha-yoga），试图以幼稚的活动满足博伽梵。

诗节 26

अन्ये त्वेवमजानन्तः श्रुत्वान्येभ्य उपासते ।
तेऽपि चातितरन्त्येव मृत्युं श्रुतिपरायणाः ॥ २६ ॥

anye tv evam ajānantaḥ
śrutvānyebhya upāsate
te 'pi cātitaranty eva
mṛtyuṁ śruti-parāyaṇāḥ

anye—其他的人；*tu*—但是；*evam*—如此；*ajānantaḥ*—没有灵性知识；*śrutvā*—通过聆听；*anyebhyaḥ*—从别人那里；*upāsate*—开始崇拜；*te*—他们；*api*—也；*ca*—和；*atitaranti*—超越于；*eva*—肯定地；*mṛtyum*—死亡之路；*śruti-parāyaṇāḥ*—倾向于聆听的方法。

译文　还有些人虽然并不精通灵性知识，却从其他人那里聆听到绝对真理，开始崇拜博伽梵。由于他们有聆听权威的倾向，所以也超越了生死之途。

要旨 这节诗特别适用于现代社会，因为实际上，现代社会并无灵性方面的教育。有些人貌似是无神论者、不可知论者、哲学家，但实际上一点哲学知识也没有。至于普通人，如果是善良的灵魂，通过聆听，便有进步的机会。聆听的过程十分重要。圣采坦尼亚在现代世界传扬奎师那知觉，对聆听异常强调，因为普通人一旦聆听权威人士所说的话就能进步，尤其是根据圣采坦尼亚所言，聆听超然的声音：哈瑞·奎师那，哈瑞·奎师那，奎师那·奎师那，哈瑞·哈瑞／哈瑞·茹阿玛，哈瑞·茹阿玛，茹阿玛·茹阿玛，哈瑞·哈瑞（*Hare Kṛṣṇa, Hare Kṛṣṇa, Kṛṣṇa Kṛṣṇa, Hare Hare/ Hare Rāma, Hare Rāma, Rāma Rāma, Hare Hare*）。因此，所有人都该趁机从觉悟的灵魂处聆听，逐步了解一切。然后就毫无疑问地会崇拜起博伽梵来。圣采坦尼亚说，这个年代，谁也不需改变自己的位置，但须放弃通过心智臆断了解绝对真理的努力。一个人该学会成为那些了解博伽梵的人的仆人。如果一个人有幸托庇于纯粹奉献者，向他聆听有关觉悟自我的知识，跟随他的脚步，就会逐渐把自己提升至纯粹奉献者的地位。这节诗尤其推荐聆听的程序，可谓十分正确。虽然普通人在能力方面一般都比不上那些所谓的哲学家，但满怀信心地聆听权威者所说的一切，这种聆听会帮助人超越物质存在，重返家园，回归神首。

诗节 27

यावत्सञ्जायते किञ्चित्सत्त्वं स्थावरजङ्गमम् ।
क्षेत्रक्षेत्रज्ञसंयोगात्तद्विद्धि भरतर्षभ ॥ २७ ॥

yāvat sañjāyate kiñcit
sattvaṁ sthāvara-jaṅgamam
kṣetra-kṣetrajña-saṁyogāt
tad viddhi bharatarṣabha

yāvat—无论什么；*saṁjāyate*—开始形成；*kiñcit*—任何事物；*sattvam*—存在；*sthāvara*—不动的；*jaṅgamam*—动的；*kṣetra*—躯体；*kṣetrajña*—和躯体知悉者；*saṁyogāt*—之间的结合；*tat viddhi*—你必须知道；*bharatarṣabha*—巴拉塔族中的佼佼者啊。

译文　巴拉塔（Bhārata）中的佼佼者啊！无论你在存在中看到什么，动与不动的，都只是活动场和场地知悉者的组合。

要旨　这节诗说明了在宇宙创造以前就已存在物质自然和生物。被创造的只不过是生物和物质自然的组合。有许多不移动的展示，如树木、山岭、冈陵等；但也有许多移动的存在，这一切只不过是物质自然和高等本性（生物）的组合。没有生物这高等本性的接触，什么也不会生长。因此，物质和高等本性的关系会永远继续下去；这个组合是博伽梵产生的。所以，绝对真理是高等和低等本性的支配者。物质自然由绝对真理创造，高等本性被绝对真理放在这物质自然之内，因此，一切活动和展示便出现了。

诗节 28

समं सर्वेषु भूतेषु तिष्ठन्तं परमेश्वरम् ।
विनश्यत्स्वविनश्यन्तं यः पश्यति स पश्यति ॥ २८ ॥

samaṁ sarveṣu bhūteṣu
tiṣṭhantaṁ parameśvaram
vinaśyatsv avinaśyantaṁ
yaḥ paśyati sa paśyati

samam—相同地；*sarveṣu*—在所有；*bhūteṣu*—生物；*tiṣṭhantam*—居于；*parameśvaram*—超灵；*vinaśyatsu*—在可毁灭的；*avinaśyantam*—不可毁灭的；*yaḥ*—谁；*paśyati*—看见；*saḥ*—他；*paśyati*—真实地看到。

译文　能在一切躯体中，见到陪伴个体灵魂的超灵，了解躯体能毁灭，而内在的灵魂和超灵都永不毁灭。这样的人，可谓有真知灼见。

要旨　凭着好的联谊，谁能看到躯体、躯体的拥有者（即个体灵魂）和个体灵魂的朋友三者结合在一起，谁就拥有真正的知识。除非与真正知晓灵性主题的人的联谊，否则人无法认识这三者。没有这种联谊的人愚昧无知，他们只看到躯体。他们认为当躯体毁灭时，一切都完了，但事实并非如此。躯体毁灭后，灵魂和超灵依然存在，永远在动或不动的形体中继续存在。梵文“Parameśvara”有时被翻译成“个体灵魂”，因为灵魂是躯体的主人，而且在躯体毁灭后，转到另一形体去。从这个意义上说，他是主人。然而，有些人把这个词解释为超灵。无论哪一种情况，超灵和个体灵魂两者都会继续下去。他们不会毁灭。一个人如果能看到这一点就能真正看到所发生的一切。

诗节 29

समं पश्यन्हि सर्वत्र समवस्थितमीश्वरम् ।
न हिनस्त्यात्मनात्मानं ततो याति परां गतिम् ॥ २९ ॥

samaṁ paśyan hi sarvatra
samavasthitam īśvaram
na hinasty ātmanātmānaṁ
tato yāti parāṁ gatim

samam—平等地；*paśyan*—看见；*hi*—肯定地；*sarvatra*—每一处地方；*samavasthitam*—平等地处于；*īśvaram*—超灵；*na*—并不；*hinasti*—堕落；*ātmanā*—因心意；*ātmānam*—灵魂；*tataḥ*—随后；*yāti*—达到；*parām*—超然的；*gatim*—目的地。

译文　一个人若能见到超灵平等地处处存在，存在于每一生物之中，就不会因心意而使自己堕落。他就这样趋近超然的目的地。

要旨　接受了物质存在的生物，其处境与其在灵性存在中的处境是不一样的。但如果人了解了至尊处于他的超灵展示之中，无所不在。那就是说，如果人看到博伽梵存在于每一生物之内，就不会心态消极，自甘堕落，相反，会逐渐向灵性世界前进。一般而言，心意耽于以种种方式得到感官满足，然而，当心意转向超灵，人的灵性理解力就会增强。

诗节 30

प्रकृत्यैव च कर्माणि क्रियमाणानि सर्वशः ।
यः पश्यति तथात्मानमकर्तारं स पश्यति ॥ ३० ॥

prakṛtyaiva ca karmāṇi
kriyamāṇāni sarvaśaḥ
yaḥ paśyati tathātmānam
akartāraṁ sa paśyati

prakṛtyā—由物质自然；*eva*—肯定地；*ca*—也；*karmāṇi*—活动；*kriyamāṇāni*—执行；*sarvaśaḥ*—在所有方面；*yaḥ*—谁；*paśyati*—看到；*tathā*—也；*ātmānam*—他自己；*akartāram*—非作为者；*saḥ*—他；*paśyati*—完美地看到。

译文　物质自然造就了躯体，而一切活动皆由躯体所为，自我并没有做什么，达到这种认识的人，可谓有真知灼见。

要旨　躯体是物质自然在超灵的指示下制作的。跟躯体有关的无论什么活动，都不是其所为。人为了快乐或痛苦，无论会做些什么，都是根据躯体的构造而被迫为之。然而，自我在这一切躯体活动之外。这个躯体是根据人过去的欲望而得到的。要实现欲望，人就得有躯体，并以此相应地活动。实际地说，躯体是个机器，由博伽梵设计，用以实现欲望。由于欲望，人或陷入困难的处境受苦，或享受快乐。一旦培养了这种对生物的超然看法，就能使人脱离躯体活动。有这种认识的人是真正有洞察力的人。

诗节 31

यदा भूतपृथग्भावमेकस्थमनुपश्यति ।
तत एव च विस्तारं ब्रह्म सम्पद्यते तदा ॥ ३१ ॥

yadā bhūta-pṛthag-bhāvam
eka-stham anupaśyati
tata eva ca vistāraṁ
brahma sampadyate tadā

yadā— 当；*bhūta*— 生物；*pṛthak-bhāvam*— 各别的身份；*eka-stham*— 处于一个整体；*anupaśyati*— 尝试通过权威察看事物；*tataḥ eva*— 此后；*ca*— 还有；*vistāram*— 扩展；*brahma*—绝对；*sampadyate*—达到；*tadā*—在那时候。

译文　当明智者停止分别由不同的物质躯体所产生的不同的身份，而是看到生命在处处延展，此人就获得梵的观念。

要旨　当人看到生物的不同躯体乃是由个体灵魂不同的欲望所致，而躯体实际上并不属于灵魂本身时，才是真正地具有洞察力。在生命的物质概念中，我们发觉某某是半神人，某某是人，某某是狗，某某是猫等。这是物质视觉，而非真实的视觉。这种物质的分别源于物质化的生命概念。物质躯体毁灭后，灵魂归一。灵魂与物质自然接触，所以获得不同的躯体。一个人见到这一点，就得到灵性视觉，从此摆脱诸如人、动物及伟大、低贱之类的区别，知觉变得净化，而且能以自己的灵性身份培养奎师那知觉。至于他如何视物，下一节诗将会解释。

诗节 32

अनादित्वान्निर्गुणत्वात्परमात्मायमव्ययः ।
शरीरस्थोऽपि कौन्तेय न करोति न लिप्यते ॥ ३२ ॥

anāditvān nirguṇatvāt
paramātmāyam avyayaḥ
śarīra-stho ‹pi kaunteya
na karoti na lipyate

anāditvāt— 因为永恒；*nirguṇatvāt*— 因为超然；*param*— 超越物质自然；*ātmā*— 灵性；*ayam*—这；*avyayaḥ*—无穷尽的；*śarīra-sthaḥ*—居于躯体之中；*api*—尽管；*kaunteya*—琨缇之子啊；*na karoti*—从没有做任何事；*na lipyate*—也没有被束缚。

译文　洞察永恒的人能见到——不朽的灵魂超然、永恒，而且超越自然形态。阿诸纳啊！尽管与物质躯体接触，灵魂并没有做任何事情，也没有被束缚。

要旨 因为伴随物质躯体的出生，生物也仿佛出生了，但实际上，生物是永恒的，并没有出生。生物虽处于物质躯体之内，却超然而永恒。因而他永不会毁灭。生物的本性充满喜乐，他不会从事任何物质活动，因此，由于跟物质躯体接触而出现的活动并不会束缚他。

诗节 33

यथा सर्वगतं सौक्ष्म्यादाकाशं नोपलिप्यते ।
सर्वत्रावस्थितो देहे तथात्मा नोपलिप्यते ॥ ३३ ॥

yathā sarva-gataṁ saukṣmyād
ākāśaṁ nopalipyate
sarvatrāvasthito dehe
tathātmā nopalipyate

yathā—如同；*sarva-gatam*—遍透万物；*saukṣmyāt*—因为精微；*ākāśam*—天空；*na*—永不；*upalipyate*—混合；*sarvatra*—每一处地方；*avasthitaḥ*—处于；*dehe*—在躯体内；*tathā*—这样；*ātmā*—自我；*na*—永不；*upalipyate*—混合。

译文 **天空本性精微，虽遍透万物，却并不与任何它物相混。同样，处于梵视中的灵魂，即使居于身体之中，也不会与身体相混。**

要旨 空气进入水、泥、粪便及任何东西之内，却不跟任何东西混杂。同样，生物即使处于不同的躯体之内，由于精微的本性，跟它们仍泾渭分明。因此，用物质眼睛不可能见到生物如何与这具躯体接触以及在躯体毁灭后，如何离开它。在科学上，无人能弄清这一点。

诗节 34

यथा प्रकाशयत्येकः कृत्स्नं लोकमिमं रविः ।
क्षेत्रं क्षेत्री तथा कृत्स्नं प्रकाशयति भारत ॥ ३४ ॥

yathā prakāśayaty ekaḥ
kṛtsnaṁ lokam imaṁ raviḥ
kṣetraṁ kṣetrī tathā kṛtsnaṁ
prakāśayati bhārata

yathā—正如；*prakāśayati*—照耀；*ekaḥ*—一个；*kṛtsnam*—整个；*lokam*—宇宙；*imam*—这；*raviḥ*—太阳；*kṣetram*—这个躯体；*kṣetrī*—灵魂；*tathā*—同样地；*kṛtsnam*—所有；*prakāśayati*—照亮；*bhārata*—巴拉塔之子啊。

译文 **巴拉塔之子啊！正如太阳独自照亮整个宇宙，躯体之内的生物也以知觉照亮整个躯体。**

要旨 关于知觉有种种不同的理论。《博伽梵歌》这节诗提及了太阳和阳光的例子。正如太阳虽位居一处，却照耀整个宇宙，小小的灵魂微粒，处在躯体的心里，也以知觉照耀整个躯体。因此，知觉是灵魂存在的证明，正如阳光或光灿是太阳存在的证明一样。当灵魂存在于躯体之内时，整个躯体都有知觉，但灵魂一旦离开躯体，躯体便不再有知觉。任何一个聪明的人都很容易了解这一点。因此，知觉并非物质组合的产物，而是生物的征兆。生物的知觉在性质上与至高无上的知觉毫无分别，但却不是至高无上的，因为某一个别躯体的知觉不能分享另一躯体的知觉。然而，超灵以个体灵魂的朋友的身份处于一切躯体之内，所以能知觉到所有的躯体。这就是至高无上的知觉和个体知觉之间的区别。

诗节 35

क्षेत्रक्षेत्रज्ञयोरेवमन्तरं ज्ञानचक्षुषा ।
भूतप्रकृतिमोक्षं च ये विदुर्यान्ति ते परम् ॥ ३५ ॥

kṣetra-kṣetrajñayor evam

antaraṁ jñāna-cakṣuṣā
bhūta-prakṛti-mokṣaṁ ca
ye vidur yānti te param

kṣetra—躯体；*kṣetrajñayoḥ*—躯体的拥有者；*evam*—如此；*antaram*—区别；*jñāna-cakṣuṣā*—以知识之眼；*bhūta*—生物；*prakṛti*—从物质自然；*mokṣam*—解脱；*ca*—还有；*ye*—谁；*viduḥ*—知道；*yānti*—接近；*te*—他们；*param*—至高无上的。

译文　那些以知识之眼，能看到躯体与躯体知悉者的区别，又能了解从物质自然束缚中获得解脱之途径的人，能达到至高无上的目标。

要旨　第十三章的要义是，一个人须懂得躯体、躯体主人和超灵三者的分别。我们应该像第 8 节到第 12 节描述的那样，认准解脱的程序。那样，就能继续向至高无上的目的地迈进。

一个有信心的人得先有好的联谊以聆听关于神的一切，这样便会逐渐获得启迪。人若接受一位灵性导师，就能学会分辨物质和灵性。这种了解又成为进一步灵性自我觉悟的垫脚石。灵性导师通过不同的训示教导学生摆脱物质化的生命概念。例如：在《博伽梵歌》中，我们看到奎师那指导阿诸纳摆脱物质化的种种考虑。

我们可以了解，这个躯体是物质，而且可分为二十四种元素。身体是粗糙的展示，精微展示是心意和心理反应。生命的征兆就是这些特性的相互作用。然而，除了这些之外，还有灵魂和超灵。灵魂和超灵是两回事。这个物质世界的运行靠的是灵魂和二十四种物质元素的结合。一个人若既能见到整个物质展示的构造不过是灵魂和物质元素的结合，又能见到至尊灵魂的状况，就有资格升转灵性世界。这一切是需要深思，需要觉悟的。人应该在灵性导师的帮助下，彻底理解这一章的意义。

巴克提维丹塔（Bhaktivedanta）阐释圣典《博伽梵歌》第十三章“自然、享乐者、知觉”至此结束。

第十四章

物质自然三形态

体困的灵魂都受善良、激情和愚昧三种物质自然形态或属性的控制。圣奎师那解释了这些形态的本质，以及它们怎样作用于我们，而我们又怎样去超越它们，并解释了达到超然境界的人的特征。

诗节 1

श्रीभगवानुवाच ।
परं भूयः प्रवक्ष्यामि ज्ञानानां ज्ञानमुत्तमम् ।
यज्ज्ञात्वा मुनयः सर्वे परां सिद्धिमितो गताः ॥ १ ॥

śrī-bhagavān uvāca
paraṁ bhūyaḥ pravakṣyāmi
jñānānāṁ jñānam uttamam
yaj jñātvā munayaḥ sarve
parāṁ siddhim ito gatāḥ

śrī bhagavān uvāca—博伽梵说；*param*—超然的；*bhūyaḥ*—再次；*pravakṣyāmi*—我将宣讲；*jñānānām*——切知识中的；*jñānam*—知识；*uttamam*—至高无上的；*yat*—那；*jñātvā*—知道；*munayaḥ*—圣贤；*sarve*—所有；*parām*—超然的；*siddhim*—完美；*itaḥ*—从这个世界；*gatāḥ*—达到。

译文　博伽梵说：我要再次向你宣讲这门至高无上的智慧——知识之王。掌握它，圣哲们就臻达最高的完美境界。

要旨　从第七章之始至第十二章之末，博伽梵奎师那（Krishna）详尽阐述了绝对真理。现在，绝对真理本人进一步启示阿诸纳。人若以哲学思辨的方式了解本章，便能逐渐明白奉爱服务。第十三章清晰明了地阐明，谦卑地培养知识便能摆脱物质的缠缚。第十三章还说明，生物在这个物质世界受缠缚，是由于跟自然形态接触。现在这一章，博伽梵要解释，什么是自然形态；这些自然形态怎样运作，又怎样束缚生物，怎样让生物得到解脱。博伽梵宣称，这一章要解说的知识，比先前各章所讲的知识更高。伟大的圣人们就是通过了解这门知识而达到了完美，升转至灵性世界，现在，绝对真理以更好的方式解说同样的知识。这门知识远远胜过前面解说过的所有其他知识途径。很多人了解后，到达了完美的境界。因此，可以预料，了解第十四章的人必将达到完美境界。

诗节 2

इदं ज्ञानमुपाश्रित्य मम साधर्म्यमागताः ।
सर्गेऽपि नोपजायन्ते प्रलये न व्यथन्ति च ॥ २ ॥

idaṁ jñānam upāśritya
mama sādharmyam āgatāḥ
sarge 'pi nopajāyante
pralaye na vyathanti ca

idam—这门；*jñānam*—知识；*upāśritya*—托庇于；*mama*—我的；*sādharmyam*—一样的本性；*āgatāḥ*—达到境界后；*sarge api*—即使在创造时；*na*—永不；*upajāyante*—投生；*pralaye*—在毁灭时；*na*—也不；*vyathanti*—受到困扰；*ca*—也。

译文　稳处于这门知识之中，就能获得同我本人一样的超然本性。达到这个境界后，世界创造时不再投生，毁灭时亦不受扰。

要旨　获得了完美的超然知识，便获得了与博伽梵性质上的平等一致，不再流转于生死轮回。然而，并不因此而丧失作为个体灵魂的身份。由韦达典籍可知，已到达灵性天空超然星宿并获得解脱的灵魂，恒常依靠博伽梵的莲花足，时刻处于对他的超然爱心服务中。因此，即使在获得解脱之后，奉献者也不丧失他们的个体身份。

一般而言，在物质世界，人所得到的任何知识都被物质自然三形态污染了。未受自然三形态污染的知识被称为超然的知识。人一旦处于超然知识之中，就跟博伽梵处在同一层面上。对灵性天穹一无所知的人认为：摆脱物质活动之后，灵性的身份变得没有形体，也失去了多样性。然而，正像在这个世界上有多种多样的物质一样，灵性世界也是多姿多彩的。对此一无所知的人认为，灵性存在跟物质种类截然相反。然而，实际上，在灵性天空，众生均有灵性形体。那里有灵性活动，灵性的境况被称为奉献生活。那里的环境不受污染，而且，人跟博伽梵在品质上是一致的。要获得这些知识，须培养全部灵性品质。这样去培养灵性品质的人，无论在物质世界创造时还是毁灭时，都不受影响。

诗节 3

मम योनिर्महद्ब्रह्म तस्मिन्गर्भं दधाम्यहम् ।
सम्भवः सर्वभूतानां ततो भवति भारत ॥ ३ ॥

mama yonir mahad brahma
tasmin garbhaṁ dadhāmy aham
sambhavaḥ sarva-bhūtānām
tato bhavati bhārata

mama—我的；*yoniḥ*—诞生的始源；*mahat*—整个物质存在；*brahma*—至尊的；*tasmin*—在那之中；*garbham*—怀孕；*dadhāmi*—创造了；*aham*—我；*sambhavaḥ*—可能；*sarva-bhūtānām*—众生的；*tataḥ*—此后；*bhavati*—成为；*bhārata*—巴拉塔之子啊。

译文 **巴拉塔之子啊！整个物质实体被称为梵，是诞生的始源。我使梵受孕，一切众生才有了出生的可能。**

要旨 这是对世界的解释：世界所发生的一切皆由活动场（Kṣetra）和活动场地知悉者（Kṣetra-jña）组合产生，即躯体与灵魂。物质自然和生物的这种组合，由博伽梵亲自促成。物质大实体（mahat-tattva）是整个宇宙展示的全部原因。而包括自然三种形态在内的全部物质原因，有时又被称为梵（Brahman）。博伽梵使全部实体受孕，于是无数宇宙便出现了。韦达经典《蒙达卡奥义书》（*Muṇḍaka Upaniṣad* 1.1.9）把全部的物质实体，即大实体（mahat-tattva），称为梵："至尊把生物种子置于梵中，使之受孕（*tasmād etad brahma nāma-rūpam annaṁ ca jāyate*）。"以土、水、火、空气开始的二十四种元素全是物质能量，又称为"大梵（mahad brahma）"，即物质自然。正如第七章阐明的，除了物质自然还有另一高等本性——生物。由于博伽梵的意旨，高等本性被混入物质自然中，然后，众生从这个物质自然中诞生。

蝎子在米堆中产卵，于是有时有人说，蝎子由米所生，然而，米并非蝎子出生的原因。实际上，卵是雌蝎产下的。同样，物质自然并非生物出生的原因。种子是由博伽梵给予，只是看上去好像是物质自然的产物。这样，每一生物根据过去的活动而得到不同的躯体；这个躯体由物质自然产生。生物根据过去的活动受苦或享乐。绝对真理是这个物质世界中芸芸众生展示的原因。

诗节 4

सर्वयोनिषु कौन्तेय मूर्तयः सम्भवन्ति याः ।
तासां ब्रह्म महद्योनिरहं बीजप्रदः पिता ॥ ४ ॥

sarva-yoniṣu kaunteya
mūrtayaḥ sambhavanti yāḥ
tāsāṁ brahma mahad yonir
ahaṁ bīja-pradaḥ pitā

sarva-yoniṣu—各种各样生命体；*kaunteya*—琨缇之子啊；*mūrtayaḥ*—形体；*sambhavanti*—他们显现；*yāḥ*—那；*tāsām*—他们所有的；*brahma*—至尊的；*mahat yoniḥ*—在物质实体中诞生；*aham*—我；*bīja-pradaḥ*—播下种子的；*pitā*—父亲

译文　琨缇之子啊！你要明白，各种各样生命体在这个物质自然中诞生，始能存在，因为我就是播下种子的父亲。

要旨　这节诗清楚说明，博伽梵奎师那是一切生物原本的父亲。生物体是由物质自然和灵性本性组合而成的。这样的生物体不仅在这个星宿上可看到，在每一个星宿上都有，甚至在梵天（Brahma 梵天）居住的最高星宿上也有。到处都有生物体，泥土里有，甚至水里、火里也有。一切的出现是由于物质自然母亲和奎师那撒下胚种的过程使然。这节诗的要旨是，生物体在这个物质世界中孕育和生长，是根据过去的活动，在创造之际获得各种形体而降生。

诗节 5

सत्त्वं रजस्तम इति गुणाः प्रकृतिसम्भवाः ।
निबध्नन्ति महाबाहो देहे देहिनमव्ययम् ॥ ५ ॥

sattvaṁ rajas tama iti
guṇāḥ prakṛti-sambhavāḥ
nibadhnanti mahā-bāho
dehe dehinam avyayam

sattvam—善良形态；*rajaḥ*—激情形态；*tamaḥ*—愚昧形态；*iti*—如此；*guṇāḥ*—属性；*prakṛti*—物质自然；*sambhavāḥ*—产生于；*nibadhnanti*—受到制约；*mahā-bāho*—臂力强大的人啊；*dehe*—在这个躯体中；*dehinam*—生物；*avyayam*—永恒的。

译文 **物质自然有三形态：善良形态（sattva-guṇā）、激情形态（raja-guṇā）、愚昧形态（tama-guṇā）。臂力强大的阿诸纳啊，当永恒的生物与物质自然接触时，就受到这三形态的制约。**

要旨 生物是超然的，所以跟这个物质自然没有丝毫关系。尽管如此，生物仍受物质世界的条件限制，故而在物质自然三形态的迷惑下活动。因为众生有各不相同的躯体，并且本性各异，所以生物会按照那种本性而活动。这就是各种苦乐的原因。

诗节 6

तत्र सत्त्वं निर्मलत्वात्प्रकाशकमनामयम् ।
सुखसङ्गेन बध्नाति ज्ञानसङ्गेन चानघ ॥ ६ ॥

tatra sattvaṁ nirmalatvāt
prakāśakam anāmayam
sukha-saṅgena badhnāti
jñāna-saṅgena cānagha

tatra—那里；*sattvam*—善良形态；*nirmalatvāt*—作为物质世界最纯洁的；*prakāśakam*—启蒙的；*anāmayam*—没有罪恶业报；*sukha*—快乐；*saṅgena*—因为接触；*badhnāti*—受……束缚；*jñāna*—与知识；*saṅgena*—因为接触；*ca*—还有；*anagha*—无罪的人啊。

译文 **无罪的人啊！善良形态比其他形态更纯洁，启蒙教化，使人远离各种罪恶业报。处于善良形态的人，被幸福感和知识所束缚。**

要旨 受物质自然制约的生物种类繁多。有的快乐，有的活跃，有的无助。这些形形色色的心理表现是生物在自然中受限制的原因。《博伽梵歌》的这一部分解释了生物怎样受到不同的制约。首先要讨论的是善良形态（sattva-guṇā）。在物质世界中培养善良形态，其结果是人会比受其他条件限制的人更聪慧。在善良形态中的人受物质痛苦的影响不深。他们在物质知识方面有一种优越感。婆罗门（Brāhmaṇa）被认为处于善良形态中，最能代表该形态。这种快乐感是由于懂得人在善良形态中或多或少脱离罪恶业报。实际上，据韦达典籍，善良形态意味着博大精深的知识和更大的快乐。

这里的困难是，当生物在善良形态中，会因认为自己的学问广博高深，高人一等，而深受局限。科学家和哲学家就是最好的例子：他们都以自己的知识为傲，而且，一般而言，他们通常会改善自己的生活条件，所以能感觉到一种物质快乐。在受限制的生活中体会到高级快乐的这种优越感使他们受缚于物质自然的善良形态。因此，他们陶醉于在善良形态中工作，只要他们有心这样去工作，就得接受在自然形态中的某类躯体。因此，他们不可能获得解脱，或升至灵性世界。他们可能会反反复复地当哲学家、科学家、诗人；循环往复地受同样生死之苦的束缚。然而，由于被物质能量迷惑，人以为这种生活很愉快。

诗节 7

रजो रागात्मकं विद्धि तृष्णासङ्गसमुद्भवम् ।
तन्निबध्नाति कौन्तेय कर्मसङ्गेन देहिनम् ॥ ७ ॥

rajo rāgātmakaṁ viddhi
tṛṣṇā-saṅga-samudbhavam
tan nibadhnāti kaunteya
karma-saṅgena dehinam

rajaḥ—激情形态；*rāga-ātmakam*—由欲望或色欲产生；*viddhi*—知道；*tṛṣṇā*—与渴望；*saṅga*—联谊；*samudbhavam*—产生于；*tat*—那；*nibadhnāti*—束缚；*kaunteya*—琨缇之子啊；*karma-saṅgena*—与果报活动联系；*dehinam*—体困的。

译文　琨缇之子啊！激情形态由无限的欲望和渴求产生。因此，体困的生物受物质果报活动的束缚。

要旨 激情形态的特征是异性相吸。女性吸引男性，男性吸引女性。这就被称为激情形态（raja-guṇā）。当激情形态增盛时，人滋长追求物质感官享乐的渴望。他想去享受感官满足。为了感官享乐，在激情形态中的人渴望在社会或国家得到荣誉，渴望有一个快乐的家庭：优秀子女，贤惠妻子和舒适的房子。这全是激情形态的产物。人若追求这些，须十分辛苦地工作。因此，这里清楚说明，这样的人跟自己活动的结果发生关系，因而被这样的活动束缚。为了讨好妻儿、社会，保持荣誉，他必须工作。所以，整个物质世界几乎都在激情形态之中。现代文明被认为在激情形态的标准方面，颇为进步。从前，人们认为处在善良形态（sattva-guṇā）中才算进步。在善良形态的人尚不能获得解脱，更何况受缚于激情形态的人呢？

诗节 8

तमस्त्वज्ञानजं विद्धि मोहनं सर्वदेहिनाम् ।
प्रमादालस्यनिद्राभिस्तन्निबध्नाति भारत ॥ ८ ॥

tamas tv ajñāna-jaṁ viddhi
mohanaṁ sarva-dehinām
pramādālasya-nidrābhis
tan nibadhnāti bhārata

tamaḥ—愚昧形态；*tu*—但是；*ajñāna-jam*—愚昧的产物；*viddhi*—知道；*mohanam*—迷幻；*sarva-dehinām*——一切体困生物的；*pramāda*—疯狂；*ālasya*—懒惰；*nidrābhiḥ*—睡眠；*tat*—那；*nibadhnāti*—束缚；*bhārata*—巴拉塔之子啊。

译文　巴拉塔之子啊！要知道，愚昧形态生于无知，使所有体困生物产生幻觉。这一形态所导致的结果是疯狂、懒惰、昏睡，这些将受限制的灵魂捆绑。

要旨 在这节诗中，梵文“tu（可是）”一词的具体应用意义深远。这即是说，愚昧形态（tama-guṇā）是体困灵魂的一种特性。愚昧形态正和善良形态相反。在善良形态（sattva-guṇā）中，培养知识能了解事物的真相，但愚昧形态恰恰相反。受愚昧形态影响的每一个人都变得疯狂，而疯狂的人不能了解事物的真相，不仅不求上进，反而变得堕落。韦达典籍对愚昧形态的定义如下：人在愚昧形态的影响下，没法了解事物的本来面目。譬如，人人都能看到自己的祖父死了，所以自己也会死；人难免一死；自己的子女也会死去。因此，死是必然的。可是，人们仍疯狂地累积财富，日以继夜地拼命工作，对永恒的灵魂漠不关心。这就是疯狂。在疯狂中，他们很不情愿在灵性理解方面追求进步。这些人十分懒惰。有人邀请他们一起培养灵性理解力，他们也不感兴趣。他们甚至不像受激情形态（raja-guṇā）控制的人那么活跃。所以，深陷于愚昧形态中的另一征候是贪睡。6个小时的睡眠已足够，然而，在愚昧形态中的人一天睡10～12个小时。这样的人总是显得无精打采，嗜好吸食麻醉品，贪睡。这些都是受愚昧形态限制之人的征候。

诗节 9

सत्त्वं सुखे सञ्जयति रजः कर्मणि भारत ।
ज्ञानमावृत्य तु तमः प्रमादे सञ्जयत्युत ॥ ९ ॥

sattvaṁ sukhe sañjayati
rajaḥ karmaṇi bhārata
jñānam āvṛtya tu tamaḥ
pramāde sañjayaty uta

sattvam—善良形态；*sukhe*—在快乐中；*sañjayati*—制约；*rajaḥ*—激情形态；*karmaṇi*—在业报活动中；*bhārata*—巴拉塔之子啊；*jñānam*—知识；*āvṛtya*—覆盖；*tu*—但是；*tamaḥ*—愚昧形态；*pramāde*—在疯狂中；*sañjayati*—制约；*uta*—据说。

译文 **巴拉塔之子啊！善良形态使人受制于快乐；激情形态使人受制于业报活动；而愚昧形态则遮蔽知识，使人疯狂。**

要旨 善良形态（sattva-guṇā）中的人满足于自己的工作或智性追求，比如，哲学家、科学家、教育家在各自特殊的知识领域中孜孜追求并满足于此。激情形态（raja-guṇā）中的人或许从事业报活动；他们竭尽所能地拥有一切，并将其用于高尚事业中。有时，他们开办医院，捐资给慈善机构等。这些都是激情形态中的人的表现。愚昧形态（tama-guṇā）覆盖知识。人在愚昧形态中的所作所为既不利己，也不利人。

诗节 10

रजस्तमश्चाभिभूय सत्त्वं भवति भारत ।
रजः सत्त्वं तमश्चैव तमः सत्त्वं रजस्तथा ॥ १० ॥

rajas tamaś cābhibhūya
sattvaṁ bhavati bhārata
rajaḥ sattvaṁ tamaś caiva
tamaḥ sattvaṁ rajas tathā

rajaḥ—激情形态；*tamaḥ*—愚昧形态；*ca*—也；*abhibhūya*—胜过；*sattvam*—善良形态；*bhavati*—变得显著；*bhārata*—巴拉塔之子啊；*rajaḥ*—激情形态；*sattvam*—善良形态；*tamaḥ*—愚昧形态；*ca*—也；*eva*—像那样；*tamaḥ*—愚昧形态；*sattvam*—善良形态；*rajaḥ*—激情形态；*tathā*—这样。

译文 **巴拉塔之子啊！有时善良形态变得显著，击退激情形态和愚昧形态；有时激情形态战胜善良形态和愚昧形态；还有时，愚昧形态击退善良形态和激情形态。物质三形态总是这样竞逐优势。**

要旨 当激情形态显著时，善良形态和愚昧形态被击退。当善良形态显著时，激情形态和愚昧形态被击退。当愚昧形态显著时，激情形态和善良形态被击退。这种竞争的情况不断发生。因此，致力于在奎师那知觉中进取的人必须超越这三种形态。一个人的交往、活动、进食等，能体现出哪种形态占主导地位。这些将在后面的章节予以讲解。然而，如果一个人愿意的话，他可通过修行培养善良形态，击退愚昧形态和激情形态。同样，他也能培养激情形态，击退善良形态和愚昧形态。或者，他可以培养愚昧形态，击退善良形态和激情形态。虽然这三个物质自然形态都存在，但是人若下定决心，就可获得善良形态的裨益，而且一旦超越善良形态，便能稳处于以“华苏戴瓦（Vāsudeva）”见称的纯粹善良境界中。在这个境界中，人能明白关于神的科学。通过特定的活动表现，可了解一个人究竟在哪种自然形态中。

诗节 11

सर्वद्वारेषु देहेऽस्मिन्प्रकाश उपजायते ।
ज्ञानं यदा तदा विद्याद्विवृद्धं सत्त्वमित्युत ॥ ११ ॥

sarva-dvāreṣu dehe 'smin
prakāśa upajāyate
jñānaṁ yadā tadā vidyād
vivṛddhaṁ sattvam ity uta

sarva-dvāreṣu—在所有门户；*dehe asmin*—在这个躯体的；*prakāśaḥ*—启明的品质；*upajāyate*—发展；*jñānam*—知识；*yadā*—当；*tadā*—在那时候；*vidyāt*—知道；*vivṛddham*—增加；*sattvam*—善良形态；*iti uta*—因此据说。

译文 **当躯体众门为知识启明时，便能体验到善良形态的展示。**

要旨 身体有九门：两眼、两耳、两鼻孔、口、生殖器、肛门。当每个门均被善良的征候照亮，应该明白此人已发展到善良形态。在善良形态（sattva-guṇā）中，人可在正确的立场上看事物、听事情和品味事物。如此，一个人内外都变得纯净。在每个门中都有快乐的表征，这就是善的境界。

诗节 12

लोभः प्रवृत्तिरारम्भः कर्मणामशमः स्पृहा ।
रजस्येतानि जायन्ते विवृद्धे भरतर्षभ ॥ १२ ॥

lobhaḥ pravṛttir ārambhaḥ
karmaṇām aśamaḥ spṛhā
rajasy etāni jāyante
vivṛddhe bharatarṣabha

lobhaḥ—贪婪；*pravṛttiḥ*—活动；*ārambhaḥ*—努力；*karmaṇām*—活动的；*aśamaḥ*—无法控制的；*spṛhā*—欲望；*rajasi*—激情形态的；*etāni*—所有这些；*jāyante*—发展；*vivṛddhe*—当过度时；*bharatarṣabha*—巴拉塔人中的佼佼者啊。

译文 **巴拉塔人中的佼佼者啊！当激情形态增盛时，便表现出迷恋难舍、功利性活动、极度的努力，以及无法控制的欲望和渴求等征候。**

要旨 激情形态（raja-guṇā）中的人永不满足于他们已获得的地位；他们渴望提高自己的地位。如果他们想兴建住宅，就竭尽所能非得拥有称心如意的房子，好像他们可以永远住在那所房子里似的。他们生出一种追求感官享乐的强烈欲望。然而，感官享乐永无止境。他们总想与家人永不分离，在家共享天伦，不停地满足感官。这感官享乐之途永不息止。要知道，这些征候全是激情形态的特征。

诗节 13

अप्रकाशोऽप्रवृत्तिश्च प्रमादो मोह एव च ।
तमस्येतानि जायन्ते विवृद्धे कुरुनन्दन ॥ १३ ॥

aprakāśo ‹pravṛttiś ca
pramādo moha eva ca
tamasy etāni jāyante
vivṛddhe kuru-nandana

aprakāśaḥ—黑暗；*apravṛttiḥ*—不活动；*ca*—还有；*pramādaḥ*—疯狂；*mohaḥ*—幻象；*eva*—肯定地；*ca*—还有；*tamasi*—愚昧形态；*etāni*—这些；*jāyante*—展示出；*vivṛddhe*—发展的时候；*kuru-nandana*—库茹之子啊。

译文 **库茹之子啊！当愚昧形态愈来愈炽盛时，便会出现无知、懒惰、疯狂和幻象。**

要旨 没有光的启明，知识就隐没不见。愚昧形态（tama-guṇā）中的人不按规范原则工作。他们为所欲为，漫无目的。即使他有能力工作，也不做努力。这就叫作幻象。虽然知觉仍继续活跃，但生命却暮气沉沉。这些便是人在愚昧形态中的征候。

诗节 14

यदा सत्त्वे प्रवृद्धे तु प्रलयं याति देहभृत् ।
तदोत्तमविदां लोकानमलान्प्रतिपद्यते ॥ १४ ॥

yadā sattve pravṛddhe tu
pralayaṁ yāti deha-bhṛt
tadottama-vidāṁ lokān
amalān pratipadyate

yadā—当；*sattve*—善良形态；*pravṛddhe*—发展了；*tu*—但是；*pralayam*—解体；*yāti*—去；*deha-bhṛt*—体困的；*tadā*—在那时候；*uttama-vidām*—伟大圣贤的；*lokān*—星宿；*amalān*—纯粹的；*pratipadyate*—达到。

译文 **如果人在善良形态中死去，便能到达伟大圣哲所居住的纯粹而高等的星宿。**

要旨 善良的人可到达像梵天星宿（Brahma-loka）或神人星宿（Jana-loka）这样的高等星宿，在那里得享神仙般的快乐，“amalan”一词十分重要，意思是“远离激情和愚昧”。在物质世界，不洁的事物俯拾皆是，然而，善良形态是物质世界中最纯粹的存在形式。不同种类的生物居住在不同种类的星球上。在善良形态中死去的人将晋升至伟大圣哲和奉献者所居住的星宿。

诗节 15

रजसि प्रलयं गत्वा कर्मसङ्गिषु जायते ।
तथा प्रलीनस्तमसि मूढयोनिषु जायते ॥ १५ ॥

rajasi pralayaṁ gatvā
karma-saṅgiṣu jāyate
tathā pralīnas tamasi
mūḍha-yoniṣu jāyate

rajasi—在激情中；*pralayam*—解体；*gatvā*—达到；*karma-saṅgiṣu*—与从事果报活动的人们联谊；*jāyate*—投生；*tathā*—同样地；*pralīnaḥ*—被分解了；*tamasi*—在愚昧中；*mūḍha yoniṣu*—在动物种族中；*jāyate*—投生。

译文 **如果在激情形态中死去，便投生到从事果报活动的功利主义者中；如果在愚昧形态中死去，便投生在动物国度里。**

要旨 有人这样想：当灵魂到达人体生命的层面时，就绝不再堕落。这是不正确的。根据这一诗节，人若培养愚昧形态，死后便堕落至动物的生命形体中。在那一生命形体中，通过进化过程，逐步得以提升，重返人体生命。因此，对人类生命严肃认真的人须培养善良形态，通过良好的联谊，超越各种形态，逐渐稳处在奎师那知觉中。这才是人类生命的目标。否则，谁都无法保证还能获得人的形体。

诗节 16

कर्मणः सुकृतस्याहुः सात्त्विकं निर्मलं फलम् ।
रजसस्तु फलं दुःखमज्ञानं तमसः फलम् ॥ १६ ॥

karmaṇaḥ sukṛtasyāhuḥ
sāttvikaṁ nirmalaṁ phalam
rajasas tu phalaṁ duḥkham
ajñānaṁ tamasaḥ phalam

karmaṇaḥ—活动的；*sukṛtasya*—虔诚的；*āhuḥ*—据说；*sāttvikam*—处于善良形态中；*nirmalam*—纯净的；*phalam*—结果；*rajasaḥ*—激情形态的；*tu*—但是；*phalam*—结果；*duḥkham*—痛苦；*ajñānam*—荒谬；*tamasaḥ*—愚昧形态的；*phalam*—结果

译文 **虔诚活动的结果是纯净的，处于善良形态中。但是，在激情形态中的所作所为，会带来痛苦的结果；愚昧形态中的活动，会带来愚拙的结果。**

要旨 处在善良形态（sattva-guṇā）中的虔诚活动会带来纯净的结果。因此，摆脱一切幻象的圣人处于快乐当中。同样，激情形态（raja-guṇā）中的活动只会令人痛苦。任何追求物质快乐的活动注定以失败告终。例如，一个人想拥有一幢摩天大楼，在大楼建成之前，要历尽千辛万苦。金融家要煞费苦心筹集大量资金，建筑工人要付出巨大的体力。受苦是在所难免的。因此，《博伽梵歌》说，在激情形态的影响下所从事的活动肯定会带来极大的痛苦，或者会有一点点所谓精神快乐，如“我拥有这所房子或这些钱”。然而，这不是真正的快乐。

至于愚昧形态（tama-guṇā），活动者完全没有知识。因此，他的一切活动导致当前的痛苦，接着，他们将开始动物生命。动物生命总是不幸的，虽然在迷幻能量（māyā 玛亚）的影响下，但动物并不明白这一点。屠宰可怜的动物也是愚昧形态所致。屠宰动物的人不知道，将来那动物会投生到适当的躯体中杀死他们。这就是自然的法则。在人类社会中，杀人偿命。这是国家法律。因为愚昧无知，人们觉知不到有一个完整的国度，由博伽梵掌控。每一生物都是博伽梵的孩子，博伽梵甚至不能容忍一只蚂蚁被杀。人必须为此付出代价。因此，耽于宰杀动物以肆口舌之欲，愚昧之至。人类根本无需杀死动物，因为神已供应了琳琅满目的美食。一个人若耽于食肉，要知道，他就是在愚昧中活动，这会使他的未来异常黑暗。在所有对动物的宰杀中，屠宰奶牛是罪大恶极的，因为奶牛为我们提供牛奶，使我们得到各种快乐。屠宰奶牛是极度愚昧之举。韦达经典《瑞歌韦达》（*Ṛg-Veda* 9.46.4）中说：“喝足牛奶后还想杀奶牛的人愚昧到了极点（*gobhiḥ prīṇita-matsaram*）。”

韦达典籍《宇宙古史・维施努之部》（*Viṣṇu Purāṇa* 1.19.65）祷文说：

namo brahmaṇya-devāya
go-brāhmaṇa-hitāya ca
jagad-dhitāya kṛṣṇāya
govindāya namo namaḥ

“我的主啊！您是母牛和婆罗门的祝愿者，您是全人类社会和全世界的祝愿者。”

这祷文特别提及母牛和婆罗门，旨在说明应该保护二者。婆罗门是灵性教育的象征；奶牛是最珍贵食物的象征。应当给予婆罗门和母牛这两种生物一切保护——这才是真正的文明进步。在现代人类社会中，灵性知识被忽略，宰杀母牛的行为受到鼓励。因此，可以明白，人类社会在朝着错误的方向迈进，在自掘坟墓。引导人类来世投生为动物的文明，决非人类文明。不言而喻，当前的人类文明完全为激情形态和愚昧形态所误导。这是一个十分危险的年代，世界各国须负责提供最容易的方法——奎师那知觉，以拯救人类脱离最大的危险。

诗节 17

सत्त्वात्सञ्जायते ज्ञानं रजसो लोभ एव च ।
प्रमादमोहौ तमसो भवतोऽज्ञानमेव च ॥ १७ ॥

sattvāt sañjāyate jñānaṁ
rajaso lobha eva ca
pramāda-mohau tamaso
bhavato 'jñānam eva ca

sattvāt—从善良形态；*sañjāyate*—发展出；*jñānam*—知识；*rajasaḥ*—从激情形态；*lobhaḥ*—贪婪；*eva*—肯定地；*ca*—还有；*pramāda*—疯狂；*mohau*—幻象；*tamasaḥ*—从愚昧形态；*bhavataḥ*—发展出；*ajñānam*—愚蠢；*eva*—肯定地；*ca*—还有。

译文　从善良形态发展出真正的知识；从激情形态发展出贪婪；从愚昧形态发展出来的是愚蠢、疯狂和幻象。

要旨　当前的文明对生物十分不利，所以要大力提倡奎师那知觉。通过奎师那知觉，社会将发展进善良形态中。当善良形态得以发展，人们就会看到事物的本来面目。在愚昧形态中，人们像动物一般，不能清楚地看清事物的真相。譬如，在愚昧形态中，人们看不到宰杀动物使他们冒着来世将被同一动物杀死的危险。因为人们没有受过真正知识的教育，所以变得不负责任。为了遏制这种不负责任的现象，必须给予普通大众有利于培养善良形态的教育。当他们实际接受了善良形态的教育，就会变得清醒明智，充分认识事物的真相。如此，人们才会幸福快乐，国家才会繁荣富强。即使大多数人不幸福、不富庶，如果一小部分人培养奎师那知觉，逐渐稳处善良形态中，那么整个世界就有可能变得繁荣祥和。否则，如果世界被激情形态和愚昧形态主导，就不可能有和平与繁荣。在激情形态中，人们变得贪婪，对感官享乐的渴求没有止境。我们看到，即使一个人有足够的金钱和舒适的条件来满足感官享乐，他也毫不快乐，心意也不平和。因为人在激情形态中是不可能快乐的。如果一个人真的想得到快乐，金钱是无能为力的；他须实践奎师那知觉，把自己提升至善良形态。当人在激情形态中活动时，不但毫无快乐，他的专业或职业也会带来烦恼。他须构思很多计划，赚取足够的钱，以便维持现状。这全是令人痛苦的。在愚昧形态中，人们会变得疯狂。由于他们对自己的处境感到痛苦不堪，于是便到麻醉品中寻找安慰，结果便堕落到更深的愚昧中。他们未来的生命异常黑暗。

诗节 18

ऊर्ध्वं गच्छन्ति सत्त्वस्था मध्ये तिष्ठन्ति राजसाः ।
जघन्यगुणवृत्तिस्था अधो गच्छन्ति तामसाः ॥ १८ ॥

ūrdhvaṁ gacchanti sattva-sthā
madhye tiṣṭhanti rājasāḥ
jaghanya-guṇa-vṛtti-sthā
adho gacchanti tāmasāḥ

ūrdhvam—向上；*gacchanti*—去；*sattva-sthāḥ*—处于善良形态的人们；*madhye*—在中间的；*tiṣṭhanti*—居住；*rājasāḥ*—处于激情形态的人们；*jaghanya*—令人厌恶的；*guṇa*—属性；*vṛtti-sthāḥ*—谁的职业；*adhaḥ*—向下；*gacchanti*—去；*tāmasāḥ*—处在愚昧形态的人们。

译文　处于善良形态中，人会逐渐走向更高的星宿；在激情形态中，人生活在地球般的星宿；在令人厌恶的愚昧形态中，人会堕至地狱般的世界。

要旨　这节诗更清楚地宣讲了在自然三形态中活动的结果。较高的星系包括天堂星宿。在这些星宿上的居民全是境界高超的。生物按照在善良形态（sattva-guṇā）中发展的程度升至这个系统内的各个星宿。最高的星宿是诚善星宿（Satyaloka），又称梵天星宿。宇宙第一人梵天就居于此。我们已看到，梵天星宿的生活条件舒适得令人难以置信。然而，生命的最高状态，即善良形态，能把我们带到那里。

激情形态（raja-guṇā）是混合的，介于善良和愚昧形态之间。不总是纯粹的人，即便能单纯地处于激情形态中，顶多也是以国王或富人的身份留在这个地球上。因为驳杂不纯，也可能堕落。地球上的人处在激情形态和愚昧形态中，即使使用机器，他们也不能强行到达高等星宿。人在激情形态中，也有可能在来世变得疯狂。

至于最低的属性，即愚昧形态（tama-guṇā），这节诗把它描述为令人厌恶的。发展愚昧形态的结果是非常非常危险的。这是物质自然中最低的属性。人类之下有 800 万种生命种类：飞禽、走兽、爬虫、树木等——按照愚昧形态的发展程序，人类被降到这些可憎的状况中。这里的“tāmasāḥ”一词意义深远。“tāmasāḥ”指的是那些继续滞留在愚昧形态中，尚未升至更高形态中的人。他们的未来漆黑一片。处于愚昧形态和激情形态中的人仍有机会升至善良形态中，机会就是奎师那知觉体系。不善用这一良机的人无疑将继续滞留在低等形态中。

诗节 19

नान्यं गुणेभ्यः कर्तारं यदा द्रष्टानुपश्यति ।
गुणेभ्यश्च परं वेत्ति मद्भावं सोऽधिगच्छति ॥ १९ ॥

nānyaṁ guṇebhyaḥ kartāraṁ
yadā draṣṭānupaśyati
guṇebhyaś ca paraṁ vetti
mad-bhāvaṁ so 'dhigacchati

na—没有；*anyam*—其他的；*guṇebhyaḥ*—除了三属性；*kartāram*—执行者；*yadā*—当；*draṣṭā*—观察者；*anupaśyati*—正确地认识；*guṇebhyaḥ*—自然三属性；*ca*—和；*param*—超然的；*vetti*—知道；*mat-bhāvam*—到我的灵性本性；*saḥ*—他；*adhigacchati*—晋升到。

译文　当人正确地认识到，在所有活动之中，除了这些自然形态再无其他活动者，而且知道博伽梵超越于这些形态之上时，即可到达我的灵性本性。

要旨　一个人只要向恰当的灵魂学习，便可正确了解物质自然三形态的一切活动并超越其上。真正的灵性导师是奎师那；他把这门灵性知识传授给阿诸纳。同样，一个人须向完全在奎师那知觉中的人学习有关自然三形态活动的知识。否则，他的生命会被误导。通过真正灵性导师的指导，一个人可认识自己的灵性地位、物质躯体、感官，以及他如何受困，如何受物质自然形态影响。他在这些形态的掌控中束手无策，但是，一旦看到自己真正的地位，便到达超然的层面，具有灵性生活的见识。实际上，生物并非种种活动的执行者。他被迫活动，因为他在某类躯体中，由某种物质自然形态引导。一个人除非得到灵性权威的帮助，否则无法了解自己的真正地位。通过与真正的灵性导师联谊，方能看清自己的真正地位，有了这样的理解，便能逐渐稳处于完全的奎师那知觉中。在奎师那知觉中的人，不受物质自然形态的控制和迷惑。第七章已清楚说明，一个人皈依奎师那，就能摆脱物质自然的活动。因此，对于能看到事物真相的人，物质自然的影响会逐渐消止。

诗节 20

गुणानेतानतीत्य त्रीन्देही देहसमुद्भवान् ।
जन्ममृत्युजरादुःखैर्विमुक्तोऽमृतमश्नुते ॥ २० ॥

guṇān etān atītya trīn
dehī deha-samudbhavān
janma-mṛtyu-jarā-duḥkhair
vimukto 'mṛtam aśnute

guṇān—形态；*etān*—所有这；*atītya*—超越；*trīn*—三个；*dehī*—体困的；*deha*—躯体；*samudbhavān*—来自；*janma*—出生；*mṛtyu*—死亡；*jarā*—老年；*duḥkhaiḥ*—痛苦；*vimuktaḥ*—脱离了；*amṛtam*—甘露；*aśnute*—享受。

译文 **当体困的生物能超越这三种与物质躯体相联的形态时，就能脱离生老病死之苦，甚至今生就能得享甘露之美。**

要旨 这节诗说明一个人如何能保持在超然的位置，即使在这个躯体中，也能处于完全的奎师那知觉中。梵文“dehī”意即体困的。人虽然在这个物质躯体中，但通过在灵性知识方面不断进取，就能摆脱各自然形态的影响。即使在这个躯体里，他也能得享灵性生命的快乐，因为在离开这个躯体后，他必去往灵性天穹。然而，即使在这个躯体中，他也能享受到灵性快乐。换言之，奎师那知觉中的奉爱服务象征着超脱物质束缚，第十八章将有更深入的说明。当人不再受物质自然三形态的影响，便可进入奉爱服务当中。

诗节 21

अर्जुन उवाच ।
कैर्लिङ्गैस्त्रीन्गुणानेतानतीतो भवति प्रभो ।
किमाचारः कथं चैतांस्त्रीन्गुणानतिवर्तते ॥ २१ ॥

arjuna uvāca
kair liṅgais trīn guṇān etān
atīto bhavati prabho
kim ācāraḥ kathaṁ caitāṁs
trīn guṇān ativartate

arjunaḥ uvāca—阿诸纳说；*kaiḥ*—凭什么；*liṅgaiḥ*—特征；*trīn*—三个；*guṇān*—品性；*etān*—所有这些；*atītaḥ*—超越了；*bhavati*—成为；*prabho*—我的主啊；*kim*—什么；*ācāraḥ*—行为；*katham*—怎样；*ca*—还有；*etān*—这些；*trīn*—三个；*guṇān*—品性；*ativartate*—超越。

译文　阿诸纳问，我亲爱的主啊！凭什么特征便可知道一个人超然于这三种形态之上呢？他的行为怎样？他又怎样超越自然形态？

要旨　在这节诗中，阿诸纳的问题十分恰当。他想知道，当一个人超越物质三形态时会有什么征兆。他首先问，这样超然的人有什么征兆，人们怎样知道他已经超越物质自然三形态的影响？第二个问题是他怎样生活，怎样活动？他的活动受规范，还是不受规范？接着，阿诸纳又询问，他通过什么方法才能达到超然本性？这是十分重要的。除非一个人知道能使人永远超然稳处的直接方法，否则不可能崭露种种征兆。因此，阿诸纳提的这些问题都十分重要，博伽梵一一回答了。

诗节 22-25

श्रीभगवानुवाच ।
प्रकाशं च प्रवृत्तिं च मोहमेव च पाण्डव ।
न द्वेष्टि सम्प्रवृत्तानि न निवृत्तानि काङ्क्षति ॥ २२ ॥
उदासीनवदासीनो गुणैर्यो न विचाल्यते ।
गुणा वर्तन्त इत्येवं योऽवतिष्ठति नेङ्गते ॥ २३ ॥
समदु"खसुख" स्वस्थ" समलोष्टाश्मकाञ्चन" ।
तुल्यप्रियाप्रियो धीरस्तुल्यनिन्दात्मसंस्तुति" ॥ २४ ॥
मानापमानयोस्तुल्यस्तुल्यो मित्रारिपक्षयो" ।
सर्वारम्भपरित्यागी गुणातीत" स उच्यते ॥ २५ ॥

śrī-bhagavān uvāca
prakāśaṁ ca pravṛttiṁ ca
moham eva ca pāṇḍava
na dveṣṭi sampravṛttāni
na nivṛttāni kāṅkṣati

udāsīna-vad āsīno
guṇair yo na vicālyate
guṇā vartanta ity evaṁ
yo 'vatiṣṭhati neṅgate

sama-duḥkha-sukhaḥ sva-sthaḥ
sama-loṣṭāśma-kāñcanaḥ
tulya-priyāpriyo dhīras
tulya-nindātma-saṁstutiḥ

mānāpamānayos tulyas
tulyo mitrāri-pakṣayoḥ
sarvārambha-parityāgī
guṇātītaḥ sa ucyate

śrī bhagavān uvāca—博伽梵说；*prakāśam*—启蒙；*ca*—和；*pravṛttim*—依附；*ca*—和；*moham*—幻象；*eva ca*—也；*pāṇḍava*—潘度之子啊；*na dveṣṭi*—不憎恨；*sampravṛttāni*—虽然发展了；*na nivṛttāni*—也不停止发展；*kāṅkṣati*—欲望；*udāsīnavat*—仿似中立；*āsīnaḥ*—处于；*guṇaiḥ*—由品性；*yaḥ*—谁；*na*—永不；*vicālyate*—激动的；*guṇāḥ*—品性；*vartante*—在起作用；*iti evam*—这样知道后；*yaḥ*—谁；*avatiṣṭhati*—保持；*na*—永不；*iṅgate*—动摇；*sama*—平等看待；*duḥkha*—痛苦；*sukhaḥ*—快乐；*svasthaḥ*—处在自我之中；*sama*—平等地；*loṣṭa*—一堆土；*aśma*—石块；*kāñcanaḥ*—金子；*tulya*—平等对待；*priya*—亲爱的；*apriyaḥ*—不称心的；*dhīraḥ*—稳定地；*tulya*—平等对待；*nindā*—毁谤；*ātma-saṁstutiḥ*—和对他的赞扬；*māna*—荣誉；*apamānayoḥ*—不名誉；*tulyaḥ*—平等对待；*tulyaḥ*—平等的；*mitra*—朋友；*ari*—敌人；*pakṣayoḥ*—阵营；*sarva*—所有；*ārambhaḥ*—努力；*parityāgī*—弃绝者；*guṇa-atītaḥ*—超然于物质自然形态；*saḥ*—他；*ucyate*—可谓。

译文　博伽梵说：潘度之子啊！启蒙、依附、幻象出现时不厌离，消失时不渴求；在物质形态的所有这些报应中皆泰然自若、毫不动摇，始终保持中立和超然的态度，洞悉到只是三种形态在活动，稳处自我之中，快乐和痛苦同等看待；以同等的眼光看待一堆土、一块石头或金子；称心的和不称心的，皆一视同仁；稳定沉着，在褒贬荣辱面前从容不迫、平静处之；平等对待敌友；舍弃一切物质活动——这样的人已超越自然三形态。

要旨　阿诸纳提了三个问题，博伽梵一一回答了。在这几节诗中，奎师那首先提出，处于超然境界的人不羡慕什么，也不渴求什么。当生物滞留在这个物质世界，为物质躯体所困，要知道，他就在某一物质自然形态的控制下。当他真正离开躯体时，才脱离自然物质形态的掌握。然而，只要他仍未离开物质躯体，就应保持中立。他该为博伽梵做奉爱服务，如此才会自然而然地忘却对物质躯体的认同。当一个人没有忘却对物质躯体的认同时，他的活动只会指向感官享乐。然而，当他升转到奎师那知觉时，感官享乐自然而然就会停止。人不需要这具物质躯体，也不需要接受这个物质躯体的支配。躯体中物质形态的属性将发生作用，但属灵的灵魂，即自我，则远离这些活动。如何远离这些活动呢？他不欲求享受躯体，也不渴望离开躯体。奉献者就这样超然稳处，自然而然地变得自在。他无需费尽心思地从物质形态的影响中解脱出来。

下一个问题与处于超然境界者的处世有关。沉迷于物质的人受到施加于躯体的所谓荣辱的影响，而稳处超然境界的人则不受这种虚幻的荣辱的影响。他在奎师那知觉中履行责任，不计较别人的毁誉。对在奎师那知觉中履行责任有利的，他接受；除此，他不需要任何物质，无论石头、金子。任何帮助他在奎师那知觉中履行责任的人，他视为挚友。他并不憎恨他所谓的敌人。他一视同仁，在同等层面看待一切，因为他深知他跟物质存在毫无关系。社会和政治问题不会影响他，因为他对短暂的动荡情形一目了然。他不为自己索求什么。他会为奎师那做一切，但不为自己索取。通过这些行为，他实际上已处于超然境界中。

诗节 26

मां च योऽव्यभिचारेण भक्तियोगेन सेवते ।
स गुणान्समतीत्यैतान्ब्रह्मभूयाय कल्पते ॥ २६ ॥

māṁ ca yo ‹vyabhicāreṇa
bhakti-yogena sevate
sa guṇān samatītyaitān
brahma-bhūyāya kalpate

mām—向我；*ca*—还；*yaḥ*—谁；*avyabhicāreṇa*—永不停息；*bhakti-yogena*—通过奉献服务；*sevate*—作出服务；*saḥ*—他；*guṇān*—物质自然形态；*samatītya*—超越；*etān*—所有这些；*brahma-bhūyāya*—晋升至梵的层面；*kalpate*—变得。

译文　完全从事奉爱服务，在任何情况下都不停止，就立即超越物质自然形态，并且到达梵的境界。

要旨　这节诗是对阿诸纳第三个问题的回答：以什么方式达到超然境界呢？一如前面解释的，物质世界在物质自然形态的影响下活动。人不该被自然形态的活动所困扰并将自己的知觉投入到这种活动中去，相反，可以把知觉转向和奎师那有关的活动。为奎师那从事的活动称为奉爱瑜伽（Bhakti-yoga）——永远为奎师那活动。这不但包括奎师那，也包括他不同的全权扩展，例如茹阿玛（Rāma）和那罗延（Nārāyaṇa）。他有无数扩展。一个人为奎师那的任一形体或任一全权扩展服务，都会被认为处在超然境界中。人还应留意到，奎师那的所有形体都是完全超然的、喜乐的、全知的、永恒的。神的这些化身均是全能和全知的，他们拥有一切超然品质。因此，如果一个人坚定不移地为奎师那或他的全权扩展服务，尽管物质自然形态难以克服，他也能轻易战胜。这在第七章已有阐明。皈依奎师那的人立即超越物质自然形态的影响。

处在奎师那知觉中或在奉爱服务中，意味着获得跟奎师那一样的本性。博伽梵说，他的本性是永恒的、喜乐的和充盈知识的，而生物是至尊者的所属部分，就如金粒是金矿的一部分。因此，生物在灵性地位上跟金子相同，在质上跟奎师那相同。千差万别的个体性会一直存在下去，否则就谈不上什么奉爱服务。奉爱瑜伽意味着有博伽梵，有奉献者，有博伽梵和奉献者之间爱的交流。因此，博伽梵和个人这两者都具有个体性，否则，奉爱瑜伽毫无意义。如果一个人不是跟博伽梵一样处于超然境界，就不会服务博伽梵。要充任国王的私人助手，就须够资格。这资格就是到达梵的层面，也就是说，摆脱一切物质污染。韦达经典说："一个人成为梵就可到达至尊梵（*brahmaiva san brahmāpy eti*）。"这意味着，一个人须在质上变得跟梵一样。达到梵的境界，作为个体灵魂，不丧失永恒的梵的身份。

诗节 27

ब्रह्मणो हि प्रतिष्ठाहममृतस्याव्ययस्य च ।
शाश्वतस्य च धर्मस्य सुखस्यैकान्तिकस्य च ॥ २७ ॥

brahmaṇo hi pratiṣṭhāham
amṛtasyāvyayasya ca
śāśvatasya ca dharmasya
sukhasyaikāntikasya ca

brahmaṇaḥ—非人格梵光的；*hi*—肯定地；*pratiṣṭhā*—基础；*aham*—我是；*amṛtasya*—不朽的；*avyayasya*—不可毁灭的；*ca*—还有；*śāśvatasya*—永恒的；*ca*—和；*dharmasya*—构成性地位的；*sukhasya*—快乐；*aikāntikasya*—终极的；*ca*—也。

译文　梵不朽不灭，永恒长存，是终极快乐的构成基础，而我是非人格梵的基础。

要旨 梵的构成地位是永恒、不朽、不灭、快乐。梵（Brahman）是超然觉悟的开始；超灵（Paramātmā），是超然觉悟的第二阶段，是中间阶段；博伽梵（Bhagavān）是觉悟绝对真理的终极阶段。因此，超灵和非人格梵都在至尊者之内。第七章解释说，物质自然是博伽梵的低等能量的展示。博伽梵把高等自然的所属部分注入到低等的物质自然中，使其受孕，这就是跟物质自然的灵性触碰。当受这个物质自然条件限制的生物开始培养灵性知识时，就从物质存在的境界中超脱出来，逐渐提升，对至尊者的梵的概念有所觉悟。

到达梵的生命概念是自我觉悟的第一阶段。在这个阶段，觉悟梵的人超然于物质境界；然而，他在梵觉境界中并不完美。如果他想的话，可继续停留在梵的境界中，然后逐渐升转至觉悟超灵的境界，再到觉悟博伽梵的境界。韦达典籍有很多这类例子。库玛尔四兄弟最初处于对真理的非人格梵概念中，但他们渐渐升转至奉爱服务的层面。不能超越非人格梵的概念的人，会有掉下来的危险。《圣典博伽瓦谭》说，尽管一个人可升至非人格梵的阶段，如果不再深入，对至尊者一无所知，他的智慧就不完全。因此，即使一个人晋升至梵的层面，倘若不为博伽梵做奉爱服务，就有坠落的可能。韦达经典《鹧鸪氏奥义书》（*Taittiriya Upanisad* 2.7.1）说："当人了解快乐的泉源——人格神首奎师那时，他实际上已变得超然快乐（*raso vai saḥ*，*rasaṁ hy evāyaṁ labdhvānandī bhavati*）。"

博伽梵具有六种富裕。当奉献者接近他，两者就有这六种富裕的交流。国王的仆人享受的程度差不多与国王一般无异。因此，永恒的快乐、不朽的快乐、永恒的生命伴随着奉爱服务。所以，奉献服务包括了梵觉，即对永恒、不朽的觉悟。从事奉爱服务的人已拥有这种觉悟。

虽然生物的本性为梵，但生物有主宰物质世界的欲望，这可能会使生物堕落下来。生物在其构成地位上是超然于物质自然三形态之上的。然而，由于跟物质自然接触，他们被物质自然的不同形态：善良形态、激情形态、愚昧形态所束缚。由于跟这三形态接触，生物就有想要控制物质世界的欲望。通过在完全的奎师那知觉中从事奉爱服务，他们立即稳处超然境界，要控制物质自然的非法欲望也被清除掉。因此，始于聆听、唱颂、记忆等的奉爱服务的程序，即旨在觉悟奉爱服务的九种赋定方法，应该跟奉献者一起习练。通过这样的联谊，在灵性导师的影响下，一个人想控制一切的物质欲望逐渐被消除，然后，他会坚定地为绝对真理做超然的奉爱服务。本章第 22 节至最后一节说明了这个方法。为绝对真理做奉爱服务十分简单：应该恒常地为绝对真理做服务：应该吃给神像供奉过的灵粮；闻给绝对真理的莲花足供奉过的花朵；朝拜绝对真理上演过超然逍遥时光的圣地；阅读讲述绝对真理的不同活动的资料，即绝对真理跟他的奉献者之间爱的交流；恒久唱颂超然的音振：哈瑞·奎师那，哈瑞·奎师那，奎师那·奎师那，哈瑞·哈瑞／哈瑞·茹阿玛，哈瑞·茹阿玛，茹阿玛·茹阿玛，哈瑞·哈瑞（*Hare Kṛṣṇa*，*Hare Kṛṣṇa*，*Kṛṣṇa Kṛṣṇa*，*Hare Hare/ Hare Rāma*，*Hare Rāma*，*Rāma Rāma*，*Hare Hare*）；在纪念绝对真理及其奉献者显现和隐迹的日子，遵行戒食。遵循这一程序就可完全不依附一切物质活动。能如此稳处梵光之中，或稳处于不同的梵的概念中的人，在质上跟博伽梵一样。

巴克提维丹塔（Bhaktivedanta）阐释圣典《博伽梵歌》第十四章“物质自然三形态”至此结束。

第十五章

至尊者瑜伽

韦达知识的目的在于使人摆脱物质世界的束缚，认识到奎师那就是博伽梵。了解奎师那至尊身份的人会皈依他，从事对他的奉爱服务。

诗节 1

श्रीभगवानुवाच ।
ऊर्ध्वमूलमधःशाखमश्वत्थं प्राहुरव्ययम् ।
छन्दांसि यस्य पर्णानि यस्तं वेद स वेदवित् ॥ १ ॥

śrī-bhagavān uvāca
ūrdhva-mūlam adhaḥ-śākham
aśvatthaṁ prāhur avyayam
chandāṁsi yasya parṇāni
yas taṁ veda sa veda-vit

śrī bhagavān uvāca—博伽梵说；*ūrdhva-mūlam*—根向上；*adhaḥ*—向下；*śākham*—树枝；*aśvattham*—榕树；*prāhuḥ*—据说；*avyayam*—永恒的；*chandāṁsi*—韦达颂歌；*yasya*—谁的；*parṇāni*—叶子；*yaḥ*—任何人；*tam*—那；*veda*—知道；*saḥ*—他；*veda-vit*—韦达经的知悉者。

译文　博伽梵说：有一棵不腐不朽的榕树，根向上，枝向下，叶子就是韦达赞歌。了解这棵树的人，就了解韦达诸经。

要旨　在讨论过奉爱瑜伽（Bhakti-yoga）的重要性之后，人们或许会问：“韦达诸经又怎样呢？”这一章说明，研习韦达经的目的在于了解奎师那。因此，在奎师那知觉中，从事奉爱服务的人，已经了解韦达诸经。

这节诗把这个物质世界的羁绊比作一棵榕树。对于从事业报活动的人，榕树永无止境。他从这根树枝到另一根树枝去，然后到下一根树枝去，再到下一根树枝去。这棵物质世界之树没有终结；那些依附这棵树的人，无法获得解脱。韦达赞歌原用以提升自己，这里被称为树叶。这棵树的根向上生长。因为它们从布茹阿玛（Brahmā 梵天）的居所（也就是这宇宙最高的星宿）开始，人如果了解这株不可毁灭的幻象之树，就可以从中超脱出来。

我们须了解解脱的过程。前面各章对摆脱物质羁绊的多种方法，已有所说明；而且，到第十三章，我们看到，为博伽梵做奉爱服务是最好的方法。奉爱服务的基本原则是超越物质活动，依恋为绝对真理所做的超然服务。本章一开始要讨论如何摆脱对物质世界的依附。这个物质存在的根部向上生长。这就是说，它从整个物质实体开始，从宇宙最高的星宿开始，整个宇宙就是从那里扩展的，生长为无数枝丫，分别代表不同的星系。果实则代表生物的活动结果，即：宗教、经济发展、感官满足、解脱。

在这个世界中，我们对于树根向上，树枝向下的树没有现成的经验，但确有其事。这棵树可在水边找到。我们可以看到，岸边的树倒影在水里就是枝丫向下，根部向上。换句话说，这株物质世界的树只是灵性世界真实之树的倒影。灵性世界的这一倒影映到欲望之上，就像树的倒影映在水面上一样。欲望是引起事物被置于这个倒影的物质之光中的原因。人如果想脱离物质存在，须通过分析研究，彻底了解这棵树。如此，方能割断跟这棵树的关系。

这棵树，是真实的树的倒影，也是完全一样的复制品。一切事物都存在于灵性世界中。非人格主义者把“梵（Brahman）”看成这棵物质之树的根部。数论哲学认为，从这根部生出了原质（Prakṛti 物质自然）、至尊享乐者（Puruṣa）、自然三形态（guṇa），然后再生出五粗糙物质元素（pañca-mahā-bhūta）、十感官（daśendriya）、心意等。就这样，他们把整个物质世界分成二十四种元素。如果“梵（Brahman）”是一切展示的中心，那么，这个物质世界是圆心的一百八十度展示，另外一百八十度则是灵性世界。物质世界只是扭曲了的倒影，因此，灵性世界一定同样多样化，但却是真相。“物质自然（Prakṛti）”是博伽梵的外在能量，而享乐者（Puruṣa）则是博伽梵本人。《博伽梵歌》解释了一切。因为这展示是物质的，所以短暂。倒影是短暂的，因为它有时可以看见，有时看不见。然而，倒影的始源却是永恒的。一定要斩断真树的物质倒影。当听说某人了解韦达经时，就会认为他知道如何摆脱对物质世界的依恋。人如果了解这个程序，实际上就理解了韦达经。热衷于韦达经的仪式规条的人只是被树的树叶吸引。他没有真正理解韦达经的目的。正如人格神首本人所揭示的，韦达经的目的在于砍倒这棵反射的树，攀上灵性世界的真树。

诗节 2

अधश्चोर्ध्वं प्रसृतास्तस्य शाखा गुणप्रवृद्धा विषयप्रवालाः ।
अधश्च मूलान्यनुसन्ततानि कर्मानुबन्धीनि मनुष्यलोके ॥ २ ॥

adhaś cordhvaṁ prasṛtās tasya śākhā
guṇa-pravṛddhā viṣaya-pravālāḥ
adhaś ca mūlāny anusantatāni
karmānubandhīni manuṣya-loke

adhaḥ—向下；*ca*—和；*ūrdhvam*—向上；*prasṛtāḥ*—伸展的；*tasya*—它的；*śākhāḥ*—树枝；*guṇa*—受物质自然形态；*pravṛddhāḥ*—养育；*viṣaya*—感官对象；*pravālāḥ*—细枝；*adhaḥ*—向下；*ca*—和；*mūlāni*—根；*anusantatāni*—延伸的；*karma*—工作；*anubandhīni*—被束缚；*manuṣya-loke*—人类社会的世界中。

译文　这棵树的枝丫向各方伸展，受物质自然三形态滋养。细枝就是感官对象。这棵树也有向下生长的根，受人类社会业报活动的捆绑。

要旨　这里进一步描述了榕树。它的枝丫向各方伸展。在较低的部分展示各式各样的生物，例如人类、马、牛、狗、猫。这些在枝丫的较低部分。在较高部分的是有高等形体的生物：半神人、歌仙（gandarvas）和其他高等种类的生命。正如水滋养树，这株物质之树由自然三形态滋养。有时我们发现某片土地寸草不生，因为缺乏足够的水分，而另一片土地绿茵密布。同样，在物质自然各形态数量上相对较多的地方，不同种类的生物就按着该比例展示。

嫩桠被认为是感官对象。通过发展不同的自然形态，我们发展出不同的感官，而通过不同的感官，我们享受各种各样的感官对象。细枝就是感官，如眼、耳、鼻、舌等，都执迷于不同的感官对象。

嫩桠是声音、形体、触觉，也就是感官对象。那些旁根都是些爱憎之物，是不同的感官享乐的副产品。虔诚和不虔诚的倾向被认为是从这些次要的根发展而来的，朝各方伸展。真正的根是从梵天星宿（Brahmaloka）来的，而其他的根则在人类星宿中。当人在高等星宿享受完功德活动的结果之后，他便来到这个地球，重新进行业报活动，以求提升。这个人类星宿被认为是活动场。

诗节 3-4

न रूपमस्येह तथोपलभ्यते नान्तो न चादिर्न च सम्प्रतिष्ठा ।
अश्वत्थमेनं सुविरूढमूल- मसङ्गशस्त्रेण दृढेन छित्त्वा ॥ ३ ॥
ततः पदं तत्परिमार्गितव्यं यस्मिन्गता न निवर्तन्ति भूयः ।
तमेव चाद्यं पुरुषं प्रपद्ये यतः प्रवृत्तिः प्रसृता पुराणी ॥ ४ ॥

na rūpam asyeha tathopalabhyate
nānto na cādir na ca sampratiṣṭhā
aśvattham enaṁ su-virūḍha-mūlam
asaṅga-śastreṇa dṛḍhena chittvā

tataḥ padaṁ tat parimārgitavyaṁ
yasmin gatā na nivartanti bhūyaḥ
tam eva cādyaṁ puruṣaṁ prapadye
yataḥ pravṛttiḥ prasṛtā purāṇī

na—不；*rūpam*—形体；*asya*—这棵树的；*iha*—在这个世界；*tathā*—也；*upalabhyate*—能够被察觉；*na*—永不；*antaḥ*—结束；*na*—永不；*ca*—也；*ādiḥ*—开始；*na*—永不；*ca*—也；*sampratiṣṭhā*—根基；*aśvattham*—榕树；*enam*—这；*suvirūḍha*—牢固地；*mūlam*—生了根的；*asaṅga-śastreṇa*—用弃绝做武器；*dṛḍhena*—强壮的；*chittvā*—砍断；*tataḥ*—此后；*padam*—处境；*tat*—那；*parimārgitavyam*—必须探寻出来；*yasmin*—那里；*gatāḥ*—去；*na*—永不；*nivartanti*—他们回来；*bhūyaḥ*—再次；*tam*—向他；*eva*—肯定地；*ca*—也；*ādyam*—原始的；*puruṣam*—人格神首；*prapadye*—皈依；*yataḥ*—从他那里；*pravṛttiḥ*—开始；*prasṛtā*—延展；*purāṇī*—很古老的。

译文 **这棵树的真正形体在这个世界无法被觉知到。谁也不知道这棵树终于哪里，始于哪里，根基在哪里。然而，人须意志坚定地以不执着（asaṅga）为武器，砍倒这棵根深蒂固的树。然后探寻一个到达后永不回返的地方，在那里皈依博伽梵。博伽梵就是万物之始源，自太初以来就是万物延展之源。**

要旨 现在说得很清楚，这棵榕树的真正形体无法在这个物质世界了解到。因为树根朝上，真正的树伸向另一端。当人们为树的物质伸展所缠扰，他们看不到树伸展到多远处，也看不到这棵树的始点。然而，仍须找寻原因。“我是父亲的儿子；父亲是某某人的儿子等。”通过这套方法找寻，就会找到由孕诞之洋维施努（Garbhodakaśāyī Viṣṇu）产生的布茹阿玛（Brahma 梵天）。最后，当人这样到达博伽梵那里，研究工作便告结束。人须与了解博伽梵的人联谊，由此追溯这棵树的始源——博伽梵。然而，通过理解，他会逐渐不依附真相的虚幻倒影，能以知识斩断跟倒影的连接，实际地处于真树之中。

在这里，“不执着（asaṅga ）”一词十分重要，因为人对感官享受和主宰物质自然的迷恋十分强烈。因此，须通过讨论以权威圣典为基础的灵性科学，学会不执着。他须聆听真正有学识之人说的话。跟奉献者联谊，进行这样讨论的结果是，他会到达博伽梵。然后，他须做的第一件事就是皈依博伽梵。这里说明，一旦到达那个地方，便无需重返这棵树的虚幻倒影。博伽梵奎师那（Krishna）是原初的根部，万物皆流生自他。人只需皈依，便能得到人格神首的宠爱。要皈依就要从事聆听、唱颂等奉爱服务。他是这个物质世界扩展的原因。这一点绝对真理已亲自说明：“我是灵性世界和物质世界的根源（*ahaṁ sarvasya prabhavaḥ*）（《博伽梵歌》10.8）。”因此，一个人要想摆脱这棵物质生命的大榕树，不受其束缚，必须皈依圣奎师那。一旦皈依奎师那，就自然变得不依附、不执着这个物质扩展的范围。

诗节 5

निर्मानमोहा जितसङ्गदोषा अध्यात्मनित्या विनिवृत्तकामाः ।
द्वन्द्वैर्विमुक्ताः सुखदुःखसंज्ञै- र्गच्छन्त्यमूढाः पदमव्ययं तत् ॥ ५ ॥

nirmāna-mohā jita-saṅga-doṣā
adhyātma-nityā vinivṛtta-kāmāḥ
dvandvair vimuktāḥ sukha-duḥkha-saṁjñair
gacchanty amūḍhāḥ padam avyayaṁ tat

nir—没有；*māna*—虚假的名望；*mohāḥ*—和幻象；*jita*—已经征服；*saṅga*—联系；*doṣāḥ*—错误的；*adhyātma*—灵性知识；*nityāḥ*—永恒；*vinivṛtta*—断绝与……的联系；*kāmāḥ*—色欲；*dvandvaiḥ*—二元性；*vimuktāḥ*—解脱出；*sukha-duḥkha*—快乐与痛苦；*saṁjñaiḥ*—名为；*gacchanti*—达到；*amūḍhāḥ*—不受迷惑的；*padam*—处境；*avyayam*—永恒的；*tat*—那。

译文 **那些脱离了虚假的名望、幻象和虚假联系的人，理解永恒的人，根绝了物质欲念的人，远离苦乐等二元性的人，以及不受迷惑，懂得怎样皈依至尊者的人，能到达永恒的国度。**

要旨 这里描述的皈依方法十分精到。第一项条件是不可为骄傲所蒙蔽。因为受限制的灵魂傲慢自大，自以为是物质自然的主宰，所以很难皈依博伽梵。须通过培养真正的知识而认识到自己并非物质自然的主宰，博伽梵才是主宰。摆脱了由傲慢产生的错误观念，皈依的过程就能开始。经常渴望在这个物质世界获得荣耀的人，不可能皈依至尊者。骄傲由幻念所致，虽然人来到这里只做短暂停留后就离去，他却有一个愚蠢的念头，自以为是世界的主宰。就这样，他使一切变得复杂起来，他也总在烦恼中。整个世界在这个观念下运转。人们以为这个地球的土地属于人类社会，所以在自以为是拥有者的错误观念的指导下分割土地。必须摆脱这种错误观念，切莫以为人类社会拥有这个世界。当人不再有这样的错误观念，就可摆脱由家庭、社会、国家感情产生的虚幻关系。这些虚幻关系把人束缚在这个物质世界。在这个阶段以后，须培养灵性知识。人必须培养知识，了解他实际拥有什么，不拥有什么。了解事物的真相后，才能摆脱诸如苦乐等一切二元性的概念。当他完全处在知识中，他才会皈依博伽梵。

诗节 6

न तद्भासयते सूर्यो न शशाङ्को न पावकः ।
यद्गत्वा न निवर्तन्ते तद्धाम परमं मम ॥ ६ ॥

na tad bhāsayate sūryo
na śaśāṅko na pāvakaḥ
yad gatvā na nivartante
tad dhāma paramaṁ mama

na—不；*tat*—那；*bhāsayate*—照明；*sūryaḥ*—太阳；*na*—也不；*śaśāṅkaḥ*—月亮；*na*—也不；*pāvakaḥ*—火、电；*yat*—那里；*gatvā*—去了；*na*—永不；*nivartante*—回来；*tat dhāma*—那个居所；*paramam*—至高无上的；*mama*—我的。

译文 **我至高无上的居所不由日月照耀，也不用火电照明。到那里的人永不重返这个物质世界。**

要旨 灵性世界博伽梵奎师那的居所——称为奎师那·楼卡（Kṛṣṇaloka）或高楼卡·温达文（Goloka Vṛndāvana）——在这里有详细的描述。灵性天穹无需日光、月光、火、电，因为所有星宿都是自明的。在这个宇宙中，我们只有一个自明的星宿，即太阳[1]，但在灵性天穹，全体星宿都是自明的。所有那些无忧星宿（Vaikuṇṭha 外琨塔）的璀璨光辉构成称为梵光（brahmajyoti）的辉煌天穹。实际上，那光辉流衍自奎师那的星宿，高楼卡·温达文（Goloka Vṛndāvana）。然而，这辉煌光灿的一部分为物质世界所遮盖。此外，这辉煌天穹的大部分地方满布着灵性星宿——无忧星宿，其中最重要的是高楼卡·温达文。

只要生物体在这个黑暗的物质世界，他就在受限制的生命中；然而，一旦斩断物质世界虚幻而颠倒的树，便立即到达灵性天空，从而获得解脱。那时，再不会回到这里。在受限制的生命中，生物自认为是这个物质世界的主宰，但是当他解脱时，便进入灵性国度，成为博伽梵的同游，在那里享受永恒的喜乐、永恒的生命和完全的知识。

人该为这讯息吸引，应渴望把自己提升至那永恒的世界，从真相的虚幻倒影中超脱出来。过分依恋这个物质世界的人很难割断那种依恋，但如果他修习奎师那知觉，便有机会逐渐变得不依恋。应该与在奎师那知觉中的奉献者交往。人应该寻找一个致力于奎师那知觉的社团，学习如何从事奉爱服务。这样才能斩断对物质世界的依恋。穿上橘黄袍并不等于摆脱了物质世界的吸引。他须逐渐对为绝对真理做奉爱服务产生依恋。因此，人应该认真践行第十二章描述的奉爱服务，这是超脱真树的虚幻代表的唯一途径。第十四章讲述物质自然的各种污染方式。唯有奉爱服务被描述为是纯粹超然的。

这里的词语“我至高无上的（paramaṁ mama）”十分重要。实际上，每个角落都是博伽梵的财产，但灵性世界是至高无上的（paramaṁ），充盈六种富裕。《卡塔奥义书》（2.2.15）也确证说，“灵性世界无需日光、月光或星辰（*na tatra sūryo bhāti na candratārakam*）”，因为整个灵性世界被博伽梵的内在能量照耀。要到达至高无上的居所，只有通过皈依，别无他途。

---

1 在可见光线域，太阳系中除了太阳，没有一个天体可以经常性发出可见光。

诗节 7

ममैवांशो जीवलोके जीवभूतः सनातनः ।
मनःषष्ठानीन्द्रियाणि प्रकृतिस्थानि कर्षति ॥ ७ ॥

mamaivāṁśo jīva-loke
jīva-bhūtaḥ sanātanaḥ
manaḥ-ṣaṣṭhānīndriyāṇi
prakṛti-sthāni karṣati

mama—我的；*eva*—肯定地；*aṁśaḥ*—碎片部分；*jīva-loke*—在生命受限制的世界里；*jīva-bhūtaḥ*—受制约的生物；*sanātanaḥ*—永恒的；*manaḥ*—以心意；*ṣaṣṭhāni*—六种；*indriyāṇi*—感官；*prakṛti*—在物质自然中；*sthāni*—处于；*karṣati*—挣扎求存。

译文　在这个受诸种条件限制的世界中，众生全是我永恒所属的碎片部分。由于生命受到种种限制，他们以包括心意在内的六种感官挣扎求存。

要旨　这节诗清楚说明生命的身份。生物是博伽梵所属的碎片部分——永远如此。绝不是当他在受限制的生命状态中具有个体性，在解脱状态中跟博伽梵合而为一。他永远是碎片部分。这里清楚说明“永恒的（sanātanaḥ）”。根据韦达经的论断，博伽梵把自己展示和扩展为无数，其中首要扩展叫作维施努真像（Viṣṇu-tattva），次要扩展叫作生物体。

换言之，维施努真像（Viṣṇu-tattva）是博伽梵的个人扩展，生物体则是博伽梵的分离扩展。通过个人扩展，他以不同的形体展示，例如圣茹阿玛（Rāma）、尼星哈戴瓦（Nṛsiṁhadeva），以及所有无忧星宿（Vaikuṇṭha 外琨塔）上的主宰神祇和维施努形象（Viṣṇumūrti）。分离的扩展，即生物体，永远是侍奉者。博伽梵的个人扩展，即神首的个体身份，永远存在。同样，分离的扩展，即生物，也有他们的个体性。作为博伽梵所属的碎片部分，生物也具有博伽梵品质的碎片部分，独立性便是其中之一。每一生物作为个体灵魂，均有各自的个体性和微小的独立性。一旦误用独立性，便成为受限制的灵魂，而正确地运用独立性，就总是解脱的。无论在哪种状态中，他的本质都是永恒的，就像博伽梵那样。在解脱的状态中，他超然于物质状况之上，为绝对真理做超然的服务；在受限制的生命状态中，他受物质自然形态的支配，忘记为绝对真理做超然的奉爱服务。结果，他不得不苦苦挣扎，以求存于物质世界。

生物，不仅是人类或猫狗等，就连布茹阿玛（Brahma 梵天）、希瓦、维施努等物质世界中更加伟大的控制者也都是博伽梵的所属部分。他们全是永恒的，而非短暂的展示。梵文“挣扎求存（karṣati）”一词十分重要。受限制的灵魂受到捆缚，就像被铁链拴着。他被虚假的自我绑缚，心意则是驱使他滞留在物质存在中的主要因素。当心意在善良形态中，他的活动就是善良的；当心意在激情形态中，他的活动就会带来烦恼；当他的心意在愚昧形态中，他就会沦落至低等生命种族中。然而，这节诗明确地指出，受限制的灵魂被包括心意、感官在内的物质躯体覆盖，一旦他获得解脱，这物质覆盖便消失殆尽，而灵性躯体会充分展示出自身的个体性。《中盲目神训经》（*Mādhyandināyana-śruti*）说：“当生物放弃这个物质躯壳，进入到灵性世界，便重获灵性躯体（*sa vā eṣa brahma-niṣṭha idaṁ śarīraṁ martyam atisṛjya brahmābhisampadya brahmaṇā paśyati brahmaṇā śṛṇoti brahmaṇaivedaṁ sarvam anubhavati*）。”通过灵性躯体，他能面对面地看到博伽梵，他能面对面地听他说，跟他交谈，他能如其所如地了解博伽梵。《圣传经》（*Smṛti*）说：“在灵性世界，每一个人的躯体特征与博伽梵无异（*vasanti yatra puruṣāḥ sarve vaikuṇṭha-mūrtayaḥ*）。”至于躯体构造，绝对真理所属的个体生物与维施努形象的扩展没有不同。换言之，在解脱的状态中，借着博伽梵的恩典，生物体获得灵性躯体。

梵文“mamaivāṁśaḥ（博伽梵的所属碎片部分）”也意味深长。博伽梵的所属碎片部分有别于物质的碎片部分。我们已经从第二章获悉，灵魂不能被切碎。这碎片部分不能以物质概念去了解。它不像物质，物质被切碎后可重新拼接。这个概念在此不适用，因为这里用了“sanātanaḥ（永恒的）”这个梵文词。碎片部分是永恒的。第二章开篇也说，博伽梵的所属碎片部分存在于每一个躯体中。当这碎片部分超脱了躯体的束缚，便重获他在灵性天穹的灵性星宿上原初的灵性躯体，畅享与博伽梵如影相伴的欢乐。我们从这里得知，生物体作为博伽梵的所属碎片部分，在质上跟博伽梵一样，正如金子的部分也是金子。

诗节 8

शरीरं यदवाप्नोति यच्चाप्युत्क्रामतीश्वरः ।
गृहीत्वैतानि संयाति वायुर्गन्धानिवाशयात् ॥ ८ ॥

śarīraṁ yad avāpnoti
yac cāpy utkrāmatīśvaraḥ
gṛhītvaitāni saṁyāti
vāyur gandhān ivāśayāt

śarīram—躯体；*yat*—就像；*avāpnoti*—得到；*yat*—好像；*ca api*—也；*utkrāmati*—放弃；*īśvaraḥ*—躯体的主人；*gṛhītvā*—携带着；*etāni*—所有这些；*saṁyāti*—离开；*vāyuḥ*—空气；*gandhān*—气味；*iva*—就像；*āśayāt*—从他们的来源。

译文　在这个物质世界，生物把一己不同的生命观从一个躯体带到另一个躯体，如同空气携带着芳香。就这样，他取得一种身体，然后放弃它，再取得另一躯体。

要旨　这里把生物体描述为"īśvara"，即自身躯体的控制者。如果他愿意，他能把现有的躯体更换成更高等的躯体；倘若他喜欢，也能转到更低等的躯体中。微小的独立性就在那里。经历怎样的躯体变化，取决于他自己。死亡时，他自己造就的知觉将把他带到下一种躯体中。如果他把自己的知觉弄得像猫狗一般，他无疑会转换到猫狗的躯体中。倘若他将知觉稳住于神圣的品性，他将转入半神人的躯体中。如果他在奎师那知觉中，则会升至灵性世界中的奎师那星宿（Kṛṣṇaloka），与奎师那相伴。躯体毁灭后一了百了，这种说法是错误的。个体灵魂从一个躯体转到另一个，而现有的躯体和活动则是下一个躯体的基础。人根据业报，得到不同的躯体；人不得不在一定的时间离开这具躯体。这里说明，精微躯体带着下一个躯体的概念，在来世发展另一具躯体。从一个躯体转到另一个躯体并在躯体中挣扎奋斗的过程，在梵文中称为"karṣati"，即"挣扎求存"。

诗节 9

श्रोत्रं चक्षुः स्पर्शनं च रसनं घ्राणमेव च ।
अधिष्ठाय मनश्चायं विषयानुपसेवते ॥ ९ ॥

śrotraṁ cakṣuḥ sparśanaṁ ca
rasanaṁ ghrāṇam eva ca
adhiṣṭhāya manaś cāyaṁ
viṣayān upasevate

śrotram—耳朵；*cakṣuḥ*—眼睛；*sparśanam*—触觉；*ca*—还有；*rasanam*—舌头；*ghrāṇam*—嗅觉；*eva*—还有；*ca*—和；*adhiṣṭhāya*—处于；*manaḥ*—心意；*ca*—还有；*ayam*—他；*viṣayān*—感官对象；*upasevate*—享受。

译文　生物得到另一粗糙躯体，就得到一组围绕着心意的特定类型的眼、耳、鼻、舌和触觉器官。这样，生物便开始享受某一组特定的感官对象。

要旨　换句话说，如果生物体在知觉中掺杂了猫狗的品性，来世会得到猫狗的躯体进行享受。知觉原本纯净如水。但是，一旦在水中混入颜料，水就变色了。同样，知觉也是纯粹的，因为灵魂是纯粹的。由于跟物质属性接触，知觉便会发生改变。真正的知觉是奎师那知觉。因此，当人稳处奎师那知觉中，他便处在纯粹的生命中。如果他的知觉掺杂某种物质心态，来世便会得到相应的躯体。他不一定再得到人的躯体；他可能得到猫、狗、猪或半神人的躯体，或者其他形体之一，因为宇宙中有 840 万种生物。

诗节 10

उत्क्रामन्तं स्थितं वापि भुञ्जानं वा गुणान्वितम् ।
विमूढा नानुपश्यन्ति पश्यन्ति ज्ञानचक्षुषः ॥ १० ॥

utkrāmantaṁ sthitaṁ vāpi
bhuñjānaṁ vā guṇānvitam
vimūḍhā nānupaśyanti
paśyanti jñāna-cakṣuṣaḥ

utkrāmantam—离开身体；*sthitam*—处于躯体中；*vāpi*—或者；*bhuñjānam*—享受着；*vā*—或者；*guṇa-anvitam*—在物质自然形态的魔力下；*vimūḍhāḥ*—愚蠢的人；*na*—永不；*anupaśyanti*—能够看见；*paśyanti*—能看见；*jñāna-cakṣuṣaḥ*—有知识的慧眼者。

译文 **愚人不能明白，生物如何能离开自己的躯体；也不能明白，生物在自然形态的魔力下享用的是何种躯体。但是，经过知识锤炼的慧眼却能看清这一切。**

要旨 梵文"jñāna-cakṣuṣaḥ（有知识的慧眼者）"十分重要。没有知识，便无法了解生物如何离开现有的躯体，来世会得到哪种躯体，甚至也不能明白他为什么存在于某种躯体中。这需要从真正的灵性导师那里聆听大量从《博伽梵歌》等典籍而来的知识。受到训练觉知到这一切的人十分幸运。每个生物在某种情况下获得躯体，他生活在某种环境中，在物质自然的迷惑下，处在某种境况中进行享受。因此，他在感官享乐的迷惑下，经历各种苦乐。永为色欲所愚弄的人，会丧失一切能力，无法了解自己的躯体如何更换，更不了解自己是如何在某一躯体中逗留的。他们不能明白这些。然而，培养了灵性知识的人会看到灵魂有别于躯体，看到灵魂在更换躯体，以不同的方式享受。有这种知识的人能懂得，受限制的生物如何在这个物质存在中受苦。因此，奎师那知觉高度发达的人努力把这种知识传授给普通大众，因为大多受限制的生活真是苦不堪言，他们应该从中走出来，修习奎师那知觉，解脱自己，升转至灵性世界。

诗节 11

यतन्तो योगिनश्चैनं पश्यन्त्यात्मन्यवस्थितम् ।
यतन्तोऽप्यकृतात्मानो नैनं पश्यन्त्यचेतसः ॥ ११ ॥

yatanto yoginaś cainaṁ
paśyanty ātmany avasthitam
yatanto 'py akṛtātmāno
nainaṁ paśyanty acetasaḥ

yatantaḥ—努力的；yoginaḥ—超然主义者；ca—也；enam—这；paśyanti—能看见；ātmani—在自我中；avasthitam—处于；yatantaḥ—努力；api—虽然；akṛta-ātmānaḥ—没有觉悟自我者；na—不能；enam—这；paśyanti—看见；acetasaḥ—心意尚未发达。

译文　努力不懈的超然主义者，稳处自我觉悟之中，能了然一切。但那些心意尚不发达，未达到自我觉悟之境的人，虽努力，但仍不明白发生的一切。

要旨　在灵性自我觉悟之途上，有很多超然主义者，但是，未稳处自我觉悟之境的人，不能看到生物的躯体如何发生变化。就此而言，“超然主义者（yoginaḥ）”一词意义深刻。如今有很多所谓的瑜伽士，还有很多所谓的瑜伽协会，但其实际上对自我觉悟一无所知。他们（瑜伽士和瑜伽协会的人）只是迷恋某种体操运动，满足于体格匀称健壮。对其他的一无所知。他们被称为“虽努力仍未达到自我觉悟之境的人（*yatanto 'py akṛtātmānaḥ*）”，即使在所谓的瑜伽系统中努力修炼，他们仍不能觉悟自我。这些人无法了解灵魂转世的过程。唯有真正处在瑜伽系统，完全了解自我、世界、博伽梵——即奉爱瑜伽士，那些在奎师那知觉中从事纯粹奉爱服务的人——才能明白一切如何发生。

诗节 12

यदादित्यगतं तेजो जगद्भासयतेऽखिलम् ।
यच्चन्द्रमसि यच्चाग्नौ तत्तेजो विद्धि मामकम् ॥ १२ ॥

yad āditya-gataṁ tejo
jagad bhāsayate 'khilam
yac candramasi yac cāgnau
tat tejo viddhi māmakam

yat—那；āditya-gatam—阳光的；tejaḥ—光华；jagat—整个世界；bhāsayate—照亮；akhilam—整个的；yat—那；candramasi—月亮的；yat—那；ca—也；agnau—火的；tat—那；tejaḥ—光华；viddhi—明白；māmakam—从我而来。

译文　太阳的光华自我而来，驱散整个世界的黑暗。月亮和火的光华也从我而来。

要旨 没有智慧的人无法了解一切的缘由。但是，通过了解绝对真理在这里的解释，便能逐渐处于知识之中。人人都能看到太阳、月亮、火、电。人只需努力了解太阳、月亮、电和火的光华皆源自博伽梵。对于这个物质世界中受限制的灵魂来说，处在这样的生命概念，亦即奎师那知觉的开始状态中，已是很大的进步。生物体实际上是博伽梵的所属部分，博伽梵在这里启示他们如何重返家园，回归神首。

从这节诗我们了解到，太阳照亮整个太阳系。此外还有不同的宇宙和星系，也有不同的太阳、月亮和星辰，但在每一宇宙中只有一个“太阳”。正如《博伽梵歌》（10.21）所说，月亮是众星之一（*nakṣatrāṇām ahaṁ śaśī*）。阳光是由于博伽梵在灵性天穹的灵性光灿使然。人类日出而作，点火煮食，启动机器等。很多东西是用火来完成的。因此，人类对阳光、火和月光情有独钟。没有它们，生物不能存活。所以，人若明白日、月和火的光华皆流衍自博伽梵奎师那（Krishna），他的奎师那知觉便会因此开始。月光滋养一切植物。月辉如此宜人悦人，使人能轻易明白自己活着乃是博伽梵奎师那的恩典使然。没有绝对真理的恩典，就不会有太阳；没有绝对真理的恩典，就不会有月亮；没有绝对真理的恩典，就不会有火；若无太阳、月亮、火的帮助，无人能存活。这些都是能激发受限制的灵魂培养奎师那知觉的想法。

诗节 13

गामाविश्य च भूतानि धारयाम्यहमोजसा ।
पुष्णामि चौषधीः सर्वाः सोमो भूत्वा रसात्मकः ॥ १३ ॥

gām āviśya ca bhūtāni
dhārayāmy aham ojasā
puṣṇāmi cauṣadhīḥ sarvāḥ
somo bhūtvā rasātmakaḥ

gām—星球；*āviśya*—进入；*ca*—也；*bhūtāni*—生物；*dhārayāmi*—维系着；*aham*—我；*ojasā*—因为我的能量；*puṣṇāmi*—滋养着；*ca*—和；*auṣadhīḥ*—蔬菜；*sarvāḥ*—所有；*somaḥ*—月亮；*bhūtvā*—成为；*rasātmakaḥ*—供应汁液。

译文 **我进入每一星宿，星宿便因我的能量在轨道上运行。我化为月亮，向一切植物提供生命的汁液。**

要旨 要知道，一切星宿只有借着绝对真理的能量才能漂浮在空中。绝对真理进入到每一原子，每一星宿和每个生物体中。《梵天本集》（*Brahma-saṁhitā*）也讨论过这一点。据说，博伽梵的全权部分之一，即超灵，进入到所有星宿、宇宙和生物体，甚至原子中。因为他的进入，一切都恰如其分地展示出来。有灵魂在，活人才能浮在水面，然而，一旦生命的火花离开躯体，躯体便会死亡，沉入水中。诚然，当躯体腐化，它也会像浮萍一样飘在水面，不过，人在死亡的一刹那，躯体会立即沉到水里。同样，一切星宿漂浮在太空中，这是由于人格神首至高无上的能量进到它们中间。绝对真理的能量维持着每个星宿，而众星宿就好比一把微尘。如果某人握着一把微尘，微尘则不会坠落，倘若抛到空中，微尘就会纷纷坠落。同样，漂浮在太空的这些星宿，实际上被握在博伽梵的宇宙形体的手中。由于他的力量与能量，一切动和不动的都各处其位。韦达赞歌说，由于博伽梵的缘故，太阳在照耀，星宿在稳定地运行。若不是绝对真理，所有星宿都会散落毁灭，就如空中的尘埃。同样，因为博伽梵，月亮才能滋养一切植物。由于月亮的影响，蔬菜才变得美味可口。若无月光，蔬菜不能生长，也不会鲜美多汁。人类工作，舒适地生活，享受食物，这全是博伽梵的供应使然。否则，人类无法生存。梵文“rasātmakaḥ（供应汁液）”意义深刻。通过博伽梵的代理月亮的影响，一切都变得鲜美可口。

诗节 14

अहं वैश्वानरो भूत्वा प्राणिनां देहमाश्रितः ।
प्राणापानसमायुक्तः पचाम्यन्नं चतुर्विधम् ॥ १४ ॥

ahaṁ vaiśvānaro bhūtvā
prāṇināṁ deham āśritaḥ
prāṇāpāna-samāyuktaḥ
pacāmy annaṁ catur-vidham

aham—我；vaiśvānaraḥ—我作为消化之火的全权部分；bhūtvā—成为；prāṇinām—所有生物的；deham—在躯体中；āśritaḥ—处于；prāṇa—呼气；apāna—下行气；samāyuktaḥ—保持平衡；pacāmi—我消化；annam—食物；catur-vidham—四种。

译文　我是一切生物躯体内消化的火焰；我又加入生命之气，既出复入，消化四种食物。

要旨　根据阿育韦达（Āyurveda 医药韦达），我们了解胃里有消化一切食物的火。当胃火不再燃烧时，我们不会觉得饿；当胃火正常时，才有饥饿感。有时，胃火不正常，便需要治疗。无论如何，这火焰是博伽梵的代表。《大森林奥义书》（*Bṛhad-āraṇyaka Upaniṣad* 5.9.1）也肯定：“博伽梵或称梵以火焰的形式存在于胃里，消化一切食物（*ayam agnir vaiśvānaro yo 'yam antaḥ puruṣe yenedam annaṁ pacyate*）。”因为他帮助消化一切食物，所以说生物在进食过程中并非独立而为。除非博伽梵帮他消化，否则他无法进食。博伽梵就这样生产和消化食物，借着绝对真理的恩典，我们享受着生活。《终极韦达经》（1.2.27）也确证了这一点：“绝对真理就在声音中，躯体内，空气中，甚至还是胃里的消化动力（*Śabdādibhyo 'ntaḥ pratiṣṭhānāc ca*）。”食物可分为四类——喝饮的、咀嚼的、舔的和吸吮的——而博伽梵是所有这些食物的消化力。

诗节 15

सर्वस्य चाहं हृदि सन्निविष्टो मत्तः स्मृतिर्ज्ञानमपोहनं च ।
वेदैश्च सर्वैरहमेव वेद्यो वेदान्तकृद्वेदविदेव चाहम् ॥ १५ ॥

sarvasya cāhaṁ hṛdi sanniviṣṭo
mattaḥ smṛtir jñānam apohanaṁ ca
vedaiś ca sarvair aham eva vedyo
vedānta-kṛd veda-vid eva cāham

sarvasya—所有生物的；ca—和；aham—我；hṛdi—在心中；sanniviṣṭaḥ—处于；mattaḥ—由我；smṛtiḥ—忆念；jñānam—知识；apohanam—遗忘；ca—和；vedaiḥ—通过韦达经；ca—也；sarvaiḥ—所有；aham—我是；eva—肯定地；vedyaḥ—可以知道的；vedānta-kṛt—《终极韦达经》的编纂者；veda-vit—韦达经的知悉者；eva—肯定地；ca—和；aham—我。

译文 我处于每个人的心中；记忆、知识和遗忘都由我而生。研习所有韦达经的目的就是了解我。实际上，我是《终极韦达经》（*Vedānta-sūtra*）的编纂者；我也是韦达经的知悉者。

要旨 博伽梵以超灵（Paramātmā）的身份居于众生的心中，是他启动了一切活动。生物体遗忘前世的一切，但仍须根据博伽梵，一切活动的见证者的指示活动。所以，众生按照过去的行为开始活动。他被提供所需要的知识，也被赐予记忆，并且遗忘前世。因此，绝对真理不仅无所不在，而且寓居于每个生物体的心中。绝对真理颁赐不同的果报。绝对真理不仅作为非人格梵（Brahman）、博伽梵（Bhagavān）和区限化的超灵（Paramātmā）受到崇拜，而且也化身为韦达经受到崇拜。韦达经给予人们正确的指导，使人们能正确地建立生活模式，继而重返家园，回归神首。韦达经提供有关博伽梵奎师那的知识，奎师那以他的化身维亚萨戴瓦（Vyāsadeva）显现，编纂《终极韦达经》。维亚萨戴瓦撰著的《终极韦达经》（*Vedānta-sūtra*）评注，即《圣典博伽瓦谭》（*Śrīmad-Bhāgavatam*），呈现了对《终极韦达经》的真正理解。博伽梵如此完美，为了救赎受限制的灵魂，他成为一切的供应者和食物的消化动力，众生活动的见证者，韦达经知识的赐予者，而且还是博伽梵——圣奎师那，《博伽梵歌》的传授者。他是受限制的灵魂的崇拜对象。因此，神是至善至美的，神是最为仁慈的。

生物一离开现有的躯体就忘了一切，但在博伽梵的推动下，他们会再次开始活动（*Antaḥ-praviṣṭaḥ śāstā janānām*）。虽然他们忘了一切，绝对真理却赐给他们智性，让他们重新开始前一世生命结束时的活动。因此，生物不仅按照居于心中的博伽梵的指示在世上享乐或受苦，而且还从博伽梵那里获得了解韦达经的机会。如果一个人想去认真地了解韦达知识，那么，奎师那就赐予他所需的智慧。为什么奎师那要呈现韦达知识让人了解？因为每一生物都需要了解奎师那。韦达典籍确证了这一点：以四部韦达经、《终极韦达经》《奥义书》《宇宙古史》为首的一切韦达典籍，无不歌颂博伽梵的荣耀（*yo 'sau sarvair vedair gīyate*）。通过奉行韦达仪节，讨论韦达哲学，以奉爱服务崇拜绝对真理，便可臻达绝对真理。因此，韦达经的目的在于了解奎师那。韦达经指导我们去了解奎师那，给予我们觉悟他的程序。终极目标是博伽梵。《终极韦达经》（1.1.4）也确证这一点：“这就是事实（*tat tu samanvayāt*）。”一个人能到达三种完美境界。通过了解韦达典籍，能了解自己跟博伽梵的关系，通过实践不同的程序，能接近他，最后达到至高无上的目标，那至尊目标就是博伽梵。这节诗清楚阐明了韦达经的主旨，对韦达经的理解和韦达经的目标。

诗节 16

द्वाविमौ पुरुषौ लोके क्षरश्चाक्षर एव च ।
क्षरः सर्वाणि भूतानि कूटस्थोऽक्षर उच्यते ॥ १६ ॥

dvāv imau puruṣau loke
kṣaraś cākṣara eva ca
kṣaraḥ sarvāṇi bhūtāni
kūṭa-stho ‹kṣara ucyate

dvau—两类；*imau*—这些；*puruṣau*—生物；*loke*—在世上；*kṣaraḥ*—会犯错误的；*ca*—和；*akṣaraḥ*—不会犯错的；*eva*—肯定地；*ca*—和；*kṣaraḥ*—会犯错的；*sarvāṇi*—所有；*bhūtāni*—生物；*kūṭa-sthaḥ*——致地；*akṣaraḥ*—不会犯错的；*ucyate*—据说。

译文　有两类生物，一类会犯错误，另一类不会犯错。在此物质世界，每一生物都会犯错；而在灵性世界，所有生物都被称为不会犯错的。

要旨　前面已说明，博伽梵以维亚萨戴瓦（Vyāsadeva）化身显现，编纂了《终极韦达经》。在此，绝对真理概述了《终极韦达经》的内容。他说，众生数不胜数，可被分成两类，一类是易犯错的，另一类是不犯错的。众生永远是博伽梵的所属碎片部分。当他们与物质世界接触时，便被称为生物（jīva-bhūta 个体灵魂），这里的梵文“kṣaraḥ sarvāṇi bhūtāni”的意思是：众生是易犯错误的。与博伽梵保持一致的生物被称为不犯错的。一致并不意味着他们没有个体性，而是指没有不统一之处。他们欣然赞同创造的意旨。当然，在灵性世界没有创造之类的事，但是，由于博伽梵是一切流衍物之源，正像《终极韦达经》说的那样，所以解释了这个概念。

根据博伽梵，圣奎师那的表述，存在着两类生物。韦达经对此也有确证，所以这是毋庸置疑的。在这物质世界，以心意和五感官苦苦挣扎的众生拥有他们的物质躯体，而这些躯体在不断变化。只要生物体受限制，他的躯体就会因为跟物质接触而变化；由于物质在不断变化，所以生物也看似在不断变化。但是，在灵性世界，躯体不由物质构成，因而没有变化。在物质世界，生物会经历六种变化：出生、成长、存续、繁衍、衰老、死亡。这全是物质躯体的变化。在灵性世界，躯体没有变化，那里没有出生、年老，也没有死亡。一切都是一致的。在物质世界，生物全是会犯错的（*kṣaraḥ sarvāṇi bhūtāni*）：上至第一位受造物布茹阿玛（Brahma 梵天），下至小蚂蚁，所有与物质接触的生物都经历着躯体的变化。然而，在灵性世界，他们总是解脱的，和谐一致。

诗节 17

उत्तमः पुरुषस्त्वन्यः परमात्मेत्युदाहृतः ।
यो लोकत्रयमाविश्य बिभर्त्यव्यय ईश्वरः ॥ १७ ॥

uttamaḥ puruṣas tv anyaḥ
paramātmety udāhṛtaḥ
yo loka-trayam āviśya
bibharty avyaya īśvaraḥ

uttamaḥ—最佳的；*puruṣaḥ*—人物；*tu*—但是；*anyaḥ*—另外一位；*param*—至尊者；*ātmā*—自我；*iti*—如此；*udāhṛtaḥ*—据说；*yaḥ*—谁；*loka*—宇宙的；*trayam*—三部分；*āviśya*—进入；*bibharti*—维系着；*avyayaḥ*—无穷无尽的；*īśvaraḥ*—博伽梵。

译文　除了两类生物，还有最伟大的人物，即至尊灵魂——不朽的博伽梵本人，他进入三个世界之中，并维系它们。

要旨　这节诗的思想在《卡塔奥义书》（2.2.13）和《室维陀奥义书》（6.13）中表述得很精准。在无数众生之中，一些受限制，一些是解脱的，超然于众生之上的是至尊者，即“超灵（Paramātmā）”。奥义书有节诗说：在众生之中，无论是受限制的还是解脱的，有一位至高无上的人，博伽梵维系众生，并根据众生不同的工作，给予各种享受的便利（*nityo nityānāṁ cetanaś cetanānām*）。博伽梵以超灵（Paramātmā）的身份居于众生心中，只有了解他的智者才有资格臻至完美的平和之境，而非其他人。

诗节 18

यस्मात्क्षरमतीतोऽहमक्षरादपि चोत्तमः ।
अतोऽस्मि लोके वेदे च प्रथितः पुरुषोत्तमः ॥ १८ ॥

yasmāt kṣaram atīto 'ham
akṣarād api cottamaḥ
ato 'smi loke vede ca
prathitaḥ puruṣottamaḥ

yasmāt—因为；*kṣaram*—会犯错误的；*atītaḥ*—超然的；*aham*—我是；*akṣarāt*—超越了不会犯错的；*api*—也；*ca*—和；*uttamaḥ*—最好的；*ataḥ*—因此；*asmi*—我是；*loke*—在世界上；*vede*—在韦达文献中；*ca*—和；*prathitaḥ*—赞美；*puruṣottamaḥ*—作为至尊人格。

译文　因为我超然，在会犯错误的和不会犯错的生物之上，因为我最为伟大，所以世人和韦达经都称我为至尊者。

要旨　无人能超越博伽梵奎师那，无论是受限制的灵魂还是解脱的灵魂。这里清楚表明，生物和博伽梵都是个体。二者的区别是，生物无论是受限制的还是解脱的，在量上不能超过博伽梵那不可思议的能量。认为博伽梵和众生处于同一层面或在各方面都是同等的，这是不正确的。两者之间永远存在孰高孰低的问题。“最好的（uttama）”一词意义深远。无人能超越博伽梵。

梵文“loke”一词指的是：通过记忆传下的韦达启示经典，即《圣传经》。一如《尼茹提辞典》（*Nirukti*）证实的：“通过记忆传下的启示经典（smṛti）解释了韦达经的要义（*lokyate vedārtho 'nena*）。”

韦达经也对博伽梵以他区限化的超灵显现作了描述。韦达经《唱赞奥义书》（*Chandogya Upanisad* 8.12.3）说：“超灵离开躯体进入非人格梵光（brahmajyoti）中，继而以他自身的形体，保持他的灵性身份。那位至尊被称为至尊人格（*tāvad eṣa samprasādo 'smāc charīrāt samutthāya paraṁ jyoti-rūpaṁ sampadya svena rūpeṇābhiniṣpadyate sa uttamaḥ puruṣaḥ*）。”这意味着至尊者展示并发散他的灵性光灿，而他的灵性光辉就是最高的光灿。那位至尊人格亦有作为区限化超灵的特征。他化身显现为萨提亚娃缇（Satyavatī）和帕腊沙拉（Parāśara）之子维亚萨戴瓦，阐释韦达知识。

诗节 19

योमामेवमसम्मूढो जानाति पुरुषोत्तमम् ।
स सर्वविद्भजति मां सर्वभावेन भारत ॥ १९ ॥

yo mām evam asammūḍho
jānāti puruṣottamam
sa sarva-vid bhajati māṁ
sarva-bhāvena bhārata

yaḥ— 谁；*mām*— 我；*evam*— 如 此；*asammūḍhaḥ*— 毫 无 怀 疑；*jānāti*— 知 道；*purua-uttamam*—博伽梵；*saḥ*—他；*sarva-vit*—所有事物的知悉者；*bhajati*—作出奉献服务；*mām*—向我；*sarva-bhāvena*—在所有方面；*bhārata*—巴拉塔之子啊。

译文　谁了解作为博伽梵的我，毫无怀疑，谁就知晓一切。巴拉塔之子啊！这样的人会全心全意为我做奉爱服务。

要旨　关于个体生物和绝对真理的法定构成地位，有许多哲学推论。在这节诗，博伽梵清楚讲明，谁知道圣奎师那是至尊者，谁就真正通晓一切。知识不完美的人不断推敲什么是绝对真理，而掌握完美知识的人，直接修习奎师那知觉，为博伽梵做奉爱服务，不浪费宝贵的时间。整部《博伽梵歌》从头至尾都在强调这一点。但是，仍然有些《博伽梵歌》的评注者顽固不化，执意认为绝对真理和个体生物是同一个。

韦达知识被称为《神训经》(*Śruti*)，是通过聆听学来的。人的确应当从奎师那及其代表等这样的权威处接受韦达知识。在这里，奎师那把一切区分得清清楚楚，应该从这样的来源处聆听知识。仅仅像猪一样聆听是不够的；要在权威的指导下去理解。这不是说人只要仅仅作学术上的思辨。人应当恭顺地聆听《博伽梵歌》，认识到众生都从属于博伽梵。依据博伽梵奎师那所说，明白这一点的人才真正知道韦达经的目的，而其他任何人则不晓得。

这里梵文“从事奉献服务（bhajati）”一词很有意义。在很多地方“bhajati”一词都是用来表达与对绝对真理做奉爱服务有关的事情。如果一个人全心全意地从事奎师那知觉，为绝对真理做奉爱服务，就可以说他已经理解所有韦达知识。外士那瓦使徒传系（Vaiṣṇava paramparā）认为，如果一个人献身为奎师那做奉爱服务，就没有必要为了理解绝对真理而从事其他形式的灵性修习。因为他为绝对真理做奉爱服务，就已经实现目的。他已经完成理解绝对真理的初级方法。但是，如果一个人虽然已经历了千万次生命的思辨，仍没有认识到奎师那是博伽梵，仍没有认识到应当皈依奎师那，那么，他这些年，这些世的思辨都只是浪费时间而已。

诗节 20

इति गुह्यतमं शास्त्रमिदमुक्तं मयानघ ।
एतद्बुद्ध्वा बुद्धिमान्स्यात्कृतकृत्यश्च भारत ॥ २० ॥

iti guhyatamaṁ śāstram
idam uktaṁ mayānagha
etad buddhvā buddhimān syāt
kṛta-kṛtyaś ca bhārata

iti—如此；*guhyatamam*—最机密的；*śāstram*—启示经典；*idam*—这；*uktam*—揭示；*mayā*—由我；*anagha*—无罪的人啊；*etat*—这；*buddhvā*—了解；*buddhimān*—有智慧的；*syāt*—人变得；*kṛta-kṛtyaḥ*—谁的努力将臻达最高的完美；*ca*—和；*bhārata*—巴拉塔之子啊。

译文　这是韦达圣典最为机密的部分，无罪的人哪！现在由我来揭示。谁了解就会变得睿智，他的努力也将臻达完美。

要旨　绝对真理在这里清楚说明，这是一切启示经典的实质。应该根据博伽梵说的去理解，这样就能在超然知识方面变得聪慧完美。换言之，理解了博伽梵的这一哲学，并且从事侍奉神的超然服务，就能解除物质自然诸种形态造成的所有污染。奉爱服务就是灵性理解的程序。哪里有奉爱服务，哪里就不会有物质污染与之共存。因为奉爱服务和绝对真理本人都是灵性的，所以两者完全一致。奉爱服务发生在博伽梵的内在能量之内。绝对真理是太阳，无知则是黑暗，有太阳照耀的地方，黑暗就荡然无存。所以说，只要在真正灵性导师的正确指导下从事奉爱服务，就没有无知存在的可能。

人人都该修习奎师那知觉，从事奉爱服务，从而使自己变得聪慧，得到净化。一个人无论在某些普通常人看来如何聪慧，除非到达理解奎师那的境界并从事奉爱服务，否则，他就没有完美的智慧。用“无罪的人（anagha）”称呼阿诸纳很有深义。“无罪的人”，意思是说，除非从一切罪恶反应中解脱出来，否则，很难理解奎师那。一个人必须超脱一切污染，免于一切罪恶活动，这样，他才能够理解。但是，奉爱服务如此纯洁有力，人一旦从事奉爱服务，就能自动到达无罪孽的境地。

当一个人在完全的奎师那知觉中，在纯粹奉献者的联谊中，从事奉爱服务时，需要铲除某些特定的东西。其中最重要的是克服内心的软弱。内心的第一个弱点是想主宰物质自然，而人一旦有这个欲望便放弃为博伽梵做超然的爱心服务，造成最初的堕落。内心的第二个弱点是贪恋物质，想拥有物质，而这由主宰物质自然的倾向增强造成。物质存在的问题就是由内心的这些弱点造成的。本章前五个诗节讲述如何克服心中的这些弱点，其余诗节，从第 6 诗节到本章末则讨论至尊者瑜伽（Puruṣottama-yoga）。

巴克提维丹塔（Bhaktivedanta）阐释圣典《博伽梵歌》第十五章“至尊者瑜伽”至此结束。

第十六章

神圣与邪恶两品性

品性邪恶之人生活放荡，不遵循经典的规范，必转生更低等的生物，备受物质束缚。但品性神圣之人生活有节，遵循经典的权威，逐渐达到灵性的完美境界。

诗节 1-3

श्रीभगवानुवाच ।
अभयं सत्त्वसंशुद्धिर्ज्ञानयोगव्यवस्थितिः ।
दानं दमश्च यज्ञश्च स्वाध्यायस्तप आर्जवम् ॥ १ ॥
अहिंसा सत्यमक्रोधस्त्यागः शान्तिरपैशुनम् ।
दया भूतेष्वलोलुप्त्वं मार्दवं ह्रीरचापलम् ॥ २ ॥
तेज" क्षमा धृति" शौचमद्रोहो नातिमानिता ।
भवन्ति सम्पदं दैवीमभिजातस्य भारत ॥ ३ ॥

śrī-bhagavān uvāca
abhayaṁ sattva-saṁśuddhir
jñāna-yoga-vyavasthitiḥ
dānaṁ damaś ca yajñaś ca
svādhyāyas tapa ārjavam

ahiṁsā satyam akrodhas
tyāgaḥ śāntir apaiśunam
dayā bhūteṣv aloluptvaṁ
mārdavaṁ hrīr acāpalam

tejaḥ kṣamā dhṛtiḥ śaucam
adroho nāti-mānitā
bhavanti sampadaṁ daivīm
abhijātasya bhārata

śrī bhagavān uvāca—博伽梵说；*abhayam*—无惧；*sattva-saṁśuddhiḥ*—净化存在；*jñāna*—知识；*yoga*—连结；*vyavasthitiḥ*—处境；*dānam*—布施；*damaḥ*—控制心意；*ca*—和；*yajñaḥ*—举行祭祀；*ca*—和；*svādhyāyaḥ*—研习韦达经；*tapaḥ*—苦修；*ārjavam*—简朴；*ahiṁsā*—非暴力；*satyam*—真诚坦率；*akrodhaḥ*—毫不愤怒；*tyāgaḥ*—弃绝；*śāntiḥ*—平静；*apaiśunam*—不吹毛求疵；*dayā*—仁慈；*bhūteṣu*—对所有的生物；*aloluptvam*—不贪婪；*mārdavam*—温和；*hrīḥ*—谦逊；*acāpalam*—坚决；*tejaḥ*—有魄力；*kṣamā*—宽恕；*dhṛtiḥ*—坚毅；*śaucam*—洁净；*adrohaḥ*—不妒忌；*na*—不；*atimānitā*—期望名誉；*bhavanti*—是；*sampadam*—品质；*daivīm*—超然本性；*abhijātasya*—出生者；*bhārata*—巴拉塔之子啊。

译文 博伽梵说：无惧，净化身心，培养灵性知识，布施，自控自律，奉行祭祀，研习韦达经，修持苦行，简朴单纯，不用暴力，真诚坦率，控制嗔怒，怡然弃绝，清静平和，不吹毛求疵，怜悯众生，不贪婪，儒雅持重，谦逊和蔼，坚定不移，有魄力，宽恕大度，坚忍不拔，清洁不污，远离嫉妒，不慕虚荣——巴拉塔之子啊，这些超然的品质属于禀赋神圣本性的圣者。

要旨 在十六章一开始，就解释了物质世界这棵榕树。树的旁根错节被比作生物体的活动，有的吉祥，有的不吉祥。第九章也解释了半神人（deva 戴瓦，天人）——神性的、虔诚的以及恶魔（asura 阿修罗）——非神性的或不虔诚的。根据韦达仪式，善良形态中的活动，对在解脱之途上进取来说，是吉祥有益的。这样的活动叫作“本性超然（daivī prakṛti）”。本性超然的人能在解脱之途上不断进取。相反，处在激情形态和愚昧形态中的人，则断无解脱的可能。他们或在这物质世界继续为人，或沦为动物，甚或降到更低的生命形式。在第十六章，绝对真理将解释超然本性及其相关品质和邪恶本性及其品质。绝对真理还将解释这些品质的优缺点。

梵文“abhijātasya”倾向于指天生赋有超然品质的人，或有虔诚倾向的人，很有深意。在神圣的环境中孕育子女，这在韦达经典中叫作“孕诞净化程序（garbhādhāna-saṁskāra）”。如果父母想得到具有神圣品质的孩子，就应遵循人类社会生活的十项原则。在《博伽梵歌》中，我们已经学习过，为了生下好孩子而进行的性生活就是奎师那本人。只要是行在奎师那知觉中，性生活本身是不受谴责的。那些具有奎师那知觉的人，不应该像猫狗一般生孩子，而应该生育出生后可能具有奎师那知觉的孩子。这应该是专注于奎师那知觉的父母所生孩子的得天独厚之处。

“四社会分工与四灵性晋阶制度（varṇāśrama-dharma）”的建立——将社会分成四种社会生活和四种职责的制度——目的不在于以出生来划分人类社会。这样的划分是依据受教育的资格而定的，为的是要保持社会的和平与繁荣。这里提到的品质有助于人增进灵性领悟力，以超脱物质世界。在四社会分工与四灵性晋阶制度中，托钵僧（sannyāsī），即在生命的弃绝阶段的人，被认为是所有社会地位和阶段之首或灵性导师。婆罗门（Brāhmaṇa）被认为是其他社会阶层——即刹帝利（Kṣatriya）、外夏（Vaiśya）和庶陀（Śūdra）的灵性导师；而在这种制度顶峰的托钵僧，还被认为是婆罗门的灵性导师。作为托钵僧，首要的品质应该是无惧无畏。因为托钵僧应在没有任何支持或保障的情况下悠然独处，他必须完全依靠博伽梵的恩慈。如果一个人想着："我离开亲属之后，谁来保护我？"他就不该接受生命的弃绝阶段。一个人要对奎师那即博伽梵以区限化的超灵寓居于心中，绝对真理在见证着一切，时刻知道一个人的意向确信无疑。因此，人应该坚信，作为超灵的奎师那会关照皈依他的灵魂。他应该这样想："我永远不是独自一人，即使我住在森林最黑暗的地段，奎师那仍与我为伴，给我一切保护。"这种信念称为无惧（abhayam）。这种心境对过弃绝生活的人来说，是非常必要的。

接下来是要净化自己的生命（sattva-saṁśuddhiḥ）。在弃绝的生命阶段中，有许多规范要遵循。其中最重要的是，托钵僧严格禁止与女性有任何亲密的关系。甚至禁止与女性在幽僻的地方交谈。圣采坦尼亚（Caitanya）是理想的托钵僧，当他在普里（Purī）时，他的女性奉献者们甚至不能走到他的近旁向他致敬。她们被建议在远处顶拜。这并不意味着憎恨妇女，但托钵僧必须严格遵守不能与妇女有亲密交往的规定。人必须遵循某生命阶段的规范守则以净化自身的存在。对于一名托钵僧，与女人亲密交往和为了感官享乐而累积财富都是严格禁止的。理想的托钵僧是圣采坦尼亚本人。从他的生平我们可以知道，他严于律己，不近女色。虽然他被认为是神首最慷慨仁慈的化身，接受最堕落的受限制灵魂，但在与女性交往方面，他严格遵守托钵僧阶段的规范守则。他的一名贴身游伴小哈瑞达斯（Choṭa Haridāsa）和绝对真理的其他贴身游伴一起与圣采坦尼亚同度共处。但不知怎地，这位小哈瑞达斯色迷迷地看着一个年轻女子。对这件事，圣采坦尼亚的态度非常严肃，他立即将小哈瑞达斯逐出自己的随行团。圣采坦尼亚说："对于一个托钵僧或任何渴望摆脱物质自然的铁掌，努力提升自己到灵性的本性并且重返家园，回归神的人，顾盼物质所有和女色以满足感官——不消说真的享受，只要是以这种心思去看待这些，就应当受到谴责，最好在体验这些不法的欲望之前自行了断。"这些就是净化的过程。

下一项是"培养灵性知识（jñāna-yoga-vyavasthiti）"。托钵僧的生命为的是传播知识给居士和所有其他忘了真正生活是求取灵性进步的人们。托钵僧应该沿门乞讨，维持生计，但这并不是说他就是一个乞丐。"谦恭"也是超然安处者的品质之一；出于纯粹的谦恭，托钵僧才去到每家每户，那不完全是为了乞讨，而是探望居士，唤醒他们的奎师那知觉。如果他真正修为深厚，并且得到灵性导师这样的训令，他就应该有条不紊，深入浅出地去传扬奎师那知觉。如果一个人的修为并不深厚，那就不应该接受生命的弃绝晋阶。但即使一个人知识不足，却已经接受弃绝阶段，他就应专心致志地聆听真正灵性导师的教诲，培养知识。一个托钵僧或在生命的弃绝阶段者，必须处于无惧、纯洁（sattva-saṁśuddhi）和知识（jñāna-yoga）的境界中。

下一项是“布施（danam）”。乐善好施是对居士阶层而言的。居士应以正大光明的手段去谋取生计，并将收入的一半用于把奎师那知觉传向全世界。因此，居士应捐助从事这项使命的机构。布施应给予恰当的接受者。布施有不同的类别——在善良形态、激情形态和愚昧形态的布施等，这在以后会有解释。在善良形态中的布施是经典所推崇的，但在激情形态和愚昧形态中的布施并不提倡，因为不过是浪费钱财罢了。布施只应捐给面向全世界的奎师那知觉传播运动。这才是善良形态的布施。

至于“自律自控（dama）”，不仅宗教社团中的其他阶层须奉行，居士阶层尤须力行。居士虽有妻室，但不可不必要地用感官去追求性生活。对于居士而言，即使是性生活方面，也有限制，只可为繁衍后代而过夫妻生活。如果不想要孩子，就不该与妻子行房。现代社会以避孕或其他更为可憎的方式来享受性生活，逃避生儿育女的责任。这并不是超然的品质，而是邪恶的品性。任何人，即便是居士，如果想在灵修生活上有进步，就必须控制性生活，要不是为了服务奎师那这一目的，就不应生儿育女。如果人能生育将具有奎师那知觉的儿女，他可生养百子，但如果没有这种能力，便不应只是沉溺于感官享乐之中。

“祭祀（yajña）”是居士（grhasthas）须做的另一件事，因为献祭需要大量资金。在其他生命晋阶中的人，如贞守生（brahmacārī）、退隐者（vanaprastha）、弃绝者（sannyāsī），都没有钱，他们以乞讨为生。因此，举行不同类别的献祭就是居士的事情了。他们应该按韦达典籍训令的那样去举行火祭，但这样的祭祀在现今非常昂贵，任何居士都不能做得到。这个年代所推荐的最好的祭祀被称为“齐颂圣名祭祀（saṅkīrtana-yajña）”——哈瑞·奎师那，哈瑞·奎师那，奎师那·奎师那，哈瑞·哈瑞／哈瑞·茹阿玛，哈瑞·茹阿玛，茹阿玛·茹阿玛，哈瑞·哈瑞（*Hare Kṛṣṇa*，*Hare Kṛṣṇa*，*Kṛṣṇa Kṛṣṇa*，*Hare Hare*/ *Hare Rāma*，*Hare Rāma*，*Rāma Rāma*，*Hare Hare*）——这是最好、最方便的祭祀，每个人都可采纳并受益。因此这三项，即乐善好施，感官控制和举行祭祀，都是针对居士的。

而“研习韦达经（svādhyāya）”，则是针对贞守生（brahmacārī）的。贞守生不应与女人有任何联系，他们应该过独身贞守的生活，一心一意地学习韦达典籍，培养灵性知识。这称为“svādhyāya（斯瓦迪亚亚）”。

“苦行（tapas）”，是特别为退隐生活而设的。人不可终生留在居士生活中，必须牢牢记住有四个生活阶段——学生阶段、居士阶段、退隐阶段和弃绝阶段。居士期之后，就该隐退。如果人活 100 年，他应该过 25 年学生生活，25 年居士生活，25 年退隐生活和 25 年弃绝生活。这是韦达宗教规范。从居士（grhasthas）生活中退隐下来的人，须实践躯体、心意和舌头的苦行。这就是苦行。整个四社会阶层和四灵性阶段社会的目的就在于苦行（tapasya）。没有苦行，无人能获解脱。那种认为人生无需苦行，人只要继续进行哲理思辨，一切都会顺顺利利的理论，韦达典籍和《博伽梵歌》都不推崇。这些理论是由那些想招揽更多信徒的冒牌灵性主义者炮制出来的。如果有限制规范，人们就不会受到吸引。因此，那些想以宗教的名义招揽信徒的人，只是想显示炫耀一番，而不约束他们的学生的生活，更不约束自己的生活。但是，韦达经不赞同这种做法。

至于“简朴单纯（ārjavam）”的婆罗门品质，这不仅是某一特别生命阶段的人应该遵行的原则，每一个成员，无论是在贞守生阶层、居士阶层、退隐阶层，还是弃绝阶层，都应该恪守不渝。一个人应该非常简朴，直率。

“非暴力（ahiṁsā）”，是指不阻止任何生物的生命进程。人们切不可以为，既然灵性火花在躯体灭亡后也永不会被杀灭，那么，为感官满足而诛杀动物也就无所谓妨害了。现在人们嗜好食肉，但现在有大量的谷物、水果和牛奶可供食用，实在不必宰杀动物。这是每个人都须遵守的训令。若别无选择时，人可以宰杀动物，但需在献祭中先行供奉。无论如何，当人类有大量食物可供食用时，志在灵性觉悟方面进取的人，不应对动物施暴。真正的非暴力，是指不阻止任何生命的进程。动物在从一种生命转升到另一种生命的进化过程中，也走在不断演进的生命进程中。如果某个动物被杀，它的进程就被阻止了。倘若一个动物在某一特定躯体里本该停留许多时日或许多年，但过早地被杀死，那它还得重新回到这种生命形式，度过未过完的日子，才能提升到另一类生命种族中。因此，不应仅仅为了满足一己的口腹之欲而中止动物的生命进程。这便称作非暴力（ahiṁsā）。

“真诚（satyam）”，这个词的意思是人不应为个人私利而歪曲事实真相。在韦达典籍中，有一些段落令人费解，但应该向真正的灵性导师学习其真实涵义或目的。这才是理解韦达经典的程序。《神训经》（*Śruti*）的意思是人应该从权威处聆听。任何人均不可为了个人的私利而妄加解释。有很多对《博伽梵歌》的诠释曲解了原文的意思。一字一句的真正意义都应呈现出来，而这要从真正的灵性导师处学习。

“控制嗔怒（akrodha）”的意思是：即使有挑衅，也要容忍，因为一怒则周身污染。嗔怒是激情形态的产物，因此，超然自处的人应该制怒。

“吹毛求疵（apaiśunam）”，即人不要找别人的过错，或不必要地指正他人。当然，叫贼为窃贼并不是吹毛求疵，但把诚实的人说成是贼，对在灵修生活上勇猛精进的人来说，就是极大的冒犯。

“谦逊（hrī）”，意思是人要谦逊为怀，不做令人厌恶的事。“坚定不移（acāpalam）”，意味着做事情时不可急躁或沮丧不安。做事情总会遇到失败，即使如此，也不要感到难过，而应坚定不移地坚持下去。

这里所用的“有魄力（tejas）”一词是针对刹帝利的。刹帝利应该总是强壮有力，能保护弱者。他们不可摆出一副不用武力的样子。如果需要武力，他们必然全力以赴。但一个能折服对手的人，在特定情况下会显示出一种宽容的态度。他可能原谅一些微小的冒犯。

“清洁（śaucam）”，并非单指身心的，也指与人的交往方面。这一条尤其是对商人而言的，为商人者不应涉足黑市交易。“不慕虚荣（nāti-mānitā）”，是对庶陀（śūdra）而言的，根据韦达训示，这些劳工阶层被认为是四个阶层中最低者，他们不应为一些无益的名望或虚荣而冲昏头脑，而是要安分守己。较高的阶层保持着社会的秩序，向他们致敬是庶陀（śūdra）的本分。

以上说的二十六项都是超然品质。不同的社会阶层和职业阶层应相应地培养适于自己的品格。这里的要旨是，即便物质条件悲苦不堪，如果各阶层人士都在实践中去培养这些品质，那么就有可能逐渐升至超然觉悟的最高层面。

诗节 4

दम्भो दर्पोऽभिमानश्च क्रोधः पारुष्यमेव च ।
अज्ञानं चाभिजातस्य पार्थ सम्पदमासुरीम् ॥ ४ ॥

dambho darpo 'bhimānaś ca
krodhaḥ pāruṣyam eva ca
ajñānaṁ cābhijātasya
pārtha sampadam āsurīm

dambhaḥ—骄傲；*darpaḥ*—自大；*abhimānaḥ*—自负；*ca*—和；*krodaḥ*—愤怒；*pāruṣyam*—苛刻；*eva*—肯定地；*ca*—和；*ajñānam*—愚昧；*ca*—和；*abhijātasya*—天生具有……的人；*pārtha*—菩瑞塔之子啊；*sampadam*—本性；*āsurīm*—邪恶的。

译文　菩瑞塔之子啊！骄傲、轻慢、自负、嗔怒、苛刻、无知——这些品质属于邪恶本性。

要旨　这节诗描述了通向地狱的坦途。邪恶的人尽管并不遵行原则，他们却想卖弄在宗教和在灵性科学方面的进步。他们总是因为受过某种教育或拥有大量财富而高傲自大。他们想被人崇拜，要人尊重，尽管他们一点也不值得尊重。他们遇到一点琐事就会勃然大怒，出言不逊，不知文雅为何物。他们不知道应该做什么和不应该做什么。只是凭自己的兴趣，心血来潮地做事情，而且不承认任何权威。这些邪恶的品质当他们在母腹之中时便已具有，而且随着他们的成长，这些不祥之质便展露无遗。

诗节 5

दैवी सम्पद्विमोक्षाय निबन्धायासुरी मता ।
मा शुचः सम्पदं दैवीमभिजातोऽसि पाण्डव ॥ ५ ॥

daivī sampad vimokṣāya
nibandhāyāsurī matā
mā śucaḥ sampadaṁ daivīm
abhijāto 'si pāṇḍava

daivī—超然的；*sampat*—本性；*vimokṣāya*—决定了解脱；*nibandhāya*—决定了束缚；*āsurī*—邪恶的本性；*matā*—被认为是；*mā*—不要；*śucaḥ*—忧虑；*sampadam*—品质；*daivīm*—超然的；*abhijātaḥ*—天生具有；*asi*—你是；*pāṇḍava*—潘度之子啊。

译文　超然的品质有助于解脱，邪恶的品质会造成束缚。潘度之子呀，不要担心，因为你生来就具有神圣的品质。

要旨 圣奎师那鼓励阿诸纳说，他不是生下来就有邪恶品性的。他牵涉到战争之中，并非邪恶所致，因为他在反复考虑利弊。他在考虑彼士玛和杜荣拿师这样的令人尊敬的人，是不是应该被杀，因此，他的行为不是受嗔怒、虚荣或苛刻的影响而做出的。所以，他并没有恶魔的品质。对一个武士来说，向敌人射去利箭是超然的，而不履行这样的天职则是邪恶的。因此，阿诸纳没有理由悲伤。任何遵行各个生命阶层的规范原则的人，都处在超然的境界中。

诗节 6

द्वौ भूतसर्गौ लोकेऽस्मिन्दैव आसुर एव च ।
दैवो विस्तरशः प्रोक्त आसुरं पार्थ मे शृणु ॥ ६ ॥

dvau bhūta-sargau loke 'smin
daiva āsura eva ca
daivo vistaraśaḥ prokta
āsuraṁ pārtha me śṛṇu

dvau—两种；*bhūta-sargau*—受造的生物；*loke*—在世界上；*asmin*—这；*daivaḥ*—神圣的；*āsuraḥ*—邪恶的；*eva*—肯定地；*ca*—和；*daivaḥ*—神圣的；*vistaraśaḥ*—详尽地；*proktaḥ*—说；*asuram*—邪恶的；*pārtha*—菩瑞塔之子啊；*me*—从我这里；*śṛṇu*—聆听。

译文 **菩瑞塔之子啊！在这个世界上，受造的生物有两种。一种是神圣的，一种是邪恶的。我已详尽地给你解释了神圣的品质。现在听我讲述邪恶如魔的品质。**

要旨 圣奎师那向阿诸纳保证，他生来具有神性，现在他要详细描述恶魔之道。在这个世界上，受限制的生物分为两类。那些生而品性神圣的人遵循一种规范化的生活，也就是说，他们遵循经典和权威的训示。人应在权威经典的指导下履行职责。这种心态就叫作神圣。一个不遵守经典所制定的规范守则，我行我素的人就叫作恶魔般或阿修罗般的人。除遵循经典的规范原则外，别无其他准则。据韦达经典所言，半神人和恶魔均由生主（Prajāpati 帕佳帕提）所生，二者唯一的区别在于前者遵从韦达训示，后者则不遵从。

诗节 7

प्रवृत्तिं च निवृत्तिं च जना न विदुरासुराः ।
न शौचं नापि चाचारो न सत्यं तेषु विद्यते ॥ ७ ॥

pravṛttiṁ ca nivṛttiṁ ca
janā na vidur āsurāḥ
na śaucaṁ nāpi cācāro
na satyaṁ teṣu vidyate

pravṛttim—正当的行动；*ca*—还有；*nivṛttim*—不正当的行动；*ca*—和；*janāḥ*—人；*na*—不；*viduḥ*—知道；*āsurāḥ*—邪恶品性的；*na*—永不；*śaucam*—清洁；*na*—不；*api*—还有；*ca*—和；*ācāraḥ*—行为；*na*—永不；*satyam*—真诚；*teṣu*—在他们身上；*vidyate*—有。

译文 那些邪恶的人不知道应该做什么，不该做什么。在他们身上找不到清洁、真诚和正当的行为。

要旨 每个文明的人类社会，都有一些从一开始就在遵行的经典性规范。尤其在雅利安人（Aryans）中，那些实行韦达文化的人就是众所周知的最进步、最开化的文明人，而那些不遵循经典训示的人就相当于恶魔。因此，这里说恶魔不知道经典的规则，也没有遵行规则的趋向。他们大多不知道，有些即便知道，也不愿遵循。他们缺乏信念，也不愿按韦达训示行事。恶魔们无论是外在还是内在都不清洁。人都应该小心保持躯体的干净，勤洗浴，漱口，刮胡子，勤换衣服等。至于内在的清洁，那就应永远地记着神的圣名，不断地颂念：哈瑞·奎师那，哈瑞·奎师那，奎师那·奎师那，哈瑞·哈瑞／哈瑞·茹阿玛，哈瑞·茹阿玛，茹阿玛·茹阿玛，哈瑞·哈瑞（*Hare Kṛṣṇa*，*Hare Kṛṣṇa*，*Kṛṣṇa Kṛṣṇa*，*Hare Hare/ Hare Rāma*，*Hare Rāma*，*Rāma Rāma*，*Hare Hare*）。恶魔们既不喜欢，也不遵行这些内外清洁的规范。

至于行为，有很多规范可用来指导人类的行为，例如《玛努本集》（*Manu-saṁhitā*《摩奴法典》），就是一部人类的法律。即使到了今天，印度人仍遵循这部《玛努本集》。继承法和其他法规都源于这部法典。我们在《玛努本集》中看到这样一条清楚的论说，妇女不可给予自由。这并不意味着应把妇女当成奴隶一样去看管，而是她们本性如孩童。孩子是不可给予自由的，但这并不是说就得把孩子当成奴隶来看管。现在恶魔们对这些训示视而不见，他们认为妇女应该像男人一样给予同等的自由。然而，这样做并没有改进世界的社会状态。实际上，妇女在生命的每一个阶段都应予以保护。年幼时受父亲保护，年轻时受丈夫保护，年老时由长大成人的儿子保护。根据《玛努本集》，这是正确的社会行为规范。但现代教育人为地设计了一套洋洋自得的妇女生活概念，于是现在的婚姻实际上成了人类社会的一种奢望和想象。现代女性的道德状态也好不到哪里去。因此可见，恶魔们不接受对社会有益的任何教诲，而且因为他们不遵行伟大圣哲的经验和圣哲制定的规范，那些恶魔般品性的人的社会状况，也就非常凄苦。

诗节 8

असत्यमप्रतिष्ठं ते जगदाहुरनीश्वरम् ।
अपरस्परसम्भूतं किमन्यत्कामहैतुकम् ॥ ८ ॥

asatyam apratiṣṭhaṁ te
jagad āhur anīśvaram
aparaspara-sambhūtaṁ
kim anyat kāma-haitukam

asatyam—不真实的；*apratiṣṭham*—没有根基；*te*—他们；*jagat*—宇宙展示；*āhuḥ*—说；*anīśvaram*—没有控制者；*aparaspara*—没有原因；*sambhūtam*—产生；*kim anyat*—没有别的原因；*kāma-haitukam*—只是由于色欲。

译文　他们说这个世界不真实，无根基，也没有神在主宰。他们说世界产生于性欲，除了色欲，别无他因。

要旨　邪恶的人断定，世界不过是一片变化无常的幻象而已。无因果，无主宰，无目的：一切都不真实。他们说这个宇宙展示产生于偶然的物质作用与反作用。他们认为，世界不是神为了某一目的而创造的。他们有自己的理论：世界以自己的方式出现，没有理由相信在背后有一个神存在。灵和物在他们眼中全无区别，他们不接受至尊灵魂。一切都只是物，整个宇宙被想当然地成为一片混沌。按照他们的说法，一切都是虚无的，无论什么展示存在，都是我们感知上愚昧无知的缘故。他们想当然地认为所有的多样化展示都不过是无知的表现。这就好比在梦中，我们创造了许多实际上并不存在的东西，但梦一醒来，我们发现，原来一切都只是一个梦。但事实上，邪恶的人尽管口口声声说生命只是一场梦，但他们却非常精于享受这段梦境。因此，他们不去追求知识，而是在梦境中越陷越深。他们断言，就像小孩只是男女交合的结果，这世界的诞生也没有灵魂的因素。就像很多生物是从汗水或死尸中产生出来的，说不上有什么原因，那么，整个生物界不过是宇宙展示中的物质组合罢了。因此，物质自然是这种展示的原因，此外并无其他原因。他们不相信奎师那在《博伽梵歌》中说的："这物质自然是我的能量之一，在我的指挥下运作（*mayādhyakṣeṇa prakṛtiḥ sūyate sa-carācaram*）。"换言之，邪恶的人对世界的创造并没有完全的认知，倒是各人有各人的理论。因为他们不相信对经典的训示有标准的理解，所以在他们看来，对经典的各种解释都相差无几。

诗节 9

एतां दृष्टिमवष्टभ्य नष्टात्मानोऽल्पबुद्धयः ।
प्रभवन्त्युग्रकर्माणः क्षयाय जगतोऽहिताः ॥ ९ ॥

etāṁ dṛṣṭim avaṣṭabhya
naṣṭātmāno 'lpa-buddhayaḥ
prabhavanty ugra-karmāṇaḥ
kṣayāya jagato 'hitāḥ

etām—这种；*dṛṣṭim*—眼光；*avaṣṭabhya*—接受；*naṣṭa*—迷失了；*ātmānaḥ*—他们自己；*alpa-buddhayaḥ*—缺乏智慧的人；*prabhavanti*—盛行；*ugra-karmāṇaḥ*—从事痛苦的活动；*kṣayāya*—导致毁灭；*jagataḥ*—世界的；*ahitāḥ*—无益的。

译文　邪恶的人迷失自己，丧失智慧，按照这一结论，从事导致世界毁灭的无益而恐怖的活动。

要旨　邪恶者从事的活动将把世界引向毁灭。绝对真理在这里说他们知识浅薄。物质主义者没有神的概念，以为自己进展不凡。但根据《博伽梵歌》所说，他们没有智慧，缺乏理性。他们着意于最大限度地享受这个物质世界，所以不断地制造满足感官享受的新事物。他们认为这些物质化的新玩意标志着人类文明的进步；但结果却使人变得越来越暴虐，越来越残酷，对动物残酷，对其他人也毫不留情。他们不知道该怎样相处。宰杀动物在邪恶的人中间十分突出。这种人是世界的敌人，因为他们最终将发明或创造出毁灭一切的东西。这节诗间接地预言了今天整个世界都引以为傲的核武器之发明。战争随时都可能发生，这些原子武器将造成一场浩劫。这些东西的制造完全是为了毁灭世界，这点在这里已说得明明白白。由于无神论思想的影响，人类才造出了这些武器；造出这些武器绝不是为了维护世界的和平和繁荣。

诗节 10

काममाश्रित्य दुष्पूरं दम्भमानमदान्विताः ।
मोहाद्गृहीत्वासद्ग्राहान्प्रवर्तन्तेऽशुचिव्रताः ॥ १० ॥

kāmam āśritya duṣpūraṁ
dambha-māna-madānvitāḥ
mohād gṛhītvāsad-grāhān
pravartante 'śuci-vratāḥ

kāmam—色欲；*āśritya*—求庇护于；*duṣpūram*—不能满足的；*dambha*—骄傲；*māna*—虚名；*mada-anvitāḥ*—沉迷于自负；*mohāt*—由于幻念；*gṛhītvā*—接受；*asat*—非永恒的；*grāhān*—事物；*pravartante*—他们沉湎活跃于；*aśuci*—不洁的；*vratāḥ*—公开宣布。

译文　邪恶的人以难填的欲壑为庇护，一味沉湎于骄矜和虚荣之中。在这样的迷惑之下，他们禁不住短暂事物的诱惑，势必经常从事不洁的行为。

要旨　这里描述了恶魔的心态。恶魔的欲望永无餍足。他们追求物质享乐，欲壑难填，不断膨胀。他们虽因认同短暂的事物而总是充满焦虑，却在幻觉中依然从事短暂的活动。他们没有知识，完全不知道他们正误入歧途。这些邪恶的人接受非永恒的事物，制造自己的神，自作赞歌并且自咏自颂。这样一来，他们便越来越为两样东西所吸引——性享乐和积累物质财富。本节诗非常有意义的一句话是“公然从事不洁净的活动（aśuci-vratāḥ）”。这些邪恶之徒只为酒肉、女色、赌博所吸引，这些便是他们的不洁净（asuci）习惯。在骄矜虚荣的诱使下，他们创造了一些为韦达训谕所不容的所谓宗教原则。虽然这些邪恶之徒是世上最可厌的，但世间仍人为地给他们贴金，粉以虚荣。虽然他们在滑向地狱，但他们却自以为非常卓绝。

诗节 11-12

चिन्तामपरिमेयां च प्रलयान्तामुपाश्रिताः ।
कामोपभोगपरमा एतावदिति निश्चिताः ॥ ११ ॥
आशापाशशतैर्बद्धाः कामक्रोधपरायणाः ।
ईहन्ते कामभोगार्थमन्यायेनार्थसञ्चयान् ॥ १२ ॥

cintām aparimeyāṁ ca
pralayāntām upāśritāḥ
kāmopabhoga-paramā
etāvad iti niścitāḥ

āśā-pāśa-śatair baddhāḥ
kāma-krodha-parāyaṇāḥ
īhante kāma-bhogārtham
anyāyenārtha-sañcayān

cintām—恐惧和焦虑；*aparimeyām*—不可估算的；*ca*—和；*pralaya-antām*—直到死亡时刻；*upāśritāḥ*—托庇之后；*kāma-upabhoga*—感官享乐；*paramāḥ*—生活的最高目标；*etāvat*—如此；*iti*—以这种方式；*niścitāḥ*—确定了；*āśā-pāśa*—束缚于希望的罗网中；*śataiḥ*—被上百个；*baddhāḥ*—所束缚；*kāma*—色欲；*krodha*—愤怒；*parāyaṇāḥ*—恒常处于……的心态；*īhante*—他们渴望；*kāma*—色欲；*bhoga*—感官享乐；*artham*—为了；*anyāyena*—非法地；*artha*—财富；*sañcayān*—积聚。

译文 他们相信，追求感官满足是人类文明的根本需要。为此，他们的焦虑深不可测，至死不休。他们被无尽的欲望所缚，又沉湎于色欲和嗔怒，为了感官

满足，不惜以非法的手段谋取金钱。

要旨 邪恶之徒相信，感官享乐是生命的终极目的，他们直到死都一直坚持这个看法。他们不相信死后的生命，也不相信，一个人按照现世的业报，得到不同的躯体。他们的人生计划从未完成过，而他们不停地一个接一个地制订计划，这些计划又全都没有终结。我们有这样的个人经验：一个心态邪恶的人，即便在临死时，也不停地请求医生把他的生命延续四年，因为他的计划尚未完成。这样的蠢人并不知道，哪怕只是片刻的生命，医生也不能延长。当时辰到来时，人的愿望就不在考虑之列了。自然法则不允许比注定享乐的时间哪怕多一秒钟的延长。

对神或内在的超灵全无信仰的邪恶之徒，为了感官满足做尽各种有罪的事情。他根本不知道在他的内心之中坐着一个见证者。超灵见证着个体灵魂的一切活动。如《奥义书》所言，两鸟同栖一树，一只在活动，品尝着树上果实的甘甜，或享受，或受苦，而另一只鸟却始终在见证着一切。但毫无韦达经典知识的邪恶之徒，也没有任何信仰，因此，为了追求感官享乐，肆无忌惮，为所欲为，完全不顾后果。

诗节 13-15

इदमद्य मया लब्धमिमं प्राप्स्ये मनोरथम् ।
इदमस्तीदमपि मे भविष्यति पुनर्धनम् ॥ १३ ॥
असौ मया हतः शत्रुर्हनिष्ये चापरानपि ।
ईश्वरोऽहमहं भोगी सिद्धोऽहं बलवान्सुखी ॥ १४ ॥
आढ्योऽभिजनवानस्मि कोऽन्योऽस्ति सदृशो मया ।
यक्ष्ये दास्यामि मोदिष्य इत्यज्ञानविमोहिता" ॥ १५ ॥

idam adya mayā labdham
imaṁ prāpsye manoratham
idam astīdam api me
bhaviṣyati punar dhanam

asau mayā hataḥ śatrur
haniṣye cāparān api

īśvaro ‹ham ahaṁ bhogī
siddho 'haṁ balavān sukhī

āḍhyo ‹bhijanavān asmi
ko 'nyo 'sti sadṛśo mayā
yakṣye dāsyāmi modiṣya
ity ajñāna-vimohitāḥ

idam—这；*adya*—今天；*mayā*—由我；*labdham*—赢得；*imam*—这；*prāpsye*—我将会得到；*manoratham*—根据我的欲望；*idam*—这；*asti*—有；*idam*—这；*api*—也；*me*—我的；*bhaviṣyati*—将来会增加；*punaḥ*—再次；*dhanam*—财富；*asau*—那；*mayā*—由我；*hataḥ*—已经被杀；*śatruḥ*—敌人；*haniṣye*—我会杀；*ca*—还有；*aparān*—其他人；*api*—肯定地；*īśvaraḥ*—主宰；*aham*—我是；*aham*—我是；*bhogī*—享受者；*siddhah*—完美的；*aham*—我是；*balavān*—有权势的；*sukhī*—快乐的；*āḍhyaḥ*—富有的；*abhijanavān*—簇拥着贵族亲属；*asmi*—我是；*kaḥ*—谁；*anyaḥ*—其他人；*asti*—有；*sadṛśaḥ*—像；*mayā*—我；*yakṣye*—我会举行祭祀；*dāsyāmi*—我会布施；*modiṣye*—我会高兴；*iti*—如此；*ajñāna*—被愚昧；*vimohitāḥ*—蒙骗。

译文 邪恶之徒想："今天我有了这么多财富，而且按照我的谋算，还会获得更多。现在这么多都是我的了，将来还会越来越多；此人是我的敌人，我已结果了他，我的其他敌人也会被干掉；我是一切的主宰；我是享乐者；我完美、有权势、快乐；我最富有，周围都是尊贵的亲戚；没有谁能像我这样权势显赫、快活潇洒；我会举行祭祀，我会略施布施，这样我就会快乐无比。"这种人就这样被无知愚弄了。

诗节 16

अनेकचित्तविभ्रान्ता मोहजालसमावृताः ।
प्रसक्ताः कामभोगेषु पतन्ति नरकेऽशुचौ ॥ १६ ॥

aneka-citta-vibhrāntā
moha-jāla-samāvṛtāḥ
prasaktāḥ kāma-bhogeṣu
patanti narake 'śucau

aneka—无数的；*citta*—被焦虑；*vibhrāntāḥ*—所困惑；*moha*—迷幻的；*jāla*—被罗网；*samāvṛtāḥ*—包围；*prasaktāḥ*—依附；*kāma-bhogeṣu*—感官享乐；*patanti*—他们滑落；*narake*—进入地狱；*aśucau*—不洁净的。

译文　众多的焦虑使他们茫然无措，幻觉的密网将他们牢牢束缚，他们因而变得过分迷醉于感官享乐，继而跌入地狱的深渊。

要旨　邪恶之徒谋取金钱的欲望永无止境，而且漫无节制。他们只想着现在已有了多少资产，想着如何去得到更多更多的财富。因此，他们不在乎什么罪恶的手段，为了非法的享受，他们不避黑市交易。他们陶醉于他们已拥有的，诸如土地、家庭、房子及银行存款等，而且又总在计划更进一步。他们相信自己的力量，而不知道他们所得的一切都是他们过去善行的结果。他们获得机缘累积这一切，却对过去的因由一无所知。他们只会简单地认为他们所有的财产都是自己努力的结果。邪恶之徒相信个人的能力，而不相信业报规律。根据业报定律，人生于高贵家庭，成为巨富，受到良好教育或生得美貌，这些都是过去积善的结果。邪恶之徒认为，这一切都不过是偶然的，是个人能力所致。他们看不出在千差万别的人类、美貌和教育的后面有什么安排。任何与这种邪恶之徒竞争的人都将成为他的死敌。邪恶之徒数目众多，每一个都是另外一些人的敌人。这种敌意在人与人之间，家庭与家庭之间，社团与社团之间，最后是国与国之间变得越来越深。所以世界上不断地有斗争、战争和敌对情绪。

每一个邪恶之徒都想损人利己。通常，邪恶之徒认为自己就是博伽梵，他们这样对其追随者布道："你为什么要在别处寻找神？你自己就是神！你喜欢干什么就去干什么，不要相信什么神。把神抛到九霄云外去。神已经死了。"这些都是邪恶者的教义。

邪恶之徒就算看到别人与自己一样富有，一样有影响力，或比他们更富有，更有影响，他们仍认为谁都不比他们富有，谁也不比他们更有影响力。他们不相信举行祭祀能使人晋升到更高级的星系上去。恶魔认为他们可自行制订祭祀的方式，而且制造机器，用来把他们送到更高的星宿上去。腊瓦拿（Ravana）就是最臭名昭著的恶徒典型。他给人们提供了一个方法，通过这个方法建造一架天梯，这样就无需举行如韦达经上所描述的献祭，任何人都可顺此而直达天堂星宿。同样的现代恶徒也在致力于以机械的方式，达到更高的星宿。这些都是深陷迷惘困惑中的例子。他们不知道，这样做的结果是走向地狱的深渊。在这里梵文“moha-jāla”一词大有深义。“jāla”意指“网”，邪恶之徒就好像网中之鱼，无法挣脱。

诗节 17

आत्मसम्भाविताः स्तब्धा धनमानमदान्विताः ।
यजन्ते नामयज्ञैस्ते दम्भेनाविधिपूर्वकम् ॥ १७ ॥

ātma-sambhāvitāḥ stabdhā
dhana-māna-madānvitāḥ
yajante nāma-yajñais te
dambhenāvidhi-pūrvakam

ātma-sambhāvitāḥ—自命不凡；*stabdhāḥ*—厚颜无耻；*dhana-māna*—财富及虚名；*mada*—虚幻中；*anvitāḥ*—沉迷于；*yajante*—他们举行祭祀；*nāma*—只是名义上的；*yajñaiḥ*—祭祀；*te*—他们；*dambhena*—由于高傲；*avidhi-pūrvakam*—不遵守规范守则。

译文　他们自命不凡，厚颜无耻，陶醉于财富和虚名，有时也会骄傲地做些名义上的祭祀，根本不遵照任何规范守则。

要旨　邪恶之徒以为自己就是一切，根本就不把任何权威或经典放在眼里，有时他们也搞些所谓的宗教或祭祀仪式。因为他们目无权威，所以行事非常轻薄无礼。这是受了累积之财和虚假名望的幻象所致。有时这些恶魔把自己装扮成一个传道者，误导人民，而自己却成为一代宗教改革家或成为神的化身。他们装模作样地举行献祭，或恭敬半神人，或炮制自己的神。一般人吹嘘他们是神，崇拜他们，他们在愚昧者眼中成了在宗教原则（dharma 道德正法）或灵性知识原则方面修养深厚的大德。他们披上弃绝阶段的生活外衣，干尽为非作歹的勾当。实际上，一个弃绝尘世的人会受到众多的限制。然而，恶魔对这些限制丝毫不予理会。他们认为人人都可以独辟蹊径，不存在一条标准的必须跟随的道路。梵文“avidhi-pūrvakam（不遵守规范守则）”，意思是说不理会规范，这里受到了特别的强调。这一切总是因为愚昧和迷惑。

诗节 18

अहङ्कारं बलं दर्पं कामं क्रोधं च संश्रिताः ।
मामात्मपरदेहेषु प्रद्विषन्तोऽभ्यसूयकाः ॥ १८ ॥

ahaṅkāraṁ balaṁ darpaṁ
kāmaṁ krodhaṁ ca saṁśritāḥ
māṁ ātma-para-deheṣu
pradviṣanto 'bhyasūyakāḥ

ahaṅkāram—假我；*balam*—力量；*darpam*—骄傲；*kāmam*—色欲；*krodham*—愤怒；*ca*—还有；*saṁśritāḥ*—托庇了；*mām*—我；*ātma*—在他们自己的；*para*—和在其他人的；*deheṣu*—躯体中；*pradviṣantaḥ*—亵渎；*abhyasūyakāḥ*—妒忌。

译文　恶魔被假我、力量、骄傲、色欲和嗔怒冲昏了头脑，变得嫉妒居于自己和其他人体内的博伽梵，亵渎真正的神。

要旨　邪恶之徒总是质疑神的至尊地位，不愿相信经典。他们对经典和博伽梵的存在都心怀嫉妒。这是由他们所谓的名望和财力的累积造成的。他们不知道现世的生命是来世生命的准备。不了解这点，他们实际上既嫉妒自己，也嫉妒别人。他们对自己的躯体施以暴力，对别人的躯体也施以暴力。他们不在乎人格神首至高无上的控制，因为他们毫无知识。由于对博伽梵和经典的嫉妒，他们提出虚假的论辞否认神的存在，不承认经典的权威。他们自认为在每个行动中自己都是独立而强大的。他们想既然在力量、权势或财富上无人能及，他们也就可以独断专行，谁也不能制止他们。如果有可能阻止他们的感官活动进展的敌人当道，他们就会用计施展权势干掉此人。

诗节 19

तानहं द्विषतः क्रूरान्संसारेषु नराधमान् ।
क्षिपाम्यजस्रमशुभानासुरीष्वेव योनिषु ॥ १९ ॥

tān ahaṁ dviṣataḥ krūrān
saṁsāreṣu narādhamān
kṣipāmy ajasram aśubhān
āsurīṣv eva yoniṣu

tān—那些；*aham*—我；*dviṣataḥ*—妒忌；*krūrān*—恶作妄为；*saṁsāreṣu*—在物质生活的海洋；*narādhamān*—最低劣的人类；*kṣipāmi*—我将之投进；*ajasram*—无休止地；*aśubhān*—不祥的；*āsurīṣu*—邪恶的；*eva*—肯定地；*yoniṣu*—在子宫里。

译文　那些胸怀嫉妒、为害世界之徒，那些最下贱的人类渣滓，我把他们无休止地投进物质存在的海洋，投入种种邪恶的生命种族之中。

要旨　这节诗清楚地指出，把某个个别灵魂放置到某一躯体中是至尊意志的特权。邪恶之徒可能不同意接受绝对真理的至高无上的地位，事实上，他们也可能是在按自己的想法行动，但他们的下一世将取决于博伽梵的决定，而不取决于他们自己的决定。《圣典博伽瓦谭》第 3 篇说，躯体死亡后，在高等力量的监督下，个体灵魂被投进母体，在那得到某一种躯体。因此，我们在物质存在中看到有那么多生命种族——动物、昆虫、人等。一切全是高等力量的安排。一切都不是偶然发生的。至于邪恶之人，这里明确地说，他们将被永远地投入恶魔之胎，继续心怀嫉妒，继续为最低贱的人类渣滓。这些邪恶人种总是色欲成性，总是穷凶极恶，总是怀恨在心，总是蓬头垢面。丛林中的许多猎手都可归于恶魔之列。

诗节 20

आसुरीं योनिमापन्ना मूढा जन्मनिजन्मनि ।
मामप्राप्यैव कौन्तेय ततो यान्त्यधमां गतिम् ॥ २० ॥

āsurīṁ yonim āpannā
mūḍhā janmani janmani
mām aprāpyaiva kaunteya
tato yānty adhamāṁ gatim

āsurīm—邪恶的；*yonim*—种族；*āpannāḥ*—得到；*mūḍhāḥ*—愚蠢之人；*janmani janmani*——一世又一世地；*mām*—我；*aprāpya*—不能达到；*eva*—肯定地；*kaunteya*—琨缇之子啊；*tataḥ*—此后；*yānti*—去；*adhamām*—被判罪的；*gatim*—目的地。

译文　琨缇之子啊！这些人轮转于邪恶的生命种族之中，永远不能接近我，而且逐渐堕落到最令人厌恶的存在之中。

要旨　谁都知道，神最为仁慈，但在这里我们看到神对恶魔毫不留情。这里清楚地表明，邪恶之徒一生复一世都被投入类似的恶魔胎中，得不到博伽梵的恩慈，他们一步一步地堕落，直到得到猫、狗、猪等类似躯体。很清楚，这些恶魔在未来生命的任何阶段，实际上都没机会得到神的恩慈。韦达经也说，这样的人逐步地沦为猪狗。这里或会有人争辩，如果神对这样的恶魔不仁慈，那就不该宣传神是最仁慈的。作为对这一问题的回答，《终极韦达经》给出了答案，博伽梵对谁都无怨无仇。将恶魔投入最下贱的生命之中，恰恰是他仁慈的另一面。有时，恶魔会被博伽梵所杀，但这种杀灭对他们有无尽的益处，韦达典籍中显明，任何被博伽梵亲手杀死的灵魂都获得了解脱。历史上有很多恶魔的例子，如腊瓦拿、康萨、黑冉亚卡希普（Hiranyakasipu）等，绝对真理以种种化身显现，将他们一一击灭。所以，神的恩慈也可在恶魔身上看到，如果他们有幸被神亲自杀死。

诗节 21

त्रिविधं नरकस्येदं द्वारं नाशनमात्मनः ।
कामः क्रोधस्तथा लोभस्तस्मादेतत्त्रयं त्यजेत् ॥ २१ ॥

tri-vidhaṁ narakasyedaṁ
dvāraṁ nāśanam ātmanaḥ
kāmaḥ krodhas tathā lobhas
tasmād etat trayaṁ tyajet

tri-vidham—三类的；*narakasya*—地狱的；*idam*—这；*dvāram*—门；*nāśanam*—毁灭性的；*ātmanaḥ*—自我的；*kāmaḥ*—色欲；*krodhaḥ*—愤怒；*tathā*—和；*lobhaḥ*—贪婪；*tasmāt*—因此；*etat*—这；*trayam*—三样；*tyajet*—人必须摒弃。

译文　通向地狱的三重门是——色欲、嗔怒、贪婪。每一个心智健全的人都应该摒除这些，因为这三个大敌只会导致灵魂堕落。

要旨　这里描述了恶魔生活之开始。人试图满足自己的色欲，一旦得不到满足，就会产生嗔怒和贪婪。一个神智健全之人，一个不想滑落到邪恶生命种族的人，必须努力摒弃这三重大敌，因为它们能置自我于无法从这物质的绑缚中解脱的境地。

诗节 22

एतैर्विमुक्तः कौन्तेय तमोद्वारैस्त्रिभिर्नरः ।
आचरत्यात्मनः श्रेयस्ततो याति परां गतिम् ॥ २२ ॥

etair vimuktaḥ kaunteya
tamo-dvārais tribhir naraḥ
ācaraty ātmanaḥ śreyas
tato yāti parāṁ gatim

etaiḥ—从这些；*vimuktaḥ*—解脱出去；*kaunteya*—琨缇之子啊；*tamaḥ-dvāraiḥ*—从愚昧之门；*tribhiḥ*—三种；*naraḥ*—一个人；*ācarati*—践行；*ātmanaḥ*—对于自我；*śreyaḥ*—祝福；*tataḥ*—此后；*yāti*—他去；*parām*—至尊的；*gatim*—目的地。

译文　琨缇之子啊！避开了这三重地狱之门的人，践行有益于自我觉悟的事，即可逐渐到达至高无上的目的地。

要旨　色欲、嗔怒、贪婪——这人生的三重大敌，每个人都应该非常当心。人越是远离色欲、嗔怒、贪婪，他的生存就越加净化，进而就能遵行韦达典籍所定的规范了。遵行人生的规范守则，人就可逐渐将自己提升到灵性觉悟的层面。如果鸿运当头，通过如此修习升到了奎师那知觉的层面，那么，成功就是必然的。韦达典籍中描述了因果报应的过程，目的就是要让人达到净化的境界。整个方法都是建立在摒弃色欲、嗔怒和贪婪这三者的基础之上的。通过这一程序来培养知识，人就能升华到自我觉悟的最高境界，而自我觉悟的完美则在奉爱服务之中。在奉爱服务中，受限制的灵魂就有了获得解脱的绝对保障。所以就有了根据韦达系统设置的四生命等级和四生命阶段，叫作阶层制度和灵性阶段制度。不同的阶层或社会分层有不同的规则规范，若能遵行，必能自然而然地上升到灵性觉悟的最高层面。然后，便可毫无疑问地获得解脱。

诗节 23

यः शास्त्रविधिमुत्सृज्य वर्तते कामकारतः ।
न स सिद्धिमवाप्नोति न सुखं न परां गतिम् ॥ २३ ॥

yaḥ śāstra-vidhim utsṛjya
vartate kāma-kārataḥ
na sa siddhim avāpnoti
na sukhaṁ na parāṁ gatim

yaḥ—任何人；*śāstra-vidhim*—经典的规条；*utsṛjya*—放弃；*vartate*—仍然；*kāma-kārataḥ*—在色欲中妄为；*na*—永不；*saḥ*—他；*siddhim*—完美；*avāpnoti*—达到；*na*—永不；*sukham*—快乐；*na*—永不；*parām*—至尊的；*gatim*—完美境界。

译文 **而漠视经典训谕，任欲妄为的人，既不能达到完美，也不能获得快乐，更不能达到至高无上的目的地。**

要旨 如前所述，经典训示（śāstra-vidhi）是给人类社会的不同的社会阶层和生命阶段的。人人都得遵行这些规则规范。如果不遵行这些规范，而听由自己的色欲、嗔怒和贪婪的摆布，任意妄行，永远也不可能获得完美的人生。换言之，那种理论上清清楚楚，就是不将这些训示实践于自己的人生的人，可算作最低等的人类。在人体生命中，生物应该清醒理智，应该遵行为将生命提升到最高的层面而制定的规范，如果不遵行其行事，那就是自甘堕落。一个人即使遵行规范，遵守道德准则，而最终没能到达认识博伽梵的境界，那么他所有的知识就都被糟蹋了。因此，人应该逐渐将自己提升到奎师那知觉和奉爱服务的层面，只有此时此地，人才能到达最高的完美境界，除此别无他法。

"在色欲中妄为（kāma-kārataḥ）"一词非常重要。明知故犯的人是在色欲中行事。他知道不允许，但仍旧照干不误。这就叫作故意妄行。他知道这个应该去做，但就是不去做，因此说他固执己见。这样的人注定要受到至尊主的惩罚。这种人无法到达人生所指向的完美境界。人生的目的在于净化人的生存，若不遵行规范守则，自我就得不到净化，也不能达到真正的快乐之境。

诗节 24

तस्माच्छास्त्रं प्रमाणं ते कार्याकार्यव्यवस्थितौ ।
ज्ञात्वा शास्त्रविधानोक्तं कर्म कर्तुमिहार्हसि ॥ २४ ॥

tasmāc chāstraṁ pramāṇaṁ te
kāryākārya-vyavasthitau
jñātvā śāstra-vidhānoktaṁ
karma kartum ihārhasi

tasmāt—因此；*śāstram*—经典；*pramāṇam*—证据；*te*—你的；*kārya*—职责；*akārya*—和禁止的活动；*vyavasthitau*—明确地找出；*jñātvā*—知道；*śāstra*—经典的；*vidhāna*—规范守则；*uktam*—如宣示的；*karma*—工作；*kartum*—去做；*iha arhasi*—你应该去做的。

译文 因此，人应根据经典的规定，了解什么是职责，什么不是职责。理解了这些规范守则后，就该身体力行，逐渐提升自己。

要旨 诚如第十五章所言，韦达经的所有规范都是为了去明白奎师那。如果谁从《博伽梵歌》中理解了奎师那，并且在奎师那知觉中从事奉爱服务，谁就已达到了韦达典籍所给予知识的最高境界。圣采坦尼亚·玛哈帕布（Caitanya Mahāprabhu）使这一程序变得非常的容易了；他仅仅要求人们念颂：哈瑞·奎师那，哈瑞·奎师那，奎师那·奎师那，哈瑞·哈瑞／哈瑞·茹阿玛，哈瑞·茹阿玛，茹阿玛·茹阿玛，哈瑞·哈瑞（*Hare Kṛṣṇa*，*Hare Kṛṣṇa*，*Kṛṣṇa Kṛṣṇa*，*Hare Hare/ Hare Rāma*，*Hare Rāma*，*Rāma Rāma*，*Hare Hare*），为绝对真理做奉爱服务，吃供奉过神像的食物。直接从事所有这些奉献活动的人被认为已研习过了所有的韦达典籍。因为他已圆满地得出了结论。

当然，对不在奎师那知觉中，或未做奉爱服务的普通人，什么该做，什么不该做还必须得由韦达经的训示来决定。人应当不加争辩，按照训示身体力行。这就称为遵守经典原则。经典（śāstra）完全不会反映受限制灵魂身上的四条主要缺陷：感官不完美、有欺骗倾向、一定会犯错、易受假象迷惑。受限制的生命的这四条主要缺陷使他没有资格制定颁布各种规范守则。因为圣典上所描述的规范超越这些缺陷，所以为所有伟大的圣哲、灵性宗师（ācārya 阿查亚）和伟大灵魂们不加更改地全盘接受。

印度在灵性理解方面宗派林立，一般而言，可分为两大阵营：非人格主义者和人格主义者。但两派均按韦达经的准则生活。若不遵守经典原则，就无法把自我提升到圆满境地。所以，真正理解了圣典要义的人，真是幸运之极。

对理解博伽梵的原则心怀厌恶，是人类社会一切堕落的根源。这是人生最大的冒犯。所以假象（māyā 玛亚）——博伽梵的物质能量，总是不停地以三重之苦让我们烦恼。这物质能量由物质自然三形态组成。在理解博伽梵的道路打开之前，人至少要提升自己到善良形态。不到达这个标准，人仍将处在愚昧形态和激情形态中，而愚昧与激情乃邪恶的根源。那些身处愚昧形态和激情形态中的人，嘲笑经典，嘲笑圣人，嘲笑对博伽梵的正确理解。他们不遵照灵性导师的训令行事，漠视经典制定的规则。他们听到了奉爱服务的荣耀，却无动于衷。于是，他们自创晋升之途。这些都是使人类社会导向恶魔生命阶段的缺点。

然而，人若得到真正的灵性导师的指点，就能被引上提升之路，引向更高的境界，从而获得成功的人生。

巴克提维丹塔（Bhaktivedanta）阐释圣典《博伽梵歌》第十六章“神圣与邪恶两品性”至此结束。

第十七章

信仰的分类

物质自然三种形态相应地演化出三种信仰。处于激情形态和愚昧形态的人，其所作所为只会带来暂时的物质结果；而在善良形态中的人，其言行与经典的训示一致，心灵能得到净化，获得对圣奎师那的纯粹信仰并为其奉献一切。

诗节 1

अर्जुन उवाच ।
ये शास्त्रविधिमुत्सृज्य यजन्ते श्रद्धयान्विताः ।
तेषां निष्ठा तु का कृष्ण सत्त्वमाहो रजस्तमः ॥ १ ॥

arjuna uvāca
ye śāstra-vidhim utsṛjya
yajante śraddhayānvitāḥ
teṣāṁ niṣṭhā tu kā kṛṣṇa
sattvam āho rajas tamaḥ

arjunaḥ uvāca—阿诸纳说；*ye*—谁；*śāstra-vidhim*—经典的规范；*utsṛjya*—放弃；*yajante*—崇拜；*śraddhayā*—完全的信念；*anvitāḥ*—拥有；*teṣām*—他们的；*niṣṭhā*—信仰；*tu*—但是；*kā*—什么；*kṛṣṇa*—奎师那啊；*sattvam*—处在善良形态；*āho*—还是；*rajaḥ*—处在激情形态；*tamaḥ*—处在愚昧形态。

译文　阿诸纳问：奎师那（Krishna），如果一个人不遵从经典的原则，只是根据自己的想象进行崇拜，那么他的处境是怎样的？他们是处于善良形态，还是处于激情形态或愚昧形态呢？

要旨　第四章第 39 诗节阐明，一个人如果对某一特定崇拜有信心，会逐渐变得有知识，最终达到平和与成功的最佳境界。第十六章的结论是，不遵从圣典规定的原则的人被称为阿修罗（asura），即恶魔；而忠实地遵从圣典训示的人则被称为天人（deva 修罗），即半神人。现在，如果有人充满信心地遵从一切规则，而这些规则又不是圣典训示中所提到的，那么，他又处于什么位置呢？奎师那将解答阿诸纳的这一疑问。有些人选择一个常人，把他奉为某种神灵，全心全意地加以崇拜，这样的崇拜是处于善良形态，还是激情形态或愚昧形态呢？这样的人能否达到生命的完美境界呢？他们能否处于真正的知识之中，能否把自己提升到最崇高、最完美的境界呢？那些不遵从圣典规范，但信仰某种东西，努力崇拜诸种神灵、半神人及常人的人，能否获得成功呢？阿诸纳向奎师那提出了这些问题。

诗节 2

श्रीभगवानुवाच ।
त्रिविधा भवति श्रद्धा देहिनां सा स्वभावजा ।
सात्त्विकी राजसी चैव तामसी चेति तां शृणु ॥ २ ॥

śrī-bhagavān uvāca
tri-vidhā bhavati śraddhā
dehināṁ sā svabhāva-jā
sāttvikī rājasī caiva
tāmasī ceti tāṁ śṛṇu

śrī bhagavān uvāca—博伽梵说；*tri-vidhā*—三种；*bhavati*—成为；*śraddhā*—信仰；*dehinām*—被赋以躯体的（体困灵魂）；*sā*—那；*sva-bhāva-jā*—按照其物质自然三属性；*sāttvikī*—善良形态的；*rājasī*—激情形态的；*ca*—还有；*eva*—肯定地；*tāmasī*—愚昧形态的；*ca*—还有；*iti*—如此；*tām*—那；*sṛṇu*—从我这里聆听。

译文　博伽梵说：按其所处的三种不同的自然形态，体困灵魂的信仰也可分为三类：善良的、激情的、愚昧的。现在，听我讲明。

要旨　人们处于物质自然三形态的统治之下，虽然知道圣典规范，但由于懒惰好闲，并不予以遵从。根据从前在善良形态、激情形态或愚昧形态的种种活动，人们得到了某一特定的品性。众生与自然诸形态的联系一直绵延不绝；众生与物质自然接触，就根据与之相联的物质形态，获得各不相同的心态。如果他与真正的灵性导师在一起，并且遵守其规则，遵从圣典，那么，就能改变这一品性。循序渐进，就能改变一己所处的位置，由愚昧升至善良，或者由激情升至善良。结论是，在某一自然形态中的盲目信仰并不能帮助人提升到完美的境界。人们必须和一位真正的灵性导师联谊，运用智慧，深思熟虑。只有这样，才能改变自己的地位，升至更高的自然形态。

诗节 3

सत्त्वानुरूपा सर्वस्य श्रद्धा भवति भारत ।
श्रद्धामयोऽयं पुरुषो यो यच्छ्रद्धः स एव सः ॥ ३ ॥

sattvānurūpā sarvasya
śraddhā bhavati bhārata
śraddhā-mayo 'yaṁ puruṣo
yo yac-chraddhaḥ sa eva saḥ

sattva-anurūpā—根据其存在状态；*sarvasya*—每个人的；*śraddhā*—信心；*bhavati*—成为；*bhārata*—巴拉塔之子啊；*śraddhā*—信仰；*mayaḥ*—充满；*ayam*—这；*puruṣaḥ*—生物；*yaḥ*—谁；*yat*—拥有那；*śraddhaḥ*—信仰；*saḥ*—如此；*eva*—肯定地；*saḥ*—他。

译文　巴拉塔之子啊！人们生存在不同的自然形态下，就会产生某种特定的信仰。根据他所秉承的形态，生物便持有某一特定的信仰。

要旨　不管是谁，都有某种特定的信仰。根据他获得的品性，其信仰可分为善良型的、激情型的或愚昧型的。根据其信仰的特定类型，他和特定的人交往。如同第十五章所述，生物本来是博伽梵的所属碎片部分才是真情实况。因此，他们本来是超然于所有物质自然形态的。但是，当人忘记了与博伽梵的关系，在受诸种条件限制的生命中，与物质世界接触时，他就会借着与不同物质自然形态的联系，造出自己的位置。随之而来的人为的信仰和生存都仅仅是物质的。虽然他有时受到某些印象或某些人生观的指导，但从原本的角度来讲，他是超然的，没有物质品质（nirguṇa）。因此，为了重获与博伽梵的关系，人们必须清除他们的物质污染。奎师那知觉是绝无仅有的一条没有恐惧的回归之路。人若稳处在奎师那知觉中，必能沿此道路提升到完美境界。如果人们不遵循这条自我觉悟之路前行，肯定就会处于自然形态的影响之下。

这一诗节中的"śraddhā（信心）"很有深义。信心原本源自善良形态。一个人可能信奉一个半神人，或某些造出来的神，或其他一些大脑的杜撰。据说，强烈的信心会激发产生有物质好处的活动。但是，在此受诸种条件局限的物质生命中，没有一种工作是完全净化的。这些活动不会是纯粹"善良"的，而总是混杂相间的。纯粹的"善良"是超然的。在纯粹的善良中，人们会理解博伽梵的本性。只要一个人的信心不完全在纯粹善良之中，他的信心就会受到物质自然形态的污染。污染了的物质自然诸种形态会深入人心，这样，人的信心就根据心灵与某一物质自然形态相接触的程度而确立。

应该说，如果人的心灵处于善良状态，则他的信仰也处于善良形态；如果人的心灵处于激情状态，则他的信仰亦处于激情形态；如果他的心灵处于黑暗与假象之中，则他的信仰也必会受到污染。因此，在这个世界上，我们见到有不同类型的信仰。根据信仰类型的不同，有不同类型的宗教。宗教信仰的真正原则是处于纯粹的善良形态中的。只是由于心灵的污染，我们才发现诸种不同类型的宗教原则。因此，根据信仰类型的不同，世上有各种不同种类的崇拜。

诗节 4

यजन्ते सात्त्विका देवान्यक्षरक्षांसि राजसाः ।
प्रेतान्भूतगणांश्चान्ये यजन्ते तामसा जनाः ॥ ४ ॥

yajante sāttvikā devān
yakṣa-rakṣāṁsi rājasāḥ
pretān bhūta-gaṇāṁś cānye
yajante tāmasā janāḥ

yajante—崇拜；*sāttvikāḥ*—处于善良形态的人；*devān*—半神人；*yakṣa-rakṣāṁsi*—恶魔；*rājasāḥ*—处于激情形态的人；*pretān*—亡灵；*bhūta-gaṇān*—鬼魂；*ca*—和；*anye*—其他人；*yajante*—崇拜；*tāmasāḥ*—处在愚昧形态；*janāḥ*—人们。

译文　处于善良形态的人崇拜半神人；处于激情形态的人崇拜恶魔；处于愚昧形态的人崇拜鬼魂。

要旨　在这一诗节中，博伽梵根据外部活动，描述了不同类型的崇拜者。根据圣典训示，唯有博伽梵才是值得崇拜的。但是，有些人并不精通圣典训示或对圣典训示缺乏信心，他们会根据自己在物质自然诸态中的特定处境，崇拜不同的对象。半神人各种各样，其中包括布茹阿玛（Brahma 梵天）、希瓦（Śiva）以及因陀罗（Indra）、禅陀罗（Candra 月神）和太阳神等。那些处于善良形态的人为了特定的目的崇拜特定的半神人。同样，处于激情形态的人则崇拜恶魔。曾记得，在第二次世界大战期间，在加尔各答，有个男人崇拜希特勒，因为由于那场战争，他靠黑市交易发迹了。与此类似，处于激情形态和愚昧形态的人，通常选择一个强大有力的人作为自己的崇拜对象。他们认为可以把任何人当作上帝来崇拜，而且能达到同样的效果。

这里清楚地描述了，处于激情形态的人创造出如此的神灵来崇拜，而那些在愚昧形态中的人则崇拜亡灵。有时人们会在某个死人的墓地进行崇拜。性服务也被认为处于黑暗形态之中。在印度一些偏僻的村落，有人崇拜鬼魂。在印度，我们见到较低阶层的人有时到森林中去，如果他们知道一个鬼魂住在一棵树中，就会崇拜那棵树，并且供奉祭品。实际上，这些五花八门的崇拜并不是对神的崇拜。只有那些超然地处于纯粹善良形态的人才真正地敬拜神。《圣典博伽瓦谭》(4.3.23) 有言："处于纯粹善良形态的人崇拜华苏戴瓦 (*sattvaṁ viśuddhaṁ vasudeva-śabditam*)。"意思是说，只有那些彻底清除了物质自然诸态，超然安处的人才会崇拜博伽梵。

非人格主义者处于善良形态之中，他们崇拜五种类型的半神人。在此物质世界上，他们崇拜非人格化的维施努形式，这一形式又被称为哲理化的维施努。维施努本是博伽梵的扩展，但是，因为非人格主义者最终并不信仰博伽梵，他们把维施努形式想象成非人格梵的另一面。他们也把布茹阿玛 (Brahma 梵天) 想象成为物质激情形态中的非人格形式。有时他们说有五种值得崇拜的神，但是，因为他们认为非人格梵是确实的真理，最终他们废除了所有值得崇拜的对象。总而言之，与有超然品质的人联谊，物质自然形态的种种不同方面都能得以净化。

诗节 5-6

अशास्त्रविहितं घोरं तप्यन्ते ये तपो जनाः ।
दम्भाहङ्कारसंयुक्ताः कामरागबलान्विताः ॥ ५ ॥
कर्षयन्तः शरीरस्थं भूतग्राममचेतसः ।
मां चैवान्तः शरीरस्थं तान्विद्ध्यासुरनिश्चयान् ॥ ६ ॥

aśāstra-vihitaṁ ghoraṁ
tapyante ye tapo janāḥ
dambhāhaṅkāra-saṁyuktāḥ
kāma-rāga-balānvitāḥ

karṣayantaḥ śarīra-sthaṁ
bhūta-grāmam acetasaḥ
māṁ caivāntaḥ śarīra-sthaṁ
tān viddhy āsura-niścayān

aśāstra—经典没有提及的；*vihitam*—指示；*ghoram*—伤害别人；*tapyante*—经历；*ye*—谁；*tapaḥ*—苦行；*janāḥ*—人；*dambha*—怀着骄傲；*ahaṅkāra*—和自私；*saṁyuktāḥ*—从事；*kāma*—色欲；*rāga*—和依附；*bala*—被……的力量；*anvitāḥ*—所驱使；*karṣayantaḥ*—折磨；*śarīra-stham*—处于体内的；*bhūtagrāmam*—物质元素的组合；*acetasaḥ*—心态扭曲；*mām*—我；*ca*—还有；*eva*—肯定地；*antaḥ*—在……之内；*śarīra-stham*—处于躯体内；*tān*—他们；*viddhi*—理解；*āsura*—恶魔；*niścayān*—肯定地。

译文　出于骄傲和自私，为色欲和执着所驱使，进行经典并未倡导的严苛苦行，折磨身体的诸种物质部分以及内在的超灵，这些愚蠢的人实为恶魔。

要旨　有些人造出种种苦行，这些苦行在圣典训示中并未提到。为一些别有用心的企图而禁食，比如纯粹是为达到一个政治目的，在圣典指示中从未提及。圣典倡导的是为了灵修进步而禁食，绝不是为了一些政治性或社会性目的而禁食。根据《博伽梵歌》，为这些目的而从事苦行的人肯定是邪恶的。他们的行为违背圣典训示，也不会有利于一般大众。实际上，他们这样做无非是出于骄傲、假我、色欲及对物质享受的执着。这样的行为，不仅打扰了构成躯体的诸种物质元素组合，也打扰了居于体内的博伽梵。这种未经神授且为了某些政治目的而进行的禁食或苦行肯定也妨碍别人。韦达典籍并未提及此种行为。恶人以为他能用这种方法强使敌人或其他团体屈从他们的欲望，但是，人们有时会死于这种禁食。博伽梵并不赞同这样的行为，他说这样做的人只是恶魔而已。因为这种行为不符合韦达圣典的训示，所以，如此的作为对博伽梵实是一种污辱。“心态扭曲（acetasaḥ）”一词意味深长。

精神正常的人必须服从圣典训示，否则，就会违背圣典，随心所欲杜撰各种苦行。人应当永远记住这些恶人的最终下场，这在前一章已有所描述。绝对真理会强使他们出生于恶人之家。如此，他们则生生世世地按照邪恶的原则生活，不知道与博伽梵的关系。但是，这样的人如果有足够的幸运，接受灵性导师的指导，走上韦达智慧之路，他们也能够摆脱束缚，最终实现人生的最高目标。

诗节 7

आहारस्त्वपि सर्वस्य त्रिविधो भवति प्रियः ।
यज्ञस्तपस्तथा दानं तेषां भेदमिमं शृणु ॥ ७ ॥

āhāras tv api sarvasya
tri-vidho bhavati priyaḥ
yajñas tapas tathā dānaṁ
teṣāṁ bhedam imaṁ śṛṇu

āhāraḥ—进食；*tu*—肯定；*api*—也；*sarvasya*—每个人的；*trividhaḥ*—三种；*bhavati*—有；*priyaḥ*—亲切的；*yajñaḥ*—祭祀；*tapaḥ*—苦行；*tathā*—还有；*dānam*—布施；*teṣām*—他们的；*bhedam*—不同；*imam*—这；*śṛṇu*—聆听。

译文　根据物质自然三形态，每个人喜欢的食物也分为三类。献祭、苦行、布施也都如此。现在，请听其中的分别。

要旨　在物质自然三形态的不同处境中，进食、祭祀、苦行和布施的方式也各不相同，它们不可能在同一层面上进行。人如果能够分析了解何种行为处于何种物质自然形态，可谓真正的智者。有些人认为各种祭祀、食物和布施都是一样的，这样的人很是愚蠢，没有分辨能力。有些传教者宣称，一个人可以为所欲为，并且能达到完美境界。而这些愚蠢的指引者并不依循经典的指导。他们捏造杜撰出各种方法，误导普通大众。

诗节 8

आयुःसत्त्वबलारोग्यसुखप्रीतिविवर्धनाः ।
रस्याः स्निग्धाः स्थिरा हृद्या आहाराः सात्त्विकप्रियाः ॥ ८ ॥

āyuḥ-sattva-balārogya-
sukha-prīti-vivardhanāḥ
rasyāḥ snigdhāḥ sthirā hṛdyā
āhārāḥ sāttvika-priyāḥ

āyuḥ—寿命；*sattva*—存在；*bala*—力量；*ārogya*—健康；*sukha*—快乐；*prīti*—和满足；*vivardhanāḥ*—增加；*rasyāḥ*—多汁的；*snigdhāḥ*—富含油脂；*sthirāḥ*—持久；*hṛdyāḥ*—令内心愉悦；*āhārāḥ*—食物；*sāttvika*—处在善良形态的人；*priyāḥ*—美味的。

译文 处于善良形态的人，所喜欢的食物能延长寿命，净化生命，增加力量，有益健康，令人快乐满足。这样的食物甘美多汁，富含油脂，令人愉悦。

诗节 9

कट्वम्ललवणात्युष्णतीक्ष्णरूक्षविदाहिनः ।
आहारा राजसस्येष्टा दुःखशोकामयप्रदाः ॥ ९ ॥

kaṭv-amla-lavaṇāty-uṣṇa-
tīkṣṇa-rūkṣa-vidāhinaḥ
āhārā rājasasyeṣṭā
duḥkha-śokāmaya-pradāḥ

kaṭu—苦的；*amla*—酸的；*lavaṇa*—咸的；*ati-uṣṇa*—很辣的；*tīkṣṇa*—有刺激性的；*rūkṣa*—干的；*vidāhinaḥ*—烫的；*āhārāḥ*—食物；*rājasasya*—对处在激情形态的人；*iṣṭā*—可口的；*duḥkha*—痛苦；*śoka*—悲伤；*āmaya*—疾病；*pradāḥ*—引发。

译文 太苦、太酸、太咸、太辣、太干、太烫及太富刺激性的食物只为那些处于激情形态的人所喜欢。这种食物让人痛苦、苦恼、多病。

诗节 10

यातयामं गतरसं पूति पर्युषितं च यत् ।
उच्छिष्टमपि चामेध्यं भोजनं तामसप्रियम् ॥ १० ॥

yāta-yāmaṁ gata-rasaṁ
pūti paryuṣitaṁ ca yat
ucchiṣṭam api cāmedhyaṁ
bhojanaṁ tāmasa-priyam

yāta-yāmam—煮好后超过三个小时才进食的食物；*gata-rasam*—淡然无味的；*pūti*—有异臭的；*paryuṣitam*—腐败变质的；*ca*—还有；*yat*—那；*ucchiṣṭam*—其他人吃剩的食物；*api*—还有；*ca*—和；*amedhyam*—不可触碰的；*bhojanam*—吃；*tāmasa*—处在愚昧形态的人；*priyam*—亲切的。

译文　烹调结束后，超过三个小时才吃的食物，淡然无味、腐烂发霉的食物，残汤剩饭和不洁的食物，只有那些处于愚昧形态的人才会喜欢。

要旨　食物是用来增加寿命，纯化心意，增强体力的。这是食物的唯一用途。过去，一些伟大的权威甄选出了一些最能强身健体、延年益寿的食物，比如奶制品、糖、米、麦、水果和蔬菜。这些食物很为那些处于善良形态的人所喜爱。其他一些食物，比如烤玉米和糖浆，虽然本身不太可口，可是加上牛奶或其他食物也能变得好吃。因此，它们都是处于善良形态的食物。所有这些食物本质上都很纯净。它们和那些酒肉之类的不洁之物截然不同。诗节 8 所提到的富含油脂的食物和那些靠屠宰而来的动物脂肪毫无关联。在所有的食物中，牛奶最为奇妙，动物脂肪就能在牛奶中得到。牛奶、黄油、奶酪及此类产品能提供动物脂肪，同时无需杀戮那些无辜的动物。只是因为心肠残忍，这种杀戮才继续进行。获得所需脂肪的文明方式就是食用牛奶。杀戮动物是不人道的。豌豆、大豆、全麦等富含蛋白质，我们可以从中得到所需的蛋白质。

处于激情形态的食物通常太苦、太咸、太辣，或者混合过多的红辣椒，这样的食物会减少胃液的分泌，给身体造成痛苦，导致疾病。愚昧形态的食物主要指的是不新鲜的食物。烹调完成后，过了三个多小时才食用的食物（prasādam 帕萨达，供奉给博伽梵的灵粮除外）属于愚昧形态的食物。这样的食物腐败变质，臭不可闻，往往吸引愚昧形态的人，而善良形态的人则避而远之。

只有事先供奉给博伽梵或圣人（尤其是灵性导师）的才能食用。否则，剩饭属于黑暗形态，会增加感染和患病的可能性。这样的食物虽对愚昧形态中的人十分可口，但处于善良形态的人却不喜欢，甚至碰都不碰。最好的食物是供奉过博伽梵的帕萨达（灵粮）。在《博伽梵歌》中，博伽梵说，他接受诚心供奉的蔬菜、面制品、牛奶等食物（*patraṁ puṣpaṁ phalaṁ toyam*）。当然，博伽梵接受的主要是奉献和爱。但是也提及，灵粮（帕萨达）应以特定的方式烹制。任何依据圣典训示烹制的食物，只要供奉过博伽梵，都可以食用，即使它是很早以前烹制的，因为这样的食物是超然的。因此，要使食物防腐可吃，美味宜人，必须把食物供奉给博伽梵。

诗节 11

अफलाकाङ्क्षिभिर्यज्ञो विधिदृष्टो य इज्यते ।
यष्टव्यमेवेति मनः समाधाय स सात्त्विकः ॥ ११ ॥

aphalākāṅkṣibhir yajño
vidhi-diṣṭo ya ijyate
yaṣṭavyam eveti manaḥ
samādhāya sa sāttvikaḥ

aphala-kāṅkṣibhiḥ—由不渴求成果的人；*yajñaḥ*—祭祀；*vidhi dṛṣṭaḥ*—根据经典的训示；*yaḥ*—那；*ijyate*—举行；*yaṣṭavyam*—必须举行；*eva*—肯定地；*iti*—如此；*manaḥ*—心意；*samādhāya*—专一于；*saḥ*—它；*sāttvikaḥ*—处于善良形态中。

译文　在祭祀之中，由不求回报的人作为义务，根据经典指导所举行的献祭，属于善良形态。

要旨　一般说来，献祭时，人们心中总有某些目的，但是，根据这一诗节，奉行献祭不应抱有任何这样的企图。献祭应当作为一项义务来履行。以庙宇或教堂中举行的仪式为例。大多数人举行祭祀都抱有物质获利的动机，但是，这种祭祀是不属于善良形态的。人应当把去寺庙或教堂当作一项义务，敬拜博伽梵，供奉鲜花和食物，不求任何物质得益。大家都认为，仅仅为了崇拜神到庙里去是毫无用处的。但是，圣典训示并不主张为了经济的利益而去拜神。人到庙宇里去只应当为了崇拜神。这样，他便处于善良形态中。每个文明人都有责任服从圣典的训示，崇拜博伽梵。

诗节 12

अभिसन्धाय तु फलं दम्भार्थमपि चैव यत् ।
इज्यते भरतश्रेष्ठ तं यज्ञं विद्धि राजसम् ॥ १२ ॥

abhisandhāya tu phalaṁ
dambhārtham api caiva yat
ijyate bharata-śreṣṭha
taṁ yajñaṁ viddhi rājasam

abhisandhāya—追求；*tu*—但是；*phalam*—结果；*dambha*—骄傲；*artham*—为了；*api*—还有；*ca*—和；*eva*—肯定地；*yat*—那；*ijyate*—举行；*bharata-śreṣṭha*—巴拉塔族人的首领啊；*tam*—那；*yajñam*—祭祀；*viddhi*—知道；*rājasam*—处在激情形态中。

译文　巴拉塔族人的首领啊！你要知道，为求物质利益或出于骄傲而进行的献祭，处于激情形态。

要旨　在这个世界，有时为了升达天国或某些物质利益，也举行献祭和各种仪式。这样的献祭和仪式被认为属于激情形态。

诗节 13

विधिहीनमसृष्टान्नं मन्त्रहीनमदक्षिणम् ।
श्रद्धाविरहितं यज्ञं तामसं परिचक्षते ॥ १३ ॥

vidhi-hīnam asṛṣṭānnaṁ
mantra-hīnam adakṣiṇam

śraddhā-virahitaṁ yajñaṁ
tāmasaṁ paricakṣate

vidhi-hīnam—无视经典的指示；*asṛṣṭa-annam*—不派发祭余；*mantra-hīnam*—不咏唱韦达颂歌；*adakṣiṇam*—不给祭师报酬；*śraddhā*—信心；*virahitam*—没有；*yajñam*—祭祀；*tāmasam*—处在愚昧形态中；*paricakṣate*—被认为是。

译文 **无视经典的指导，不广施灵粮（prasādam），不唱颂韦达赞歌，不给祭师报酬，不信不诚，这样的祭祀，处于愚昧形态。**

要旨 处于愚昧形态的信仰是什么都不信。有时人为了赚钱而崇拜半神人，然后，大肆挥霍、寻欢作乐，置圣典训示于不顾。这种用仪式来显示自己笃信宗教的行为是不真诚的。此类仪式尽属愚昧形态，不仅使人心邪恶，而且贻害人类社会。

诗节 14

देवद्विजगुरुप्राज्ञपूजनं शौचमार्जवम् ।
ब्रह्मचर्यमहिंसा च शारीरं तप उच्यते ॥ १४ ॥

deva-dvija-guru-prājña-
pūjanaṁ śaucam ārjavam
brahmacaryam ahiṁsā ca
śārīraṁ tapa ucyate

deva—博伽梵；*dvija*—婆罗门；*guru*—灵性导师；*prājña*—值得崇拜的人物；*pūjanam*—崇拜；*śaucam*—洁净；*ārjavam*—简朴；*brahma-caryam*—贞守；*ahiṁsā*—非暴力；*ca*—还有；*śārīram*—与躯体有关的；*tapaḥ*—苦行；*ucyate*—可说是。

译文 **躯体的苦行包括：崇拜博伽梵，敬奉婆罗门、灵性导师，尊敬像父母一样的尊长。清洁、朴素、贞守及非暴力也是躯体的苦行。**

要旨 博伽梵在此解释了不同类型的苦行。他首先说明身体践行的各种苦行。人应当敬拜或学习敬拜神和半神人，尊敬德高望重的婆罗门、灵性导师等完人圣贤，尊敬父母尊长，尊敬任何精通韦达知识的人。这些人都应当给予恰当的尊敬。一个人应当践行自我内外的清洁；养成纯朴的行为方式；不做违背圣典训示的任何事情；不放纵于婚外的性关系。圣典只允许婚内性行为，其他则一概禁止，这就叫作贞守。上属所述都属于躯体方面的苦行。

诗节 15

अनुद्वेगकरं वाक्यं सत्यं प्रियहितं च यत् ।
स्वाध्यायाभ्यसनं चैव वाङ्मयं तप उच्यते ॥ १५ ॥

anudvega-karaṁ vākyaṁ
satyaṁ priya-hitaṁ ca yat
svādhyāyābhyasanaṁ caiva
vāṅ-mayaṁ tapa ucyate

anudvega-karam—不使人感到不安；*vākyam*—话语；*satyam*—真诚的；*priya*—悦人的；*hitam*—有益的；*ca*—还有；*yat*—那；*svādhyāya*—研读韦达经；*abhyasanam*—实践；*ca*—还有；*eva*—肯定地；*vāṅmayaṁ*—声音的；*tapaḥ*—苦行；*ucyate*—可说是。

译文　言语的苦行包括：说话真诚，悦人益人，不使别人感到不安，经常诵读韦达圣典。

要旨　一个人说话时，不应当使别人感到心烦意乱。当然，教师为了教导他的学生，可以直言不讳。但对不是他学生的人，则不该说使之心烦意乱的话。这是涉及讲话的苦行。除此之外，不应当信口开河，胡言乱语。在灵修方面，讲话的正确方式是讲述圣典确认的事情，讲完之后，立即引述权威经典作为支持依据。同时，这样的讲话也应当是娓娓动听的。这样讨论对话，自己会大受裨益，也能促进人类社会的发展。韦达典籍汗牛充栋，人应该尽心研习。这就叫作言语的苦修。

诗节 16

मनःप्रसादः सौम्यत्वं मौनमात्मविनिग्रहः ।
भावसंशुद्धिरित्येतत्तपो मानसमुच्यते ॥ १६ ॥

manaḥ-prasādaḥ saumyatvaṁ
maunam ātma-vinigrahaḥ
bhāva-saṁśuddhir ity etat
tapo mānasam ucyate

manaḥ-prasādaḥ—心满意足；*saumyatvam*—不对别人口是心非；*maunam*—庄重；*ātma*—自我；*vinigrahaḥ*—控制；*bhāva*—品性；*saṁśuddhiḥ*—净化；*iti*—如此；*etat*—这；*tapaḥ*—苦行；*mānasam*—心意的；*ucyate*—可说是。

译文　知足、纯朴、庄重、自律、净化自我存在，这是心意的苦行。

要旨　心意的苦行是使其对感官满足不再执着。训练心意，使它时常想着为别人做好事。最好的训练是严肃认真地思考。一个人不能偏离奎师那知觉，必须避免感官享乐。净化自己的本性也就是使自己奎师那知觉化。只有使心意摆脱感官享乐的念头，才能使其获得真正的满足。越考虑感官享乐，心意就越不满足。当今时代，因为我们不必要地使心意陷于如此纷繁芜杂的感官享乐之中，使得心意根本不可能满足平静。最好的办法还是把心意转移到韦达典籍上，比如《宇宙古史》（*Purāṇa*）和《摩诃婆罗多》（*Mahābhārata*）等典籍中充满迷人的故事，令人心满意足。人们应当对知识善加利用，净化自己。不能口是心非，要时刻想着大众的福祉。“沉默”是指应当经常想着自我觉悟。在这一意义上，奎师那知觉者最懂得“沉默”的深义。控制心意就是不让心意执着于感官享乐。为人处事应当坦率真诚，这样才能净化自身的存在。这些特征构成心意活动方面的苦行。

诗节 17

श्रद्धया परया तप्तं तपस्तत्त्रिविधं नरैः ।
अफलाकाङ्क्षिभिर्युक्तैः सात्त्विकं परिचक्षते ॥ १७ ॥

śraddhayā parayā taptaṁ
tapas tat tri-vidhaṁ naraiḥ
aphalākāṅkṣibhir yuktaiḥ
sāttvikaṁ paricakṣate

śraddhayā—以信心；*parayā*—超然的；*taptam*—执行；*tapaḥ*—苦行；*tat*—那；*tri-vidham*—三种；*naraiḥ*—被人们；*aphala-ākāṅkṣibhiḥ*—不追求成果；*yuktaiḥ*—从事；*sāttvikam*—在善良形态中；*pari-cakṣate*—被称为。

译文 满怀超然的信念行事，不期求物质的利益，而只为博伽梵的缘故活动——这三重苦行，被称为在善良形态中的苦行。

诗节 18

सत्कारमानपूजार्थं तपो दम्भेन चैव यत् ।
क्रियते तदिह प्रोक्तं राजसं चलमध्रुवम् ॥ १८ ॥

satkāra-māna-pūjārthaṁ
tapo dambhena caiva yat
kriyate tad iha proktaṁ
rājasaṁ calam adhruvam

satkāra—尊敬；*māna*—名誉；*pūjā*—崇拜；*artham*—为了；*tapaḥ*—苦行；*dambhena*—以骄傲；*ca*—还有；*eva*—肯定地；*yat*—那；*kriyate*—执行；*tat*—那；*iha*—在这个世界；*proktam*—可说；*rājasam*—处在激情形态中；*calam*—不稳定的；*adhruvam*—短暂的。

译文 出于骄傲，为了赢得尊敬、荣誉和崇拜而进行的苦行属于激情形态。这种苦行既不稳定，也不持久。

要旨 有时候，一些人进行苦修只是为了吸引别人，获得名声，赢得他人的尊敬和崇拜。这种在激情形态中的人安排从者崇拜他们，让从者给他们洗足并献上财富。如此矫揉造作的苦行被认为是处于激情形态。其结果转瞬即逝，也有可能延续一段时间，然而从根本上来说是不长久的。

诗节 19

मूढग्राहेणात्मनो यत्पीडया क्रियते तपः ।
परस्योत्सादनार्थं वा तत्तामसमुदाहृतम् ॥ १९ ॥

mūḍha-grāheṇātmano yat
pīḍayā kriyate tapaḥ
parasyotsādanārthaṁ vā
tat tāmasam udāhṛtam

mūḍha—愚蠢的；*grāheṇa*—努力地；*ātmanaḥ*—自身；*yat*—那；*pīḍayā*—通过折磨；*kriyate*—去执行；*tapaḥ*—苦行；*parasya*—他人；*utsādanārtham*—为了毁灭；*vā*—或；*tat*—那；*tāmasam*—在黑暗形态中；*udāhṛtam*—可说是。

译文 为了毁灭或伤害别人，自我折磨，愚蠢行事，这样的苦修被认为处于愚昧形态。

要旨 关于恶魔进行愚蠢的苦行不乏其例，比如恶魔黑冉亚卡希普（Hiraṇya-kaśipu）为了长生不老，为了能杀死半神人进行了严苛的苦行。他向布茹阿玛（Brahma 梵天）祈求这些，但是，最后还是被博伽梵杀死。为一些不可能的事情而苦行显然也属于愚昧形态。

诗节 20

दातव्यमिति यद्दानं दीयतेऽनुपकारिणे ।
देशे काले च पात्रे च तद्दानं सात्त्विकं स्मृतम् ॥ २० ॥

dātavyam iti yad dānaṁ
dīyate 'nupakāriṇe
deśe kāle ca pātre ca
tad dānaṁ sāttvikaṁ smṛtam

dātavyam—值得给予；*iti*—如此；*yat*—那；*dānam*—慈善布施；*dīyate*—被给予；*anupakāriṇe*—不求回报；*dese*—在适当的地点；*kāle*—在适当的时间；*ca*—还有；*pātre*—给适当的人；*ca*—和；*tat*—那；*dānam*—慈善布施；*sāttvikam*—处在善良形态中；*smṛtam*—被认为。

译文　在适当的时间和地方，对于应得之人进行布施，出于责任，不求回报，这样的布施处于善良形态。

要旨　韦达典籍倡导把布施给予从事灵性活动的人，不提倡毫无原则、毫无分别地进行布施。要考虑灵修方面完美与否。因此，布施应当在月底或者有日食、月食的时候，于朝圣地、寺庙中进行，而且应给予有资格的婆罗门、外士那瓦奉献者。进行这样的布施不应当考虑任何回报。有时出于怜悯，也可把布施给予穷人。但是如果一个贫穷的人不值得给予布施，那么给他布施是无益于灵修进步的。换言之，韦达典籍不提倡毫无分辨、不加选择的布施。

诗节 21

यत्तु प्रत्युपकारार्थं फलमुद्दिश्य वा पुनः ।
दीयते च परिक्लिष्टं तद्दानं राजसं स्मृतम् ॥ २१ ॥

yat tu pratyupakārārthaṁ
phalam uddiśya vā punaḥ
dīyate ca parikliṣṭaṁ
tad dānaṁ rājasaṁ smṛtam

yat—那；tu—但是；prati-upakāra-artham—为了得到回报；phalam—结果；uddiśya—欲求；vā—或；punaḥ—再次；dīyate—被给予；ca—还有；parikliṣṭam—勉强地；tat—那；dānam—慈善布施；rājasam—处在激情形态中；smṛtam—被认为是。

译文　进行布施时期冀回报，贪求功利性结果，吝啬勉强，斤斤计较，则处于激情形态。

要旨　有时举行布施，是为了升达天国，这种布施可能费力不小，事后后悔："为什么我为此花这么多钱呢？"有时布施是在长者的要求下，出于责任而履行的。上述种种布施的举行都属于激情形态的布施。

有很多慈善组织基金会，把东西赠给一些恣意感官享乐的机构。这种布施并不为韦达经典所倡导，韦达经典只提倡那种处于善良形态的布施。

诗节 22

अदेशकाले यद्दानमपात्रेभ्यश्च दीयते ।
असत्कृतमवज्ञातं तत्तामसमुदाहृतम् ॥ २२ ॥

adeśa-kāle yad dānam
apātrebhyaś ca dīyate
asat-kṛtam avajñātaṁ
tat tāmasam udāhṛtam

adesa—在不干净的地方；kāle—在不吉祥的时间；yat—那；dānam—慈善布施；apātrebhyaḥ—给予不配的人；ca—还有；dīyate—被给予；asatkṛtam—缺乏尊敬；avajñātam—漫不经心；tat—那；tāmasam—在黑暗形态中；udāhṛtam—可说是。

译文　在不洁之地，于不当之时，向不应得之人进行的布施，或漫不经心、缺乏尊重而行的布施，处于愚昧形态。

要旨　这里反对把东西捐赠给酗酒赌博之人。因为这种捐赠处在愚昧形态。这样的布施毫无益处，进一步来说，是在鼓励罪人犯罪。同样，把布施给予合适的人，但是如果缺乏尊重之心，漫不经心，也属于愚昧形态的布施。

诗节 23

ॐ तत्सदिति निर्देशो ब्रह्मणस्त्रिविधः स्मृतः ।
ब्राह्मणास्तेन वेदाश्च यज्ञाश्च विहिताः पुरा ॥ २३ ॥

oṁ tat sad iti nirdeśo
brahmaṇas tri-vidhaḥ smṛtaḥ
brāhmaṇās tena vedāś ca
yajñāś ca vihitāḥ purā

oṁ—至尊者的表征；*tat*—那；*sat*—永恒的；*iti*—如此；*nirdeśaḥ*—代表；*brāhmaṇāḥ*—至尊的；*tri-vidhaḥ*—三重；*smṛtaḥ*—被视作；*brahmaṇaḥ*—婆罗门；*tena*—用那；*vedāḥ*—韦达文献；*ca*—还有；*yajñāḥ*—祭祀；*ca*—还有；*vihitāḥ*—用；*purā*—以前。

译文　从创造之始，噢姆、塔特、萨特（oṁ、tat、sat）就用于象征至尊绝对真理。为取悦博伽梵，婆罗门在唱颂韦达赞歌及举行祭祀时，均使用这三个标志性的代表音符。

要旨　前文已述，苦行、献祭、布施及食物都被分为三种类型：善良型、激情型、愚昧型。但是，无论是属于第一种类型，还是第二、三种类型，它们都是有局限性的，全受到物质自然三形态的污染。当它们的目标趋向永恒的至尊——oṁ、tat、sat，即博伽梵时，它们便成为灵性进步的方法。这样的目标在圣典训示中有明示。oṁ、tat、sat 专指绝对真理——博伽梵。“噢姆（oṁ 唵）”一词在韦达赞歌中随处可见。

不遵从圣典规范，就不会获得绝对真理，只能得到些短暂易逝的结果，不能实现生命的终极目的。因此，应在善良形态中进行布施、献祭、苦行。如在激情形态或愚昧形态中举行，则质量稍逊。oṁ、tat、sat 是和博伽梵的圣名一起念出，例如“Oṁ tad viṣṇoḥ”。

无论是唱颂韦达赞歌，还是念颂绝对真理的圣名，都加上“om”一词。这是韦达典籍的特征。这三个音是从韦达赞歌中提取出来的。如在《瑞歌韦达》中“*Oṁ ity etad brahmaṇo nediṣṭhaṁ nāma*”是指第一目标；在《唱赞奥义书》（*Chandogya Upanisad* 6.8.7）中“tat tvam asi”指第二项目标；在《唱赞奥义书》（6.2.1）中“sad eva saumya”指第三项目标；合在一起就变成 oṁ tat sat。

以前，当第一个受造物布茹阿玛（Brahma 梵天）做祭祀时，就用这三个音来表示博伽梵，这一原则始终被使徒传系遵循。所以，这一赞歌意义重大。《博伽梵歌》倡导，所有工作都应当为“oṁ tat sat”博伽梵而做。使用这三个音节，进行布施、祭祀、苦行，可谓在奎师那知觉中行动。奎师那知觉是进行超然活动的科学方式，能使人重返家园，回归神首。这样超然行事，绝不损失什么能量。

诗节 24

तस्माद् ॐ इत्युदाहृत्य यज्ञदानतपःक्रियाः ।
प्रवर्तन्ते विधानोक्ताः सततं ब्रह्मवादिनाम् ॥ २४ ॥

tasmād oṁ ity udāhṛtya
yajña-dāna-tapaḥ-kriyāḥ
pravartante vidhānoktāḥ
satataṁ brahma-vādinām

tasmāt—因此；*oṁ*—以“嗅姆”开始；*iti*—如此；*udāhṛtya*—表明；*yajña*—祭祀；*dāna*—布施；*tapaḥ*—苦行；*kriyāḥ*—举行；*pravartante*—开始；*vidhāna-uktāḥ*—根据经典的规条；*satatam*—总是；*brahma-vādinām*—超然主义者的。

译文　因此，超然主义者为了接近至尊，在进行祭祀、布施、苦行时，遵从圣典规范，总是以“嗅姆（oṁ）”开始，以臻达至尊。

要旨　《瑞歌韦达》（1.22.20）：“维施努的莲花足是最高的奉献服务（*Oṁ tad viṣṇoḥ paramaṁ padam*）。”做任何事情都是为了博伽梵，能使一切活动达到完美。

诗节 25

तदित्यनभिसन्धाय फलं यज्ञतपःक्रियाः ।
दानक्रियाश्च विविधाः क्रियन्ते मोक्षकाङ्क्षिभिः ॥ २५ ॥

tad ity anabhisandhāya
phalaṁ yajña-tapaḥ-kriyāḥ
dāna-kriyāś ca vividhāḥ
kriyante mokṣa-kāṅkṣibhiḥ

tat—那；*iti*—如此；*anabhisandhāya*—不渴求；*phalam*—功利性结果；*yajña*—祭祀；*tapaḥ*—苦行；*kriyāḥ*—活动；*dāna*—布施；*kriyāḥ*—活动；*ca*—还有；*vividhāḥ*—各种的；*kriyante*—施行；*mokṣa-kāṅkṣibhiḥ*—被真正想得到解脱的人们。

译文　应该不贪求享受活动结果地使用“塔特（tat）”一词，执行诸种献祭、苦行、布施。这种超然活动的目的是摆脱物质束缚。

要旨　要想提升到灵性的境界，就不能为任何物质所得而行事。一切行为都应为了终极目标：升转灵性国度，重返家园，回归神首。

诗节 26-27

सद्भावे साधुभावे च सदित्येतत्प्रयुज्यते ।
प्रशस्ते कर्मणि तथा सच्छब्दः पार्थ युज्यते ॥ २६ ॥
यज्ञे तपसि दाने च स्थितिः सदिति चोच्यते ।
कर्म चैव तदर्थीयं सदित्येवाभिधीयते ॥ २७ ॥

sad-bhāve sādhu-bhāve ca
sad ity etat prayujyate
praśaste karmaṇi tathā
sac-chabdaḥ pārtha yujyate

yajñe tapasi dāne ca

sthitiḥ sad iti cocyate
karma caiva tad-arthīyaṁ
sad ity evābhidhīyate

sat-bhāve—指至尊者的本性；*sādhu-bhāve*—指奉献者的本性；*ca*—还；*sat*—“萨特（Sat）”一词；*iti*—如此；*etat*—这；*prayujyate*—被用于；*praśaste*—真正的；*karmaṇi*—活动；*tathā*—还有；*sat-śabdaḥ*—“萨特（sat）”的音振；*pārtha*—菩瑞塔之子啊；*yujyate*—用于；*yajñe*—祭祀；*tapasi*—苦修；*dāne*—布施；*ca*—还有；*sthitiḥ*—情况；*sat*—至尊者；*iti*—如此；*ca*—和；*ucyate*—咏颂；*karma*—活动；*ca*—还有；*eva*—肯定地；*tat*—那；*arthīyam*—旨在；*sat*—至尊者；*iti*—如此；*eva*—肯定地；*abhidhīyate*—指代。

译文　菩瑞塔之子啊！“萨特（Sat）”一词，既指奉献祭祀的目的——绝对真理，也指举行献祭的执行者，还指为取悦至尊者而进行的拥有绝对属性的一切献祭、苦行、布施的活动。

要旨　“赋定职责（praśaste karmaṇi）”，表明韦达典籍中规定了很多活动，包括从受孕到死亡之间的整个净化过程。这种净化是为了大众的终极解脱。在所有这些净化活动中，特别推荐念颂“oṁ tat sat”。“sad-bhāve”和“sādhu-bhāve”属于超然境界。在奎师那知觉中活动叫作“sattva（萨特瓦）”，完全知晓奎师那知觉活动的人被称为“圣人（sadhu）”。

《圣典博伽瓦谭》（*Śrīmad-Bhāgavatam* 3.25.25）指明，借着与奉献者的联谊，超然的主题变得显明。原话是：satāṁ prasaṅgāt（没有好的联谊，就不能取得超然知识）。当灵性导师启迪门徒或授与圣线时，念颂“oṁ tat sat”三词。同样，在各种祭祀活动中，目标始终是至尊者，即“oṁ tat sat”。梵文“tad-arthīyam”，则指服务于代表博伽梵的任何事物，包括在绝对真理的庙宇里帮着烹饪和其他传播绝对真理的荣耀的活动。因此，“oṁ tat sat”这三个至高无上的词，在各个方面被用于使行动完美化，使诸事完美无憾。

诗节 28

अश्रद्धया हुतं दत्तं तपस्तप्तं कृतं च यत् ।
असदित्युच्यते पार्थ न च तत्प्रेत्य नो इह ॥ २८ ॥

aśraddhayā hutaṁ dattaṁ
tapas taptaṁ kṛtaṁ ca yat
asad ity ucyate pārtha
na ca tat pretya no iha

aśraddhayā—没有信心；*hutam*—在祭祀中供奉的；*dattam*— 给予的；*tapaḥ*—忏悔苦行；*taptam*—执行；*kṛtam*—履行；*ca*—还有；*yat*—那；*asat*—虚假的；*iti*—如此；*ucyate*—可说是；*pārtha*—菩瑞塔之子啊；*na*—永不；*ca*—也；*tat*—那；*pretya*—死后；*no*—也不；*iha*—在这一生中。

译文 **菩瑞塔之子啊，无论祭祀、布施或苦行，如果缺乏对至尊者的信心，所做的一切都是不持久的。这叫作非永恒（asat），无论今生还是来世都毫无用处。**

要旨 无论是献祭、布施，还是苦行，任何不具有超然目的的事情都毫无用处。因此，这一诗节宣明，诸如此类的活动是令人厌恶的。一切事情应在奎师那知觉中为至尊而为。若没有这种信心，缺乏正确的指导，就不会有任何结果。所有韦达经典忠告人们要对博伽梵有信心。践行韦达训诲的最终目的是了解奎师那。不遵从这一原则，便不会取得成功。因此，最好的方法是自始至终在权威灵性导师的指导下，在奎师那知觉中活动。只有这样，才能万事顺利。

在受限制的情况下，人们热衷于崇拜半神人、鬼魂或诸如库维拉（Kuvera）之类的夜叉（yakṣas）。善良形态显然比激情形态和愚昧形态好，但直接从事奎师那知觉的人则能够超越物质自然的三种形态。虽然有循序渐进的途径，但是，如果借着和纯粹奉献者的联谊，直接进入奎师那知觉，那无疑是最佳途径。这一章就是这样推荐的。要想这样获得成功，必须首先找到一位权威灵性导师，并在他的指导下接受训练。这样，就会对至尊产生信心。随着时间的推移，这种信心成熟，即被称为“对神的爱”。对神的爱是众生追求的终极目标。因此，根据第十七章的讯息，人应当直接从事奎师那知觉活动。

巴克提维丹塔（Bhaktivedanta）阐释圣典《博伽梵歌》第十七章“信仰的分类”至此结束。

第十八章

结论

——弃绝的完美境界

奎师那解释了弃绝的意义，以及自然形态对人类知觉、活动的影响。阐述了梵觉，《博伽梵歌》的荣耀及其最终的结论：宗教的最高道路就是绝对无条件地以奉爱之心皈依圣奎师那，这不仅能使人解除所有罪恶，得到彻底的觉悟，也能使人重返奎师那永恒的灵性居所。

诗节 1

अर्जुन उवाच ।
सन्न्यासस्य महाबाहो तत्त्वमिच्छामि वेदितुम् ।
त्यागस्य च हृषीकेश पृथक्केशिनिषूदन ॥ १ ॥

arjuna uvāca
sannyāsasya mahā-bāho
tattvam icchāmi veditum
tyāgasya ca hṛṣīkeśa
pṛthak keśī-niṣūdana

arjunaḥ uvāca—阿诸纳说；*sannyāsasya*—弃绝的；*mahā-bāho*—臂力强大的人啊；*tattvam*—真理；*icchāmi*—我想；*veditum*—去了解；*tyāgasya*—弃绝的；*ca*—还有；*hṛṣīkeśa*—感官的主人啊；*pṛthak*—不同的；*keśi-nisūdana*—凯希魔的屠者啊。

译文 **阿诸纳说：臂力强大者啊！凯希魔的屠者，感官之主啊！我想了解弃绝（tyāga）的目的和生命弃绝阶段（sannyāsa）的意义。**

要旨 实际上，《博伽梵歌》在第十七章就已结束。第十八章是对前面讨论过的主题的一个辅助性总结。在《博伽梵歌》的每一章，博伽梵都强调，为博伽梵做奉爱服务是生命的终极目的。这一点在第十八章中被作为最机密的知识之途进行了总结。头六章强调的是奉爱服务："在所有的瑜伽士中，谁对我信心坚定，长处我中，内心时刻想着我，以超然的爱心服务我，谁就能通过瑜伽和我亲密地连接在一起，谁就是最高级的瑜伽士。"中间六章讨论了纯粹奉爱服务及其性质与活动。最后六章讨论的是知识、弃绝、物质本性和超然本性活动以及奉爱服务。最后的结论是，一切活动都应在与博伽梵连接的情况下进行，由梵文"oṁ tat sat"所代表，即象征着圣维施努，至尊的人。《博伽梵歌》的第三部分表明生命的终极目的是奉爱服务，除此无他。通过引述先前灵性导师的话，《梵天本集》和《终极韦达经》，确证了这一点。某些非人格主义者认为自己在《终极韦达经》的知识方面有独断权，但事实上《终极韦达经》的目的就在于了解奉爱服务，因为绝对真理本人就是其编纂者和知悉者。第十五章对此已有说明。在每一部经典，每一部韦达经中，奉爱服务都是目标。这在《博伽梵歌》中有解释。

如同《博伽梵歌》的第二章是整个主题的概述，第十八章也是所给出的全部训示的总结。本章指明，生命的目的是弃绝和达到超越于自然三形态之上的超然境界。阿诸纳想明白《博伽梵歌》中两个截然不同的主题：弃绝（tyāga）和生命的弃绝阶段（sannyāsa）。因此，他追问这两个词的意义。

这节诗中用了两个词来称呼博伽梵——瑞希凯施（Hṛṣīkeśa 感官之主）和凯希魔的屠者（Keśi-niṣūdana），这两个词意义深刻。瑞希凯施就是奎师那，所有感官之主，神总能帮助我们心意宁静平和。阿诸纳请求神把所讲的一切总结一遍，好让他心平气和。然而他还有些疑问，而疑问总被比作恶魔。因此，阿诸纳称奎师那为凯希魔的屠者（Keśi-niṣūdana 凯希·尼舒达那）。凯希是曾被博伽梵处死的最难对付的恶魔。现在阿诸纳正希望奎师那杀死疑惑这一恶魔。

诗节 2

श्रीभगवानुवाच ।
काम्यानां कर्मणां न्यासं सन्न्यासं कवयो विदुः ।
सर्वकर्मफलत्यागं प्राहुस्त्यागं विचक्षणाः ॥ २ ॥

śrī-bhagavān uvāca
kāmyānāṁ karmaṇāṁ nyāsaṁ
sannyāsaṁ kavayo viduḥ
sarva-karma-phala-tyāgaṁ
prāhus tyāgaṁ vicakṣaṇāḥ

śrī bhagavān uvāca—博伽梵说；*kāmyānām*—带着欲望；*karmaṇām*—活动；*nyāsam*—弃绝；*sannyāsam*—人生的弃绝阶层；*kavayaḥ*—有学识的人；*viduḥ*—知道；*sarva*—所有；*karma*—活动的；*phala*—结果；*tyāgam*—弃绝；*prāhuḥ*—称作；*tyāgam*—弃绝；*vicakṣaṇāḥ*—有经验的人。

译文　博伽梵说：放弃所有基于物质欲望的活动，就是伟大的智者所说的生命的弃绝阶段（sannyāsa），而放弃一切活动的结果就是渊博学者所说的弃绝（tyāga）。

要旨 一味追求结果的活动应该放弃。这是《博伽梵歌》的教诲。但是，把人引向更高深的灵性知识的活动不可放弃。对此，后面的诗节会有清楚的说明。韦达典籍描述了为某一目的而举行祭祀的许多方法。诚然，举行某些祭祀可得贵子或转升到更高的星球，但受欲望驱使的祭祀应该停止举行。为净化人的心灵或为在灵性道路上求取进步的献祭却不可放弃。

诗节 3

त्याज्यं दोषवदित्येके कर्म प्राहुर्मनीषिणः ।
यज्ञदानतपःकर्म न त्याज्यमिति चापरे ॥ ३ ॥

tyājyaṁ doṣa-vad ity eke
karma prāhur manīṣiṇaḥ
yajña-dāna-tapaḥ-karma
na tyājyam iti cāpare

tyājyam—必须予以放弃；*doṣavat*—作为一项罪恶；*iti*—如此；*eke*—一群；*karma*—活动；*prāhuḥ*—他们说；*manīṣiṇaḥ*—伟大思想家；*yajña*—祭祀；*dāna*—慈善布施；*tapaḥ*—苦行；*karma*—活动；*na*—永不；*tyājyam*—被弃绝；*iti*—如此；*ca*—和；*apare*—其他的人。

译文 有些博学之士宣称，所有的业报活动都是有缺陷的，应该一概放弃；而其他圣哲则主张，献祭、布施和苦行，永远不该放弃。

要旨 韦达典籍提到的很多活动，都是争论的焦点。例如，有人说献祭中可宰杀动物，然而也有人对杀死动物深恶痛绝。虽然在韦达典籍中确有推荐在祭祀中杀死动物一说，但并不认为动物是被杀了。献祭是要赐给动物以新的生命。有时，动物在祭祀中被杀死后，得到一个新的动物生命，有时又直接提升到人形生命。但圣哲之中，众说纷纭。有的说应永远避免宰杀动物，有的又说对特别的祭祀来说，也未尝不可。所有这些与献祭有关的种种意见和看法，博伽梵将亲自予以澄清。

诗节 4

निश्चयं शृणु मे तत्र त्यागे भरतसत्तम ।
त्यागो हि पुरुषव्याघ्र त्रिविधः सम्प्रकीर्तितः ॥ ४ ॥

niścayaṁ śṛṇu me tatra
tyāge bharata-sattama
tyāgo hi puruṣa-vyāghra
tri-vidhaḥ samprakīrtitaḥ

niścayam—明确；*śṛṇu*—听；*me*—从我；*tatra*—在那一点上；*tyāge*—就弃绝方面；*bharata-sattama*—巴拉塔的俊杰啊；*tyāgaḥ*—弃绝；*hi*—肯定地；*puruṣa-vyāghra*—人中之虎啊；*tri-vidhaḥ*—三种；*samprakīrtitaḥ*—被宣布。

译文 **巴拉塔的俊杰啊！现在请聆听我对弃绝的判断。人中之虎啊，经典宣布弃绝有三种。**

要旨 虽然关于弃绝（tyāga）的看法有很多，但博伽梵奎师那在此给的判断应为最后的决断。韦达经毕竟是博伽梵制定的不同法律。在这里，博伽梵亲临现场，他的话应作为最后的决断。博伽梵说，所实行的弃绝程序应该根据进行时的物质自然形态来加以衡量。

诗节 5

यज्ञदानतपःकर्म न त्याज्यं कार्यमेव तत् ।
यज्ञो दानं तपश्चैव पावनानि मनीषिणाम् ॥ ५ ॥

yajña-dāna-tapaḥ-karma
na tyājyaṁ kāryam eva tat
yajño dānaṁ tapaś caiva
pāvanāni manīṣiṇām

yajña—祭祀；*dāna*—布施；*tapaḥ*—苦行；*karma*—活动；*na*—永不；*tyājyam*—应该予以放弃；*kāryam*—必须履行；*eva*—肯定地；*tat*—那；*yajñaḥ*—祭祀；*dānam*—布施；*tapaḥ*—苦行；*ca*—还有；*eva*—肯定地；*pāvanāni*—净化；*manīṣiṇām*—即使伟大的灵魂。

译文 **祭祀、布施、苦行不应予以抛弃，必须履行。实际上，祭祀、布施、苦行甚至净化伟大的灵魂。**

要旨 瑜伽士应为人类社会的进步而活动。促进人的灵修进步的净化程序有很多。例如，vivāha-yajña 被认为是这些祭祀之一，称为婚祭。那么，已进入弃绝阶段，割断了家庭联系的托钵僧（sannyāsī）应该鼓励婚祭吗？博伽梵在这里说，对旨在增进人类福利的任何祭祀永远都不该予以抛弃。婚祭的意义是要调节规范人的心意，使其平和淡泊，追求灵性进步。对大多数人来说，这种婚祭应受鼓励，即使是由处于弃绝阶段的人举行也应予以鼓励。托钵僧永不应与女性相往来，但这并不意味着一个处在生命较低阶段中的年轻男子，不可在婚祭中接受一位妻子。所有赋定的祭祀都旨在达到博伽梵。因此，在较低层面上时，这些祭祀都不应该被放弃。同样，布施是为了净化心灵。如果布施被给予合适的人，如前所述，这样的布施可引领一个人到达更高的灵性生活层面。

诗节 6

एतान्यपि तु कर्माणि सङ्गं त्यक्त्वा फलानि च ।
कर्तव्यानीति मे पार्थ निश्चितं मतमुत्तमम् ॥ ६ ॥

etāny api tu karmāṇi
saṅgaṁ tyaktvā phalāni ca
kartavyānīti me pārtha
niścitaṁ matam uttamam

etāni—所有这些；*api*—肯定地；*tu*—但是；*karmāṇi*—活动；*saṅgam*—联系；*tyaktvā*—弃绝；*phalāni*—结果；*ca*—还有；*kartavyāni*—作为责任去履行；*iti*—如此；*me*—我的；*pārtha*—菩瑞塔之子啊；*niścitam*—明确无疑的；*matam*—意见；*uttamam*—最佳的。

译文 **所有这些活动都应进行，但不该执着，不该企求任何结果。菩瑞塔之子啊，应将其视作职责去履行，这就是我的最终意见。**

要旨 尽管一切祭祀都有净化作用，但个人却不应在举行这些祭祀时，期望任何结果。换言之，所有旨在促进生命之物质进步的祭祀应一概放弃，而净化人的存在，提升人到灵性层面的祭祀却不应停止。凡是导向奎师那知觉的就应该鼓励。《圣典博伽瓦谭》（*Śrīmad-Bhāgavatam*）说，任何导向为绝对真理做奉爱服务的活动都该予以接受。这是宗教的最高准则。对绝对真理的奉献者而言，任何工作、祭祀或布施，只要是能帮助他从事对绝对真理的奉爱服务，就该接受。

诗节 7

नियतस्य तु सन्न्यासः कर्मणो नोपपद्यते ।
मोहात्तस्य परित्यागस्तामसः परिकीर्तितः ॥ ७ ॥

niyatasya tu sannyāsaḥ
karmaṇo nopapadyate
mohāt tasya parityāgas
tāmasaḥ parikīrtitaḥ

niyatasya—规定的；*tu*—但是；*sannyāsaḥ*—弃绝；*karmaṇaḥ*—活动；*na*—永不；*upapadyate*—应该；*mohāt*—因幻象；*tasya*—它们；*parityāgaḥ*—弃绝；*tāmasaḥ*—在愚昧形态中；*parikīrtitaḥ*—被宣布。

译文 **赋定的职责绝不可舍弃。如果只因幻象而放弃赋定职责，这样的弃绝是在愚昧形态中。**

要旨 为获得物质满足的工作必须予以放弃，但是将一个人提升到灵性活动（层面上）的活动，如为博伽梵烹饪，将食物供奉给博伽梵，然后接受供奉过的食物，则是备受推荐的。据说在弃绝阶段的人不可为自己烹饪。为自己煮食是不允许的，但为博伽梵煮食则是允许的。同样，一位托钵僧可以为门徒举行婚祭，帮助门徒在奎师那知觉中取得进步。如果弃绝这些活动，那就是行在愚昧形态中。

诗节 8

दु"खमित्येव यत्कर्म कायचो शभयात्त्यजेत् ।
स कृत्वा राजसं त्यागं नैव त्यागफलं लभेत् ॥ ८ ॥

duḥkham ity eva yat karma
kāya-kleśa-bhayāt tyajet
sa kṛtvā rājasaṁ tyāgaṁ
naiva tyāga-phalaṁ labhet

duḥkham—不快乐；*iti*—如此；*eva*—肯定地；*yat*—那；*karma*—工作；*kāya*—身体；*kleśa*—麻烦的；*bhayāt*—由于害怕；*tyajet*—放弃；*saḥ*—他；*kṛtvā*—做了以后；*rājasam*—在激情形态中；*tyāgam*—弃绝；*na*—不；*eva*—肯定；*tyāga*—弃绝的；*phalam*—结果；*labhet*—获得。

译文　凡是出于害怕麻烦或担心身体上的不适而放弃赋定职责的人，其弃绝活动处于激情形态。这样的活动永远不会导向弃绝的提升。

要旨　在奎师那知觉中的人，不该害怕在从事业报活动中放弃挣钱。如果通过工作能把钱用于奎师那知觉中，如果早早能助人在超然的奎师那知觉中上进，就不该由于恐惧或因为认为这些活动麻烦而停止去做。否则，这样的弃绝就是处在激情形态中。被激情支配的工作，其结果总是令人悲苦不堪。若以这种心态弃绝工作，就永远与弃绝的结果无缘。

诗节 9

कार्यमित्येव यत्कर्म नियतं क्रियतेऽर्जुन ।
सङ्गं त्यक्त्वा फलं चैव स त्यागः सात्त्विको मतः ॥ ९ ॥

kāryam ity eva yat karma
niyataṁ kriyate 'rjuna
saṅgaṁ tyaktvā phalaṁ caiva
sa tyāgaḥ sāttviko mataḥ

kāryam—必须履行；*iti*—如此；*eva*—确实；*yat*—那；*karma*—工作；*niyatam*—赋定的；*kriyate*—执行；*arjuna*—阿诸纳啊；*saṅgam*—联系；*tyaktvā*—放弃；*phalam*—结果；*ca*—还有；*eva*—肯定地；*saḥ*—那；*tyāgaḥ*—弃绝；*sāttvikaḥ*—在善良形态中；*mataḥ*—我的意见。

译文　阿诸纳啊！只是出于义务而履行个人的赋定职责，弃绝一切对物质的依附和对结果的执着，这样的弃绝可谓在善良形态中。

要旨　必须以这种心境去履行赋定职责。一个人的一举一动都不要有任何对结果的执着，应割断与工作形态的联系。在奎师那知觉中，一个在工厂中工作的人与工厂的工作并无联系，与工厂的工人也没有联系，他仅为奎师那工作。当他为奎师那而放弃结果时，他的行为都是超然的。

诗节 10

न द्वेष्टयकुशलं कर्म कुशले नानुषज्जते ।
त्यागी सत्त्वसमाविष्टो मेधावी छिन्नसंशयः ॥ १० ॥

na dveṣṭy akuśalaṁ karma
kuśale nānuṣajjate
tyāgī sattva-samāviṣṭo
medhāvī chinna-saṁśayaḥ

na—不；*dveṣṭi*—憎恨；*akuśalam*—不吉祥的；*karma*—工作；*kuśale*—吉祥的；*na*—也不；*anuṣajjate*—变得依附；*tyāgī*—弃绝者；*sattva*—处在善良中；*samāviṣṭaḥ*—专注于；*medhāvī*—睿智的；*chinna*—斩除；*saṁśayaḥ*—所有的疑惑。

译文　睿智的弃绝者处在善良形态中，既不厌恨不祥的工作，也不执着于吉祥的工作，对工作毫无疑惑。

要旨　人在奎师那知觉中或在善良形态中，对给身体带来麻烦的人或事，全无厌憎之心。他在适当的地点和适当的时间工作，并不害怕履行责任将产生的任何麻烦。这样一位处于超然之中的人，可谓最为睿智，而且超越活动中的一切疑惑。

诗节 11

न हि देहभृता शक्यं त्यक्तुं कर्माण्यशेषतः ।
यस्तु कर्मफलत्यागी स त्यागीत्यभिधीयते ॥ ११ ॥

na hi deha-bhṛtā śakyaṁ
tyaktuṁ karmāṇy aśeṣataḥ
yas tu karma-phala-tyāgī
sa tyāgīty abhidhīyate

na—永不；*hi*—肯定地；*deha-bhṛtā*—由体困者；*śakyam*—可能；*tyaktum*—予以弃绝；*karmāṇi*—活动；*aśeṣataḥ*—彻底；*yaḥ*—无论谁；*tu*—但是；*karma*—工作的；*phala*—结果；*tyāgī*—弃绝者；*saḥ*—他；*tyāgī*—弃绝者；*iti*—如此；*abhidhīyate*—据说。

译文　体困生命要放弃一切活动，实在不可能。但弃绝活动结果的人，可谓为真正的弃绝者。

要旨　据《博伽梵歌》所说，人在任何时候都不可能放弃工作。因此，谁为奎师那工作，不私享功利性成果，谁将一切供奉给奎师那，谁实际上就是一位弃绝者。哈瑞奎师那知觉运动中有很多会员非常勤劳地在办公室、工厂或其他地方工作，并把所得的一切全部献给协会。这样高尚的灵魂实际上就是弃绝者（sannyāsī），这里很清楚地概述了应如何弃绝工作的结果，以及应为何目的而弃绝结果。

诗节 12

अनिष्टमिष्टं मिश्रं च त्रिविधं कर्मणः फलम् ।
भवत्यत्यागिनां प्रेत्य न तु सन्न्यासिनां क्वचित् ॥ १२ ॥

aniṣṭam iṣṭaṁ miśraṁ ca
tri-vidhaṁ karmaṇaḥ phalam
bhavaty atyāginām pretya
na tu sannyāsinām kvacit

aniṣṭam—引向地狱；*iṣṭam*—引向天堂；*miśram*—混杂的；*ca*—或；*tri-vidham*—三种；*karmaṇaḥ*—活动；*phalam*—结果；*bhavati*—到来；*atyāginām*—对非弃绝者；*pretya*—死后；*na*—不；*tu*—但；*sannyāsinām*—对于弃绝阶层；*kvacit*—任何时间。

译文　对非弃绝者，活动的三重结果——如愿的、违愿的和混杂的——会在他死后自然累积。但在生命弃绝阶段的人，却不因任何结果快乐或悲伤。

要旨　在奎师那知觉中的人，了解自己与奎师那的关系并在这种关系中活动，他始终是解脱的，因此死后不必为了活动的结果享乐或受苦。

诗节 13

पञ्चैतानि महाबाहो कारणानि निबोध मे ।
सांख्ये कृतान्ते प्रोक्तानि सिद्धये सर्वकर्मणाम् ॥ १३ ॥

pañcaitāni mahā-bāho
kāraṇāni nibodha me
sāṅkhye kṛtānte proktāni
siddhaye sarva-karmaṇām

pañca—五个；*etāni*—这；*mahā-bāho*—臂力强大的人啊；*kāraṇāni*—原由；*nibodha*—去理解；*me*—从我这里；*sāṅkhye*—在《终极韦达经》；*kṛta-ante*—在结论中；*proktāni*—说；*siddhaye*—为了完美；*sarva*—所有；*karmaṇām*—活动。

译文　臂力强大的阿诸纳啊！根据终极韦达哲学，一切活动的完成皆由五种要因所致。现在请听我解说。

要旨　或许有人会提出这样一个问题，既然所进行的任何活动必然有些报应，那么在奎师那知觉中的人怎么会不苦于也不享受工作的报应呢？博伽梵将引证维丹塔（vedānta 终极韦达）哲学以表明为何有这种可能。博伽梵说一切活动皆有五因，要获得活动的成功必须考虑这五个原因。数论（sāṅkhya）意味着知识的核心，而维丹塔（终极韦达经）便是一切知识的终极核心，这是历代首要的灵性宗师（ācārya）们达成的共识，就连商羯罗（Sāṅkara）也是这样认为的。因此，应向这样的权威请教。

终极的控制在超灵那里。正如《博伽梵歌》说："我处于每个人的心中（*sarvasya cāhaṁ hṛdi sanniviṣṭaḥ*）。"超灵提醒每个人记起过去的活动行为，使其从事某些活动。在体内的超灵指导下的奎师那知觉之举，无论在今生还是在来世，均无报应。

诗节 14

अधिष्ठानं तथा कर्ता करणं च पृथग्विधम् ।
विविधाश्च पृथक्चेष्टा दैवं चैवात्र पञ्चमम् ॥ १४ ॥

adhiṣṭhānaṁ tathā kartā
karaṇaṁ ca pṛthag-vidham
vividhāś ca pṛthak ceṣṭā
daivaṁ caivātra pañcamam

adhiṣṭhānam—场地；*tathā*—还有；*kartā*—活动者；*karaṇam*—工具；*ca*—和；*pṛthak-vidham*—不同种类的；*vividhāḥ*—各种各样的；*ca*—和；*pṛthak*—分别的；*ceṣṭāḥ*—努力；*daivam*—至尊者；*ca*—还有；*eva*—肯定地；*atra*—这里；*pañcamam*—第五个。

译文　活动场地（躯体）、活动者、各种感官、种种努力，最后是超灵——这些便是活动的五种要因。

要旨　"活动场地（adhiṣṭhānam）"指的是躯体。躯体中的灵魂在活动并带来活动的结果，因此以活动者（kartā）见称。《神训经》（Śruti）之《六问奥义书》（*Praśna Upaniṣad* 4.9）中说："灵魂是知者也是行动者（*eṣa hi draṣṭā sraṣṭā*）。"《终极韦达经》（2.3.18）中说："灵魂永远是知悉者（*jño 'ta eva*）。"在（2.3.33）中又说："灵魂无疑是活动者，因为经典的写作是有目的的（*kartā śāstrārthavattvāt*）。"以上典籍都确认了这一点。

活动的工具是感官，灵魂通过感官以不同的方式活动。每种活动中都包含着不同的努力。但是，人的所有活动全依靠超灵的意志，而超灵以朋友的身份居于人的心中。博伽梵是至高无上的原因。在这些情况下，一个人在奎师那知觉中活动，接受心中超灵的指导，自然不受任何活动的束缚。那些完全处于奎师那知觉中的人，最终不对自己的行为负责。一切都取决于至尊无上的意愿——超灵——博伽梵。

诗节 15

शरीरवाङ्मनोभिर्यत्कर्म प्रारभते नरः ।
न्याय्यं वा विपरीतं वा पञ्चैते तस्य हेतवः ॥ १५ ॥

śarīra-vāṅ-manobhir yat
karma prārabhate naraḥ
nyāyyaṁ vā viparītaṁ vā
pañcaite tasya hetavaḥ

śarīra—以躯体；*vāk*—言语；*manobhiḥ*—和心意；*yat*—那；*karma*—活动；*prārabhate*—开始；*naraḥ*—一个人；*nyāyyam*—正确的；*vā*—或；*viparītam*—错误的；*vā*—或；*pañca*—五个；*ete*—所有这些；*tasya*—它的；*hetavaḥ*—原由。

译文　人以躯体、心意、言语所完成的活动，正确也好，错误也好，均由这五个要因引起。

要旨　这节诗中的“正确、错误”两词非常重要。正确的工作就是按照经典指示而完成的工作，而错误的工作则是违反经典指示而进行的工作。然后，无论做的是什么，要完成它，这五要素必不可少。

诗节 16

तत्रैवं सति कर्तारमात्मानं केवलं तु यः ।
पश्यत्यकृतबुद्धित्वान्न स पश्यति दुर्मतिः ॥ १६ ॥

tatraivaṁ sati kartāram
ātmānaṁ kevalaṁ tu yaḥ
paśyaty akṛta-buddhitvān
na sa paśyati durmatiḥ

tatra—那；*evam*—因此；*sati*—是；*kartāram*—活动者；*ātmānam*—他自己；*kevalam*—唯一的；*tu*—但是；*yaḥ*—谁；*paśyati*—看到；*akṛta-buddhitvāt*—由于缺乏智慧；*na*—不；*saḥ*—他；*paśyati*—看到；*durmatiḥ*—愚蠢的。

译文　因此，认为自己是完成活动的唯一作为者，而不考虑这五个因素，肯定不是明智之人，也看不到事物的真相。

要旨　愚人不理解超灵以朋友的身份寓居心中，指导着他的行动。尽管物质的原因是地点、工作者、努力和感官，但决定性的原因还是博伽梵。因此，不仅要看到物质的原因，还要看到至高无上的原因。只有看不到至尊的人才认为自己是“作为者”。

诗节 17

यस्य नाहंकृतो भावो बुद्धिर्यस्य न लिप्यते ।
हत्वापि स इमाँल्लोकान्न हन्ति न निबध्यते ॥ १७ ॥

yasya nāhaṅkṛto bhāvo
buddhir yasya na lipyate
hatvāpi sa imāl̐ lokān
na hanti na nibadhyate

yasya—谁的；na—不；ahaṅkṛtaḥ—假自我；bhāvaḥ—本性；buddhiḥ—智慧；yasya—谁的；na—不；lipyate—依附于；hatvā—杀戮；api—即使；saḥ—他；imān—这；lokān—世界；na—永不；hanti—杀戮；na—永不；nibadhyate—受束缚。

译文 不为假我驱使，智慧不受束缚，这样的人即使在世杀了人，也无所谓杀。他也不会受其行为束缚。

要旨 博伽梵在这节诗告诉阿诸纳，不想作战的想法产生自假我。阿诸纳只是想到自己是行动的作为者，而没有考虑到既在内又在外的至高无上的准许。如果人不知道有超然的认可者存在，那他为什么要去行动呢？然而，人若认识到自己是工作的工具，博伽梵是至高无上的认可者，那他做任何事都完美无缺。这样的人永不在迷幻中。个人的活动和责任感是由假我和无神论即缺乏奎师那知觉而产生的。在超灵或博伽梵的指导下，在奎师那知觉中活动，即使杀人，也无所谓杀。这样的人也不会受这种杀伐的报应影响。士兵在长官的命令下杀人，不会受到审判。但如果士兵基于个人理由而杀人，他必受到法庭的审判。

诗节 18

ज्ञानं ज्ञेयं परिज्ञाता त्रिविधा कर्मचोदना ।
करणं कर्म कर्तेति त्रिविधः कर्मसङ्ग्रहः ॥ १८ ॥

jñānaṁ jñeyaṁ parijñātā
tri-vidhā karma-codanā
karaṇaṁ karma karteti
tri-vidhaḥ karma-saṅgrahaḥ

jñānam—知识；jñeyam—知识对象；parijñātā—知者；tri-vidhā—三种；karma—活动；codanā—动力；karaṇam—感官；karma—工作；kartā—工作者；iti—如此；tri-vidhaḥ—三种；karma—活动的；saṅgrahaḥ—累积。

译文 知识、知识对象、知者是驱使活动的三个要素；感官、工作和工作者则是活动的三个基础成分。

要旨　日常活动有三种推动力：知识、知识对象和知者。活动的工具、活动本身和活动者并称为活动的三种成分。人类所进行的任何活动都有这些元素。行动之前必有某种推动力。这推动力叫作激励。活动实现前所达的任何解决办法都是活动的精微形式。然后，就出现了行动的形态。首先人要经历一连串的思考、感觉、意愿的心理过程，即所谓推动力。来自经典和灵性导师的训示所产生的活动激励机制是一致的。有了激励，有了活动者，实际的活动就在各种感官，包括所有感官的中心——心意的帮助下得以发生。一项活动的所有成分之总和就叫作活动的累积。

诗节 19

ज्ञानं कर्म च कर्ता च त्रिधैव गुणभेदतः ।
प्रोच्यते गुणसंख्याने यथावच्छृणु तान्यपि ॥ १९ ॥

jñānaṁ karma ca kartā ca
tridhaiva guṇa-bhedataḥ
procyate guṇa-saṅkhyāne
yathāvac chṛṇu tāny api

jñānam—知识；*karma*—活动；*ca*—还有；*kartā*—活动者；*ca*—还有；*tridhā*—三种；*eva*—肯定地；*guṇa-bhedataḥ*—根据不同的物质自然形态；*procyate*—据说；*guṇa-saṅkhyāne*—根据不同的形态；*yathā-vat*—如其所如；*śṛṇu*—听；*tāni*—他们全体；*api*—也。

译文　根据物质自然的三种不同形态，便有三种知识、活动和活动者。现在听我一一说明。

要旨　物质自然形态的三种分类在第十四章已作了详尽的描述。第十四章认为，善良形态开智启明，激情形态则是物质化的，而愚昧形态能使人惰懒无聊，萎靡不振。所有物质自然形态都束缚人，绝不是解脱的泉源。即使在善良形态中，人也备受限制。第十七章描述道，不同类型的人在不同的物质自然形态中进行不同类型的崇拜。在本章，博伽梵说他想根据物质三形态，分说不同种类的知识、活动者和活动本身。

诗节 20

सर्वभूतेषु येनैकं भावमव्ययमीक्षते ।
अविभक्तं विभक्तेषु तज्ज्ञानं विद्धि सात्त्विकम् ॥ २० ॥

sarva-bhūteṣu yenaikaṁ
bhāvam avyayam īkṣate
avibhaktaṁ vibhakteṣu
taj jñānaṁ viddhi sāttvikam

sarva-bhūteṣu—在所有生物中；*yena*—由那；*ekam*——一个；*bhāvam*—处境；*avyayam*—不灭的；*īkṣate*—人看到；*avibhaktam*—没有分割的；*vibhakteṣu*—在无数分割的部分中；*tat*—那；*jñānam*—知识；*viddhi*—知道；*sāttvikam*—在善良形态中。

译文　芸芸众生虽被分为无数形体，但在其中仍可看见同一完整不可分割的灵性本性。你要知道，这种知识便在善良形态之中。

要旨　一个在每一生物中——无论是半神人、人类、家畜、飞禽、走兽，还是水族或植物之中，看到灵魂存在的人，就拥有善良形态的知识。在所有生物体内都有一个灵魂存在，虽然他们根据以前的活动而有着各不相同的躯体。正如第十七章所述，生命力在每一躯体中得以展示，是由于博伽梵的高等本性。因此，在每一躯体中看见那一高等本性，看见那生命力，就是在善良形态的见识。这生命的能量永恒不灭，虽然躯体注定腐朽。从躯体的观点来看，便有种种不同。正因为受限制的生命有许多种形式的物质存在，所以这生命力显得像是被分割了似的。这种非人格化的知识是自我觉悟的一个方面。

诗节 21

पृथक्त्वेन तु यज्ज्ञानं नानाभावान्पृथग्विधान् ।
वेत्ति सर्वेषु भूतेषु तज्ज्ञानं विद्धि राजसम् ॥ २१ ॥

pṛthaktvena tu yaj jñānaṁ
nānā-bhāvān pṛthag-vidhān

vetti sarveṣu bhūteṣu
taj jñānaṁ viddhi rājasam

pṛthaktvena—由于分割；*tu*—但是；*yat*—那；*jñānam*—知识；*nānā-bhāvān*—各种各样的处境；*pṛthak-vidhān*—不同的；*vetti*—知道；*sarveṣu*—在所有；*bhūteṣu*—生物；*tat*—那；*jñānam*—知识；*viddhi*—必须明白；*rājasam*—按照激情形态。

译文　在不同的躯体中看到不同种类的生物，你应知道，这种知识处于激情形态。

要旨　那种认为物质躯体就是生物，随着躯体的毁灭，知觉也随之毁灭的观念，属于激情形态的知识。根据这种知识，躯体之所以不同，是因为发展起不同种类的知觉，躯体之外，无所谓展示出知觉的个体灵魂的存在。躯体本身就是灵魂，身体之外没有个体灵魂。按照这样的知识，知觉是短暂的。或者认为，不存在什么个体灵魂，但存在着一个遍透万有的充满知识的灵魂，而这一躯体只是短暂无知的一种展示。或者还认为躯体之外不存在特别的个体或至尊灵魂。所有这些观念都被认为是激情形态的产物。

诗节 22

यत्तु कृत्स्नवदेकस्मिन्कार्ये सक्तमहैतुकम् ।
अतत्त्वार्थवदल्पं च तत्तामसमुदाहृतम् ॥ २२ ॥

yat tu kṛtsna-vad ekasmin
kārye saktam ahaitukam
atattvārtha-vad alpaṁ ca
tat tāmasam udāhṛtam

yat—那；*tu*—但；*kṛtsna-vat*—视为一切的一切；*ekasmin*—一种；*kārye*—活动；*saktam*—依附；*ahaitukam*—没有原因的；*atattva-artha-vat*—没有关于真理的知识；*alpam*—很贫乏；*ca*—和；*tat*—那；*tāmasam*—在黑暗形态中；*udāhṛtam*—据说是。

译文　视一种活动为一切的一切，执着不舍，对真理一无所知，知识贫乏，

这种知识处于愚昧形态。

要旨　一般人的所谓“知识”总是在愚昧形态中，因为受限制的每一生物生来就在愚昧形态之中。不通过权威或经典训谕来培养知识，只有局限于躯体方面的知识，这样的人对活动是否与经典训导相符并不在意。对他来说，金钱就是神，知识则意味着如何满足躯体的要求。这样的知识与绝对真理没有丝毫联系，跟一般动物的知识相差无几：吃、睡、防卫和交配。这里把这种知识描述为愚昧形态的产物。换言之，关于超越躯体的灵魂的知识则被叫作善良形态的知识；凭借世俗逻辑和心智思辨杜撰出许多理论学说，这种知识是激情形态的产物，而仅与保持躯体安逸相关的知识则处在愚昧形态中。

诗节 23

नियतं सङ्गरहितमरागद्वेषतः कृतम् ।
अफलप्रेप्सुना कर्म यत्तत्सात्त्विकमुच्यते ॥ २३ ॥

niyataṁ saṅga-rahitam
arāga-dveṣataḥ kṛtam
aphala-prepsunā karma
yat tat sāttvikam ucyate

niyatam—规范有序的；*saṅga-rahitam*—没有依附；*arāga-dveṣataḥ*—没有爱和恨；*kṛtam*—完成；*aphala-prepsunā*—由不渴求果报结果的人；*karma*—活动；*yat*—那个；*tat*—那；*sāttvikam*—在善良形态中；*ucyate*—称为。

译文　规范有序，无所执着，无爱无恨，不求成果，这样的活动在善良形态之中。

要旨　无所执着或不祈求拥有什么，履行经典根据不同的阶段和不同的社会阶层所规定的规范化职责，因此不爱不憎；为满足至尊而不求自我满足，在奎师那知觉中履行规范化职责，这样的活动就叫作善良形态中的活动。

诗节 24

यत्तु कामेप्सुना कर्म साहङ्कारेण वा पुनः ।
क्रियते बहुलायासं तद्राजसमुदाहृतम् ॥ २४ ॥

yat tu kāmepsunā karma
sāhaṅkāreṇa vā punaḥ
kriyate bahulāyāsaṁ
tad rājasam udāhṛtam

yat—那种；*tu*—但是；*kāma-īpsunā*—由渴求果报结果的人；*karma*—活动；*saahaṅkāreṇa*—怀着假自我；*vā*—或；*punaḥ*—再次；*kriyate*—执行；*bahula-āyāsam*—以很大的努力；*tat*—那；*rājasam*—在激情形态中；*udāhṛtam*—可说是。

译文 但是，深受假我的驱使，为求一己私欲的满足而费尽心思，这样的活动属于激情形态中的活动。

诗节 25

अनुबन्धं क्षयं हिंसामनपेक्ष्य च पौरुषम् ।
मोहादारभ्यते कर्म यत्तत्तामसमुच्यते ॥ २५ ॥

anubandhaṁ kṣayaṁ hiṁsām
anapekṣya ca pauruṣam
mohād ārabhyate karma
yat tat tāmasam ucyate

anubandham—未来的束缚；*kṣayam*—毁灭；*hiṁsām*—给其他人造成痛苦；*anapekṣya*—不考虑后果；*ca*—还有；*pauruṣam*—一意孤行的；*mohāt*—由于错觉；*ārabhyate*—开始；*karma*—活动；*yat*—那种；*tat*—那；*tāmasam*—在愚昧形态中；*ucyate*—可说是。

译文 在错觉中活动，不理会经典的训令，不关心未来的束缚，不在意施暴于人或令人受苦，这样的活动据说在愚昧形态中。

要旨 人须向国家或被称为阎罗督陀（Yamadūta）的至尊主代理人呈报自己做的一切活动。不负责任的活动有很大的危害性，因为它破坏经典规定的规范原则。这种活动往往是建立在暴力的基础上，会给其他生物带来伤害。这种不负责任的活动是凭个人的经验进行的。这就叫作错觉，所有这些错觉性活动全都是愚昧形态的产物。

诗节 26

मुक्तसङ्गोऽनहंवादी धृत्युत्साहसमन्वितः ।
सिद्ध्यसिद्ध्योर्निर्विकारः कर्ता सात्त्विक उच्यते ॥ २६ ॥

mukta-saṅgo 'nahaṁ-vādī
dhṛty-utsāha-samanvitaḥ
siddhy-asiddhyor nirvikāraḥ
kartā sāttvika ucyate

mukta-saṅgaḥ—摆脱一切物质的联系；*anaham-vādī*—没有假我；*dhṛti*—以决心；*utsāha*—热情洋溢的；*samanvitaḥ*—具备资格的；*siddhi*—完美；*asiddhyoḥ*—失败；*nirvikāraḥ*—不改变；*kartā*—活动者；*sāttvikaḥ*—在善良形态中；*ucyate*—可说是。

译文 斩断与物质自然形态的联系，抛弃假我，热忱坚定，不彷徨于成败之间，如此履行职责的人，据说是善良形态中的活动者。

要旨 在奎师那知觉中的人总是超然于物质自然形态。交给他做的工作，他并不企望享受结果，因为他超越于假我和骄傲之上。然而，他却总是那么满腔热忱，直到完成工作为止。所经受的苦他不在乎，总是热情洋溢。他苦乐等视，不计成败。这样的活动者在善良形态中。

诗节 27

रागी कर्मफलप्रेप्सुर्लुब्धो हिंसात्मकोऽशुचिः ।
हर्षशोकान्वितः कर्ता राजसः परिकीर्तितः ॥ २७ ॥

rāgī karma-phala-prepsur
lubdho hiṁsātmako 'śuciḥ
harṣa-śokānvitaḥ kartā
rājasaḥ parikīrtitaḥ

rāgī— 非常依附；*karma-phala*— 活动的结果；*prepsuḥ*— 渴望；*lubdhaḥ*— 贪婪；*hiṁsā-ātmakaḥ*—总是妒忌；*aśuciḥ*—不清洁的；*harṣa-śoka-anvitaḥ*—时喜时悲；*kartā*—这样的活动者；*rājasaḥ*—在激情形态中；*parikīrtitaḥ*—被宣布为。

译文 **执着于工作和工作的成果，欲求享受那些成果；贪得无厌，嫉妒成性，污秽不洁，喜忧无常，这样的活动者处于激情形态。**

要旨 人之所以过分执着某种活动或执着于结果，是因为太执着于物质、家庭或妻儿。这种人对把生命提升到更高境界毫无欲望，只想在物质上获得尽可能多的舒适。一般来说，这种人很贪婪，认为自己所得到的一切都是永久性的，不会失去。这种人嫉妒别人，随时准备为感官满足而做任何不义之事。因此，这种人不洁不净，也不在乎一己所得是否干净。活动顺利成功，则其乐无穷；若遇到不顺，就显得无限沮丧。这样的活动者处在激情形态中。

诗节 28

अयुक्तः प्राकृतः स्तब्धः शठो नैष्कृतिकोऽलसः ।
विषादी दीर्घसूत्री च कर्ता तामस उच्यते ॥ २८ ॥

ayuktaḥ prākṛtaḥ stabdhaḥ
śaṭho naiṣkṛtiko ‹lasaḥ
viṣādī dīrgha-sūtrī ca
kartā tāmasa ucyate

ayuktaḥ—不参照经典训示；prākṛtaḥ—物质至上的；stabdhaḥ—固执的；śaṭhaḥ—欺诈的；naiṣkṛtikaḥ—善于侮辱别人；alasaḥ—懒惰的；viṣādī—颓丧的；dīrgha-sūtrī—耽搁的；ca—还有；kartā—活动者；tāmasaḥ—在愚昧形态中；ucyate—可说是。

译文　总是做些违背经典训导的事情，物质至上，刚愎自用，欺蒙诈伪，对人以肆加凌辱为能事；好吃懒做，郁闷乖僻，因循拖沓，这样的人是在愚昧形态中的活动者。

要旨　在经典的训示中，我们能知道什么活动该做，什么活动不该做。那些不理会经典训令的人常做不该做的，这样的人一般来说都是物质至上的。他们按照自然的形态，而不是按照经典的训令行事。这种活动者不怎么高尚，一般总是狡猾多端，惯于侮辱别人。他们非常懒惰，即使有职责在身，也不能恰当处理，总是将其搁置一旁或往后拖延。因此，他们显得愁眉苦脸，闷闷不乐。他们办事拖拉，一个小时能做完的事，他们要拖上几年。这样的活动者处在愚昧形态中。

诗节 29

बुद्धेर्भेदं धृतेश्चैव गुणतस्त्रिविधं शृणु ।
प्रोच्यमानमशेषेण पृथक्त्वेन धनञ्जय ॥ २९ ॥

buddher bhedaṁ dhṛteś caiva
guṇatas tri-vidhaṁ śṛṇu
procyamānam aśeṣeṇa
pṛthaktvena dhanañjaya

buddheḥ—智慧的；bhedam—区别；dhṛteḥ—决心的；ca—还有；eva—肯定；guṇataḥ—由于物质自然形态；tri-vidham—三种的；śṛṇu—聆听；procyamānam—如我所述；aśeṣeṇa—详细地；pṛthaktvena—分别地；dhanañjaya—财富的得主啊。

译文　财富的得主啊，根据物质自然三形态，也有三种不同的理解力和决心，现在，请听我详尽地告诉你。

要旨 根据物质自然三形态，知识、知识对象及知者分为三种，解释过这些以后，奎师那又以同样的方式解释了智性和决心。

诗节 30

प्रवृत्तिं च निवृत्तिं च कार्याकार्ये भयाभये ।
बन्धं मोक्षं च या वेत्ति बुद्धिः सा पार्थ सात्त्विकी ॥ ३० ॥

pravṛttiṁ ca nivṛttiṁ ca
kāryākārye bhayābhaye
bandhaṁ mokṣaṁ ca yā vetti
buddhiḥ sā pārtha sāttvikī

pravṛttim—做；*ca*—还有；*nivṛttim*—不做；*ca*—和；*kārya*—什么应该做；*kārya*—什么应该做；*akārye*—什么不该做；*bhaya*—恐惧；*abhaye*—无惧；*bandham*—束缚；*mokṣam*—解脱；*ca*—和；*yā*—那种；*vetti*—知道；*buddhiḥ*—理解力；*sā*—那；*pārtha*—菩瑞塔之子啊；*sāttvikī*—在善良形态中。

译文 **菩瑞塔之子啊！知道什么该做，什么不该做；什么可怕，什么不可怕；什么带来束缚，什么导向解脱。这种理解力，处于善良形态中。**

要旨 按照经典的指示进行活动，即从事应当做的活动（pravṛtti）。没有这样指示的活动就是不应做的活动。不知道经典指示的人，受到活动的作用与反作用的束缚。凭智慧以明辨，这样的理解力处于善良形态之中。

诗节 31

यया धर्ममधर्मं च कार्यं चाकार्यमेव च ।
अयथावत्प्रजानाति बुद्धिः सा पार्थ राजसी ॥ ३१ ॥

yayā dharmam adharmaṁ ca
kāryaṁ cākāryam eva ca

ayathāvat prajānāti
buddhiḥ sā pārtha rājasī

yayā—由于那；*dharmam*—宗教原则；*adharmam*—非宗教；*ca*—和；*kāryam*—什么该做；*ca*—还有；*akāryam*—什么不应该做；*eva*—确定；*ca*—还有；*ayathāvat*—不完美地；*prajānati*—知道；*buddhiḥ*—智慧；*sā*—那；*pārtha*—菩瑞塔之子啊；*rājasī*—在激情形态中。

译文　菩瑞塔之子呀！分辨不清宗教与反宗教，该做的活动和不该做的活动。这种理解力，处在激情形态之中。

诗节 32

अधर्मं धर्ममिति या मन्यते तमसावृता ।
सर्वार्थान्विपरीतांश्च बुद्धिः सा पार्थ तामसी ॥ ३२ ॥

adharmaṁ dharmam iti yā
manyate tamasāvṛtā
sarvārthān viparītāṁś ca
buddhiḥ sā pārtha tāmasī

adharmam—非宗教；*dharmam*—宗教；*iti*—如此；*yā*—那；*manyate*—认为；*tamasā*—被错觉；*āvṛtā*—遮盖；*sarva-arthān*—所有事物；*viparītān*—朝着错误的方向；*ca*—并且；*buddhiḥ*—智慧；*sa*—那；*pārtha*—菩瑞塔之子啊；*tāmasī*—处在愚昧形态。

译文　在假象和无知的影响下，以反宗教为宗教，以宗教为反宗教，总是朝着错误的方向努力。菩瑞塔之子呀，这种理解力，处于愚昧形态。

要旨　愚昧形态中的智性就是反向运作。结果把实际上不是宗教的东西接受为宗教，却拒绝真正的宗教。愚昧中的人把伟大的灵魂当成常人，而把普通人奉为伟大灵魂。他们把真实的当作虚假的，把虚假的接受为真实的。在一切活动中，他们都在歧途上，因此，他们的智性在愚昧形态中。

诗节 33

धृत्या यया धारयते मनःप्राणेन्द्रियक्रियाः ।
योगेनाव्यभिचारिण्या धृतिः सा पार्थ सात्त्विकी ॥ ३३ ॥

dhṛtyā yayā dhārayate
manaḥ-prāṇendriya-kriyāḥ
yogenāvyabhicāriṇyā
dhṛtiḥ sā pārtha sāttvikī

dhṛtyā—决心；*yayā*—借此；*dhārayate*—一个人维持；*manaḥ*—心意；*prāṇa*—生命；*indriya*—感官；*kriyāḥ*—活动；*yogena*—通过瑜伽修习；*avyabhicāriṇyā*—百折不挠；*dhṛtiḥ*—决心；*sā*—那种；*pārtha*—菩瑞塔之子啊；*sāttvikī*—在善良形态中。

译文　菩瑞塔之子啊！通过瑜伽修习，信念坚定，百折不挠，能控制心意、生命之气和感官的活动。这样的决心，在善良形态之中。

要旨　瑜伽是理解至尊灵魂的方式。一个人若以坚定不移的决心专注于至尊灵魂，将心意、生命和感官活动专注于博伽梵，这样的人就在奎师那知觉中活动。这种决心处在善良形态中。“avyabhicāriṇyā（百折不挠）”一词非常有意义，它表明投入奎师那知觉中的人永不会被任何其他活动引入歧途。

诗节 34

यया तु धर्मकामार्थान्धृत्या धारयतेऽर्जुन ।
प्रसङ्गेन फलाकाङ्क्षी धृतिः सा पार्थ राजसी ॥ ३४ ॥

yayā tu dharma-kāmārthān
dhṛtyā dhārayate 'rjuna
prasaṅgena phalākāṅkṣī
dhṛtiḥ sā pārtha rājasī

yayā—借此；tu—但；dharma—宗教；kāma—感官满足；arthān—经济发展；dhṛtyā—以决心；dhārayate—一个人维持；arjuna—阿诸纳啊；prasaṅgena—由于依附；phala-ākāṅkṣī—追求果报；dhṛtiḥ—决心；sā—那种；pārtha—菩瑞塔之子啊；rājasī—在激情形态中。

译文　阿诸纳啊！牢牢抓住宗教活动的成果，经济发展的成果，执着于感官享乐，这样的决心，在激情形态之中。

要旨　一直渴求宗教或经济活动的成果，一心只求感官满足，他就这样在激情形态的控制下运用自己的心意、生命之气和感官。

诗节 35

यया स्वप्नं भयं शोकं विषादं मदमेव च ।
न विमुञ्चति दुर्मेधा धृतिः सा पार्थ तामसी ॥ ३५ ॥

yayā svapnaṁ bhayaṁ śokaṁ
viṣādaṁ madam eva ca
na vimuñcati durmedhā
dhṛtiḥ sā pārtha tāmasī

yayā—借此；svapnam—迷梦；bhayam—恐惧；śokam—悲伤；viṣādam—抑郁；madam—幻象；eva—无疑；ca—还有；na—不能；vimuñcati—人放弃；durmedhāḥ—不明智的；dhṛtiḥ—决心；sā—那；pārtha—菩瑞塔之子啊；tāmasī—在愚昧形态中。

译文　不能跨出充满迷梦、恐惧、忧愁、抑郁及幻象的决心，菩瑞塔之子呀！这样不明智的决心，在愚昧形态之中。

要旨　不可轻下结论，认为善良形态中的人不做梦。这里的“梦”是指太多的睡眠。梦是总有的事，无论是在善良形态、激情形态还是在愚昧形态中，梦都会自然出现。但那些不能避免睡得过多，不能避免享受物质对象而来的骄傲，常常梦想着要主宰物质世界，并如此动用其生命、心意和感官的人，具有的决心就处在愚昧形态中。

诗节 36

सुखं त्विदानीं त्रिविधं शृणु मे भरतर्षभ ।
अभ्यासाद्रमते यत्र दुःखान्तं च निगच्छति ॥ ३६ ॥

sukhaṁ tv idānīṁ tri-vidhaṁ
śṛṇu me bharatarṣabha
abhyāsād ramate yatra
duḥkhāntaṁ ca nigacchati

sukham—快乐；*tu*—但是；*idānīm*—现在；*tri-vidham*—三种；*śṛṇu*—聆听；*me*—从我这里；*bharata-ṛṣabha*—巴拉塔族中之俊杰啊；*abhyāsāt*—通过修习；*ramate*—一个人享受；*yatra*—那里；*duḥkha*—痛苦的；*antam*—结束；*ca*—并且；*nigacchati*—获得。

译文　巴拉塔的俊杰呀！现在请听我解释受限制的灵魂享受的三种快乐，这些快乐有时能帮他们解除痛苦。

要旨　受限制的灵魂一次又一次地努力享受物质的快乐。就这样，他咀嚼已咀嚼过的。但有时，在享受的过程中，他通过与伟大的灵魂联谊逐渐摆脱物质的束缚。换言之，受限制的灵魂总是处于某种感官满足之中，一旦在好的联谊中懂得这不过是同一件事情的重复而已，其真正的奎师那知觉即可被唤醒，就可能会摆脱这种不断重复的所谓快乐。

诗节 37

यत्तदग्रे विषमिव परिणामेऽमृतोपमम् ।
तत्सुखं सात्त्विकं प्रोक्तमात्मबुद्धिप्रसादजम् ॥ ३७ ॥

yat tad agre viṣam iva
pariṇāme 'mṛtopamam
tat sukhaṁ sāttvikaṁ proktam
ātma-buddhi-prasāda-jam

yat—它；*tat*—那种；*agre*—在开始时；*viṣam iva*—像毒药；*pariṇāme*—到最后；*amṛta*—甘露；*upamam*—好比；*tat*—那种；*sukham*—快乐；*sāttvikam*—在善良形态中；*proktam*—可说；*ātma*—自我；*buddhi*—智慧；*prasāda-jam*—出于满足。

译文　开始时犹如毒药，但最终却美如甘露，唤醒人进而推动他走向自我觉悟，这种快乐在善良形态中。

要旨　在追求自我觉悟时，必须遵守许多规范，以控制心意和感官，让心意专注于自我。所有这些程序都很困难，苦如毒药，但如果成功地循着规范到达超然的境界，便能品尝到真正的甘露，真正地享受生命。

诗节 38

विषयेन्द्रियसंयोगाद्यत्तदग्रेऽमृतोपमम् ।
परिणामे विषमिव तत्सुखं राजसं स्मृतम् ॥ ३८ ॥

viṣayendriya-saṁyogād
yat tad agre 'mṛtopamam
pariṇāme viṣam iva
tat sukhaṁ rājasaṁ smṛtam

viṣaya—感官对象；*indriya*—与感官；*saṁyogāt*—来自……的结合；*yat*—它；*tat*—那；*agre*—在开始时；*amṛta-upamam*—就像甘露；*pariṇāme*—在结束时；*viṣam iva*—像毒药；*tat*—那种；*sukham*—快乐；*rājasam*—在激情形态中；*smṛtam*—被认为是。

译文　来自感官与感官对象相接触的快乐，开始时美如甘露，结束时却如同毒药，这样的快乐是激情性的。

要旨　年轻男女一相遇，感官便驱使年轻男子注视女子，触摸她，和她发生性关系。开始时，这可能很令感官快乐，但最后或一段时间之后，就变得如同毒药。他们分居离婚，他们悲伤痛苦，凡此等。这样的快乐永远在激情形态中。由感官和感官对象结合而生的快乐，永远是痛苦之源，应尽一切可能避而远之。

诗节 39

यदग्रे चानुबन्धे च सुखं मोहनमात्मनः ।
निद्रालस्यप्रमादोत्थं तत्तामसमुदाहृतम् ॥ ३९ ॥

yad agre cānubandhe ca
sukhaṁ mohanam ātmanaḥ
nidrālasya-pramādotthaṁ
tat tāmasam udāhṛtam

yat—那；*agre*—在开始时；*ca*—还有；*anubandhe*—在结束时；*ca*—还有；*sukham*—快乐；*mohanam*—迷幻的；*ātmanaḥ*—自我的；*nidrā*—睡眠；*ālasya*—懒惰；*pramāda*—幻觉；*uttham*—来自；*tat*—那；*tāmasam*—在愚昧形态中；*udāhṛtam*—可说是。

译文 **对自我觉悟盲然无知，自始至终都在迷幻中的快乐，从贪睡、懒惰和迷惑产生的快乐，被认为是在愚昧形态之中。**

要旨 在懒惰和昏睡中得到快乐的人，必在黑暗的愚昧形态中，而不知什么该做、什么不该做的人也处在愚昧形态中。对在愚昧形态中的人，一切都是幻觉。无论在开始还是在结尾时，均无快乐可言。对激情形态中的人，开始时，或许有些短暂的快乐，结束时是痛苦的；但对在愚昧形态的人来说，在开始和结束时都只有痛苦。

诗节 40

न तदस्ति पृथिव्यां वा दिवि देवेषु वा पुनः ।
सत्त्वं प्रकृतिजैर्मुक्तं यदेभिः स्यात्त्रिभिर्गुणैः ॥ ४० ॥

na tad asti pṛthivyāṁ vā
divi deveṣu vā punaḥ
sattvaṁ prakṛti-jair muktaṁ
yad ebhiḥ syāt tribhir guṇaiḥ

na—不；*tat*—那；*asti*—有；*pṛthivyām*—在地球上；*vā*—或；*divi*—在较高的星系；*deveṣu*—在半神人中；*vā*—或；*punaḥ*—还是；*sattvam*—存在；*prakṛti-jaiḥ*—诞生于物质自然的；*muktam*—摆脱；*yat*—那；*ebhiḥ*—从这些的影响下；*syāt*—是；*tribhiḥ*—三种；*guṇaiḥ*—物质自然形态。

译文　无论在这个地球上，还是在更高星系上的半神人中，没有一种生命能完全脱离物质自然三形态而生。

要旨　博伽梵在这里总结了物质自然三种形态的影响遍布整个宇宙。

诗节 41

ब्राह्मणक्षत्रियविशां शूद्राणां च परन्तप ।
कर्माणि प्रविभक्तानि स्वभावप्रभवैर्गुणैः ॥ ४१ ॥

brāhmaṇa-kṣatriya-viśāṁ
śūdrāṇāṁ ca parantapa
karmāṇi pravibhaktāni
svabhāva-prabhavair guṇaiḥ

brāhmaṇa—婆罗门；*kṣatriya*—刹帝利；*viśām*—外夏；*śūdrāṇām*—庶陀的；*ca*—和；*parantapa*—惩敌者啊；*karmāṇi*—活动；*pravibhaktāni*—被划分；*svabhāva*—他们自身的品性；*prabhavaiḥ*—生自；*guṇaiḥ*—按照物质自然形态。

译文　惩敌者呀，根据不同的物质自然形态、不同的品性衍生出各不相同的品质，由此造成婆罗门、刹帝利、外夏和庶陀之间的差异。

诗节 42

शमो दमस्तपः शौचं क्षान्तिरार्जवमेव च ।
ज्ञानं विज्ञानमास्तिक्यं ब्रह्मकर्म स्वभावजम् ॥ ४२ ॥

śamo damas tapaḥ śaucaṁ
kṣāntir ārjavam eva ca

jñānaṁ vijñānam āstikyaṁ
brahma-karma svabhāva-jam

śamaḥ—平和；*damaḥ*—自制；*tapaḥ*—苦行；*śaucam*—纯洁；*kṣāntiḥ*—容忍；*ārjavam*—诚实；*eva*—确定地；*ca*—和；*jñānam*—知识；*vijñānam*—智慧；*āstikyam*—虔诚；*brahma*—一个婆罗门的；*karma*—本分；*svabhāva-jam*—源于他自身的品性。

译文 平和、自制、苦行、纯洁、宽容、正直、知识、智慧、虔诚——这些是婆罗门（Brāhmaṇas）赖以活动的自然品性。

诗节 43

शौर्यं तेजो धृतिर्दाक्ष्यं युद्धे चाप्यपलायनम् ।
दानमीश्वरभावश्च क्षात्रं कर्म स्वभावजम् ॥ ४३ ॥

śauryaṁ tejo dhṛtir dākṣyaṁ
yuddhe cāpy apalāyanam
dānam īśvara-bhāvaś ca
kṣātraṁ karma svabhāva-jam

śauryam—英勇；*tejaḥ*—力量；*dhṛtiḥ*—果决；*dākṣyam*—足智；*yuddhe*—在阵前；*ca*—和；*api*—还有；*apalāyanam*—不临阵脱逃；*dānam*—慷慨；*īśvara*—领袖风范；*bhāvaḥ*—本性；*ca*—和；*kṣātram*—刹帝利的；*karma*—本分；*svabhāva-jam*—源于他自身的本性。

译文 英武、有力、果决、足智、勇驰沙场、慷慨大度、领袖风采，这些是刹帝利（Kṣatriyas）活动的自然品性。

诗节 44

कृषिगोरक्ष्यवाणिज्यं वैश्यकर्म स्वभावजम् ।
परिचर्यात्मकं कर्म शूद्रस्यापि स्वभावजम् ॥ ४४ ॥

kṛṣi-go-rakṣya-vāṇijyaṁ
vaiśya-karma svabhāva-jam

paricaryātmakaṁ karma
śūdrasyāpi svabhāva-jam

kṛṣi—耕种；*go*—母牛；*rakṣya*—保护；*vāṇijyam*—经商；*vaiśya*—外夏的；*karma*—职责；*svabhāva-jam*—源于他的本性；*paricaryā*—服务；*ātmakam*—构成；*karma*—职责；*śūdrasya*—庶陀的；*api*—也；*svabhāva-jam*—源于他的本性。

译文 农耕、保护奶牛、经商，这些是符合外夏（Vaiśyas）自然品性的活动；而庶陀（Śūdras）则是要向别人提供服务和劳力。

诗节 45

स्वे स्वे कर्मण्यभिरतः संसिद्धिं लभते नरः ।
स्वकर्मनिरतः सिद्धिं यथा विन्दति तच्छृणु ॥ ४५ ॥

sve sve karmaṇy abhirataḥ
saṁsiddhiṁ labhate naraḥ
sva-karma-nirataḥ siddhiṁ
yathā vindati tac chṛṇu

sve sve—每一项自己的；*karmaṇi*—工作；*abhirataḥ*—追随；*saṁsiddhim*—完美；*labhate*—达到；*naraḥ*—一个人；*svakarma*—自己的职责；*nirataḥ*—从事；*siddhim*—完美；*yathā*—如；*vindati*—达到，*tat*—那；*śṛṇu*—听。

译文 遵循各自的品性而活动，人人皆可完美。如何能做到，现在请听我说明。

诗节 46

यतः प्रवृत्तिर्भूतानां येन सर्वमिदं ततम् ।
स्वकर्मणा तमभ्यर्च्य सिद्धिं विन्दति मानवः ॥ ४६ ॥

yataḥ pravṛttir bhūtānāṁ
yena sarvam idaṁ tatam

sva-karmaṇā tam abhyarcya
siddhiṁ vindati mānavaḥ

yataḥ—从他那里；*pravṛttiḥ*—流行；*bhūtānām*—所有生物；*yena*—通过他；*sarvam*—所有；*idam*—这；*tatam*—遍布；*svakarmaṇā*—通过自己的职责；*tam*—他；*abhyarcya*—通过崇拜；*siddhim*—完美；*vindati*—达到；*mānavaḥ*—一个人。

译文　崇拜众生之源、遍存万有的博伽梵，人就可以通过履行自己的职责而达到完美境界。

要旨　正如第十五章所述，众生都是博伽梵的碎片部分。因此，博伽梵是众生之始。这一点在《终极韦达经》有确证："奎师那是万原之原（*janmādy asya yataḥ*）。"

所以，博伽梵是每一生物生命的始源。《博伽梵歌》第七章还说，博伽梵以其两种能量，即内在能量和外在能量而遍存万有。所以，人应该崇拜具有能量的博伽梵。一般来说，外士那瓦（Vaiṣṇava）奉献者崇拜博伽梵及其内在能量。博伽梵的外在能量是内在能量的颠倒反映。外在能量是一种背景，但博伽梵却以超灵（Paramātmā）这一全权扩展部分而无所不在。他是所有半神人，所有人类，所有动物的超灵，无处不在。因此，作为博伽梵的所属碎片部分，人应该认识到自己有责任为至尊者服务。人人都应以完全的奎师那知觉从事对绝对真理的奉爱服务。这节诗倡导这种做法。

每个人都该这样想：他是由感官之主瑞希凯施（Hṛṣīkeśa）安排而从事某种特别的职分的。因此，应该把所从事的工作的结果用来崇拜博伽梵奎师那。如果能经常在完全的奎师那知觉中这样想问题，就会得到博伽梵的恩典，完全知觉一切。这就是生命的完美境界。绝对真理在《博伽梵歌》(12.7) 中说："我是迅速拯救他们脱离生死苦海的救主。"博伽梵亲自负责解救这样的奉献者。这就是生命最完美的境界。无论从事的是什么职业，只要服务于博伽梵，必能达到最高的完美境界。

诗节 47

श्रेयान्स्वधर्मो विगुणङ्क परधर्मात्स्वनुष्ठितात् ।
स्वभावनियतं कर्म कुर्वन्नाप्नोति किल्बिषम् ॥ ४७ ॥

śreyān sva-dharmo viguṇaḥ
para-dharmāt sv-anuṣṭhitāt
svabhāva-niyataṁ karma
kurvan nāpnoti kilbiṣam

sreyān—胜过；*sva-dharmaḥ*—自己的职责；*viguṇaḥ*—不完美地执行；*para-dharmāt*—比起别人的职责；*svanuṣṭhitāt*—完美地执行；*svabhāva-niyatam*—根据本性而赋定；*karma*—工作；*kurvan*—执行；*na*—永不；*āpnoti*—取得；*kilbiṣam*—恶报。

译文　做自己该做的，即使做得不完美，也远胜过完美地履行他人的职责。依照个人的本性而履行赋定职责，永不会受罪恶活动反应的影响。

要旨　《博伽梵歌》赋定了一个人应尽的职责。如前面诗节论及的，婆罗门、刹帝利、外夏和庶陀的职责是按其各自特别的自然形态而赋定的。切不可模仿他人的职责。一个本性上为庶陀做的工作所吸引的人，不应该装模作样地自称为婆罗门，虽然他也许出生在婆罗门的家庭里。他应该这样按照自己的本性工作，如果是为博伽梵服务，那就没有什么工作是令人憎厌的。婆罗门的职责必在善良形态中，但如果有人本性上不在善良形态中，他就不该模仿婆罗门的职责。对一位刹帝利或负责管理的人来说，有许多令人厌恶的事要做。刹帝利必须使用暴力杀死敌人，有时也会由于要圆滑地应付局面而说谎。政治事务要求这样的暴力和圆滑。然而，刹帝利不应放弃自己的天职，而试图履行婆罗门的职责。

一个人该以行动去满足博伽梵。例如，阿诸纳是个刹帝利，却对是否跟对方交战犹豫不决。如果这战斗是为了博伽梵奎师那而打，又何必害怕堕落呢！在商场上，有时商人必须讲尽假话才能赚得利润。如果他不这样做，就不会有赢利。有时商人会说，“我的老主顾啊，我可没赚你的钱哪”。但应该明白，不赚钱，商人就没法生存。所以，如果一个商人说他不是在赚钱，那只是一种遁词。但是商人却不可认为，因为他在从事一种必须说假话的职业，因此应该放弃它而去寻求婆罗门的职业。这是不受鼓励和提倡的。无论一个人是刹帝利、外夏还是庶陀，都没有关系，只要他以自己的工作服务博伽梵即可。即使是婆罗门，他要做各种献祭，有时也必须宰杀动物，因某些仪式需要动物牺牲。同样，如果一位刹帝利在自己的职责内杀死了一个敌人，这并无罪恶。这些在第三章曾有过详尽清晰的解释，人人都该怀着献祭的心态工作，即为维施努或博伽梵而工作。任何为个人感官满足而做的事情都是束缚的根由。结论是：每个人都应根据自己所获得的特别的自然形态从事活动，而且必须下定决心，只为服务博伽梵而工作。

诗节 48

सहजं कर्म कौन्तेय सदोषमपि न त्यजेत् ।
सर्वारम्भा हि दोषेण धूमेनाग्निरिवावृताः ॥ ४८ ॥

saha-jaṁ karma kaunteya
sa-doṣam api na tyajet
sarvārambhā hi doṣeṇa
dhūmenāgnir ivāvṛtāḥ

saha-jam—同时产生；*karma*—工作；*kaunteya*—琨缇之子啊；*sa-doṣam*—有缺点；*api*—虽然；*na*—永不；*tyajet*—人应当放弃；*sarva-ārambhāḥ*—一切冒险；*hi*—肯定地；*doṣeṇa*—被缺点；*dhūmena*—被烟；*agniḥ*—火；*iva*—正如；*āvṛtāḥ*—覆盖。

译文　每一份努力都被某些弱点笼罩，正如火被浓烟遮蔽一样。因此，琨缇之子啊，人不应放弃来自本性的工作，即使这样的工作布满缺陷。

要旨　在受限制的生命中，所有的工作都受到物质自然形态的污染。即使是婆罗门，也得举行需要杀死动物的献祭。同样，无论一位刹帝利有多虔诚，也必须杀敌，而不可逃避。无论怎样虔诚的商人，有时也必须隐瞒利润，以便继续做下去，或者有时也可能做黑市买卖。这些都是必须的，不可避开。同样，一位庶陀服务的即使是个坏主人，他也得照主人的吩咐去做，即使本不该那样去做。尽管有这些缺陷，人还得继续履行其赋定职责，因为那是由自己的本性而生的。

这里举了一个很精辟的例子。火虽然纯净却仍有烟冒出来。然而，烟并不能使火变得不纯净。火中即使有烟，也还是被认为是所有元素中最纯净的。如果谁硬要放弃刹帝利的工作而操起婆罗门的职分，他并不能保证在婆罗门的职分中就没有令人不快的责任。因此可以下结论，在物质世界里，没有人能完全免除物质自然的污染。这里举的烟与火的例子是再恰当不过的。冬天里从火中取出石头，青烟有时会熏眼睛或伤到身体的其他部分，然而，尽管如此，人们还须用火。同样，人不可因为一些不顺心的境况就放弃自己的天职。相反，应决心坚定地在奎师那知觉中，以自己的天职服务博伽梵。这就是完美的境界。当某一特定职分用于满足博伽梵时，这特定职分中的所有缺点都被净化。当工作的结果被净化，当与奉爱服务联系起来时，人就会逐渐完美地看到内在的自我，而这就是觉悟自我。

诗节 49

असक्तबुद्धिः सर्वत्र जितात्मा विगतस्पृहः ।
नैष्कर्म्यसिद्धिं परमां सन्न्यासेनाधिगच्छति ॥ ४९ ॥

asakta-buddhiḥ sarvatra
jitātmā vigata-spṛhaḥ
naiṣkarmya-siddhiṁ paramāṁ
sannyāsenādhigacchati

asakta-buddhiḥ—拥有不依附的智慧；*sarvatra*—每一个地方；*jita-ātmā*—控制心意；*vigata-spṛhaḥ*—没有物质欲望；*naiṣkarmya-siddhim*—无业报的完美境界；*paramām*—至尊无上的；*sannyāsena*—由弃绝的阶层；*adhigacchati*—达到。

译文　克己自制，无所依附，对能获得的所有物质享受皆漠然置之。这样的人，通过修习弃绝，必能达到摆脱业报的最完美境界。

要旨　真正的弃绝意味着要时刻记住自己是博伽梵的所属部分，故而认为自己没有权利享受工作的成果。因为他是博伽梵的所属部分，所以他工作的结果必须由博伽梵享受。实际上，这就是奎师那知觉。在奎师那知觉中活动的人是真正的托钵僧（sannyāsī）——在生命的弃绝阶段中的人。有了这种心境，人就会满意，因为他实际上是在为至尊而活动。所以，他不执迷于任何物质的东西，除了因服务于绝对真理而来的超然快乐，他不从任何其他事物中寻求快乐，这一点对于他已是习以为常。一位弃绝者（sannyāsī）可以说摆脱了他过往业报活动的反应，但一个在奎师那知觉中的人，即使不接受所谓的弃绝阶段，也能自动达到这一完美之境。这种心境就叫作“瑜伽的完美境界（yogarudha）”。诚如第三章所言，自我内在满足的人（*yas tv ātma-ratir eva syād*），不害怕自己的活动带来的任何报应。

诗节 50

सिद्धिं प्राप्तो यथा ब्रह्म तथाप्नोति निबोध मे ।
समासेनैव कौन्तेय निष्ठा ज्ञानस्य या परा ॥ ५० ॥

siddhiṁ prāpto yathā brahma
tathāpnoti nibodha me
samāsenaiva kaunteya
niṣṭhā jñānasya yā parā

siddhim—完美成就；*prāptaḥ*—达到；*yathā*—如；*brahma*—至尊；*tathā*—如此；*āpnoti*—达到；*nibodha*—努力去理解；*me*—从我这里；*samāsena*—总括地；*eva*—确定地；*kaunteya*—琨缇之子啊；*niṣṭhā*—境界；*jñānasya*—知识的；*yā*—那；*parā*—超然的。

译文 **琨缇之子啊！从我这里可以学到那些已经达到这完美境界的人是怎样臻达至尊完美境界——梵（Brahman），即最高知识境界的。现在我来总结他们活动的方式。**

要旨 博伽梵向阿诸纳描述了一个人如何通过为博伽梵履行自己的天职而到达最高的完美境界。只要为满足博伽梵而弃绝自己工作的结果，就可达到至高无上的梵的境界。这就是自我觉悟的程序。知识的真正完美境界就是获得纯粹的奎师那知觉，以下的诗节要予以说明。

诗节 51-53

बुद्ध्या विशुद्धया युक्तो धृत्यात्मानं नियम्य च ।
शब्दादीन्विषयांस्त्यक्त्वा रागद्वेषौ व्युदस्य च ॥ ५१ ॥
विविक्तसेवी लघ्वाशी यतवाक्कायमानसः ।
ध्यानयोगपरो नित्यं वैराग्यं समुपाश्रित" ॥ ५२ ॥
अहङ्कारं बलं दर्पं कामं क्रोधं परिग्रहम् ।
विमुच्य निर्मम" शान्तो ब्रह्मभूयाय कल्पते ॥ ५३ ॥

buddhyā viśuddhayā yukto
dhṛtyātmānaṁ niyamya ca
śabdādīn viṣayāṁs tyaktvā
rāga-dveṣau vyudasya ca

vivikta-sevī laghv-āśī
yata-vāk-kāya-mānasaḥ
dhyāna-yoga-paro nityaṁ
vairāgyaṁ samupāśritaḥ

ahaṅkāraṁ balaṁ darpaṁ
kāmaṁ krodhaṁ parigraham
vimucya nirmamaḥ śānto
brahma-bhūyāya kalpate

buddhyā—以智慧；*viśuddhayā*—完全净化；*yuktaḥ*—从事；*dhṛtyā*—下定决心；*ātmānam*—自我；*niyamya*—控制；*ca*—还有；*śabdādīn*—例如声音；*viṣayān*—感官对象；*tyaktvā*—放弃；*rāga*—依附；*dveṣau*—憎恨；*vyudasya*—摈弃；*ca*—还有；*vivikta-sevī*—在一个僻静的地方生活；*laghu-āśī*—吃很少量的东西；*yata*—控制；*vāk*—言语；*kāya*—躯体；*mānasaḥ*—心意；*dhyāna-yoga-paraḥ*—专注于神定；*nityam*—每日24小时；*vairāgyam*—不依附；*samupāśritaḥ*—求庇护于；*ahaṅkāram*—虚假自我；*balam*—虚假力量；*darpam*—虚荣；*kāmam*—色欲；*krodham*—愤怒；*parigraham*—接受物质事物；*vimucya*—脱离；*nirmamaḥ*—没有拥有权；*śāntaḥ*—平和的；*brahma-bhūyāya*—觉悟自我；*kalpate*—有资格的。

译文　以智慧净化自己，下决心控制心意，摒弃感官享乐的对象，既不贪恋亦不憎恨，深居幽僻之地，少食，控制躯体、心意和言语的力量，常入神定，超然，摒除假我、自傲、色欲、嗔怒和虚假的力量，不接受物质事物，远离虚假的所有权，平静恬然——这样的人必升至自我觉悟的境界。

要旨　当一个人被知识净化后，就能保持在善良形态中。这样，他就成为心意的控制者，长处神定之中。他不会执着于感官满足的对象，在活动中无所谓依恋与厌憎。这样一位超脱之人自然愿意深居幽静之地，食不超过所需，善于控制躯体和心意的活动。他没有假我的概念，因为他不把躯体当成自己，也不想接受大量物质事物，使躯体肥胖强壮。他没有躯体化生命概念，所以不慕虚荣。他满足于博伽梵恩赐给他的任何东西，从不因感官得不到满足而嗔怒，也不会为获取感官对象而费尽心思。这样，当他完全脱离假我时，便对所有物质事物无所依恋，这就是梵的觉悟境界。这个境界叫作梵觉（brahma-bhūta），即与梵融为一体。当人脱离物质化生命概念，就会激而不恼，平静自如。这在《博伽梵歌》（2.70）中有述：

āpūryamāṇam acala-pratiṣṭhaṁ
samudram āpaḥ praviśanti yadvat
tadvat kāmā yaṁ praviśanti sarve
sa śāntim āpnoti na kāma-kāmī

"不为欲望滔滔不尽之流所扰，一如海洋纳百川之水，依然波浪不扬。如此之人才能达到平和；而试图满足色欲之人，则永不能达到。"

诗节 54

ब्रह्मभूतः प्रसन्नात्मा न शोचति न काङ्क्षति ।
समः सर्वेषु भूतेषु मद्भक्तिं लभते पराम् ॥ ५४ ॥

brahma-bhūtaḥ prasannātmā
na śocati na kāṅkṣati
samaḥ sarveṣu bhūteṣu
mad-bhaktiṁ labhate parām

brahma-bhūtaḥ—与绝对者一致；*prasanna-ātmā*—完全快乐的；*na*—不；*śocati*—忧伤；*na*—不；*kāṅkṣati*—欲望；*samaḥ*—平等地对待；*sarveṣu*—所有；*bhūteṣu*—生物；*mat-bhaktim*—我的奉献服务；*labhate*—达到；*parām*—超然的。

译文　处在这等超然境界的人，立即能觉悟到至尊梵，变得全然喜乐。他决不会哀伤，也不会欲求什么。对每一生物，他都一视同仁。在这种状态下，他达到为我做纯粹奉爱服务的境界。

要旨　对非人格主义者，臻达梵觉境界，与绝对融为一体，是最终目的。但对人格主义者，或纯粹奉献者，目标更进一步，即从事纯粹奉爱服务。这意味着，从事对博伽梵的纯粹奉爱服务的人，已处在被称为“梵觉（brahma-bhūta）”的解脱之境，即与绝对合一。不与至尊绝对者合一，不可能为他做奉爱服务。在绝对概念中，服务者与被服务者之间没有区别；然而，从更高的灵性意义上说仍有分别。

在物质化的生命概念中，当人们为满足感官工作时，就有痛苦。但在绝对世界里，人投入到纯粹奉爱服务中，没有丝毫痛苦。在奎师那知觉中的服务，没有什么需要为之哀痛或欲求的。因为神是完全的，从事对神的服务的生物，即在奎师那知觉中的人，本身也变得完全。他就像一条除尽了所有污垢的河流。纯粹奉献者一心想着奎师那，别无他求，因此，他自然总是快快乐乐的。他不为物质的任何损失而悲切，也不希冀得到什么，因为在对博伽梵的服务中他完全富足。他没有任何物质享受的欲望，因为他知道每一生物都是博伽梵的所属部分，故而是永恒的仆人。在物质世界中，他不看谁高谁低；或高或低的地位都是短暂的，奉献者与短暂的事物毫不相干。对他来说，石头与金子价值等同。这种境界就是“梵觉（brahma-bhūta）”，这一境界，纯粹奉献者很容易就能达到。在这种存在的境界中，与至尊梵合而为一，泯灭自己的个体性的想法变得令人毛骨悚然，达到天堂的想法成为幻影，感官变得像毒牙被拔掉的毒蛇一样。无牙的毒蛇并不可怕，当感官自动得以控制时，也不再可怕。对身染物质之疾的人，世界苦不堪言，但对于奉献者，整个世界如同无忧星宿（外琨塔），或灵性世界。物质宇宙的达官显贵，在奉献者看来，不比一只蚂蚁更重要。圣采坦尼亚在这个年代弘扬纯粹奉爱服务，借着圣采坦尼亚的恩慈，便可到达这样的境界。

诗节 55

भक्त्या मामभिजानाति यावान्यश्चास्मि तत्त्वतः ।
ततो मां तत्त्वतो ज्ञात्वा विशते तदनन्तरम् ॥ ५५ ॥

bhaktyā mām abhijānāti
yāvān yaś cāsmi tattvataḥ
tato māṁ tattvato jñātvā
viśate tad-anantaram

bhaktyā—通过纯粹的奉献服务；*mām*—我；*abhijānāti*—人就能明白；*yāvān*—就像；*yaḥ ca asmi*—如我本来面貌；*tattvataḥ*—真实地；*tataḥ*—此后；*mām*—我；*tattvataḥ*—真正地；*jñātvā*—知道；*viśate*—进入；*tat-anantaram*—此后。

译文　只有通过奉爱服务，人才能理解我作为博伽梵的本来面目。如此虔诚奉献，全然觉知我，就能进入神的国度。

要旨　博伽梵奎师那和他的全权部分是无法通过心智思辨来理解的。非奉献者也无法理解。如果谁想了解博伽梵，谁就必须在纯粹奉献者指导之下从事奉爱服务。否则，关于博伽梵的真理永远隐而不显。如《博伽梵歌》（7.25）宣说的，"我从不向愚昧无知之人展示自己"。光凭渊博的学识或心智思辨，谁也不能了解神。只有真正在奎师那知觉中从事奉爱服务，才能明白奎师那是什么。大学学位并不会有什么帮助。

全面谙熟奎师那科学的人，有资格进入灵性国度，奎师那的居所。成为梵（Brahman）并不意味着丧失一己的身份。那里有奉爱服务，而只要有奉爱服务存在，就一定有神，奉献者和奉爱服务的程序。这样的知识永不消失，即使在解脱之后也是如此。解脱涉及远离物质化生命概念；在灵性生命中，有同样的分辨、同样的个体性，但都在纯粹的奎师那知觉中。切不可错误地认为"进入我（viśate）"表示支持一元论者关于与非人格梵等同的理论。绝非如此。梵文"visate"意味着，人能以个体身份进入博伽梵的居所，进入与他的联系中直接为他做奉爱服务。例如，绿鸟飞入绿林为的不是与树林合一，而是要享受林中的果实。非人格主义者通常举河水流入大海与之融为一体的例子。这可能是非人格神主义者的快乐之源，但人格主义者却愿意保持个体性，就像海中的水生物。如果我们深潜海底，可以在海中看到很多生物体。光是对海洋有表面的理解还不够，还必须有关于生活在海洋深处的水族的完整知识。

因为做纯粹奉爱服务，所以奉献者能实实在在地了解博伽梵的超然本性和富裕。正如第十一章说，只有靠奉爱服务才能有所领悟。对此，这里确证，通过奉爱服务，人能理解博伽梵，进入绝对真理的国度。

远离了物质的概念，达到脱离物质观念的梵觉境界之后，通过聆听绝对真理的一切便开始了奉爱服务。当人聆听有关博伽梵的讯息时，梵觉境界自然而然地在发展，物质的污染——贪婪、感官享乐的欲望——便消失了。色欲及诸种欲望从奉献者的心中消失，奉献者便更依恋对绝对真理的服务，在这种依恋中，他逐渐脱离物质污染。在这种生命境界中，他便能理解博伽梵。这也是《圣典博伽瓦谭》的论断。解脱之后，奉爱（Bhakti）之途——超然的服务之途仍继续着。《终极韦达经》（4.1.12）证实了这一点“*ā-prāyaṇāt tatrāpi hi dṛṣṭam*”，这句话的意思是说，解脱之后，奉爱服务不会停止。在《圣典博伽瓦谭》中，真正奉爱性解脱被定义为恢复生物自身的原本身份，自身的法定构成性地位。关于法定构成地位已有说明：每一生物都是博伽梵的所属部分。因此，生物的法定构成地位就是服务。这种服务在解脱之后也永不停息。真正的解脱是脱离错误的生命概念。

诗节 56

सर्वकर्माण्यपि सदा कुर्वाणो मद्व्यपाश्रयः ।
मत्प्रसादादवाप्नोति शाश्वतं पदमव्ययम् ॥ ५६ ॥

sarva-karmāṇy api sadā
kurvāṇo mad-vyapāśrayaḥ
mat-prasādād avāpnoti
śāśvataṁ padam avyayam

sarva—所有；*karmāṇi*—活动；*api*—虽然；*sadā*—恒常地；*kurvāṇaḥ*—从事；*mad-vyapāśrayah*—在我的保护下；*mat-prasādāt*—依靠我的仁慈；*avāpnoti*—达到；*sāśvatam*—永恒的；*padam*—居所；*avyayam*—不灭的。

译文　我的纯粹奉献者，虽然从事各种各样的活动，却能在我的保护之下，

依靠我的恩典，到达永恒不灭的居所。

要旨 梵文“mad-vyapāśrayaḥ”是指在博伽梵的保护下。为脱离物质污染，纯粹奉献者在博伽梵的指导下，或在他的代表——灵性导师的指导下活动。对纯粹奉献者来说，没有时间上的限制。他总是一天24小时，百分之百地在博伽梵的指导下从事各种活动。对于这样一位献身于奎师那知觉的奉献者，博伽梵是非常仁慈的。尽管困难重重，他最终必居于超然的居所——奎师那楼卡（Kṛṣṇaloka）。他的进入有全然的保障，绝无疑问。在那至高无上的居所里，没有变化，一切都是永恒的、不灭的和充满知识的。

诗节 57

चेतसा सर्वकर्माणि मयि सन्न्यस्य मत्परः ।
बुद्धियोगमुपाश्रित्य मच्चित्तः सततं भव ॥ ५७ ॥

cetasā sarva-karmāṇi
mayi sannyasya mat-paraḥ
buddhi-yogam upāśritya
mac-cittaḥ satataṁ bhava

cetasā—以智慧；*sarva-karmāni*—所有各类的活动；*mayi*—向我；*sannyasya*—放弃；*mat-paraḥ*—在我的保护下；*buddhi-yogam*—奉献服务；*upāśritya*—求庇护于；*mat-cittaḥ*—知觉我；*satatam*—每天24小时；*bhava*—成为。

译文 **在一切活动中依靠我，永远在我的保护下工作。在这样的奉爱服务中，全然知觉我。**

要旨 人在奎师那知觉中活动时，并非作为世界的主人在活动。就像仆人，我们要完全在博伽梵的指示下活动。仆人没有个人的独立性。他只按主人的吩咐行事。一个代表主人行事的仆人不受得失的影响。他只是忠实地按照博伽梵的命令履行自己的职责。或许有人争辩说，阿诸纳当时在奎师那的亲自指挥下活动，如果奎师那不在场，一个人该怎样行动呢？如果按照本书中奎师那的指示，在奎师那的代表的指导下行动，结果就是一样。梵文“mat-paraḥ”意义深刻。它表明，除了在奎师那知觉中为满足奎师那而活动外，人生别无其他目的。在这样工作时，应该只想着奎师那：“我受命于奎师那，行使这一职责。”以这样的方式去活动时，自然就得想着奎师那。这才是完美的奎师那知觉。然而，应该注意，为所欲为之后，不应当将结果供奉给博伽梵。这种职责不处在奎师那知觉的奉爱服务中。人应该按照奎师那的命令去活动。这一点非常重要。奎师那的旨令通过使徒传系中真正的灵性导师传递而来。因此，灵性导师的命令应作为生命中的主要职责牢记。如果找到一位真正的灵性导师并在他的指导下活动，那么，在奎师那知觉中达到生命的完美就万无一失。

诗节 58

मच्चित्तः सर्वदुर्गाणि मत्प्रसादात्तरिष्यसि ।
अथ चेत्त्वमहङ्कारान्न श्रोष्यसि विनङ्क्ष्यसि ॥ ५८ ॥

mac-cittaḥ sarva-durgāṇi
mat-prasādāt tariṣyasi
atha cet tvam ahaṅkārān
na śroṣyasi vinaṅkṣyasi

mat—我；*cittaḥ*—知觉；*sarva*—所有的；*durgāṇi*—障碍；*mat-prasādāt*—因我的仁慈；*tariṣyasi*—你会克服；*atha*—但是；*cet*—如果；*tvam*—你；*ahaṅkārāt*—以假我；*na śroṣyasi*—不听；*vinaṅkṣyasi*—你将迷失。

译文　如果你逐渐知觉到我，你必因我的恩赐而跨越受限制生命的种种障碍。然而，如果你不以这样的知觉工作，还受假我驱使去活动，不听从我，你必失落无疑。

要旨　在完全的奎师那知觉中者，不为履行生存之责而过分担忧。愚人无法理解这远离一切焦虑的自由。对行在奎师那知觉中的人，圣奎师那成为他最亲密的朋友。神总是关照他朋友的境况，他把自己给予他的朋友——那些一天24小时全心全意从事奉爱服务的人。因此，谁也不要被躯体化生命概念的假我卷走。人不要幻想着自己独立于物质自然法则而随心所欲，其实人已经在严格的物质法则控制之下。但是，一旦行在奎师那知觉中，人就是解脱的，脱离一切物质迷惘。我们要特别谨慎地注意到，不在奎师那知觉中活动的人，必迷失在物质泥潭中，失落于生死之洋。没有哪个受限制的灵魂真正知道什么该做，什么不该做；但行在奎师那知觉中的人可自在地活动，因为一切都是奎师那从内在驱使，又由灵性导师确认的。

诗节 59

यदहङ्कारमाश्रित्य न योत्स्य इति मन्यसे ।
मिथ्यैष व्यवसायस्ते प्रकृतिस्त्वां नियोक्ष्यति ॥ ५९ ॥

yad ahaṅkāram āśritya
na yotsya iti manyase
mithyaiṣa vyavasāyas te
prakṛtis tvāṁ niyokṣyati

yat—如果；*ahaṅkāram*—假我；*āśritya*—求庇护于；*na yotsya*—我不去作战；*iti*—如此；*manyase*—你想；*mithyā eṣaḥ*—这全是错误的；*vyavasāyah*—决定；*te*—你的；*prakṛtiḥ*—物质本性；*tvām*—你；*niyokṣyati*—将从事。

译文　你若不按我的指示行动，不作战，你必将被误导。但你的本性注定了你必定会作战。

要旨　阿诸纳是一名战士，生而具有刹帝利的本性。因此，他的天职是作战。但由于假我作祟，他担心杀死他的老师、祖父和亲朋好友会招致恶报。实际上，他把自己看成了一切活动的主人，好像是他在引导这些活动的善恶结果。他忘了博伽梵就在现场，指示他作战。这就是受限制灵魂的健忘症。博伽梵指示什么是善，什么是恶，人们只需在奎师那知觉中活动，以求达到生命的完美。谁也不能像博伽梵那样肯定自己的命运，因此，最好的途径就是听从博伽梵的指示行动。谁也不应忽视博伽梵，或他的代表灵性导师的命令。人应该毫不迟疑地执行博伽梵的命令，这将使人在任何情况下都平安无事。

诗节 60

स्वभावजेन कौन्तेय निबद्धः स्वेन कर्मणा ।
कर्तुं नेच्छसि यन्मोहात्करिष्यस्यवशोऽपि तत् ॥ ६० ॥

svabhāva-jena kaunteya
nibaddhaḥ svena karmaṇā
kartuṁ necchasi yan mohāt
kariṣyasy avaśo 'pi tat

sva-bhāva-jena—源于个人的天性；*kaunteya*—琨缇之子啊；*nibaddhaḥ*—制约；*svena*—被你自己的；*karmaṇā*—活动；*kartum*—做；*na*—不；*icchasi*—你喜欢；*yat*—那；*mohāt*—由于假象；*kariṣyasi*—你会做；*avaśaḥ*—不知不觉地；*api*—即使；*tat*—那。

译文 **你现在受假象所惑，不愿照我的指示行事。但是，琨缇之子啊！受你本性之职的推动，你照样得行动。**

要旨 如果人拒绝按照博伽梵的指示去做，他就会在他所处的形态的驱使下行事。人人都受诸多自然形态的某种组合的影响，并按那样的方式行事。但是，自愿地在博伽梵的指示下行事的人无比光荣。

诗节 61

ईश्वरः सर्वभूतानां हृद्देशेऽर्जुन तिष्ठति ।
भ्रामयन्सर्वभूतानि यन्त्रारूढानि मायया ॥ ६१ ॥

īśvaraḥ sarva-bhūtānāṁ
hṛd-deśe 'rjuna tiṣṭhati
bhrāmayan sarva-bhūtāni
yantrārūḍhāni māyayā

īśvaraḥ—博伽梵；*sarva-bhūtānām*—所有生物的；*hṛd-deśe*—在心中；*arjuna*—阿诸纳啊；*tiṣṭhati*—居于；*bhrāmayan*—使漫游；*sarva-bhūtāni*—所有生物；*yantra*—在机器上；*ārūḍhāni*—置于；*māyayā*—在物质能量的魔力下。

译文 阿诸纳呀！博伽梵居于众生心中，指导一切众生的行动，而众生则好像坐在一架由物质能量组成的机器上。

要旨 阿诸纳并非至尊知悉者，战还是不战的决定受他有限的判断力的限制。圣奎师那教导说，个体不是一切的一切。博伽梵——奎师那本人，以区限化的超灵居于心中指导众生。当生物更换躯体后，便忘记过去的事情，但超灵作为过去、现在和将来的知晓者，仍然是其一切活动的见证者。因此，生物的一切活动均受超灵的指导。生物得到其应得的并被物质躯体承载着，而物质躯体是在超灵的指示下，在物质能量中被创造出来的。生物一旦被置于某一特定躯体中，就必须以那种躯体的情况去工作，坐在高速摩托车上要比坐在低速汽车上跑得快，虽然生物，即司机，可能是同一个人。同样，在至尊灵魂的命令下，物质自然为某一类型的生物制成某一类型的躯体，好让他继续按照前世的欲望活动。生物体不是独立的。切不可自以为独立于博伽梵。个体永远在绝对真理的掌握之中。因此，人的职责就是皈依，这将是下一诗节的训示。

诗节 62

तमेव शरणं गच्छ सर्वभावेन भारत ।
तत्प्रसादात्परां शान्तिं स्थानं प्राप्स्यसि शाश्वतम् ॥ ६२ ॥

tam eva śaraṇaṁ gaccha
sarva-bhāvena bhārata
tat-prasādāt parāṁ śāntiṁ
sthānaṁ prāpsyasi śāśvatam

tam—向他；*eva*—一定；*śaraṇam gaccha*—皈依；*sarva-bhāvena*—在所有方面；*bhārata*—巴拉塔之子啊；*tat-prasādāt*—由于他的仁慈；*parām*—超然的；*śāntim*—平和；*sthānam*—居所；*prāpsyasi*—你会得到；*śāśvatam*—永恒的。

译文 巴拉塔的后裔啊！完全皈依他。由于他的恩典，你会获得超然的平和，臻达至尊无上的永恒居所。

要旨 因此，生物体应该皈依居于众生心中的博伽梵，这能帮他摆脱物质存在的一切痛苦。人如此皈依，不仅在今生可超脱一切痛苦，而且最终能到达博伽梵。韦达典籍《瑞歌韦达》(1.22.20) 将灵性世界描述为"绝对真理维施努的超然居所"。既然一切创造都是神的国度，那么一切物质其实全是灵性的，但永恒的居所 (paramaṁ padam) 特指灵性天空或无忧星宿 (外琨塔)。

《博伽梵歌》第十五章说："我处于每个人的心中 (*sarvasya cāhaṁ hṛdi sanniviṣṭaḥ*)。"所以，这里倡导人们应该皈依心中的超灵，即应该皈依博伽梵奎师那。奎师那已被阿诸纳接受为至尊者。在第十章，阿诸纳接受奎师那为博伽梵和众生至高无上的居所 (*paraṁ brahma paraṁ dhāma*)，不仅是因为他个人的经验，而且还因为有拿拉达 (Nārada)、阿西塔 (Asita)、德瓦拉 (Devala) 和维亚萨 (Vyāsa) 等伟大权威的证实。

诗节 63

इति ते ज्ञानमाख्यातं गुह्याद्गुह्यतरं मया ।
विमृश्यैतदशेषेण यथेच्छसि तथा कुरु ॥ ६३ ॥

iti te jñānam ākhyātaṁ
guhyād guhyataraṁ mayā
vimṛśyaitad aśeṣeṇa
yathecchasi tathā kuru

iti—如此；*te*—向你；*jñānam*—知识；*ākhyātam*—描述了；*guhyāt*—比机密的；*guhyataram*—更加机密的；*mayā*—由我；*vimṛśya*—深思熟虑；*etat*—这；*aśeṣeṇa*—完全地；*yathā*—如；*icchasi*—你喜欢的；*tathā*—那；*kuru*—履行。

译文 至此，我已向你解说了最机密的知识。好好深思，然后做你想做的。

要旨 绝对真理已向阿诸纳解释了关于梵觉 (Brahma-bhūta) 的知识。在梵觉境界的人总是快乐的，他不哀伤，也不欲求什么。这都得益于他获得了机密知识。奎师那还揭示了有关超灵的知识。这也是关于梵的知识，但比有关梵

（Brahman）的知识更为高深。

这里“做你想做的（yathecchasi tathā kuru）”，表明神不干预生物微小的独立性。在《博伽梵歌》中，绝对真理从各方面说明人怎样能够改善其生活状态。阿诸纳得到的最好的劝告是，皈依居于内心的超灵。若有正确的判断力，人应该同意照超灵的命令去做。这将助人常处人生最完美的境界——奎师那知觉中。阿诸纳直接由博伽梵命令作战。皈依博伽梵对生物最有裨益。这并非为了至尊者的利益。皈依之前，人可以用自己的智慧思考这一问题。这是接受博伽梵的教诲的最佳途径。这样的教诲也可通过奎师那的真正代表灵性导师得到。

诗节 64

सर्वगुह्यतमं भूयः शृणु मे परमं वचः ।
इष्टोऽसि मे दृढमिति ततो वक्ष्यामि ते हितम् ॥ ६४ ॥

sarva-guhyatamaṁ bhūyaḥ
śṛṇu me paramaṁ vacaḥ
iṣṭo 'si me dṛḍham iti
tato vakṣyāmi te hitam

sarva-guhyatamam—一切之中最机密的；*bhūyaḥ*—再次；*śṛṇu*—只要聆听；*me*—从我这里；*paramam*—至高无上的；*vacaḥ*—教导；*iṣṭaḥ asi*—你很亲切；*me*—对我；*dṛḍham*—非常；*iti*—如此；*tataḥ*—因此；*vakṣyāmi*—我讲述；*te*—为了你的；*hitam*—益处。

译文 **因为你是我非常亲近的朋友，我才向你讲述我至高无上的教诲，最为机密的知识。好好聆听，这对你有益处。**

要旨 绝对真理已给予阿诸纳机密的知识（关于梵的知识）和更为机密的知识（关于众生心中的超灵的知识），现在他要讲述最机密的知识：只是皈依博伽梵。在第九章结尾，绝对真理说：“恒常想着我（man-manāḥ）。”这里重复同样的训示，强调《博伽梵歌》教诲的核心。一般人不能理解这个核心，能理解的只有实际上跟奎师那很亲近的纯粹奉献者。这是所有韦达典籍中最重要的教诲。奎师那在这里所说的一切，是知识的最核心部分，不仅阿诸纳要执行，所有的生物体都应该执行。

诗节 65

मन्मना भव मद्भक्तो मद्याजी मां नमस्कुरु ।
मामेवैष्यसि सत्यं ते प्रतिजाने प्रियोऽसि मे ॥ ६५ ॥

man-manā bhava mad-bhakto
mad-yājī māṁ namaskuru
mām evaiṣyasi satyaṁ te
pratijāne priyo 'si me

man-manāḥ—想着我；*bhava*—成为；*mat-bhaktaḥ*—我的奉献者；*mat-yājī*—我的崇拜者；*mām*—向我；*namaskuru*—顶拜；*mām*—向我；*eva*—必定；*eṣyasi*—你会来；*satyam*—真正地；*te*—向你；*pratijāne*—我保证；*prijaḥ*—亲爱的；*asi*—你是；*me*—对我。

译文　恒常想着我，成为我的奉献者，崇拜我，礼赞我。如此，你必成功到达我。我向你保证这一点，因为你是我非常亲密的朋友。

要旨　知识的最机密部分是，人应该成为奎师那的纯粹奉献者，时刻想着他，为他工作。切莫做一个冠冕堂皇的冥想者。要总是想着奎师那。人应该总是这样活动，他的日常活动都应与奎师那相关。他须这样安排生活：一天 24 小时禁不住想着奎师那。而博伽梵的允诺是，任何在这般纯粹的奎师那知觉中的人，必将回归奎师那的居所，在那里面对面地见到奎师那，与他为伴。这知识的最机密部分之所以被讲给阿诸纳，是因为他是奎师那的亲密的朋友。每一个追随阿诸纳道路的人，都能成为奎师那亲爱的朋友，到达与阿诸纳同样完美的境界。

这节诗强调说，人应该将心意专注于奎师那——双手持笛，面容俊美，头插孔雀羽毛，皮肤蓝黑的男孩。从《梵天本集》和其他典籍可了解对奎师那的描绘。一个人应将心意专注于神——奎师那（Krishna）原始的形体上，甚至不要将注意力转到博伽梵的其他形体上去。博伽梵有多种形体，如维施努（Viṣṇu）、那罗延（Nārāyaṇa）、茹阿玛（Rāma）、瓦拉哈（Varāha）等，但纯粹奉献者应将心意专注于阿诸纳面前的奎师那。心意专注于奎师那的形体是知识的最机密部分，之所以揭示给阿诸纳，是因为他是奎师那最亲密的朋友。

诗节 66

सर्वधर्मान्परित्यज्य मामेकं शरणं व्रज ।
अहं त्वां सर्वपापेभ्यो मोक्षयिष्यामि मा शुचः ॥ ६६ ॥

sarva-dharmān parityajya
mām ekaṁ śaraṇaṁ vraja
ahaṁ tvāṁ sarva-pāpebhyo
mokṣayiṣyāmi mā śucaḥ

sarva-dharmān—各种各样的宗教；*parityajya*—放弃；*mām*—向我；*ekam*—只是；*śaraṇam*—皈依；*vraja*—去；*aham*—我；*tvām*—你；*sarva*—所有；*pāpebhyaḥ*—摆脱恶报反应；*mokṣayiṣyāmi*—将拯救；*mā*—不要；*śucaḥ*—担忧。

译文　放弃一切宗教，直接皈依我，我会把你从所有恶报中解救出来，不要害怕。

要旨　迄今已描述了各种各样的知识和宗教途径——至尊梵的知识、超灵的知识、社会生活的不同阶层和阶段的知识、弃绝阶段的知识，无所执着的知识，控制感官和心意的知识，以及观想的知识等。他还从许多方面描述了不同种类的宗教。现在，在概述《博伽梵歌》时，博伽梵说阿诸纳应该放弃所有向他解释过的途径；只应皈依奎师那。这样皈依将把他从所有恶报中解救出来，因为博伽梵亲自允诺要保护他。

第八章讲过，只有解除了所有恶报的人才会崇拜世尊奎师那。因此，人或许认为，除非自己超脱一切恶报，否则不能踏上皈依之途。对这样的疑问，这里谈道，即使一个人并没有远离所有恶报，只要皈依奎师那，他便自动得到解脱。无需费九牛二虎之力以摆脱罪恶报应。应该毫不犹豫地接受奎师那为众生至高无上的救主，满怀信心与爱地皈依他。

《哈瑞奉爱之美》（*Hari-bhakti-vilāsa*11.676）一书描述了皈依奎师那的程序：

ānukūlyasya saṅkalpaḥ
prātikūlyasya varjanam
rakṣiṣyatīti viśvāso
goptṛtve varaṇaṁ tathā
ātma-nikṣepa-kārpaṇye
ṣaḍ-vidhā śaraṇāgatiḥ

根据奉爱的程序，人只应接受能最终导人为博伽梵做奉爱服务的宗教原则。一个人可根据自己在社会阶层中的地位履行某一赋定职责，但如果通过履行职责尚未到达奎师那知觉，他的一切活动全属枉然。任何不能导向奎师那知觉之完美境界的，应一律避免。要有信心，相信在任何情况下奎师那都能让自己克服困难，无须考虑应该如何维系生命。奎师那负责照料。应该总想着自己是无助的，把奎师那当作生命进程中的唯一基石。一旦认真地在完全的奎师那知觉中从事对博伽梵的奉爱服务，便能立即从一切物质自然的污染中摆脱出来。有各种不同的宗教程序和靠培养知识或用神秘瑜伽体系中的冥想等来进行净化的程序，但皈依奎师那的人不必使用这么多方法。单单皈依奎师那，将为人节省许多不必要浪费的时间。这样，可立刻获得所有进步，远离一切罪恶报应。

人应该被奎师那的俊美吸引。他的名字之所以是奎师那，是因为他最具吸引力。逐渐为美丽的、最孔武有力且无所不能的奎师那所吸引的人，实在十分幸运。超然主义者有多种，有的执着于非人格梵的形象，有的被超灵形象吸引等，但被博伽梵的人格特征吸引的人，尤其是为作为博伽梵的奎师那本人所吸引的人，才是最完美的超然主义者。换句话说，在全然的奎师那知觉中，对奎师那做奉爱服务才是知识的最机密部分，是整部《博伽梵歌》的核心。业报瑜伽士、经验哲学家、玄秘家及奉献者都叫作超然主义者，但只有纯粹奉献者才是最优秀的。这里特别用到的词“不要害怕，不要担忧（mā śucaḥ）”，非常重要。人们可能对如何放弃一切宗教形式，单纯皈依奎师那，感到困惑不解，但这种忧虑是徒劳无益的。

诗节 67

इदं ते नातपस्काय नाभक्ताय कदाचन ।
न चाशुश्रूषवे वाच्यं न च मां योऽभ्यसूयति ॥ ६७ ॥

idaṁ te nātapaskāya
nābhaktāya kadācana
na cāśuśrūṣave vācyaṁ
na ca māṁ yo ‹bhyasūyati

idam—这；*te*—由你；*na*—永不；*atapaskāya*—向不苦行的人；*na*—永不；*abhaktāya*—向非奉献者；*kadācana*—在任何时间；*na*—永不；*ca*—还有；*aśuśrūṣave*—向不履行奉献服务的人；*vācyam*—讲述；*na*—永不；*ca*—还有；*mām*—对我；*yaḥ*—任何人；*abhyasūyati*—妒忌的。

译文　这门机密的知识永不可向那些不苦行、不虔诚、不从事奉爱服务的人解说，也不可向嫉妒我的人解说。

要旨　对那些没有按宗教程序进行过苦行的人，从未在奎师那知觉中尝试过奉爱服务的人，没有服侍过纯粹奉献者的人，特别是那些把奎师那只看成一个历史人物的人或嫉妒奎师那的伟大的人，不可传授这知识的最机密部分。然而，有时发现，甚至嫉妒奎师那，以不同的方式崇拜奎师那的邪恶之徒，也以不同的方式解说《博伽梵歌》，好以此为业，但希望真正了解奎师那的人能避开这些诠释。

实际上，《博伽梵歌》的宗旨是享乐主义者所不能理解的。即使一个人不以感官享乐为乐而严格地遵行韦达经典所制定的规范，若不是奉献者，仍无法理解奎师那。纵然一个人以奎师那的奉献者自居，却不从事奎师那知觉的活动，他也无法理解奎师那。有很多人嫉妒奎师那，因为奎师那已在《博伽梵歌》中解释说他就是至尊，没有什么高于他或与他等同。对这样的人，不可教授《博伽梵歌》，因为他们理解不了。没有一点信仰的人是不可能理解奎师那和《博伽梵歌》的。如果不是从纯粹奉献者权威那里去理解奎师那，切莫妄加评论《博伽梵歌》。

诗节 68

य इदं परमं गुह्यं मद्भक्तेष्वभिधास्यति ।
भक्तिं मयि परां कृत्वा मामेवैष्यत्यसंशयः ॥ ६८ ॥

ya idaṁ paramaṁ guhyaṁ
mad-bhakteṣv abhidhāsyati
bhaktiṁ mayi parāṁ kṛtvā
mām evaiṣyaty asaṁśayaḥ

yaḥ—任何人他；*idam*—这；*paramam*—最；*guhyam*—机密的；*mat*—我的；*bhakteṣu*—在奉献者中；*abhidhāsyati*—解释；*bhaktim*—奉献服务；*mayi*—为我；*parām*—超然的；*kṛtvā*—做；*mām*—向我；*eva*—必定；*eṣyati*—来到；*asaṁśayaḥ*—毫无疑问。

译文　对向奉献者解说这至高无上的秘密的人，其纯粹的奉爱服务获得保证，最后他必回归于我。

要旨　通常，《博伽梵歌》被建议只在奉献者中间讨论，因为非奉献者既不能理解奎师那，也不能理解《博伽梵歌》。那些不能按照奎师那的本来面貌接受奎师那，以及按照《博伽梵歌》的原意接受《博伽梵歌》的人，不要妄自对《博伽梵歌》作出解释，成为冒犯者。《博伽梵歌》应向准备接受奎师那为博伽梵的人解说。这只是奉献者的主题，而不是供哲学思辨家们思辨的题目。忠实地按其原意呈现《博伽梵歌》的人，将在奉爱服务中取得进步，并到达纯粹奉献的生命境界。纯粹奉献的结果是，奉献者必重返家园，回归神首。

诗节 69

न च तस्मान्मनुष्येषु कश्चिन्मे प्रियकृत्तमः ।
भविता न च मे तस्मादन्यः प्रियतरो भुवि ॥ ६९ ॥

na ca tasmān manuṣyeṣu
kaścin me priya-kṛttamaḥ
bhavitā na ca me tasmād
anyaḥ priyataro bhuvi

na—不曾；ca—和；tasmāt—比他；manuṣyeṣu—在人类中；kaścit—任何人；me—对我；priya-kṛttamaḥ—更亲切的；bhavitā—将来会；na—不；ca—而且；me—对我；tasmāt—比他；anyaḥ—别的人；priyataraḥ—更亲切；bhuvi—在这个世界上。

译文 在这个世界上，没有任何仆人比他对我更亲切，将来亦不会有更亲切的了。

诗节 70

अध्येष्यते च य इमं धर्म्यं संवादमावयोः ।
ज्ञानयज्ञेन तेनाहमिष्टः स्यामिति मे मतिः ॥ ७० ॥

adhyeṣyate ca ya imaṁ
dharmyaṁ saṁvādam āvayoḥ
jñāna-yajñena tenāham
iṣṭaḥ syām iti me matiḥ

adhyeṣyate—将研究学习；ca—而且；yaḥ—谁；imam—这；dharmyaṁ—神圣的；saṁvādam—对话；āvayoḥ—我们的；jñāna—知识的；yajñena—通过祭祀；tena—由他；aham—我；iṣṭaḥ—受到崇拜；syām—将会；iti—如此；me—我的；matiḥ—意见。

译文 我宣布，谁研习我们这神圣的对话，就是以智慧崇拜我。

诗节 71

श्रद्धावाननसूयश्च शृणुयादपि यो नरः ।
सोऽपि मुक्तः शुभाँल्लोकान्प्राप्नुयात्पुण्यकर्मणाम् ॥ ७१ ॥

śraddhāvān anasūyaś ca
śṛṇuyād api yo naraḥ
so 'pi muktaḥ śubhāl lokān
prāpnuyāt puṇya-karmaṇām

sraddhāvan—满怀信心；anasūyaḥ—不妒忌；ca—而且；śṛṇuyāt—聆听；api—必定；yaḥ—谁；naraḥ—一个人；saḥ—他；api—也；muktaḥ—解脱了；śubhān—吉祥的；lokān—星宿；prāpnuyāt—他达到；puṇya-karmaṇām—虔诚者的。

译文　毫无嫉妒、满怀信心聆听的人会远离罪恶业报，到达虔诚者居住的吉祥星宿。

要旨　在本章第67诗节，博伽梵明确地禁止向嫉妒绝对真理的人讲说《博伽梵歌》。换言之，《博伽梵歌》只是专为奉献者而设的。有时也有这样的情况，绝对真理的奉献者公开授课，听课的学生并不全是奉献者。这些人为什么要公开讲课呢？这里解释说，虽然并非人人都是奉献者，但仍有很多人并不嫉妒奎师那。他们相信他是博伽梵。如果这些人听真正奉献者讲述有关绝对真理的讯息，会立即从一切恶报中超脱出来，然后到达所有正直之人所处的星系。因此，仅仅通过聆听《博伽梵歌》，即便不努力成为纯粹奉献者，也能取得善果。这样，绝对真理的纯粹奉献者给每个人以机会超脱一切罪恶报应，成为博伽梵的奉献者。

一般来说，那些远离恶报者，那些为善之人，很容易修习奎师那知觉。这里“虔诚者的（puṇya-karmaṇām）”非常重要。这是指举行盛大的献祭，比如韦达典籍中提到的马祭（aśvamedha-yajña）。那些为善之人从事奉爱服务，但不纯粹，他们能到达北极星或杜瓦星宿（Dhruvaloka 北极星），即杜瓦大君（Dhruva Mahārāja）居住管辖的地方。杜瓦大君是博伽梵伟大的奉献者，他拥有这个被称为北极星的特殊星宿。

诗节 72

कच्चिदेतच्छ्रुतं पार्थ त्वयैकाग्रेण चेतसा ।
कच्चिदज्ञानसम्मोहः प्रणष्टस्ते धनञ्जय ॥ ७२ ॥

kaccid etac chrutaṁ pārtha
tvayaikāgreṇa cetasā
kaccid ajñāna-sammohaḥ
praṇaṣṭas te dhanañjaya

kaccit—是否；*etat*—这；*śrutam*—聆听；*pārtha*—菩瑞塔之子啊；*tvayā*—由你；*ekāgreṇa*—全神贯注；*cetasā*—以心意；*kaccit*—是否；*ajñāna*—愚昧；*sammohaḥ*—迷惑；*pranaṣṭaḥ*—被驱散；*te*—你的；*dhanañjaya*—财富的征服者（阿诸纳）啊。

译文　菩瑞塔之子，财富的征服者啊！你是否用心聆听这一切？你的愚昧和迷惑现在都被驱散了吗？

要旨　博伽梵正在扮演阿诸纳灵性导师的角色。因此，他有责任询问阿诸纳是否正确地理解了整部《博伽梵歌》。如果没有，博伽梵准备再解释任何一点，或者，如果有必要，重说一遍《博伽梵歌》。实际上，人如果从真正的灵性导师，比如奎师那及其代表那里聆听《博伽梵歌》，会发觉他的一切无知一扫而空。《博伽梵歌》不是哪位诗人或小说家写的一本普通读物，它是由博伽梵讲述的。人若足以幸运地从奎师那或他的真正灵性代表那里聆听到这些教诲，必会成为解脱者，走出无知的黑暗。

诗节 73

अर्जुन उवाच ।
नष्टो मोहः स्मृतिर्लब्धा त्वत्प्रसादान्मयाच्युत ।
स्थितोऽस्मि गतसन्देहः करिष्ये वचनं तव ॥ ७३ ॥

arjuna uvāca
naṣṭo mohaḥ smṛtir labdhā
tvat-prasādān mayācyuta
sthito 'smi gata-sandehaḥ
kariṣye vacanaṁ tava

arjunaḥ uvāca—阿诸纳说；*naṣṭaḥ*—被驱散；*mohaḥ*—迷惑；*smṛtiḥ*—记忆；*labdhā*—恢复；*tvat-prasādāt*—由于您的仁慈；*mayā*—被我；*acyuta*—绝无错误的奎师那啊；*sthitaḥ*—处于；*asmi*—我现在；*gata*—除去；*sandehaḥ*—所有疑问；*kariṣye*—我将执行；*vacanam*—命令；*tava*—您的。

译文　阿诸纳说：亲爱的奎师那（Krishna），永不犯错的人啊！现在我的幻

觉一扫而空。由于您的仁慈，我恢复了记忆。现在我意志坚定，疑惑尽消，随时准备按照您的训令行动。

要旨 由阿诸纳所代表的生物体，其本性地位就是必须遵照博伽梵的训令行动。他应该自律。圣采坦尼亚·玛哈帕布说，生物体的真正地位是博伽梵的永恒仆人。由于忘了这一原则，生物体受物质自然的条件限制，但通过服务博伽梵，他渐渐成为神的解脱了的仆人。生物体的法定构成性地位就是仆人；他必须要么服务博伽梵的迷幻能量（māyā 玛亚），要么服务博伽梵。如果他服务博伽梵，他就在正常状态中；但如果愿为迷幻的外在能量服务，他必受束缚。在幻象中，生物体在这个物质世界中做服务。他们被色欲和渴求束缚，却仍自以为是世界的主人。这就叫作幻象。当一个人获得解脱时，他的幻象就消失了，而且自愿皈依至尊者，遵照至尊者的愿望行事。最后的假象，即“Māyā”俘获生物体的最后一张罗网，便是自诩为神的那种主张。生物体认为自己不再是受限制的灵魂，而是神。他真是愚蠢透顶，竟不想想如果他是神，又怎会在疑惑中呢？对此，他不去思考。这就是幻象的最后罗网。实际上，要远离迷幻能量，就要理解奎师那——博伽梵，并且同意按照他的训令行事。

这节诗中的“幻觉（moha）”一词很重要。“moha”指的是知识的反面。实际上，真正的知识是要了解每一生物永远是博伽梵的仆人，但生物不这样想自己，不认为自己是仆人，而认为自己是物质世界的主人，因为他想主宰物质自然。这就是他的幻觉。靠绝对真理的恩典，或纯粹奉献者的仁慈，便能克服这种幻象。当幻觉消失后，人自然会同意在奎师那知觉中活动。

奎师那知觉就是遵照奎师那的训令去做。受限制的灵魂，受物质外在能量的迷惑，不知道博伽梵是充满知识，拥有一切的主人。只要他想要，他都能赐给他的奉献者；他是众生之友，对他的奉献者尤为钟爱。他是这个物质自然和众生的控制者。他也是无穷无尽的时间的主宰，充满一切富裕和一切力量。博伽梵甚至还把自己给予奉献者。不认识他的人无不在幻象的影响下，他们不会成为奉献者，却甘愿做假象（māyā 玛亚）的仆人。阿诸纳聆听博伽梵讲述《博伽梵歌》之后，不再茫然疑惑。他能明白，奎师那不仅是他的朋友，而且还是博伽梵。他真正地了解了奎师那。因此，研习《博伽梵歌》为的是真正地了解奎师那。当人处在完整的知识中，自然会皈依奎师那。当阿诸纳意识到减少无益人口的增长原来是奎师那的计划时，他同意照奎师那的意愿去战斗。他再次拿起了武器——他的弓箭，准备在博伽梵的训令下作战。

诗节 74

सञ्जय उवाच ।
इत्यहं वासुदेवस्य पार्थस्य च महात्मनः ।
संवादमिममश्रौषमद्भुतं रोमहर्षणम् ॥ ७४ ॥

sañjaya uvāca
ity ahaṁ vāsudevasya
pārthasya ca mahātmanaḥ
saṁvādam imam aśrauṣam
adbhutaṁ roma-harṣaṇam

sañjayaḥ uvāca—桑佳亚说；*iti*—如此；*aham*—我；*vāsudevasya*—奎师那的；*pārthasya*—阿诸纳的；*ca*—还有；*mahātmanaḥ*—两个伟大灵魂的；*saṁvādam*—讨论；*imam*—这；*aśrauṣam*—听；*adbhutam*—奇妙；*romaharṣaṇam*—使毛发直竖。

译文 **桑佳亚说：这就是我听到的两个伟大的灵魂——奎师那和阿诸纳的对话。这讯息实在奇妙，听得我毛发直竖。**

要旨 在《博伽梵歌》一开始，兑塔拉施陀向他的近臣桑佳亚询问：“库茹之野发生了什么事？”由于桑佳亚的灵性导师维亚萨的恩赐，整个研讨全印到他的心中了。他就这样解释了战场上的论题。这番对话非常奇妙，因为两个伟大的灵魂间这样重要的对话从未有过，将来也不会再发生。其之所以奇妙，是因为博伽梵亲自向生物体——阿诸纳，绝对真理的伟大奉献者，讲说他自己和他的能量。如果我们追随阿诸纳的步伐去了解奎师那，我们的人生就会快乐成功。桑佳亚认识到这一点，当他开始明白的时候，他把对话转述给了兑塔拉施陀。现在的结论是：哪里有奎师那和阿诸纳，哪里就有胜利。

诗节 75

व्यासप्रसादाच्छ्रुतवानेतद्गुह्यमहं परम् ।
योगं योगेश्वरात्कृष्णात्साक्षात्कथयतः स्वयम् ॥ ७५ ॥

vyāsa-prasādāc chrutavān
etad guhyam ahaṁ param
yogaṁ yogeśvarāt kṛṣṇāt
sākṣāt kathayataḥ svayam

vyāsa-prasādāt—由于维亚萨的仁慈；*śrutavān*—听到；*etat*—这；*guhyam*—机密的；*aham*—我；*param*—至尊的；*yogam*—神秘主义；*yoge-śvarāt*—从一切神秘主义的主人；*kṛṣṇāt*—从奎师那那里；*sākṣāt*—直接；*kathayataḥ*—讲话；*svayam*—亲自。

译文　由于维亚萨的恩赐，我直接听到这位一切神秘力量之主——奎师那亲自对阿诸纳的这番最机密的讲话。

要旨　维亚萨是桑佳亚的灵性导师。桑佳亚承认，是维亚萨的恩赐才使他能理解博伽梵。这意味着不应当直接地，而是应当通过灵性导师这一媒介去理解奎师那。灵性导师是透明的媒介，虽然一个人的经验感受的确是直接的。这就是使徒传系的奥妙所在。如果导师是真正合格的，那么，人就能像阿诸纳一样，直接聆听《博伽梵歌》了。世界上有许多神秘主义者和瑜伽士，然而，奎师那是所有瑜伽体系之主。奎师那的教导明确地记在《博伽梵歌》里：皈依奎师那。这样去做的人就是最高级的瑜伽士（*yoginām api sarveṣāṁ*）。这在第六章的最后一节被得以确证。

拿拉达是奎师那的直接门徒兼维亚萨的灵性导师。因此，维亚萨与阿诸纳一样，是真正在使徒传系中的人，而桑佳亚是维亚萨的嫡系门徒。所以借着维亚萨的恩赐，桑佳亚的感官得到了净化，能直接看见和听见奎师那。一个人能直接聆听奎师那的讲述就能理解这门机密知识。如果不走进使徒传系，就不能聆听到奎师那的讲述，因而他的知识也总是不完美的——至少就理解《博伽梵歌》而言是如此。

《博伽梵歌》解释了所有瑜伽体系，即业报瑜伽（Karma-yoga）、思辨瑜伽（Jñāna-yoga）和奉爱瑜伽（Bhakti-yoga）。奎师那是所有这些神秘主义之主。但要明白，就像阿诸纳有幸能直接理解奎师那一样，借着维亚萨的恩赐，桑佳亚也能直接聆听奎师那的讲述。实际上，直接从奎师那处聆听和通过像维亚萨那样的真正灵性导师聆听奎师那，两者之间毫无区别。灵性导师也是维亚萨·戴瓦（Vyasādeva）的代表。因此，根据韦达制度，在灵性导师的显现日，门徒们要举行维亚萨普佳（Vyāsa-pūjā 灵性导师诞辰仪式）庆典。

诗节 76

राजन्संस्मृत्य संस्मृत्य संवादमिममद्भुतम् ।
केशवार्जुनयोः पुण्यं हृष्यामि च मुहुर्मुहुः ॥ ७६ ॥

rājan saṁsmṛtya saṁsmṛtya
saṁvādam imam adbhutam
keśavārjunayoḥ puṇyaṁ
hṛṣyāmi ca muhur muhuḥ

rājan—君王啊；*saṁsmṛtya*—回忆；*saṁsmṛtya*—回忆；*saṁvādam*—讯息；*imam*—这；*adbhutam*—奇妙的；*keśava*—圣奎师那；*arjunayoḥ*—和阿诸纳的；*puṇyam*—虔诚的；*hṛṣyāmi*—我感到快乐；*ca*—并且；*muhuḥ muhuḥ*—再三地。

译文　王啊！我再三回忆起奎师那和阿诸纳之间这番奇妙而神圣的对话，感到快乐无比，每一时刻都激动不已。

要旨　了解《博伽梵歌》十分超然，谁精通阿诸纳和奎师那讨论的题旨，谁就变得正直善良，无法忘记这些对话。这就是灵性生活的超然境界。换句话说，从直接来自奎师那的正确源头聆听《博伽梵歌》，就能达到全然的奎师那知觉。奎师那知觉的结果是：人越来越受到启迪，欣喜若狂地享受着生命，不只是某些时候，而是每时每刻。

诗节 77

तच्च संस्मृत्य संस्मृत्य रूपमत्यद्भुतं हरेः ।
विस्मयो मे महान्राजन्हृष्यामि च पुनः पुनः ॥ ७७ ॥

tac ca saṁsmṛtya saṁsmṛtya
rūpam aty-adbhutaṁ hareḥ
vismayo me mahān rājan
hṛṣyāmi ca punaḥ punaḥ

tat—那；*ca*—还有；*saṁsmṛtya*—回忆；*saṁsmṛtya*—回忆；*rūpam*—形体；*ati*—非常；*adbhutam*—奇妙的；*hareḥ*—圣奎师那的；*vismayaḥ*—惊奇；*me*—我的；*mahān*—巨大的；*rājan*—君王啊；*hṛṣyāmi*—我喜不自禁；*ca*—也；*punaḥ punaḥ*—再三。

译文　王啊！每当我想起圣奎师那奇妙的形体时，我就愈觉得神奇，喜乐莫名。

要旨　由于维亚萨的恩慈，桑佳亚好像也能看见奎师那展示给阿诸纳的宇宙形体。当然，据说圣奎师那以前从未展示过这一形体。这一形体只为阿诸纳展示，当向阿诸纳展示时，有些伟大的奉献者也能看见奎师那的宇宙形体，维亚萨就是其中之一。他是绝对真理最伟大的奉献者之一，被认为是奎师那的力量化身。维亚萨向他的门徒桑佳亚揭示了这一切，桑佳亚因此记住了展示给阿诸纳的奎师那的神妙形体，再三地感到喜不自禁。

诗节 78

यत्र योगेश्वरः कृष्णो यत्र पार्थो धनुर्धरः ।
तत्र श्रीर्विजयो भूतिर्ध्रुवा नीतिर्मतिर्मम ॥ ७८ ॥

yatra yogeśvaraḥ kṛṣṇo
yatra pārtho dhanur-dharaḥ
tatra śrīr vijayo bhūtir
dhruvā nītir matir mama

yatra—哪里；*yogeśvaraḥ*—玄秘之主；*kṛṣṇaḥ*—圣奎师那；*yatra*—哪里；*pārthaḥ*—菩瑞塔之子；*dhanur-dharaḥ*—弓箭手；*tatra*—那里；*śrīḥ*—富裕；*vijayaḥ*—胜利；*bhūtiḥ*—超凡的力量；*dhruvā*—必定；*nītiḥ*—道德；*matiḥ mama*—我的意见。

译文　哪里有一切玄秘之主奎师那，哪里有勇不可挡的弓箭手阿诸纳，哪里就一定有富裕、胜利、道德和超然的力量。这就是我的看法。

要旨　《博伽梵歌》以兑塔拉施陀的询问开始。他希望自己的儿子在伟大的战士彼士玛（Bhīṣma）、杜荣拿（Droṇa）、卡尔纳（Karṇa）的协助下，取得胜利。他希望胜利属于他这一边。但桑佳亚在描述了战场的情形后对国王说道："您想得到胜利，但我的看法是，哪里有奎师那和阿诸纳，哪里就有所有的幸运。"他直截了当地向兑塔拉施陀证实，他这一边不会取得胜利。胜利必属于阿诸纳一方，因为奎师那站在那一方。奎师那接受做阿诸纳的御者一职，是另一种富裕的展示。奎师那具有一切富裕，而弃绝便是其中之一。这样弃绝的例子不胜枚举，因为奎师那也是弃绝之主。

实际上，这是杜尤丹（Duryodhana）和尤帝士提尔（Yudhiṣṭhira）之间的一场战斗。阿诸纳是为了长兄尤帝士提尔而战。因为奎师那和阿诸纳都在尤帝士提尔这一边，所以他胜券在握。这场战争将决定统治世界的大权落于谁手，而桑佳亚预言：大权将转移到尤帝士提尔手中。这里也预言了，尤帝士提尔在取得胜利后，将越来越繁荣，因为他不仅正直虔诚，而且严守德行，一生从未说谎。

有许多缺乏智慧的人，把《博伽梵歌》看成两个朋友在战场上的问题讨论。但这样的书不能成为经典。有人提出抗议，说奎师那怂恿阿诸纳作战是不道德的，但真实的情形明确表明：《博伽梵歌》是道德方面最高的训导。道德的最高训导表现在第九章第34诗节中："恒常想着我，成为我的奉献者（*man-manā bhava mad-bhakto*）"。一个人必须成为奎师那的奉献者，一切宗教的核心便是应该皈依奎师那（*sarva-dharmān parityajya mām ekaṁ śaraṇaṁ vraja*）。《博伽梵歌》的训导构成至高无上的道德与宗教之途。所有其他途径或可净化人，或可引向这一途径，但《博伽梵歌》的最终教诲是所有道德与宗教的最终目的，即皈依奎师那。这是第十八章的定论。

从《博伽梵歌》中我们得知，通过哲学思辨和冥想净思来觉悟自我也是一条途径，但完全地皈依奎师那则是最高的完美境界。这是《博伽梵歌》教诲的核心所在。根据社会生活阶层和不同的宗教道路所制定的规范守则之途，可以是一条机密的知识之途。然而，尽管宗教仪式是机密的，但冥想与培养知识更为机密。而在完全的奎师那知觉中，以奉爱服务皈依奎师那，则是最机密的教导。这是第十八章的核心所在。

《博伽梵歌》的另一特点指明：真正的真理是博伽梵奎师那（Krishna）。觉悟绝对真理分三个方面：非人格梵（Brahman），区限化超灵（Paramātmā），最后是博伽梵（Bhagavān）——奎师那。关于绝对真理的完美知识，也就是关于奎师那的完美知识。如果一个人了解奎师那，那么各门知识都是这种理解的一部分。奎师那是超然的，因为他永远稳处于他永恒的内在能量中。生物体是他的能量的展示，被划分为两大类，永远受限制的和永远解脱的。这样的生物体不计其数，他们被认为是奎师那所属的碎片部分。物质能量展示为二十四类。创造受永恒时间的影响，由外在能量创造并瓦解。宇宙世界的展示时隐时现，反反复复。

《博伽梵歌》讨论了五大主题：博伽梵、物质自然、生物体、永恒的时间和各种活动。这一切全都依靠博伽梵奎师那。所有关于绝对真理的概念——非人格梵、区限化超灵和任何其他超然的概念——都存在于对博伽梵的理解范畴之内。虽然表面上，博伽梵、生物体、物质自然和时间显得各不相同，却没有什么是与至尊者不同的。但是，至尊者永远有别于一切。圣采坦尼亚的哲学是“不可思议的即一即异论”。这一哲学系统构成对绝对真理的完整知识。

生物体最原初的地位是纯粹的灵魂。他就像至尊灵魂的原子微粒一样。因此，可把绝对真理奎师那比作太阳，把生物体比作阳光。因为众生是奎师那的边际能量，所以其有这样的趋势，要么与物质能量接触，要么与灵性能量接触。换句话说，生物体处在绝对真理的两种能量之间，由于其属于绝对真理的高等能量，所以有微小的独立性。正确地使用这种独立性，生物体就会接受奎师那的直接命令。这样，就能在给予喜乐的能量中恢复一己的常态。

巴克提维丹塔（Bhaktivedanta）阐释圣典《博伽梵歌》第十八章“结论——弃绝的完美境界”至此结束。

AC. 巴克提维丹塔·斯瓦米·帕布帕德著作一览表

《博伽梵歌原意》
《圣典博伽瓦谭》(第 1–10 篇)
《永恒的采坦尼亚经》(17 卷)
《奎师那——快乐的泉源》
《圣采坦尼亚的教导》
《奉爱的甘露》
《教诲的甘露》
《至尊奥义书》
《博伽梵之光》
《简易的星际旅行》
《圣卡皮腊的教导》
《琨缇王后的教导》
《觉悟自我的科学》
《瑜伽完美境界》
《臻达奎师那之道》
《超越生死》
《弃绝的道路》(*Vairagya-Vidya*)
《知识之王》(*Raja-vidya*)
《奎师那——博伽梵》
《完美问答录》
《臻善之道》
《灵性辩证论》
《发现自我之旅》
《第二次机会》
《与帕布帕德的对话》(30 卷)
《圣帕布帕德的信》(5 卷)
《奎师那知觉——最高的瑜伽体系》
《追求解脱》
《生命来自生命》
《帕拉德大君的超然教导》
《神首的讯息》
《天网恢恢—大自然的法律》
《文明与超脱》
《培养奎师那知觉》
《奎师那知觉：无与伦比的礼物》
《回归神首》杂志(创办人)

作者小传

AC.巴克提维丹塔·斯瓦米·帕布帕德于1896在印度加尔各答显现于世。

1922年，他在加尔各答首次与他的灵性导师巴克提希丹塔·萨拉斯瓦提·哥斯瓦米会面。巴克提希丹塔·萨拉斯瓦提·塔库是一位杰出的宗教学者，而且创办了64所高迪亚修院（韦达机构）。巴克提希丹塔·萨拉斯瓦提很喜欢这个受过教育的年轻人，并且说服他献身于传播韦达知识。于是他成了巴克提希丹塔·萨拉斯瓦提的学生。11年后（1933年）他在阿拉哈巴接受巴克提希丹塔·萨拉斯瓦提的启迪，正式成为他的门徒。

他们第一次会面时，巴克提希丹塔·萨拉斯瓦提要求帕布帕德用英语传播韦达知识。在随后的日子里，帕布帕德写了一部《博伽梵歌》的释论，而且在1944年，独立创办了一份英语的双周刊杂志《回归神首》，他独自编辑，打出原稿，校样，甚至还逐本派发。为维持杂志的出版，他艰苦奋斗。创刊以后，杂志从未停刊过。现在，这份杂志在西方继续由他的门徒以超过30种语言出版。

高迪亚外士那瓦协会对帕布帕德的哲学造诣及奉爱精神推崇备至，于1947年颁予"巴克提维丹塔"（奉爱终极韦达）的称号。1950年，帕布帕德到圣地温达文旅行，并留在那里，在历史古迹、中世纪庙宇——茹阿达·达摩达尔庙居住，生活清贫。他专心读书写作毕生巨著：翻译及注释长达一万八千诗节的《圣典博伽瓦谭》(《宇宙古史·博伽梵之部》）并且将其编成多册。

1965年9月，在出版了三册《博伽瓦谭》之后，帕布帕德来到美国，要完成灵性导师赋予他的使命。接着，他撰写了超过60册的权威翻译、注解、综合研究，都是关于印度哲学和宗教的经典著作。

1965年，帕布帕德乘货轮到达纽约市，当时他几乎身无分文。一年之后，他发起了哈瑞·奎师那运动。1968年，帕布帕德开始创办韦达农场，这些农场办得非常成功，很快地灵性化韦达农场便在世界各地出现了，这些农场给人们提供了“简朴的生活，崇高的思想”的完美生活典范。

1972年，帕布帕德在得克萨斯的达拉斯创办学校，将韦达初中等的教育介绍至西方。自此以后，在他监督之下，他的门徒在整个美国和世界各地，建立儿童学校，主要的教育中心则在印度的温达文。

帕布帕德也激励了几所规模宏大的国际文化中心在印度的建立。在西孟加拉圣地玛亚普的中心，计划中，将是一座灵性城市。这是一个雄心勃勃的计划，建造工程还需若干年才能完成。在印度的温达文，有壮丽的奎师那·巴拉茹阿玛庙宇及国际宾馆。在孟买，则有一所重要的文化和教育中心。还计划在印度次大陆十多个地方建造其他中心。

然而，帕布帕德最重要的贡献还是他的著作。这些书籍极具权威，深刻又清晰，深得学术界的敬重。而且在无数的大学课程中被指定为标准教材。他的著作已被翻译为超过50种文字。成立于1972年的巴克提维丹塔书籍信托基金会，就是专门出版帕布帕德的著作的，在印度的宗教和哲学方面，它已成为世界最大的出版机构之一。

虽然日渐年迈，帕布帕德在12年中环游了世界14次，走遍了六大洲不断讲学，旅程已是如此紧凑，但他仍能继续撰写大量的著作。在韦达哲学、宗教、文学和文化方面，他的著作已构成一座名副其实的图书馆。

参考书目

Amrta-bindu upanisad《甘露滴奥义书》

Atharva-veda《阿塔瓦·韦达》

Bhakti-rasāmṛta-sindhu《奉爱的甘露海洋》

Brahma-saṁhitā《梵天本集》

Bṛhad-āraṇyaka Upaniṣad《大森林奥义书》

Bṛhad-viṣṇu-smṛti《大维施努经》

Brhan-naradiya Purana《宇宙古史 – 拿拉达大作之部》

Caitanya-caritāmṛta《永恒的采坦尼亚经》

Chandogya Upanisad《唱赞奥义书》

Garga Upanisad《伽尔伽奥义书》

Gītā-māhātmya《博伽梵歌的荣耀》

Gopāla-tāpanī Upaniṣad《哥帕拉奥义书》

Hari-bhakti-vilāsa《哈瑞奉爱之美》

Isopanisad《至尊奥义书》

Kaṭha Upaniṣad《卡塔奥义书》

Kausitaki Upanisad《考斯塔基奥义书》

Kūrma Purāṇa《宇宙古史·库尔玛之部》

Mādhyandināyana-śruti《中盲目神训经》

Mahābhārata《摩诃婆罗多》

Maha Upaniṣad《大奥义书》

Māṇḍūkya Upaniṣad《曼都卡奥义书》

Mokṣa-dharma《解脱经》

Muṇḍaka Upaniṣad《蒙达卡奥义书》
Nārada-pañcarātra《拿拉达五礼典》
Nārāyaṇa Upaniṣad《那罗延奥义书》
Narayaniya《那罗延传》
Nirukti《尼茹提辞典》
Nrsimha Purana《宇宙古史·尼星哈之部》
Padma Purāṇa《宇宙古史·莲花之部》
Parāśara-smṛti《帕腊沙拉录》
Praśna Upaniṣad《六问奥义书》
Puruṣa-bodhinī Upaniṣad《菩茹沙奥义书》
Ṛg Veda《瑞歌韦达》
Sātvata-tantra《萨特瓦塔·昙陀罗》
Śrīmad-Bhāgavatam《圣典博伽瓦谭》
Stotra-ratna《赞歌宝石》
Subāla Upaniṣad《苏巴拉奥义书》
Śvetāśvatara Upaniṣad《室维陀奥义书》
Taittiriya Upanisad《鹧鸪氏奥义书》
Upadesamrita《教诲的甘露》
Varāha Purāṇa《宇宙古史·瓦拉哈之部》
Vedānta-sūtra《终极韦达经》
Viṣṇu Purāṇa《宇宙古史·维施努之部》
Yoga-sūtras《瑜伽经》

梵文汉译词汇表

A

ācārya（阿查亚、灵性宗师）—在灵性知识的使徒传系中以身作则教导他人的人。

ācintya-bhedābheda-tattva（不可思议的即一即异真谛）"不可思议的既是同一个体又有区别论"，它是圣采坦尼亚（Caitanya）对神及其能量所作的论述。

Agni（火神、火）—控制火的半神人。

agnihotra-yajña（火祭）—在韦达（Veda）仪式中以火举行的祭祀。又称火供。

ahaṅkāra（假我）—使灵魂错误地与物质躯体认同，虚假地认为躯体就是"我"，与躯体有关的就是"我的"。

ahiṁsā（非暴力）

akarma（无业报）—为博伽梵奎师那所做的奉爱服务，这种活动没有报应，不会使人受业报反应的苦。

ānanda（灵性喜乐）

aparā-prakṛti（绝对真理的低等能量、物质能量）

arcana（神像崇拜）—崇拜神像必须遵守的程式。

arcā-vigraha（神像、绝对真理授权接受崇拜的形象）—神通过物质材料展示的形象，例如：我们在家中或庙崇拜的奎师那的绘画或神像。绝对真理以这种形象亲自接受奉献者的崇拜。

āryan（雅利安人）—追随韦达（Veda）文化的文明人；以取得灵性进步为人生目标的人。

āśrama（四灵性阶段）—韦达社会制度中规划的人生四个灵性生活阶段，即：学生阶段（brahmacarya），居士阶段（gṛhastha），退隐阶段（vānaprastha）和弃绝阶段（sannyāsa）。

aṣṭāṅga-yoga（八部瑜伽）—瑜伽体系的一支，包括八个阶段部分，即：持戒（yama），奉行（niyama 遵守道德准则），体位（āsana，身体坐姿体式训练），调息（prāṇāyāma，控制呼吸的训练），收摄（pratyāhara，把感官从感官对象撤回的训练），把持（dhāraṇā，使心意稳定的训练），禅定（dhyāna，冥想练习）和神定（samādhi，全神贯注地在心中专注超灵）。

asura（阿修罗）—反对为博伽梵做奉爱服务的人，恶魔。

ātmā（自我、灵魂）——一般指个体灵魂。还可以指躯体、心意、智慧或至尊灵魂。

avatāra（化身、神授化身）—是指为了某一特殊使命，从灵性世界降临的被完全或部分授予能力的神之化身。

avidyā（无知）—即愚昧，中国古时也译作“无明”。

B

Bhagavān（博伽梵、至尊梵）—即博伽梵。博伽梵拥有一切的富裕、美丽、力量、名望、知识和弃绝，他是这六项的宝库。

bhakta（奉献者）

Bhakti（奉爱）—为博伽梵所做的奉献和爱心服务。

Bhakti-rasāmṛta-sindhu（《奉爱的甘露海洋》）——一部有关奉爱服务指南的著作，由茹帕·哥斯瓦米（Rūpa Gosvāmī）在16世纪用梵文写成。

Bhakti-yoga（奉爱瑜伽）—瑜伽体系的一支，通过为博伽梵做奉爱服务与他相连的方法。

Bharata（巴拉塔）—巴拉塔大君，远古在印度的一位伟大的国王，是当时地球的统治者，地球因此被称为“巴拉塔之地（Bharata-varsa）”。也是潘达瓦（Pāṇḍava）兄弟的祖先。

bhāva（巴瓦、狂喜）—奉爱的一个阶段。对神纯粹的爱是奉爱的顶峰，而巴瓦是到达顶峰前的阶段。

Bhīṣma（彼士玛）—被库茹王朝的人尊为“老祖宗、老祖父”的品德高尚的元帅。

Brahmā（布茹阿玛、梵天）—宇宙内第一位被创造的生物。他在圣维施努（Viṣṇu）的指导下创造了众生，并管辖着激情形态。

brahmacārī（贞守生）—根据韦达（Veda）制度，人生四个灵性阶段之一，追随灵性导师学习、过着规范禁欲生活的学生。

brahma-jijñāsā（对绝对真理的探究、对梵的探究）

brahmajyoti（梵光）—从博伽梵奎师那（Kṛṣṇa）超然的身体发出的光辉。它照耀着灵性世界。

Brahmaloka（梵天星宿）—梵天的居所，这个宇宙中最高的星球。

Brahman（梵）—有四个方面的含义：①个体灵魂；②博伽梵无所不在的非人格方面；③博伽梵；④物质大实体（mahat-tattva）。

Brāhmaṇa（婆罗门）—知识阶层。根据韦达（Veda）制度，社会四个职业阶层的划分中的知识分子阶层，具有知识，负责指导社会大众。

Brahma-saṁhitā（《梵天本集》）——一部极其古老的经书，其中记载了梵天献给圣奎师那的祷文。采坦尼亚·玛哈帕布在南印度找到了它。

Buddhi-yoga（智慧瑜伽）—奉爱瑜伽（为奎师那做奉爱服务）的另一名称，指它代表了智慧的最佳用处。

C

Caitanya-caritāmṛta（《永恒的采坦尼亚经》）—圣采坦尼亚·玛哈帕布（Śrī Cai-tanya Mahāprabhu）的传记，由圣奎师那达斯·卡维拉佳（Śrīla Kṛṣṇadāsa Kavirāja）在16世纪末期用孟加拉语写成。

Caitanya Mahāprabhu（采坦尼亚·玛哈帕布）—至尊灵魂奎师那在卡利（Kali）年代中最仁慈、最慷慨大度的化身。他于15世纪末期在西孟加拉的纳瓦兑帕（Navadvīpa）显现，开展齐颂圣名（saṅkīrtana）运动——齐聚一起唱颂至尊灵魂的圣名。这是专为这个年代制定的修习方法。

caṇḍāla（食狗者）—吃狗肉的人，不属于韦达四社会阶层文明人的范畴。

Candra（禅陀罗、月神）—管辖月亮（禅陀罗星宿）的半神人。

cāturmāsya（四月苦行）—印度雨季的四个月期间，维施努（Viṣṇu）的奉献者、瑜伽士们从事的特殊苦行。一般会安处一僻静之地或寄宿于居士家中，专心修行并带给居家者灵性的联谊。

D

deva（戴瓦、半神人）—具有虔诚、神圣品质的人或半神人。

dharma（宗教原则）—指所有生物永恒的职责或一切纯粹宗教的真正原则（为至尊主做奉爱服务）。

dhyāna（禅定）—进行冥想、入定的修行，也是八部瑜伽的第7阶段的修行。

dvāpara-yuga（杜瓦帕年代）—青铜年代。人类四个年代周期循环中的第三个年代，为期八十六万四千地球年。

G

Gandharvas（甘达瓦、歌仙）—天堂星宿中的半神人歌手和乐师。

Garbhodakaśāyī Viṣṇu（孕诞之洋维施努）—圣奎师那的三位主宰化身中的第二重维施努化身，他进入每一个宇宙，躺在宇宙的孕诞之洋中，由他肚脐生出的莲花中诞出了宇宙第一位生物—布茹阿玛（梵天）。

Garuḍa（嘎茹达）—一只巨大的鸟，是圣维施努的坐骑。旧译金翅鸟。

Goloka（高楼卡）—圣奎师那永恒居住的星球，即奎师那楼卡（Kṛṣṇaloka）。

Gosvāmī（哥斯瓦米）—完全能控制住自己感官的人，或称斯瓦米（svāmī）。

gṛhastha（居士）—根据韦达（Veda）制度，人生四个灵性阶段之二，过家庭生活的已婚之人。

guṇa（物质形态）—又称物质属性，物质世界的三种属性或形态，分别为善良形态、激情形态和愚昧形态。

guru（灵性导师、古茹）—在灵性知识传承中，言传身教传授超然知识的人。在汉译作品中也称古鲁、上师等。

I

Indra（因陀罗）—天堂星宿的国王，是天堂的最高统治者，控制雨水的半神人。

J

jīva（吉瓦）—永恒的个体灵魂，或吉瓦特玛（jīvātmā），也被称为凡灵。

jñāna（知识）—超然的知识。有时也指思辨。

Jñāna-yoga（知识瑜伽、思辨瑜伽）—通过知识研究或哲学思辨探寻真理，以获得灵性觉悟的方法。

jñānī（思辨家、求知者）—修炼知识瑜伽的人。也即经典所列的四种虔诚者中的求知者。

K

kāla（时间）

Kali-yuga（卡利年代）—铁器年代。人类四个年代周期循环中的第四个年代，纷争、虚伪的年代。始于五千年前，共持续四十三万两千地球年。

karma（业报）—物质的活动，它给人带来报应。

Karma-yoga（活动瑜伽）—也称行动瑜伽，通过把自己的活动结果奉献给博伽梵而觉悟到神的方法。

karmī（物质主义者）—从事功利性活动（业报）的人。

Ksatriya（刹帝利）—管理阶层。根据韦达（Veda）制度，社会四个职业阶层的划分中负责保护大众与管理社会的阶层。

Kṛṣṇaloka（奎师那楼卡）—即奎师那星宿，博伽梵奎师那的至尊居所。

Kṣīrodakaśāyī Viṣṇu（牛奶之洋维施努）—即超灵，博伽梵奎师那的三位主宰化身中的第三重维施努化身，他遍存万有，以超灵的身份居于每一生物的心中和每一原子中。

Kurus（库茹的后裔）—特指兑塔拉施陀（Dhṛtarāṣṭra）的儿子们。他们与潘达瓦（Pāṇḍava）兄弟为敌。

L

līlā（丽拉）—博伽梵进行的超然的逍遥活动。

loka（楼卡、星宿）

M

mahā-mantra（玛哈曼陀）—伟大的曼陀：哈瑞·奎师那，哈瑞·奎师那，奎师那·奎师那，哈瑞·哈瑞／哈瑞·茹阿玛，哈瑞·茹阿玛，茹阿玛·茹阿玛，哈瑞·哈瑞（*Hare Kṛṣṇa*，*Hare Kṛṣṇa*，*Kṛṣṇa Kṛṣṇa*，*Hare Hare/ Hare Rāma*，*Hare Rāma*，*Rāma Rāma*，*Hare Hare*）。

mahātmā（伟大灵魂）—完全具有奎师那知觉的解脱了的灵魂。

mahat-tattva（物质大实体）—物质能量总体。

mantra（曼陀）—超然的声音，韦达（Veda）赞歌。

Manu（玛努）—人类的始祖，半神人，据经典记载，人类社会在不同年代有不同的玛努。旧译摩奴。

Māyā（假象）—博伽梵的能量，用以蒙蔽生物，使其完全忘记神以及自己的灵性本性。旧译摩耶。

Māyāvādī（假象宗人士）—非人格神主义者。

mukti（解脱）—从物质存在中摆脱出来。

Muni（牟尼）—圣人。

N

naiṣkarma（无果业报）—无业报（akarma）的另一个名称，为博伽梵奎师那所做的奉爱服务，这种活动没有报应，不会使人受业报反应的苦。

Nārāyaṇa（那罗延）—世尊奎师那（Kṛṣṇa）的四臂形象，负责管辖所有的外琨塔（Vaikuṇṭha）星球；也即圣维施努（Viṣṇu）。

nirguṇa（无物质属性）—没有属性或品质。是针对博伽梵而言的，表示他没有物质的特征。

nirvāṇa（涅槃）—摆脱物质的存在。

O

oṁ（噢姆、唵）—或噢姆卡尔（oṁkāra），代表绝对真理的神圣音节。

P

Pāṇḍava（潘达瓦）—潘度诸子：尤帝士提尔（Yudhiṣṭhira）、毕玛（Bhīma）、阿诸纳（Arjuna）、纳库拉（Nakula）和萨哈戴瓦（Sahadeva）。

Pāṇḍu（潘度）—兑塔拉施陀（Dhṛtarāṣṭra）的弟弟，潘达瓦兄弟的父亲。

Paramātmā（超灵）—博伽梵区限化的扩展，他居于每一个生物的心中，陪伴着受制约的灵魂，当他们活动的见证者、指导者，也居于物质世界每个原子中。

paramparā（使徒传系）—灵性知识的传承。由博伽梵将超然知识传授给他指定的代表，随之一代一代地由权威的导师将灵性知识传授下去。

prakṛti（帕奎缇、物质能量、物质自然）—博伽梵的低等能量。也有“被享受者”之意。

prāṇāyāma（调息、呼吸控制）—对呼吸进行控制，以提升生命之气，八部瑜伽的第四阶段的修习。

prasādam（帕萨达、灵粮）—净化的食物，神圣化的食物；以奉爱之心给绝对真理供奉过的食物。又称祭余。

pratyāhāra（收摄、收摄感官）—把感官从感官对象上收回的训练，是八部瑜伽中第五阶段的修行。

prema（普瑞玛）—对神纯粹的、自发的爱，是神爱的最高阶段。

Pṛthā（菩瑞塔）—即琨缇（Kuntī）皇后，是潘度王的妻子，潘达瓦兄弟的母亲。

Purāṇa（《宇宙古史》）—旧称《往世书》，韦达（Veda）经典的补充文献，是有关整个宇宙历史的记载，共 18 部。

puruṣa（菩茹沙）—即主宰者、享受者，指博伽梵或个体灵魂。

puruṣa-avatāra（主宰化身）—圣维施努的三重原始扩展，负责创造、维持并毁灭物质宇宙。第一重：原因之洋维施努（Kāraṇodakaśāyī Viṣṇu），又称大维施努（Mahā-Viṣṇu），躺进原因之洋，从他的身体中呼出无数的宇宙；第二重：孕诞之洋维施努（Garbhodakaśāyī Viṣṇu）进入每一个宇宙，进行各种各样的创造；第三重：牛奶之洋维施努（Kṣīrodaka-śāyī Viṣṇu，超灵）进入每一个被创造的生物体心中和每一个原子中。

R

rajo-guṇa（激情形态）—激情属性。物质自然三形态之一。

Rākṣasa（罗刹）—食人魔的一个种族。

Rāma（茹阿玛）—①世尊奎师那的一个名字，意思是一切快乐的源泉；②世尊茹阿玛·禅陀罗（Rāmacandra），一位完美、公正的国王，是圣奎师那的一个化身，旧称罗摩。世界四大史诗中的《茹阿玛的漫游历险》（《罗摩衍那》）记载的就是他的故事。

Rūpa Gosvāmī（茹帕·哥斯瓦米）—温达文（Vṛndāvana）六哥斯瓦米（Gosvāmī）之首，圣采坦尼亚·玛哈帕布（Śrī Caitanya Mahāprabhu）的门徒和主要追随者。

S

sac-cid-ānanda（永恒、知识、极乐）

sādhu（圣人）—具有神圣品质与奎师那（Kṛṣṇa）知觉的人。

saguṇa（拥有品质）—具有特征。用这个词形容博伽梵时，是指博伽梵拥有灵性、超然的品质。

samādhi（神定）—又称三摩地、三昧，即完全沉浸在对神的知觉中；全神贯注于神。是禅定者的最高阶段，也是八部瑜伽中的最后阶段。

saṁsāra（生死轮回）—永恒的灵魂被困于物质世界中在 840 万种生命躯体之间不断循环生死。

sanātana-dharma（永恒的灵性职分）—即永恒的宗教；对神的奉爱服务。

Śaṅkara（商羯罗）—或商羯罗师（Śaṅka-racārya），建立了一元论（advaita，非二元论）学说的伟大的哲学家。此学说强调神的非人格特征，强调所有的个体灵魂与梵（Brahman）没有区别。

Sāṅkhya（数论）—①数论学派，对物质世界的分析性研究，来区分灵魂与物质；②黛瓦瑚缇（Devahūti）的儿子圣卡皮腊（Kapila）所描述的奉爱服务的方法。

saṅkīrtana（齐颂圣名）—人们聚集在一起赞美神，特别是唱颂他的圣名。

sannyāsa（弃绝阶段）—根据韦达（Veda）制度，人生四个灵性阶段中按规范原则，人生最后一个阶段，完全弃绝家庭生活与物质拥有，完全投入灵修与教导大众、服务神的阶段。

sannyāsī（托钵僧）—根据韦达（Veda）制度，人生四灵性阶段之四，即弃绝阶段的出家人。

śāstra（启示经典）—韦达（Veda）文献典籍。

sattva-guṇa（善良形态）—善良属性。物质自然三形态之一。

satya-yuga（萨提亚年代）—黄金年代。人类四个年代周期循环中的第一个年代，为期一百七十二万八千地球年。

Śiva（希瓦）—半神人，掌管物质的愚昧形态，负责毁灭物质宇宙。

smaraṇam（忆念）—以奉爱之心想念圣奎师那，属于九种奉爱服务的一种。

Smṛti（《圣传经》）—补充韦达经的启示性经

典，如《宇宙古史》（*Purāṇa*，往世书）。

soma-rasa（月露）—天堂星宿半神人喝的天堂饮料。

śravaṇam（聆听）—聆听有关博伽梵的一切，属于九种奉爱服务中的一种。

Śrīmad-Bhāgavatam（《圣典博伽瓦谭》）—又称《宇宙古史·博伽梵之部》，由圣维亚萨戴瓦（Vyāsadeva）为人们能详细地了解圣奎师那（Śrī Kṛṣṇa）而编撰。

Śruti（《神训经》）—韦达经（Vedas）。

Śūdra（庶陀）—劳动阶层。根据韦达（Veda）制度，社会四个职业阶层中的提供服务或劳动的阶层。

svāmī（斯瓦米）—感官的主人。完全控制住了自己感官的人；对属于弃绝阶层的人的称呼。

Svargaloka（光明星宿）—天堂星宿，是半神人的居所。

svarūpa（自身形象、自身本性）—灵魂原本的灵性形象，或灵魂的原本地位。

T

tamo-guṇa（愚昧形态）—愚昧属性。物质自然三形态之一。

tretā-yuga（特塔年代）—白银年代。人类四个年代周期循环中的第二个年代，为期一百二十九万六千地球年。

U

Upaniṣad（《奥义书》）—韦达经中的108部哲学性专著。

V

Vaikuṇṭha（无忧星宿）—外琨塔，灵性世界永恒的星球。

Vaiṣṇava（外士那瓦）—博伽梵的奉献者。

Vaiśya（外夏）—农商阶层，根据韦达（Veda）制度，社会四个职业阶层的划分中经商和务农的阶层。

vānaprastha（退隐者）—根据韦达（Veda）制度，人生四灵性阶段之三，从居士生活中退出，训练自己更加弃绝的人。

varṇāśrama-dharma（四社会分工与四灵性晋阶制度）—把社会分成四个职业阶层（varṇa）和四个灵性阶段（āśrama）的韦达文明社会制度。

Vasudeva（瓦苏戴瓦）—圣奎师那（Kṛṣṇa）的父亲。

Vāsudeva（华苏戴瓦）—圣奎师那的另一个名字，即瓦苏戴瓦（Vasudeva）的儿子。

Vedānta-sūtra（《终极韦达经》）—圣维亚萨戴瓦（Vyāsadeva）撰写的哲学专著，由简短的、体现了《奥义书》（*Upaniṣad*）主要意思的梵文格言组成。

Veda（韦达经）—指原初的四部韦达经典：《瑞歌韦达》（*Ṛg Veda*），《萨玛韦达》（*Sāma Veda*），《阿塔瓦韦达》（*Atharva Veda*）和《亚诸韦达》（*Yajur Veda*）。

vidyā（知识）

vikarma（违训业报）—违背经典训示的活动；罪恶活动。

virāṭ-rūpa（宇宙形体）—博伽梵的宇宙形象。

Viṣṇu（维施努）—博伽梵。

viṣṇu-tattva（维施努真像、维施努·塔特瓦）—博伽梵展示的种类。

viśva-rūpa（宇宙形象）—博伽梵的宇宙形体。

Vṛndāvana（温达文）—圣奎师那超然的居所。还称为哥楼卡·温达文（Goloka Vṛndāvana）或奎师那楼卡（Kṛṣṇaloka），位于印度乌塔尔（Uttar）省马图拉（Mathurā）区的温达文镇，是灵性世界中奎师那的住所在地球上的展示，是世尊奎师那五千年前显现的地方。

Vyāsadeva（维亚萨·戴瓦）—韦达经的编纂者，《摩诃婆罗多》（*Mahābhārata*）、《终极韦达经》（*Vedānta-sūtra*）和众多《宇宙古史》（*Purāṇa*）的作者。

Y

yajña（祭祀、献祭）

Yakṣa（夜叉）—半神人库维拉（Kuvera）的一些鬼魂追随者。

Yamarāja（阎罗王）—负责在罪恶的人死后对其进行惩罚的半神人。音译为亚玛茹阿佳。

yoga（瑜伽）—使自己与至尊相连的灵性修行。

yoga-māyā（瑜伽玛亚）—博伽梵永恒的灵性能量。

yuga（年代）—共有四个年代周而复始地循环着，即：萨提亚年代（satya-yuga，黄金年代）、特塔年代（tretā-yuga，白银年代）、杜瓦帕年代（dvāpara-yuga，青铜年代），卡利年代（kali-yuga，铁器年代）。随着时间从萨提亚年代到卡利年代推进，人类所具有的好的品质逐渐地减少。

梵文发音指导

人们历来用不同的字母代表梵文，但在印度最为广泛采用的是天城体（Devanāgarī，戴瓦纳嘎瑞）字母。“戴瓦纳嘎瑞”的意思是半神人的城市。天城体共含有 48 个字母：13 个元音，35 个辅音。古代的梵文语法家根据方便、实用的语言学原则，把这些字母加以排列，其排列顺序为所有的现代语言学者所接受。本书所用的拉丁语字母拼音系统，50 年来一直被语言学家们所采用。

元音

अ a　आ ā　इ i　ई ī　उ u　ऊ ū　ऋ ṛ　ॠ ṝ

ऌ ḷ　ए e　ऐ ai　ओ o　औ au

辅音

喉音：	क ka	ख kha	ग ga	घ gha	ङ ṅa
腭音：	च ca	छ cha	ज ja	झ jha	ञ ña
卷舌音：	ट ṭa	ठ ṭha	ड ḍa	ढ ḍha	ण ṇa
齿音：	त ta	थ tha	द da	ध dha	न na
唇音：	प pa	फ pha	ब ba	भ bha	म ma
半元音：	य ya	र ra	ल la	व va	
丝音：	श śa	ष ṣa	स sa		

送气音：ह ha　　省字符号 (*avagraha*)：ऽ'

无声音：(*visarga*)：ः ḥ　　后鼻音 (*anusvāra*)：ं ṁ

数词

० -0　१-1　२-2　३-3　४-4　५-5　६-6　७-7　८-8　९-9

辅音后元音的写法如下：

ा ā ि i ी ī ु u ू ū ृ ṛ ॄ ṝ े ke ै kai ो o ौ au

例如：क ka का kā कि ki की kī कु ku कू kū

कृ kṛ कॄ kṝ के ke कै kai को ko कौ kau

* 通常当辅音是两个或两个以上并在一起时有特殊的写法，例如：क्ष *kṣa* त्र *tra*

* 在辅音后没有标出元音时，应该当作有元音“*a*”来念。

* 出现“्”这一符号表示没有末元音，例如：क्

元音发音如下：

a—如英语 but 中的 u

ā—如英语 far 中的 a 而两倍长于 a

ai—如英语中 aisle 中的 ai

au—如英语中 how 中的 ow

e—如英语 they 中的 e

i—如英语 pin 中的 i

ī—如英语 pique 中的 i 而两倍长于 i

ḷ—如 lree

o—如英语 go 中的 o

ṛ—如英语 rim 中的 i

ṝ—如英语 reed 中的 ree，两倍长于 ṛ

u—如英语 push 中的 u

ū—如英语 rule 中的 u 而两倍长于 u

辅音发音如下：

喉音

k—如英语 kite 中的 i

kh—如 Eckhart 中的 kh

g—如英语 give 中的 g

gh—如英语 dig-hard 中的 g-h

ṅ—如英语中的 sing 中的 n

唇音

p—如英语 pine 中的 p

ph—如英语 up-hill 中的 p-h

b—如英语 bird 中的 b

bh—如英语 rub-hard 中的 b-h

m—如英语 mother 中的 m

卷舌音

ṭ—如英语 Tub 中的 t

ṭh—如英语 light-heart 中的 t-h

ḍ—如英语 dove 中的 d

ḍh—如英语 red-hot 中的 d-h

ṇ—如英语 sing 中的 n

腭音

c—如英语 chair 中的 ch

ch—如英语 staunch-heart 中的 ch-h

j—如英语 joy 中的 j

jh—如英语 hedgehog 中的 dgeh

ñ—如英语 canyon 中的 n

齿音

t—如英语 **t**ub 中的 t

th—如英语 ligh**t-h**eart 中的 t-h

d—如英语 **d**ove 中的 d

dh—如英语 re**d-h**ot 中的 d-h

n—如英语 si**n**g 中的 n

半元音

y—如英语 **y**es 中的 y

r—如英语 **r**un 中的 r

l—如英语 **l**ight 中的 l

v—如英语 **v**ine 中的 v

丝音

ś—如德语 **s**prechen 中的 s

ṣ—如英语 **sh**ine 中的 sh

s—如英语 **s**un 中的 s

送气音

h—如英语 **h**ome 中的 h

无声音（*visarga*）

ḥ—字尾的 h 音：aḥ 发音如 **aha**；iḥ 发音如 **ihi**

后鼻音（*anusvāra*）

ṁ—如法语 bo**n** 中的 n

梵文音节的声调没有明显的抑扬顿挫，行中字与字之间也没有间断，有的只是一个音节接着一个音节连绵不断地连接。音节长短不一，而长音节的长度是短音节的两倍。长音节含有长音（ā、ai、au、e、ī、o、ṝ、ū）或短元音后加一个以上的辅音（包括 ḥ 和 ṁ）。丝音辅音（后面带 h 的辅音）只算音辅音。